静静的顿河

卷一　卷二

［苏联］米哈依尔·肖洛霍夫／著　　力冈／译

安徽师范大学出版社
ANHUI NORMAL UNIVERSITY PRESS
·芜湖·

图书在版编目(CIP)数据

静静的顿河：珍藏版 / (苏) 米哈依尔·肖洛霍夫著；力冈译. -- 芜湖：安徽师范大学出版社, 2025.3

ISBN 978-7-5676-6704-4

Ⅰ. ①静… Ⅱ. ①米… ②力… Ⅲ. ①《静静的顿河》 Ⅳ. ①I512.45

中国国家版本馆 CIP 数据核字(2024)第 062671 号

静静的顿河：珍藏版 [苏]米哈依尔·肖洛霍夫◎著 力 冈◎译

JINGJING DE DUNHE

责任编辑：谢晓博 责任校对：王 贤

装帧设计：刘 畅 桑国磊 责任印制：桑国磊

出版发行：安徽师范大学出版社

芜湖市北京中路2号安徽师范大学赭山校区

网 址：https://press.ahnu.edu.cn/

发 行 部：0553-3883578 5910327 5910310(传真)

印 刷：安徽新华印刷股份有限公司

版 次：2025年3月第1版

印 次：2025年3月第1次印刷

规 格：787 mm × 1092 mm 1/32

印 张：98.875

字 数：1530千字

书 号：978-7-5676-6704-4

定 价：398.00元

力冈先生文学翻译的历史意义

刘文飞
中国俄罗斯文学研究会会长

在力冈先生诞辰91周年的今天，在力冈先生去世20年后的当下，在洋洋19卷23册的《力冈译文全集》面世的此刻，我们终于可以试着归纳一下他的文学翻译所具有的历史意义了。

一

力冈先生的文学翻译苦行僧形象是具有典型意义和感召力量的，这是中国老一辈俄苏文学翻译家留下的一个苍凉背影，也是他们为自己建起的一座"非人工的纪念碑"。翻译是一项苦差事，是需要坐冷板凳的，是一项付出和回报往往不成正比的工作，是一种注定要与孤独和寂寞为伴的工作。文学翻译至少需要出色地掌握两种语言，而好的外语或许能让人找到另外一种更为轻松、更有利可图的工作，好的翻译家若用其母语来进行创作，大约自己也能写出像样的文学作品来。可是，文学翻译是一种能让人上瘾的事情，一旦上手，一旦品味到其中的甘苦，往往便欲罢不能。始自玄奘的翻译姿态和翻译精神，似乎成了中国一代又一代译者的宿命，即专注和吃苦，苦修和执着。

力冈先生1926年生于山东乡间，自幼失去母亲，生活贫苦，到他上中学时，家乡被日寇占领，他流亡河南、甘肃、陕西等地。1950年，他考入哈尔滨外国语专门学校俄语专业，毕业后志愿来到安徽师范大学任教，不久就开始了文学翻译工作，陆续在报刊上发表一些短篇译作，至1956年，他的单行本译作《里雅希柯小说集》已由上海新文艺出版社推出。然而次年，他便在“反右派”运动中蒙冤，被开除公职，押往新生耐火材料厂劳教。1960年7月，他因“劳动表现突出”被摘掉右派帽子，重返学校，他在教学之余立即重拾译笔，在短短数月间便译出苏联作家艾特马托夫的中篇小说《查密莉雅》，这篇译作在《世界文学》杂志1961年第10期刊出，引起轰动，“力冈”这一译家大名从此进入人们的视野。就在力冈先生准备大展宏图、施展拳脚的时候，“文化大革命”却突如其来，1968年，他再度被逐出校园，下放至宣城地区新田公社劳动改造，直到“文革”结束后的1978年方得以重返讲台，此时他已过天命之年，用他自己的话说就是：“噩梦醒来，已是人生的黄昏。”文学翻译需要天赋，但也是一种力气活，在对于一位翻译家而言的黄金时期，即30—50岁，力冈先生却两度蒙冤，两度再拾译笔，重新开始，这需要何等的勇气和坚韧！他两落三起的翻译经历，几乎就是20世纪五六十年代中国的俄苏文学翻译家们跌宕起伏的人生经历的缩影，就是那一时代中国知识分子命运的象征。令人惊讶的是，重返译坛的力冈先生以超乎常人的工作激情和翻译速度，在1978年后的20年间陆续出版20余部译著，平均每年一部，总字数达700余万。在20世纪80年代，最初几部译著的出版使力冈先生挣到了以当时标准看相当不菲的稿酬，甚至成为所谓“万元户”，但他似乎无暇也无意去享受自己的劳动成果，依然粗茶淡饭，素衣裹身，与此同时却以更大的热情继续译事，终日伏案，不懈地爬格子。1997年2月，力冈先生因肝癌病在芜湖弋矶山医院逝世，据家人说，他在生命的最后时刻仍在念叨着未译完的最后一部译作《罪与罚》。我们或许可以说，他是被文学翻译累死的；我们肯定可以说，文学翻译是他最为看重的毕生事业。

力冈先生少年时四处漂泊，中年时命运多舛，老年时病魔缠身，他的一生似乎都不是给最需要安宁和平静的翻译家所准备的；力冈先生的职业是教师，他偏居小城，又不善交际，这些似乎都不构成他迅速成长为一位全国著名翻译家的前提条件。但是，正如吴笛教授在他纪念力冈先生的文章中所言："他的一生就是用出人意料的成就表现了悲怆的境界。面对种种意想不到的遭遇和不公，他并没有沉沦，也没有片面地记恨，而是在艰难的岁月中怀着对人性的憧憬，将厄运升华为创作的动力，在逆境中不忘呼唤人性和仁爱，将种种遭遇视为生命中的财富，在悲怆的境界中抒写诗意人生，毫不气馁地追求生命的意义，在自己所献身的俄罗斯文学翻译事业中，做出了杰出的贡献。”

普希金说过：“译者是文明的驿马。”笔者曾对此说法加以引申：“如果说广义的译者是文明的驿马，那么专事文学翻译的人士便是‘文学的驿马’了。凑巧的是，在汉语中，译者的‘译’和驿马的‘驿’不仅同音，而且在词源、词形和词义上也很相近，区别似乎仅在于后者为‘马儿’而前者是‘文人’（言者）。……用在驿站间往复奔波的马儿来形容译者，每个有过译事经验的人大约都能在这个比喻中品味出某种艰苦和辛酸，甚至是束缚和无奈。……既要有出众的能力还要有忍辱负重的秉性，日复一日的奔波只能换得微薄的粮草，还得时刻提防路途中遍布的坑洼和沼泽，能善此业者非驿马莫属也。”力冈先生就是这样一匹忍辱负重、砥砺前行的“文学的驿马”。力冈先生以他的作为告诉我们，文学翻译是一项可以托付终身的事业，是一种富有意义的存在方式；力冈先生及其文学翻译活动是一种燃烧生命的举动，一个与命运抗争的典范，同时是他的翻译意志奏出的一曲凯歌。

二

力冈先生是在中国改革开放的热潮中展开他最积极的翻译活动的，他的大部分译作出版于20世纪80年代。浏览一下力冈先生的译作书目，可以发现出版于80年代的译著有十余部之多，计有格鲁兹杰夫的《高尔基传》（与济凯合译，江西人民出版社1980年版）、冈察尔的《爱的归宿》（安徽人民出版社1983年版）、巴巴耶夫斯基的《野茫茫》（浙江文艺出版社1983年版）、艾特马托夫的《白轮船》（外国文学出版社1984年版）、阿列克谢耶夫的《儿时伙伴》（山东文艺出版社1984年版）、波利亚科夫的《别林斯基传》（黑龙江人民出版社1985年版）、普希金的《暴风雪》（春风文艺出版社1985年版）、肖洛霍夫的《静静的顿河》（漓江出版社1986年版）、帕斯捷尔纳克的《日瓦戈医生》（与冀刚合译，漓江出版社1986年版）、帕斯捷尔纳克的《含泪的圆舞曲——帕斯捷尔纳克诗选》（与吴笛合译，浙江文艺出版社1988年版）、卡里姆的《悠悠儿时情》（安徽文艺出版社1989年版）和格罗斯曼的《风雨人生》（漓江出版社1991年版）等。从这个目录还可以看出，力冈这一时期的译作总体上以苏联当代文学作品为主要翻译对象。

20世纪80年代是中国当代史上的一个特殊时期，那是一个文化转型期，甚至可以说是中国现当代的一场文艺复兴，是一个文化觉醒的黄金时期。在那场汹涌壮阔的思想解放运动中，在整个改革开放后中国当代文化的建构过程中，对外国文学和外国文化的翻译和介绍起到了无可替代的重要作用。那是一个文学的时代，也是一个翻译文学的时代；那是一个开放的时代，更是一个对外国优秀文学和文化开放的时代，在精神上饥寒交迫的国人首度面对外国文学的盛宴，饕餮之余，最应该感谢的就是那一时代的翻译家。在中国改革开放后出现的外国文学翻译热潮中，俄苏文学也是重要的译介对象之一，力冈先生的译著也和其他众多翻译作品一样，是对改革事业的添砖加瓦，是为思想解放运动注入的燃料，对当时中国社会的文化重建、国民文化性格的重塑起到了重要作用。

中国的俄国文学翻译始自19世纪末，在五四时期出现第一个高潮，如今人们在探讨五四运动的起因时，常将俄国的文学与德国的马克思主义和法国的启蒙思想并列为三大思想资源，由此不难看出俄国文学在当时中国社会所发挥的强大思想作用。后来，在抗日战争时期，在新中国成立之后的50—60年代，俄苏文学再度发挥“军火”和“样板”功能，而在改革开放时期，包括俄苏文学在内的外国文学，又一次成为国人解放思想、放眼世界的意识形态工具和思想武器。如果说，鲁迅那一代翻译家是“给起义的奴隶偷运军火”的人，那么，改革开放时期的这一代中国翻译家同样是为国人“盗火”的普罗米修斯，功莫大焉，没有包括力冈先生在内的这一代翻译家的辛勤工作，国人的思想解放就是难以想象的。如果我们把出生在19、20世纪之交的翻译家如鲁迅、瞿秋白、蒋光慈、茅盾、巴金、耿济之等视为中国第一代俄国文学翻译家，那么20世纪第一个十年前后出生的姜椿芳、曹靖华、戈宝权、查良铮、汝龙、满涛、叶水夫等就是第二代，而力冈以及去年去世的草婴和刚刚去世的高莽等人则构成中国的俄国文学翻译家的第三代方阵，这一代翻译家同样以自己的辛勤努力为中国的思想启蒙和文化构建做出了历史性的贡献。

中国第三代俄国文学翻译家的工作也对当代中国文学的发展进程产生了深远影响。从20世纪80年代初起，俄苏文学在中国的译介出现一个“井喷”现象，十余年间，全国近百家出版社先后出版的俄苏文学作品多达近万种，在译作的种类和印数上，可能要高出此前所有同类出版物的总和。在这样一种铺天盖地的外国文学译介热潮中，受益的不仅仅是中国的读者，自然也包括中国的作家。王蒙在他的《青春祭》（作家出版社2006年版）一书中写道：“我们这一代中国作家中的许多人，特别是我自己，从不讳言苏联文学的影响。是爱伦堡的《谈谈作家的工作》在50年代初期诱引我走上写作之途。是安东诺夫的《第一个职务》与纳吉宾的《冬天的橡树》照耀着我的短篇小说创作。是法捷耶夫的《青年近卫军》帮助我去挖掘新生活带来的新的精神世界之美。在张洁、蒋子龙、李国文、从维熙、茹志鹃、杜鹏程、王汶石直到铁凝和张承志的作品中，都不难看到苏联文学的影响。张承志的《黑骏马》以及蒋子龙的某些小说都曾被人具体地指认出苏联的某部对应的文学作品；这里，与其说是作者一定受到了某部作品的直接启发，不如说是整个苏联文学的思路与情调、氛围的强大影响力在我们的身上屡屡开花结果。”这里提到的张承志，就对力冈先生的译作赞不绝口，曾感慨：“我恨不得倒背如流！”由此不难窥见力冈先生的译作对改革开放时期中国作家产生的影响。

三

1984年，漓江出版社推出力冈先生重译的《静静的顿河》，这是新时期名著重译的第一部，而自90年代起，力冈先生更将名著重译当成首要任务，相继重译了多部俄国文学经典，如托尔斯泰的《复活》（译林出版社1992年版）和《安娜·卡列尼娜》（浙江文艺出版社1992年版）、屠格涅夫的《猎人笔记》（河北教育出版社1994年版）、莱蒙托夫的《当代英雄》（河北教育出版社1994年版）等，他作为翻译家的最后一项工作，就是重译陀思妥耶夫斯基的《罪与罚》。力冈先生是俄国文学经典著作重译的倡导者和先行者之一，他几乎将他翻译艺术炉火纯青的最后十年都用在了名著重译上。

文学名著重译始终是译界的一个有趣话题。中外文学史上的名作原著，无论出现在什么时代，一代又一代读者捧读的均为同一个文本，而文学名著的译本，即便是著名的译本，却常常会随着时间的推移而“衰老”，会被所谓“新译”所取代。日本著名斯拉夫学者、契诃夫的日译者沼野充义有一次曾对笔者说，被译成日语的契诃夫作品每20—25年便要新译一次，以适应新一代的读者。他的话让笔者大吃一惊，可转而一想，外国文学作品的汉译其实也有着大致相同的命运，尽管其存活期未必一定就是20—25年。汉语文学中的原创名著，如唐诗宋词元曲，如《三国演义》《水浒》《西游记》《红楼梦》，自然在任何时代都不需要也不允许做任何文字加工，可汉语文学中的翻译名著，即便是近现代翻译大家们的著名译作，如严复译的《天演论》、林纾和魏易译的《黑奴吁天录》、鲁迅译的《死魂灵》等，如今也会让人觉得不无“过时”之感，至少会让当下的读者阅读不畅。也就是说，文学名著是永恒的，不朽的，它们的译作却是相对短命的。笔者曾在一篇文章中对名著重译现象作过一番思考：首先，从读者方面看，读者为什么会在面对原作和译著时持有不同的阅读态度呢？他们对于原作和译作这种不同的阅读取舍究竟源自何种阅读心理呢？这种厚此薄彼的取向究竟是先天的还是后天的，是产生在翻译活动出现之后还是之前，这种倾向与文学名著重译这两者之间究竟存在着什么样的互动关系呢？其次，从译者的角度看，在进行重译和新译时究竟该如何面对已有的译作，尤其是已有的优秀译作，是刻意回避，还是尽量汲取原有译作的经验和精髓呢？如果对原有译作尤其是名译作的经验和精髓有所汲取，又该如何避免抄袭的嫌疑和版权的纠纷呢？如果对前辈翻译家宝贵的翻译经验视而不见，每位新译者均另起炉灶，真的能做到青出于蓝吗？如果新译在翻译质量上无法与旧译比肩，甚至不如旧译，那么重译的意义和价值又何在呢？最后，从翻译实践活动自身来看，用16、17世纪的汉语去翻译莎士比亚当然是可笑的，但是，用21世纪的汉语网络语言去翻译莎士比亚就一定具有历史的必然性和合理性吗？不断地重译、新译，会在多大程度上减少或抹去原作的时代感和历史感，把每一部新译作都作为当下的作品来读，是不是一种最大程度的误读呢？

力冈先生在进行文学名著的重译时，不知是否也曾遭遇此类问题，但他在晚年义无反顾地执着于重译，一定是一种有意识的抉择。我们猜度，他在他翻译事业的黄金时段做出这一重大转向，可能有如下几种原因：首先，他觉得在他之前的译本还有继续加工的余地，还有再度提升的空间。力冈先生重译的这几部俄国文学名著在他之前早已有过出自名家的名译，它们是不止一代中国读者捧读的对象，但力冈先生却不畏权威，另辟蹊径，公开与多位前辈翻译大家打擂台，这或许是力冈先生个人性格的一种显现，但他敢于“叫板”，无疑因为他自信他可以比之前的译著译得更好，或至少能译出他自己与众不同的特色。其次，在译出十多本书后，作为一名富有经验的翻译家，力冈先生大约也会产生出如何超越自己的问题，重译名著，既可以与前辈译家一较高低，同时也能时刻与俄国文学史上的名著及其作者进行跨越时空的深度交流，这无疑是一种更富有挑战也更富有趣味的工作。最后，名著之所以成为名著，就因为它们往往具有更为完满的艺术价值和更为恒久的艺术生命，翻译这样的作品，无疑更能呼应社会的阅读需求，赢得更大的社会意义。

力冈先生晚年重译的多部名著如今仍在一次又一次地再版，这说明力冈重译的俄国文学经典具有长久的生命力，也说明他当年重译名著的抉择是正确的。一位翻译家，只要他的译作还能出版，还能被人阅读，这位翻译家就还活着，好的译作就是译者的生命之延续。从更为广泛的意义上说，力冈先生是我国改革开放之后名著重译之风的倡导者之一，而名著重译，对于深化我们对外国文学经典的理解和认识、对于发展我们的翻译实践和理论而言，都是极具历史意义的。

四

力冈先生是一位翻译家，也是一位大学老师，教书育人是他的本业。作为恢复高考后步入安徽师大外语系俄语专业的20名学生之一，笔者有幸受教于王老师（力冈本名王桂荣，我们当时都称他“王老师”）。记得先生1978年从插队的宣城乡村回到安徽师大后，不久就开始给我们授课，他教的是“文学选读课”。先生是一个颇为“另类”的老师：他上课不用现成的教材，没有固定的教案，就以他当时正在进行的翻译工作为授课内容；他在教室里不来回走动，几乎不做板书，仅端坐讲台，摊开那本他正在翻译的原著，一旁摆着一摞他最新出炉的译稿，按部就班、一句一句对照着讲下去。对文学没有兴趣、对文学翻译没有兴趣的学生，听这样的课或许会感到无味，当时王老师课的课堂气氛也的确有些沉闷单调，但王老师并不在意，只管自顾自地讲下去，他会讲他为什么要这样译，讲到兴奋处，他会突然提高嗓门，用带有山东腔的口音高声朗读他最得意的译文段落，读完后，他会抬起眼睛，久久地盯着天花板，似在掩饰眼里涌出的泪水。记得是在讲解《当代英雄》时，他时时指出其他译者，甚至是非常著名的翻译家的错误，并向我们分析这些错误出现的原因，他也时常让我们在他的译文中“挑错”或为他的译文“润色”，如果我们偶有所得，他往往显得比我们还要高兴。与王老师的文学选读课构成呼应的，是我们在大三时学的翻译课，翻译课教师张本桂先生常常给我们一些原文片段，让我们动手翻译，并在下一次翻译课上让译文出色的同学朗诵其译文，并对他认为好的译文再逐字推敲。正是在力冈先生以及张本桂先生和其他老师的精心培养下，安徽师大俄语专业涌现出一大批俄罗斯语言文学专业的人才，其中多位如今已成为国内知名的翻译家，有译著面世的人更多达十余位，如吴笛、张杰、周启超、吴嘉佑、冯华英、朱少华、陈建硕和刘文飞等。名不见经传的安徽师大俄语专业，在短短二三十年间居然成为中国的俄语文学翻译家的摇篮，王老师在天之灵也会因此而深感欣慰！

我们这个俄国文学译者群体的崛起，在很大程度上要归功于力冈先生及其同事们的言传身教。首先，他在课堂上逐字逐句地进行中俄文对照讲解，他关于译者甘苦的诉说，对于有志于文学翻译的学生而言弥足珍贵，这其实就是一个文学翻译的工作坊和实验室，让我们当年在初步掌握俄语后不久便接触到了俄语翻译的真谛，亲眼目睹了一位翻译家的工作过程和工作方式。其次，他既与我们分享他的翻译过程，也与我们分享他的翻译收获，记得我们在校时，他和济凯先生合译的《高尔基传》已经出版（江西人民出版社1980年版），他送给全班同学每人一本译著，并用规整的笔迹在扉页上题字签名，不难想象，我们接到这样的馈赠时会多么激动，同时也会觉得译书和出书不再是一件遥不可及的事情。最后，他以他的翻译行为和翻译意志告诉我们大家，庙小并不妨碍念经，更不妨碍修身。他在翻译课上不畏权威，真诚地点出翻译名家们的长处和短处，让我们较早地感受到某种翻译民主精神，并从而确立自己的翻译人格。在他之前的大翻译家往往都生活和工作在大城市，而他在成名后却安居小城，潜心译事，他的存在方式构成一种垂范和激励，使我们很早就意识到，一位翻译家原本可以在任何环境里成长和工作。力冈先生作为一位翻译家的作为和风骨，为他的学生们树立起一个光辉的榜样。

五

力冈的文学翻译有着其鲜明独特的文字风格。译者作为一部作品中的“被动创作者”，究竟应不应该体现其风格，这也是翻译学中一个争论已久的问题，一个见仁见智的问题，有人认为，译者的责任就在于原封不动地传导原作的风格，而不能擅自发挥，喧宾夺主。但是，译作毕竟是由译者用另一种语言进行的文学再创作，译者个人的修辞习惯和语言风格不可避免地会在其译作中得到体现，也就是说，所谓“译者风格”实际上是难以避免的。在这种情况下，如何让译者的风格与作者的风格相互接近、相互吻合，往往就成了决定译作成败的关键因素之一。译者无法在作品的风格范畴里肆意妄为，但译者毕竟有权利选择与自己相近的原著，或者说，选择自己较容易处理的翻译对象，或者说，在一部作品的翻译过程中更注重在自己的风格较易发挥的地方施展拳脚。原作风格和译者风格的吻合虽是一个可遇不可求的事情，但一旦相遇，便是译者的幸事，也是原作者的幸事，更是读者的幸事。

在力冈先生的译著中，较之于人物对话和心理描写，大段落的抒情和大场面的写景似乎得到了译者更为精心的处置，他往往能借助这些段落营造出一种悲凉壮阔、哀婉抒情的氛围，更确切地说，他往往能细腻精准地传导出原作中的此种氛围。力冈先生钟情于这样的段落，钟情于这种文学氛围的营造和传导，无疑与他饱经沧桑的生活经历相关，也是他既刚正不阿又侠骨柔情的性格使然，更是他的审美趣味和文字风格的要求。他的几部译著在书名翻译上的处理，就在一定程度上体现了他的这一追求。巴巴耶夫斯基的小说原名 ***Приволье***，这是一个很“地道”的俄语单词，意为“广阔的地方”“无拘无束”等，力冈成功地将其译成《野茫茫》，这个译名既契合小说描写苏联斯塔夫罗波尔草原地区生活的主题，也暗含着我国著名的北朝民歌《敕勒歌》所具有的苍茫壮阔的抒情力量。卡里姆的小说原题

Долгое-долгое детство，力冈先生最初发表在《世界文学》上的译文题为《漫长漫长的童年》，后来出版单行本时，他将书名改为《悠悠儿时情》，“漫长漫长的”和“悠悠”这两种均使用了叠词的译法都是对原文题目中的修辞手法和诗意情绪的准确再现，但“悠悠”较之“漫长漫长的”似乎更符合中文习惯，再加上之后的“儿时情”，无疑更有抒情味。冈察尔的小说 *Берег любви* 通常被译为《爱的彼岸》或《爱之岸》，力冈先生却译为《爱的归宿》，译者似乎也是在有意地“拓展”作为小说描写对象的爱情的辐射范围。力冈最重要的译作之一《生活与命运》最初的译名是《风雨人生》，力冈是在20世纪80年代末结束此书的翻译的，想必他在译完这部作品时，回顾自己和社会遭遇的种种磨难，不禁百感交集，故将格罗斯曼的原书名 *Жизни и судьба* 译成《风雨人生》。需要说明的是，在广西师范大学出版社不久前再版力冈先生的这部译著时，笔者建议将译著的书名改为《生活与命运》，因为这部小说如今已与托尔斯泰的《战争与和平》并列，而作者格罗斯曼在为这部小说取名时也的确是对托尔斯泰那部史诗的有

意模仿，“生活与命运”和“战争与和平”，都是对人类生活最高程度的归纳和概括。

我们或许可以将力冈先生的文学翻译风格概括为“大气的诗意”或“壮阔的悲凉”，即一种融悲剧与抒情于一炉、广阔的画面感与内在的节奏感相互呼应、一气呵成的连贯调性和力透纸背的史诗感相映成趣的译文风格。在他精心翻译的《静静的顿河》和《日瓦戈医生》等巨著中，他的译笔很好地传达出了原著中原本就饱含的由抒情性、悲剧性和史诗性抱合而成的小说整体氛围，而在《生活与命运》的翻译中，他的这一风格又得到了更为充分的彰显。请读一读这部史诗长篇的结尾：“在这种宁静中，会想起去年的树叶，想起过去的一场又一场风雨，筑起又抛弃的窠巢，想起童年，想起蚂蚁辛辛苦苦的劳动，想起狐狸的狡诈和鹰的强横，想起世间万物的互相残杀，想起产生于同一心中又跟着这颗心死去的善与恶，想起曾经使兔子的心和树干都发抖的暴风雨和雷电。在幽暗的凉荫里，在雪下，沉睡着逝去的生命——因为爱情而聚会时的欢乐，四月里鸟儿的悄声低语，初见觉得奇怪、后来逐渐习惯了的邻居，都已成为过去。强者和弱者、勇敢的和怯弱的、幸福的和不幸的都已沉睡。就好比在一座不再有人住的空了的房子里，在和死去的、永远离开这座房子的人诀别。但是在寒冷的树林中比阳光明丽的平原上春意更浓。在这宁静的树林里的悲伤，也比宁静的秋日里的悲伤更沉重。在这无言的静默中，可以听到哀悼死者的号哭和迎接新生的狂欢……”这一史诗性的小说结尾写得好，译得也好，善于再现悲剧抒情风格的翻译家力冈先生的功力和风格在这里体现得淋漓尽致，炉火纯青！

俄国诗人叶夫图申科在1986年访问中国之后，深为中国俄苏文学翻译家们忍辱负重、坚持不懈的精神所感动，写下一首题为《中国翻译家》的诗作，在由笔者译成中文的这首诗的最后，诗人写道：“知识分子的良心，/就是一家出版社，/它仍能工作，/即便没有印刷机，/无论监狱、痰迹还是侮辱，/它仍能用诗句的春燕/把各个民族连系。/翻译家们在做什么？/他们让各国人民相互走近，/越过国境，/越过谎言的沼泽地。/总有一天，要用他们的姓氏/为巨轮命名，/稻穗和麦穗，/会向他们鞠躬致敬。/

伟大的译文，/就像神的预言。/翻译过来的细语，/会成为震耳的呼喊。/但愿能有一座纪念碑，/献给无名的翻译家，/那最为可敬的基座，/就由无数的译著垒成！”我们相信，力冈先生的译著，应该也被垒入这座纪念碑的基座；力冈先生的名字，应该也被刻上这座纪念碑的碑身！

2017年初秋于京西

[本文原为《力冈译文全集》(安徽师范大学出版社2018年版)总序]

美好的悲剧形象

——论“顿河”主人公格里高力

肖洛霍夫的长篇巨著《静静的顿河》问世后约半个世纪以来，对这部作品的争论从未停止过。先是争论作家和作品的属性：肖洛霍夫是哪个阶级的作家，《静静的顿河》是什么性质的作品？等到作家和作品被肯定了，又争论起小说中心人物格里高力的典型性。等到这一中心人物的典型性被认定以后，又争论起这一人物的悲剧实质。而所有争论的悲剧实质，实际上是悲剧成因。

可以看出，中心议题的改变，是《静静的顿河》被认识和承认的过程。正确的意见一步步取得胜利。然而，直到今天，仍将着眼点放在悲剧本身及其成因方面，而没有看到作者通过悲剧手段塑造美好形象的主旨，仍说明某些评论者没有足够的胆识接触这部作品的实质。

这部作品的实质，这部作品的核心是什么呢？作者肖洛霍夫说得很清楚，就是要表现人的魅力。人的魅力就是人性美和性格美，特别是中心人物格里高力的人性美和性格美。作家说到做到，他在作品中确实非常成功、非常有力地表现了中心人物的人性美和性格美。

为什么一些评论者偏偏不看重这一点，为什么不从这一点着眼去分析《静静的顿河》的思想和艺术呢？

理论界和政界一样，长时期有“左”倾思想的影响。因为格里高力有过历史污点，小说中的红军和红色政权容不得他，现实中的一些理论家们也容不得他。不能理解，一个“反动军官”会有什么“魅力”；不能理解，这样一个悲剧人物会是一个美好形象。

我国作家邓九刚写了一篇小说，就叫《人的魅力》。在小说中借用高尔基夫人的口说：“如果我是阿克西妮亚，我也会爱上格里高力。”邓九刚不是一位理论家，但他以作家的敏感和胆识深深感受到格里高力的人性美和性格美，触及这部作品的精髓。

作为《静静的顿河》新译本的译者，我在翻译过程中也深深爱上了格里高力这个人物。

怎么能不喜爱这样的人物呢？格里高力具有强烈、深厚的人性和美好的男子汉性格，而且这一切表现在他身上是那样鲜明，那样自然，那样生动。

作者首先揭示格里高力的人性美，写他在爱情上的热烈、执着和勇于追求的精神。受到压抑后，他携情人离家出走，表现了他的反抗精神和勇于追求自由的精神。爱情是人性的重要一面。格里高力和阿克西妮亚的真挚爱情，作为书中贯彻始终的故事线索，成为表现他的人性美的重要一环。

揭示格里高力的性格的另一条主线，是他在战争中，在社会、政治生活中的表现。

格里高力和很多哥萨克小伙子一样，应征参加了俄德战争。他在战场上第一次杀人，心情异常沉重。因为"秃子"屠杀俘虏，他要和"秃子"拼命。俄军士兵轮奸波兰使女，他冲上前去解救，结果被捆起来，扔在马槽里。军官要凌辱他，他毫不胆怯地反抗。他厌恶战争，渐渐对战争有了认识，皇亲大人向他授勋，他用很不礼貌的方式加以拒绝。通过格里高力在俄德战争中的所作所为，作者为我们描绘出一个善良、正直、有血性、勇于追求真理的小伙子形象。

肖洛霍夫是现实主义艺术家，也写了格里高力性格的另一面，写了他身上的“哥萨克历史积淀”。他受伤后回了一趟家乡，家乡人对他这样一个军官表示了很大的尊敬，激发了他的哥萨克精神。因此他“作为一个好样的哥萨克又上了前方；一面咒骂战争的荒谬，一面忠实地保持着哥萨克的声名”。在书中借用格里高力的回忆，写了他那种勇猛剽悍的哥萨克气质。然而这些情节只是虚写，三言两语交代过去。同样是回忆，一回忆到战场上救护对头冤家司捷潘的事，作者竟放开笔实写起来，而且用了鲜明的对比手法，着意渲染，写得十分动人。因为这个情节和另外几个情节不同，不是表现他的勇猛剽悍，而是表现他的善良和光明磊落的胸怀。一写到他的优秀品质，作者就情不自禁，控制不住自己的笔。前面三个情节只占了不到一页的篇幅，这一个情节却占去两页多，反映了作者的用心和偏爱。

格里高力从战场上回来，第一个参加了红军。然而他又看到红军领导人滥杀俘虏，他要和红军领导人拼命，并愤而离开红军，回到家乡。这仍然是由于他那善良、正直的本性，然而也反映出他认识上的局限，见树不见林，对红军的本质没有认识。

在这里，我们看到的是一个善良、正直、纯朴、有血性的小伙子，带着一颗迷惘的心又回到了家乡。

格里高力参加顿河暴动，是多种因素造成的，有主观因素，也有客观因素。主观因素是他对红军与白军的本质区别没有认识，公然表示既不满白军，也不满红军，发了一些牢骚，以致地方红色政权把他当成敌人。这是他认识上的错误。另外，与他的中农阶级本质也有关系。他过着自给自足的日子，不是缺吃少穿，不要求改变现状、反对动乱，只求安宁。他没有投身革命的强烈要求。与贫农相对而言，这是他作为中农的弱点。客观因素是乱捕滥杀的左倾路线没有争取他，而是把他当作敌人，步步紧逼，要抓他，要杀他。所以，暴动开始，他参加暴动，进行反抗。这是官逼民反。乱捕滥杀逼出来的暴动，不是暴动者的错误。君令臣死，臣不能不死；父叫子亡，子不得不亡，是封建奴化思想。不应该提倡这种思想。所以，格里高力参加暴动，除个别的客观、主观因素外，带有求生、自卫的因素，反抗的因素。就性格而言，这也有好的成分。

格里高力参加暴动以后，依然完整地保持着他的优秀品格。他依然是善良的：红军杀了他的哥哥，他曾发誓为哥哥报仇，捉住红军一个不留，然而他终不忍心。他在战斗中杀了几名水兵，内疚、痛苦得发了疯。他听说关押了红军家属，立即只身冲入监牢去解救。他依然是清白的：在抢劫成风并受到鼓励的暴动中，他自己不抢劫，也不准手下士兵抢劫，因此被撤了职。他依然是个胸怀坦荡、讲义气的男子汉：米沙是他自幼的好友。虽然米沙杀了他的哥哥，但他一听说米沙被暴动军俘虏，便连夜赶来解救，一路上拼命赶马，把马都赶死了。他依然是个有血性的汉子：在白军将军和洋人面前，处处显露出一副铮铮铁骨。他虽然当了暴动军师长，依然保持着朴素的劳动者本色，丝毫没有做官向上爬的心思。有一次，暴动军司令库金诺夫要他去执行一项任务，给他戴高帽子，他欣然受命；等库金诺夫说出完成这项任务后，将为他请功，给他升官，他却恼了，怎么都不干了。有一段描写尤其生动感人：参谋长考佩洛夫说他是“一个极其偶然闯入军官界的军官”,“没有文明人必须具备的那些特点”,并举了许多事例。他以为格里高力这位师长听了这些话会发怒的,就朝格里高力瞥了一眼,却看到格里高力不出声地大笑着呢。格里高力笑完了以后,说:“我才不想学你们那些待人接物的态度和礼节。这些玩意儿我跟老牛打交道一点儿也用不着。如果上帝保佑,我能活下去的话,我就要天天跟老牛在一块儿,我用不着奉承老牛,用不着说:‘劳驾,白头顶,请您拉犁吧!对不起,花皮!请允许我给您整一整皮绳,好吗?牛大人,牛先生,我诚惶诚恐地请您顺着犁沟走!’对待老牛就要干脆利落:呦!哦!……”

格里高力参加暴动以后,他的思想发展也是向上的。因为他参加暴动不是投机取巧、见风使舵,也不是怀着阶级仇恨,只因为他有着刚强、正直、善良、求实的品格,他的思想认识逐渐端正,逐渐深化,对白军、红军的本质渐渐有了认识。有一次他和参谋长考佩洛夫争论。他说,英国人帮助白军和中国人帮助红军不相同。考佩洛夫问他,二者有什么不同。他说不上来,但他觉得就是不同。这说明他不是从形式上看问题,而是从本质看问题了。说明他的思想发生了根本的变化。他渐渐认识到自己错了,也认识到,不靠拢任何一方,是不可能的。事实上暴动军已经渐渐投入白军的怀抱。他想洗手不干,投靠红军,只怕得不到红军的饶恕。家庭悲剧一次又一次发生,个人在悲剧道路上越陷越深,然而,他一旦有了清楚的认识,思想再没有走下坡路,而是从此一直向上。悲剧越发展,他的思想越明确,越深刻,越坚定。等到白军跨海外逃,他也有可能外逃的时候,他作了坚定的抉择:留下来投奔红军。这是他思想的胜利,是刚强的抉择。参加红军后,他决心将功赎罪,英勇作战,得到布琼尼的表彰。然而极“左”路线容不得他这个有过历史污点的人,将他清洗回家,他也不怨尤,一心回家做一个和平居民。地方红色政权却又不容他,他逃出去躲避,落入匪帮,而不甘心做土匪,脱离匪帮,携阿克西妮亚外逃。阿克西妮亚被打死。当初哥哥被杀,他发誓要报仇。如今他视同生命的情人被打死,他却只是悲痛,只觉得天空和太阳都成了黑的,再没有萌发疯狂的报复心。他毅然回归故里,将所剩枪支弹药扔入顿河,朝自己的家门口走去。这时候依然有危险,然而他不再逃避,而是迎着危险走去。这表明他思想的坚定、性格的刚强。

有些评论家认为格里高力“忽而站在这一边，忽而站在那一边”，“反反复复，摇摆不定”。其实，他的思想发展的低谷只是在他离开波得捷尔柯夫的红军部队到参加暴动这一阶段。这是一个哥萨克中农在复杂的政治环境中可能有的思想动荡。而参加暴动之后，思想就渐渐向上发展，再没有下落，再没有反复，一旦有了真正的觉悟，千难万险，“虽九死而不悔”。

处污泥而不染，益见其高洁、纯真。历经磨难、曲折而不摧，益见其刚强、坚毅。格里高力长期在暴动军中，而且当了师长，有可能成为死心塌地的白党分子，有可能混入上层。然而正因为他具有刚强、正直、善良、纯朴的性格，他和白党格格不入。他丝毫不想向上爬，不巴结上级，不买上司的账，不依靠洋人，既不想当官，又不想发财。一次次悲剧性遭遇，一次次打击，格里高力依然是格里高力，他的精神既未崩溃，又未堕落，一直保持着纯朴、善良、真诚、勇于追求真理的本色。他的思想没有走下坡路，而是向上、向前发展。悲剧越来越悲，他可走的道路越来越狭窄，然而他的思想越来越端正，越来越深刻，他的性格越来越强化，越来越鲜明。他的思想、性格都在顽强地成长，健康地成长。

掩卷之后，浮现在眼前的是一个多么刚强，多么坚毅，多么善良、纯朴，多么正直的男子汉呀！

小说本是故事。故事本是为了开心解闷的。后来渐渐赋予故事以教育意义，有了主旨，也就是有了主题思想。在一个时期内，人们习惯了着重表现主题思想的作品。而实际上，有些作品，特别是一些不朽的名著，不是着重表现主题思想，而是通过人物在故事中的行动和态度，刻画人物性格，塑造人物形象的；不是通过主题思想来教育人，而是通过人物形象来感染人。主题思想是理性的，未必都能起久远的作用；人物形象具有长久的生命力，长久的审美价值。名著之所以不朽，首先不在于主题思想，而在于所创造的具有永恒审美价值的人物形象。

就以我国的古典小说《三国演义》来说，感人的是那一个个扣人心弦的故事和一个个栩栩如生的人物形象。不论哪个时代的读者，都会从中获得美的享受，受到感染和熏陶。正因为这些故事和人物具有永恒的审美价值,这部书成为不朽的名著。聪明睿智的诸葛亮、大义凛然的关云长、英勇绝伦的赵子龙等许多人物,永远是读者喜爱的形象。一代代读者受到这些人物的感染和熏陶。很难一一细说《三国演义》的明确的主题思想。作为历史小说,其思想倾向尊刘反曹,也是不符合民族统一的历史潮流的。作者选取的立场和角度尽管不符合历史潮流,却有利于表现人物性格。刘备一伙人不占天时,不得地利,正是在这种环境下,更显出人和之可贵。只有在困境中,才更能表现人物之智慧、刚强、仁义和勇敢。给读者以审美享受和感动读者的,正是这样一些人物的性格和形象,而不是孤立存在的人物行为的社会效果。从封建传统来看,诸葛亮、关云长等人维护刘汉王朝的行为是正确的,而从今天的角度看历史,他们的行为就不见得正确了。然而他们的形象依然能给今天的读者以美的感受,依然能感动今天的读者。

文学名著是不朽的,感人的艺术形象是永远感人的,其审美价值是永恒的,不论历史潮流如何,不论社会制度如何变化。

所以,只是紧跟潮流而人物形象苍白的概念化作品，往往如昙花一现；而创造出真实感人形象的作品，却有持久的生命力。

另外，作家选取题材表现人物性格，所选取的题材是有利于表现性格的，不一定是处处符合社会政治、法律、道德准则的。如苏联当代著名作家艾特玛托夫的中篇小说《查密莉雅》在世界文坛上获得极高的声誉。在我国，这部作品1961年译成中文在《世界文学》上发表后，前后十次收入各种文集和丛刊，受到我国读者和文学界的热烈赞誉。这部作品说的是一个什么故事呢？说的是少妇查密莉雅背弃在前方的丈夫，跟情人私奔。一个有夫之妇背弃自己的军人丈夫，是不符合道德、法律准则的。然而故事叙述人、查密莉雅的小叔子谢依特看到嫂子与情人的真挚爱情，希望他们幸福，因而忍受了失去好嫂子的损失和痛苦，同情他们私奔，从而表现了深厚感人的人性。这样的作品不是好的政治、法律教科书，却是表现人性的好作品。读者接受人物形象的感染，而不是重复人物的行为。电影《城南旧事》表现一个小孩子深切同情小偷。同情的对象是理应受到谴责的，然而错误的同情益发显示出同情心之纯真与深厚，因而益发感人。这是有胆识的作家可贵的艺术经验。

正因为《静静的顿河》不是按照政治教科书模式写出的作品，不是着意表现主题思想，而是着意表现人物性格，塑造人物形象，所选的题材是有利于表现人物性格的，而不是按照政治教科书的要求去取材，在教条主义统治的历史时期，必然引起无尽无休的争论。然而也正因为是这样写出的一部作品，越来越显示出其强大的生命力。

许多伟大作家按照人物性格的发展规律来写人物在所经历事件中的所作所为，而不是按照事先想好的故事结局或主题思想来设计人物的行动。普希金在谈到《叶甫盖尼·奥涅金》的创作时说："我没有想到塔吉雅娜会嫁人。"托尔斯泰谈到《安娜·卡列尼娜》的创作时说："我没有想到安娜会自杀。"鲁迅也说过："我没想到阿Q那么快就被枪毙。"这些文学大师说的都是自己严格遵循人物性格发展规律进行创作的情形。肖洛霍夫说得更妙："格里高力返回故土……这是我的一大发现！"就是说，这不是事先想好的小说结局，也不是偶然想得的神来之笔，而是格里高力性格发展的必然，作者只是发现这一点罢了。

如果探讨《静静的顿河》的艺术经验的话，最可贵的艺术经验就是：作家运用严格的现实主义手法，而不是运用现实主义加浪漫主义的手法；严格按照性格发展的规律，而不是按照什么主题思想，去写性格的发展。这是传统的艺术手法，也是许多伟大作家运用得十分成功的、有力的艺术手法。然而，在奉行社会主义现实主义艺术方法的历史时期，就成了一只“白乌鸦”。许多人不习惯，不理解，致使《静静的顿河》长期遭受各种各样的误解。

肖洛霍夫写格里高力，正是按照他的性格发展的逻辑，写他在种种经历中的所作所为。遇到暴动，具有这种性格、这种认识的格里高力在这种环境下就参加暴动，而参加暴动后格里高力仍按自己性格发展的逻辑行事，没有沉沦，没有同流合污，精神没有崩溃，在白军军官中成为一只格格不入的“白乌鸦”。软弱的人在逆境中有可能改变或失去好的性格特征；刚强的格里高力却在逆境中完整地保持其性格特征，而且按自己的轨道不断向前发展，思想、性格都在积极和健康地成长。如果说他没有跨海外逃而投红军是他思想上的飞跃，那么，他在大赦之前返回故土便是他思想发展的高峰,性格的成熟了。正如作者肖洛霍夫说的:“格里高力返回故土,他仍然有着一颗活生生的心灵。这表现了他的刚强!”这不是故事发展的高潮,却是思想性格发展的高潮;不是故事的圆满结局,却是思想、性格发展的圆满结局。作者就选在这里结束全书。

悲剧被称为“艺术皇冠”。悲剧最能激发人的感情,引人深思。此外,悲剧还最能显示人的性格。肖洛霍夫用严肃的现实主义态度,写格里高力这样一个好男子在社会主义革命中走了悲剧性道路,使人惋惜,使人深思;写他在悲剧性的逆境中保持着自己的良心和良知,在逆境中将他的美好品质鲜明有力地显示出来,格外感人,使人感到格外壮美。

肖洛霍夫有意着重描写格里高力在悲剧性逆境中的表现,而对他在顺境中的表现,反而不实写。如格里高力没有跨海外逃而毅然参加布琼尼的骑兵部队后,精神焕发,英勇作战,一心要“把过去的罪过赎回来”。他的传令兵普罗霍尔说:“他的样子大变了,自从参加了红军,他就快活起来,把一张脸都吃圆了。”又说他作战十分英勇,“打过仗以后,布琼尼在队伍前面亲自和他握手，并且向连队、向他表示感谢”。他参加红军之后的表现，本来可以用浓墨重彩描写一番，然而作者却只是借普罗霍尔之口，几笔交代过去。只是虚写，没有实写。这不是出自偶然。作者有自己的考虑。也许，如果实写格里高力参加红军后意气风发、英勇作战的情景，会冲淡悲剧气氛。作者不愿将悲剧写成人物转变的正剧，而是有意让人物品格在一幕幕悲剧中经受严峻的考验，在悲剧中揭示人物性格深层的美。也只有始终保持悲剧气氛，才能激发人的感情和心灵，才能发人深思。从这一点也可以明显看出作者用悲剧手段塑造美好形象的意图。

有的人对于文艺为革命服务理解得极其狭隘，认为文艺作品应当是用文艺形式表现的政治教科书。正面人物只能走革命的道路，做革命的事情。只有革命者才是正面人物，美好形象。所以，出现了《静静的顿河》这样的作品，人们就不能理解了。

有些研究者不看重作者本人的表白，不研究格里高力的性格美，却着重研究格里高力的悲剧及其成因，不把格里高力的悲剧性经历看作表现他的性格的手段，而是一味地从他的悲剧中寻找他的性格缺陷。

这是颠倒本末。

事实是，肖洛霍夫用悲剧手段塑造了一个美好的男子汉形象。这是一个有血有肉的、具有长久审美价值的不朽的形象。高尔基说，肖洛霍夫“在小说中往往不能将自己的立场同主人公格里高力的立场区分开来”。是的，格里高力性格中有作者自己的性格，也有作者的理想。正因为作者和格里高力一样，也有刚强、正直、勇敢、善良和求实的性格，才敢于在极“左”路线统治时期言人之不敢言，写人之不敢写。也正因为这样，这部作品经住了时间的考验，成为不朽的名著。

今天，思想界出现了空前活跃的局面。应该用新的眼光，拨开庸俗社会学的迷雾，去深入认识这部作品的实质了。我不是理论家，只是一名译者，在翻译本书过程中深有所感。愿将自己的感想和看法说出来，作为引玉之砖。

力　冈

一九八八年三月于安徽师大

目　录

主要人物表

格里高力·潘捷莱耶维奇·麦列霍夫（爱称：格里沙、格里什卡）

潘捷莱·普罗柯菲耶维奇·麦列霍夫

——格里高力的父亲

娃西丽萨·伊莉尼奇娜（简称：伊莉尼奇娜）

——格里高力的母亲

彼特罗·潘捷莱耶维奇·麦列霍夫（爱称：彼佳）

——格里高力的哥哥

妲丽亚

——彼特罗的妻子

杜尼娅

——格里高力的妹妹

司捷潘·阿司塔霍夫

——麦列霍夫家的邻居

阿克西妮亚(爱称:阿克秀莎)

——司捷潘的妻子,格里高力的情人

娜塔莉亚(爱称:娜塔什卡)

——格里高力的妻子

米伦·格里高力耶维奇·柯尔叔诺夫

——娜塔莉亚的父亲,富农

卢吉尼奇娜

——娜塔莉亚的母亲

米佳

——娜塔莉亚的哥哥

格里沙加爷爷

——娜塔莉亚的爷爷

谢尔盖·普拉托诺维奇·莫霍夫

——商人

伊丽莎白·谢尔盖耶芙娜(爱称:丽莎)

——莫霍夫的女儿

叶甫盖尼·尼古拉耶维奇·李斯特尼次基

——沙皇时代的军官

尼古拉·阿列克塞耶维奇·李斯特尼次基

——叶甫盖尼的父亲,退休将军,大地主

萨什卡老爹

——李斯特尼次基家的老马夫

奥西普(约瑟夫)·达维陀维奇·施托克曼

——共产党员

“杰克”

——莫霍夫家的磨坊工人

伊万·阿列克塞耶维奇·科特里亚洛夫

——磨坊里的机器匠

米沙·柯晒沃依

——哥萨克贫农

普罗霍尔·泽柯夫

——哥萨克农民

安尼凯

——哥萨克农民

贺里散福

——哥萨克农民

伊里亚·彭楚克

——共产党员

安娜·波古德柯

——女共产党员，彭楚克的爱人

贾兰沙

——具有进步思想的乌克兰人

波得捷尔柯夫

——党外布尔什维克，顿河苏维埃主席

科尔尼洛夫

——反革命白军头目

佛明

——哥萨克，曾参加红军，后叛变，成为土匪头子

库金诺夫

——哥萨克暴动军司令

不是犁头开垦出这沃野千里……

开出千里沃野的是战马铁蹄，

千里沃野种的是哥萨克头颅，

装扮静静顿河的是年轻寡妇，

静静的顿河靠千万孤儿点缀，

顿河的波浪本是滴滴父母泪。

啊，静静的顿河呀，我们的父亲！

顿河呀，你的水为什么这样浑？

唉，我静静的顿河水怎能不浑？

冰冷的水流在我顿河底翻腾，

白色的鱼儿在水中搅动不停。

——哥萨克古歌

静静的顿河，养育我们的父亲河呀，

亲爱的河，俄罗斯百姓的河呀，

有多少话儿把你赞颂，

把你赞颂，为你唱歌，

以前呀，你流得那样欢畅，

那样欢畅，又那样清亮，

可是如今呀，你泥沙滚滚，

从上到下都是这样浑。

亲爱的静静的顿河开言说：

“我的水怎么能不浑，

我放走了我的好男儿，

我放走了顿河哥萨克。

没有他们，陡峭堤岸就被冲垮，

没有他们，滩上就翻滚起黄沙。”

——哥萨克古歌

卷 一

一

麦列霍夫家的院子，就在村子的尽头。牲口院子的小门朝北，正对着顿河。从绿苔斑斑的石灰岩石头丛中往下坡走八俄丈，便是河沿：那星星点点的贝壳闪着珍珠般的亮光，水边的石子被河水冲得泛出灰色，就像一条曲曲弯弯的花边儿；再往前，便是奔腾的顿河水，微风吹动，河面上掠过一阵阵碧色的涟漪。往东，为打谷场作篱的一排红柳外面，是一条“将军大道”，大道中间是白色野蒿，还有受尽马蹄践踏，依然十分旺盛的褐色车前草。十字路口是一座小教堂，教堂背后便是笼罩着腾腾气流的原野。向南望去，是一道石灰岩的山梁。西面，是一条街道，这条街穿过一个广场，直通河边滩地。

上次俄土战争期间，哥萨克麦列霍夫·普罗柯菲回到村里。他从土耳其带回一个老婆——一个裹着披巾的瘦小女人。她总是把脸遮得严严的，难得露一露她那忧愁的、带点儿蛮气的眼睛。丝披巾流露着不可接近的神秘意味，那鲜艳夺目的绣花叫妇女们十分眼馋。这个被掳来的土耳其女人跟普罗柯菲家里的人都合不来，所以不久麦列霍夫老头子就把儿子分了出去。老头子一直耿耿于怀，至死都没有跨过儿子的家门。

普罗柯菲很快就安好了新家：请木匠搭了一座木房，又自己动手围了一个牲口院子，快到秋天的时候，便带着他的驼背的外国老婆搬往新居。他和她跟在装着家产的大车后面，在村子里走着，全村大人小孩都跑了出来。男子汉们不出声地窃笑，妇女们大声地喊叫，一群肮脏的孩子跟在普罗柯菲后面起哄，但是他敞着小褂，就像犁地时那样慢慢走着，黑黑的大巴掌握住老婆那柔嫩的小手，毫不在乎地昂着他那淡白色乱发的头，只有两边腮上鼓起和蠕动着两个大包，以及一直不动声色因而显得像石头一样的两道眉毛中间渗出了汗珠儿。

从那时候起，村子里就难得看到他了，就连集日里他也不肯出来。他住在紧靠顿河边自己的小房子里，过着与人不相往来的日子。村子里议论起他的古怪。放牛的孩子们说，他们好像看到，每天傍晚，太阳快落山的时候，普罗柯菲就抱起老婆，一直抱到鞑靼冈上去，把她放到土冈顶上，跟她一起背靠着一块被千年风雨侵蚀得千疮百孔的石头坐下来，一股劲儿地望着草原；一直要望到晚霞完全消失，普罗柯菲才把老婆用大衣包起，抱回家去。村里人纷纷猜测，为这种古怪行动寻找解释，妇女们连说闲话的时间都没有了。关于普罗柯菲的老婆也有各式各样的说法：有的说她漂亮得要命，有的说她丑得出奇。直到最勇敢、最爱刨根问底的娘儿们玛芙拉装作讨新鲜酵母到普罗柯菲家里去过一趟之后，才真相大白。普罗柯菲到地窖里去取酵母，玛芙拉趁这个机会看了个一清二楚：原来普罗柯菲弄到的土耳其老婆是一个顶不起眼的女人……

过了一会儿，红着脸、歪披着头巾的玛芙拉就站在胡同口对着一群妇女咋呼起来：

“谁知道他看上她哪一点！平平常常，女人罢咧……屁股不像屁股，肚子不像肚子，简直像一根棍儿。不如咱们的姑娘饱满。身子细得像马蜂，一折就断；两只眼睛又黑又大，我的天啊，两眼一瞪，就像个魔鬼。大概快要生孩子啦，真的！”

“要生孩子啦？”妇女们吃惊地说。

“看样子，早就不是姑娘，养过几个孩子啦。”

“脸蛋儿怎样？”

“脸蛋吗？黄黄的。眼睛蔫不拉唧的，看起来，在外乡外土日子过得不怎么甜。你们猜，她穿着什么……穿着普罗柯菲的裤子哩。”

“当真？……”妇女们一齐惊愕地失声叫道。

“我亲眼看到的，她穿的是男人裤子，只是没有镶绦，一定是他的便裤。她上身是一件老长的布衫，布衫下面便是男人裤子，裤腿掖在袜筒里。一看到她那种样子，我吓呆了……”

村子里悄悄流传着一种说法，说普罗柯菲的老婆会兴妖作怪。阿司塔霍夫家的儿媳妇（阿司塔霍夫家也住在村头，紧靠着麦列霍夫家）起着誓说，好像是在三一节的第二天，她在天亮之前亲眼看到普罗柯菲的老婆披散着头发，光着脚，到他们家牛棚里挤过牛奶。从那时起，牛的乳房就干瘪得像小孩子拳头那样大，不再出奶，不久牛就死掉了。

那一年，发生了前所未见的牛瘟，顿河边圈牛的沙滩上，每天都要出现一些大牛和小牛的尸体。牛瘟传到了马群中。村镇牧场上牧放的马群越来越稀疏。于是大街小巷流传起可怕的谣言……

哥萨克们举行过村民大会之后，直奔普罗柯菲家。

主人走到台阶上来迎接。

“诸位老人家，因何事光临舍下？”

人群朝台阶移动着，没有一个人讲话。

终于，一个略带酒意的老头子领先喊道：

“把你的妖精给我们拖出来！我们要审问她！……”

普罗柯菲连忙朝房里奔去，但是到过道里就被追上了。有一个诨号叫“车杠”的大个子炮兵抓住普罗柯菲的脑袋，一面朝墙上撞，一面说：

“放老实点，反抗是没有用的！……不干你的事，我们是要干掉你老婆。一定得把她除掉，不除掉她，全村的牲口都得死光。你要放老实些，要不然我把你脑袋撞碎！”

“把母狗拖出来！……”人们在台阶边吆喝着。

一个和普罗柯菲同团当过兵的哥萨克，将土耳其女人的头发缠在一只手上，另一只手捂住她那张开喊叫的嘴，飞速地将她从过道里拖了出去，摔到人们的脚下。一声尖利的叫喊穿透了吼叫的人声。

普罗柯菲冲破六个哥萨克的包围，奔进正房，从墙上扯下一把马刀。哥萨克们你拥我挤地从过道里退了出来。普罗柯菲在头顶上挥舞着寒光闪闪、响声嗖嗖的马刀，飞身跳下台阶。哥萨克们立刻阵脚大乱，四散奔逃。

普罗柯菲在仓房旁边追上了那个跑得很慢的、诨号“车杠”的炮兵，从背后斜劈下去，从左肩一直劈到腰部。哥萨克们撞倒篱笆桩，穿过打谷场，朝田野奔去。

半个小时之后，重新鼓起勇气的人们才悄悄走进院子。两个前哨战战兢兢地走进了过道。普罗柯菲的老婆躺在厨房门槛上，浑身是血，头很别扭地向后仰着，牙齿疼得朝外龇着，咬得出血的舌头在上下牙之间翻动着。普罗柯菲的头不住地晃动，眼睛直愣愣的，正用羊皮袄包裹一块哇哇直叫的肉团子——早产的婴儿。

* * *

普罗柯菲的老婆当天傍晚就死了。孩子的祖母，普罗柯菲的母亲，很可怜这个不足月的孩子，就把他抱回家去。

家里人把婴儿放到烘热的锯末里，用马奶喂他，过了一个月，认为这个黑黑的、带土耳其血统的孩子能够活下去了，便抱到教堂行了洗礼，给他取了个同祖父一样的名字——潘捷莱。十二年后，普罗柯菲刑满归来。一部修剪得整整齐齐、间有若干白毛的红胡子和一身普通的俄罗斯服装，使他变成了陌生人，不像一个哥萨克了。他把儿子领回去，又把家业恢复起来。

潘捷莱长成一个黑黑的、天不怕地不怕的小伙子。他的脸和他那匀称的身材都很像母亲。

普罗柯菲给他娶了一个街坊的女儿——一个哥萨克姑娘。

从那时候起，土耳其人的血就和哥萨克的血交流起来了。从此村子里出现了高鼻子的、分外俊美的哥萨克麦列霍夫家族，诨称土耳其佬。

潘捷莱埋葬了父亲，便一心一意振兴家业：翻修了房屋，将半亩左右的闲地圈进了宅园，盖了几座铁皮顶的棚屋和仓房。铁瓦匠遵照主人的吩咐，用剩余的铁皮剪成一对铁公鸡，装在仓房顶上。铁公鸡那逍遥自在的神态，使麦列霍夫家的院子里平添了无限喜气，呈现出一派自给自足和富裕康乐的景象。

到了垂暮之年，潘捷莱·普罗柯菲耶维奇胖了起来，身子粗了，背有点儿驼了，不过，看起来还是一个蛮结实的老头子。骨头干硬了，走起路来一瘸一拐的（年轻时参加沙皇阅兵典礼，骑马摔断了左腿），左耳朵上戴着一只半月形的银耳环，胡须和头发直到老年还是黑的，发起火来连命都不要。显然，这种情况使他的妻子过早地出现了老态——他的妻子当年是很漂亮的，如今已经臃肿不堪，满脸都是蛛网般的皱纹了。

已经娶了亲的彼特罗很像母亲：个头儿不高，蒜头鼻子，乱蓬蓬的小麦色头发，褐色的眼睛；但是小儿子格里高力却很像父亲：虽然比哥哥小六岁，却比哥哥高半个头，生着同父亲一样的鹰钩鼻子，在微微上挑的眼眶里，嵌着一对热情的扁桃形蓝眼睛，高高的颧骨上紧紧绷着一层棕红色皮肤。格里高力也和父亲一样有点儿驼背，甚至笑起来也和父亲一样粗犷。

父亲的爱女杜尼娅是一个长胳膊、大眼睛的未成年姑娘，再加上彼特罗的妻子妲丽亚和一个小孩子——麦列霍夫家一家人就齐了。

二

黎明时淡灰色的天空闪烁着寥落的晨星。风从黑云里钻了出来。顿河上的晨雾像一根烟柱似的移动着，碰到石灰岩的山冈，便顺着山坡铺展开去，又像一条灰色的无头蛇似的钻进了峡谷。左岸的河汊、沙滩、山沟、苇塘和露珠晶莹的树林都沐浴在通红通红的寒冷的朝霞里。太阳还在地平线下面懒洋洋的不肯升上来。

麦列霍夫家里，潘捷莱·普罗柯菲耶维奇第一个醒来。他一面走，一面扣着绣有许多小十字的衬衫领子，来到台阶上。满院子的青草都蒙上了银色的朝露。他把牲口放到小胡同里去。妲丽亚穿了衬裙跑去挤牛奶。露水溅在她那白嫩的光腿肚上，很像新鲜的奶汁。院子里草地上留下一行烟黄色的脚印。

潘捷莱·普罗柯菲耶维奇看着被妲丽亚踩倒的青草慢慢挺立起来，便走进正房。

庭园里的樱桃花凋谢了，萎蔫的粉红色花瓣落在开着窗户的窗台上。格里高力正趴着睡觉，一只手伸到床外。

“格里什卡，钓鱼去不去？”

“你说什么？”格里高力小声问，两条腿已经从床上搭拉下来。

“走，钓鱼要趁早。”

格里高力一面哼哧着，从衣架上扯下一条便裤穿上，将裤脚掖到白毛袜筒里，半天才穿好皮靴，因为好几次都把靴后跟穿歪。

“鱼食儿妈妈煮了没有？”他哑着嗓子问，一面跟着父亲朝过道里走去。

“煮好啦。你去解船，我一会儿就来。”

老头子把冒着热气的香喷喷的麦粒儿装好揣到小褂里，把落在地上的麦粒儿仔细地扫到手掌上，然后跛着左腿，一瘸一拐地向坡下走去。格里高力还迷里迷糊地坐在船上。

“往哪儿去？”

“往黑土崖。到咱们前天去过的那棵倒在水里的树旁边试试看。”

船尾在岸边泥土上划了一下，小船就落到水里，离了河岸。激流把小船冲得摇摇晃晃，看架势就要把小船掀翻了。格里高力并不划动双桨，只用一支桨掌握航向。

“你划呀。”

“等漂到河当中再划。”

小船穿过激流，向左岸驶去。村子里传来公鸡的叫声，鸡声通过水的折射，显得十分悠远。小船擦着壁立在水边的黑色石砾质土崖，来到一处河湾里停住。离岸五俄丈的地方，便是倒在水里的榆树露出水面的蓬乱的树枝。回旋的水流在榆树周围旋起一圈圈褐色的泡沫。

“解开钓丝，我来撒食儿。”父亲小声对格里高力说，一面将手伸进冒热气的罐子口。

麦粒儿撒到水里，发出清脆的溅水声，就像有人轻轻发出了“嗞”的声音。格里高力将几颗煮涨的麦粒儿穿到钩子上，咧嘴笑了。

“大鱼儿，小鱼儿，都来吃食儿！”

钓丝一圈一圈地落到水面上，又像弦一样向水里伸去，钓钩刚一接触到河底，钓丝又松弛下来。格里高力用脚踩住钓竿的一头，竭力不叫身子摇动，伸手去摸烟荷包。

“爹，恐怕钓不到……月亮还没圆呢。”

“带着火柴吗？”

“带着。”

“给我点个火儿。”

老头子抽着烟，望了望沉树后面冉冉上升的太阳。

“鲤鱼可不管这一套。有时候月亮不圆也会

出来。”

“倒霉，光是一些小鱼儿吃食。”格里高力叹了一口气。

小船旁边的水啪地向上一冒，随即又落了下去，一条两俄尺长、好像红铜铸成的鲤鱼，用弯弯的大尾巴划开水面，扑腾朝上一跳，水珠儿溅了一船。

“有门儿！”潘捷莱·普罗柯菲耶维奇用袖子擦了擦胡子上的水珠儿。

在沉入水中的榆树旁边，胳膊一般粗的树枝中间，同时跳出两条鲤鱼；还有一条，多少小一点儿，在空中打着旋儿，一下又一下、顽强地撞击着土崖。

* * *

格里高力焦急地嚼着已经湿透的烟卷头儿。还不耀眼的太阳已经升到半棵橡树高了。潘捷莱·普罗柯菲耶维奇撒完了所有的麦粒儿，很不开心地咬紧嘴唇，呆呆地望着一动不动的钓竿尖儿。

格里高力吐掉烟卷头儿，恨恨地望着烟卷头儿迅速地飞出去。他心里在骂父亲，因为父亲一大早就把他叫醒，不叫他睡够。因为空着肚子抽烟，嘴里发出一股烧猪鬃那样的臭味。他弯下腰，正要用手去捧水——这时候，离水面半俄尺的钓竿梢儿微微晃了晃，慢慢向下弯去。

“上钩啦!”老头子出了一口气。

格里高力精神一振，提了提钓竿，但是竿梢儿迅速地钻进水里，钓竿在手里弯成一个圈儿。有一股很大的力量，像一架绞车，将绷得紧紧的红柳条钓竿朝下拖。

“抓紧!”老头子哼哼着，把船从岸边摇开。

格里高力拼命提钓竿，但是提不起来。叭的一声，老粗的钓丝断了。格里高力因为失去平衡，晃了几下。

“像一头公牛!”潘捷莱·普罗柯菲耶维奇小声嘟哝说，一面往鱼钩尖儿上穿鱼食儿，老是穿不上。

格里高力激动地笑着，拴好新钓丝，又抛了出去。

鱼钩刚刚到达河底，竿梢儿就弯了。

“是它，鬼东西!……”格里高力惊叫起来，一面吃力地将冲向激流的大鱼从河底朝上拉。

钓丝琤琤响着划开水面，钓丝起处，水跟着上来，很像一块斜斜的淡绿色的布。潘捷莱·普罗柯菲耶维奇用短粗的手指捯动着捞网的木把儿。

“把它拉到水面上！抓紧，要不然会挣脱的！”

“没事儿！”

一条金红色的大鲤鱼来到水面上，搅起一阵泡沫，将圆圆的大脑袋一扎，又沉入水底。

“好大的劲儿，手都叫它扯麻了……哼，等着瞧吧！”

“格里什卡，抓紧！”

“抓紧啦——啦！”

“小心点儿，别让它钻到船底下！……小心点儿！”

格里高力喘着粗气，把平躺着的鲤鱼拉到了船边。老头子刚要探身用捞网去捞，但是鲤鱼又使出最大的力气，扎进了水底。

“把它的头提起来！让它喝点风，它就老实啦。”

格里高力提起鱼头，又把折腾得没有了力气的鲤鱼拉到小船边。那鲤鱼一面大张着嘴喘气，一面拿头朝起毛的船舷上一撞，就不动了，只有那忽闪忽闪的鱼翅闪着橙黄色的金光。

“缴枪啦！”潘捷莱·普罗柯菲耶维奇得意地说，一面拿捞网去捞。

又坐了半个钟头左右。捕捉鲤鱼的战场上没有动静。

“把钓竿收起来吧，格里沙。大概咱们只能钓到这一条啦，不会再来啦。”

收拾完毕。格里高力划动了小船。船行了一半路程，格里高力从父亲脸上的表情看出，父亲要对他说点什么，但是老头子却一声不响地望着散布在山脚下的本村一户一户的人家。

“你，格里高力，我有两句话……”他一面摸索着放在脚底下的麻袋上的绳结，一面犹豫不决地开口说，“我看出来，你好像跟阿司塔霍夫家的阿克西妮亚……”

格里高力脸涨得通红，扭过头去。衬衫领子勒进肉绷绷的、被太阳晒黑了的脖子，勒出一道白印儿。

“你小心点儿，小伙子，”老头子已经是很严厉和气冲冲地往下说了，“我不是随便跟你说着玩儿的。司捷潘是咱们的邻居，我不准你跟他老婆胡搞。

这种事会惹祸的。我事先提醒你：我要是看到了，就把你打死！”

潘捷莱·普罗柯菲耶维奇把手攥成疙疙瘩瘩的拳头，眯缝着凸出的眼睛，直看着儿子脸上的血色慢慢退了下去。

“都是胡扯！”格里高力嘟哝说，声音十分低沉，好像是从水底发出来的，并且对直地看了看父亲发青的鼻梁。

“你给我住嘴！”

“别人还会说什么好话……”

“住嘴，狗崽子！”

格里高力埋头划船。小船飞跑起来。船尾后面哗哗直响的水打起了漩涡。

路上两个人再没有说话。船快要靠岸的时候，父亲又提醒说：

“小心点儿，别忘了，要不然，从今天起就不准出去玩。不准离开家门一步。就这样！”

格里高力没有说话。在系船的时候，他问道：

“这鱼交给家里人吗？”

“拿去卖给买卖人吧，”老头子语调缓和了，“你换烟抽吧。”

格里高力咬紧嘴唇，跟在父亲后面走着。“爹，随你怎样发狠，你就是把我的腿拴起来，我今天也要出去玩。”他一面拿眼睛恶狠狠地盯住父亲那扁平的后脑勺，一面想。

格里高力在家里仔细地把沾在鱼鳞上的沙子洗掉，拿一根小柳条穿进鱼鳃。

他在大门口碰上了柯尔叔诺夫家的米佳。米佳跟他同岁，是他的老朋友。米佳一面走，一面玩着带饰物的皮带头，两只圆圆的、带点儿蛮横神情的眼睛，在狭窄的眼缝里闪着黄澄澄的油光，两个瞳仁像猫眼似的向上竖着，因此米佳的目光显得又灵活又不可捉摸。

“你带着鱼往哪儿去？”

“这是今天钓的。去卖给买卖人家。”

“给莫霍夫家，是吗？”

“是的。”

米佳拿眼睛估量了一下鲤鱼的分量。

“有十五磅吧？”

“十五磅半。我称过啦。”

“带我一块儿去，我帮你卖。”

“走吧。”

“请客不？”

“小意思，有什么好说的。”

人们做完祷告，纷纷来到街上。

诨号“沙米尔”[①]的三弟兄并排在路上走着。

一只胳膊的老大阿列克塞走在中间。勒得很紧的制服领子使他那肉绷绷的脖子挺得笔直，像弯弯的小楔子似的稀稀拉拉的小胡子神气活现地朝两边翘着，左眼睛不住地眨巴着。很久以前，阿列克塞打靶时步枪在手里炸了，枪栓的小铁块打坏了他的左腮。从那时起，一只眼睛就无缘无故眨个不停；一道青色的伤痕穿过左腮，一直通到鬓角。右臂一直断到肘部。但是阿列克塞用一只手也能巧妙地卷烟卷儿，而且卷得丝毫不差：他把烟荷包夹在凸出的胸膛上，用牙撕下要用的纸片，把纸片卷成漏斗形，把烟丝扒进去，然后神不知鬼不觉地用手指卷起来。别人还没有来得及回头看一下，阿列克塞已经眨巴着眼睛叼起卷好的烟卷，向人借火了。

---

①沙米尔：十九世纪高加索山民宗教民族主义战争的首领。

虽然只有一只胳膊，他却是本村第一个拳斗家。他的拳头也并不怎么特别，平平常常，只有药葫芦那样大。可是，有一次在耕地的时候，他对公牛生起气来，鞭子又找不到，就用拳头捶了一下，公牛就倒在犁沟里，耳朵出血，半天才爬了起来。两个弟弟，一个叫马尔丁，一个叫普罗霍尔，连极小的地方都很像阿列克塞。都是矮个儿，都跟橡树一样粗，只不过他们的胳膊都是成双的。

格里高力跟沙米尔家三弟兄打了招呼，米佳却把脑袋扭得咯吧响，走了过去。有一次谢肉节时举行拳斗，阿列克塞·沙米尔毫不怜惜米佳的嫩牙齿，挥拳一击，米佳就把两个槽牙吐在被铁鞋掌划得凹凸不平的灰白色冰面上了。

阿列克塞走到他们跟前，眼睛一连眨巴了五六下。

“把这玩意儿卖了吧！”

“卖给你。”

“什么价钱？”

“一对公牛，外加一个老婆。”

阿列克塞眯缝着眼睛，甩起半截胳膊：

“有意思，嘿，有意思！……哈哈哈，还要老婆哩……有一头小母猪，你要不要？”

“你自个儿留着配对儿吧，不然的话沙米尔家就要绝种啦。”格里高力回敬道。

教堂旁边的广场上有许多人。一位教会长老正在人群里把一只鹅举在头顶上，吆喝着：“半卢布！有人出过价钱啦。谁还肯多出？”

鹅扭动着长脖子，鄙夷地眯缝着珍珠般的眼睛。

旁边的一堆人当中，有一位胸前挂满十字章和奖章的白发老头儿正在手舞足蹈地讲话。

“我家的格里沙加爷爷在讲土耳其战争呢，”米佳朝那边瞟了一眼，“咱们去听听好吗？”

“等咱们听完了，鲤鱼就臭了，会胀得老大。”

“胀大了，分量会加重，对咱们有利。”

广场上有一座消防棚，棚里晾着一些断了提手的救火水桶。消防棚过去，便是莫霍夫家绿色的房顶了。格里高力从消防棚旁边经过时，吐了一口唾沫，捂起鼻子。有一个老头子，一面扣着裤子上的纽扣，用牙咬着腰带，从一个救火水桶后面走了出来。

“憋得冒泡儿啦?”米佳挖苦说。

老头子扣好最后一个纽扣，拿下嘴里的腰带。

“干你什么事?”

“该给你抹一鼻子，再加一胡子！叫你那老婆子一个礼拜都洗不清。”

“我来给你抹，下流货!”老头子生气了。

米佳站了下来，眯起一双猫眼睛，好像被阳光照的。

“哼，你算上流的啦。滚吧，老狗！你倒是没个完啦。你不滚，我用皮带抽你!”

格里高力一面笑着，来到莫霍夫家的台阶前。密密匝匝的野葡萄的阴影清清楚楚地投在栏杆上。台阶上是一片带光斑的轻轻摆动的凉荫。

“喂，米佳，看人家过的日子……”

“门把手都是镀了金的。”米佳推开阳台的门，扑哧笑道，“那位老人家要是跑到这儿来，就热闹啦……”

“谁呀?”阳台上有人朝他们问道。

格里高力怯生生地打头朝前走。鲤鱼尾巴扫着油漆地板。

“你们找谁？”

藤摇椅上坐着一位姑娘。她手里端着一碟子草莓。格里高力望着嚼过草莓的、饱满的、粉红色的心形嘴唇，一声不响。姑娘低下头，打量着两位来人。

米佳帮格里高力说话了。他先咳嗽了一声。

“你们家买鱼吗？”

“鱼吗？我这就去说一声。”

藤椅摇了两下，她站起身来，两只光脚穿着绣花拖鞋啪嗒啪嗒地朝前走去。太阳射透了白色的连衫裙，于是米佳看见了圆滚滚的腿那模糊的轮廓和衬裙上宽宽的波浪形花边。他惊讶地看到，一双光腿肚子是那样白，那样滑腻，只有两个圆圆的脚后跟上的皮肤是乳黄色的。

米佳推了推格里高力。

“咦呀，格里什卡，瞧那裙子……像玻璃一样，什么都看得清清楚楚。”

姑娘从过道的门里走出来，轻盈地坐到藤椅上。

“你们到厨房里去吧。”

格里高力踮着脚尖朝房里走去。米佳却站着不动，眯起眼睛，望着姑娘头上将头发分成两个金色半圆形的那道白印儿。姑娘用调皮而不安的眼睛打量了他一下。

“您是本村人吗？”

“是本村的。”

“是谁家的？”

“柯尔叔诺夫家的。”

“您的名字叫什么？”

“米佳。”

她仔细看了看自己的粉红色脚指甲，迅速地把两条腿蜷了回去。

“你们两个是谁逮的鱼？”

“是格里高力，我的好朋友。”

“您也常常逮鱼吗？”

“只要高兴，我也去逮。”

“用钓竿逮吗？”

“也用钓竿逮，照我们的说法，叫作钓鱼。”

“我也很想去逮鱼。”她沉默了一会儿，说道。

“那好说，要是您高兴，咱们就去。”

“怎么去法呢？去就去吧，一言为定啦？”

“钓鱼可要起早啊。”

“我起得来，不过得有人把我叫醒。”

“叫醒是可以的……可是，你父亲呢？”

“父亲怎样？”

米佳笑了。

“他会把我当贼……还要放狗咬我。”

“没有事！我一个人睡在拐角的屋子里。就是这个窗户。”她用手指了指，“你要是来叫我，敲敲我的窗户，我就起来了。”

厨房里传出说话的声音：那怯生生的，是格里高力的声音；那紧锣密鼓的，是女厨子的声音。

米佳玩弄着哥萨克皮带上发了乌的银片，一声不响。

“您娶亲了吗？”姑娘带着隐隐的笑容，问道。

“怎么？”

“没什么，随便问问。”

“没有，还是光棍儿。”

米佳的脸一下子红了，可是她却笑吟吟的，玩弄着落在地板上的一颗温室里生长的草莓，问道：“怎么回事儿，米佳，姑娘们喜欢您吗？”

“有的喜欢，有的不喜欢。”

“您说说……为什么您的眼睛很像猫眼睛？”

“像……猫眼睛？”米佳终于窘住了。

“就是的，像猫眼睛。”

“这恐怕是从娘胎里带来的……我是没有办法的。”

“究竟为什么不给您娶亲呢？”

米佳窘了一会儿，接着便恢复了常态，他觉得她的话里隐隐有一种讥笑意味，就闪了闪发黄的眼睛，说：

“我的媳妇还没有长大呢。”

她惊讶地将眉毛向上一挑，脸都红了，并且站了起来。

一阵脚步声从街上来到台阶上。

她那亲热的、带有开玩笑意味的笑，使米佳像碰到荨麻一样，浑身痒酥酥的。这时候，主人谢尔盖·普拉托诺维奇·莫霍夫从容不迫地踏着嘣嘣直响的肥大的软羊皮靴，气派十足地挺着肥胖的身躯，从退到一旁的米佳面前走了过去。

“找我的吗？”他连头都没有扭，一面走，一面问道。

“爸爸，是送鱼来的。”

格里高力空着手走了出来。

三

鸡叫头遍以后，格里高力才玩够了回到家来。一进过道，酸酸的啤酒花味和辛辣的薄荷香气就扑进鼻子。

他踮着脚走进正房，脱了衣服，把带镶绦的礼服裤子很仔细地挂好，画过十字，躺了下来。地上是一片金色的朦胧月光，窗棂在上面画了个十字。角落里，用绣花手巾罩着的镀银的圣像闪着黯淡的光。床头衣架上，一群被惊动的苍蝇一个劲儿地嗡嗡叫着。

他正要蒙眬入睡，可是哥哥的小孩子在厨房里哭了起来。

摇篮像没有上油的大车一样咯吱咯吱响了起来。妲丽亚用睡意蒙眬的声音嘟哝着：

“别哭，你这个坏孩子！又不睡，又不安全。”

她小声唱了起来：

小傻瓜，吹喇叭，
你上哪儿去啦？
我去看大马。
看的什么马？
那马金鞍金镫，
还挂一串金铃……

格里高力在有节奏的催人入睡的咯吱声中正要睡去时，想了起来："彼特罗明天就要入营去啦。剩下妲丽亚和孩子……我们收割庄稼的时候，大概他不会回来的。"

他把脑袋埋进热烘烘的枕头里，歌声一个劲儿地往耳朵里钻：

你的马在哪儿啊？
站在大门外头哪。
大门在哪儿啊？
叫大水冲跑啦。

一声嘹亮的马嘶把格里高力震醒。他听声音就知道这是彼特罗的战马。

因为睡意未退，手指没有劲儿，半天才扣好纽扣，又差点儿在涓涓流水般的歌声中睡去：

鹅在哪儿啊？
钻到芦苇里啦。
芦苇在哪儿啊？
姑娘们砍掉啦。
姑娘们在哪儿啊？
姑娘都出嫁啦。
哥萨克在哪儿啊？
都上战场去啦……

困得浑身无力的格里高力好不容易摸进了马棚，把马牵到了小胡同里。碰到蜘蛛网上，弄得脸上痒酥酥的，睡意一下子跑掉了。

一条波光粼粼、谁也不能走的月光路斜斜地穿过顿河。顿河上雾气腾腾，天空繁星点点。马在后面小心谨慎地挪动着四条腿。河边的斜坡很不好走。从对岸传来鸭子的嘎嘎叫声，岸边泥水里有一条鲇鱼在捕捉小鱼小虾，旋来旋去，打得水噼啪直响。

格里高力在水边站了很久。河边有一种潮乎乎的、并不难闻的霉烂气味。马嘴上滴下一粒粒小小的水珠儿。格里高力心里甜滋滋的，无牵无挂、快快活活、无忧无虑。他一面往回走着，望了望日出的地方，那晦暗的瓦青色已经消散了。

他在马棚旁边碰到了母亲。

“是你吗，格里什卡？”

“还能是谁？”

“马饮过了吗？”

“饮过啦。”格里高力懒洋洋地回答说。

母亲用围裙兜着生炉子用的干牛粪块，向后挺着身子，拖着两条老迈无力的光腿，嚓嚓地走着。

“你最好去把阿司塔霍夫家两口子叫醒。司捷潘要跟咱们家彼特罗一块走呢。”

格里高力精神一振，身上好像装上了强劲的、跳动不停的弹簧。浑身痒酥酥的，好像有许许多多小虫儿在爬。他跑过三道门槛，就咚咚地跑上阿司塔霍夫家的台阶。门没有上闩。司捷潘睡在厨房里铺开的一张车毯上，他的腋下是老婆的脑袋。

在渐浓的晨曦中，格里高力看到阿克西妮亚那撩到膝盖以上的内衣，看到了像桦树皮一样白嫩的、毫不羞耻地叉开的两条腿。他看了一下子，就觉得口里发干，心咕咚咕咚要跳出来。

他像小偷一样用眼睛扫了扫，用一种极不自然的声音沙哑地喊道：

“喂，谁在这儿？起来吧！”

阿克西妮亚哼哼哧哧地醒了过来。

“哎哟，是谁呀？哪一个呀？”她急急忙忙摸索起来，一只光胳膊夹在两腿中间，将内衣朝下拉。枕头上留下一滴睡梦中流出的口水；女人黎明时候是睡得最香的。

“是我。我妈要我来叫醒你们……”

“我们一下子就起来……我们这屋子里没办法下脚……因为有蛇蚤，我们睡在地上呢。司捷潘，起来吧，你听见吗？”

格里高力从声音听出来，她很不好意思，便赶紧走了出来。

* * *

村子里应征春季入营的有三十名哥萨克。集合地点是大操场。快到七点钟时，就有几辆带帆布篷的大车朝大操场赶来，哥萨克步兵和骑兵都穿着帆布春装，全副武装。

彼特罗在台阶上匆匆忙忙地缝着裂开的马缰绳。潘捷莱·普罗柯菲耶维奇在彼特罗的马跟前转悠着，时不时地往马槽里撒两把燕麦，喊一声：

“杜尼娅，干粮袋缝上了吗？猪肉放过盐了吗？”

满面红光的杜尼娅像小燕子一样穿过院子，从厨房朝屋子里走去，一面笑着，一面摆手回答父亲的喊叫：

“爹，你管你的事吧，我会给哥哥装得好好的，管保到天边也撒不掉。”

“马不吃吗？”彼特罗一面往麻线上涂唾沫，一面朝马点了点头，问道。

“吃着哩。”父亲郑重其事地回答说，一面用粗糙的手掌检查着马鞍毡垫。一块小木片或者一根草棍儿粘在毡垫上，虽说是件小事情，可是跑一阵子，就会使马背磨出血来。

“枣红马吃饱啦，爹，牵去饮饮吧。”

“叫格里什卡牵到河里去饮。喂，格里什卡，把马牵去！”

一匹高大、健壮、额上带白星的顿河马活泼愉快地朝前走去。格里高力把马牵到板门外，用左手轻轻摸了摸马背，骑了上去，马就快步跑了起来。在下坡处他想把马拢住，可是马已经跑溜了腿，越跑越快，跨着大步朝坡下跑去。格里高力向后仰着，几乎是躺在马背上，这时他看到一个女人挑着水桶正在下坡。他把马朝旁边一勒，掩着漫天的灰尘，直冲到水边。

阿克西妮亚一摇一晃地朝坡下走来，老远就大声嚷道：

“疯鬼！差一点儿叫马踩着我！你等着瞧吧，我去告诉你爹，就说你骑起马像疯子一样。”

“算了吧，好嫂子，别骂啦。你把男人送去入营以后，也许你家里的事还用得着我呢。”

“我才用不着你哩！”

“等割起庄稼来，你还要来求我呢。”格里高力哈哈笑着说。

阿克西妮亚站在跳板上，灵活地将扁担一摆，汲了一桶水，把被风吹得鼓起来的裙子夹在两膝中间，看了格里高力一眼。

“怎么样，你的司捷潘要走了吧？”格里高力问道。

“干你什么事？”

“瞧你……怎么，问问也不行吗？”

“要走啦。怎么样？”

“那么，你要守活寡啦？”

“守就守呗。”

马已经将嘴提起，哧哧地吸着直向下淌的水，一面朝顿河对岸望着，一面用前蹄踢打河水。阿克西妮亚将另一只水桶汲满，她将扁担在肩上顺了顺，就轻轻摇晃着朝坡上走去。格里高力牵起马跟了上去。风吹得阿克西妮亚的裙子扑扑直抖，一个个毛茸茸的小发卷儿被吹得不停地在黑乎乎的脖子上晃动着。沉甸甸的发髻上那花缎子绣花缠头巾通红通红的，掖到裙子里的粉红色女褂一点褶儿都没有，紧绷绷地裹住那笔挺的脊背和丰满的双肩。阿克西妮亚朝坡上走，身子向前弯着，小褂背后一道长长的脊梁沟清清楚楚地显露出来。格里高力看到女褂上因为胳肢窝里出汗褪色而出现的两个褐色圆圈儿。他注视着她的每一个动作，又想跟她说话了。

“大概，你会想你男人的吧？嗯？”

阿克西妮亚一面走着，一面扭过头来，笑了笑。

“怎么会不想呢？你快点娶媳妇吧，”她一面喘气，一面断断续续地说，“娶媳妇吧，娶了媳妇，就知道想不想了。”

格里高力赶了赶马，来到她跟前，看了看她的眼睛。

“可是有些娘儿们，送走自己的男人还高兴呢。我们家的妲丽亚，彼特罗不在家，会胖起来的。”

阿克西妮亚的鼻孔一张一合地喘着粗气，一面撩着头发，说：

“那就男人不是男人，成了吸血虫啦。真的，快给你娶媳妇了吧？”

“我不知道我爹的意思，恐怕要等到服过役以后吧。”

“你还小呢，别娶媳妇。”

“为什么？”

“麻烦透啦。”她蹙着眉头看了看，不张嘴地微微笑了笑。这时格里高力第一次发现，她的嘴唇是那样妖媚，那样丰润。

他一面梳理着马鬃，一面说道：

“娶亲我一点不想。就这样才会有人爱我呢。”

“是不是有苗头啦？”

“我有什么苗头……等你送走了司捷潘……”

“你别跟我胡缠！”

“你要打人吗？”

“我要告诉司捷潘……”

“我不在乎你的司捷潘……”

“等着瞧吧，好汉子，我叫你吃吃苦头！”

“别吓唬人吧，阿克西妮亚！”

“我不是吓唬人。你该去找姑娘们。让她们给你绣手绢儿，不要老是看着我。”

“我就是要看。”

“那你就看吧。”

阿克西妮亚妥协地笑了笑，朝路边跨了两步，想从马旁边绕过去。格里高力把马一横，拦住去路。

“放我走，格里什卡！”

“我不放。”

“别胡闹，我还得去给当家的收拾收拾呢。”

格里高力笑嘻嘻地逗弄着马，那马捯动着四条腿，把阿克西妮亚挤到了陡崖跟前。

“放我走，鬼东西，有人来啦！别人看见了，会怎么想？”

她用惊骇的目光朝两边瞧了瞧，皱着眉头、头也不回地走了过去。

彼特罗正在台阶上跟家里人作别。格里高力上好了马鞍。彼特罗手扶马刀，匆匆跑出门来，从格里高力手里接过马缰。

马觉察出要上路了，惶惶不安地捯动着四条腿，在嘴里来来回回地嚼着马嚼子，嚼得直冒泡沫。彼特罗一只脚伸进马镫，两手扳住鞍桥，对父亲说：

“爹，掉毛的马可别使坏了。到秋天，可以卖掉。该给格里高力弄一匹马啦。大草原上的青草，记住，不要卖掉：看现在的牧场，你自己也知道，将来能收割到怎样的干草。”

“好吧，上帝多多保佑，一路平安！”老头子画着十字说。

彼特罗熟练地一跨，他那敦实的身躯就上了战马。用手抻了抻上衣后面被腰带勒出的褶子，马就朝大门口走去。马刀把儿随着马的脚步上下跳动着，经阳光一照，熠熠闪光。

妲丽亚抱着孩子跟着走了出来。母亲站在院心里，用袖子擦着眼睛，又用围裙的边儿擦了擦哭红了的鼻子。

“哥哥，饼子，把饼子忘啦！……土豆馅饼！……”

杜尼娅像山羊一样蹦到了大门口。

“傻东西，你嚷什么？”格里高力十分心烦地对她吆喝道。

“饼子没有带！”杜尼娅靠在门上哼哼起来，眼泪滚到油乎乎、火辣辣的腮上，又从腮上滴到家常穿的小褂上。

妲丽亚用手掌遮着眼睛，注视着被灰尘罩住的丈夫的白色上衣。潘捷莱·普罗柯菲耶维奇摇晃着大门上一根腐烂的柱子，朝格里高力看了看。

“大门你要修一修啦，还要在角上栽一根柱子。”

他想了想，又像报告一件新闻似的说，“彼特罗走啦。”

格里高力隔着篱笆看到，司捷潘也要走了。穿起绿色毛布裙子的阿克西妮亚给他牵过马来。司捷潘微微笑着，对她说了句什么。他不慌不忙、拿出当家人的姿态吻了吻妻子，一条胳膊好久都没有从她肩上放下来。因为干活儿和太阳晒黑了的胳膊，搭在阿克西妮亚的白褂子上，显得像煤炭一样黑。司捷潘脊背朝格里高力站着；隔着篱笆可以看见他那紧绷绷的、刮得很漂亮的脖子，可以看见他那宽宽的、多少有点下垂的两肩；当他的头朝妻子俯下去的时候，还可以看见他那上翘的亚麻色胡子尖儿。

阿克西妮亚不知为什么笑着，并且不以为然地摇了摇头。司捷潘一踏上马镫，高大的乌骓马就晃动起来。乌骓马迈着急促的步子出了大门，司捷潘坐在鞍上，好像栽在上面似的，阿克西妮亚抓住马镫，跟他一起走着，并且朝上仰着头，恋恋不舍、难分难解，像小狗对主人那样望着他的眼睛。

他们就这样从邻居的房子前面走了过去，一拐弯，就不见了。

格里高力用眨也不眨的眼睛目送了他们很久。

四

傍晚，大雷雨要来了。村子的上空笼罩着褐色的浓云。被风吹皱了的顿河，把密密层层的一道道波浪朝岸边推来。村外树林后面，一道旱闪划破天空，稀疏的雷声震撼着大地。一只老鹰展开翅膀，在浓云下面盘旋着，一群乌鸦哇哇叫着追逐它。西方一片浓云，夹带着寒气，顺着顿河飘过来。河边滩地后面的天空黑沉沉的，十分可怕；草原沉默不语，好像在等待什么。村子里到处是关护窗的乒乓响声；老奶奶们做过晚祷出来，一面画着十字，一面急匆匆地往家走；大操场上空有一根灰色的尘土柱徐徐晃动着，被春天的干热烤焦的大地上已经落下第一阵雨点。

杜尼娅晃悠着两条小辫儿在院子里跑了一阵子，关上鸡窝的小门儿，就忽闪着鼻翼，在院心里站了下来，就像一匹马遇到了障碍似的。孩子们在街上玩得正欢。邻居家八岁的米什卡一只腿蹲在地上，打着旋儿。他父亲那顶大得不得了的制帽在他头上旋转着，遮住了他的眼睛。他尖声喊叫着：

快下雨，快下雨！
我们跑到树丛里，
拜耶稣，
求上帝。

杜尼娅十分羡慕地望着米什卡那一双裂了许多口子的光脚丫儿尽情地踩着泥巴玩儿。她也很想到雨地里去蹦蹦跳跳，去把头淋湿，好叫头发长得密密的、弯弯的；也像米什卡的伙伴那样，到路边土堆里去脚朝天倒竖起来，又勇敢地倒在蔷薇丛里。但是母亲正在窗户里望着，而且还气嘟嘟地吧嗒着嘴呢。杜尼娅叹了一口气，跑进屋里。雨下得又猛又密。一个焦雷就在房顶上炸了开来，炸出的碎片又朝顿河对岸滚去。

父亲和浑身是汗的格里高力正在过道里，从耳房里拖出一张缠着的大渔网。

“要粗线和钩针，麻利点儿！”格里高力朝杜尼娅喊道。

厨房里点起了灯。妲丽亚坐下来补渔网。老奶奶一面摇着孩子，一面嘟哝说：

“老东西，你总是喜欢想怪花样。躺下睡觉好啦，煤油一天比一天贵，你还要点。这会儿还打什么鱼？你们发什么疯？说不定还会叫大水冲走呢，瞧，院子里的水已经不得了啦。哎哟，哎哟，又是雷又是闪！我主耶稣，圣母娘娘保佑……”

一道耀眼的蓝光射了进来，厨房里静了片刻，可以听见雨点打在护窗上的沙沙响声，紧跟着就是咔嚓一个焦雷。杜尼娅哇呀叫了一声，将头埋到渔网里。妲丽亚对着门和窗画了几个小小的十字。

老奶奶用恐怖的眼睛望着正在脚下跟她亲热的小猫。

“杜尼娅！把它撵出去，该死的……圣母娘娘，饶恕我这个有罪的人吧。杜尼娅，把猫轰到院子里。去，你这妖精！滚吧……”

格里高力把网上的一根短棍儿掉在地上，不出声地笑得浑身直打哆嗦。

“喂，你们咋呼什么？住嘴！”潘捷莱·普罗柯菲耶维奇喊道，“娘儿们，快点补吧！前几天我还说过，叫你们看看渔网。”

“这会儿有什么鱼。”老奶奶正想说说呢。

“你不懂，就住嘴！这会儿正好在沙滩上逮鲟鱼。鱼害怕风浪，这会儿都朝岸边跑。浑水大概已经下来啦。喂，杜尼娅，跑出去听听：土沟里流水了吗？”

杜尼娅很不乐意地侧着身子朝门口走去。

“都是谁去啊？妲丽亚不能去，奶会受凉的。”老奶奶还是不肯罢休。

“我和格里什卡，另一张网——把阿克西妮亚叫上，另外再叫上一个娘儿们。”

杜尼娅气喘吁吁地跑了进来。雨点儿还挂在睫毛上，不住地哆嗦着。她身上发出一股湿漉漉的泥土气息。

“土沟里有水啦，水流得轰轰响哩！”

“你跟我们去吗？”

“还有谁去？”

“还要叫上两个娘儿们。”

“我去！”

“好，你披上斗篷，快去叫阿克西妮亚。她要是去，让她再叫上玛拉什卡·福罗洛娃！”

“那娘儿们不怕冻，”格里高力笑着说，“她身上的油，就像肥猪身上那样厚。”

“你最好带上点干草，格里什卡，”母亲劝他说，“放在心口下面，不然肚子会受凉。”

“格里什卡，弄点干草吧，你妈说的是实话。”

杜尼娅很快就领着两个女的来了。阿克西妮亚穿一件破褂子，腰里扎一根绳子，下面是一条蓝色衬裙，她个头儿显得矮了，也细了。她一面跟妲丽亚说笑，一面从头上解下头巾，把头发紧紧地挽成一个鬏儿，又仰起头，裹好头巾，然后冷淡地扫了格里高力一眼。肥胖的玛拉什卡在门口扎着袜子，用伤风的喉咙沙哑地说：

“口袋带上了吗？我的天，咱们今天要变鱼了。”

大家来到院子里。雨点密密麻麻地朝泡软的土地上倾注着，打得一个个水洼里纷纷冒泡儿，又汇成一股一股的流水朝顿河流去。

格里高力走在最前面。有一种不明原因的愉快心情催促他往前走。

“小心，爹，这儿有一道沟。”

“好黑啊！”

“走稳，阿克秀莎，靠着我，下黑牢咱们一块儿。”玛拉什卡哑着喉咙哈哈笑道。

“你瞧瞧，格里高力，好像是到麦丹尼柯夫码头了吧？”

“就是的。”

“就在这儿……下网……”潘捷莱·普罗柯菲耶维奇顶着呼呼叫的风，大声喊道。

“听不见，大叔！”玛拉什卡哑着喉咙喊。

“撒网，准能行……我打深处下网。我说，我打深处……玛拉什卡，聋鬼，你朝哪儿拉呀？我去深处下！……格里高力，格里什卡！就让阿克西妮亚打岸上下吧！”

顿河上一片咆哮声、怒吼声。风把斜斜的雨帘撕成碎片。

格里高力一面用脚试探着河底，半截身子下到水里。一股挡也挡不住的冷气一直爬到胸部，像一道铁箍似的箍得心脏紧紧的，波浪像鞭子一样，不住地抽打着脸，抽打着紧紧眯起的眼睛。渔网像球一样鼓胀着向深处沉去。格里高力穿着毛袜的两只脚在河底沙里直打滑。网绳老是要从手里挣脱……越走越深，越走越深。一道坎子。两脚站都站不住。水流一阵一阵地把人往河中心冲，把人直往里面吸。格里高力使劲用右手划着朝着边上走去。黑咕隆咚的、轻轻晃动的深水，使他从来没有这样害怕。一只脚高兴地踩到了松软的河底。有一条鱼撞到膝盖上。

“打深地方绕过去！”从一片黑乎乎的地方传来父亲的声音。

渔网一歪，又要往深处沉，水流又在冲着脚下的泥土，于是格里高力仰着头在水里游了起来，不住地朝外吐水。

“阿克西妮亚，还活着吗？”

“眼下还活着。”

“雨小啦，好像要停了吧？”

“小雨要停，可是大雨马上就要来啦。”

“你小声点儿，我爹听见，会骂的。”

“你怕你爹啊，也算是……”

沉默了一会儿。水像黏黏的面团，人在里面动一动都很困难。

“格里高力，河边好像有一棵沉树。要绕过去。”

一个巨大的浪头，把格里高力冲了很远。河水轰隆轰隆地拍溅着，好像是一块巨石从悬崖上落到了水里。

“啊……啊……”阿克西妮亚不知在岸上什么地方尖声喊叫着。

格里高力吓坏了，从水里钻出来，朝叫声游去。

“阿克西妮亚！”

只有风声和河水轰隆轰隆的流动声。

“阿克西妮亚！”格里高力吓得浑身发冷，叫喊道。

“哎——嗨！！……格——里——高——力！”远处隐隐传来父亲的声音。

格里高力拼命朝前划着。有什么东西直缠腿，用手一抓，原来是渔网。

“格里高力，你在哪儿呀？……”阿克西妮亚带着哭腔喊道。

“刚才你怎么不答应？……”格里高力生气地喊叫着，一面连手带脚往岸上爬。

他们两个蹲下来，浑身打着哆嗦，动手去解乱成一团的渔网。破裂的云块缝隙里钻出了月亮。河边滩地那边，雷声沉闷地响着。大地还没有吸尽的雨水在闪闪发光。大雨洗过的天空又明净又清澈。

格里高力一面解渔网，一面注视着阿克西妮亚。她脸色煞白，但是微微向外翻的两片红嘴唇已经在笑了。

“一个浪头把我朝岸上打来，”她喘着气说道，“我的魂都吓掉了。吓死我啦！我以为你淹死了呢。”

他们的手碰在了一起。阿克西妮亚试探着把自己的一只手伸进他的上衣袖子。

“你的袖子里好暖和，”她诉苦似的说，“我可是冻坏了。浑身都疼。”

“这是该死的鲇鱼撞的窟窿！”

格里高力把渔网中间的窟窿撑开，窟窿直径有一俄尺半。

有一个人从沙滩上跑来。格里高力猜出那是杜尼娅。还离很远就朝她喊道：

“你有线吗？”

“有。”

杜尼娅气喘吁吁地跑到跟前。

“你们干吗在这儿坐着？爹要我来叫你们赶快到沙滩上去。我们在那儿逮到满满一口袋鲟鱼啦！”杜尼娅的声音中有一种毫不掩饰的得意味道。

阿克西妮亚磕打着牙齿，补好网上的窟窿。为了让身子暖和暖和，他们大步朝沙滩上跑去。

潘捷莱·普罗柯菲耶维奇用泡得起皱并且像淹死的人那样涨得老粗的手指在卷烟卷；他一面蹦跳，一面夸耀说：

“一网就逮了八条，又一网……”他停了停，抽起烟来，不说话，拿脚踢了踢口袋，叫人自己去看。

阿克西妮亚好奇地看了看。口袋里有扑棱扑棱的声音，那是活鲟鱼在蹦。

“你们怎么没逮到？”

“鲇鱼把网撞破啦。”

“补好了吗？”

“马马虎虎，把网眼儿连了连……”

“好吧，咱们拖到拐弯处就回家。拖着走，格里什卡，你在想什么心思？”

格里高力迈动两条麻木的腿。阿克西妮亚浑身哆嗦得厉害，格里高力通过渔网就觉察出她在打哆嗦。

“别哆嗦啦!”

“能不哆嗦倒是好，可是我连气都喘不上来啦。”

“这一下子来啦……给我上来吧，该死的鱼!”

一条大鲤鱼在网里蹦跳着。格里高力加快脚步，拉紧网绳，收着渔网；阿克西妮亚弯起腰朝岸上跑。向后退去的水在沙滩上哗哗响着，鱼在扑棱扑棱地跳动。

“咱们走滩地回家吗?”

“走树林子近一些。喂，你们那里怎么样，快收拾好了吗?”

“你们走吧，我们赶得上。我们还得把网涮一涮。”

阿克西妮亚皱着眉头，拧了拧裙子上的水，把装了鱼的口袋搭到肩上，几乎在沙滩上跑了起来。格里高力背着渔网。走了百十步，阿克西妮亚哎呀一声，说：

“我没劲儿啦！两条腿都冻木啦。”

“这儿有一堆去年的干草，是不是可以钻进去暖和暖和?”

"去就去。要不然不等到家就冻死啦。"

格里高力把草堆上盖的东西掀到一边，掏了一个洞。压实的干草发出一种热烘烘的霉烂气息。

"钻到里面去吧，就像热炕头一样。"

阿克西妮亚扔下口袋，钻进去，直到干草抵着脖子。

"这可真是天堂！"

格里高力冻得打着哆嗦，挨着躺下来。阿克西妮亚那湿漉漉的头发散发出一股温柔醉人的气息。她把头一仰，躺了下去，用半张开的嘴唇均匀地呼吸着。

"你的头发气味真像醉花儿。知道吧，就是一种小小的白花儿……"格里高力弯下身子，小声说。

她没有说话。她望着弯弯的残月，目光显得迷茫而又深沉。

格里高力从口袋里抽出手来，突然搂住她的头。她猛烈地挣扎着，欠起身来。

"放开我！"

"别作声。"

"放开，不然我可要嚷啦！"

“阿克西妮亚，你敢嚷……”

“潘捷莱大叔！……”

“是迷路了吗？”潘捷莱·普罗柯菲耶维奇在山楂树丛里回答，离得非常近。

格里高力咬紧嘴唇，从草堆上跳下来。

“你喊什么？是迷路了吧？”老头子一面朝跟前走，一面又问道。

阿克西妮亚站在草堆跟前，整理起歪到了后脑勺上的头巾，头上在冒着热气。

“迷路倒是没有，可是真把我冻死啦。”

“嘿，真是妇道人家，瞧，这儿有草堆。暖和暖和吧。”

阿克西妮亚笑了笑，弯下身去拿口袋。

五

入营的集合地点是谢特拉柯夫村。从本村到那里有六十俄里。彼特罗·麦列霍夫和司捷潘·阿司塔霍夫坐在一辆大车上。跟他们一起的还有同村的三个哥萨克；一个是菲多特·包多甫斯柯夫——是一个年轻的、有点儿像加尔梅克人的麻脸哥萨克；一个是贺里散福·托金——是御林军阿塔曼团的第二期兵，外号叫“基督儿子”；还有一个是炮兵伊万·托米林，他是往彼尔西阿诺夫镇去的。喂过一次料之后，就把贺里散福的两寸马[1]和司捷潘的大青马套到车上。其余三匹马都没有卸鞍，跟在车后面走。赶车的是贺里散福，他跟大多数阿塔曼团的士兵一样，身强力壮，又有点儿傻里傻气。他把脊背弯得像车轮子一样，坐在前面，挡住射进车篷的光线，用粗喉咙大嗓门儿吆喝着马。彼特罗·麦列霍夫、司捷潘和炮兵托米林抽着烟，躺在罩着一块新帆布的大车里。菲多特·包多甫斯柯夫在后面步行；可以看出，他那两条加尔梅克式的罗圈腿走在灰尘飞扬的大路上，并不觉得劳累。

贺里散福的车子走在最前头。后面还跟着七八辆大车，车后都拴着卸了鞍的和没有卸鞍的马。

大路上一片哄笑声、叫喊声、悠扬的歌声、赶马声以及空马镫的撞击声。

---

①两寸马即高两俄尺零两俄寸的马。哥萨克参加沙皇军队，必须自带马匹，马的高度不得低于两俄尺零半俄寸。——作者注

彼特罗的头枕在干粮袋上。他躺着，捻着黄黄的长胡子。

“司捷潘！”

“干吗？”

“……咱们来唱支军歌，好不好？”

“太热啦。喉咙干得冒烟。”

“附近村子里可没有酒店，别瞎想啦！”

“好吧，你开头。算啦，你不行。嘿，你们家的格里什卡才真是个高音歌手呢！拉起长声来，哪里像唱歌，简直是一条银线。我跟他常在游戏场上一起唱。”

司捷潘把头仰起，清了清嗓子，用低沉而洪亮的声音唱了起来：

啊，朝霞呀，红通通，
你很早就升上天空……

托米林学女人的样子，拿一只手托住腮，用细声细气、如怨如诉的嗓门儿跟着唱了起来。彼特罗微微笑着，把一撮小胡子放到嘴里，看着这个胸粗气壮的炮兵憋得鬓角上的青筋凸了出来。

年轻的姑娘,她呀,
很晚才出门,挑着水桶……

司捷潘跟贺里散福头靠头躺着，他用一只手托着头，转来转去；那紧绷绷的漂亮的脖子通红通红的。

“贺里散福，帮帮腔!”

小伙子呀,不怠慢,
拉出马呀,加上鞍……

司捷潘那凸出的大眼睛里射出的含笑的目光又转向彼特罗，于是彼特罗吐出嘴里的小胡子，也跟着唱了起来。

贺里散福张开他那胡子拉碴的大嘴，拼命吼叫着，震得车篷的帆布顶直哆嗦:

骑上枣红马呀,
就把那姑娘赶……

贺里散福把一只老长的光脚板横放着，等着司捷潘再往下唱。司捷潘闭起眼睛——那出汗的脸躲在阴影里——亲亲热热地领着大家唱，声音有时低得像耳语，有时高得像钢铁声：

姑娘呀姑娘，请你让让吧，
让我在河里饮饮马……

贺里散福又用洪钟般的声音把许多人的声音压下去。后面几辆车上有许多声音加入合唱，车轮磨得车轴吱扭吱扭响着，马匹被灰尘呛得不住地打着喷嚏，悠扬、嘹亮的歌声像春水一样在大路上空流动着。有一只白翅膀的凤头麦鸡，从快要枯竭的草原水泊中晒成棕色的湖苇丛里飞了出来。那麦鸡一面叫着，一面向一处洼地飞去，还不住地扭头，用碧玉般的小眼睛望望撑着白篷的大车行列，望望荡起一路灰尘的马匹，望望穿着落满灰尘的白上衣在路边走的人们。麦鸡朝洼地落去，黑黑的胸脯冲到萎蔫的、被野物踩乱的草上，再也看不到大路上的情景了。可是车辆仍旧在大路上轰隆轰隆前进着，鞍下已经汗水淋漓的马匹依旧很不情愿地迈动着四条腿；只是那些穿灰上衣的哥萨克很快就离开自己的车子，跑到最前头一辆车子跟前，围成一堆，笑得直捧肚子。

司捷潘挺起身子站在车上，一只手扶住帆布篷顶，另一只手轻轻挥动着，用短促、轻快、绕口令式的调子唱了起来：

别在我身边坐，
别在我身边坐，
别人会说你爱我，
说你爱我，
说你找我，
说你爱我，
说你找我，
可我不是寻常人家姑娘……

几十个粗大的声音半路上接了上去，闹哄哄地唱了起来，歌声随着大路上的尘土飞扬开去：

可我不是寻常人家姑娘，
不是寻常人家姑娘——
我是贼家姑娘，
我是贼家姑娘——

贼家姑娘不寻常，
我爱的是公爵家儿郎……

菲多特·包多甫斯柯夫吹起口哨；马匹弯着四条腿，把套绳拉得笔直；彼特罗从车篷里朝外探着身子，又笑，又挥舞军帽；司捷潘笑嘻嘻地，顽皮地摇晃着肩膀；尘土像一道土冈似的在大路上移动着；贺里散福解开老长的上衣上的腰带，头发乱蓬蓬的，浑身大汗淋漓，蹲下身子跳着朝前走，两条腿像飞轮一样旋转着；他皱着眉头，哼哼着，学着小孩子的样子；灰绸子一般的土路面上，留下他的一双光脚踩出的许多奇形怪状的大脚印。

六

一行人在一座上部很宽、顶上是一层黄沙的土冈旁边停下来过夜。

黑云从西方涌来。黑色的云片上洒下雨点。大家把马牵到水塘里去饮水。塘边的柳树被风吹得垂头丧气地弯下了腰。水面上是停滞不动的绿萍和粼粼的细波，水里映照着纵横飞驰的闪电。风吝啬地洒着雨点，好像是往大地的一只脏手里撒施舍的金钱。

大家把马腿绊了起来，让马自己吃草，派三个人担任守卫。其余的人生起火来，把锅吊在车辕杆上。

贺里散福在煮饭。他一面用勺子在锅里搅着，一面对坐在周围的哥萨克们讲往事：

“……一座土冈，很高，大概就跟这座差不多。我对我去世的爹说：‘咱们不经任何许可，就挖这座土冈，阿塔曼[1]会不会不叫咱们挖呢？’”

“他在这儿瞎扯什么？”从马匹那里回来的司捷潘问道。

“我在讲我跟我去世的爹寻找金银财宝的事呢。”

---

①阿塔曼：帝俄时代，哥萨克中所选出的各级长官都这样称呼。顿河军区的长官就叫军区阿塔曼，各镇的长官就叫镇阿塔曼，哥萨克军队出征时要选举特别的阿塔曼，叫出征阿塔曼。从广义上来说，这个词的意思就是首领。随着顿河哥萨克的独立性完全丧失，所有哥萨克军队的阿塔曼这一称号已经归皇位继承人所有了；实际上哥萨克军队都是由派任的阿塔曼在领导了。——作者注

译者按：后文中“阿塔曼”这个词将根据具体情况译为“村长”“乡长”“将军”等。

“你们在哪儿找过金银财宝？”

“这个吗，老兄，就在菲琪索夫山谷后面。你是知道的，那儿有一座梅尔库洛夫冈……”

“不错，有的……”司捷潘蹲下来，将一块小木炭放在手掌上。将烟卷凑在木炭上，吧嗒着嘴吸了半天，将木炭在手上翻转了好几次。

“好，听我说。于是我爹说：‘走，孩子，咱们就去挖挖梅尔库洛夫冈。’他听爷爷说过，这个土冈埋藏着金银财宝。可是金银财宝并不是每个人都能弄到手的。我爹就对上帝许愿，说：你要是把金银财宝赏给我，我要盖一座很漂亮的教堂。这一下子我们就拿定了主意，出了门，朝土冈奔去。那是镇上的公地，除了阿塔曼，别人都不会起疑。我们到了那里，天还没有黑。我们一直等到天慢慢黑下来，才把马绊住，我们就带着铁锹爬到冈顶上。就从冈顶正当中挖起。挖了一个四五尺深的坑，土地因为年深月久已经板结，简直跟石头一样。我浑身已经湿透。我爹一直在小声祷告着。可是，伙计们，信不信，我肚子里却咕噜咕噜直响……夏天嘛，不用说，吃的就是那么一些玩意儿；除了酸牛奶就是克瓦斯……肚子里难受得要死，憋都憋不住，直放屁！我去世的爹说：‘呸，你这坏小子！我在祷告，你却连屁都憋不住，叫人连气都没法子喘。滚，滚到冈下去吧，要不然我用锹把你的头砍下来。就因为你这个坏小子，金银财宝会钻进地里去。’我到冈子脚下躺了下来，肚子疼得厉害，像针扎一样，可是我那去世的爹是个身强力壮的汉子，他还在一个人挖呢。他挖到了一块石板，就把我喊了去。我于是用铁棍撬了撬，把石板掀起……伙计们，信不信，那天夜里有月亮，可是石板下面还是亮闪闪的……”

“哼，贺里散福，你瞎扯！”彼特罗忍不住说道，一面笑着，一面揪着胡子。

“怎么‘瞎扯’？滚你娘的！”贺里散福提了提肥大的裤子，对听众扫了一眼，“不是的，不是瞎扯！是真事，千真万确！”

“快往下说吧！”

“是这样，伙计们，亮闪闪的。我一看，原来是烧剩的煤炭。大概有四担。我爹说：‘下去，孩子，把炭掏出来。’我爬了下去。掏呀，掏呀，掏这种该死的玩意儿，一直弄到天亮。天亮了，于是我一看，是他，他来了。”

“谁?”躺在马衣上的托米林问道。

“阿塔曼嘛，还能是谁。他坐轻马车来了。他说：‘不像话，谁叫你们干的?’我们一声不吭。他于是把我们抓起来，送到镇上。前年还传我们去过堂，可是我爹有先见之明，及早死掉了。只好书面上报，说此人已不在人世。”

贺里散福把一锅热气腾腾的稀饭拿下来，到大车上去拿勺子。

“你爹怎么回事儿?许过愿盖教堂，为什么后来没有盖?”司捷潘等他拿勺子回来，问道。

“你好糊涂，司捷潘，挖到的是煤炭，他会去盖教堂吗?”

“既然许了愿，就应当盖。”

“关于煤炭，没有许什么愿，至于金银财宝嘛……”

火焰被笑声震得抖了起来。贺里散福从锅上抬起他那傻里傻气的脑袋，还没有弄清是怎么回事儿，他那浑厚的哈哈大笑声就压倒了别人的笑声。

七

阿克西妮亚十七岁嫁给了司捷潘。她是从沙土地带，从顿河那边的杜布洛夫村嫁过来的。

在出嫁前一年的秋天，她在草原上离村八俄里的地方耕地。有天夜里，她的父亲——一个五十岁的老头子——把她的手捆起来，强奸了她。

“你要是露出一句，我就宰了你；你要是不说出去，我给你买一件长毛绒褂子和一双长筒套靴。你给我记住：一有什么苗头，我就宰了你……”他对她连哄带吓唬。

当天夜里，阿克西妮亚只穿一条撕破的衬裤，跑回村里。她倒在母亲的脚下，呜呜地哭着把事情讲了……母亲和哥哥——哥哥是阿塔曼团的士兵，刚刚退伍回来——套起车，把阿克西妮亚带上，就朝父亲奔来。为八俄里的路程，哥哥几乎把马赶死。他们在停车的地方找到了父亲。他醉醺醺的，睡在一件铺开的褂子上，旁边有一个空酒瓶。阿克西妮亚眼看着哥哥从车上抽下一根车杠，用脚把睡着的父亲踢醒，简单地问了几句，就用包了铁皮的车杠朝老头子的鼻梁打去。他和母亲两人把老头子打了有一个半钟头。一向温顺而且上了年纪的母亲发狂地狠揪已经失去知觉的丈夫的头发，哥哥拼命用脚踢。阿克西妮亚躺在大车底下，把头蒙起来，一声不响地哆嗦着……天亮前，把老头子拉回家。他怨声怨气地哞哞哼叫着，拿眼睛在房里到处扫，寻找躲藏起来的阿克西妮亚。血从扯掉了耳翅的耳朵里直往枕头上涌。傍晚他就死了。家里人对外人说，他是喝醉了酒从车上滚下来跌死的。

可是过了一年，媒人就坐着漂亮的四轮马车来向阿克西妮亚求亲了。司捷潘个头儿高高的，脖子挺挺的，身材十分匀称，姑娘一下子就看中了，双方就定好在秋天开斋时节举行婚礼。秋末的一天，已经开始冷了，到处能听到愉快的冰响声，这一对年轻人举行了婚礼；从此阿克西妮亚就成了阿司塔霍夫家的少当家的。婆婆是一个身材高大的老人家，害过一种很厉害的妇女病，害得身子佝偻起来，吃过喜酒以后的第二天，她一大早就把阿克西妮亚叫醒，把她带到厨房里，胡乱拨动着火叉，说：

“听我说，我的好儿媳妇，我们娶你来，不是叫你享清福和睡大觉的。你先去挤牛奶，然后到灶上来做饭。我老了，没有力气操持了，你就把家管起来吧，家里事情都是你的了。”

也就在这一天，司捷潘在仓房里有计划地把年轻的妻子狠狠打了一顿。朝肚子上打，朝胸膛、朝脊背上打；打得叫人看不出来。从这时起，他就经常到外面去喝酒，跟守活寡的风流娘儿们鬼混，几乎每夜都出去，每次出去，都把阿克西妮亚锁到仓房里或者小屋子里。

在生孩子以前的一年半时间里，他一直是对她又打又骂。生孩子以后，他安生一些了，但还是不怎么心疼她，依然很少在家里过夜。

家务繁重，养的牲口又多，阿克西妮亚十分劳累。司捷潘懒得干，他总是把头一梳，就出去找伙伴们抽烟、打牌，扯扯东家长西家短。照料牲口是阿克西妮亚，屋里屋外也都是她。婆婆帮不了什么忙。忙活一下子，就要躺到床上，把焦黄的嘴唇抿成一条缝，用疼得直打翻的眼睛望着顶棚，哼哼着，缩成一团。在这种时候，她那到处是难看的大黑痣的脸上就会冒出无数的汗珠儿，眼睛里汪着泪水，而且泪珠儿会一颗又一颗、连续不断地流下来。阿克西妮亚就放下手里的活儿，躲到角落里，又害怕又怜悯地望着婆婆的脸。

一年半以后，婆婆死了。那一天早晨，阿克西妮亚的产前阵痛开始了。但是快到中午的时候，孩子出生前一小时，婆婆走着走着，死在旧马棚的门口。接生婆为了让醉醺醺的司捷潘不要到产妇跟前来，从房里跑了出去，这才发现阿克西妮亚的婆婆已经蜷着腿躺在地上了。

生过小孩以后，阿克西妮亚跟丈夫亲近了，但她对他并没有感情，纯粹是一种女人的怜悯心，再就是一种习惯。孩子不到一周岁就死了。生活又恢复原来的样子。当麦列霍夫家的格里什卡拦路调戏她的时候，她心慌地感觉到，这个黑黑的、和蔼可亲的小伙子有一股吸引力吸引着她。他顽强地、带着牛那样的倔劲儿拼命地追求她。这种顽强劲儿搅得阿克西妮亚心慌意乱。她看出，他不怕司捷潘；她内心感觉到，他是不会善罢甘休的；她理智上不希望这样，拼命抵抗，可是她自己发觉，不论是过年过节，还是在平时，她都更仔细地打扮自己，尽管自己不承认，实际上却总想经常让他看到。每当格里什卡的两只黑眼睛直勾勾、火辣辣地盯着她的时候，她心里又温暖又愉快。每天清早起来去挤牛奶，她都要笑，而且，还不明白是为什么，心里就念叨起来："今天有高兴的事。什么事？格里高力……格里什卡……"这种占据了她的心的新感情使她很害怕，心里觉得好像是踏着三月里千疮百孔的冰面穿过顿河，战战兢兢，提心吊胆。

送司捷潘入营以后，她决心尽量跟格里高力少见面。那次拉网捕鱼以后，她又把这一决心加固了一番。

八

在三一节的前两天，村里人在分草地。潘捷莱·普罗柯菲耶维奇参与了分草地的事。他回来吃午饭，哼哧哼哧地脱掉靴子，一面舒舒服服地搔着走胀了的腿，一面说：

"分给咱们的一块靠近红土崖。草不怎么太好。

上面一头一直抵到树林子，有些地方光光的，一根草都没有。冰草这儿一片，那儿一片。”

“什么时候割？”格里高力问道。

“三一节就开镰。”

“你们带妲丽亚去吗？”老奶奶皱着眉头问道。

潘捷莱·普罗柯菲耶维奇将手一甩，那意思是说：你少啰唆！

“用得着，就带。快去弄饭吃吧，站着干什么，瞎操心！”

老奶奶砰的一声揭开锅盖，从锅里盛出烧好的菜汤。吃饭时，潘捷莱·普罗柯菲耶维奇把分地的事讲了很久，说村长老奸巨猾，差点儿把参加村会的人都蒙混过去。

“那一年他也使过坏点子，”妲丽亚插嘴说，“大家都在量地分地，可是他一个劲儿地调唆玛拉什卡·福罗洛娃抓阄。”

“老畜生。”潘捷莱·普罗柯菲耶维奇一面嚼着，一面骂道。

“爹，谁去搂草和堆草呢？”杜尼娅畏畏缩缩地问。

“你不能去吗?”

“爹，我一个人弄不过来。”

“就叫阿司塔霍夫家的阿克西妮亚跟咱们一块去干吧。前些天司捷潘求咱们替他割一割。应该帮帮忙。”

第二天早晨，米佳·柯尔叔诺夫骑着一匹上了鞍的白腿儿马来到麦列霍夫家门前。雨点滴滴答答地落着。村子上空黑云密布，米佳在马上弯下身子，开了板门，走进院子。老奶奶在台阶上冲他嚷了起来。

“你这坏小子，跑来干什么?”她很不客气地问道。她不喜欢这个爱打架、愣头愣脑的米佳。

“伊莉尼奇娜大婶，你怎么啦?”米佳一面往栏杆上拴马，一面惊异地问道，“我是来找格里什卡的。他在哪儿?”

“在棚子里睡觉呢！你怎么，腿瘫了吗?不能走着来吗?”

“大婶，你管得真宽！”米佳不高兴地说。他甩着他那挺漂亮的鞭子，抽打着亮闪闪的皮靴筒子，摇摇晃晃地朝棚子里走去。

格里高力睡在一辆卸去前辕的大车上。米佳像瞄准时那样眯起左眼，用鞭子抽了格里高力一下。

“起来，庄稼佬！”

“庄稼佬”是米佳最厉害的一种骂人话。格里高力像弹簧一样蹦了起来。

“你干什么？”

“不早啦！”

“别闹，米佳，再闹我要生气啦……”

“起来，有事。”

“什么事？”

米佳蹲在车杠上，用鞭子敲打着靴子上的干泥巴，说：

“格里什卡，我真咽不下这口气……”

“怎么回事儿？”

“他娘的，”米佳狠狠骂了一句，“他神气得真不像话，一个骑兵中尉，就不得了啦！”

他气得直咬牙，急急匆匆地说着，两条腿打着哆嗦。格里高力站了起来。

“哪一个骑兵中尉？”

米佳抓住他的上衣袖子，换了小声说：

“赶快备上马，咱们到河边滩地上去。我要给他一点颜色看看！我就是这样对他说的：‘来吧，先生，咱们来试试看！’他说：‘把你所有的好朋友都叫来吧，我叫你们都输给我，因为我这匹马的妈妈是在彼得堡军官赛马会上得过奖的。’可是，叫我看，他的马连同马的妈妈，都算个屁！我就骑儿马，也叫他赶不上！”

格里高力匆匆穿好衣服。米佳跟着他前前后后转悠着，气得结结巴巴地讲着：

“这个骑兵中尉是到买卖人莫霍夫家来做客的。等等，他姓什么来着？好像是姓李斯特尼次基。这个人块头很大，挺有气派。戴着眼镜。哼，去他娘的！戴眼镜也没有用，儿马我都叫他赶不上！”

格里高力笑着备上一匹留着配种的老马，为了不让父亲看到，走场院的大门出来，来到野外。两人骑马朝山脚下的河边滩地奔去。马蹄嗒嗒响着，踩得烂泥四处飞溅。滩地上，一棵干枯的杨树旁边，有一些骑马的人在等着他们。李斯特尼次基中尉骑的是一匹漂亮、劲壮的骒马；还有七八个本村的小伙子，也都骑在马上。

“从哪儿起跑？”中尉扶了扶夹鼻眼镜，一面打量着米佳的儿马那筋肉强壮的胸部，一面向米佳问道。

“从白杨树跑到皇家塘。”

“皇家塘在哪儿？”中尉的近视眼眯缝起来。

“那就是，先生，就在树林子跟前。”

十来匹马排成一排。中尉把鞭子举到头顶上。他一边肩膀上的肩章像小山包一样耸了起来。

“等我喊到‘三’——就放马！好不好？一、二……三！”

中尉俯在鞍鞒上，一只手按着制帽，一马当先冲了出去。他有一小会儿跑在其余的人前面。米佳带着一张慌得发白的脸在马镫上站了起来，格里高力觉得过了好长好长时间，米佳那举在头上的鞭子才落到儿马的屁股上。

从白杨树到皇家塘有三俄里。在半路上，米佳的儿马身子挺得像箭一样直，追上了中尉的骒马。格里高力的马很不带劲儿地跑着。他一开始就落在后面，于是就让马迈着兔子那样的小步跑着，他兴致勃勃地注视着越跑越远、像松散了的链子一样拉开了距离的骑手们。

皇家塘旁边，有一道春水冲积成的长长的沙丘。那黄黄的、像驼峰一样的沙丘顶上，长着许多萎蔫的尖叶子蛇葱。格里高力看着中尉和米佳一下子跨上沙丘，并且翻了过去，其余的骑手也都跟着他们一个一个地飞了过去。等他的马来到水塘跟前，十来匹大汗淋漓的马已经站成一堆，下了马的小伙子们围住了中尉。米佳那股高兴劲儿压也压抑不住。他的每一个动作都流露出杨扬得意的神情。使格里高力感到意外的是，中尉好像一点也不觉得难为情：他靠在一棵树上，抽着纸烟，用小指头指着自己那匹汗流如洗的骒马，说：

“我骑着它已经跑了一百五十俄里啦。昨天才从车站回来。如果这马歇过劲儿来，柯尔叔诺夫，你决不会赶得上我。”

“很可能是这样。”米佳宽宏大度地说。

“咱们这一带没有比他的儿马更快的啦。”最后跑到的一个满脸雀斑的小伙子羡慕地说。

“马是匹好马。”米佳用一只激动得发抖的手拍了拍马脖子，傻笑着，看了看格里高力。

他们两个离开其余的人，从山脚下走，不走大街。中尉冷冷地跟他们道了别，将两个手指头朝帽檐一伸，就转身走了。

已经来到胡同里，快要走到自家的院子跟前了，格里高力看到，阿克西妮亚迎着他们走了过来。她一面走，一面撕一根树条子上的叶子；一看见格里高力，就把头垂了下去。

“有什么怕丑的，难道我们光着屁股？”米佳喊叫道，又挤了挤眼睛，“我的绣球花儿，哟，好甜呀！”

格里高力朝前面望着，差不多要从她身边走过的时候，突然用鞭子朝慢步走着的马身上抽了一下。那马蜷起后腿，朝上一踢，溅了阿克西妮亚一身泥浆。

“咦……坏透了！”

格里高力让发了急的马猛一转身，冲着阿克西妮亚走来，他问道：

“为什么不问好？”

“你不配！”

“就因为这，才给你溅点儿泥，叫你别神气！”

“让开！”阿克西妮亚在马脸前面挥动着两手，喊叫道，“你为什么拿马撞我？”

“不是撞你，是拦你。”

“反正一样，你让开！”

“你为什么生气，阿克秀莎？当真为前些天在滩地上的事情生气啦！……”

格里高力对着她的眼睛看了看。阿克西妮亚想说点什么，但是她那黑眼睛角上忽然挂起了泪珠儿；嘴唇凄楚地哆嗦了几下。她慌忙吞下眼泪，小声说：

“别缠我啦，格里高力……我没有生气……我……”她走了。

惊愕的格里高力在大门口赶上了米佳。

“今天你出来玩吗？”米佳问道。

“不去。”

“怎么回事儿？是不是她叫你去睡觉？”

格里高力用手掌揉了揉脑门儿，没有回答。

九

三一节过后，村里各家院子里只剩了撒在地上的香薄荷、踩成了碎末子的干树叶，还有插在大门口和台阶旁、已经起了皱和失去翠绿色彩的橡树和水柳树枝儿。

割草是从三一节开始的。从清早起，草场上就到处闪耀着女人们过节穿的裙子、艳丽的绣花围裙、五颜六色的花头巾。全村的人一齐出来割草。割草的男人和搂草的女人都穿得像过年一样。自古以来都是这样。从顿河岸到很远的赤杨林边，正被洗劫的草场在镰刀下颤动和叹息着。

麦列霍夫家的人出来晚了。他们出来割草的时候，差不多有半个村子的人已经在草场上了。

“早觉睡得太久啦，潘捷莱·普罗柯菲耶维奇！”已经汗流浃背的几个割草人嚷嚷说。

“不能怪我，全怪娘儿们！”老头子无可奈何地笑了笑，挥动生皮编成的皮鞭赶着牛。

“你好，老哥！晚到啦，伙计，晚啦……”一个戴草帽的高个子哥萨克摇晃着脑袋，在路边砸镰刀刃。

“草会干掉吗？”

“跑快些，还来得及；跑慢了，草就干掉啦。你的一片在什么地方？”

“在红土崖下面。”

“好啦，把老牛赶快些，要不然今天到不了啦。”

阿克西妮亚坐在大车后面，用头巾将整个的脸裹起，挡住太阳。她给眼睛留了一条小缝儿，就从这条缝儿里看着坐在对面的格里高力，她的神情很冷淡、很严肃。妲丽亚也裹着头巾，穿着新衣服，将两条腿搭拉在车沿上，用她那长长的、露出很多青筋的乳房喂着快要在手上睡去的小孩子。杜尼娅颠颠晃晃地坐在车沿木杆上，用无忧无虑的眼睛打量着草场和路上遇到的人。她那张高高兴兴、晒得又黑又亮、鼻子两边有少数雀斑的脸好像在说：“我高兴和愉快，是因为今天的天蓝湛湛的，万里无云，这个日子就很高兴、很愉快；因为心里也是这样蓝湛湛的，又宁静，又没有杂念。我很高兴，别的我什么都不想。”潘捷莱·普罗柯菲耶维奇用手扯着厚棉布褂的袖子，擦了擦帽檐下流出的汗。棉布褂紧紧绷在他那弯着的背上，有些地方已经被汗水湿透了。太阳透过灰羊羔皮一般的云片，把扇形的、曚昽的折光投射在原野、草场、村庄和顿河两岸远方的银色山峰上。

这时已经渐渐热起来。被风撕碎的云片很不带劲地爬着，连在大路上拉车的潘捷莱·普罗柯菲耶维奇的牛都超不过。潘捷莱·普罗柯菲耶维奇很为难地举着鞭子，摇晃着，好像是下不了决心：朝瘦削的牛屁股上打下去呢，还是不打？那牛看样子很清楚这一点，也就不肯跨大步子，还是慢慢腾腾、试探似的迈动着弯弯的腿，不住地甩打着尾巴。闪着橙色光泽的土黄色牛虻在牛身上打着圈圈儿。

已经割掉了草的、靠近村边场院的草地上，出现了许多淡绿色的点子；还没有割的地方，微风吹在绿得透着墨光的缎子般的草地上，发出轻轻的沙沙声。

“这就是咱们分到的一片。”潘捷莱·普罗柯菲耶维奇用鞭子指了指。

“咱们从树林子那边割起吗？”格里高力问。

“也可以从这一头割起。我已经用锹在这一头铲了个记号。”

格里高力卸下累得够呛的牛。老头子晃动着耳环，前去寻找记号，就是他在地边铲的那个三角记号。

“把镰刀拿来吧！”他一会儿就挥着手喊叫道。

格里高力蹚着青草走了过去。一道轻轻晃动的痕迹，从大车跟前跟着他向草地伸去。潘捷莱·普罗柯菲耶维奇对着远处一座钟楼的白色尖顶画了个十字，就拿起了镰刀。他的鹰钩鼻子闪着亮光，好像是刚刚油漆过的；那瘪下去的黑黑的腮帮子上汪着汗水。他微微一笑，黑黑的大胡子里一下子就露出无数密密的白牙齿，他将皱皱巴巴的脖子朝右扭了扭，就挥动了镰刀。砍下的草成一个很大的半圆形倒在他的脚下。

格里高力跟在他后面，半闭着眼睛，用镰刀将草砍倒在地上。在他眼前，女人们的裙子像七彩缤纷的虹霓，但他的眼睛寻找的只是一条，一条绣花边的白裙；他朝阿克西妮亚望了望，又挥动镰刀，跟上父亲。

阿克西妮亚在他的脑海里不肯退去；他半闭起眼睛，心里在吻她，对她说一些不知从哪里来的温柔甜蜜的话，然后抛开这些念头，数着“一、二、三”往前走；脑海里又浮现出往事的片段：他们俩坐在潮湿的草堆脚下……小鹧鸪在沟里啾啾地叫……滩地上空一轮明月……稀疏的水滴从树棵子上往小水洼里落，就像现在这样：一、二、三……真好，嘿，真好啊！……

停放车辆的地方响起了笑声。格里高力回头看了看：阿克西妮亚正弯下身子，对躺在大车底下的妲丽亚不知说了点什么，妲丽亚将两手一挥，两个又一齐笑了起来。杜尼娅坐在辕杆上，用尖细的嗓门儿唱着歌。

“割到那丛树棵子跟前，我把镰刀砸一砸。”格里高力心里想道，接着就感觉到镰刀砍着了一个软乎乎的东西。弯下腰一看：脚底下有一只小野鸭正吱吱叫着一瘸一拐地朝草丛里钻去。在做窝的小坑旁边还有一只小野鸭，已经被镰刀砍成了两半；其余的小鸭都啾啾叫着，四面散开，钻进了草丛。格里高力把砍成两半的小鸭放在手掌上。脱壳才几天的棕黄色小鸭的绒毛里还冒着热气。那张着的扁扁的小嘴上还带着粉红色的血泡，小小的眼睛顽皮地眯缝着，还很热和的小爪子轻轻哆嗦着。

格里高力看着手掌上小小的死肉团子，突然产生了一种强烈的怜悯心情。

“格里什卡，你捡到什么啦？……”

杜尼娅踩着一排排割倒了的草，蹦蹦跳跳地跑来。两条小辫子在她胸前晃来晃去。格里高力皱着眉，扔下小鸭，懊恼地挥起镰刀。

匆匆吃过午饭。猪肉加哥萨克的命根子——用口袋从家里装来的酸牛奶渣——就是全部午饭了。

“不用回家啦，”潘捷莱·普罗柯菲耶维奇在吃饭的时候说，“把牛放到树林里去吃草，明天，不等太阳把露水晒干，咱们就割完啦。”

吃过午饭，妇女们就开始搂草。割倒的草已经蔫了，干了，散发出一种细细的、醉人的香气。

天黑了，割草停下来。阿克西妮亚搂起最后剩下的几摊草，就到停车的地方去做饭。她整天都在拼命嘲笑他，拿仇恨的眼睛望着他，好像是因为受了莫大的、难以忘怀的凌辱在对他进行报复。格里高力愁眉苦脸并且有点儿萎靡不振地把牛赶到河边去喝水。父亲一直注视着他，也注视着阿克西妮亚。他恨恨地望着格里高力，说：

“你吃过晚饭，就看牛去。要看好，别叫牛跑到草场上来。把我的粗呢褂带上。”

妲丽亚把孩子放到大车底下，跟杜尼娅一起到树林里去捡干树枝。

一弯新月升起后，在草场上空，在高高的、黑洞洞的天上移动着。飞蛾像雪花一样在火堆上面纷纷飞舞。在火堆旁铺开一块粗麻布，大家就坐下来吃晚饭。稀饭在一只熏黑的军用锅里翻滚着。妲丽亚用衬裙的下摆擦了擦勺子，对格里高力喊道：

“来吃饭吧！”

格里高力披着粗呢褂从黑暗处钻出来，来到火堆跟前。

“你为什么这样阴沉？”妲丽亚笑着问。

“看样子是要下雨啦，腰疼呢。”格里高力想开开玩笑，把话岔开。

“他不愿意看牛，真的。”杜尼娅笑着说。她往哥哥跟前凑了凑，跟他说起话来，但不知怎的，话却谈不下去。

潘捷莱·普罗柯菲耶维奇很带劲儿地喝着稀饭，牙齿咬得没有煮烂的米粒儿咯吧咯吧响。阿克西妮亚吃着，连眼睛也不抬，听了妲丽亚的玩笑话，只勉强笑了笑。因为心里不平静，脸上起了红晕，两颊火辣辣的。

格里高力第一个站起来，朝着牛走去。

“当心点儿，别叫牛糟蹋别人家的草！”父亲在背后对他喊道。老头子呛了一下，喀喀地咳嗽了半天。

杜尼娅憋住笑，憋得腮帮子鼓鼓的。火堆快要灭了。阴燃的树枝向坐着的几个人周围散发着烧焦的枝叶那种蜜一般的气息。

* * *

半夜里，格里高力偷偷地走近了停车的地方，离着有十来步站了下来。潘捷莱·普罗柯菲耶维奇在大车上有起有落地打着呼噜。黄昏时没有浇灭的余火，在灰烬中一闪一闪的，就像孔雀那金色的眼睛。

一个裹得紧紧的灰色的人影离开大车，踌躇不决地慢慢朝格里高力移动。走了两三步，就站住了。是阿克西妮亚。是她。格里高力的心怦怦地、紧张地跳将起来；他蹲下身子，走了过去，敞开衣襟，把柔顺的、热乎乎的阿克西妮亚搂到怀里。她两腿发软，浑身打着哆嗦，牙齿抖得咯咯响。他猛地一下把她抱起——就像饿狼扑食儿那样——一面在敞开的怀里尽情地亲热着，一面气喘吁吁地抱着往前走。

“噢咦，格里沙……格里什卡！……你爹……”

“别作声！……”

阿克西妮亚一面向下挣，一面在粗呢褂里呼吸着羊毛的腥气，跟后悔做着痛苦的搏斗，差不多是用低低的呻吟声叫道：

“放下我，现在还有什么……我自己走！……”

十

女人晚熟的爱情不像鲜红的郁金香，而是像如火如荼的盘根草。

自从割草以后，阿克西妮亚完全变了样子。好像有人在她脸上做了一个记号，烫了一个烙印。婆娘们一遇到她就阴阳怪气地龇龇牙，在背后对着她直摇头，姑娘们都嫉妒她，可是她却骄傲地和高高地昂着她那幸福然而承受着羞辱的头。

不久，大家就都知道格里高力的风流韵事了。起初大家悄悄地谈论这件事，都还是将信将疑，但是有一天黎明时候，村子里牧人“翘鼻子”库齐卡看见他们俩在西沉的月亮朦胧的光照下躺在风车旁不高的黑麦丛里，打这以后，闲话就像汹涌浑浊的波浪一样翻腾开了。

闲话也到了潘捷莱·普罗柯菲耶维奇的耳朵里。在一个星期天，他上莫霍夫的铺子里去。人多得挤都挤不进去。他一走进去，好像都在给他让路，大家都在笑。他挤到柜台跟前，那儿正在卖布。东家莫霍夫亲自动手给他拿货物。

“普罗柯菲耶维奇，怎么好久没见啦？”

“总是忙啊。家里事情做不过来。”

“哪儿会呢？有那样的好儿子，还做不过来？”

“儿子算什么：彼特罗已经入营了，只有我跟格里什卡在家里忙活啦。”

莫霍夫把棕红色的大胡子朝两边捋了捋，意味深长地朝挤成一堆的哥萨克们斜看了一眼。

“可不是嘛，老哥，这事你为什么一直不肯

讲呢?”

“什么事呀?”

“怎么什么事?要给儿子娶亲了,可是你都不吱一声。”

“给哪个儿子娶亲?”

“你那格里高力没娶过亲啊。”

“眼下还不打算给他娶亲。”

“可是我听说,你要娶个儿媳妇,要娶……司捷潘·阿司塔霍夫家的阿克西妮亚。”

“我?娶活人妻……你这是说的什么话,老掌柜,是说笑话吧?是吗?”

“哪儿是笑话!我是听别人说的。”

潘捷莱·普罗柯菲耶维奇摩平了柜台上摊开的一块布料,就猛地转过身,一瘸一拐地朝门口走去。他径直朝家里奔去。他一面走着,像牛那样歪着脑袋,把露出一条条青筋的手攥成拳头;瘸腿也瘸得更厉害了。他经过阿司塔霍夫家门前时,隔着篱笆朝里边望了望:打扮得漂漂亮亮、显得更加年轻的阿克西妮亚正提着一只空水桶,屁股一扭一扭地朝房里走去。

“喂，等一等！……”

潘捷莱·普罗柯菲耶维奇像发了疯似的闯进门去。阿克西妮亚站下来，等着他。他们一同走进房里。打扫得干干净净的地面上铺了一层红红的沙土，堂前大板凳上放着刚出炉的烤饼。正房里发出一股旧衣服的气味，不知为什么还有茴香苹果的气味。

一只大头大脑的花猫走到潘捷莱·普罗柯菲耶维奇脚底下，想跟他亲热亲热。猫拱起背，十分亲热地在他的靴子上蹭了蹭。潘捷莱·普罗柯菲耶维奇一脚把猫踢到大板凳腿上，一面看着阿克西妮亚的眉毛，喊叫道：

“你是怎么搞的？……嗯？你男人的脚印还热乎着，你的尾巴就歪了！你们干出这种事，我要把格里什卡活活打死，还要写信给你那司捷潘！……让他知道知道！……哼，你这个骚货，把你打得太少啦！……从今天起，不许你踏进我家院子跟小伙子勾搭。司捷潘是要回来的，我也不答应……”

阿克西妮亚眯缝起眼睛听着。忽然毫不害臊地撩了一下裙子的下摆，一股妇人裙子底下的气味扑进潘捷莱·普罗柯菲耶维奇的鼻子。她撇着嘴，龇着牙，挺着胸脯冲他走来。

“你是我的公公吗？嗯？是公公吗？……你凭什么来教训我？去教训教训自家的大屁股娘儿们吧！到自己家里发威风去！……你这个瘸鬼，我还没瞧上眼呢！……滚出去，别在这儿吓唬人！”

“等着瞧吧，混蛋娘儿们！”

“没有什么好等的，我不会给你生孩子的！……你怎么来的，还怎么给我出去！至于你那格里什卡，只要我愿意，我连骨头都把他吞下去，也用不着对你说一声！……来吧！你咬不掉我的什么！是的，我爱格里什卡。怎么样？你要打人，是不是？……给我男人写信？……你就是给官家派的阿塔曼写信，格里什卡也是我的！是我的人！我的人！现在我抓在手里，以后还要抓在手里！……”

阿克西妮亚挺起胸脯（胸脯在紧紧的女褂下面扑扑地跳着，就像小鸟落进套索时那样）向已经气馁的潘捷莱·普罗柯菲耶维奇逼过来，一双黑眼睛火辣辣地盯着他，说出来的话一句比一句厉害，一句比一句泼辣。潘捷莱·普罗柯菲耶维奇哆嗦着眉毛，向门口退去，摸到放在角落里的拐杖，一面摇着手，用屁股把门顶开。阿克西妮亚一面把他从过道里往外赶，一面像发了疯一样气急败坏地大声喊叫着：

“那种苦日子我过够了！……你们杀了我也不怕！格里什卡是我的！是我的！”

潘捷莱·普罗柯菲耶维奇的嘴巴在大胡子里面咕哝着，一瘸一拐地朝家里走去。

他在正房里找到了格里什卡。一句话没说，举起拐杖朝他的脊梁打去。格里高力将身子向下一弯，架住了父亲的胳膊。

“爹，为什么事？”

“有事！狗——崽——子！……”

“什么事？”

“别糟害邻居！别叫你老子丢人！狗东西，别跟娘儿们勾勾搭搭！”潘捷莱·普罗柯菲耶维奇沙哑地说，一面拖着格里高力在正房里转，用劲夺着拐杖。

“不许你打人！”格里高力低沉地哼哧一声，咬紧牙，把拐杖夺了过去，放在膝盖上用劲一折，那拐杖咔嚓一声成了两截……

潘捷莱·普罗柯菲耶维奇紧握拳头，朝儿子脖子上打去。

“我把你送到村会上打死！……哼，你这个狗杂种，该死的东西！”他两脚乱蹬乱踹，想用脚踢，“我把傻丫头玛尔芙什卡娶给你！……我这就去办！……你等着瞧吧！……”

母亲听到吵闹声跑了出来。

“孩子他爹，孩子他爹！……消消气吧！……有话慢慢说！……”

但是老头子闹上了劲儿，对老奶奶也照顾一下子，掀翻了放着缝纫机的小桌，大吵大闹了一顿，才跑到院子里去。格里高力还没来得及把打架时扯破了袖子的褂子脱下来，房门砰的一声开了，潘捷莱·普罗柯菲耶维奇又满脸怒气地出现在门口。

“给狗崽子娶亲！……”他像马那样跺着脚，眼睛盯着格里高力那肉嘟嘟的脊背，“给你娶亲！……明天就找媒人去说！我到了这种地步：因为儿子，人家当面笑话我！”

“先叫我有件褂子穿，然后再娶亲吧。”

“我要给你娶！……给你娶个傻丫头！……”他砰地将门一带，那噔噔的脚步声顺着台阶下去，声音就消失了。

十一

谢特拉柯夫村外的原野上，排列着一排排带帆布篷的大车。一片白房顶的整齐的小市镇不知不觉地迅速发展起来，已经有几条笔直的小街，市镇中心有一片小广场，还有岗哨在广场上巡逻。

军营里过起了每到五月都要过的、年年一样的生活。每天早晨，看马的哥萨克小队把马匹赶到营地上。开始刷马、备马、点名、排队。统辖各营的是一位校官——喜欢大喊大叫的波波夫中校，他喊叫得十分响亮，那些训练年轻哥萨克的军士们在操练时也都扯着嗓子喊叫。在山冈后面进行钳击，巧妙地迂回包抄“敌军”。用火铳打靶。年轻一些的哥萨克在兴致勃勃地比赛劈刺，年长一些的则想方设法逃避训练。

很多人因为炎热和喝酒喉咙都哑了，但是在长长的一排排带篷的大车上方回荡着芳香醉人的风，金花鼠在远处吱吱叫着，草原伸展得离人住的地方和白色房顶上的缕缕炊烟更远了。

在出营前一星期，炮兵伊万·托米林的亲兄弟安得列的老婆来了。她带来了很多家里做的奶油小面包、各种各样吃的，还带来了一大堆村子里的新闻。

第二天清早她就走了，带走了哥萨克们对家里人的问候和嘱咐。只有司捷潘·阿司塔霍夫什么话都没有托她带。前一天他病了，用酒在治疗呢，所以不仅没有看到安得列的老婆，连天日都没有见到，也没有去参加训练。这会儿军医根据他的要求，给他放血，往胸膛上放了十来条蚂蟥。司捷潘只穿一件衬衣，靠着自己的大车轮子坐着——带白罩的制帽擦着了车轮上的油泥，弄脏了——噘着嘴，看着蚂蟥把嘴插进他胸前凸成了半圆形的肌肉里，吸黑血吸得胀了起来。

团军医站在一旁，吸着烟，从稀稀拉拉的牙齿缝里朝外喷着烟气。

“轻快一些吗？”

“胸膛不那么闷了。心里好像舒服一些……”

“用蚂蟥——是最有效的疗法！”

安得列·托米林走到他跟前，挤了挤眼睛。

“司捷潘，我有句话想跟你说。”

“说吧。”

“咱们到别处去一下子。”

司捷潘哼哼着站了起来，跟安得列走到一旁。

“好，有话说吧。”

“我老婆来啦……今天走的。”

“噢……”

“村子里都在讲你老婆……”

“说些什么？”

“说得很难听。”

“怎么回事儿？”

“说她跟麦列霍夫家的格里什卡勾搭上啦……敞开地搞。”

司捷潘脸色煞白，把蚂蟥从胸膛上扯下来，用脚踩死。他踩死最后一条蚂蟥，扣上衬衣领子，又好像害怕什么似的，重新把领子解开……煞白煞白的嘴唇再也不能安静：哆哆嗦嗦，咧一咧，咧出个怪样子的笑容，噘一噘，噘成一个发青的圆疙瘩……安得列觉得，司捷潘好像是在嚼一种很硬的、咬也咬不动的东西。司捷潘脸上渐渐有了血色，用牙齿从里面咬住的嘴唇呆然不动了。他摘下制帽，用袖子擦了擦白帽罩上沾的车轮油泥，声音老大地说：

“你肯告诉我，多谢。”

“我是想提醒你一下……请你别见怪……据说，家里的事情就是这样的……”

安得列带着遗憾的心情拍了拍裤腿，就朝没有卸鞍的马走去。营里人声响成一片。比赛劈刺的哥萨克们回来了。司捷潘阴森地、聚精会神地打量着帽子上黑色的油迹，站了一会儿。一条没有踩死、还剩下一口气的蚂蟥爬到了他的长筒靴上。

十二

再有十来天，哥萨克们就要从营里回来了。

阿克西妮亚沉醉在她那晚熟的、痛苦的爱情中，如癫似狂。格里高力不顾父亲的威吓，一到夜里就悄悄地到她那里去，天亮前回家。

两个星期的工夫，他弄得疲惫不堪，就好像一匹马跑了一次力不胜任的长途。

因为一夜一夜地不睡觉，他那颧骨高高的脸上的皮肤发了青，一双干涩的黑眼睛从凹进去的眼眶里无精打采地向外望着。

阿克西妮亚走路的时候，不用头巾裹着脸，眼睛下面两个深坑阴沉沉地发着乌色；她那微微有点儿肿、有点儿向外翻的、妖媚的嘴唇不安地和不示弱地笑着。

他们的如胶似漆的关系是那样不同一般，那样明目张胆。他们被情欲的火焰疯狂地燃烧着，既不避人，也不怕难为情，街坊们眼看着他们的脸一天一天地消瘦，而且发出乌色，现在人们每遇到他们，不知为什么都不好意思看他们了。

格里高力的伙伴们，原来因为他跟阿克西妮亚的关系常常拿他开玩笑，现在都一声不响了，每次碰到面，都觉得跟格里高力在一起很别扭，很拘束。妇女们心里嫉妒阿克西妮亚，嘴里责骂阿克西妮亚，怀着幸灾乐祸的心情等待司捷潘回来，等着看热闹，等得都不耐烦了。她们在纷纷猜测这事的结局。

假如格里高力去找守活寡的阿克西妮亚，能够做出瞒着人的样子，假如守活寡的阿克西妮亚跟格里高力同宿，适当地保守着秘密，同时又不拒绝别的男人，那样的话，这种事也就没有什么了不起的、刺眼的地方了。村子里谈上一阵子也就算了。但是他们却几乎毫不避人地过了起来，他们的关系非同小可，不像一种临时关系了，因此村里人都认定这是犯罪的，是不道德的，并且全村都有点儿不怀好意地等待着：司捷潘一回来，就有戏看了。

在正房里床的上方扯着一根细绳。绳上穿着一些白色和黑色的空线轴。挂这些线轴是做装饰的。苍蝇就在线轴上过夜，蜘蛛也从线轴上往天花板上拉网。格里高力躺在阿克西妮亚凉丝丝的光胳膊上，朝上望着那一串线轴。阿克西妮亚用另一只手，用她那干活儿弄得很粗糙的手指头，抚弄着格里高力仰着的头上那硬得像马鬃一样的鬈发。阿克西妮亚的手指发出一股新鲜牛奶的香味；每当格里高力转过头，将鼻子扎到阿克西妮亚的腋下，就有一股像未发过酵的啤酒花气味的、浓烈的、甜甜的女人汗味儿朝鼻孔里直扑。

正房里，除了一张四角都有旋成的小圆球的、油漆过的木床以外，靠近门口还放着一只老大的铁皮箱子，里面装的是阿克西妮亚的嫁妆和日常穿的衣服。堂前放着一张桌子，墙上挂着司柯别列夫将军的油画像，这位将军正跃马前进，一面面毛了边的军旗在他面前倒下；还有两把椅子，椅子上方是圣像，圣像上搭着一些花花绿绿的、寒碜的彩纸条。旁边的墙上，挂着落满苍蝇屎的照片。照片上是一群哥萨克：那乱蓬蓬的头发，那露着表链子的挺起的胸膛，那出鞘的马刀——那是司捷潘和过去跟他一起服现役的一些伙伴。衣架上挂着没有收起的司捷潘的一件军服。月光从窗隙里钻进来，晃晃悠悠地照射着军服肩章上那两道下士军阶的白色银条。

阿克西妮亚叹着气，在格里高力鼻梁上方的两眉中间吻着。

“格里沙，我的心肝啊……”

“你怎么啦?”

“就剩下九天啦……”

“九天还能过一阵子呢。”

“到时候，格里沙，我可怎么办啊?”

“我怎么知道。”

阿克西妮亚尽量控制着叹息，又抚摩和拨弄起格里高力那乱蓬蓬的头发。

“司捷潘会打死我……”不知她是在发问，还是在肯定地说。

格里高力没有说话。他很想睡觉。他用劲睁开老往一块儿粘的眼皮，看到阿克西妮亚那闪着蓝光的眼珠正盯着他。

“我男人一回来，大概你就要扔掉我吧？你怕他吗？”

“我为什么怕他，你是他老婆，你才怕他哩。”

“现在跟你在一块儿，我不害怕，可是到白天我仔细一想，心里就慌了……”

格里高力打着哈欠，把头来回滚着，说：

“司捷潘一回来，可不是闹着玩的。哦，我爹打算给我娶亲啦。”

格里高力微微笑着，还想说点什么，但是他感觉到：搂着他的头的阿克西妮亚的那只胳膊不知为什么忽然松松地软了下去，落进枕头里，可是过了一会儿，哆嗦了几下以后，又硬了起来，恢复了原来的样子。

“说的是谁家的姑娘?”阿克西妮亚低声问道。

“刚刚准备去说。我妈好像是说去柯尔叔诺夫家，说他们家的娜塔莉亚。”

“娜塔莉亚呀……娜塔莉亚这姑娘很漂亮……漂亮得很。好啦，你娶她吧。昨天我还在教堂里看到她……她打扮得很漂亮……”

阿克西妮亚说得很快，但是声音含混，她那些没有气力、没有抑扬顿挫的话叫人听不清楚。

“我要她的漂亮当屁用。我要是能娶你就好啦。”

阿克西妮亚猛然把胳膊从格里高力的头底下抽了出来，用干涩的眼睛望着窗户。窗外月色昏黄，板棚投下一片浓浓的阴影，蟋蟀起劲地叫着，顿河边有水牛在哞哞地叫，那抑郁、低沉的声音通过独扇的小窗户传进房来。

“格里沙!”

“你又想什么啦?”

阿克西妮亚抓住格里高力那两只很硬、很不听摆弄的胳膊，将他的胳膊紧紧按在自己胸前，按在冻木了的冰冷的腮上，用呻吟的声调喊叫道:

“你这活冤家，为什么要缠上我?我可怎么办啊！……格里什卡！……你把我的心都揉碎啦！……我完啦……司捷潘回来，我拿什么话来说呢？……谁又肯替我出头？……”

格里高力没有作声。阿克西妮亚伤心地望着他那漂亮的、长长的鼻子，望着那被阴影遮着的眼睛、没有说话的嘴唇……感情的洪流一下子冲垮控制感情的堤坝：阿克西妮亚疯狂地吻他的脸、脖子、胳膊和胸膛上那一撮硬扎扎的拳曲的黑毛。她在热吻的间隙中气喘吁吁地小声嘟哝着，格里高力也感觉出她是打着哆嗦在说话：

“格里沙，我的心肝……宝贝儿……咱们跑掉吧。我的好人儿！咱们什么都扔掉，说走就走。男人我扔掉，什么都扔掉，只要有你就行……咱们到矿上去，跑得远远的。我会照应你，心疼你……我有一位亲叔叔在巴拉莫诺夫矿上当矿警，他会帮咱们一把的……格里沙！只要你说句话就行。”

格里高力把左边眉毛皱成三角形，想了想，突然睁开两只火热的、非俄罗斯型的眼睛。眼睛在笑，是讥笑。

“你真糊涂，阿克西妮亚，真糊涂！你说了半天，全是傻话。你想，我能离开家到哪儿去？再说，我今年就要入伍啦。不行啊……除了本乡本土，我哪儿也不去。这儿是大草原，喘口气也舒服，到外面又怎样呢？去年冬天我跟我爹到车站去过一趟，那儿真够人受的。火车头呜呜直叫，烧煤炭那种气味非常难闻。人家在那儿怎么过——我不知道，也许人家对这种煤烟气味已经闻惯啦……”格里高力吐了一口唾沫，又说了一句，“除了村子，我哪儿也不去。”

窗外昏暗下来，是一片云彩遮住了月亮。满院子昏黄的月色渐渐淡了，平铺在地上的阴影渐渐消失，已经分不清篱笆外面那黑乎乎的东西是什么：是去年砍下来的干树枝，还是紧靠着篱笆的老蓬蒿。

房里也越来越昏暗，挂在窗边的司捷潘的哥萨克军服上那下士军阶的银条也不发亮了，格里高力在灰沉沉的阴影中也没有看到，阿克西妮亚的肩膀在轻轻哆嗦着，用两手紧紧抱住的头一声不响地在枕头上跳动着。

十三

从安得列的老婆走的那一天起，司捷潘脸上的气色就变得十分难看了。两道眉毛耷拉到眼睛上，一道又深又清楚的皱纹斜斜地穿过额头。他很少跟伙伴们讲话，常常为一点小事儿发火、吵嘴。无缘无故地跟司务长普列沙科夫吵了好几次，对彼特罗·麦列霍夫几乎瞧都不瞧。以前联系着他们的友谊纽带断了。司捷潘怀着沉重的积怨，就像马驮着骑手走下坡路一样，越来越收不住腿。到回家的时候，他们已成了仇人。

只要有什么事稍一触发，他们之间在最近一个时期出现的一种模模糊糊的敌对关系就会发生爆炸。他们从营里回家，还是五个人一块儿走。车上套的是彼特罗和司捷潘的马，贺里散福骑着自己的马。安得列·托米林正在打摆子，他盖着军大衣躺在车篷里。菲多特·包多甫斯柯夫懒得赶车，所以彼特罗就赶车。司捷潘在大车旁边走，用鞭子抽打着路边大蓟那红红的花儿。下起雨来。很稠的黑泥像树胶一样在车轮上打着转转儿。浓云罩住的天空像秋日天空那样，变成了灰色。夜幕降临了。不论怎样仔细看，都看不到村落的灯火。彼特罗毫不心疼地用鞭子抽打着马匹。这时司捷潘就在黑暗中叫了起来：

“你是怎么回事儿……自己的马你舍不得打，我的马你却一个劲儿地在抽？”

“你看仔细点儿。谁的马不用劲，我就赶谁的马。”

“最好我来把你套上，土耳其佬是很会拉车的……”

彼特罗扔开缰绳。

“你想干什么？”

“你坐着吧，别动。”

“那你就给我住嘴。”

“你干吗找他发起火来？”贺里散福骑着马朝司捷潘走来，瓮声瓮气地说。

司捷潘不说话了。黑暗中也看不清他的脸。大家都一声不响地走了有半个钟头。烂泥被车轮轧得噗唧噗唧响着。好像从筛子里漏下来的雨点懒懒地敲打着帆布篷顶。彼特罗撩开缰绳，抽起烟来。他在脑子里挑选最难听的话，准备再吵起来时对司捷潘说出来。恼得他直发狠，真想把司捷潘这个坏小子痛骂一顿，狠狠地刺他几句。

“闪开一点儿，让我到车篷里去。”司捷潘轻轻推了推彼特罗，跳上车踏板。

就在这时，车子突然歪了一下，不走了。两匹马咚咚地直蹬直踹，在烂泥里直打滑，马掌下迸出火星。车辕横木被拉得轰隆轰隆直响。

“嘚儿儿儿儿！……”彼特罗一面从车上往下跳，一面吆喝。

“怎么一回事儿？”司捷潘惊慌起来。

贺里散福骑马来到跟前。

“鬼东西，受伤了吗？”

“点个火。”

“谁有火柴？”

“司捷潘，把火柴拿来！”

一匹马在前面呜噜呜噜地直挣扎。有人划着了火柴。一个橙黄色的小光圈闪了一下，马上又黑了下来。彼特罗用哆嗦着的双手摸到了倒下去的马的脊背。扯了扯缰绳。

“喔！……”

那马出了一口气，向旁边倒去。车辕哐啷响了一声。司捷潘跑过来，将几根火柴捏在一起，划着了，是他的马仰面朝天躺着呢。一条前腿插在一个土拨鼠旧洞里，一直插到膝盖。

贺里散福手忙脚乱地卸下马套。

“把腿给它拔出来！”

“把彼特罗的马卸下来，喂，快点儿！”

“站好，该死的！嘚儿儿儿儿！……”

“鬼东西，还尥蹶子哩！到一边去！”

好不容易使司捷潘的马站了起来。浑身是泥的彼特罗拉着马嚼子，贺里散福跪着在烂泥地上爬，摸索着那条站了起来的、很不灵活的马腿。

“八成是断啦……”他瓮声瓮气地说。

菲多特·包多甫斯柯夫用手拍了拍直哆嗦的马背。

“喂，牵着走几步瞧瞧。是不是还能走？”

彼特罗扯住缰绳朝自己身边拉了拉。那马蹦了一下，右前腿不敢着地，并且叫了起来。安得列一面将胳膊伸进大衣袖子，一面在旁边难受地跺着脚。

“倒霉！……一匹马完啦，唉！……”

一直没有作声的司捷潘好像就等着这话呢。他把贺里散福往旁边一推，就朝彼特罗扑去。他本来是照着头上打的，但是打偏了，打在肩膀上。两个人互相抓住，一起跌倒在烂泥里。不知是谁的上衣哧地响了一声。司捷潘把彼特罗按在地上，用膝盖抵住他的头，抡起拳头就打。贺里散福嘴里骂着娘，将他们拉开。

“为什么打人？……”彼特罗一面朝外咳着血，喊叫着。

“赶啊，狼心狗肺的家伙！专门拣好地方走吧！”

彼特罗从贺里散福手里挣了出来。

“不许动！给我老实点儿！”贺里散福用一只手将他按在车上，吼叫道。

套上了菲多特·包多甫斯柯夫那匹个头儿矮小、但是十分有劲的马，跟彼特罗的马一起拉。

“你骑我的马走！”贺里散福像下命令似的对司捷潘说。

他自己爬进车篷，跟彼特罗坐在一起。

他们来到格尼洛夫村时，已经是半夜了。他们在村边一户人家门前停下来。贺里散福前去借宿。他毫不理会咬住他的大衣下摆的大黄狗，咚咚地走到窗前，打开护窗板，用手指弹了弹玻璃。

“老乡！”

沙沙的雨声和汪汪的狗叫声。

“老乡！喂，行善的人啊！行行好，让我们住一宿吧。行吗？我们是当兵的，从营里回来的。几个人吗？我们一起五个人。啊，好，多谢了。进来吧！”他转过身朝大门口喊道。

菲多特把几匹马牵进院子。他碰在院心里放着的一个猪食槽上，绊了一跤，骂了一声，把马拴到棚子底下。安得列磕打着牙齿走进屋子里。彼特罗和贺里散福就在车篷里过夜。

天一亮他们准备动身。司捷潘从屋子里走出来，一个老态龙钟的驼背老婆子在他后面一小步一小步地挪动着。正在套车的贺里散福可怜起她来：

“哎哟，老大娘，你怎么驼成这个样子啦！大概在教堂里磕头挺方便，再稍微一弯腰，就够到地面了。”

“老总，我的好伙计，我磕头很方便，你身上挂两条狗很方便……各人有各人的方便。”老奶奶冷冷地笑了笑，露出一排密密的、一个也没有虫蛀的细牙，贺里散福看了十分吃惊。

“真有你的，这样一嘴好牙，简直像梭鱼牙齿。要是能可怜可怜我，送给我十来颗就好啦。我还年轻轻的，就没法子嚼东西啦。”

“我的好人，牙齿给了你，那我还剩什么呢？”

“大娘，给你安几颗马牙就行啦。你反正快死啦，阴曹里是不看牙口的：小鬼不是茨冈人出身。”

“胡扯够啦。”安得列笑着爬进车篷里。

老奶奶跟司捷潘来到棚子底下。

“哪一匹？”

“这匹大青马。”司捷潘叹着气说。

老奶奶把拐杖放在地上，用男子汉一样的、果敢有力的动作扳起受伤的马腿，用细细的、伸不直的手指头在马的膝盖上摸索了半天。马疼得抿着耳朵，龇着褐色的牙根，后腿蹲了下去。

“没有断，老总，没断。留在我这里，我能治。”

“能治好吗，老大娘？”

“治好吗，那谁能知道，我的好人……大概能治好吧。”

司捷潘把手一摆，就朝大车走去。

“你留下不留下呢？”老奶奶眯缝着眼朝他问道。

“留下就留下吧。”

“她能治。你留下的马是三条腿，她能给你治得一条腿都不剩。真找到个驼子兽医。”贺里散福哈哈大笑。

十四

“……我想他啊，好大娘。我眼看着一天一天地瘦啦。都来不及把裙子往瘦里缝，还没过一天，裙子又肥啦……他从我家门前一过，我的心就扑腾成一片……真想趴在地上，亲亲他的脚印……是不是他用妖法迷住我啦？……好大娘，救救我吧！都要给他娶亲啦……救救我吧，好大娘！你要什么，我都给你。把我最后一件小褂剥掉都行，只求你救救我！”

德萝兹季哈老奶奶用发亮的、被皱纹圈住的眼睛望着阿克西妮亚，听着她讲的这些痛苦话，不住地摇脑袋。

“是谁家的小伙子呀？”

“潘捷莱·麦列霍夫家的。”

“是土耳其佬吗？”

“是他家儿子。”

老奶奶嚅动着瘪嘴唇，过了一阵子才回答说：

“小嫂子，明天早点儿来。天一亮你就来。咱们到顿河水边去。把相思病冲掉。从家里带一把盐来……就这样。”

阿克西妮亚用一条黄色的小头巾裹住脸，弯下腰走出门去。

她那黑乎乎的身影在夜幕下渐渐消失。靴底单调地嗒吧嗒吧响着。脚步声也渐渐听不见了。村边有几个人在扯着嗓子你争我抢地唱歌。

阿克西妮亚一夜都没有睡，天蒙蒙亮就来到德萝兹季哈家窗前。

“大娘！”

“谁呀？”

“是我，大娘。起来吧。”

“一下子就好。”

她们顺着小胡同来到顿河边。在汲水的地方，跳板旁边，一辆被扔掉的大车的前半截泡在水里。水边的沙子凉得扎人。湿漉漉的冷雾正从顿河水面上腾腾升起。

德萝兹季哈用干瘦如柴的手抓住阿克西妮亚的手，将她拉到水边。

“盐带来了吗？拿来。你对着太阳出来的地方画十字。”

阿克西妮亚画着十字，懊恼地望着东方那幸福的玫瑰色。

“用手捧水喝，多喝点儿。”德萝兹季哈指挥说。

阿克西妮亚喝了一通水，把上衣袖子都弄湿了。老奶奶像一只黑蜘蛛似的，面对缓缓涌来的波浪撇开两腿，蹲了下去，小声念叨起来：

“从河底冒出来的冰冷的水啊……情欲像火一样……到了心里就成了野兽……相思病就是妖魔……至圣至贤的圣母呀……用圣十字架……把上帝的奴仆格里高力……”声音断断续续传到阿克西妮亚耳朵里。

德萝兹季哈将盐撒在脚下一小片一小片潮湿的沙上，又往水里撒了一点，剩下的全撒到阿克西妮亚怀里。

“往身后泼水。快点儿！”

阿克西妮亚照着做了。她带着郁闷和懊恼的神情打量了一下德萝兹季哈那褐色的腮帮子。

“怎么，完了吗？”

“好，去睡一会儿早觉吧。完啦。”

阿克西妮亚气喘吁吁地跑回家里。几头牛在院子里哞哞叫着。麦列霍夫家的妲丽亚睡足了觉，脸上红扑扑的，两道眉毛弯成很好看的弧形。她正在把自家的牛往牛群里赶。她微笑着，打量了一下从旁边跑过的阿克西妮亚。

“睡得好啊，嫂子！”

“托福托福。”

“这么早到哪儿去啦？”

“到一个地方去，有点儿事。”

晨祷的钟声响了。清脆、悠扬的铜钟声阵阵传来。牧童在胡同里将鞭子甩得噼啪直响。

阿克西妮亚连忙将牛赶了出去，又把牛奶弄到过道里去过滤。用围裙擦了擦露出半截的两条胳膊；她一面想着心事，一面往直冒泡沫的过滤桶里倒牛奶。

街上响起刺耳的车轮吱嘎声。一阵马嘶声。阿克西妮亚放下奶桶，朝窗外望去。

司捷潘手扶马刀，正朝大门口走来。还有一些哥萨克骑着马正你追我赶地向广场奔去。阿克西妮亚将围裙在手里揉成一团，坐到板凳上。脚步声上了台阶……进了过道……到了门口……

司捷潘在门口站下来，那样子显得瘦了，陌生了。

“哼……”

阿克西妮亚摇晃着她那高大、丰满的身躯，迎上前去。

“你打吧！”她拉长声音说，并且侧着身子站了下来。

“哼，阿克西妮亚……”

“我不瞒着，我有罪过。司捷潘，你打吧！”

她把脑袋缩到肩膀里，身子缩成一团，只用两手护住肚子，面对他站着。在她那呆呆的、吓得变了样子的脸上，一双陷在黑圈里的眼睛直瞪着，眨都不眨。司捷潘摇晃了一下，从旁边走了过去。肮脏的上衣散发出一阵男人的汗味和路边野蒿的苦味。他没有脱帽，就躺到了床上。躺了一会儿，才动了动肩膀，褪下武装带。那一向很神气地向上翘着的淡褐色胡子这会儿无精打采地向下耷拉着。阿克西妮亚没有转头，侧眼望着他。她有时哆嗦一下。司捷潘把两脚架在床靠背上，靴子上黏糊糊的稀泥巴很不情愿地向下滴着。他望着顶棚，用手指头揪弄着毛毛的皮穗头。

“早饭还没有做吧？”

“没有……”

“弄点什么东西来吃吧。”

他喝着碗里的牛奶，不住地嘲着胡子。他吃一口面包嚼上半天，腮帮子上两个绷着肉红色皮肤的大包不停地蠕动着。阿克西妮亚在炉边站着。她带着惶恐的神情望着丈夫那两只露着脆骨的小耳朵，那两只耳朵在咀嚼时一上一下地动个不停。

司捷潘离开饭桌，朝前走了两步，画了个十字。

“把事情讲讲吧，家里的。”他很干脆地提出了要求。

阿克西妮亚低着头收拾饭桌，没有作声。

“你讲讲，丈夫不在家，你是怎样守着的，你守住贞节了吗？嗯？”

狠狠的一拳打在她头上，阿克西妮亚站不住脚，栽倒在门槛上。她的背撞在门框上，她低低地哎呀了一声。

司捷潘迅猛地照头上一击，不仅能把一个柔弱的女子打倒在地，就连威武、健壮的武士也能打倒。不知是因为恐怖提起了精神，还是女人的韧性使她忍住了疼，反正她躺了一会儿，喘了几口气，就四肢撑着地站了起来。

阿克西妮亚撑着地站起来的时候，司捷潘在屋子当中抽着烟，打着哈欠。等他把烟荷包扔到桌子上，她已经砰的一声把门带上跑了。他追了出去。

阿克西妮亚浑身是血，一阵风似的朝隔开他们家和麦列霍夫家院子的篱笆跟前跑去。司捷潘在篱笆跟前追上了她。他的一只黑黑的大手像鹞鹰一样落到她的头上。他用手指紧紧抓住她的头发，用劲一扯，将她扯倒在地上，她倒在灰堆——那是阿克西妮亚天天烧过锅以后掏出来倒在篱笆边的灰。

这是怎么回事，为什么丈夫倒背着手，用皮靴拼命踢自己的老婆呢？……一只胳膊的阿列克塞·沙米尔从这里路过，看了看，眨了眨眼睛，笑得咧开了乱蓬蓬的小胡子：一眼就看出，司捷潘为什么事惩治自己的结发妻子。

阿列克塞本想站下来看看（谁碰到这种事都想看，因为总是热闹事嘛），看看会不会打死她，但是不好意思看。不管怎样，他总不是娘儿们呀。

从远处看司捷潘，很像是一个人在跳哥萨克舞。格里高力从正房窗孔里乍一看到司捷潘在蹦跳，也是这样想的。可是等他仔细一看，就从房里奔了出来。他将攥得麻木了的拳头紧紧贴在胸前，踮起脚尖朝篱笆跑去；跟在他后面的是彼特罗的吧嗒吧嗒的皮靴声。

高高的篱笆格里高力像鸟一样一飞而过。他跑着从背后朝正在踢人的司捷潘打去。司捷潘摇晃了一下，转过身子，像只狗熊似的朝格里高力冲来。

麦列霍夫家弟兄两个一齐上前拼打起来。他们像鹰啄死野物一样凶猛地朝司捷潘直扑。格里高力有几次被司捷潘那沉甸甸的拳头打得滚在地上。对付已经完全成年的司捷潘，他气力还不够。但是矮矮的彼特罗却十分灵活，像风中芦苇一样，见拳头打来，就把身子一弯，脚底下还是站得稳稳的。

司捷潘闪动着一只眼（另一只眼已经肿得像没有熟透的李子一样了），朝台阶退去。

贺里散福来向彼特罗借马笼头，才把他们拉开。

“站开！”他摇晃着铁钳一样的大手，“站开，要不然咱们去见村长！”

彼特罗小心地把血和半颗牙齿吐在手掌上，嘶哑地说：

“咱们走，格里什卡。咱们跟他总有碰到一起的时候……”

“你可不要落到我手里！”到处是瘀青的司捷潘在台阶上发狠说。

“好啊，好啊！”

“用不着什么好不好，我要把你的五脏揍出来！”

“你是当真，还是说着玩儿？”

司捷潘飞快地下了台阶。格里高力冲上前去迎他，但是贺里散福一面把他朝门外推着，一面说：

“谁要是再打，我就像对付小鸡一样，把脖子给扭断！”

从这一天起，麦列霍夫兄弟和司捷潘·阿司塔霍夫之间的仇怨就变成了一个难分难解的结子。

要到两年以后，由格里高力·麦列霍夫在东普鲁士的司托雷平城下来解这个结子。

十五

“告诉彼特罗，让他套上骒马和他那匹儿马。”

格里高力走到院子里。彼特罗正在把大车从棚子底下朝外拉。

“爹叫你套上骒马和你那匹马。”

“不用他说，咱们也知道。叫他少啰唆！”彼特罗一面拉着车辕杆，一面回答说。

潘捷莱·普罗柯菲耶维奇神态庄严，就像做弥撒时的教会长老，他正在喝菜汤，浑身冒着热汗。

杜尼娅机灵地打量了格里高力一眼，在她那弯弯的睫毛的淡淡阴影里隐藏着少女调皮的微笑。伊莉尼奇娜又利落又庄重，披着过年过节才拿出来的淡黄色披肩，嘴角上隐隐露出当妈妈的担心神情，她朝格里高力看了一眼，又转过身对老头子说：

“算了吧，孩子爹，别拼命灌啦。你简直像个饿死鬼！”

“连汤都不叫喝啦。真是催命鬼！”

彼特罗那麦黄色的长胡子往门里伸了伸。

“请吧，轿车套好啦。”

杜尼娅扑哧一笑，用袖子捂住脸。

妲丽亚从厨房里走过，打量着要去求婚的格里高力，动了动弯弯的柳叶眉。媒人是守寡的娃西丽萨姨妈，她是伊莉尼奇娜的堂姐，是一个很圆滑的娘儿们。她第一个坐到车上，转悠着圆得像河边鹅卵石一样的脑袋，笑着，嘴边上露出歪歪斜斜的黑牙齿。

“娃西丽萨，你到了那儿可别龇牙，”潘捷莱·普罗柯菲耶维奇提醒她说，“你这口牙说不定会把事情弄糟……往你嘴里安的牙齿全是喝醉了酒的：一颗往这边歪，另一颗偏偏又歪到那边……”

“嗨，大妹夫，又不是给我说亲。人家又不会相我。”

"话是这么说，不过还是不笑为好。你那牙齿太不像样子……真不体面，看着简直叫人难受。"

娃西丽萨生气了，但这时彼特罗开了大门。格里高力理好生皮气味很浓的皮缰绳，跳上赶车的座位。潘捷莱·普罗柯菲耶维奇和伊莉尼奇娜并排坐在车后面，活像一对新夫妻。

"抽它们几鞭子！"彼特罗放开手里的马嚼子，叫道。

"我叫你撒欢儿，妈的！"格里高力咬住嘴唇，用鞭子抽了直摆耳朵的儿马一下。

两匹马拉直套绳，轻快地拉动了车子。

"当心！可别恋住了回不来啦！"妲丽亚尖声叫道，但是车子猛地一摇晃，在高低不平的土路上颠簸着，顺着大街轰隆轰隆地跑了起来。

格里高力斜探着身子，使劲用鞭子抽彼特罗那匹上了套直撒欢的战马。潘捷莱·普罗柯菲耶维奇用手抓住长胡子，好像是害怕被风扯掉、吹走似的。

"骒马抽几鞭子！"他拿眼睛两边望着，朝格里高力的脊背探了探身子，哑着嗓子说。

伊莉尼奇娜用带花边的女褂袖子擦着被风吹出

的眼泪，眼睛一眨一眨地看着格里高力背后那被风吹得鼓了起来的绵绸蓝褂子在轻轻地抖动。迎面来的哥萨克都闪到一旁，从后面对他们望上半天。很多狗从家里跑了出来，跟着马前前后后地打圈子。狗叫声在新换了轴瓦的车轮的吱嘎声中是听不到的。

格里高力既不心疼鞭子，也不心疼马匹，十分钟之后，村子落在后面，村边几户人家的果园就绿油油地出现在周围。柯尔叔诺夫家宽敞的房子。木板围墙。格里高力勒了勒缰绳，车子就像说话说了半句突然不说了一样，一下子停住吱嘎，在一座油漆光亮、雕着细花的大门前停了下来。

格里高力留在马跟前，潘捷莱·普罗柯菲耶维奇一瘸一拐地朝台阶走去。像红色罂粟花似的伊莉尼奇娜和紧紧闭起了嘴唇的娃西丽萨在衣裙窸窣声中跟在他后面稳步向前走去。老头子走得很急，害怕失去一路上鼓起来的勇气。他在高高的门槛上绊了一下，碰疼了瘸腿，疼得皱着眉头，咚咚地走上了干干净净的踏板。

他差不多是跟伊莉尼奇娜一起走进房里的。他跟老伴站在一块儿很吃亏，她比他足足高出两俄寸半，所以他从门口朝前跨了一步，像公鸡那样蜷起一条腿，摘下帽子，对着笔迹模糊的黑色圣像画了个十字。

“您好啊！”

“托福托福。”主人从板凳上欠起身来答礼。他是一个身材不高、老态龙钟、脸上有很多麻子的哥萨克。

“米伦·格里高力耶维奇，我们前来府上拜访啦！”

“欢迎欢迎！玛丽亚，给客人搬座儿。”

上了年纪的、胸部平平的女主人为了礼貌，把凳子掸了掸，推到客人跟前。潘捷莱·普罗柯菲耶维奇坐到凳子边上，用手绢擦着黑黑的、汗湿的额头。

“我们来府上是有事的。”他单刀直入地开口说。

话说到这里，伊莉尼奇娜和娃西丽萨也撩了撩裙子，坐了下去。

“请说吧，有什么事情？”主人笑着问。

格里高力走了进来。四面看了看。

“早安。”

“托福托福。”女主人曼声回答道。

“托福托福。”男主人也回答道。他那麻脸透出了棕红的颜色：这时候他才猜出客人的来意。“你去吩咐一下，把客人的马牵到院子里。给马弄些草料。”他朝老伴说。

女主人走了出去。

“我们找您有件小事……”潘捷莱·普罗柯菲耶维奇接着说下去。他摩弄着乱蓬蓬的松脂色大胡子，激动得耳环直晃。“府上有位姑娘，还未出嫁；我们家有个小厮，还未说亲……咱们有没有缘分结合呢？很想知道，你们家现在要不要把她嫁出去呢？要是还没有定亲的话，咱们能不能结个亲呢？”

“这事儿还难说……”主人搔了搔谢了顶的脑袋，“说老实话，我们还不想在今年开斋期间把她嫁出去。目前事情忙不过来，再说她岁数还不算大。才满十八岁。是这样吧，玛丽亚？”

“是啊。”

“现在正是鲜花一朵，还要拖到什么时候，老姑娘蹲在家里的还少吗？”娃西丽萨开言了。她在凳子上直咕哝（从过道里偷来揣到怀里的笤帚扎得她很难受。据说，媒人在姑娘家能偷到笤帚，是不会说不成的）。

“一开春就有媒人到我家来求亲啦。我家姑娘是蹲不下去的。这姑娘没说的，样样拿得起来：不论是地里活儿，还是家里活儿……”

“要是遇到好样的人，也可以嫁出去啦。”潘捷莱·普罗柯菲耶维奇在娘儿们叽叽喳喳的谈话中间插进去说。

“嫁出去不是难事，”男主人搔了一下脑袋，“随时都可以嫁出去。”

潘捷莱·普罗柯菲耶维奇以为是回绝了，便发起急来。

“当然，这是自家的事情……找女婿就像请神甫，到哪儿去找都容易。可是，比如说，您也许要找买卖人家或者别的什么人，那就完全不同了，原谅我直说。”

事情眼看着要吹了：潘捷莱·普罗柯菲耶维奇扑哧扑哧地喘着粗气，脸涨得像紫萝卜，姑娘的母亲咕嗒咕嗒地直叫起来，就像带小鸡的母鸡见了老鹰一样，但是在这紧要时刻娃西丽萨出来解围了。

她用又短又快、和气得不得了的语调一句接一句地说了起来，就像拿盐往烧坏的地方撒，果然将伤口糊住了。

“都是自己人，事情好说！事情是件大事，要好好地来办，为了孩子们好……就拿娜塔莉亚来说吧，这样的姑娘大白天打着灯笼也找不到呀！针线活儿，灶上活儿，样样拿手！要说相貌嘛，好人啊，你们自己瞧瞧嘛。”她对着潘捷莱·普罗柯菲耶维奇和气嘟嘟的伊莉尼奇娜将两手一摊，画了个好看的圆圈。“他做个女婿也没有说的。我一看到他，心里就扑腾扑腾很难受，因为他太像我那死去的多纽沙了……再说，他们家也是勤俭人家。普罗柯菲耶维奇——你在周围十里八里打听打听——可是个远近有名的善人……说实在话，咱们还能跟自家孩子作对，能处心害他们吗？”

媒人那甜言蜜语传进潘捷莱·普罗柯菲耶维奇的耳里，他觉得甜极了。他一面听着，一面钦佩地想：“嘿，这个妖精！真会花言巧语！说起话来就像织袜子。不管线怎样打圈圈，她都能马上分得清，理得好。换一个娘儿们，会说些不三不四的话把人气坏的……真是的，我佩服佩服！”他欣赏着媒婆，媒婆正一个劲儿地夸奖姑娘和姑娘的一家，一直夸奖到五服以外的亲族。

“有什么好说的呢，咱们都是希望自己的孩子好啊。”

“问题是，现在嫁出去好像早点儿啊。”主人脸上露出了笑容，口气和缓了。

“不早啦！实在话，不早啦！”潘捷莱·普罗柯菲耶维奇劝他说。

“早也好，晚也好，总是要分手的呀……”女主人抽搭了几声，一半是做样子，一半出自真情。

“把姑娘叫来，米伦·格里高力耶维奇，让我们看看哪。”

“娜塔莉亚！”

姑娘在门口胆怯地站住了，用黑乎乎的手指头慌乱地揪弄着围裙的角。

“过来吧，过来吧！还不好意思呢。”母亲鼓励说，并且她那模糊的泪眼露出了笑意。

格里高力坐在一只沉重的、上面有很多褪了色的蓝花的箱子旁边，抬眼朝她看了看。

在黑色积尘一般的针织头巾下面，是一双大胆的灰眼睛。在丰润的腮上有两个浅浅的粉红色酒窝，那酒窝因为发窘和忍着笑不住地颤动着。格里高力把目光移到她的手上：那是干活儿磨粗糙了的两只大手。紧紧裹住丰满、柔美身躯的绿色小褂里面，两个不大的、结实实的处女乳房天真地和令人爱怜地向上、向两边凸着，两个小小的奶头像纽扣一样向上支着。

格里高力的眼睛从她的头看到那两条好看的长腿，一下子就把她看了个遍。他像牲口贩子买马时相马那样，仔细看了一遍，心里想：“很漂亮。”接着他的目光就跟她向他投来的目光碰到了一起。她那单纯、真诚、多少有点不好意思的目光好像在说：“看吧，我就是这个样子。你觉得我怎样，就算怎样。”——“是个漂亮姑娘。”格里高力用眼睛和微笑回答说。

“好啦，去吧。”主人摆了摆手。

娜塔莉亚在掩身后的门的时候，朝格里高力看了一眼，露出微笑和好奇的神情。

“这样吧，潘捷莱·普罗柯菲耶维奇，”主人和老伴交换了下眼色以后，开口说，“你们回去商量商量，我们自己家里也一起商量商量。然后咱们再定夺：是不是咱们可以结成亲家。”

下台阶的时候，潘捷莱·普罗柯菲耶维奇约定说：

“下一个星期天我们来吧。”

把他们一直送到大门口的主人故意没有说话，就像什么也没有听到似的。

十六

司捷潘在从安得列嘴里听到阿克西妮亚的情形以后，在心里孕育着烦恼和仇恨的同时，明白了，尽管他跟她过的日子很不好，尽管难忘这种奇耻大辱，但他还是怀着爱中有痛苦、爱中有恨的心情爱着她的。

每到夜里，他盖着军大衣躺在大车上，把两条胳膊交叉放在脑袋上，想着怎样回到家里，怎样跟妻子相会，就觉得好像有一只毒蜘蛛在心里乱爬乱抓……他躺着，脑子里想着上千种惩罚办法，恨得直咬牙。他跟彼特罗打了一场，发泄了不少恼恨。回到家已经是无精打采，因此阿克西妮亚很轻易地过了关。

从那一天起，阿司塔霍夫家里就好像住下了一个看不见的死人。阿克西妮亚走路踮着脚尖，说话声音低低的，但是在她的眼睛里，被恐怖的灰烬遮盖住的火星还隐隐燃烧着，那是格里什卡烧起的熊熊大火留下的火星。

司捷潘每次仔细观察她，就与其说是看出，不如说是感觉出这一点。他很痛苦。一到夜里，当蝇群在壁炉上面沉沉入睡，阿克西妮亚哆嗦着嘴唇铺床的时候，他就用黑乎乎、毛烘烘的手捂起她的嘴，打她一顿，不顾羞耻地追问她和格里高力发生关系的详情细节。阿克西妮亚在羊皮气味很浓的硬板床上滚来滚去，吃力地喘着粗气。司捷潘把她那柔软得像揉熟的面团似的身子折腾够了以后，又用手到她的脸上去摸眼泪。但是阿克西妮亚的脸干得像用火烤过似的，司捷潘只摸到她的上下颌一张一合地嚅动着。

“你说不说？”

“不说！”

“打死你！”

“打死我好啦！行行好，打死我吧……我省得受罪啦……不是人过的日子……”

司捷潘咬紧牙，用劲拧妻子胸膛上因为出汗变得凉丝丝的细皮肉。

阿克西妮亚哆嗦着，哼哼着。

“怎么，疼吗？”司捷潘高兴了。

“疼。”

“我呢，你以为我不疼吗？”

他很晚才睡。睡梦中还攥紧那疙疙瘩瘩的黑手指头，摇晃着。阿克西妮亚用胳膊肘支住身子，对着丈夫那漂亮的、睡着了变了样子的脸看上半天。她把头伏在枕头上，小声嘟哝起来。

她几乎看不到格里什卡了。有一次在顿河边碰到了他。格里高力赶着牛饮过了水回家，正在上坡，摇晃着一根红红的树条子，眼睛望着脚底下。阿克西妮亚迎面朝他走去。她一看到他，就觉得手里的扁担变得冰凉了，一阵热血涌上了两个鬓角。

后来她每想起这次会面，都很难相信这不是做梦。她差不多走到格里高力身边的时候，他才看见她。听到她故意弄响的水桶声，他抬起头来，哆嗦了两下眉毛，傻笑了一下。阿克西妮亚一面走，一面从他的头顶上望着碧色的、波浪滚滚的顿河，望着更远处那高低不平的沙滩。

她的脸红了一下，接着眼里就涌出了泪水。

“阿克秀莎！”

阿克西妮亚走过去几步，又好像受到当头一击，低下头站住了。格里高力用树条子狠狠抽了两下落在后头的褐色公牛，连头都没有转，问道：

“司捷潘什么时候出去割黑麦？”

“就要去……正在套车呢。”

“等他走了，你到河边我们家的葵花地里来，我也去。”

阿克西妮亚晃荡着水桶朝顿河走去。河边的泡沫曲曲弯弯地向前伸去，好像在碧波的边上镶了一道美丽的黄色花边。正在逮鱼的一群白鸥喳喳叫着，在顿河上飞来飞去。

一条小鱼在水面上溅起银色的雨点。河对岸，一片白色的沙滩后面，一株株老柳树那在风中泛着灰白色的树顶神态庄严地巍然高耸着。阿克西妮亚放下水桶去打水。她左手撩着裙子，下到没膝深的水里。河水刺得被袜带勒得起皱的地方痒酥酥的，于是阿克西妮亚笑了，这是司捷潘回来以后她第一次笑，笑得很轻，不很舒畅。

回头看了看格里什卡：他还是摇着树条子，好像是在赶牛虻，慢慢地朝坡上爬去。

阿克西妮亚的眼里涌出了泪水，她用模糊的泪眼亲切地看着他那强壮的、走起来矫健有力的双腿。格里高力那肥大的裤脚掖在白色毛袜里，裤缘显得非常红。在他背后靠近肩胛骨的地方，肮脏的小褂上新撕破的一块小小的布片忽闪忽闪地飘动着，露出一块三角形的黄褐色皮肉。阿克西妮亚用眼睛亲着曾经属于她的可爱的身体的这一小块；眼泪落到微笑着的煞白的嘴唇上。

她把水桶提到沙滩上，正要用扁担钩子去钩桶梁，这时她看见了格里什卡那尖头靴子留在沙滩上的脚印。她偷偷地向四面望了望——一个人也没有，只有远处码头边有几个小孩子在洗澡。她蹲下去，用手抹掉脚印，然后把扁担挑在肩上，一面笑着自己，急急忙忙朝家里走去。

被轻纱一般的薄云遮住的太阳在村子上空移动着。有些地方，在乱蓬蓬的、马群一般的白云缝隙里，露出清爽的、牧场一般的蓝湛湛的天；可是整个村子，那晒热的铁皮房顶，那尘土飞扬、行人稀少的街道，那长满被干旱烤黄了的杂草的一座座院落，都笼罩在死沉沉的暑气中。

阿克西妮亚一路上朝干裂的地面泼洒着桶里的水，摇摇晃晃地来到台阶跟前。戴了宽边草帽的司捷潘已经把马套到割麦机上。他一面调整上了套还在打盹的骒马的肚带，朝阿克西妮亚看了一眼。

“往水盆里倒点水。”

阿克西妮亚往水盆里倒了一桶水，手碰在铁箍上，觉得很烫。

“要放点冰在里面。水要发烫的。”她望着丈夫汗湿的脊背说。

“到麦列霍夫家去弄点吧……别去啦！……”司捷潘想了起来，接着喊道。

阿克西妮亚走去关那开着的小门。司捷潘垂下眼睛，抓起鞭子。

“哪儿去？……”

“去关小门。”

“回来，下流货……我说过：别去啦！”

她急急忙忙走到台阶跟前，想把扁担挂起来，但是手直打哆嗦，不听使唤，扁担滚到了门槛上。

司捷潘把帆布斗篷扔到前面座位上；他一面朝座位上走，一面抖开缰绳。

“把大门开了。”

阿克西妮亚打开大门以后，大着胆子问道：

“你什么时候回来？”

“要到傍晚。跟安尼库什卡搭伙一起割。你给他也带点饭。他从铁匠店回来，就到地里去。”

割麦机的小轮子吱嘎吱嘎地叫着，在松软的土地上滚着，出了大门。阿克西妮亚走进屋里，将手按在心口上站了一会儿，便披上头巾，朝顿河边跑去。

“哦，万一他回来呢？那可怎么办？”她想到这里，非常害怕。她站了下来，好像看到脚底下就是深渊，回头看了看，又几乎像飞一样朝顿河边的滩地跑去。

一家家篱笆。一片片菜园。一大片黄黄的朝着太阳的葵花。正在开白花的绿油油的土豆。那是沙米尔家的娘儿们，因为耽误了，现在还在锄土豆地里的草呢；那弯弯的、穿着粉红女褂的脊背；锄头轻轻扬起，马上又落到灰色的垄沟里。阿克西妮亚一口气跑到麦列霍夫家菜园。她四面看了看，拨开顶门的树枝，推开园门。她顺着一条踏出的小路走进葵花茎叶织成的青纱帐里。弯下身，钻到最稠密的地方，沾了一脸金色的花粉；撩起裙子，坐到爬满野牵牛花的地上。

仔细听了听：静得能听到耳朵里的响声。上面有一只野蜂在寂寞地嗡嗡叫着。空心的、长满硬毛的葵花秆儿一声不响地吮吸着大地的乳汁。

坐了有半个钟头，她以为他不会来了，心里觉得很难受，便一面理着头巾下面的头发，站了起来，已经想要走了——这时候园门长长地吱嘎了一声。接着是脚步声。

“阿克秀莎！”

“这儿来……”

“啊哈，你来啦。”

格里高力擦得叶子沙沙响，走了过来，挨着坐下。两个人沉默了一会儿。

“你脸上弄的是什么？”

阿克西妮亚用袖子擦了擦香喷喷的黄色花粉。

“大概是葵花上的。”

“还有呢，这儿，眼角上。”

她擦好了。两人的眼光碰到了一起。接着她哭了起来，算是回答格里高力没有说出口的问话。

“不得了啦……我完啦，格里什卡。”

“他究竟怎么啦？”

阿克西妮亚恼恨地撕开女褂领子。像处女那样结实的两个粉红色乳房突露了出来，上面是一块挨一块的青紫伤。

“你不知道他怎么样吗？……他天天都打我！……吸我的血！……你也很好……像牙狗一样，折腾够了，就不管事了……你们都是一路货……”她用哆嗦的手指头按着按扣，惊慌地——他是不是生气了？——朝扭过头去的格里高力看了一眼。

“你想怪谁呢？”他咬着一根草，慢吞吞地问。

他的无动于衷的声调使阿克西妮亚非常生气。

“难道不怪你吗?”她激动地叫道。

“母狗要是不愿意，牙狗是不会跳上去的。”

阿克西妮亚两手捂住脸。经这又狠又准的一击，她的怨恨劲儿下去了。

格里高力皱着眉头，斜着眼朝她看了看。她那食指与中指之间的缝隙里渗出了泪水。

葵花丛中有一道斜斜的、夹带着细尘的阳光，照在晶莹的泪珠上，晒干泪珠在皮肤上留下的湿道道儿。

格里高力没有经受住眼泪。他坐在地上十分不安地转动起来，把裤子上一只黄蚂蚁狠狠地往下一打，又匆匆朝阿克西妮亚看了一眼。她坐在那里，动也没动，只是手背上不再是一颗泪珠，已经是三颗泪珠一颗接一颗地滚动着了。

“哭什么？生气了吗？阿克秀莎！好啦，别急……别哭啦，我想跟你说句话。”

阿克西妮亚把手从泪湿的脸上放了下来。

“我是来找你商量的……你为什么这样？……我已经够受啦……可是你……”

格里高力脸红了，心想：我真是落井投石……

“阿克秀莎……我是说着玩儿的，好啦，别生气……”

“我不是来扯住你的……你别怕！”

这会儿她自己也相信，她到这里来，不是要扯住格里高力不放；但是，当她顺着顿河朝滩地上跑来的时候，连自己也莫名其妙地想：“我要劝劝他！不叫他娶亲。我以后又靠谁啊?!”想到这里，她想起了司捷潘，便很刚强地摇了摇头，驱逐这种来得很不妥当的念头。

“这么说，咱们的事完啦?”格里高力问道。他用胳膊肘支着上身，趴到地上，一面朝外吐着谈话时嚼烂的粉红色的牵牛花。

“怎么完啦?”阿克西妮亚吓了一跳。“这是怎么回事儿?”她凝神看着他的眼睛，又问了一句。

格里高力翻着蓝蓝的、凸出的眼白，把眼睛转向一旁。

干燥、缺水的土地散发着尘土和太阳的气息。风沙沙响着，吹得葵花的绿叶上下翻动。有一小会儿，太阳被毛烘烘的云彩边儿遮住，昏暗下来，于是像烟一样的阴影投在原野上、村子上、阿克西妮亚低下的头上、喇叭形的粉红色牵牛花上，接着又晃晃悠悠地飘走了。

格里高力叹了一口气——这口气带有长长的嘶声——并且仰面躺了下来，两边肩胛骨贴在烫人的地面上。

“这样吧，阿克西妮亚，”他慢慢地、一个字一个字地说道，“心里真乱，就好像有什么东西在里面乱咬。我的主意是……”

一阵吱吱嘎嘎的大车声传到了菜园里。

“拐过去，秃头顶！拐弯！拐弯……”

吆喝声很响，阿克西妮亚听了连忙趴到地上。格里高力抬了抬头，小声说：

“把头巾扯下来。太显眼了。可别叫人看见。”

阿克西妮亚扯下头巾。葵花丛中缓缓流动的热风吹得她脖子上那柔软的金色鬈发不住地抖动。渐渐走远的大车的吱嘎声越来越小了。

“我的主意是这样，”格里高力提了提精神，开口说，“过去的事已经过去了，有什么好责怪的呢？要想想以后怎么样……”

阿克西妮亚竖起耳朵听着，等着他往下讲，把从蚂蚁嘴里抢出来的小草扯成了好几截。

她朝格里高力的脸上看了看，看到他的眼睛里露出冷漠、慌乱的神情。

“……我的主意是，咱们结果掉……”

阿克西妮亚摇晃了一下，用哆嗦的手指抓住结实的牵牛花蔓。她张大了鼻孔，等着他把话说完。恐怖和焦急的火焰热辣辣地烧着她的脸，烤干了她嘴里的唾沫。她以为格里高力要说“……结果掉司捷潘”，但是他很不耐烦地舔了舔干燥的嘴唇（干嘴唇说话很不灵便），说：

“……咱们结果掉这种关系吧。嗯？”

阿克西妮亚站了起来，朝园门口走去，胸膛碰得黄色的葵花盘直摇晃。

“阿克西妮亚！”格里高力压低声音喊道。

他听到的是园门长长地吱嘎了一声。

十七

割完黑麦，还没来得及运到场院上，又到了割小麦的时候，黏土地上、坡地上，一片金黄，麦叶子被晒得卷成小喇叭，衰老的麦秆渐渐干枯。

人们都在夸好年景。麦穗沉甸甸的，麦粒儿又大又饱满。

潘捷莱·普罗柯菲耶维奇跟老伴商量了一下便决定：要是向柯尔叔诺夫家求亲的事能成的话，就把婚事排到救主节最后一天。

还没有去讨回话，因为收割庄稼的日子到了，这时候大家都像盼着过节一样。

星期五出发去割小麦。割麦机上套了三匹马。潘捷莱·普罗柯菲耶维奇在刨大车杠，修理车辆，准备拉庄稼。彼特罗和格里高力前去割麦。

格里高力扶着哥哥坐在前座走着，皱着眉头。腮上鼓起两个小包，从下颌斜着朝两边颧骨哆哆嗦嗦地蠕动着。彼特罗知道：这种样子表明格里高力正在冒火，这时候他什么样发疯的事都能干出来；但是彼特罗仍然偷偷笑着。继续逗弄弟弟。

“真的，她对我说啦！”

“哼，说就说好啦。”格里高力咬着胡子，呜噜呜噜地说。

“她说：我从菜园里回来，听到麦列霍夫家菜园里好像有人说话呢。”

“彼特罗，住嘴！”

“她说……是啊，是有人说话。我就隔着篱笆朝里面一望……”

格里高力不住地眨巴眼睛。

“你住嘴不住？嗯？”

“这就怪了，让我讲完嘛！”

“小心点儿，彼特罗，咱们会干起来的。”格里高力站下来，警告说。

彼特罗动了动眉毛，转过身背朝马坐着，脸对着在后面走的格里高力。

“她说，隔着篱笆往里面一望，他们一对儿正抱在一起躺在那里呢。我问：谁呀？她说：就是阿司塔霍夫家的阿克西妮亚和你弟弟嘛。我说……”

格里高力抓起割麦机后面放的一把短叉子，就向彼特罗扑去。彼特罗丢开缰绳，从座位上跳起来，踉踉跄跄地朝马前头跑去。

“嘀，该死的！……你疯啦！嘀！嘀！瞧那模样……”

格里高力像狼一样把牙一龇，把叉子扔了过去。

彼特罗向地上一趴，叉子从他头顶上飞过去，扎进带石子的干硬的土地里足有一俄寸深，还当当地摇晃了几下。

彼特罗的脸发了青，拉着被叫声吓惊了的马的笼头，骂道：

“混账，会叉死人的！”

“叉死你才好呢！”

“你这混蛋！疯子！你的性子跟爹一模一样，地地道道的蛮子。”

格里高力把叉子拔起来，又跟着动了起来的割麦机往前走。

彼特罗朝他招了招手。

“过来。把叉子给我。”

彼特罗把缰绳换到左手里，用右手抓住雪亮的叉齿。

他用叉柄照着毫无提防的格里高力的背上敲了一下。

“要是有皮带，抽你一顿就好啦！”他望着跳到一边去的格里高力，遗憾地说。

过了一会儿，他们抽起烟，互相看了看，哈哈大笑起来。

贺里散福的老婆正赶着车在另一条道上走，她看到了格里高力用叉子叉哥哥。她在车上欠起身来，可是看不清他们弟兄两个究竟是怎么一回事，因为割麦机和马遮住了。她还没进胡同，就朝一个娘儿们吆喝道：

“克里莫芙娜！快去告诉土耳其佬潘捷莱，就说他们家两个儿子在鞑靼冈前用叉子打架呢。打起来啦，格里什卡呀，他可是个不要命的家伙！拿起叉子就朝彼特罗腰上戳，彼特罗也马上还他一下子……当场流了好多血，吓死人啦！”

彼特罗这时扯着嗓门在吆喝用劲拉车的马，打着响亮的口哨。格里高力把一只落满了灰土的黑乎乎的脚踩在割麦机横梁上，把叶片甩出的一道道干泥条子往下剥。三匹马被马蝇咬得到处是血，不住地甩尾巴，很不合套地拉着车往前走。

原野上，一直到淡蓝色的天边，到处都有人在活动。割麦机的刀片吱咯吱咯响着，原野上到处是一堆堆割倒的庄稼。土拨鼠模仿秧鸡，在坟头上叽叽喳喳叫着。

“再割两趟，咱们抽支烟！”彼特罗扭过头，在叶片的吱咯声和挡板的嗒嗒声中叫喊道。

格里高力只是点了点头。嘴唇叫风吹得有些干裂，张起来很困难。为了容易挑起沉甸甸的麦把子，他把叉子攥短些；呼哧呼哧地喘着粗气。汗湿的胸膛发起痒来。帽子底下流出咸渍渍的汗水；汗水流进眼睛，像肥皂水一样杀得眼睛很难受。兄弟俩勒住马，喝了一通水，抽起烟来。

“有一个人骑着马顺大路跑来啦。”彼特罗手搭凉棚，朝前望着说。

格里高力定神一看，吃惊地挑起了眉毛。

“是爹，没有错。”

“你糊涂啦！他骑什么？马全套在割麦机上啦。”

“就是他。”

“你看迷糊啦，格里什卡！”

“真的，是他！”

过了一会儿，甩平了前后腿飞跑着的马和马上的人都看得清清楚楚的了。

“是爹……”彼特罗又惊惶又大惑不解地在原地捯动起两只脚。

“恐怕是家里出事啦……”格里高力说出了两个人共同的想法。

潘捷莱·普罗柯菲耶维奇在相距百十步的地方勒了勒马，马换成小跑。

“我——揍——死——你——们……两个狗崽子！……”他还离得很远，就吆喝起来，在头顶上挥舞着皮鞭。

“他是怎么回事儿？”彼特罗惊呆了，把自己的麦黄色胡子的一半都塞到嘴里。

“躲到割麦机后头！天啊，他要用鞭子抽咱们呢。等咱们分辨清楚，他都打过了……”格里高力笑着说，为了防备万一，也跑到了割麦机后面。

汗流如洗的马顺着割掉了小麦的地段一颠一颠地小跑着。潘捷莱·普罗柯菲耶维奇耷拉着两条腿（他骑的是无鞍马），摇晃着鞭子。

“杂种，你们在这儿干什么?!”

“割麦呀……”彼特罗两手一摊，担心地朝鞭子瞅了一眼。

“谁用叉子叉谁的？为什么打架？”

格里高力转身背朝着父亲，小声数着被风吹散的云片。

“你怎么啦？用什么叉子？谁打架啦？……”彼特罗眨巴着眼睛，掴动着两只脚，从上到下地看着父亲。

“这是怎么搞的，他妈的，她像只母鸡一样跑来叫唤说：‘你家孩子用叉子打架呢！’嗯？这是怎么回事儿？……”潘捷莱·普罗柯菲耶维奇气呼呼地摇晃着脑袋，扔掉缰绳，从直喘粗气的马的背上跳了下来，“我抓过谢米什金家一匹马，就跑来啦。是怎么一回事儿？……”

“这是谁说的？”

“一个娘儿们……”

“爹，她是胡扯！这该死的娘儿们准是在车上睡觉，大概她是做梦看到的。”

“瞧这娘儿们！”潘捷莱·普罗柯菲耶维奇尖声叫了起来，吹着自己的大胡子，“克里莫芙娜这只母鸡！你呀，瞧——着吧！……哼！我揍死这母狗！……”他跺起脚，那条瘸的左腿一拐一拐的。

格里高力憋住笑，憋得直打哆嗦，眼睛望着脚底下。彼特罗摸着出汗的头，眼睛还一直盯着父亲。

潘捷莱·普罗柯菲耶维奇暴跳了一阵，安静下来。他坐到割麦机上，把麦子往下拨，跑了两趟，便一面骂着娘骑上马去。上了大路，赶过两辆拉麦子的大车，就一阵风似的进了村子。田垄上留下了他忘记带走的那根编得很细、花纹很漂亮的鞭子。彼特罗拿在手里转悠着，摇了摇脑袋，对格里高力说：

“好家伙，要是真的打到咱们身上，可够受的。瞧，这家伙真不是玩儿的！伙计，一鞭子下去就能打残废，脑袋都能打下来！”

十八

柯尔叔诺夫家是鞑靼村的头等富户。有十四对公牛、一群马，有普罗瓦里养马场的良种母马、十五头母牛，闲散牲口不计其数，羊群里有几百只羊。而且外表也很可观：房子不比莫霍夫家的差，有六间屋，房顶盖铁皮，墙壁装护板。杂用房舍都盖的是漂亮的新瓦；花园有一俄亩半，还带着一片树林。人还要什么呢？

所以，潘捷莱·普罗柯菲耶维奇第一次去求亲，是很胆怯的，心里是不愿意去的。柯尔叔诺夫是不会给自己的女儿找格里高力这样的女婿的。潘捷莱·普罗柯菲耶维奇明白这一点，怕碰钉子，不愿意向脾气古怪的柯尔叔诺夫老汉弯腰；但是伊莉尼奇娜天天磨他，就像铁锈蚀铁一样，到末了，老头子的倔劲儿给磨掉了。潘捷莱·普罗柯菲耶维奇答应了，而且去了，可是心里一直在骂格里什卡，在骂伊莉尼奇娜，在骂世上的一切。

应该去第二趟，去讨回话了：正在等着星期天，就在这时候，在油漆成铜绿色的柯尔叔诺夫家的房顶下面，悄悄地发生了内讧。媒人走后，姑娘听了妈妈的问话，回答说：

"我喜欢格里什卡，别人我谁也不嫁！"

"傻丫头，偏找这样的女婿，"父亲开导她说，"他的好处只有一点，就是黑得像个茨冈人。乖孩子，我怎么能给你找这样一个女婿呀？"

"爹，我不要别的人……"娜塔莉亚红着脸，流下泪来，"别人我不嫁，别人都不要来说。要不然的话，就把我送进大熊河河口修道院去好啦……"

“他是个浪荡鬼，色迷，专门找不三不四的娘儿们，”父亲拿出了王牌，“他的坏名声全村都知道。”

“那不算什么！”

“你觉得不算什么，在我就更不算什么了！这样的事，在我不过像是丢掉一袋面粉。”

娜塔莉亚是他的大女儿，他对她十分钟爱，所以在选女婿方面不强迫她。去年开斋期间，就从很远的楚茨康河畔来过好几起求亲的，都是一些信旧教的哥萨克大户人家；从霍派尔河畔和旗尔河[①]畔也来过求亲的，但是娜塔莉亚没有看中那些求婚的小伙子，所以媒人的一番心血都落空了。

柯尔叔诺夫老头子心里很喜欢格里高力那种哥萨克式的勇猛，喜欢他那种肯操持家务和爱干活儿的劲头。老头子在格里高力赛马夺得头奖的时候，就认定他是全乡最出色的小伙子；但是把姑娘嫁给一个家境不富裕而且名声很坏的人，是一件很不痛快的事。

“是个很能干的小伙子，模样儿也挺不错嘛……”夜里老伴儿小声对他说，一面抚摩着他那

①霍派尔河是顿河左边的支流，旗尔河是顿河右边的支流。——原注

到处是黑斑和红红的硬毛的手，“孩子的爹，娜塔莉亚为了他，全身都瘦干啦……他很称她的心。”

老头子翻过身，背对着老伴那干瘦、冰凉的胸膛，气嘟嘟地说：

“啰唆起来没有完，住嘴吧！你就是把她嫁给傻子巴沙，干我屁事？心眼儿少一些就是了！‘模样儿挺不错嘛’……”他呜噜呜噜地说，“怎么样，能靠他的模样儿收到粮食？……”

“怎么能说收粮食……”

“当然啦，他的人品跟你有什么相干？只要模样儿像个人就行。可是我呢，说实在话，把女儿嫁给土耳其佬，面子上实在不好看。要是人家像个人家，不好了……”柯尔叔诺夫老汉自得起来，在床上蹦了蹦。

“人家是勤俭人家，日子也还过得宽裕嘛……”老伴小声说，一面紧紧贴到丈夫那结实的脊背上，抚摩着他的手，安慰他。

“喂，妈的，离远点儿！你就没有别的地方啦？我又不是怀犊的母牛，干吗老是摩弄我？娜塔莉亚的事随你怎样好啦。你就是把她嫁给一个光头尼姑也行！……”

“自己的孩子应当心疼嘛。孩子会享福，也会发财的……”老伴对着他那长满了毛的耳朵沙哑地说。

老头子两腿蹬了几下，抵到墙上，并且呼噜呼噜的，就像睡着了一样。

求亲的来得使他们感到措手不及。刚做过弥撒，求亲的就坐着马车来到大门口。伊莉尼奇娜踩着踏板，差一点把马车弄翻过来，可是潘捷莱·普罗柯菲耶维奇却像只小公鸡似的从车上跳下来；虽然坐麻了两腿，但不使人看出来，精神抖擞地咔嗒咔嗒朝房门口走去。

“是他们！他娘的，又来啦！”柯尔叔诺夫老汉朝窗外望着，叹着气说。

“我的好人啊，我刚才做好饭，围裙还没有解呢！”女主人吱吱哇哇地叫了起来。

“这样才美呢！人家大概不是来说你的，癞皮马，没人要！……”

“生来就不正经，到老就更疯啦。”

“好啦好啦，快给我住嘴吧！”

“你也该换件干净褂子，脊梁上的肉都露出来啦，不怕丑吗？瞧你这脏鬼！”老伴趁求亲的在院子里走的时候，上下打量着柯尔叔诺夫老汉，一面骂着。

“瞧着吧，就穿这件小褂人家也认得我。我就是披块破席片，人家还是要跟咱们结亲。”

“近来好啊！”潘捷莱·普罗柯菲耶维奇在门口打着趔趄，哇哇地叫道，叫过后又觉得声音太响，有些不好意思，又一次对着圣像画了个十字。

“您好。”主人招呼说，一面气嘟嘟地打量着前来求亲的客人。

“今天天气很好啊。”

“谢天谢地，不算坏。”

“天气好，日子就好过些啦。”

“是这样的。”

“是这样……”

“嗯……”

“这不是，我们又来啦，就是说，米伦·格里高力耶维奇，是来听一听，府上是怎么定的，咱们能结亲呢，还是不能……”

“请进，请进。请坐，请坐。”女主人鞠着躬很客气地说，她那带褶儿的长裙子边儿在砖地上扫着。

“请不要多礼。”

伊莉尼奇娜撩了撩窸窣响着的罗缎女袍，坐了下来。柯尔叔诺夫老汉将胳膊肘撑在铺了新胶布的桌子上，一声不响。胶布发出一股难闻的潮湿的橡皮气味，还有一股不知是什么气味；胶布那带花饰的四个角上画着已经去世的几位沙皇和皇后，那神态都十分庄严；中间是几位戴白帽的公主，还有落满苍蝇屎的沙皇尼古拉二世。

柯尔叔诺夫老汉打破沉默：

“好吧……我们决定把姑娘嫁出去。要是咱们有缘的话，就结亲吧……”

话说到这里，伊莉尼奇娜从她那袖子上带褶的毛料女褂那深不可测的底下，像变戏法似的掏出一个高高的白面包，放到桌上。

潘捷莱·普罗柯菲耶维奇不知为什么想画个十字，但是他那粗硬的、像钳子一样的手指刚做出要画十字的样子，举到一半，就改变了样子：黑黑的大拇指不顾主人的本意，不知不觉地伸到中指和食指中间，变出了羞人姿势的这几个手指偷偷地溜到鼓绷绷的蓝褂子大襟里面，抓住带红塞子的酒瓶的瓶口，从里面掏了出来。

“来，这会儿可以叫亲家了，好亲家，咱们来祷告上帝，来喝一杯，再来谈谈咱们的孩子和条件……”

潘捷莱·普罗柯菲耶维奇十分感动地眨巴着眼睛，看着亲家公那一张麻脸，用马蹄一样的大巴掌照着瓶底亲热地拍了两下。

一个钟头之后，两位亲家公已经坐得非常近乎了，以至于麦列霍夫老汉那松脂色的拳曲胡子常常碰着柯尔叔诺夫老汉那红红的直胡子。潘捷莱·普罗柯菲耶维奇美滋滋地喷着酸黄瓜的气味，谈起条件来了。

“我的好亲家，”开头他低低地、瓮声瓮气地说，“我的好亲家啊！”马上就把声音提高到喊叫的程度，“亲家啊！”他露出又黑又钝的牙齿，吼起来了。“你们要的定礼叫我真受不了啊！你想想看，好亲家，你想想看，你叫我多么为难啊：一双带套鞋的长靴子，这是一；一件顿河式皮袄，这是二；两件毛料长袍，这是三；一条绸子头巾，这是四。这一下子就叫我破——产——啦！……”

潘捷莱·普罗柯菲耶维奇把两手宽宽地朝外一摊，他那御林军哥萨克制服肩上的缝裂了开来，一缕灰尘冒了出来。柯尔叔诺夫老汉低着头，望着洒满了酒和酸黄瓜汁的胶布。他看了看上方用别出心裁的花纹凑成的文字：“全俄的君主”。又看下面：“尼古拉皇帝圣颜……”再往下，粘着一块土豆皮。他仔细看了看画：看不到皇帝的脸，因为上面放着空酒瓶。柯尔叔诺夫老汉虔敬地眨巴着眼睛，想好好看看那腰系玉带的华贵的皇服，但是皇服上密密麻麻地粘了许多滑腻的黄瓜子。在一群色调完全一样的女儿簇拥下，戴宽边女帽的皇后露出骄矜的神情。柯尔叔诺夫懊恼得要流泪了。心想：“现在你真够神气的，就像出了笼子的母鹅，可是总有一天你也要嫁女儿的，到那时候我来瞧瞧……到那时候大概你要气得跳起来啦！”

潘捷莱·普罗柯菲耶维奇像只大黑蜂一样在他耳边嗡嗡叫着。

他抬起被眼屎糊住的眼睛，望着潘捷莱·普罗柯菲耶维奇，仔细听着。

“就为了给你的女儿，现在也可以说是为我的女儿啦……为了给你我的女儿操办这份聘礼……又是带套鞋的靴子，又是顿河式皮袄……我家就得把牲口赶出去卖掉啊。”

“心疼吗？”柯尔叔诺夫老汉用拳头敲了敲桌子。

“现在说不上心疼不心疼啦……”

“心疼吗？”

“别急嘛，亲家……”

“要是心疼，那就算啦！……”

柯尔叔诺夫老汉挓挲着汗津津的手在桌上一扫，把酒杯子扫到地上。

“你的女儿以后还要过日子，而且还要创家立业呀！”

“听便吧！聘礼非要不可，不然的话，咱们就不是亲家！……”

“牲口要卖掉啊……”潘捷莱·普罗柯菲耶维奇直摇头。耳朵上的小环哆嗦着，微微地闪着光。

“聘礼非要不可！……她也有几箱子嫁妆嘛，如果她合了你们的心意，就请你尊重我的意思！……这是咱们哥萨克的风俗。自古就是这样，咱们要遵守古礼……”

“我尊重你的意思！……”

“你要尊重。”

“我尊重！……”

“说到创家立业，让他们年轻人去创吧。我们创立了家业，所以过得不比别人差，你管他们个屁，让他们也自己去创吧！……”

两位亲家公的胡子交织成杂色的篱笆。潘捷莱·普罗柯菲耶维奇为了解一解接吻的气味，吃了一条干瘪的酸黄瓜，因为高兴，也因为心疼，他哭了起来。

两位亲家母互相拥抱着坐在大箱子上，叽叽喳喳地说着话，声音一个比一个高。伊莉尼奇娜脸红得像樱桃，亲家母喝得脸发了青，好像霜打过的一只冻梨。

“……这样的孩子天底下难找！她对你会又听话又孝顺，这丫头是一点非分的事也不会做的。一句话，我的好亲家母呀，顶顶撞撞的话她是不敢说的。”

“咦呀……我的好亲家母，”伊莉尼奇娜用左手托着腮，右手托着左胳膊肘，打断亲家母的话，“我家那小狗崽子，我对他说过多少次啦！上个星期天晚上，他又要去，趁他往荷包里装烟，我对他说：不听话的畜生，你什么时候才能丢开她啊？我这么大年纪啦，你往我脸上抹黑要抹到哪一天啊？司捷潘一下子会把你的脖子拧断的！……”

米佳在厨房里正从上面的门缝里朝正房里张望，娜塔莉亚的两个小妹妹在下面唧唧咕咕地说话。

娜塔莉亚坐在远处厢房里一条宽板凳上，用窄窄的衣袖在擦眼泪。已经来到门口的新生活使她感到害怕，又神秘得使她着急。

正房里第三瓶酒快要喝完了，给新夫妇完婚已经定在救主节第一天。

十九

柯尔叔诺夫家里正忙着筹办婚事。给新娘子赶做各种衣物。娜塔莉亚天天熬夜，给新郎编织传统的细羊毛烟色围巾和绒手套。

她的妈妈一天到晚趴在缝纫机上，帮着从镇上请来的女裁缝做活儿。

米佳跟父亲和几个雇工一起从地里回来，脸也没洗，也没有把干活儿穿的笨重的靴子从长满茧子的脚上脱下来，就走到正房里娜塔莉亚的跟前，靠着她坐下来。戏弄妹妹是他最开心的事。

“你打东西啦？”他直截了当地问，对着织围巾的毛茸茸的绒线挤了挤眼睛。

“我打东西，跟你有什么相干？”

“打吧，打吧，傻丫头，他才不会感谢你呢，只会给你一顿耳刮子。”

“为什么？”

“为了叫你好受。我可是了解格里什卡，我跟他是好朋友。他是一条很凶的狗，咬了人，还不说为什么。”

“别胡扯啦！别以为我不了解他。”

“可是我了解得更透。我们一块儿上过学的。”

米佳一面看着自己那被叉子刮出一道道血印的手，重重地、故作伤心地叹了口气，把高高的脊背弯得低低的。

“你嫁了他，可就完啦，娜塔什卡！最好还是蹲在家里做姑娘。你看上他哪一点？嗯？他很可怕，你骑不了这匹劣马，他还有点儿蠢……你再仔细瞧瞧：他可是个很——坏——的小子！……”

娜塔莉亚生气了，吞着眼泪，把可怜巴巴的脸伏到围巾上。

“顶要命的是他不会心疼人……”米佳毫不心软地刺激她说。“你哭什么呀？娜塔什卡，你真糊涂。把亲事退掉吧！我这就去备马，去对他们说：今后别来啦……”

格里沙加爷爷解救了娜塔莉亚：他一面用疙疙瘩瘩的拐杖试探着地面的牢固，一面摩挲着像乱麻一样的黄胡子，走了进来；他用拐杖捅了米佳一下，问道：

“坏小子，你跑到这儿干什么？”

“我来看看她，爷爷。”米佳辩白说。

“什么？来看看？坏小子，给我从这儿滚出去。开步走！”

爷爷摇摇晃晃地迈着两条干瘦的腿，举着拐杖，朝米佳逼去。

格里沙加爷爷在世上已经生活了六十九年。他参加过一八七七年的俄土战争，在古尔柯将军麾下当过传令兵。后来因为失宠，被调到团里。因为在普列弗纳和罗士契战役中的战功，他得过两枚乔治十字章和一枚乔治奖章。他老来头脑还十分清楚，并且诚实不苟，热情好客，所以在村里受到大家的尊敬。他现在在儿子家里安度晚年，把有限的余年消磨在回忆里。

夏天，他从太阳出山到落山，都坐在墙根下的土台上，用拐杖画着地面，低着头，想着许多模糊的形象、片段的念头，透过遗忘的迷雾闪现出来的往事的微弱反光……

那褪了色的哥萨克制帽断裂的帽檐的黑色阴影，投在紧闭着的双眼的黑色眼皮上；被阴影一遮，脸上的皱纹显得更深了，白胡子变成了灰胡子。那纵横交叉地握着手杖的手指上、手腕上、凸出的青筋里，流动着流得很慢的、像凹地里的黑土一样的黑血。

血一年一年地凉了。格里沙加爷爷对心爱的孙女娜塔莉亚诉苦说：

“有毛袜子，可是脚还是不暖和。孙女，你再给我打一双厚点儿的吧。”

“爷爷，你怎么啦，现在是夏天啊！”娜塔莉亚笑着，坐到墙根下的土台上，看着爷爷那黄黄的、皱皱巴巴的大耳朵。

“这有什么法子，好孩子，虽然现在是夏天，可是我的血就像地底下的土，冰凉冰凉的。”

娜塔莉亚望着爷爷手上那像网络一般的青筋，想了起来：她还是小姑娘的时候，大人在院子里挖井，她从吊桶里弄了一些潮湿的泥土，做了一些沉甸甸的泥娃娃和长角的牛。她十分真切地想起当时她的手碰到五俄尺深处挖出的冷冰冰的死泥时的感觉，于是她望着爷爷那到处是棕红的黏土色老斑的手，心里怕了起来。

她觉得，爷爷手上流着的不是红色的鲜血，而是深紫色的泥浆。

“你怕死吗，爷爷？”她问道。

格里沙加爷爷扭了扭皱皱巴巴、露着干筋的细脖子，好像是从破制服硬领里挺出来似的；发了绿的白胡子尖动了动。

“我盼望死呢，就像盼着好朋友来一样。该当死啦……活也活了很多年，也报效过皇上，这一辈子酒也喝了不少啦。”他那龇着白牙的嘴微笑着，眼角上的皱纹哆嗦着，他又补充了后面几句。

娜塔莉亚抚摩了几下爷爷的手，走开了；他依然弯着腰，用磨光了把手的拐杖画着地面，穿着打了很多补丁的灰制服坐在墙根下的土台上，那喜气盈盈的红色领章，在紧紧的硬领上开心地、调皮地笑着。

他听到给娜塔莉亚说婆家的消息，表面上很镇定，但是心里又难受又懊恼：娜塔莉亚吃饭时总是把最好的一块肉挑给他，娜塔莉亚给他洗衣服，织补衣服，打袜子，补裤子和褂子——因此，爷爷听到这个消息以后，两天来总是板着脸阴沉地看着她。

“麦列霍夫家是有名的哥萨克。去世的普罗柯菲就是一条好汉。可是他的两个孙子又怎样呢？嗯？”

“两个孙子也还好吧。”娜塔莉亚的父亲支支吾吾地回答说。

“格里什卡可是个不懂礼貌的坏小子。前两天我从教堂里出来，他碰到我连招呼都不打。如今对老年人太不敬重啦……”

“他是个挺和善的小伙子呀。”娜塔莉亚的母亲也出来维护未来的女婿了。

“是吗？你说他是个和善的小伙子？那倒也罢了，能这样就好。只要娜塔莉亚称心就行……”

格里沙加爷爷几乎全没有参与定亲的事，他偶尔从内室里走出来，在桌旁坐一坐，很费劲儿地往变细了的嗓子眼儿里灌进一杯酒，身子有点暖和了，觉得有点酒意了，就走出去。

两天来他一声不响地望着又幸福又惶惶不安的娜塔莉亚，嘟哝着嘴，抖动着一绺绺白中带绿的大胡子；两天后，他的态度显然软化了。

“娜塔什卡！”他喊道。

娜塔莉亚走了过来。

“你怎么，好孩子，大概很高兴吧？是吗？”

“爷爷，我自己也不知道。”娜塔莉亚坦白地说。

“嗯，嗯……嗯，嗯……你呀……好吧，耶稣保佑你，上帝保佑你。”他又懊恼和难过地责备她说，“你太没有耐性啦，坏东西，等我死了，你再出嫁也不晚……你走了，我的日子真不好过啊。”

在厨房里偷听他们说话的米佳说道：

“爷爷，你也许能活一百岁呢，她能等到那时候吗？你可真会骗人上当！”

格里沙加爷爷脸红得发了青，气得呼哧呼哧地直喘，用拐杖和脚在地上跺着：

“闭嘴，坏东西，狗崽子！滚！……滚！……哼，你这个不要脸的！……偷听起来啦，该死，该死！……”

米佳笑嘻嘻地跑掉了，可是格里沙加爷爷又气了半天，骂了米佳半天，他那穿了短毛袜的两条腿的膝盖直打哆嗦。

娜塔莉亚的两个小妹妹——十二岁的小姑娘玛丽什卡和八岁的捣蛋鬼、小淘气格莉普卡——焦急地盼望着结婚的日子。

柯尔叔诺夫家的两个长工也按捺不住心中的高兴。他们盼望东家让他们吃一顿丰盛的喜酒，还希望在喜庆日子里歇两天工。其中的一个，高得像井上的提水吊杆，是一个包古查尔的乌克兰人，他的姓十分古怪，姓盖奇-巴巴。他每半年大喝一顿，一喝就把自己的全部家当和工钱喝光。他那种很厉害的酒瘾早就上来了，但是他忍着，把开怀畅饮安排到婚期。

另外一个是个大骨骼、黑脸膛的哥萨克，是米古林镇上的人，名叫米海伊，到柯尔叔诺夫家还不久；他的家被一场大火烧得精光，他就来这儿当了长工，跟盖奇柯（盖奇-巴巴简称盖奇柯）结交之后，有时也喝起酒来。他非常喜欢摆弄马；他一喝了酒就哭，抹得那尖尖的、没有眉毛的脸上到处都是眼泪，缠着东家说：

“东家！我的好东家！等你嫁姑娘，叫我米海伊赶车好啦。我赶车才漂亮呢！我赶着车从火上过去，连一根马鬃都烧不掉。我也有过几匹马来……唉！……”

一向阴沉着脸、不肯搭理人的盖奇柯，不知为什么却跟米海伊要好起来，并且老是这样跟他开玩笑：

“米海伊，听见吗？你是哪个镇上的？”他搓着长得可以及膝的两手一面问，一面又变换着腔调回答，“‘我是米古林镇的呀。’——‘你为什么这样浑？’——‘我们那儿都是这种料嘛。’”

他总要为他说了无数遍的笑话声嘶力竭地大笑

一通，用手拍着自己的干得咚咚响的长腿肚子，米海伊就恨恨地望望盖奇柯那刮得光光的脸和喉咙上直抖动的喉结，骂他两声“害人虫”和“霉气鬼”。

婚礼定在开斋期第一天。只剩下三个星期了。圣母升天节那天，格里高力来看望未婚妻。他在小屋里圆桌旁坐了一会儿，跟姑娘们——未婚妻的几个女伴——嗑了一会儿葵花子和榛子，就起身回家。娜塔莉亚送他出来。到了棚子底下，格里高力那上了漂亮的新马鞍的马正在槽边吃草，她把手伸进怀里，然后红着脸，用脉脉含情的眼睛望着格里高力，将一个软软和和、带着她那姑娘胸膛的热气的布团儿塞到他手里。格里高力接过赠物，朝她龇了龇尖尖的白牙，问道：

“这是什么？”

“等会儿看吧……我给你绣了个荷包。”

格里高力犹豫不决地把她拉过去，想吻她，但是她用两手使劲撑住他的胸膛，身子柔软地仰到后面，并且很害怕地朝窗户看了看。

“她们会看到的！”

“看到就看到好啦！”

“不好意思……”

“这是头一回。”格里高力解释说。

她拉住缰绳，格里高力皱着眉头，一只脚踩住锯齿形的马镫。他在马鞍上坐稳，就朝外走。娜塔莉亚打开大门，用手搭个凉棚，望着他的背影：格里高力十分英俊地骑在马上，微微向左歪着身子，威风凛凛地挥舞着马鞭。

“只有十一天啦。”娜塔莉亚在心里算了算，舒了口气，笑了。

二十

小麦冒出嫩绿的尖芽儿，渐渐长大；过了一个半月，白嘴鸦连头藏进去，叫人看不见了；小麦吸收着土地的奶水，吐出了穗儿；然后开了花，麦穗上裹了一层金色的花粉；麦粒儿吮吸着又香又甜的乳汁，鼓胀起来。主人来到原野上一看，高兴得不得了。忽然不知从哪里来了一群牲口，牲口跑进麦地里，到处乱踩，把沉甸甸的麦穗踩到地上。牲口所到之处，小麦被踩得乱糟糟的……看着又刺眼，又伤心。

阿克西妮亚的心情就是这样的：格里什卡的沉重的生牛皮靴子踩在她那怒放着金花的感情上。一切都化成灰烬，一切都糟蹋得不成样子，完了。

阿克西妮亚从麦列霍夫家的葵花园子里出来，她的心就像一座废弃了的、长满滨藜和野蒿的场院，又空虚，又凄凉。

她走着，咬住头巾的角儿，喉咙里憋得难受，直想叫出来。她走进过道，倒在地上，泪如泉涌，十分难受，脑子里顿时黑洞洞的一片空虚，连气都喘不上来……后来这些过去，心底上还是有一样尖尖的东西隐隐地在扎、在搅。

被牲口踩倒的庄稼会站起来的。露水滋润，太阳照晒，踩倒在地上的庄稼秆儿慢慢起来了；先是像一个被重载压伤的人那样弯着身子，后来就挺起身子，抬起头来，太阳又像原来那样照晒着它，风又像原来那样吹得它摇摇摆摆……

每天夜里，阿克西妮亚一面拼命跟丈夫亲热，一面想着另外一个人，恨和强大的爱在心里纠结在一起。她的妒火烧起来，她就在心里迎着新的侮辱和原有的羞耻往前冲：决意把格里什卡从幸福的、既没有尝过痛苦又没有尝过爱情欢乐的娜塔莉亚手里夺回来。每天夜里她反复想着一堆一堆的主意，在黑暗中眨巴着干涩的眼睛。右胳膊上枕着睡着了的司捷潘的好看的头，他那长长的鬈发偏到了一边。他半张着嘴在喘气，一只黑乎乎的手放在妻子的胸膛上，因为干活儿裂了许多小口子的铁硬的手指头不停地动着。阿克西妮亚在想，在琢磨，反复地思索。只有一个主意是拿定了：把格里什卡从所有的人手里夺回来，像从前那样，用爱情把他包起来，占有他。

而在心底上，有一样尖尖的东西，就像留在心上的一根蜂刺，不停地在戳那流着脓水的疼处。

这是在夜里。一到白天，阿克西妮亚就把心思放到操持家务上了。有时在什么地方碰上格里什卡，她总是脸色煞白，移动着为他消瘦了的柔美身躯从旁边走过，直勾勾地望着他的眼睛那黑黑的深处。

格里什卡跟她会面之后，就感到揪心的烦恼。他常常无缘无故地冒火，朝杜尼娅、朝母亲发脾气，常常拿起马刀，跑到后院里，砍篱笆桩子，砍得浑身大汗，腮上鼓起的两个大包不停地动着。一个星期就砍了一大堆。潘捷莱·普罗柯菲耶维奇闪动着耳环和黄黄的眼白，骂起来：

“混账东西，砍那么多，足够两道篱笆用的啦！哼，真能干，你是他妈的乱折腾！你去比赛砍木桩好啦……别急，伙计，等你去当兵，会叫你砍个够的！……到了那儿，像你这样的家伙，很快就会给制得服服帖帖的……”

二十一

为了迎娶新娘子，套起了四辆双套马车。像过节一样穿了新衣的人们，簇拥在麦列霍夫家院子里的马车周围。

男傧相彼特罗穿了黑色的翻领上衣和带绦的蓝裤，左袖子上缠着两条白手帕，小麦色的胡子底下一直带着明朗的笑容。他紧靠新郎坐着。

“格里什卡，别怕丑！把头像公鸡一样抬起来，干吗无精打采的？”

马车周围乱糟糟的，一片喧闹声。

“伴郎哪儿去啦？该出去啦。”

“大哥！”

“嗯？”

“大哥，你坐第二辆车吧。你听见吗？大哥？”

“车上装弹簧了吗？”

“不装弹簧大概也不会把你颠碎。软和着呢！”

妲丽亚穿一条深红色的毛布裙子，身子又柔软又苗条，就像一根红柳树条儿，她扬了扬两条画得弯弯的眉毛，推了推彼特罗。

“告诉爹，该走啦。人家那边正等着呢。”

潘捷莱·普罗柯菲耶维奇不知从哪里一瘸一拐地走了过来，彼特罗跟他小声说了几句话以后，就指挥起来：

“都上车吧！我这辆车带新郎坐五个人。安尼凯，你赶车。”

大家都上了车。满面红光、喜气洋洋的伊莉尼奇娜开了大门。四辆马车争先恐后地上了大街。

彼特罗跟格里高力并排坐着。妲丽亚在他们对面挥舞着一条带花边的手绢。每遇到坑洼或者土墩，悠扬的歌声就要断一下子。哥萨克制帽上的帽箍红红的，制服和翻领上衣有蓝色的，有青色的，袖子上都缠了白手绢，女人的绣花头巾像散落的彩虹，花裙子五彩缤纷。每辆车后面拖着像轻纱拖裙一样的灰尘。迎亲的人马在前进。

赶车的安尼凯是麦列霍夫家的街坊，是格里高力的远房兄弟。他把身子弯得低低的，差不多就要从位子上摔下去，噼噼啪啪地挥着鞭子，尖声吆喝着，浑身冒汗的马拉紧套绳，拉得像弦一样直。

“狠抽！再抽！……”彼特罗吆喝着。

安尼凯没有胡子，有点像阉人。他不住地朝格里高力挤眼睛，皱着光光的、像女人一样的脸，做出微笑的样子，尖声吆喝着，用鞭子照马身上直抽。

“闪——开！……”新郎的舅舅伊里亚·奥若金大声叫着，他要超车。在他背后，格里高力看到杜尼娅那笑盈盈的脸，看到那黑黑的腮蛋子上下颠动着。

“不行，别急！……”安尼凯站起来喊叫，并且尖尖地打了一声呼哨。

马疯狂地大跑起来。

“你要——要摔——摔下去啦！……”妲丽亚一

面在车上颠着，一面尖声叫喊，用两只手抱住安尼凯的漆皮靴子。

“给我到后边去！……”伊里亚舅舅在一旁吼道。他的声音淹没在一阵轰隆轰隆的车轮声中。

另外两辆大车，也满载着花花绿绿、叽叽哇哇直叫的人堆并排在路上飞跑起来。马匹披着大红的、天蓝的、粉红色的马衣，马头和马脖子上戴着纸花和绸结，系着铃铛，在坑坑洼洼的大路上飞跑着，汗沫一团一团地往下掉，被风吹鼓起来的马衣在湿淋淋的马背上啪嗒啪嗒地响着，已经湿得斑斑点点的了。

一大群孩子在柯尔叔诺夫家门口守候着迎亲的人马。一看到大路上的灰尘，就拥进了院子。

“来啦！”

“车子来啦！”

“已经看——到——啦！”

孩子们一齐围住迎面来的盖奇柯。

“你们挤啥？滚，讨嫌的小麻雀！叽叽喳喳，耳朵都吵聋啦！”

“南蛮子，焦油桶，我们就来惹惹你！南蛮

子！……南蛮子！……焦油贩子！……”孩子们叽叽喳喳乱叫，围住盖奇柯那像麻袋一样肥的裤子直跳。

盖奇柯低下头，像望井底似的望着又叫又跳的孩子们，挠了挠长长的、紧绷绷的肚子，大大咧咧地笑了。

四辆大车轰隆轰隆地进了院子。彼特罗领着格里高力上了台阶，前来迎亲的人们一齐跟在后面。

过道里的厨房门关着。彼特罗上前敲了敲。

“我主耶稣，宽恕我们吧。”

“阿门。”门里面答应了一声。

彼特罗又敲门，把话说了三遍，里面也低声答应了三遍。

“能进去吗？”

“欢迎欢迎。”

门开了，女方媒人是娜塔莉亚的干娘，是一个很漂亮的寡妇。她一面鞠躬，一面用甜甜的微笑迎接彼特罗。

“请喝一杯，伴郎，别见外。”

她递过一杯还没有变醇的浑浑的克瓦斯。彼特罗撩开胡子，喝了下去，在一片轻轻的笑声中嘎嘎叫了两声。

“哼，媒婆儿，请我喝这玩意儿！……等着瞧吧，我的小乖乖，我请你尝点儿别的东西，叫你哭个够！……”

“请别见怪。”媒婆鞠了一躬，送给他一个调皮而撩人的微笑。

在傧相和媒婆斗嘴的时候，按照规矩，向新郎家里的人各敬了三杯酒。

娜塔莉亚已经穿好结婚礼服，戴起了面纱，坐在桌子后面，被保护起来。玛丽什卡手里举着擀面杖，格莉普卡神气活现地摇晃着筛子。

已经出了汗并且有了酒意的彼特罗恭恭敬敬地用酒杯端给她们每人一个半卢布银币。媒婆朝玛丽什卡挤了挤眼睛，玛丽什卡用擀面杖在桌上一敲：

“太少啦！新郎我们不卖！……”

彼特罗又用酒杯端上一些叮当响的小银角子。

“不卖！”两个小妹妹用胳膊肘捅着低下了头的娜塔莉亚，发狠说。

“这还有什么说的！出的价钱已经够高啦。”

“卖了吧，丫头们。”柯尔叔诺夫老头子下命令说。他微笑着挤到桌子跟前。他那用热牛油梳平了的红头发还散发着汗臭气和牲口粪的气味。

围坐在桌边的新娘的亲戚和家里人都站起来让座儿。

彼特罗把手绢的一头塞到格里高力手里，跳到板凳上，绕着桌子把他牵到坐在圣像下面的新娘跟前。娜塔莉亚用羞得出了汗的手捏住手绢的另一头。

大家都坐到桌旁吃了起来，用手撕着炖鸡肉，在头发上揩着油腻的手。安尼凯啃着鸡屁股，黄油顺着光光的下巴直往领子里流。

格里高力带着十分遗憾的心情望着拴在手绢上的他的和娜塔莉亚的汤匙，望着花瓷碗里正在冒热气的面条。他很想吃，肚子里很不高兴地、小声地咕噜咕噜响着。

妲丽亚跟伊里亚舅舅坐在一起，大嚼着。伊里亚舅舅用结实的牙齿在啃羊肋骨。大概他悄悄地对妲丽亚说了下流话，因为妲丽亚眯起了眼睛，哆嗦着眉毛，红着脸，偷偷笑着。

大家都放开量吃，吃了很久。像松脂气味的男人热汗气味跟扑鼻的女人香汗气味混到了一起。在箱子里放了很久的裙子、披肩和男子上装还散发着樟脑气味，还有一种很难闻的甜味——老奶奶穿破了的套袜就是这种气味。

格里高力斜眼望了望娜塔莉亚。这时他才第一次发现，她的上嘴唇有点肿，像帽檐一样遮着下嘴唇。他还发现，在她右腮的颧骨底下，长着一颗深棕色的痣，痣上还有两根金色的细毛；他看了不知为什么觉得很不舒服。他想起了阿克西妮亚那披着柔软鬈发的滑润的脖子，就觉得这会儿好像有人把扎人的干草屑撒进他的小褂领子，撒到了汗津津的背上。他打了个寒噤，暗暗怀着苦闷的心情望着吧嗒吧嗒、呼哧呼哧地大吃大喝的人们。

等大家离开饭桌的时候，有一个人呵着肉汤气味和小麦面包发酵的酸气，在他跟前俯下身去，往他靴筒里撒了一把小米：这是为新郎祛除灾祸。回家的时候，一路上小米直硌脚，紧绷绷的上衣领子勒得喉咙十分难受，被结婚仪式折腾得够呛的格里高力怀着冷冷的、无限懊恼的心情，自言自语地低声咒骂着。

二十二

在柯尔叔诺夫家歇过气来的马匹，使出最大的力气，朝麦列霍夫家跑来。一团一团的汗沫从皮套上往下直掉。

赶车的都已经喝得醉醺醺的，都毫不心疼地鞭打着马匹。

老人们出来迎接娶亲的人马。潘捷莱·普罗柯菲耶维奇手捧圣像，油亮的长胡子泛着黑黑的银光。伊莉尼奇娜站在旁边，她那薄薄的嘴唇像石头一样，动也不动。

格里高力和娜塔莉亚浑身被撒满了啤酒花和麦粒儿，两人走过来接受祝福。潘捷莱·普罗柯菲耶维奇在给他们祝福的时候，流下了眼泪，他觉得不该让人看到他这种弱点，因此有些慌乱，而且皱了皱眉头。

新夫妇进了房。因为喝酒、坐车和太阳晒而满脸通红的妲丽亚跑到台阶上，冲着从厨房里跑出来的杜尼娅嚷道：

“彼特罗在哪儿？……”

“没看到。”

“该上教堂啦，他这个该死的，不知跑到哪儿去啦。”

喝过了头的彼特罗正躺在卸去了车辕的大车上哼哼着。妲丽亚像只鹰一样上前抓住他。

“胀死你啦，糊涂蛋！该上教堂啦！……快起来！”

“你滚吧！我用不着听你的！你算什么官儿？”他理直气壮地说，一面用两手在地上乱摸，把鸡屎和碎草搂成一堆。

妲丽亚一面哭着，将两个手指头伸进他嘴里，压住他那说胡话的舌头，让他轻快些。她又冷不防往呆呆的彼特罗头上浇了一瓢井水，顺手撩起马衣给他擦干，便带着他上教堂。

一个钟头之后，格里高力就和烛光下显得分外美丽的娜塔莉亚并排站在教堂里了。他手里捏着蜡烛杆儿，心不在焉地用眼睛扫了一下嘁嘁喳喳的、厚厚的人墙，脑子里回响着撵也撵不走的一句话：“不能随便逛荡啦……不能随便逛荡啦。”脸上虚肿的彼特罗在后面咳嗽着，杜尼娅的眼睛在人群里闪动着，闪过一张张似熟悉而又不熟悉的面孔；各种声音高低不一的合唱和助祭那又慢又长的呼喊声传进耳朵。格里高力木木的。他绕着经台走，几次踩到鼻音很重的维萨里昂神甫那穿歪了的靴后跟，等到彼特罗悄悄拉了拉他的衣襟，他才停下来；他望着摇摇晃晃的蜡烛火苗，克制着已经使他昏昏沉沉的睡意。

“交换戒指。”维萨里昂神甫温和地看了看格里高力的眼睛，说道。

交换了戒指。“快完了吧？”格里高力碰到彼特罗从旁边投来的目光，便用眼睛问。彼特罗收住笑，嘴角动了动：“快啦。”然后格里高力对着妻子那湿润的、没有滋味的嘴唇吻了三下，教堂里就冒起熄灭了的蜡烛的难闻的烟气，人们就挤进门廊，脚步杂沓地朝大门口走去。

格里高力握着娜塔莉亚那粗糙的大手，来到教堂门前的台阶上。不知道是谁把制帽给他扣到头上。南面吹来夹着野蒿气味的暖洋洋的微风。原野上送来阵阵清爽气息。顿河那边，忽远忽近地飞驰着蓝蓝的闪电，要下雨了。教堂的白色围墙外面，不住地掴换着蹄子的马匹的挂铃好像在唤人似的亲切地响着，跟闹哄哄的人声混到了一起。

二十三

送新郎、新娘上教堂的车子走过以后，娘家的人才来到。在娘家的人未到之前，潘捷莱·普罗柯菲耶维奇走到大门外，一再地朝大街上张望，但是这儿一丛、那儿一丛长着扎人的杂草的灰色大路空荡荡的，一个人也没有。他再望望顿河那边，那边的树林一片黄色；对岸水荡里，已经成熟的乱蓬蓬的芦苇疲倦地弯下了腰，芦苇下面是一片片的水薹。

初秋时那种忧郁的、蓝蓝的色调和暮色融合在一起，笼罩住村庄、顿河、一道道石灰岩山梁、顿河左岸那隐藏在紫色烟雾中的树林、原野。大道拐弯的路口边，隐隐露出小教堂的尖顶。

隐隐约约的车轮轧轧声和狗叫声传进了潘捷莱·普罗柯菲耶维奇的耳朵。两辆大车从广场上来到大街上。前面一辆车子里，米伦·格里高力耶维奇跟妻子卢吉尼奇娜摇摇晃晃地并排坐在软垫上，他们对面坐的是穿了新制服、挂了乔治勋章和十字章的格里沙加爷爷。赶车的米佳很随便地坐在赶车座位上，没有拿出掖在座位底下的鞭子抽打已经在拼命跑着的、吃得饱饱的大青马。米海伊在第二辆车上，身子向后仰着，拼命地勒缰绳，要使飞跑着的马换成小跑。他那没眉毛的、尖尖的脸变成了紫红色，断成了两半的帽檐底下流出一道道的汗水。

潘捷莱·普罗柯菲耶维奇开了大门，两辆大车一前一后地进了院子。

伊莉尼奇娜像只母鹅一样从台阶上跑了下去，裙子边儿把门口积的粪土都扫了起来。

“欢迎欢迎，我们的好亲家！欢迎你们光临，寒舍增光！”她那高大的身子弯了下去。

潘捷莱·普罗柯菲耶维奇歪着头，宽宽地张开两只胳膊，说：

“热诚欢迎你们，好亲家！请进请进！”他喊了一声，叫人把马卸掉，随即朝亲家公走去。

米伦·格里高力耶维奇用手掸了掸裤子上的尘土。他们互相寒暄了一番，便朝台阶走去。格里沙加爷爷因为车子走得太快，颠得够呛，所以落在了后面。

“请进吧，亲家，请进！”伊莉尼奇娜让着。

“别费神，谢谢……我们自己走好啦。”

“请进吧，盼你们很久啦。快拿把笤帚来，给太亲翁扫扫衣裳。这一阵子到处是灰土，简直叫人气都不能喘。”

“一点儿不错，天气太干燥啦……所以灰土太多……不用烦神，亲家母，我一会儿就来……”格里沙加爷爷朝脑筋迟钝的亲家母鞠着躬，倒退着朝棚子走去，躲到了油漆得锃亮的风车后面。

“你缠着老人家干什么，糊涂娘儿们！”潘捷莱·普罗柯菲耶维奇在台阶边拦住伊莉尼奇娜，对她喝道，“他要撒尿，老年人尿多，可是你……哼，妈的，真糊涂！……”

“我怎么会知道呢？”伊莉尼奇娜不好意思地说。

“应该动动脑筋嘛。好啦，老人家不用你管啦。去吧，你陪亲家母去。”

酒席上，已有醉意的客人们闹哄哄地说着醉话。把娘家人让到正房里的席上。不久，新夫妇从教堂里回来了。潘捷莱·普罗柯菲耶维奇斟着酒，眼睛里涌出了泪水。

“来吧，亲家，为咱们的孩子们干一杯。愿他们诸事如意，像咱们老一辈一样，情投意合……愿他们终生幸福、健康……”

给格里沙加爷爷斟的一大杯酒，有一半倒进了他那乱蓬蓬的、泛绿的大胡子护着的嘴里，另一半倒进了制服的硬领子里面。有时大家碰杯对饮，有时自斟自饮。闹闹哄哄，像赶集一样。坐在桌子尽头上的尼基弗尔·柯洛维金是柯尔叔诺夫家的远亲，是阿塔曼团的老兵，他举起一条胳膊，吼叫道：

“苦啊！①”

“苦——啊！……”酒席上的人都跟着喊。

“哎呀，苦啊！……”挤得水泄不通的厨房里也响应了。

格里高力皱着眉头亲了亲妻子那淡而无味的嘴唇，用带恨意的目光朝四下里望着。

一张张通红的脸。醉得迷迷糊糊的、十分放肆的目光和笑容。一张张嘴津津有味地咀嚼着，醉唾

①俄罗斯风俗：结婚时喊“苦”，就是要求新郎新娘接吻。

沫从嘴里直往绣花桌布上流。用一句话来说：喝上劲儿了。

尼基弗尔·柯洛维金龇着他那残缺不全的牙齿，举起胳膊。

“苦啊！……”

他那阿塔曼团蓝制服袖子上的三道弯弯的金杠儿——超期服役的袖章——皱了起来。

“苦——苦——啊！”

格里高力恨恨地望着柯洛维金那豁牙的大嘴。柯洛维金在喊“苦啊”的时候，还从牙齿之间的大豁子里伸出带唾液的紫红色舌头，伸得像小喇叭。

“亲嘴吧，人家喊呢……”彼特罗小声催促说，动了动在酒里泡成了一缕一缕的小胡子。

满脸通红、已经有醉意的妲丽亚在厨房里唱起歌儿来。别人也跟着她唱。歌声传进正房里。

小小河上有座桥，
过河不用把船摇……

歌声响成了一片，贺里散福的声音像打雷一样，压倒别人的声音，震得窗玻璃直哆嗦：

谁要给咱们端来好酒，
咱们要喝得一滴不留。

厨房里是一片尖细的女声：

唱哑啦，唱哑啦，
我的嗓门儿倒啦。

有一个苍老的男声在为她们助威，那声音紧绷绷的，就像桶箍一样：

唱哑啦，嗨，唱哑啦，
我的嗓门儿倒啦。
唉，再不能去人家花园里唱歌。
再也尝不到绣球花的甜果。

“伙计们，放开量喝吧！……”

“来尝尝羊肉。”

“别乱伸爪子嘛……瞧，你男人拿眼睛看着你呢。”

“苦——苦——啊！”

“伴郎真放肆，瞧他跟媒婆那股热乎劲儿。”

“哼，算了吧，你不要拼命叫我们吃羊肉……也许我要吃鲟鱼呢……我就吃，这鱼真肥。”

“普罗什卡老哥，咱们用大杯干一杯！”

“胸膛里已经冒火啦……”

“谢苗·高尔杰耶维奇！”

“什么事？”

“谢苗·高尔杰耶维奇！”

“滚你的蛋吧！”

厨房里的地板一拱一拱地摇晃起来，鞋后跟嗒嗒地响了起来，一只玻璃杯掉到了地上；杯子的响声淹没在一片咚咚声中。格里高力从席上客人的头顶上朝厨房里一望，只见妇女们在一片鼓噪和尖叫声中转着圈儿跳起舞来。她们扭着肥大的屁股（没有一个瘦小的，每个娘儿们都穿了五至七条裙子），摇晃着绣花手绢，弯着胳膊肘在跳舞。

手风琴声撩人地敲打着人的耳鼓。手风琴奏着一支婉转动听的、低音的哥萨克舞曲。

“来一支圆舞曲！圆舞！”

“让开一点儿，诸位女宾！”彼特罗一面推着跳舞跳松了的娘儿们的肚子，央求说。

格里高力精神一振，对娜塔莉亚挤了挤眼睛。

“你看，彼特罗要跳哥萨克舞啦。”

“他跟谁跳？”

“没看见吗？要跟你妈妈跳。”

卢吉尼奇娜两手叉腰，左手还捏着一条小手绢。

“去嘛，快，不然我就去啦！……”

彼特罗迈着碎步走到她面前，行了一个十分漂亮的屈膝礼，又回到原处。卢吉尼奇娜提起裙子下摆，好像要跨过水洼似的，用鞋尖嚓嚓地往前走了几步，就在一片喝彩声中像男子一样甩开两腿跳了起来。

手风琴奏起了低调的快拍子，彼特罗一听到这种拍子，立刻动了起来：他哎嗨一声，蹲下身子，两手拍打着靴筒，嘴角咬住胡子尖，盘腿跳了起来。他的两腿哆嗦着，弄得两个膝盖十分滑稽地频频抖动着；在额头上，汗湿的头发跟随着脚步来回摆动着。

拥挤在门口的许多人的脊背遮得格里高力看不到彼特罗。他只听到钉了铁掌的靴后跟连成片的噼啪声，就像是在燃烧松木板，还有醉醺醺的客人们助兴的叫喊声。

终于，米伦·格里高力耶维奇和伊莉尼奇娜跳了起来，他跳得又在行又认真，就跟他做一切别的事情一样。

潘捷莱·普罗柯菲耶维奇站在一张凳子上，摇晃着瘸腿，咂着舌头。他的腿没有去跳舞，可是他那不肯安静的嘴唇却在跳，那耳环也在跳。

喜欢跳哥萨克舞的都跳了，连那些弯腿弯得很不地道的也跳了。

一片叫嚷声：

“别在旁边捣蛋！”

“步子跨小点儿！嘿，你呀！……”

“两条腿挺灵活，就是屁股不听使唤。”

“快点，快点！”

“咱们这地方数他跳得好。”

“给我果子汤，不然我……”

“得气肿病啦，畜生。跳舞去，不然我用瓶子敲你！”

有些醉意的格里沙加爷爷搂着邻座客人的宽阔的脊背，像蚊子一样对着他的耳朵嗡嗡地说着话儿：

“您是哪一年入伍的？”

他的邻座是一位像老过了头的橡树一样的、说话有点不清楚的老人家。老人家摆了摆手，瓮声瓮气地说：

“是一八三九年，孩子。”

“什么？哪一年？”格里沙加爷爷竖起了皱皱巴巴的耳朵。

“一八三九年，我对你说过啦。”

“您贵姓？什么地方人？”

“马克西姆·包加推廖夫，巴克兰诺夫团的司务长。我是……是红土崖村人。”

“是麦列霍夫家的亲戚吗？”

“怎么？”

“我是问，是亲戚吗？”

“啊哈，我是新郎的外公。”

“是巴克兰诺夫团的吗？”

老人家用没有神的眼睛看了看格里加沙爷爷，在光光的牙床上滚着一块没有嚼烂的肉，点了点头。

“这么说，您参加过高加索战争啦？”

“我在去世的巴克兰诺夫——愿他在天堂安

息——在他手下当过兵，出征过高加索……我们团里都是百里挑一的哥萨克……都是大个头儿，不过腰都是弯着的……胳膊都是老长的，肩膀也宽得很，如今的哥萨克横着身子才有那样宽……真的，孩子，那时候的人个个了不起……有一次在切连吉村，去世的将军大人赏了我一顿鞭子……”

“我参加过土耳其战争呢……听见吗？真的，我参加过。”格里沙加爷爷挺了挺干瘪的胸膛，亮了亮乔治勋章。

“天刚亮的时候，我们占领了那个村子，可是到中午，号兵吹起了警号……”

“轮到我们报效沙皇啦。罗士契城下那一仗，我们这一团，也就是顿河哥萨克第十二团，遇上了他们的精兵……”

“号兵吹警号啦……”巴克兰诺夫团的老兵不听格里沙加爷爷的，只顾接着往下说。

“他们的精兵就跟咱们的阿塔曼团的兵一样。真的。”格里沙加爷爷慷慨激昂，气呼呼地直挥手，“他们也在报效他们的皇上，他们的头上都戴着白口袋。听见吗？头上都戴着白口袋呢。”

“我就对一位同事说：季摩沙，这是咱们要撤退啦，把墙上的毡揭下来，咱们把这毡捆到鞍后面皮带上……”

“我得到两枚乔治勋章！因为我有战功！……我活捉过一个土耳其少校……”

格里沙加爷爷流着眼泪，用干巴巴的拳头朝巴克兰诺夫团的老爷爷那干得咚咚响的熊腰上敲了敲；但是巴克兰诺夫团的老爷爷正叉着一块鸡肉往樱桃酱里蘸，把樱桃酱当成了姜汁，眼睛无神地看着撒了许多面条的桌布，吧嗒着瘪嘴：

“你看，孩子，鬼叫我干出这样的坏事……”老爷爷的眼睛直愣愣地看着桌布上的白皱褶，好像他看的不是撒得到处是酒和面条的桌布，而是白雪皑皑的高加索山峦，“以前我可是从来没拿过人家的东西……以前我们占领过吉尔吉斯人的村子，房子里的东西有的是，可是我并不眼红……人家的东西就是鬼给的东西……可是你瞧，这一回……看到一条毡……还是毛了边儿的……我就想，拿来做马衣吧……”

“各种各样的玩意儿我们也都见过。我们也到过海外不少地方。”格里沙加爷爷打算看看老爷爷的眼睛，但是那深深的眼眶长满了一绺绺白色的眉毛和睫毛，就像小山沟里长满了野草一样；格里沙加爷爷看不到他的眼睛，因为完全被硬扎扎的白毛遮住了。

格里沙加爷爷巧施妙计；他想用故事中最紧张动人之处吸引对方的注意力，所以不用铺陈，干脆就从中间讲起：

“捷尔辛采夫大尉命令：各排列成纵队放马前进，冲啊！”

巴克兰诺夫团的老爷爷就像战马听到军号声一样，抬起了头；他用疙疙瘩瘩的拳头朝桌上一擂，小声喊道：

“巴克兰诺夫团的弟兄们，长枪在前，大刀跟上！……”喊到这里，他的嗓门儿突然高了起来，昏暗的瞳仁闪起亮光，重燃起当年燃烧过、老来已经熄灭的火焰。“巴克兰诺夫团的好汉们！……”他大张开嘴，露出黄黄的光牙床，吼叫道，“前进……冲啊！冲啊！……”

他又精神又带劲儿地望着格里沙加爷爷，也不用肮脏的衣袖去擦那杀得下巴痒酥酥的泪水。

格里沙加爷爷的劲头儿也上来了。

“大尉对我们发出这样的命令，并且挥舞起指挥刀。我们就飞马朝前冲去，他们当时排成这样的阵势，”他用指头在桌布上画了一个不等边四边形，“朝我们发射。我们朝他们攻了两次，他们一直在抵抗。突然从侧翼，从小树林里出现了他们的马队。我们的连长下了命令。我们掉转右翼，排好阵势，向他们冲去。两军相交，混战起来。什么样的马队能抵得住哥萨克？他们果然抵挡不住，就朝树林里窜去，一面惨叫着……我看到，有一位敌军的军官骑着栗色马正在我前头飞跑。那是一位很威武的军官，黑胡子朝下垂着，一个劲儿地回头看我，并且正在从枪套里往外掏手枪。枪套是拴在马鞍上的……他打了一枪，没有打中。于是我把马一夹，追了上去。起初我想砍死他，可是后来改变了主意。一条性命啊……我用右胳膊拦腰把他抱住，他就这样，请看，他就这样从马鞍上飞了下来。他咬我的手，可是我还是把他擒住了……”

格里沙加爷爷得意扬扬地看了看邻座：邻座已经把只剩了骨头的大头垂到胸前，在一片喧闹声中睡着了，而且舒舒服服地打起了呼噜。

卷　二

一

谢尔盖·普拉托诺维奇·莫霍夫的家世，是有悠久历史的。

彼得大帝在位时期，有一次，一艘官船满载着干粮和火药，沿着顿河向亚速海开去。在顿河上游，离霍派尔河口不远的地方，有一个叫齐高那克的"贼"镇，镇里的哥萨克夜间袭击了官船，把睡梦中的押运兵全都杀死，把干粮和火药抢劫一空，又把船弄沉。

一支军队奉圣旨从沃罗涅日开来，把那个叫齐高那克的“贼”镇烧光，对参加过抢劫官船的哥萨克格杀不赦，把抓住的雅基尔卡大尉和另外四十名哥萨克吊到水上绞刑架上绞死，并且为了震慑下游经常骚动的许多村镇，还让这些吊着死人的绞架顺流朝顿河下游漂去。

十余年后，齐高那克镇那一座座房舍当年冒过炊烟的地方，又住上了外来的和一些劫后余生的哥萨克。市镇又兴旺起来，并且修起了一道防护围子。从那时候起，便有沃罗涅日派的一名皇监和皇探来到这里——那是一个叫莫霍夫·尼基什卡的汉子。他沿街叫卖哥萨克日常生活中各种各样的必需品，如刀柄啦、烟草啦、打火石啦；他收买和出售赃物；每年到沃罗涅日去两次，表面上是去办货，实际上是去报告，说一说，镇上目前还算太平，哥萨克们没有筹划新的骚乱。

就从这个莫霍夫·尼基什卡起，姓莫霍夫的商人世家就一代代传了下来。他们在哥萨克的土地上牢牢地扎下了根。就像野草一样，在镇上结籽，将根扎得深深的，叫你拔都拔不掉；他们虔敬地保存着已经相当破烂的、当年沃罗涅日督军派遣他们的祖先到经常骚乱的镇上来时授予的委任状。如果不是谢尔盖·普拉托诺维奇的祖父在世的时候，一场大火把这张委任状连同藏在神龛里的木匣子一起烧掉了的话，这张委任状也许会保存到今天的。祖父因为赌博，弄得倾家荡产；后来家产刚刚有起色，却又被一场大火烧光，所以谢尔盖·普拉托诺维奇不得不从头干起。他埋葬了瘫痪的父亲以后，就做起小本生意。起初是走村串户，收购猪鬃和鹅毛。有五六年的时间，他过着十分穷苦的日子，一文钱一文钱地对邻里乡亲们进行蒙骗和榨取，可是后来却不知怎的一下子由鹅毛小贩谢廖什卡变成了谢尔盖·普拉托诺维奇[①]，在镇上开了一个小杂货铺，娶了一位疯疯傻傻的神甫的女儿，得到相当丰厚的陪嫁，又开了一家布店。谢尔盖·普拉托诺维奇经营布匹生意正好赶上好时候。因为顿河左岸的砂石土地又硬又贫瘠，左岸的哥萨克已经在遵照军区政府的命令，整村整村地向右岸迁移了。一个新的克拉司诺库次克镇出现了，并且兴旺起来；在以前地主土地的边界上，在旗尔河、黑河、弗罗洛福克河的

①谢廖什卡是谢尔盖的卑称，谢尔盖·普拉托诺维奇是尊称。

两岸，在草原洼地上，直到跟乌克兰村镇为邻的地方，都出现了新的村庄。人们以前为了买东西，要跑到五十俄里以外，有的还要跑远些，可是现在，你瞧，有了布店，那新的松木货架上摆满了崭新的布匹绸缎。就像拉一架三组的手风琴那样，谢尔盖·普拉托诺维奇把他的生意场面拉得大大的，除了布匹绸缎以外，凡是农村简朴的生活中需要的东西，如皮革品、盐、煤油、针线纽扣之类，全都出卖。近来还卖起了农业机械。阿克塞工厂里出产的割麦机、播种机、犁、风车、选种机，整整齐齐地排列在绿色门面的、夏季里依然很凉爽的店铺旁边。捞别人口袋里的钱是不容易的，可是精明的谢尔盖·普拉托诺维奇靠做生意显然捞了不少钱。三年以后，他开了一座粮栈，又过了一年，原配妻子去世后，又修起了一座机器磨坊。

他把鞑靼村和附近一些村庄紧紧握到他那长着稀疏的漆黑放光的硬毛的黑乎乎的手掌里。没有一家不欠谢尔盖·普拉托诺维奇的债。那绿底黄边的欠据，有买打麦机欠的，有为女儿办嫁妆欠的。（姑娘出嫁的时候到了，可是巴拉蒙诺夫粮栈里把收购小麦的价钱压得很低，所以就到这里来央告："普拉托诺维奇，赊点给我吧！"）有各种各样原因欠的……磨坊里九个工人，铺子里七个伙计，家里四个用人——这二十张嘴都是靠买卖上的收入吃饭的。原配妻子给他留下两个孩子：一个是女儿丽莎，还有一个是男孩子，比女儿小两岁，瘦弱多病，萎靡不振，名字叫符拉季米尔。继室安娜·伊万诺芙娜是个骨瘦如柴、窄鼻子的女人，没有生过孩子。她那过了时的没有发泄过的母爱和积累的怨恨（她在快满三十四岁的时候才嫁给谢尔盖·普拉托诺维奇）一概发泄到前妻留下的两个孩子身上。后母的神经质性格，对孩子们的教养没有带来好影响，而父亲对他们的关心，并不比对马夫尼基塔或女厨子的关心多一点儿。不是做生意就是外出，所以他一点空闲时间都没有。不是去莫斯科，就是去尼日尼，去乌留平斯克，或者到各镇集市上去。两个孩子在没有人照料的情况下一天一天地长大。感觉迟钝的安娜·伊万诺芙娜从来不想窥视孩子们心灵的深处，她的家务繁重，顾不到这些。因此姐弟二人长大后彼此很不亲近，性格也各不一样，不像是一母所生。

符拉季米尔长成一个性格孤僻、萎靡不振的小伙子，总是愁眉苦脸，一副老气横秋的样子。丽莎经常跟使女和厨娘厮混，那厨娘是个老于世故的浪荡娘儿们，丽莎过早地看到了生活中背阴的一面。成年女人唤醒了她的病态的好奇心，所以当她还是一个执拗而腼腆的少女的时候，就为所欲为，渐渐长大了，更像森林中无人管束的一丛野蛇莓。

岁月不慌不忙地过去。

老的照例一年一年地衰老；年轻的像幼苗一样一年一年地长大。

有一次喝晚茶的时候，谢尔盖·普拉托诺维奇向女儿看了一眼（丽莎这时已经中学毕业，已经出落成一个很有风韵的漂亮姑娘），觉得说不出的惊奇；看着看着，那茶碟和琥珀色的香茶就在手里抖动起来：真像死去的母亲呀。天啊，像极啦！“丽莎，来，把脸转过来！”他过去竟没有看到，女儿从小就出奇地像母亲。

……符拉季米尔·莫霍夫是中学五年级的学生，是一个瘦瘦的、脸色焦黄的小伙子。他在磨坊的院子里转悠着。他和姐姐不久前一起回来度暑假。他像往常一样，一回来就到磨坊里看看，到满身面粉的人群中挤一挤，听听碾盘和齿轮有节奏的轧轧声、皮带转动的沙沙声。他听着搬运粮食的哥萨克们恭恭敬敬地小声唤他“少东家”，心里美滋滋的。

符拉季米尔小心地绕过院子里一堆一堆的牛粪和一辆一辆的大车，走到大门口，他又想起，还没有到机器房去呢，于是又走了回来。

碾工季莫菲、绰号“杰克”[①]的过磅工和给碾工做徒弟的一口白牙的年轻小伙子达维德卡，都把裤腿卷到膝盖以上，正在机器房门口红色油罐旁边拌和一大堆泥。

“啊——啊，东家！……”“杰克”带着嘲弄的口吻同他打招呼。

“你们好。”

“你好，符拉季米尔·谢尔盖耶维奇！”

“你们这是干什么！……”

“我们在和泥。”达维德卡吃力地在散发着牛粪气味的黏泥里捯动着两脚，恼恨地冷笑说，“你爹舍不得花钱去找老娘儿们，就拿我们寻开心。你爹真

①扑克牌里的“J”。这是形容此人的身形的。

是个守财奴！”他又补充说，一面噗唧噗唧地捯动着两只脚。

符拉季米尔脸红了。他对这个永远带笑的达维德卡，对他这种轻蔑的腔调，甚至对他的一口白牙，都感到无比恼恨。

“怎么是守财奴？”

“就是守财奴。他太吝啬啦。自己拉的屎都要吃回去。”达维德卡很不客气地说，并且笑了笑。

“杰克”和季莫菲赞赏地笑着。符拉季米尔感到恼得如针扎。他冷冷地打量了一下达维德卡。

“你，怎么……就是说，不乐意干啦？”

“你来试试，来和和泥，就知道是什么滋味啦。哪一个傻瓜乐意干这种活儿？顶好是把你爹弄到这儿来，让他饱饱地吃上一肚子！”

达维德卡摇摇晃晃，十分吃力地转圈儿走着，把脚提得高高的，这会儿已经是毫无恼意地、开心地笑了。符拉季米尔在想点子，想着制服人的愉快。对付的办法有了。

“好吧，”他一个字一个字地说，“我去告诉我爹，就说你不乐意干啦。”

他斜着眼睛朝达维德卡的脸上看了一眼，他的话产生的效果使他吃了一惊：达维德卡的嘴唇可怜巴巴地、很不自然地笑着，另外两个人的脸也阴沉下来。有一小会儿，三个人都一声不响地拌和着淌来淌去的黄泥。末了，达维德卡把眼睛从一双脏脚上移开，带着讨好意味地、发急地说：

“我是闹着玩儿的呀，沃洛佳[1]……真的，是说着玩儿的……”

“我要把你说的话告诉我爹。”

符拉季米尔为自己、为父亲、为达维德卡那可怜巴巴的笑感到难受，眼里含着泪水，从油罐旁边走了过去。

“沃洛佳！……符拉季米尔·谢尔盖耶维奇！……”达维德卡十分害怕地喊着，从泥里跳了出来，裤腿一下子落到了直到膝盖都是泥浆的两条腿上。

符拉季米尔站了下来。达维德卡气喘吁吁地跑到他跟前。

“不要告诉你爹。是说着玩儿的……原谅我这个

① 沃洛佳是符拉季米尔的爱称。

糊涂蛋……真的，我有口无心！……说着玩儿的……”

“好吧，我不说！……”符拉季米尔皱着眉头说了一声，就朝大门口走去。

怜悯达维德卡的心情占了上风。他怀着轻松的感觉，贴着白色的栅栏朝前走去。从磨坊院子角上的铁匠房里传来玩耍似的铁锤声：那一下是打在铁上的——又低沉又柔和，那两下——打一下又蹦一下——是打在当当响的铁砧上的。

“你干吗要碰他？”“杰克”的压得低低的声音传进了越走越远的符拉季米尔的耳朵，“不碰他，就不会冒臭气。”

“瞧吧，这家伙多坏，”符拉季米尔恼了，心里想道，“骂起人来啦……对我爹说呢，还是不说？”

他回头一看，看到达维德卡依然龇着满口白牙在笑，于是下定了决心：“我去说！”

广场上，店铺旁边，停着一辆大车，还套在车上的马拴在木桩上。孩子们在轰消防棚顶上那一群叽叽喳喳的灰麻雀。从阳台上传来大学生包亚雷什金的洪亮的男中音，还有一个人的声音，那声音带颤音，还有点沙哑。

符拉季米尔走上台阶，野葡萄的叶子在他头上轻轻晃动着。野葡萄将台阶和阳台密密地遮住，从曲曲弯弯的瓦蓝色飞檐上耷拉下来，很像一顶顶绿色的镶边帽子。

包亚雷什金摇晃着剃得光光的、泛着紫色的脑袋，正在跟坐在他旁边的年轻然而留着大胡子的教师巴兰达说话：

“虽然我是一个哥萨克农民的儿子，并且对一切特权阶级怀着天生的憎恨，可是我读了这本书，就对这个没落的阶级同情得不得了。我自己差点儿要成为贵族和地主啦，我十分高兴地注视着他们的妇女中的典范人物，时时关心她们的利益——一句话，真他妈的出奇！老兄，这就是天才作品的伟大力量！连你的信仰都能改变。”

巴兰达揉搓着丝带的穗头，讪笑着，仔细看着自己的衬衫前襟上绒线绣的红色花边儿。丽莎懒洋洋地躺在安乐椅上。看样子，她对谈话一点也不感兴趣。她用一如往常的、若有所失而又若有所寻的眼睛百无聊赖地望着包亚雷什金那有着一道道剃刀痕的淡紫色脑袋。

符拉季米尔行了个礼，走了过去，敲了敲父亲的房间。谢尔盖·普拉托诺维奇坐在皮凉椅上，正在翻阅六月号的《俄罗斯富源》。地板上放着一把发了黄的骨制裁纸刀。

“你有什么事?”

符拉季米尔缩了缩脑袋，慌忙理了理身上的衬衣。

“我到磨坊里去过……”开头他还犹豫不决，但是他想起达维德卡那龇着白牙的笑，便一面望着父亲那紧紧绷着茧绸背心的圆肚子，决绝地说下去，“……我听到达维德卡说……”

谢尔盖·普拉托诺维奇仔细听完他的话，说：

“把他辞掉。你去吧。”说完，便哼哧哼哧地弯下腰去拿裁纸刀。

每天晚上，村里的知识分子都在谢尔盖·普拉托诺维奇家里聚会，有包亚雷什金——莫斯科工业学校的学生；有自尊心很强、肺病也很严重的瘦弱的教师巴兰达；有他的姘头、女教师玛尔法·盖拉西莫芙娜——一个不见老的、圆滚滚的姑娘，总穿着一条看来有失观瞻的衬裙；还有邮政所长——一个古怪、迂腐的单身汉，浑身都是火漆味和廉价香水气味。有时候，在又是地主又是贵族的父亲的庄园里小住的青年骑兵中尉叶甫盖尼·李斯特尼次基也来聚会。他们每天晚上坐在阳台上喝茶，东扯西拉地闲聊，等到实在没什么可聊的时候，不一定哪一位客人就把主人家那镶了宝石的贵重的留声机开起来。

有时在重大的节日里，谢尔盖·普拉托诺维奇要装装门面：邀请一些客人，拿出名贵的酒，端上特地从巴泰斯克弄来的新鲜鲟鱼子和上等的菜肴。其余的时候他过得很刻苦。只有在一样事情上他不吝啬，那就是买书。谢尔盖·普拉托诺维奇喜欢读书，喜欢用他那像牵牛花一样抓住不放的劲头儿去钻研一切。

他的合伙股东叶梅里扬·康斯坦丁诺维奇·阿杰平是个淡黄头发、尖下巴胡、眼缝朝里凹的人，他很少上这儿来。他娶的是一个还了俗的大熊河河口修道院里的修女，跟她过了十来年夫妻生活，生了八个孩子，他大半时间是在家里度过的。叶梅里扬·康斯坦丁诺维奇本是团队书记出身，他把军队里那种阿谀奉承的腐败习气带到了家庭里。孩子们在他面前都踮着脚走路，小声说话。每天早晨，孩子们洗过脸，都到饭厅里，在一座像黑棺材一样的大挂钟底下站成一排，母亲站在后面，一听到卧房里传出父亲的干咳声，就用高低不一、装腔作势的声调喊道："主啊，拯救你的人们吧。"然后喊，"我们的父亲啊。"

等祈祷完毕，叶梅里扬·康斯坦丁诺维奇这才穿好衣服，走了出来，眯缝着多层眼皮的眼睛，像大主教一样伸出一只肉嘟嘟的光手。孩子们依次走过去吻手。叶梅里扬·康斯坦丁诺维奇吻过妻子的脸，然后开口说话，"ч"音他总是发不清楚的：

"波莉次（奇）卡，擦（茶）沏了吗？"

"沏上啦，叶梅里扬·康斯坦丁诺维奇。"

"斟一杯酽一点儿的。"

他主办店里的会计事务。他在一页页的账簿上，在用粗体字写的抬头"借方"和"贷方"下面，都密密麻麻地写满了熟练的草体字。他常常装模作样地将金丝夹鼻眼镜架在疙疙瘩瘩的鼻子上，阅读

《市场新闻》。他对待店员十分客气。

“伊万·彼特罗维次（奇），请你给这位捷（扯）块塔甫里亚印花布。”

妻子叫他叶梅里扬·康斯坦丁诺维奇，孩子们叫他爸爸次（奇）卡，店伙们就叫他“擦擦”[①]。

两位教士——维萨里昂神甫和潘克拉季教长——都跟谢尔盖·普拉托诺维奇没有来往，因为他们有宿怨。而且两位教士彼此也很不和睦。潘克拉季教长又喜欢一意孤行，又喜欢搬弄是非，坑害别人也很有本事；维萨里昂神甫是跟一个乌克兰女管家同居的单身汉，因为生过梅毒，鼻子瓮声瓮气的，他生性和蔼，不喜欢教长那种狂妄自大和唯恐天下不乱的性格，跟他很疏远。

除了教师巴兰达，其余的人在村子里都有自己的宅院。莫霍夫家那包了红色木板、房顶漆成蓝色的大房子就在广场上，他家对面，进出广场的要道口上，便是门面很大的商店，商店有可以穿堂而过的大门，还有一块褪了色的招牌，招牌上写的字是：

①“爸爸奇卡”是“爸爸”的亲昵叫法。孩子们受他的影响，“ч”音也发不准，所以叫成了“爸爸次卡”。店伙们叫他“擦擦”，也是讥笑他发音不准。

“莫霍夫·谢·普与阿杰平·叶·康合股商号。”

跟商店接连着的，是一座又矮又长、带有地窖的棚子，再过去二十几俄丈远，便是教堂的圆形砖围墙和带圆顶的教堂，那圆顶很像一个熟透了的绿洋葱头。在教堂那边，是巍然耸立的学校的白墙和两座很漂亮的房子：其中一座是天蓝色的，围着同样颜色的栅栏，那是潘克拉季教长的；另一座是深棕色的（为了表示彼此不同），有雕花的板墙，有宽大的阳台，那是维萨里昂神甫的。从一条街的拐角到另一条街的拐角，有一座二层楼房，那是阿杰平家的分外精致的房子；再过去便是邮政所了，然后便是一座座哥萨克的草房子和铁顶房屋，还有坡度很小、房脊上站着生锈的铁公鸡的磨坊房顶。

人们爱关起里里外外的护窗过日子，与外面的世界隔离开来。一到晚上，如果不出门访亲问友的话，就闩起门窗，放开铁链子锁着的狗，寂静无声的村子里就只有更夫打梆子的嗒嗒声了。

二

八月底，米佳·柯尔叔诺夫在顿河边无意中遇见了谢尔盖·普拉托诺维奇的女儿丽莎。他刚从顿河对岸回来，正要把船往树桩上拴的时候，看到一只油漆过的小船轻飘飘地在水上滑行着。小船顺流而下，向码头驶来，划船的是包亚雷什金。他的光脑袋上的汗亮闪闪的，额头和两边鬓角上的筋都鼓了起来。

米佳一下子没有认出丽莎。草帽的灰色阴影遮住了她的眼睛。她用晒得黑黑的双手将一束黄色的睡莲紧紧抱在胸前。

“柯尔叔诺夫！”她看到米佳，摇了摇头，“为什么你说话不算话？”

“怎么不算话？”

“记不记得，你答应跟我一块儿去逮鱼？”

包亚雷什金把桨放下，把腰挺了挺。小船的船头凭着惯性的力量爬到岸上，压得岸边的砂石咯吱咯吱直响。

“记得吗？”丽莎笑着，从船上跳下来。

“没工夫呀，太忙啦。”米佳解释说，一面屏住气注视着朝他走来的姑娘。

“不行啦！没劲儿啦！……伊丽莎白·谢尔盖耶芙娜[1]，我划不动啦！您另请高手吧，我不能给您效劳啦！真不得了，咱们在这该死的水上划了多久啦。手上都磨出血泡啦。真不是玩的。”

包亚雷什金那老长的光脚板重重地踏在有尖有棱的碎石子上，用皱巴巴的学生帽帽顶擦了擦额头上的汗。丽莎没有回答他，只管走到米佳跟前。米佳笨拙地握了握她伸给他的手。

“咱们什么时候去逮鱼？”她仰着头，眯缝着眼睛问道。

“要是去的话，明天也行。已经打完了场，这会儿有工夫啦。”

“又是骗我吧？”

“哪儿话，不骗你！”

“你一早就来吧？”

“天不亮就去。”

①伊丽莎白·谢尔盖耶芙娜是丽莎的尊称。

“我等着你。”

“我去，真的，一定去！”

“没有忘记敲哪一扇窗户吧？”

“找得到的。”米佳笑着说。

“我恐怕不久就要走了，很想逮一回鱼。”

米佳一声不响地在手里摆弄着生了锈的船锁的钥匙，看着她的嘴唇。

“话说完了吗？”包亚雷什金望着手上一个带花纹的贝壳，问道。

“马上就来。”

她沉默了一会儿，然后，不知为什么笑了笑，问道：

“你家办过喜事，不是吗？”

“是我妹妹出嫁。”

“嫁给谁啊？”她没等回答，就诡秘而亲热地笑了笑，“你来吧！”又像第一次在莫霍夫家的阳台上那样，她的笑使米佳像碰着了荨麻似的，浑身痒酥酥的。

他用眼睛一直把姑娘送到小船边。包亚雷什金叉开两腿，把小船推下水去；丽莎含着笑，从他的头顶上望着玩弄着钥匙的米佳，朝米佳点了点头。

小船划出五六俄丈远以后，包亚雷什金小声问道：

“这小子是谁？”

“熟人。”

“心上人吗？”

听到他们谈话的米佳却因为桨架的吱嘎声没有听清后面的回答。他看到包亚雷什金把身子向桨上一压，又向后一仰，笑了起来，但是看不到丽莎的脸，因为她是背朝他坐着的。帽子上一条紫色的缎带滑到她那斜斜的光肩膀上，被微风吹得轻轻抖动着，越来越模糊，吸引着他的迷离的视线。

很少去钓鱼的米佳，从来没有像这天晚上这样热心地准备过。他劈了些干柴，在菜园里煮起小米饭，很快就重新拴好滑脱的钓绳。

米海伊看着他在准备，向他要求说：

“带我去吧，德米特里[①]，你一个人很不方便。”

“我一个人能行。”

米海伊叹了口气。

①德米特里是米佳的尊称。

“咱们很久没有一块儿去钓鱼啦。这会儿准能钓到十几斤重的大鲤鱼。”

米佳被饭锅里冲出来的像热气柱一样的蒸汽熏得皱起眉头，没有答话。他准备停当，便朝正房走去。

格里沙加爷爷坐在窗前，将一副铜边的圆眼镜架在鼻子上，正在读福音书。

“爷爷！”米佳肩膀靠在门框上，唤了一声。

格里沙加爷爷从眼镜上面朝他瞪了瞪眼睛。

“什么事？”

“头遍鸡叫以后，你把我叫醒。”

“这么早你上哪儿去？”

“去钓鱼。”

很喜欢吃鱼的爷爷，装作不赞成的样子：

“你爹说，明天要打大麻子。你倒想自在。哼，还钓鱼呢！”

米佳离开门框，使了个点子：

“我反正没什么。本来想钓条鱼给爷爷吃，既然要打大麻子，那我就不去啦。”

“等一等，你要上哪儿去？”格里沙加爷爷吓了一跳，摘下眼镜，“我跟你爹说一声，没事儿，你去好啦。钓些鱼腌腌吃倒是不坏，明天恰好是星期三。我叫醒你，去吧，去吧，混账小子！你龇什么牙？”

半夜里，格里沙加爷爷一只手提着粗麻布裤子，另一只手握着拐杖探索着道路，走出门来。他像一个摇摇晃晃的白影子一样穿过院子，来到仓房里，直到拐杖头碰到在车毯上打呼噜的米佳。仓房里充满了刚打出的粮食气味、老鼠屎气味和无人住的地方那种又酸又陈腐的蜘蛛气味。

米佳睡在粮囤边一张车毯上。他没有一下子醒过来。格里沙加爷爷先是用拐杖轻轻地捅了捅他，小声喊道：

“米佳！米琪卡！……喂，坏小子，米琪卡！”

米佳重重地打了几声呼噜，把腿蜷了蜷。老人家狠了狠心，把拐杖的粗头儿抵到米佳的肚子上，像钻子一样钻了起来。米佳哎呀一声，抓住拐杖，醒了过来。

“睡成糊涂虫啦！像你这样睡法，真不像话！”爷爷骂道。

“别作声，别作声，轻点儿。”米佳一面在地上摸索着靴子，带着睡意小声说。

他来到广场上。村子里的鸡已经在叫二遍了。他在街上走着，经过维萨里昂神甫家门前时，听到鸡窝里有一只公鸡拍打了几下翅膀，用主祭神甫那样的粗喉咙叫了几声，几只母鸡也惊惶地小声咕嗒咕嗒叫了起来。

更夫正在商店门前台阶的最下一级上打盹，鼻子埋在暖暖和和的羊皮袄领子里。米佳走到莫霍夫家的栅栏跟前，把钓竿和装鱼食儿的小袋子放下，为了不叫狗听见，轻轻地踮着脚上了台阶。他拉了拉门把手——门是闩着的。他爬过栏杆，走到窗户跟前。窗子半开着。从黑洞洞的屋子里传出睡得暖烘烘的姑娘身体的香甜气息和又神秘又香甜的香水气味。

“伊丽莎白·谢尔盖耶芙娜！”

米佳觉得自己喊得很响。他等了等，没有声音。“要是敲错了窗户，那可怎么办？万一老头子睡在这儿呢？那我就倒霉啦！……他会开枪的。”米佳心里想着，用手紧紧抓住窗上的把手。

“伊丽莎白·谢尔盖耶芙娜，起来钓鱼去。”

“要是敲错了窗户，那我就上钩啦！……”他又想道。

“起来，还不快起来！”他发急地说，并且把头探进屋子。

“啊？谁呀？”黑暗中有人惊恐地小声答话了。

“去不去钓鱼啦？是我，柯尔叔诺夫。”

“啊——啊，我马上就起来。”

屋子里窸窣响了起来。她的犹带睡意的、温柔的声音好像散发着薄荷香味。米佳看到一个窸窣响着的白影子在房里活动着。

“唉，要是跟她睡一觉才美呢……却要去钓鱼……坐在那里，还要冻僵呢……”他闻着卧房里的气味，迷迷糊糊地想。

窗口出现了裹着白色头巾的、笑盈盈的脸。

“我从窗户里爬出去。把手给我。”

“爬过来吧。”米佳用手搀着她。

她挽住他的手，面对面地看着他。

“我动作快吧？”

“不慢。咱们准有希望。”

他们朝顿河走去。她用粉红色的手掌揉了揉微微有些肿胀的眼睛，说道：

“我睡得正香呢。应当再睡一会儿。咱们去得太早啦。”

“正是时候。”

他们顺着紧靠广场的一条小胡同来到顿河边。夜里不知从哪里来了大水，拴在昨天还歪倒在陆地上的树桩上的小船，正在摇晃着，周围都是水了。

“要脱鞋啦。”丽莎用眼睛测量着到小船的距离，叹了一口气。

“我来把你抱过去好吗？”米佳提议说。

“不合适吧……我还是脱鞋吧。”

“合适，要舒服些。”

“不要。”她不好意思地推却说。

米佳用左胳膊搂住她的大腿，轻轻抱了起来，哗啦哗啦地蹚着水朝小船走去。她不由自主地搂住他那黑黑的、硬邦邦的脖子，轻轻地、咯咯地笑了起来。

米佳在村子里妇女们捶衣裳的一块石头上绊了一下，得到一个意想不到的短吻。她哎呀一声，把嘴紧紧贴到米佳那干裂的嘴唇上，米佳在离灰色的船帮两步远的地方站住了。水灌进了靴筒，冰得两脚够呛。

他解开小船，用劲将小船推离了树桩，顺势跳上船来。他站着划，每一下都划得很短。河水在船尾咕咕响着，像哭一样。小船翘着船头，从容地划破急流，向对岸驶去。钓竿乒乒乓乓跳动着。

“你往哪儿划呀？”她回头望了望，问道。

“上对岸去。”

小船在砂石陡岸边停了下来。米佳连问都不问，就用手将她抱起，抱进了岸边的山楂丛里。她咬他的脸，乱抓了一阵，闷声闷气地叫了两声，觉得浑身渐渐没有力气，就恼恨地哭了起来，不过没有眼泪……

九点钟左右他们才返回。橙色的雾气笼罩住天空。风在顿河上漫舞，吹起层层波浪。小船跳荡着，爬过一道道波浪，从水深处翻上来的带泡沫的冷水珠儿溅在丽莎那煞白的脸上，有些往下流，有些就挂在睫毛上和露在头巾外面的一绺绺头发上。

她疲倦地眯着失神的眼睛，用手指掰着带到船上来的花枝儿。米佳划着船，没有看她，他的脚下有不大的一条鲤鱼和一条鳊鱼，鱼嘴还保持着临死时抽搐的样子，带黄圈的眼睛瞪得大大的。米佳的脸上露着负疚的表情，还有满足中夹杂着惶恐的表情……

“我把你送到谢苗诺夫码头。你从那儿回家要近些。”他一面说，一面顺水掉转船头。

“好。”她小声答应说。

岸上一个人没有。落满灰尘的菜园篱笆闷闷地立在顿河岸上，热风一吹，空气中到处是晒热的篱笆枝条气味。被麻雀啄得不成样子的沉甸甸的葵花头儿熟透了，垂得低低的，毛茸茸的葵花籽不住地往下掉。滩地上重新长出的嫩草绿油油的。远处有几匹马在撒欢儿，马脖子上的铃铛悠扬、愉快地响着，热烘烘的南风一阵阵向顿河吹来。

米佳拎起鱼，递给正要下船的丽莎。

“你把这鱼带回去吧。拿着！”

她惶恐地扬了扬睫毛，把鱼接过去。

“好，我走啦。”

“好吧……”

她抬着手，拎着用柳条穿着的鱼，朝前走去。她露出可怜巴巴的样子，不久前的骄矜和快乐都丢失在山楂丛里了。

“伊丽莎白！”

她回过头来，那眉毛弯曲处隐隐露出气恼和疑惑的神情。

“回来一下子。”

等她走到跟前，他歉疚地说：

“刚才咱们没看到……哎，裙子后面……有一小片……红红的……”

她的脸唰地一下红了，一直红到肩膀。

米佳沉默了一会儿，出主意说：

“你从后院走。”

“不管怎么样，反正都要经过广场。都怪你，叫我穿这脏裙子。”她带着懊恼和忽然涌来的痛恨心情望着米佳的脸，小声说。

“是不是让我来用树叶染成绿的？”米佳提出了简单易行的办法，他看到她眼里涌出的泪水，感到惊讶……

……一阵新闻像风吹树叶一样，簌簌地在村里传了开来：“柯尔叔诺夫家的米佳把莫霍夫老头子的女儿搞上啦！”妇女们在晨牧时间往外赶牛的时候，站在狭窄的、在灰色尘雾中慢慢移动的提水吊杆的阴影下，从桶里往外倒水的时候，在顿河边石板上捶衣裳的时候，都在议论这件事。

“这都是因为没有亲娘啊。”

“老子只顾忙自己的事，后娘是睁一只眼，闭一只眼……”

“前天，打更的‘断指头’达维德卡说：‘半夜里，我看见有一个人往边上那个窗户里爬。我心想，哎呀，莫霍夫家来贼啦。所以，我就跑过去，正要喊：什么人？警察，快来！可是，我一看，却是他，米佳。’”

“如今的姑娘们，一搂她们的脖子，就会跟着走……”

“米佳对我家的米基什卡夸口说：‘我要去求亲啦。’”

“让他先把鼻涕揩揩干净吧！”

“听说，起初她还不愿意呢，是他硬干的……”

“算了吧，大嫂！……”

流言蜚语在大街小巷传播着，首先玷污了姑娘的清名，就像一扇新门被涂上了浓浓的焦油。

流言落到了谢尔盖·普拉托诺维奇那谢了顶的头上，打得他抬不起头来。一连两天他没有去商店，也没有去磨坊。住在下层的女仆，只有在开饭的时候才请他出来吃饭。

第三天，谢尔盖·普拉托诺维奇吩咐将带花斑的灰马套到跑车上，他坐上车，对见到的人矜持而威严地点点头，跑车就朝镇上驶去。一辆漆得锃亮的维也纳式轿车紧跟着刷刷地驶出院子。赶车的叶麦里扬唾沫直冒地抽着粘在花白胡子上的弯烟斗，理好蓝色的丝缰，一对大青马就撒着欢，嘚嘚地拉着车子在大街上跑了起来。在像一堵墙一样的叶麦里扬的脊背后面，便是脸色苍白的丽莎。她将一只小小的提箱抱在怀里，很不开心地笑着；她向站在大门口的符拉季米尔和继母挥了挥手套。从店里一瘸一拐走出来的潘捷莱·普罗柯菲耶维奇向莫霍夫家的男仆尼基塔问道：

“小姐上哪儿去？”

尼基塔因为对十分平常的人类弱点抱着宽容的态度，就回答说：

“上莫斯科念书去，要上大学啦。”

第二天，发生了一件事，这件事人们在顿河边，在提水吊杆的阴影下，在往外赶牛的时候，翻来覆去议论了很久……这天天黑以前（放牧的牲口群已经回来了），米佳来到谢尔盖·普拉托诺维奇家里（他是有意去晚一点，为的是不叫别人看到）。他不是随便来走走，是来向谢尔盖·普拉托诺维奇的女儿伊丽莎白求亲的。

在这以前，他跟她一共相会过四次。在最后一次相会的时候，他们之间有过这样一番谈话：

“嫁给我吧，丽莎，好吗？”

“胡扯！”

“我会心疼你、怜惜你的……我们家里有人干活儿，你可以坐在窗前看书。”

“你好糊涂。”

米佳很生气，没有再说话。这天夜里他回家很早。第二天早晨，他就对万分惊愕的米伦·格里高力耶维奇说：

“爹，给我娶亲吧。”

“等等吧。”

“真的，我不是说着玩儿的。”

“着急啦?”

“就算这样吧……”

“你迷上哪一家的姑娘啦?是傻丫头玛尔芙什卡吧?”

“你请媒人到谢尔盖·普拉托诺维奇家去。”

米伦·格里高力耶维奇把皮匠用的家伙仔细地放到板凳上(他正在修理皮套),哈哈大笑起来。

“孩子,我看,你今天太高兴啦。”

米佳硬是坚持自己的意思,就像公牛抵墙那样,于是父亲大发雷霆。

“混账!谢尔盖·普拉托诺维奇有十几万家产;他是大老板,你呢?……你给我滚,不要发昏,要不然我用皮套先把你这个新郎官抽一顿!”

“咱们家有十四对牛,有这样一大片家产,再说,他是个庄稼佬,咱们可是哥萨克。”

“滚吧!”不喜欢多说话的米伦·格里高力耶维奇十分干脆地下命令说。

米佳只得到了格里沙加爷爷的同情。格里沙加爷爷用拐杖嗒嗒地捣着地面,颤颤巍巍地走到儿子面前。

“米伦！”

“啥事？”

“你为什么拆台？……既然姑娘跟小伙子般配……”

“爹，说实话，您简直是个孩子！米佳已经够糊涂啦，您更是少有……”

“住嘴！”格里沙加爷爷用拐杖在地上捣了捣，“难道咱们配不上他们？能有一位哥萨克的儿子向他的女儿求亲，他该认为是荣耀的事。把女儿嫁给咱们，他还巴不得呢。咱们在全州是出名的人家。不是穷光蛋，是有家业的！……这可不含糊！……去吧，米佳，没什么好说的！叫他拿磨坊做陪嫁。去求亲吧！”

米伦·格里高力耶维奇呼哧呼哧地喘着粗气，到院子里去了。米佳决定等到傍晚，亲自前去。因为他知道，父亲的犟劲儿就像长在地上的榆树：你折一下，它就弯一下；你要折断——休想。

他吹着口哨走到莫霍夫家大门口，可是到了大门口就胆怯了。他踌躇了一会儿，就进了院子。他在台阶上向穿着沙沙响的新浆过的围裙的女仆问道：

“东家在家吗？”

“在喝茶呢。等一等吧。”

他坐下，等着，抽完一支烟卷儿，用指头蘸了点唾沫，把烟卷儿熄灭，把烟头儿在地板上捻碎。谢尔盖·普拉托诺维奇一面掸着背心上的面包屑，走了出来；一看到米佳，就皱起了眉头。

“请进吧。”

米佳迈步走进充满烟草和书卷气味的书房，觉得在家里积攒的勇气，只够走到书房门口用的。

谢尔盖·普拉托诺维奇走到桌子跟前，皮靴后跟咯吱一响，他转过身来。

“有什么事？”他的手指头在背后不住地划着写字台的台板。

“我是来问问……”米佳遇到他那逼视的眼睛的冷光，打了个寒噤，“您能不能把伊丽莎白嫁给我？”

米佳又失望，又恼恨，又胆怯，脸上不禁冒出了汗珠儿，汗珠儿不多，就像干旱时候的露水。

谢尔盖·普拉托诺维奇的左眉毛打着哆嗦，上嘴唇往上直翻，露出白牙和红红的上腭。他伸着脖子，身子向前探着。

“什么？……什——么？……坏蛋！……滚出去！……我把你送到村长那里去！哼，你这个狗崽子！下——流——货！……”

米佳听到这气急败坏的喊叫，反而有了胆量，他对直地看着红中透青的血涌上谢尔盖·普拉托诺维奇的脸。

“请不要见怪……我是想补救我的过失。”

谢尔盖·普拉托诺维奇翻滚着因为充血和含泪肿胀起来的眼睛，抓起十分沉重的铁烟灰缸，摔到米佳的脚底下。烟灰缸一蹦，打在米佳左腿的膝盖骨上，但是他顽强地忍住疼，猛地将门拉开，因为又恼又疼，所以发着狠，龇着牙，大声叫道：

“随您的便吧，谢尔盖·普拉托诺维奇，您要怎样就怎样好啦，我可是实心实意……她这样的姑娘谁还会要呢？所以我想保全她的名声……要不然，嚼烂了的东西谁还吃呢？连狗都不理。”

谢尔盖·普拉托诺维奇用一块皱巴巴的手帕捂着嘴，追了出来。他拦住通往大门口的道路，于是米佳就在院子里跑了起来。谢尔盖·普拉托诺维奇便朝站在院子里的车夫叶麦里扬挤了挤眼睛。米佳正在抽便门上闩得很紧的门闩，放出来的四条恶狗就从棚子角落里冲了出来，一看到生人，就在打扫得干干净净的院子里摆开了阵势。

谢尔盖·普拉托诺维奇一九一〇年从尼日尼的市场上带回了一对小狗：一公一母。这两条狗都是黑颜色，卷毛，大嘴巴。一年以后，都长得跟一岁的牛犊一样高，起初撕扯路过莫霍夫家门口的娘儿们的裙子，后来学会把娘儿们扑倒在地，咬她们的大腿，直到咬死潘克拉季教长的一头牛犊和阿杰平的两只阉猪，谢尔盖·普拉托诺维奇才下令将狗锁了起来。每到夜里把狗放开，另外，每年春天还有一次放开狗，让狗进行交配。

米佳还没有来得及转过脸来，最前面的一条名叫巴洋的狗就把前爪搭到他的肩上，用牙紧紧咬住他的棉袄，嘴巴闭得死死的。几条狗又撕又扯，像黑球一样团团乱转。米佳用两手拼命抵挡，竭力撑持着，免得跌倒在地上。他无意中看到叶麦里扬叼着直冒火星的烟斗溜进厨房，砰的一声关上新油漆的厨房门。

谢尔盖·普拉托诺维奇站在台阶的角上，背靠着下水管，紧紧攥着长满油亮的硬毛的白白的拳头。米佳摇摇晃晃地抽开门闩，可是他那血糊糊的两腿后面，还紧紧跟着汪汪直叫、发出热烘烘的狗臭味的狗群。他掐住巴洋的喉咙，掐死了；另外三条狗是几个过路的哥萨克好不容易帮他打退的。

三

娜塔莉亚嫁到麦列霍夫家是挺合适的。米伦·格里高力耶维奇对孩子们教导有方；虽说家境富裕，虽说有雇工干活儿，他还是要他们做事情，养成干活儿的习惯。吃苦耐劳的娜塔莉亚很合公婆的心意。伊莉尼奇娜内心里不大喜欢爱打扮的大媳妇妲丽亚，而娜塔莉亚一进门就得到婆婆的疼爱。

“睡会儿吧，睡会儿吧，我的乖孩子！你起来干啥？”婆婆在厨房里不停地迈动着两条肥腿，亲热地说，“去吧，去睡会儿早觉，我一个人能行。”

一早就起来、想帮助婆婆做饭的娜塔莉亚就又回到房里睡了。

连治家很严的潘捷莱·普罗柯菲耶维奇有时也

对妻子说：

“听着，老婆子，别叫醒娜塔莉亚。光是白天的活儿就够她受的啦。她还要跟格里什卡一块儿去耕地呢。妲丽亚要抽一顿，狠狠地抽。她是个懒娘儿们，坏娘儿们……只会搽胭脂，描眉毛，他娘的。”

“头一年就让小两口好好地亲热亲热吧。”伊莉尼奇娜想起自己在劳累中度过的一生，叹着气说。

格里高力对新婚生活渐渐有些习惯了，腻了，过了三四个星期，他又害怕又恼恨地意识到，他跟阿克西妮亚的旧情还没有断绝，还留着一点东西，就像心上留着一根刺。这种痛苦他一下子还摆脱不掉。他在新婚欢乐中曾经轻松地摆摆手，表示不理不睬，认为可以断绝、可以忘却的东西，却是牢牢地生了根……旧情他并没有忘掉，而且一想起来就扎心的疼。还在结婚以前，有一次在场院上打麦子的时候，彼特罗问他：

“格里什卡，你跟阿克西妮亚怎么办？”

“你说什么？”

“恐怕你舍不得丢掉她吧？”

“我一丢掉，就会有人捡起来的。”格里高力当时笑着说。

“哼，你要小心点儿，”彼特罗咬着嚼湿了的胡子说，“不然的话，你娶亲娶得可不是时候……”

“心宽体胖，百事能忘。”格里高力开着玩笑回答说。

可是后来的情形并不是这样，每天夜里，当格里高力履行职责去跟妻子亲热，用炽烈的青春火焰温存她的时候，她表示的却是冰冷和羞答答的顺从。娜塔莉亚对床笫生活抱应付态度，她从娘胎里带来的就不是热情奔放的血液，所以格里高力一想起在爱情中如癫似狂的阿克西妮亚，就叹着气说：

“娜塔莉亚，你老子恐怕是从冰窟窿里把你捞上来的……你太冷啦。”

阿克西妮亚每次遇见他，都要慌乱地笑笑，用眼睛失神地望着，说几句酸溜溜的话：

“你好啊，格里什卡！跟新媳妇过得热和吧？”

“过得马马虎虎……”格里高力总是用含含糊糊的话支应过去，并且总想赶快躲开阿克西妮亚那脉脉含情的眼睛。

看样子，司捷潘已经跟妻子和好了。他上酒馆去得少了，有一天傍晚在场上扬小麦的时候，他自从闹纠纷以来第一次提议说：

“阿克秀莎，咱们来唱支歌好不好？”

他们背靠着一堆刚刚打出、还夹杂着灰土的小麦坐了下来。司捷潘唱起军歌。阿克西妮亚也用圆润的、带胸音的高声唱了起来。他们唱得十分和谐，就像婚后头两年一样。头两年，有时小两口披着红色的晚霞从田野上回来，司捷潘在车上摇晃着，唱着古老的民歌，歌声悠扬而凄怆，就像那荒无人烟、野草萋萋的草原大道。阿克西妮亚把头靠在丈夫那圆鼓鼓的胸膛上，跟着他唱。马拉着大车吱嘎吱嘎地前进，辕杆轻轻摇晃着。村子里的老人们老远就侧耳倾听着歌声。

“司捷潘娶了个金嗓子老婆。”

“嘿，瞧小两口唱的……真和谐！”

“司捷潘也是一副好嗓门儿，就跟铜钟一样。”

老爷爷们坐在墙根下，目送着烟雾朦胧的血红的落日，隔着街交谈着：

“唱的是下游的歌。”

“这支歌呀，老哥，是格鲁吉亚人编的。”

“去世的基留什卡就喜欢这支歌。”

格里高力每天傍晚都听到阿司塔霍夫夫妻在唱歌。在打麦子的时候（他们家的场院跟司捷潘的场院紧挨着），他看到阿克西妮亚依然像从前那样有精神，好像很幸福的样子。至少他觉得是这样。

司捷潘跟麦列霍夫家的人不打招呼。他用叉子在场上来来回回地翻着，翻一下就摆动一下宽宽的、向下耷拉的肩膀，偶尔跟妻子说几句玩笑话，阿克西妮亚也笑着，忽闪着头巾下露出来的黑眼睛。格里高力闭上眼睛，她那绿裙子还是在眼前不住地晃动。一股神秘的力量在扭他的脖子，要他的头转向司捷潘家的场院那一边。他没有发觉，娜塔莉亚一面帮着公公摊麦捆，一面用苦恼和嫉妒的眼睛捕捉丈夫每一道忘情的目光；他没有看见，正赶着马转圈儿的彼特罗在盯着他，鼻孔一翻一翻的，脸上带着隐隐的、不出声的笑。

土地被石磙子压得发出轰隆轰隆的吼声。在沉闷的轰隆声伴奏下，格里高力想着一些模糊的念头；许多恍恍惚惚、零零碎碎的想法，一个个从脑子里溜走，他想留都留不住。

打场的声音，赶牲口的吆喝声，鞭子的尖啸声，风车的嗒嗒声，从远远近近的场院上传到河边滩地上，才渐渐消失。因为庄稼上场好像肥胖起来的村子，在顿河边伸展开来，好像一条赤链蛇躺在路边，经九月的凉爽的干风一吹，呆住不动了。在每一家篱笆围着的院子里，在每一座房子的房顶下面，生活都不停息地进行着，各有各的生活，色彩缤纷，有苦的，也有甜的，格里沙加爷爷着了凉，正在闹牙疼；谢尔盖·普拉托诺维奇羞愤交加，手里不住地揉搓着分成两半的大胡子，独自一个人哭着，牙齿咬得咯咯响；司捷潘对格里高力怀恨在心，每天夜里睡梦中都要用铁硬的手指在破被上乱抓；娜塔莉亚常常跑到棚子里，倒在牛粪堆上，身子哆嗦成一团，为自己的幸福受侵犯痛哭一场；贺里散福在集市上喝掉一条小牛，事后心里感到有愧；格里高力预感到欲望难以满足，痛苦又重新回来，心里十分烦闷，不住地唉声叹气；阿克西妮亚一面跟丈夫亲热，一面用眼泪浇着那不肯熄灭的对丈夫的仇恨。

被解雇的碾粉工人达维德卡整夜整夜地坐在“杰克”的土坯房里，“杰克”忽闪着愤恨的眼睛，对他说：

“哼，没什么了不起的！很快就会宰掉他们！革他们的命，还算便宜的。要叫他们尝尝一九〇五年的滋味，那时候咱们再算账！咱们的账一定要算……”他恶狠狠地用伤痕斑斑的手指头比画着，不住地动肩膀，不让披在肩上的上衣掉下来。

日和夜交替着在村上飞过，时光一个星期一个星期地流过，一个月一个月地逝去。风在吹，天要变的时候山在吼叫，透出秋日碧色的清澈的顿河水心平气和地朝大海流去。

十月底的一个星期天，菲多特·包多甫斯柯夫赶着车往镇上去了。

四

他用口袋带去四对喂肥的鸭子，在集市上卖掉；在布店里给老婆买了一段花格子布，已经准备往家走了（一只脚已经踩在轮子上，拉住了马辔头），这时候，有一个不是本镇的陌生人来到他跟前。

“您好啊！”那人用黑乎乎的手指碰了碰黑色的

帽檐，跟菲多特打招呼。

“你好！”菲多特眯起加尔梅克型的眼睛，慢吞吞地说，一面等待着那人的下文。

“您是哪里人？”

“是村子里的，不是这镇上的。”

“是哪一个村子的？”

“是鞑靼村的。”

陌生人从旁边的口袋里掏出一只银质的、盖上镌刻着小船的烟盒；一面请菲多特抽香烟，一面继续问下去：

“你们的村子很大吗？”

“谢谢，我刚刚抽过。我们的村子吗？是一个很大的村子。大概有三百来户人家。”

“有教堂吗？”

“当然有啦。”

“有铁匠吗？”

“你是问打铁的？也有打铁的。”

“磨坊里有铁匠炉吗？”

菲多特勒了勒急着要走的马，很不高兴地打量了一下那顶黑呢帽和那张白白的大脸上一条条直伸进短短的黑胡子里的皱纹。

“您要干什么？”

“我要搬到你们村里去住。我刚到乡长那里去过。您是空车回去吗？”

“是空车。”

“能捎个脚儿吗？不过我不是一个人，还有老婆和两只大箱子，两只箱子有八普特重。”

“行。”

讲好了两个卢布的车钱，菲多特就把车赶到雇车人暂住的卖面包的娘儿们芙洛丝卡家，他让那个瘦弱的、淡黄头发的女人坐到车上，把两只铁皮大箱子放在车后。

他们出了镇。菲多特不住地咂着嘴，用鬃缰轻轻抽打着劲壮的小马，不时地扭一扭他那方方的、后脑勺扁平的脑袋：他抑制不住自己的好奇心。两位乘客挺文雅地坐在后面，都没有说话。菲多特先要了一支香烟抽起来，然后开口问道：

“你们是从哪儿来的？”

“从罗斯托夫。”

“是在那里生的吗？”

“您问的是什么？”

“我问：你们是什么地方人？”

“噢——噢，是的，是的，是那里人，是罗斯托夫人。”

菲多特将古铜色的颧骨抬得高高的，凝神望了望远处的荒草丛：宽阔的草原大道向长长的山坡伸去，菲多特那锐利而老练的加尔梅克型眼睛看到，在离大道半俄里远处，褐色的干枯草丛里，有几只野雁的头隐隐地在晃动。

“没带枪，不然的话，咱们可以去打打野雁啦。瞧，在那儿晃悠呢……”他用手指了指，叹着气说。

“我看不见。”男乘客眨巴着视力很弱的眼睛，坦率地说。

菲多特目送着野雁跑进山沟里，又转过脸朝着两位乘客。男乘客中等身材，瘦瘦的，紧靠着肥大的鼻梁的两只眼睛里透露出机智的神采。他说话时常常带笑。他的妻子裹着一条毛线头巾，正在打盹。菲多特看不清她的脸。

“你们为什么要搬到我们村里来？”

“我是一个铁匠，想开一个铁匠铺。我也能做木匠活儿。”

菲多特带着不相信的神气打量了一下他那一双大手，那人觉察到这一目光，又补充说：

“并且我还是‘津格尔’公司推销缝纫机的代理人呢。”

“请问，您贵姓？”菲多特问道。

“我姓施托克曼。”

“大概不是俄国人吧？”

“不，是俄国人。我的祖父是拉脱维亚人。”

一会儿工夫，菲多特就弄清楚了，这位铁匠约瑟夫·达维陀维奇·施托克曼以前在“阿克塞”工厂做过工，后来在库班待过，再后来又在东南铁路修理厂做过工。除了这些以外，喜欢打听的菲多特还打听出人家的一大堆生活琐事。

一直来到官家森林，才没有什么问的了。菲多特在路边泉水坑里饮过了浑身大汗的马，就在车上打起盹来，因为赶了半天车，车子又颠，他困倦了。离村子只有五六俄里了。

菲多特将缰绳缠在手上，耷拉着腿，舒舒服服地靠在车上。

他想打瞌睡却没有打成。

“你们的日子过得怎样？”施托克曼一面在车上颠簸和摇晃着，一面问道，“凑合着过，马马虎虎。”

“怎么，哥萨克们对于生活一般还满意吗？”

“有些人满意，有些人不满意。不可能所有的人都满意。”

“是的，是的……”铁匠表示赞同这种说法。沉默了一会儿，他又拐弯抹角地提出一些别有含义的问题：

“你是说，大家都丰衣足食啦？”

“够吃够用。”

“恐怕还要服兵役吧？是吗？”

“当兵吗？……我们习惯啦，只要活着，就要当兵。”

“糟糕的是，一切东西都要哥萨克自己筹办。”

“可不是吗，这一点真他妈的要命！”菲多特提起了精神，担心地朝那个把头扭向一边的女乘客看了一眼，“这样的官府实在够人受的……我服兵役的时候，卖掉几头牛，才买了一匹马，可是牵去一看，说是不合格。”

“不合格？”铁匠装出吃惊的样子。

“是这样的，这话一点不假。他们说，马腿坏啦。我说：‘请你们仔细看看，这匹马的腿跟那些得过奖的马的腿是一样的，只不过跑起来像公鸡……这叫作公鸡步。’我好说歹说，全不行，他们不肯通过。这一下子我就倾——家——荡——产——啦！……”

谈得上了劲儿。菲多特兴奋地从车上跳了下来，兴致勃勃地讲起村里的事情，骂村长分配草地不公正，称赞波兰的一些做法，在他服兵役的时候，他们的团就在那里驻扎过。铁匠将眼睛眯成一道缝儿，用锐利的目光上上下下打量着在大车旁边走的菲多特，用带铜箍的骨烟嘴抽着清淡的烟丝，不时地笑笑；但是那道斜着横穿过白白的、饱满的额头的皱纹在缓慢而吃力地活动着，好像是内心的思想活动在里面推动。

他们来到村里，已是傍晚时候。

施托克曼听从菲多特的主意，来到寡妇卢凯什卡·波波娃家里，租了她的两间屋子住下来。

“你从镇上拉回来的是什么人呀？”一群娘儿们

向菲多特问道，她们已经在门口等了一阵子了。

“一个代理人！”

“什么袋里袋外的？”

“傻娘儿们，嘿，好傻！我是说，是代理人，是卖机器的。长得俊俏的，他可以奉送，至于呆头呆脑的，就像你玛丽亚大婶这样的，就得拿钱去买了。”

“你这个蟹爪子鬼倒是长得好看。瞧你那张加尔梅克鬼脸！……马都不敢到你跟前：见了你就怕。”

“加尔梅克人和鞑靼人是草原上最漂亮的人，大婶儿，你可没法比！……”菲多特且战且退。

铁匠施托克曼就在斜眼睛的长舌妇卢凯什卡家里住了下来。他还没来得及过夜，全村的娘儿们已经沸沸扬扬地议论开了。

“听到了吗，大嫂？”

“什么事呀？”

“加尔梅克佬菲多特拉来一个德国人。”

“真的？……”

“我敢当着圣母娘娘起誓，是真的！还戴着呢帽，姓施托波尔，也许是施托卡尔……”

“恐怕是警察局来的吧？”

“是税务局的，好嫂子。”

“咦——咦，嫂子们，大家都是瞎扯。听说，他是个会计，跟潘克拉季教长的儿子一样。”

“巴什卡，乖孩子，你到卢凯什卡家里跑一趟，偷偷地问问她，就说：‘婶子，你家来的是什么人呀？’”

“快去，好孩子！”

第二天，来人去见村长。

已经做了两年多村长的菲道尔·马内次柯夫将黑漆布封面的身份证在手里翻了半天，然后文书叶高尔·莎尔柯夫又翻了翻，看了看。他们交换了一下眼色，村长就按照当年做司务长时的老习惯，很威风地将手一摆：

“住下吧。”

来人行了个礼，就走了。有一个星期他没有露面，就像田鼠钻进洞里一样。他用斧头砍呀，砍呀，在夏天的厨房里修起一座铁匠炉。娘儿们关心他的那股热和劲儿已经冷了下来，只有孩子们一天到晚死乞白赖地趴在篱笆上，带着毫不掩饰的好奇心观察着这个陌生人。

五

在圣母节的前三天，格里高力跟妻子一起出去耕地。潘捷莱·普罗柯菲耶维奇这几天有病；他拄着拐杖，腰疼得哼哼着，走出来送他们去耕地。

“格里什卡，你就把牧场那边紧靠着红凹地的那两块地耕一耕好啦。”

“好吧。可是柳树崖下面还有一块地，那块地怎么办？”格里高力小声说。他因为钓鱼哑了嗓子，用一块手巾裹住喉咙。

“圣母节以后再说吧。这两块够耕的啦。红凹地跟前那两块地足有一圈[1]半，不要贪多。”

“彼特罗不来跟我们一块耕地吗？”

“他跟妲丽亚要去磨坊。要趁早去，要不然磨面的就多起来啦。”

伊莉尼奇娜往娜塔莉亚怀里塞了几个软软和和的面包，小声说：

---

① 一圈等于四公顷。——作者注

“是不是把杜尼娅带去帮着赶牛?”

“两个人行啦。”

“好吧，乖孩子，当心点儿。基督保佑。”

杜尼娅弯着细细的腰，端着沉甸甸的一盆湿衣服走出院子，到顿河边去刷洗。

“娜塔莎，好嫂子，红凹地那儿雀酸梅才多呢，掐点儿回来!”

“我掐，我掐。”

“住嘴，淘气鬼!”潘捷莱·普罗柯菲耶维奇扬了扬拐杖。

三对公牛拉着仰放着的犁，顺着大道，划着因为秋旱缺雨变得硬邦邦的地面前进。格里高力不时地紧一紧扎在脖子上的手巾，在路边走着，咳嗽着。娜塔莉亚跟他并排走着，背上的干粮袋不住地磕打着她的背脊。

村外田野上清爽爽的，十分宁静。牧场那边，一道弯弯的丘冈后面，许多人在犁地，鞭声响成一片；可是在这里，在这大道上，却是一片片青青的、矮矮的野蒿，被羊咬得乱糟糟的野木樨，弯成了祷告姿势的苦菜，往上便是明朗、清澈、凉爽的天空，天空还飘着一道道银光闪闪的蛛丝。

送走耕地的人以后，彼特罗和妲丽亚便准备去磨坊。彼特罗在仓房里吊起一只大筛子，筛起了麦子。妲丽亚就装口袋，往车上搬。

潘捷莱·普罗柯菲耶维奇将马套到车上，细心地理好套绳。

“快好了吗？”

“马上就好。”彼特罗在仓房里答应道。

* * *

磨坊里已经很拥挤了。院子里到处都是大车。磅秤周围挤得水泄不通。彼特罗将缰绳扔给妲丽亚，从车上跳了下来。

“快轮到我的号头了吗？”他问站在磅秤旁边的“杰克”。

“还要等一阵子呢。”

“现在是几号在磨？”

“三十八号。”

彼特罗走出去搬口袋。这时候磅秤房间里吵了起来。有一个沙哑、凶狠的声音在吼叫：

“你睡过了号，现在你想往前插？滚开，南蛮子，要不然我揍你！”

彼特罗从嗓音上听出这是“马掌”亚可夫。他仔细听了听。磅秤房里叫喊声越来越大，好像就要把房子胀破。

咚地响了一声，一个不很年轻的长胡子的塔甫里亚人[①]从门里跌了出来，黑色的便帽歪到了后脑勺上。

“凭啥打人？”他捂着腮帮子，叫道。

“我拔掉你的牙！……”

“哼，等着瞧吧！”

“你要是有种，来吧！……”

“马掌”亚可夫（他在当兵的时候，有一次给马钉掌，马撒起欢来，一蹄子踢到他的脸上，踢断了鼻梁，踢裂了嘴唇，脸上留下马掌印子；长好的伤疤呈椭圆形，发青，还有一些黑色的小点子，那是马掌上铁刺的痕迹，他的绰号“马掌”就是由此而来）这个身强力壮的剽悍的炮兵，一面挽着袖子，

① 塔甫里亚人是指那些遵照叶卡捷琳娜二世命令，从克里米亚（即塔甫里亚）附近的南部地区迁移到顿河流域的乌克兰人的后代。——作者注

从里面跑了出来。一个身穿粉红色褂子的高大的塔甫里亚人从背后狠狠地捅了他一拳。“马掌”晃了两下，但脚跟还是稳住了。

“老乡们，人家打哥萨克啦！……”

一批一批前来磨粉的哥萨克和塔甫里亚人，就像从袖筒里抖搂出来似的，争先恐后地从磨坊跑到塞满车辆的院子里。

一场群架在大门口打了起来。大门被潮水般的人体挤压得咯吱咯吱直响。彼特罗扔下口袋，啊呀叫了一声，就小步朝磨坊跑去。妲丽亚在车上欠起身来，看到彼特罗所向披靡，一直冲进该心；等彼特罗被打到墙根下，被打倒在地，并且被人用脚乱踩的时候，她才哎哟叫了起来。米佳·柯尔叔诺夫挥舞着一根铁门闩，连蹦带跳地从机器房的角落里跑了出来。

那个从背后捅了“马掌”一拳的塔甫里亚人冲出重围，一只撕烂的粉红色袖子像打断的鸟翅膀一样在他背后晃悠着。这个塔甫里亚人将身子弯得低低的，两手划着地面，跑到旁边一辆大车跟前，顺手抽出一根车杠。磨坊院子里声嘶力竭、带拖腔的叫喊声响成一片：

“啊——啊——啊——啊……”

“呜——呜——呜——呜……”

“啊——呀——呀——啊——啊！……”

咔嚓声。咚咚声。哎哟声。嗡嗡声……

沙米尔家三兄弟从家里跑来了。一只胳膊的阿列克塞的脚绊在有人扔下的缰绳上，在门口跌了一跤；他跳起来，把左边的空袖筒紧紧按在肚子上，跨过密集的大车辕杆。他的弟弟马尔丁那掖在白袜筒里的裤腿挣了出来；他弯下腰，想把裤腿塞进去，但是磨坊跟前发出了一声呼号。有一个人的叫声就像狂风卷起的蛛丝，高高地飞到了磨坊那坡度不大的房顶上。马尔丁便直起身子，跟着阿列克塞向前冲去。

妲丽亚在车上看着，急得扳着手指头，呼哧呼哧地喘着粗气；周围妇女们在尖叫，在哭喊，马匹惊骇得贴起耳朵，牛哞哞直叫，拼命往大车上靠……脸色苍白的谢尔盖·普拉托诺维奇嘟哝着嘴唇，踉踉跄跄地从旁边走过去，他的肚子像圆鸡蛋一样在背心里面来回乱滚。妲丽亚看到，那个穿着撕烂的粉红色褂子的塔甫里亚人用车杠把米佳·柯尔叔诺夫打倒在地，接着自己也仰面倒下，劈裂的车杠从手里飞了出去，对准他的后脑勺狠狠打了一拳的一只胳膊的阿列克塞又一脚把他踩住。一个一个的酣斗场面，像花花绿绿的碎布片一样在妲丽亚眼前闪过。她看到米佳·柯尔叔诺夫跪在地上，用铁门闩朝着一旁跑过的谢尔盖·普拉托诺维奇狠狠捅了一下，她一点也没有感到奇怪；谢尔盖·普拉托诺维奇扬了一下直摇晃的双手，就像虾子一样朝磅秤房爬去；很多人用脚踹他，把他踹了个仰面朝天……妲丽亚哈哈狂笑起来，她那两道描得黑黑的弯眉毛笑得更弯了。她一眼看到彼特罗，这才收住狂笑：彼特罗摇摇晃晃地从乱纷纷、闹哄哄的重围里冲了出来，倒在一辆大车底下，嘴里直吐血。妲丽亚喊叫着朝他奔去。这时很多哥萨克手执木棒从村里跑来，有一个人还挥舞着铁棍。

这场群架渐渐发展到骇人听闻的规模。不像在酒馆里发酒疯，也不像在开斋节那样排成排斗殴了。一个被打破了头的年轻的塔甫里亚人躺倒在磅秤房的门口；他的两腿大劈着，满头都是黑黑的血块，一绺绺血染的头发耷拉到脸上；看样子，他已经踏上清净乐土了……

塔甫里亚人被逼到了土坯房里，像羊群一样，挤成了一堆。如果不是一位年长的塔甫里亚人心生一计，结局会很惨的。他跑进土坯房里，从炉子里抽出一根直冒火花的劈柴，跑出门来，朝着存有一千多普特磨好的面粉的棚子跑去。灰烟像轻纱一样在他肩膀头上缭绕着，大白天显得不很亮的火星四处乱飞。

“我要放——火——啦！”他狂吼一声，就举着噼啪直响的劈柴往芦苇棚顶跟前凑。

哥萨克们都哆嗦了一下，站住了。一阵阵的干旱风从东方吹来，一直把土坯房顶上的灰烟吹到挤成一堆的塔甫里亚人身上。

只要有一颗大点儿的火星落到棚顶那干燥、厚实的芦苇上，全村就会笼罩在烟海里……

哥萨克人群里响起一阵低沉而短促的轰轰声。有人已经倒着向磨坊退了，可是那个塔甫里亚人还在摇晃着劈柴，摇得火滴从灰白色的烟团里直往下掉，一面嚷着：

“我要放火啦！……放——火——啦！都给我从院子里出去！……”

本来够丑的脸上又添了多处青紫伤的肇事者“马掌”亚可夫，头一个离开磨坊院子。哥萨克们跟着他急急忙忙朝村外拥。

塔甫里亚人都扔下口袋，把马套到车上，人站在车上，一面抖着皮缰绳的乱结，一面打着马冲出院子，轰隆轰隆地朝村外跑去。

一只胳膊的阿列克塞还站在院心里；那只扎着袖口的空袖子在细长的肚子上直晃荡，一只眼睛眨巴着，一边腮抽搐着，像没完没了地抽筋似的。

“哥萨克们，上马！……”

“追呀！……”

“他们跑不过那道冈子！……”

米佳·柯尔叔诺夫歪着身子，正要冲出院子。聚集在磨坊外面的哥萨克们又像一阵波浪一样，闹哄哄地骚动起来。但就在这时候，一个以前谁也不曾发现的头戴黑呢帽的陌生人，从机器房里快步来到跟前；他用眯得细细的、像刀锋一样锐利的眼睛扫视着人群，扬起一只手来。

“请等一等!”

“你是什么人?”“马掌”的眉毛像跳舞似的动了几下。

“他是从哪儿钻出来的?”

“把他捆起来!”

“哼!”

“呸——呸! ……”

“等一等，乡亲们! ……”

“秃尾巴狗才是你的乡亲哩!”

“这个庄稼佬!”

“屎壳郎挡道!”

“亚可夫，揍他!”

“把他的眼珠子给揍出来! ……照眼珠子打! ……”

那人腼腆地，但是毫无惧色地笑了笑，摘下帽子，用一种非常随便的姿势擦了擦额头，用笑彻底解除了人们的武装。

“怎么一回事儿呀?”他挥了挥折叠起来的呢帽，指着磅秤室门口已经浸进土里的黑血问道。

“打南蛮子呢。”一只胳膊的阿列克塞很和气地回答说，眼睛眨巴了几下，腮帮子也动了动。

“为什么打呀？”

“为了排队的事。不该往前插。”“马掌”一面往前跨，并且用力一抹，抹去鼻子下面的血块子，一面解释说。

“给他们一点颜色看看！”

“喂，追上去才是……到了草原上，没法子放火啦。”

“咱们的胆子太小啦，也许他不敢呢？”

“一个人在走投无路的时候，放把火是件很平常的事。”

“南蛮子一个个可都是气性很大呀。”阿丰卡·奥捷洛夫笑了笑说。

那人用帽子朝他点了点。

“你是什么人？”

阿丰卡从打出了豁子的嘴缝里轻蔑地啐了一口唾沫，他注视着飞出的唾沫落地之后，一只脚向前跨了跨。

“我吗，我是哥萨克；你呢，是不是茨冈人？”

“不是的。咱们都是俄罗斯人。”

“胡说！”阿丰卡强硬地说。

“哥萨克本来都是俄罗斯族。这一点你知道不知道？”

“可是我要对你说：哥萨克的祖先就是哥萨克。”

“古时候，许多农奴从地主家逃出来，迁移到顿河上落了户，后来就把他们叫作哥萨克。”

“你走吧，好心人，别管这里的事！”一只胳膊的阿列克塞把肿起来的手指攥成拳头，用克制着的凶狠腔调劝他说，那一只眼睛也更紧密地眨巴了几下。

“咱们成了外来的下等人啦！……哼，瞧吧，这小子想叫咱们变成庄稼佬呢！”

“这是什么人？阿丰卡，嗯？”

“是新搬来的一个人，住在斜眼卢凯什卡家里的。”

追赶的机会错了过去。哥萨克们乱哄哄地议论着刚才的一场群架，各自散去。

* * *

夜里，在离村八俄里的田野上，格里高力裹着厚实的粗布褂，很苦闷地对娜塔莉亚说：

“你真像个陌生人……你就像这月亮一样，既不冷，又不热。我不爱你，娜塔什卡，你不要生气。我本来不愿意说这些，可是不成，很明白，这样是过不下去的……我很可怜你，这些天咱们好像也亲近了一些，可是心里什么也没有……空空的。就像现在的田野一样……”

娜塔莉亚仰望着高不可攀的星空，望着在他们头上飘过的像透明的华盖一样的云片，没有作声。从那黑沉沉、蓝黝黝的高空里，传来迟归的飞鹤那银铃般的叫唤声。

蓑草散发着愁惨惨、死沉沉的气息。在一处高地上，耕地人生起的火堆闪耀着通红的火光……

天亮前，格里高力醒来。粗布褂上落了有两俄寸的雪。一层银光闪闪、白得透青的新雪覆盖了原野，他们附近有许多清晰的爪印，那是新雪后摸不清道路的兔子留下来的。

六

很久以来就是这样：如果一个哥萨克没有同伴，独自驾车在去米列洛沃镇的路上走，只要遇到乌克兰人（从下亚布洛夫村到米列洛沃镇这七十五俄里之内，全是乌克兰人的村庄）而不让路的话，就要被乌克兰人痛打一顿。因此，去车站都是好几辆大车结队同行，这样，如果在草原上遇到乌克兰人，打起架来就不怕了。

“喂，南蛮子！让路！下等货，住在哥萨克的土地上，还不想让路吗？”

这对于乌克兰人也不是件快活事，因为他们常常往顿河边的巴拉蒙诺夫粮栈运小麦。在路上会无缘无故地打起来，只不过因为是“南蛮子”，既然是“南蛮子”，那就该打。

几百年前，有人精心地在哥萨克土地上播种了等级差别的种子，并且加以培育、照料，于是这种种子发出了茁壮的幼芽：这片土地在斗殴中流下了不少哥萨克和外来户——俄罗斯人和乌克兰人的血。

磨坊里打过群架以后，又过了两个星期，乡警察局长和一位侦察官来到村里。

首先传讯的是施托克曼。侦察官是一位哥萨克贵族出身的青年文官。他一面在公事包里翻着，一面问道：

“您搬来此地以前，住在什么地方？”

“住在罗斯托夫。”

“在一九〇七年，您为什么事坐牢的？”

施托克曼用眼睛扫了扫公事包和侦察官低垂的头上那偏分的、满头碎屑的头发。

“因为妨碍秩序。”

“嗯……那时您在哪里做事？”

“在铁路修理厂。”

“职业？”

“铁匠。”

“您是不是犹太人？是不是改信耶稣教的？”

“不是的。我想……”

“我不想知道您在想什么。您流放过吗？”

“是的，流放过。”

侦察官把头从公事包上抬了起来，咕哝了几下刮得光光的、生了不少粉刺的嘴唇。

“我劝您离开这里……”又自言自语地说，“而且，这件事我也要尽力而为。”

“为什么，侦察官先生？”

他以问题回答问题：

“在磨坊里打架那一天，您对本地的哥萨克说了些什么话？”

“说的是实在话……”

“好吧，您可以走啦。”

施托克曼走到莫霍夫家（来往官员总是住在谢尔盖·普拉托诺维奇家，不住客店）的阳台上，耸耸肩膀，回头看了看那两扇油漆的大门。

七

冬天没有一下子就站稳阵地。圣母节以后，落下的雪融化了，牲口又被赶出去牧放。刮了一个星期的南风，又暖和了，大地恢复了原来的模样，一种迟开的毛茸茸的小花儿在原野上开放起来，鲜亮鲜亮的。

回暖的天气一直持续到米海洛夫节，后来严寒袭来，下了一场大雪；一天比一天冷，又下了两俄寸半的雪，在空旷的菜园地上，篱笆被埋到了顶，那一行行圆圆的兔子爪印儿从篱笆上穿过，就像姑娘的绣花针脚。街道上一个人也看不到。

烧牛粪块的白烟在村子上空连成一片，路边的灰堆上，来来回回奔跑着飞到人们住处来的白嘴鸦。爬犁开辟出来的冬季道路，弯弯曲曲地穿过村子，像一条褪了色的灰带子。

有一天，在广场上开起了村民大会：分配和砍伐烧柴的时候到了。在村公所的台阶旁，穿着大大小小皮袄的人拥拥挤挤，毡靴声咯吱咯吱地响个不停。因为天冷，人们拥到了村公所里面。那些银髯飘拂的可敬的长者，分坐在村长和文书的两边，年轻些的哥萨克们，各色胡子的和没有胡子的，都挤成一堆，从暖暖和和的羊皮领子里发出嗡嗡的议论声。文书在纸上写满密密麻麻的字，村长隔着肩膀看着他，低低的嗡嗡声在村公所的冷屋子里响成一片：

“如今的草啊……”

“哦，哦……草甸子上的草倒还可以喂牲口，田野上的就太不成样子啦。”

“以前，古时候，放牲口可以放到圣诞节。”

“这对加尔梅克人可真好！”

“可不是……”

“村长戴着狼脖圈呢，你瞧，他的头都扭不动啦。”

“他妈的吃得太肥啦，简直像头骟猪！”

“老哥，你要把冬天吓跑吗？瞧，你的大皮袄多么厚……”

“人家茨冈人这会儿都把皮袄卖掉啦。”

“在圣诞节期间，茨冈人睡在草原上，什么都不盖，只披着渔网，连小肠头都露在外面；一个茨冈人醒来，指头一伸，从网眼里露了出来，就骂起娘来：‘哎哟，他娘的，天好冷啊！’……”

“天啊，道路都要滑起来啦。”

“连公牛都非钉铁掌不可。”

“前几天我在鬼沟砍过白柳，还算好。”

“查哈尔，你把裤裆扣好……冻掉了那玩意儿，老婆就不要你啦。”

“喂，阿甫杰伊奇，你充当公牛了吧？”

“我没干。巴兰卡·姆雷欣娜要干。她说，我是个寡妇，什么都可以干。我说，忍着点儿吧，实在忍不住就找头小牛……”

“哈——哈——哈——哈！”

“咯——咯——咯——咯！……”

“诸位老人家！柴火的事怎么办啊？……安静点儿！”

“我是说，实在忍不住就找条小牛当……干亲家……”

“安静点儿！请大家安静点儿！”

大会开始了。村长一面摩平汗湿的分配名单，一面高声念着分柴火人的姓名，不住地呵着热气，用小指头弹着胡子上的冰凌。后面，在乒乓直响的门口，是呵出的热气、拥挤的人群和擤鼻子的抽搭声。

“不能定在星期四砍！”伊凡·托米林拼命要压倒村长的嗓门儿，一面歪着戴炮兵蓝制帽的脑袋，揉着通红的耳朵。

“怎么一回事儿？”

“耳朵要揪下来啦，炮手!”

“咱们可以给他缝上一对牛耳朵。”

“星期四全村有一半人要去拉干草。瞧你们定的！……”

“你可以在星期天去嘛。”

“诸位老人家！……”

“没啥好说的!”

“就这样好啦!”

“咕——咕——咕——咕！……”

“哈——哈——哈——哈！……”

“嘎——嘎——嘎——嘎！……”

马特维·卡叔林老头子从摇摇晃晃的桌子上探过身子，用光溜溜的杨木拐杖朝托米林这边直捣，气呼呼地大叫起来：

“你运什么草……哪儿的话！……全是骗人……你一向就爱捣蛋。小老弟，你想捣蛋还不够格呢！……哼！……你呀！……哼……”

“你不要倚老卖老……”一只胳膊的阿列克塞在后排伸了伸头，插嘴说，眼睛眨巴了几下，丑腮也哆嗦了一阵。

六年来，为了多耕一小块地，他一直在跟卡叔林老头子作对。每年春天他都要打老头子一顿。其实卡叔林老头子多占他的土地只有麻雀爪子那样大——皱紧眉头吐一口唾沫，唾沫就能从这边飞到那边。

“住嘴，丑鬼！”

“可惜离得太远，我在这儿够不到你，不然的话我抽你一顿，准能叫你淌红鼻涕！”

“瞧你吧，缺胳膊、眨眼睛的丑鬼！……”

“你们又吵起来啦，住嘴吧！……”

“你们到外面去，到外面干去。真话。”

“算啦，阿列克塞，瞧，老头子打哆嗦啦，连头上的帽子都抖起来啦。”

“谁要是吵闹，送去关起来！……”

村长用拳头在吱吱嘎嘎直响的桌子上擂了一下。

“我马上把看守叫来！别吵啦！……”

闹声渐渐小下来，滚到后排，消失了。

“星期四天一亮就去砍柴。”

“诸位老人家，怎么样？”

“就这样好啦！”

“上帝保佑！”

“如今的人不爱听老年人的话啦……”

“不怕他们不听。有法子收拾他们。我家的阿列克萨什卡，在分家的时候，冲上来想打架，抓住了我的衣裳。我马上抽了他一顿，说：‘我马上去报告村长和长辈，狠狠揍你一顿……’他老实了，软了下来，就像春水冲倒的小草。”

“还有，诸位老人家，收到乡长一道命令，”村长换了腔调，并且扭了扭头，因为制服硬领卡着下巴，勒得脖子很难受，“本星期六，青年都要到镇上去宣誓。傍晚要在乡公所门前集合。”

潘捷莱·普罗柯菲耶维奇在紧靠门口的一扇窗户跟前，像仙鹤一样蜷着那条瘸腿，站在亲家公身边。米伦·格里高力耶维奇身穿皮袄，敞着怀，坐在窗台上，在枣红色的胡子里面暗暗笑着。短短的灰白色睫毛上挂着一层毛茸茸的霜，褐色的大麻子冻得充上了血，变成了灰色。年轻一些的哥萨克在周围拥拥挤挤，笑着，挤着眼睛；那在人群中间踮着脚尖晃来晃去的，是扁平而光秃的后脑勺上歪戴着阿塔曼团银十字蓝顶皮帽的阿甫杰伊奇——他和潘捷莱·普罗柯菲耶维奇是同年，但总不见老，脸上总是红扑扑的，就像晚熟的苹果，他的绰号叫“牛皮大王”。

阿甫杰伊奇过去在御林军阿塔曼团当过兵。他去当兵的时候是阿甫杰伊奇·西尼林，回来就变成“牛皮大王”阿甫杰伊奇了。

他是本村头一个进阿塔曼团的人，因而新奇感害了他：他本来是个跟大家一样的小伙子，只是从小有一点喜欢信口开河的毛病，可是当兵回来以后，就云天雾地地瞎吹起来。他从回来的第一天起，就讲起他在皇宫里当差时的许多奇闻和他在彼得堡所干的许多惊天动地的事迹。听得发呆的听众起初都相信他，一齐张大了嘴，听得十分认真，可是后来就清楚了，原来阿甫杰伊奇是瞎吹，本村有史以来还没见过这样瞎吹的；大家当面笑他，揭穿他编造的那些奇闻怪事，但是他的脸红都不红（也许红过的，只是因为脸上总是红红的，所以看不出来），还是继续瞎吹。老来吹得更厉害了。别人要是挑三拣四地问他，他就生气，跟人打架，如果别人不作声，只是笑他，他就拼命地瞎吹，别人笑不笑，他根本不在乎。

在经营家务方面，他是一个能干而勤劳的哥萨克，样样事情都做得有条有理，而且在某些地方很有心计，可是一谈起他在阿塔曼团当兵的事……任何人都要把两手一摊，笑得蹲到地上，把肚子都笑破。

阿甫杰伊奇这时站在当中，一摇一晃地踏动着两只穿成了圆筒的毡靴；他望着拥拥挤挤的哥萨克，用沉重有力的声调瓮声瓮气地说：

“如今的哥萨克全是废料。个头儿又小，又没有本事。随便哪一个你都能用鼻涕把他打成两截。一句话，就是不像样。”他轻蔑地笑着，用毡靴将吐出的唾沫碾了碾，“我在维奥申镇上看到过一副死人骨头，那才像个哥萨克的样子——真了不起！……”

“阿甫杰伊奇，你在哪儿掘到死人骨头的？”光嘴巴的安尼凯一面用胳膊肘捅捅旁边的人，一面问道。

“老同事，看在快要过节的分上，别瞎吹了吧。”潘捷莱·普罗柯菲耶维奇皱了皱鹰钩鼻子，抖了抖耳环。他不喜欢胡吹。

“老弟，我从来不吹牛。”阿甫杰伊奇用真诚感人的声调说，并且回头看了看笑得像打摆子一样直打哆嗦的安尼凯，觉得很奇怪，“我看到死人骨头，是在帮我小舅子盖房子的时候。一开始挖地基，就挖到一个坟。大概，那地方靠近顿河，又在教堂旁边，古时候曾经是坟地。”

“死人骨头又有啥好说的呢？”潘捷莱·普罗柯菲耶维奇一面准备往外走，一面不满意地问道。

“一条胳膊——有这么长……”阿甫杰伊奇把两条长胳膊一伸，“那头呀——真的，我不瞎吹——跟军用锅一样大。”

“阿甫杰伊奇，顶好还是给青年人讲讲你在圣彼得堡捉强盗的事吧。”米伦·格里高力耶维奇提议说，一面掩着皮袄大襟，从窗台上溜下来。

“那没有什么好讲的。”阿甫杰伊奇谦虚起来。

“讲讲吧！”

“请你讲讲！”

“赏个脸吧，阿甫杰伊奇！”

“事情嘛，嗯，是这样的。”阿甫杰伊奇咳嗽了两声，从裤袋里掏出了烟荷包。他朝弯起来的手掌里倒了一撮烟丝，把两个从烟荷包里掉出来的铜币又放进去，志得意满地扫了听众一眼。“监牢里跑出了一个在押的江洋大盗。这儿搜，那儿搜——没有。官府里上上下下闹了个人仰马翻。这一下跑掉啦，完啦！夜里，值班的武官来传我，我去了……什么事呢……他说：‘你到皇上寝宫里去……皇上亲自召见你。’我，不用说，有点儿怕；走进宫去，行了一个礼，这位仁德的君主用手拍了拍我的肩膀，说：‘伊万·阿甫杰伊奇，孤家治下的头号大盗逃走啦。你上天入地，都要给我找到，不然就不要来见我！’我说：‘遵旨，吾皇万岁，万万岁！’嗯……伙计们，这可是个难题啊……我从御马监里挑选了三匹千里马，就出发了。”阿甫杰伊奇抽起烟，扫视了一下听众垂下去的脑袋，透过遮住了他的脸的浮云一般的烟雾，兴致勃勃地高声讲了起来：“我快马加鞭，白天追，黑夜追。到了第三天，才在莫斯科郊外追到。我把他捆得结结实实，装上马车，就顺原路而回。回到宫里已经是半夜，我带着满身的泥水，直接去见皇上。这一下文武百官、王公大臣们都不放我进去，可是我进去了。嗯……我敲了敲宫门。‘我皇陛下，小臣要见驾。’里面有人问：‘是哪一个呀？’我说：‘是我——伊万·阿甫杰伊奇·西尼林。’里面忙乱起来，我听到皇上亲自叫喊：‘玛莱亚·菲多罗芙娜！玛莱亚·菲多罗芙娜快起来，生上茶炊，伊万·阿甫杰伊奇来啦！’”

后排爆发出雷鸣般的笑声。正在念寻找失踪和离群牲口启事的文书，念到“左腿踝子骨以下包着袜子”，就念不下去了。村长像鹅一样伸长脖子，看着笑得直摇晃的人群。

阿甫杰伊奇扯下帽子，皱着眉头，莫名其妙地望望这个，又望望那个。

“笑死人啦！”

“哈——哈——哈——哈！……”

“哎哟，肚皮破——破啦！……”

“咯咯咯咯……”

“阿甫杰伊奇，秃毛狗，哈哈哈！……”

“‘生上茶炊，阿甫杰伊奇来啦！’嘿，好家伙！”

村会开始散了。上了冻的木板台阶声音长长地、连续不断地吱嘎吱嘎响着。在村公所门口踩实了的雪地上，司捷潘·阿司塔霍夫正跟荷兰式风磨的主人——一个高个子、长腿的哥萨克——转来转去地在摔跤暖和身子。

“从掌柜的头上跨过去！”围观的哥萨克们出主意说，“司捷潘，把他吃下的麸子全给抖搂出来！”

“你凭力气干不过他！咦，真不机灵！”卡叔林老汉着急地喊着，像麻雀一样忽左忽右地蹦着，因为看得出神，一点没有理会挺不好意思地挂在他那红中透青的鼻子尖上的又大又亮的一滴鼻涕。

八

潘捷莱·普罗柯菲耶维奇开会回来，一直走进他跟老伴住的那间耳房。这几天伊莉尼奇娜身子不舒服。她那水肿的脸上露出疲惫和疼痛的神情。她躺在鼓膨膨的鸭绒褥子上，背靠着竖起来的枕头。她听到熟悉的脚步声，便扭过头来，脸上带着多年来养成的严肃表情，看了丈夫一眼，将目光停在呼气呼潮了的、一直抵到丈夫的嘴的拳曲的下巴胡上，停在跟下巴胡连成一片，潮湿得粘到一起的上嘴胡上，她用鼻孔闻了闻，但闻到的是老头子身上的寒气和羊皮的酸味。“今天他没有喝酒，”她满意地想道，于是把没有打好后跟的袜子连同钩针往自己圆滚滚的肚子上一放，问：

“砍柴的事怎么样？”

“定在星期四。”潘捷莱·普罗柯菲耶维奇捋了捋胡子，“星期四一早就动手，”他又说了一遍，一面坐到靠床的柜子上，“嗯，怎么样？身上是不是轻快一点儿了？”

伊莉尼奇娜的脸色阴沉下来。

“还是那样……骨节里像针扎一样，疼得很。”

“早就对你这个混蛋娘儿们说过，叫你秋天不要下水。既然知道自己有毛病，就别去胡折腾！”潘捷莱·普罗柯菲耶维奇用拐杖在地上画着大圆圈，发起火来，“家里娘儿们还少吗？还有你那该死的麻，偏要去泡麻，这会儿好啦……哎哟——哟，你就受着吧……哼！”

“麻也不能糟蹋掉啊。媳妇们都不在家；格里什卡带媳妇去耕地，彼特罗也带妲丽亚出去啦。”

老头子对着抄起的手掌哈着气，将身子俯到

床上。

“娜塔什卡怎么样？”

伊莉尼奇娜提起精神，带着十分担心的神情说了起来：

“怎么一回事——我不知道。前两天又哭啦。我走到院子里，一看——仓房的门有人开啦。我心想，我去把门关上。就走进去，她正站在粮囤跟前呢。我问她：‘你怎么啦，好孩子，怎么啦？’她说：‘妈妈，头有点疼。’真话是问不出来的。”

“也许是病了吧？”

“不是的，我仔细问过啦……恐怕不是有人说坏话，就是跟格里什卡闹别扭……”

“他是不是……又在往她那儿跑呢？”

“你怎么啦，老糊涂啦！瞧你说的！”伊莉尼奇娜惶恐地拍了一下手，“还有司捷潘呢，他是呆子吗？我没有看见，没有。”

老头子坐了一阵子，就出去了。

格里高力正在自己房里用锉刀锉带螺纹的钓钩上的弯钩。娜塔莉亚给钓钩涂上熬过的猪油，又仔细地用破布将钓钩一个一个地包起来。潘捷莱·普罗柯菲耶维奇一瘸一拐地从旁边走过，留神看了看娜塔莉亚。在她那黄得像秋天的树叶一样的脸上，只有淡淡的一层红晕，显得非常憔悴。这一个月来，她瘦了许多，眼睛里出现了一种异样的、令人怜悯的神情。老头子在门口站了下来。“唉，他对不起媳妇啊！”他又朝俯在板凳上的娜塔莉亚那梳得光光的头看了看，心里想道。

格里高力坐在窗前，用锉刀一下一下地锉着，他的头发在额头上一下一下地跳，就像乱蓬蓬的黑马鬃。

“你他妈的给我放下！……”老头子一阵怒火涌来，涨红了脸，大喝一声，又夹了夹拐杖，撑住胳膊。

格里高力吓了一跳，大惑不解地抬起眼睛看了看父亲。

“爹，我想把两个头儿锉尖些。”

“算了吧，听见没有？收拾一下砍柴的家伙吧！”

“马上就好。”

“爬犁上的板条子一根都没有钉上，他倒锉起鱼钩来啦。”老头子的语气已经平和些了。他说过这话，又在门口捯动着脚站了一会儿（看样子，他还想说点什么），就走了出去。剩下的火气找彼特罗发去了。

格里高力正要穿上皮袄，就听到父亲在院子里嚷起来：

“牲口到现在还没有饮，不成材的东西，你干什么的？……篱笆跟前这一垛草，是谁抽开的？叫你不要动尽边上这一垛，我对你说过没有？……该死的东西，你们把顶好的草都早早地糟蹋掉，到春天耕地的时候，叫牛吃什么？……”

星期四，离天亮还有两个钟头，伊莉尼奇娜就叫醒了妲丽亚。

“起来吧，该生火啦。”

妲丽亚穿着一件小褂跑到灶前。她在小洞里摸到火柴，生起火来。

“你快点做饭。”头发散乱的彼特罗抽着烟，不住地咳嗽着，催促妻子说。

“舍不得叫醒娜塔什卡，不知道她要睡到什么时候呢，没良心的。怎么，我就该撕成两半啦？”睡眼惺忪、一肚子怨气的妲丽亚带着睡意嘟哝说。

“你去叫叫她。”彼特罗说。

娜塔莉亚自己起来了。她穿上小褂，就到棚子里去弄干牛粪块。

“带点儿引火柴来！”大嫂下命令说。

“叫杜尼娅挑水去，听见吗，妲丽亚？”伊莉尼奇娜很吃力地在厨房里移动着脚步，哑着嗓子说。

厨房里又是新鲜啤酒花气味，又是皮马套气味，还有人身上的暖烘烘的气味。妲丽亚来来回回地跑着，跑得毡靴嚓嚓直响，弄得铁锅叮叮当当；她将袖子挽到胳膊肘以上，两个小奶头在粉红色的小褂底下扑扑直跳。婚后生活没有使她憔悴，没有使她消瘦：她高高的、细细的，腰软得像柳树条儿，很像一个未过门的姑娘。走起路来袅袅婷婷，肩膀摇来摆去。遇到丈夫喝叫，她总是微微地笑笑；在两片薄薄的、娇嗔的嘴唇底下，总是露着密密实实的细牙。

“晚上就该把牛粪块放进去。在锅膛里一夜就能烘干。”伊莉尼奇娜不满意地嘟哝说。

“忘啦，妈妈。该我们受罪。”妲丽亚代表大家回答说。

饭做好了，天也亮了。潘捷莱·普罗柯菲耶维奇不顾稀饭烫嘴，匆匆忙忙地吃过早饭。愁眉苦脸的格里高力慢慢地嚼，腮上凸起的两个大包不住地动着。彼特罗却开起玩笑，背着父亲学妹妹吃饭的样子，杜尼娅因为牙疼把脸蛋子捂着呢。

村子里响起爬犁的嚓嚓声。在灰蒙蒙的晨曦中，有几辆牛车朝顿河边走着。格里高力和彼特罗走出来套爬犁。格里高力一面走一面围软软和和的围巾——这是新娘送给新郎的礼物——吞吸着寒冷而干爽的空气。头顶上响起一阵深沉而洪亮的叫声，一只乌鸦从院子上空飞过，翅膀慢慢扇动的沙沙声在冷清清的寒空里显得非常清晰。彼特罗看着乌鸦飞过去，说：

“到南方，找暖和地方去啦。”

在绯红、愉快、像姑娘笑脸一般的云彩后面，一弯细细的月牙挂在天空。烟囱里冒出的炊烟笔直地向上冲去，像个一只胳膊的人伸出胳膊，去够那高不可攀的、金色的、尖尖的月牙儿。

麦列霍夫家对面的顿河还没有封住。贴边的地方已经冻实了，在一片一片的积雪中间，冰面显得绿莹莹的，没有被急流带走的河水在冰底下嬉戏，冒着白泡，河中心再过去一些，靠近左岸，从黑土崖下朝外冒水的地方，有一片又可怕又诱人的深水，在周围一片冰雪当中，显得黑魆魆的；留下来过冬的野鸭，像一颗颗黑黑的麻子一样，在这片水面上钻上钻下的。

过了广场，便是渡口。

潘捷莱·普罗柯菲耶维奇没有等两个儿子，驾着老牛拉的爬犁头里走了。彼特罗和格里高力停了一会儿，也跟着出发了。他们在下坡的地方赶上了安尼凯。安尼凯腰里系着宽宽的绿色腰带，将装了新把子的斧头插在爬犁上，自己跟牛并排走着。他的老婆，一个瘦小多病的女人，赶着爬犁。彼特罗离得老远就喊道：

“伙计，看样子，你带着老婆去啦？”

爱说爱笑的安尼凯跨着舞步走到爬犁跟前。

“带着，带着。带着暖暖脚儿。”

“她身上热气可不多，太瘦啦。”

“我好草好料地喂她，可是她就是不长膘。”

“咱们分的柴是在一段地上吗？”格里高力也从

爬犁上跳下来，问道。

“你要是给我点儿烟抽，就算在一段地上。”

“你呀，安尼凯，生来就是吃别人的东西长大的。”

“偷来和要来的东西，比什么都甜。”安尼凯打着哈哈，笑得他那女人一般的光脸起了皱纹。

他们一起走着。在挂满花边似的霜雪的树林子里，一片白茫茫。安尼凯赶着爬犁在前面走，不住地用鞭子抽打垂在路上的树枝儿。银针似的、松软的雪一团一团地往下掉，落得紧紧裹着身子的安尼凯老婆的身上到处都是。

“别胡闹啦，鬼东西！”她一面抖身上的雪，一面嚷道。

“你叫她鼻子扎到雪堆里去！”彼特罗叫着，为了让牛加快步子，晃了晃鞭子，想朝牛肚子底下打。

在往娘儿沟拐弯的地方，碰上了司捷潘·阿司塔霍夫。他赶着两头卸了套的公牛朝村子里走，跨着大步，走得那钉了掌的毡靴吧嗒吧嗒直响。他那罩了一层霜的拳曲的头发，从歪戴着的皮帽子里耷拉下来，就像一嘟噜白葡萄。

“喂，司捷潘，迷路了吗?”等他来到跟前，安尼凯喊道。

“迷路啦，真他妈的倒霉！……爬犁朝下一滑，撞在树根上，滑木断成了两截。非回去不可。”司捷潘又骂了几句粗话，便在长长的睫毛底下气汹汹地眯缝起明亮而强横的眼睛，从彼特罗身旁走过。

“爬犁扔下啦?”安尼凯回过头来喊道。

司捷潘把手一摆，甩了一鞭，把朝荒地里走的牛赶过来，又朝跟在爬犁后面的格里高力狠狠地看了一眼。快到前面一条沟边的时候，格里高力看到扔在路上的爬犁，爬犁旁边还站着阿克西妮亚。她用左手掩着顿河式皮袄的大襟，望着大路，望着迎面而来的爬犁。

“让开，要不然我就撞上去啦！咳，你呀，可惜不是我的老婆!”安尼凯放声大笑起来。

阿克西妮亚笑着闪到一旁，坐到歪倒在地上、缺一根滑木的爬犁上。

“你老婆跟你坐在一块呢。”

“她硬粘住我，就好比苍耳子粘在猪尾巴上，不然的话我就可以把你带上啦。”

“谢谢吧。”

彼特罗来到她跟前的时候，回头瞥了格里高力一眼。格里高力一面走，一面很不平静地笑着；他的每一个动作中都流露着慌乱和期待的神情。

“你好呀，大嫂。”彼特罗用手套挨了挨帽子，打招呼说。

“托福托福。”

“爬犁坏了，是吗？”

“坏啦。”阿克西妮亚曼声回答，不看彼特罗，却站起来，转身对着快走到跟前的格里高力，“格里高力·潘捷莱耶维奇，有两句话要对您说……”

格里高力转身朝着她，对已经走过去的彼特罗说了一声：

“替我照应一下牛。”

“嗯，好的。”彼特罗歪嘴笑了笑，咂了咂被烟熏得很苦的小胡子。

他们面对面一声不响地站了一会儿。阿克西妮亚担心地四下里望了望，就把潮湿的黑眼睛移到格里高力身上。她又害羞又高兴，脸上火辣辣的，嘴唇都烧干了。她的呼吸又快又短促。

安尼凯和彼特罗的爬犁已经隐没到棕色的小橡树林子后面。格里高力对直地看了看阿克西妮亚的眼睛，看到她的眼睛里燃烧着娇嗔和失望的火焰。

“唉，格里沙，不管你怎么样，反正我没有你就没法活。”她果断地说，说完就紧紧闭起嘴唇，等着他回答。

格里高力没有作声。寂静像铁箍一样箍住了树林。静得一点声息都没有，连耳鸣声都能听得见。大路上爬犁滑出的平平的印子，天空一片片灰色的云块，树林无声无息，睡得死沉沉的……突然一声又响又近的乌鸦叫，好像把格里高力从短暂的沉睡中叫醒过来。他抬起头来，看到一只黑黑的、羽毛黑中带蓝的乌鸦蜷着腿，不出声地飞着，像告别似的扇动着两只翅膀。格里高力连自己也意想不到地说：

“会暖和的。往暖和地方飞呢……”他身子猛地一动，哑着嗓子笑起来。“好啦……”他用沉醉的眼睛里垂得低低的瞳仁偷偷地四下扫了扫，一把将阿克西妮亚拉到怀里。

九

一到晚上，斜眼卢凯什卡家施托克曼住的那间屋子里就坐满了各种各样的人：常来的有贺里散福，有披着油污的上装从磨坊里来的“杰克”，有已经闲了三个月的尖舌头达维德卡，有机器师伊万·阿列克塞耶维奇·科特里亚洛夫，皮匠菲里卡有时候也来，而每天必到的常客则是米沙·柯晒沃依，这是一个还没有服过现役的年轻哥萨克。

起初是打扑克牌，后来有一次施托克曼神不知鬼不觉地拿出一本涅克拉索夫的小书。大家念了念，都觉得很有意思。后来又念尼基丁的书，到圣诞节的时候，施托克曼又让大家念一本没有封面的破旧小册子。负责念书的教会小学毕业生柯晒沃依轻蔑地打量了一下这本油污的小册子，说：

“拿来切面条倒是不错。油太厚啦。”

贺里散福嘎嘎地大笑，达维德卡笑得满脸开花，但是施托克曼等大家笑过，说道：

“念念吧，米沙。这本书是讲哥萨克的。很有意思。”

柯晒沃依把金黄色的头发朝桌前一耷拉，一个字一个字地念道：

“《顿河哥萨克简史》。”他扫了大家一眼，皱起眉头，等候大家的反应。

“念呀。”伊万·阿列克塞耶维奇说。

念了三个晚上。念到普加乔夫的事，念到自由自在的生活情形，念到司捷潘·拉辛和康德拉季·布拉文的事。

后来念到近代的事情。不知名的作者用辛辣而通俗易懂的文笔嘲笑哥萨克的贫困生活，讽刺各种制度和统治方法，讽刺沙皇政府和哥萨克，说哥萨克本身已经成为专制君主雇佣的鹰犬。于是大家都激动起来，一齐争论起来。贺里散福头顶着天花板的斜柱，大声叫了起来。施托克曼坐在门口，叼着带铜箍的烟嘴在抽烟，只用眼睛笑着。

“说得很对！很公道！”贺里散福吼道。

“把哥萨克弄到这种可耻的地步，可不是哥萨克本身的过错。”柯晒沃依困惑不解地把两手一摊，那长着黑眼睛的漂亮的脸也皱了起来。

柯晒沃依矮墩墩的，肩膀和屁股一样宽，因此成了一个长方形；生铁一般牢固的脖根上长着结实的、砖红色的脖子，奇怪的是，这根脖子上长着一颗不太大的、轮廓十分好看的头，那没有光泽的脸很有点女人的样子，那小小的嘴巴露出倔强的神气，浓浓的金黄色鬈发底下是一双黑黑的眼睛。机器师伊万·阿列克塞耶维奇是一个又高又粗的哥萨克，他争论得很凶。他那粗大身躯的每一个细胞都浸透和灌满了哥萨克传统的血液。他忽闪着凸出的圆眼睛，向贺里散福猛烈攻击，维护哥萨克的尊严。

“你简直成了庄稼佬啦，贺里散福，别强辩啦，毫无道理嘛……你身上的哥萨克血，一桶里面只有一滴。你是你妈跟沃罗涅日的鸡蛋贩子生的。”

“你混蛋！……哼，伙计，你太糊涂啦，”贺里散福瓮声瓮气地说，“我说的是实在话。”

“我没有在阿塔曼团当过兵，”伊万·阿列克塞耶维奇挖苦说，“在阿塔曼团当过兵的人，才不是大傻瓜，就是混蛋……”

“别的军队里也有混蛋，浑得还厉害些呢。”

“住嘴，庄稼佬！”

“庄稼佬不也是人吗？”

“他们是用树条子扎的，用树皮蒙的，所以才叫庄稼佬。”

“老兄，我以前在彼得堡当差的时候，各种各样的人都见过。就有过这样一回事儿。”贺里散福说，并且把“事儿”说得特别重，“我们当时担任皇宫的守卫，在宫里站过岗，又到宫外巡逻。骑着马在宫墙上巡逻；两个往那边，两个往这边。碰到一起，就问一声：‘平安无事吗？没有什么骚乱吗？’‘没有事。’说完就又分头巡逻，想站下来说说话都不行。就连人的模样儿都要挑选挑选：叫两个人站在门口，比一比身量，必须一般高才行。黑头发的跟黑头发的配对儿，白的就配白的。不光是头发，脸的模样儿也要相像。就因为这种不讲理的规矩，有一次理发匠把我的胡子都染了。那一次轮到我跟尼基佛尔·梅希里亚柯夫一起站岗，他是我们连里一个捷皮金镇的哥萨克，是个红胡子鬼，谁知道他那胡子是怎么搞的，一直到鬓角，都像着了火一样。找来找去，几个连里都找不到长这种胡子的；于是连长巴尔金就对我说：‘你到理发室去，马上把你的胡子上上下下都染一染。’我去了，好啦，给我染了……等我对着镜子一照，自己都吓呆啦：像着了火一样！简直就像着了火！我把胡子往手心里一抓，好像手指头都烫得疼。噢呀！……”

“喂，你信口开河，离题太远啦！你开头说什么来着？”伊万·阿列克塞耶维奇打断他的话。

“说的是各种各样的人，没有离题。”

“那你就说下去好啦。不然光讲自己的胡子，我们听个屁。”

“我说的是：有一次轮到我骑着马巡逻，我跟一个同伴一起走着，拐角处忽然跑出很多大学生。黑压压的一大片。他们一看到我们，就喊了起来：‘嘎——啊——啊！’接着又喊了一次：‘嘎——啊——啊！……’我们还没有回过神来，就把我们包围住了。一个学生问：‘哥萨克，你们骑马到处转，干什么？’我就说：‘我们是巡逻，你放开缰绳，别抓着！’我于是抓住马刀。这个学生说：‘老乡，你别多心，我是卡敏镇人，是在这儿上大学的……’还说了一些别的话。于是我们又往前走，这时一个大鼻子学生从钱包里抽出一张十卢布钞票，说：‘两位哥萨克，请你们喝几杯，共同纪念先父吧。'他把十卢布钞票递给我们，又从皮包里抽出一张相片，说：'这就是先父，拿去做个纪念吧。'好吧，我们就接了过来，不接是不好意思的。大学生们都走了开去，并且又喊起来：'嘎——啊——啊！'就这样喊着朝涅瓦大街去了。连长带着一排人出了皇宫后门，朝我们奔来。他来到我们跟前，问：'怎么回事儿？'我就说：'一群大学生围住了我们，说起话来，我们本想遵照军事条令举刀砍他们，可是后来他们让开了，我们也就走了。'等到换了班，我们便对司务长说：'卢基奇，这是我们收到的十个卢布，我们要拿来买酒喝，敬祝这位老人家灵魂安息。'并且把相片给他看了看。司务长到晚上弄来不少酒，我们痛痛快快地喝了两天两夜，到后来才知道是上了圈套：那个大学生骗了我们，给我们的相片不是他爸爸的，而是一个领头造反的德国人的。我可是诚心诚意地接下这张相片，还挂到床头上做纪念，我看到，相片上是一个白胡子老头儿，人挺和善，像个买卖人，可是连长仔细一看，却问道：'这张相片你从哪儿弄来的，蠢东西？''是这么回事儿……'我于是说了一遍。他大骂我一通，又打我耳刮子，打了一下，又是一下……并且吼了起来：‘知道吗，这是他们的头领卡尔……’他的姓我不记得啦……咳，姓什么来着，我的记性真差……”

“是卡尔·马克思吗？”施托克曼脸上露着笑，提醒他说。

“哦，哦！……就是他，就是卡尔·马克思……”贺里散福高兴起来，“就是他让我们差点儿遭殃……有时候阿列克塞太子跟少傅们也到我们警卫室里来。他们也可能看到。他们万一看到了，那可怎么办？”

“你总是说庄稼佬好。瞧，他们把你骗得好苦。”伊万·阿列克塞耶维奇嘲笑说。

“可总是喝了十个卢布的酒啊。虽然是为那个大胡子卡尔喝的，可是酒总是喝啦。”

“为他喝酒很值得。”施托克曼微笑着，摩弄着熏黄了的骨头烟嘴上的铜箍。

“他做过什么好事吗？”柯晒沃依问道。

“下一次我来说说，今天太晚啦。”施托克曼用手掌拍了拍烟嘴，把已经熄灭的烟丝磕出来。

在斜眼卢凯什卡家的小屋子里，经过长期的筛选和挑拣，形成了一个由十个哥萨克组成的核心团体。施托克曼是这个团体的灵魂，他顽强地朝着只有他清楚的目标前进。他像小虫儿钻大树一样，一点一点地给他们灌输一些简单易懂的概念和观点，使他们对现有的制度产生憎恶和仇恨。起初他也遇到不信任，就像碰上了冷冰冰的钢铁，但是他不退缩，而是一点一点地钻透了……

十

维奥申镇坐落在左岸带慢坡的沙土地上，紧靠着顿河。这是顿河上游最古老的一个市镇，是彼得大帝时代焚毁的齐高那克镇上的一些居民迁移到这里来，改名为维奥申镇的。这个镇从前曾经是沃罗涅日和亚速海之间水上要道的路标。

顿河在维奥申镇对面就像鞑靼人的弓似的弯了起来，好像要向右拐弯，可是到了巴兹基村跟前又威风凛凛地伸直了身子，带着绿中透蓝的流水，擦过右岸石灰岩的山崖和接连不断的村庄，擦过左岸稀稀拉拉的市镇，向蓝蓝的亚速海奔去。

顿河在霍派尔河河口镇对面跟霍派尔河汇合，在大熊河河口镇对面跟大熊河汇合，一下水势就大了，两岸人烟稠密的村镇也多起来，进入繁荣地区了。

维奥申镇里里外外都是淤积的黄沙土地，是一个没有生气、没有果园的光秃秃的市镇。广场上有一座古老的大教堂，因为年代久远变成了灰色，六条街道顺着顿河排了开来。在顿河从镇边向巴兹基村拐弯的地方，有一道水泊，就像一只袖子伸向白杨树丛里，水泊有顿河水浅时那样宽。水泊的尽头也就是镇的尽头。在金色刺草丛生的小广场上，还有一座教堂，绿色的圆顶，绿色的屋顶，跟水泊对岸丛生的绿杨相映成趣。

维奥申镇以北，是一片淤积的黄中带红的沙土地，有一些长得很不旺盛的小松树，水沟里的水是淡红色的，因为土壤是红色的。在春水冲积的沙土地上，在远处零零落落的沙砾滩上，是稀稀拉拉的村庄、园地、红红的柳丛。

十二月里的一个星期天，从本乡各村来的五百名青年哥萨克黑压压地集合在老教堂对面的广场上。教堂里的弥撒快做完了，已经敲起了唱赞美诗的钟。一位上士——一个威武而年迈的哥萨克，戴着超期服役的袖章——下令“站队”。闹哄哄的人群扩展开来，排成了长长的、很不整齐的两行。几个中士顺着行列跑来跑去，把弯曲得像波浪一样的队伍排排整齐。

“各队注意——意！”一个中士拉着长声喊道，接着用手做了一个不很明确的姿势，又喊道：“每队成两路！……”

乡长服装整齐，穿着崭新的军官大衣，在踢马刺的叮当响声中走进了教堂大门，紧跟在他后面的是军事监督。

格里高力·麦列霍夫跟米佳·柯尔叔诺夫站在一起，小声说着话。

“一只靴子夹脚，简直受不住。”米佳说。

“忍着点儿，就能升大官。”

“马上就要把咱们带进去啦。”

好像是要证实这话似的，上士一面向后退着，用靴后跟转了一下。

“向右——转!”

刷——刷，五百双穿皮靴的脚发出了整齐的响声。

“右转弯，开步——走!”

队伍开进敞开着的教堂大门，从头上摘下来的皮帽子一齐闪动着，脚步声一直响到教堂的圆顶。

格里高力站着，没有去听神甫念的誓词。他看着米佳的脸；米佳疼得皱着眉头，被靴子夹得很疼的那只脚不住地动着。格里高力那举着的一只手都麻了，脑子里各种念头乱七八糟地翻腾着。他走到十字架跟前，一面吻着被很多嘴上的唾沫弄湿了的银片，一面想着阿克西妮亚，想着妻子。一段短短的往事像曲折一现的闪电一样闯入了脑际：树林，褐色的树干披着华丽的白衣，好像套上了豪华的银马套；阿克西妮亚那黑黑的眼睛在毛茸茸的头巾下面闪着湿润而多情的亮光……

又回到广场上。重新排好队伍。一位中士擤了擤鼻涕，悄悄地在制服里子上揩了揩手指头，便开始讲话：

“现在你们已经不是小孩子啦，已经是哥萨克啦。你们已经宣过誓，应当知道自爱自重。现在你们已经长大成人，应当珍惜自己的荣誉，听从父母的教训等等。你们以前是小孩子，打过架，恐怕还在大街上揪过头发，可是从今以后，就要想想将来报效国家的事啦。再过一年，你们就要去服现役啦，”说到这里，中士又擤了擤鼻涕，把手上的鼻涕甩了甩，一面往手上戴漂亮的兔毛手套，一面结束了讲话，“你们的父母该给你们料理料理啦。要准备一匹战马，别的一切也都要准备……现在就这样吧，弟兄们，回家去吧！”

格里高力和米佳在桥头上等到同村的小伙子们来齐，就一同上路了。他们顺着河岸走。巴兹基村上空炊烟缭绕，钟声悠扬。米佳拄着半截疙疙瘩瘩的木棍，一瘸一拐地走在大家的后面。

“把靴子脱掉吧。”一个小伙子劝他。

“脚会冻坏的。”米佳站了下来，犹豫地说。

“穿着袜子走嘛。”

米佳坐到雪地上，费了很大的劲才把一只靴子从脚上脱了下来。他瘸着那只脱掉了靴子的脚向前走去。松软的雪覆盖的大路上，出现了清清楚楚的针织厚毛袜印子。

“咱们走哪一条路？”个子矮矮的、呆头呆脑的阿列克塞·别士尼亚克问。

“顺着河边走。”格里高力代表大家回答。

他们走着，一面说着话，一面互相往路旁推着玩儿。

大家讲好条件，把每个人都推倒在雪堆上一次，并且大家都压在上面，堆成一堆儿。来到巴兹基村和格罗木柯夫村之间，米佳第一个看到一只正在过河的狼。

“伙计们，狼，瞧！……嘘！……”

“啊——呦——呦——呦——呦！……”

“呜嘿！……”

那狼摇摇晃晃地跨着懒洋洋的步子，跑了几俄丈，便在离对岸不远的地方斜着身子站住了。

“套住它！……”

“哈！……”

“嘘，该死的！……”

“米佳，它这是看着你穿着袜子走路，觉得稀奇呢。”

“瞧，斜着身子站着，怕套呢。”

“脖子都不敢扭啦。”

“看啊，看啊，它走啦！……”

好像用天然石雕成的大灰狼，把尾巴伸得像棍子一样，在那里站了一会儿。后来急急忙忙地向旁边一跳，朝岸边柳树林子里跑去。

他们回到村里，天已经黑下来。格里高力踏着冰来到自家的胡同口，走到牲口院子门口。院子里停着卸掉了牲口的爬犁；一群麻雀在篱笆跟前的柴火堆里叽叽喳喳叫着。闻到了家常生活气味、焦煳气味和牲口院子里的水蒸气气味。

格里高力一面上台阶，一面朝窗户里望了望。一盏挂灯把厨房里照得一片昏黄，彼特罗站在灯光下，背对着窗户。格里高力用笤帚扫了扫靴子，在一片热气笼罩下走进了厨房。

“我回来啦。嗯，你们都好吧？”

“你好快啊。大概冻坏了吧？”彼特罗又慌忙又着急地招呼说。

潘捷莱·普罗柯菲耶维奇将胳膊肘支在膝盖上，低着头坐着。妲丽亚用脚踩着嗡嗡响的纺车在纺线。

娜塔莉亚站在桌子旁边，背对着格里高力，连头都没有扭。格里高力迅速地在厨房里扫了一眼，将目光停留在彼特罗身上。从他那焦虑不安的脸上可以看出来：家里出事了。

“宣过誓啦?”

“宣过啦!”

格里高力慢慢地脱衣服，以争取时间，脑子里飞快地搜索着可能造成这种清静和冷脸相迎场面的各种意外事。

伊莉尼奇娜从正房里出来，脸上也带着慌乱不安的神情。

“是娜塔莉亚的事。”格里高力想道，一面挨着父亲在板凳上坐了下来。

“把饭给他端来。”伊莉尼奇娜用眼睛看着格里高力，对妲丽亚说。

妲丽亚停住嗡嗡叫的纺车，轻轻摇摆着肩膀，扭动着苗条的身腰，朝灶前走去。厨房里静极了。一只刚下过羔的母羊正带着小羊羔在地炉跟前呼噜呼噜地取暖。

格里高力喝着菜汤，偶尔拿眼睛看看娜塔莉亚，但是看不到她的脸，因为她侧面朝着他，而且她在打毛线，头垂得很低。潘捷莱·普罗柯菲耶维奇头一个忍受不了这种全家沉默的局面；他喀喀地、很不自然地咳嗽了几声，开言说：

“娜塔莉亚要走啦。”

格里高力把面包屑往一块儿扫着，没有作声。

“这是因为什么？”父亲问道，一面拼命哆嗦着下嘴唇（这是马上要大发雷霆的先兆）。

“我不知道因为什么。”格里高力眯缝起眼睛，把碗推开，画着十字，站了起来。

“可是我知道！……”父亲提高了嗓门儿。

“别吵嘛，别吵。”母亲插嘴说。

“我可是知道因为什么！……”

“我看，这没有什么好吵的。”彼特罗从窗前走到屋子中间，“这是缘分事儿：愿意呢，就一块儿过下去；要是不愿意，就各走各的路。”

“我不怪她。虽说这是败坏门风、伤天害理的事，可是我不怪她：她没有过错，过错全在这个狗崽子身上！……”潘捷莱·普罗柯菲耶维奇指着靠在灶上的格里高力说。

“我对不起谁呢？”

“你心里没有数吗？……你不知道吗，狗崽子？……”

“我不知道。”

潘捷莱·普罗柯菲耶维奇跳起来，把板凳踢翻，直冲到格里高力跟前。娜塔莉亚织的袜子掉在地上，钩针叮当向上一跳；灶旁的小猫听到响声跳了起来，歪着脑袋，弯起爪子推毛线团，一直把毛线团滚到大柜子跟前。

“我现在告诉你，”老头子沉着地、一个字一个字地说，“你要是不跟娜塔莉亚在一块儿过，就给我滚出去，想到哪儿就到哪儿！我的话算数！你滚吧，想到哪儿就到哪儿！”他又用平静的语调说了一遍，便走开去，把板凳扶起。

杜尼娅坐在床上，瞪着滚圆的、惶恐的眼睛。

“爹，我有两句话要说，不是为了气您，”格里高力的声音颤颤的，十分低沉，“不是我要娶亲，是您给我娶的亲。我不喜欢娜塔莉亚。她要是想走，就让她回娘家好啦。”

“你也给我走！”

“我也走！”

“滚你妈的蛋！……”

“我走，我走，不用着急！”格里高力伸手去拉扔在床上的小皮袄袖子，跟父亲一样地冒起火来，气得鼓起鼻孔，浑身哆嗦着。

在他们身上流着同样的、掺杂着土耳其成分的血，所以在这种时候，他们出奇地相像。

“你上哪——哪儿去啊？”伊莉尼奇娜难受得叫起来，抓住格里高力的胳膊，但是他使劲把母亲推开，飞快地抓起从床上掉下来的皮帽子。

“叫他滚，狗东西！叫他滚，该死的！滚，滚，滚！……”老头子吼叫着，把门敞开。

格里高力跑到过道里，他最后听到的是娜塔莉亚的号啕大哭声。

夜晚村子里十分寒冷。黑漆漆的天上落下一片片针状的雪花，顿河上的冰像放大炮一样轰隆轰隆地破裂着。格里高力喘着粗气跑到大门外。在村子的另一头，有许多狗用各种各样的腔调吠叫着；一道道黄黄的灯光射入黑暗中，显得雾蒙蒙的。

格里高力漫无目的地在街上走着。司捷潘家的窗户黑得像漆一样。

“格里沙！”娜塔莉亚那伤心的叫唤声从大门口传来。

“滚你的吧，讨人嫌的东西！”格里高力咬牙切齿地在心里说，一面加快了脚步。

“格里沙，回来吧！”

格里高力一见到胡同口就踉踉跄跄地走了进去，最后一次听到因为离远了显得很低沉的痛苦呼唤声：

“格里什卡，我的亲人啊！……”

他很快穿过了广场，在岔路口停下来，脑子里想着熟识的伙伴们的名字，盘算着在谁家可以借宿。

格里高力选中了米沙·柯晒沃依家。他家住在村外山脚下；母亲、米沙本人和一个小妹妹、两个小弟弟——全家就是这样几个人。他走进院子，敲了敲土坯房的小窗子。

“谁呀？”

“米沙在家吗？”

“在家。你是谁？”

“是我，格里高力·麦列霍夫。”

一会儿，从第一个甜梦中醒来的米沙开了房门。

“是你吗，格里沙？”

“是我。”

“你半夜跑来干什么？”

“让我进去，到屋里再细谈。”

格里高力在过道里抓住米沙的胳膊肘；他恨自己一时找不到适当的话来解释，只小声说道：

“我在你家里睡一宿……我跟家里人吵架啦……你家里怎么样，睡得下吗？……我好说，随便什么地方都行。”

“地方是有的，进来吧。为什么吵架呀？”

“唉，兄弟……以后再说吧……你们的门在哪儿？我看不见。”

给格里高力在大板凳上搭了一个铺。他躺了下来，用皮袄蒙起头，为的是不去听米沙母亲的嘁喳声，她是跟女儿睡在一张床上的。

“家里这会儿怎样呢？娜塔莉亚会不会走呢？好啦，生活要换个样子啦。往哪儿去呢？”他很快地想到一个念头，“明天叫上阿克西妮亚，一块儿上库班去，离开这儿远远的……远远的，远远的……”

在格里高力闭着的眼睛前面，闪过一座座以前从未见过的、带有异乡情调的草原丘冈、村庄、市镇。一座座丘冈、灰茫茫的道路闪过，便是神话般蔚蓝、亲切的地方，还有阿克西妮亚那后来怒放的爱情花朵。

他想着一些即将到来的不可知的事情，心神不宁地睡去。在入睡以前，他拼命地搜索一种在脑子里蠢蠢欲动、晃动不定的东西，却怎么都想不起来。一些念头在蒙眬的状态中又平稳又顺利地前进着，就像一只小船顺流而下，可是忽然撞在什么东西上，好像是搁浅了；觉得很闷，很不自在；他翻来覆去，反复地猜想："怎么回事儿呢？是什么东西挡道呢？"

早晨他醒来，才想了起来："要入伍啦！我跟阿克西妮亚能跑到哪里去呢？春天就要入营受训，秋天就要入伍了……就是这事挡道。"

吃过早饭，他把米沙叫到过道里。

"米沙，你到阿司塔霍夫家去一趟。告诉阿克西妮亚，叫她天一黑就到风磨那里去。"

"司捷潘要是在家呢？"米沙为难地说。

"你想想点子，装作有事。"

"我去一趟。"

“去吧。就说我说的，叫她一定来。”

“好吧。”

黄昏时候，格里高力坐在风磨底下，对着袖筒抽着烟。风磨后面，风在干枯的玉米茎叶中间噼噼啪啪、嗞嗞啦啦地吹着。一块撕破的布片在停着的风磨叶片上扑嗒扑嗒响着。格里高力觉得，好像有一只大鸟扑打着翅膀在头顶上盘旋，飞又飞不掉。阿克西妮亚没有来。西方日落后的天空呈现着淡紫色和暗黄色，东方来的风越来越急，越来越大，黑暗追逐着躲在柳树丛中的月亮，涌了上来。风磨顶上红黄色中夹杂着片片蓝色的天空死沉沉的；村子上空回荡着忙碌的白天的嘈杂声音的余波。

格里高力一连抽了三根烟卷，他把最后一个烟头插到踩实了的雪里，怀着又生气又烦恼的心情四下里望了望。已经隐没的从风磨到村子里去的小路显得像焦油一样黑。看不到一个从村子里出来的人。格里高力站了起来；他伸了伸腰，伸得肩膀咯吧响了两下，便朝挤眉弄眼地在召唤他的米沙家窗户里的灯光走去。他在牙齿缝里吹着口哨，快要走到米沙家院子跟前时，几乎跟阿克西妮亚撞了个满怀。

看样子，她是跑来的，或者是走得太急促，所以喘着粗气，她那鲜嫩而冰冷的嘴里喷出来的不知是风的气息，还是远处细微而清新的干野草气息。

“等了你老半天，以为你不来了呢。”

“好不容易才把司捷潘打发出去……”

“你叫我冻死啦，该死的娘儿们！”

“我身上很热乎，我给你焐一焐。”她敞开顿河式皮袄毛茸茸的大襟，将格里高力包起来，就像蛇麻草缠住了橡树。“喊我来干什么？”

“等一等，给我焐焐手……有人走路。”

“你好像跟家里人吵架了吧？”

“我跑出来啦。已经在米沙家里待了一天一夜……现在像条丧家狗一样了。”

“你现在打算怎么办？”阿克西妮亚把搂着格里高力的两条胳膊松开，冷得哆嗦着裹了裹皮袄大襟，“格里沙，咱们到篱笆跟前去。干什么要站在路当中？”

他们走到边上。格里高力把一堆积雪拨开，背靠在冻得咯吱咯吱响的篱笆上。

“娜塔莉亚回娘家去啦，你不知道吧？”

“我不知道……她应当走。要不然在这里住着有什么意思？”

格里高力把阿克西妮亚冻得冰凉的一只手塞进自己的袖子；他用手握住她的窄窄的手掌，问道：

“咱们怎么办呢？”

“亲爱的，我不知道。你要我怎么办，我就怎么办。”

“能扔下司捷潘吗？”

“毫不含糊。马上走都行。”

“咱们俩不管到哪儿找点事做，都能过下去。”

“格里沙，跟你一块儿去做牛做马都行……只要跟你在一块儿。”

两个人一起暖和着又站了一会儿。格里高力不愿意走，转过头，迎风站着，哆嗦着鼻孔，合上眼皮，没有抬眼睛。阿克西妮亚将脸埋在他的腋下，吮吸着他腋下那种亲切、醉人的汗味，在她那妖媚的嘴唇上荡漾着高兴的、如愿以偿的笑，这笑没有让格里高力看到。

“明天我到莫霍夫家去，也许可以在他那里找点事情做。”格里高力说着，握住了阿克西妮亚那指缝里出汗的手上面的腕子。

阿克西妮亚没有作声。她没有抬头。刚才嘴上的微笑就像被风刮走了似的，像一只被追得走投无路的小野物一样，两只瞪大的眼睛里充满了忧虑和恐怖。“说出来呢，还是不说？”她想起自己已经怀孕，心里想道。“应该说出来。”她刚刚下了决心，可是马上就害怕得哆嗦了一下，又把这可怕的念头赶跑了。她凭女性的本能感觉出，现在还不是说这话的时候，她懂得，这样会永远失去格里高力的，而且她也拿不准，在肚子里蠕动的孩子究竟是他们两个中哪一个的，所以多了一个心眼儿：她没有说。

“你哆嗦什么？冷吗？”格里高力问道，一面用皮袄大襟把她裹了裹。

“有点儿冷……格里沙，该回去啦。司捷潘要是回来，一看到我不在家，会起疑心的。”

“他上哪儿去啦？”

“我好不容易把他打发到安尼凯家里打牌去啦。”

他们分手了。格里高力的嘴唇上还留着她的嘴唇的醉人气息，那不知是冬天的风的气息，还是春雨浇过的野草那种遥远而神秘的气息。

阿克西妮亚拐进了小胡同；她弯着腰，几乎跑了起来。在不知谁家的一口井的对面，牲口把秋天的泥巴地踩得稀烂的地方，她一只脚在冻实的土疙瘩上滑了一下，扑通一声摔倒了，只觉肚子钻心一样地疼，便紧紧抓住了篱笆桩子。疼痛过去，可是腰侧却有一样活东西转来转去，又凶猛又强烈地跳动起来，一连跳动了好几下。

十一

第二天早晨，格里高力来到莫霍夫家里。谢尔盖·普拉托诺维奇刚从店里回来喝茶。他和阿杰平一起坐在裱糊着橡树花纹的贵重花纸的饭厅里，慢慢地喝着深红色的酽茶。格里高力把帽子放在堂前，走进饭厅里。

“我来找您的，谢尔盖·普拉托诺维奇。”

“噢，你好像是潘捷莱·麦列霍夫的儿子呀。”

“是的。”

“你有什么事？”

“我想求求您，能不能让我做个长工？”

格里高力听到吱呀一声门响，转过头去。一位身穿绿色制服、戴着中尉肩章的青年军官，手里拿着一张折成四折的报纸，从大厅里走了出来。格里高力认出他就是去年赛马时输给米佳·柯尔叔诺夫的那个军官。

谢尔盖·普拉托诺维奇一面给军官推过一把椅子，一面说：

“怎么，你父亲穷啦，要儿子出来做雇工？”

“我不跟他一块儿过啦。”

“你分出来啦？”

“是的。”

“我倒是高兴收留你，我知道你们一家都是吃苦耐劳的人，可惜我这里没地方好安插。”

“怎么一回事儿？”中尉朝桌子跟前坐了坐，望着格里高力，问道。

“这个小伙子想找事情做。”

“会照应马吗？赶单辕车行不行？”中尉用茶匙在杯子里搅着，问道。

“行，我家就用过六匹马拉的单辕车。”

“我需要一个车夫。你的条件呢？”

“我要的工钱不高……”

“要是这样的话，明天你就到我父亲的庄子上来吧。知道李斯特尼次基·尼古拉·阿列克塞耶维奇的庄子在哪儿吗？”

“我知道，就这样吧。”

“离这儿十二俄里。你明天一早去，到那儿再谈吧。”

格里高力踌躇了一下子，已经抓住了门把手，又说道：

“劳驾，请您出来一下，我还有话要跟您说……”

中尉跟着格里高力来到幽暗的过道里。透过毛玻璃从阳台上射进来的微弱光线，变成了粉红色。

“怎么回事儿？”

“我不是一个人……”格里高力的脸涨得通红，“我还带一个娘儿们。是不是也给她找点什么事干？”

“老婆吗？”中尉扬了扬被亮光照成了粉红色的眉毛，笑着问道。

“别人的老婆……”

“哦，是这么回事儿呀。那好吧，让她在厨房里打杂吧。可是，她的男人在哪儿呢?”

“就在这里，是本村的。”

“怎么，你把有夫之妇拐出来啦?”

“是她自己跑出来的。”

“倒是一桩风流韵事。好吧，明天你来。现在请便吧，老弟。”

早晨八点钟左右，格里高力来到李斯特尼次基家的庄园亚戈德庄。一座很大的庄院，四周围着泥灰剥落的砖墙，院子里纵横交错地散布着许多房屋棚舍：一座瓦顶的厢房，厢房正中有砖砌的字样“一九一〇年”，有下房、浴室、马棚、鸡窝、牛棚、长长的仓房、车棚。主房又大又古老，坐落在丛丛花木中间，靠院子的一面是花坛。房子后面，已经落光了叶子的一大片白杨和柳树，像一道灰墙似的矗立着，树顶上有不少白嘴鸦的老巢，好像一顶顶棕色的皮帽。

在门外迎接格里高力的是一群黑色的克里米亚种猎狗。一条瘸腿的老母狗，眼睛里像老奶奶一样流着泪水，第一个走过来把格里高力上上下下闻了一遍，然后垂下干瘦的头，跟在他后面。女厨子正在下房里跟一个满脸雀斑的年轻丫头吵嘴。一个厚嘴唇、高身量的老头子坐在门口抽烟，喷出来的烟气像罩子一样，把他罩在里面。丫头把格里高力带进房里。堂前有一股狗臭味和没有干透的兽皮气味。桌子上放着双筒猎枪的枪套和一个猎袋，猎袋上的绿丝穗头已经残缺不全了。

“少爷叫你上他房里去。”丫头从旁边的门里探出头来说。

格里高力担心地看了看自己的脏靴子，便朝门口走去。

中尉躺在靠窗放着的一张床上；被子上放着一个装着卷烟纸筒和烟丝的盒子。中尉卷好一根卷烟，扣起白衬衣领子，这才说：

“你真早啊。等一等吧，我父亲一会儿就来。”

格里高力在门口站了下来。过了一会儿，堂前咯吱咯吱响的地板上，响起嚓嚓的脚步声。一个浑厚而低沉的声音对着门缝问道：

“还在睡吗，叶甫盖尼？”

“您请进吧。”

走进来的是一个穿着黑色的高加索毡靴的老头

子。格里高力从侧面看了看他，首先进入眼帘的是一条歪歪扭扭的细鼻子和鼻子下面那抽烟熏黄了的宽宽的半圆形白胡子。老头子个头儿很高，瘦瘦的，肩膀宽宽的。那长长的骆驼绒上衣穿在身上显得松松的，领子像绳套一样紧紧勒着他那皱皱巴巴的棕色脖子。两只失去神采的眼睛离鼻梁很近。

“爸爸，这就是我给您找的车夫。是一个好人家的小伙子。”

“谁家的？”老头子用沉雷一般的声音嗡嗡地问道。

“麦列霍夫家的。”

“哪一个麦列霍夫家？”

“是潘捷莱·麦列霍夫的儿子。”

“我认识普罗柯菲，潘捷莱我也认识。瘸得很厉害，不是吗？”

“一点不错，是瘸子。”格里高力站得笔直。

他想起了父亲讲过的俄土战争的英雄——退休的李斯特尼次基将军的一些事。

“为什么要出来帮工？”上面又响起轰隆声。

“我不跟父亲在一块儿过啦，大人。”

“如果你靠伺候人混日子，算得上一个什么样的哥萨克呢？父亲把你分出来，难道什么都没有给吗？”

“是的，大人，没有给。”

“那就是另外一回事儿了。你跟妻子一块儿出来帮工吗？”

中尉猛然咯吱咯吱地晃了两下床。格里高力瞥了一眼，看到中尉在挤眼睛，直点头。

“是的，大人。”

“不要什么大人不大人的。我不喜欢！工钱——一个月八卢布。这是给两个人的。你妻子就给家里干活的和短工们做饭。同意吗？”

“好吧。”

“明天就到庄上来吧。就住在以前车夫住的那间下房里好啦。”

“您昨天打围怎么样？”儿子问老头子，同时两只窄窄的、毛茸茸的脚也踩到地毯上。

“从响谷里撵出一只狐狸，一直追到树林子里。老东西不见了，猎狗扑了个空。”

“卡兹别克还瘸吗？”

“它原来是骨头脱了节。你快起来吧，叶甫盖尼，饭要凉啦。”

老头子转身朝着格里高力，弹了一下干得皮包骨头的手指。

“开步——走！明天八点钟以前到这儿来。”

格里高力走出大门。那群猎狗正躺在仓房后面一块没有雪的地方晒太阳。那条眼睛像老奶奶一样的老母狗小步跑到格里高力跟前，在他背后闻了一通，便无精打采地垂下头，一步一步地跟着他走，一直把他送到第一个山谷口，然后才回去。

十二

阿克西妮亚老早就把饭做好，把灶里的炭火扒了扒，把烟囱堵上，等到把碗碟洗好，就透过小窗户朝院子里望了望。司捷潘正站在靠着麦列霍夫家的篱笆脚下的一堆檩条跟前。他那硬邦邦的嘴唇角上叼着已经熄灭了的烟卷，他正在檩条中间挑选合适的柱子。板棚的左角塌下来了，必须栽上两根结实的柱子，再把原来的芦草盖上。

早晨一起来，阿克西妮亚的两个腮蛋子就红扑扑的，眼睛放射着青春的光彩。这种变化没有躲过司捷潘的眼睛；在吃早饭的时候，他问道：

“你怎么啦？”

“我怎么？”阿克西妮亚的脸一下子全红了。

“你的脸光闪闪的，好像擦了一层素油。”

“锅膛里的火烤的……头都烤昏啦。”她转过脸去，眼睛偷偷地朝窗外扫了扫：米沙·柯晒沃依的妹妹来了没有？

米沙的妹妹天快黑的时候才来。等得疲惫不堪的阿克西妮亚一下子振作起精神。

“你找我吗，玛沙？”

“你出来一下。”

司捷潘正对着砌在白炉壁上的破镜子梳头，又用牛角小梳子梳理栗色小胡子。

阿克西妮亚担心地朝丈夫看了一眼。

“你好像要上哪儿去吧？”

司捷潘没有马上回答，他把小梳子放进裤子口袋，从炉龛里拿出一副纸牌和烟荷包，这才说：

“到安尼凯家里去坐一会儿。”

“你什么时候才能赌够呢？打起牌来，命都不要，没有哪一夜不赌。天天都要赌到鸡叫。”

“好啦，够了，别啰唆啦。”

“又是去打二十一点吗？”

“别啰唆起来没有完啦，阿克秀莎。瞧，人家等着你呢，去吧。”

阿克西妮亚侧身来到过道里。红扑扑的脸上到处是雀斑的玛莎笑嘻嘻地在门口迎住她。

“格里高力回来啦。”

“怎么样？”

“他叫你天一黑就上我们家去。”

阿克西妮亚抓着玛莎的手，把她朝门口推了推。

“小声，小声点，好妹妹。他怎么样，玛莎？是不是他还有别的话？”

“他说，叫你把要带走的东西都带上。”

阿克西妮亚浑身又像火烧，又打哆嗦，望着门口，捯换着两只脚，头来回转悠着。

“天啊，我怎么搞呀？……嗯？太仓促啦……唉，我怎么办？等等，你告诉他，说我就来……噢，他在哪儿等我呀？”

“在我们家里。”

“哎呀，不行！……”

“好吧，不要紧，我告诉他，叫他出来好啦。”

司捷潘穿好上衣，凑到挂灯上吸烟。

“她来干什么？”他一口烟抽过，问道。

“谁呀？”

“柯晒沃依家的玛莎呀。”

“噢，她找我有事……要我给她裁一条裙子。”

司捷潘一面吹着烟卷上的黑灰，朝门口走去……

“你先睡吧，别等我啦！”

“那好吧。”

阿克西妮亚趴在结满冰花的窗子上，在大板凳跟前跪了下来。正往外走的司捷潘的脚步声在通往篱笆门的小路上咯吱咯吱地响了起来。风卷起烟卷上的火星并且吹到了窗户上。阿克西妮亚透过玻璃上圆圆的一片没有冰花的地方，借着烟卷的闪光，有一小会儿看到了紧压着硬邦邦的耳朵的皮帽边儿和黑乎乎的腮。

她匆匆忙忙地把自己当年的嫁妆：裙子啦，褂子、头巾啦，从箱子里翻了出来，放进一条大披巾里，又喘着粗气，瞪着慌乱的眼睛，到厨房里最后看了一遍，把灯熄掉，便跑到台阶上。麦列霍夫家有人出来看牲口。阿克西妮亚等到脚步声没有了，才把门钩儿挂到门鼻儿上，夹紧包袱，朝顿河边跑去。一绺一绺的头发从绒毛头巾底下耷拉下来，擦得两腮痒酥酥的。她来到柯晒沃依家后门口，已经没有力气了，她十分吃力地挪动着两条灌了铅一般的腿。格里高力正在门口等她。他接过包袱，一声不响地带着她朝草原上走去。

穿过了场院，阿克西妮亚放慢脚步，拉了拉格里高力的袖子。

“等一下子。”

“有什么好等的？月亮一下子还出不来，应当赶快走。”

“等等吧，格里沙。”阿克西妮亚弯下腰站住了。

“你怎么啦？”格里高力俯下身子看着她。

“没什么……肚子有点疼。刚才拿东西弄的。”阿克西妮亚舔着火烧火燎的嘴唇，眯着疼得直冒火星的眼睛，紧紧按住肚子。她弯着腰可怜巴巴地站了一会儿，然后一面把耷拉下来的头发往头巾里面塞着，一面又往前走。

“好，没事啦，走吧！”

“你也不问问我把你带到哪儿去。万一到前面崖头上，我把你推下去呢？”格里高力在黑暗里笑着说。

“我反正都一样。已经闹成这样子啦。”阿克西妮亚的话音中带着很不愉快的笑……

这天夜里，司捷潘跟往日一样，半夜里才回家来。他走进马棚，把被马扒成一堆的干草扔进槽里，摘下马笼头，就走上台阶。“她恐怕是串门子去啦。”他一面摘门钩，一面想道。他走进厨房，把门掩好，擦着一根火柴。他今天是赢家（赌的是火柴），所以心平气和，就想睡觉。他点上灯，看了看厨房里丢得乱七八糟的东西，没有想到是怎么回事。等他来到正房里，才有点吃惊起来。箱子大开着，像黑洞洞的大嘴一样，地上扔着在慌乱中忘记带走的老婆的一件旧女褂。司捷潘急忙脱下皮袄，跑到厨房里把灯端来，在正房里看了一遍，全明白了。他把灯一摔，不自觉地从墙上扯下马刀，紧紧握住刀柄，握得手指甲都发了青——用刀尖挑起阿克西妮亚忘记带的那件淡青底色、淡黄色印花的女褂，向上一甩，将刀嗖地一挥。在空中将女褂斩成两半。

他脸色煞白，像疯了似的，就像狼有气不能发泄一样，把斩碎的淡青色布片朝天花板上乱扔；舞着那嗖嗖直响的飞快的钢刀，在空中将布片斩得粉碎。

然后，他扯断刀穗，把刀扔到屋角里，走到厨房里，坐到桌子跟前。他歪着头，用哆哆嗦嗦的铁硬的手指在没有擦净的桌面上抚摩了半天。

十三

从来就是祸不单行。这天早晨，因为盖奇柯一时疏忽，米伦·格里高力耶维奇的一头良种公牛竟抵伤了一匹上等骒马的脖子。盖奇柯脸色煞白，惊慌失措地跑进房来，浑身哆嗦得像打摆子一样。

“糟了，老掌柜！公牛，该死的公牛，真该杀……”

“公牛怎么啦？啊？”米伦·格里高力耶维奇吓

了一跳。

“把骡马脖子弄坏啦……用角抵的……我看……”

米伦·格里高力耶维奇连衣服都没有穿，就跑到院子里。米佳正在井旁边用棍子狠狠地打那头五岁口的红毛公牛。那公牛将脖子下面耷拉着的皱皱巴巴的皮肉贴在地上，拖着在雪地上转，来来回回扭动着垂得很低的头，用腿将雪往后蹬得远远的，像螺丝一样拧着的尾巴周围飞舞着银色的雪粉。它挨了打并不逃跑，只是低沉地哞哞叫着，直蹬后腿，好像要跳起来似的。

它的声音越来越大，变成了呜呜的怒吼。米佳打它的头，打它的腰，声嘶力竭地骂着粗话，丝毫不理睬在后面拉住他的腰带的米海伊。

“算了吧，少东家！……看在救主耶稣面上！……它会抵你的！……老东家，你怎么不管呀？……”

米伦·格里高力耶维奇朝井边跑去。骡马无精打采地耷拉着脑袋，站在篱笆跟前。胯骨旁那又黑又深的凹沟已经汗湿透了，随着呼吸来来回回地动着，鲜血从脖子上往雪地上，往胸前圆滚滚的肉疙瘩上直流。背上和两侧那浅棕色的皮毛像起伏的波浪一样轻轻颤动着，胯沟不住地哆嗦着。

米伦·格里高力耶维奇跑到马前头去看。在分成了两截的脖子上，伤口正冒着粉红色的热气。伤口又长又深，手掌都可以放进去；呼吸的时候一抽搐，那节节疤疤的喉咙管都露了出来。米伦·格里高力耶维奇用手抓住马头上的鬃毛，把垂得低低的马头提了起来。它那闪闪发光的紫色瞳仁直盯着主人的眼睛，好像是在问："这一下该怎么办呢？"米伦·格里高力耶维奇明白这个没有说出声的问题，就叫喊道：

"米佳！叫人煮橡树皮。喂，麻利点儿！"

盖奇柯跑去剥橡树皮，跑得那脏脖子上的三角形喉结直哆嗦。米佳回头看着在院子里打转转的公牛，走到父亲跟前。那红红的公牛在白茫茫的雪粉伴随下，在院子里打着圈圈儿，气势汹汹地、不住声地吼叫着。

"抓住马鬃！"父亲命令米佳，"米海伊，快去拿根小绳子来！快，该打的东西！……"

把骒马那柔滑的、长着稀稀拉拉长毛的上嘴唇缠了起来，为的是叫马不感到疼痛。格里沙加爷爷来到跟前。这时端来一花碗用橡树皮熬的汤。

“凉一凉，太烫啦。听见没有，米伦？”

“爹，您行行好，到屋里去吧！在这儿您会着凉的！”

“我叫你凉一凉再给它喝嘛。你想把马烫死吗？”

把伤口洗干净了。米伦·格里高力耶维奇用冻僵的手指头把一根粗线穿到大针上，亲自缝起来。伤口变成了一行很漂亮的针脚。米伦·格里高力耶维奇还没有离开井台，卢吉尼奇娜就从屋里跑来了。她那苍白、干瘪的两腮皱了起来，露出惶恐的神情。她把丈夫叫到一旁。

“娜塔莉亚回来啦，孩子的爹！……哎呀，我的天啊！”

“回来又怎样？……”米伦·格里高力耶维奇发急地说，他那白脸上的麻子变成了灰白色。

“因为格里高力……女婿从家里跑掉啦！”卢吉尼奇娜大张开两条胳膊，就像白嘴鸦要起飞时那样；两手在大襟上一拍，就尖声叫了起来，“要叫村里人笑话死啦！……当家的呀，天啊，多么倒霉啊！……哎呀，噢呀！”

娜塔莉亚裹着头巾，穿着小棉袄，站在厨房当中。两颗泪珠儿汪在鼻梁旁边，还没有掉下来。她的脸蛋子像炉壁一样红。

“你干什么来啦？”父亲一面往厨房里走，一面责问，“男人打你了吗？闹别扭啦？……”

“他跑掉啦，”娜塔莉亚打了一下哽，把冲到喉咙口的哭声咽下去，轻轻晃了两下，跪到父亲的面前，“我的爹呀，我这一辈子完啦！……叫我回来吧！格里什卡跟他的相好的跑掉啦！……剩下我一个人啦！我的爹呀，我叫人家欺负够啦！……”娜塔莉亚一连声地数落起来，一说起来就没完没了，并且用祈求的目光朝上望着父亲那一团红胡子。

“有这等事，哼，等着瞧吧！……”

“在那儿过不下去啦！把我接回来吧！……”

娜塔莉亚很快地爬到大箱子跟前，把哭得直打哆嗦的头一下子用手抱了起来。她的头巾溜到了背上，梳得光光的修直的黑发披散到苍白的耳朵上。沉痛的时候要哭，就像春旱时需要雨一样；母亲把娜塔莉亚的头放到自己干瘪的肚子上，边哭边数落，东一句西一句，唠唠叨叨，七扯八拉；米伦·格里高力耶维奇却耐不住了——一下子冲到台阶上。

“牵两匹马把爬犁套上！……套上辕马！……”

一只公鸡正在台阶旁边郑重其事地跟母鸡交配，听到高声喝叫吓了一跳，从母鸡身上跳下来，摇摇晃晃、一瘸一拐地从台阶跟前朝仓房走去，一路上咕嗒咕嗒叫着，表示很不高兴。

“快套上！……”米伦·格里高力耶维奇用靴子狠踢台阶上的雕花栏杆，直到盖奇柯慌慌张张地从马棚里牵出两匹铁青马，一面走着一面把马套上，他才离开那踢得不像样子的栏杆，走进屋里。

米佳和盖奇柯一起去取娜塔莉亚的东西。盖奇柯一不留神，爬犁撞倒了一头没有来得及从路上躲开的小猪，因为他在想着自己的心事：“也许，因为出了这件事，东家会忘记骒马的事吧？”他高兴起来，松了松缰绳。

“这黑心肠的家伙，他才不会忘呢！……”又出现了一个念头，于是盖奇柯脸色阴沉下来，撇了撇嘴。

“跑快点，鬼东西！……我揍死你！”他集中精神甩手一鞭，特意朝马的要害处打去。

十四

叶甫盖尼·李斯特尼次基中尉在御林军阿塔曼团当差。他在军官赛马时落马，跌断了左前臂。出了军医院后，请了一个半月的假，就到父亲的亚戈德庄上来了。

多年丧偶的老将军独身一个住在亚戈德庄上。在上一世纪[①]的八十年代，他的夫人死在华沙郊外。有人朝这位哥萨克将军开枪，打中了将军夫人和车夫，轿车上打了许多窟窿，将军却安然无恙。夫人留下了当时只有两岁的儿子叶甫盖尼。这事发生以后不久，他就呈请辞职，搬到亚戈德庄上来住（他的四千俄亩土地，还是他的曾祖父因为参加一八一二年的卫国战争得到的封地，都在萨拉托夫省），过起了清心寡欲的日子。

儿子一长大，他就把儿子送进中等武备学校，

①这里是指十九世纪。

自己一心经营家业：繁殖起良种牲畜，他从皇家养马场买来千里马做种马，让这些马跟英国的和顿河普洛瓦里养马场的良种母马交配，就得到特别的马种。他在自己的哥萨克份地和买来的土地上养牲口，用别人的手种庄稼，冬天和秋天带上猎狗去打猎，有时也一个人关在洁净的客厅里，一连喝上几个星期。使他伤脑筋的是，他的胃病非常厉害，遵照医生的严格限制，他不能把嚼过的食物咽下去；嚼一阵，把汁水嚼出来，然后把嚼烂的东西吐到一个银盘子上，这盘子一直由庄稼汉出身的年轻仆人维尼阿民伸着手在旁边托着。

维尼阿民傻头傻脑，黑乎乎的，圆圆的脑袋上长的好像不是头发，而是一片黑黑的天鹅绒。他在李斯特尼次基老爷跟前已经干了六年。起初叫他端着银盘子站在将军跟前，他看到老头子把嚼得湿漉漉、灰乎乎的东西吐了出来，不能不感到恶心，到后来也就习惯了。

庄子里的用人，除了维尼阿民以外，还有厨娘鲁凯莉亚、苍老的马夫萨什卡、专管牧放牲口的季杭、刚来上工的车夫格里高力和阿克西妮亚。虚胖、麻脸、大屁股、很像一块没有发起的黄面团一样的鲁凯莉亚，一开头就不叫阿克西妮亚干灶上的活儿。

“到夏天老爷雇短工的时候，你再来做饭吧，眼下我自己忙得过来。”

阿克西妮亚的职责是每星期把各个屋子里的地板擦三次，喂养几群家禽，打扫家禽棚舍。她干活儿十分热心，尽量使大家都满意，连鲁凯莉亚也不例外。格里高力大部分时间是在宽敞的木头马棚里跟马夫萨什卡一同度过。老头子已经活到须发全白了，但还是叫萨什卡。从来没有人尊称过他的父名，至于他的姓，恐怕连他服侍了二十多年的李斯特尼次基老爷都不知道。他年轻时候是当车夫的，可是到了晚年，力气和眼力都不行了，就改做马夫。他身材短小，满身都是白中泛绿的长毛（连手上也长着白毛），鼻子在小时候就被木槌打扁了，他总是到处眨巴着天真无邪、眼圈红红的眼睛，带着孩子般纯真的笑。毁坏了他那端正的面孔的，不光是一道上翻的扁鼻子，还有被直通下面的一道伤疤弄得不像样子的下嘴唇。在他当兵的时候（萨什卡是包古查尔出生的俄罗斯人），有一回喝醉了，他抓起一瓶王水，当成了普通的烧酒，那火一样的药水穿透下嘴唇，一直向下巴流去。药水流过的地方，留下了一道斜斜的、不再长毛的、可笑的粉红色伤疤，好像是一只看不见的小野兽舔了舔萨什卡的大胡子，留下了那细细的锯齿形舌头的印子。萨什卡常常喝酒解闷儿，酒一下肚，他就要在庄园的院子里走来走去，想到哪儿就到哪儿，有时在老爷卧室的窗户下面站站，在自己那可笑的鼻子前面滑稽地转悠着手指头。

“尼古拉·阿列克塞耶维奇！尼古拉·阿列克塞耶维奇，听见吗?”他厉声唤道。

老爷这时候如果在卧室里，就会走到窗前来。

“你吃饱啦，不值一钱的东西?”老爷对着窗口大声喝道。

萨什卡提着直往下掉的裤子，不住地挤眼睛，诡秘地笑着。笑容斜斜地穿过他整个的脸：从眯起的左眼直到右嘴角以下的粉红色的伤疤。这笑容是横着的，但也是愉快的。

“尼古拉·阿列克塞耶维奇，老爷，我可是了解你啊！……”萨什卡一面蹦跳着，竖起又细又脏的手指头比画着。

“快去睡会儿吧，”老爷用熏黄的手指捻着耷拉下来的胡子，无可奈何地笑着说。

“什么都瞒不了我萨什卡！”萨什卡大笑着，朝花坛走去，“尼古拉·阿列克塞耶维奇，你呀……跟我一样。我和你，就像鱼和水一样。鱼喜欢钻水底，咱们喜欢上……场院。咱们都是财主，嘿！……”萨什卡叉着两条腿，张开两只手拍了拍，“大家都知道咱们，全顿河省都知道。咱们……”萨什卡的声音中露出伤感和拉近乎的意味，“咱们呀，老爷，什么都好，就是咱们的鼻子是臭的！”

“为什么？”老爷稀奇地问道，脸笑得变成了瓦灰色，上下胡子都抖动着。

“因为喝酒啊！”萨什卡清清楚楚地说，一面不住地眨巴眼睛，用舌头舔着顺着粉红色伤疤的沟往下流的唾沫，“你呀，尼古拉·阿列克塞耶维奇，别喝酒啦。要不然咱们就完蛋啦！咱们会把家产喝光的！……”

“去吧。给你，拿去醒醒酒吧。”

老爷从窗户里扔出一个二十戈比的硬币。萨什卡在半空中接住，藏到帽子底下。

“好啦，再见吧，将军。”他叹了一口气，转身就走。

“马你饮了吗？”老爷老早就堆起笑，问道。

“啰唆鬼！狗崽子！”萨什卡红着脸，声嘶力竭地大叫起来。他气得像打摆子一样直哆嗦，“萨什卡会忘记饮马吗？嗯？我就是要死，也要爬着去弄桶水来饮饮，可是他，哼，真想得出！……真也是！……”

萨什卡觉得受了不应有的委屈，气嘟嘟的，骂着娘，挥舞着拳头，做出要打人的样子，走了开去。他发酒疯，跟老爷称兄道弟，都没有事；所以没有事，是因为萨什卡是一个难得的好马夫。冬天和夏天他都睡在马棚里，睡在空栏格子里；谁也没有他会服侍马，他又是马夫，又是马医；每年春天，百花盛开的时候，他就去采集各种药草，在草原上、在干涸的山谷里和潮湿的山沟里挖掘药用草根。马棚里的墙上，高高地挂着一捆捆各种各样叶子的干药草：早春草——是治气肿的，蛇眼草——是治毒蛇咬伤的，阔叶草——是治坏腿病的，生长在树林里柳树根旁边的一种白色小草——是治劳伤的，还有许多不知名字的别的一些药草，那都是可以给马医治各种各样疾病的。

在马棚里萨什卡睡的栏格子里，冬天和夏天都有一股清香扑鼻的气味像蛛网悬在那里一样。木板床上铺着压得像石头一样的干草，干草上蒙的是马衣，床上还放着萨什卡的棉袄，那棉袄里里外外都是马汗味。除了棉袄和一件熟皮小皮袄以外，萨什卡再没有别的家私了。

季杭是一个厚嘴唇、大个头儿、傻里傻气的哥萨克，跟鲁凯莉亚一块儿过，时常无缘无故地暗中怀疑她和萨什卡有关系。每月总有一回，他抓住萨什卡油污的小褂扣子，把他拉到后院里。

“老人家，你别盯着我那个娘儿们啦！”

“这可难说……”萨什卡意味深长地挤挤眼睛。

“你别跟她来往啦，老人家！”季杭恳求说。

“我呀，老弟，就喜欢麻子呢。酒可以不喝，麻子娘儿们可不能不要。麻子越多，越喜欢咱们哥们儿。”

“老人家，你这么大岁数，该害臊才是，可是你不害臊……你呀，哼，还是大夫，还给马治病，还是个懂道理的人呢……”

“我这个大夫可是什么事都干。”萨什卡还是不肯让步。

“别跟她来往吧，老人家！不能这样啊。”

“我呀，老弟，一定要把这个鲁凯莉亚弄到手。你跟这个妖精分手吧，我迟早要夺过来！她是一块葡萄干馅饼。只不过葡萄干抠出来啦，所以才有点儿麻子。我就喜欢这样的！”

“那你就瞧着吧……你可别叫我碰上，我碰上了就把你宰掉。”季杭一面说，一面叹着气从烟荷包里掏出几个铜币。

每个月都是这样。

亚戈德庄上的生活就像吃了昏睡药一样安宁。庄园坐落在一座干涸的山谷里，离大道很远，十分僻静，一到秋天就跟车站和村庄断绝来往。冬天的夜里，躲在黑松林里过冬的狼就出来打食儿，跑到像凸出的沙嘴一样伸进树林里的土冈上，嗥嗥地直叫，吓得马心惊肉跳。季杭常常跑到树林里，用老爷的双筒猎枪打狼，这时鲁凯莉亚就用粗布衣服裹住那厚得像炉壁一样的脊背，瞪着那被肉嘟嘟的麻腮挤成了一条缝的小眼睛，朝黑暗里望着，一动不动地等候着枪响。这时候傻里傻气、秃头秃脑的季杭在她心目中就成了英雄和勇猛无敌的好汉，等到下房的门一响，季杭随着一团热气闯了进来，她才往床里面靠一靠，嘴里不住地说着甜蜜的话，亲亲热热地把冻坏了的心上人搂到怀里。

夏天，在亚戈德庄上一直到很晚还能听得见干活的人的喧闹声。老爷种着四五十俄亩各种各样的庄稼，每年要雇短工来收割。叶甫盖尼夏天有时候到庄上来，在花园里和树林里走走，散散心。早晨就手持钓竿，坐在池塘边钓鱼。他个头儿不高，胸部十分饱满。他留着哥萨克式头发，向右边梳着。军官服一穿，显得非常精神。

格里高力刚带着阿克西妮亚来到庄上的头些日子里，常常到少东家房里去。维尼阿民常到下房里来唤他；他低着毛茸茸的脑袋，笑着说：

“走吧，格里高力，到少爷房里去，他叫我唤你呢。”

格里高力走进去，在门口站了下来。少爷露一露稀稀的大牙齿，用手指指椅子。

“坐吧。”

格里高力坐到椅子边上。

“我们家的马你喜欢吗？”

“都是好马。那匹灰马特别好。”

“你要常常骑骑这匹马。小心点儿，不要大跑。”

“萨什卡老爹对我说过啦。”

“那匹‘大力士’怎么样？”

“是那匹枣红马吗？这匹马我说不准。有一只蹄子裂开啦，该换换掌啦。”

少爷眯缝着锐利的灰眼睛，问道：

“春天你要入营了吧？”

“是的。”

“我去跟村长说说，你就可以不去啦。”

“那我太感激啦。”

两个人都沉默了一会儿。中尉解开制服领子，搔了搔白得像女人一样的胸脯。

“怎么，你不怕阿克西妮亚的丈夫把她夺回去吗？”

“他不要她啦，不会来夺。”

“谁告诉你的？”

“我到镇上去买马掌钉子，看到一个同村的人。他说，司捷潘到处瞎嚷嚷，说‘阿克西妮亚我才一点不稀罕呢。让她走好啦，我再找一个好点儿的’。”

“阿克西妮亚是个漂亮娘儿们。”中尉若有所思地朝格里高力的眼睛上面望着，嘻嘻地笑着说。

“这娘儿们是不错。”格里高力附和说，并且皱了皱眉头。

叶甫盖尼的假期快满了。胳膊已经不用绑扎，可以随便活动和举起，只是胳膊肘还不能打弯儿。

假期的最后几天，他常常到格里高力住的下房里来坐坐。阿克西妮亚已经把脏得长了青苔的小屋子粉刷得干干净净，把窗户也擦洗了，地面也用碎砖铺了。在这间缺少摆设、喜气盈盈的小屋子里，洋溢着有了女人的舒适气氛。地炉里也冒起腾腾的热气。中尉披起罗曼诺夫式蓝呢子皮袄，就朝下房里走来。他专门挑在格里高力忙着侍弄马的时候来。先到厨房里，跟鲁凯莉亚开开玩笑，然后转身就到另一间屋子来了。他坐在地炉旁边的凳子上，弓起脊背，嬉皮笑脸地看着阿克西妮亚。他一来，阿克西妮亚就不知如何是好，打袜子的针在手里不住地哆嗦。

“过得好吗，阿克秀莎？”中尉一面问，一面抽纸烟，喷得满屋子都是青烟。

“谢谢啦。”

阿克西妮亚抬了抬眼睛，碰到中尉那不用言语在诉说心意的、毫不掩饰的目光，脸唰地一下红了。她看到叶甫盖尼·尼古拉耶维奇那火辣辣、亮闪闪的眼睛，觉得又懊恼又不痛快。她驴唇不对马嘴地回答着各种无聊的问题。一心想快点儿走开。

“我走啦，要给鸭子撒点儿食啦。”

“坐一会儿吧，早着呢。”中尉笑着说，并且抖动起紧紧裹在马裤里的两条腿。

他问阿克西妮亚过去的事问了老半天，用他父亲那样的声音低声细气地说一些双关的话，用清亮得像泉水一样的眼睛传送情意。

格里高力做完了事情，回到下房里。中尉这才熄掉刚才眼睛里燃烧着的欲火，请他抽支烟，起身走出去。

“他坐在这儿干吗？”格里高力不看阿克西妮亚，

低声问道。

“我怎么知道呢?”阿克西妮亚想起中尉的目光,很不自然地笑了笑,“他进来,就往这儿一坐,你瞧,格里什卡,就这个样子,”她模仿中尉坐的姿势,学着弓了弓腰,“他坐啊,坐啊,坐得真烦人,膝盖还来回不住地摇晃呢。”

“怎么,是你招他来的?”格里高力凶狠地眯着眼睛说。

“我才不稀罕他呢!”

“哼,叫他小心点儿,要不然我一脚把他踢到台阶下面去。”

阿克西妮亚笑着看了看格里高力,不知他当真说的,还是说着玩儿。

十五

在大斋的第四个星期,冬寒的势头过去。在顿河上,岸边的冰出现了毛边儿,面上已经开始融化的河水出现了一个一个的小孔,膨胀起来,变成了灰白色。一到晚上,山就发出低沉的嗡嗡声,根据老年人的说法，这是严寒的兆头，可实际上解冻的天气一天天来到了。每天清晨，地面有一层薄薄的霜冻，快到中午就融化了，到处散发着早春的气息，还有冻樱桃树皮和霉湿的干草气味。

米伦·格里高力耶维奇着手准备春耕，一天到晚在棚子底下忙活着，安装耙齿，跟盖奇柯一起做了两顶新车篷。格里沙加爷爷在大斋的第四个星期开始做斋戒祈祷。他从教堂回来，脸都冻青了，向儿媳妇诉苦说：

“神甫把我折腾死啦，真是个饭桶，念起经来就像鸡蛋贩子赶车那样，慢吞吞的。真倒霉！”

“爹，您到复活节前一星期再去做祷告好啦，到那时候天气就暖和啦。”

“你给我把娜塔什卡叫来。叫她给我打一双厚点儿的袜子，穿这种露后跟的袜子，就连大灰狼也要冻僵的。”

娜塔莉亚住在娘家，像个临时居住的过客；她总觉得，格里高力会回到她身边的，她一心一意地等着他，不相信理智明明白白告诉过她的事；每天夜里，她忧愁难支，因为受到意想不到的、不应有的欺凌，觉得无限委屈，十分伤心。除此之外，又添了一件事，娜塔莉亚怀着非常恐惧的心情盼着这件事快点过去，每天夜里她急得在自己的闺房里走来走去，就像一只被打伤的麦鸡在山沟里草丛中乱窜。她一回来，米佳就用异样的目光看她，有一天，他在过道里把娜塔莉亚拉住，直截了当地问：

“你想格里高力吧？”

“干你什么事？”

“我想帮你治治相思病……”

娜塔莉亚看了看他的眼睛，猜出他的心思，心里十分害怕。米佳忽闪着绿色的猫眼睛，像切口似的两个瞳仁在过道的黑暗中亮晶晶的。娜塔莉亚把门一拉，跑到格里沙加爷爷住的厢房里，站了老半天，听着自己的心惶惶不安地跳动着。第二天，米佳又到院子里去缠她。他往牲口槽里扔草，弄得他那直直的头发上，那西班牙羊皮帽上，到处都是绿色的草叶。娜塔莉亚在猪食盆边驱赶抢吃猪食的狗。

“娜塔什卡，你不要自己找罪受……”

“我喊爹啦！”娜塔莉亚用手抵挡着，大声说。

“你呀，真傻！”

“走开，该死的！……”

“好啦，嚷嚷什么？”

“走开，米佳！我马上去告诉爹！……你拿我当成什么？咦——咦，真不要脸！……地上有缝，你还不钻进去！”

“地上好好的，没有缝儿嘛。”米佳为了说明地上好好的，用脚跺了跺，并且叉起腰。

“米佳，你别碰我！”

“这会儿我不碰你，到夜里我来。真的，夜里我一定来。”

娜塔莉亚战战兢兢地回到房里。晚上她在大柜子上搭了个铺，让小妹妹陪着自己睡。整夜里她翻来覆去，用惊恐的眼睛朝黑暗处盯着。她准备一听到什么动静，就放声大喊起来，但是打破沉寂的只有睡在隔壁的格里沙加爷爷的呼哧声和睡在旁边的小妹妹偶尔的鼾声。

日子像抖开的线团一样，一天天过下去，她的痛苦无尽无休。

米佳还没有忘掉很久以前求婚时所受到的侮辱，总是愁眉苦脸，一肚子怨气。天一黑就出去玩，很少有早回家的时候，往往是天亮时候才回家。他常跟不三不四的娘儿们鬼混，常去司捷潘家打二十一点。米伦·格里高力耶维奇暂时没有作声，注视着他。

复活节前有一天，娜塔莉亚在莫霍夫的商店旁边碰上了潘捷莱·普罗柯菲耶维奇。他先把她叫住：

“等一下子。”

娜塔莉亚站了下来。她一看到公公那长着鹰钩鼻子的、大致轮廓很像格里高力的脸，就难受起来。

“为什么你不来看看我们这两个老的？”老头子很不好意思地望着她说，好像自己很对不起娜塔莉亚似的，“老婆子很挂念你：不知道你在那儿怎么样……嗯，近来你怎样？”

娜塔莉亚驱除了不必要的窘急心情，恢复了常态。

“谢谢……”她哽了一下（想叫爹），脸一红，叫道，“潘捷莱·普罗柯菲耶维奇。”

“你为什么不来看看我们呀？”

“家里有事……很忙。”

“我们那格里什卡呀，唉！……”老头子难受地摇了摇头，“他把我们害苦了，小畜生……本来你们过得多好啊……”

“没什么好说的，爹……”娜塔莉亚用高亢而冲动的声音尖声说，“看起来，没有这份命啊。”

潘捷莱·普罗柯菲耶维奇看了看娜塔莉亚那泪汪汪的眼睛，急得不知如何是好。她的嘴唇哆嗦着，极力忍着，不叫眼泪掉下来。

“再见吧，好孩子！……你不要为了他难过，不要为了这个狗崽子难过，他连你的一个手指甲都不值。也许，他会回来的。只要我看到他，到那时候我来收拾他！”

娜塔莉亚把头缩进肩膀，走了开去，好像挨了打似的。潘捷莱·普罗柯菲耶维奇在原地踏着步子待了半天，好像马上要大跑起来似的。娜塔莉亚在街口转弯的时候，回头看了看：公公正吃力地拄着拐杖，在广场上一瘸一拐地走着。

十六

在施托克曼处聚会的次数少些了。春天要到了。

村里的人都在为春天的农活儿做准备；常来的只有磨坊里的“杰克”、达维德卡和机器师傅伊万·阿列克塞耶维奇。复活节前的那个星期四，向晚时候，他们集合在铁匠作坊里。施托克曼坐在铁匠案子上，用小锉子在锉一枚用半卢布银币做成的戒指。一缕夕阳射进窗来。地上印下一个朦朦胧胧、红中带黄的方块。伊万·阿列克塞耶维奇手里玩弄着一把老虎钳子。

“前两天我去找过东家，跟他谈了谈活塞的事。要送到米列洛沃去，到那里可以弄好，我们能有什么办法？裂缝已经有这样宽啦。”伊万·阿列克塞耶维奇用小指头不知是对谁比画着裂缝的宽度。

“那儿好像有个工厂吧？”施托克曼一面问，一面锉着，手指头上落满细细的银粉。

“有个钢厂。去年我曾经去过。”

“工人很多吗？”

“多得不得了。四五百人。”

“嗯，他们怎么样？”施托克曼在锉着，脑袋一颠一晃的，因此说出来的话就成了一个字一个字的，就像结巴说的话一样。

“他们倒是过得很舒服。这可不是无产阶级啦，简直是……废料。”

“这是为什么呢？”“杰克”问道。他跟施托克曼坐在一起，将短短的手指头交叉着放在膝盖下面。

磨粉工人达维德卡的头发里落满了面粉，变成了满头白发，他在作坊里来回走着，皮靴踩得沙沙响的刨屑像泡沫一样四处飞溅，他面带笑容，倾听着那清脆的、带有香味的沙沙声。他觉得好像是在红叶遍地的山沟里走，树叶软软和和的，树叶下面那潮湿的山沟土地还带着青春的弹性。

“这是因为，他们都很富裕。每个人都有自己的房子、老婆，应有尽有。并且他们有一半是洗礼派教徒。厂主本人就是他们的传教士，所以他们彼此彼此，扯都扯不清。”

“伊万·阿列克塞耶维奇，什么叫洗礼派教徒？”达维德卡听到这个生疏的字眼儿，便问道。

“洗礼派教徒吗？他们信奉上帝有自己的一套规矩。就像旧教徒那样。”

“各种傻瓜发疯的方式各不相同。”“杰克”加了一句。

“噢，刚才我说，我去找谢尔盖·普拉托诺维奇，”伊万·阿列克塞耶维奇把刚才说开了头的事说下去，“‘擦擦’阿杰平在他那儿坐着呢。他说：‘你在过道里等一等。’我就坐下来，等着。我隔着门听见了他们说的话。东家对阿杰平说，很快就要跟德国人打仗啦，还念了一本小册子上的一段话，可是，你知道吗，‘擦擦’怎样说？他说：‘你说要打藏（仗），我可不赞层（成）你的说法。’”伊万·阿列克塞耶维奇学阿杰平学得很像，逗得达维德卡张开大嘴，发出嘎嘎的笑声，但是，一看到“杰克”那厌恶的脸色，就不笑了。

“他说：‘德国人不会跟俄国打（仗）的，因为他们次（吃）的粮食靠我们供应。’”伊万·阿列克塞耶维奇继续转述他听来的谈话，“这时候又有一个人插嘴说话，从声音上我没有听出是谁，后来才知道那是李斯特尼次基老爷的儿子，是一个军官。他说：‘德国和法国为争葡萄地会打仗的，我们打仗毫无来由。’”

“奥西普·达维陀维奇，你以为怎样？”伊万·阿列克塞耶维奇向施托克曼问道。

“我可不会预言。”施托克曼模棱两可地回答说，一面聚精会神地望着伸出的手上的已经做好的戒指。

“他们要是打起仗来，咱们都要上战场。不管你愿意不愿意，都要去，强迫你去。”“杰克”发表议论说。

“是这样，伙计们，就是这么回事儿……”施托克曼说着，轻轻地从伊万·阿列克塞耶维奇手中抽出老虎钳。

他说得很严肃，显然是要把事情透彻地说一说。“杰克”把从案子上溜下来的两腿蜷舒服些，达维德卡的嘴巴张圆了，露出了沾满唾沫的密密的牙齿，施托克曼用他素有的洪亮声音、明确的语句简单扼要地讲了讲资本主义国家争夺市场和殖民地的斗争。快要讲完的时候，伊万·阿列克塞耶维奇激动地打断了他的话：

“等一等，这跟咱们有什么相干？”

“他们一打起来，倒霉的就是你和你这样的弟兄们啦。”施托克曼笑着说。

“你真是个小孩子，”“杰克”挖苦说，“有句老话：‘主子打架，奴仆保不住头发。’”

“哦——噢。”伊万·阿列克塞耶维奇皱起眉头，思索起他实在想不通的一大难题。

“这个李斯特尼次基为什么要跑到莫霍夫家里去？是不是想搞搞他的女儿呀？”达维德卡问道。

“已经叫柯尔叔诺夫家的小子搞烂啦。”“杰克”说得非常难听。

“听见吗，伊万·阿列克塞耶维奇？那个军官在那儿转悠什么？”

伊万·阿列克塞耶维奇猛地一抖，好像有人用鞭子朝他膝盖下面抽了一下。

“啊？你说什么？”

“你睡着啦，大叔！……在讲李斯特尼次基呢。”

“他是上车站去。对啦，还有一件新闻哩：我从里面出来，看到台阶上有一个人，你们猜是谁？是格里高力·麦列霍夫。他手里拿着鞭子站在那里。我问：‘你在这儿干什么，格里高力？’‘我送李斯特尼次基少爷上米列洛沃车站去。’”

“他在他们家赶车呢。”达维德卡插嘴说。

“吃起老爷的残羹剩饭来啦。”

“‘杰克’，你就像条锁在链子上的狗，见人就咬。”

大家沉默了一会儿。伊万·阿列克塞耶维奇站起来要走。

“你不是忙着去做祷告吧？”“杰克”最后一次挖苦说。

“我每天都祷告。”

施托克曼送走了这些常客，锁上作坊的门，朝房里走去。

复活节前夜，黑压压的浓云涌上天空，淅淅沥沥地下起雨来。村子上的天空阴沉欲坠。还在黄昏时候，顿河上的冰发出长长的轰隆声，开始碎裂了，有一块浮冰被大量的碎冰一挤，刷的一声抢先从水里跳了出来。一下子就有四俄里的河面开了冻，一直到村子往下第一个拐弯的地方。流冰开始了。在有节奏的教堂钟声伴奏之下，顿河上大量的浮冰互相冲撞着，震撼着两岸，以铺天盖地之势向下流去。在顿河向右拐弯的河曲里发生了流冰壅塞。流冰往上涌的轰隆声和咔嚓声一直传到村子里。在到处是融雪水洼的教堂院子里，聚集了不少年轻小伙子。教堂里嗡嗡的祈祷声慢悠悠地穿过敞开的大门，来到台阶上，又从台阶上来到院子里；在带格子的窗户里，闪耀着欢乐的节日的灯光；在院子里，小伙子们摩挲着轻声尖叫的姑娘，接吻，悄悄地在讲风流事儿。

教堂更房里住下了不少哥萨克，都是来参加复活节祈祷的，有从附近的村子里来的，也有从远处村子里来的。又累，更房里又闷，很多人都弄得疲惫不堪，有的睡在大板凳上，有的就睡在窗台下面的地上。

有人坐在断门槛上抽烟，谈论天气和冬麦地。

“你们村上什么时候下地干活儿？”

“大概要在佛明节下地。”

“行，你们那儿是沙土地嘛。”

“是沙土，凹地这一头是碱土。”

“这会儿地都泡松啦。”

“去年我们耕地，地就像脆骨一样，松脆得不得了。”

“杜恩珈，你在哪儿呀？”更房台阶下面有一个尖嗓子叫道。

教堂的便门跟前有一个沙哑的粗嗓门儿嘟哝说：

“偏偏跑到这儿来亲嘴，你们真是……给我滚开，下贱东西！你们憋不住啦？”

“你配不到对儿吧？去亲亲我们家的母狗好啦。”黑暗处有一个年轻人的脆嗓子回敬道。

“母——狗？我叫你试试……”

急急的逃跑的脚步声、哎哟声和姑娘裙子的窸窣声。

清脆的屋檐滴水声；那个慢吞吞、像黑胶泥一样黏黏糊糊的声音又说话了：

“前天到普罗霍尔那儿去买犁，给他十二卢布，他不干。这家伙就是不肯让点价钱……”

顿河上一片节奏均匀的窸窣声、沙沙声和哗啦声。好像村外有一个健壮有力、像杨树那样高大的盛装妇人拖着她那无比肥大的衣裾在下面走。

半夜里，外面漆黑一团的时候，米佳·柯尔叔诺夫骑着无鞍马来到教堂门口。他下了马，把缰绳缠到马鬃上，用手拍了拍跑上了劲的马。他听着马蹄的吧嗒声，站了一会儿，便一面勒着腰带，朝教堂里走去。他在台阶上摘下帽子，俯下他那剃成不整齐的圆圈式的头，拨开妇女，朝祭坛挤去。左边黑压压的一群是男子，右边那五颜六色的是盛装的妇女。米佳用眼睛找到了站在第一排的父亲，便走了过去。他抓住父亲正举着画十字的胳膊，对着他那长满了毛的耳朵小声说：

“爹，出去一下。”

米佳哆嗦着鼻孔，穿过各种各样气味织成的密密实实的帷幕。这里有呛人的蜡烛烟气，有出汗出得娇柔无力的女人身上的气味，有存放太久的衣服（有些衣服只是在圣诞节和复活节才从箱子底下拿出来穿一下）发出的那股像墓穴里的气味，有潮湿的靴子皮气味、樟脑气味，还有斋戒时期饿得肚子里冒酸水的气味。

来到台阶上，米佳把胸膛贴到父亲的肩膀上，说：

“娜塔莉亚要死啦！”

十七

格里高力把叶甫盖尼送到米列洛沃车站，在柳树节[1]那天才回来。开冻的天气一下子把积雪都化光了；两天的工夫，路上就到处是烂泥了。

离开车站二十五俄里，在一个叫赤杨疙瘩的乌克兰人住的小镇上过小河的时候，差点儿把马淹死。他是在傍晚时候来到镇上的。昨夜一夜之间小河就开冻了，浮冰也已流尽，灌进了一股股褐色融雪水的小河涨了起来，河水翻着泡沫，涌向街头。

有一座小店，原是去车站的路上可以歇马的，却在河对岸。夜里河水可能还要上涨，于是格里高力决定过河。

他来到前一天从冰上过河的地方，只见河水漫过了两岸，变宽了的河道里奔腾着肮脏的流水，有一段断篱笆和半边车轮子在河中心轻飘飘地旋转着。在积雪已经化尽的沙地上，露出爬犁拖出的新鲜印子。格里高力勒住满身大汗，汗沫顺着腿裆往下滚的马，从爬犁上跳下来，察看爬犁印子。滑木划出的印子像两条细细的带子。快到水边，印子微微向左一弯，就伸进了水里。格里高力用眼睛量了量到对岸的距离：至多二十俄丈。他走到马跟前检查马

①柳树节是复活节前的一个星期日。

套。这时候，有一个上了年纪的、头戴狐皮帽的乌克兰人从尽边的院子里出来，朝格里高力走来。

“这儿能过吗？”格里高力用缰绳朝翻腾的褐色流水指了指，问道。

“能过。今天早晨还有人过呢。”

“深吗？”

“不深。也许能淹到爬犁吧。”

格里高力提起缰绳，举起鞭子，对着马简短地吆喝一声：“喔！”……两匹马打着响鼻，闻着流水，很不情愿地走动了。

“喔！”格里高力在座位上欠起身来，抽了一鞭。

套在左边的一匹宽屁股的枣红马晃了晃脑袋——反正这条命豁出去啦！——一下子拉直了套绳。格里高力侧眼朝脚下看了看：水已经淹到爬犁旁边的木杆。起初只是淹到马的膝盖，后来一下子就淹到胸膛。格里高力想转回去，但是两匹马朝下一落，打了一声响鼻，就漂浮起来。水流冲动了爬犁的后部，拖着马掉转了方向，头朝着急流。河水从马背上滚过，冲得爬犁轻轻摇晃着迅速地向后倒退。

“哎呀呀！……哎呀呀，把马拉住！……”那个乌克兰人一面在岸上跑着，大声叫了起来，并且不知为什么还摇晃着从头上摘下来的那顶狐皮帽。

格里高力声嘶力竭地吆喝着，不住地抽打马匹。河水在渐渐下沉的爬犁后面旋出许多小小的漩涡。爬犁猛地撞在一根伸出水面的木桩（冲毁的小桥桥桩）上，滴溜溜地翻了过来。格里高力哎呀一声，连头栽进水里，但是他没有松开缰绳，河水猛烈地冲着他的皮袄大襟，冲着他的两腿，死死地拖着他，在轻轻晃动的爬犁周围转来转去。他用左手抓住滑木，松开缰绳，喘着粗气，两手捯换着，朝前面的横梁凑过去。他已经用手指头抓住横梁的铁皮包头了，可是就在这时候，那匹逆流泅着水的枣红马使劲用后腿蹬了一下他的膝盖。格里高力吐着水，两手乱抓了一阵，抓住了套绳。水冲得他难以接近马匹，抓住套绳都十分吃力。他浑身冻得像千万根针在扎一样，好不容易挣扎到枣红马的头跟前，枣红马那两只血红的眼睛放射出来的疯狂、怕死的目光，一下子就钻进格里高力那长长的瞳孔。

滑腻的皮缰绳几次从格里高力手里滑脱；他几

次淌着水过去，抓住缰绳，但缰绳还老是从手里往外滑；有一次去抓缰绳的时候，脚忽然挨到了地面。

“喔——喔！！！”他伸直了身子，向前冲去，一下子撞到马胸膛上，栽倒在冒着泡沫的浅水里。

两匹马把他撞倒以后，像一阵旋风似的把爬犁从水里拉了出来；马已经没有了力气，湿漉漉的脊背上冒着热气，不住地哆嗦着，走了几步就站住了。

格里高力没有觉得疼，一下子跳了起来；冷气像发烫的面团似的糊在他身上。格里高力哆嗦得比马还厉害，他觉得这会儿两条腿软软的，就像吃奶孩子的腿。他一下子猛醒过来，把爬犁翻转过来之后，就赶着马大跑起来，让马暖和暖和。他像冲锋一样冲进街里，一见到敞开的大门，就赶着马冲了进去，也没有放慢速度。

这一家的主人是个热心人。他叫儿子去照应马，自己帮着格里高力脱下衣服，并且用丝毫不许违抗的口气命令妻子：

“生起火炕！”

格里高力躺在炕头上，在自己的衣服烤干以前，一直穿着主人的裤子；晚上喝过素菜汤，就躺下睡了。

天不亮他就上了路。还要走一百三十五俄里的路，所以必须抓紧时间。春天的草原道路是危险的：每一条沟、每一道山谷里都是哗哗奔流的化雪水。

马走了很长的一段黑黑的、光秃秃的道路。他趁着早晨寒冷，把爬犁一直赶到离大道四俄里的一处塔甫里亚人居住的地方，在岔路口停了下来。满身大汗的马身上冒着腾腾的热气，后面的土地上是锃亮的爬犁印子。格里高力将爬犁扔下，把两匹马的尾巴结在一起，骑上一匹马，带着另一匹马往前走。在柳树节那天早上回到亚戈德庄上。

老爷听他仔细讲过路上的情形，便出来看马。萨什卡正牵着马在院子里遛，气嘟嘟地看着凹下去的马肋。

“马怎么样？”老爷一面往跟前走，一面问道。

“这还用问吗？”萨什卡没有停下来，哆嗦着白中带绿的大胡子，嘟哝说。

“没有使坏吧？”

“没有。枣红马脖子底下叫颈圈磨破了一块，不要紧。”

“你去歇歇吧。”老爷朝着在旁边听候吩咐的格里高力摆了摆手。

格里高力朝下房里走去，但是到夜里才得到休息。第二天一早，身穿天蓝色缎纹布新褂子、脸上总是带着笑容的维尼阿民来了。

“格里高力，老爷喊你。马上去！”

将军正穿着毡便鞋在大厅里来回走着。格里高力咳嗽一声，在大厅门口捯换着两只脚站了一会儿，咳嗽第二声——老爷抬起头来。

“你有什么事？”

“维尼阿民喊我来的。”

“哦，是的。去把那匹儿马和‘大力士’备好。告诉鲁凯莉亚，不要喂狗。打围去！”

格里高力转身走了几步，老爷又把他叫回去，说：

“听见吗？你跟我一块儿去。”

阿克西妮亚把一个没有盐的圆面包塞进格里高力的皮袄口袋，小声埋怨说：

“饭都不叫人吃，黑心肠！……不得好死。格里沙，你顶好把围巾围上。”

格里高力把备好的马牵到花坛跟前，打了两声口哨，把狗唤来。老爷穿着一件蓝呢子夹克，腰上系着一条镂空皮带，走了出来。肩上挂着一只带软木塞的轻铁军用水壶；他手上提着猎人用的短柄长鞭，那螺旋形的鞭梢像长蛇一样拖在身后。

格里高力拉住马缰，看着老头子轻轻一跃，那瘦骨嶙峋的老躯就骑到了马上，是那样灵活，格里高力感到十分吃惊。

“跟在我后面。”将军用戴着手套的手亲热地理着马缰，简短地吩咐说。

格里高力骑上一匹四岁口的儿马，那儿马像公鸡一样昂着头，撒着欢，在一旁跟着向前走去。儿马的后蹄还没有钉掌，所以，一走到薄冰上就打滑，就蹲下身了，四蹄一齐用劲。老爷在“大力士”宽宽的脊背上轻轻摇晃着，身子微微向前弯，但是骑得十分牢靠。

“咱们上哪儿？”格里高力来到跟前，问道。

“上赤杨沟。”老爷用浑厚的嗓门儿回答说。

两匹马好好地走了一阵子。儿马不老实起来，像天鹅那样扭着短短的脖子，用凸出的眼睛斜瞅着骑在身上的人，老是想咬人的膝盖。等他们上了山坡，老爷放“大力士”大跑起来。几条狗跟在格里高力后面跑着，散成一条短短的散兵线。那条黑色的老母狗向前跑着，它那鹰钩鼻子都碰到了儿马的尾巴尖子。儿马气呼呼地蹲了蹲身子，想踢一下这讨厌的老狗，但是老狗停了下来，用伤心的老奶奶眼睛盯着回过头来的格里高力的眼睛。

半个钟头的工夫，跑到了赤杨沟。老爷顺着沟沿跑去，沟沿上到处是乱蓬蓬的枯草。格里高力朝下面跑去，一面十分小心地注视着冲得到处是深坑的沟底。他偶尔朝老爷看看。透过铁灰色的光秃而稀疏的赤杨树丛，可以看到老头子那清楚得像图画一样的身影。他伏在鞍头上，两腿站在马镫上，用哥萨克皮带勒着的呢夹克在他背上鼓了起来。几条狗结成一群，在高低不平的沟坡上走着。格里高力在马上探了探身子，跨过化雪水冲出的一道深沟。

“抽口烟吧。我这就松开缰绳，好掏烟荷包。”他想道，一面扯下手套，伸手到口袋里去摸卷烟纸。

“放狗追啊！……”呼叫声在山沟外面响了起来，那声音就像是一声枪响。

格里高力猛地抬起头来，只见老爷跳上一道很陡的山冈，高高地扬起鞭子，放马大跑起来。

“放狗追啊！”

一只灰褐色的、腿窝里的毛还没有换掉的狼，在芦苇丛生、一片泥泞的沟底飞快地跑着，那狼滑滑跌跌，身子贴着地面。跳过一条小沟，狼停了下来，猛一转身，看到了猎狗。几条狗排好阵势，成马掌形包围过来，切断了逃往沟口树林子里的去路。

那狼像弹簧一样摇晃了几下，腾身一跳，跳上一个土包——一个多年的田鼠窝——飞快地朝树林子跑去。老母狗使出有限的力气，几乎是迎面朝狼扑过去，一条十分高大、名叫“鹞子”的白色公狗——是一条最好、最厉害的猎狗——也从后面追了上去。

狼愣了一会儿，好像拿不定主意似的。格里高力拼命抖着马缰，从沟底往上走，有一会儿工夫没有看到狼，等他跑上一个小丘，狼已经在远处晃动着了；几条黑狗在一片黑土田野上的草丛里跑着，那颜色跟土地的颜色混到了一起；稍远处，老爷正用鞭把儿抽打着“大力士”，绕过一处陡崖，斜刺里跑了出来。狼夺路朝旁边一条山沟逃去，狗紧追不放，包围上去；格里高力在远处看起来，那条叫“鹞子”的白狗好像一块白布片，几乎挂到了狼腿窝里的毛团上。

“放——狗——追——呀！……”格里高力又听到了喊叫声。

他放儿马飞跑起来，很想看清前面的情形，却看不清楚：眼睛被泪水糊住，耳朵里灌满了跑出的风的尖叫声。格里高力追狼追得上了劲儿。他伏在马脖子上，像旋风一样狂跑着。等他跑到山沟跟前，狼不见了，狗也不见了。过了一会儿，老爷追上了他，老爷猛地把“大力士”一勒，叫道：

“跑到哪儿去啦？”

“一定是进山沟啦。”

“你从左边绕过去！……追！……”

老爷用鞋后跟朝竖着身子直蹦的马的肋下一磕，马就向右边跑去。格里高力拉紧了缰绳，朝洼地里冲去；他大喝一声，就飞到了洼地对面。他又用鞭子抽，又吆喝，赶着浑身大汗的儿马跑了一俄里半。又黏又湿的泥巴粘到了马蹄上，烂泥巴溅了一脸。

一条顺着山势蜿蜒伸展开去的长山沟向右一拐，分成了三条岔沟。格里高力跨过一条横沟，看到几条狗像黑色的链子一样在原野上追狼，就顺着平缓的山坡朝前跑去。看样子，狼本来想朝山沟中心跑，因为山沟中心的橡树和赤杨特别稠密，狗不让狼往里面跑。在山沟中心分成三个岔，也就是山沟缓缓向下分成三条黑灰色岔沟的地方，狼一下子跑到了平地上，拉开百十丈的距离以后，就赶紧跑下一条干涧，那里面到处是乱蓬蓬的多年的荒草和干枯的大蓟。

格里高力站在马镫上注视着狼，不住地用袖子擦着被风吹得很难受的眼睛里流出的泪水。他仓促中向左边看了一眼，一下子认出了自己家的田地。这是一块斜方形的肥地，秋天他跟娜塔莉亚一块儿耕过的。格里高力特意驱马经过这块耕地，就在儿马磕磕绊绊、摇摇晃晃穿过这块耕地的不大一会儿工夫，格里高力心中那打猎的热乎劲儿渐渐凉了下来。他催赶气喘吁吁的儿马已经不那么带劲儿了，他朝老爷瞅了瞅——看他是不是回头看——就让马换成了碎步。

在远处，红凹地旁边，有一座空着的耕地人的帐篷。旁边，丝绒一般光闪闪的新耕地上，有三对公牛拉着犁慢慢走着。

“是我们村里的人。这是谁家的地呢？……好像是安尼凯家的。”格里高力心里想着，眯缝起眼睛打量着，想认一认那几条牛和掌犁的人。

“抓——住！……”

格里高力看到，有两个哥萨克扔下犁，跑过来拦截想朝洼地里跑的狼。有一个哥萨克——高个子，头戴红边的哥萨克帽，帽带扣在下巴底下——挥舞着从牛套上抽出来的一根铁条。就在这时候，狼把屁股往很深的垄沟里一插，突然坐了下来。白牙狗“鹞子”因为跑得太猛，收不住腿，从狼身上飞了过去，前腿一弯，跌倒了；老母狗想要停下来，屁股擦了一下凸起的田垄，没有停住，一下子撞到狼身上。狼用劲晃了晃脑袋，老母狗就扑通一声摔到了一边。几条狗结成黑黑的一大团，扑在狼身上，晃来晃去地在耕地上拖了几丈远，并且像皮球一样滚动起来。格里高力比老爷早跑到半分钟，他跳下马鞍，把攥着猎刀的手向背后一闪，扑通跪到地上。

“瞧这家伙！……在底下！……往喉咙上戳！……”拿着铁条跑过来的哥萨克用熟悉的声音气喘吁吁地喊道。他呼哧呼哧地喘着粗气，趴到格里高力旁边，揪住咬住狼肚子的牙狗脖子上的毛将狗拉开，用手紧紧攥住狼腿。格里高力拨开一丛丛竖起来的、在手底下动来动去的硬毛，摸到了喉咙管，干脆利落地戳了一刀。

“狗！……狗！……把狗赶开！……”脸色发青的老爷一面从马鞍上往软软和和的耕地上跳，一面上气不接下气地哑着嗓子吆喝道。

格里高力好不容易把狗赶开，回头看了看老爷。

旁边不远处站着司捷潘·阿司塔霍夫。他戴着哥萨克帽，漆皮帽带扣在下巴底下；手里转悠着铁条，变成了灰白色的下巴颏和眉毛都在哆嗦着。

“好小子，你是哪儿来的？”老爷朝他问道，“是哪个村上的？”

“鞑靼村的，”司捷潘等了一会儿才回答说，并且朝格里高力跨了一步。

“姓什么？”

“阿司塔霍夫。”

“那好啊，伙计，你什么时候回家去?”

“今天夜里。”

“你把这条死狼给我们拉回去。”老爷用脚踢了踢狼，那狼还在作垂死的挣扎，不时地咬咬牙齿，一条挺直了的后腿向上伸着，踝骨上有一团褐色的乱毛。“要多少钱，我给你。”老爷许过条件，便一面用围巾擦着通红的脸上的汗珠，走到一旁去，歪了歪身子，把系着军用水壶的窄窄的皮带从肩上摘下来。

格里高力走到儿马跟前。他一只脚踏上马镫的时候，回头看了看。司捷潘浑身不住地哆嗦着朝他走来，脖子一鼓一鼓的，两只沉甸甸的大手紧紧按在胸前。

十八

在四旬斋第五周的星期五夜里，妇女们在柯尔叔诺夫家的邻居皮拉盖雅家里坐着玩儿。皮拉盖雅的丈夫加甫里拉·麦丹尼柯夫从罗兹[1]写信回来，说

①罗兹是波兰的一个重要城市。

要请假回来过复活节。皮拉盖雅把墙都粉刷了，在星期一就把屋子里收拾得整整齐齐，从星期四就开始盼着，常常跑到门外张望，瘦瘦的皮拉盖雅不戴头巾，带着一脸惶惶不安的神情，每次要在篱笆旁边站上半天；她把手遮在眼睛上，张望着——他回来没有呢，是不是出事啦？她快要生孩子了，这孩子是合法的：去年夏天加甫里拉从团里回来，给老婆带回一块波兰花布，在家里住了几天，就是说：跟老婆睡了四夜，到第五天就大喝了一通，用波兰话和德国话骂人，并且一面哭着，一面唱起一支哥萨克古歌，那歌子唱的是波兰，还是在一八三一年编的。朋友们和兄弟们都来给他送行，和他一块儿围坐在桌上，饭前一同喝酒，跟着他唱歌：

都说波兰是个好地方，
我们看到的是一片荒凉。
波兰是一个小小的酒店，
酒店的老板就是国王。
三个小伙子在酒店里把酒喝，
一个是普鲁士人，一个是波兰佬，

还有一个是顿河的哥萨克。
普鲁士人喝酒给的是银圆，
波兰人喝酒给的是金币，
哥萨克喝酒不给钱；
他在酒店里摇摇晃晃，
把刺马针弄得叮当直响，
刺马针叮当响，还要勾引老板娘：
“老板娘，小心肝，跟我回家乡，
回到静静的顿河上。
我们过日子不像你们这样：
不用种，不用收，不用织，不用纺，
不用织，不用纺，天天游玩闲逛。”

吃过饭，加甫里拉就告别了家里人，走了。从那天起，皮拉盖雅就时常朝自己的小褂底摆看看。

她对柯尔叔诺夫家的娜塔莉亚讲到自己怀孕的原因，是这样说的：

“在加甫里拉快回来的时候，大妹子，我做了一个梦。好像我在河边滩地上走，前面是这家的老牛，就是去年夏天救主节丢掉的那一头；那牛在前面走着，奶水从奶头上直往路上滴……我心想：‘哎呀，我怎么没挤干净呢？’我醒来后，德萝兹季哈奶奶来讨啤酒花，我把梦里的事对她说了，她就说：‘你弄一块蜡，放到牛栏里去，就从蜡烛上掰一块下来，团成团儿，埋到新鲜牛粪里，要不然，你准倒霉。’我赶快去弄，可是没有蜡烛，本来有一支蜡烛，孩子们弄去了，大概是引洞里的毒蜘蛛去了。这么一来，加甫里拉就回来了，这就倒霉了。在他回来以前，这三年我舒舒服服的，可是这会儿你瞧……”皮拉盖雅用指头戳着自己凸起来的肚子，伤心地说。

皮拉盖雅等丈夫等得很烦恼，一个人也觉得寂寞，所以在星期五就邀了街坊上几个妇女来消磨时间。娜塔莉亚也带着没有打好的袜子（春天到了，格里沙加爷爷觉得更冷了）来了，她嘻嘻哈哈，十分热闹，听着别人说笑话，用不着笑也笑，她只是不想叫人看出，她想丈夫想得很苦恼。皮拉盖雅把露着青筋的光脚丫儿从炕上耷拉下来，跟泼辣的年轻媳妇福萝霞逗着玩儿。

“福萝霞，你怎么打你男人的？”

“你不知道怎么打吗？照背上打，照头上打，打到哪儿算哪儿。”

“我不是问这个，我是问：你们怎么打起来的？”

“就这么打起来的。”福萝霞很不开心地回答说。

“你抓住你男人跟别的娘儿们睡觉，你没有作声吗？”马特维·卡叔林的儿媳妇——一个瘦长的娘儿们慢慢腾腾的拉长声音问道。

“说说吧，福萝霞。”

“没有什么好说的！……偏要说这种事……”

“别磨不开，这儿都是自己人。”

福萝霞把葵花籽壳吐在手里，笑了笑，说：

“我早就对他留心了，那一天有人告诉我说：你男人正在磨坊里跟顿河对岸的一个娘儿们磨面呢……我跑去一看，他们正在碾子旁边呢。”

“怎么，娜塔莉亚，你男人的事没听说过吗？”卡叔林的儿媳妇打断了话头，向娜塔莉亚问道。

“他在亚戈德庄上呢……”娜塔莉亚小声回答。

“你还想不想跟他在一块儿过？”

“她也许还想，就是他不懂她的心意。”女主人插嘴说。

娜塔莉亚觉得一阵热血涌到脸上，就要流出泪来。她把头垂到袜子上，皱着眉头看了大家一眼，看到大家一齐望着她，她知道自己羞红了的脸色瞒不过她们，便故意让毛线团从膝盖上掉到地上，她弯下身去，用手在冰冷的地面上摸索起来，但是她做得很不自然，所以大家都看出来了。

“别把他放在心上，好妹子，只要是个女人，不愁找不到主儿。”一个娘儿们带着明显的怜悯神情劝道。

娜塔莉亚装出的快活劲儿，像风吹火星一样不见了。妇女们谈起近几天的一些传闻和闲话。娜塔莉亚打着袜子，一声不响。她好不容易坐到散场时候，心里想着还没有拿定的主意走了出来。她因为自己这种不明不白的处境（她还不相信格里高力会永远不回来，所以原谅他，等待着他）感到羞耻，羞耻心推动着她下决心——决心瞒着家里人往亚戈德庄寄一封信给格里高力，探一探他是永远不回来了呢，还是回心转意了。她从皮拉盖雅家里回来已经很晚了。格里沙加爷爷坐在小屋里，正在看一本滴满蜡烛油的、皮封面的破旧《圣经》。父亲正在厨房里拾掇渔网，听米海伊讲很久以前的一宗人命案子。娜塔莉亚的母亲安顿好孩子们以后，自己也在炕上睡了，一双黑脚板抵到了门上。娜塔莉亚脱掉衣服，随便在几个房间里走了一阵子，在大厅里，木板隔成的角落里，有一堆留作种子的大麻籽，还有老鼠的吱吱叫声。

她在爷爷的屋子里待了一小会儿。在供桌旁边站了站，呆呆地望着圣像下面放的一摞福音书。

“爷爷，你有纸吗？”

“什么样的纸？”爷爷眼镜上面的皱纹挤成了密密麻麻的一绺。

“能写字的。”

格里沙加爷爷在圣诗集里面翻了翻，抽出一张皱皱巴巴的纸，上面还带着发霉的圣诞蜜糕气味和神香气味。

“有铅笔吗？”

“找你爹要去。去吧，好孩子，别搅我。”

娜塔莉亚向父亲要了一段铅笔头。她坐在桌子跟前，十分难受地反复想着早已想好，搅得心里隐隐作痛的一些话。

第二天早晨，她应许给盖奇柯一瓶酒，要他把信送到亚戈德庄上。信是这样写的：

格里高力·潘捷莱耶维奇！

请你写封信，告诉我，我怎么过下去呢，我这一辈子全完了呢，还是没有？你从家里走掉，连一句话都没有对我说。我没有做过对不起你的事，我一直以为你会叫我离开，告诉我，你永远不回来了，可是你离开村子什么也不说。

我想，你是一时气愤走掉的，所以盼望你能回来，但是我并不想拆散你们。让我一个人给踩到泥里，总比两个人受苦好些。你最后可怜可怜我，给我写封信吧。等我知道了你的意思，我也好想个主意，要不然我成了拦路石了。

格里沙，看在基督面上，不要生我的气吧。

娜塔莉亚

愁眉苦脸的盖奇柯觉得很快就要有酒喝了，就把马牵到场院上，避着米伦·格里高力耶维奇，给马上了鞍，骑上马摇摇晃晃地跑了出来。他骑马的姿势一向很笨拙，跟哥萨克很不一样，两只破袖子里面的胳膊肘在马奔跑时朝下耷拉着，他放马大跑起来，正在胡同口玩耍的一群孩子跟在后面拼命喊叫起来：

“南蛮子！……南蛮子！”

“南蛮子，油篓子！”

“摔下来啦！”

“狗骑篱笆啦！……”孩子们在后面叫着。

快到黄昏时候他才带着回信回来。他带回的是一小片蓝色的包糖纸；他从怀里把纸片掏出来，对娜塔莉亚挤了挤眼睛。

“我的好姑娘呀，路真难走啊！颠死人啦，把我盖奇柯的五脏都颠出来啦！”

娜塔莉亚看过信，脸变得煞白煞白的。每读一个字，就像有一样尖东西朝心上狠戳一下……

纸片上是几个洇开的字：“你一个人过吧。麦列霍夫·格里高力。”

她好像再也信不过自己的力气，急急忙忙回到房里，躺到床上。卢吉尼奇娜为了早一点做早饭，为了准时把复活节吃的奶渣糕烤出来，正在生火准备过夜。

“娜塔什卡，来，帮我忙一忙！”她唤女儿。

“妈妈，我头疼。想躺一会儿。”

卢吉尼奇娜把头探进门来，说：

“你顶好喝点盐水，好吗？喝了马上就会轻快些。”

娜塔莉亚用干干的舌头舔了舔冰凉的嘴唇，没有作声。

她连头带脸埋进一条厚羊毛头巾里，一直躺到晚上。她那蜷缩成一团的身子轻轻哆嗦着。等她起身来到厨房里的时候，父亲和爷爷已经准备上教堂了。她的鬓角上，梳得平平正正的黑头发旁边，冒着光闪闪的汗珠儿，眼睛里闪着一种病态的油光。

米伦·格里高力耶维奇一面扣他那肥大的裤子前裆里长长的一排纽扣，一面侧眼看着女儿。

“孩子，你好像要生病啊。跟我们一块儿去做复活节早祷吧。”

“你们先走吧，我随后就来。”

“快散场的时候去吗？”

“不，我这就穿衣裳……我得穿衣裳，穿好衣裳就去。”

男子们都走了。家里只剩下卢吉尼奇娜和娜塔莉亚。娜塔莉亚无精打采地从大箱子跟前走到床前，用失神的眼睛回头望着箱子里翻乱了的一堆衣服，十分痛苦地想着心思，嘴里嘟哝着。卢吉尼奇娜以为娜塔莉亚是拿不定主意穿什么衣裳，就用一个当妈妈的大方态度出主意说：

“孩子，就穿我那条蓝裙子吧。现在你穿正合身。”

娜塔莉亚在复活节前没有做新衣裳，所以卢吉尼奇娜想起女儿在做姑娘的时候，喜欢在过节时候穿她那条窄下摆的蓝裙子，她以为女儿是在为挑选衣服伤脑筋，所以硬是要女儿穿她的裙子。

“穿吗？怎么啦，我给你拿来。”

“不用。我就穿这一条。”娜塔莉亚细心地抽出自己的一条绿裙子，这时她忽然想了起来，那一次格里高力以未婚夫身份来看她，在凉棚底下头一次飞吻了她一下，使她非常害羞，那时候她穿的就是这条裙子，她觉得就要大哭起来，憋得浑身直哆嗦，把胸膛压到掀开的箱子盖上。

“娜塔莉亚！你怎么啦？……”母亲把两手一扬

又一拍。

娜塔莉亚强压住就要迸发出来的哭叫声；她克制住自己，发出了没有表情的咯呀咯呀的笑声。

“今天我这是怎么啦……”

“哎哟，娜塔什卡，我看出来……”

“你看出什么来啦，妈妈？”娜塔莉亚在手里揉着绿裙子，忽然气呼呼地说。

“你看，你这样下去可不好……应当改嫁。”

“算了吧！……嫁一回够啦！……”

娜塔莉亚走到自己的房里去换衣裳，很快又回到厨房里，她已经穿戴好，身子依然像做姑娘时那样细细的，脸色青白，不愉快的红晕中透出青色。

“你一个人去吧，我还没收拾好呢。”母亲说。

娜塔莉亚往翻袖口里塞了一块手绢，就走了出来。风从顿河上吹来流冰的沙沙声和淡淡的、令人神清气爽的春水潮湿气息。她用左手提着裙子下摆，绕过街上一个个闪着珍珠般亮光的小水洼，来到教堂里。她一路上想方设法恢复自己以前那样的平静心情。想想过节的事。断断续续、模模糊糊地想着各种各样的事情，然而她的心硬是要转回去想那一小片揣在怀里的蓝色包糖纸，去想格里高力和那个幸福的女人，那个女人这会儿正在傲慢地嘲笑她，也许还要可怜她呢……

她走进教堂的院子。小伙子们拦住了她。娜塔莉亚绕了过去，听到他们说：

“她是谁家的？你猜到了吗？”

“这是柯尔叔诺夫家的娜塔什卡嘛。”

“听说，她是个石女。所以她男人不要她啦。”

“瞎说，她跟她公公，跟瘸子潘捷莱搞上啦。”

“原来是这么回事儿啊！这么说，格里什卡是因为这事儿从家里跑出去的啦？”

“不然又为什么呢？她这就……”

娜塔莉亚在很不平整的石板地上打着趔趄，走到台阶跟前。许多难听的脏话像石头一样叽叽咕咕地从背后向她飞过来。娜塔莉亚在台阶上一群姑娘的吃吃笑声中从另一个小门里走了出来，像醉汉一样摇摇晃晃地朝家里跑去。她在自己家的大门口喘了口气，就咬紧已经咬得出血的、肿起来的嘴唇，两脚在裙子底摆里面磕磕绊绊地走进门去。在满院子紫丁香般的茫茫夜色中，敞着的棚子门显得黑洞洞的。娜塔莉亚发了发狠，鼓起仅剩的一点力气，跑到棚子门口，急急忙忙跨进门去。棚子里十分干爽，可以闻到皮缰绳的气味和陈干草气味，娜塔莉亚既没有思想，也没有知觉，只是苦恼得不得了，苦恼就像利爪在挠她那受尽羞辱的、绝望的心，她摸索着走到角落里。她握住镰刀把，按下刀头（她动作十分沉着、十分准确），把头向后一仰，拿出使她十分高兴的决心，用刀刃使劲在喉咙管上一划。她感到一阵火烧火燎的疼痛，就像挨了一棒似的，跌倒在地上，她觉得，也可以说是模模糊糊地意识到，她开了头的事还没有做完，于是用手和脚撑起身子，然后跪下来；她心慌意乱（流到胸膛上的血使她很害怕），不知为什么用哆嗦的手指头把纽扣一扯，把小褂敞了开来。她用一只手拨开紧绷绷、硬邦邦的乳房，用另一只手握住镰刀，让刀尖抵在胸膛上。她爬到墙根前，把镰刀安把子的钝头抵在墙上，然后把两手放到头上，头向后一仰，胸膛使劲往前顶，顶……她清清楚楚地听到和感觉到身子被戳通时那种难听的、像切白菜一样的声音；剧烈的疼痛一阵猛似一阵地像火一样从胸膛烧到喉咙口，像叮当直响的针一样扎进耳朵……

正房的门吱嘎响了一声。卢吉尼奇娜用脚探着门槛走出门来，走下台阶。钟楼上传出有节奏的钟声。顿河上有许多巨大的冰块竖立起来漂流着，发出无休无歇的咔嚓声。高高兴兴的、满槽的、解放了的顿河水，把自己身上的冰枷锁往亚速海送去。

十九

司捷潘走到格里高力跟前，抓住马镫，紧紧靠在汗水淋淋的马肋上。

“哼，格里高力，你好啊！”

“托福托福。”

“你想怎么样？嗯？”

“什么我想怎么样？”

“你拐走别人的老婆，就……自个儿享用起来啦？”

“放开马镫。”

“你别害怕……我不揍你。”

“我不怕，你别来这一套！”格里高力涨红了两颊，提高嗓门儿说。

“现在我不跟你打架，我不愿打架……不过，格里什卡，你记住我的话：我早晚要宰掉你。”

“吓不倒人！”

“你好好记住我的话。你太欺负人啦！……你叫我没法过下去……你看，”司捷潘往上伸了伸两只黑黑的手，说，“我在耕地，可是自己也不知道耕地有什么意思。我一个人要这么多地干什么？我随便怎样都可以把冬天凑合过去。我就是寂寞得要死……格里高力，你太欺负人啦！……”

“你别对我诉苦，我不懂。饱汉不知饿汉饥嘛。”

“这话倒是不错。”司捷潘赞同这话，一面朝上看着格里高力的脸，忽然像孩子一样天真地笑了起来，笑得眼角裂成了许多细细的皱纹，“伙计，我有一件事很后悔……后悔极啦……你还记得前年谢肉节咱们打群架的事吗？”

“那是什么时候？”

“不是打死弹毛匠那一回，许多光棍汉跟有老婆的人打架，还记得吗？你记得我怎样追你吗？那时候你还很嫩，你在我面前就像一棵青芦苇。我那时候可怜你，要是跑上去给你一下子，就会把你揍成两截！你跑得很快，身子像弹簧一样，只要抡起皮带照你腰上抽一下，你的小命早完啦！”

“别着急，咱们还会有碰在一起的时候。”

司捷潘用手擦了擦额头，在想着什么事。

老爷拉着“大力士”的缰绳，朝格里高力喊道：

“走吧！”

司捷潘依然用手抓住马镫，跟儿马并排走了起来。格里高力留心他的每一个动作。他在马上看到司捷潘那耷拉着的亚麻色上嘴胡和很久没有刮过的、像毛刷子一样浓密的下巴胡。下巴上系着的漆皮帽带有许多地方开裂了。他的脸因为沾满了灰土，变成了灰色，还有一道道斜斜的印子，那是汗水流过的痕迹，因而这张脸有些模糊不清，显得很陌生。格里高力望着他，就像站在山上眺望遥远的、笼罩在茫茫雨幕中的原野。司捷潘的脸色十分难看，露出消沉、疲惫和苦闷的神情。他没有告别，就站住不走了。儿马慢步朝前走着。

“等一等。怎么样……阿克秀莎怎样？”

格里高力一面用鞭子敲打着粘在靴底上的泥巴，

一面回答说：

“很好。”

他勒住儿马，回过头去看了看。司捷潘把两腿叉得宽宽的，站在那里，露着牙齿，在嚼一棵野草。格里高力不由得怜悯起他来，但是嫉妒心又挤走了怜悯心；他在吱咯吱咯直响的鞍垫上转过身子，叫道：

“她不会想你想瘦的，你放心好啦！”

“真的？”

格里高力照着儿马两耳中间抽了一鞭子，就跑了起来，没有回答他。

二十

怀孕第六个月，这事再也瞒不住的时候，阿克西妮亚就对格里高力说了。她一直瞒着，是因为害怕格里高力不相信她肚子里的孩子是他的；由于时间越来越迫近，她感到忧虑和害怕，她的脸黄黄的，她在等待着什么。

头几个月她一吃肉食就要呕吐，但是格里高力往往觉察不到，即使有时觉察到了，也猜不到是什么原因，所以没有特别留意。

是在傍晚时候谈的。阿克西妮亚十分激动地说出来以后，就拼命在格里高力脸上寻找变化，但是格里高力把脸掉过去朝着窗户，心烦地咳嗽着。

“你以前怎么不说呢？”

“我怕，格里沙……怕你丢掉我……”

格里高力用手指头在床背上敲着，问：

“快生了吗？”

“大概在救主节……”

“是司捷潘的吧？”

“是你的。”

“不见得吧？”

“你自己算算嘛……这是从砍柴那时候……”

“你不要说谎，阿克秀莎！就算是司捷潘的，这会儿你又能到哪儿去呢？我是老老实实地问问。”

阿克西妮亚流着恼恨的眼泪，坐在板凳上，抽抽搭搭地用发急的声音小声说：

“我和他过了这么多年，什么都没有！……你自己想想吧！……我又不是有病的女人……可见，这孩子是你的，可是你……”

这件事格里高力再没有谈起过。在他对待阿克西妮亚的态度中，掺进了新的一股戒备、疏远和轻微的嘲讽、怜悯心情。阿克西妮亚寡言少语，无心求欢。一个夏天的工夫，她的脸色变得没有过去那样好看了，但是怀孕几乎一点没有损坏她那好看的身段：她整个身体十分丰满，所以凸起来的肚子不很显眼；变得温柔美丽的双眼使瘦削的脸别添了一种风韵。给雇工做饭的活儿她做起来很轻松。这一年雇工少一些，做饭的活儿也就轻一些。

萨什卡老爹带着老年人那种顽皮的缠劲儿天天跟在阿克西妮亚左右。也许是因为，她像个女儿一样时时关心他：给他洗衣服，补衣服，吃饭时给他拣软的、好吃的，所以萨什卡老爹在服侍好马以后，就给厨房里挑水，揉烂煮好喂猪的土豆，干了这一样，又干那一样，并且蹦来蹦去，常常把两手一摊，露出光光的牙花子，说：

“你心疼我，我也不欠人家的情！阿克秀什卡，我把心掏给你都行。我没有女人的照应就完啦！虱子早把我吃掉啦！你要什么，只管说好啦。”

因为叶甫盖尼·尼古拉耶维奇的说情，格里高力没有入营受训，他割草，有时给老爷赶车到镇上去一趟，其余的时间就是跟他去打野鸭子，或者骑马去赶野雁。轻松、饱暖的生活毁了他。他懒了，胖了起来，显得比实有的年龄老了一些。只有一件事使他放心不下，那就是不久就要入伍了。既没有马，又没有装备，靠父亲又不大靠得住。格里高力把自己的和阿克西妮亚的工钱领到手就积攒起来，连烟也戒了，指望用自己攒的钱来买一匹马，不去求父亲了。老爷也答应帮他一些。格里高力预料父亲什么都不会给他，这件事不久就证实了。六月底，彼特罗·麦列霍夫来看弟弟，在谈话中提到，父亲仍然十分生他的气，有一天还说过，决不给他预备战马，说：让他去参加地方部队好啦。

“哼，这事儿让他不要闲操心吧。我可以骑自己的马去入伍。”格里高力把“自己的”说得特别重。

“你打哪儿弄到马呢？变得出来吗？”彼特罗咬着胡子，笑着问。

“不用变，我能讨得到，要不然偷也能偷到。”

“好样的！”

“我可以用工钱去买嘛。”格里高力正色解释说。

彼特罗坐到台阶上，详细地询问了干的活儿、饮食和工钱；对一切都点头称是，一直在咬着嚼湿的胡子，问完了，临别时对格里高力说：

“你顶好还是回家去过，伺候别人犯不着。你以为能发大财吗？”

“我不想发大财。”

“你想跟自己的女人过下去吗？”彼特罗改变了话题。

“跟哪一个自己的？”

“跟这里的。”

“眼下是这样想，怎么啦？”

“没什么，我不过问问罢了。”

格里高力出来送他。末了，他问道：

“家里怎么样？”

彼特罗一面解着拴在台阶栏杆上的马，一面笑着说：

“这会儿你的家不是一个了，就像兔子，有好几个窝儿。我们过得马马虎虎，不坏。妈妈可是很想你。牲口草现在已经弄到家啦，堆了三大垛。”

格里高力心情激动地打量着彼特罗骑来的短耳朵老骒马。

“这马没有下驹吗?”

“没有，兄弟，原来是匹不产驹的骒马。跟贺里散福换来的那匹红骒马倒是下驹了。”

“下了一匹什么?”

“一匹小公马。这匹小公马真是无价之宝！腿长长的，拐子骨很端正，胸膛也很漂亮。长大了一定是一匹良马。”

格里高力叹了一口气。

“彼特罗，我很想念咱们的村子。我很想念顿河，这儿连流水都看不到。真是个讨厌的地方!”

“常回去看看吧。”彼特罗哼哼了两声，把肚子压到尖尖的马背上，撩起了右腿。

“一定回去。”

“好啦，再见吧!”

“一路平安!”

彼特罗已经出了院子；他忽然想了起来，朝着站在台阶上的格里高力大声说：

“娜塔莉亚她……我忘啦……出事啦……”

像鹰一样在院子上空打转转的风，没有把这句话的后面一部分送进格里高力的耳朵；彼特罗连人带马被浓浓的灰尘罩住，格里高力没有听清他的话，就摆了摆手，朝马棚走去。

这一年的夏天很旱。雨水少，庄稼熟得早。刚刚割完黑麦，大麦就熟了，一片金黄色，麦穗像刘海一样耷拉下来。四个外地来的短工和格里高力一同去割麦。

阿克西妮亚早早地做好厨房里的活儿，要求格里高力带她一块儿去。

“还是在家里待着吧，为什么偏要去呢？”格里高力劝她说，但是阿克西妮亚硬是要去，匆匆披上头巾，跑出大门，就去追赶短工坐的大车。

阿克西妮亚怀着忧虑和高兴得着急的心情在等待着的事情，格里高力模模糊糊觉得有点害怕的事情，就在割麦的时候发生了。阿克西妮亚在耙麦子，感觉到一点苗头，就扔下耙子，躺到一堆麦子旁边。过了一下子，肚子就疼起来了。阿克西妮亚咬住发青的舌头，平平地躺下来。短工们在割麦机上吆喝着马，从她身边绕过去。一个年轻短工，脸黄黄的，像是用木头刨成的，满脸皱纹，一只烂鼻子，他走过的时候，朝阿克西妮亚喊道：

"喂，你怎么啦，偏找这么块好地方晒太阳？快起来，不然要晒化啦！"

格里高力从割麦机上换了下来，走到她跟前，问：

"你怎么啦？……"

阿克西妮亚歪了歪不听使唤的嘴唇，沙哑地说：

"肚子一阵一阵地疼。"

"我叫你不要来，你偏他妈的来！好啦，现在怎么搞呢？"

"格里沙，别——别骂啦……哎哟！……哎哟！……格里沙，套车呀！快回家吧……我怎么能在这儿呢？这儿都是男子汉……"阿克西妮亚疼得像被铁箍紧紧勒着似的，呻吟起来。

格里高力跑去牵那匹在洼地里吃草的马。格里高力还没有套好车，把车赶过来，阿克西妮亚就爬到了一边，用四肢撑着身子，把头插进灰扑扑的大麦堆里，疼得直嚼带芒的麦穗，嚼过了又往外吐。她用肿胀的、陌生的眼睛莫名其妙地望着跑过来的格里高力，哎哟了几声，又用牙齿死死地咬住揉成一团的围裙，免得叫短工们听见她那像牲口一样的、难听的叫喊声。

格里高力把她抱到车上，赶着车就朝庄上走。

“哎哟，别走啦！……哎哟，要死啦！……颠——颠死啦！……”阿克西妮亚粗声粗气地喊叫着，披头散发的脑袋在车板上来回滚动着。

格里高力一声不响地用鞭子抽打着马，抖得缰绳在头顶上打着圈圈儿，也不回头朝后面看，声嘶力竭的呼叫声像一阵阵巨浪似的从后面扑来。

阿克西妮亚用两手紧紧按住两腮，狂乱地转动着睁得大大的、疯子一般的眼睛，身子在大车上不住地颠动着，大车在坑坑洼洼、没有轧平的道路上左右摇晃着。马在飞跑；马轭在格里高力眼前平稳地跳动着，马扼的拱背跳得遮住了高挂在天空、像水晶一样明亮得耀眼的白云。阿克西妮亚有一会儿工夫停止了一声接一声的、尖厉的呼叫。车轮轧轧响着，阿克西妮亚那不听摆布的头碰得车后面的厢板咚咚直响。格里高力一下子没有理会到她忽然不叫是怎么一回事儿，等他回过神来，回头看了看，只见阿克西妮亚的脸歪歪扭扭，十分难看，一边腮紧紧贴在车厢板上，正在张着嘴呼哧呼哧地喘气，就像一条鱼被扔到了岸上。额头上的汗像小河一样，直往凹下去的眼窝里流。格里高力把她的头扳起来，把自己的皱皱巴巴的帽子垫到她的头底下。阿克西妮亚斜着眼睛看了看，咬着牙说：

“格里沙，我要死啦。唉……不行啦！”

格里高力哆嗦了一下。一阵凉气一直传到他那汗湿的脚指头。他吓慌了，想说几句鼓励和亲热的话，却不知说什么好；嘴唇硬僵僵地哆嗦着，歪到了一边，从嘴里冲出这样一句话：

“瞎说，傻东西！……”他摇了摇头，弯下腰，几乎把身子对折起来，攥住阿克西妮亚一条蜷得很别扭的腿，“阿克秀莎，我的心肝宝贝儿！……”

阿克西妮亚松快了一小会儿以后，等到再疼起来，更比以前疼上十倍。阿克西妮亚觉得下坠的肚子里有个东西在往外挣，就把身子弯成弧形，格里高力听着她那十分可怕的、越来越高的叫声，觉得直扎耳朵。他像发了疯似的催赶着马。

在车轮轰隆声中，他隐隐听到一声长长的，细细的呼喊：

“格——里——沙！”

他勒了勒马，回过头来，只见阿克西妮亚摊开两条胳膊，躺在血泊里，裙子底下有一个哇哇叫的活物在蠕动……发愣的格里高力从车上跳下来，两腿像被拴住了一样，磕磕绊绊地向大车后头走去。他望着阿克西妮亚那直冒热气的嘴，不等听清她的话，就猜到了她的意思：

“把脐带咬——咬断……从小褂上抽——抽根线……扎——扎起来……”

格里高力用哆哆嗦嗦的手指头从自己的粗布小褂上抽出几根线，紧紧地眯缝起眼睛，一下子把脐带咬断，用线把流血不止的脐带头儿结结实实地扎住。

二十一

李斯特尼次基老爷的庄园亚戈德庄，就像长在一条开阔的干谷边上的肉瘤。风从两面来，有时从南面，有时从北面；太阳在淡蓝加乳白色的天空飘过；夏天刚刚过去，秋天的落叶就沙沙响起来，冬天也带着严寒和风雪跟了上来，可是亚戈德庄上永远过着单调无聊的日子；在这里过的与世隔绝的日子，天天一个样，就像一个个的孪生兄弟。

一群红眼圈的黑鸭子一年到头一拐一拐地在院子里转悠，不住地嘎嘎叫；一群珠鸡一年到头在院子里乱跑，就像一个个的玻璃球；美丽的孔雀一年到头在马棚顶上用小猫一样的嗓门儿喵喵尖叫着。老将军喜欢各种各样的禽鸟，就连一只打伤的仙鹤，他也养了起来，到十一月里，那鹤听到在天空自由飞翔的伙伴们隐约的呼唤，就发出嘹亮、凄厉、扣人心弦的呼叫声。但是鹤飞不起来了，被打断的翅膀僵直地耷拉着。可是老将军在窗前望见仙鹤弯下头，又蹦又跳，想从地上飞起来的时候，他就张开白胡子遮着的大嘴笑了，洪亮的笑声在空荡荡的、洁净的大厅里到处回荡着。

维尼阿民总是高高地昂着毛茸茸的头，抖着大腿，一天到晚坐在堂屋里的柜子上，一个人玩纸牌，玩得入迷。季杭也总是因为他的麻子情人而嫉妒萨什卡，嫉妒长工们、格里高力，嫉妒老爷，甚至嫉妒起仙鹤，因为仙鹤也受到这位温柔的寡妇的悉心照应。萨什卡老爹还是常常喝得晕乎乎的，到老爷窗前去讨两个银角子。

在这许多日子里，只有两件事惊动了沉闷得发霉的空气，一件是阿克西妮亚生了孩子，还有一件是丢了一只大公鹅。对于阿克西妮亚生的女孩子，大家说过一阵，很快就不说了；至于鹅，在庄外沟里发现了鹅毛（很明显，是叫狐狸拖去了）以后，也就不说了。

老爷每天早晨醒来，总要把维尼阿民唤来。

“你做梦了吗？”

“当然做啦，做了一个好奇怪的梦。”

“讲讲吧。”老爷手里卷着烟卷，简短地吩咐说。

于是维尼阿民就讲起来。如果讲的梦没有趣味或者十分可怕，老爷就要生气：

“唉，混账，畜生！糊涂蛋做梦也是糊里糊涂的。”

维尼阿民学起乖来，编造起开心和有趣的梦。他简直感到成了很大的负担：每天要发明新梦，早几天就要坐在柜子上，一面啪啪地往小毯子上摔着跟他的脸一样滑润和油腻的纸牌，一面编造叫人开心的梦。他的眼睛呆呆地盯着一个点，脑子里在编造新梦，一直弄到连一个真正的梦都不做了。他每次醒来，都要使劲回想回想，但是想来想去，脑子里漆黑一团，又黑又光，光得像刨过的一样，别说是梦，连一张人脸都没有梦见。

维尼阿民那有限的才思常有枯竭的时候，可是老爷一听出他重复已经说过的梦，就要生气。

“你这坏小子，梦见马的事，星期四已经讲过啦。你他娘的是怎么回事？……”

“尼古拉·阿列克塞耶维奇，我又梦见啦。说实在的，我又梦见了一回。”维尼阿民毫不心慌地撒谎说。

十二月里，格里高力和一个看门的伙计一同被叫到维奥申乡乡公所。他领了一百卢布的买马钱，还拿到一张要他在圣诞节第二天到曼柯沃镇征兵站去报到的通知单。

格里高力从乡公所回来，心里十分慌乱：圣诞节快到了，他还什么都没有准备呢。用官家发的钱和自己攒的钱，在奥布雷夫村花一百四十卢布买了一匹马。他是跟萨什卡老爹一块儿去买的，买到的是一匹挺合适的马：六岁口，浑身枣红色，屁股向下溜；只有一样不明显的毛病。萨什卡老爹捋着胡子说：

“买不到更便宜的啦，长官是看不出毛病来的。他们没有那么大的本事。”

格里高力骑着买来的马从那里回来，试了试小跑和大跑的脚步。在圣诞节前一星期，潘捷莱·普罗柯菲耶维奇亲自到亚戈德庄上来了。他没有把套在爬犁上的骒马赶进院子，而是拴在篱笆上，便一瘸一拐地朝下房里走来，一面捋着胡子上的冰凌，那大胡子贴在皮袄领子上，很像一块黑黑的磨刀石。格里高力从窗户里看到父亲，心里十分慌张。

“怎么回事儿?！……我爹来啦！……”

阿克西妮亚也不知为什么把小孩子裹了裹，朝摇篮跑去。

潘捷莱·普罗柯菲耶维奇带着一股冷气进了屋子；他摘下皮帽，对着圣像画了个十字，一面用眼睛慢慢地四下打量着。

“你们日子过得好啊！”

“爹，你好。”格里高力一面从板凳上站起，一面回答问候，然后向前跨了两步，在屋子当中站住。

潘捷莱·普罗柯菲耶维奇伸出一只冰凉的手让格里高力握了握，就坐到板凳头上，一面裹着皮袄大襟，一面用眼睛打量着站在摇篮旁边发呆的阿克西妮亚。

“你准备入伍吗？”

“不去怎么行？”

潘捷莱·普罗柯菲耶维奇没有说话，用探询的目光打量了格里高力半天。

“把衣裳脱脱吧，爹，恐怕冻坏了吧？”

“还好。不要紧。”

“我来把茶炊端上来。”

“谢谢。”老头子用手指甲刮着皮袄上老早溅上的一点泥巴，说，“我给你送东西来啦：两件军大衣，一副马鞍，一条裤子。你去拿进来……都在那儿。”

格里高力光着头走出门去，从爬犁上搬进来两只大麻袋。

“什么时候出发？”潘捷莱·普罗柯菲耶维奇一

面问，一面站起身来。

“圣诞节第二天，怎么，爹，你就走吗?”

“我想早点赶回去。”

他同格里高力告过别，仍然用眼睛打量着阿克西妮亚，向门口走去。他已经抓住门把手了，又向摇篮扫了一眼，说：

“妈妈叫我向你问好，她的腿生毛病啦。”他沉默了一会儿，然后鼓了鼓劲儿，好像在举一样重东西似的，说，“我也要去，把你送到曼柯沃镇上。你收拾收拾吧。”

他一面把厚厚的手套往手上戴，一面走了出去。阿克西妮亚因为受了白眼，脸色灰白，一声不响。格里高力在屋里走来走去，斜眼望着她，特意来来回回地踩着一块咯吱咯吱直响的地板。

圣诞节第一天，格里高力赶着车送老爷到维奥申镇上去。

老爷做过祈祷，在他的一个堂妹——一个女地主家里吃过早饭，就吩咐套车。

格里高力还没有把一大碗油乎乎的猪肉汤喝完，就站起来，朝马棚里走去。

轻便的城市型爬犁上套的是一匹灰毛色、黑斑、名叫“快腿”的奥勒尔大走马。格里高力扯紧缰绳，把马牵了出来，匆匆忙忙地将马套上爬犁。

风卷起松松的、凉得扎人的积雪，银色的雪粉咝咝地满院子飞舞。花坛外面的树上挂着轻柔的、像流苏一样的白霜。风把霜吹离枝头，霜向下落，松散开来，经阳光一照，放射出虹霓般的、像童话里那种光怪陆离的色彩。屋顶上，黑乎乎的烟囱里冒出的烟被风吹得歪歪倒倒的，有几只冻得瑟瑟发抖的寒鸦在烟囱旁边哇哇叫着。寒鸦听到脚步声，惊得飞了起来，像几个灰蓝色的棉花球似的在屋子上空盘旋了一阵子，就朝西边的教堂飞去，一只只瓦蓝色的寒鸦，在清晨淡紫色的天空里显得非常清楚。

“去说一声，套好啦！”格里高力朝着跑出来的一个使女喊道。

老爷一面把胡子往貉绒皮袄领子里埋着，走了出来。格里高力给他把腿盖好，把丝绒缘边的狼皮车毯扣起来。

“狠狠地抽！”老爷用眼睛点了点大走马。

格里高力坐在赶车座位上，身子向后仰着，伸直的两手拉得缰绳紧绷绷的，他斜着眼睛担心地望着每一道滑溜的斜坡，他还记得有一次在下过头场雪的路上走，因为爬犁猛颠了一下，老爷就照着他的后脑勺打了结结实实的一拳，那一拳真不像一个老头子打的。直到来到桥边，顺着顿河往前走，格里高力这才放松缰绳，用手套揉了揉被风吹得发麻的两腮。

下午两点钟才赶回亚戈德庄。老爷一路上没有说话，只是偶尔弯起手指头敲敲格里高力的脊背，说："停一下！"就转过身去，背着风卷起烟卷来。

已经在下坡往庄里走的时候，老爷问道：

"明天一早就走吗？"

格里高力侧过身子，好不容易张了张冻僵的嘴唇。

"一搅走。"他把"早"说成了"搅"。他那冻得发僵的舌头好像肿了起来，紧紧贴在牙花子上，说话都不清楚了。

"钱都领到了吗？"

"都领到啦。"

“不要挂念老婆，她的事你放心好啦。你到军队里要好好地干。你爷爷当年是个很像样的哥萨克。希望你……”老爷的声音低了下去（他为了避风，把脸藏进了皮袄领子），“希望你也能像你爷爷和你父亲那样。你父亲是在沙皇阅兵时得过赛马头奖吧？”

“是的，父亲得过。”

“噢，就要这样嘛。”老爷好像是在警告他，用严厉的口气结束了谈话，把整个的脸都藏进皮袄里。

格里高力把马交给萨什卡老爹，就朝下房走去。

“你父亲来啦！”萨什卡老爹一面给马披马衣，一面在背后对格里高力喊道。

潘捷莱·普罗柯菲耶维奇正坐在桌旁吃肉冻。“快醉啦。”格里高力用眼睛打量着父亲变得和颜悦色的脸，心里判断说。

“回来啦，老总？”

“冻死啦，”格里高力拍打着两手回答说，又朝阿克西妮亚说，“给我解开帽带，手不听使唤啦。”

“算你倒霉，风故意找你麻烦。”父亲嚼得耳朵和胡子直摆动，一面唠叨说。

这一次他和气多了。他毫不见外地、痛痛快快地吩咐阿克西妮亚说：

“再切一些面包来，别舍不得。”

他离开桌子，在去门口抽烟的时候，好像无意中把摇篮摇了两下；他把大胡子伸进小帐子里，问道：

“是男孩子吗？”

“是个丫头，”阿克西妮亚替格里高力回答说，接着，她看到一缕不满意的神色从老头子脸上飘过，一直隐没到大胡子里，便赶紧补充说，“长得挺好看，完全像格里高力。”

潘捷莱·普罗柯菲耶维奇十分认真地打量了一番露在一团破布外面的黑黑的小脑袋，不无自豪地认可说：

“是我们家的骨血……哈……真不简单！……”

“爹，你怎么来的？”格里高力问。

“坐爬犁来的，套的是小骡马和彼特罗的马。”

“你套一匹马来好啦，咱们再把我那匹马套上。”

“不用，让你的马空身走吧。马倒是一匹挺不错的马。”

“你看过啦？”

“稍微看了看。”

他们因为彼此都想着同样的事情，心情十分激动。谈论的却是各种各样不值得谈的事情。阿克西妮亚没有插嘴，愁眉苦脸地坐在床上。两个鼓膨膨的乳房把小褂的领口都撑开了。生过孩子以后，她胖了不少，显示出一种幸福和充满信心的新姿态。

他们很晚才睡下。阿克西妮亚紧紧贴在格里高力身上，泪水和没有吸干的奶头流出的奶水把他的小褂湿了一大片。

“我想你会想死的……我一个人怎么过啊？”

“别怕。”格里高力同样用小声回答说。

“夜又长……孩子又不睡……我又想你想得要命……还得了吗，格里沙，一去就是四年！”

“听说，古时候当兵要当二十五年呢。”

“我管它古时候干啥……”

“好啦，别说啦！”

“当兵拆散人家好日子，真该死！”

“等有了假期，我会回来的。”

“等有了假期，”阿克西妮亚一面抽抽搭搭地哭，一面往小褂上擤鼻涕，一面像回声一样哼哼着接话说，“等你回来，顿河的水恐怕都要流干啦……”

“别哭啦……好比秋天下雨，算不了什么，你也会是这样。”

“把你换成我试试看。”

格里高力在天快亮的时候才睡着了。阿克西妮亚喂过孩子，用胳膊肘支起身子，眼睛眨也不眨地看着格里高力脸上发黑的线条，默默地和他告别。她想起了她在自己房里劝他上库班去的那一夜，那一夜也是只有一轮明月和被月光照得雪亮的院子。

明月依旧，可是格里高力现在又是那样又不是那样了。他身后已经有一段很长的、一天天踏出来的小路……

格里高力翻了一下身，含含糊糊地说：

“在赤杨村……”又不作声了。

阿克西妮亚想睡一下，但是思潮就像风吹干草堆一样，把睡意吹散了。一直到天亮她都在想着格里高力梦中说的这句没头没尾的话，寻找着各种各样的答案……结满冰花的窗户上刚刚出现麻麻的亮点儿，潘捷莱·普罗柯菲耶维奇就醒来了。

“格里高力，起来，天亮啦！”

阿克西妮亚跪起来，穿上裙子；她叹着气，摸索火柴摸索了半天。

等到吃完早饭，收拾停当，天也大亮了。晨光闪闪烁烁，有如蓝色的水波。好像插进雪里的篱笆，显得清楚齐整，就像一排牙齿；马棚顶黑乎乎的，遮住紫丁香般柔和的、雾蒙蒙的天空。

潘捷莱·普罗柯菲耶维奇出去套爬犁。格里高力挣脱疯狂地吻他的阿克西妮亚，去跟萨什卡老爹和其余的一些人告别。

阿克西妮亚把小孩子裹了裹，就出来送他。

格里高力亲了亲女儿湿乎乎的额头，就朝自己的马走去。

“坐爬犁吧！”父亲勒着马，喊叫道。

“不，我骑马吧。”

格里高力故意不慌不忙地勒了勒马肚带，骑上马去，理着缰绳。阿克西妮亚用手指头捅了捅他的腿，一连声地反复说：

“格里沙，等一等……我有话要跟你说……”她心慌意乱，浑身打着哆嗦，皱着眉头在想什么话。

“好啦，再见吧！把孩子照应好……我走啦，你看，爹已经走很远啦……”

“等一等，我的亲人！……”阿克西妮亚用左手抓住冰凉的马镫，右手紧紧按住裹在衣襟里的孩子，眼巴巴地看着他，那睁得大大的、一眨不眨的眼睛里流出来的眼泪，就腾不出手去擦了。

维尼阿民从屋里走了出来。

“格里高力，老爷叫你。”

格里高力骂了一声，扬了一下鞭子，就出了院子。阿克西妮亚跟在他后面跑着，那穿着毡靴的双脚一下又一下地插进院子里一处一处的雪堆里，又十分吃力地拔出来。

格里高力在山头上追上了父亲。他镇定了一下，回头看了看。阿克西妮亚在大门口，把裹在衣襟里的小孩子紧紧抱在胸前，风吹得她那红绸头巾扑扑抖动，头巾的角儿在肩头打着圈圈儿。

格里高力来到爬犁跟前，一起缓缓地往前走。潘捷莱·普罗柯菲耶维奇转身背对着马，问道：

“这么说，你不想跟你老婆过啦？”

“老话……早说过啦……”

“就是说，你不想啦？”

“可以说，是这样。”

“你没听说，她寻过短见吗？”

“听说过。”

“听谁说的？”

“我送老爷到镇上去，见到过咱们村里的人。”

“你不怕上帝怪罪吗？”

“说实在的，爹，有什么办法呢……大车上掉下去的东西，掉了就掉啦。”

“你别跟我讲他妈的鬼话！我是好心好意和你说的。”潘捷莱·普罗柯菲耶维奇气冲冲地一口气说了出来。

“我已经有了孩子，还有什么可说的呢？这会儿破镜已经不能重圆啦。”

“你小心……养的会不会是人家的孩子呢？”

格里高力的脸唰地一下白了：父亲触动了他那没有愈合的创伤。自从孩子生下来以后，格里高力一直疑心重重，心里十分痛苦，虽然他不叫阿克西妮亚看出来，也欺骗着自己。到了夜里，等阿克西妮亚睡了，他常常走到摇篮跟前，仔细端详，在孩子那黑乎乎、红扑扑的脸蛋上寻找跟自己相像的地方，但是每次看过了，还是像原来那样没有把握。司捷潘的皮肤也是深褐色，几乎是黑色的——怎么能知道，从孩子的心脏里流出来，奔流在皮肤下一道道发青的血管里的血，究竟是谁的呢？有时候他觉得女孩子很像他，有时候觉得她像司捷潘像得不得了。他对她一点感情也没有，要说有感情的话，只有一种厌恶的感情，因为他把临产时浑身抽搐的阿克西妮亚从田野上拉回来的时候，曾经感到十分伤脑筋。有一次（当时阿克西妮亚正在厨房里做饭），他把孩子从摇篮里抱出来，给她换尿布，换着换着，觉得一阵刺心的难受。他偷偷地弯下身子，用牙咬了咬孩子那红红的、撅着的脚指头。

父亲毫不顾惜地戳了他的痛处，格里高力把手掌放到鞍头上，低声回答说：

“不管是谁的，我总不能扔掉。”

潘捷莱·普罗柯菲耶维奇没有转身，朝马身上抽了一鞭子。

“娜塔莉亚那一下子毁啦……头歪啦，好像是得了偏头风。一条很要紧的筋割断啦，所以脖子歪到了一边。”

他没有再说下去。爬犁划开积雪，沙沙地前进着；格里高力的马紧紧跟在后面，马蹄嗒嗒响着。

“她究竟是怎么回事儿，这会儿怎么样啦?”格里高力问道，一面十分细心地从马鬃里往外抠一颗被汗渍透的苍耳子。

“总算是活过来啦。躺了七个月。三一节的时候眼看着就要死啦。潘克拉季教长都给她举行过涂油仪式了……可是后来又苏醒过来。从那时候起就一天天好转，后来就起床了。她拿镰刀往心窝里戳，可是手一哆嗦，戳歪了，要不然就完啦……”

“往下坡走。”格里高力扬了扬鞭子，在马镫上站了起来，放马朝爬犁前面跑去，马蹄翻起的积雪，一块一块地飞到爬犁上。

“咱们要把娜塔莉亚接回来!”潘捷莱·普罗柯菲耶维奇一面赶车，一面高声说，“一个娘儿们是不愿住娘家的。前几天我看到过她，我叫她到咱们家来。”

格里高力没有答话。直到进前面的村子，他们都没有说话，而且潘捷莱·普罗柯菲耶维奇再也没有提这件事。

这一天他们走了七十多俄里。第二天（很多人家已经上灯了），他们来到曼柯沃镇。

“维奥申乡来的人在哪儿？”潘捷莱·普罗柯菲耶维奇见到人就问道。

“顺大街往前走。”

他们住宿的宅子里，已经住下五个新兵和送他们入伍的父亲。

“你们是哪几个村子上的？”潘捷莱·普罗柯菲耶维奇一面问着，把马朝棚子底下牵去。

“旗尔河边的。”黑暗处有个粗喉咙回答说。

“哪一个村上的呢？”

“有卡耳根村的，有纳波洛夫村的，有李霍维多夫村的，你们是哪个村上的？”

“我们是‘咕咕村’[①]上的。”格里高力笑着回答说，一面卸着马鞍，摸了摸鞍底下出了汗的马背。

第二天早晨，维奥申乡的乡长杜达列夫把维奥申乡的新兵带到体格检查处。格里高力看到了自己村子里跟他同年的伙伴们；米佳·柯尔叔诺夫骑着

---

①“咕咕村”是鞑鞑村的别名。“咕咕”是布谷鸟的叫声。

一匹浅棕色的高头大马，一副崭新、漂亮的马鞍，一条华丽的马肚带，马笼头还戴着银饰，还在清早他骑马到井边去的时候，看到格里高力站在住所的大门口，他就用左手按着歪戴着的帽子，不打招呼就跑了过去。

新兵在乡公所的冷屋子里按着次序脱掉衣服。好几个军队里的文书和一个军监助理跑来跑去，穿着漆皮短靴的军区司令的副官在旁边来来回回地走着；他那嵌着黑宝石的戒指和漂亮的黑眼睛里那通红、凸起的眼白，使他的皮肤和肩章的穗带显得分外白。屋子里传出医生的说话声和零星插话。

“六十九。”

“巴维尔·伊万诺维奇，给我一支化学铅笔。”门口有一个带醉意的声音沙哑地说。

“胸围……”

“嗯，嗯，很明显这是遗传。”

“梅毒，记下来。”

“干什么要用手捂着？又不是大姑娘。”

“体格有点……”

“……村里这种病多得很。必须另外对待。我已经报告过上级啦。”

“巴维尔·伊万诺维奇，请您看看这一个。体格怎样？”

“嗯——我来看……”

格里高力跟楚加林村一个红头发、高个头儿小伙子一块儿脱衣服。门里走出一个文书，他背后的制服皱着，声音清脆地说：

“潘菲洛夫·谢瓦斯季扬、格里高力·麦列霍夫。”

“快点！”红头发小伙子吓得小声对格里高力说，一面红着脸脱袜子。

格里高力带着满脊背的鸡皮疙瘩走了进去。他那黑黑的身子闪着老橡树一般的光泽。他望着自己两条腿上那密密麻麻的黑毛，觉得很不好意思。角落里的磅秤上站着一个脱得精光、颧骨很高的小伙子。有一个人，看样子像个医士，拨了拨砝码，喊道：

“四普特零十封特。下来。”

这种有伤大雅的体格检查使格里高力觉得很不耐烦。一个穿白衣的白发医生用听诊器在他身上听

静静的顿河

卷 四

[苏联] 米哈依尔·肖洛霍夫 / 著　　力 冈 / 译

安徽师范大学出版社
ANHUI NORMAL UNIVERSITY PRESS
·芜湖·

卷　四

一

一九一六年，十月。夜。又是雨又是风。林木丛生的低洼地带。到处是赤杨树的一片泥沼地。泥沼地边上就是战壕。前面是铁丝网。战壕里面是冰冷的稀泥。监视哨那潮湿的防护板微微闪着光。稀稀拉拉的地下室里的灯火。一位矮墩墩的军官，在一个军官地下室的门口站了一会儿；他用潮漉漉的手指头摸着纽扣，匆匆地解开军大衣，抖了抖领子上的雨水，又在踩得全是烂泥的一捆麦秸上草草地擦了擦靴子，这才推开门，弯下身子走进地下室。

小煤油灯发出的一片黄黄的灯光，一闪一闪地照到来人的脸上。一位敞着制服上衣的军官，在床上支起身子，用手撩了撩乱蓬蓬的斑白头发，打了个哈欠。

“下雨啦？”

“下着呢。”来人一面回答，一面脱下大衣，把大衣和淋得皱巴巴的制服挂在门边一根钉子上，“你们这儿挺暖和。人多热气大呀。”

“我们不久才生起火。糟糕的是，地下水直往外冒。这雨他妈的要是再下，地下室咱们就住不成啦……不是吗？您以为怎样，彭楚克？”

彭楚克搓着手，弯下腰，蹲到小炉子跟前。

“你们铺上地板嘛。我们的地下室里才漂亮呢：可以光着脚在里面走。哦，李斯特尼次基在哪儿？”

“睡觉呢。”

“睡很久了吗？”

“巡逻一回来就睡啦。”

“该把他叫醒了吧？”

“叫醒他吧。咱们一块儿来下棋。”

彭楚克用食指抹了抹又宽又浓的眉毛上的雨点，

没有抬头，轻轻地叫道：

“叶甫盖尼·尼古拉耶维奇！”

“睡得好熟啊。”斑白头发的军官叹了一口气，说。

“叶甫盖尼·尼古拉耶维奇！”

“什么事？”李斯特尼次基用胳膊肘支起身子。

“咱们来下盘棋，好不好？”

李斯特尼次基把两条腿耷拉下来，用红红的、软软和和的手掌在鼓鼓的胸脯上搓了半天。

第一盘棋快要下完的时候，第五连的两位军官来了，一位是加尔梅柯夫大尉，一位是丘鲍夫中尉。

“报告一件新闻！”加尔梅柯夫还在门口就喊道。“咱们团大概要撤防啦。”

“这话是从哪儿来的？”斑白头发的上尉梅尔库洛夫不相信地笑了笑。

“你不信吗，彼佳大叔？”

“说实话，我不信。”

“炮兵连连长在电话里说的。他又是从哪里知道的呢？他昨天才从师部回来嘛，自然会知道。”

“能到澡堂里去泡一泡，倒是不坏。”

丘鲍夫装出十分舒服的样子笑着，装着用洗澡刷子在擦屁股。梅尔库洛夫笑了。

“我们的地下室里只要安上一口锅烧烧就行啦，水足够用的。”

“老兄，太潮啦，太潮啦。”加尔梅柯夫打量着木头排成的墙和咕叽咕叽响的地面，抱怨说。

“旁边就是泥沼地嘛。”

“感谢至高无上的上帝吧，待在泥沼地上，就像是藏在基督的怀里啦，”彭楚克插嘴说，“驻在干净地方的，天天要冲锋陷阵，可是咱们在这儿一个星期只能打一梭子。”

“宁愿冲锋陷阵，不愿在这儿活活地烂掉。”

“彼佳大叔，养活哥萨克，可不是为了叫哥萨克打仗牺牲掉。你别装糊涂。”

“照你看，是为了什么呢？”

“照以往的做法来看，政府在必要的时候还想依靠一下哥萨克呢。”

“你是在说鬼话。”加尔梅柯夫把手一摆，说。

“这怎么是鬼话？”

“就是鬼话。”

“算了吧，加尔梅柯夫！真理是驳不倒的。”

“这算什么真理……”

“这是大家都清楚的嘛。你为什么要装糊涂呢?”

“诸位军官，注意!”丘鲍夫叫道，又像演戏一样向四方鞠着躬，指着彭楚克说，“彭楚克少尉现在按照社会民主党圆梦的书给大家说说。”

“您是在演小丑吗?”彭楚克用眼睛逼住丘鲍夫的目光，冷笑了一声，“不过，您演下去好啦，各有所长嘛。我要说的是，从去年年中起，咱们就没有打过仗。从阵地战一开始那时候起，许多哥萨克团队就分散到隐蔽的地方，储存起来，暂时不用。”

“那么，以后呢?”李斯特尼次基一面收拾棋子，一面问道。

“以后，等前方骚乱起来——这是不可避免的:士兵们已经开始厌恶战争了，开小差的人越来越多，可以证明这一点——到那时就要派哥萨克去镇压、去平息叛乱。政府养活哥萨克军队，就像在棍子上绑一块石头。政府打算在必要的时候，用这块石头打碎革命的脑壳。”

“老兄，你着魔啦！你的推断太靠不住啦。首先，局势的发展，事先无法判断。至于以后要发生骚乱或者别的什么，你又是从哪儿知道的呢？假如事情是这样：协约国打垮了德国人，战争以光辉的结局而结束——到那时候，又叫哥萨克干什么呢？”李斯特尼次基反驳说。

彭楚克微微一笑。

“好像不会有什么结局，尤其不会有什么光辉的结局。”

“已经打了这么久啦……”

“还要打更久呢。”彭楚克断言说。

“你什么时候销的假？”加尔梅柯夫问道。

“前天。”

彭楚克把嘴噘圆了，用舌头顶出一个小小的烟圈儿，把烟头扔掉。

“你上哪儿去啦？”

“上彼得格勒去啦。”

“哦，那儿怎么样？京城里热闹吗？唉，他妈的，要是能让我在那儿住上一个星期，叫我干什么都行。”

“开心的事也不多，”彭楚克字斟句酌地说，“缺粮。在工人区见到的是饥饿、不满和暗暗的反抗。”

“咱们是不能平安无事地从这次战争中爬出去啦。诸位，你们以为怎样？”梅尔库洛夫用询问的目光朝大家扫了一下。

“日俄战争引起了一九〇五年的革命，这次战争也要导致一场新的革命。而且不仅是革命，还要导致国内战争。”

李斯特尼次基听着彭楚克在说话，做了一个含含糊糊的姿势，好像是要半路上拦住彭楚克的话，后来站了起来，皱着眉头，在地下室里走来走去。他按捺着怒火，说：

“使我感到奇怪的事情是，在我们军官当中，会有这样的人。”他朝弓着背的彭楚克指了指，“我所以感到奇怪，因为我至今还弄不清他对祖国、对战争的态度……有一次他在说话时含含糊糊地露了一点，但完全可以清清楚楚地看出，他是希望咱们在这场战争中失败的。我这样理解你的立场，彭楚克，对吗？”

“我是希望失败。”

“那又是为什么呢？照我看，不管你的政治见解如何，反正希望自己的祖国失败，这就是……叛国。任何一个正直的人都认为这是可耻的！”

“你们可记得，布尔什维克党在议会中的代表曾经宣传反对政府，那不就是要促成失败吗？”梅尔库洛夫插嘴说。

“彭楚克，你赞成他们的观点吗？”李斯特尼次基提了一个问题。

“如果我一再表示希望失败的话，那么，可想而知，我是赞成他们的观点的；而且像我这样一个社会民主工党党员，一个布尔什维克，竟会不赞成自己的党代表的观点，那才是笑话呢。叶甫盖尼·尼古拉耶维奇，我倒是更觉得奇怪：你是个有知识的人，政治上却是一窍不通……”

“我首先是一个忠于朝廷的士兵。单是一副‘社会党同志’的样子，就够使我恶心的。”

“你首先是个蠢驴，再就是一个不知天高地厚的大兵。”彭楚克这样想着，敛去了笑容。

“不知天外有天，神外有神……”

“军队里的情况特殊，”梅尔库洛夫好像在表示歉意，插嘴说，“咱们都跟政治无关，咱们是局外人。”

加尔梅柯夫大尉坐着，捋着耷拉下来的胡子，两只火辣辣的蒙古人的眼睛闪着锐利的光芒。丘鲍夫躺在床上，一面听别人说话，一面仔细看着梅尔库洛夫那张贴在墙上的、被烟熏黄了的画：一个半裸女人，一张轻佻的脸，慵懒而狎昵地笑着，看着自己那光光的胸膛。她左手两个指头揪住棕色的奶头，小指头小心地翘着，低垂的眼皮下面有阴影，瞳仁发出亲切的亮光。她的一个肩膀微微耸起，拦住朝下溜的内衣，两个肩窝里的光线稀薄而柔和。那女人的姿态是那样从容、优美，那样逼真，那种朦胧的色调是那样动人，所以丘鲍夫不由得微笑着，欣赏起这幅绝妙的画，说话声虽然进了耳朵，但已经进不了他的脑子了。

“真是太——好啦！”他的眼睛离开画，赞叹了一声，但是太不凑巧了，因为彭楚克刚刚说过一句话：

“……你们瞧着好啦，沙皇专制一定要完蛋！”

李斯特尼次基转悠着纸烟，冷冷地笑着，一会儿看看彭楚克，一会儿看看丘鲍夫。

“彭楚克!”加尔梅柯夫唤道,“您等一等,李斯特尼次基!……彭楚克,您听我说说!……比如说,好,就算这场战争会变成国内战争……以后又怎样呢?又比如说,你们能推翻朝廷……照你们的意见,又该成立什么样的衙门?建立什么样的政权呢?”

“无产阶级的政权。”

“怎么,是国会执政吗?”

“那太微不足道啦!”彭楚克笑着说。

“那么又是什么呢?”

“应该是工人阶级专政。”

“是这——样啊!……那么,知识分子和农民算什么角色呢?”

“农民会跟着我们走,有一部分思想进步的知识分子也会跟着走,至于其余的……我们对其余的就这样干……”彭楚克动作麻利地把原来就在他手里的一张纸拧成紧紧地鞭形捻子,挥了几下,透过牙缝说,“就这样干!”

“你们飞得太高啦……”李斯特尼次基冷笑说。

“飞得高高的,再落下来。”彭楚克接话说。

“应当先铺下些干草……”

“您是他妈的为什么志愿上前方来的，而且还升成了军官？这跟你们的见解怎么能相符呢？真出——奇——呀！一个反对战争……嘿嘿……反对毁灭自己那些……阶级弟兄的人——居然升成……少尉啦！”

加尔梅柯夫两手拍了拍靴筒，开心地哈哈大笑起来。

“您率领自己的机枪队，消灭了多少德国的工人呀？”李斯特尼次基问道。

彭楚克从军大衣旁边的口袋里掏出一大卷纸，背对李斯特尼次基站着，在纸卷里翻了半天，然后走到桌子跟前，用鼓着青筋的大手摊开一张旧得发了黄的报纸。

“我打死了多少德国的工人，这……是一个问题。至于我志愿到前方来，因为反正是要抓我来的。我是想，今天在战壕里得到的知识，将来是有用处的……将来用得上。这儿就是这样说的……”于是他念起列宁的文章：

就拿现代的军队来说吧。军队是组织的

一个好范例。这种组织所以好，就因为它**灵活**，同时又能使千百万人服从**统一的意志**。今天，这千百万人还坐在自己家里，分散在全国各地；明天动员令一下，他们就会在指定地点集合。今天他们还蹲在战壕里，有时得蹲几个月，明天他们就会以别的队形去冲锋陷阵。今天他们避开枪林弹雨创造出奇迹，明天他们又在短兵相接中创造奇迹。今天他们的先头部队在地下埋上地雷，明天他们会按照空中飞行员的指示向前推进几十俄里。受同一意志所感召的千百万人，为了同一目标而改变他们的交往方式和行动方式，改变他们的活动地点和活动方法，改变工具和武器，以适应改变着的形势和斗争的要求，——这才是真正的组织。

工人阶级反对资产阶级的斗争也是这样。如果今天还不具备革命形势……

"'形势'是什么玩意儿?"丘鲍夫忽然问道。

彭楚克动了一下，好像刚刚从睡梦中惊醒过来，用大拇指的骨节擦了擦那疙里疙瘩的脑门儿，好像没有听清所提的问题。

“我是问，‘形势’这个词儿是什么意思？”

“我懂倒是懂得，可是要解释清楚——我却不能……”彭楚克的脸上露出爽朗、单纯、孩子气的笑容；在他那阴沉的大脸上看到这样的笑容，实在令人觉得稀奇，就好像凄风苦雨的秋天原野上忽然活蹦乱跳地跑过一只活泼泼的小兔儿。“形势——就是情况、局面，反正是这一类的意思。我说得对吗？”

李斯特尼次基含含糊糊地摇了摇头。

“念下去吧。”

如果今天还不具备革命形势，还没有激发群众和提高他们积极性的条件，今天交给你选票，你就拿过来，好好地加以组织，用它来打击自己的敌人，而不是为了把那些怕坐监牢而死抓住安乐椅的人送到议会中去享受肥缺。如果明天剥夺了你的选票而交给你枪支和最新式的速射炮，那你就把这些屠杀和破坏的武器接过来，不要去听信那些害怕战争的多愁善感

> 的颓丧者的话；为了工人阶级的解放，世界上得用炮火和刀枪来消灭的东西多着哩；如果群众的仇恨和绝望日益增长，如果有了革命形势，那就着手建立新的组织，**使用**这些十分有利的屠杀和破坏的武器来**反对本国**政府和**本国**资产阶级……[①]

彭楚克还没有念完，第五连的司务长敲了敲门，走进了地下室。

“大人，”他朝加尔梅柯夫说，“团部来了个传令兵。”

加尔梅柯夫和丘鲍夫穿起大衣，走了出去。梅尔库洛夫吹着口哨，坐下来画画。李斯特尼次基还是那样在地下室里走来走去，捻着小胡子，想着心思。不久，彭楚克也打了一声招呼，走了出来。他用左手按住领口，右手撩着大衣下摆，穿过一片烂泥的交通壕。凛冽的风在狭窄的壕沟里一阵一阵地吹着；吹到凸起的地方，就发出啸声，打起圈圈儿。

---

①以上两段译文摘自人民出版社一九七二年版《列宁选集》第二卷，六五九—六六〇页。

彭楚克在黑暗中走着，不知为什么隐隐约约地笑着。他回到自己的地下室，浑身又被雨打湿了，浑身都是湿漉漉的赤杨树叶子气味。机枪队长已经睡了。他那黑乎乎、留着黑胡子的脸上有两片青青的印子，那是缺少睡眠的标志（他一连打了三夜牌）。彭楚克在自己以前留下来的士兵挂包里掏了掏，在门口烧毁了一堆文件，往裤子口袋里塞了两筒罐头和好几把手枪子弹，就走了出来。在开门的当儿，风冲进了地下室，吹散了在门口烧毁的文件的纸灰，吹灭了烟气腾腾的小油灯。

彭楚克走后，李斯特尼次基又一声不响地来回走了有五分钟，然后走到桌子跟前。梅尔库洛夫正歪着头在画画。削得尖尖的铅笔正画着一道道朦胧的阴影。方方的白纸上已经出现了彭楚克的脸，脸上还带着他平时那种没有多少笑意的、好像是不得不笑的笑容。

“一副好厉害的嘴脸。”梅尔库洛夫用手举着画说，并且抬眼看了看李斯特尼次基。

“哦，怎么样？”李斯特尼次基问道。

“谁知道他妈的是怎么回事儿！”梅尔库洛夫猜

度着问题的实质，回答说，“他是一个奇怪的家伙，现在他表明了身份，很多问题也就清楚了，可是以前我真不知道他是怎么一回事儿。你要知道，他在哥萨克中间，特别是在机枪手中间，很有威望呢。这一点你没有看出来吗？”

“是的。”李斯特尼次基含含糊糊地回答说。

“机枪手——个个都是布尔什维克。他已经把他们鼓动起来啦。我吃惊的是，他今天居然自己摊了牌。为什么呢？他是有意说的，肯定是这样！他知道，在我们当中没有谁会赞同这些见解，因此他就干脆自己说出来。要知道，他并不是一个急性子人。他是一个危险的家伙。”

梅尔库洛夫在评论彭楚克的奇怪举动的时候，放下了那幅画，并且脱起衣裳。他把潮漉漉的袜子搭在小炉子上，上了上表，又抽了一支烟，就躺下了，很快就睡着了。李斯特尼次基坐到梅尔库洛夫一刻钟以前坐的那张凳子上，就在图画的背面挥笔写了起来，削得尖尖的铅笔头写断了好几次。

大人：

以前我向您报告过的那些推测，今天完全证实了。彭楚克少尉今天在和我团军官（在场的人，除我以外，还有第五连的加尔梅柯夫大尉、丘鲍夫中尉，第三连的梅尔库洛夫上尉）谈话时，清清楚楚地说明，他为了自己的政治信仰在执行一些任务，而且看样子，他是受党的派遣来执行任务的；至于他说这番话的用心，说实话，我还不太清楚。他还带着一卷违禁的文件。例如，他就朗读过在日内瓦出版的他们党的机关报《共产主义者》中的两段。毫无疑问，彭楚克少尉是在我们团里进行秘密活动（据推测，他就是为此才志愿到团里来的），机枪手们就是他争取的直接对象。机枪队已经被分化瓦解了。他的恶劣影响也表现在团里的士气上——拒绝执行战斗命令的事屡有发生，这种情形我已及时报告师部特务处等有关部门。

彭楚克少尉最近度假回来（他到过彼得格勒），带回一大批破坏性的书籍；现在他正加紧活动。

综观上述情况，可以得出结论：（一）彭楚克少尉的罪行已经可以确定（和他谈话时在场的几位军官可以宣誓证明我所报告的事项）；（二）为了制止他的革命活动，必须立即把他逮捕，并解送军法处审讯；（三）必须立即清理机枪队，清除特别危险的分子，其余的或者遣送后方，或者分散到各团里去。

请不要忽视我报效祖国和朝廷的耿耿忠心。本信副本并呈斯·特·柯尔普。

大尉叶甫盖尼·李斯特尼次基

一九一六年十月二十日

第七地段

第二天早晨，李斯特尼次基就派一名通信兵把报告送到了师部；吃过早饭以后，他走出地下室。溜滑的战壕胸墙外面的泥沼地上，飘荡着雾气，雾气一片一片地悬挂着，就好像挂在铁丝网的刺上似的。壕底有半俄寸深的稀泥。一股股棕色的水从战壕的枪眼里往下直流。哥萨克们穿着潮湿、肮脏的军大衣蹲着，把步枪靠在墙上，抽着烟，在护板上支着小锅子在烧开水。

“说过多少次啦，不能在护板上烧火嘛！怎么，你们这些混账家伙，不明白吗？”李斯特尼次基恶狠狠地叫着，朝最近的一堆围坐在烟气腾腾的火边的哥萨克走去。

有两个哥萨克很不情愿地站了起来，其余的人依然掖着大衣下摆，蹲在那里，抽着烟。有一个哥萨克，黑脸膛，大胡子，皱巴巴的耳垂上还晃荡着一只银耳环，他一面拿着一把碎柴往锅底下塞，一面回答说：

“我们也情愿不用护板，可是，大人，火怎么能生着呢？瞧，这儿的水有多深！差不多三俄寸啦。”

“马上把护板抽出来！”

“就是说，叫我们在这儿饿肚子吗？！是这——样——啊……”一个宽脸膛的麻子哥萨克皱着眉头，朝一边看着说道。

“我告诉你……把护板抽出来！”李斯特尼次基用靴尖把锅子底下燃烧着的柴火踢了出去。

戴耳环、留大胡子的哥萨克带着窘急和愤恨的神情笑着，把锅子里的热水泼了出去，小声说：

“弟兄们，茶喝过啦……”

哥萨克们一声不响地目送着大尉在战壕里越走越远。大胡子哥萨克那潮润的眼睛里闪动着火花。

“狗东西，欺人太甚！”

“唉——唉！……”有一个哥萨克往肩上套着步枪的皮带，长长地叹了一口气。

梅尔库洛夫在第四排的防地上追上了李斯特尼次基。他那崭新的皮上衣吱咯吱咯响着，他气喘吁吁地走到跟前，浑身都是冲鼻子的黄烟气味。他把李斯特尼次基叫到一旁，急匆匆地说：

“听到新闻了吗？彭楚克今天夜里开小差啦。”

“彭楚克？什——么？”

“开小差啦……听明白了吗？机枪队长伊格拿吉奇是和彭楚克住在一个地下室里的，他说，彭楚克离开我们这儿就没有回去。就是说，从我们这儿一出去就溜啦……就是这么一回事。”

李斯特尼次基皱起眉头，把夹鼻眼镜擦了半天。

“你好像心里很慌乱啊？”梅尔库洛夫用疑问的目光望了望他。

“我？你怎么，疯啦？我有啥好慌乱的？只不过这事太突然，叫我惊呆了。”

二

第二天早上，神色慌张的司务长走进了李斯特尼次基的地下室；他踌躇了一会儿，这才报告说：

“大人，今天早晨哥萨克们在战壕里捡到这些碎纸片儿。有点儿不大对头……所以我来报告您。不然的话，恐怕会出什么事儿……”

“什么样的纸片儿？”李斯特尼次基在行军床上欠起身来，问道。

司务长把手里几张揉得皱皱巴巴的纸递过去。四开的廉价纸上清清楚楚地印着一行行打字机打出的字。李斯特尼次基一口气读下去：

全世界无产者联合起来！

士兵同志们！

可恶的战争已经拖了两年了。两年来你们为了维护与你们毫不相干的利益，在战壕里历尽了艰难困苦。两年来各国的工人和农民流了不少鲜血。千百万人战死或者残废，千百万人成了孤儿、寡妇——这就是这场大屠杀的结果。你们为什么打仗？你们维护的是谁的利益？沙皇政府将几百万士兵赶到炮口下，就是为了夺取新的土地和奴役这些土地上的人民，就像奴役被征服的波兰和其他一些民族那样。世界上的工厂主无法瓜分市场，以倾销他们的工厂产品；无法瓜分利润了，所以才用武力来实行分配；于是你们就糊里糊涂去为他们的利益打仗，去送死，去杀戮那些和你们一样的劳动者。

兄弟相残的血已经流得够多啦！醒醒吧，劳动的人们！你们的敌人不是奥地利和德意志的士兵，他们和你们一样，也是受欺骗的；你们的敌人是本国的沙皇、本国的工厂主和地主。掉转你们的枪口对准他们吧。跟德意志和奥地利的士兵联合起来。穿过把你们当野兽一样隔开的铁丝网，互相伸出手来。你们都是劳动的弟兄，你们手上干活儿磨出的血泡印子都还没有脱掉，你们没有什么好争的。打倒专制！打倒帝国主义战争！全世界劳动者牢不可破的团结万岁！

李斯特尼次基气喘吁吁地把最后一行念完。“就是这么回事儿。来啦！”他想着，心里充满了仇恨，一阵阵预感涌上来，他觉得十分沉重。李斯特尼次基打电话给团长，报告了发生的事情。

“大人，您看怎么办？”最后他问道。

将军的声音像铁块一样，透过蚊子般的哼哼声和远处的电话铃声，从话筒里传了出来：

“立即带着司务长和各排排长进行搜查。挨个儿搜，军官也不能例外。今天我就问问师部，他们想什么时候让本团换防，我催催他们。如果在搜查的时候发现什么的话——火速报告。”

“我认为，这是机枪手们干的事。”

“是吗？我马上下命令叫伊格拿吉奇搜查他手下的哥萨克。就这样吧。”

李斯特尼次基把各排排长召集到自己的地下室里，向他们传达了团长的命令。

“岂有此理！”李斯特尼次基气愤地说，“怎么，要咱们互相搜查吗？”

“李斯特尼次基，头一个先搜查您！”没留胡子的年轻中尉拉兹陀尔采夫叫道。

“咱们来拈阄好啦。”

“还是按姓氏字母顺序吧。”

“诸位，把玩笑放到一边去吧，”李斯特尼次基正色说，“当然，咱们的老头子是太过分啦：咱们团里的军官都和恺撒的妻子[①]一样。只有一个是例外，那就是彭楚克少尉，可是他已经开小差啦，不过哥萨克还是要搜查搜查的。把司务长叫来。”

司务长来了。这是一个已经不很年轻、得过三级乔治勋章的哥萨克。他咳嗽着，打量了一下军官们。

“你说说，连里有谁有嫌疑？你以为，谁会散发这些传单？”李斯特尼次基问他。

“大人，没有这样的人。”司务长很有把握地回

①有人对尤利·恺撒(公元前二世纪罗马的独裁者)的妻子的品行表示怀疑，恺撒回答说：“恺撒的妻子——是不容怀疑的。”这话后来成为谚语。李斯特尼次基引用这话来做比喻。——作者注

答说。

“不过传单是在咱们连的防地上发现的呀。有外人到战壕里来过吗?”

“没有外人来过。别的连的人也没有来过。”

“咱们挨个儿搜去吧。”梅尔库洛夫把手一摆，朝门口走去。

搜查开始了。哥萨克们的脸上露出各种各样的表情：有的大惑不解地皱着眉头，有的惶恐地望着军官们在哥萨克的寒碜的家当中乱翻，有的微微笑着。有一个胆大的中士侦察员问道：

“你们告诉我，找什么?如果是偷东西的事，说不定有人看见过呢。”

搜查没有得到任何结果。只是在第一排一个哥萨克的大衣口袋里搜出一张揉得皱皱巴巴的传单。

“你看过吗?”梅尔库洛夫问着，故作恐怖地把掏出来的传单扔掉。

“我是捡来卷烟抽的。”那个哥萨克抬都没抬低垂的眼睛，笑着说。

“你笑什么?”李斯特尼次基红着脸朝哥萨克走去，怒冲冲地叫道；他那短短的金黄色睫毛在夹鼻眼镜底下一个劲儿地忽闪着。

哥萨克的脸马上严肃起来，笑容仿佛被风刮跑了似的。

“大人，请饶恕我吧！我识不了几个大字呀！根本看不懂。我捡起来，是因为卷烟纸没有啦，烟还有，纸却用完啦，所以我捡来啦。”

哥萨克说得又委屈又响亮，那腔调中还带着气愤的情绪。

李斯特尼次基啐了一口，就走开了。军官们也都跟着他走了。

过了一天，这个团就从前方撤下来，调到十几俄里以外的后方。从机枪队里逮捕了两个人，送到了军法处，其余的人——一部分编进几个后备团里，一部分编进第二哥萨克师的各个团里。本团休整了几天，整顿得像个样子了。哥萨克们都洗了澡，换了衣服，仔细地刮了刮脸——不像在战壕里那样，常常用简单的办法来清除脸上的硬毛了，那办法简单倒是简单，就是有点疼：用火柴把胡子烧掉，火柴在烧胡子的时候只要一烧到皮肤，就用事先泡湿的毛巾在脸上一抹。这方法叫“剥猪法”。

“是不是用剥猪法给你刮？”不管哪一个排的理发员都会向主顾这样问。

这个团休息了几天，哥萨克们外表漂亮了，也快活起来了，但是李斯特尼次基以及所有的军官们都知道，这种快活心情就像十一月里的晴天：今天晴，明天就阴了。只要提一提出发上前方，他们的脸色马上就变了，低垂的眼皮下面马上就流露出不满和阴沉不快的神色，马上就显得疲惫不堪，浑身无力，而这种疲惫往往导致精神上的动摇。李斯特尼次基十分清楚，一个人在这种状态下要是有什么居心的话，往往是十分可怕的。

一九一五年，他亲眼看到，一连步兵五次冲锋，损失惨重，可是一次又一次接到命令：“发起进攻。”该连残部竟自动从防地上撤下来，朝后方奔去。李斯特尼次基奉命率领本连哥萨克去拦阻他们，等他把本连哥萨克排成一条线，打算拦住去路的时候，步兵就朝他们开起火来。一连步兵只剩了不到六十人，但是他看到，这些人像发了疯一样，勇猛顽强地与哥萨克奋战，在马刀下倒了下去，气息奄奄，可是还不顾一切地往前爬，上前拼命，迎着死亡往前闯，因为他们铁了心，反正死在哪里都是一样。

这件事常常浮上他的脑际，就像是一种可怕的预兆，于是李斯特尼次基惶惶不安地重新打量起哥萨克们的脸，心想："难道这些人到时候同样也会转身冲过来，而且除了死亡以外，再没有什么能拦住他们吗？"他一看到他们那疲惫、愤恨的目光，就老老实实地得出结论："他们会冲过来的！"

跟往年相比，哥萨克们完全变了。就连唱的歌子也都换成了新的，都是在战争中编出来的，全带着阴郁凄凉的情调。每天傍晚，李斯特尼次基从本连驻扎的宽敞的厂棚旁边走过，常常听到一支歌子，那支歌缠绵悱恻，说不出的忧伤。往往是三四个人合唱这支歌。在几个浑厚的男低音之中，总有一个唱衬腔的男高音格外清脆，格外嘹亮，那声音高入云天，发着颤音：

啊，我的亲爱的故乡呀，
我再也见不到你啦。
在朝霞中我看不到夜莺，
听不到花园里夜莺的歌声。

你呀，我亲爱的妈妈，
不要为我过分悲伤。
好妈妈，不是所有的人
都死在战场上。

李斯特尼次基常常停下来，听上一阵，并且觉得歌中那发自内心的伤感情调也深深打动了他。跳得越来越快的心上好像有一根弦绷得紧紧的，衬腔的低调在拉着这根弦，拉得这根弦痛苦地打着战。李斯特尼次基站在离厂棚不远的地方，望着秋天的暮霭，觉得自己的眼睛也湿了，眼泪泡着眼皮，又疼又痛快。

我驰骋在平坦的原野上，
心里有说不尽的感想，
啊，我的心感觉到，预测到：
小伙子再也不能回家乡。

几个男低音的余音未落，衬腔的高音已经凌空飞起，那声音就像飞翔中的白胸脯野雁的翅膀，不住地抖动着，急急忙忙，呼唤着，说着话儿：

子弹在空中嗖嗖响，
子弹穿透了我的胸膛。
我倒在自己的马脖子上，
鲜血流到黑黑的马鬃上……

在休整的日子里，李斯特尼次基只有一次听到哥萨克古歌那令人鼓舞和振奋的歌词。这一天傍晚他照例出来散步，从厂棚旁边走过。他听到了带有酒意的说话声和笑声。李斯特尼次基猜得出来，这是军需员到涅兹维斯镇上去领物品，从镇上带回来私酿酒，在请哥萨克们喝呢。喝黑麦酒喝得已有醉意的哥萨克们，正在争论一件什么事，在笑着。李斯特尼次基散步回来的时候，老远就听到一阵阵雄壮有力的歌声和尖利、嘹亮、但是十分和谐的伴唱的哨声：

谁没有到战场上见过刀兵，
谁就不知道胆寒心惊。
白天汗淋淋，夜里战兢兢，
整夜整夜地不能入梦。

“啡呦呦呦——呦呦呦！啡呦呦呦——呦呦呦！啡呦呦呦！”哨声像连续不断的颤动的气流，盘旋着向上升去，接着，至少有三十个人的声音，盖过哨声，齐声高唱起来：

每日每时，在平坦的田野上
生长着恐怖，收获着悲伤。

有一个调皮鬼，显然是个年轻小伙子，一面嘹亮而清脆地吹着口哨，一面在地板上跳起盘腿舞来。靴后跟十分清脆地嗒嗒响着，歌声又把嗒嗒声压了下去：

黑海上波涛翻腾，
战船上灯火通明。
我们要叫灯灭船沉，
我们要消灭土耳其人，
顿河哥萨克要千秋留名！

李斯特尼次基走着，不由得笑起来，特意踏着歌子的拍子往前走。“这种想回家的心情，在步兵中也许没有这样强烈吧，”他想道，但是理智无情地表示反对：“步兵难道不同样也是人吗？毫无疑问，哥萨克长期蹲在战壕里，是格外受不了的，因为由于兵种关系，他们已经习惯于经常调动。可是两年以来，由于多次进攻毫无结果，只好蹲在这里，不能前进。部队从来没有这样衰弱过。现在要是有坚强的领导，大力整顿一番，推动推动，是能振奋起士气的。虽说历史上有过无数先例：每当战争长期拖延下去的时候，最坚定的训练有素的军队的士气都会动摇。连苏沃洛夫都亲身体验过这种滋味……不过哥萨克是能撑得住的。如果跑散的话，那也是最后才跑。这毕竟是一个特殊的小民族，传统上是好战的，并不是工厂或农村里那些乌合之众。”

好像是特意要叫他泄气似的，厂棚里有一个清脆、打战的声音唱起了《绣球花儿》。很多声音跟着唱了起来，于是李斯特尼次基在离开棚子越来越远的时候，又听到了充溢在歌子中的那种伤感情调：

年轻的军官在祷告上帝。

年轻的哥萨克要求回家去：

啊，年轻的长官呀，

放我回家去吧，

放我回家去吧，

去看看爸爸，

去看看爸爸，看看亲娘。

去看看爸爸，看看亲娘，

还要看看年轻的妻房。

彭楚克从前方跑下来以后，过了三天，在黄昏时候来到前线附近地区的一个商业大镇上。一户一户的人家已经掌上了灯。一阵一阵的寒气，水洼里已经结起薄薄的冰壳子，稀疏的行人脚步声老远就能听得见。彭楚克边走边留神听着，不走明亮的大街，专走僻静的小胡同。他在进镇的时候几乎碰上巡逻队，所以他现在贴着栅栏急急忙忙地走着，右手一直放在军大衣口袋里，那军大衣脏得要命，因为他躲在仓房的糠堆里躺了一天。

军团的供给站就在这个镇上，这儿驻扎着一部分队伍，随时可能碰上巡逻队，因此彭楚克那毛茸茸的手指头一直不离开大衣口袋里的手枪，把鼓鼓愣愣的枪把子都攥热了。

彭楚克顺着一条僻静无人的小胡同，朝着镇的另一头走了半天，他张望着一扇一扇的大门，端详着每一座陋舍的式样。过了二十来分钟，他来到拐角上一座很不像样的小房子跟前，朝护窗缝里张望了一下，便笑了笑，毅然决然地走进了篱笆门。他敲了敲房门，给他开门的是一个上了年纪的戴头巾的妇人。

“鲍里斯·伊万诺维奇住在您家吗？”彭楚克问道。

“是的。请进来吧。”

彭楚克侧着身子从她身旁挤了进去。听到门鼻在后面当地响了一声。低矮的小屋里，点着一盏小油灯，桌旁坐着一个不很年轻的穿军服的人。他眯缝着眼睛仔细看了看，便站了起来，压制着心中的高兴把双手伸给彭楚克。

“从哪儿来？”

“从前方来。”

“噢？”

“瞧这个……”彭楚克笑了笑，用指头尖捅了捅穿军服的人的武装带，含含糊糊地说，“还有屋子吗？”

“有，有。到这边来吧。”

他把彭楚克领进一间更小的屋子；也没有点灯，让彭楚克坐在一把椅子上，关上通旁边小屋的门，放下窗帘，这才说：

“你不再回前方了吧？”

“不回去啦。”

“那儿情况怎么样？”

“万事俱备。”

“弟兄们都可靠吗？”

“当然可靠。”

“我看，你现在把衣服脱脱，咱们等一下子再谈。把你的大衣给我。我马上端洗脸水来。”

彭楚克弯着身子在一个发绿的铜脸盆里洗脸的时候，穿军服的人抚摩着剪成了平头的头发，带着困倦的神情小声说：

“目前他们比咱们强大得多。咱们要做的——就是培植和扩大咱们的影响，毫不松劲地说明战争的真正原因。咱们一定会强大起来——这一点你可以相信。有的东西，他们会渐渐失去，我们会渐渐得到。成年人和小孩子相比，毫无问题要强大得多，但是等到这成年人渐渐衰老，渐渐变成一把干骨头的时候，这个后生就能收拾他了。而且在这种情形下，我们所看到的不仅是衰老和干枯，并且还应该看到整个机体的麻痹状态越来越严重。”

彭楚克洗好了脸，用一条硬邦邦的麻布手巾擦着脸，说道：

“我在离开以前，对军官们说出了我的观点……你要知道，这样就要热闹起来啦……我走了，他们肯定不会放过机枪手们，也许有的兄弟要去受审，但是证据又找不到，又有什么好说的呢？我希望能把他们分散到各个部队里去，这样对咱们有好处：让他们到处去播种……嘿，那儿的弟兄们个个是好样的！全是铁打的！”

“我收到司捷潘一封信。他要求派一个懂军事的小伙子去。你到他那儿去吧。不过证件怎么办？能弄到吗？”

“到他那儿干什么？”彭楚克一面问，一面踮起脚尖，往钉子上挂手巾。

“去训练弟兄们。你怎么老是长不高呢？”主人笑着说。

“没有必要，”彭楚克摇摇手说，“特别是处在我现在的情况下。我最好长得跟豌豆荚儿一样长，那样可以不惹人注意。”

他们一直谈到天麻麻亮。又过了一天，彭楚克换了服装，化装到认不出的程度，带着写明第四一一奥尔山团士兵尼古拉·乌赫瓦托夫因胸部受伤退伍的证件，出了市镇，朝火车站走去。

三

在弗拉基米尔沃伦斯基和科维尔方面，在特别军（原来这个军的番号是第十三军，但是因为“十三”是个不吉利的数字，而大将军们也受了迷信的影响，就把这个军改名为“特别军”）的作战区内，九月下旬开始了进攻前的准备。军司令部在离司维纽哈村不远处选定了便于展开攻势的屯兵场，炮兵准备也开始了。

无数的炮队集中到指定的地点。成千上万发各种口径的炮弹，九天以来一直扫荡着两道德军战壕所占据的广阔地带。头一天，刚刚开始猛烈的轰击，德国人就放弃了第一道战壕，只留下了一些监视哨。过了几天，他们又放弃了第二道战壕，转移到第三道战壕。

到第十天，土耳其斯坦军团的步兵部队发起进攻。进攻采用的是法国人的波浪式战术。十六道波浪涌出俄军的战壕。一道道灰色的人浪向前拥去，摇摇晃晃，越来越稀，在乱成一团一团的铁丝网跟前闹腾成一片。从德国人那边，从灰灰的赤杨树林那烧焦的一个个树墩后面，从一座座隆起的沙土坡后面，飞来连续不断的密集的隆隆炮声和嚓嚓的炮火，震天动地，烈焰腾空，荡人魂魄。

呜呜呜呜呜……呜呜呜呜呜……咕！咔！轰隆隆隆——隆！

偶尔传来个别炮兵连的齐射声，那声音又渐渐散开，渐渐逼近，周围很多俄里都响着回声：

呜呜呜呜呜……呜呜呜呜呜……呜呜呜呜呜……

哒哒哒……哒哒哒！——德国人的机枪疯狂地

扫射着。

在直径有一俄里、被打得坑坑洼洼的广阔的沙土地上，炮弹爆炸的一根根黑色烟柱像旋风一样腾空而起，进攻的人浪不停地撞击着，翻滚着，像浪花一样从一个个弹坑边散了开来，一个劲儿地爬呀，爬呀……

大地上炮弹爆炸的黑色烈焰越来越密集，带着刺耳的啸声斜刺里飞来的榴霰弹越来越猛烈地朝进攻的人身上泼来，紧贴着地面的机枪火力越来越凶猛。他们集中火力，拦截扑向铁丝网的部队。果然拦截住了。十六道波浪当中只有最后三道滚到了跟前，这三道波浪一碰到乱七八糟、一根根烧焦的桩子飞到了一团团铁蒺藜之中的铁丝网上，就好像碰碎了似的，变成一股股流水、一滴滴水珠儿倒流回来……

第一天，有九千多条生命死在离司维纽哈村不远的阴惨惨的沙土地上。

过了两个钟头，又发起进攻。这次出动的是土耳其斯坦步兵军团第二师和第三师的部队。第五十三步兵师和西伯利亚第三〇七步兵旅，从左面的缝隙中向第一道战壕推进，土耳其斯坦人右翼是第三精锐师的几个营。

特别军团第三十军军长加甫里洛夫中将接到军团司令部的命令，要他调两个师到司维纽哈方面去。夜里把第八十师的第三二〇谦巴团、第三一九布古里敏团、第三一八柴尔诺亚尔团从阵地上撤下来。替换他们的是拉脱维亚的步兵和刚刚开到的民团。几个团都是夜里撤下来的，尽管这样，其中一个团还是从傍晚起就佯装向相反的方向移动，只是在沿着战线移动了十二俄里之后，才得到命令转过头来朝另一方向开拔。许多团都朝同一方向移动，但走的是不同的路线。在第八十师行军路线左方移动的是第七十一师的第二八三巴甫洛格拉得团和第二八四文格洛夫团。紧跟在他们后面的是乌拉尔哥萨克的一个团和第四十四侦察团。

第三一八柴尔诺亚尔团在换防之前，驻扎在司托霍得河畔的索卡里镇地区，离鲁得卡-麦林庄园不远。这个团在开拔了一段路程之后，第二天早晨，就分散到树林中废弃的地下室里，练习法国式进攻战术练习了四天；不是一个营一个营地，而是半个连半个连地列成阵势进攻；掷弹兵学习了快速剪断铁丝网的办法，重新练习了投掷手榴弹。后来这个团又向前开拔。有三天的工夫，都是在树林里、林中空地上、被炮车轮子轧得乱糟糟的荒野小路上走。像棉絮似的稀薄的雾气，被风吹得飘飘荡荡，掠过一棵棵松树的头，在林中空地上飘过，在水汽腾腾的灰绿色沼地上空、在赤杨树中间打圈圈儿，就好像老鹰看见了地上的死鸟兽。天上飘洒着蒙蒙细雨。行军的人们浑身透湿，心里又恼又烦。三天之后，在距离激战地区不远的大波列克村和小波列克村停了下来。休息一昼夜，为走向死亡做些准备。

这时候，一个哥萨克特别连跟着第八十师师部一起开到了即将开始战斗的地方。鞑靼村第三批入伍的哥萨克都编进了这个连。第二排里是清一色的鞑靼村人，有一条胳膊的阿列克塞·沙米尔的两个弟弟马尔丁和普罗霍尔、莫霍夫机器磨坊里原来的机器师伊万·阿列克塞耶维奇、麻子阿丰卡·奥捷洛夫、原村长马内次柯夫、沙米尔家的留着长头发的跛子邻居叶甫兰琪·加里宁、高得出格的彪形大汉鲍尔晓夫、短脖子熊背的查哈尔·柯洛列夫、全连的活宝贝加甫里拉·李霍维多夫——这人相貌异常凶恶，却经常毫无怨言地挨他那七十岁老妈妈和老婆的打，他老婆相貌平常，却十分风流放荡；还有很多别的人也编进了第二排和本连其他各排。有一部分哥萨克原来在师部担任传令兵，但是十月二日由枪骑兵把他们换了下来，这个连便奉师长基特琴柯将军的命令开赴阵地。

十月三日清晨，连队开进了小波列克村。这时候，第三一八柴尔诺亚尔团第一营正要从这个村出发。步兵们从一座座废弃的残破农舍里往外跑，就在街上站队。一个年纪很轻的黑黑的准尉在最前面一排的旁边踱着步子。他不时地从袋里掏出一块巧克力糖，剥着（他那湿润、鲜红的嘴唇四边已经糊满了巧克力），在队伍前面走来走去，他那长长的、大襟上沾满了干泥巴的军大衣在两腿中间荡来荡去，就像一条绵羊尾巴。哥萨克们走的是街左边。机器师伊万·阿列克塞耶维奇在第二排右面尽边上一行里。他仔细看着脚底下，尽可能把一个个的水洼跨过去。步兵那边有人唤了他一声，他于是扭过头，用眼睛在一列一列的步兵中寻找起来。

“伊万·阿列克塞耶维奇！好伙计！……”

一个矮小的步兵离开队伍，像鸭子一样摇摇晃晃地朝他跑来。他一面跑，一面把步枪背到背后，但是皮带老是往下滑，枪托子碰得水壶发出闷声闷气的响声。

“认不出啦？忘啦？”

跑过来的那个小兵的脸上，直到颧骨都长满了像刺猬一样的烟灰色硬毛，伊万·阿列克塞耶维奇好不容易认出他就是“杰克”。

“你打哪儿来，‘酒瓶’？”

“这不是……我当兵啦。”

“你在哪一团？”

“我在第三一八柴尔诺亚尔团。真没想到……真没想到会遇到自己人。”

伊万·阿列克塞耶维奇用硬邦邦的手掌紧紧握住“杰克”那小小的脏手，又高兴又兴奋地笑着。“杰克”跨着大步跟着他，有时变成小跑，他从下面朝上望着伊万·阿列克塞耶维奇的眼睛，他那离得很近、显得很凶的两只小眼睛里的目光异常柔和，并且是湿润的。

“你看……我们这就去打仗……”

“我们也要去。”

“伊万·阿列克塞耶维奇，怎么样，还好吗？”

“唉，还有什么可说的呢！”

“我也是这样。从一九一四年我就没有爬出过战壕。不要家，不要窝儿，不知是替谁拼命……骡马去干事情，儿马糊里糊涂地跟着。”

“还记得施托克曼吗？我们这个奥西普·达维陀维奇真是宝贝！他要是在这儿，会把什么都给我们说个明明白白。这个人真不简单……不是吗？真了不起……不是吗？”

“他一定能说清楚！”“杰克”摇晃着小小的拳头，笑得皱起了刺猬一样的小脸，高兴得叫了起来，“我当然记得他！我对他，比对我爹还了解。我爹实在算不了什么……你没听到他的消息吗？没有听说吗？”

“他在西伯利亚呢，”伊万·阿列克塞耶维奇叹了一口气，“在蹲监狱。”

“怎么？”“杰克”像只小山雀一样蹦蹦跳跳地跟着高大的伙伴，把尖尖的耳朵凑过去，又问了一遍。

“他在蹲监狱呢。说不定现在已经死啦。”

“杰克”一声不响地走了一阵子，忽而向后朝连队排队的地方看看，忽而看看伊万·阿列克塞耶维奇那凸出的下巴，看看下嘴唇下面正当中那个又深又圆的小坑。

“再见啦！”他一面说，一面把手从伊万·阿列克塞耶维奇那冰凉的大手里往外抽，“恐怕咱们以后见不到啦。”

伊万·阿列克塞耶维奇用右手摘下军帽，弯下身子，抱住“杰克”那干瘦的肩膀。他们就像真的要永别那样，使劲地互相吻了一阵子，“杰克”这才留在了后面。他忽然慌慌忙忙把头缩进两个肩膀，因此军大衣的灰领子上面就只剩了两只黑乎乎、红彤彤的尖耳朵，他佝偻起身子，朝后走去，在平地上不住地打着趔趄。

伊万·阿列克塞耶维奇从队伍里走出来，用打战的声音呼唤道：

“喂，老弟，好兄弟！你本来是个厉害角色嘛……还记得吗？本来是条硬汉子呀……不是吗？”

“杰克”转过泪水纵横因而显得十分苍老的脸，

用拳头捶着敞开的军大衣和破烂的衬衫领子里露出来的黑乎乎、瘦骨嶙峋的胸膛，高声叫喊道：

“本来是的！本来是硬汉子，可是现在不行啦！……叫人家折腾坏啦！……”

他还喊了一些别的话，但是连队已经来到另一条街上，伊万·阿列克塞耶维奇就看不见他了。

“这不是‘杰克’吗？”走在伊万·阿列克塞耶维奇后面的普罗霍尔·沙米尔问道。

“是他。”伊万·阿列克塞耶维奇抚摩着肩上相依为命的步枪，嘴唇哆嗦着，低声回答说。

来到村口，就开始遇到伤兵，起初是一个一个的，后来就三个一伙、五个一伙，再往后就是一大群一大群的了。有几辆大车满满地装载着重伤号，走得非常慢。拉车的老马瘦得简直可怕。那尖尖的脊背，因为不断地挨鞭子抽，全都脱了皮，露出了血红斑斑的粉红色骨头，有些地方还粘着一撮撮的毛。马拉着大车，呼哧呼哧地喘着，非常吃力，直流白沫的嘴差点儿就要挨到地面。有时候，一匹马站下来，低下因为瘦显得很大的头，有气无力地鼓几下瘪下去的露出肋骨的两侧。可是一顿鞭子打来，不得不离开原地方，先是朝这边一晃，然后朝那边一晃，又朝前走了起来。许多伤号从四面抓住大车沿，跟着大车走。

“你们是哪一部分的？”连长看准一个面貌和善的，问道。

“土耳其斯坦军团第三师的。”

“你是今天挂花的吗？”

那个兵扭过头去，没有回答。连队离开大道，朝半俄里远处的一片树林开去。后面传来一片沉甸甸的脚步声，第三一八柴尔诺亚尔团的几个连也从村子里开了出来。远处，秋雨冲淡了的阴沉的天空，悬挂着德国人的一个系在地面上的气球，很像一个一动不动的灰黄色点子。

“乡亲们，你们瞧：挂着一个多么奇怪的玩意儿！”

“是一个大气球。”

“可恶的东西，在观察军队调动呢。”

“你以为，吊得那么高，是为了好玩吗？”

“嘿，离这儿好远啊！”

“你以为很近吗？用炮恐怕都打不到哩。”

哥萨克们来到树林里，柴尔诺亚尔团第一连就追了上来。一直到黄昏以前，哥萨克们都蜷缩在水漉漉的松树底下，雨水往领子里直流，脊背直打哆嗦。又不准烤火，而且在雨里生火也很困难。天快黑下来的时候，才进入战壕。战壕不深，只比人的身子稍微高一点，壕底是几寸深的水。到处是烂泥气味，霉烂的树叶子气味，淡淡的、像天鹅绒那样柔和的秋雨气息。哥萨克们都撩起军大衣的下摆，蹲着抽烟，天南海北地闲扯。第二排的哥萨克们在分完出发前发给的烟丝以后，便挤在拐角上，围住排里的上士。上士坐在有人扔掉的一个缠铁丝的轴上，在讲上个星期一阵亡的柯佩洛甫斯基将军的事迹，他在和平时期就在将军那个旅团里当过差。他还没有讲完，就听到排长喊了一声："持枪！"于是哥萨克们一齐跳了起来，拼命想把手上的烟卷吸完，连手指头都烧疼了。全连又从战壕里爬出来，进了渐渐黑下来的松树林。一面走，一面说着笑话互相打气。还有人吹起了口哨。

在一片不大的林中空地上，遇到了长长的一排死尸。这些死尸一个挨一个地躺着，肩靠着肩，各种各样的姿势都有，那样子大都十分难看，十分可怕。有一个扛着步枪、腰旁挂着防毒面具的步兵在这里来来回回地走着。死尸附近潮湿的土地全都踩成了一片烂泥，看得出很多人的脚印，草地上还留着车轮子压出的一道道很深的车辙。连队在离死尸几步远的地方走着。死尸身上已经发出十分难闻的尸臭味。连长叫哥萨克们停住，自己和几位排长走到那个步兵跟前。他们不知在谈什么。这时候，哥萨克们散了开来，走到死尸跟前，脱下帽子，观看死者，都暗暗怀着战战兢兢的恐怖心情，怀着任何一个活人都想了解死者秘密的那种天生的好奇心。死者全是军官。哥萨克们数了数，死者一共是四十七人，大多数都非常年轻，看样子都在二十岁到二十五岁之间，只有最右边一个戴上尉肩章的是个上了年纪的人。他的嘴张得大大的，好像还发着最后一声喊叫的无声的余音，嘴上那浓浓的黑胡子无精打采地耷拉着，煞白煞白的脸上那宽宽的眉毛皱得完全走了样子。有几个死者穿着粘满泥浆的皮面短上衣，其余的都穿着军大衣。有两三个死者没有戴制帽。哥萨克们对着一个死后样子依然显得很漂亮的中尉看的时间特别长。他仰面躺着，左手紧紧按在胸前，右手伸到一边，死死地攥着手枪把子。看样子，有人想把手枪抽出来，他那黄黄的大手上划了好几道白印子，但是，手枪就好像焊到了手上，抽都抽不掉。淡黄色头发的头上歪戴着军帽，一边脸贴在地上，好像是在跟大地亲热，黄中透青的嘴唇朝一边歪着，流露出悲哀和大惑不解的神情。他的右边，有一个死者脸朝下趴着，军大衣像驼峰一样在背上鼓着，大衣上的扣带已经扯断了，露出了两条强壮的、肌肉紧绷绷的腿，腿上穿着草绿色裤子，脚上穿的是细皮短筒靴，靴后跟歪到了一边。他头上没有了制帽，天灵盖也不见了，完全被炮弹片掀掉了；空空的脑壳四周，是一绺绺湿漉漉的头发；空空的脑壳里，汪着粉红色的水，那是灌进去的雨水。在他后面，是一个矮墩墩的军官，穿着敞开的皮面短上衣和破烂的军衬衣，脸没有了；下巴斜斜地落在裸露的胸膛上，头发底下还剩了窄窄的一条额角，上面还耷拉着烧糊了的、卷成了喇叭形的皮肤，在下巴和额角中间便是碎骨头片和黑红色的血糊。再过去，是杂乱地堆成一堆的残肢碎块、军大衣碎片、放在长头的地方的软绵绵的腿；再往前，那简直是一个小孩子，两片鼓鼓的嘴唇，一张孩子气的椭圆形的脸；一梭子机枪子弹从他的胸膛上横扫过去，军大衣打了四个窟窿，烧煳的棉花从窟窿眼儿里钻了出来。

“这个……这个小伙子在死的时候唤谁的？唤妈妈吗？”伊万·阿列克塞耶维奇磕打着牙齿，结结巴巴地问道，然后猛地转过身，像个瞎子一样走开了。

哥萨克们画着十字，急急忙忙走了开去，连头都没有回。而且后来在穿过一片片狭窄的林中空地的时候，很久都没有说话，想赶快摆脱刚才看到的场面。连队在密密的一排废弃的地下室前面停了下来。军官们和柴尔诺亚尔团团部来的一名传令兵一同走进一个地下室；这时候，麻子阿丰卡·奥捷洛夫才抓住伊万·阿列克塞耶维奇一只手，小声说：

“那个小伙子……最后面那一个……恐怕这一辈子还没有跟女人亲过嘴呢……就把他打死了，这算怎么回事儿啊？”

“他们这是在哪儿死的呀？”查哈尔·柯洛列夫插嘴说。

“他们去进攻的。这是那个看守死尸的兵说的。”鲍尔晓夫沉默了一阵子之后，回答说。

哥萨克们都“稍息”站着。夜幕渐渐把树林罩住。秋风催赶着乌云，渐渐把乌云驱散，让远方的星星射出淡紫色的光芒。

这时候，在全连军官们汇集的那个地下室里，连长把传令兵打发走之后，便打开公文，就着蜡烛头的光先看了看内容，然后念道：

> 十月三日拂晓，德国人用毒瓦斯毒死了第二五六团三个营的官兵，并且占领了我方第一道防线。兹命令你们进入第二道防线，在同第三一八柴尔诺亚尔团第一营取得联系之后，即行驻守第二道防线的某一地段，以便于今夜即将敌人赶出第一道防线。你们的右翼是第二营的两个连和第三精锐师法拿果里团的一个营。

军官们讨论了一下情况，抽完了一根纸烟，就走了出来。连队又开动了。

哥萨克们在地下室跟前休息的时候，柴尔诺亚尔团第一营赶到了他们前面，并且来到了司托霍得河桥头。一个精锐团的机枪加强哨在守卫着这座桥。司务长向营长报告了情况。于是第一营过了桥就分开了：两个连向右开去，一个连向左开去，还有一个连跟营长在一起，留做后备。几个连都列成散兵线前进。稀疏的树林里已经被打得到处是坑。步兵们小心翼翼地用脚试探着地面向前走，有时候有人跌倒了，就轻轻地小声骂几声娘。“杰克”是右翼靠右边一连里的倒数第六个。他听到“预备”的口令以后，就拉开枪栓，端着步枪前进，刺刀尖不时地划着树棵子或者松树干。两个军官顺着散兵线走着，从他身边走过；他们压低了声音在说话。连长用他那甜润而浑厚的声音诉苦说：

“我的旧伤迸开啦。都怪他妈的树墩子！明白吗，伊万·阿列克塞耶维奇，天这么黑，我一下子撞在树墩子上，把脚碰了一下子。结果旧伤裂开啦，我不能走啦，非得回去不可。”连长的声音停了一小会儿，后来一面往前走，一面又说下去，声音更低了，“你来指挥半个连，包格丹诺夫指挥另外那半个连，我……说实话，实在不行啦。非得回去不可啦。”

别里柯夫准尉那尖尖的嗓门儿像狗叫一样嘶哑地回答说：

“真奇怪！只要一打仗，您的旧伤就要开裂。”

“准尉先生，我请您住嘴！”连长提高了嗓门儿。

“算啦，请吧！您就回去吧！”

“杰克”倾听着自己和别人的脚步声，当听到后面一阵匆匆的咯吱咯吱的声响，他明白：连长向后转了。过了一会儿，别里柯夫一面和司务长朝本连的左翼走，一面嘟哝说：

“……有些坏家伙真够机灵！只要情况一严重起来，他们不是生病，就是旧伤复发。你这个初生的牛犊，就得指挥半个连……都是一些不要脸的家伙！这种人去他妈的……还算当兵的呢……”

说话声忽然一齐停了，“杰克”只能听到自己的靴子在潮湿土地上的噗唧声和耳朵里嗡嗡的颤声。

“喂，老乡！”左面有人用沙哑的嗓子小声说。

“怎么？”

“走得动吗？”

“走……走得动。”“杰克”说着，跌了一跤，一屁股坐在灌满了雨水的弹坑里。

“太黑了嘛……”左边那个人说。

又走了一会儿，谁也看不见谁，那个沙哑的声音忽然在“杰克”耳边说起话来：

“咱们一块儿走！一块儿走不害怕……”

又没有人说话了，只听到鼓膨膨的靴子踩在潮湿土地上的声音。一弯光闪闪的新月，忽然从一片黑云里蹦了出来，又闪着黄黄的粼光，像鲫鱼一样在波浪似的流云里游了几秒钟，然后钻出来，来到明净的天空里，将朦胧的月光倾泻到大地上；潮湿的松针闪着点点磷光；经月光一照，松针发出的气味好像更浓烈了，潮湿的土地散发出的冷气好像更刺骨了。“杰克”看了看旁边那个人。那人突然站了下来，好像挨了一棒似的，晃了晃脑袋，张大了嘴。

“你瞧！”他嘘了一口气。

有一个人大劈开腿站在离他们三步远的一棵松树旁边。

“是……一个……人。”“杰克”说，或者仅仅是想说。

“什么人？”跟“杰克”一块儿走的那个士兵一

下子端起枪来，吆喝道，“是什么人？我开枪啦！……”

站在松树底下的那个人一声也不响。他的头就像葵花的头那样，朝一旁耷拉着。

“他睡着啦！”“杰克”哈哈大笑，他浑身打着哆嗦，用不自然的笑声给自己壮着胆子，朝前走去。

他们走到站着的那个人跟前。“杰克”伸出脖子看了看。他的同伴用枪托子捅了捅那个一动不动的灰乎乎的人。

“喂，你这个瞌睡虫——虫呀！你睡着啦？老乡！……”他用讥笑的口吻说，“活宝贝，你这是怎么啦？……”他忽然顿住了，“是个死人呀！”他叫着，向后退去。

“杰克”磕打着牙齿，跳了开去，站在松树底下的那个人就像一棵被锯断的树一样，一下子倒在刚才他站的地方。他们把死人的身子扳过来，让他脸朝上，这才看出，这人是中了毒气，想逃避死亡，可是肺部已经窒息，所以跑到松树底下就死去了。他是第二五六步兵团三个营中某一个营的士兵。是个高个子、宽肩膀的小伙子。他躺在地上，头很随便地向后仰着，一张脸在倒下去的时候沾满了泥浆，眼睛因为受到毒气侵蚀，黏糊糊的；肿胀的、肉嘟嘟的舌头从咬得紧紧的牙缝里伸了出来，好像一块光溜溜的黑石头。

“咱们走吧。天啊，咱们走吧！让他自个儿躺在这儿吧。”同伴扯着“杰克”的手，小声说。

他们朝前走去，刚走几步，又遇到一具死尸。越往前走，遇到的死人越多。有些地方被毒死的人一堆一堆地躺着，有些人蹲着就僵死了，有几个人四肢着地趴着，好像羊在吃草，通向第二道防线的交通壕进口处有一具死尸，身子缩成了一团，把难受得咬烂了的手塞进了嘴里。

“杰克”和跟他一起的士兵跑步撵上已经走到前面去的队伍；撵上之后，便并排往前走。他们一同跳进弯弯曲曲伸向黑暗中的黑洞洞的战壕，就散了开来。

“应该先到地下室里搜一搜。说不定还有吃的东西呢。”那位同伴迟迟疑疑地对“杰克”说。

“咱们去。”

“你往右，我往左。趁咱们的人还没有过来，咱们先搜一遍。”

“杰克”划着一根火柴，朝前面一个地下室敞着的门里走去，可是马上就从里面飞了出来，就像被弹簧弹出来似的：原来这个地下室里十字交叉地躺着两具尸体。他一连搜了三个地下室，都毫无所获，他用脚踢开第四个地下室的门，就听到一个人用外国话尖利地叫了一声，他吓得差一点儿跌倒。

“是谁？”

“杰克”就像遇到一团火一样，一声不响地往后一跳。

“是你吗，奥托？你怎么到现在才来？”[①]一个德国兵用肩膀懒洋洋地理着披在身上的军大衣，从地下室里走出来，问道。

“举起手来！把手举起来！投降！”“杰克”放开嗓门儿喝道，并且像听到“射击”口令那样，蹲了下去。

惊骇得说不出话来的德国兵慢慢举起手，侧过身子，用迷惘的眼睛看着对准了他的寒光闪闪的刺刀尖。军大衣从他的肩膀上溜了下去，单排扣的灰

①原文是德文。以后凡遇到德文，直接译成中文，不再加注。

绿色制服的腋下皱得像一道一道的波纹，举起来的一双干活儿的大手不住地哆嗦着，手指头直跳动，好像是在弹无形的琴键。“杰克”站在那里，没有改变姿势，打量着这个德国人那高大、健壮的身躯，打量着制服上的铜扣子、两边有缝的短靴子和歪戴着的无檐帽。后来他忽然一下子改变了姿势，晃了两下，好像是要抖搂抖搂穿得不舒服的军大衣；他发出一种奇怪的喉音——不知是咳嗽，还是在抽搭；他走到德国人跟前。

“你跑吧！”他用非常干脆的语气说，“你跑吧，德国人！我对你没有恶意。我不开枪。”

他把步枪靠在战壕的壁上，站直了身子，踮起脚，拉住德国人的右手。他这些表示信任的动作使俘虏放下心来；德国人把两手放了下来，细心地倾听着异国人说话的奇怪语调。

“杰克”毫不犹豫地把自己的硬邦邦、干了二十年活儿弄得伤痕累累的手伸了过去，握了握他那冰凉的、很不自在的手指头，然后把手抬了起来；紫丁香般的新月的亮光照在他的手上，那手又小又黄，到处是疙疙瘩瘩的褐色老茧。

“我是工人，”“杰克”一面说，一面打着哆嗦，就好像是冻的，“我为什么要杀死你？你跑吧！”他用右手轻轻推了推德国人的肩膀，朝黑魆魆的树林里指了指，“跑吧，别发呆了，要不然我们的人就要……”

德国人一直在看着“杰克”伸着的手，精神十分紧张地看着，身子微微向前倾，猜测着他听不懂的那些话的含意。就这样过了一两秒钟；他的目光碰上了“杰克”的目光，德国人的目光一下子就迸发出喜气洋洋的笑意。德国人向后退了一步，大张开两臂朝前扑来，紧紧握住“杰克”的手摇晃起来，一面十分激动地笑着，弯下身子，望着“杰克”的眼睛。

“你是要放掉我吗？……噢，现在我明白啦！你是俄国的工人吗？你也和我一样，是社会民主党党员吗？是吗？噢！噢！这真好像是在做梦……好弟兄，我怎么能忘了呢？……我不知怎样来感谢你……你真是一个了不起的、勇敢的小伙子……我……”

他十分激动地说了这许多德国话，可是“杰克”

只听懂了一个熟悉的疑问句："是社会民主党党员吗?"

"嗯，是的，我是社会民主党党员。你快跑吧……再见啦，好弟兄。来，握握手!"

一个高大，健壮的拜恩人，一个矮小的俄国士兵，凭着感觉互相了解了，互相对望着。拜恩人小声说：

"在将来的阶级战斗中，咱们将是一条战壕里的战友。不是这样吗，同志?"说完，他就像一只灰色大野兽一样跳到战壕沿上。

渐渐来到跟前的散兵线的脚步声在树林里刷刷地响了起来。走在前面的，是一个军官率领着的一小队捷克侦察兵。他们看到这个寻找食物的士兵从地下室里钻出来，差点儿就要开枪。

"自己人!你没看清楚……别胡乱来!"这个士兵一看到黑黑的枪口对准了自己，就吓得叫了起来。

"都是自己人嘛!"他又说了一遍。他像抱小孩子一样，把一大块黑黑的面包紧紧抱在胸前。

一位军士认出了"杰克"，便跳过战壕，用枪托子朝"杰克"的脊背狠狠捅了一下子。

“我揍死你！要狠狠揍你一顿！你上哪儿去啦？”

“杰克”有气无力、软搭搭地走着，捅一枪托子，他也不在乎。使军士吃惊的是，他身子晃了晃之后，竟一反常态，用十分和善的语气回答说：

“我走到前头来啦，你别打人嘛。”

“你不要吊儿郎当！一会儿你掉到后头，一会儿又跑到前头。不懂得军规吗？你是头一年当兵，还是怎的？”他停了一会儿，又问道，“有烟丝吗？”

“就一些碎末子啦。”

“给我点儿吧。”

军士抽着烟，走到排尾去了。

拂晓时候，捷克侦察兵撞上了德国的监视哨。德国人一排齐射，打破了寂静。后来在间隔相同的时间里，又打了两排齐射。一颗红色信号弹在战壕上空升起来，人声喧腾起来，信号弹的红色火花还没有在空中熄灭，德国人那边就开了炮。

轰！轰！……紧跟着头一阵轰隆声，又是两下：轰！轰！

嗖——嗖！……炮弹呼啸着，声音越来越大，像钢钻一样穿透大气，嘎嘎地从前面半个连士兵的头上飞过；一刹那的沉寂之后，在远处，就在司托霍得河渡口边，响起了生气似的爆炸声：砰！……砰！……

第一排齐射以后，在捷克侦察兵后面四十俄丈远近前进的散兵线卧倒了。信号弹射来一片红光；“杰克”借着红光，看到士兵们像蚂蚁一样在树木之间爬着，已经不再嫌烂泥地脏，而是紧紧贴在地上，寻求庇护。大家一遇到沟坎就往里爬，一遇到小土包就趴下来，一遇到小土坑就把头伸进去。但是当机枪子弹像五月的暴雨一样向树林里泼来，打得到处噼啪直响的时候，终于还是支持不住了：大家都向后爬起来，把脑袋拼命往肩膀里缩，像毛虫一样贴着地面爬，手脚都不拱起来，像蛇那样在地上拖，拖得烂泥地上留下一道道印子……有的人跳起来，飞跑起来。一颗颗爆破性的子弹在树林里呼啸着，打得松针乱飞，打得树皮到处飞溅，子弹像蛇叫一样嗞嗞地往泥地里乱钻，在地上乱蹦，到处啪啪地乱炸。

回到第二道战壕，前面那半个连检查人数：损失了十七个人。不远处，特别连的哥萨克们正在调整队伍。他们本来是在前面那半个连的右方前进的。他们事先消灭了德国人的哨兵后，就小心翼翼地前进，本来可以把德国人打一个措手不及的，但是德国兵对捷克侦察兵打了一排齐射之后，整个地段的德国兵一齐惊动起来。一阵乱枪打来，打死两名哥萨克，打伤了一名。哥萨克们把受伤的和打死的都抬了回来，一面整顿队伍，一面七嘴八舌地说话：

“应当把自己弟兄埋好。”

“不用咱们管，自会有人来埋的。”

“多替活人想想吧，死了的用不着多操心啦。”

过了半个钟头，团部的命令来了：“兹命令：在炮轰之后，你营会同哥萨克特别连向敌人发起猛攻，将敌人逐出第一道战壕。”

时紧时松的炮轰一直持续到中午十二点。哥萨克和步兵们除了岗哨以外，都在地下室里休息。正午时候发起猛攻。右方，主要地段上，炮声隆隆——那边也重新发动进攻了。

右翼尽边上是后贝加尔的哥萨克，左面一点是柴尔诺亚尔团和哥萨克特别连，再过来一点是法拿果里精锐团，再过来就是谦巴团、布吉里敏团、第二〇八步兵团、第二一一步兵团、巴甫洛格拉得团、文格洛夫团；第五十三师的各团居中；整个右翼都是第二土耳其斯坦步兵师。整个地段上枪炮声轰轰隆隆，俄军到处在发动进攻。

特别连排成稀疏的散兵线前进着。这个连的左翼紧接着柴尔诺亚尔团的右翼。刚刚能看见战壕胸墙的墙头，德国人就十分凶猛地开起火来。连队朝前奔跑，不喊也不叫；一会儿卧倒了下来，打一阵枪，又重新朝前跑。在距离第一道战壕五十步的地方卧倒了下来，不能前进了。只能打枪，连头也不能抬。德国人沿着战壕栽满了鹿砦和铁丝网。阿丰卡·奥捷洛夫扔出去的两颗手榴弹，从铁丝网上蹦了回来，爆炸了。他微微抬起身子，想扔第三颗，但是一颗子弹从他的左肩下面穿进去，从脊梁骨上穿出来。躺在不远处的伊万·阿列克塞耶维奇看到，阿丰卡微微蜷了蜷腿，就一动不动了。一条胳膊的阿列克塞·沙米尔的弟弟普罗霍尔也中弹死了；第三个倒下去的是原村长马内次柯夫，紧接着一颗子弹又打中了沙米尔家的邻居——头发蓬乱的跛子叶甫兰琪·加里宁。

半个钟头的工夫，第二排就牺牲了八个人。大尉连长也牺牲了，又牺牲了两位排长，连队失去了指挥，于是向后退去。退到火力圈以外，哥萨克们汇集到一起，点了点人数：损失了一半人。柴尔诺亚尔团也退了下来。第一营的损失更为惨重，但团部不顾这一切，又下了命令："立即重新发起进攻，务必将敌人从第一道战壕逐出。全线战斗的最后胜利，取决于能否恢复原有阵地。"

连队排成稀疏的散兵线，又往前冲。碰到德国人凶猛的火力，便在距离战壕一百步的地方卧倒了。队伍又越来越稀，失魂丧魄的人们紧紧贴在地上，躺着，头也不抬，一动也不动，只怕死神降临。

将近黄昏时候，柴尔诺亚尔团的后面那半个连支持不住了，跑了起来。"退呀！"的叫喊声传进哥萨克们的耳朵。哥萨克们爬起来，跌跌撞撞，连滚带爬地向后退去，一路上撞断不少树棵子，丢掉不少枪支。跑到安全地带，伊万·阿列克塞耶维奇倒在一棵被炮弹炸断的松树下，缓了几口气，便看到加甫里拉·李霍维多夫朝他走来。李霍维多夫像醉汉一样甩着两只脚，垂着眼睛，一只手在空中乱抓，另一只手好像在拂拭脸上无形的蛛丝。他的步枪不见了，大刀也不见了，汗湿而笔直的深黄色头发低低地垂到眼睛上。他在一片空地上绕了个圈儿，来到伊万·阿列克塞耶维奇跟前，站了下来，用歪歪斜斜、飘忽不定的目光盯着地面。他的膝部轻轻打着哆嗦，两腿弯曲，伊万·阿列克塞耶维奇觉得，李霍维多夫要蹲下去，好像要起飞似的。

“哦……你这是……”伊万·阿列克塞耶维奇刚刚开口，想说点什么，但是李霍维多夫脸上的筋肉一齐抽搐起来。

“住嘴！”李霍维多夫叫了起来，并且蹲了下去，一面挖挲着手指头，惊骇地四面张望着，“你听着！我来唱支歌儿。有一只神鸟飞来找夜猫子，说起话儿来：

我的夜猫子小姐呀，你说说，
你说说，库普列扬诺芙娜，
你说说，有谁比你大，
有谁比你身份高？
看，老鹰是皇上，

鹞子是少校，
老雕是大尉，
林鸽是乌拉尔哥萨克，
家鸽是近卫军，
斑鸠是向导兵，
椋鸟是加尔梅克佬，
寒鸦是茨冈娘儿们，
喜鹊是阔太太，
灰鸭是步兵，
海雁是摩尔达维亚女人……”

“等一等！”伊万·阿列克塞耶维奇的脸都白了，“李霍维多夫，你这是怎么回事？……你病啦？嗯？”

“你别捣蛋！”李霍维多夫的脸涨得通红，他又努了努嘴，扮出一副呆呆的笑容，仍用那种可怕的朗诵腔调叫喊道：

海雁是摩尔达维亚女人呀，
野鸭是糊涂蛋，
野鹅是莽撞汉，
白嘴鸦是炮队呀，

黑老鸹是巫婆，
鱼鹰是琴师……

伊万·阿列克塞耶维奇跳起来，说道：

“咱们快走，找咱们的人去，不然的话，德国人会把咱们捉去的！听见没有？”

李霍维多夫拼命挣着，慌慌张张，嘴上流着热乎乎的口水，继续叫喊着：

小夜莺是歌手呀，
小燕子是巨人，
仙鹤是光肚子汉，
山雀是税差呀，
麻雀是甲长……

他的声音突然中断了一下之后，又拉长了声音声嘶力竭地唱了起来。他那龇着牙的嘴里发出来的已经不是歌声，而是越来越粗壮的狼嗥了。在他那尖尖的长牙上，唾沫星子闪闪发光，像珍珠一样。伊万·阿列克塞耶维奇看着这个朝夕相处的伙伴的眼睛极不正常地向外歪斜，看着他的头，看着那一绺绺的头发紧紧贴在头上，那两个耳朵像蜡塑的一般，觉得十分害怕。李霍维多夫已经是气势汹汹地在吼叫了：

我们在多瑙河对岸
打败了土耳其苏丹，
解放了基督教徒。
威名远扬，传遍四方。
我们飞呀，飞呀，
就像扑食儿的饿蝗。
顿河哥萨克
一齐把枪放。
把你们的小火鸡、老母鸡
宰个精光。
把你们的老婆、孩子
都掳回家乡。

“马尔丁！马尔丁，你快来！”伊万·阿列克塞耶维奇看见马尔丁在空地上一瘸一拐地走着，就喊着。

马尔丁拄着步枪来到跟前。

“你帮我把他带走。看见吗?”伊万·阿列克塞耶维奇用眼睛瞟了瞟疯了的伙伴，“他吓坏啦。血一齐冲到脑袋里啦。”

马尔丁·沙米尔从内衣上扯下一只袖子，将受伤的腿包扎好；对李霍维多夫看都没有看，就架住他的一条胳膊，伊万·阿列克塞耶维奇架住另一条胳膊，朝前走去。

我们飞呀，飞呀，
就像扑食的饿蝗……

李霍维多夫喊叫的声音已经低些了。马尔丁难过地皱着眉头，央求他说：

“你别嚷嚷啦！行行好，别嚷啦！你现在已经飞够啦，别飞啦！”

把你们的小火鸡、老母鸡
宰个精光……

疯子拼命从两个伙伴的手里往外挣，不住气地唱着，只是偶尔用两手按按两边鬓角，牙齿咬得咯吱咯吱直响，耷拉着的下巴不住地哆嗦着，歪着头，头上冒着狂得发了热的热气。

四

司托霍得河下游约四十俄里长的战线上进行着战斗。隆隆的炮声接连不停地响了两个星期。每天夜里，远方紫色的天空被探照灯的灯光划成许许多多的碎块。那探照灯光有如变幻多姿而又不太明亮的闪电，闪来闪去，眨着眼睛，使站在此处观看战争烽烟与火光的人感到无限惊慌。

第十二哥萨克团驻守在一片泥沼的荒凉地段。白天偶尔朝那些在不深的战壕里跑来跑去的奥地利人打几枪，到夜里，靠着泥沼地掩护，就睡大觉或者打牌；只有一些哨兵注视着激战地区那惊心动魄的橙黄色火光。

一个严寒的夜里，远方的火光照耀得天空特别明亮的时候，格里高力·麦列霍夫走出地下室，顺着交通壕爬到战壕后面一座树林子里，那树林子在一座不高的土冈顶上，很像是长在黑头顶上的一撮白毛。他在开阔而芳香的土地上躺了下来。地下室里烟雾腾腾，一片恶臭气，下等烟草的褐色烟雾就像带穗子的桌布，笼罩在一张小桌的上空，桌边围坐着八个哥萨克，正在打牌；可是树林子里，在这小土冈顶上，微风轻轻吹着，轻得就像有一只看不见的鸟儿飞过时翅膀扇出来的；寒霜打过的野草散发着无限忧郁的气息。炮弹打得乱七八糟的树林子上空黑沉沉的，天上一簇一簇的星星闪闪烁烁，有如篝火熄灭后的余火，北斗星躺在天河的旁边，很像是一辆翻倒在地上、斜翘着辕杆的大板车，只有北面的北极星闪着均匀而耀眼的亮光。

格里高力眯起眼睛望着北极星，这不算明亮、但非常刺眼的星星的冷光一接触到眼睛，睫毛底下就涌出了同样冰冷的泪水。

他躺在这土冈上，不知为什么想起了他从下亚布洛诺夫村回亚戈德庄找阿克西妮亚那一夜；也怀着刀绞一样的痛苦心情想起了她。脑海里出现了那张脸的模模糊糊、经过时间磨蚀的无比亲切而又十分陌生的线条。他怀着突然怦怦跳动起来的一颗心，想重新看看他最后一次看到的、疼得歪歪扭扭、腮上还带着红红的鞭痕的那张脸；但是记忆却硬要把另一种样子的脸送上来，那张脸微微偏着，得意扬扬，笑盈盈地。你看，她慢慢转过头来，用火辣辣的黑眼睛又顽皮又多情地从下面盯着你，两片娇艳而妖媚的红嘴唇悄悄地说着无比亲切和热情的话儿，然后又慢慢将目光移开，转过脸去，那黑黑的脖子上晃悠着两个老大的毛茸茸的发卷儿……他以前就喜欢吻这发卷儿……

格里高力哆嗦着。他觉得，有一会儿他闻到了阿克西妮亚的头发那幽雅醉人的香气；他弯起身子，张大鼻孔闻了闻，哦……不是的！这是陈腐的落叶发出的一股冲鼻子的气息。阿克西妮亚那鸭蛋形的脸渐渐暗淡，渐渐隐没。格里高力合上眼睛，把两个手掌放在疙里疙瘩的地面上，眼睛一眨不眨地对着天边的北极星看了半天，那北极星躲在一棵断松树后面，像一只美丽的蓝蝴蝶抖动着翅膀，在原地飞着。

许多零零碎碎的回忆片段渐渐遮住阿克西妮亚的形象。他想起了他和阿克西妮亚决裂以后，在鞑靼村的家里度过的那几个星期；每天夜里，娜塔莉亚都要如饥似渴、毫无保留地跟他亲热，好像是竭力要补偿以前那种处女般的冷淡；白天，家里人无微不至、几乎像讨好一样地关怀他，村里人见到他这第一个获得乔治勋章的人都十分尊敬。格里高力不论到哪里，也包括在家里，到处都遇到旁边射来的尊敬而惊讶的目光，大家都惊异地望着他，好像不相信他就是那个格里高力，就是当年那个吊儿郎当的小伙子。老年人在集市上跟他说话，就像跟平辈人说话一样，见面时都要脱帽向他还礼；姑娘和媳妇们都带着掩饰不住的钦佩神情打量他那雄赳赳、微微有点弯曲的身姿，打量军大衣上那系在绦带上的十字勋章。他看出来，父亲有时同他上教堂或者到操场上去，跟他走在一起，显然觉得脸上十分光彩。所有这些讨好、尊敬、钦佩构成的又复杂又精致的毒素，把贾兰沙在他心里种下的真理的种子渐渐毒死，渐渐从他思想上消除。格里高力从前方回来时是一个人，走的时候又变成了另外一个人了。他从吃娘奶的时候就养成，又培育了二十几年的哥萨克气质，战胜了伟大的人类真理。

“格里什卡，我知道嘛，”潘捷莱·普罗柯菲耶维奇在格里高力要走的时候，喝过几杯酒，摩弄着那一头间有黑斑的银发，激动地说，“我早就知道，你会出息成一个好样的哥萨克。在你满一周岁的时候，我就按照哥萨克的老风俗，把你抱院子里——你还记得不，老婆子？——让你骑到马上。你这个鬼东西用小手一把就抓住了马鬃！……那时候我就猜到，你一定会大有出息。果然出息成人啦。”

格里高力作为一个好样的哥萨克又上了前方；他一面在心里咒骂战争的荒谬，一面忠实地保持着哥萨克的声名。

一九一五年五月，在奥里霍甫琪克村附近碧绿的草地上，德军第十三钢铁团徒步向俄军攻来。机枪嗒嗒响着。架在小河边的俄军的一挺重机枪沉重有力地扫射着，第十二哥萨克团投入了战斗。格里高力跟同连的哥萨克们一起排成散兵线前进着，有时回头看看，看到一轮火热的太阳高挂在中午的天空里，又看到另外一个同样的太阳在河湾里，那河湾边上长满一丛丛的藤蔓，好像一张黄黄的羊羔皮。河那边白杨树丛中隐藏着看守马匹的士兵；往前看，便是德国人的散兵线和钢盔上的铜鹰射出的黄黄的亮光。微风吹动着带有野蒿气味的灰白色硝烟。

格里高力不慌不忙地射击着，瞄准瞄得很细心，在射击的间隙里，一面听着排长高喊瞄准的口令，一面从容不迫地把爬到他的军便服袖子上的一只花大姐拂下去。后来就是冲锋……格里高力用包铁皮的枪托子打倒了一个高个子的德国中尉，缴了三个德国兵的枪，并且朝他们的头顶上打了几枪，吓得他们像兔子一样朝河边跑去。

一九一五年七月，他随着一个哥萨克排在拉瓦鲁斯卡雅附近截回了被奥地利人掳去的一个哥萨克炮兵连。就在那一次战斗的时候，他绕到敌人后方，用手提机枪打得进攻的奥地利人四散逃窜。

过了巴扬涅茨以后，他在一次遭遇战中俘虏了一名肥胖的奥地利军官。他把军官像只绵羊一样横放在马上，就朝前跑，一路上闻着军官裤裆里拉的屎散发出的臭烘烘的气味，并且感觉到那吓得浑身是汗的肥胖身体一直在打哆嗦。

格里高力这会儿躺在黑黑的土冈顶上，特别鲜明地想起那一回他跟他的死对头司捷潘·阿司塔霍夫在战场上相遇的情形。那是在第十二团从前线撤下来，调到东普鲁士以后。哥萨克的战马践踏着德国人精耕细作的土地，哥萨克焚烧着德国人的房屋。他们所到之处，火焰红成一片，熏黑的断垣残壁冒着青烟，瓦屋顶噼啪作响。来到司托雷平城下，他们这个团和第二十七顿河哥萨克团一起发动进攻。格里高力仓促中看见瘦了的哥哥、脸刮得很光的司捷潘和其他一些同村的哥萨克。两个哥萨克团打败了。德国人把他们包围起来，十二个连队便一个紧跟着一个勇猛地发起冲锋，想冲破敌人的包围圈，就在这时候，格里高力看见司捷潘从被打死的大青马身上跳下来，像陀螺一样打起转转儿。格里高力被突然来临的可喜的决心激励着，使劲勒住了马，这时候最后一支连队跑了过来，几乎把司捷潘撞倒，等到这一支连队跑过去，格里高力驱马跑到他跟前，喊道：

“抓住马镫！”

司捷潘紧紧抓住马镫的皮带，跟格里高力的马并排跑了有半俄里。

“别跑得太快！行行好，别这样跑！”他气喘吁吁地恳求道。

他们平平安安地冲出了缺口。离冲出重围的连队下马休息的树林子不过一百丈远了，但就在这时候，一颗子弹打在司捷潘的腿上，他把马镫一松，仰面倒在地上。一阵风吹掉了格里高力的制帽，一绺头发耷拉到眼睛上。格里高力撩开头发，回头看了看。司捷潘正一瘸一拐地朝乱树棵子里跑去，把哥萨克制帽扔进树棵子里，又坐下来，急急忙忙地往下脱那带红绦的军裤。德国人的散兵线正一组一组地从高地下面往上跑，格里高力明白：司捷潘是想活，所以才脱掉哥萨克军裤，这样就可以冒充步兵：因为那时候德国人见到哥萨克就打死，绝不生俘……格里高力受良心驱使，掉转马头，朝树棵子跑去，一面跑一面跳下马来。

“骑上去！……”

司捷潘的眼睛匆匆地扬了一下，那是格里高力永远忘不了的。他扶着司捷潘上了马，自己抓住马镫，跟着满身大汗的马跑起来。

啁啁啁……子弹带着火辣辣的啸声飞来，飞过时又发出啸声：嗖嗖！

在格里高力的头顶上，在司捷潘那煞白的脸的上方，在他们的两旁——都是这种钻和刺的声音：啁啁——嗖嗖，啁啁——嗖嗖；后面是枪声，就像熟透了的槐树荚在爆炸：

砰啪！砰啪！哒哒哒哒！

跑到树林子里，司捷潘下了马，疼得歪着嘴；他扔掉马缰，一瘸一拐地走到一旁。左边的靴筒里往外流着血，每走一步，受伤的腿一用劲，脱落的靴底缝儿里就涌出细细的一股樱桃色的血。司捷潘靠在一棵枝叶繁茂的橡树树干上，朝格里高力招了招手。格里高力走了过去。

“靴子里血都流满啦。”司捷潘说。

格里高力没有作声，朝一旁看着。

“格里什卡……咱们今天往前进攻的时候……听见吗，格里高力？”司捷潘说着，用瘪进去的眼睛寻找格里高力的眼睛，“咱们进攻的时候，我从后面打了你三枪……老天爷没有叫打中。”

他们的眼睛碰到了一起。司捷潘那瘪进去的眼窝儿里气汹汹地射出利钻一样的光芒。他几乎没有张开咬紧了的牙齿，说：

“你救了我的命……谢谢……可是阿克西妮亚的

事，我不能饶恕你。心里咽不下这口气……你别强求我，格里高力……”

“我不想强求。”格里高力这才回答说。

他们分手了，依然没有和解……

还有……五月里，他们这个团和布鲁西洛夫军团其余各部一起，在卢次克附近冲破敌军防线，到敌后作战，打击敌人，自己也挨了不少打。在里沃夫附近，格里高力擅自率领一个连去进攻，截获了奥地利人的榴弹炮及其炮手。又过了一个月，有一天夜里，他蹚过布戈河去捉“舌头”。他把一个站岗的哨兵打倒在地，那个矮墩墩的、强壮的德国人把光着半截身子、压在他身上的格里高力转悠了半天，拼命地喊叫，怎么都不肯束手就缚。

格里高力微笑着想起了这件事。

在不久以前和很久以前战斗过的战场上，这样的日子过得还少吗？格里高力牢牢地保持着哥萨克的声名，寻找机会表现舍己忘我的勇敢精神，出生入死，奋勇拼搏，乔装以深入奥地利人后方，偷袭敌人岗哨，多次大显身手，他觉得战争初期压在他心中的那种痛惜人的心情已经一去不复返了。他的心变硬了，变得无情了，心就像干旱时候的盐土，水侵不进盐土，怜悯也进不了格里高力的心。他拿别人的生命和自己的生命当儿戏，丝毫也不在乎；因此他成了出名的勇士，得到了四颗乔治十字勋章和四颗奖章。在难得的几次阅兵典礼中，他都站在被多次战争的硝烟熏过的团旗下面；但是他知道，他再也不能像以前那样地笑了；他知道，他的眼睛已经陷下去，两边腭骨已经尖尖地凸了出来；他知道，他很难一面吻着孩子，一面坦然地看着孩子那清亮的眼睛了；格里高力知道，为一大串十字章和几次提升，他付出了什么样的代价。

他趴在土冈上，把大衣的大襟垫在腰底下，用左胳膊肘支住上身。回忆殷勤地捧献出一样一样的往事，那遥远的童年的往事，就像一根细细的蓝纱，总是跟没有多少滋味的片段战争回忆交织在一起。格里高力带着恋恋不舍和感伤的心情凝神想了一会儿童年的事情，随后又想起不久前的事情。在匈牙利人的战壕里有人熟练地弹着曼陀铃。那细细的、被风吹得悠悠荡荡的声音迅速地飞了过来，飞过司托霍得河，轻轻地飘荡在多次洒过人血的土地上。

高空的星星更亮些了，夜色更浓了，沼地上已经升起深夜的雾气。格里高力一连抽完两支烟卷，十分亲昵地抚摩了几下步枪皮带，就用左手的手指头撑着，从殷勤好客的土地上站起来，慢慢朝战壕走去。

地下室里还在打牌。格里高力倒在铺上，还想在回忆中沿着熟悉的、铺满往事的小路漫游一番，但是睡劲儿已经上来；他就着躺倒时很不舒服的姿势睡着了，他梦见无边无际、干旱风吹焦了的原野，梦见一丛丛紫红色的蜡菊，梦见没有钉掌的马蹄在毛蓬蓬的紫薄荷丛里踩出的一个个马蹄印子……原野上空空荡荡，静得不得了。格里高力在硬邦邦的沙土地上走着，但是听不到自己的脚步声，因此他害怕起来……格里高力醒了过来，抬了抬头，因为睡得不舒服，腮上印了好几道斜斜的印子，他吧嗒了半天嘴，就好像一匹马刚刚闻到一种特别好闻的草香，忽然这香味又没有了。后来他睡熟了，再没有做梦。

第二天，格里高力起得身来，心里说不出的苦闷。

“你今天怎么愁眉不展的？梦见家乡了？”“秃

子”问道。

“你猜对啦。梦见草原啦。所以心里闷得慌……能回家去看看才好哩。给皇上当兵真当够啦。”

“秃子”大大咧咧地笑了笑。他一直跟格里高力住在一个地下室里，他对格里高力十分尊敬，就像一只猛兽尊敬跟它一样凶猛有力的野兽那样；自从一九一四年那一次争吵以后，他们之间再没有发生过冲突，而且，“秃子”的影响已经在格里高力的性格和心理上很明显地表现了出来。战争大大地改变了“秃子”的世界观。他慢慢地、但是坚定不移地转到反对战争的立场上，他经常议论卖国的将军们和潜伏在皇宫里的德国人。有一回他无意中说出这样的话：“既然皇后本人就是日耳曼血统，就别想有什么好结果。一旦时机来到，有人出一个铜板，她就能把咱们卖掉……”

有一回格里高力对他说了贾兰沙的主要论点，“秃子”却很不赞成。

“歌儿倒是挺美，就是嗓门儿哑啦。”他嘲讽地笑着，拍着他那灰白色的秃顶说。“米沙·柯晒沃依也像一只站在篱笆上的公鸡，天天在唱这种调调儿。

这种革命毫无意思，全是胡闹。你要明白，咱们哥萨克需要的是自己的政府，而不是别人的政府。咱们需要像尼古拉·尼古拉耶维奇[1]那样刚强的皇帝，咱们跟庄稼佬不能走一条路，猪鹅不能同群嘛。庄稼佬一心想抢夺土地，工人是想给自己增加工资，有什么好处给咱们呢？土地咱们有的是！此外还要什么呢？没有什么好要的，皇上是个昏君，这没有什么好瞒的。他的老子比他强些，他可是胡搞，要搞出像一九〇五年那样的革命，那时候就要把一切弄个天翻地覆。这对咱们没有什么好处。如果他们把皇上赶走了，下一步就轮到咱们了。他们要报旧仇，还要把咱们的土地分给庄稼佬。要当心……”

“你老是往偏处想。”格里高力皱着眉头说。

“你净说没意思的话。你还年轻，没有磨炼出来。你等着瞧吧，等到你吃了大亏，那时候你就知道谁对谁不对啦。”

谈到这里，谈话一般都要结束了。格里高力一

①尼古拉·尼古拉耶维奇(一八五六——一九二九)：大公，第一次世界大战开始，就担任俄军最高司令官。国内战争时期逃亡国外。他在国外受到弗兰格尔和大部分保皇党的支持，成为觊觎俄国皇位的“复辟者”之一。——作者注。

声不响，“秃子”找点别的话来说。

那一天，格里高力卷入了一桩很不愉快的事件。那一天中午，跟往常一样，从土冈那边过来的随军灶车停了下来。哥萨克们你追我赶地顺着交通壕朝灶车跑去。米沙·柯晒沃依打的是第三排的饭。他用一根长棍子挑着许多热气腾腾的锅子，一跨进地下室的门，就叫喊起来：

“弟兄们，这样可不行！怎么，难道咱们是狗吗？”

“你说什么？”“秃子”问道。

“拿臭东西给咱们吃！”柯晒沃依气愤地叫道。

他使劲一甩头发，把他那像一把乱草似的金发甩到后面，把锅子放到铺上，拿眼睛斜看着“秃子”说：

“你闻闻，这汤什么味道？”

“秃子”趴到自己的锅子上，翻着鼻孔，撇着嘴，柯晒沃依不由得学起他的样子，翕动着鼻孔，脸呆呆地皱了起来。

“臭肉。”“秃子”断定说。

他厌恶地把锅子推开，看了看格里高力。

格里高力一下子从铺上站起来，朝菜汤伸了伸本来已经耷拉得够长的鼻子，身子向后仰了仰，懒洋洋地踢了一脚，把前面的一个锅子踢到了地上。

“这是干什么?”“秃子”迟疑地说。

“干什么——你没看见吗?你就瞧瞧吧。你不是瞎子吧?这是什么玩意儿?”格里高力指了指在脚底下流了开来的黏糊糊的东西。

“啊啊啊啊!……蛆!蛆!……我的妈呀……我还没看见呢!……这伙食真不赖。这不是菜汤，是面条……拿蛆当起牛杂碎来啦。”

在地上，在像脓血一样红红的肉块旁边，有不少雪白的蛆，直挺挺地躺在许多油点子中间，蛆已经煮死了，一个个鼓膨膨、圆滚滚的。

“一条、两条、三条、四条……”柯晒沃依不知为什么小声数了起来。

有一小会儿大家都没有作声。格里高力从牙缝儿里啐了一口。柯晒沃依把刀拔了出来，说：

“咱们带上这菜汤，找连长去。”

“好!说得对!”“秃子”表示赞成。

他忙活起来，一面往下拧刺刀，一面说：

“咱们来押送菜汤，格里高力，你跟在后面。你报告连长。”

“秃子”和米沙·柯晒沃依用刺刀抬着满满一锅菜汤，把大刀也拔出了鞘。格里高力在后面护送，哥萨克们从地下室里跑了出来，跟在格里高力后面，像一道连绵不断的灰绿色波浪，顺着弯弯曲曲的战壕移动着。

“怎么回事儿？”

“有情况吗？”

“是不是有讲和的消息啦？”

“哪儿有这样的好事……你想讲和，不想吃干面包啦？”

“我们押送的是带蛆的菜汤！”

来到军官住的地下室门口，“秃子”和柯晒沃依站了下来，格里高力弯了弯腰，用左手拿着制帽，走进“狐狸洞”。

“别挤！”“秃子”回头看着一个在挤他的哥萨克，凶狠地龇了龇牙。

连长走了出来，一面扣着军大衣，一面大惑不解并且有点儿慌乱地回头看着从地下室里跟了出来的格里高力。

“弟兄们，怎么回事儿？”连长用眼睛朝哥萨克们的头顶上扫了扫。

格里高力跨到他前面，在一片寂静中回答说：

“我们押送犯人来啦。”

“什么犯人？”

“就是这个……”格里高力指了指放在“秃子”脚下的一锅菜汤，“这就是犯人……你闻闻吧，人家给您的弟兄们吃的是什么！”

他的眉毛皱成了不等边三角形，微微颤动了两下之后，就舒展开了。连长用询问的目光注视着格里高力脸上的表情；又阴沉着脸，把目光移到锅子上。

“叫我们吃起臭肉来啦！”米沙·柯晒沃依愤怒地叫道。

“把军需撤掉！”

“毒蛇！……”

“坏蛋，自己吃肥啦！”

“牛腰子汤他自己喝足啦……”

“给别人喝带蛆的！”旁边几个人附和说。

连长等到闹哄哄的声音静了下来，这才厉声说：

“安静点儿！现在别说啦！都清楚啦。今天就把军需撤下来。我派一个小组调查他的情况。如果他拿变质的肉……”

“把他送军法处！”后面嗡嗡叫了起来。

又是一阵闹哄哄的叫喊声把连长的声音吞没了。

撤换军需是在行军的路上。骚动起来的哥萨克们押解着菜汤去见连长之后，过了几个钟头，十二团团部就接到命令撤离阵地，并且按照命令中所附的路线，以行军的队形向罗马尼亚移动。夜里，西伯利亚的步兵就来接替了哥萨克的防务。团队在伦维契镇检查了一下马匹，第二天早晨就用强行军的速度向罗马尼亚进发。

为了支援节节失利的罗马尼亚人，调动了大批的部队。这在行军的第一天，从一件事情上就看出来了。黄昏前派出去到行军路程表上拟定的宿营村庄打前站的人，空着手回来了：那个村子里已经住满了步兵和炮兵，也都是朝罗马尼亚边境开拔的。十二团为了找地方宿营，只好多走了八俄里。

走了十七天。马匹吃不到草料，都饿瘦了。靠近前线的地区，遭到战争破坏，是找不到饲料的；居民不是跑到俄罗斯内地，便是躲进了大森林，敞着门的一座座阴郁的茅屋里，只剩下黑黑的、光秃秃的四壁，街道上空空荡荡，哥萨克们难得遇上个愁眉苦脸、恐慌万状的居民，即使遇上了，对方一看到是带枪的，就赶快躲起来。哥萨克们因为连续行军，都弄得疲惫不堪，又因为冻得难受，因为自己受罪，马匹受罪，因为种种不顺心的遭遇，憋着一肚子的怨恨，所以掀掉了许多茅屋的屋顶；遇到劫后幸存的村庄，他们就不客气地抢夺那十分可怜的粮食，不管军官们怎样恐吓，都制止不住他们的抢劫和胡作非为。

已经离罗马尼亚边境不远了，在一个富裕的小村子里，“秃子”从一家仓房里偷了一升大麦。主人当场把他抓住，但是“秃子”把那个挺和善的比萨拉比亚老汉狠狠打了一顿，大麦还是送到了马跟前。排长在拴马桩跟前看到了他。“秃子”把饲料袋挂到马嘴前面，自己在旁边转悠着，用哆哆嗦嗦的手抚摩着露出骨头的马肋，看着马的眼睛，就像对着一个人似的。

“乌留宾！狗杂种，把大麦送回去！你这个浑蛋，干这种事儿要枪毙！……”

“秃子”模糊的眼睛斜着看了看排长，把制帽啪地朝脚下一摔，进团里以来第一次声嘶力竭地大叫起来：

“惩治我吧！枪毙我吧！你就是马上把我打死，大麦也不送还！……怎么，我的马就该饿死吗？嗯？大麦我就是不还！一颗也不还！”

他忽而抓抓自己的脑袋，忽而抓抓大吃大嚼的马的鬃毛，忽而抓抓马刀……

排长一声不响地站了一会儿，看了看瘦得可怕的马后腿，点了点头，说：

“你怎么给跑得发热的马吃起东西来啦？”

他的声音中明显地流露出激动的心情。

“不要紧，马身上已经凉透啦。”“秃子”几乎用说悄悄话儿的声音回答说，一面把饲料袋里掉下来的麦粒儿扫到手掌上，重新放进去。

十一月初，十二团进入了阵地，特兰斯瓦尼亚山上寒风呼啸，山谷里飘荡着冷雾，霜打过的松林发出浓烈的气息，在山里洁白的初雪地上，常常看到野兽的足迹：狼、麋鹿、野山羊，受到战争的惊吓，纷纷离开荒野的山林，向内地逃去。

十一月七日，十二团向三二〇高地发动了进攻。前一天还是奥地利人守在战壕里，可是就在发动进攻的这一天早晨，刚从德法前线上调来的德国人接替了他们。哥萨克们徒步向山坡上爬去，山坡上到处是石头，蒙着一层薄薄的雪。带冰凌的小石头在脚下乱蹦，一股股的雪粉乱飞。格里高力跟“秃子”并排走着，惭愧地、很不好意思地笑着，对他说：

“我今天有点儿怕……好像是头一次打仗。”

“是吗？……”“秃子”觉得很稀奇。

他攥着步枪皮带，提着磨得光溜溜的步枪，咂着胡子上的冰凌。

哥萨克们排成不整齐的散兵线向山上移动着，还没有开枪。敌人战壕的胸墙阴森可怖地沉默着。在山头后面，德国人这边，有一个萨克森[1]中尉，脸被风吹得红红的，鼻子也脱了皮，整个身子向后仰着，微微笑着，神气活现地对士兵们喊道：

①萨克森人，俄国人对德国东部一些州的居民的称呼。

“伙计们！咱们打蓝衣鬼[1]不是头一回啦！咱们来给他们一点颜色瞧瞧，叫他们知道咱们的厉害。沉住气，暂且不要开枪！”

一支一支的哥萨克连队向前冲去。小石子在脚下哗啦哗啦地乱飞。格里高力一面掖风帽的角儿，一面神经质地笑着。他那瘪下去的两腮和鹰钩鼻子泛着青黄色，满腮的胡子就像黑黑的庄稼茬子，挂着白霜的眉毛底下，两只眼睛一动不动，就像两块黑炭。他已经失去素有的镇定心情。他克制着突然涌来的可恶的害怕心情，眯着晃动不定的眼睛，凝神望着白白的、雪光闪闪的战壕胸墙，对“秃子”说：

“他们一点动静都没有，是让我们走近些。我害怕，而且也不觉得惭愧……说不定会突然转过身，朝后跑。”

“你今天怎么胡说起来啦？”“秃子”气呼呼地说，“老弟，干这种玩意儿就好比打牌：自己信不过自己，就会叫人吃掉。格里什卡，你的脸都黄啦……你也许是病啦，也许……今天你要遭殃。小

①德国人这样称呼哥萨克。

心点儿！知道吗?”

有一个穿短大衣、戴尖顶钢盔的德国人挺直身子在战壕里站了一下子，又重新趴了下去。

格里高力左边，是叶兰乡的一个淡黄色头发的漂亮哥萨克，他一面走，一面把右手的手套忽而拉下来，忽而又戴上去。他不停地重复着这种动作，匆匆忙忙地走着，两腿很吃力地打着弯儿，故意大声地咳嗽着。“就像是一个人深夜里走路……故意咳嗽，给自己壮胆。”格里高力听着他咳嗽，心里这样想着。这个哥萨克那边，是马克萨耶夫中士的雀斑脸，再过去，是叶麦里扬·格洛舍夫，他紧紧端着步枪，枪上的刺刀尖歪到了一边。格里高力想起来，几天以前，在行军的路上，叶麦里扬就是用这把刺刀撬开仓房的锁，偷了罗马尼亚人一口袋玉米，差不多紧挨着马克萨耶夫的是米沙·柯晒沃依。他一个劲儿地抽烟，不住地擤鼻涕，擤过了，手指头就在军大衣左襟的外面一擦。

“我想喝水。”马克萨耶夫说。

“叶麦里扬，我的靴子夹脚。走起路来真受罪。”米沙·柯晒沃依抱怨说。

格洛舍夫恶狠狠打断他的话头：

“这会儿别谈靴子啦！忍着点吧，德国人的机枪就要扫过来啦。”

一阵枪声响过，格里高力就中了子弹，哎呀一声，倒在地上。他想要绑扎一下受伤的胳膊，就探手到军用袋里去摸绷带，只觉得袖子里有一股热辣辣的血从肘部汩汩地直往外冒，身子就软了下来。他趴在地上，把沉甸甸的脑袋藏到一块石头后面，用干燥的舌头舔了一下毛茸茸的雪团。他用哆哆嗦嗦的嘴唇拼命啜吸松散的雪粉，倾听着尖利刺耳的子弹啸声和一片轰隆轰隆的枪声，感到非常恐怖，全身哆嗦得非常厉害。他抬起头来，就看见同连的哥萨克们在往山下跑，滑滑跌跌，踉踉跄跄，胡乱地朝后或朝上放着枪。一种无法说明、也无法解释的恐怖，使格里高力站起身来，又使他朝下面参差不齐的松林边缘跑去，他们的团就是从那儿发起进攻的。格里高力跑到了搀扶着受伤的排长的叶麦里扬·格洛舍夫前头。叶麦里扬搀着排长在很陡的山坡上跑着，排长的两条腿摇来晃去，像醉汉一样，有时还趴在叶麦里扬的肩膀上，吐几口黑黑的血块子。一支一支的连队像雪崩一样朝松树林滚去。灰灰的山坡上留下一堆堆灰灰的尸体；没来得及带走的伤号就自己往下爬。机枪在后面对着他们扫射。

呜呜呜咔咔咔咔！……密集的枪声一阵猛似一阵。

格里高力由米沙·柯晒沃依搀扶着，走进了松树林。林边一片平缓的斜坡上，子弹乱飞乱蹦。德军左翼有一挺机枪不住气地扫射着。就好像一只有力的手扔出去的石头在刚冻起来的薄冰上跳动着，发出清脆的声音。

呜呜呜呜咔咔咔咔咔！……

"拼命朝咱们打哩！""秃子"好像很欢迎似的，叫喊道。

他靠在一棵红红的松树干上，懒洋洋地对着在战壕沿上跑来跑去的德国人打起枪来。

"要教训教训那些糊涂蛋！要教训教训！"柯晒沃依一面从格里高力胳膊底下抽自己的胳膊，一面气呼呼地叫道，"狗东西！比狗还坏！等到他们自己流够了血，就明白为什么挨打了。"

"你这是说的什么？""秃子"眯起眼睛问道。

“聪明人自己能明白，糊涂蛋吗……拿糊涂蛋有什么办法？你拿钉子都揳不进去。”

“你还记得誓词吗？你宣过誓没有？”“秃子”盯着问。

柯晒沃依没有回答，跪了下去，用两只哆哆嗦嗦的手从地上捧起一大捧雪，狼吞虎咽地吃起雪来，身子轻轻抖着，咳嗽着。

五

鞑靼村上空，秋天的太阳在缕缕白云的天上徘徊着。在高空里，微风只是轻轻地吹动着白云，把白云送向西方；可是风在村子里，在暗绿色的顿河河面上，在光秃秃的树林里，却形成强大的气流，吹得柳树和白杨树头歪歪倒倒，吹得顿河波浪滚滚，吹得红叶满街飞舞。贺里散福家的场院上，封顶没有封好的麦秸垛像一头乱发，一阵风恶狠狠地掀掉了垛顶，吹掉了细细的木杆，忽然又卷起一大抱金黄的麦秸，就像用草叉举着一样，吹到了院子上空，又吹到大街上，在空中滴溜溜乱转，很大方地往空荡荡的大路上撒了不少之后，又把乱蓬蓬的一小抱抛到司捷潘·阿司塔霍夫家的屋顶上。贺里散福的老婆光着脑袋跑到院子里，用膝盖夹着裙子，朝狂风呼啸的场院上看了看，又进屋去了。

战争进行到第三年，村子里明显地露出败落景象。在那些没有了男子汉的人家，没有门的棚子、倒了篱笆的院子就好像咧着大嘴，一天一天的败落显示出很难看的痕迹。贺里散福的老婆带着九岁的儿子干活儿；安尼凯的老婆根本不干活儿，因为守活寡就拼命地打歪主意：整天涂脂抹粉，打扮得漂漂亮亮，找不到成年男子，就找十四五岁的男孩子。两扇板门明明白白地证明了这件事，板门上当时抹了不少的松焦油，至今还保留着那揭露丑事的褐色痕迹。司捷潘·阿司塔霍夫家的房子空了，主人在离家以前，用木板把窗户钉了起来，房顶有好几处已经塌了，顶上长满了牛蒡草，门上的锁已经锈了，院子里长满了密密丛丛的荒草和滨藜，闲荡的牲口可以在任何时候走进敞着的大门，找块地方避避炎热或者风雨。伊凡·托米林家的房子有一面墙已经向外倾斜，靠一根埋在地里的带杈的木桩支撑着——看来，命运是对这个挺厉害的炮手进行报复，因为他在当瞄准手的时候，用大炮轰毁了不少德国人和俄国人的房子。

村子里所有的大街上和小巷里全都是这种样子。只有下头尽边上麦列霍夫家的院子真正像个院子：一切都整整齐齐，井井有条。不过并不是处处都这样。仓房顶上的铁公鸡已经锈断了，仓房也倾斜了，有经验的眼睛可以看出，有不少地方缺少人手。老头子一双手照顾不到所有的地方，庄稼种得少了，别的方面更不用说了；只有麦列霍夫家的人数没有减少：彼特罗和格里高力上了前方，可是娜塔莉亚去年秋初一胎生了两个孩子，一下子就把缺额补齐了。她挺会博取公婆的欢心，生了一个男孩，再加一个女孩。娜塔莉亚怀孕期间吃了不少苦，有时两条腿疼得厉害，整天整天地不能走路，她就皱紧眉头，拖着两条腿往前挪，但是她强忍着疼痛，那又黑、又瘦，然而十分幸福的脸上，从来没有流露过疼痛的表情。有时候两条腿抽筋抽得特别厉害，鬓角上渗出一粒一粒的汗珠子；伊莉尼奇娜这时候才能看出来，她摇着头，骂道：

“你躺下去吧，该死的东——西！你想把自己折腾死吗？”

一个晴朗的九月天，娜塔莉亚感觉出快要生了，就朝外面走去。

“你上哪儿去？”婆婆问。

“到河滩上，去看看牛。”

娜塔莉亚匆匆忙忙地来到村外，一面回头望着，哼哼着，用两手抱住肚子，钻进密密的乌荆子丛里，躺了下来。天黑下来的时候，她才走后院回到家里。她用麻布围裙带回一对双生的孩子。

“我的好孩子呀！真该死！你这是怎么回事儿？……你上哪儿去啦？”伊莉尼奇娜大声叫道。

“我怕丑，出去啦……不敢惊动爹……我身子干净啦，妈，孩子我也洗过啦……您抱去吧……”娜塔莉亚脸色苍白地解释说。

杜尼娅跑去找接生婆。妲丽亚忙活起来，赶快铺簸箩，可是伊莉尼奇娜又笑又哭地喊叫起来：

“妲丽亚呀！你别铺簸箩啦！他们又不是小猫儿，簸箩能睡得下吗？……天啊，他们是两个呀！哎呀，天啊，有一个是小厮哩！……娜塔莉亚真好啊！……快给她铺床呀！……”

潘捷莱·普罗柯菲耶维奇在院子里听见儿媳妇一胎生了两个孩子，先是把两手一摊，随后就捋了捋胡子，高兴得哭了起来，而且无缘无故地对着急急赶来的接生婆大叫起来：

“不信就瞧瞧吧，老伙计！”他对着老婆子的鼻子摇晃着指甲老长的手指头，“不信就瞧瞧！麦列霍夫家一下子还不会绝后呢！儿媳妇添了一个哥萨克和一个姑娘。儿媳妇可真是个好媳妇！天啊，我的天呀！这样的情义，这样的好媳妇，我拿什么来报答呀？”

这一年是个丰收年：母牛一胎生了两头小牛，快到米海洛夫节的时候，每只母绵羊都生了两只小羊，母山羊也快要生了……潘捷莱·普罗柯菲耶维奇对这种情况感到很稀奇，自言自语地说：

“今年真是吉利年，鸿运高照！全是双生。现在我们家真是人畜兴旺……不得了！”

娜塔莉亚给孩子喂奶喂到一周岁。九月里给孩子断奶，但是直到深秋时候她的身体还没有复原：在她那瘦下来的脸上，牙齿显得特别亮，因为脸瘦而显得格外大的一双眼睛闪着温暖、亲切的光芒。她把全部精力都放到孩子身上，对自己的一切都马虎了，做家务事以外的全部时间，都用到两个孩子身上：洗澡，洗尿布，打毛衣，缝缝补补，常常是斜靠在床上，耷拉着一条腿，从摇篮里把两个孩子抱起来，摆几下肩膀，把两只胀得鼓鼓的、像两个黄白色大香瓜似的乳房从肥大的内衣里抖搂出来，同时喂起两个孩子。

“他们把你的身子吸干啦，喂得太勤啦！”伊莉尼奇娜拍着孙子孙女那胖得出了褶子的小腿说。

“喂吧！别舍不得奶！你又不能拿人奶做奶油。”潘捷莱·普罗柯菲耶维奇用心疼孙子孙女、不许别人过问的粗暴口气插嘴说。

这几年生活一直在下落，就像顿河里的春水。苦闷难熬的日子一天天不知不觉地过去，总是辛辛苦苦，忙忙碌碌，愁吃愁穿，难得有小欢小乐的时候，时时刻刻为前方的人提心吊胆。很少收到彼特罗和格里高力从作战部队寄来的信。每一封来信的信封都弄得很脏，上面打满了邮戳。格里高力的最后一封信不知被什么人打开过：这封信有一半用紫墨水仔仔细细地描过，灰色信纸的边上还有用墨水做的一个莫名其妙的记号。彼特罗来信比格里高力勤些，并且在给妲丽亚的信里警告她，叫她不要胡搞，看样子，老婆放荡的事已经传到了他的耳朵里。格里高力还随信往家里汇了几次钱，是他的薪金和“十字章奖金”，还说要请假回家看看，但是不知为什么没有回来。兄弟俩走着各自不同的道路：战争使格里高力感到无限痛苦，战争吸尽了他脸上的红晕，给涂了一层焦黄颜色，他一心盼着战争结束；但是彼特罗却迅速而顺利地上升，一九一六年快到秋天的时候，他升为司务长，因为巴结连长有方，得到两枚十字勋章，并且已经在信里一再提到，他正在争取进军官学校去学习。夏天安尼凯请假回家，他托安尼凯带回来一顶德国人的钢盔、一件军大衣和自己的一张照片。他那见老的脸在灰色的硬纸板上显出志得意满的样子，弯弯的两撇灰白胡子向上撅着，翘鼻子下面那闭得紧紧的嘴唇露出熟悉的笑容。彼得罗一帆风顺，他喜欢战争，因为战争为他展开的前景是不平常的：像他这样一个从小就围着牛尾巴转悠的普通哥萨克，怎么能设想当军官和过另一种快活生活呢？可是现在战争来了，在战争的火光中清清楚楚地显露出未来的自在生活……彼特罗的生活只有一面露出一个很不体面的大缺口：老婆在村子里的名声很坏。司捷潘·阿司塔霍夫这一年秋天曾经请假回过一次家，回到团里以后，他在全连到处诌，说他跟彼特罗的老婆睡觉，美极了。彼特罗听到别人告诉他，不肯相信；他只是把脸一沉，笑笑说：

“司捷潘是胡说！他这是因为格里什卡跟他老婆的事，故意刺激我。”

但是有一天，不知是有意的，还是事出偶然，司捷潘从战壕的地下室里走出来，把一条绣花手绢掉到了地上；彼特罗正在他后面走，拾起这条绣得很精致的花手绢，认出手绢是老婆绣的。彼特罗和司捷潘之间的仇恨又结了一个死结。彼特罗瞅着机会，死神瞅着司捷潘。他很可能在头盖骨上带着彼特罗的枪弹长眠在西得维纳河畔。但是不久就发生了一件事：司捷潘自告奋勇前去消灭德国人的岗哨，一去就没有回来。跟他一块儿去的哥萨克们回来说，好像德国哨兵听见他们剪铁丝网的声音，扔了一个手榴弹；哥萨克们不等手榴弹爆炸，快步冲到哨兵跟前，司捷潘一拳把一个德国哨兵打倒在地，可是旁边的副哨开了枪，司捷潘倒了下去。哥萨克们刺死了副哨，把那个被司捷潘的铁拳打昏了的哨兵拖了回来，本来已经把司捷潘扶了起来，想把他带回来的，但是他身子太重，只好把他扔下了。受伤的司捷潘央求说：“弟兄们！别叫我死在这儿呀！弟兄们！你们怎么能扔下我呀？……”但是这时候机枪已经朝着铁丝网扫射过来，哥萨克们撒腿就跑。“弟兄们啊！乡亲们啊！”司捷潘在后面拼命地喊叫，但这时候各人自己逃命要紧，就顾不上他了。彼特罗听到司捷潘的情形以后，心里才轻松了一些，就好像伤口上抹了土拨鼠油，不过他还是打定了主意：“请假回去，收拾一下妲丽亚！我不是司捷潘，我不容许这样……”他本来想杀死她，但是马上打消了这个念头：“要是把这条毒蛇杀死了，为了她，我一辈子也要葬送掉。要去蹲监牢，一切辛辛苦苦都是白费，什么都完啦……”他仅仅决定狠狠打她一顿，但是要打得这个婆娘一辈子再也不敢摇尾巴：“我要把这条毒蛇的眼珠子打出来，那时候鬼才看得上她呢。”彼特罗蹲在离西得维纳河的黄土堤岸不远的战壕里，想了一个这样的主意。

树木和野草都染上了秋色，都被晨霜打枯了，大地渐渐凉了下来，秋夜越来越长，越来越黑了。哥萨克们天天在战壕里值勤，射击敌人，为了棉衣和司务长们争吵，吃饭只能吃个半饱，但是谁的脑子里都没有忘记离陌生的波兰土地很远的顿河土地。

妲丽亚在这个秋天，拼命为自己因没有丈夫受的罪捞本儿。圣母节的第一天，潘捷莱·普罗柯菲耶维奇和平常一样，比所有的人起得都早；他走到院子里，不禁抓住自己的脑袋：不知是谁捣蛋，把大门摘下来，搬到街心里，横放在大路上。这是一种羞辱。老头子马上把大门安回原处，早饭以后，他把妲丽亚叫到夏天的厨房里。他和妲丽亚谈了些什么，谁也不知道，但是杜尼娅看到，过了一会儿，妲丽亚从里面跑出来，披散着头发，头巾落到了肩上，眼里还含着泪水。她从杜尼娅旁边走过时，两个肩膀不住地抽搐，两道倒竖着的弯弯的黑眉毛在她那一片泪痕的、气嘟嘟的脸上直哆嗦。

“等着瞧吧，老东西！……我饶不了你！”她咬着红肿的嘴唇说。

她的上衣背上撕破了一大片，白嫩的皮肉上有一道新鲜的青紫色血痕。妲丽亚摆了摆衣襟，就跑上台阶，进了过道，潘捷莱·普罗柯菲耶维奇一瘸一拐地从厨房里走了出来，一脸的怒气。他一面走，一面折着一根崭新的皮缰绳。

杜尼娅听见父亲用沙哑的喉咙说：

“……你这条母狗，以后还要打狠些！浪娘儿们！……”

家里果然安生了。有几天妲丽亚比谁都老实、比谁都听话，每天晚上比谁睡得都早，遇到娜塔莉亚的同情的目光，她冷冷地笑笑，耸耸肩膀和眉毛，那神气好像是说：“没什么，走着瞧吧。”到第四天就发生了只有妲丽亚和潘捷莱·普罗柯菲耶维奇知道的一件事。事后妲丽亚常常得意地笑，可是老头子有一个星期惶惶不安，失魂落魄，就像一只闯了大祸的小猫；这件事他没有告诉老太婆，甚至在维萨里昂神甫面前忏悔的时候，这件事和事后自己的一些罪恶念头他也都没有说。

事情是这样的。圣母节过后不久，潘捷莱·普罗柯菲耶维奇相信妲丽亚已经彻底悔改，对伊莉尼奇娜说：

“你别心疼妲丽亚！要叫她多干点活儿！有活儿干，就没工夫去闲荡啦，要不然她这匹骒马可不安生……她脑子里就知道上游戏场和上大街。”

就为了这个目的，他叫妲丽亚打扫场院，收拾后院里的旧柴火堆，他又和她一起打扫堆糠的棚子。已经快到黄昏时候了，他打算把风车从板棚里搬进堆糠的棚子，就唤儿媳妇：

“妲丽亚！”

“爹，什么事？”妲丽亚在糠棚子里答应道。

“来，咱们把风车搬进去。”

妲丽亚一面整理着头巾，抖搂着落进上衣领子里的糠末子，走出糠棚，穿过场院的小门，朝板棚走来。潘捷莱·普罗柯菲耶维奇穿着一件家常的小棉袄和一条破裤子，一瘸一拐地在她前面走着。院子里没有别的人。杜尼娅和妈妈在纺秋天梳下来的羊毛，娜塔莉亚在发面。村后红红的晚霞渐渐暗淡下去，晚祷的钟声已经响了。在透明的天空正当中，有一片一动不动的紫红色云彩，顿河对岸光秃秃的白杨树枝上，落了许多白嘴鸦，好像挂了许多烧焦的黑棉花球儿。在寂无声息、静得使人着急的黄昏时候，每一样声音都显得非常清楚，很容易判断。从牲口院子里传来热烘烘的牲口粪气味和干草气味。潘捷莱·普罗柯菲耶维奇一面哼哧着，和妲丽亚一起把掉了油漆的红红的风车抬进糠棚，放到角落里，用耙子把糠堆上摊下来的糠往堆上耙了耙，便准备往外走。

“爹！”妲丽亚用低低的、像耳语一样的声音唤了他一声。

他走到风车后面，一点也没有疑心，问道：

“这儿怎么啦？”

妲丽亚敞着怀，脸朝他站着；她把两只手举到脑后，理着头发。一缕血红的夕照从糠棚子的墙缝里射到她的身上。

“就这儿，爹，有样东西……你过来，瞧瞧嘛，”她身子朝一旁弯着，像个贼一样隔着公公的肩膀望着敞着的棚子门，说道。

老头子走到她跟前。妲丽亚忽然张开两臂，搂住公公的脖子，把手指头交叉得紧紧地，拖着公公向后退去，一面小声说：

“就这儿，爹……这儿……很软和……”

“你干什么？”潘捷莱·普罗柯菲耶维奇惊骇地问道。

他把头扭来扭去，想让脖子从妲丽亚手里挣脱出来，但是她把他的头拼命朝自己的脸跟前拉，越拉越紧，对着他的大胡子直哈嘴里的热气，嘻嘻笑着，说着悄悄话儿。

“松开手，畜生！”老头子猛地一挣，只觉得碰到了儿媳妇紧绷绷的肚子。

她紧紧搂住他，仰面躺下来，让他压到自己身上。

“妈的！你发昏啦！……松开！”

“不愿意吗？”妲丽亚喘着粗气问道，然后松开手，当胸朝公公推了一把，“不愿意吗？……也许是不行了吧？……那你就别管我！……就这样！”

她跳起来，匆匆理了理裙子，打了打脊背上的麦糠，对直地冲着正在发呆的潘捷莱·普罗柯菲耶维奇喊叫道：

“前几天你为什么打我？怎么，我是老奶奶吗？

你年轻时候不也是这样吗？男人已经有一年不见面啦！……怎么，非要叫我去找牙狗不成？瘸鬼，呸！给你这个，咬吧！”

妲丽亚做了一个很下流的动作，就挤眉弄眼地朝门口走去。到了门口她又仔细地把自己身上打量了一遍，掸了掸上衣和头巾上的灰土，眼睛也不看公公，说：

“我没有这个可不成……我就要男子汉，你不愿意，我能找得到，可是你别多嘴！”

她摇摇摆摆，快步向前走去，走到场院门口，就不见了，也没有回头看，可是潘捷莱·普罗柯菲耶维奇还站在红色的风车旁边，咬着大胡子，带着困惑和歉然地心情打量着糠棚子和带补丁的毡靴的尖儿。“莫非她是对的？也许，我真该跟她干那种事儿？”刚才的事情弄得他迷迷糊糊的，在这一刹那间他惘然若失地想道。

六

十一月里，严寒袭来。下了一场早雪。鞑靼村上头对面顿河拐弯的地方已经结了冰。稀少的行人可以踏着灰白色的薄冰过河，但是村子下头只有河边上蒙着一层带白泡的薄冰，河中心急流滚滚，绿色的波浪翻滚出一个个白色的漩涡。在黑土崖对面水深处，鲶鱼早已在十一丈深的烂泥里蛰伏起来，鲶鱼头顶上是浑身黏液的鲤鱼，只有白鱼在顿河里游来游去，还有鲈鱼在水草里乱钻，追逐小鱼小虾。鲟鱼都卧在沙砾上。捕鱼的人希望冷得狠些，厉害些，那时候不论到哪里的冰上用小锄头一砸，就能逮到红红的鱼。

十一月里，麦列霍夫家收到格里高力一封信。信是从罗马尼亚的库文斯克写来的。格里高力在信上说他一打仗就受了伤，子弹打碎了他左胳膊上的骨头，因此把他送到本州的卡敏镇来养伤。紧跟着这封信，另一桩倒霉的事又来到麦列霍夫家。一年半以前，潘捷莱·普罗柯菲耶维奇因为手头困难，以买卖契约的方式，向谢尔盖·普拉托诺维奇·莫霍夫借了一百银卢布。今年夏天，把老头子叫到铺子里，“擦擦”阿杰平把夹鼻眼镜架在鼻子上，从玻璃镜片上面望着麦列霍夫老头子的大胡子，开口说：

"你怎么办，潘捷莱·普罗柯菲耶维奇，是付钱呢，还是怎么样?"

潘捷莱·普罗柯菲耶维奇打量了一下货物不多的货架和旧得发亮的柜台，迟疑了一阵子，才说：

"等等吧，叶梅里扬·康斯坦丁诺维奇，我来想想办法，就还钱。"

话就到这里结束了。老头子却没法子可想。年景很不好，也没有闲着的牲口可卖。于是，民事执行官就好像从天而降，一下子就来了。他把欠款人传去，勒令他：

"立即偿付一百银卢布。"

在客店里，民事执行官住的房间里，桌子上放着一张很长的纸，上面清清楚楚地写着：

执行书

顿河州第七区调解法官遵照一九一六年十月二十七日上谕，审理了商民谢尔盖·莫霍夫状诉下士潘捷莱蒙[①]·麦列霍夫以买卖契约形式借款一百卢布之民事案，根据民事诉讼法

①潘捷莱蒙是潘捷莱的全称。

第八十一、第一百、第一百二十九、第一百二十三、第一百四十五等条

缺席裁定如下：

根据一九一五年六月二十一日的买卖契约，裁定原告人商民谢尔盖·普拉托诺维奇·莫霍夫胜诉，应向被告人下士潘捷莱·普罗柯菲耶维奇·麦列霍夫追索一百卢布，另加诉讼费三卢布。本件不是最终裁定；系缺席裁定。

本裁定具有法律效力，根据民事诉讼法第一百五十六条第三款规定，应即付诸执行。顿河州第七区调解法官，根据皇帝的上谕，兹命令：

凡与本案有关的各地方、各界人士，必须正确执行本裁定；各地方机关、警察机关以及军事机关，对执行本裁定的执行官应依法给予协助，不得借故推诿。

潘捷莱·普罗柯菲耶维奇听完执行官的话，请求准许回家，保证今天就交款。他出了客店，就直接朝亲家柯尔叔诺夫家走去。在广场上他碰到一条

胳膊的阿列克塞·沙米尔。

“普罗柯菲耶维奇，你一瘸一拐地上哪儿去？”阿列克塞打招呼说。

“有点儿小事。”

“出远门吗？”

“到亲家公家里去。有点儿小事。”

“噢！他们家正开心呢。没听说吗？米伦·格里高力耶维奇的儿子从前方回来啦。都说他们家的米佳回来啦。”

“真的吗？”

“我听到这样传说。”阿列克塞一面说，一面眨巴着一只眼睛，抽动着一边腮帮子，掏着烟荷包，朝潘捷莱·普罗柯菲耶维奇跟前走去，“大叔，咱们来抽根烟！我出纸，你出烟丝。”

潘捷莱·普罗柯菲耶维奇一面抽烟，一面踌躇起来：去呢，还是不去？最后还是决定去，跟阿列克塞作别以后，继续一瘸一拐地朝前走去。

“米佳也戴上十字勋章啦！要赶上你家儿子啦。这会儿咱们村上戴勋章的人就像树枝上的麻雀一样多啦！”阿列克塞在后面大声说。

潘捷莱·普罗柯菲耶维奇不慌不忙地来到村头上；他一面望着柯尔叔诺夫家的窗户，来到门口。亲家公亲自出来迎接他。柯尔叔诺夫老汉的麻脸好像被高兴洗过一遍，显得干净了，不是那样麻了。

“我们家的喜事你听说啦?”米伦·格里高力耶维奇一面跟亲家公握手，一面问道。

“我在路上听阿列克塞·沙米尔说的。我来找你，亲家，是有别的事……”

“别急，别的事先不谈！咱们进屋里去，见见当差的。不瞒你，我们喝了点儿喜酒……我家老婆子特意藏了一瓶御酒呢。”

“不用你说啦，”潘捷莱·普罗柯菲耶维奇抽了抽鹰钩鼻子的鼻孔，笑着说，“我老远就闻到啦！”

米伦·格里高力耶维奇大敞开门，让亲家公走在前面。潘捷莱·普罗柯菲耶维奇一跨进门槛，眼睛就盯住了坐在上席的米佳。

“瞧吧，这就是我们的老总！”格里沙加爷爷一面哭着，一面喊叫着，伏在站了起来的米佳肩上。

“欢迎你回来，好汉子！”

潘捷莱·普罗柯菲耶维奇握住米佳的老长的手，

向后退了一步，惊异地打量着他。

“你看什么呀，亲家翁?”米佳微微笑着，用沙哑的粗喉咙说。

“我看着，觉得挺奇怪：送你和格里什卡入伍的时候，你们还是孩子呢，可是现在你瞧……简直像个阿塔曼团的哥萨克啦!”

卢吉尼奇娜一面用水汪汪的眼睛望着米佳，一面往杯子里斟酒，因为没看，斟得酒漫了出来。

“你这浑蛋娘儿们，这样贵重的东西你都斟到外头啦!”米伦·格里高力耶维奇朝她喝道。

“祝你们全家愉快，米特里·米伦内奇，祝你荣归!”

潘捷莱·普罗柯菲耶维奇把发蓝的眼白朝两边转悠了两下，颤动着眉毛，一口气把一只大肚子酒杯里的酒喝下。他用手掌慢慢地擦着嘴唇和胡子，拿眼睛瞟了瞟杯底，把头朝后一仰，把最后一滴酒也倒进张大了的、露出黑牙齿的嘴里，这才缓了一口气，嚼着黄瓜，美滋滋地眯了老半天眼睛。亲家母又给他斟上第二杯，不知怎的老头子一下子就醉得十分好笑。米佳笑嘻嘻地注视着他。米佳的两只猫眼睛忽而眯成像茅草划出的两条绿缝儿，忽而张大，黑暗下去。几年的工夫他变得叫人简直认不出了。三年以前送去入伍的时候，米佳身子细细的，十分匀称，如今成了一个粗壮的黑胡子大汉，原来的样子几乎一点都没有了。他长高了不少，肩膀也宽了，脊背微微有些驼，也胖了，体重恐怕至少有五普特，脸粗糙些了，声音也粗了，相貌显得比实际年龄要老些。只有眼睛还是原来那种样子——闪来闪去，很不安生。这会儿他看着母亲，母亲又笑又哭，不时拿皱皱巴巴、干瘪的手摸摸儿子那直撅撅的、剪得很短的头发和他那白白的狭窄的额头。

“你戴着勋章回来啦？”潘捷莱·普罗柯菲耶维奇醉醺醺地笑着问道。

“哥萨克现在还有不戴勋章的吗？”米佳皱了皱眉头。“克留奇柯夫在司令部里闲荡，还挂了三颗十字勋章呢。”

“我家这小子可是个很傲的家伙，亲家，”格里沙加爷爷急忙说，“他这个坏东西就像我，就像爷爷。他从来不肯弯腰。”

“挂不挂十字勋章，好像不是因为这个。”潘捷莱·普罗柯菲耶维奇皱起眉头，本来想这样说的，但是米伦·格里高力耶维奇把他拉进了内室里，请他坐到柜子上，问道：

“娜塔莉亚和小孩子们怎样？身子结实吗？好，托上帝的福，亲家，你好像说是有事来的吧？你有什么事？说说吧，要不然咱们再喝下去，你就要醉啦。”

“借点儿钱给我。行行好吧！帮帮我吧，要不然，没有钱我就……就倒霉啦。”

潘捷莱·普罗柯菲耶维奇带着醉汉那种表现过度的低声下气的神情恳求着。亲家公截住他的话，问：

“要多少？”

“一百张票子。”

“什么样的票子？票子有各种各样的嘛。”

“一百卢布。”

“这好说。”

米伦·格里高力耶维奇在柜子里翻了翻，掏出一个油污的手帕包，解了开来，哗啦哗啦地数了数，数出十张十卢布钞票。

“多谢，亲家……你解救了我！”

“咦，别见外。自己人嘛，有什么好说的！”

米佳在家里待了五天，夜里就跟安尼凯的老婆睡，满足了一个女人痛苦难熬的需要，也满足了这个来者不拒的单纯的女人的心。白天他就走亲戚，串门子。又高又大的米佳，只穿一件薄薄的绿上衣，歪戴着制帽，在大街上晃来晃去，夸耀自己不怕冻的劲头儿。有一天快到黄昏时候，他也到麦列霍夫家去过一次。他把寒气和令人难忘的那股士兵身上的酸气带进暖烘烘的厨房里。他坐了一阵子，谈了谈战争，谈了谈村子里的新闻，眯缝着轻佻的绿眼睛对妲丽亚瞟了一会儿，就准备走。当米佳朝外走去，砰的一声把门带上的时候，一直盯着他的妲丽亚就像蜡烛的火苗一样，摇晃了一下，她紧紧抿着嘴唇，正要披上头巾，但是伊莉尼奇娜问道：

“你上哪儿去，妲丽亚？”

“到外面……上茅房。”

“咱们一块儿去。”

潘捷莱·普罗柯菲耶维奇坐着，低着的脑袋抬都没抬，好像没听见她们说话似的。妲丽亚从他面前朝门口走去，低垂的眼皮底下隐隐露出狡黠的亮光；婆婆哼哧哼哧地拖着两条腿跟在她后面。米佳在便门边咳嗽着，踩得靴子咯吱咯吱直响，用手捂着烟在抽。他听到门环响，正要朝台阶这边来。

“米佳，是你吗？莫不是来到生地方迷路啦？”伊莉尼奇娜挖苦他说，“你出去别忘了把门闩插上，要不然，到夜里风把门刮开……你瞧，风多大……”

“没啥，我没有迷路……我插上……”米佳顿了一下后，懊丧地说。他咳嗽了两声，就穿过街道，径直朝安尼凯家走去。

米佳像鸟儿一样，无忧无虑地过着日子：现在还活着——那很好，至于明天怎样——到时候再说。他当兵很不带劲儿，尽管无所畏惧的心激励着他的热血，可是他并不怎么想争取立功受赏，因此他的履历表上就常常出现不顺心的记录：他有两次受到军法制裁——一次是因为强奸一个俄国籍的波兰妇女，一次是因为抢劫；在当兵的三年里，他受过无数次制裁和处分，有一次军法处几乎把他判处枪毙，但是不知怎的米佳巧妙地摆脱了灾难。虽然他在团里的表现是最坏的，但是哥萨克们都喜欢他，喜欢他那种热热闹闹、爱说爱笑的性格，喜欢他唱的那些淫荡歌曲（米佳在这方面可不是低能儿），喜欢他的随和、单纯，军官们则喜欢他的勇猛剽悍。米佳总是笑哈哈地用轻快的狼腿踩得地面咚咚响，而且他有很多地方像狼：走起路来一晃一晃的，一跨就是一大步；那瞳仁老大的绿眼睛好像时时刻刻窥伺着人；甚至转动脑袋的样子也很像狼——米佳从来没有扭过他那受过伤的脖子，如果需要回头看的时候，就把整个身子转过去。一块块结实的肌肉紧紧绷在一副宽大的骨头架子上，构成了他的身体，他动作又轻快又利落，浑身散发着一种酸涩的健壮气息——洼地里刚犁起来的黑土发出的就是这种气息。他的生活道路很简单，很直，就像一条垄沟，他大模大样地顺着垄沟往前走就行了。他的思想也极其简单，极其纯朴：饿了的时候，可以去偷，而且应该去偷，哪怕是偷同伴的东西也行，而且在饥饿的时候他就偷过；靴子穿破了，干脆就从德国俘虏的脚上往下剥；犯了错误，应当赎罪，于是米佳就去赎罪：多次出去侦察，多次带回他捉来的半死不活的德国哨兵，多次自告奋勇去干冒险的事情。一九一五年他被敌人捉住，而且被剑砍伤了，可是到了夜里，他把棚子顶弄得稀巴烂，掏了个大洞，逃了出来，还带回了一套挽具作为纪念。所以，米佳有许多关都闯过去了。

到第六天，米伦·格里高力耶维奇把儿子送到米列洛沃，送上了火车。老头子听着绿色的列车轧轧响着，越走越远，听了一阵子，又用鞭把子在站台边的煤渣堆上刨了半天，那垂得低低的、失神的眼睛抬都没有抬。卢吉尼奇娜想儿子想得哭，格里沙加爷爷直哼哼，在上房里直擤鼻涕，擤在手掌上，又在油乎乎的小褂襟上擦手。安尼凯的老婆也哭，因为她想念他那高大的、火辣辣的肉体，也因为老总把淋病传染给了她，觉得很痛苦。

时间一天一天地过去，就像风拨动着一根根的马鬃。快到圣诞节的时候，忽然暖和起来；下了两天雨，顿河旁边山上的水顺着一条条土沟奔流下来；在化尽了雪的山嘴上，去年的小草和一块块石板上的青苔又泛出绿色。顿河边上冒着泡沫，顿河上的冰像死尸一样泛出青色，鼓胀起来。化尽了雪的黑土地发出一种说不出的甜味儿。流水在将军大道上，在旧车辙里冒着泡儿。村外一些黄土岸有不少地方倒塌了。南风从旗尔河畔送来十分难闻的烂草气味，中午时候天边已经像春天那样，晃动着十分柔和的淡蓝色影子。村子里，堆在篱笆脚下的一个个炉灰堆旁边，一个个小水洼闪着粼粼的波光。各家场院上干草垛旁边的土地也融化了，开始腐烂的干草散发出的那种甜得腻人的气息刺得行人的鼻孔痒痒的。白天，结满冰锥的草屋檐上流着松香色的水，喜鹊在篱笆上叽叽喳喳乱叫，在米伦·格里高力耶维奇的院子里过冬的一头公用公牛，因为春情提前萌动，难受得哞哞直叫。它又是用角顶篱笆，又是在虫蛀的橡木柱子上蹭身子，弄得胸前光滑滑的垂肉直晃荡，踩得院子里松松的、水泡泡的雪烂糟糟的。

圣诞节的第二天，顿河开了冻。冰排带着剧烈的咯吱声和嘎啦声在河中心流动着。冰块像一条条昏了头的怪鱼，争着朝岸上爬。顿河对岸，白杨树受到南来暖风的催促，也连忙行动起来，摇来晃去地在原地跑步。

呜呜呜呜呜呜……沙哑低沉的风声从对岸传了过来。

但是，快到半夜的时候，山吼叫起来，乌鸦在广场上呱呱乱叫，贺里散福家的猪衔着一缕干草，从麦列霍夫家门前跑过去，于是潘捷莱·普罗柯菲耶维奇断定：“春天缩回去了，明天严寒就要回来。”夜里就转了东风，轻寒又给几天的暖和天气融化了的水洼蒙上一层薄冰。天快亮的时候，就吹起了来自莫斯科方向的风，严寒气势汹汹地扑了过来。又是一片冬天的景象。只有顿河河心里还流动着许多冰块，就像一片片老大的白树叶子，叫人想着刚刚来过的温暖天气，再就是山包上那融尽了雪的土地冒着寒冷的水汽。

圣诞节过后不久，在乡民大会上，乡公所的书记告诉潘捷莱·普罗柯菲耶维奇说，他在卡敏镇看见了格里高力，格里高力托他转告家里人，说自己快要回家了。

七

谢尔盖·普拉托诺维奇·莫霍夫用两只又小又黑、长满稀稀拉拉的油亮的毛的手从各个方面摸索着生活。生活有时候也和他开开玩笑，有时候成为他的负担，就像淹死鬼脖子上的石头。谢尔盖·普拉托诺维奇这一生见过很多世面，遇到过各种各样伤脑筋的事。很久以前，他做粮食生意的时候，曾经用十分便宜的价钱收购过哥萨克们的粮食，可是后来又不得不把四千普特霉烂的小麦拉到村外，倒到了愚人崖的下面。他也记得一九〇五年：有一个秋天的夜里，村里有人用鸟枪打过他。莫霍夫发过财，也用掉不少，最后积攒了六万卢布，把这笔钱存进了伏尔加-卡马银行，但是他凭着敏锐的嗅觉感觉到，大动乱的时代就要到了。谢尔盖·普拉托诺维奇等待着大难的日子，果然不出所料：一九一七年一月，害结核病快要死的教员巴兰达对他说：

“革命来到眼前啦，可是我害这种浑蛋的病、伤心的病，就要死啦。遗憾啊，谢尔盖·普拉托诺维奇！……真遗憾，不能看到分您的资财，也不能看到把您从温暖的窝儿里轰出去啦。”

“这有什么遗憾的？”

“怎么不遗憾呢？您要知道，能看到一切都化为灰烬，总是挺开心的。”

“那可办不到啦，好伙计，你今天死，到明天才轮到我呢！”谢尔盖·普拉托诺维奇暗暗怀着愤恨说。

一月里，各个乡镇和村庄里还流传着京城里关于拉斯普京和皇族的一些议论，可是到三月初，推翻帝制的消息就像当头一棒似的，一下子打到谢尔盖·普拉托诺维奇的头上。哥萨克们对大变动的消息抱着观望和暗暗担心的态度。这一天，在关了门的莫霍夫商店旁边，一直到黄昏时候都聚集着不少老头子和年轻些的哥萨克。村长吉留什卡·索尔达托夫（他接替了阵亡的马内次柯夫）是个大个子、红胡子、两眼有点儿向外斜的哥萨克，他垂头丧气，商店旁边热热闹闹的谈话他几乎没有参加，他用斜眼睛在哥萨克们的脸上扫着，偶尔插进几声惊慌失措的慨叹：

“全搞乱啦！……真不得了！……这可怎么办啊？！……”

谢尔盖·普拉托诺维奇从窗户里看到商店旁边的人群，便决意跟老头子们谈谈。他披上貉绒皮袄，拄着嵌有简单的银质缩写字母的棕色手杖，走到正门的台阶上来。商店旁边传来一阵嘈杂的人声。

“喂，普拉托诺维奇，你是一个识字的人，你给我们这些糊涂人讲讲，现在是怎么回事儿，以后又会怎样？”马特维·卡叔林把许多斜斜的皱纹一齐集中到怕冷的鼻子跟前，战战兢兢地笑着问道。

老头子们都恭恭敬敬地摘下帽子，向谢尔盖·普拉托诺维奇答礼，向两边挤了挤，在圈子里让出一块地方。

“以后咱们没有皇上啦……”谢尔盖·普拉托诺维奇犹豫了一下，说道。

老头子们一齐嚷了起来：

“怎么能没有皇上呢？”

“咱们祖祖辈辈在皇上治下过日子，现在就不要皇上了吗？”

“不要头可不行，没有头，脚恐怕也活不下去。”

“要换什么样的政府呢？”

“普拉托诺维奇，你别瞎猜啦！你和我们说说实在话吧……你担心的是什么？”

“他呀，也许自己还不知道呢。”“牛皮大王”阿甫杰伊奇笑着说，因为笑，红红的腮帮子上的两个酒窝变得更深了。

谢尔盖·普拉托诺维奇呆呆地打量了一下自己的旧胶皮套鞋，难受地咬着牙说：

“由国家议会来掌管。今后咱们国家是共和国啦。”

“真是他妈的胡闹！”

“我们当年在先皇亚历山大二世驾前当差的时候……”阿甫杰伊奇正要说下去，但是阴沉的包加推廖夫老汉毫不客气地打断了他的话：

“早听过啦！现在不是说这种话的时候。”

“这么说，哥萨克要遭殃啦？”

“如果咱们这边一罢工，德国马上就能打到圣彼得堡。”

“既然讲平等，那就是说，要把咱们和庄稼佬平等看待啦……”

“说不定他们要抢夺土地了吧？……”

谢尔盖·普拉托诺维奇强笑着，打量了一下老头子们那一张张惶恐的脸，心里感到泄气和窝囊。他用习惯的动作把红红的大胡子朝两边捋了捋，也不知道是对谁发着狠说：

“诸位老人家，他们把俄国弄成什么样子啦。要叫你们跟庄稼佬平等，要取消你们的特权，还要报旧怨。艰难的时候来到啦……政权落到什么人手里，就得听什么人的，不然的话，就叫你彻底完蛋。”

“咱们要是不死，那咱们以后就看看吧！”包加推廖夫摇了摇头，并且很不信任地从拧成一绺的眉毛底下看了看谢尔盖·普拉托诺维奇，“普拉托诺维奇，你是照自己的情形说的，我们不一样，也许这么一来，我们反倒好过些呢……”

“你们会有什么好过的呢？”谢尔盖·普拉托诺维奇刻薄地问道。

“也许，新政府能把战争停了……这种事是可能的吧？不是吗？”

谢尔盖·普拉托诺维奇把手一摆，就迈着老态龙钟的步子一跛一跛地朝自己家的浅蓝色漂亮台阶走去。他一面走，一面乱糟糟地想着钱，想着磨坊和越来越不景气的生意，又想到丽莎现在还在莫斯科，想到符拉季米尔不久就要从诺沃契尔斯克回来了。为孩子们操心，没有改变心头的烦乱。他就这样走到台阶跟前，觉得这一天的工夫，生活一下子就暗淡下来，而且就连他本人，也因为心里苦恼，好像老了许多。嘴里好像有一种铁锈的酸味，勾出不少唾沫。谢尔盖·普拉托诺维奇回头看了看商店旁边的老头子们，把唾沫吐到台阶的镂花栏杆外面，就走上阳台，朝屋里走去。安娜·伊万诺芙娜在饭厅里遇上丈夫，用失去神采的眼睛那惯有的平静目光向他的脸上扫了一下，问道：

“喝茶以前，先吃些点心吗？”

“算了吧！还吃什么点心？！”谢尔盖·普拉托诺维奇厌烦地把手一摆。

他脱衣服的时候，还是觉得嘴里有一股铁锈味，觉得脑子里乱糟糟的一团。

“丽莎有信来啦。”

安娜·伊万诺芙娜用小跑的步子（她从出嫁后担负起繁重家务的第一天起，就是这种走法）走进卧房，拿出一封已经拆开的信。

“这丫头没有头脑，看样子，没有多大出息。”谢尔盖·普拉托诺维奇第一次这样想到女儿，厚实的信封上的香水气味熏得他皱着鼻子。老头子漫不经心地看着信，不知为什么看到“情绪”这个词儿时停了下来，想了半天，寻思这个难懂的词儿的含义。丽莎在信尾要求汇钱去。谢尔盖·普拉托诺维奇脑子里一直带着乱糟糟一团的感觉，看完了最后几行。他忽然想暗暗地哭上一场。天翻地覆的生活让他在这一刹那间看清了赤裸裸的生活真相。

“她不是我女儿，”他想到女儿，这样想道，“我也不是她的父亲。她还拿我当父亲，是因为她需要钱……是一个肮脏姑娘，有好几个相好的……她小时候可是一个挺可爱的金发小姑娘呀……我的天！一切都变化得这么厉害！……我到老来成了个可怜虫，曾经指望将来有好日子过，实际上孤孤单单，无人过问……我发财发得不干净，可是，要干净就发不了财呀！我用尽心计，勒紧肚子攒钱，可是现在你瞧，革命来了，明天我的奴仆就可能把我从家里撵出去……一切都要他妈的完蛋！……孩子吗？符拉季米尔是个糊涂蛋……有什么用处呢？反正一样，随便吧……”

不知为什么他毫无联系地想起了很久以前磨坊里发生的一件事：一个前来磨粉的哥萨克因为磨粉的蚀耗太大吵了起来，并且拒绝付磨钱；谢尔盖·

普拉托诺维奇这时候正在机器间里，听见吵闹声走了出来，问清原委以后，就吩咐磅秤工和磨粉工把磨好的面粉扣下来。那个又矮又小、其貌不扬的哥萨克扯着口袋往自己方面拉，身强力壮、膀宽腰圆的磨粉工查瓦尔就往这一边拉。拉着拉着，那个矮小的哥萨克推了查瓦尔一把，查瓦尔一转身，斜握着老大的拳头朝他的额角打去。那个哥萨克倒了下去，后来摇摇晃晃地站了起来；他的左额角上破了一块皮，血往外渗着。他忽然走到谢尔盖·普拉托诺维奇面前，小声呻吟着，上气不接下气地说：

“面粉你拿去吧！撑死你吧！”他哆嗦着肩膀走了出去。

谢尔盖·普拉托诺维奇不知为什么想起了这件事及其后果：那个哥萨克的老婆又来要求把面粉还给她；她拼命往外挤眼泪，希望得到别的磨粉人的同情，又哭又叫地说：

“这算怎么回事儿呀，善人们？这是什么规矩啊？把面粉还给我们吧！”

“走吧，大嫂，趁早走吧，不然我可要揪你的头发啦！”查瓦尔嘲弄她说。

也和那个哥萨克一样瘦弱和矮小的磅秤工“杰克”，看着这件事很不平，很气愤，就冲上去和查瓦尔打了起来，结果被查瓦尔狠狠打了一顿，后来就来要求算账，说是不干了。谢尔盖·普拉托诺维奇折叠着已经看完的信，用视而不见的眼睛朝面前望着，这时候，上述的一切飞快地在脑子里闪过。

这一天在刺痒和隐隐作痛的痛苦中度过。谢尔盖·普拉托诺维奇夜里睡得很不好，在床上翻来翻去，想着一些乱七八糟的念头和一些没有成熟的希望；到下半夜才睡着，早晨，听说叶甫盖尼·李斯特尼次基从前方回到亚戈德庄上来看父亲，就决定去亚戈德庄，去聊聊，了解一下真实情况，以便消除担心的预感在心里投下的痛苦的沉渣。叶麦里扬一面抽烟，一面把劲壮的小马套到城市型的爬犁上，就拉着东家朝亚戈德庄上驰去。

村子上空的太阳像个熟透的橙黄色大杏子，太阳的上方和下方，一片片云彩雾蒙蒙的，泛着淡黄色的亮光。刺骨的寒冷空气里充满浓郁的水果气味。大路上的冰凌在马蹄下清脆地响着，马鼻子里喷出来的热气被风吹得直往后跑，落到马鬃上便成了白霜。因为爬犁跑得很快，因为天很冷，谢尔盖·普拉托诺维奇没有心思去想了，就打起盹来，身子摇摇晃晃，脊梁在爬犁后座的毡上蹭来蹭去。可是这时候在村子里的广场上，穿大皮袄的哥萨克黑压压地站了一大片，妇女们也都紧紧掩着褐色水獭皮镶边的顿河式皮袄，像羊群一样，挤成一堆一堆的。

站在人群当中的是教员巴兰达。他那发青的嘴上捂着一条手帕，小皮袄的扣眼上挂着一条红带，眼睛里放射着火热的光芒，开口说：

“……你们瞧，可恶的君主专制完蛋啦！现在再也不会派你们的儿子用皮鞭去镇压工人啦，你们再也不必为吸血鬼沙皇充当可耻的打手啦。立宪会议将要成为自由的新俄罗斯的主人。立宪会议一定会创建另外一种生活，就是说，一种光明的生活！”

他的姘头在后面扯着他的小皮袄皱褶，小声央求说：

“米佳，算了吧！你要知道，这样对你身体有害处，不能这样！又要吐血啦……米佳！”

哥萨克们听着巴兰达讲话，不好意思地垂下了眼睛，不住地哼哧着，暗暗笑着。没有让他把话说完，前排里有一个同情的声音瓮声瓮气地喊道：

“看样子，生活是要光明起来的，可是，老弟你过不到啦，你顶好还是回家吧，要不然外面太冷啦……”

巴兰达把没有说完的一句话咽了回去，就无精打采地从人群里走了出来。

谢尔盖·普拉托诺维奇来到亚戈德庄园已经是晌午时候。叶麦里扬拉着马笼头把马牵到马棚旁边的喂马簸箩跟前，等东家从爬犁上爬下来，撩起皮袄大襟，把手绢掏出来，他也卸下了马，披好了马衣。谢尔盖·普拉托诺维奇走到台阶边，碰上一条又高又大、带有枣红色斑点的白毛猎狗。那狗用四条劲壮的长腿撑着身子，打着哈欠，迎着生人站了起来；其余的四条像黑链子一样躺在台阶边的猎狗，也都跟着那条狗懒洋洋地站了起来。

“妈的，猎狗这么多！……”谢尔盖·普拉托诺维奇担心地望着，倒退着上了台阶。

在干爽、明亮的堂前有一股难闻的狗臭味和醋味。大柜子旁边有一个鹿角衣架，挓挲着的鹿角上挂着一顶卷毛的羊羔皮军官帽、一顶带银饰的长耳风帽和一件斗篷。谢尔盖·普拉托诺维奇朝那边看了看；有一刹那间他觉得好像有一个黑乎乎、毛茸茸的人站在大柜子上，还大惑不解地耸着肩膀呢。从旁边一个屋子里走出来一个胖胖的黑眼睛女人。她仔细打量了一下正在脱皮袄的谢尔盖·普拉托诺维奇，并没有变换她那黑黑的、漂亮的脸上的严肃表情，问道：

"您是找尼古拉·阿列克塞耶维奇吧？我这就去禀报。"

她没有敲门就走进客厅，随后把门掩上。谢尔盖·普拉托诺维奇好不容易认出这个胖乎乎的黑眼睛漂亮女人就是阿司塔霍夫家的阿克西妮亚。她立刻认出了他，就紧紧抿住樱桃色的嘴唇，很不自然地挺直身子，微微摇晃着两个露在外面的像毛玻璃一样的胳膊肘走了。过了一会儿，老李斯特尼次基跟着她走了出来。他亲切适度地笑着，谦恭地说：

"啊呀！是老掌柜！哪一阵风把您吹来啦？请进……"他向旁边闪了闪，用手势请客人进客厅去。

谢尔盖·普拉托诺维奇用他老早就学会的对大人物的恭敬态度行过礼，便走进客厅。叶甫盖尼·

李斯特尼次基眯着夹鼻眼镜底下的眼睛，迎着他走来。

“这好极啦，谢尔盖·普拉托诺维奇，欢迎欢迎！您好啊。您好像老起来啦，这是怎么回事儿？嗯？”

“噢，得啦，叶甫盖尼·尼古拉耶维奇！我还想熬过您呢。您怎么样？安然无恙吗？”

叶甫盖尼微微笑着，露着金牙齿，把客人搀到安乐椅前。他们靠着一张小桌子坐下来，说了几句客套话，互相在脸上寻找别后的变化。老爷吩咐过进茶，也走了进来。他嘴上衔着的一只弯弯的大烟斗冒着烟。他在谢尔盖·普拉托诺维奇的椅子旁边站住，把一只老得露出骨头的大手按到小桌上，问道：

“贵村情形怎样？听到……什么好消息吗？”

谢尔盖·普拉托诺维奇在下面朝上看了看老将军的下巴和脖子上那刮得光光的耷拉下来的皱褶，叹了一口气。

“哪儿有什么好消息?!……”

“这是劫数……”老将军哆嗦了一下喉头，吞下一口烟去，“这一点我在战争一开始就预见到啦。没办法……皇朝是必然要灭亡的啦。我现在想起了梅列日柯夫斯基[①]……记得吗，叶甫盖尼？想起了他那本《彼得和阿列克塞》。在那本书里，阿列克塞在受过刑讯以后对父亲说，‘我的血是要跟你的后代的血流到一起的’[②]……”

“我们那儿一点可靠的消息都没有，”谢尔盖·普拉托诺维奇心情激动地说起来；他在安乐椅上转悠了几下，把烟点着，又继续说，“已经有一个星期没收到报纸啦。净是一些顶不可靠的谣言，人心惶惶。乱糟糟的一团！我听说叶甫盖尼·李斯特尼次基请假回来了，就决意到你们这儿来，打听打听那边情形怎样，今后局面又会怎样。”

叶甫盖尼那刮得很干净的白脸上已经没有了笑容，他说道：

“情况十分严重……步兵真的全垮啦，他们不愿意打仗，厌倦啦。说实在的，到今天，名副其实的

①梅列日柯夫斯基(一八六五——一九四一)，俄国白银时代作家，十月革命后流亡国外。

②意思是说：彼此休戚相关。

步兵已经不存在啦。步兵都已经变成明火执仗的强盗，肆无忌惮，为所欲为。就拿我爸爸来说……他是想象不出这种情形的。他想象不到咱们的军队会腐败到这种地步……他们随意离开阵地，抢劫和屠杀老百姓，枪杀军官，在战地上行抢……至于不执行作战命令，现在已经成了家常便饭啦。”

“鱼是从头上腐烂起的。”老李斯特尼次基随着一口烟吐出了这句话。

“我可是不这样说。”叶甫盖尼皱了皱眉头，他那露着青筋的眼皮神经质地抽动了一下，“我不这样说……军队是从下面烂起的，是受了布尔什维克的煽动。就连一些哥萨克部队，尤其是那些常跟步兵接近的，军心也很不稳定啦。都十分厌倦，十分想念家乡……再说，还有布尔什维克的影响……”

“他们究竟想怎样？”谢尔盖·普拉托诺维奇忍不住问道。

“噢呀！……”叶甫盖尼冷冷一笑，“他们想嘛……这比霍乱菌还坏！坏就坏在更容易附到人的身上，更容易钻进广大士兵的心里，我说的是思想，无论用什么办法隔离都没有用。在布尔什维克当中，无疑有一些很有才华的人，我就碰到过一些，有一些简直是狂热的信徒，但是绝大多数都是无法无天、品行不端的分子。这些人关心的不是布尔什维克学说的要义，而是怎样能抢到手，怎样能从前线上跑掉。他们想的是首先把政权抓到手里，无条件结束他们所谓的‘帝国主义战争’，哪怕单独和谈也行，然后把土地分给农民，把工厂交给工人。当然，这既是空想，又非常愚蠢，但是瓦解步兵的就是这种天真的主张。”

叶甫盖尼按捺着心中的愤恨在说着。象牙烟嘴在他的两个指头中间不住地转悠着。谢尔盖·普拉托诺维奇在听着，身子向前倾着，就好像要跳起来似的。老李斯特尼次基在客厅里来回踱着，咬着白中带绿的胡子，毛茸茸的黑毡靴呱唧呱唧直响。

叶甫盖尼说，他怕哥萨克们找他报怨仇，还在政变以前，就从团里逃出来了；彼得格勒发生的事情，他都亲眼看到了。

谈话停了一下。老李斯特尼次基看着谢尔盖·普拉托诺维奇的鼻梁，问道：

“怎么样，你还买秋天看过的那匹灰马吗？就是

‘贵妇人’[1]下的那匹驹儿。”

“尼古拉·阿列克塞耶维奇，这会儿能顾上这个吗？”谢尔盖·普拉托诺维奇可怜巴巴地皱了皱眉头，灰心丧气地摆了摆手。

这时候叶麦里扬在下房里已经暖和过来，正在喝茶，用红红的手帕擦着褐色腮帮子上冒出的汗珠儿，在讲村子里的新闻。阿克西妮亚裹着一条毛织头巾，站在床边，胸膛靠在镂花床背上。

“大概我家的房子已经倒了吧？”她问道。

“没有，哪儿会倒，还好好的呢！一时还没事儿。”叶麦里扬把声音拉得长长的，回答说。

“我们的邻居麦列霍夫家过得怎样啊？”

“过得还好。”

“彼特罗没有请假回来看看吗？”

“好像没有。”

“格里高力呢？……他们家的格里什卡呢？”

“格里什卡圣诞节以后回来啦。他的老婆今年生了一对双胞胎……格里高力……不用说，是挂了花回来的。”

①“贵妇人”是马的名字。

“他挂花啦？”

“不然怎么能回来呢？胳膊打伤啦。身上到处是伤疤，就像爱打架的牙狗：在他身上不知是十字章多，还是伤疤多。”

“格里什卡他是什么样子啊？”阿克西妮亚打着干颤问道，又咳嗽了两声，润一润发干的喉咙。

“还是那个样子……钩鼻子，黑头发，土耳其佬还是土耳其佬，不会改变样子的。”

“我不是问这个……他老了些吗？”

“谁他妈的知道：也许，老了一点点儿。老婆生了双胞胎，可见，他还是不怎么老。”

“这里好冷啊……”阿克西妮亚的肩膀哆嗦了两下，说过这话，就走了出去。

叶麦里扬一面倒着第八杯茶，一面目送阿克西妮亚走了出去，就像瞎子移动脚步一样，慢慢地、一个字一个字地说道：

“坏娘儿们，臭娘儿们，简直坏透啦。不久以前还穿着破鞋子在村子里到处跑呢，可是现在不说‘这儿’，说起‘这里’来啦……我才不要这样的娘儿们呢。这样的坏娘儿们去他妈的……活妖精！……‘这里好冷啊’……学洋腔洋调呢……臭美！呸！”

他气得连第八杯茶都没有喝完，就站了起来，画了一个十字，朝外走去，一面随意朝四面看着，故意把靴子上的泥巴抹到擦得干干净净的地板上。

回来的一路上，他也和东家一样，一直是闷闷不乐。他把被阿克西妮亚惹出来的火气一齐发泄到马身上，拿鞭梢朝马蛋上直抽，骂马是“吃闲饭的”和“懒虫”。叶麦里扬这一天一反常态，直到进村子都没有和东家说一句话。谢尔盖·普拉托诺维奇也心惊肉跳地保持着沉默。

八

在西南战线上担任后备的某步兵师的第一旅，以及由该旅节制的第二十七顿河哥萨克团，在二月革命以前奉命从前方撤下来，为的是开往京城附近去镇压已经开始的骚乱。该旅开到后方，领了崭新的冬季军装，好酒好肉地吃了一天，第二天就上了火车，朝明斯克方向开去，但是时局跑到了这几个团的前头：在出发的那一天就到处沸沸扬扬地传说着，沙皇已经在最高统帅的大本营里签署了退位的文告。

这个旅在半路上奉命往回开。第二十七哥萨克团在拉兹冈车站接到下车的命令。线路上挤满了列车。许多步兵在站台上走来走去，他们的军大衣上都缠着红袖章，扛着十分精致的俄国式样、然而是英国制造的新步枪。步兵中有不少人情绪异常紧张，很担心地打量着排成一个个连队的哥萨克们。

阴沉的一天已是向晚时候。车站的屋檐上滴答滴答地滴着水，铁路线上到处是水洼，水面上泛着油光，水里倒映着灰灰的、像柔软的熟羊皮似的天空。火车头呜呜地吼叫着，来来回回地调动。全团的人都骑马列队在货物仓库外面迎接旅长。湿漉漉的马腿冒着热气。许多乌鸦毫不胆怯地落在队伍的后面，拨弄着一个个橙黄色的马粪蛋儿大嚼起来。

旅长骑着一匹铁青色的高头大马，由团长陪着，来到哥萨克们面前。他勒住马缰，用眼睛朝各连扫了扫。他开口说话了，好像是用一只光光的手把那些没有把握的、低沉的字句一个一个地扯了开来：

“乡亲们！顺从民意，当今的皇帝尼古拉二世……暖暖暖……退位啦。现在执掌政权的是国家议会临时委员会。军队，包括你们在内，应当镇定地对待这个……暖暖暖……消息。哥萨克的职责就是保卫祖国，抵御外侮……暖暖暖……就是说，抵御外来的敌人。咱们对刚刚开始的动乱采取旁观态度，让全国国民去选择组织新政府的方式吧。咱们应该旁观！对于军队来说，战争和政治是不能并立的……在所有的……暖暖暖……所有的根基都这样动荡的时候，咱们都应当刚强，不像……”旅长是一位老迈无能的行伍出身的老将，不善于讲话，一时找不到比喻，顿住了；两道眉毛在他那油光光的脸上焦急而无声地颤动着；一个个的连队都耐心地等候着。“暖暖暖……就像钢铁一样。哥萨克军人的天职就是服从长官的命令。咱们还要和以前一样，英勇地跟敌人作战，至于那里的事……”他歪着身子摆了摆，做了个朝后指的姿势，“让国家议会去决定国家的命运吧。等咱们打完仗，咱们再去参与国内的事情，可是目前咱们……暖暖暖……还不行。咱们不能交出军队……军队里面不能要什么政治！”

过了几天，仍然是在这里的车站上，他们就宣誓拥护临时政府，同乡的人结成一大群一大群地去参加群众大会，跟塞满车站的步兵们不相往来。每次开过大会，大家都要对大会上的讲话议论很久；一面回想，一面顾虑重重地揣摩每一个可疑的字眼儿。不知为什么大家心里都形成了一个信念：如果要自由的话，就必须结束战争。而且那些宣扬俄国一定要把战争进行到底的军官们，想驱除这种牢牢扎下根的信念已经很难了。

军队的上层在革命以后出现的慌乱状态，也反映到了下层：一个旅在半路上搁了浅，师部好像忘记了这个旅的存在。这一旅人下了火车以后，吃完了所带的八天的口粮，步兵们就成群结队地到附近的村庄里去，在集市上可以买到不知从哪里弄来的酒精，在那些日子里，到处可以看见一些下级官兵喝得醉醺醺的。

因为调动摆脱了日常勤务的哥萨克们，住在生火的货车厢里十分苦闷，都在盼着往顿河开拔（听说要把第二批入伍的哥萨克放回家去，这种说法一直在流传着），照料马匹都马虎起来，一天到晚在市场上闲逛，出卖从前线带回来的一些畅销商品，如德国鸭绒被、匕首、小锯、军大衣、皮背囊、烟草之类。

重返前线的命令引起公开的不满。第二连拒绝上车，哥萨克们不准火车头往列车上挂，但是团长威吓说要解除他们的武装，于是骚动才渐渐平息，安定下来。兵车又朝前开去。

“弟兄们，这算怎么一回事儿？天天喊自由，自由，可是又要打仗，这不是又要去流血吗？”

“老一套的压迫又开始啦！”

“推翻沙皇管什么用！”

“咱们在沙皇治下没过好日子，现在还是一个样……”

“裤子还是那条裤子，不过裤裆朝后啦。”

“对，对！”

“究竟要打到什么时候啊？”

“第三年内，你别想放下步枪！”车厢里纷纷议论着。

来到一个枢纽站上，哥萨克们就像事先商量好了一样，纷纷从车上跑了下来，也不听团长的劝告和吓唬，开起了群众大会。军运指挥官和年迈的站长在哥萨克军大衣的灰色海洋里钻来钻去，央求哥萨克们各自回到车厢里，把线路让出来，全是白费口舌。哥萨克们都聚精会神地在听第三连一个中士讲话。他讲过以后，又是一个身材矮小然而体格匀称的哥萨克曼茹洛夫讲话。一句句愤恨的话从他那恨得歪着的灰白色的嘴里很费劲地冲了出来：

“乡亲们！这样不行！又来折腾咱们啦，又要骗人啦！既然发生了革命，既然全体人民都得到了自由，那就应该结束战争，因为人民和我们都不想打仗！我说得在理吗？说得对吗？”

“对！”

“这仗打得毫无意思！”

“大家都讨厌啦！”

“自己都顾不上来啦……打什么仗?!”

“我们不——愿——打——啦！……”

“我们要回家！”

“把火车头摘下来！菲多特，来呀！”

“乡亲们！等一等！乡亲们！弟兄们！妈的，别乱嚷嚷嘛，安静点儿！……弟兄们！”曼茹洛夫声嘶力竭地叫喊着，想把上千人的声音压下去，“等一等！你们别去管火车头！这不干火车头的事，这不过是一场骗局……要叫团长大人把公文给咱们念念：是真的要咱们上前方呢，还是他们在搞阴谋诡计……”

直到紧张得失去自制力的团长哆嗦着嘴唇，高声念完他所收到的师部调这个团上前线的电报，一团人才上了火车。

在一节车厢里坐着六个鞑靼村的人，都是第二十七团的，这六个人是：彼得罗·麦列霍夫，米沙·柯晒沃依的亲叔叔尼古拉·柯晒沃依，安尼凯，菲多特·包多甫斯柯夫，卷毛胡子黑黑的、浅棕色眼睛扫来扫去、很有点像茨冈人的梅尔库洛夫，还有柯尔叔诺夫家的邻居马克西姆·戈里亚兹诺夫——是一个不务正业、风流放荡的哥萨克，战前是名闻全乡的天不怕地不怕的偷马贼。哥萨克们常常取笑戈里亚兹诺夫：“要说梅尔库洛夫喜欢偷马，那还差不多，他太像茨冈人啦……可是他并不偷马。可是你，马克西姆，一看见马尾巴，浑身就发痒啦！”马克西姆就红着脸，眯缝着蓝得像亚麻花一样的眼睛，开开下流的玩笑作为回答："茨冈佬跟梅尔库洛夫他妈睡过觉，我妈大概也眼馋过，要不然我呀……绝对不会！……"

车厢里吹着穿堂风；马匹都站在马衣临时搭成的马棚里；在车厢当中一堆冻土上，烧着潮湿的木柴，呛人的烟气从门缝里往外钻。哥萨克们都围着火坐在马鞍子上，烘烤臭烘烘、汗渍渍的包脚布。菲多特·包多甫斯柯夫在火边烤两只弓着的光脚丫子。他那高颧骨的、加尔梅克型的脸上浮现出舒服的笑容。戈里亚兹诺夫用麻线马马虎虎地缝着开了绽的鞋底，用抽烟抽哑了的嗓子说着话儿，也不知道是对谁说的：

"……我小时候，冬天，有一回，我爬到炕头上，我奶奶（那时候她已经一百多岁啦）一面在我的头上逮虱子，一面说：'乖孩子，我的小马克西姆！古时候老百姓过日子可不是这样，那时候十分太平，安安稳稳，老百姓什么灾难都没有。可是你，乖孩子呀，你以后过的年月就更不太平啦，你会看到地上到处都是铁丝网，铁鼻子鸟在蓝天上到处飞，还要啄人，就像老鸹啄西瓜一样……人要闹瘟疫，闹饥荒，兄弟互相残杀，儿子要杀老子……到头来剩不下几个人，就像一场大火后剩下的几根草。’瞧吧，”戈里亚兹诺夫顿了一下子，继续说道，“现在果真是这样啦，现在到处是电话线，你看这不就是铁丝网！铁鸟——那就是飞机。咱们弟兄们叫铁鸟啄死的还少吗？饥荒也要来的。我家的地这几年只能种一半，而且家家都是这样。乡村里只剩下老的和小的，一遇到歉年，就一定要闹饥荒。”

“不过兄弟互相残杀——似乎是瞎说吧？”彼特罗·麦列霍夫一面拨火，一面问道。

“等着瞧吧，大家有一天会这样的。”

“政权建立不起来，就要鬼打架。”菲多特·包多甫斯柯夫插嘴说。

“那咱们还要镇鬼呢。”

“你还是先把德国佬打完再说吧。”柯晒沃依笑道。

“没什么，仗还是能打完的……”

安尼凯故作惊骇地皱起像女人一样的光光的脸，惊叫道：

“我的圣母娘娘呀，究竟到什么时候才能‘打完’呢？”

“要打到你的老公嘴上长出毛来的时候。”柯晒沃依嘲弄他说。

坐在火边的人一齐笑了起来。彼特罗叫烟呛了一下，一面咳嗽，拿呛得流泪的眼睛朝安尼凯望着，一面拿指头朝他点着。

“毛发这玩意儿是糊涂蛋……”安尼凯满脸羞臊地嘟哝说，“不该长毛的地方倒长了起来……柯晒沃依，你别卖乖……”

“好啦，够啦！吃饱了撑的！”戈里亚兹诺夫忽然发起火来，“咱们在这儿受罪，喂虱子，咱们家里人在家里挨冻受饿，怎么，忘啦？……割一刀，都流不出血来啦。”

“你为什么气得噘起来啦？”彼特罗咬着小麦色的胡子，用讥笑的语气问道。

“都知道是为什么……”梅尔库洛夫替戈里亚兹诺夫回答说，一面把笑收敛到拳曲的、加尔梅克式的胡子里，“谁都知道，哥萨克都厌啦……想家啦……有时候牛倌把牛群赶出去吃草：太阳还没有把露水晒干的时候，牛挺不错，吃得挺带劲儿，可是等太阳升到橡树那样高，牛虻嗡嗡地飞过来，在牛身上咬起来，这时候……”梅尔库洛夫朝大家挤了挤眼睛，又转过脸对着彼特罗，继续说，“这时候，司务长先生，牛就要发脾气啦。噢，这你是知道的嘛！你好像也不是官宦人家出身嘛！你自己就围着牛尾巴转悠过嘛……通常是有一头小牛把尾巴朝背上一翘，哞哞一叫，撒开腿就跑！于是整个牛群就跟着跑起来。牛倌又跑又吆喝：‘啊呀呀！……啊呀呀！……’那怎么行呢?！牛群成散兵线朝前猛冲，不次于我们在聂兹维斯克附近向德国人猛扑的那股劲头儿。有什么办法能拦得住呢?”

“你这是往哪儿绕弯子呀?”

梅尔库洛夫没有马上回答。他把一缕油亮的长胡子绕到手指头上，用劲揪了两下，然后完全敛住笑容，正色说：

“咱们已经打了两年多仗啦……不是吗？把咱们弄进战壕里已经两年多啦。为什么？干什么？谁也不明白……我说的就是，不久就会有那么一个戈里亚兹诺夫或者麦列霍夫从前线上往下跑，然后是整团、整军的人往下跑……不行啦！”

“你也跑吧……”

“是要跑！我不是瞎子，我看出来：现在一切就好像吊在一根头发上。这会儿只要有人喊一声：‘散伙！’——就会一下子溜掉，就像旧棉袄从肩膀上溜下来那样。打到第三年，对咱们来说，可算是太阳已经升到橡树那么高啦。”

“你少说点儿吧！”包多甫斯柯夫劝他说，“不然的话，彼特罗就……他可是个司务长啊……”

“我可是从来没碰过同伴们呀。”彼特罗气嘟嘟地说。

“别生气！我是说着玩儿的。”包多甫斯柯夫很不好意思，扭了两下光脚丫上那疙里疙瘩的脚指头，就站起身来，呱唧呱唧地朝马槽走去。

别的村子的哥萨克们，都在角落里靠着装干草的篓子坐着，说着话儿。其中只有两个是卡耳根村的，一个姓法杰耶夫，一个姓卡耳根，其余的八个都是来自不同的村庄和乡镇的。

过了不大一会儿，他们唱了起来。领唱的是旗尔村的哥萨克阿里莫夫。他本来唱起一支跳舞的歌曲，但是有人朝他背上拍了一下，用伤风的喉咙叫道：

“算了吧！……”

“喂，你们这些没人管的孩子，来烤烤火吧！”柯晒沃依朝他们喊道。大家又往火里添了些木片——这是在一个小车站上拆的板墙的碎片。大家烤着火，唱得就更带劲儿了：

鞍鞯齐全的战马在长嘶，
在教堂门口等候出征的儿郎。
奶奶跟孙子在教堂里抱头痛哭，
年轻的妻子两眼泪汪汪。
哥萨克全副武装，
走出神圣的教堂。
妻子给他牵过战马，
侄儿递过明晃晃的长枪……

旁边车厢里有一架两组的手风琴，鼓得风箱呼哧呼哧地响着，奏起《哥萨克之妻》。军靴的后跟在车厢底板上吧嗒吧嗒直响，有人用破嗓子大声唱了起来：

又苦又累，苛捐杂税，
沙皇的枷锁有千斤重！
紧紧夹着哥萨克的脖子，
气也不能喘，动也不能动。
普加乔夫在顿河上呼唤，
在贫困的下游号召：
“哥萨克们，好汉们！……”

又一个声音压过前一个声音，用又快又急、十分尖细的怪腔调唱道：

我们忠心耿耿给沙皇当差，
我们想念守活寡的妻房。
能找到娘儿们，就不会再想，
就会为沙皇……争光。
啊，冲呀！啊，杀呀！……
呜呜嘿！呜嘿！呜嘿！哈！
哈哈嘿——嗬——呼——哈哈！

这边的哥萨克们早已不唱了，倾听着旁边车厢里越来越大、毫无顾忌地喧闹声，会心地笑着，互相挤着眼睛。彼特罗·麦列霍夫也忍不住哈哈大笑起来，说：

“他们他妈的真开心！”

梅尔库洛夫那棕色的、迸射着黄色亮光的眼睛里，两个瞳仁快活地忽闪着；他一下子站起来，合着拍子，用靴尖踏着细碎的步子跳了一会儿，忽然把脚跺了一下，就像弹簧一样轻快地转着圈儿跳起盘腿舞来。大家轮流跳了一会儿，借活动来暖和暖和身子。旁边的车厢里手风琴声早已停了，那边已经粗声粗气地大吵起来。可是这边还在一个劲儿地跳，闹得马都不安生起来，直到跳上了劲儿的安尼凯在跳一个别出心裁的花样儿的时候，一屁股坐到火上，跳舞才算结束。大家哈哈笑着把安尼凯搀了起来，借着蜡烛头的火光仔细看了看，只见一条崭新的裤子的屁股上烧了一个大洞，棉袄的边儿也烧坏了。

“把袜子脱下来吧！”梅尔库洛夫用惋惜的口气劝他说。

“茨冈佬，你发昏啦？脱下来我穿什么？”

梅尔库洛夫在背包里翻了翻，掏出来一条女人的粗布衬裙。他们重新把火吹旺。梅尔库洛夫提着衬裙那窄窄的绊带，身子向后仰着，笑得哎哟哎哟的，说：

“瞧！……哎哟！哎哟！我在车站上从栅栏上偷来的……打算做包脚布……哎哟！我就不……不撕啦……你拿去吧！”

大家硬给乱叫乱骂的安尼凯往身上穿，都非常开心地轰隆轰隆大声笑着，引得旁边车厢里的人十分好奇地探过头来，用羡慕的语气在黑暗处喊叫着：

“你们在那儿干什么？”

“闹哄哄的，就像一群儿马！”

“干吗这样高兴？”

“捡到宝贝啦，傻哥儿们？”

来到下一个车站上，把前面一节车厢里的手风琴手拉了过来，别的一些车厢里的哥萨克也都蜂拥而来，把马槽都挤坏了，大家拥来挤去，把马都挤到了边上。安尼凯在一个很小的圈子里跳着。那白衬裙显然是一个高大女人的，他穿着很长，跳起来很不利索，但是有叫声和笑声给他打气，他跳得格外带劲儿。

浸在血海里的白俄罗斯的上空，星星闪着凄凉的目光。漆黑的夜空像个老大的陷坑，黑洞洞、雾蒙蒙的。冷风在大地上游荡，大地上到处散发着落叶的苦涩气息、湿漉漉的土腥气和三月的残雪气息……

九

过了一昼夜，这个团已经离前线不远了。兵车在一个枢纽站上停下来。各连司务长传达了下车的命令。哥萨克们都匆匆忙忙地顺着跳板把马往下牵，加鞍，到车厢里去拿仓促中忘掉的东西，把乱糟糟的干草篓子往路边潮湿的沙堆上直扔，到处乱腾腾的。

团长的传令兵来叫彼特罗·麦列霍夫。

“到车站上去，团长叫你。”

彼特罗理了理军大衣上的皮带，不慌不忙地朝站台走去。

“安尼凯，你把我的马照应一下。”他央求在马旁边忙活着的安尼凯说。

安尼凯一声不响地对着他的背影看了看，在安尼凯那平淡的、阴郁的脸上，除了一般的愁闷神情之外，又增添了担心神情。彼特罗一面走，一面看着自己的溅满了黄泥巴的靴子，心里琢磨着："团长叫我去干什么呢？"站台边上一个开水桶旁聚集了一小群人，引起他的注意。他走过去，还离得很远就注意听他们说话。有二十来个步兵围着一个红头发的大个子哥萨克。那个哥萨克背朝水桶站着，样子很不自在，好像是被捕了。彼特罗伸了伸脖子，看了看红头发的阿塔曼团哥萨克那似曾相识的胡子拉碴的脸，看了看蓝色的中士肩章上的番号"五十二"，就断定，自己曾经在什么地方见过这个人。

"您是想什么点子逃出来的？还戴肩章呢……"一个长着一张聪明的雀斑脸的志愿兵，幸灾乐祸地质问红头发的哥萨克。

"怎么一回事儿？"彼特罗捅了捅背朝他站着的一个民团兵的肩膀，好奇地问道。

那个民团兵转过头来，不高兴地回答说：

"抓住一个逃兵……是你们的哥萨克。"

彼特罗拼命回想，希望想起自己是在什么地方见过阿塔曼团哥萨克这张红胡子和红眉毛的大脸的。阿塔曼团的哥萨克且不回答志愿兵那些令人不快的问题，只是一口一口地慢慢喝着用炮弹壳做的铜茶缸里的开水，嚼着在水里泡软的黑面包干。他那两只离得很远的鼓鼓的眼睛眯缝着；他边嚼边喝水，眉毛不住地动着，眼睛不住地朝下和朝两边看。他的旁边站着一个押送他的步兵，这人矮墩墩的，已经上了年纪，手扶着步枪上的刺刀。阿塔曼团的逃兵喝完了茶缸里的水，用疲惫的眼睛朝很不礼貌地盯着他的步兵们的脸上扫了扫，他那像孩子那样天真的浅蓝色眼睛里突然冒出凶光。他匆匆地把嘴里的东西咽下去，舔了舔嘴唇，用很不客气的粗嗓门儿瓮声瓮气地叫道：

“你们觉得稀罕吗？连东西都不叫人吃，讨厌！怎么，你们没看见过人，还是怎的？”

步兵们都哈哈笑了，可是彼特罗一听到逃兵的声音，就像常有的情形一样，一下子就清清楚楚记起来，这个阿塔曼团的哥萨克是叶兰乡鲁别仁村上的，姓佛明，在战前彼特罗和父亲在叶兰乡的年集上从他手上买过一头三岁口的公牛。

“佛明！亚可夫！”他喊着，朝阿塔曼团的哥萨克挤过去。

阿塔曼团的哥萨克很别扭、很慌乱地把茶缸伸到桶里去舀开水；他一面嚼着，一面用很不好意思地笑眼看着彼特罗，说：

“我认不出来啦，大哥……”

“你是鲁别仁村的吗？”

“是的，你也是叶兰乡的吗？”

“我是维奥申乡的，我还记得你。五年以前我和我爹在你手上买过一头牛。”

佛明还是那样慌乱而孩子气地笑着，看样子是在极力回想。

“真的，我眼拙……记不得你啦。”他带着很明显的抱歉神情说。

“你在五十二团吗？”

“是五十二团。”

“这么说，你是开小差啦？你这是怎么搞的，老兄？”

这时候佛明摘下大皮帽，从里面拿出一个破烟荷包。他弯着腰，慢慢地把皮帽夹到腋下，从一片纸上撕下一个斜斜的角儿，这才用严肃的、闪着泪光的眼睛盯住彼特罗。

“受不了啊，大哥……”他含糊地说。

他的目光像针一样扎了彼特罗一下。彼特罗哼哼了两声，把黄黄的胡子塞进嘴里。

“喂，老乡，不要再说啦，要不然我因为你们会倒霉的。”矮墩墩的押送兵叹了一口气，把步枪扛到肩上，“走吧，我的天啊！”

佛明急忙把茶缸塞进军用袋，眼睛朝一边望着，跟彼特罗道过别，就一颠一晃地跨着狗熊似的步子朝卫戍司令部走去。

在车站上，在原来头等候车室的餐室里，团长和两位连长正俯身坐在小桌子旁边。

“麦列霍夫，你叫我们等你老半天了。”团长疲惫无神地眨巴了几下他那气汹汹的眼睛，说道。

彼特罗接到了一个通知：他的连队今后归师部直接指挥，对哥萨克们必须加强监管，发现他们情绪上有任何变化，都必须报告连长。他眼睛眨都不眨，看着团长的眼睛，仔细听着，但是佛明那闪着泪光的眼睛和小声说出的“受不了啊，大哥”却在脑子里不肯退去，就像牢牢粘住了似的。

他从暖烘烘的站房里出来，朝自己的连队走去。本团的二类辎重车队就停在这个车站上。彼特罗快要走到自己的车厢跟前的时候，看见了辎重队的哥萨克和连里的铁匠。彼特罗一看见铁匠，佛明以及跟佛明的谈话就从脑子里消失了，他加快了脚步，想过去和铁匠谈谈换马掌的事（这会儿彼特罗又一心一意想着日常事务和操心事了），但是从红红的车厢的一角后面走出一个娘儿们，披着一条十分漂亮的白色毛围巾，身上穿的也跟这一带地方的人不一样。彼特罗觉得那娘儿们的身姿出奇地熟悉，就仔细注视起来。她忽然朝他转过脸来，快步朝他走来，轻轻摆着肩膀，扭着姑娘般的细腰。彼特罗还没有看清面貌，从这种袅袅娜娜的轻巧步伐上已经猜出是自己的妻子了。一股尖尖的愉快的气流直钻进他的心里。喜事越是出乎意料，越是喜上加喜。彼特罗为了不让注视着他的辎重兵们说他高兴得过了头，故意放慢脚步，迎上前去。他不失仪态地抱住妻子，吻了三下，很想问几句话，但是深藏在内心的一股激动情绪冲了出来，嘴唇轻轻哆嗦起来，舌头好像麻木了。

“真没想到……”他终于结结巴巴地开口说。

“我的亲人啊！你简直变了样子啦！……”妲丽亚把两手一扬一拍，“你好像是个生人啦……瞧，我来看你啦……家里人不叫我来，说：‘你上哪儿去呀？’我心想，不行，我一定要去，去看看亲人……”她贴在他的身上，用湿润的眼睛看着他的眼睛，哇啦哇啦地说了起来。

车厢边挤了不少哥萨克，一齐望着他们，嘎嘎地叫着，挤着眼睛，打趣他们。

“彼特罗这一下子快活啦……”

“我那狠心的母狼也不来，跟我分窝儿啦。”

“她那儿不算涅司切尔，还有十个呢！”

“麦列霍夫顶好能把老婆捐给咱们排里睡一晚上……可怜可怜我们……嘿嘿！”

“咱们走吧，伙计们！看着她跟他那股热乎劲儿，都要眼馋死啦！”

这会儿，彼特罗已经不记得他准备把妻子死打一顿的事了，他当着大家的面跟她亲热起来，用抽烟熏黄的粗大手指头抚摩着她那描成弧形的眉毛，觉得非常高兴。妲丽亚也忘了，两夜以前她还跟一个龙骑兵的兽医睡在火车里。她和那个兽医是同路从哈尔科夫到团里来的。那个兽医还有一部特别柔软、特别黑的胡子呢，不过这一切都是两夜以前的事了，现在她可是含着真正高兴的眼泪拥抱着丈夫，用真挚、清澈的眼睛看着他。

十

叶甫盖尼·李斯特尼次基大尉休假回来以后，就调到了顿河哥萨克第十四团里。他没有回他原来的那个团，他就是在二月革命前很不体面地离开那个团的。他径自到师部去报到。师参谋长是顿河哥萨克有名的贵族世家出身的一位年轻将军，他毫不费事就给李斯特尼次基调动了工作。

“我知道，大尉，”他等到自己房间里只剩了他们两个人，就对李斯特尼次基说，“您在原来的环境里很难干下去，因为哥萨克们都反对您，他们听到您的名字就很反感，所以，如果您能到十四团里去，那当然是比较合适的。这个团里的军官都是配备得特别好的，而且团里的哥萨克也比较坚定，比较纯正，大部分都是大熊河河口州南部各乡的。您到那里会好一些。您好像是尼古拉·阿列克塞耶维奇·李斯特尼次基的公子吧？”将军顿了一下，这样问道，得到肯定的答复后，他又继续说下去，“就我来说，我可以保证，我们是很器重像您这样的军官的。在目前这种时候，就连军官当中也大多数是怀有二心的人。没有比改变信仰更容易的事啦，要不然就是同时侍奉两个上帝……”参谋长心情沉重地结束了谈话。

李斯特尼次基欣然从命。当天他就奔赴第十四团驻地德文斯克，过了一昼夜，他就见到了团长贝加陀洛夫上校，而且十分满意地意识到师参谋长的话是正确的：军官们大多数都是保皇派；哥萨克当中掺进了三分之一的霍派尔河河口乡、库梅尔仁乡、戈拉祖诺夫乡和另外几个乡的旧教徒，他们毫无革命倾向，对临时政府宣誓效忠也不是情愿的，他们对周围沸沸扬扬的大事毫无理解，而且也不想去理解；选进团和连委员会的都是一些会拍马屁和驯顺听话的人……李斯特尼次基来到新环境里高兴地舒了一口气。

他在军官当中遇到两个阿塔曼团的老同事，他们跟他不来往；其余的军官都出奇地团结一致，都公开地谈论恢复帝制的事。

这个团在德文斯克驻扎了近两个月，休息好了，整顿过了，变成了一支团结一致的劲旅。在这以前，各个连都归各个步兵师节制，经常在从里加到德文斯克这条战线上跑来跑去，但是在四月里，有一只关心的手把这些连队收拢到一起——这个团就成立了。哥萨克们在军官们的严格监督之下天天出操，喂马，过着有规律的蜗牛式生活，没有受到外界任何影响。

关于这个团的真正使命，哥萨克们都在乱纷纷地猜测，但是军官们却毫不隐讳地说，这个团在不久的将来就要在某人的直接掌握之下重新扭转历史的车轮。

附近的前线上一片混乱。军队像害着致命的寒热病，粮食和弹药都不足；军队好像有许多只手伸向“和平”这个梦幻中的字眼儿；军队对于克伦斯基的共和国临时政府抱着各种各样的态度；在他的歇斯底里叫喊鼓动之下的军队，在六月攻势中一再受挫；已经酝酿成熟的怒潮在军队里翻滚着，沸腾着，就好像是受到地下水冲击的泉水……

可是在德文斯克，哥萨克们却非常安全，非常平静：马肚子里装满了燕麦和豆饼，哥萨克们已经渐渐忘记在前方所受的艰难困苦；军官们按时参加军官会议，有酒又有肉，高谈阔论国家大事……

一直到七月初，都是这样。七月三日来了一道命令："火速出发。"兵车载着这个团向彼得格勒驶去。七月七日，哥萨克的马蹄已经在木块铺成的鱼鳞状的首都街道上嗒嗒响了。

团队驻扎在涅瓦大街上。划给李斯特尼次基这个连的是一座空闲的商号用房。首都各政府机关焦急地和高高兴兴地盼望着哥萨克们到来——为哥萨克们安排好的房舍事先已经整修一新，这种精心照料可以雄辩地说明这一点。一面面石灰墙重新粉刷得雪白雪白的，地板都擦洗得明光锃亮，松木新铺板散发着浓郁的松香气息；明亮而整洁的半地下室里也还舒服。李斯特尼次基皱着夹鼻眼镜底下的眉头，在一面面白得耀眼的墙下走了一会儿，仔细视察了住房，断定这地方已经够舒服的，不能指望有更好的了。他视察满意之后，便在市政府派来专门欢迎哥萨克的一个衣冠楚楚、身材矮小的代表陪同下，朝门外走去，但就在这时候发生了一件很不愉快的意外事：他已经抓住门把手，却看见墙上有一幅用尖东西画出来的很刺眼的画——一个龇牙咧嘴的狗头和一把扫帚。看样子，整修房屋的工人中有人知道这房屋是准备给什么人住的。

“这是怎么回事儿？”李斯特尼次基哆嗦了几下眉毛，向陪着他的那位代表问道。

代表用滴溜溜地鼠眼朝画扫了一下，十分惶恐地哼哧起来。他的脸通红通红的，好像把衬衫硬领都映红了……

“请原谅，长官先生……这是有人存心捣蛋……”

“我想，这伊凡雷帝皇卫军的标志该不是在您的授意下画的吧？”

“哪儿话？！哪儿话？！决不是……这是布尔什维克玩的花招……是坏人捣乱！……我马上叫人重新把墙刷一下。鬼知道是怎么一回事儿！……请您原谅……这事真荒唐……请您相信，别人干这种坏事，我都感到羞愧……”

李斯特尼次基着实可怜起这个满面羞臊、窘得无地自容的人来。他把硬邦邦、冷冰冰的语调换成温和的语调，镇定地说：

“作画的人有一点小小的疏忽：忘记了哥萨克们不知道俄国的历史。不过这不能说，这类的情形我们可以原谅……”

代表用他那修剪得很讲究的硬指甲刮起石灰墙上的画，他踮着脚在墙根前站得笔直，白石灰末子往他那贵重的英国大衣上直落，李斯特尼次基一面擦夹鼻眼镜，一面笑着，但是他心里这一阵子又苦又恼，很不是滋味。

“竟是这样来迎接我们，在好看的外表里边却隐藏着这个！……不过，未必全俄罗斯都把我们看作皇卫军吧?”他一面在心里想着，一面穿过院子朝马棚走去，跟在他后面的代表还在说话，他没有用心去听。

太阳光直射到又深又宽阔的天井里。住户们从高楼的一面面窗户里探出身子，望着满院子的哥萨克。连队的哥萨克正在往马棚里安顿马匹。安顿好马匹的哥萨克一堆一堆地站着，或者蹲在墙根下阴凉处。

“弟兄们，为什么不进屋子里去？”李斯特尼次基问道。

“不着急，大尉老爷。”

“屋子里够呛。”

“等我们把马安顿好，就进去。”

李斯特尼次基看过临时作马棚的仓库，重新挑起原来对陪他的代表的不快情绪，严厉地说：

“您去跟什么人商量商量，还需要你们做一件事情：要给我们再打一个门洞。因为我们有一百二十匹马，不能只有三个门！这样如果有什么情况的话，我们得用半个钟头才能把马牵出去……真出奇！这种情况难道当时就没有考虑到吗？我非得把这事报告团长不可。”

代表毫不怠慢地保证，今天就打门洞，而且不是打一个，要打两个；于是李斯特尼次基就同代表道别，冷冷地谢过代表的关照，吩咐过派出值班人员，然后就朝二楼，朝拨给本连军官的临时住房走去。他边走边解制服上衣，擦着帽檐底下的汗珠子，上了黑色的楼梯，便来到自己住的屋里，觉得屋子里凉丝丝的，十分高兴。屋里除了阿塔尔希柯夫上尉以外，什么人也没有。

“别的人都上哪儿去啦？”李斯特尼次基一面问，一面倒在帆布床上，并且费劲地把穿着脏靴子的两只脚往外伸了伸。

“上街去啦。他们想看看彼得格勒。”

“你怎么不去？”

“噢，你要知道，这没有意思。刚刚进城，就要上街。这不，我在看报，想看看前些天发生的事。没有工夫！”

李斯特尼次基一声不响地躺着，觉得汗湿的衬衫在背上凉凉的，非常舒服，他真懒得起来去洗脸——一路上积累的疲劳现在渐渐表现出来了。他鼓了鼓劲，站了起来，把勤务兵叫了来。换过衬衣，洗脸洗了老半天，一面舒舒服服地喷着鼻子，用毛巾擦着饱满的、落了一层灰土的脖子。

“洗洗脸吧，伊万，”他劝阿塔尔希柯夫说，“洗一洗，就像是从肩膀上卸掉一座山……喂，报上怎么说?”

“也许，真该洗洗脸。你是说，洗洗很舒服吗? ……报上怎么说吗? 登的是布尔什维克的演讲，政府的措施……你看看吧!”

李斯特尼次基洗过脸以后，高兴起来，拿起报纸正想看，但是团长派人来叫他了。他挺不乐意地爬了起来，穿上一件在路上压得皱皱巴巴、散发着肥皂气味的新制服上衣，挂上马刀，来到大街上。他穿过马路，来到街对面，回过头来，打量了一下连队驻扎的房子。从外表、从造型上来看，这座房子和其他一些房子没有什么不同：一座五层楼房，墙上镶砌着烟色虎皮石，跟同样一些楼房排列得整整齐齐的。李斯特尼次基抽着烟，慢慢地在人行道上走着。密集的人群里，男人的草帽、小礼帽、便帽，讲究的普通女帽和华贵的女帽，像泡沫一样翻滚着。在帽子的海洋里，偶尔出现一顶像个独来独往的绿点儿似的军人制帽，随即又消逝在各种色彩的波浪中。

清新凉爽的微风，一阵阵从海滨吹来，但是一吹到陡立的巨大建筑物上，就变成不均匀的微弱气流。在灰中带紫、不很明亮的天上，云彩向南飘动着。云彩那乳白色的边儿像牙齿一样，尖尖的、凸凸的。整个城市里又闷又热，看样子是要下雨了。到处可以闻到晒热的沥青气味、汽油气味、不远处的海水气味和那种隐隐约约、令人心醉的女人香水气味，还有任何一个人烟稠密的大城市都有的那种难以分清的混合气味。

李斯特尼次基抽着烟，顺着人行道右边慢慢走着，间或地看到迎面走来的人从一旁向他投来敬重的目光。起初他因为自己的军服皱了和帽子旧了，觉得有点不好意思，但是后来他想，上过前方的人用不着为自己的外表感到不好意思，何况他还是今天才下火车呢。

人行道上，轻轻晃动着黄绿色的斑斑点点的阴影，那是商店和咖啡馆门口的帆布篷投下来的。风把晒得发烫的帆布篷吹得摇摇摆摆，不住地抖动，人行道上的阴影也就不停地晃动，老是想从行人沙沙响的脚下躲开。尽管这是午饭后的时候，大街上依然是人山人海。在战争的几年中一直远离城市的李斯特尼次基，怀着高高兴兴的满意心情，倾听着由笑声、汽车喇叭声、报童叫卖声组成的乱糟糟的喧闹声，觉得自己在这一群华衣美食的人中间是自己人、亲人，心里一直在想着：

“你们现在都这样得意，这样高兴，这样幸福——不论是商人、交易所经纪人，不论是各级官吏、地方、贵族华胄，都是这样！可是三四天以前你们又是怎样呢？在那些贱民和大兵像潮水一样涌向街头，塞满大街小巷的时候，你们的样子又是如何呢？凭良心说，我也喜欢你们，也不喜欢。你们平安无事，我不知道是应该高兴，还是不应该……”

他试图分析一下自己的感情，找了找这种感情的根源，毫不费事就得出了结论：他所以这样想和这样感觉，是因为战争和他在战争中经受的一切，使他跟这一伙酒足饭饱、志得意满的人疏远了。

“就拿这个年纪轻轻的胖家伙来说吧，”他的眼睛碰上一个满面红光，没有胡子的胖男子，就想道，“他为什么没有上前方呢？大概是个工厂老板或者商界大亨的儿子，坏家伙，逃避兵役，根本不管国家的兴亡，花天酒地，玩女人，也算是‘为了国防’……”

“但是，究竟我跟谁走一条路呢？”他自己给自己提出这个问题，然后在心里笑着答复说，“哦，当然啦，是跟这些人！他们身上有我的一分子，我是他们这一伙中的一分子……他们身上的好的和坏的东西，在我身上都或多或少地存在着。也许，我身上的膘比这头肥猪薄一点儿，也许因为这样，我对一切才关心些，大概也因为这样，我才忠心耿耿地去打仗，而不是像他那样‘为了国防’，也正是因为这样，冬天我在莫吉廖夫，看见皇上退位后坐着汽车离开大本营，看见他那悲伤的嘴唇，看见他那软弱无力地放在膝盖上的双手的可怜、可叹的样子，我就倒在雪地上，像小孩子一样痛哭起来……所以我实实在在地不能接受革命，无法接受！从心里，从理智上，都不赞成……我要为旧制度拼死作战，把命豁出去，不动摇，不作态，像个真正的军人。可是，是不是会有很多人这样干呢？”

他脸色煞白，历历在目地想起了二月里一个很不平常的傍晚：莫吉廖夫的省长公署，蒙了一层寒霜的铁栅栏，栅栏那边的雪地，低低的、蒙上一层轻烟似的寒雾的太阳将红红的光斑投射在雪地上。

缓斜的第聂伯河岸那边，天空呈现着浅蓝色、朱红色、锈黄色，地平线上每一道线条都显得缥缈虚幻，看上去非常晃眼睛。大门口有一小堆大本营的官员，有武官，也有文官……一辆小轿车开了出来。轿车里坐的好像是福列杰里克斯[①]和靠在车座背上的沙皇。沙皇那憔悴的脸泛着一层紫色。那苍白的额头上有一道斜斜的、黑黑的半圆形皮帽印子，他穿的是哥萨克御林军制服。

李斯特尼次基几乎是跑着从惊愕地望着他的行人身旁往前走。沙皇那还过礼的手从黑色的帽檐上落下去的情景好像还在他眼前，耳朵里好像还响着那开走的汽车的沙沙声和默默为末代皇帝送行的人群那无声的哀叹……

李斯特尼次基顺着团部驻扎的房子的楼梯慢慢往上走。他的两腮还哆嗦着，哭肿了的眼睛红红的，还流着眼泪。他在二楼的楼梯平台上一连抽了两根纸烟，擦了擦眼镜，这才一步两级地跑上三楼。

团长在彼得格勒的地图上画了画，标出李斯特尼次基的连队负责保护的地区，列举了应当保护的

①福列杰里克斯伯爵是沙皇的宫内大臣。——作者注

机关，详尽地指示了什么机关要在什么时候派岗和换岗，最后他说：

“要派人到冬宫里去给克伦斯基站岗……”

“给克伦斯基站岗——别谈！……”李斯特尼次基顿时脸色煞白，高声说。

“叶甫盖尼·尼古拉耶维奇，要沉着……”

“上校，我请您考虑！”

“不过，老弟……”

“请您考虑！”

“您的神经……”

“请问，是不是马上向普梯洛夫工厂派出巡逻队？”李斯特尼次基吃力地喘着气问道。

团长咬着胡子，微微笑着，耸了耸肩膀，回答说：

“马上就去！并且一定要由一名排长带领。”

李斯特尼次基从团部里走出来，因为刚才想起往事，又跟团长谈了这样一番话，精神上沉甸甸的，一点劲儿都没有，差不多就在这座楼房旁边，他看见驻扎在彼得格勒的顿河第四团的哥萨克巡逻队。一名军官骑的浅红色马的笼头上，倒挂着一束开始枯萎的鲜花。军官那生着白胡子的脸上露着笑容。

“祖国的救星万岁！……”一个狂热的老绅士走下人行道，摇晃着帽子喊道。

军官很客气地行了一个军礼。巡逻队便放马朝前跑去。李斯特尼次基看了看那个向哥萨克致敬的绅士的激动的脸和冒唾沫的嘴唇，看了看他那结得十分整齐的花领带，便皱着眉头，弯下腰，快步走进本连驻扎的房子的大门。

十一

科尔尼洛夫将军被任命为西南战线的总司令，第十四团的军官们都表示热烈的支持。大家谈起他来，都很尊敬，都很爱戴，认为他是一个具有钢铁性格的人，认为他毫无疑问能够把国家从绝路上拉回来，因为临时政府已经把国家引上了绝路。

特别热烈欢迎这一任命的是李斯特尼次基。他还通过连里的下级军官和跟他接近的弟兄了解了一下哥萨克们对此事的态度，可是得到的反映并不使他高兴。哥萨克们沉默不语，或者冷漠地应付两句：

“对我们反正都是一样……”

“谁知道他怎么样……”

“要是他能早日促成和平，那当然……”

“他当司令，我们反正还是不能升官！”

过了几天，在一些和广大军民接触较多的军官中间就盛传着，好像科尔尼洛夫正在对临时政府施加压力，要求在前方恢复死刑和推行许多关系着军队命运和战争胜败的果断措施。都说，克伦斯基很怕科尔尼洛夫，好像他正在想方设法找一位比较听话的将军来代替科尔尼洛夫的前线总司令职务。大家还纷纷传说着在军界很有名望的几位将军的名字。

七月十九日政府任命科尔尼洛夫为最高统帅的通告，使大家大吃一惊。不久，在军官联合总会里有很多熟人的阿塔尔希柯夫上尉就根据十分可靠的消息说，科尔尼洛夫在准备向临时政府所做的报告的提要中，强调必须实行下列重要措施：在全国范围内对后方的军队和居民实行战地法庭审判法，包括死刑法；恢复军事首长的惩戒权；把各部队里的军人委员会的活动限制在极小的范围内，等等。

就在这一天晚上，李斯特尼次基在和本连以及别的连一些军官谈话的时候，直截了当地、尖锐地提出了一个问题：他们跟着谁走？

“诸位军官！”他压抑着激动的心情说，“咱们在一起生活，就跟一个和睦的家庭一样。咱们都知道，咱们每个人都是什么样的人，但是咱们之间有许多迫切的问题至今没有得到解决。就拿现在来说吧，当咱们的上级和政府的分裂势头已经明明白白地表现出来的时候，咱们必须直截了当地把问题摆出来：咱们跟谁走，拥护什么人呢？咱们来推心置腹地谈谈吧，不要说违心的话。”

阿塔尔希柯夫上尉首先回答：

“我愿意为科尔尼洛夫将军流自己的血，并且率领别人流血！这是一个忠心耿耿的人，只有他能振兴俄罗斯。你们瞧，他在军队里干得多好！多亏了他，军官们才多少放开了一点儿手脚，在这以前军人委员会可是为所欲为，士兵们随意开小差，跟敌军称兄道弟。这还有什么好说的？任何一个体面人都会拥护科尔尼洛夫！”

细腿、宽肩、胸部特别凸出的阿塔尔希柯夫说得慷慨激昂。看样子，所提的问题触动了他的感情。

他说完以后，打量了一下桌子周围的军官们，带着等待的神情用烟嘴敲着烟盒。他的右眼的下眼皮上有一颗鼓出的深棕色瘊子，像一粒豌豆。这颗瘊子有点碍事，上眼皮老是合不拢，所以，乍看到阿塔尔希柯夫，会有一种印象，好像他的眼睛总是带着一种谦逊和等待的笑意。

“要是在布尔什维克、克伦斯基和科尔尼洛夫当中挑选的话，那我们当然要挑科尔尼洛夫啦。”

“咱们也很难断定科尔尼洛夫想干什么：是仅仅想恢复俄罗斯的制度呢，还是另外要恢复别的什么……”

“你这是答非所问，不算回答！”

“就是回答！”

“如果算是回答的话，那无论如何这也是很不高明的回答。”

“可是您害怕什么呢，中尉？害怕恢复帝制吗？”

“这我不害怕，相反，我倒是希望这样。”

“那究竟是怎么回事儿呢？”

“诸位！”不久前因为战功从司务长升任少尉的多尔戈夫用坚定的、伤风的嗓门说，“你们吵什么？

你们老老实实地说吧，就说咱们哥萨克跟着科尔尼洛夫将军走定啦，就像孩子拉着妈妈的大襟那样。用不着绕什么弯子，干干脆脆地说好啦！咱们一离了他，就要完蛋！俄罗斯就要把咱们像大粪一样扔掉。这事很清楚嘛：他往哪儿去，咱们就往哪儿去。”

“这就对啦！”

阿塔尔希柯夫非常高兴地拍了拍多尔戈夫的肩膀，又拿笑眯眯的眼睛盯住李斯特尼次基。李斯特尼次基微微笑着，激动地抚摩着膝盖上的裤子皱褶儿。

“这样如何，诸位军官先生？”阿塔尔希柯夫提高嗓门儿喊叫道，“咱们就拥护科尔尼洛夫啦？……”

“那当然啦！”

“多尔戈夫的话真是快刀斩乱麻。”

“所有的军官都拥护他！”

“咱们也不想成为例外。”

“敬爱的哥萨克英雄拉甫尔·盖奥尔吉耶维奇万岁！”

军官们都哈哈笑着，碰着杯喝起茶来。谈话不像刚才那样紧张了，大家围绕着最近几天的大事谈了起来。

“咱们倒是一心拥护最高统帅的，不过哥萨克们靠不住……”多尔戈夫迟迟疑疑地说。

“这‘靠不住’是什么意思？”李斯特尼次基问道。

“这没什么好解释的。靠不住，就是靠不住……他们这些狗东西想回家抱老婆去……没有温暖的日子他们过够啦……”

“咱们的职责——就是带领哥萨克！”柴尔诺库陀夫中尉用拳头在桌子上一擂，“要带领他们走！就是因为要带兵，咱们才戴军官肩章的！”

“要耐心地给哥萨克们说说，该跟着谁走。”

李斯特尼次基用茶匙敲了敲玻璃杯，把军官们的注意力吸引过来以后，一板一眼地说：

“诸位，请记住，咱们现在要做的，正如阿塔尔希柯夫所说的，就是要对哥萨克们说明事情的真相。要使哥萨克脱离军人委员会的影响。现在就需要下狠心改变脾气，如果没有更大的狠心的话，那恐怕也要跟二月事变后咱们当中大多数改变的那样。在以前，比如说，在一九一六年，我可以狠狠抽打一个哥萨克，他顶多不过在打仗的时候对着我的后脑勺放上一枪，可是二月以后就不能那么干啦，因为，如果我打了一个浑蛋，他就会在战壕里当场把我打死，用不着等待适当的机会了。现在情形完全不同啦。咱们应该……”李斯特尼次基把“应该”这个词儿说得很重，“跟哥萨克们搞好关系！这是一切事情的关键。你们知道现在第一团和第四团的情形吗？”

“糟透啦！”

“就是这话——糟透啦！”李斯特尼次基继续说下去，“军官们仍旧像往日那样跟哥萨克们互不接近，结果哥萨克们个个都受到布尔什维克的影响，有百分之九十都成了布尔什维克。很清楚，咱们是免不了要遇到严重事态的……七月三日和五日的事情①，只不过是对一切麻木的人发出的一次严重警告……要么咱们拥护科尔尼洛夫，跟革命民主势力

①一九一七年旧历七月三日和五日，工人和士兵曾经在彼得格勒举行反临时政府的示威运动。

进行搏斗，要么就是布尔什维克积蓄好力量并且扩大了自己的影响以后，再来一次革命。他们现在是在休整，在积蓄力量，可是咱们却松松垮垮，一片混乱……能够这样下去吗?！……在今后的大动乱中，很需要可靠的哥萨克……”

“咱们没有哥萨克，就成了光杆子啦。”多尔戈夫叹了一口气，说。

“说得对，李斯特尼次基！”

“对极啦！”

“俄罗斯的一只脚已经进坟墓啦……”

“你以为我们连这个都不懂吗?我们懂，不过有时候无能为力罢了。‘第一号命令’[①]和《战地真理报》[②]正在撒播自己的种子呢。”

“这些种子在出芽，咱们不是把这些幼芽踩烂、烧光，却是在欣赏！”阿塔尔希柯夫喊道。

“不是的，不是在欣赏，我们是无能为力！”

“少尉，你胡说！咱们只是疏忽大意！”

①一九一七年三月一日，彼得格勒苏维埃执行委员会在革命群众的推动下发布了“第一号命令”。命令宣布:在军队中通过选举成立各级组织，并由这些组织对旧沙俄军官实行监督。——作者注

②《战地真理报》是布尔什维克的战地报纸。——作者注

“不对！”

“你们去试试看！”

“诸位，安静点！”

“捣毁《真理报》……克伦斯基事后懊悔了……”

“干什么要这样……乱嚷嚷？不能这样！”

乱糟糟的哄叫声渐渐静了下来。有一位连长，刚才听李斯特尼次基的话听得特别带劲儿，他请求大家注意：

“我建议让李斯特尼次基大尉把话说完。”

“请说吧！”

李斯特尼次基用拳头擦着尖尖的膝盖，继续说下去：

“我是说，到那时候，也就是在今后的战斗中，在国内战争中——我现在才明白，国内战争是不可避免的了——很需要忠实可靠的哥萨克。应当想方设法，把他们从倾向布尔什维克的军人委员会手里争取过来。这是当务之急！要知道，今后一有风吹草动，第一团和第四团的哥萨克就要杀尽自己的军官……”

“这是明摆着的!”

“他们决不会客气!”

“……他们的教训，可以说，很痛苦的教训，我们应当记取。第一团和第四团的哥萨克——实在说，他们现在还算什么哥萨克？——将来都得统统绞死，要不然就全部枪毙……是莠草就得拔掉！所以，咱们就要防止咱们的哥萨克犯错误，免得他们以后为这些错误付出代价。”

李斯特尼次基说完以后，听他说话听得特别带劲儿的那位连长接着说了起来。这是一个行伍出身的老军官，在团里已经干了九年，在战争中受过四次伤。他说，从前当差是很不容易的。哥萨克军官都得不到重用，很受歧视，难得升级，对于大多数行伍出身的军官来说，能得到中校头衔，就算是到顶了；他认为，在推翻皇朝的时候，哥萨克的上层分子没有积极起来维护朝廷，原因就在这里。但是他说，尽管如此，还是应该千方百计地支持科尔尼洛夫，要通过哥萨克军人联合会和军官联合总会，跟他取得更密切的联系。

“就让科尔尼洛夫来统治吧，他是哥萨克的救星。咱们在他的统治下，也许比在沙皇的统治下还要好些呢。”

时间早已过了半夜。城市上空是一丝丝乱蓬蓬的云彩，夜色苍茫，一如平常。从窗户里可以看见海军部大厦塔楼那黑黑的尖顶和映照成一片的黄黄的灯火。

军官们一直谈到将近黎明时候。他们决定每星期为哥萨克们举行三次政治问题座谈会，责成各排排长每天带领自己的排进行操练和背诵誓词，以便把空闲时间填满，免得哥萨克的脑筋受到有毒的政治气氛的影响。

在散去以前，大家唱了“正教徒的静静的顿河涌起波涛，奔腾咆哮……”叮叮当当地拿茶杯当酒杯碰着，喝完了第十火壶的茶。最后，阿塔尔希柯夫跟多尔戈夫咬了咬耳朵，就喊道：

“现在我们请诸位听一支哥萨克古歌，就算是一道点心吧。喂，安静点儿！顶好把窗户打开，要不然屋子里烟气太大啦。”

两个声音——多尔戈夫那伤风的、沙哑的低音和阿塔尔希柯夫那柔和的、分外悦耳的中音——起初有快有慢，错错落落，各按各的节拍唱，可是后来两个声音紧密地交织到一起，非常优美动听。

……我们的父亲——静静的顿河
一向有志气，从不向异教徒俯首帖耳；
自己怎样生活，也不用去问莫斯科。
见了土耳其人，嘿，就用快刀
照后脑勺一挥，算是见面礼……
我们的母亲——顿河草原
年年叫我们去跟敌人作战，
保卫至高无上的圣母娘娘，
保卫我们的东正教，
保卫波涛滚滚的自由的顿河……

阿塔尔希柯夫把手指头在膝盖上交叉起来，唱起了高音，虽然他唱着花腔，远远压倒了多尔戈夫那浑厚的低音，但是一直唱得很协调；从外表看，他十分严肃，只是快唱完的时候，李斯特尼次基才发现，有一粒闪着冷光的泪珠儿从他眼睛上那颗棕色瘊子上溜了下来。

别的连队的军官们都走了，本连其余的军官也睡下去以后，阿塔尔希柯夫坐到李斯特尼次基的床上，揪弄着鼓鼓的胸膛上的褪了色的浅蓝色背带，小声说道：

“你要明白，叶甫盖尼……我喜欢顿河，喜欢世世代代相传的古朴的哥萨克生活方式，喜欢得要命。我喜欢咱们的哥萨克，喜欢哥萨克女人，什么我都喜欢！我一闻到草原上的野蒿气味就想哭……还有，向日葵开花的时候，顿河岸上到处是雨打过的葡萄气味的时候，我更是喜欢得要命……这你应该明白……可是这会儿我在想：咱们是不是在愚弄咱们的哥萨克呢？咱们是不是想把他们往这条小路上引呢？……”

“你说的是什么？”李斯特尼次基警觉地问道。

阿塔尔希柯夫那黑黑的脖子在白白的衬衣领子里愣愣地、憨态可掬地挺着，青色的眼皮吃力地吊在棕色的瘊子上，从侧面可以看见一只半闭的眼睛里闪着泪光。

“我在想：哥萨克们是不是应该这样？”

“在这样的情况下，他们又应该怎样呢？”

“我不知道……可是他们为什么一齐离开咱们

呢？革命好像把咱们和他们分成了绵羊和山羊，咱们和他们的利益好像分开啦。”

“你要知道，”李斯特尼次基很谨慎地开口说，“这是因为对于许多大事的看法不同。咱们有比较高的文化，咱们可以批判地估计这种或那种事实，他们就比较粗浅，比较简单。布尔什维克就能把思想灌进他们的脑子，叫他们相信：必须结束战争，说正确一点，就是把战争变成国内战争。布尔什维克能够唆使他们反对我们，就因为他们疲倦啦，他们身上较多的是生物本能，没有我们那种对祖国负有使命和责任的坚强的道德感，所以，不难理解，这就找到了适宜的土壤。对于哥萨克来说，祖国是什么呀？不管怎么说，祖国的概念在他们是很抽象的：‘顿河军区离前线远着呢，德国人又到不了那里。’他们就是这样说的。糟就糟在这里。必须对他们说清楚，把这次战争变成国内战争，将会有什么样的后果。”

李斯特尼次基一面说，一面下意识地感觉到，他的话并没有达到目的，并且感觉到阿塔尔希柯夫马上就要对他关起心灵的大门。

果然这样：阿塔尔希柯夫含含糊糊地嗯了两声，一声不响地坐了老半天，李斯特尼次基尽管也尝试了几次，想弄清不再说话的同事这会儿心里想的是什么，可是办不到了。

“应该让他把话说完就好了……”他很惋惜地想道。

阿塔尔希柯夫道过晚安，就走了，再没有多说一个字。一时间他很想推心置腹地谈谈，把每个人都用来遮盖着自己的那道神秘的黑幕撩开一点边儿，但却打消了这个念头。

李斯特尼次基因为猜不出别人内心的隐秘，感到非常懊恼。他聚精会神地望着灰色棉絮一般的夜空，抽着烟，躺了一会儿，忽然想起了阿克西妮亚，想起了假期里完全消磨在她身上的那些日子。他想着心事，断断续续地想着过去跟他有缘相遇的一些女人，心平气和地睡着了。

十二

李斯特尼次基的连里有一个布堪诺夫乡的哥萨

克，名叫伊万·拉古京。在第一次选举的时候，他当选为团革命军事委员会委员，在本团调来彼得格勒以前，他没有表现出任何特别的地方，但是在七月下旬，排长就报告李斯特尼次基说，拉古京常常到彼得格勒工人与士兵代表苏维埃的军事小组去，大概跟苏维埃有了关系，因为发现他经常跟排里的哥萨克进行谈话，对他们施加有害的影响。排里发生过两次拒绝担任守卫和巡逻的事。排长把这些事都记在拉古京的账上，认为这是哥萨克受了他的影响。

李斯特尼次基认为，他无论如何都要进一步了解一下拉古京，摸一摸他的底。公开把一个哥萨克找来问话，是很笨的办法，也是很不谨慎的，因此李斯特尼次基决定等候机会。机会很快就有了。七月末，轮到第三排担任普梯洛夫工厂附近几条街的夜间巡逻任务。

“我跟弟兄们一块儿去，”李斯特尼次基事先就向排长打招呼说，“请您告诉他们，给我备上那匹大青马。”

李斯特尼次基有两匹马，如他自己说的，“以备万一”。勤务兵服侍他把衣服穿好，他便下了楼，来到院子里。一排人上马出发。在烟雾弥漫、交织着一道道灯光的黑暗中走过了几条街道。李斯特尼次基故意留在后面，从后面叫了拉古京一声。拉古京拉了拉自己那很不起眼的马，走了过来，带着等待的神情从旁边看了看大尉。

“你们委员会里有什么新闻吗？”李斯特尼次基问道。

“什么新闻也没有。”

“你是哪一个乡的，拉古京？”

“是布堪诺夫乡的。”

“哪一个村子呢？”

“米佳金村。”

现在他们的马已经是并排走着了。李斯特尼次基借着路灯的光线斜眼看着这个哥萨克那胡子拉碴的脸。拉古京的制帽下面露出直直的鬓发，鼓鼓的两腮上生着短短的、很不整齐的络腮胡子，两只聪明中透露着狡诈的眼睛，深深地嵌在鼓鼓的眉弓里。

“外表很平常，很不精神，可是他心里究竟怎样呢？大概，他非常恨我，恨一切跟旧制度、跟强权有联系的东西……”李斯特尼次基心里这样想道，并且不知为什么他又很想了解一下拉古京的过去。

“有老婆吗？”

“是的。有老婆，还有两个孩子。”

“家业怎么样？”

“我们还有什么家业？”拉古京带着遗憾的语气冷笑说，“日子过得平平常常。一头牛加一个哥萨克，或者是一个哥萨克加一头牛，我们就这样过一辈子……”他想了想，又板着脸补充了一句：“我们的地都是沙土地。”

李斯特尼次基以前上谢列布里亚柯沃车站去，曾经从布堪诺夫乡路过。他清清楚楚地想起了那个远离要道的偏僻的乡。南面是一片平平的、一望无际的草地，旁边环绕着曲曲弯弯的霍派尔河。那时候他在十二俄里以外，在叶兰乡边界的山头上，就看见低洼处那一片绿茵茵的果园，看见一座高大的白色钟楼。

“我们那儿都是一些沙土地。”拉古京叹着气又说了一遍。

“大概很想回家，是吗？”

“当然啦，大尉先生！当然想早点儿回去。打仗受的苦实在不少啦。”

“伙计，恐怕未必很快就能回去……”

“很快就能回去。”

“仗还没有打完啊？”

“快打完啦。回家也快啦。”拉古京硬是坚持自己的看法。

“还要跟自己人打仗呢。你以为怎样？”

拉古京一直望着鞍头，没有抬眼睛，沉默了一会儿之后，问道：

“跟谁打仗呢？”

“要打的人多着呢……至少要跟布尔什维克打。”

拉古京又沉默了老半天，好像是在清脆、轻快的马蹄声中睡着了。他们一声不响地走了有三分钟。拉古京慢慢地、字斟句酌地说：

“咱们跟他们没什么好争的。”

“要是争土地呢？”

“土地够大家种的。”

“你可知道，布尔什维克想干什么吗？”

“听说过一点点儿……”

“要是布尔什维克来打咱们，想夺取咱们的土地，奴役咱们哥萨克，依你看，那又该怎么办呢？你跟德国人打过仗，保卫过俄国呀，不是吗？”

“德国人——那是另外一回事儿。”

“那么布尔什维克呢？”

“大尉先生，布尔什维克又怎样？”拉古京显然已经拿定了主意，就开口说起来，一面抬起眼睛，对直地寻找着李斯特尼次基的目光，“布尔什维克不会把我仅有的一小块土地夺走的。我的土地恰好是一个人的份儿，他们不要我的土地……可是，比如说——您可不要生气！——您爹有一万俄亩土地呢……”

“不是一万，是四千。”

“那反正是一样，就算是四千亩吧，难道还少吗？这难道能说是好章程吗？您再往全国看看，像你爹这样的，还多得很。您就想想看，大尉先生，每一张嘴都要吃。您要吃，别的任何一个人都要吃。没有一个茨冈人训练马不吃草，说，忍一忍，不吃草也行。于是听话的马就忍，忍呀，忍呀，忍到第十天就死去啦……沙皇时代的章程是很不公正的，对于穷苦老百姓太苛刻啦……割给你爹那么一大块好蛋糕，四千亩，可是他也不是用两个嗓子眼儿吃东西，他也跟我们普通人一样，用一个嗓子眼儿吃东西，当然应该替老百姓抱不平啦！……布尔什维克他们看得很准，可是您还说要跟他们打仗呢……”

李斯特尼次基听着他的话，心里很不平静。到最后他已经明白，他无法提出什么有力的反驳了，他觉得，这个哥萨克已经拿普普通通、简单得不得了的道理把他挤到了墙拐儿上，因此，深深隐藏起来的那种意识到自己不对的感觉又翻腾起来，李斯特尼次基有些慌乱，便发起狠来：

“你怎么，是布尔什维克吗？”

“有没有这样的称号，不算什么……”拉古京冷冷笑着拉长声音回答说，“问题不在于称号，而在于正义。人民需要正义，但是大家都在葬送正义，掩埋正义，说正义早就死啦。”

“你这一套是工农兵苏维埃里的哥萨克教给你的……这么看来，难怪你跟他们结成一伙儿。”

“哎呀，大尉先生，生活本身教给我们这些有耐性的人的东西已经够多啦，布尔什维克不过是点了点灯芯罢咧……”

“用不着开场白！这又不是说书唱戏！”李斯特尼次基已经是怒冲冲地在说话了，“你还是回答我：你说到我父亲的土地，总而言之你说的是地主的土地，然而你要知道，这土地是私人财产。如果你有两件衬衣，我一件也没有，依你看，该怎么办，我就该抢你一件吗？”

李斯特尼次基没有看见，但是从拉古京说话的声音上听出来，他是在笑着。

“我会自动交出多余的那一件。而且在前线我就交出过衬衣，而且还不是多余的，是唯一的一件，我就空心穿军大衣，至于我那一点点土地，好像谁都不想来抢夺……”

“你怎么啦，想要土地吗？你的土地不够种吗？”李斯特尼次基提高声音说。

拉古京脸都白了，激动得呼哧呼哧地喘着粗气，几乎是喊叫着回答道：

“你以为我是为自己操心吗？我们到过波兰，那儿的人过的是什么日子呀？你看见没有？我们周围的庄稼汉过的又是什么日子？……我可是看见啦！

叫人实在痛心呀！……怎么，你以为，我能不可怜他们吗？也许，就因为这个，就因为波兰人，我才心里不是滋味，使我发愁的是他们那点可怜的土地。”

李斯特尼次基本想说几句尖刻的话，可是从灰灰的庞然大物普梯洛夫工厂那边传来尖锐的叫喊声：“抓住！”一阵轰隆轰隆的马蹄声。一声扎耳朵的枪响。李斯特尼次基扬了扬鞭子，放马朝前奔去。

他和拉古京同时跑到聚集在十字路口的本排哥萨克们跟前。一些哥萨克纷纷跳下马来，弄得马刀叮当乱响，一个被他们抓住的人正在当中挣扎着。

“怎么啦？怎么回事儿？”李斯特尼次基喊了两声，一面放马朝人群里冲去。

“这个坏家伙骂我们呢……”

“骂了就跑。”

“揍他，阿尔扎诺夫！”

“哼，你这坏小子！你想找死吗？”

排里的中士阿尔扎诺夫从马上探下身子，抓住那个身材不高、穿着没扎进裤腰的黑衬衣的人的领子。三个下了马的哥萨克把他的手倒剪到背后去。

“你是干什么的？”李斯特尼次基气势汹汹地问道。

被抓住的人抬起头来，在他那灰白色的脸上，两片不说话的嘴唇一撇一撇的，紧紧地闭着。

“你是什么人？”李斯特尼次基又问一遍，“你骂我们吗，坏蛋？嗯？不说话吗？阿尔扎诺夫……”

阿尔扎诺夫从马上跳下来，松开被抓住的人的领子，扬手打了他一个耳光。

“揍他！”李斯特尼次基猛地拨转马头，下命令说。

三四个下了马的哥萨克一面把被捆起来的人往地上按，一面抡起了鞭子。拉古京连忙从马鞍上跳下来，走到李斯特尼次基跟前。

“大尉先生！……您这是怎么啦？大尉先生！”他用打哆嗦的手指头死死地抓住大尉的膝盖，高声叫道，“不能这样！……这是个人啊，您这是干什么呀？”

李斯特尼次基扯了扯马缰，没有说话。拉古京跑到哥萨克们跟前，拦腰抱住阿尔扎诺夫，跌跌撞撞，两腿在马刀上绊来绊去，想把他拉开。阿尔扎诺夫不住地挣着，嘟哝着：

“你别这样好心肠！别这样！他拿石头砸咱们，能饶了他？……放开我！……放开，对你说的是规矩话！……”

一个哥萨克弯下身去，扯下身上的步枪，用枪托子照着倒在地上的那人身上打去，打得叭叭直响。过了一会儿，马路上就响起低低的、像牲口那样粗野的喊叫声。

后来是几秒钟的沉默，然后，依然是那人的声音，但已经有气无力、疼得直抽搭了，那声音在挨打后发出的呼哧声的间隙里，断断续续地喊起来：

“土匪！……反革命分子！……你们打吧！哎哟……啊啊啊啊！……”

叭！叭！叭！……又是一阵毒打。

拉古京跑到李斯特尼次基跟前，紧紧靠在他的膝盖上，用手指甲挠着马鞍的边儿，喘着粗气说：

“做做好事吧！”

“走开！”

“大尉！……李斯特尼次基！……听见没有？你要负责任的！”

“我想啐你一口！”李斯特尼次基声嘶力竭地喊了一声，就打着马朝拉古京身上撞。

“弟兄们！”拉古京跑到站在一旁的哥萨克们的面前，高声叫道，“我是团革命军事委员会的委员……我命令你们：把人放了，不许打死人！……你们要……要负责任的！……这不是旧时代啦！……”

李斯特尼次基涌起一股强烈的仇恨，顿时失去了理智，什么都不顾了。他照着马的两耳当中抽了一鞭，就朝拉古京冲去。他用乌黑的、散发着枪油气味的手枪抵着拉古京的脸，尖声大叫道：

“住嘴，奸贼！布尔什维克！我毙——了你！”

他极力克制了一下自己，才把手指头从枪机上挪开，把马勒得直立起来，转过马头，跑了开去。

过了几分钟，三个哥萨克也朝他的方向走去。在阿尔扎诺夫和拉宾的两匹马中间，拖着那个穿着紧贴在身上的潮湿衬衣、连脚步也不能迈的人。他的两条胳膊由两个哥萨克架着，身子轻轻摇晃着，两脚划着马路上的石子。被打得血肉模糊的头向后仰着，在高耸着的尖尖的两肩中间摇来摆去，白白的下巴朝上撅着。第三个哥萨克多少走在前面一点。他看见胡同口路灯下面有一辆马车，便在马镫上站起身子，跑了过去，他简短地说了两句什么，又用鞭子拍拍靴筒吓唬了一下，马车夫就连忙乖乖地把马车赶到停在街心里的阿尔扎诺夫和拉宾跟前。

第二天，李斯特尼次基醒来，意识到他犯了一个无法挽回的大错误。他咬着嘴唇，想起了殴打那个责骂哥萨克的人的场面，也想起了后来他和拉古京之间发生的事。他皱起眉头，心事重重地咳嗽起来。他一面穿衣服，一面想着主意：目前不应该去动拉古京，以免跟团革命军事委员会的关系恶化，最好是等一段时间，等到昨天在场的哥萨克渐渐忘记他跟拉古京的冲突，再悄悄地把拉古京清除掉。

“这就是所说的，跟哥萨克搞好关系……”李斯特尼次基在心里痛苦地嘲笑自己说。并且后来有很多天，他一直很不愉快地想着这件事。

已经是八月初，一个天朗气清、阳光明丽的日子，李斯特尼次基和阿塔尔希柯夫上街闲逛。自从军官们那一天在一起谈过那一次话以后，他们之间出现的隔膜始终没有消除。阿塔尔希柯夫守口如瓶，把没有说出来的那些想法装在心里，李斯特尼次基几次三番想引他推心置腹地谈谈，他都掩着那层厚厚的帷幕，这层帷幕是多数人都很习惯地挂着，用来遮盖自己的真实面貌，不叫别人看出来的。李斯特尼次基常常觉得，有的人在跟别人交往的时候，在外表的里面，往往还隐藏着一个叫人一直摸不透的面貌。他坚决相信，剥去任何一个人的表皮，都会露出真诚的、赤裸裸的、没有任何伪装的心灵。因此他总是非常想了解，在各种各样的人那粗鲁的、严肃的、天不怕地不怕的、蛮横的、心平气和的、愉快的外表里面，究竟隐藏着什么。这一回，他想着阿塔尔希柯夫，只猜测着一点：这个人是在现有的矛盾中苦苦地寻找出路，要在哥萨克和布尔什维克之间求调和。他有了这种推测，就不再设法跟阿塔尔希柯夫接近，倒是跟他疏远起来。

他们在涅瓦大街上走着，偶尔地说几句无关紧要的闲话。

“咱们去吃点东西好吗？”李斯特尼次基用眼睛瞟着饭店的大门，说道。

“好吧。”阿塔尔希柯夫表示同意。

他们走进饭店，四下一望，就无可奈何地站住了：所有的桌子都坐满了。阿塔尔希柯夫已经转过身要走了，但是窗户跟前的小桌上有一位衣冠楚楚、由两位妇人陪伴着的胖绅士，仔细看了看他们，便站了起来，恭恭敬敬地举着帽子，走了过来。

“请赏光！二位是不是可以到我们的桌子上来坐？我们要走啦。”他笑容可掬，露着稀稀拉拉的熏黄的牙齿，用手势请他们过去，“我很高兴为二位军官先生效劳。你们是我们的光荣。”

坐在桌旁的两个妇人都站了起来。一个高高的、黑头发的撩了撩头发，另一个年轻些的玩弄着小伞，等候着。

两位军官对殷勤让座的绅士道过谢，便走到窗户跟前。一丝丝阳光像黄色的针一样透过放下来的窗帘投射在桌布上。酒菜气味压倒了摆在各个饭桌上的鲜花那幽雅醉人的香味。

李斯特尼次基要的是冰鱼羹，在等待的时候，他若有所思地撕扯着从花瓶里抽出来的一枝橙黄色旱金莲。阿塔尔希柯夫用手帕擦着额头上的汗，他那两只疲惫的低垂着的眼睛不住地眨巴着，注视着邻座桌子腿上晃来晃去的太阳光斑。

他们还没有吃完，就有两个军官高声谈着话走进了饭店。

前面的一个在用眼睛找寻空位子的时候，把他那张晒成了均匀的栗色的脸朝李斯特尼次基转了过来。他的两只斜斜的黑眼睛里露出喜色。

“李斯特尼次基！是你呀！……”那个军官一面朝他走来，一面毫不见外、深信不疑地喊叫着。

他的黑胡子下面露出亮闪闪的白牙。李斯特尼次基认出他是加尔梅柯夫大尉，跟着他走过来的是丘鲍夫。他们紧紧地握了握手。李斯特尼次基把两个旧同事给阿塔尔希柯夫介绍过以后，问道：

“哪一阵风把你们吹到这儿来啦？”

加尔梅柯夫捻着胡子，把头向后一仰，斜着眼睛朝两边看了看，说：

“我们是出差来的，详细情形等一会儿我再告诉你。你先说说你自己的事吧，十四团里的情形怎么样？”

……他们一同走出饭馆。加尔梅柯夫和李斯特尼次基走在后头，一到胡同口，就拐了进去，半个小时之后，就离开闹市区，一面走，一面小心地四面张望着，小声说着话儿。

“我们的第三军现在在罗马尼亚前线担任后备，”加尔梅柯夫兴奋地说，“一个半星期以前，我接到团长的手令，叫我把连队交出去，跟丘鲍夫中尉一同到师部听候调遣，有意思，我就交出连队。我们一同来到师部。作战处的M.上校，你是认识他的，他很机密地通知我。要我立即去见克雷莫夫将军。我和丘鲍夫一同来到军部。克雷莫夫接见了我，因为他已经知道给他派来的军官是什么人，就直截了当地说出下面的话：‘政府里都是一些有意把国家引向死路的人——必须撤换政府的上层分子，可能要用军事专制来代替临时政府。’他还说，接任的人可能是科尔尼洛夫。然后就叫我到彼得格勒来，听候军官联合总会调遣。现在这里已经调集了好几百名可靠的军官啦。你明白，咱们的任务是什么吗？军官联合总会正跟咱们的哥萨克军人联合会密切配合，在一些枢纽站上和一些师里组织突击营。都是在不久的将来要使用的……”

“结果究竟会怎样呢？你是怎么看的？”

“这就怪啦！您住在这里，难道没有弄清局势吗？毫无疑问，政府要来一个大变动，科尔尼洛夫要执政。军队都是拥护他的嘛。我们那儿都这样想：只有两种不同的势力——那就是科尔尼洛夫和布尔什维克。克伦斯基不过是夹在两个磨盘中间，不是这种势力，便是那种势力，会把他碾得粉碎。让他在阿丽萨[1]的床上暂且睡几天吧。他是一个短命皇帝。”加尔梅柯夫停了一下子，然后，一面若有所思地揪弄着马刀的穗子，说，“我们实际上都是棋盘上的小卒，小卒是不知道下棋人的手把它们往哪儿放的……比如说，我就不完全清楚大本营里目前的情形。我知道，在将军们之间，如科尔尼洛夫、鲁科姆斯基、罗曼诺夫斯基、克雷莫夫、邓尼金、卡列金、爱耳迭里和其他许多将军，在他们之间是有一种秘密的联系和协议的……”

“可是，军队……是不是所有的军队都拥护科尔尼洛夫呢？”李斯特尼次基一面问，一面在加快脚步。

①阿丽萨就是亚历山德拉·菲多罗芙娜皇后，尼古拉二世的妻子。入宫前是阿丽萨·盖辛斯卡娅郡主。——作者注

“步兵当然不会。我们可以带动他们嘛。”

“克伦斯基在左派的压力之下，打算撤换最高统帅，你知道吗?”

“他不敢！马上就能叫他乖乖的。军官联合会总会已经相当坚决地把总会对此事的态度告诉了他。”

“昨天哥萨克军人联合会派了几个代表去见他，”李斯特尼次基笑着说，“声明说，哥萨克连撤换科尔尼洛夫的念头都不许有。你可知道，他怎么说：‘这是诽谤。这类的事情，临时政府连想都没想。’他这一面安慰大家，那一面却在向工农兵苏维埃执委会送秋波，就像个窑姐儿一样。”

加尔梅柯夫一面走着，一面掏出一个军官用的战地笔记本，念道：

“‘社会活动家会议特向您——俄罗斯军队的最高领袖致敬。会议声明，一切企图破坏您的军队和俄罗斯的威信的行为都是犯罪的，我们的呼声也就是广大军官、乔治十字章获得者和哥萨克们的呼声。在这千钧一发的危难时刻，俄罗斯一切有头脑的人都怀着期望和信任注视着您。在您重建强大的军队以拯救俄罗斯的伟大壮举中，愿上天多多相助！

罗坚柯。’大概，你明白了吧？撤换科尔尼洛夫是根本不可能的……哦，我问你，你看见他昨天进京的场面没有？”

“昨天夜里我才从皇村回来。”

加尔梅柯夫一笑，那整整齐齐的白牙齿和结结实实的红牙花子全露了出来。他那窄窄的眼睛眯了起来，眼角上皱起无数蛛网般的细纹。

“真气派！卫队是一个帖金人的骑兵连。一辆辆汽车上都架着机枪。这都是往冬宫去的。毫无疑问这是一种警告……嘿嘿嘿。你要是能看见那场面就好啦。嘿，真值得一看！给人的印象真是与众不同。”

他们两人在莫斯科-纳列夫区兜了一个圈子，就分手了。

“叶甫盖尼，咱们应该经常联系。”加尔梅柯夫在分手的时候说，“荒乱年代来到啦。要站稳脚跟，要不然会跌跤的！”

李斯特尼次基已经渐渐走远了，他扭过身子，在背后喊道：

“忘记告诉你啦，你还记得咱们的梅尔库洛夫吗？就是咱们那位画家。”

“他怎么样？”

“五月里他死啦。”

“不可能！”

“他死得实在意外。这种死法顶没意思啦。一个侦察兵的手榴弹在手里爆炸了，把自己的胳膊齐胳膊肘炸掉，可是把梅尔库洛夫炸飞啦，我们只找到他的一部分内脏和一副炸碎的蔡司望远镜。死神只宽限了三年……”

加尔梅柯夫还喊了几句，可是一阵风吹过，卷起一股老大的灰土，送过来的只是模糊不清的尾音。李斯特尼次基挥了挥手，就朝前走去，偶尔地回头望望。

十三

八月六日，最高统帅部的参谋长鲁科姆斯基将军，从大本营的第一后勤司令罗曼诺夫斯基将军那里，接到了把骑兵第三军和屠捷姆师集中到涅维尔—诺沃索科耳尼基—魏里基卢基地区的命令。

“为什么要集中到这个地区？这些部队不是担任罗马尼亚前线的后备吗？”鲁科姆斯基大惑不解地问道。

“亚历山大·谢尔盖耶维奇，这我不知道。我是把最高统帅的命令如实地传达给您。”

“这命令您是什么时候收到的？”

“昨天。夜里十一点钟，最高统帅把我叫了去，命令我今天早上把这事传达给您。”

罗曼诺夫斯基踮着脚，在窗户跟前走了一会儿，后来在一幅占据了鲁科姆斯基办公室的半边墙的中欧战略地图前面停下来，背对着鲁科姆斯基，十分用心地观看着地图，说道：

“您去问问情况好啦……他这会儿正在办公室里呢。”

鲁科姆斯基从桌上拿起命令，推开安乐椅，用所有发福的老年军人特意显示刚健的那种步伐朝外走去。他在门口，一面让罗曼诺夫斯基先出去，一面显然是顺着自己的思路说：

“对，是的。”

有一位鲁科姆斯基不认识的长腿、高个子上校刚刚从科尔尼洛夫的办公室里走出来。他恭恭敬敬地让开路，便顺着走廊走去。两条腿瘸得厉害，受过伤的肩膀又可笑又可怕地抽搐着。

科尔尼洛夫将身子微微向前探着，用两个斜放着的手掌撑在桌子上，正在对站在他面前的一个上了年纪的军官说话：

“……应当等时机成熟。您明白我的意思吗？请您一到普斯科夫就立即通知我。您可以走啦。”

科尔尼洛夫等那位军官走出门去，才轻捷而矫健地坐到安乐椅上，一面把另一张安乐椅推给鲁科姆斯基，一面问道：

“我调动第三军的命令，罗曼诺夫斯基交给您了吗？”

“是的。我就是来谈谈这件事的。为什么您选定该地区做第三军的集中地点？”

鲁科姆斯基仔细看着科尔尼洛夫那张黑黑的脸。这张脸是叫人看不透的、表情恬淡的；两边腮上，从鼻子到下垂的硬邦邦的稀胡子遮着的嘴唇上，还是那些早已熟悉的斜斜的皱纹。只有那不知为什么像小孩子一样耷拉在额头上的一绺头发，破坏了他脸上那强硬、严厉的表情。

科尔尼洛夫用一只小小的、干瘦的手支着下巴，眯缝起炯炯有神的蒙古型的眼睛，用一只手抚摩着鲁科姆斯基的膝盖，回答说：

“我想把骑兵集中起来，并不单单为了北方战线，集中在这个地区，一旦需要，就很容易从这里调往北方战线或者西方战线。我以为，选定的地区最符合这种要求。您的想法不同吗？怎么样？”

鲁科姆斯基不明不白地耸了耸肩膀。

“西方战线没有担心的必要。最好是把骑兵集中到普斯科夫地区。”

“普斯科夫？”科尔尼洛夫把整个身子向前探着，反问了一句，并且皱起眉头，微微张了张没有血色的薄嘴唇，不以为然地摇了摇头，“不行！普斯科夫地区不合适。”

鲁科姆斯基慢腾腾地将两只手放在安乐椅的扶手上，字斟句酌地说：

“拉甫尔·盖奥尔吉耶维奇，我马上就发出调兵的命令，不过我有一种感觉，好像您有话没有说出来……如果一旦有事，需要调骑兵去彼得格勒或者去莫斯科的话，您所选定的地区是很合适的，但对于北方战线来说，这样配置骑兵是很不利的，单就调动困难这一点来看，就十分清楚。如果我没有说错，而且您确实有话没有说出来的话，那么我请求：或者您让我到前线上去，或者把您的预计完全告诉我。参谋长只有在得到首长充分信任的情况下，才能留在自己的位置上。”

科尔尼洛夫低下头，聚精会神地听着，可是他那尖锐的眼睛还是注意到，鲁科姆斯基那看似冷漠的脸上因为激动隐隐出现了一片片淡淡的红晕。他沉思了几秒钟以后，回答说：

“您说得很对。我有一些想法，还没有跟您谈过……请您发布调动骑兵的命令，并且火速把第三军军长克雷莫夫将军请到这里来，等我从彼得格勒回来以后，咱们再来详细地谈谈。亚历山大·谢尔盖耶维奇，请您相信，我什么也不想瞒着您。”科尔尼洛夫把最后一句话说得特别重，并且应着敲门声迅速地转过脸去，“请进。”

进来的是大本营的副政治委员封·维津和一位身材矮小、头发斑白的将军，鲁科姆斯基站了起来；

他往外走的时候，听见科尔尼洛夫很生硬地回答封·维津的问题说：

“现在我没有时间审查米列尔将军的案件。怎么？……是的，我要走啦。”

鲁科姆斯基见过科尔尼洛夫回来以后，靠着窗户站了老半天，他捋着白胡子尖儿，若有所思地望着花园里的风梳理着栗树那像头发一样密密的枝条，吹得在阳光下闪闪发光的草一弯一弯的，像波浪一样。

一个小时以后，骑兵第三军军部就收到最高统帅部参谋长发来的准备调防的命令。这一天还收到一封密码电报，曾经按照科尔尼洛夫的意图拒绝调任步兵第十一军军长的骑兵第三军军长克雷莫夫将军，便十万火急地赶到大本营里。

八月九日，科尔尼洛夫便在一个帖金人的骑兵连保卫下，乘专列前往彼得格勒。

第二天，大本营里就传说着撤换最高统帅的消息，甚至说他已经被捕，可是十一日早晨，科尔尼洛夫回到了莫吉廖夫。

他一回来，就立即把鲁科姆斯基请到自己的办公室里。他看完一些电报和情报，细心地理了理跟橄榄色的细手腕形成鲜明对照的雪白的袖口，摸了摸衣领。从这些匆忙而急促的动作上，可以看出他不同于往常的激动心情。

“现在咱们可以把那一天没有说完的话说完啦。”他声音不高地说，“我想回过头说一说促使我把第三军调往彼得格勒方向的一些想法，这些想法是我还没有跟您谈过的。您知道吗，八月三日我在彼得格勒参加政府会议的时候，克伦斯基和萨文柯夫就提醒我，叫我不要涉及重大的防务问题，因为他们认为，阁员中有些人很不可靠。我是最高统帅，我要向政府做报告，可是不能谈作战计划问题，因为不能保证，我说的话过几天不会传到德军司令部里！这能算是政府吗？我能相信这样的政府会拯救国家吗？”科尔尼洛夫迈着坚定的快步走到门口，把门锁上，又走了回来，十分激动地在桌子跟前来回踱着，说：“这样一些不争气的人统治着国家，又可悲，又可恨。懦弱无能，优柔寡断，而且往往纯粹是卑鄙无耻——这就是这个所谓‘政府’的所作所为。在切尔诺夫和其他一些先生的纵容姑息之下，布尔什维克一定会把克伦斯基除掉的……亚历山大·谢尔盖耶维奇，俄罗斯现在的境况就是这样。这是遵奉您知道的一些原则的，我想保卫国家，避免新的动乱。我调动骑兵第三军，主要是为了在八月底把这个军调往彼得格勒，如果布尔什维克蠢动的话，就狠狠地镇压一下这些卖国奸贼。我把行动的直接指挥权交给克雷莫夫将军。我相信，他在必要的时候会毫不犹豫地把工农兵代表苏维埃的人全部绞死的。临时政府嘛……噢，咱们还要看一看再说……我自己毫无所求。只想拯救俄罗斯……不惜任何代价，无论如何都要拯救俄罗斯！……”

科尔尼洛夫停住脚步，站到鲁科姆斯基面前，生硬地问道：

“您赞同我的主张，只有采取这样的措施才能保全国家和军队的命运吗？您能跟我一起干到底吗？”

鲁科姆斯基动情地紧紧握住科尔尼洛夫一只干瘪的、滚热的手，欠起身来。

“完全赞同您的主张！我一定干到底。应当仔细考虑考虑，斟酌斟酌，然后就动手。拉甫尔·盖奥尔吉耶维奇，把事情交给我吧。”

“我已经做了一个计划。具体细节正由列别杰夫上校和罗仁柯大尉在安排。因为您，亚历山大·谢尔盖耶维奇，事情太多啦。请相信我，咱们还会有时间把一切都讨论讨论，如果有必要的话，还可以作相应的修改。”

这些天大本营里过得像发狂热病一样。每天都有许多身穿落满灰尘的绿军装、满面风霜的军官从前方各个部队来到莫吉廖夫的省长公馆里，请求效命，军官联合会和哥萨克军人联合会的衣冠楚楚的代表来了，第一个从哥萨克中派任的顿河军区司令官卡列金的急使也从顿河上来了。还来了不少穿便装的人。许多人到这里来，是一心一意想协助科尔尼洛夫恢复在二月里覆灭的旧俄国，但是也有一些兀鹫，老远就闻出了大流血的气味，预测到有一只狠毒的手将要割开国家的大血管，也都飞到莫吉廖夫来，希望能抢到一些好吃的。在大本营里经常提到多布伦斯基、查沃伊克和阿拉金的名字，因为他们跟最高统帅有很密切的关系。在大本营里和在顿河军战地司令部里，悄悄传说着，科尔尼洛夫过于轻信，因此陷入了冒险的境地。但是在广大的军官当中，多数人都认定，科尔尼洛夫是复兴俄罗斯的一面旗帜。怀有复辟狂热的人于是从四面八方纷纷拥到了这面旗帜底下。

八月十三日，科尔尼洛夫赴莫斯科参加国务会议。

这是一个暖和、少云的日子。天空好像是用淡蓝色的铝铸造成的。当头有一片明亮的、镶着淡紫色边儿的云彩，从云彩上飘下斜斜的、在阳光中闪闪发亮的好雨，洒在田野上，洒在隆隆奔驰的火车上，洒在染了童话般秋色的树林上，洒在远处那模糊一片的白桦林上，洒在变成了灰暗颜色的整个的初秋大地上。

火车不停地把大地向后甩去。火车后面的烟像一条橙黄色的拖裙。开着的车窗边坐着一位身材矮小、身穿草绿色军装、挂满十字章的将军。他眯缝起斜斜的、像炭一样黑的眼睛，把头探到窗外，清新的雨滴便很慷慨地洒在他那久经风霜的脸上和下垂的黑胡子上；风摆动和向后梳理着孩子一样耷拉在额头上的那一绺长发。

十四

在科尔尼洛夫到达莫斯科的前一天，李斯特尼次基大尉就受哥萨克军人联合会的重大委托来到莫斯科。他向驻扎在莫斯科的一个哥萨克团团部递交过公文以后，就听说科尔尼洛夫明天可以到达。

李斯特尼次基中午时候来到亚历山大洛夫车站。在头二等车候车室和餐室里，拥挤得水泄不通；大多数是军人。站台上整整齐齐地排列着亚历山大洛夫军事学校组成的仪仗队，栈桥旁边排列着莫斯科女子敢死队。将近下午三点钟，火车开到了。说话声一下子就停了。响起高亢、嘹亮的军乐声和许多人的刷刷的脚步声。挤成一团的人群把李斯特尼次基挤离了地面，挟着他走，把他带到了站台上。他从一堆人里挣出来，就看见最高统帅的车厢边排着两列帖金人。油漆的车厢锃亮锃亮的，清清楚楚地反照出他们那鲜红色的长外衣。科尔尼洛夫由几位军官陪伴着走下车来，开始检阅仪仗队。检阅十字章获得者联合会、陆军和海军军官联合会和哥萨克军人联合会的代表团。

李斯特尼次基在前来欢迎最高统帅的大人物中间认出了顿河军区司令官卡列金和查伊昂契科夫斯基将军，在他周围的几个军官一一叫出了其余一些人物的名字：

“那位是交通部次长基斯里亚柯夫。”

“那位是市长鲁德聂夫。”

“那位是大本营的外交处处长特鲁次柯依公爵。”

“那位是国务会议委员穆欣·普希金。”

“那位是法国大使馆武官凯奥上校。”

“那位是戈里增公爵。”

“那位是曼塞列夫公爵……”几个恭敬而艳羡的声音争先恐后地说。

李斯特尼次基看到，密密层层地站在站台边上的一群衣着华丽的贵妇人，把一束一束的鲜花朝着向他走来的科尔尼洛夫身上掷去。有一枝玫瑰花挂在科尔尼洛夫的肩章上，在肩上耷拉着。科尔尼洛夫有点不好意思地、犹犹疑疑地把玫瑰花拂了下去。一个大胡子的乌拉尔老头子，代表十二个哥萨克军区宣读起欢迎词。李斯特尼次基没有能听完，他被挤到了墙边，挂马刀的皮带也几乎被扯断。在全国议会的议员罗吉切夫致辞以后，科尔尼洛夫又在密密层层的人群簇拥下向前走动。许多军官手拉着手，结成一个保护圈，但是他们也被挤散了。几十只手向科尔尼洛夫伸着。有一个头发散乱的肥胖妇人，在他身旁用碎步走着，拼命拿嘴唇去吻他那浅绿色军装的袖子。到了车站出口处，在一片震耳欲聋的欢呼声中，许多人把科尔尼洛夫抬了起来，抬着向前走。李斯特尼次基使劲用肩膀抗了抗，把一位相貌堂堂的绅士挤到一边去，这才抓住了在他眼前闪闪放光的科尔尼洛夫的一只漆皮靴子。他把这只脚抓稳以后，放到了肩上，这一点点重量他觉都不觉得，但是他激动得呼哧呼哧地喘着，只能尽量保持平衡和步调一致，在人群缓缓推动下向前走着，耳朵里填满了轰轰的叫声和响亮的军乐声。他在出口处匆匆地理了理被挤得从腰带里挣了出来的衬衣上的皱褶。下了台阶，便来到广场上。前面又是人群，是一列列草绿色的军队，还有一支排列整齐的哥萨克骑兵连。李斯特尼次基把一只手举到帽檐上，眨巴着湿了的眼睛，极力压制嘴唇的颤动，却怎么也压制不住。他只模模糊糊地记得，照相机咔嚓咔嚓直响，人群如癫似狂，士官生成分列式前进着，体态端庄、精神抖擞、身材矮小、生着一张蒙古型的脸的将军站在那里，看着他们从面前走过。

* * *

过了一天，李斯特尼次基便乘车回彼得格勒。他的位子在上铺；铺好了军大衣，便一面抽烟，一面想着科尔尼洛夫：

“他被俘后冒着生命危险逃出来，好像就知道以后国家如此需要他。他是一张什么样的脸呀！就像是用天然石雕成的，真是完美无缺，气度非凡……性格也是如此。大概他对一切都清清楚楚，有成谋在胸。一旦时机来到，就来领导我们。说来奇怪，我竟不知道他是一个什么样的人，是保皇党吗？恐怕是君主立宪派……如果每一个人都像他这样有自信心就好啦。”

大约也就是在这个时候，在莫斯科，在莫斯科国务会议会间休息的时候，在大剧院的走廊里，有两位将军单独在一块儿。一位身材瘦小，生着一张蒙古型的脸；另一位身体强壮，结结实实地长着一颗剃成平顶的四四方方的头，梳得平平的斑白的鬓角上已经出现秃斑，两只耳朵贴得紧紧的。他们在短木块砌成的地板上来回走着，低声说着话儿。

“宣言的这一项是规定要取消军队里的各种委员会吗？”

“是的。”

“统一战线、团结一致是绝对必要的。如果不实行我所指出的一些措施，那是没有希望的。军队实质上已经不能打仗啦。这样的军队不仅不能取得胜利，而且连稍微大点的打击都经受不住。很大的一部分已经被布尔什维克的宣传瓦解啦。在这里，在后方又怎么样呢？您瞧，工人们对于企图制约他们的一些措施采取什么对策呢？——罢工和示威。国务会议的议员们只得步行……可耻啊！在后方实行军事化、采取严厉的制裁措施、无情地全部消灭布尔什维克这些败类——这就是我们目前最迫切的任务。阿列克塞·马克西莫维奇，今后我依然能得到您的大力支持吗？”

“我是无条件支持您的。”

“我深信这一点。感谢不尽。您瞧吧，现在是需要毅然决然采取行动的时候，政府却只是采取一些敷衍办法和唱唱高调，说什么‘要用铁和血来镇压那些企图像七月里那样觊觎人民政权的人’。不行，咱们向来是先做，然后再说的。他们却颠倒过来。瞧着吧……时候一到，他们的敷衍政策会尝到苦果的。我可是不愿意参加这种不光彩的游戏！我过去主张公开镇压，今后还是这样，我是不喜欢说漂亮话的。”

身材矮小的将军在交谈者面前站了下来，捻着深绿色翻领制服上的铜扣子，激动得有些结结巴巴地说：

“他们摘掉了笼头，这会儿却又害怕起革命民主，要求把可靠的部队从前线调到首都来，可同时又要向民主力量讨好，不敢采取什么实际行动。进一步，又退一步……只有把咱们的力量充分聚集起来，咱们才能用强大的精神压力迫使政府让步，如果不让步，那就试试看！我会毫不犹豫地把前线放弃，让德国人教训教训他们！”

“我跟杜托夫谈过啦。拉甫尔·盖奥尔吉耶维奇，哥萨克军队都是全力支持您的。咱们只要商量商量今后共同行动的问题就行啦。”

“开过会以后，我在住处等着您和其余几位。你们顿河那边的人心怎么样？”

身强体壮的将军把刮得光光的四方形下巴贴到胸膛上，用忧郁的、闷闷不乐的目光看着自己的前面。嘴角在宽宽的上嘴胡下面不住地哆嗦着，他回答说：

“对于哥萨克我已经不像过去那样看得透啦……总而言之现在人心很难揣测。必须让步：哥萨克必须有所忍让，才能够使外来户跟着自己走。在这方面我们正准备采取一些措施，但是否会有效果，却不敢担保。我怕的是，哥萨克和外来户会因为利益冲突发生破裂……土地嘛……现在不管是哥萨克的心思，还是外来户的心思，都在围着这个轴心转。”

“您手底下要掌握一些可靠的哥萨克部队，以便防范内部可能发生的一切意外事件。我回到大本营以后，就和鲁科姆斯基谈谈，大概我们可以从前方调几个团到顿河上去。”

“那我太感激您啦。”

“就这样吧，今天咱们就商量商量今后共同行动的问题。我深信我们的设想会顺利地实现，但是，将军，天有不测风云啊……如果命运捉弄人，背我而行——那时候我可以指望在你们顿河上找到一席避难之地吗?”

“不仅可以避难，而且可以得到保护。哥萨克自古以来就是以好客出名的呀。”谈话谈到现在，卡列金第一次笑了，他那闷闷不乐的目光中的忧郁疲惫神情也消失了不少。

一个小时之后，顿河军区司令卡列金就对着鸦雀无声的全场听众宣读了“十二个哥萨克军区联合宣言”。

从这一天起，大阴谋的黑线，就像黑色的蜘蛛网一样，在顿河上，在库班，在捷列克河畔、乌苏里江边，在乌拉尔，在所有的哥萨克土地上，在一个一个的哥萨克乡镇里，撒了开来。

十五

距离六月战役的炮火扫平的一座小镇的废墟一

俄里远处，在一片树林旁边，弯弯的战壕像蛇一样伸展开去。尽头上的一段由哥萨克特别连防守着。

战壕后面，是一片密密丛丛的赤杨树和小白桦树，再往后，是一片铁锈色的泥炭沼地，在战前曾经采掘过；野蔷薇花开得正欢，像一颗颗红红的果子。右面，凸出的树林一角的外面，是炮弹炸坏了的公路，很像是一条尚无人走的荒野大道。树林边上是被子弹打得乱糟糟的萎蔫的荒草，一个个烧焦的树墩，黄土堆成的胸墙，弯弯的战壕在光秃秃的田野上远远地朝两头伸去。后面，就连被挖得坑坑洼洼的沼地，就连被炸坏的公路，都还保留着生活的痕迹，保留着人类劳动的痕迹，可是在树林边上，大地呈现在人们眼前的是一幅凄凉和悲惨的画面。

这一天，原来莫霍夫磨坊里的机器师伊万·阿列克塞耶维奇到存放一类辎重的附近一个镇上去，快到黄昏时候才回来。他朝自己的地下室走，迎面碰上查哈尔·柯洛列夫。查哈尔几乎是在跑，两只手胡乱甩着，马刀不时地挂在装满了土的麻袋角上。伊万·阿列克塞耶维奇往边上一闪，让开路，但是查哈尔抓住他的军便服扣子，转悠着病态的黄眼珠子，小声说：

“你听说了吗？右面的步兵要走啦！是不是要放弃阵地啦？”

查哈尔那乱糟糟的大胡子就像流着的水一下子冻住了，一动不动的，像用黑铁铸成的，两只眼睛流露着饥饿、贪吃的神气。

“为什么放弃阵地？”

“他们反正是要走，至于为什么，我不知道。”

“也许是换防吧？咱们去找排长，打听打听。”

查哈尔转过身，朝排长住的地下室走去，两只脚在又滑又湿的地上直打滑。

一个小时以后，这个连便由步兵换了下来，向小镇上开去。第二天早晨，大家从看守马匹的弟兄手里牵过马来，就用强行军的速度向后方开去。

下起蒙蒙的小雨。一棵棵小白桦树垂下头又弯起腰。一条路直插进树林子，马匹一闻到潮湿气味和去年的落叶的枯萎、沉闷、刺鼻的气味，就打起响鼻，走得更欢了。毒莓像粉红色的串球一样挂在一丛一丛的树棵子上，雨水洗过的荷兰翘摇那水泡状的花冠闪着耀眼的白光。风把一颗颗沉甸甸的大雨点从树上抖落到骑马人的身上。军大衣和军帽上出现了一个个的黑点儿，就像是被枪沙子打的。行军队伍的头顶上飘着一股股慢慢消散的黄烟的烟气。

“说走就走，也不知道他妈的上哪儿去。”

“你在战壕里还没有待够吗？”

“说真的，这是把咱们弄到哪儿去？”

“恐怕是要改编。”

“不大像。”

“喂，老乡们，抽口烟，什么苦恼都能忘掉！”

“我的苦恼装在背包里呢……”

“大尉先生，准许唱支歌吗？”

“怎么，准许啦？……柯尔赫普，你起个头！”

前排有一个人咳嗽了两声，唱了起来：

哥萨克退伍回家乡，
肩上戴肩章，胸前挂勋章。

几个伤风受寒的嗓子唱了两句，就停住了。跟伊万·阿列克塞耶维奇并排走的查哈尔·柯洛列夫在马镫上站起身来，大声挖苦他们说：

“哎哟，你们这些讨饭的瞎子！这哪儿像个唱歌的样子？你们顶好捧着钵子，到教堂门口唱《讨饭歌》去。瞧你们唱的……”

“那你就来领唱吧！”

“他的脖子太短，没地方安嗓子。”

“吹下大牛，现在又要夹尾巴啦？”

柯洛列夫把黑乎乎、乱糟糟、生了虱子的大胡子攥在手里，闭了一会儿眼睛，接着就使劲抖了抖马缰，领头唱了起来：

喂，勇敢的顿河哥萨克，打起精神来……

一连人好像都被他那高亢、嘹亮的歌声震醒了，一齐放声唱了起来：

要为国争光，奋不顾身！——

歌声飘荡在潮漉漉的树林中，飘荡在林中小路上：

要做个样儿给所有朋友们看一看，
我们怎样拿枪射击敌人！
奋勇杀敌，不能乱阵。

服从指挥,照命令前进。
敬爱的首长往哪里指,
我们就往哪里冲,跟敌人拼!

行军的一路上大家都唱着歌儿，都很高兴逃出了虎口狼窝。傍晚时候上了火车，兵车向普斯科夫开去。火车开了三站路之后，大家才知道这个连是跟骑兵第三军的其他部分一起朝彼得格勒开去，是去镇压刚刚开始的骚乱的。一听到这个消息，谈笑声一下子就没有了。红红的车厢里，老半天没有人说话，就好像大家都睡着了一样。

“才出火坑，又进地狱!”又高又瘦的鲍尔晓夫说出了大多数人心里的话。

伊万·阿列克塞耶维奇从二月到现在一直担任本连的委员会主席，在下一站停车的时候便去找连长。

“大尉先生，弟兄们很有意见。”

大尉对着伊万·阿列克塞耶维奇下巴上一个很深的小坑看了半天，笑着说：

“我的好人啊，我也很有意见呢。”

“把我们调到哪儿去?”

“去彼得格勒。”

“是去镇压?”

“你以为是去帮助骚乱吗?”

“我们不想去帮助，也不愿意去镇压。”

“可是从来就不好好地征求咱们的意见呀。”

“弟兄们……”

“‘弟兄们’又怎么样?”连长已经是很生气地打断了他的话，“我自己知道弟兄们想的是什么。这种差事我就乐意干吗?把这拿去，在连里念一念。到下一站我跟弟兄们谈谈。”

连长递过一封卷起来的电报，便皱着眉头，带着十分厌恶的神情，嚼起带着一层油点子的罐头肉。

伊万·阿列克塞耶维奇回到自己的车厢里。他手里拿着电报，就好像攥着一块燃烧的木炭头子。

“把别的车厢里的弟兄们也叫来。”

火车已经开动了，可是还有一些弟兄在往这一节车厢里跳，集合了三十来个人。

“连长收到一封电报。刚才我看过啦。”

“喂，电报上说的是什么?念念吧!”

“念吧，别磨蹭啦！”

“要讲和吗？”

“别嚷嚷啦！”

伊万·阿列克塞耶维奇在一片寂静中念完了最高统帅科尔尼洛夫的号召书。然后，这封带有几个译错的字的电报就在一只只汗污的手里传了开去。

最高统帅科尔尼洛夫兹向全国人民声明：基于一个军人的天职、一个自由的俄罗斯公民的自我牺牲精神和对祖国的一片忠诚，在这国家危难时刻，我不能再听从临时政府的调遣，并将继续担任陆海军最高统帅的职务。各前线总司令皆支持我这一决定，我向全俄罗斯人民声明：宁死也不允许撤去我最高统帅的职务。俄罗斯人民的忠实儿子向来就是牺牲在自己的岗位上，向来就是把自己最重要的东西——生命捐献给祖国。

在这国家存亡的千钧一发时刻，当气焰万丈的敌人步步进逼，两京的大门几乎对敌人敞开着的时候，临时政府竟忘记了国家独立生存的重大问题，把人民置于子虚乌有的[1]反革命恐怖之中，这种状态正是临时政府指挥无能、管束不力、行动迟缓招致的。

我是人民的嫡亲儿子，众所周知，我为了忠心耿耿地献身人民，付出了毕生的精力，决不能不保卫我国人民伟大未来的伟大自由[2]。但是如今，人民的未来正掌握在软弱无力、优柔寡断的人手中。不可一世的敌人正在利用收买和出卖，在我们国家为所欲为，不仅要毁灭自由，而且要毁灭俄罗斯民族。醒来吧，俄罗斯人，睁开眼睛看看面前吧，我们的国家正在向一个无底深渊走去！

为了避免一切动乱，为了防止自己人流血和内讧，为了消除一切仇恨和误会，我公开向临时政府提出：请到我的大本营里来，我发誓保证你们的自由和安全，请来同我一起讨论和制定一个民族保卫的总体规划，以保障民族自由，引导俄罗斯人民走向一个强大的自由民族

①“子虚乌有的”这个词儿可能是错译的。

②此处可能有错。

应走的光辉前程。

科尔尼洛夫将军

兵车在下一站耽搁了很久。哥萨克们在等候开车的时候，都聚集在车厢旁边，纷纷议论着科尔尼洛夫的电报和刚才连长念过的克伦斯基宣布科尔尼洛夫为叛徒和反革命分子的电报。哥萨克们都心慌意乱地交谈着。连长和排长们也都不知如何是好。

“把我脑袋里搞乱了套啦。”马尔丁·沙米尔说，“他们谁对谁不对，鬼才弄得清！”

“他们互相作践，还要作践军队。”

“大头头儿们吃肥了就要作怪！”

“都想当顶天的头儿。”

“老爷打架，奴仆保不住头发。”

“把什么都搅得一塌糊涂……真糟糕！”

一群哥萨克走到伊万·阿列克塞耶维奇面前，要求说：

“你去找连长，问问该怎么办。”

大家一齐去找连长。军官们聚集在自己的车厢里正商量着什么事情。伊万·阿列克塞耶维奇走了进去。

“连长，弟兄们想问问，现在该怎么办。”

“我马上就出去。”

全连的人都集合在最后一节车厢旁边等候着。连长来到哥萨克群里，走到人群当中，扬起一只手来。

“咱们不听克伦斯基的，咱们服从最高统帅，服从咱们的顶头上司。对吗？因此咱们应该无条件执行上级的命令，向彼得格勒方向开。顶多到德诺车站，咱们就可以找顿河第一师师长问问情况，那就什么都清楚啦。我请弟兄们沉住气。咱们现在碰上的就是这种时候嘛。”

连长又把军人天职、祖国、革命之类的话说了半天，安慰大家，不正面回答问题。他达到了自己的目的；就在这时候，火车头挂到了列车上（哥萨克们并不知道，这是他们连的两个军官用手枪逼着站长赶快发车的），于是大家各自回到车厢里。

兵车开了一昼夜，渐渐开近了德诺车站。到夜里为了给乌苏里人和达格斯坦团的兵车让道，又停了下来，哥萨克的兵车调到侧线上。达格斯坦的兵车在茫茫的夜幕中闪烁着灯光从一旁飞驰过去。听得见渐渐远去的重喉音的说话声、悠扬的唢呐声、情调陌生的歌声。

发车的时候已经是半夜。很没有劲儿的火车头在水塔边停了老半天，闪闪发光的火星从锅炉里直往地上落。司机抽着烟卷儿，朝小窗户外面望着，好像是在等候什么。紧靠火车头的车厢里有一个哥萨克，从车门口探出头来，吆喝道：

“喂，加甫里拉，快开车，要不然我们枪毙你！”

司机吐掉烟卷儿，沉默了一会儿，显然是在注视着烟卷儿飞出去时的弧形线；他一面咳嗽着，说：

“你们不能把所有的人都枪毙光。”他说过，离开了小窗户。

几分钟后，火车头就拉动了车厢，缓冲器叮当乱响，马匹因为火车震动，失去平衡，乱踏着蹄子。列车擦过水塔，擦过稀稀拉拉的灯光明亮的方格窗户和路基外面一丛丛黑魆魆的桦树。哥萨克们给马上过料以后，都睡了，也有个别人不睡，靠在半开着的车门口抽烟，望着苍茫的天空，想着心事。

伊万·阿列克塞耶维奇躺在柯洛列夫的旁边，

透过门缝，望着闪烁变幻的星群。他经过一天来的周密思考，下定决心，无论如何要阻止连队继续向彼得格勒前进；他躺着，在考虑，怎样才能使大家拥护自己的主张，怎样才能使大家行动起来。

早在见到科尔尼洛夫的电报之前，他就清清楚楚地认识到，哥萨克不能跟科尔尼洛夫走一条路，并且感觉到，克伦斯基也不值得保护；他经过反复思考，决定：不能让连队开到彼得格勒，而且如果要打的话，那也是跟科尔尼洛夫打，但也不是为了克伦斯基，不是拥护他的政府，而是拥护在他之后出现的政府。至于克伦斯基之后会出现一个他所盼望的、真正是自己的政府，这一点他是完全相信的。还在夏天，他去过一次彼得格勒，到过执委会的军事部，那是因为和连长发生了冲突，连里派他去请示的；他看到了执委会干的事情，又跟几位布尔什维克同志谈了谈，就在心里说："他们是骨头，我们工人是肉，骨头连着肉，这才是好政府！伊万呀，你就是死，也要拥护这样的政府，要像小孩子抓住妈妈奶头那样，紧紧地跟着！"

这一夜，他躺在马衣上，比往常更多地怀着深厚的、前所未有的热爱心情想着那引导他在残酷的生活道路上摸索前进的人。他想着明天要对哥萨克们说的一些话，也想起了施托克曼关于哥萨克的一些话，他经常念叨这些话，就好像要把这些话揳进脑子：“哥萨克实质上都是很守旧的。你要想说服一个哥萨克，使他相信布尔什维克的主张是正确的，就不能忘记这种情况，做起来要小心谨慎、深思熟虑，要善于适应环境。一开头对你还会有成见，就像你和米沙·柯晒沃依开头对待我那样，但是你不要因此就发急。耐心地钻，到最后咱们总是能钻透的。”

伊万·阿列克塞耶维奇估计，他在说服哥萨克们不跟着科尔尼洛夫走的时候，会遇到各方面的一些反对，但是第二天早晨，他在自己的车厢里小心翼翼地说起，应该要求重返前方，不能上彼得格勒去打自己人的时候，哥萨克们都高高兴兴地表示赞成，并且下了最大的决心准备拒绝继续往彼得格勒开。查哈尔·柯洛列夫和车尔尼雪夫乡的一个哥萨克屠里林成了伊万·阿列克塞耶维奇最得力的帮手。他们一整天从这节车厢跑到那节车厢，跟哥萨克们谈话；傍晚时候来到一个小站，火车刚刚放慢速度，第三排的中士普舍尼奇尼柯夫就跑进伊万·阿列克塞耶维奇他们这一节车厢里。

“一到站连队就下车吧！”他十分激动地对伊万·阿列克塞耶维奇高声说，“你要是不知道弟兄们的心情，你算什么样的委员会主席？我们当傻瓜当够啦！我们不往前走啦！……军官们把我们往套索上送，可是你不说长，也不说短。我们就为这个选你的吗？哼，你笑什么呀？”

“早就该这样啦。”伊万·阿列克塞耶维奇笑着说。

车停下来以后，他第一个从车上跳下来，在屠里林陪同下去找站长。

“我们的火车不再往前开啦。我们就在这儿下车。”

“这是怎么回事？”站长茫然失措地问道，“我这里有命令啊……有发车指示……”

“住嘴！”屠里林很不客气地打断他的话。

他们又找到车站委员会。主席是一个强壮有力、头发红红的电报员，他们向他说明了事情的原委，几分钟之后，司机就高高兴兴地把火车开到死岔道上。

哥萨克们连忙搭起跳板，开始把马匹从车厢里往外牵。伊万·阿列克塞耶维奇叉开两条长腿，站在火车头旁边，擦着笑嘻嘻的黑脸上的汗。脸色煞白的连长跑到他跟前，叫道：

“你这是干什么？……你可知道……”

“我知道！”伊万·阿列克塞耶维奇打断他的话，“大尉先生，你别叫啦。”他也脸色煞白，翕动着鼻孔，一个字一个字地说：“你叫够啦，伙计！现在我们不听你这一套啦，就是这么一回事儿！”

“最高统帅科尔尼洛夫……”大尉涨红了脸，正要结结巴巴地说下去，但是伊万·阿列克塞耶维奇望着自己那深深陷进松松的沙堆里的肥大的靴子，轻松地摆了摆手，说：

“你把他挂到脖子上当十字架吧，我们可是不稀罕他啦。”

大尉脚后跟一转，转过身朝自己的车厢跑去。

一个小时以后，这支没有一个军官、但是装备齐全的连队便开出车站，朝西南方向开去。在前头的一个排里，跟机枪手们并排走着的是担任了连队指挥的伊万·阿列克塞耶维奇和他那矮小的副手屠里林。

他们很吃力地查看着从原来的连长手里夺来的地图，带着一连人来到郭列洛叶村，就在这里宿营。大家一起开了个会，决定回前线去，如果遇到阻拦，就开火。

哥萨克们把马腿绊起来，并且派好岗哨以后，就躺下去睡了，也没有生火堆。可以看出来，大多数人的心情是很沉重的，睡前没有像往常那样说说话儿，开开玩笑，而是互相隐瞒着自己的心思。

“他们要是后悔起来，跑回去自首，那可怎么办呢？”伊万·阿列克塞耶维奇一面往身上盖军大衣，一面想着。

屠里林就好像听见了他心里的话，走了过来。

“伊万，睡了吗？”

“还没有。”

屠里林在他的脚边坐下来，抽着烟卷，悄悄地说：

“弟兄们心里很乱腾……头脑热了一下子，这会儿有点怕啦，咱们搞得……有点冒失啦，你以为怎样？”

“到时候就会清楚啦。”伊万·阿列克塞耶维奇镇定地回答说，“你是不是也怕啦？”

屠里林搔着军帽底下的后脑勺，似笑非笑地说：

“说实在的，是有点怕……咱们干起来的时候，我不怕，可是这会心里七上八下的。”

“你真经不住摔打。”

“伊万，还是人家势力大呀。”

他们老半天没有说话。村子里的灯火都已经熄灭。从到处是柳棵子的坑坑洼洼的草甸子上那没有塘埂的水塘里传来鸭子的叫声。

“母鸭子叫呢。”屠里林若有所思地说，说过又不作声了。

草甸子上的夜晚一片寂静，又柔和，又亲切。露水压得青草弯下了腰。阵阵微风，把小水洼、腐烂的芦苇、洼地里的泥土、露水打湿的青草的混合气味送到哥萨克的野营地上。偶尔能听到绊马索的哗啦声、卧倒的马匹打响鼻的声音和沉重的喘气声、哼哼声。然后又是一阵寂静，很远很远隐隐传来一两声野雁沙哑的呼唤，鸭子在稍近些的地方嘎嘎叫上两声，算是回答。不知是什么鸟儿沙沙地拍打着翅膀在黑暗中迅速地飞过。夜沉沉。寂无人声。草甸子上雾蒙蒙、潮漉漉的。西方天边上，一大片深紫色的云彩渐渐升上来。当头，古老的普斯科夫土地的上空，永远启示着人们的银河像一条宽宽的、闪闪发光的大道横穿而过。

连队在黎明时出发。从村子里经过的时候，正把牛往外赶的妇女和孩子们对着他们的背影望了半天。他们走上一座砖红色的、洒满朝霞的土冈。屠里林回头看了看，用脚踢了踢伊万·阿列克塞耶维奇的马镫。

“你回头看看，有几个骑马的人从后面跑来啦……”

三个骑马的人，拖着轻纱似的粉红色灰尘，绕过村子，飞驰而来。

“弟兄们，站住！”伊万·阿列克塞耶维奇下了命令。

哥萨克们以惯有的快速度排成灰色的方队。三个骑马的人离这里还有半俄里左右，让马换成了小跑。其中的一位哥萨克军官，掏出一块手帕，举在头顶上摇晃着。哥萨克们一齐拿眼睛盯着三个骑马人。身穿绿制服的军官走在前面，另外两人穿着山民上衣，走在后面。

“你们干什么？”伊万·阿列克塞耶维奇迎上前去，问道。

“来谈判。”军官行了个军礼，回答说，“你们是谁指挥连队？”

“我。”

“我是顿河哥萨克第一师的全权代表，这两位是屠捷姆师的代表。”那个军官拿眼睛瞟了瞟两个山民军官，紧紧勒着缰绳，用手摩弄了两下汗流如洗的马那湿漉漉、光闪闪的脖子，“如果您愿意谈判的话，请命令连队下马。我要传达师长格列科夫少将的口头命令。”

哥萨克们都下了马。前来谈判的三位代表也下了马。他们钻到哥萨克的队伍里，在正当中站了下来。大家向后退了退，让出一个不大的圈圈儿。

哥萨克军官头一个说话：

“乡亲们！我们到这里来，是劝你们好好考虑考虑，免得你们的行动造成严重后果。昨天师部听说你们受了别人恶意的鼓动，擅自离开火车，所以今天派我们来向你们传达立即返回德诺车站的命令。屠捷姆师和其他一些骑兵部队昨天已经占领了彼得格勒，今天已经收到电报啦。我们的先头部队进了京城，占据了所有的政府机关、银行、电报局、电话局和一切重要据点。临时政府已经跑掉，可以说是已经被推翻啦。乡亲们，好好考虑考虑吧！你们是在往死路上走啊！如果你们不服从师长命令的话，就要派武装力量来对付你们，认为你们的行为是叛变，是拒绝执行战斗任务。你们只有绝对服从命令，才能避免自相残杀。”

当三名代表骑马跑来的时候，伊万·阿列克塞耶维奇考虑到哥萨克们的情绪，就知道避开谈判是不可能的，因为如果拒绝谈判，难免要引起相反的结果。他想了想以后，就命令全连下马，他暗暗地向屠里林递了一个眼色，自己就挤到了代表跟前。在军官讲话的时候，他看见哥萨克们都低下头去，愁眉苦脸地在听，有些人在咬着耳朵说话。查哈尔·柯洛列夫似笑非笑，他那黑黑的大胡子在小褂上擦来擦去，像一块凝结住的生铁；鲍尔晓夫摆弄着鞭子，斜眼朝旁边看着；普舍尼奇柯夫把嘴张圆了，直愣愣地望着讲话的军官；马尔丁·沙米尔用一只脏手在腮上搔着，不住地眨巴眼睛；再过去是巴戈洛夫那发呆的黄脸；机枪手柯拉斯尼科夫带着观望的神情眯缝着眼睛；屠里林呼噜呼噜地喘着气；满脸雀斑的奥布尼佐夫把制帽推到后脑勺上，不住地转悠着满头乱发的头，好像是脖子上戴了牛轭的一头牛；第二排的哥萨克全都低下头站着，好像是在祷告；站成一片的哥萨克们都不作声，都在紧张、沉重地喘着气，一张张脸上闪现着惊慌失措的表情……

伊万·阿列克塞耶维奇明白，哥萨克情绪上转变的因素已经成熟了：再有几分钟，能说会道的军官就会把连队抓到自己的手里。无论如何要消除军官的话所造成的影响，它会动摇哥萨克们还没有说出来、但是已经在心里形成的决心。他举起一只手来，拿睁得大大的、白得出奇的眼睛向全连扫了一遍。

“弟兄们，等一等！”他又转身问那个军官，“您的电报呢?”

“什么电报?”军官惊愕地问。

“占领彼得格勒的电报呀。”

“电报吗?……没有。要电报干什么?”

“噢嗬!没有呀!……”全连的人一齐轻松地出了一口气。

于是很多人抬起了头,一齐用信赖的目光望着伊万·阿列克塞耶维奇。伊万·阿列克塞耶维奇提了提沙哑的嗓门儿,带着嘲笑的语气和充分的信心,声色俱厉地喊了起来,把大家的注意力一齐吸引过来。

“你是说,没有电报吗?我们能相信你吗?你想愚弄人吗?”

“骗——子!”全连轰隆轰隆地出了一口气。

“电报不是打给我的呀!乡亲们!”那军官把两手紧紧贴在胸前,做了一个表示诚恳的姿势。

但是大家已经不听他的话了。伊万·阿列克塞耶维奇感觉到大家的心和信任又转到了自己这方面,就像用金刚石划玻璃一样硬铮铮地说:

“就算你们占领了吧,我们也不能跟你们走一条路！我们不愿意和自己人打仗，我们不去反对人民！你们想挑唆我们吗？办不到！傻瓜都死绝啦！我们不想去扶持将军的政权。就是这样！”

哥萨克们一齐轰隆轰隆嚷了起来，人群里闹闹哄哄，你一声我一句地叫着：

“这就对啦！”

“该给他一点颜色瞧瞧！”

“对——呀！……”

“掐住脖子把这几位先生赶走！”

“想来做媒婆哩，也真是的……”

“在彼得格勒也有三团哥萨克，他们也不一定愿意去打老百姓。”

“喂，伊万！拿棍子揍他们一顿！叫他们滚蛋！”

伊万·阿列克塞耶维奇看了看那三个代表；那个哥萨克军官撇着嘴，耐心地等待着；两个山民军官在他后面肩挨肩地站着：一个身材挺拔的尹古什青年军官，双手十字交叉地放在很漂亮的上衣上，两只眼睛像斜斜的扁桃一样，在黑黑的平顶羊皮帽下面闪闪发光；另一个军官是上了年纪的红头发的奥塞梯人，他很随便地稍息站着，把手放在弯弯的马刀把子上，用讥笑和探询的目光打量着哥萨克们。伊万·阿列克塞耶维奇正想结束谈判，但是哥萨克军官抢先了一步；他和尹古什军官咬了一会儿耳朵，就声音响亮地喊着：

“顿河哥萨克们！能不能允许山民师的代表说几句？”

没有等到同意，尹古什军官就轻轻踏着没有后跟的靴子，走到圈子当中，下意识地理了理带银饰的窄窄的皮带，说起话来：

“哥萨克弟兄们！干什么要这样大叫大嚷呀？应当不发狠地谈谈嘛。你们不愿意跟科尔尼洛夫将军吗？你们愿意打仗吗？那就打吧！咱们就来打一仗。我们不怕！一点也不怕！今天我们就能把你们打垮。两个山民团就跟在你们后面，哼！还有什么好嚷的，嚷什么呀？”开头他说得心平气和，可是快到末了，他就带着老大的火气说起了厉害话，在他那喉音很重、似通不通的话中掺进了不少土话，“你们上这个人当啦，他是布（尔）里希（什）维克，可是你们听他的！哼！齐（岂）有此理！把他抓齐（起）来！枪（毙）了他！”

他毫不客气地拿手指着伊万·阿列克塞耶维奇，并且在狭小的圈子里来来回回地跑着，脸色煞白，拼命地打着手势，煞白的脸一阵一阵地涨成酱紫色。他的同伴，那个上了年纪的红头发奥塞梯军官，保持着冷静沉着的态度；那个哥萨克军官揪弄着残缺不全的马刀穗头。哥萨克们又不作声了，队伍里又惶惶不安，气氛紧张起来。伊万·阿列克塞耶维奇盯着尹古什军官，看着他那一口白牙像野兽一样龇着，看着他左边鬓角上那一道斜斜的灰色印子，心里十分懊恼地想，本来一句话就可以结束谈判，把哥萨克们带走的，却白白地放过了机会。屠里林解了围。他跳到圈子当中，不要命地挥舞着两条胳膊，撕扯着小褂领子上的纽扣，嘴唇哆嗦着，嘴里冒着一团一团的唾沫，声嘶力竭地叫起来：

“毒蛇！……魔鬼！……坏蛋……这三个家伙在诓我们……你们还竖着耳朵听呢！……三个军官老爷想叫你们上圈套呀！……你们在干什么——么呀？！应当把他们砍了，可是你们听他们讲起来啦！……该把他们的脑袋砍下来，给他们放血。他们在这儿发呆的时候，他们就把咱们包围啦！……

拿机枪把咱们一扫……在机枪底下就开不成大会啦！……他们是有意蒙哄人，好等他们的军队开到……啊啊啊啊，哎嘿，你们呀，还算哥萨克呢！你们都是软耳朵！”

“上马！……”伊万·阿列克塞耶维奇用沉雷般的声音喊道。

他的喊声就好像在人群上空爆炸了一颗榴霰弹。哥萨克们一齐向马奔去。一会儿工夫，散乱的连队就列成了排纵队。

“乡亲们！你们听着！”哥萨克军官跑过来喊道。

伊万·阿列克塞耶维奇从肩上扯下步枪，果断地把关节粗大的手指头按到枪机上，紧紧勒着撒起欢来的马的笼头，喊道：

“谈判结束啦！如果现在还需要跟您谈的话，那就是用这个来谈啦。”他特意摇了摇步枪。

一个排跟着一个排上了大路。哥萨克们回头看了看，看见三个代表都上了马，正在商量着什么。那个尹古什人眯缝着眼睛，急躁地发表着意见，频频举起一只手来；他那上衣的袖口卷了起来，露出雪白的绸里子。

伊万·阿列克塞耶维奇最后看了一眼，看见了这白得耀眼的绸里子，不知为什么他眼前出现了被旱风吹皱了的顿河水面、层层的碧波和海鸥那斜斜地耷拉下来、用尖儿划着浪尖的白色翅膀。

十六

从八月二十九日收到的克雷莫夫打来的几封电报来看，科尔尼洛夫已经明白，武装政变的事已经吹了。

下午两点钟，克雷莫夫派来的一名传令官来到大本营里，科尔尼洛夫跟他谈了很久，后来又把罗曼诺夫斯基叫了来；他下意识地揉着一张纸，说：

“全完啦！咱们的牌眼看要输啦……克雷莫夫不能准时把第三军调到彼得格勒，时机就要错过。看起来很容易实现的事，却遇上了千万种障碍……结局注定要失败啦……这不是……请您看看吧，军队调动得多慢呀！”他递给罗曼诺夫斯基一张地图，上面注明了第三军和屠捷姆师的兵车刚刚开到地点；一阵痉挛曲曲折折地从他那刚毅的、因失眠显得疲惫不堪的脸上穿过，“铁路上这些坏家伙都在跟我们捣蛋。他们就没有想到，我一旦成功，就会下令把他们绞死，一个不留。请看看克雷莫夫的报告吧。”

趁罗曼诺夫斯基在看报告，科尔尼洛夫用一只大手抚摩着自己的浮肿的、油光光的脸，匆匆草拟了一道电文：

诺沃契尔卡斯克军区司令官阿列克塞·马克西莫维奇·卡列金：

您给临时政府的电报内容我已获悉。光荣的哥萨克集团已经没有耐心再和叛徒、卖国贼进行毫无结果的斗争，眼见祖国难免灭亡，必将拿起武器保卫国家的生存与自由，因为国家正是靠他们的劳动与鲜血成长和壮大起来的。我们的局面在一定时期内仍不易打开。希望您能同我密切配合——有爱国的热忱和哥萨克的荣誉，您必然会这样的。

第六五八号，一九一七年八月二十九日

科尔尼洛夫将军

“马上把这个电报发出去。”他签好字，交给罗曼诺夫斯基。

“您是否再发一通电报给巴戈拉季昂公爵，催他继续进军？”

“对，对。”

罗曼诺夫斯基沉默了一会儿，沉吟着说：

“拉甫尔·盖奥尔吉耶维奇，我以为，目前我们还没有悲观失望的理由。您总是先想到事情不利的一面……”

科尔尼洛夫急忙扬起手，想逮住在他头顶上飞舞的一只小小的蓝蝴蝶。他用手抓了几下，脸上出现了微微有些紧张和等待的表情。那蝴蝶被气流冲得摇摇晃晃，借翅膀向下滑着，朝开着的窗口飞去。科尔尼洛夫终于还是逮住了蝴蝶，于是他轻松地喘了两口气，靠到安乐椅背上。

罗曼诺夫斯基等着听他对自己的意见的反映，但是科尔尼洛夫却若有所思、愁眉苦脸地笑了笑，说起梦来：

“今天我做了一个梦。好像我是一个步兵师里的一位旅长，领着队伍在喀尔巴阡山里打仗。我带着旅部来到一个畜牧场里。迎接我们的是一个上了年纪的、穿得很讲究的乌克兰人。他给我端来牛奶，一面脱他那白毡帽，一面用地道的德国话说：'将军，请喝吧！这牛奶特别有补养功能。'我好像就喝了，而且那乌克兰人很亲热地在拍我的肩膀，我也不觉得奇怪。后来我们在山里行军，好像已经不是在喀尔巴阡山里啦，而是在阿富汗的什么地方，走在一条羊肠小道上……是的，就是一条羊肠小道：脚下都是石头和棕色的碎石子，下面有一条峡谷，峡谷过去，便是洒满白色阳光的绚丽多彩的南方景色……"

穿堂的微风吹动着桌子上的纸，从大开着的窗户里穿出去。科尔尼洛夫那迷离的、远眺的目光飞到了第聂伯河对岸，在坑坑洼洼的谷地上、在一片片间有若干黄斑的青铜色草地上游动着。

罗曼诺夫斯基注视了一会儿他的目光，自己也轻轻地吸了一口气，把目光转向泛着云母的光泽的镜子般的第聂伯河面，转向染了淡淡的秋色的雾蒙蒙的田野。

十七

调往彼得格勒的骑兵第三军和屠捷姆师的部队，在八条铁路线上拉开很大的距离：列维尔、维津别尔格、纳尔瓦、亚木堡、加特奇纳、索木里诺、魏里察、丘多沃、戈多夫、诺甫戈洛得、德诺、普斯科夫、卢卡以及其余一切大大小小的中间车站，都挤满了缓缓向前移动，运转失灵的兵车。各个团队都完全脱离了上级指挥人员的约束，分散得七零八落的连队彼此都失去了联系。第三军和受第三军节制的屠捷姆师在行军的路上又扩编为一个军团，这就更加重了混乱，要进行相当大的调动，要把分散的部队集合起来，要重新安排兵车。所有这一切常常造成混乱、指挥不协调甚至互相抵触，加剧了本来已经使神经够紧张的气氛。科尔尼洛夫的军队的许多兵车，在前进的路上不断地遇到工人和铁路工作人员的阻挠。兵车一面克服着障碍，一面向彼得格勒缓缓前进，在枢纽站上拥挤一些时候，又一辆一辆地开出去。

在一节节红色的车厢里，在卸了鞍的半饥饿的马匹旁边，是一堆一堆的半饥饿的人，有顿河的、乌苏里江畔的、阿穆尔河畔的、奥伦堡省的、尼布楚省的哥萨克，有尹古什人、吉尔吉斯人、卡巴尔达人、奥塞梯人、达格斯坦人。兵车等待发车，往往要在站上停几个钟头，车上的人一群一群地跑下车来，像蝗虫一样把车站塞得满满的，线路上也到处都是，把前面过去兵车吃剩的东西吃个精光，偷老百姓的东西，抢粮食仓库。

哥萨克的黄色的和红色的裤绦，龙骑兵的华丽上衣，山兵的服装……在色彩单调的北方大自然里，从来不曾有过这样丰富多彩的色调。

八月二十九日，在巴甫洛夫斯克附近，屠捷姆师的第三旅在加加林公爵指挥下，已经和敌人发生了接触。担任本师先头部队的尹古什团和吉尔吉斯团，发现线路被拆毁，就下了车，轻装向皇村方面进发。尹古什团的侦察队进入了索木里诺车站。两个团慢慢地展开攻势，把御林军打败，等候着本师其余的部队开到。可是其余的部队还在德诺车站等候发车。有些部队连这个站还没有到呢。

屠捷姆师师长巴戈拉季昂公爵驻扎在离车站不远的一座庄园里，等待其余的部队集合，不敢冒险轻装向魏里察进发。

二十八日他曾收到北方前线司令部发来的下述一封电报的抄本：

> 谨将最高统帅的命令转发给第三军军长和顿河第一师、乌苏里师和高加索屠捷姆师诸师长：如果由于某些未能预见的情况，兵车在铁路上行进发生困难的话，最高统帅命令各师以行军方式继续前进。
>
> 一九一七年八月二十七日　代号六四一一
>
> 罗曼诺夫斯基

上午九时左右，巴戈拉季昂电告科尔尼洛夫，说早晨六点四十分，收到彼得格勒军区参谋长巴哥拉土尼上校转来的克伦斯基的命令，命令所有的兵车都退回去，并且报告说，本师的兵车已经在加奇克小站至奥列杰什车站的一段线路上受阻，因为铁路上遵照临时政府的命令不肯发车。但是，尽管情况是这样，他还是收到科尔尼洛夫如下的一道指示：

巴戈拉季昂公爵:继续乘车前进。如果乘车前进不可能,则以行军方式前往卢卡,抵卢卡后一切悉听克雷莫夫将军指挥——

可是,巴戈拉季昂还是不肯以行军方式前进,而且把军部发出的上车的命令发了下去。

叶甫盖尼·李斯特尼次基以前所在的那个团,正跟编进顿河哥萨克第一师的其他几个团一起,沿着列维尔—维津别尔格—纳尔瓦一线向彼得格勒开拔。二十八日下午五点钟,一列兵车载着该团的两个连到达纳尔瓦车站。兵车司令已经知道,夜里不能往前开了,因为纳尔瓦和亚木布尔格之间有一段线路被破坏了,修路队已经派一部分人去抢修。即使能及时修复的话,也要到第二天早晨才能发车。不管愿意不愿意,兵车司令只好同意这样的安排。他一路上骂着娘,走进自己的车厢里,跟军官们说了这件事,就坐下来喝茶。

黑沉沉的夜幕降了下来,河湾里吹来潮漉漉的冷风。在线路上,各节车厢里,哥萨克们低声说着话儿,再就是被火车汽笛搅得惶惶不安的马匹乱踏着车厢底板。车尾有一个年轻的哥萨克唱了起来，在黑沉沉的夜里不知是对谁倾诉自己的苦衷：

别了，我的故乡，
别了，亲爱的村庄！
别了，浅蓝色的花儿，
啊，别了，年轻的姑娘！
从前呀，我一天到晚
躺在姑娘的手臂上，
如今呀，一天到晚站岗，
手里呀，唉，抱的是步枪……

从灰灰的高大的仓库后面走出一个人来。他仔细倾听着歌声，站了一会儿，朝着昏黄的路灯照耀下的线路打量了一眼，便毅然决然地朝兵车走去。他的脚步声在枕木上轻轻地响着，一走到夯实的黄土地上，就不响了。他经过最后一节车厢时，一个站在车门口的哥萨克停止唱歌，朝他喊了一声：

"哪一个？"

"你要哪一个？"那人不高兴地答应着，继续向前走去。

“半夜三更里你瞎跑什么？真该收拾收拾你们这些小贼！你是想看看什么东西好偷吧？”

那人没有回答，走到列车中部，把头探进一节车厢的门缝里，问道：

“这儿是哪一连？”

“囚犯连。”黑暗中有人哈哈笑着回答。

“我是规规矩矩问的——是哪一连？”

“第二连。”

“第四排在哪儿？”

“从前头数，第六节车厢。”

在第六节车厢旁边有三个哥萨克在抽烟。一个蹲着，两个站在他的旁边。他们都一声不响地望着朝他们走来的那个人。

“你们好呀，乡亲们！”

“托福托福。”其中的一人仔细看着来到跟前的那个人的脸，回答说。

“尼基塔·杜根还活着吗？他在这儿吗？”

“我就是。”那个蹲着的人用唱歌一样的声音回答着，一面站了起来，用靴后跟踩灭了烟卷儿，“我眼拙。你是谁呀？从哪儿来？”他伸过胡子拉碴的脸，仔细打量那个穿着军大衣、戴着皱巴巴的步兵帽的陌生人，忽然惊叫起来：“伊里亚！彭楚克呀？好伙计，是什么风把你刮来啦？”

他用粗糙的手握住彭楚克那毛茸茸的手，把身子探过去，低声说：

“这都是自己弟兄，不必怕他们。你这是打哪儿来？快说说吧！”

彭楚克和另外两个哥萨克握过手，用低沉的声音回答说：

“我从彼得格勒来，找到你们真不容易。找你们有事，要好好地谈一谈。伙计，我看到你还活着，而且很健壮，真是高兴。”

他笑着，在他那张灰灰的、方方的、额头高高的大脸上，露出一嘴白牙，眼睛里闪着亲热、镇定、快活的亮光。

“要谈谈吗？”那个胡子拉碴的哥萨克又用唱歌一样的声音说，“这么说，你虽然当了军官，倒不嫌弃我们哥儿们呀？那好啊，谢谢啦，伊里亚，天啊，要不然我们连句热和话儿都听不到啦……”他的声音中带着亲切的、毫无恶意的嘲笑腔调。

彭楚克也很亲热地开玩笑说：

“算了吧，别扯淡啦！你总是嘻嘻哈哈的！光知道笑话人，没看到自己的胡子都长到肚脐眼儿底下啦。”

“胡子随时都可以刮掉，不过你还是说说，彼得格勒现在情形怎么样？暴动开始了吗？”

“咱们到车厢里去吧。”彭楚克用应允的口气说。

他们走进车厢。杜根用脚把一个人踢了踢，小声说：

“起来吧，伙计们！咱们想找的人找咱们来啦。喂，快起来，老总们，麻利点儿！”

哥萨克们哼哼着爬了起来。有一个人伸出散发着烟草气味和马汗气味的大手，轻轻地放到坐在马鞍上的彭楚克的脸上，摸索着，用瓮声瓮气的粗喉咙问道：

“是彭楚克吗？”

“是我。你是齐卡马索夫吗？”

“是我，是我，你好啊，老朋友！”

“你好。”

“我马上就去把第三排的弟兄们叫来。”

“好呀，好呀！……你就跑一趟吧。”

第三排的人差不多全都来了，只留下两个人看守马匹。哥萨克们走到彭楚克眼前，伸出硬邦邦的大手，弯下腰，借着灯光打量他那张略带愁容的大脸，有的叫他彭楚克，有的叫他伊里亚·米特里奇，有的叫他伊留沙，但是在所有的声音中都流露着亲热的、同志的敬意。

车厢里气闷起来。斑斑点点的灯光在车厢壁上跳动着，乱糟糟的人影子晃来晃去，变得非常大，吊灯灯光朦朦胧胧，就像是一盏神灯。

大家都十分关切地请彭楚克坐到明亮的地方。前面的人都蹲下去，其余的人都站着，围成一个圆圈儿，声音像唱歌一样的杜根咳嗽了两声，说：

“伊里亚·米特里奇，你的信我们前几天收到啦，不过我们还是想听听你的主意：我们下一步怎么办？硬把我们往彼得格勒送，有什么办法呢？”

“瞧，是这么回事儿，米特里奇，”开口说话的是站在门口、皱巴巴的耳垂上戴着耳环的一个哥萨克，他就是因为在护板上烧开水被李斯特尼次基熊了一顿地那个哥萨克，“这会儿各种各样的宣传员都跑到我们这儿来，劝说我们，说，你们别上彼得格勒去；说，咱们都是自己人，没什么好打的，这一类的话说了不少。我们听是听啦，可是不怎么相信他们，都是一些生人嘛。也许他们是想叫我们上圈套呢，谁又说得清？如果不肯走，科尔尼洛夫就要派吉尔吉斯人来打我们，那还是要流血。你就不同啦，你是咱们自己人，是哥萨克，我们都特别相信你，而且很感激你，因为你从彼得格勒又给我们来信，又送报纸给我们……说实在的，这会儿正缺纸呢，你的报纸就来了……”

“你胡说什么，瞎扯什么，糊涂虫？”一个人很气愤地打断他的话，“你不识字，就以为大家跟你一样，都是睁眼瞎吗？好像我们专门是拿报纸卷烟的哩！伊里亚·米特里奇，我们可都是先把报纸从头到尾好好地看了一遍。”

“胡说八道，烂舌头！”

“‘拿报纸卷烟’——亏你说得出口！”

“真是木头脑瓜！”

“弟兄们！我说的不是这个意思，”戴耳环的哥萨克分辩说，“当然，我们都是首先把报纸看过了……”

“你自己看过吗?”

“我没有文化，看不懂……我是说，反正是先看过，然后才拿来卷烟……”

彭楚克微微笑着，坐在马鞍上，看了看哥萨克们；他坐着说话很不得劲儿，便站了起来，背对着车灯，慢慢地、很不自然地说起来：

“你们上彼得格勒毫无必要，那儿根本没有什么暴动。你们知道把你们调去干什么吗?是叫你们去推翻临时政府……就是这么一回事儿！谁领导你们呢?沙皇的将军科尔尼洛夫。他为什么要推翻克伦斯基?因为他自己要坐这个宝座。你们瞧着吧，乡亲们！他们想把你们身上的木枷卸下来，可是如果再给你们戴上的话，那就是钢枷了！遇到两样倒霉事儿，就应当挑选比较轻一点儿的。不是应该这样吗?你们自己想想看：沙皇时代他们打你们的嘴巴，用你们的手去捞油水。克伦斯基掌权了，他们还是用你们的手捞油水，只是不打嘴巴罢了。可是等到克伦斯基下台，将来政权转到布尔什维克手里的时候，情形就完全不同了。布尔什维克不希望打仗。

政权一到他们手里，马上就可以不打仗。我不拥护克伦斯基，滚他妈的吧，他们都是一路货！”彭楚克笑了笑，用袖子擦着额头上的汗，继续说，“但是我劝你们不要去叫工人流血。如果科尔尼洛夫掌了权，那时候俄罗斯工人的血就要流成河，政权落到他手里，要想夺过来，交给劳动人民，就更加困难啦。”

“伊里亚·米特里奇，等一等，”一个身材不高、也像彭楚克那样敦实的哥萨克，一面从后排往前走，一面说；他咳嗽了两声，搓了搓两只长长的、很像露在地面上的老橡树根似的手，用两只带笑的、像嫩树叶那样黏黏的浅绿色眼睛看着彭楚克，问道，“你刚才说到套上枷……那么，等布尔什维克掌了权，给我们套上什么样的枷呢？”

“你怎么啦，自己想给自己套上枷吗？”

“怎么是自己？”

“就是自己。因为，等到布尔什维克胜利了，由谁掌权呢？由你，或者杜根，或者这位大叔，选到谁是谁，政府是选出来的，叫苏维埃，懂吗？”

“那么，上头又是谁呢？”

“也是选到谁是谁。选到你，你就在上头。”

“当真吗？米特里奇，你不是瞎扯吧？”

哥萨克们都笑了，大家一齐说起话来，连站在门口的岗哨也走过来，插嘴说了一会儿。

“他们拿土地怎么办？”

“不会夺走咱们的土地吧？”

“能把战争结束掉吗？也许，现在只是嘴上讲讲漂亮话，为的是叫大家举手拥护他们。”

“你还是跟我们说说真心话吧！”

“我们这会儿是在黑地里瞎闯。”

“相信外人的话是危险的。谣言太多啦……”

“昨天还有一个水兵为克伦斯基抱屈呢，我们揪住头发把他从车厢里轰出去啦。”

“他嚷嚷说：‘你们是兀鹰！……’真是个怪家伙！”

“我们不明白这话，不明白这话指的是什么。”

彭楚克把身子朝四面转动着，拿眼睛仔细打量着哥萨克们，耐心地听着大家说话。起初认为自己担当的任务未必能完成的那种想法现在消失了，他看出了哥萨克们的情绪以后，已经非常明白，无论如何是可以把兵车拦在纳尔瓦了。前天，当他参加彼得格勒区党委会，自告奋勇担任宣传员，要来开向彼得格勒的顿河第一师中开展工作的时候，自信是能成功的，但是到了纳尔瓦，他的信心动摇了。他知道，现在必须要用另外一些字眼跟哥萨克们说话，他担心，也许找不到共同语言了，因为在九个月以前他回到工人当中以后，又重新跟工人们结合到一起，讲话已经习惯了，不等他说完，大家就感觉到了，明白了，可是在这里跟同乡人讲话，就需要说另外一种、差不多已经忘记了的土话，还要善于随机应变，要有说服人的好本领，不仅要激起他们的义愤，还要鼓动他们消除千百年来养成的唯命是从和因循守旧的心理，要使他们感觉到自己理直气壮，要叫他们跟着自己走。

开头，他刚刚开口说话的时候，自己听出自己的声音中隐隐露出缺乏信心和做作的意味，好像是在旁边听着自己的毫不精彩的讲话，他很怕自己讲的道理没有说服力，便苦苦地思索，寻找有力、有分量的话，以便把道理说清楚、说透彻……然而他带着说不出的难受心情感觉到，他说出来的话一点分量都没有，就像肥皂泡沫一样，脑子里乱糟糟的，许多念头滑来滑去，没有了头绪。他站在那里，急得满头大汗，很吃力地喘着气。他说着，有一种想法就像钻子在心里直钻："把这样重要的事交给我，我却亲手把事情弄糟……连话都说不连贯……我这是怎么啦？要是别人来，一定比我会说，说得比我好一千倍……唉，他妈的，我怎么这样笨啊！"

那个生着一双黏脂一样绿眼睛的哥萨克一问到枷锁的事，他倒是从呆呆的迷惘状态中清醒过来；接着便开始了对话，这一下子彭楚克提起了精神，恢复了常态，后来自己都觉得很奇怪，觉得一股特别的劲头一下子就涌了上来，许许多多鲜明有力、精辟、锋利的话一齐冒了出来。他振作起来，表面上依然很镇定，掩盖着心里涌上来的火气，猛烈有力地回击那些十分尖刻的问题，很有信心地引导着大家交谈，就像一个骑手制服了一匹很不驯顺的、跑得浑身大汗的劣马。

"那么，你就说说看：立宪会议有什么不好？"

"你们的列宁是德国人派来的……不是吗？要不然他究竟是从哪儿来的……是柳树上长出来的吗？"

"米特里奇，你是自己要来的呢，还是派你

来的?”

“军用土地都要交给谁呢?”

“咱们在沙皇治下,究竟有什么不好?”

“孟什维克不也是为人民吗?”

“咱们有军人的团体、政府又是人民的,还要苏维埃干什么?”哥萨克们纷纷地问。

大家谈到下半夜才散去。决定第二天早上两个连一起开群众大会。彭楚克就留在车上过夜,齐卡马索夫叫彭楚克和他一块儿睡。他一面画十字祈求安眠,打开铺盖,一面提醒说:

“伊里亚·米特里奇,你恐怕一点没提防就睡下了,你可是要多多担待……伙计,我们这儿虱子多极啦。要是爬到你身上去,请不要见怪。我们为了解闷儿,养了一些肥头大肚的虱子,简直可怕极啦!一个个就像肥壮的母牛那么大。”他停了一会儿,悄悄地问道,“伊里亚·米特里奇,列宁究竟是哪一族的人?就是说,他是在哪儿出生,在哪儿长大的?”

“列宁吗?他是俄罗斯人。”

“噢?!”

“真的,是俄罗斯人。”

“伙计，不对！看样子，他的情形你还摸不清，”齐卡马索夫带着一种自以为优越的语气低声说，“你可知道，他是什么族的？是咱们一族的。他是顿河的哥萨克，出生在萨尔斯克州大公乡，你明白了吗？听说他当过炮兵。他的样子也很像，很像顿河下游的哥萨克：颧骨很高，眼睛也很像。”

“你是在哪儿听说的？”

“有些哥萨克在这样说，我听到的。”

“齐卡马索夫，不对！他是俄罗斯人，是辛比尔斯克省的。”

“不对，我不信。我才不信呢！普加乔夫是哥萨克吧？司捷潘·拉辛是不是？叶尔玛克·季莫菲耶维奇是不是？就是这么一回事儿！所有带领穷人反沙皇的人，全都是哥萨克。可是你说，他是辛比尔斯克省的。米特里奇，这种话叫人听着都生气……”

彭楚克笑着问：

“大家都说他是哥萨克吗？”

“他就是哥萨克，只是这会儿不肯亮相罢咧。我要是看到他，一眼就能认出来。”齐卡马索夫抽着烟，朝彭楚克的脸上喷着浓浓的烟气，若有所思地咳嗽了一声，“我就觉得很稀奇，我们在这儿争得差点儿要打起来：如果符拉季米尔·伊里奇他是咱们的哥萨克，是炮兵的话，从哪儿来的这么大的学问呢？听说，好像战争一开始，他就叫德国人俘虏了去，自己就在那里学，学到了各种各样的学问，就开始鼓动他们的工人起来造反，给他们那些有学问的人出难题，他们都怕得要死。就说：‘大脑门儿，你快回家去吧，走你的吧，要不然你把我们搅得不得安宁，连日子都过不成啦！’于是就把他送回俄国，怕的是他把工人鼓动起来。噢嗬！他呀，伙计，真是个厉害家伙！”这最后一句话齐卡马索夫是用夸奖的口气说的，并且在黑暗中高兴地笑了起来。“米特里奇，你没有见过他吗？没有吧？真可惜。听说，他的脑袋瓜儿才大呢。”他咳嗽了两声，从鼻孔里喷了一缕红红的烟气，又抽了两口烟，继续说道：“这样的人咱们的老娘儿们多养一些才好呢。是个厉害家伙，了不起！他还不单单是要推倒沙皇呢……”他叹了一口气，“米特里奇，你用不着跟我争：伊里奇呀，他就是哥萨克……这没有什么好瞒的！辛比尔斯克省根本就生不出这样的人物。”

彭楚克没有作声，微微笑着，睁着眼睛躺了老半天。

他没有很快睡着，果然有许多虱子成群结队地爬到他身上，在衬衣里面到处爬了起来，浑身火辣辣、痒酥酥的；齐卡马索夫在旁边一面叹气，一面搔痒，不知是谁的马老是打响鼻，一会儿也不安生，搅得他睡不着。等他刚刚睡着，两匹很不老实的马又打起架来，又是乱踢乱蹦，又是拼命地尖叫。

“真捣蛋，妈的！……吁！吁！该死的东西！……”杜根爬起来，用睡得迷迷糊糊的声音吆喝着，不知用什么东西狠狠打了旁边的马一下子。

彭楚克被虱子咬得受不了，老是睡不着，翻了个身，就懊丧地感觉到，睡意已经完全跑掉，于是干脆考虑起明天开会的事来。他猜想着，军官们不知要用什么方式来反对，不由得冷笑着在心里说：“如果哥萨克们一致反对他们的话，大概他们会跑掉的，不过谁知道他们会出什么鬼门道儿！为了防备万一，我得去跟本地驻军委员会联系联系。”不知怎么他不由得想起战争中的往事，想起一九一五年十月里一次冲锋的场面，随后，记忆好像很高兴把他送上了熟悉的、走惯了的小路，便很顽强地、幸灾乐祸地把往事的片段一一推了上来：死去的俄国和德国士兵的一张张的脸和各种各样难看的姿势，各种口音的说话声，过去看到的、现在已经被时间冲淡的模模糊糊的景物，不知为什么一直保存在心里、没有说出来的一些念头，隐隐在心里响着的炮声，熟悉的机枪嗒嗒声和子弹带的沙沙声，雄壮的旋律，过去他爱过的一个女子那娇媚动人、又有些苍白的嘴唇；然后又是零零星星的战争场面：一个个的死人，一座座塌陷下去的合葬的坟……

彭楚克发起急来；他撑着身子，坐了起来，不知是说出了声音，还是仅仅在想："这些事我到死也忘不了，而且不仅是我，凡是活下来的人都忘不了。你们把一切弄得乱糟糟的，叫人过不成日子！……该死的东西！该死的东西！……你们简直死有余辜！……"

他又想起了一个叫卢莎的十二岁的姑娘，她的父亲是彼得格勒的钢铁工人，在战争中牺牲了，生前是他的好朋友，过去一起在图拉做过工。有一天黄昏时候，他在林荫路上走着。这个瘦弱的、颧骨高高的小姑娘正坐在尽边上一张长椅子上，流里流气地叉着两条细细的腿，在抽纸烟。在她那憔悴的脸上，是一双疲惫无神的眼睛，在她那涂了胭脂、因为早熟显得有些大的嘴唇角上，流露着痛苦的表情。“您不认识我啦，叔叔？”她带着一种受过职业训练的笑容问道，接着便站了起来，完全像个孩子一样伤心地、可怜巴巴地哭了起来，弯起身子，把头紧紧贴到彭楚克的胳膊肘上。

一股仇恨像憋人的毒瓦斯一样涌了上来，他几乎连气都喘不上来；他脸色煞白，咯吱咯吱地咬着牙，哼哼起来。后来他的嘴唇哆嗦着，用手在毛茸茸的胸膛上搓了老半天；他觉得，仇恨在胸膛里凝结了起来，就像一团火红的铁渣，隐隐燃烧着，堵得他喘不上气来，烧得左边心里阵阵作痛。

直到天亮他也没有睡着。天刚刚亮，他就带着一张黄黄的、比往常更加阴郁的脸来到铁路职工委员会，跟他们讲妥，不让哥萨克的兵车开出纳尔瓦，过了一个钟头，他又走出来，去找驻军委员会的委员们。

他往回走的时候已经七点多了。他走着，浑身都感觉出早晨的和煦和清爽，想到此行可能很有结果，看到太阳慢慢从生了锈的仓库房顶后面爬上来，听到不知从哪里传过来的像琴声又像歌声的一个女子的声音，心里隐隐地感到高兴。黎明前下过一阵来势很猛的、短时间的倾盆大雨。铁路边的沙土地被冲洗得干干净净，到处是雨水流过的痕迹，散发着雨水的清淡气息；在沙土的表面，被雨点打过的地方，还保留着密密麻麻、微微有点干的小坑，就好像生过一场天花，留下许许多多的麻子。

一个身穿军大衣、脚蹬沾满泥浆的高筒皮靴的军官，绕过列车，迎着彭楚克走来。彭楚克认出是加尔梅柯夫大尉，便放慢了脚步，等他走过来。他们走碰了头。加尔梅柯夫站了下来，冷冷地闪动着两只黑黑的斜眼睛。

“是彭楚克少尉吗？你自由啦？对不起，我不能把手伸给你……”

他紧紧闭起嘴，把双手插进军大衣的口袋里。

“我也不打算把手伸给你……你太心急啦。”彭楚克用嘲笑的口吻回敬道。

“你怎么，到这里来逃命吗？还是……从彼得格勒来的？不是克伦斯基派你来的吧？”

“这是干什么，审问吗？”

“这是对于当初开小差的同事的遭际理所当然的探问。”

彭楚克隐藏起冷笑，耸了耸肩膀。

“可以叫你放心：我不是克伦斯基派来的。”

“不过，现在眼看大祸临头了，你们会很好地联合起来的。这么说，你到底算是什么人呢？不戴肩章，又穿的是步兵的军大衣……”加尔梅柯夫忽闪着鼻翼，带着轻蔑而怜悯的神情打量了一下彭楚克那微微有些佝偻的身形，“是政治推销员吗？我猜对了吧？”他不等回答，就转过身去，迈着大步走了。

杜根在自己的车厢旁边迎住彭楚克。

“你怎么才回来？大会已经开始啦。”

“怎么都开始啦？”

“是开始啦。我们的连长加尔梅柯夫大尉本来不在连里，可是今天他坐火车头从彼得格勒回来，就召集哥萨克们开大会。他现在就是去动员他们。”

彭楚克站下来，问了问加尔梅柯夫是什么时候出差上彼得格勒的。听了杜根的回答，他才知道，加尔梅柯夫出差差不多有一个月了。

“这是科尔尼洛夫借口学习投弹技术派到彼得格勒去的反革命刽子手中的一个。就是说，是一个死心塌地的科尔尼洛夫分子。哼，好吧！”他一面和杜根一起往开大会的地方走，一面断断续续地想着。

在仓库的后面，军便服和军大衣连成灰绿色的一大片。加尔梅柯夫由几个军官包围着，站在人群中间一个底朝天放着的木桶上，尖着嗓门儿一个字一个字地叫喊道：

“……一定要取得最后胜利！既然信任咱们，咱们就不能辜负这种信任！现在我就来念念科尔尼洛夫将军给哥萨克们的电报。”

他带着过度急切的神情从制服上衣旁边的口袋里掏出一张皱皱巴巴的纸，和兵车司令咬了咬耳朵。

彭楚克和杜根走过来，跟哥萨克们站到一起。

加尔梅柯夫带着表情，慷慨激昂地念道：

哥萨克们，亲爱的乡亲们！俄罗斯国家的疆土不是在你们祖先的骸骨上扩展和开拓出来的吗？伟大的俄罗斯不是由于你们的刚强无畏，由于你们的伟大功绩、你们的牺牲和英勇奋战而强盛起来的吗？静静的顿河的自由、豪放的儿女们，库班和汹涌奔腾的捷列克河上的豪杰们，乌拉尔、奥伦堡、阿斯特拉罕、谢米列钦和西伯利亚草原与山地、辽远的后贝加尔、阿穆尔和乌苏里等地的勇猛矫健的雄鹰们，你们永远保持着你们的旗帜的光荣和辉煌，俄罗斯大地上到处流传着你们祖祖辈辈的英雄事迹。现在又到了你们为祖国效力的时候。我谴责临时政府优柔寡断，不善于，也没有能力管理国家，纵容德国人在我国肆意横行。嘉桑的爆炸事件可以证明这个问题，这次爆炸毁掉了将近一百万发炮弹和一万两千挺机枪。事情不仅如此。我还要谴责某些政府委员的直接卖国行为，对此我可以提出证据：八月三日我在冬宫参加临时政府的会议时，阁员克伦斯基和萨文柯夫曾经指示我，不要把所有的话都说出来，因为阁员中有些人很不可靠。显然，这样的政府只能把国家引向绝路，因为阁员中有些人很不可靠。显然，这样的政府只能把国家引向绝路，对这样的政府无法信任，靠这样的政府无法拯救苦难深重的俄罗斯……因此，昨天临时政府为了迎合敌人，要求我辞去最高统帅职务的时候，我作为一个哥萨克，基于良心和人格，只能拒绝接受这一要求，宁可死在战场上，不愿受辱和叛卖祖国。哥萨克们，俄罗斯的义士们！你们都已经保证过，一旦我认为有必要，你们就挺身起来跟我一起拯救祖国。时候到了，祖国已经到了生死存亡的关头！我不再服从临时政府的命令，并且为了拯救自由的俄罗斯，我要反对这个政府，反对这个政府里那些毫无责任心的、出卖祖国的官员。哥萨克们，你们要保持英勇无比的哥萨克军人的光荣和名声，这样就可以拯救祖国，拯救被革命夺走的自由。你们听从我的命令，执行我的命令吧！跟着我前进吧！

一九一七年八月二十八日

最高统帅科尔尼洛夫将军

加尔梅柯夫沉默了一会儿之后，一面折叠着电报，一面高声叫道：

“布尔什维克和克伦斯基的奸细在阻挠我们的部队搭乘火车前进。已经接到最高统帅的命令：如果乘车调动已经不可能的话，那就以行军方式向彼得格勒进发。今天咱们就要出发。大家准备下车吧！”

彭楚克不顾一切地用胳膊肘分开人群，钻到人群中心里；他还没有走到军官们站的圈子里，就用洪亮的声音、像做报告似的叫了起来：

“哥萨克同志！我是彼得格勒的工人和士兵派到你们这儿来的。现在是调你们去自相残杀，去镇压革命。如果你们愿意去反对人民，如果你们愿意恢复帝制，你们就去吧！……但是彼得格勒的工人和士兵希望你们不要当杀害自己兄弟的凶手。他们向你们致以热烈的、兄弟般的敬礼，不愿意跟你们为敌，愿意和你们交朋友……”

没有让他把话说完。人群里闹哄哄地叫了起来，暴风雨般的叫声好像把加尔梅柯夫从桶上冲了下来。他向前探着身子，快步朝彭楚克走来；还差几步没有走到，他一扭靴后跟，转了一个身。

“哥萨克们！彭楚克少尉是去年在前线上开小差

的，这你们是知道的。怎么，我们能听这个胆小鬼和叛徒的话吗？”

第六连连长苏肯中校用沉雷一样的粗嗓门儿盖过了加尔梅柯夫的声音：

“逮捕他这个坏蛋！我们在前方流血，他却躲到后方去逃命！……把他抓起来！”

“我们不慌着抓！”

“让他说下去。”

“不能堵别人的嘴，让他把自己的意思说清楚。”

“把他抓起来！”

“我们不要开小差的！”

“说下去，彭楚克！”

“米特里奇！说吧，揭揭他们的老底！”

“滚——开！……”

“住嘴吧，狗东西！”

“揭揭他们！揭揭他们，彭楚克！你别理他们那一套！只管讲吧！”

一个身材高大、没戴军帽、露着剃得光光的脑袋的哥萨克，团革命军事委员会的委员，跳到了木桶上。他热烈地呼吁哥萨克们不要听从反革命刽子手科尔尼洛夫的，说了说和人民打内战可能招致的悲惨后果，最后他对着彭楚克说：

“同志，您不要以为，我们会像军官老爷们那样看不起您。我们欢迎和尊重您这个人民的代表，我们尊重您，还因为您以前当军官的时候，没有欺压过哥萨克，待我们像亲兄弟一样。我们没有听见您说过粗暴的话，您可不要以为我们这些大老粗不懂得好歹，亲热的话连畜生都懂得，别说是人啦。我们向您起誓，并且请您转告彼得格勒的工人和士兵们，我们决不打他们！”

就好像敲了一声定音鼓：一片称赞的叫声轰隆轰隆地响到了最高度，又慢慢低下去，最后安静下来。

加尔梅柯夫那挺拔的身子又出现在大木桶上，来来回回地扭动着。他说到古老的顿河的光荣传统和声誉，说到哥萨克军人的历史使命，说到军官们和哥萨克们一起流过血，说得气喘吁吁，脸色像死人一样白。

加尔梅柯夫说过以后，又上去一个身强力壮、淡黄色头发的哥萨克。他那气势汹汹、矛头对准彭楚克的讲话，半路上被打断了，这位演讲人也被拉了下来。齐卡马索夫跳到了桶上。他像劈木柴一样，抡着两条胳膊，大声嚷道：

“我们不去！我们不下火车！电报上说，好像我们答应过支持科尔尼洛夫啦——谁问过我们？我们从来没有答应过他！那是哥萨克军人联合会的军官们答应的！格列科夫将军摇过尾巴，就让他去支持吧！……”

发言的人越来越踊跃。彭楚克低垂着大脑门儿的头站着，脸涨成土红色，脖子上和鬓角上鼓起的筋突突地跳动着。场上的气氛越来越紧张，使人觉得，再有一会，一有什么冒失的行动，紧张气氛就会酿成流血事件。

本地驻军的士兵成群结队地从车站上拥了过来，军官们都离开了会场。

过了半个钟头，杜根气喘吁吁地跑到彭楚克跟前。

“米特里奇，怎么办呀？……加尔梅柯夫在生花样呢。正在把机枪从车上往下卸，还派了一个骑兵联络员不知往什么地方去啦。”

“咱们去看看。去叫二三十个人来！麻利点儿！”

就在兵车司令的那节车厢旁边，加尔梅柯夫和三个军官正把机枪往马上装。彭楚克第一个走过去，回头看了看哥萨克们，把手伸进军大衣口袋里，掏出一支崭新的、擦得锃亮的军官手枪。

“加尔梅柯夫，你被捕啦！把手举起来！……”

加尔梅柯夫从马跟前往旁边一跳，一只手叉着腰，另一只手抓住手枪皮套，但是没来得及把手枪掏出来，一颗子弹就从他头上嗖的一声飞了过去；紧跟着枪声，彭楚克又用凶狠的声音低沉地喊道：

“手举起来！……”

他的手枪机头扳到了一半，连撞针的尖儿都露了出来。加尔梅柯夫眯缝起眼睛注视着他，很费劲儿地举起了手，弹了弹手指头。

几个军官都很不情愿地交出了武器。

“马刀也要摘下来吗？”一个年轻的少尉机枪手恭恭敬敬地问道。

“是的。”

哥萨克们把机枪从马身上卸下来，搬进车厢里。

“派人把他们这几个看起来。”彭楚克对杜根说，

“齐卡马索夫去逮捕其余的一些，把他们也带到这儿来。听见吗，齐卡马索夫？咱们两个把加尔梅柯夫送到驻军的革命军事委员会去。加尔梅柯夫大尉，请您在前面走吧。”

“真麻利呀！真麻利！”一个军官一面往车厢里跳，一面目送着渐渐走远的彭楚克、杜根和加尔梅柯夫，赞叹说。

“先生们！可耻呀，先生们！咱们简直跟小孩子一样！咱们谁也没有想到先下手把这个坏蛋干掉！当他把手枪对着加尔梅柯夫的时候，给他一家伙，他就完蛋啦！”苏肯中校气愤地朝军官们打量了一眼，用哆哆嗦嗦的手指头老半天才从烟盒里抽出一支烟来。

“他们足足有一个排呀……会乱开枪的。”少尉机枪手抱愧地说。

军官们都一声不响地抽着烟，偶尔地互相看两眼。事情发展之快，使他们全惊呆了。

加尔梅柯夫咬着黑胡子尖儿，一声不响地走了一阵子。颧骨高高的左腮上有一片红晕，好像是挨过一记耳光。一路上遇到的老百姓都很惊讶地望着，站下来，小声议论着。向晚时候纳尔瓦的阴沉的天空十分晦暗。铁路线上落满了白桦树叶，一片片树叶就像红桃形的金锭——那是八月离开时失落下来的。一只只寒鸦从教堂的绿色圆顶上飞过。车站外面，暮霭沉沉的田野那边，黑夜已经携带着寒气降临大地，然而在没有道路的天上，涂了白铅粉似的暮色中的片片白云，径直地从纳尔瓦向普斯科夫，向卢加方面飘去；黑夜渐渐跨过一道看不见的界线，把黄昏挤走了。

在车站旁边，加尔梅柯夫猛然转过身来，对着彭楚克的脸啐了一口。

“坏——蛋！……”

彭楚克躲开啐过来的唾沫，眉毛向上一挑，用左手紧紧攥住直想往口袋里伸的右手腕子，攥了老半天。

“走！……”他好不容易才说出话来。

加尔梅柯夫不住声地骂着，朝前走去，骂的都是一些非常难听的话。

“你这个奸贼！叛徒！你早晚要受到报应！”他拼命嚷着，还时常站下来，对着彭楚克的脸骂。

“走吧！请你走吧……”彭楚克每一次都是劝他。

于是加尔梅柯夫攥紧拳头，又往前走，他走起来一颠一冲的，就像一匹害了气肿病的马。他们走到水塔跟前。加尔梅柯夫把牙咬得咯吱咯吱响，叫喊道：

“你们不是政党，是一群肮脏的社会渣滓！谁领导你们？——德国的总司令部！布尔什维克呢……哈哈哈！一群狗杂种！你们的党，你们这伙败类，全是人家收买的……下流货！下流货！……你们出卖了祖国！……我要把你们一起绞死……哈哈哈！会有这一天的！……你们的列宁不就是三十个德国马克把俄罗斯卖掉的?！捞上个百十万，就跑掉啦……好一个亡命徒！……”

“给我站到墙跟前!”彭楚克拉长声音、结结巴巴地喊道。

杜根惊骇得发起愣来。

“伊里亚·米特里奇，别急！你干什么？等一等！……”

彭楚克的脸气得变了形，发了青，一下子跳到加尔梅柯夫跟前，照着加尔梅柯夫的额角狠狠打了一巴掌，他踩着加尔梅柯夫头上掉下来的军帽，把他拉到水塔的黑乎乎的砖墙跟前。

“给我站——住！”

“你干什么？！你……你敢？！……你敢打人？！……”加尔梅柯夫挣扎着，吼叫着。

他的脊背咚的一声撞到水塔的墙上，他直起身子，明白了：

“你想打死我呀？”

彭楚克弯下腰，忙乱了一下子，才把手枪抽出来，因为机头挂在口袋里子上了。

加尔梅柯夫向前跨了一步，迅速地把军大衣上的扣子全部解了开来。

“开枪吧，狗崽子！开枪吧！你就看看，俄罗斯的军官死得多么有种……我就是眼看着要死……”

一颗子弹打进他的嘴里。沙哑的回声在水塔后面缭绕着，渐渐向高处飞去。加尔梅柯夫朝前跨了两步，身子就一歪，用左手抱住脑袋，倒了下去……他弯成一个很弯的弧形，把几颗血糊糊的牙齿吐到胸膛上，有滋有味地咂了咂舌头。他的脊背挺了挺，刚刚挨到潮漉漉的石子，彭楚克就又补了一枪。加尔梅柯夫抽搐了几下，把身子侧歪过去，就像一只要睡的鸟儿把头藏到了翅膀底下，又断断续续地抽搭了几声。

到了前面的十字路口，杜根撵上了彭楚克。

“米特里奇……你这是干什么，米特里奇？……你为什么要打死他？”

彭楚克按住杜根的肩膀，用坚定、刚强的目光看着他的眼睛，声音异常镇定、异常平静地说：

“不是他们杀死咱们，就是咱们杀死他们！……没有中间道路可走。血债就要用血来还。问题就在于谁打死谁……明白了吗？像加尔梅柯夫这样的人，就得打死、消灭，像对待毒蛇一样。对那些同情他们的人也要开枪……明白吗？为什么要同情？你要咬住牙！心肠要硬！加尔梅柯夫一旦掌了权，立刻就会把我们打死的，连纸烟也用不着从嘴里拿下来，可是你……唉，真像个小娃子！”

杜根的头抖动了老半天，牙齿不住地磕打着，穿着红红的靴子的两只大脚走起路来也歪歪倒倒的了。

两个人一声不响地在空旷无人的小街上走着。彭楚克偶尔地回头朝后面看看。在他们的头顶上，低低的黑云在天空里翻滚着，向东方涌去。在黑云缝隙里，在小小的一块八月的天上，露出了被昨天的雨水冲洗得干干净净的一弯残月，就像一只斜斜的绿眼睛。不远处的十字路口上，一名士兵和一个披着白披肩的女子紧紧偎依着站在那里。士兵要拥抱那个女子，把她往怀里拉，悄悄说着话儿，那女子用双手推着他的胸膛，把头向后仰着，娇喘吁吁地嘟哝说："我不信！我不信。"并且低低地哧哧笑着。

十八

八月三十一日，被克伦斯基召了去的克雷莫夫将军在彼得格勒用手枪自杀了。

克雷莫夫部队的代表团和军官们纷纷跑到冬宫里去请罪。不久前还要跟临时政府打仗的人们，现在都十分殷勤地向克伦斯基献媚，让他相信自己的一片忠诚。

士气已经完全垮掉的克雷莫夫的军队还在做最后挣扎：一部分人马还照常缓缓地朝彼得格勒开去，但是这种行动已经失去任何意义，因为科尔尼洛夫的叛乱已经接近了尾声，像烟火一样冒起来的反动火焰已经熄灭，而且共和国的临时执政者——不错，这些天来他那肥嘟嘟的腮上确实掉了不少肉——已经像拿破仑那样抖着裹在皮绑腿里的小腿肚子，在政府的例会上说起“政局完全稳定”之类的话来了。

克雷莫夫自杀的前一天，阿列克塞耶夫将军接到任命他为最高统帅的委任状。为人精细、谨小慎微的阿列克塞耶夫明白自己处于很不光彩的两面人地位，起初坚决拒绝担任这一职务，但是后来接受了这项任命，其目的仅仅是希望能减轻科尔尼洛夫和在不同程度上参与组织反政府叛乱的一些人的厄运。

他在路上就用直通电话跟大本营联系了一下，想弄清科尔尼洛夫对于他接受任命和前来赴任抱什么态度。冗长的对话断断续续地一直进行到深夜。

也就在这一天，科尔尼洛夫召集了一次参谋人员和亲信们的会议。他提出继续同临时政府斗争是否适宜的问题，大多数与会者都主张继续进行斗争。

“亚历山大·谢尔盖耶维奇，请您谈一谈吧。”科尔尼洛夫对一直没有发言的鲁科姆斯基说。

鲁科姆斯基的话说得很审慎，然而十分果断，他表示反对打内战。

“投降吗？”科尔尼洛夫不客气地截住他的话，问道。

鲁科姆斯基耸了耸肩膀。

“事情是明摆着的。”

又谈了有半个钟头。科尔尼洛夫没有再说话，他用极大的毅力克制着自己。不久他就宣布散会，可是一个钟头之后，又把鲁科姆斯基叫到自己的办公室里。

“您的意见很对，亚历山大·谢尔盖耶维奇！”他咯吧咯吧地掰着手指头，用失神的、好像蒙了一层烟灰的灰白色眼睛朝一边看着，无精打采地说，“再反抗下去，是很愚蠢的，也是极不应当的。”

他有老半天用手指头敲着桌子，仔细听着，也许他听的是自己的乱腾腾的思绪；沉默了一阵子之后，问道：

“米哈伊尔·瓦西里耶维奇什么时候到?”

“明天。”

九月一日，阿列克塞耶夫到了。就在当天晚上，他遵照临时政府的命令，逮捕了科尔尼洛夫、鲁科姆斯基和罗曼诺夫斯基。在把他们送往羁押这些被捕者的“首都大饭店”以前，阿列克塞耶夫和科尔尼洛夫面谈了二十分钟；科尔尼洛夫从他的房间里走出来，心情十分激动，几乎不能控制自己。罗曼诺夫斯基本来想去看看科尔尼洛夫，但是被科尔尼洛夫的夫人挡驾了。

“对不起！拉甫尔·盖奥尔吉耶维奇不愿意会客。”

罗曼诺夫斯基匆匆看了看她那阴郁的脸，自己的两个腮蛋子顿时发了乌，便激动地眨巴着眼睛，走了开去。

就在第二天，西南战线总司令邓尼金将军、参谋长马尔科夫将军、万诺福斯基将军和特别军团的司令官爱耳迭里将军也都在别尔基柴夫被逮捕了。

逆时而动的科尔尼洛夫反革命阴谋活动，在贝霍夫的一所女子中学里可耻地结束了。这一次是结束了，可是又产生了新的阴谋：未来的国内战争和向革命展开全线进攻的计划的轮廓，不就是在这里产生的吗？

十九

十月末的一个清晨，李斯特尼次基大尉接到团长的一项命令——率领连队徒步到皇宫广场上去。

李斯特尼次基将命令交给司务长以后，自己就匆匆忙忙地穿起了军装。

几个军官也都开始穿衣服，一面打着哈欠，一面互相骂着玩儿。

“怎么回事儿？”

“你问布尔什维克去！”

“诸位，谁把我的子弹拿走啦？”

“往哪儿去？”

“你们听，是在放枪吗？”

“放他妈的鬼的枪！你们都是驴耳朵！”

军官们都来到院子里。全连已经排成纵队站好了。李斯特尼次基率领哥萨克迅速地出了院子。涅瓦大街还空空荡荡的。不知是什么地方确实响着零零落落的枪声。一辆装甲车在皇宫广场上来来回回地开着，一些士官生在巡逻。大街上依然空旷无人，一片寂静。哥萨克们来到冬宫门口，一队士官生和第四连的几名哥萨克军官迎了上来。其中的一位连长，把李斯特尼次基叫到一边去，说：

“您把全连都带来啦？”

“是的。怎么啦？”

“二连、五连和六连都不肯去，拒不执行命令，不过机枪队是跟着我们的。哥萨克们怎么样？”

李斯特尼次基甩了一下手。

“很糟。第一团和第四团怎么样？”

“别提他们啦。他们都不听调。您可知道，今天布尔什维克是不是要动手啦？鬼知道会发生什么事情！”他很烦恼地叹了一口气，“真想一下子回到顿河上，不管这些麻烦事……”

李斯特尼次基领着一连人进了宫院。哥萨克们把步枪架起来以后，就在宽敞得像大操场一样的宫院里溜达起来。军官们都走进远处的厢房里。抽烟。说话儿。

过了一个钟头，又开来一团士官生和一支女子敢死队。士官生就布置在皇宫的走廊里，把机枪也拖到那里去。女子敢死队就聚集在宫院里。闲溜达的哥萨克们不时地走到她们跟前，开一些不三不四的玩笑。中士阿尔扎诺夫拍了拍一个穿着短大衣的矮小妇人的脊背，说：

“大婶子，你顶好还是去养养孩子，怎么干起老爷们的事情来啦？”

“你去养吧！”粗声粗气、很不温柔的“大婶子”顶撞说。

“我的宝贝儿！你们来跟我们一块儿养，好吗？”旧教徒兼色鬼裘柯甫诺夫厚着脸皮对女队员们说。

“揍他们，流氓！”

“劈大腿的英雄们！”

“回家待着去吧！到外面派不上用场！”

“土造的双筒猎枪，只能在家里凑合着用用！”

“打前头看，像个兵；可是打后头一看，不知道像个神甫，还是像他妈的什么东西……简直叫人恶心！”

“喂，你这个女队员！把屁股收一收，要不然我给你一枪托子!”

哥萨克们望着妇女们，哈哈笑着，十分开心。但是将近晌午时候，快活劲儿不见了。女敢死队队员们分成一排一排的，从广场上抬来一根根老粗的松木，把皇宫的大门垒了起来。指挥她们的是一名又高又大、颇有男子气概的娘儿们，她那挺合身的军大衣上还挂着一枚乔治勋章。那辆装甲车在广场上来回跑得更勤了，士官生们不知从哪里弄来许多装满子弹和机枪弹带的手提箱。

“喂，乡亲们，准备干吧!”

“这么说，咱们要打仗啦?”

“你以为怎样?把你弄到这儿来，你以为是叫你跟女队员吊膀子的?”

拉古京周围聚集了一些同乡，有布堪诺夫村的，也有司拉晓夫村的。他们在商量事情，不停地挪动着位置。军官们都不知跑到什么地方去了。宫院里除了哥萨克和女敢死队员以外，再没有别的人了。有几挺被机枪手扔下的机枪差不多就在皇宫大门口，机枪的护板湿漉漉、黑乎乎的。

傍晚，飘起毛毛细雨。哥萨克们都焦躁不安

起来。

“这算什么规矩：把我们领了来，撂在院子里，连饭都不给吃?!”

“应该找李斯特尼次基去。”

“找个屁！他在皇宫里呢，士官生又不放咱们哥儿们进去。”

“应该派人去叫灶车，叫他们送饭来。”

于是派了两个哥萨克去叫灶车。

“你们不要带枪去，如果带了枪，也会叫他们给下掉。”拉古京劝他们说。

等灶车等了两个多钟头。别说灶车，连派出去的人也没有回来。原来是谢苗诺夫团的步兵把已经出了门的灶车拦回去了。天快黑的时候，聚集在宫门旁边的女敢死队员们散成密集的散兵线；她们卧倒在松木下面，开始朝广场对面打枪。哥萨克都没有开枪，在抽烟，觉得挺无聊。拉古京把全连弟兄召集到宫墙跟前，担心地望着宫里一面面的窗户，说道：

“乡亲们，这算什么呀?!咱们在这儿没事可干。应该撤出去，要不然咱们要平白无故地遭殃。要是来进攻皇宫，咱们在这儿怎么办？军官们连影子都不见啦……难道咱们就该死，就该死在这儿吗？咱们干脆回去，这儿没什么好呆的！临时政府嘛……咱们要它有屁用！怎么样，乡亲们？”

“要是往外开，赤卫队会拿机枪扫咱们的。”

“会把咱们脑袋都砍掉！”

“不会吧……”

“那可是很难说清。”

“不行，咱们就待在这儿听天由命吧。”

“咱们就像小牛犊一样，吃过了就在棚子里待着吧。”

“谁愿意怎样就怎样，我们排可是要退出去啦！”

“我们也走！”

“派几个人上布尔什维克他们那儿去，叫他们别打咱们，咱们也不打他们。”

第一连和第四连的哥萨克们也都走了过来。大家商量了不大的一会儿。每连推选一个人，三名哥萨克出了宫门，过了一个钟头，领着三个水兵回来了。三个水兵跨过堆在宫门口的松木，装作十分随便的样子，往宫院里走来；走到哥萨克们面前，同大家握手问好。其中有一个，是个黑胡子的漂亮小伙子，敞着蓝呢子水兵制服，帽子戴在后脑勺上，他挤进了哥萨克们的人群当中。

“哥萨克同志们！我们是革命的波罗的海舰队的代表。我们上这儿来，是想建议你们离开冬宫。你们没有必要来保卫与你们不相干的资产阶级政府。让资产阶级的子孙——士官生去保卫他们的政府吧。没有一个步兵战士肯保卫临时政府，而且你们的弟兄——第一团和第四团的哥萨克们——也跟我们联合起来啦。谁愿意跟我们一道走，请站到左边去！”

“等一等，伙计！”第一连的一个十分威武的中士跨到前面。“跟你们一道走，我们很愿意……可是万一赤卫队朝我们开枪呢？”

“同志们！我们代表彼得格勒革命军事委员会，保证你们绝对安全。谁也不会侵犯你们。”

黑胡子水兵旁边还有一个矮墩墩的麻脸水兵。他转悠着粗粗的牛脖子，朝哥萨克们扫了一眼，拍了拍他那紧紧绷在大翻领制服里的鼓鼓的胸脯说：

“我们来护送你们！弟兄们，一点用不着担心，我们不是你们的敌人，彼得格勒的无产者也不是你们的敌人，敌人是那些人……”他用翘着的大拇指朝皇宫方向指了指，并且龇着密密实实的大牙齿笑了笑。

哥萨克们在迟疑不决地踌躇着，有些女敢死队员也走过来，听了听，看了看哥萨克们，又回到宫门旁边。

“喂，大嫂子们！你们也跟我们一块儿走，好不好？”一个满脸胡子的大个子哥萨克喊叫道。

没有得到回答。

“各人拿起枪——准备出发！”拉古京果断地说。

哥萨克们一齐抓起枪来，站好了队。

“把机枪带走，怎么样？”一个哥萨克机枪手向黑胡子水兵问道。

“带走！不能把机枪留给士官生们。”

哥萨克们正要开走，各连的军官一齐出来了。他们挤成一堆站着，眼睛盯着水兵。三个连排好队伍以后，就出发了。机枪队在前面拉着机枪，小轮子轻轻地吱嘎吱嘎响着，在湿漉漉的石子路面上轧轧地滚着。穿蓝呢子制服的水兵和第一连打头的一个排并肩走着。非多谢耶夫乡的一个头发淡黄、身材高大的哥萨克拉住他的袖子，抱愧和感动地说：

“好兄弟，难道我们愿意反对人民吗？我们是糊里糊涂到这儿来的，如果知道的话，我们会来吗？”并且难受地摇了摇一头乱发的脑袋，“你相信我的话：我们决不来！真的！”

第四连走在最后面。他们在密密麻麻挤满了女敢死队员的皇宫大门口耽搁了一会儿。一个十分魁梧的哥萨克跳到木头上，用告诫的神气意味深长地摇晃着一个黑黑的、指甲老长的手指头，说：

“你们这些女兵们，听我说！现在我们撤走啦，你们凭你们老娘儿们的糊涂劲儿，留下就留下吧。那咱们就这样吧，谁也不碰谁！如果你们敢在背后朝我们开枪，那我们就转回来，把你们都剁成肉酱。我说得明白吗？好啦，就这样。再见吧。”

他从木头上跳下来，大步流星地去追赶自己的人，不时地回头望望。

哥萨克们眼看就要走到广场中央了。一个哥萨克回头看了看，十分激动地说：

“弟兄们，瞧！一个军官追咱们来啦！”

很多人一面走着，一面扭回头去看。一个高个子军官按着马刀，朝广场上跑来。

他在招手。

“这是阿塔尔希柯夫，第三连的。”

“他怎么样？”

“大个头儿，眼睛上还有一颗小瘊子。”

“他想跟咱们走呢。”

“他是一个好小伙子。”

阿塔尔希柯夫大步流星地追赶着连队，老远就可以看到，他一脸都是笑容。哥萨克们纷纷向他招手，哈哈笑着。

“加油，中尉先生！”

“快点儿！”

宫门那边传来一声炸耳朵的枪响。阿塔尔希柯夫两手一挓挲，身子向后仰了仰，仰面倒了下去，两条腿乱蹬乱踹，蹬着地面，想站起来。三个连队就像听到一声口令，一齐面对着皇宫拉开了阵势。机枪掉转了枪口，机枪手们跪下身来。机枪弹带哗哗地响了起来。但是宫门口垒起的松木后面，已经一个人也没有了。一分钟之前还聚集在那里的女敢死队员和军官们，好像都被那一声枪响轰跑了。三个连队又急急忙忙排好队伍，加快了步伐往前走。殿后的一个排里的两名哥萨克也从阿塔尔希柯夫倒下去的地方回到队伍里。其中的一个，为了让全连的人都能听见，大声说：

“子弹打进他的左肩胛骨下面。完啦!”

脚步声越来越响，也整齐了。穿蓝呢子制服的水兵发出口令：

“右转弯……走！……”

三个连队弯弯曲曲地转着弯。寂无声息的皇宫默默地送着他们。

二十

秋意渐渐浓了。时常落雨。贝霍夫的天空难得出现苍白无力的太阳。十月里，鸟儿开始南飞。就连夜里，秋高气爽、黑漆漆的天空里都回荡着凄切动人的鹤唳声。一群群的候鸟急急忙忙地飞过，躲避即将到来的寒冷，躲避高空中刺骨的北风。

因为科尔尼洛夫案件被捕、羁押在贝霍夫的人，等候审判已有一个半月之久了。在这段时间里，他们的狱中生活大致稳定下来，虽说不能完全和平常的生活相比，却也平平安安，别有乐趣。每天早晨，吃过早饭以后，将军们就出去散步；散步回来，就看信看报，接见来访的亲戚和朋友，吃午饭，午睡，午睡以后各人在自己的屋子里做自己的事情，到晚上，通常都是在科尔尼洛夫的屋子里聚会，交谈，商量事情，待上很久。

他们在这座改做监狱的女子中学里，过得倒也自在。

在外面看守的是盖奥尔吉耶夫营的士兵，在里面看守的是帖金士兵。这种看守虽说在一定程度上限制了在押者的自由，但是同时也提供了很大的方便：安排得非常巧妙，如果在押者愿意逃出去的话，随时都很容易平安无事地逃出去。他们在贝霍夫监狱期间，一直毫无阻拦地跟外界保持着联系，对资产阶级舆论施加压力，要求尽快结案，消灭叛乱的罪证，探索军官们的意向，而且准备在不得已时逃跑。

科尔尼洛夫为了笼络忠于他的帖金人的心，便和卡列金联系了一下，卡列金就遵照他的指示，急忙将几火车粮食运往土耳其斯坦，赈济挨饿的帖金人的家属。为了救助参与科尔尼洛夫叛乱的那些军官的家属，科尔尼洛夫给彼得格勒和莫斯科的大银行家写了一封内容十分尖刻的信；银行家们只怕有些事情如果被揭露出来，将对自己不利，就毫不怠慢地汇来几万卢布。在十一月以前，科尔尼洛夫和卡列金之间一直没有中断书信往来。他在十月中旬写给卡列金的一封长信里，问到顿河方面的情形，问到哥萨克们对于他去顿河抱什么态度。卡列金给了他满意的答复。

十月革命撼动了贝霍夫的在押者的立脚点。第二天，各种各样的急使就驰向四面八方，过了一个星期，卡列金便写信给自封为最高统帅的杜霍宁将军，坚决要求把科尔尼洛夫和其他被捕的人取保释放，这说明有些人已经在为被捕的人担心了。哥萨克军人联合会和陆海军军官联合总会也都向大本营提出同样的请求。杜霍宁迟迟不肯行动。

十一月一日，科尔尼洛夫给杜霍宁写过一封信。杜霍宁在信边上做的一些批语，清清楚楚反映出大本营已经软弱无力，这时候实际上已经失去对军队的任何指挥权，已经走上了穷途末路。

尼古拉·尼古拉耶维奇阁下！

主要由于高级指挥人员的优柔寡断和纵容姑息，国家已走上灭亡的方向。命运把您推上了举足轻重的地位，改变历史进程的重担落在您的肩上。您已经面临了这样的时刻，或者敢作敢为，或者退职。否则，亡国的责任和军队彻底瓦解的耻辱就要落到您的身上了。

根据我所得到的片段不全的情报来看，局面是严重的，但还不是没有出路的。但是，如果您纵容布尔什维克掌握了大本营，或者您甘愿服从他们的统治，那就真的没有出路了。

您只掌握一个已经有半数受过宣传煽动的盖奥尔吉耶夫营和一个软弱无力的帖金团，这是远远不够的。

考虑到大局的下一步发展，我认为，您必须立即采取一些切实加强大本营的措施，造成有利环境，以便进一步克服越来越混乱的状态。

我认为必须采取以下措施：

一、立即把一个捷克团和一个波兰的枪骑兵团调往莫吉廖夫。

[杜霍宁批：大本营不认为他们完全可靠。这些部队是第一批同布尔什维克休战的。]

二、抽调前线上的哥萨克炮兵连，加强波兰军各师的炮兵火力，用波兰军占领奥尔沙、斯摩棱斯克、日洛滨和戈麦尔。

[杜霍宁批：为了占领奥尔沙和斯摩棱斯克，已经集中了库班第二师和阿斯特拉罕哥萨克的一个旅。为了被捕人的安全，不能把波兰第一师的一个团从贝霍夫调出来。第一师的部队干部是很弱的，因此不能算是切实可靠的力量。波兰军一定要保持不干涉俄罗斯内部事件的状态。]

三、借口调往彼得格勒和莫斯科，把捷克斯洛伐克军的各部、科尔尼洛夫团和一两个特别坚强的哥萨克师集中到奥尔沙—莫吉廖夫—日洛滨一线上。

[杜霍宁批：哥萨克们的立场很坚定——

不和布尔什维克打仗。]

四、把所有英国的和比利时的装甲车都集中到该地区,全部由军官担任炮手。

五、把储备的步枪、子弹、机枪、自动步枪和手榴弹集中到莫吉廖夫及其附近的一个点。加以妥善的看守,以便发给必将在指定地区集中的军官和志愿军人。

[杜霍宁批:这样会招致破坏。]

六、同顿河军、捷列克军和库班军的司令官以及波兰军和捷克斯洛伐克军的委员会建立紧密的联系和切实的合作关系。哥萨克们已经明确地表示拥护复辟,对于波兰人和捷克人来说,俄罗斯能否复辟的问题也就是他们本身的存亡问题。

* * *

传来的消息一天比一天可怕。贝霍夫一些人越来越恐慌。关怀科尔尼洛夫、要求杜霍宁释放被捕者的一些人的小汽车在莫吉廖夫和贝霍夫之间跑来跑去。哥萨克军人联合会甚至还采取了带有威胁意味的手段。

杜霍宁在动荡的局势之下，时常动摇不定。十一月八日，他下令将在押者送往顿河，但马上又撤回了这道命令。

第二天早晨，一辆溅满泥浆的小汽车开到了改做监狱的女子中学大门口。司机带着奴颜婢膝的殷勤神情打开车门，一个体格匀称、不算年轻的军官从汽车里走了出来。他向守卫的军官出示了写明上校参谋库松斯基的证件。

“我是从大本营来的。我要面见在押的科尔尼洛夫将军。警卫队长在哪里？”

警卫队长是帖金团的艾尔加耳德中校，他毫不怠慢地领着来人去见科尔尼洛夫。库松斯基自我介绍过以后，微微带一点装腔作势的意味加重口气说道：

“四个小时以后，大本营就要把莫吉廖夫和平地交出去。杜霍宁将军吩咐我转告您，全部在押人员必须立即离开贝霍夫。”

科尔尼洛夫向库松斯基详细地问过莫吉廖夫的情形以后，便把艾尔加耳德中校请了来。他用左手的指头重重地按着桌子边儿，说道：

“立刻释放各位将军。帖金军准备在夜间十二点以前出发。我同帖金团一起走。”

整个这一天，随军作坊里的风箱呼啦呼啦地响着，熊熊燃烧的煤炭发着红光，铁锤叮当直响，战马在拴马桩边一股劲儿地长嘶。帖金人都在钉马掌，修马具，擦步枪，准备开拔。

白天，将军们一个一个地离开羁押处所。到了万籁无声的半夜里，当偏僻的小城熄灭了灯火，沉沉入睡的时候，帖金团的人马就排成三路纵队，出了贝霍夫女子中学的校园。他们的黑色身影，就像塑成的一般，在钢铁色的天空背景上不住地晃动着。马上的人就像一只只挓挲着羽毛的黑鸟，把高高的皮帽子拉得低低的，瑟瑟缩缩地佝偻着身子，把黑油油的脸藏在皮帽耳朵里。在团纵队的中间，和团长并辔前进的是科尔尼洛夫。他骑的是一匹健壮的高头大马，佝偻着的身子微微摇晃着。回荡在贝霍夫街道上的冷风，吹得他皱起眉头，他把眼睛眯成窄窄的缝儿，望着满天星斗的寒空。

新换过掌的马蹄的嘚嘚声在大街上响了一阵子，

就消失在城郊外。

二十一

柯晒沃依他们这个团已经撤退了两天两夜。慢慢后撤，且战且退。在高出地面的土路上，俄军和罗马尼亚军队的辎重车一辆接着一辆。德奥联军正在用深入的侧翼迂回战术包抄后退的军队，打算使包围圈合拢。

向晚时候才发觉，第十二团和附近的一个罗马尼亚旅有被包围的危险。敌人在太阳落山的时候把罗马尼亚人赶出了霍维涅斯基村，并且已经推进到和戈尔什山口接界的“四八〇”高地。

夜里，用山民骑兵营的炮兵连加强了的第十二团，奉命在戈尔什谷地下部一带布成阵势。该团派出警戒哨以后，就准备迎战。

这天夜里，米沙·柯晒沃依和呆头呆脑的同村人阿列克塞·别士尼亚克担任暗哨。他们隐藏在一口荒废崩塌的土井旁边的小沟里，呼吸着寒冷刺骨的空气。缕缕白云的毛茸茸的天上，偶尔飞过迟去的雁群，那警觉的鸣声标明了飞翔的方向。柯晒沃依想起不能抽烟，十分懊恼，低声说：

“阿列克塞，世界上的事情真奇怪呀！……人都像瞎子一样，摸索着走路，有时候走到一块儿，有时候又分开；有时候你踩着我，我踩着你……现在就天天待在鬼门关跟前，想起来都觉得奇怪，天天这样折腾来折腾去，究竟为了什么呢？依我看，世界上再没有什么比人心更可怕的啦，不管用什么法子都看不透人的心……比如说，这会儿我跟你躺在这儿，可是我不知道你在想什么，而且根本就不会知道，就连你过去的生活怎样，我也不知道；你也不知道我的心思……也许，我这会儿想杀你呢，可是你还给我干粮吃，一点也没有起疑……人往往不怎么了解人。今年夏天我住过后方医院。在我旁边躺的是一个步兵，是莫斯科人。他对哥萨克的生活感到非常稀奇，问了这样，又问那样。他们以为，哥萨克不过就是打人的鞭子，以为哥萨克是野人，以为哥萨克没有心灵，装心的地方装的是玻璃瓶，可是，要知道我们也都是同样的人呀：我们见了娘儿们也动心，见了大姑娘也着迷，有了伤心的事儿就哭，遇到喜事儿就笑……阿列克塞，你怎么样？我呀，伙计，我可是成了一个非常贪生的人啦。我想世界上有那么多漂亮娘儿们，馋得我心里都痒痒！一想到我不能把她们全都爱上一遍，就难受得要哭！我简直成了女人迷啦，恨不得把个个娘儿们都痛痛快快地爱上一爱……顶好能搞短期的，经常轮换轮换，专挑漂亮的……要不然就太不合理啦：就配给你这一个，一直到死，你就守着这一个吧……不会腻烦吗？……偏偏要打仗……”

“你那背上挨抽挨得太少啦，蠢牛！”别士尼亚克毫无恶意地骂道。

柯晒沃依身子向后一仰，没有作声，对着高高的夜空望了很久，浮想联翩地微笑着，激动而亲热地用手抚摩着冰凉的、毫无反应的大地。

在换班以前一个钟头，德国人发现了他们。别士尼亚克放了一枪，就咯吱地咬着牙蹲了下去，蜷缩起来，渐渐死去，因为德国人的刺刀刺进了他的肚子，划破了他的膀胱，而且刺进脊梁骨后，还吃力地转悠了两下。德国人用枪托子把柯晒沃依打倒在地。一个强壮的德国义勇兵背着他走了有半俄里。

柯晒沃依苏醒过来，觉得血呛得难受，喘了口气，便鼓了鼓劲儿，没有费多大的事就从德国人的背上挣了下来。德国人朝着他打了一梭子，但是天又黑，又有乱树棵子，所以他跑掉了。

在停止退却、俄军和罗马尼亚军队出了包围圈以后，第十二团就从阵地上撤下来，调到自己防区左面几俄里的后方。向全团宣布了一道命令：负责拦阻逃兵，沿路设置巡逻队，严防逃兵逃往后方，不惜使用武器进行拦阻，捉住逃兵，押送师部。

米沙·柯晒沃依是第一批被派出去执行这种任务的。他和另外三个哥萨克出了村子，根据司务长的吩咐，他们布置在玉米地地头上，离大路不远。一条大路，绕过一座小树林，渐渐消失在起伏不平、阡陌纵横的原野上。他们几个轮流监视。晌午过后，发现一伙步兵，有十来个人，正朝他们走来。他们这样走，显然是想绕过山坡下面的小村子。走到树林子跟前，他们站了下来，抽起烟来，显然是在商量，后来就一个大转弯，向左拐了一个直角，又往前走。

“吆喝他们吗？”柯晒沃依从玉米秸子丛里站起

身来，向其余几个人问道。

“朝天上放一枪。”

“喂，你们！站住！”

那一伙步兵离哥萨克们只有几十丈远，听到吆喝声，站了一下子，接着又好像挺不高兴似的朝前走去。

“站——住！”一个哥萨克吆喝着，接连不断地朝天上放了几枪。

哥萨克们端着步枪追上了慢慢走着的步兵们。

“你们他妈的为什么不站住？哪一部分的？往哪儿去？拿证件给我们看看！”哨长柯雷乔夫中士跑过去喊道。

步兵们站了下来。有三个人不慌不忙地摘下了步枪。

顶后面的一个弯下身去，用一截电话线捆了捆开了绽的靴子。他们身上的衣服都异常褴褛，异常肮脏。军大衣的襟上都沾满了鬼针草的棕色种子壳儿，看样子，他们是在树林子里的草丛里过夜的。有两个人戴的是夏天的军帽，其余的人戴的都是肮脏得成了灰色的、结成了球儿的羊羔皮帽子，帽耳朵忽闪着，帽带荡悠着。顶后面的一个看样子是他们的头儿，是一个又高又大、像个老头子一样驼背的步兵，他哆嗦着两边松松的腮帮子，用鼻音恶狠狠地喊道：

“你们要干什么？我们惹你们了吗？你们少管闲事！”

“把证件拿出来！”中士声色俱厉地截住他的话。

一个蓝眼睛、头发像新出窑的砖那样红的步兵，从腰后抽出一个瓶子形的手榴弹，拿手榴弹在中士鼻子前面摇晃着，一面看着同伴们，一面用雅洛斯拉夫口音又快又利落地说：

“老弟，这就是证件！这就是！这执照可是全年的！当心你的小命，要不然我一扔，你的五脏都得分家。明白了吗？明白不明白？明白了吗？……”

“你别胡闹，”中士推着他的胸膛，皱着眉头说，“别胡闹，也别吓唬我们，我们已经吓得够呛啦。不过你们既然是开小差，就请到师部去一趟。到那里自有人收拾你们这样的料。”

步兵们交换了一下眼色，一齐把枪摘了下来。其中有一个，黑黑的胡子，干瘦的脸，样子很像矿工，他用毫不畏惧的眼睛看了柯晒沃依，又看别的几个哥萨克，低声说：

“看我们拿刺刀捅你们！……哼，给我滚！走开！真的，我这就给你们一枪！……”

蓝眼睛的步兵拿手榴弹在头顶上转悠着；这会儿在顶前面的那个又高又大、驼背的步兵用生了锈的刺刀尖抵着中士的呢子军大衣；样子很像矿工的步兵骂着娘，拿枪托对着柯晒沃依乱舞，柯晒沃依的手指头在枪机上哆嗦着；用胳膊肘夹在肋部的枪托也跳动着；一个哥萨克抓住一个小个子步兵的大衣领子，伸着手拖他，并且担心地望着其余的步兵，害怕他们从后面打过来。

干枯的叶子在玉米秸子上沙沙响着。起伏不平的原野那边，是蓝幽幽的山峦。一群黄牛在村边草地上走来走去。风在树林子外面卷起一股股冰凉的灰尘。晦暗的十月天显得安详而又宁静；洒了淡淡阳光的自然景物使人产生一种和平与安静感。可是在离大路不远的地方，一些人却不要命地、气势汹汹地闹腾着，要用自己的血污染吸足了雨水而且已经播种下冬小麦的肥沃土地。

激动的情绪多少有点缓和，步兵们和哥萨克们吵嚷了一阵以后，说话语气平和些了。

“我们从阵地上撤下来才两天多！我们可不是往后方跑！可是你们就要跑啦，真不害臊！你们把自己弟兄都扔掉啦！谁来守阵地？你们这些人啊，哼！……我有一个伙伴，肚子都叫德国人戳通啦，是我跟他一起放暗哨的，可是你们还说，我们连火药味儿都没有闻到。你闻到的，我们也全闻到啦！”柯晒沃依气愤地说。

“没什么好说的！”一个哥萨克截住他的话，“咱们上师部去，用不着啰唆！”

“哥萨克们，把路让开，要不然，真的，我们开枪啦！”矿工模样的步兵又说了一遍。

中士无可奈何地把两手一摊，说：

“老弟，我们不能这么办啊！你们就是把我们打死了，反正你们也跑不掉：你瞧，我们连就驻在村子里……”

那个高个子、驼背的步兵一会儿吓唬，一会儿劝告，一会儿低声下气地央求。最后他急急忙忙从肮脏的军用包里掏出用草辫子缠着的一瓶酒，带着讨好的神气对柯晒沃依挤着眼睛，小声说：

“哥萨克弟兄们，我们给你们一些钱，还有这……一瓶德国酒……还可以再凑上一点什么……行行方便，放我们走吧……家里有一大堆孩子呢，这你们都明白……折腾够啦，想家想死啦……要折腾到什么时候啊？……天啊！……真的不肯放我们走吗？”他又匆匆忙忙从靴筒里掏出一个小荷包，从里面抽出两张皱皱巴巴的克伦卡[①]，硬往柯晒沃依的手里塞。“收下，收下吧！嗨，自己人嘛！……你不要多心嘛……我们能凑合过去！……钱吗，这不算什么……没有钱我们能行……拿着吧！还可以再凑一点儿……”

柯晒沃依羞得满脸通红，把手藏到背后，摇着头，躲了开去。一股血猛然涌上他的脸，使他的眼睛里流出了泪水，不由得想道：“我因为别士尼亚克，朝他们出起气来啦……我这是怎么啦……自己反对打仗，可是非要让人家留下来打仗，怎么能这样呢？……我的妈呀，我怎么这样糟呢？这不就成

①“克伦卡”，克伦斯基临时政府发行的纸币，有二十卢布的和四十卢布的。

了狗腿子啦?"

他走到中士跟前，把他拉到一边，也不看他的眼睛，说道:

"把他们放了吧?柯雷乔夫，你看怎样?真的，放了吧!……"

中士的眼睛也躲闪着，好像这会儿在做一件丑事，他说:

"让他们走好啦……拿他们他妈的有什么办法?咱们不久恐怕也要走这步路啦……没有什么好瞒的!"

于是他转身对着步兵们，气愤地喝道:

"你们这些不成材的!我们拿你们当规矩人，客客气气，你们倒跟我们讲起钱来啦?怎么，我们少钱用吗?"他红了红脸，说，"把钱收起来吧，要不然就把你们送到师部去……"

哥萨克们都闪到一旁。柯晒沃依远望着村子里空旷的街道，对着渐走渐远的步兵们喊道:

"喂，蠢东西!到处没遮没拦的，你们能跑到哪儿去?那边有一片树林子，白天就在里面躲一躲，到夜里再走吧!要不然遇上别的岗哨，会把你们抓起来!”

步兵们四面望了望，踌躇了一会儿，就像一群狼似的，拉成一条肮脏得成了灰色的链子，一个跟一个地走进了到处是乱蓬蓬的白杨树的一片洼地。

* * *

旧历十一月初，哥萨克们就陆续听到关于彼得格勒闹革命的各种各样的传闻。一向消息灵通的团部传令兵们都肯定地说，临时政府已经逃亡到美国，水兵们捉住了克伦斯基，给他剃光了头，涂了满头满脸的松焦油，把他弄得像个干了丑事的姑娘，拉着他在彼得格勒游了两天街。

后来，等到推翻临时政府和政权转移到工人、农民手里的正式公报一下来，哥萨克们都互相提防起来，不说话了。很多人非常高兴，盼着战争结束，但是暗暗传着的一些消息却使人十分担心，都说骑兵第三军正跟着克伦斯拉斯诺夫将军向彼得格勒进发，卡列金事先已经把一些哥萨克团调集到顿河上，现在也从南面攻了过来。

前线崩溃了。如果说在十月里，步兵们还只是零散地、没有组织的一小伙一小伙地开小差的话，那么到十一月底，就已经是整连、整营、整团地从阵地上撤退了；有些队伍是轻装撤退的，但是大多数都带走团里的物资，打开仓库，打死军官，并且沿路抢劫，就像冲破堤防的汹涌翻滚的洪流，纷纷朝家乡奔去。

情况既然已经成了这样，再让十二团拦阻逃兵，就毫无意义了，于是又重新把这个团调上了前线，想让他们堵住步兵抛弃阵地而造成的缝隙和缺口，然而却是枉费心机，到十二月里，这个团又从阵地上撤下来，开到附近的一个车站，把团里的全部物资、机枪、弹药和马匹装上火车，就向烽烟弥漫的俄罗斯内地开去……

第十二团的兵车经过乌克兰，向顿河开去。在离兹那明卡不远的地方，赤卫队想解除这个团的武装。谈判了半个钟头。柯晒沃依和另外五个哥萨克，都是各连革命军事委员会的代表，要求让他们带着武器过去。

“你们要武器干什么？”车站上的苏维埃代表们追问道。

“去打我们的资产阶级和将军！把卡列金的尾巴斩掉！”柯晒沃依代表大家回答说。

“武器是我们的，是我们部队的，我们不交！”哥萨克们激动起来。

把兵车放了过去。到了克里敏楚克，又要解除他们的武装。直到哥萨克机枪手们把机枪架到敞开的车厢门口，对准了车站，而且有一连散了开来，卧倒在路基后面以后，才同意放他们过去。但是到了叶卡捷琳诺斯拉夫，就是跟赤卫队交了火，也无济于事了——这个团还是被解除了一部分武装：缴掉了机枪、一百 多箱子弹、一些军用电话机和几捆电线。要求逮捕军官，哥萨克们没有同意。一路上只干掉了一名军官，那就是团里的副官齐尔科甫斯基，是哥萨克们自己判他死刑，由“秃子”和一名赤卫队水兵执行枪决的。

十二月十七日向晚时候，在西涅耳尼科沃车站上，哥萨克们把副官从车厢里拖了出来。

“就是这家伙出卖了哥萨克吗？”一个带盒子枪和日本式步枪的麻脸黑海水兵开心地问道。

“你以为，我们会认错人吗？不会的，我们不会弄错，把他拉出去!”“秃子”气呼呼地说。

副官是个年轻的上尉，他战战兢兢地四面张望着，用汗津津的手抚摩着头发，不论是寒风扑面，还是枪托子乱打，既不感到冷，也不觉得疼了。“秃子”和水兵把他拉到离车厢不远的地方。

“因为这些混账家伙，大家就得暴动；因为这些家伙，就得闹革命……喂，喂，喂，先生，别抖啦，再抖就抖散啦。” “秃子”低声说着，摘下军帽，画了个十字。“别做孬种，上尉先生!”

“好了吗?”水兵玩弄着手枪，龇着白牙顽皮地笑着，向“秃子”问道。

“好——啦!”

“秃子”又画了一个十字，侧眼看着，只见水兵叉开腿，举起盒子枪，聚精会神地眯缝起眼睛，并且冷笑着，打了一枪。

在查蒲林附近，这个团十分偶然地卷入了无政府主义者和乌克兰人之间所发生的一场战斗，损失了三个弟兄，花了很大力气把一个步兵师的兵车占据着的线路清除出来以后，才好不容易冲出了重围。

过了三昼夜，十二团打头的一辆兵车上的人马就在米列洛沃下了车。

其余的人都是在卢干斯克下车的。

这个团有一半人（其余的就在车站分手了）来到卡耳根村。第二天，就拍卖战利品——从前方带回的从奥地利人手里夺来的马匹，分团里的公款和服装。

柯晒沃依和鞑靼村另外几个哥萨克在黄昏时候动身回家。他们登上一座山冈。下面，旗尔河结了冰的灰白色河湾里，便是顿河上游风光最美的卡耳根村。机器磨坊的烟囱里向外冒着腾腾的青烟，就像一个个松散的球儿；广场上是黑压压的人群；晚祷的钟声响着。卡耳根冈的后面，隐隐约约可以看见克里莫夫村的柳树头儿，再过去，在积雪覆盖的蒿灰色地平线后面，便是烟雾朦胧的落日，落日金星点点，红光闪闪，映红了半边天。

十八匹马跑过了一个长着三棵挂满霜雪的野苹果树的小土丘，便换成快跑，鞍头咯吱咯吱响着，朝东北方向跑去。寒冷的夜晚悄悄降临。哥萨克们系紧风帽的耳朵，不时地放开马像冲锋一样飞奔。马蹄咚咚，响声动地。一条大道在马蹄下飞快地向后驰去。两旁的雪地上是不久前的暖和日子里结成的冰壳子，上面冻结着一根一根的枯草，冰壳子经月光一照，像白色的萤火虫一样闪闪发光。

大家一声不响地催赶着马匹。大道向后飞驰着。东面橡树谷里的树林子在转动着。许许多多网眼绣花状的兔子脚印儿从马蹄旁闪过。草原的上空，银河像一条镂花的哥萨克皮带，横束住天空，显得分外好看。

静静的顿河

卷 三

[苏联] 米哈依尔·肖洛霍夫 / 著　　力 冈 / 译

安徽师范大学出版社
ANHUI NORMAL UNIVERSITY PRESS
·芜湖·

卷　三

一

一九一四年三月，一个阳光和煦的化雪日子，娜塔莉亚回到了婆家。潘捷莱·普罗柯菲耶维奇正用毛茸茸的灰白色树条子修补公牛碰坏的篱笆。屋檐上滴着水，一条条冰锥闪着银光，墙头上一道道旧的流水印子像焦油一样黑。

黄黄的、和煦的阳光，像一头温和可爱的牛犊，安安生生地躺在解了冻的山冈上，土地渐渐松软了，顿河边一座山冈伸出的几道山嘴上，已经长出翡翠般碧绿的嫩草。

又瘦又变了样子的娜塔莉亚走到公公背后，弯下她那难看的歪脖子。

“爹，您好。”

“娜塔什卡吗？你好，好孩子，你好！”潘捷莱·普罗柯菲耶维奇忙乱起来。一根树条子从手里掉了下来，弯了弯，就伸直了。“你怎么不来呀？好，进屋去吧，你瞧瞧，你妈看到你有多高兴啊。”

“爹，我回来啦……”娜塔莉亚含含糊糊地摆了一下手，转过脸去。“您要是不撵我的话，我就住下不走啦……”

“你这是什么话，这是什么话，好孩子！我们能把你当成外人吗？格里高力来信还问到你……孩子，他要我们打听你的情形呢。”

两个人朝屋里走去。潘捷莱·普罗柯菲耶维奇又慌忙又高兴地一瘸一拐地走着。

伊莉尼奇娜搂住娜塔莉亚，泪珠子一串一串地往下落，她一面擤着鼻涕，一面说：

“你有个孩子就好啦……有了孩子，他就恋家啦。好啦，坐下吧。我这就去拿饼来给你吃，好吧？”

“不用，妈。我现在……回来啦……”

杜尼娅满面红光，从院子里跑进了厨房，一下子就搂住了娜塔莉亚的两膝。

“没良心的！你把我们都忘啦！……”

“傻丫头，你疯啦！”父亲故作严厉地喝道。

“你长得这么大啦……”娜塔莉亚说着，拉开杜尼娅的两条胳膊，一面朝她的脸上望着。

大家都一起说起话来，一会儿互相抢着说，一会儿都沉默不语。伊莉尼奇娜用手托着腮，痛苦地打量着变了样子的娜塔莉亚，心里十分难受。

“住下来不走了吧？”杜尼娅扯着娜塔莉亚的手，问道。

“谁知道他怎么样……”

“那有什么好说的，结发妻子能到哪儿去住？别走啦！”

伊莉尼奇娜毫不含糊地说，她把桌上满满一瓷盘子甜饼推了推，叫儿媳妇吃。

娜塔莉亚是犹豫了很久，才回到婆家来的。父亲劝她，数落她，骂她，不叫她来，可是她在身体复原之后，一看到自己家里人就很不自在，觉得自己在娘家差不多成了外人。寻短见的事使她跟家里人疏远了。潘捷莱·普罗柯菲耶维奇在送格里高力入伍以后，一直在想方设法要她回来。他打定了主意要把她接回家来，让她跟格里高力和好。

就从那一天起，娜塔莉亚在婆家住了下来。妲丽亚表面上没有表示出什么不满；彼特罗的态度又和蔼又亲热；娜塔莉亚虽然有时会遇到妲丽亚的白眼，但她有了公婆的疼爱和杜尼娅那种火热的情谊，心里也就满足了。

娜塔莉亚回到婆家的第二天，潘捷莱·普罗柯菲耶维奇就让杜尼娅按照他的意思给格里高力写了一封信。

爱子格里高力·潘捷莱耶维奇：

你好！

你的父亲和母亲娃西莉萨·伊莉尼奇娜诚心诚意地向你问候，并祝你幸福。你的哥哥彼特罗和嫂子妲丽亚·玛特维耶芙娜也向你问候，祝你健康、平安；还有你妹妹杜尼娅等家里人都向你问好。你在二月五日发的信，已经收到了，我们收到信都很高兴。

如果像你信中写的，马蹄常常碰伤的话，你就抹点猪下水熬的油，你该知道，如果不打滑，或者，比如说，路上没有冰的话，后蹄就不要钉掌。你的妻子娜塔莉亚·米伦诺芙娜现在住在咱们家，她很健康、平安。

母亲给你寄了一些樱桃干和一双毛袜子，还有猪油和一些吃的东西。我们都很好，都很健康，可是妲丽亚的小孩子死了，这是要告诉你的。前几天我和彼特罗换了棚子上的草，他嘱咐你把马看好，要好好地爱护。母牛都下了犊，老骒马已经发奶啦，看样子，肚子里已经有驹啦。是跟镇上的养马场里那匹叫作“顿河佬”的公马交配出来的，在大斋的第五个星期可望生驹。知道你干得很好，上级经常夸奖你，我们都很高兴。你好好干吧。你为皇上好好干，皇上是不会亏负你的。不过娜塔莉亚现在要在咱们家住下去了，这一点你要好好地想想。还有一样倒霉的事：谢肉节时候，野兽咬死了三只羊。好啦，祝你健康，一切顺利。不要忘了你的妻子，这是我为父的命令。她是个和善的女子，而且是你的结发妻。你不要败坏门风，要听父亲的话。

你的父亲

潘捷莱·麦列霍夫上士

格里高力的那个团驻扎在离俄奥边境线四俄里的拉齐维洛沃庄上。格里高力很少给家里人写信。接到报告娜塔莉亚回到婆家的来信，他回信很谨慎，只说向她问好；信的内容支支吾吾、含含糊糊。潘捷莱·普罗柯菲耶维奇叫杜尼娅和彼特罗把信念了好几遍，猜度着字里行间格里高力没有说出的意思。复活节前，他在一封信中直截了当地提出了一个问题，他问格里高力，退伍回来以后，是跟妻子一块儿过呢，还是仍旧跟阿克西妮亚过。

格里高力很久没有回信。三一节以后，家里才收到他一封短信。杜尼娅念得很快，字尾念得含糊不清，潘捷莱·普罗柯菲耶维奇不去管那许许多多问好和询问的话，费力地琢磨着信里的意思。格里高力的信尾才提到娜塔莉亚的事：

……您要我说说,今后我是不是还跟娜塔莉亚过,可是,爹,我只能告诉您,切开的面包是合不起来的。您知道,我已经有了孩子,这会儿我对娜塔莉亚还有什么好说的呢?将来的事,我什么都不能说,而且我也无心谈这件事。前几天在边境上捉住一个贩私货的人,我们也都见过这个人,他说,很快就要跟奥地利人打仗啦,他们的皇上好像亲自到边境上来过,察看过,从哪里发动进攻,占领哪些地方。一旦打起仗来,也许我就活不成啦,所以将来什么事都很难说。

* * *

娜塔莉亚在公婆家里干着活儿,一天天地过下去,心里不由自主地增长着希望,希望丈夫回来,她那颓丧的精神就靠这种希望支撑着。她没有给格里高力写过一封信,但是家里人谁也没有她盼他的信盼得那样焦急和痛苦了。

村子里的人们还像往常一样,按照牢不可破的一套规矩过着日子:服过兵役的哥萨克们回到了家里，在平常的日子，做做家常的活儿，不知不觉也就把时间消磨过去，每到星期天，一清早就一家家成群结队拥到教堂里去；哥萨克们穿起制服和过节穿的裤子；妇女们穿起紧身花褂，带皱纹的袖子上还打着褶子，那花花绿绿的长裙子底摆沙沙地扫着尘土。

方方的广场上，竖立着一根一根的车辕杆，马在嘶叫，各种各样的人来来往往；一些种园子的保加利亚人在消防棚旁边卖蔬菜，菜摊子摆得长长的；菜摊子后面是一群一群的孩子，孩子们瞪大眼睛望着戴红边制帽和花花绿绿的女人头巾的人群，望着傲慢地扫视着市场的那些卸了驮的骆驼；骆驼嚼着胃里倒出来的草料，嚼得唾沫往外直冒，天天拉水车实在够呛，这会儿正好歇一歇，那一双双眼睛呆呆地望着，就像一对对绿莹莹、死沉沉的铅球儿。

每天黄昏时候，街道上脚步杂沓，娱乐场上歌声嘹亮，人们在手风琴伴奏下蹁跹起舞，直到深夜，村边上最后的歌声才在暖洋洋的旱风中渐渐消散。

娜塔莉亚不到娱乐场上去，她很喜欢听杜尼娅天真无邪地讲一些事情。杜尼娅不知不觉已经长成一个亭亭玉立的美丽姑娘。她像早熟的苹果，成熟得很早。这一年，她脱离了逝去的童年。年长的女伴们接收她参加了姑娘们的圈子。杜尼娅长得很像父亲：身材短短的，皮肤黑黑的。

她已经过了十五个春天，那细细的、不够丰满的身材还没有完全发育起来。在她身上又可笑又天真地掺和着儿童和正在发育的少女的东西：两个像拳头一般大的、小小的乳房在小褂底下鼓膨膨的，明显地胀大起来，肩膀也渐渐丰满起来；可是在那长长的、微微上挑的眼眶里，蓝蓝的眼白包着的一对黑眼珠儿依然闪着羞涩而顽皮的光彩。她从娱乐场回来，就要单独找娜塔莉亚讲讲她那些并不奥秘的秘密。

“娜塔莎，好嫂子，我想给你讲点事儿……”

“好啊，你说说吧。”

“米沙·柯晒沃依昨天跟我在粮仓旁边的橡树下坐了整整一晚上。”

“你怎么脸红啦？”

“没有的事！”

“你去照照镜子看——就像火烧的一样。”

“哼，不说啦！你笑话我……”

“说吧，说吧，我不啦。”

杜尼娅用黑黑的手掌搓了搓发烧的腮蛋子，用手指头按着鬓角，无缘无故地发出了清脆的笑声。

“他说：‘你呀，真像一朵天蓝色的小花儿！……’”

“是吗?!”娜塔莉亚为别人的欢乐而欢乐，忘记了自己的欢乐已经破灭、已经成为过去，她用鼓励的语调说。

“我对他说：‘别瞎说，米沙！’他就发起誓来啦。”杜尼娅的笑声像银铃一样响遍了整个屋子，头不住地摇晃着，两条编得紧紧的黑辫子像两条蝎虎一样，在她的背上和肩上跳来跳去。

“他还说了些什么?”

“他说：送块手绢给我做纪念吧。”

“你给他啦?”

“我说：不行，不给你。你找你那美人儿要去吧。他跟叶罗菲耶夫家儿媳妇要好呢……她是个不三不四的女人，很不正经。”

“你离他远点儿。”

“我已经够远啦，”杜尼娅抑制着就要迸发出来的笑声，又说，“我们散场回家，三个姑娘在一块儿，醉醺醺的米海伊老爹从后面撵了上来。他嚷嚷说：‘亲亲我吧，我的好姑娘，我给每个人两个铜板。’他正要朝我们扑过来，纽尔卡拿树条子朝他额头上一抽，我们撒腿就跑！”

这一年的夏天干得像火烤一样。村边的顿河水越来越浅，以前急流滚滚的地方，如今成了浅滩，牛可以走过河去，连脊背都湿不了。一到夜里，浓烈、闷热的暑气就从山头上涌进村里，风把晒焦的野草那种刺鼻的气味吹得空气中到处都是。河汊里的野草枯死了，腾腾的热气像看不见的帐幕一样，笼罩住顿河两岸。每天夜里，顿河对岸浓云密布，雷声又大又清脆，可是雨就是不往热烘烘的大地上落，闪电空闪着，只是把天空划成许多尖角形的蓝块块儿。

一到夜里，夜猫子就要飞到钟楼上号叫。村子上空到处回落着可怕、颤抖的叫声，夜猫子还常常从钟楼上飞到被牛犊踩得乱七八糟的坟地上，在长满荒草的褐色的坟头上哀号。

“要遭殃啦。”老年人听到夜猫子在坟头上哀叫，就预言说。

“要打仗啦。”

“那一次跟土耳其人打仗以前，就这样叫过。”

“也许，又要闹霍乱呢？”

“夜猫子从教堂飞到死人头上，反正没有好事情。”

“哎哟，我主耶稣呀，慈悲慈悲吧……”

一条胳膊的阿列克塞的弟弟马尔丁·沙米尔，在坟地围墙脚下守候这可恶的夜猫子，守候了两夜，可是人眼看不见的神秘的夜猫子毫无声息地从他头上飞了过去，落到坟地另一头的十字架上，撕心裂肺的叫声又飞到了沉睡的村子上空。马尔丁骂了几句粗话，朝着天空低垂的黑云放了一枪，就离开了。他就住在附近。他老婆是一个胆小、多病、像母兔一样多产的女人，每年都要生孩子，丈夫一进门，她就骂起来：

“混蛋，你真混蛋！夜猫子碍你什么事？上帝要是怪罪又怎么办？我现在怀着孩子，要是因为你这鬼东西我生不出来，那可怎么办？”

“哼，你住嘴吧！不要怕，会生出来的！你已经生滑溜啦。这该死的玩意儿叫得人心里不是滋味儿，要它在这儿干啥？这魔鬼一叫，祸事就到。一打起仗来，就要抓我去当兵，可是你生了这么一大堆。”马尔丁朝角落里指了指，角落里铺着一张车毯，那儿又有老鼠的叫声，又有并排睡着的几个孩子的鼾声。

潘捷莱·普罗柯菲耶维奇在集市上跟老人们聊天的时候，郑重地说：

“我家格里高力来信说，奥国的皇上到边境上来过啦，并且下了命令，要把所有的军队集结到一处，准备进攻莫斯科和彼得堡。”

老人们回想起以往的几次战争，纷纷推测起来：

“从年景上来看，不会有仗打。”

“这跟年景没什么关系。”

“恐怕是学生要闹风潮啦。”

“这种事咱们事先都想不到。”

“就跟日俄战争那时候一样。”

“你给儿子买马了吗？”

“有什么好着急的……”

“瞎说！”

“要跟谁打仗？”

“跟土耳其人，争夺海面。海无论如何是划不开的。”

“那有什么难的？把海划成一块一块的，就像咱们划草地一样，分吧！”

谈着谈着，开起玩笑来，老头子们这才散了。

草地上的草急等着人们去割，顿河对岸各种各样的草眼看就要老了，那都是一些纤弱、没有后劲儿的草，不像草原上的。同是土地，可是草丛中吸取到的养分不大一样；山冈那边的草原上，全是硬邦邦的黑土地，跟石头一样，马群在上面跑过，连一个马蹄印儿都看不到；土地坚硬，上面长的草也强壮而有生命力，长得能抵到马肚子；在顿河边和顿河对岸潮湿而松软的土地上，长出的草就很不旺盛、很不像样子，有时牲口都懒得吃。

全村子里都在砸镰刀，刨搂草耙子，妇女们忙着做克瓦斯，准备慰劳割草的人，就在这时候，发生了一件惊动全村的事：乡警察局长带着一个侦察员和一个军官来了，那个军官身穿制服，满嘴黑牙，大块头，从来还没有露过面。他们找到了村长，邀集了几个作证人，就直奔斜眼卢凯什卡家。

侦察员将带帽徽的帆布制帽拿在手里。一行人顺着街道左边的篱笆走着，路上铺着斑斑点点的阳光，侦察员用落满灰尘的皮鞋踩着斑斑点点的阳光，询问着像公鸡一样往前直跑的村长：“外来户施托克曼在家吗？”

“在家，大人。”

“他在干什么事情？”

“谁都知道，他是个铁匠……木匠活儿也能做。”

“没发现他有什么不轨的事吗？”

“一点也没有。”

警察局长一面走，一面用手指头挤眉心里的粉刺，他气喘吁吁，呢子制服里面冒着热气，满嘴黑牙的军官用麦秆剔着牙齿，眼角上因为红肿变柔和了的皱纹皱了起来。

“哪些人常上他那里去？”侦察员用手拉了拉直往前跑的村长，问道。

“是的，常有人去。有时候去打牌。”

“都是些什么人？”

“多数是磨坊里的，是一些干活儿的。”

“究竟是些什么人？”

“机器匠，过磅的，磨粉的达维德卡，咱们哥萨克也有几个人常去。”

侦察员站了下来，等着落在后面的军官，用帽子擦了擦鼻子上的汗。他用手指头转悠着制服上的扣子，对军官说了几句话，就用一个指头向村长招了招。村长屏住气，踮着脚跑了过来。他的脖子上那纵横交错的青筋鼓了起来，不住地哆嗦着。

“带两个村丁，去把他们抓起来。带到村公所去，我们随后就到。明白了吗？”

村长站直了身子，上身软了下来，一条最粗的筋像根青带子一样落到制服硬领上，他嗯了一声，转身走了。

施托克曼穿着一件衬衣，敞着领口，背朝门坐着，正用手锯在一块胶合板上锯一道弯弯的条纹。

“请站起来。您被捕啦。”

“怎么回事儿？”

“您住两间屋子吗？”

“是的。”

“我们要在您这儿搜查一下。”军官的刺马针在门口的小地毯上挂了一下，然后他走到小桌跟前，眯缝着眼，拿起首先看到的一本书。

“请把这个柜子的钥匙拿出来。”

“侦察员先生，我犯了什么罪？……”

“等会儿还有时间跟你谈。作证的，来吧！”

施托克曼的妻子从另一间屋子里朝外探了探头，没有把门带上。侦察员和书记走了进去。

“这是什么？”军官伸出手举着一本黄封面的书，小声问。

“书呀。”施托克曼耸了耸肩膀。

“俏皮话你留着，等遇到更合适的场合再说吧。现在我请你用另外的方式回答问题。”

施托克曼抑制着冷笑，靠在炉子上。警察局长扭过头看了看军官，又把目光转到施托克曼身上。

“您研究这个吗？”

“有点兴趣。”施托克曼用小梳子把黑胡子分成很均匀的两半，然后生硬地回答说。

“是——这——样。”

军官翻了一会儿，把书扔到桌上；又匆匆翻看了第二本，把第二本书放到一边；又念了念第三本书封面的字，然后转过脸朝着施托克曼。

“你在什么地方还藏着这一类的书？”

施托克曼好像瞄准一样，眯起左眼。

“所有的书都在这儿啦。”

“胡说！”军官摇晃着一本书，凶狠地喝道。

“我要求……”

“搜！”

警察局长一只手按着马刀，走到大柜子跟前，一个麻脸的哥萨克村丁正在翻柜子里的衬衣和外衣，看样子，他见到这种场面吓慌了。

“我要求您客气一点。”施托克曼用眯缝着的眼睛盯着军官的鼻梁，把刚才被打断的话说完。

“住嘴吧，先生。”

在施托克曼跟妻子住的屋子里，凡是能搜的地方，全搜了。作坊里也搜过了。细心的警察局长还弯起指头在墙壁上敲了敲。

押着施托克曼朝村公所走去。施托克曼一只手放在他那旧上衣襟上，另一只手不住地甩着，好像是要甩掉沾在手上的泥巴。他在街中心走着，后面跟着一个村丁；其余的人都贴着篱笆在阳光斑斑点点的小路上走着。侦察员还是用他那滨藜染绿了的皮鞋踩着斑斑点点的阳光，只不过帽子不是拿在手里，而是稳稳地扣在苍白的耳朵上了。

施托克曼是最后一个被审问的。已经审问过的人集合在堂屋里，由村丁看管着。他们是：还没有来得及洗去手上油污的伊万·阿列克塞耶维奇、很不自然地笑着的达维德卡、披着上衣的“杰克”和米沙·柯晒沃依。

侦察员一面在粉红色的公文包里翻着，一面向站在桌子对面的施托克曼问道：

“因为磨坊里的凶杀案，我审问过您，那时候您为什么不招认您是社会民主工党党员？”

施托克曼一声不响地望着侦察员的脑袋上方。

“这一点已经查清楚啦。您要为自己做的事负应有的责任。”侦察员因为他不开口，火了起来，大声喝道。

“请您开审吧。”施托克曼不耐烦地说，一面瞅着一张空凳子，要求允许他坐下。

侦察员没有说什么，他沙沙地翻着文件，皱着眉头看着施托克曼泰然自若地坐了下来。

“您是什么时候到这里来的?”

“去年。”

“是组织派您来执行任务的吗?”

“没有什么任务。”

“您从什么时候成为你们党的党员的?”

“您问的是什么?”

“我是问,”侦察员把“我”字说得特别重,“您从什么时候成为俄国社会民主工党党员的?”

“我想……”

“对于您想什么,我一点没有兴趣。您还是回答我的问题吧。拒不招供是没有好处的,甚至是有害处的。”侦察员抽出一份公文,用食指将公文按在桌子上,“这是罗斯托夫来的证明,证明您是该党的党员。”

施托克曼用眯得细细的眼睛向白白的纸片上扫了一眼,目光在上面停了一会儿,于是,一面用两手摩挲着膝盖,刚强地回答说:

“一九〇七年入党。”

“好的。您不承认,是你们的党把您派到这里来的吗?”

“不是派来的。”

“不是派来的,您又是为什么到这里来的呢?”

“这里很需要有人做铁匠活儿。”

“为什么您偏偏选中了这个地区呢?”

“也就是因为上面说的原因。”

“您现在跟你们的组织有联系吗?或者说,在这段时间里有过联系吗?”

“没有。”

“他们知道您到这里来了吗?”

“想必知道。”

侦察员噘着嘴,用贝壳做的铅笔刀在削铅笔;他没有看施托克曼。

“您跟你们党里的什么人通过信吗?”

“没有。”

“搜查时发现的那封信,是怎么回事?”

“那是一个朋友的信,他恐怕跟任何革命组织都没有关系。”

“您得到过罗斯托夫方面的什么指示吗?”

“没有。”

“磨坊里的工人在您家里聚会，有什么目的？”

施托克曼耸了耸肩膀，好像是对问题的荒谬表示惊奇。

“只不过因为冬夜太长，在一块儿坐坐……只不过消磨消磨时间。打打牌……”

“念过禁书嘛。”侦察员提示道。

“没有。他们都是一些不大识字的人。”

“可是磨坊里的机器匠和所有其他的人都不否认这个事实。”

“这不是实情。”

“我觉得，您连一点起码的道理都不懂……”施托克曼听到这个地方，笑了，侦察员放低说话的调门儿，压住火气把话说下去，“您的头脑简直不正常！您矢口否认，对自己没有好处。很明显，是你们的党把您派到这里来的，要您在哥萨克中间进行分化工作，以便把他们从政府手里争取过去。您暗地里玩的什么牌，难道我不知道？反正这不能减轻您的罪……”

“这是您的猜想。允许抽烟吗？谢谢您。这是猜想，而且是毫无根据的猜想。”

“请问，这本小书您给到您家里来的工人读过吗?”侦察员把手掌放到一本小书上，遮住书名。上端露出白纸黑字的作者姓氏：普列汉诺夫。

“我们读过一些诗。”施托克曼舒了一口气，把夹在指头中间的带箍的骨头烟嘴捏紧，抽了一口烟……

第二天早晨，晦暗而阴沉，一辆双套邮车向村外驶去。施托克曼坐在车子后面，把长胡子埋在矮矮的、油乎乎的大衣领子里，打着盹儿。两边挤着几个带马刀的村丁。其中一个麻脸、鬈发的，用疙里疙瘩的脏手抓住施托克曼的胳膊肘，用恐惧的白眼睛斜看着他，左手按着油漆剥落的马刀鞘。

邮车拖着滚滚的灰尘在大街上奔驰着。一个裹着头巾的瘦小妇人，靠在麦列霍夫家院子外面的场院篱笆上，等候着他们。

邮车从旁边飞驰过去，妇人把双手抱在胸前，跟着车子跑去。

“奥西普！……奥西普·达维陀维奇！哎呀，怎么办啊?！……”

施托克曼想朝她招招手，可是麻子村丁在车上颠了一下之后，用肮脏的手指头按住他的胳膊，凶狠地、声嘶力竭地喝道：

“坐好！动一动，我把你砍了！……”

他在他这平平常常的一生中，头一次看到一个反抗皇上的人。

二

从曼柯沃-卡里特文镇到拉齐维洛沃庄的一段很长的路，已经落到了后面，消逝在灰蒙蒙的雾气中。格里高力打算回想一下已经走过的路，但是什么都无法去想；一座座红色的车站建筑物从眼前闪过，车轮子在摇摇晃晃的车厢下面嗒嗒响着，马粪气味，干草气味，看不到头的铁轨从火车头下面向前伸去，青烟有时朝车门里探一探头，站台上出现大胡子宪兵的脸，忽而在沃罗日，忽而在基辅……

在他们下车的小站上，有很多军官，还有一些身穿灰色长袍、脸刮得很光的人，他们讲着叫人听不懂的外国话。费了老半天时间，才顺着跳板把马匹从车厢里牵出来，军用车的副官命令给马上了鞍，他便带了三百多名哥萨克到兽医站去。马匹经过了仔细的检查，然后就是编连队了。一些司务长和军士来来回回地跑着。浅棕色的马编为第一连；灰马和浅黄色马编为第二连；深棕色的马编为第三连；格里高力编在第四连里，这个连里的马是金黄色和枣红色的；第五连的马都是浅红色；第六连的马都是铁青色。各连司务长又把哥萨克们分成排，然后才领着他们朝分散在各个村庄和镇市的连队驻地走去。

眼睛突出、威风凛凛的司务长柯尔根，佩戴着超期服役的袖章，骑着马从格里高力身边走过，问道：

"你是哪个乡的？"

"维奥申乡的。"

"秃尾巴①吗？"

格里高力在别的乡哥萨克们的一片低低的笑声中，一声不响地忍受了这一侮辱。

从大道上了公路。头一次见到公路的顿河马，

① 每个乡镇都有自己的诨名：维奥申乡的诨名就叫"公狗"。——作者注

一踏上公路，又甩耳朵，又打响鼻，就好比走在冰封的小河上似的，后来习惯了，才叮叮当当地踏着还没有磨平的新马掌，放开步子走了起来。在异国波兰的土地上，是横七竖八的一条条很不旺盛的林带。这一天又暖和，又晦暗，雾气腾腾，太阳也好像跟顿河的太阳不一样，这儿的太阳躲在云雾织成的纱幕后面。

拉齐维洛沃庄坐落在离小站四俄里的地方。纵马飞奔的兵车司令和一个传令兵在半路上超过了哥萨克们。半个钟头就到了庄上。

“这是什么村子？”米佳金乡的一个矮小的哥萨克指着花园里一丛光秃的树木，向司务长问道。

“村子？米佳金乡的乡下佬，以后别说村子啦！这不是你那顿河军州啦。”

“这又是什么呢，大叔？”

“我算你的什么大叔？哟，好一个侄子！这个吗，我的老弟呀，是乌卢索娃公爵夫人的庄园。咱们第四连就驻扎在这儿。”

格里高力闷闷不乐地抚摩着马脖子，用脚紧紧地踩住马镫，看了看那讲究的二层楼房，看了看那木栅栏和一些奇形怪状的房舍。他们从花园旁边走过，光秃的树木用同样的语言在跟风悄悄说着话儿，这和已经离远了的顿河土地上的情景是一样的。

昏昏沉沉、烦闷无聊的生活一天天过下去。年轻的哥萨克们因为没有活儿可干，起初觉得十分苦闷，只有在空闲的时候说说话儿，排遣排遣心头的烦恼。连队住在几座大瓦房里；哥萨克们都睡在靠窗搭起的铺上。每天夜里，从窗框上脱落下来的糊缝纸嘘嘘叫着，就像远方的牧笛。格里高力在多种腔调的鼾声中，倾听着窗纸的嘘嘘声，觉得又苦恼又心烦，就像石头压在心上。这种细细的嘘嘘声就像针一样扎在心上；此时此刻，格里高力恨不得马上爬起来，跑到马棚里，骑上枣红马，直赶得马嘴里的唾沫一团一团地往无声的大地上掉，一直跑回家去。

早晨五点钟，起床去喂马和刷马。在拴马桩前给马喂燕麦的这短短的半个钟头里，哥萨克们三言两语地交谈着。

“伙计们啊，这儿真可恶！”

“真叫人受不了！”

“司务长这狗东西！逼着人洗马蹄子。”

“这会儿家里正在吃油饼，过谢肉节呢……”

“这会儿摸摸姑娘才好呢，唉！”

“弟兄们，我今天做了一个梦，好像我跟我爹在草甸子上割草，周围密密麻麻的都是人，就像场院外面的野菊一样，”十分和善的普罗霍尔·泽柯夫忽闪着亲切的、像小牛那样的眼睛，说道，“我们一割，草就一个劲儿地往下倒……我的心都欢蹦起来啦！……”

“我老婆这会儿一定会说：‘我那尼古拉在干什么啦？’”

“哈——哈——哈！老弟，她也许正在跟公公玩‘人摞人’游戏呢。”

“滚，你这家伙……”

“男人不在家，又没有野食儿吃，哪一个女人都忍受不住。”

“有什么好伤心的？好比牛奶罐子，等咱们退伍回去，咱们又可以用了。”

叶高尔·莎尔柯夫是全连有名的爱说爱笑、爱说下流话的人，脸皮又厚，说话又粗野，他挤了挤眼睛，嬉皮笑脸地讲开了：

“这事儿很明显，你爹是不会放过儿媳妇的。他像一条很壮的牙狗。有这么一回事儿……”他用眼睛扫视了一下听众，“有一个老家伙爬灰爬惯啦，总想找儿媳妇，可是儿子又碍事。你们猜，他想了个什么点子？夜里他走出去，故意把大门开了，牲口全跑了出去。他就对儿子说：‘你这不成材的东西，怎么把大门开啦？瞧，牲口全跑出去啦，快给我撵去！’他心想，等儿子一出去，他就趁机会找儿媳妇干去，可是儿子发起懒来，小声对老婆说：‘你去撵吧。’媳妇就去了。儿子就躺着，听着；老头子从炕上爬起来，跪着朝床爬去。儿子也不是呆子，从板凳上拿起一根擀面杖，等候着。老头子爬到了床边，刚刚用手一摸，儿子就举起擀面杖照他的秃脑袋打去。并且还吆喝着：‘该死的东西！滚开！又来嚼衣服啦！……’本来他们家的牛犊是睡在屋子里的，而且的确也常常到床边去嚼衣服。儿子就装作打牛犊，把老子打了一顿，又躺下去，一声不响了……老头子又爬到炕上躺下来，揉起头上的疙瘩，疙瘩已经有鹅蛋那样大了。躺了一会儿，才问道：‘伊万，伊万呢？’‘爹，你有什么事？’‘你刚才打谁啦？’儿子说：‘打牛犊啦。’老头子眼泪汪汪地对他说：‘你打起牲口，手这样狠，以后你他妈的怎么能当家？’”

“你真会瞎编。”

“该把你这个麻子的嘴锁起来。”

“你们在这儿嚷嚷什么？走开！”司务长走来喝道；于是哥萨克们一面笑着，开着玩笑，各人走到各人的马跟前。吃过茶点以后，就去下操。军士们要改掉他们的家常动作。

“肚子缩回去，喂，你呀，猪肚子！”

“向右看齐，开步——走……”

“全排，立正！”

“开步走！”

“喂，左翼排头，你妈的，怎么站的？……”

军官老爷们都站在旁边，抽着烟，看着军士们在大操场上把哥萨克们赶过来又赶过去，有时候对军士们的做法过问一下。

军官们都打扮得十分漂亮，服装笔挺，穿着漂亮的灰大衣和十分合身的制服，格里高力看着他们，就觉得在他和他们之间有一道不可逾越的、无形的高墙；墙那边是另外一种安闲自在、不同于一般人的讲究生活，既不肮脏，又没有虱子，也不怕司务长打嘴巴子。

来到庄园第三天发生的一件事，不仅给格里高力，而且给所有的年轻哥萨克留下了很不愉快的印象。大家在练习编队；那个长着一双亲切的牛眼睛、时常梦见他十分留恋的遥远的故乡的小伙子普罗霍尔·泽柯夫的马，是一匹脾气很坏、很难驾驭的马，在训练时踢了司务长的马一下子。踢得不重，司务长的马的左腿上只是破了一点皮。司务长就驱马朝他冲去，扬起鞭子，狠抽他的脸，一面吆喝着：

“你的眼睛哪儿去啦？……眼睛哪儿去啦？我揍你这个狗崽子！罚你给我值三天班……”

正在对排长们下命令的连长看到这个场面，转过头去，摩弄着刀穗子，百无聊赖地打了一个长长的哈欠。普罗霍尔用大衣袖子擦了擦肿起的脸上的一道血印，嘴唇不住地哆嗦着。

格里高力一面让马跟上队伍，一面望着军官们，可是军官们谈笑风生，好像什么事也没有。又过了几天，格里高力在饮马时把水桶掉进了井里，司务长像老鹰一样朝他扑了过来，举起了手。

“别动！……”格里高力望着井里泛着层层波纹的水，低声说。

“什么？坏蛋，爬下去，给我捞上来！我要狠狠打你的嘴巴！……”

“我可以捞上来，可是你别动一动！”格里高力没有抬头，慢腾腾地说。

如果在井边还有别的哥萨克的话，就会有另一种结局：司务长毫无疑问会狠狠地打格里高力一顿，可是这时候哥萨克们都在围墙跟前喂马，听不见他们的话。司务长一面朝格里高力逼过去，一面回头望着哥萨克们，不住地翻着凶狠的、气疯了的眼睛，声嘶力竭地吼道：

“你把我怎么样？你怎么跟长官说话？”

“谢苗·叶果罗夫，你别太过分了！”

“你吓唬起人来啦？……我来叫你哭个痛快！……”

“就是这话，”格里高力的头离开井栏，“如果你敢打我的话，我非把你打死不可！明白吗？”

司务长惊愕地张着鲤鱼一样的方方的大嘴，不知道怎样回答。打人的时机放了过去。格里高力那白得像石灰一样的脸色，说明他不是好惹的，所以司务长给弄得张皇失措。他踩着马槽引水沟边的泥巴，滑滑跌跌地离开了井边，已经走出一段路了，又转过身来，摇晃着小榔头一样的拳头，说：

“我去报告连长！这就去报告！”

但是不知为什么他一直没有对连长说，可是有两三个星期的工夫，他专门跟格里高力过不去，遇到一点小事都要找找碴儿，没有轮到格里高力站岗也要派他去站岗，也不拿眼睛看他。

沉闷、单调的生活日程消磨着人的生气。一天到晚，只要没吹熄灯号，都要练习步兵操、骑兵编队，整理装备，刷马和在拴马桩前喂马，背诵杂七杂八的“军事条令”，一直到十点钟，点过名，派过岗哨以后，才站队做祷告。司务长用铅球一样的眼睛打量着长长的队列，用生来就沙哑的声音喊了起来：“我们的父。”

到早晨，老一套又开始了；一天天日子不同，然而又十分相像，就跟孪生兄弟一样。

在整个庄园里，除了总管的老妻以外，只有一个女的，那就是总管家里的年轻貌美的使女——一个叫福兰妮亚的波兰姑娘。全连的人都盯着她，军官们也不例外她经常从屋子里往厨房跑，掌厨的是一个没有眉毛的老厨子。

分成几个排在操练的整个连队，都艳羡地和挤眉弄眼地注视着福兰妮亚那窸窣响的灰裙子。福兰妮亚觉察到哥萨克们和军官们都直勾勾地看着她，就好像在三百只眼睛送出的秋波中上足了油似的，勾魂摄魄地抖动着大腿，一会儿从屋子里往厨房里跑，一会儿又从厨房里往屋子里跑，逐次地对每个排、逐个儿地对每个军官先生微笑。大家都得到她的青睐，但是，据说只有一个满头浓浓的鬈发的中尉获得了令人羡慕的成绩。

快到春天的时候，发生了一桩事。这一天格里高力在马棚里值班。他不时地走到马棚的一头去看看，有几匹军官的马在那儿很不老实，因为跟一匹骒马拴在一块儿了。正是午休时候。格里高力刚刚用鞭子把大尉的白腿马赶开，就到栏格里来看自己的枣红马。枣红马正咯吱咯吱地嚼着草料，蜷着一条训练中碰伤的后腿，用红红的眼睛斜看着主人。格里高力正在给马调理马笼头，就听见马棚黑暗的角落里有脚步声和闷声闷气的喊叫声。听到这种不平常的叫闹声，他感到有些惊异，就擦着一个个的栏格往前走去。突然进入黑乎乎的过道，眼睛什么都看不清楚。这时马棚的门砰的一声关上了，不知是谁压低了声音小声喊：

“快点儿，伙计们！”

格里高力加快了脚步。

“什么人？”

正摸索着向门口走去的中士波波夫跟他撞了个满怀。

“是你吗，格里高力？”他抓住格里高力的肩膀，小声说。

“等一等。这是怎么一回事儿？……”

中士抱歉地咯咯一笑，抓住格里高力的袖子。

“这儿……站住吧，你上哪儿去？”

格里高力挣出手来，把门开了。一只剪过尾巴的花母鸡正在空旷无人的院子里走来走去，还不知道厨子明天就要拿它给总管老爷烧汤，一边走一边刨着粪堆，若有所思地咯咯叫着，好像是在考虑把蛋生在什么地方。

阳光射进格里高力的眼睛，他的眼睛花了一会儿。听到马棚黑暗的角落里的闹声大了起来，他用手遮住眼睛，转过身来，用手摸索着墙壁，朝那里走去。马棚门口迎面的墙上和马槽里晃动着反射的光斑。格里高力被刺眼的亮光照得眯缝着眼睛，往前走着。他迎面撞上了废话大王莎尔柯夫。莎尔柯夫一面走，一面扣着直往下掉的裤子上的纽扣，摇晃着脑袋。

“你怎么啦？……你们在那儿干什么？……”

“你快去吧！”莎尔柯夫从他那脏嘴里朝格里高力的脸上喷着一股很难闻的气味，小声说，“那儿吗……那儿妙极啦！……弟兄们把福兰妮亚拉到那儿去啦……好开心……”莎尔柯夫笑了一声，就被格里高力一推，脊背咚的一声撞在马棚的木头墙上，不笑了。格里高力朝响声跑去，在他那睁得大大的、习惯了黑暗的眼睛里露出恐怖的神情。在堆放马衣的那个角落里，密密麻麻地拥挤着许多哥萨克，都是第一排的。格里高力一声不响地推开许多哥萨克，挤到了前面。福兰妮亚一动不动地躺在地上，两条在黑暗中发白的腿毫无遮盖地、宽宽地叉着，脑袋用马衣包着，撕破的裙子撩到了两个乳房以上。一个哥萨克歪嘴笑着，也不看同伴们，退到墙边去，让位给下一个。格里高力向后一冲，朝门口跑去。

“司——务——长！……”

一些人在门口撵上了他，从背后扳着他，用手捂住他的嘴。格里高力把一个人的制服从领口一直撕到底边，还朝另外一个人的肚子上踢了一脚，但是大家还是把他按倒了，并且像对付福兰妮亚那样，用马衣将他的头包住，捆住他的两手，为了不叫他听出声音，都一声不响地把他抬过去，扔到空马槽里。格里高力被马衣上臭烘烘的毛的气味呛得十分难受，试着叫了几下，用脚蹬了几下槽帮。他听到角落里的低语声、哥萨克们进进出出的开门和关门声。过了二十来分钟，才给他松了绑。门口站着司务长和别的两个哥萨克。

“你把嘴闭紧！”司务长一个劲儿挤着眼睛，朝一旁望着，说道。

“不准乱说，要不然……把你的耳朵割下来！”

另外一个排的绰号“木头疙瘩”的哥萨克笑着说。

格里高力看到，两个人抬起一个灰团子——福兰妮亚（她的两腿弯成尖角形，一动不动地在裙子下面搭拉着），爬到马槽上，那里有一块木板没钉牢，掉了下来，墙上出现了一个大豁口，就把她从豁口里扔了出去。墙外就是花园。每一个栏格上面，都有一个小小的、上部熏黑了的肮脏的窗口。哥萨克们乱哄哄地爬到槽帮上，想看看落在墙外的福兰妮亚怎么样；还有几个人急急忙忙朝马棚外面走。与生俱来的好奇心也打动了格里高力。他抓住一根横梁，两手一用劲，靠近了窗口，两脚找到可站的地方后，便朝下面望去。几十只眼睛从一个个黑乎乎的小窗户里一齐朝躺在墙脚下的姑娘望着。她仰面躺着，两条腿像剪刀一样时而叉开，时而并到一起，手指头在墙脚下正在融化的积雪里乱抓。格里高力看不见她的脸，但是听得见站在窗口的哥萨克们的屏气声和干草的清脆而柔和的咯吱声。

她躺了老半天，后来才用手和脚一齐撑着站了起来。两条胳膊软绵绵的，不住地打哆嗦。格里高力清清楚楚地看到了这种情形。她摇摇晃晃地站了起来，披头散发，变了模样，完全成了另外一个人，用眼睛朝着一个个的窗口望了老半天。

她用一只手抓住一丛丛的忍冬，另一只手扶着墙、撑着墙，朝前走去……

格里高力从上面跳下来，用手不住地搓着喉咙；他憋得透不过气来。

在门口，有一个人——他都不记得是谁了——郑重其事、明明白白地对他说：

“你要是对谁吱一声，说真的，我们就宰了你！明白吗？”

下操的时候，排长看到格里高力的大衣纽扣被扯掉了，就问：

“谁揪你了？这还成什么样子？”

格里高力看了看扯掉的纽扣在呢子上压出的小圆圈儿；他想起那件事，心里像针扎一样，差点儿哭了出来，很长时间以来，这还是第一次。

三

原野上笼罩着黄黄的、灼人的阳光。已经成熟、但还没有收割、像波浪一样的小麦，冒着腾腾的热气，像黄尘一样。割麦机上上下下都热得烫手。人热得头都不敢抬。蓝中带黄的天空像一个热得发烫的大罩子。麦田边上，到处是红中透黄的草木樨花儿。

全村的人都来到田野上。正在割黑麦。人们十分吃力地赶着割麦机上的马，又闷又热，尘土又呛人，哼哧哼哧，简直喘不上气来……顿河上偶尔吹来的阵风卷起一股股灰尘，腾腾的热气像披纱一样罩住刺目的太阳。

彼特罗不时地从割麦机上下来，从早晨起，他已经把一只老大的桶里的水喝了一半。喝一阵热烘烘、令人作呕的水，过一会儿嘴里就又发起干来，汗衫和衬裤全都湿透，脸上的汗不住地往下淌，耳朵里响着不绝如缕的颤音，说的话就像苍耳子一样，卡在喉咙里吐不出来。妲丽亚用头巾包住脸，敞着小褂，在堆燕麦。两个变成褐色的乳房中间的胸沟里，汪着一颗一颗的汗珠儿。娜塔莉亚赶着拉割麦机的马。她的两腮晒得红红的，像红皮萝卜一样，眼里含着泪水。潘捷莱·普罗柯菲耶维奇顺着垄沟走着，浑身像洗了澡一样。永远不肯干的湿衣服粘在身上十分难受。好像从他脸上垂到胸前的不是大胡子，而是融化的黑黑的车轮油。

“你洗澡啦，普罗柯菲耶维奇？”贺里散福赶着车从这儿路过，在车上叫道。

“湿透啦！”潘捷莱·普罗柯菲耶维奇挥了挥手，用小褂前襟擦着肚子上汪着的汗水，一瘸一拐地朝前走去。

“彼特罗，”妲丽亚喊道，“哎呀，别割啦！”

“等一等，把这一趟割到头。”

“等这股热劲儿过去再割吧。我不干啦！”

娜塔莉亚把马勒住，呼哧呼哧地喘着粗气，好像一直是她在拉割麦机，不是马在拉。妲丽亚朝他们这边走来，被靴子磨破的两只黑乎乎的脚在麦茬子当中慢慢挪动着。

“彼特罗，水塘离这儿不远啦。”

“哼，还不远呢，有三俄里！”

“顶好去洗洗澡。”

“不等走到那儿，就……”娜塔莉亚叹了一口气。

“为什么偏偏要走着去呢？咱们把马卸下来，骑马去！”

彼特罗担心地看了看正在堆燕麦的父亲，摆了摆手，说：

“卸下来吧，娘儿们！”

妲丽亚把马卸下，十分轻巧地跳上了马背。娜塔莉亚笑着噘起两片干裂的嘴唇，把马牵扯到割麦机跟前，踩着割麦机的座位往马上爬。

“腿跨过来。”彼特罗扶着她骑了上去。

三个人都上了马。妲丽亚露着两个膝盖，头巾歪披到后脑勺上，一马当先地朝前跑去。她骑在马上像个男子汉一样，彼特罗忍不住在背后对她吆喝道：

“喂，小心，不要磨破裤裆！”

“没事儿！”妲丽亚摆了摆手。

在跨过大道的时候，彼特罗朝左边看了看。远处有一团时时变换形状的灰尘，从村子那边顺着灰扑扑的大道迅速地滚过来。

“有人骑马跑来啦。”彼特罗眯起眼睛说。

“跑得好快！你看，扬起的灰好大呀！”娜塔莉亚稀奇起来。

“怎么一回事儿？妲什卡？”彼特罗朝着跑在前面的妻子喊道。“等一等，咱们来看看那个骑马的。”

那一团灰尘掉进洼地里，等到从洼地里出来，就变成了一个有蚂蚁那样大的清楚的点子。

骑马人的身影从灰尘中渐渐露了出来。过了五六分钟，显得更清楚了。彼特罗将一只肮脏的手放在干活戴的草帽帽檐上，凝神望着。

“这样疯跑，一下子就能把马跑坏。”

他皱起眉头，把手从帽檐上放了下来，一丝慌乱的神情从脸上飘过，停在耸起的两条眉毛中间。

这会儿已经可以清清楚楚地看到骑在马上的人了。那人骑着马一冲一冲地大跑着，左手扶着制帽，右手摇摇晃晃地举着落满灰尘的小红旗。

彼特罗让开路，那人从他身边飞驰过去，那马擦身而过时，可以听见它向肺里吸热空气时响亮的呼哧声。那人大张开灰石头一样的四方大嘴，喊道：

“紧急动员！”

一团黄黄的汗沫，落到他的马的马掌在灰土里留下的印子上。彼特罗目送着那个骑马的人。他的脑子里只留下这样的印象：筋疲力尽的马喘气十分吃力，还有，从后面朝马望去，湿漉漉的马屁股泛着钢铁一样的光泽。

彼特罗还没有彻底领悟到，一场劫难已经来到眼前，只是呆呆地望着在灰土里颤动着的马汗泡沫，望着像起伏的波浪似的一直伸到村边的原野。四面八方的哥萨克们都骑上马从黄黄的麦茬地里朝着村子奔去。原野上，直到那座黄黄的、雾蒙蒙的山冈，到处都是骑马人荡起的灰尘。许多骑马人上了大道以后，就成群结队地往前跑，像一条灰白色的土尾巴似的向村子里伸去。凡是应该入伍的哥萨克，都丢下活儿，卸下割麦机上的马，骑上马朝村子里奔去。彼特罗看到，贺里散福从大车上卸下他那匹御林军军马，就叉开两条长腿，回头望着彼特罗，飞跑起来。

“这是怎么回事儿？”娜塔莉亚惊叫着，恐怖地看着彼特罗，正是她的目光——就像枪口下的兔子的目光——使彼特罗惊醒过来。

他跑回停车的地方；不等马停住就跳下马来，把干活儿时脱下来的长裤子穿上，朝父亲挥了挥手，跟许多人一样，消失在一片灰尘之中。在热气腾腾的原野上，游动着许许多多这样的灰点儿。

四

广场上，灰扑扑的人流越来越密集。那一排一排的，是马匹、哥萨克的装备、有各种号码的肩章的制服。戴蓝制帽的阿塔曼团的哥萨克，都比普通部队的哥萨克高出一个头，他们来来回回地走着，就像荷兰鹅夹在一群矮小的家禽当中。

酒馆关了门。军事监督脸色阴沉，忧心忡忡。各条街道的篱笆跟前都站着许多盛装的妇女。形形色色的人群中到处传着一个词儿——“动员”。一张张醉醺醺、火辣辣的脸。惊慌的情绪也传给了马，马在尖叫，在打架，在愤怒地长嘶。广场上空灰尘弥漫，广场上到处是空酒瓶和廉价糖果的包糖纸。

彼特罗牵着上了鞍的马。教堂的围墙边，有一个阿塔曼团的黑脸大汉，一面在扣肥大的蓝裤子上的纽扣，一面咧着大嘴、龇着白牙在笑，他旁边有一个矮小的女人——不知道是他的老婆，还是相好的——像只灰鹌鹑一样唧唧咕咕地在说话。

“你跟那个婊子鬼混，我他妈的要好好收拾你！”那女人发话说。

她醉醺醺的，乱蓬蓬的头发上沾着许多葵花籽壳，花头巾的角儿已经松了开来。黑脸大汉一面勒腰带，一面蹲下身来对着她笑；他那皱巴巴的裤裆下面，可以走过一头一岁的小牛，不会碰到裤裆。

“别再说啦，玛什卡。”

“你这该死的牙狗！色鬼！”

“有什么办法呢？”

“你这不要脸的东西！”

旁边有一个红胡子司务长在跟一个炮兵争论：

“没什么大不了的事！咱们待几天，就各自回家啦。”

“万一真是打仗呢？”

“哼，你也不用脑袋瓜想想！哪一个国家敢跟咱们打仗？”

旁边还有人东扯西拉、漫无边际地在说话；一个不算年轻的漂亮汉子发急说：

“咱们不管他们的事。让他们打去，咱们的庄稼还没有收完呢！”

“真倒——霉！瞧，把人都弄到这儿来，这会儿可是要紧时候，一天都耽误不起。”

“割倒的庄稼都要叫牲口糟蹋掉了。”

“我们已经开始割大麦啦。”

“奥国的皇上好像叫人刺死啦？”

“刺死的是皇太子。”

“老乡，你是哪一团的？”

“喂，老同事，你他妈的发财啦！”

“哈，司捷什卡，你从哪儿来？”

“村长说，把大家集合起来，是防备万一。”

“好啦，哥们儿，这一下子就够受啦！”

“他们要是能再等一年，我就超过第三批入伍年龄啦。”

“你呢，老人家，为什么来啦？你也没有超过入伍年龄吗？”

“他们杀起人来，连老头子也饶不过。”

“酒店也关门啦！”

“嘿，你这个笨蛋！玛尔福特卡那儿有的是酒！”

检查的人开始检查了。三个哥萨克把一个浑身是血的醉醺醺的哥萨克送往村公所。他向后挣着，撕着自己的小褂，瞪着圆滚滚的大眼睛，声嘶力竭地叫着：

“我要把他们这些庄稼佬揍死！顿河哥萨克不是好惹的！”

周围的人一面朝旁边躲，一面赞许地笑着，表示同情。

“揍他们！”

“为什么把他抓起来？”

“他打伤了一个庄稼佬。”

“庄稼佬该打！”

“我们还要揍他们呢。”

“伙计，一九〇五年，我去镇压过他们。才热闹哩！”

“一打起仗来，又要叫咱们去镇压他们啦。”

“够啦！叫他们去招募志愿兵吧。叫警察去吧，咱们实在心里不忍。”

在莫霍夫商号的柜台前面，拥拥挤挤，你推我搡。醉醺醺的托米林·伊凡缠住了两位老板。谢尔盖·普拉托诺维奇摊着两手，亲自在劝导他；他的合股人叶梅里扬·康斯坦丁诺维奇，也就是“擦擦”，一面向门口倒退，一面说：

“嗯，怎么搞的……说亲（真）的，简齐（直）不层（成）体统！小伙计，快去报告村长！”

托米林在裤子上摩擦着汗湿的手掌，将胸膛对着愁眉苦脸的谢尔盖·普拉托诺维奇。

“你放债盘剥大家，坏东西，现在你怕啦？活该！我要揍你嘴巴子，你告我去吧！你强占了我们哥萨克的地盘。哼，你这个狗杂种！坏蛋！”

村长一个劲儿地对围在周围的人说宽心话：

“打仗？不会的，不会打仗。军事监督老爷说，这是为了做做样子。你们可以放心。”

“好极啦！我回家就上地里去。”

“活儿全停下来啦！”

“请问，官长们是怎么想的？我还有一百多亩庄稼没收割呢。”

“季莫什卡，你告诉我家里人，就说明天我们就回去啦。”

“那边是不是在看戏报？咱们也去看看。”

广场上沸沸扬扬，一直闹到很晚的时候。

* * *

过了四天，一列列红色的军车满载着一团一团的哥萨克和一连一连的炮兵朝俄奥边境开去。

仗打起来了……

在马槽旁的栏格子里，是马的呼噜声和新鲜马粪气味。车厢里，依然是谈话声、歌声，唱得最多的歌曲是：

正教徒的静静的顿河
涌起波涛，奔腾咆哮。
静静的顿河闻风而动
起来响应君王的号召。

在一座座车站上，闪过一道道注视着哥萨克裤缘的好奇而敬佩的目光，闪过一张张没有洗去干活儿时沾上的厚厚的污垢的脸。

打仗了！……

一张张报纸在声嘶力竭地呼号……

在一座座车站上，妇女们朝着哥萨克们乘坐的列车挥手绢，微笑，扔纸烟和糖果。只是快到沃罗涅日的时候，才有一个醉醺醺的老铁路工人，探头朝彼特罗·麦列霍夫和另外三十多个哥萨克坐的车厢里望了望，歪了歪细长的鼻子，问道：

“你们去啦？”

“老大爷，跟我们一块儿去吧。”一个人代表大家回答说。

“你去做……炮灰吧！”并且带着不以为然的神情摇了老半天头。

五

六月下旬，格里高力所在的团出去演习。依照师部的命令，这个团以行军的速度开到了罗夫诺城。在这个城市周围驻下了两个步兵师和一部分骑兵。第四连驻扎在符拉基斯拉夫村。

两个星期以后，这时候连队经过长期演习，疲劳不堪，已经在扎包伦镇上驻下来休息，连长波尔柯夫尼柯夫上尉骑着马从团部跑了回来，格里高力和本排的哥萨克们正躺在帐篷里休息。他看到，连长骑在汗淋淋的马上，顺着狭窄的街道跑了过去。

院子里的哥萨克们都动了起来。

“是不是又要出发啦？”普罗霍尔·泽柯夫说出了自己的推测，并且带着等待的心情留心听着。

排里的一个中士把针（他正在缝撕破的裤子）别到帽里子上。

“一定是要出发。”

“歇都不叫人歇，妈的！”

“司务长说，旅长要来。”

“嗒——嗒——嗒！的——的——嗒——的——嗒！……”号兵吹起了警号。

哥萨克们都跳了起来。

“烟荷包哪儿去啦？”普罗霍尔到处找了起来。

“备——马！”

“烟荷包去它的吧！”格里高力一面跑，一面喊道。

司务长跑进了院子。他一只手扶住马刀，朝拴马桩跑去。大家都在条令规定的时间里备好了马。格里高力拔起帐篷的桩子；中士小声对他说：

“交火啦，小伙子！”

“你瞎说吧？”

“说的是真话，是司务长说的！”

帐篷拔掉了。连队在街上排好了队。

连长骑着上了劲儿的马，在队伍前面转来转去。

“排成纵队！……”他那洪亮的声音在队伍上空回荡着。

马蹄嗒嗒响了起来。连队飞跑着从镇上开出来，上了大道。第一连和第五连也变换着步伐从库斯钦村向小站开去。

过了一天，这一团人在离边境三十五俄里的维尔巴车站下了车。车站上的白桦树后面朝露似火。将是一个晴朗的早晨。火车头在铁轨上轰隆轰隆地响着。露水未干的铁轨在闪闪发光。战马打着响鼻，顺着跳板从车厢里走下来。水塔后面，一片呼唤声和粗嗓门儿的口令声。

第四连的哥萨克们牵着马在过交道口。紫丁香般的曚昽的晨曦中回荡着嘈杂的人声。一张张脸发着乌青色，马的轮廓若隐若现。

“这是哪一连？”

“你是谁家的牲口，怎么走错了群啦？”

“混蛋，我揍死你！你怎样跟长——官说话？”

“对不起，大人！……我看错人啦。”

“过去，过去！”

“发什么呆？火车头过来啦，快走。”

“司务长，你那第三排在哪儿？”

“弟——兄——们，打起精神来！”

可是队伍里在轻轻地小声说着话：

“还打起精神呢，奶奶的，都两夜没睡啦。”

“谢姆卡，给我抽一口，从昨天晚上就没抽烟啦。”

“你抽马鸡巴去……”

“缰绳都咬断啦，下流东西！”

“我的马前掌掉啦。”

另外一个连向一旁拐弯，拦住第四连的去路。

骑兵的侧影，像用黑墨画的一样，在蓝灰色的天空衬托下，显得十分清楚。队伍四个人一排前进着。一支支长矛晃动着，好像去了头、落了叶的葵花秆子。偶尔能听到马镫的叮当声和马鞍的咯吱声。

“喂，老乡们，你们这是上哪儿去呀？”

“去给干亲家庆寿。”

“哈——哈——哈——哈！”

“住口！说什么话！”

普罗霍尔·泽柯夫用手扶住铁皮包的鞍头，看着格里高力的脸，小声说：

“麦列霍夫，你不害怕吗？”

“有什么可怕的？”

“怎么不可怕，说不定今天咱们就是去打仗。”

“打仗就打呗。”

“我可是有点怕。”普罗霍尔坦率地说，并且十分慌乱地用手调整着露水打湿了的缰绳，“我在火车上一夜都没有睡。怎么都睡不着。”

连队的半截轻轻晃荡起来，走慢了，第三排也走慢了，马匹小步走起来，贴在腿上的长矛也晃晃悠悠，晃动得不那样厉害了。

格里高力松开缰绳，打起盹来。他觉得：好像不是马矫健地迈动着前腿，摇摇晃晃地驮着他走，而是他自己在一条暖洋洋的黑道上走，走起来格外轻松、格外快活。

普罗霍尔在他耳边说了一句什么话，说话声跟马鞍的咯吱声和嘚嘚的马蹄声混到了一起，没有搅动他这种蒙蒙眬眬、无忧无虑的瞌睡。

正走在一条小路上，静得能听到耳朵里的响声，令人昏昏欲睡，道路两旁已经成熟的燕麦，因为落满了露水，显得灰蒙蒙的。马匹把头直朝低矮的燕麦上伸，不住地挣着，想把缰绳从哥萨克手里挣出来。一道柔和的阳光钻到了格里高力那因为失眠而肿起的眼皮底下。格里高力抬了抬头，又听见普罗霍尔那依然单调得像车轮吱嘎声一样的说话声。

远处的燕麦地后边突然传来一声轰隆的巨响，格里高力惊醒了。

“放炮啦!”普罗霍尔几乎叫了起来。

他的一双牛眼睛一下子吓黑了。格里高力抬起头来，只见本排中士的灰大衣随着马背的颠动一上一下地颠动着，两旁一块块没有收割的燕麦地好像呆了似的，百灵鸟在电线上蹦跳着。连队骚动起来，密集的炮声就像一股电流通到了每个人身上。波尔柯夫尼柯夫上尉听到炮声，打起精神，带领连队飞跑起来。过了一家空酒馆旁边的交叉路口，开始遇上难民的车辆。一个服装讲究的龙骑兵连，从第四连旁边飞驰而过。一个留着浅褐色连鬓胡、骑着枣红马的骑兵大尉带着嘲笑的神情打量了哥萨克们一眼，用刺马针踢了马一下。一个榴弹炮连陷在一片又是水又是泥的洼地里。赶炮车的人拼命在抽打马匹，炮手们在一旁急得直转圈儿。一个高大的麻脸炮兵从酒馆里抱来一抱木板，看样子是从板墙上拆下来的。

第四连赶过了一个步兵团。步兵们背着卷起的军大衣，快步走着，阳光照在他们那锃亮的钢盔上，闪闪放光，照得他们的刺刀刃雪亮雪亮的。最后的一个连里，有一个矮小而胆大的上等兵，朝格里高力扔来一团泥巴。

“招打！对奥地利人就要这样！”

“别胡闹，鬼东西！”格里高力用鞭子将扔来的泥巴劈碎。

“哥萨克们，替我们向奥地利人问候！”

“你们也会跟他们见面的！”

先头部队里在唱一支黄色歌曲；一个像女人一样大屁股的步兵，用手拍着短靴筒子，在队伍旁边倒着走。军官们在笑着。浓烈的、已经来到眼前的危险气氛，使他们和士兵们亲近了，他们变得平易近人了。

步兵队伍、辎重队、炮队、救护队像一条条毛虫似的从空酒馆向郭洛维希克村爬去。已经感觉到战斗来临时死亡迫近的气氛。

团长卡列金上校在别列斯切契克村附近赶上了第四连。还有一位中校跟他在一起。格里高力一直拿眼睛看着上校那挺拔的身材，听到中校十分激动地对他说：

“华西里·马克西莫维奇，军用地图上没有标出这个村子。我们会陷入不利的局面。”

格里高力没有听到上校的答复。一位副官骑马跑到他们跟前，又跑了过去。他的马的右后腿有点瘸。格里高力不由自主地判断着副官那匹马的品种。

远处，一溜慢坡的田野下边，出现了一个小村子。团队忽快忽慢地前进着，马匹全都大汗淋漓。格里高力用手摸了摸枣红马汗淋淋的脖子，向两边张望着。村子后面露出树林的顶端，像许多绿色的尖刀，直插蓝色的天空。树林后面响着隆隆的炮声；这时候炮声震动了骑兵们的神经，使战马竖起了耳朵；在炮声间歇时便是密集的枪声。树林后面远处的榴霰弹硝烟在慢慢消散，一阵一阵的枪声渐渐转移到树林右方，枪声忽而低沉，忽而猛烈。

格里高力紧张地听着枪炮声，他的神经越来越紧张起来。普罗霍尔·泽柯夫在马鞍上坐也坐不安，不住地唠叨着。

“格里高力，放枪啦，简直像孩子们用小棍儿敲打栅栏，对吗？”

“你住嘴吧，唠叨鬼！”

连队进了村子。各家院子里都有一些士兵来来回回地走着，屋子里乱糟糟的：家家都在准备逃难。所到之处，人们的脸上都露出惊慌不安和张皇失措的神色。格里高力经过一家院子的时候，看到几个士兵在棚子底下生起一堆火。可是这一家的主人——一个高高的、满头白发的白俄罗斯人——正愁眉苦脸地想着飞来的横祸，他从旁边走过，丝毫没有理会。格里高力看到，他家里的人把套着红枕套的枕头和各种各样的破烂东西一齐往大车上扔，老头子却小心翼翼地搬来一个毫无用处的破车轮子，那玩意儿大概在地窖里放了有十来年了。

格里高力看到，有些妇女把花盆和圣像装到车上，而把有用的和值钱的东西丢在屋子里，看到她们这样颠三倒四，他觉得十分奇怪，有人把鸭绒褥子里的鸭绒抖搂出来，鸭绒像雪片一样沿街飘散开去。烧火烧出来的焦煳气味和地窖里的霉味叫人十分难闻。在村口他看到一个犹太人迎面跑来。那人的嘴咧成一条细细的长缝，好像马刀砍出来的，哆哆嗦嗦地喊着：

“哥萨克先生！哥萨克先生！哎呀，我的老天爷啊！”

一个圆脑袋、小个头儿的哥萨克摇着鞭子骑着马飞跑过去，丝毫没有理会犹太人的叫喊。

“站住！”第二连连长对那个哥萨克吆喝道。

那个哥萨克伏在鞍头上，钻进了小胡同。

“站住，混账东西！哪一团的？”

那个哥萨克的圆脑袋紧紧贴到马脖子上。他像赛马一样，催马狂跑起来，跑到一道很高的栅栏跟前，让马直立起来，十分敏捷地跃了过去。

“大人，这儿驻的是第九团。不用问，一定是他们团里的。”司务长向上尉报告说。

“去他妈的。”连长皱了皱眉头，转过脸去对那个抓住马镫的犹太人说，“他拿你什么东西啦？”

“军官先生……我的表，军官先生！……”犹太人转过红红的脸，对着来到跟前的好几位军官，一个劲儿地眨巴着眼睛说。

第二连连长用脚将马镫一踹，朝前走去。

“德国人要来啦，反正他们也要抢去的。”他暗暗笑着，一面朝前走，一面说。

犹太人无可奈何地站在街心里。他的脸不住地抽搐着。

“把路让开，犹太佬！”连长厉声喝道，并且扬起了鞭子。

在一片马蹄嘚嘚声和马鞍咯吱声中，第四连从他身边走了过去。哥萨克们都带着嘲笑的神情斜眼看着无可奈何的犹太人，议论起来。

“要是不拿东西，咱们哥们儿就没有法子活啦。”

“哥萨克啥东西都要。”

“见了就拿。”

“这家伙真灵活……”

“嘿，那么高的栅栏，一下子就蹦过去啦，真像一条猎狗！”

司务长柯尔根走在连队后面，他在哥萨克们的一片笑声中，将长矛一挺，喝道：

“滚开，要不然我戳死你！……”

犹太人惊恐地张了一下嘴，就跑开了。司务长追过去，从背后抽了他一鞭子。格里高力看到，犹太人打了一个趔趄，用手捂着脸，转过身对着司务长。鲜血从他那细细的手指头缝里哗哗地流了出来。

“为什么打人？……”犹太人带着哭腔叫喊道。

司务长瞪着两个笑得发光、圆得像制服扣子一样的鹰眼睛，一面往前走，一面回答说：

“因为你没长眼睛，混蛋！”

村后是一片狭长的沼地，沼地里到处是黄黄的睡莲和香蒲，工兵正在这里架一座宽的桥。不远处停着一辆小汽车，马达轰隆轰隆响着，车身颤动着。司机在车子旁边忙活着。一位肥胖的白发将军，身子向后仰着，半躺在座位上。将军留着三角形的下巴胡，腮上的肉都耷拉了下来。一旁站着第十二团团长卡列金上校和工兵营的营长，他们的右手都举在帽檐上。将军一只手捏着军用包的皮带，对着工兵营营长怒气冲冲地大声吼叫：

“命令你们昨天就要完工。住嘴！运送架桥材料的事，你们应当早有打算。住嘴！”将军呵斥道，尽管工兵营营长的嘴闭得紧紧的，只不过嘴唇有些哆嗦罢了，“现在我的车子怎么过去啊？……我问您，大尉，我怎——么——过去？”

坐在他左边的一位黑胡子年轻将军，擦着火柴，微微笑着抽起雪茄烟来。工兵大尉弯着身子，指着桥边不知什么东西。第四连从旁边走了过去，到了桥边，就下到沼地里。马腿陷进黑褐色的泥里，一直陷到膝盖以上，雪白的松木片从桥上往哥萨克的身上乱飞。

中午时候穿过了边界，马匹从倒在地上的彩条界标上跳了过去。右边传来隆隆的炮声。远处出现了一座庄园的红色瓦屋顶。太阳用直射的光线燎烤着大地。又咸又苦的尘土像云一样飞腾起来，又慢慢落下。团长下令派出前哨。第四连的第三排，在排长谢苗诺夫中尉率领下出发了。分成许多连队的全团人马依然留在灰蒙蒙的尘土中。一支由二十多名哥萨克组成的小分队，撇开村庄，顺着布满了干硬的车辙的大道奔驰起来。

中尉带领小分队走了三俄里，就停下来，查看地图。哥萨克们都凑在一块儿抽烟。格里高力下了马，正要给马松肚带，可是司务长朝他瞪了一眼：

“妈的，我抽你一顿！……上马！”

中尉抽起烟来，把望远镜从套子里掏出来，擦了半天。他们面前是正午的阳光烤热了的平原。右边是参差不齐的树林的边缘，一条道路直插进树林。离他们一俄里半远处，有一个小村子，村边有一条小河，有陡立的河堤和镜子一般的水面。中尉用望远镜看了半天，用眼睛探索着死静、无人的街道，然而街道上无声无息，就像坟地上一样。只有一道令人神往的蓝湛湛的流水。

“大概那就是科罗列甫卡村吧？”中尉眼睛看着那个小村子，问道。

司务长走到他跟前，没有说话。他的脸上的表情却在不出声地说：“您料事如神。我们都微不足道。”

“咱们到那里去吧。”中尉收起望远镜，好像牙疼似的皱着眉头，犹豫不决地说。

“不会遇上他们吧，大人？”

“咱们小心点儿。喂，出发。”

普罗霍尔·泽柯夫往格里高力跟前靠了靠。他们的马并排走着。他们提心吊胆地进了空旷无人的街道。每一个窗口好像都会射出枪弹，每一个大开着的棚子门望上去都使人产生孤立感，使人脊梁上生鸡皮疙瘩。眼睛像磁石一样盯着一道道的篱笆和水沟。他们像贼一样进了村子——就像狼在寂静的冬夜里进入人家的院子——但是街道上一个人影子也没有。静得使人发呆。一座房子的开着的窗户里传出挂钟天真无邪的鸣声，钟声当啷一响，就像枪声，格里高力看到，走在前面的中尉哆嗦了一下，慌忙抓住手枪套。

村子里一个人也没有。小分队蹚着水过河，河水抵到马肚子，马匹虽然戴着嚼子，挨着骑马人的鞭子，还是高高兴兴地在水里走着，一面走一面喝水。格里高力十分眼馋地看着搅浑了的河水，这可望而不可即的河水实在吸引人。如果可能的话，他最好从马上跳下来，不脱衣服就躺下来，听着像梦话一般的流水声，让河水冰一冰脊背和汗湿的胸膛。

站在村外一座土冈上，可以看到一座城市：一条条整整齐齐的街道，一座座砖瓦房，一处处花园，还有教堂的尖顶。

中尉走到冈顶上凹下去的地方，把望远镜举到眼睛上。

“是他们！”他叫了一声，左手指头不住地抖动着。

先是司务长，接着是哥萨克们，一个一个地走上太阳晒得蒸人的冈顶，眺望了一阵子。街道上人来人往，从这里望去，人显得很小；车辆在小巷子里拥拥挤挤，骑马人闪来闪去。格里高力眯起眼睛，用手遮住阳光，向前看去；他连敌军的灰制服都看清了。城边是一条条新挖的战壕，战壕上面有许多人。

“他们的人好多啊……”普罗霍尔惊愕地、慢腾腾地说。

其余的人都没有说话，把同样的感觉压在心里。格里高力倾听着心脏越来越快的跳动声（好像有一个十分沉重的小人儿在胸膛的左边原地跑步），才意识到，他看到这些敌人时的感觉，跟他在演习中看到“敌人”时的感觉完全不同。

中尉用铅笔在战地手册上做了一些记录。司务长把哥萨克们都赶下冈去，叫他们下了马，他又回到中尉跟前。中尉用手指头向格里高力招了招。

“麦列霍夫。”

“有。”

格里高力揉着骑马骑麻了的两条腿，走上土冈。中尉递给他一张折成四折的纸。

“你的马比别人的好。你赶快到团长那里去一趟。”

格里高力把纸放进胸前的口袋，一面往下巴上扣着帽带，走下土冈，来到马跟前。

中尉看着他的背影，一直等到格里高力骑上马去，才转过眼睛去看手表。

格里高力把报告送到的时候，他们的团正朝科罗列甫卡村开来。

卡列金上校对副官下了命令，副官就朝第一连跑去。

第四连穿过了科罗列甫卡村，一到村外，就像参加演习那样，迅速摆好了阵势。谢苗诺夫中尉也带着第三排的哥萨克从土冈那边跑了过来。

连队摆成马掌形的阵势。因为马蝇在咬，马头直摇晃，马嚼子叮当直响。在这寂静的晌午时分，第一连的马蹄声闷声闷气地咚咚响着，他们也已经来到村边几户人家的门前。

波尔柯夫尼柯夫上尉骑着直蹦直跳、体态匀称的战马，跑到队伍前面；他勒紧缰绳，将手插进腰刀系带里。格里高力屏住呼吸，等待命令。第一连也在左翼轻微地轰隆轰隆响着，他们在摆阵势，准备作战。

上尉从刀鞘里抽出马刀，马刀闪着青色的寒光。

“全——连——准——备！”上尉的马刀向右一摆，向左一摆，又向前一落，在耸起的马耳朵的上空停住。格里高力在心里把这个无声的口令翻译出来：向左散开，前进……“长矛准备，马刀准备，冲啊！”上尉发出简短的口令，并且放开了战马。

大地在众多的马蹄践踏下，发出喑哑的呻吟声。格里高力刚刚端平长矛（他在最前面的一排），他的马就被洪水般的大队人马裹住，也驮着他拼命飞跑起来。前面是波尔柯夫尼柯夫上尉的身影在田野的灰色背景下一起一伏地晃动着。皮楔形的黑黑的新耕土地，以不可阻挡之势迎面飞来。第一连发出震天动地的呐喊声，第四连也跟着呐喊起来。马匹把四条腿蜷成一团，然后又伸展开来，一跳就是几丈远。格里高力透过满耳朵的尖叫声，听见了还离得很远的噼噼啪啪的枪声。第一颗子弹嗖的一声从高空飞过，那长长的啸声划破玻璃一般的晴空。格里高力腋下紧紧夹着发烫的长矛杆，手掌都出汗了，好像涂了一层黏液似的。听到纷纷飞来的子弹的啸声，他把头伏到湿漉漉的马脖子上，难闻的马汗气味直往他的鼻子里钻。他好像透过蒙着一层汗气的望远镜镜片，看到了褐色的战壕，看到许多人朝城里跑去。机关枪不停地吐着子弹，子弹的呼啸声像扇子一样在哥萨克头顶上铺了开来；哥萨克们在前面飞跑，马蹄下面飞起浓浓的灰尘，像一团一团的棉絮。

在格里高力的胸腔里，冲锋之前跳得十分急促的东西，现在好像麻木了，除了满耳朵的啸声和左脚趾的疼痛以外，他什么感觉都没有了。

吓得失去常态的思想在脑子里乱成沉重、呆滞的一团。

第一个落马的是梁霍甫斯基少尉。普罗霍尔的马撞到了他的身上。

格里高力回头看了看，脑子里永远留下了他看到的场面；普罗霍尔的马从伸开胳膊腿躺在地上的少尉身上跳过去以后，龇了龇牙，脖子一扭，也摔倒了。普罗霍尔也被摔出了马鞍，从马身上飞了下来。普罗霍尔那匹马的红红的牙根和龇着的两排牙齿，以及普罗霍尔栽倒在地、被后面来的马践踏的情形，就像用金刚刀划玻璃一样，清清楚楚地印到格里高力的脑子里，很久都抹不掉。格里高力没有听到普罗霍尔喊叫，但是看到他的脸紧紧贴在地上，嘴歪着，一双牛眼睛凸了出来，就知道他曾经拼命喊叫过。又有人倒下。几个哥萨克连人带马一齐倒下。格里高力透过被风吹出来的模糊的眼泪，望着面前灰灰的一大群从战壕里跑出来的奥地利人。

排成马掌形阵势从村边冲过来的第四连，现在都一截一截、一簇一簇地散了开来。前面的人，包括格里高力在内，一齐朝战壕冲去，其余的人也跟着往前冲。

一个奥地利人，高个子，白眉毛，军便帽压在眼睛上，跪下一条腿，皱起眉头，几乎是用枪口抵着格里高力放了一枪。子弹的热力把脸蛋子都烫疼了。格里高力用劲勒了勒马缰，挺起长矛刺去。他刺得太猛，矛头穿通那个跳起来的奥地利人以后，矛杆又穿进去一半。格里高力刺过之后，还没有来得及把矛拔出来，就觉得长矛在抖动，在哆嗦，又看到那个奥地利人身子向后一仰（只看见那没有刮过的尖下巴），用抽搐的手指头乱抓、乱挠矛柄，而且那渐渐倒下的身子死死地把长矛拖住，格里高力只好把长矛放开。他松开手指，用麻木的手抓住了马刀的把儿。

奥地利人一齐朝城郊的街道上跑去。哥萨克的马腾空跳起，朝身穿灰制服的密密麻麻的敌军扑去。

格里高力在丢开长矛以后，起初有一会儿工夫，自己也不知为什么拨转了马头。这时他看到龇牙咧嘴的司务长从他身边飞跑过去。格里高力用马刀平着打了马一下，马就将脖子一扭，驮着他在大街上飞跑起来。

一个奥地利人，连步枪都丢了，军便帽攥在手里，正昏昏沉沉、摇摇晃晃地贴着花园的铁栏杆跑着。格里高力看见了奥地利人那平平的后脑勺，看见了他脖子上那汗湿的领子边儿。格里高力追了上去。他被周围一片疯狂的喊杀声激励着，举起了马刀。那个奥地利人正贴着栏杆跑，格里高力用刀砍很不顺手，就探了探身子，斜过马刀，朝奥地利人的太阳穴刺去。那人叫都没有叫，就用手捂住伤口，脊背一下子靠到栏杆上。格里高力收不住马，一下子跑了过去；他又拨转马头，跑了回来。奥地利人那吓得拉长了的方脸变成了铁青色。他的两手垂了下来，灰土色的嘴唇不住地哆嗦着。马刀从他的太阳穴上往外拔时，划开一片皮肉；皮肉耷拉在腮帮子上，像一块红布。鲜血哗哗地往制服上淌，像一道弯弯曲曲的小河。

格里高力的目光遇上了奥地利人的目光。两只充满死亡恐怖的眼睛呆呆地望着他。奥地利人的膝部慢慢弯了下去，喉咙里咕噜咕噜响着。格里高力皱紧眉头，举起了马刀。他把刀抡圆了，一下子就把脑壳劈成两半。奥地利人把手一扬，就摔倒在地上，好像滑倒了似的；分成两半的脑壳，扑哧一声砸在马路的石头上。马吓了一跳，打了一声响鼻，就驮着格里高力跳到街心里。

街上的枪声渐渐稀疏。一匹满身大汗的马拖着一个死哥萨克从格里高力身边跑过。死哥萨克的一只脚挂在马镫里，所以马就拖着这个血糊糊、赤条条的死尸在石头上滚来滚去。

格里高力看到的只是一条红色的裤绦和拖得稀烂的草绿色军便服，军便服已经成为乱糟糟的一团，拖在脑袋后面。

脑袋昏昏沉沉，像灌了铅一样。格里高力下了马，摇晃起脑袋，刚刚赶到第三连的哥萨克们从他身旁飞跑过去。有人用军大衣抬着伤号走过，有人赶着一群奥地利俘虏匆匆跑过。俘虏们拥拥挤挤地跑着，像一群灰色的牲口，他们那钉着铁掌的皮鞋嗒嗒响着，又不和谐，又扎耳朵。他们的脸在格里高力眼里汇合成一个土黄色的凝冻的点子。格里高力扔下马缰，自己也莫名其妙地走到被他砍死的那个奥地利士兵跟前。那个士兵就躺在挺讲究的铁栅栏下，伸着一只褐色的脏手，好像是在讨东西。格里高力看了看他的脸。他觉得这张脸很嫩，差不多是一张小孩子的脸，虽然留着小胡子，虽然他的嘴撇着，冷冷的，显得很痛苦（不知是因为疼痛，还是因为以前的日子过得不愉快）。

“喂，走！”一位不熟识的哥萨克军官骑马从街心里走过，喊了一声。

格里高力看了看他那蒙上一层灰土的白帽徽，就踉踉跄跄地朝马跟前走去。他的步子又乱又重，好像肩上扛着他扛不动的东西；他又厌恶，又困惑，心里十分烦闷。他用手抓住马镫，老半天没有抬起变得十分沉重的腿。

六

鞑靼村和附近一些村第二批入伍的哥萨克们，出发后的第二天，在叶亚村过夜。鞑靼村下头来的哥萨克和上头来的是分开来住的。所以，彼特罗·麦列霍夫、安尼凯、贺里散福、司捷潘·阿司塔霍夫、伊凡·托米林和另外几个人就住在一座房子里了。房东是一位年老体弱的高个子老大爷，曾经参加过俄土战争。这位老大爷跟他们聊了起来。哥萨克们已经在厨房里和正房里打好地铺，躺了下去，抽起了睡前的最后一次烟。

“看样子，你们是去打仗吧，老总们？”

“是去打仗，老大爷。”

“恐怕这一次战争不像土耳其战争了吧？现在好厉害的家伙都用上啦。”

“一个样。一样的混蛋！以前怎样把老百姓送去打土耳其战争，现在还是那样把老百姓送去打这次战争。”托米林恨的不知是哪一个，嘟哝着说。

“老弟，你这可是瞎说。这一次战争可不一样。”

“那当然。”贺里散福一面用指甲掐灭烟卷儿，一面打着哈欠，懒洋洋地说。

“咱们准能打赢。”彼特罗·麦列霍夫打了一个哈欠，在胸上画了一个十字，就把军大衣盖到身上。

“孩子们，现在我奉劝你们几句话。我真心诚意奉劝你们，你们要记住我的话。”老大爷说。

彼特罗撩开军大衣，留神听着。

“你们要记住一点：要是想活着，要是想从你死我活的战争中生还，就不能忘记天理良心。”

“天理良心是怎么回事儿？”躺在边上的司捷潘·阿司塔霍夫问道。他笑了笑，表示不信这一套。

自从听到打仗那时候起，他就眉开眼笑了。他喜欢打仗，大家都惶惶不安，别人也痛苦起来，他的痛苦就轻些了。

“是这样的：打仗的时候不要拿人家的东西——这是一。千万不要动妇女，还有，应当记住这样一些符咒。”

哥萨克们都转过身来，一齐说了起来：

“这会儿自家的东西不丢掉就算不错啦，别说拿人家的东西。”

“为什么不能动妇女？不管愿意不愿意，就蛮干，那是不行的，这我明白，可如果是两厢情愿呢？”

“能忍得住吗？”

“就是这话！”

“符咒，又是什么样的符咒？”

老大爷严肃地扫了大家一眼，给大家做了总的回答：

“妇女无论如何不能动。决不能动！如果动了妇女，就要掉头，或者挂花，等你明白过来，那就晚啦。符咒我可以告诉你们。土耳其战争从头到尾我都参加了，死神就在我背后，就像天天背着个褡裢一样，可是我活了下来，就是因为有这种符咒。”

他走到堂前，在神龛里翻了翻，拿出一张旧得发脆、发黄的纸来。

“这就是。都起来，抄一抄。恐怕明天不等鸡叫你们就要出发吧？”

老大爷用手把沙沙响的旧纸摊在桌子上，就走到一边。安尼凯第一个爬起来。风从窗缝里吹进来，吹得灯火直摇晃，摇晃不定的灯影子在他那女人一样的光脸上闪来闪去。除了司捷潘以外，大家都坐着抄符咒。安尼凯最先抄完，他把这张从练习簿上扯下来的纸揉成一团，捆在十字架上面的线带上。司捷潘摇晃着腿，取笑他说：

“你给虱子修了一座养老院。虱子没有本事在线带上做窝，多亏你给它们修了一座纸房子。真不赖！”

“你是英雄好汉，你不信，就别多嘴！”老大爷声色俱厉地打断他的话头，“你不要碍人家的事，人家相信，你不要笑话。没有什么好笑的事，倒笑话起来！”

司捷潘笑了笑，没有作声；安尼凯为了打破僵局，就问老大爷：

“符咒有的地方提到大矛，还提到箭，这是怎么一回事儿？”

“这进军符——不是咱们这时候的人编的。这是我的先祖父从他的祖父手上得到的。说不定这道符在那以前早就有了。古时候人打仗都要用大矛和弓箭。”

他们自己挑选，看中哪一道，就抄那一道。

避枪符

我主保佑。山上有块白石头像马。水进不了石头，箭和枪子也进不了我身，进不了我的伙伴的身和我的马身。锤子碰到砧子就跳开，枪子碰到我的身子也跳开；箭就像磨盘一样，光打转转，到不了我的身上。太阳和月亮光照千秋，我也靠太阳和月亮永远健壮。好比山后的城堡，城门上了锁，我把钥匙扔到海里，扔到白色热石头阿勒陀尔底下，那石头谁都看不见，不论男巫，还是女巫；不论修士，还是修女。水不会从海洋跑出去，黄沙没法子数清，什么都没法子伤害我这个上帝的奴仆。为了父，为了子，为了圣灵。阿门。

避战争符

有一个海洋，海洋上有一块叫阿勒陀尔的白石头，白石头阿勒陀尔上有一个万代长存的石头人。我这个上帝的奴仆和我的伙伴都穿了石头衣服，从东遮到西，从地下遮到天上；刀和剑砍不进，剑尖和矛尖刺不进，钢梭镖、铁梭镖、刀、斧和大炮，全都无用；铅弹和各种百发百中的武器都打不到；什么样的箭都射不进，不论是装老鹰毛的、天鹅毛的、鹅毛的、鹤毛的、秧鸡毛的、乌鸦毛的；在战争中安然无恙，不论是土耳其战争、克里米亚战争和奥地利战争；安全逃脱敌人的追赶，追赶的不论是鞑靼人、立陶宛人、德国人、锡兰人、加尔梅克人。圣父和天神们，保佑我这个上帝的奴仆吧。阿门。

进军符

至圣至尊的圣母娘娘和我们的主耶稣基督。主啊,保佑我们吧,我这个上帝的奴仆和跟我在一起的同伴们现在去冲锋陷阵,请用云彩遮盖我们,用你那天上的石头仙城保护我们吧。圣德米特里·索隆斯基,你要把我这个上帝的奴仆和我的同伴们护得严严实实:恶人不能用枪打,不能用矛刺,不能用钺劈和刺,斧背不能砸,斧刃不能砍,马刀不能劈和刺,尖刀不能刺和削,不论老的、少的,不论皮肤黄的、黑的,不论异教徒,不论术士、妖道,都无可奈何。我这个孤苦伶仃、有罪的上帝的奴仆,现在面临了劫难。大海里布洋岛上有一根铁柱子。铁柱子上有一个拄着铁杖的铁人,他会摄走铁器、钢刀、发青的锡弹和铅弹以及各种各样的火器:“铁器,去吧,你从地里出来的,还回到地里去,别碰上帝的奴仆和我的同伴,别碰我的马。箭杆回到树林里去,羽毛从鸟身上来,还回到鸟身上去,鱼鳔回到鱼身上去。”用金盾牌保护我这个上帝的奴仆吧,叫刀斧劈不到我,枪子、炮弹打不到我，长矛刺不到，大刀砍不到。我的身体比铠甲还坚固。阿门。

哥萨克们把抄好的符咒揣到贴身的衬衣里带走了。他们把符咒拴在十字架的线带上，拴在母亲用来表示祝福的物件上，拴在包着一撮家乡泥土的小包上，但是带符咒的人并没有躲开死神。

在加利西亚和东普鲁士的田野上，在喀尔巴阡山和罗马尼亚，凡是燃烧过战火、哥萨克的战马的铁蹄到过的地方，到处都留下腐烂的尸体。

七

顿河州上游各乡——叶兰乡、米古林乡、维奥申乡、嘉桑乡——的哥萨克，历来都是编入野战军第十一、十二团和御林军阿塔曼团的。

但是在一九一四年，维奥申乡一部分征集入伍的哥萨克，不知为什么编进了以叶尔玛克·季摩菲耶维奇命名的顿河哥萨克第三团，这一团原来里面是清一色的大熊河河口州的哥萨克。米佳·柯尔叔诺夫也和另外一些人一起进了第三团。

这个团跟骑兵第三师的一部分人马一起驻扎在维尔诺。六月里，许多连队出城放马。

这一天阴沉沉的。游云像马群一样涌上天空，遮住了太阳。第三团排成行军的队形前进着。乐队奏着军乐。军官老爷们头戴草绿色制帽，身穿单薄的制服，成群结队地骑马走着。他们的头顶上飘荡着纸烟冒出的青烟。

道路两旁，许多男子汉和打扮得漂漂亮亮的妇女们在割草，他们手搭凉棚在看哥萨克的队伍。

马都出了很多汗。腿裆里汪着黄黄的汗沫，从东南方吹来的微风没有把马汗吹干，倒是又送来几分闷热。

半路上，在离一个小村子不远的地方，有一匹周岁的小儿马跑进了第五连队伍里。小儿马从村子里跑出来，看见密密层层的马群，就长嘶一声，朝队伍跑来。它那还没有脱掉嫩毛的尾巴被风吹得歪到了一边，尘土像灰色的泡泡儿一样从它那又圆又光的蹄子下面直往上冒，又像揉蘑菇一样落了下去。它跑进打头的一个排，傻里傻气地把头拱进司务长的马的腿裆里。司务长的马撅了撅屁股，但是没有踢，看样子是心疼小儿马。

“滚远点儿，混账！”司务长扬了扬鞭子。

哥萨克们看到小儿马那种亲热、可爱的样子，都乐得笑了起来。却没有想到，小儿马在这一排的队伍里横冲直撞起来，整个排都被冲乱了，再也保持不住原来那种整齐、密集的队形。哥萨克们抽打马匹，可是马匹都犹豫不决地乱踏着步子。小儿马被这些马一挤，就横着走起来，而且老是咬靠近它的马。

连长飞跑过来。

“这是怎么一回事儿？”

不懂规矩的小儿马所到之处，一匹匹的战马歪歪斜斜，不住地打着响鼻，哥萨克们都笑着用鞭子抽小儿马，整个排被搅得乱糟糟的，后面的队伍渐渐拥了上来，怒气冲冲的排长离开连队的队尾，从路旁跑了过来。

“怎么一回事儿？”连长拨马来到人群密集的地方，大声喝道。

“有一匹小儿马……”

“钻到我们队伍里来啦……”

“这鬼东西赶都赶不走！……”

“用鞭子抽嘛！有什么好心疼的？”

哥萨克们都很不好意思地笑着，紧紧地勒着马缰，控制着搅得很不安生的马。

“司务长！中尉先生，这他妈的是怎么搞的？把你这一排整顿整顿，真够瞧的！……”

连长退到一旁，他的马后腿踩空了，掉进了路旁小沟里。他用刺马针踢了马一下子，马就跳到了小沟对面，跳上到处是滨藜和金黄色野菊的土埂。远处有一伙军官停了下来。一位中校仰起头，喝军用水壶里的水，他的一只手安详而亲热地放在很漂亮的铁皮鞍头上。

司务长叫队伍让开，他一面骂着粗话，一面把小儿马赶下大路。这个排又合拢起来。一百五十双眼睛都在望着：司务长站在马镫上，跟在小儿马后面飞跑着，可是小儿马忽而停下来，把半边粘着干粪的肮脏身子靠在司务长那匹高高的马身上，忽而又扬起尾巴跑了开去，司务长的鞭子怎么也打不到它的脊背，老是打到尾巴尖上。那尾巴一挨到鞭子就耷拉下去，可是过一小会儿，又神气活现地迎风摆动起来。

全连都笑了起来。军官们都在笑。就连大尉那阴沉的脸上也出现了似笑非笑的神情。

打头的一排的第三列，是米佳·柯尔叔诺夫、维奥申乡卡耳根村的哥萨克伊万柯夫·米海依尔和霍派尔河河口乡的考积玛·克留奇柯夫。肥头大耳、肩宽腰圆的伊万柯夫沉默不语；克留奇柯夫的绰号叫“骆驼”，是个驼背的、脸上有些碎麻子的哥萨克，他老想找米佳的茬儿。克留奇柯夫是个“老”哥萨克，也就是服现役已经到了最后一年的哥萨克，根据团内的不成文法，他和一切“老”哥萨克一样，有权支使和管教年轻的哥萨克，可以因为任何一件小事用皮带抽打年轻的哥萨克。有这样的规定：一九一三年入伍的哥萨克有了过失，打十三皮带；一九一四年入伍的有了过失，就打十四皮带。司务长和军官们都很赞赏这样的规矩，认为这样可以使哥萨克们养成尊敬长者的观念，不仅要尊敬官长，而且要尊敬年长的。

不久以前才领到上等兵肩章的克留奇柯夫骑在

马上，驼着背，像鸟一样拱着肩膀。他眯起眼睛，望着一大片灰色的云彩，模仿着有点咬舌头的连长波波夫大尉的口音，向米佳问道：

“喂……告树（诉）我，凯（柯）尔叔诺夫，咱们连讲（长）叫希（什）么？”

米佳因为倔强和不服帖的脾气，挨过不止一次皮带，这会儿脸上勉强装出恭敬的表情。

“老哥萨克先生，连长叫波波夫大尉。”

“叫希么？”

“叫波波夫大尉，老哥萨克先生！”

“我问的不是杰（这）个，你告树我，咱们克（哥）萨克都叫他希么？”

伊万柯夫担心地朝米佳挤了挤眼睛，笑得翻开了带豁子的嘴唇。米佳回头一看，看到波波夫大尉从后面走了过来。

“喂，快告树我！”

“就叫波波夫大尉嘛，老哥萨克先生。”

“我揍你十市（四）皮带。快说，坟（混）蛋！”

“我不知道，老哥萨克先生！”

“等咱们到了放马的地方，”克留奇柯夫用自己本来的口音说，“我要揍你一顿，问你，你就得说！”

“我不知道嘛。”

“混蛋，怎么，你不知道大家给他起的外号？”

米佳听到大尉的马轻轻悄悄地在后面走着，就没有作声。

“说不说？”克留奇柯夫气势汹汹地眯缝起眼睛。

后面几列的人都小声笑了起来。克留奇柯夫不明白笑的是什么，只知道是在笑自己，就火了起来：

“柯尔叔诺夫，你小心点儿！……等咱们到了放马的地方，我揍你五十皮带！”

米佳耸了耸肩膀，拿定了主意。

“黑尾巴老鸹！”

“好，这就对了。”

“克留——奇——柯——夫！”大尉在后面喝道。

老哥萨克先生在马上哆嗦了一下，上身挺得笔直。

“混蛋，你杰（这）是胡究（诌）希（什）么？”波波夫大尉一面赶着马往克留奇柯夫跟前走，一面说，“你杰是拿希么来教年轻哥萨克，嗯？”

克留奇柯夫眨巴了几下眯缝着的眼睛。他的脸一下子变得像红布一样。后面的人都哈哈大笑起来。

“我去连（年）教训过哪一个？我杰（这）个小几（指）甲碰过哪一个脸皮？……”大尉把又长又尖的小手指甲伸到克留奇柯夫的鼻子前头，小胡子也哆嗦起来，“以后别叫我听见杰（这）种伐（话）！等（懂）吗，我的老季（弟）？”

“是，大人，我懂！”

大尉让马放慢脚步，跨到一旁，勒住马，让连队到前面去。第四连和第五连都大跑起来。

“全连，放马前近（进）！……”

克留奇柯夫一面调理武装带，一面回头看了看已经落在后头的大尉，把长矛拿拿好，丧气地摇了摇脑袋。

“哼，瞧这个黑尾巴老鸹！他从哪儿钻出来的？”

笑出了一身汗的伊万柯夫说：

“他早就跟在咱们后面啦。他全都听见啦。好像他闻出味道，知道要说他的。”

“你怎么不给我使个眼色，混蛋？”

“我才不管呢。”

“你不管？好，脱光屁股打你十四皮带！”

各个连队都分散到附近的地主庄园里去驻扎。白天就给地主们割三叶草和草场上的草，夜里把马腿绊起来分片牧放，大家都在烟气腾腾的火堆旁打牌，讲故事，打打闹闹。

第六连在给一个波兰大地主史耐杰尔干活儿。军官们都住在厢房里，天天打牌，酗酒，成群成群地追逐总管的女儿。哥萨克们在离庄园三俄里的地方扎了野营。每天早晨总管老爷都要坐跑车到他们这里来。这个肥胖而体面的小贵族揉着他那坐麻了的肥腿，在车上站起来，而且总要挥着那漆皮帽檐的白帽，跟“哥萨克”们打招呼。

“来和我们一块儿割草吧，老爷！”

“来干干活儿，把肥油抖搂掉一些吧！”

“来拿拿镰刀吧，要不然就要瘫啦！……”穿白衬衣的哥萨克行列中有人喊道。

总管老爷用花边手绢擦着红红的秃头顶，从容自若地笑着，跟司务长一块儿去分配下一片要割的草地。

中午，饭送来了。哥萨克们洗洗脸，就去吃饭。

吃饭的时候都不说话，可是在饭后半个小时的休息时间里大家都拼命说话。

“这儿的草太赖啦。简直没办法跟咱们草原上的草比。”

“冰草几乎一点没有。”

“这会儿咱们顿河上的草已经割完啦。”

“咱们很快也要割完。昨天月亮带圈圈儿呢，要下大雨啦。”

“这波兰佬真是小气鬼。咱们给他干活儿，该赏瓶酒给咱们喝喝。”

“哎哟哟！要他的酒，就跟要他的命一样……”

“哦，弟兄们，越有钱，越小气，谁知道是怎么一回事儿？”

“你问皇上去。”

“谁看到总管老爷的女儿啦？”

“怎么样？”

“是个肉嘟嘟的妞儿！”

“是一块肥羊肉啦？”

“就是，就是……”

“能尝尝鲜就好啦……”

“听说有皇族来求过亲，是不是真的？”

“普通老百姓能吃到这样一块肥肉吗？”

“伙计们，前几天听到谣传，好像咱们要举行总检阅啦。”

“猫没有事儿干，就要拿老鼠消遣……”

“喂，你算了吧，塔拉斯！”

“给我抽一口，行吧？”

“见鬼，真不长眼睛，找叫花子讨起饭来啦！”

“瞧，老总们，菲道特加的嘴吧嗒得多好看，可就是抽不出火来。”

“就剩下烟灰啦。”

“嘿，老弟，你睁眼看看，那火劲儿才大呢，完全比得上娘儿们那股火劲儿！”

他们趴在地上抽烟。光光的脊背晒成了红的。旁边有五个老哥萨克盯着一个年轻哥萨克在问：

“你是哪个乡的？”

“叶兰乡。”

“这么说，是山羊群[①]里的啦？”

“是的。”

“你们那儿用什么驮盐？”

① 叶兰乡别名“山羊乡”。

克留奇柯夫躺在不远处的马衣上，闷闷地把细细的小胡子往指头上缠着。

“用马驮。”

“还用什么驮？”

“用牛。”

“比如说，从克里米亚驮石斑鱼，用什么？有一种牛，背上长着老大的包，你可知道那叫什么？”

“骆驼。”

“啊哈——哈——哈——哈！……”

克留奇柯夫懒洋洋地站起来，像骆驼一样弓着背，伸着大喉结的、紫红色的脖子，朝那个说走了嘴的年轻哥萨克走去，一面走一面解皮带。

“趴下来！”

每天傍晚，在乳白色的夏季暮霭中，田野上火堆边歌声不断：

哥萨克骑上铁青的骏马
朝遥远的异国进发，
远离了自己的故乡……

清脆的男高音唱到这里，许多宽广的男低音用柔和而浓重的悲伤调子接唱下去：

再也不能回老家。

高音又一步一步地升高，声声扣人心弦：

他那年轻的妻房
从早到晚望着北方。
她早也盼，晚也盼，
盼着心上人从远方飞降。

很多声音都加入合唱，因此歌声又浑厚又醉人，就像波列西耶地方的啤酒一样。

山那边大雪飞舞，
冬季里寒风凛冽，
松树、枞树瑟瑟发抖，
雪底下是哥萨克的尸骨。

大家唱的是哥萨克生活中平淡无奇的事情。

唱衬腔的男高音发着颤声，就像四月里融雪时候天上飞的百灵鸟：

哥萨克临死时又央告又请求，
请求给他堆一座大坟头。

许多忧伤的低音一起唱下去：

让坟头上也像故乡一样，
长出鲜艳夺目的红绣球。

在另一堆火旁边，人要少一些，唱的是另外一支歌：

哎哟，从白浪滔天的亚速海
朝顿河开来一艘艘大船。
那是年轻的阿塔曼
率领大军回家转。

再过去一些，还有一堆火，全连有名的好口才正在那里编离奇古怪的故事，被烟呛得直咳嗽。大家都全神贯注地听着，只有在故事中的主人公特别巧妙地逃脱了恶人和妖魔设下的圈套的时候，才会有人在火光中把手一晃，朝靴筒上一拍，用呛得直咳嗽的声音欢叫道：

“嘿，真有两下子，妙极啦！”

讲故事的人又滔滔不绝地说下去……

……团队来到草甸子上一个星期之后，波波夫大尉把连里的铁匠和司务长唤去。

“马匹紧（怎）么样？”他问司务长。

“不坏，大人，简直好极了。脊梁上的沟都平啦。都吃肥啦。”

大尉把黑胡子捻成箭头形（绰号“黑尾巴老鸹”就是由此而来），说：

“坛（团）长命令，要把马茎（镫）和马嚼子都镀上锡。最高统帅要来坛（团）里进行剪（检）阅啦。不论马鞍，不论一切别的登（东）西，都要放刚（光）。哥萨克的样子要叫人看着很舒服，很高性（兴）。老弟，希（什）么时候能搞好？”

司务长看了看铁匠，铁匠看了看司务长，两个人又一齐看了看大尉。

司务长说：“星期日以前搞好，行吗，大人？”他毕恭毕敬地用手指头摸了摸抽烟抽得起了绿霉的胡子。

“你要给我扫（小）心！”大尉严厉地警告说。

司务长和铁匠领命走了。

从这天起，就开始准备大检阅。伊万柯夫·米海依尔是卡耳根村一个铁匠的儿子，他本人也是一个很能干的铁匠，就帮着连里铁匠往马镫和马嚼子上镀锡，其余的人也都加劲地刷马，刷马笼头，用碎砖打磨马笼头上的小链子和马具上的各种金属物件。

一个星期以后，全团到处都亮得像崭新的小银币一样。从马蹄到哥萨克们的脸，全都光闪闪的。星期六，团长格列科夫上校在团里视察了一遍，对于各位军官和哥萨克们的热心准备和整齐美观的军容说了一些感谢的话。

七月天像抖搂的棉纱团一样，一天一天地过去。哥萨克的马匹因为吃足了青草，一天比一天肥壮起来；只是哥萨克们天天心神不定，惴惴不安地在纷纷猜测；关于大检阅的事，一点消息都听不到……在闲话、放马和训练中又度过了一个星期。像当头一棒似的来了一道命令：向维尔诺开拔。

傍晚到达维尔诺。各连又接到第二道命令：把装着哥萨克衣物的箱子送进军需仓库，准备随时出发。

“大人，这是怎么回事儿？”哥萨克们心里很纳闷，想从排长们嘴里打听到实情。

军官们也都耸耸肩膀。他们自己还想花点本钱打听打听呢。

“不知道。”

“是皇上要来看咱们演习吗？”

“眼下还不清楚。”

军官们的这样一些回答都没有使哥萨克们安下心来。七月十九日将近黄昏时候，团长的传令兵对他的朋友——正在马棚里值班的六连的哥萨克穆雷恒小声说：

“打仗啦，大叔！”

“你可是瞎说？”

“真的。你可不能说呀！”

第二天一早，全团人马排成了营纵队。兵营里一扇扇窗子的玻璃上都蒙着一层灰尘，显得昏暗无光。全团人都骑在马上，等候着团长。

波波夫大尉骑在腰部细细的战马上，站在第六连的前面。他用戴白手套的左手勒着缰绳。马勾着弯弯的脖子，歪着头，用嘴巴在胸部筋肉上挠痒。

上校从营房的房角后面骑马走了出来，让马侧着身子停在队伍前面。副官优雅地挓挲着白嫩的手指头，掏出了手绢，但是擤鼻涕却没有来得及。上校的声音打破了紧张而肃静的空气。

“哥萨克们！……”他威风凛凛地一下子把大家的注意力全吸引到自己身上。

“这一下子来啦。”每个人都这样想。焦急而激动的心都紧张地跳了起来。米佳·柯尔叔诺夫懊丧地用靴后跟踢了一下直捯动四蹄的马。伊万柯夫在他旁边，呆呆地骑在马上，像打哈欠似的张着带豁子的嘴，龇着参差不齐的牙齿，在听着。克留奇柯夫在他后面，佝偻着脊背，眯缝着眼睛；再过去是像马那样挓挲着两只耳朵的拉平；拉平后面可以看到谢高里柯夫那刮得凸凸棱棱的喉结。

“……德国向我们宣战啦。”

整整齐齐的队伍里响过一阵簌簌声，就像一阵风轻轻地吹过熟透了的大麦田。忽然传来一阵刺耳的马嘶声。许多睁圆了的眼睛和张得方方的、黑洞洞的大嘴一齐转向第一连那边：左翼第一连里有一匹马在嘶叫。

上校又说了一些话。他字斟句酌，试图唤醒大家的民族自豪感，但是在一千多名哥萨克的眼睛里，不是敌人的绸旗子刷刷地倒在脚下，而是自己家常的、血肉相连的一切在旋转，在叫喊，在哭诉——是老婆、孩子、情人、没有收割的庄稼、荒凉的乡村……

“两个小时以后上兵车。”这是钻进每个人脑子里的唯一的一句话。

聚集在不远处的一些军官的妻子，都用手绢捂着脸在哭，哥萨克们解散后，一群一群地向营房里跑去。霍浦洛夫中尉用两手几乎把他那金发的、怀孕的波兰妻子抱了起来。

一团人唱着歌向车站开去。歌声压倒了军乐声，军乐声半路上羞答答地停了下来。军官的妻子们坐在马车上，人行道上晃动着五颜六色的人群，马蹄蹚起团团的灰尘，一个领唱的歌手，把自己的和别人的痛苦置之不顾，拼命抖着左肩，直抖得蓝色肩章像打摆子一样直哆嗦，唱起一支酸溜溜的哥萨克民歌：

美丽的姑娘呀,我捉了一条梭鱼……

全连哥萨克都有意排遣郁积，就在新换过掌的马蹄声伴奏下，唱着心爱的歌儿向车站，向红色的列车走去：

梭鱼呀,梭鱼,我捉了一条梭鱼。
美丽的姑娘呀,我烧好了鱼汤。
鱼汤呀,鱼汤,我烧好了鱼汤。

团副官因为笑和心情激动，满脸通红，从连队后面朝歌手们跑来。领唱的歌手向上扬了扬缰绳，嬉皮笑脸地朝着人行道上给哥萨克送行的密密麻麻的一群一群的妇女挤了挤眼睛，有两滴咸咸的东西顺着他那红铜色的脸膛朝黑黑的小胡子流去，那并不是汗。

美丽的姑娘呀,
媒人喝过了我的鱼汤……
我请了媒人,请了媒人,
媒人喝过了我的鱼汤……

火车头在轨道上喘着气，一声声叫着，表示要动身了。

兵车……兵车……兵车……兵车数也数不清！

沸腾起来的俄罗斯，把穿着灰大衣的自己的血液，顺着国家的动脉，顺着铁路，输向西部边境。

八

在陀尔绍克镇上，这一团人马按连队分了开来。根据师部命令，第六连分配到步兵第三军团去听调度，该连以行军的队形开到皮里加里耶镇以后，就派出了岗哨。

边境线还由我们的边防军守卫着。许多步兵和炮兵正朝边境线上开来。七月二十四日向晚时候，第一〇八戈列博甫团的一个营和另外一个炮兵连开到了镇上。在附近的亚历山大罗夫庄园里，有九名哥萨克由排里一位军士率领着在放哨。

二十六日夜里，波波夫大尉把司务长和一个姓阿司塔霍夫的哥萨克叫了去。

阿司塔霍夫回到排里已是深夜时候。米佳·柯尔叔诺夫刚刚饮过马回来。

“是你吗，阿司塔霍夫？”他唤了一声。

“是我。克留奇柯夫和弟兄们在哪儿？”

“在那边屋子里。”

阿司塔霍夫是一个黑头发、大块头、相当粗壮的哥萨克，他迷迷糊糊地走进了屋子。谢高里柯夫正坐在桌边煤油灯下，用麻线缭磨烂了的缰绳。克留奇柯夫倒背着手站在炉边，指着躺在床上害水肿病的房东波兰佬，对伊万柯夫直挤眼睛。他们刚刚笑过，伊万柯夫那笑红了的脸蛋子还哆嗦着。

“弟兄们，明天天一亮就要去放哨。”

“往哪儿去？”谢高里柯夫问道。他出神地望了望，还没有搓成麻线的麻掉到了地上。

“上留波夫镇。”

“都是谁去？”米佳·柯尔叔诺夫走进来，把水桶放在门口，问道。

“我去，另外，谢高里柯夫、克留奇柯夫、瓦尔契夫、波波夫，还有你，伊万柯夫，都跟我去。”

“那么，我呢，巴甫雷奇？”

“米佳，你留下来。”

“好，滚你们的蛋吧！”

克留奇柯夫离开炉边。他伸着懒腰，浑身骨关节咯吧咯吧响着，向房东问道：

“打这儿去留波夫镇有多远？”

“四公里。”

“这很近，”阿司塔霍夫说着，坐到板凳上，脱下靴子，“这儿可有什么地方烤烤包脚布？”

天麻麻亮，就出发了。一个光脚丫儿的姑娘正在镇口井边用水桶打水。克留奇柯夫勒住马。

“给点儿水喝，好姑娘！”

姑娘一只手撩着麻布裙子，两只粉红色的脚丫儿在水洼里吧嗒吧嗒地走着；浓浓的睫毛底下的眼睛在笑着，递过一桶水来。克留奇柯夫喝起水来，他那托着沉重的水桶的手，紧张得哆嗦着；水珠儿不住地往下掉，吧嗒吧嗒地落在红色的裤缘上。

“多谢多谢，灰眼睛的姑娘！”

“不用客气。”

她接过水桶，就一面回头看着，微笑着，一面走了开去。

“你笑什么，跟我一块儿走吧！”克留奇柯夫在马鞍上闪了闪身子，好像是在让地方。

“走吧！”阿司塔霍夫一面朝前走，一面喊道。

瓦尔契夫带着取笑的神气看了克留奇柯夫一眼，说：

“你看上她啦？”

“她的腿是红的，跟鸽子腿一样。”克留奇柯夫笑着说，于是大家像听到口令一样，一齐回头看了看。

姑娘撇开红扑扑、圆滚滚的腿，撅起那绷得紧紧的、分成两半的屁股，朝井口弯下身去。

“能娶她才好呢……”波波夫叹了口气。

“给你一鞭子，叫你过过瘾吧。”阿司塔霍夫说。

“鞭子可不行……”

“你想找母马啦？”

“一定得把他骟了！”

“咱们来给他扎起来，就像对付公牛那样。”

哥萨克们笑哈哈地放马跑了起来。来到附近一座小山冈上，就看到了坐落在洼地和山坡上的留波夫镇。在他们背后，太阳从山冈后面升了起来。路旁电线杆的磁瓶上落着一只百灵鸟。

阿司塔霍夫因为刚刚在教导队受过训练，就担任了哨长。他选定了靠国境一边村头上一户人家作为驻地。房东是一个头戴白毡帽、脸刮得光光的、罗圈腿的波兰佬，他把哥萨克们领到棚子里，指给他们拴马的地方。棚子后头，稀稀拉拉的篱笆外面，是一片绿油油的三叶草。一片隆起的高地，一直伸展到附近一座树林子脚下，树林子过去是灰茫茫的庄稼地，有一条道路穿过庄稼地，那边也有绿油油的一大片三叶草。轮到谁放哨，谁就在棚子后面小沟边用望远镜瞭望。其余的人都躺在阴凉的棚子里。棚子里到处是陈粮食气味、糠灰气味、老鼠屎气味和土锈那种甜甜的霉味儿。

伊万柯夫钻到黑暗的角落里，靠在犁上，一直睡到傍晚时候。把他叫醒的时候，太阳已经快下山了。克留奇柯夫捏住他脖子上的一块肉揪着，说：

“公家的伙食你吃得太饱啦，瞧，这膘太厚啦！起来，懒家伙，望望德国佬去！”

“别胡闹，考积玛！”

“起来！”

“快放开！别胡闹……我马上起来。”

他爬了起来，眼睛红红的，眼皮还肿着。他扭了扭扎扎实实地长在短脖子、宽肩膀上的大头，抽着鼻子（在潮地上睡觉，受凉了），绑好子弹带，拖着步枪朝门口走去。他把谢高里柯夫换下来，对好望远镜的焦距，对着西北的树林那边望了半天。

在那边，灰茫茫的庄稼在风中一起一伏地波动着。一抹红红的夕阳射在赤杨林伸出的一个翠绿的角儿上。镇外小河（小河像一条美丽的浅蓝色弧线）里，洗澡的孩子们在叽叽哇哇地乱叫。有一个女人在低声呼唤："司塔秀，司——塔——秀！到我这儿来！"谢高里柯夫卷好烟卷儿，一面走一面说：

"晚霞这样红。要起风啦。"

"是要起风。"伊万柯夫应声说。

到夜里，马都下了鞍。镇上灯火熄灭，鸦雀无声。第二天早晨，克留奇柯夫把伊万柯夫从棚子里叫了出来。

"咱们到镇上去。"

"干什么？"

"弄点东西吃，喝两杯。"

"恐怕弄不到。"伊万柯夫表示怀疑。

“我说能弄到。我问过房东啦。就在那个屋子里……看见吗……那座小瓦房？”克留奇柯夫用黑黑的手指头指了指，“那儿有人卖啤酒，去吗？”

他们朝那儿走去。阿司塔霍夫从棚子门里探出头来，朝他们喊道：

“你们上哪儿去？”

克留奇柯夫仗恃自己的军衔比阿司塔霍夫高，不理他那一套。

“一下子就回来。”

“回来吧，弟兄们！”

“别乱叫！”

一个留着长长的鬈发、翻眼皮的犹太老头子躬身迎接两位哥萨克。

“有啤酒吗？”

“已经没有啦，哥萨克先生。”

“我们给钱。”

“圣母玛利亚，我可从来不说谎话……哎哟，哥萨克先生，请相信我这个诚实的犹太人吧，啤酒没有啦！”

“你这个犹太佬，胡说！”

“真的，哥萨克老爷！我已经说过啦。”

“你要的是这个……”克留奇柯夫不耐烦地打断他的话，伸手到裤袋里掏出一个破钱包，“你给我们拿酒来，要不然我就不客气啦！”

犹太人用小指头把银币压在掌心里，垂下翻成喇叭形的眼皮，走进了过道。

过了一会儿，他拿来一瓶伏特加，瓶子潮乎乎的，上面还带着大麦壳。

“你说没有嘛。哎呀，你这个老人家！”

“我是说——啤酒没有啦。”

“弄一点小菜来。”

克留奇柯夫用手朝瓶底一拍，冲开瓶塞，满满地倒了一杯，酒一直漫到杯子边上的豁口。

他们喝得半醉，才走了出来。克留奇柯夫手舞足蹈，并且朝一个个的窗户晃着拳头，窗户都大开着，像黑黑的眼窝。

阿司塔霍夫正在棚子里打哈欠。马匹在墙外咯吱咯吱地啃着青草。

黄昏时候，波波夫去送报告。这一天平安无事地过去。

黄昏。夜晚。黄黄的月亮升到了镇的上空。

屋后的果园里，偶尔会有熟透的苹果从树上掉下来。能听到那柔和的扑通声。将近半夜的时候，伊万柯夫听到街上有马蹄声。他从沟里爬出来，定神望了望，但是一片云彩把月亮遮了起来；四周一片灰乎乎的，什么都看不见。

他推醒了睡在棚子门口的克留奇柯夫。

“考积玛，有马队来啦！快起来！”

“从哪儿来的？”

“来到镇上啦。”

他们走了出来。从大街上，五十俄丈以外，传来清脆的马蹄声。

“咱们到园子里去。在园子里可以听得更清楚。”

他们从屋边跑进果园，卧倒在篱笆脚下。低低的说话声。马镫叮当声。马鞍咯吱声。越来越近。看到了骑马人模糊的轮廓。

每四匹马一排。

“什么人？”

“你想要什么人？”前排有人高声答话。

“什么人？我开枪啦！”克留奇柯夫咔嚓一声，

拉了拉枪栓。

“吁，吁……”一个人勒了勒马，走到篱笆跟前，“我们是边防部队。你们是不是放哨的？”

“是放哨的。”

“哪一团的？”

“哥萨克三团。”

“你在那儿跟谁说话，特里申？”黑暗中有人问。

走到篱笆跟前的那人回答说：

“大人，这是哥萨克在放哨。”

又有一个人来到篱笆跟前。

“哥萨克，你们好！”

“您好。”伊万柯夫顿了顿，回答说。

“你们来这儿很久了吗？”

“昨天才到。”

第二个来到跟前的人划着了火柴，抽起烟来，于是克留奇柯夫看清了他是穿着边防军制服的一位军官。

“我们这个边防团从边境上撤下来啦。”军官一面吸着纸烟，一面说，“你们要注意，现在你们是最前方的部队啦。敌人也许明天就要推进到这里。”

“大人，你们这是往哪儿去？”克留奇柯夫问道，手指头还没有离开扳机。

“我们要到离这儿两俄里的一块地方，去跟我们的骑兵连会合。喂，弟兄们，走吧！两位哥萨克，再见！”

“一路平安！”

风把遮在月亮上的云彩吹开，于是黄黄的、静静的月光洒到镇上，洒到果园里的树上、凹凸不平的棚子顶上，洒到已经走上高地的队伍身上。

早晨，瓦尔契夫到连里去送报告。阿司塔霍夫跟房东交涉好，出不大的代价，给马割些三叶草。从昨天夜里马就没有卸鞍。哥萨克们知道这会儿已经是跟敌人面对面了，觉得很害怕。以前，他们知道前面有边防军守护着，还没有这种孤立和无依无靠的感觉；等到知道国境线上已经没有人了，这种感觉就异常强烈地表现了出来。

房东家的草地离棚子不远。阿司塔霍夫派伊万柯夫和谢高里柯夫去割草。房东戴起白毡帽，把他们领到自家的草地上。谢高里柯夫就割，伊万柯夫把湿漉漉、沉甸甸的青草搂到一堆里，再用草绳捆起来。这时候，正用望远镜望着通往国境的大路的阿司塔霍夫，看见一个小孩子从西南方田野上跑来。那孩子就像一只褐色的、没有脱过毛的小兔子一样，从一个小土丘上滚下来，老远就挥舞着小褂的长袖子，喊叫起来。他渐渐来到跟前，一面喘着粗气，把两只眼睛睁得圆圆的，一面喊叫着：

“哥萨克，哥萨克，德国人来啦！德国人从那边来啦！”

他用长袖筒指了指，于是手持望远镜的阿司塔霍夫在镜头里看到远处有一股密集的骑兵。他眼睛没有离开望远镜，就大声喊道：“克留奇柯夫！”

克留奇柯夫从歪歪斜斜的棚子门里跑了出来，一面回头望着。

“快去，把弟兄们都叫来！德国人来啦！德国人的侦察队！”

他听到克留奇柯夫的跑步声，这会儿在望远镜里已经清清楚楚地看到在一片红红的草地那边移动着的那股骑兵了。

他连他们的马的枣红色和制服的藏青色都看清楚了。他们有二十几个人，挤成一团。不成队形地走着；他们从西南方向来，而不是从瞭望哨瞭望的西北方向来。他们横穿过大路，顺着盆地边上的一条岭子斜着走过来，留波夫镇就坐落在这个盆地里。

伊万柯夫噘着嘴巴，把咬疼的舌头伸了出来，哼哧哼哧地用着劲，用草绳在捆青草。瘸腿的房东波兰佬站在他旁边，抽着烟斗。波兰佬将双手插进腰带里，眼睛躲在帽檐底下，皱着眉头在看谢高里柯夫割草。

“这算什么镰刀?”谢高里柯夫一面骂，一面气嘟嘟地挥舞着像玩具一样的小镰刀，“你就是用这镰刀割草吗?”

“我就是用这镰刀。”波兰佬用舌头舔着咬得到处是牙印子的烟嘴，回答说，并且从腰带里抽出一个手指头。

“拿你这镰刀去割老娘儿们的阴毛，倒是不错!”

“哦，是不错。”波兰佬应声说。

伊万柯夫扑哧一笑。他还想说点什么，可是，他一回头，看到克留奇柯夫朝草地上跑来。克留奇柯夫一只手扶着马刀，摇摇摆摆地在高低不平的耕地上跑着。

“别割啦！”

“又要干什么？”谢高里柯夫把镰刀往地里一插，问道。

“德国人来啦！”

伊万柯夫手里的草绳掉到了地上。房东弯下身子，两手几乎抓到了地面，好像有子弹在他头上喊叫似的，朝家里跑去。

他们刚刚跑回棚子，气喘吁吁地跳上马去，就看见有一连俄国步兵从皮里加里耶方面朝镇上开来。哥萨克们跑去迎他们。阿司塔霍夫向连长报告说，有一支德国人的侦察队顺着一道岭子从镇外开过。大尉严峻地朝落了一层灰尘的自己的靴子尖扫了一眼，问道：

“他们有多少人？”

“二十来个。”

“你们去截住他们，我们就从这里对他们射击。”他转身对着连队，下令摆阵势，并且领着队伍跑步散了开来。

等到哥萨克们跑到岭子上，德国人已经赶到了他们前头，正放马飞奔，切断了去皮里加里耶的道路。跑在前面的是一位军官，他骑的是一匹浅红色的短尾巴马。

“追！不要叫他们过下一道岗哨！”阿司塔霍夫发出命令。

在镇上加入了他们的队伍的一名边防军骑兵，落到了后面。

“你怎么搞的？跑不动啦，老弟？”阿司塔霍夫转过身，吆喝道。

那名边防军骑兵摆了摆手，扭过头慢步朝镇上走去。哥萨克们放马飞跑起来。这会儿不用望远镜，都能清清楚楚地看到德国龙骑兵的藏青色制服了。德国人放马小跑着，朝第二道岗哨奔去，第二道岗哨就在离镇三四俄里的一座庄园里；他们还时不时地回头望望哥萨克们。他们和哥萨克们之间的距离眼看着一点一点地在缩短。

“开枪！”阿司塔霍夫一面从马上往下跳，一面声嘶力竭地喊道。

他们把缰绳缠在手上，站着打了一排枪。伊万柯夫的马用后腿站了起来，把主人碰倒了。伊万柯夫跌倒的时候，看到有一个德国人落马了：先是懒洋洋地朝旁边一歪，然后两条胳膊一挓挲，一下子就跌了下来。其余的德国人也没有勒马，没有从枪套里抽出马枪，而放马大跑起来。他们散了开来。风吹得他们的长矛上的小布旗儿不住地忽闪着。阿司塔霍夫头一个跳上马。一齐放马朝前赶去。德国侦察队一个急转弯，向左拐去，哥萨克们紧紧追着，从落马的德国兵身边跑过，跑了有四五十丈远。再往前便是一片丘陵地，中间是一条条浅浅的小谷、一道道锯齿状的土崖。德国人从一条小谷里出来，刚刚爬上对面的土坡，哥萨克们就下了马，从背后朝着他们打了一梭子，在快到第二道岗哨时，又打倒了一个。

“倒啦！”克留奇柯夫喊着，将脚插进马镫。

“咱们的人就要从庄子上出来啦！……这儿是第二道岗哨……”阿司塔霍夫嘟哝着，又用熏黄的手指头往枪膛里压了一梭子子弹。

德国人换成平稳的步子奔跑着。他们经过庄园的时候，朝里面望了望。但是里面空空荡荡的，一座座瓦屋顶上洒满了阳光。阿司塔霍夫在马上打了一枪。略微有些落后了的一个德国人摇了摇脑袋，用刺马针踢了马一下。

事后才知道：第二道岗哨的哥萨克们，因为发现离庄园半俄里处电线被割断，昨天夜里就撤走了。

“不能叫他们过下一道岗哨！”阿司塔霍夫转身朝着其余的人喊道。

这时候伊万柯夫才发现，阿司塔霍夫的鼻子脱了一层皮，一小片薄薄的皮耷拉在鼻孔上。

“他们怎么不还手呢？”伊万柯夫扶了扶背上的步枪，纳闷地问道。

“不用着急……”谢高里柯夫像打呼噜的马一样喘着粗气，说道。

德国人跑下前面的一处洼地，连头也没有回。小谷那一边是黑黑的一片耕地，这一边是乱蓬蓬的荒草和稀稀拉拉的树棵子。阿司塔霍夫勒住马，把帽子向后推了推，用手背擦了擦一粒一粒的汗珠子。他回头看了看其余的人，吐了一口唾沫，说：

“伊万柯夫，你到洼地边上去，看看他们在哪儿。”

伊万柯夫的脸已经像红砖一样，脊背上汗淋淋的，他下劲地舔了舔干硬的嘴唇，就朝前走去。

“能抽口烟就好啦。”克留奇柯夫用鞭子轰着马蝇，小声说道。

伊万柯夫在马镫上欠着身子，朝洼地里张望着，让马小步往前走。起初他看到的是晃动的长矛尖子，后来忽然出现了掉转马头、从洼地斜坡下面冲上来的德国人。一名军官神气活现地举着大刀，跑在最前面。伊万柯夫拨转马头的刹那间，脑子里印下了军官那张没有胡子的阴沉的脸和他那挺拔的骑马姿势。德国人的马蹄声像冰雹一样打在他的心上。伊万柯夫觉得背上掠过一股阴森彻骨的冷气。他拨过马头，一声没响就往回跑。

阿司塔霍夫没有来得及叠好烟荷包，就一塞，塞到了口袋外面。

克留奇柯夫一看到伊万柯夫背后的德国人，就头一个跑起来。右翼的几个德国人上前拦截伊万柯夫，用惊人的速度朝他追上来。他一股劲地用鞭子抽马，不住地回头看。他那灰土色的脸歪歪扭扭地抽搐着，眼睛从眼眶里凸了出来。阿司塔霍夫伏在鞍头上，在前面跑着。克留奇柯夫和谢高里柯夫的马后面扬起一团团褐色的尘土。

“完啦！完啦！要追上啦！”伊万柯夫的头脑吓蒙了，没有想到还手；他那肥大的身子缩成一团，脑袋伏到马鬃上。

一个高身量、红头发的德国人追上了他。挺起长矛朝他背上刺来。矛尖穿透皮带，斜着刺进他身体有半俄寸深。

“弟兄们，回来呀！……”伊万柯夫狂喊了一声，从鞘里抽出了马刀。他架开朝他肋部刺来的第二矛，欠起身来。照着从左边跑过来的德国人的背上砍了一刀。他被包围了起来。一匹高大的德国马的胸膛一下子撞到他的马的肋上，几乎把他的马撞倒，伊万柯夫十分真切地面对面看到了敌人的凶相。

阿司塔霍夫第一个来到。敌人把他挤到了一边。他龇着牙，脸色变得像死人一样，抡着马刀，十分灵活地在马背上来来回回地转悠着。伊万柯夫的脖子被刀尖划了一下。一个高大的龙骑兵从左面朝他逼上来，寒光闪闪的大刀抡得使人眼花。伊万柯夫用马刀架住；钢刀跟钢刀相碰，发出刺耳的叮叮声。后面有人用长矛挂住了他的武装带，拼命地扯，想把武装带从他肩上扯下来。在高高扬起的马头后面，是一张汗淋淋、火辣辣、不算年轻的德国人的雀斑脸。这个德国人抖动着长长的下巴，胡乱抡着大刀，想劈伊万柯夫的胸膛。大刀够不到，德国人于是扔掉大刀，伸手去抽挂在马鞍上的黄色枪套里的马枪，两只惊慌失神、不住地眨巴着的棕眼睛直盯着伊万柯夫。他还没有抽出马枪，克留奇柯夫的长矛就隔着一匹马刺到了他身上，于是这个德国人一面撕扯胸前的藏青色制服，一面向后仰，惊恐地叫了一声：

“玛因高特！[①]”

旁边有七八个龙骑兵围住了克留奇柯夫。他们想活捉他，但是他让马直立起来，左冲右突，用马刀拼命抵挡，一直到马刀被打落。他又从身边一个德国人手里夺过一支长矛，就像演习时那样，施展起长矛。

德国人急忙向后退了退，用大刀抵挡着长矛。就在一块不大的楔形亚黏土瘠薄耕地上，许多人麇集在一起，沸沸扬扬、晃来晃去地混战，就好像被风吹的。哥萨克和德国人都吓得发了狂，乱砍乱刺：背上，胳膊上，马身上，兵器上，碰到什么算什么。

①德语：我的天啊。

吓得昏了头的马匹一股劲儿猛冲乱撞。伊万柯夫定了定神，对准朝他冲来的一个长脸、灰发的龙骑兵的脑袋上砍了几下，但是马刀砍在钢盔的斜面上，滑了开去。

阿司塔霍夫冲开包围圈，带着一身鲜血跑了出去。德国军官追了过来。阿司塔霍夫从肩上扯下步枪，枪口几乎抵到他身上，一枪把他打死。这一枪成了一场混战的转折点。德国人在混战中已经被打得浑身是伤，如今失去了长官，立刻土崩瓦解，向后退却。哥萨克们没有去追他们，也没有在后面朝他们开枪。哥萨克们一直朝皮里加里耶镇上的连部奔去；德国人抬起一个落马的伤号，朝边境方向退去。

走了有半俄里，伊万柯夫摇晃起来。

“我简直……要摔下去啦！”他勒住马，但是阿司塔霍夫却扯了扯缰绳：

“走快点！”

克留奇柯夫把脸上的血抹了抹，摸了摸胸膛。制服上透出一片片殷红的鲜血。

来到第二道岗哨驻扎过的庄园跟前，他们分成了两路。

“往右边走。”阿司塔霍夫指着庄外赤杨丛中碧绿的泥沼地，说道。

“不，往左边!”克留奇柯夫犟了起来。

于是分道而行。阿司塔霍夫和伊万柯夫到镇上比较晚。同连的哥萨克们都在镇外等着他们。

伊万柯夫扔掉缰绳，跳下马来，摇晃了两下，跌倒在地上。好不容易把马刀从他那僵了的手里抽了出来。

一个小时以后，几乎全连的人都来到打死德国军官的地方。哥萨克们脱下他的靴子、衣服，解下武器，拥拥挤挤，看着死者已经变黄了的那张年轻而阴沉的脸。霍派尔河河口乡的塔拉索夫赶紧从死者身上解下带银链子的怀表，当场就卖给了排里的一名军士。从皮夹子里找到不多的钱，还有一封信，信封里有一绺淡黄色的头发和一个姑娘的相片，那姑娘嘴角上带着骄矜的微笑。

九

这件事后来成了了不起的军功。克留奇柯夫是连长喜欢的人，根据连长的报告，他得到一枚乔治勋章。他的同伴们全被埋没了。这位英雄被送到师部里。因为彼得格勒和莫斯科有许多贵妇人和军官老爷前来瞻仰他的英姿，又把其余的三枚勋章也给了他，以后他就留在师部里，一直逍遥到战争结束。贵妇人齐声赞叹，拿出贵重的香烟和糖果慰劳这位顿河哥萨克。起初他只是对她们空唱唱高调，可是后来，在师部里一些戴军官肩章的吹拍大王的有效影响下，就把这种事当成了捞油水的职业：大讲他的“功勋”，拼命地添油加醋，吹起牛来一点都不觉得害臊，贵妇人们也都兴高采烈，怀着钦慕的心情看着这位哥萨克英雄的强盗相的麻脸。皆大满意，皆大欢喜。

皇上来到大本营，也把克留奇柯夫传去觐见。头发黄中带红、睡眼惺忪的皇上，就像相看一匹马一样，把克留奇柯夫打量了一遍；皇上眨巴了几下嘟噜着的无神的眼皮，拍了拍他的肩膀。

“好样的哥萨克!”然后就转身吩咐侍从，“把矿泉水拿给我喝。”

克留奇柯夫那一头乱发的头经常在报纸和杂志上出现。还出了印着克留奇柯夫头像的纸烟。下戈罗得的商界人士还送给他一支金枪。

阿司塔霍夫打死的那个德军军官的制服被剥了下来，钉在一块宽大的胶合板上，封·连卡姆普夫将军叫伊万柯夫和擎着这块胶合板的一名副官也坐上汽车，让汽车从奔赴前线的队伍前面开过，将军还发表了慷慨激昂的演说。

然而，实际的情形却是这样：许多还不能完全无动于衷地消灭同类的人在生死场上相遇，怀着恐怖欲狂的心情互相拼杀，肉搏，乱砍乱刺，直弄得自己和马匹血肉模糊，听到杀人的枪声，惊恐万状，四散奔逃，等到散开的时候，精神上都带了重伤。

这就是所谓的功勋。

十

前线还没有形成那种许多里长的、难攻难破的长蛇阵。国境线上时常发生骑兵冲突和战斗。宣战以后的头些天，德国司令部伸出许多触角——派出许多强悍的骑兵侦察队，这些侦察队从岗哨旁边溜进来，刺探部队的部署和人数，弄得我们的军队惶惶不安。布鲁西洛夫的第八军的阵地前面，是卡列金将军率领的第十二骑兵师在活动。右翼，第十一骑兵师越过奥地利边境以后，又向前推进。该师部分人马在攻占列士纽甫和勃罗迪以后，就停了下来，因为奥地利人又来了援军，新来的匈牙利骑兵不断地向我们的骑兵猛冲，使我们的骑兵惶惶不安，于是缩进了勃罗迪城。

格里高力·麦列霍夫自从列士纽甫城下那次战役以后，觉得又厌恶，又痛心，心情十分沉重。他明显地消瘦下去，体重减轻了。在行军的时候，在休息的时候，不管是睡熟还是打盹的时候，他常常模模糊糊地看见他在铁栏杆旁边砍死的那个奥地利人。他经常梦见第一次拼杀的情景，甚至在梦中都不寒而栗，觉得曾经握过矛杆的右手在打哆嗦；等到清醒过来，就赶快驱赶梦境，用手捂住眯得紧紧的眼睛。

战马践踏着成熟的庄稼，田野上到处是带尖刺的铁蹄印子，整个加里西亚地区就好像下过一场大冰雹。步兵那沉甸甸的靴子踩得土路结结实实，踩得公路坑坑洼洼，踩得秋天的烂泥到处飞溅。

凡是进行过战斗的地方，大地那愁苦的脸被炮弹打得像麻子一样。那些钢铁碎片因为想念人血的美味，想得在地里生了锈。每天夜里，地平线后面，大片大片的红光伸向天空，村庄，城镇，到处火光闪闪，就像远方的闪电。八月里，正是果子成熟、庄稼登场的时候，天空却阴沉沉的，十分昏暗，在难得的晴朗日子里，却又闷又热，令人疲惫不堪。

八月眼看就要过去。果园里的树叶黄油油的，还在从叶柄上吸取黄得发红的汁水，好在临死前红一阵子，远远看去，就好像树上到处是伤口，到处流着红黄色的血浆。

格里高力很有兴趣地注视着同连伙伴们发生的

变化。普罗霍尔·泽柯夫刚从后方医院回来，腮上留下了一个疤疤瘌瘌的马蹄印子，嘴角上还隐隐流露着痛苦和困惑的神情，那一双和善的牛眼睛眨巴得更厉害了；叶高尔·莎尔柯夫不管在什么场合都要咒骂，骂的话十分难听，十分下流，比以前更加粗野，而且不管是什么他都骂；格里高力的同村人叶麦里扬·格洛舍夫，是一个严肃认真的人，不知为什么脸色变得像炭一样黑，有时候傻笑几声，那笑不是发自内心的，是忧伤的。每个人的脸上都发生了变化，各人用各人的方式在心中孕育和培养着战争撒下的种子。

他们这个团从火线上撤下来，休整三天，由从顿河区开来的增援部队进行补充。他们这个连正要到地主的池塘里去洗个澡，这时候从离庄园三俄里的车站上开出老大的一支骑兵。

等到第四连的哥萨克们来到塘边，从车站开出来的那支人马已经来到山坡的脚下，这会儿可以很清楚地看出这支骑兵是哥萨克了。普罗霍尔·泽柯夫正在塘边弯着身子脱衣服；他伸了伸头，仔细看了看。

“咱们的人，顿河上来的。”

格里高力眯着眼睛，望着朝庄园里开去的马队。

“后备队来啦。”

“看样子是来补充咱们的。”

“一定是把第二批入伍的征集来啦。”

“看见吗，伙计们？那不是司捷潘·阿司塔霍夫吗？看，就在第三排里！”格洛舍夫叫了起来，并且爽朗地、嘎嘎地笑了一阵。

“他哥哥也来啦。”

“瞧，那是安尼凯！”

“格里什卡！麦列霍夫！是你哥哥，就是他。看出来了吗？”

“看出来啦。”

“你得请我客，鬼东西，是我头一个看出来的。”

格里高力把颧骨上的皱纹皱得紧紧的，凝神望去，仔细认了认彼特罗骑的马。“买了一匹新的。”他想着，把视线移到哥哥的脸上。他很久没有见到哥哥了，哥哥的脸大大变了样子，晒黑了，麦黄色的胡子剪得短短的，眉毛被阳光晒成了银色。格里高力就像在演习时那样，摘下帽子，摇晃着手，迎着哥哥走去。衣服脱掉一半的哥萨克们，也都跟着他离开塘边，蹚着一丛丛脆弱的空秆白芷和结实的牛蒡草向前拥去。

这个后备连正绕着果园，开往他们这个团驻扎的庄园。领队的是一名大尉，已经上了年纪，身子很结实，头发刚刚理过，嘴上刮得光光的，显得很威风，嘴角像木头一样硬邦邦的。

“这家伙一定很厉害，很凶。”格里高力心里想着，朝哥哥笑着，匆匆地打量了一眼稳稳骑在马上的大尉和他骑的马，那马的鼻子高高的，显然是加尔梅克种。

“全连注意！”大尉用清亮的、洪钟一般的声音喊道，“成排纵队，右转弯走！”

“你好，大哥！”格里高力朝彼特罗笑着，兴高采烈地喊道。

“托福托福。这一下子到你们这里来啦。喂，怎么样？”

“挺好。”

“还活着哩？”

“眼下还活着。”

“家里人都问候你。”

“家里他们都怎样？”

“都很好。”

彼特罗一手撑在强壮的浅红色战马的屁股上，整个身子转向后面，用含笑的眼睛望着格里高力，越走越远，直到许多落满尘土的脊背——有熟人的脊背，也有陌生人的脊背——渐渐把他遮住。

“你好，麦列霍夫！村里人都问候你。”

“你也到我们这儿来啦？”格里高力看到那一头浓浓的金发，认出是米沙·柯晒沃依，就龇着牙笑了。

“也来啦。咱们就像一群鸡，拥到一块儿啄米粒儿来了。”

“你会啄够的！还不如说啄你的肉呢。”

“啄就啄吧！”

叶高尔·莎尔柯夫只穿着一件小褂，用一条腿从塘边蹦了过来。他侧歪着身子，叉着腿，撑着裤子，一条腿想往晃晃荡荡的裤腿里伸。

“老乡们，你们好！”

“哟，哟，哟，这不是叶高尔·莎尔柯夫吗？！”

“哎呀，你这匹儿马，腿给绊起来啦？”

“我妈在家里怎么样？”

“你妈好好的。”

“她问候你。她要给你带东西，我没有带，太累赘啦。”

叶高尔脸上带着异常严肃的表情听过了回答，就光着屁股坐到草地上，遮着伤感的脸，打哆嗦的腿怎么都穿不进裤腿。

衣服脱掉一半的哥萨克们，都站在漆成天蓝色的栅栏外面；栅栏那边，顿河上来的后备连顺着栗子树下的小路开进院子。

“老乡，你好！”

“哦，你好像是亚历山大老哥吧？”

“就是的。”

“安得列扬！安得列扬！你这个笨蛋，不认识我啦？”

“喂，老总，你老婆问你好！”

“托福托福。”

“勃里司·别罗夫在哪儿？”

“是哪一连的？”

“好像是第四连。”

“他是什么地方的？”

“是维奥申乡河湾村的。”

“你找他干什么？”另外一个插进这短促的谈话。

“有事。我给他捎来一封信。”

“他呀，老哥，前几天在拉伊布罗得城下阵亡啦。”

“这话是真的？……”

“是真的！我亲眼看见的。子弹打进了他胸膛的左边。”

“你们这儿有黑河上来的人吗？”

“没有，进去吧。”

后备连全部进了院子，排着队在院心里站了下来。哥萨克们又一齐回到塘边去洗澡。

过了不大一会儿，刚刚开到的后备连的哥萨克们也来到塘边。格里高力跟哥哥挨着坐下来。塘边的黏土地湿漉漉的，气味十分难闻。靠近塘边的水很浑，到处是碧绿的水草。格里高力一面挤衬衣缝儿里和皱褶儿里的虱子，一面说起话来：

“彼特罗，我心里难受得要命。我这会儿就像一个半死不活的人……好像在磨盘底下碾过一阵，磨盘把我碾够了，又吐了出来。”他的声音带着怨气，打着哆嗦，一道深深的皱纹（彼特罗刚刚发现，心里吓了一跳）斜穿过额头，这条陌生的皱纹令人十分惊愕，觉得他变了，跟以前不一样了。

“怎么一回事儿？”彼特罗一面问，一面脱小褂，他那白白的身子和脖子上晒的一道整整齐齐的黑印子全露了出来。

“你看是怎么回事儿，”格里高力发起急来，因为愤恨，声音也高了起来，“叫人互相残杀，太残酷啦！人变得比狼还坏。穷凶极恶。我这会儿觉得，如果我咬了一个人，他也会变成疯子。”

“你已经……杀过人了吗？”

“杀过啦！……”格里高力几乎叫了起来，他把小褂揉成一团，摔到脚底下。随后用手指头在喉咙上揉搓了半天，好像是要把卡在喉咙里的话捋出来，一面朝旁边看着。

“你说说吧。”彼特罗吩咐说，一面转过脸，躲开他的眼睛。

“我的良心实在受不了。我在列士纽甫城外用长矛刺死了一个。那是火劲儿上来啦……不那样不行……可是，我砍死另一个，又是为什么呢？”

“怎么回事儿？”

“就是说，我无缘无故砍死了一个人，所以我一想到他，心里就十分难受。每天夜里都梦见他，甩都甩不脱。可是，这能怪我吗？”

“干这种事你还不习惯。不用急，以后会成为家常便饭的。”

“你们这个连是补充连吗？”格里高力问道。

“为什么是补充连？不是补充连，我们是二十七团的。”

“我还以为是来增援我们的呢。”

“我们这个连编进了一个步兵师，我们现在就是去赶那个师，不过后备队也跟我们一块儿来啦，这些年轻的是补充你们的。”

“是这样啊。好，咱们来洗洗澡吧。”

格里高力匆匆脱掉裤子，走到塘边埂上。他的皮肤呈现出深棕色，挺拔的身子微微有些佝偻，在彼特罗看来，分别以后他老了。他挓挲开两条胳膊，头朝下扎进水里：迟钝的绿色水波在他上面合拢起来，又扩散开去。他用两手轻轻地划着水，懒洋洋地摆动着肩膀，朝着塘中心一群哈哈大笑的哥萨克游去。

彼特罗老半天才摘下贴身的十字架和缝在母亲赠物上的符咒。他把十字架上的线带塞到小褂里面，带着担心和厌恶的神情朝水里走去，水淹到胸膛，淹到肩膀，他才哎呀一声，扎到水里，游着水去追格里高力；他们一前一后，一同朝对面长满树棵子的沙土塘沿游去。

动作渐渐慢下来，渐渐轻了，格里高力一面划着水，一面心平气和地说起话来，没有刚才那股火气了：

"虱子把我咬死啦。很想家。我这会儿能回家看看才好呢。要是有翅膀，我马上就飞回去。哪怕能看一眼也好。喂，家里怎么样？"

"娜塔莉亚在咱们家呢！"

"怎么样？"

"她还好。"

"爹和妈怎么样？"

"很好。可是，娜塔莉亚一直在盼着你呢。她总以为，你会回到她身边。”

格里高力的鼻子哼哧哼哧响着，嘴里往外吐着水，没有说话。彼特罗扭过头，想看看他的眼神。

“你在信里哪怕问候问候她也好啊。这娘儿们可是一心想着你。”

“她怎么……还想破镜重圆吗？”

“这怎么说才好呢……人是靠希望活着的嘛。她可是个好娘儿们呀。规规矩矩、守身如玉。要说乱搞或者别的什么，她可没有这种事。”

“她顶好改嫁。”

“你这话可真怪！”

“一点不怪。就应该这样。”

“这是你们的事。这事儿我管不了。”

“杜尼娅怎么样？”

“嘿，出挑成大姑娘啦！这一年工夫她长得叫你认不出啦。”

“当真？”格里高力高兴起来，惊异地问道。

“一点不假。能嫁人啦，可是到时候咱们连胡子尖都沾不到一滴酒啦。也许咱们还会死呢！”

“这事儿可难说！”

他们爬到沙土地上，挨着躺了下来，用胳膊肘撑着身子，在热烘烘的太阳底下晒着。米沙·柯晒沃依从水里探出半截身子，从一旁游过。

“格里什卡，到水里来！”

“等一下子，我躺一会儿。”

格里高力一面把一只小甲虫往沙里埋，一面问道：

“你可听说阿克西妮亚怎么样？”

“宣战以前，我在村子里见过她。”

“她回村里干什么？”

“到她男人那儿取东西来。”

格里高力咳嗽了一声，用手掌的边儿搂了一堆沙，把甲虫埋了起来。

“没有跟她说话吗？”

“光是打了打招呼。她胖乎乎的，挺高兴。看样子，吃东家的饭过得挺自在。”

“司捷潘怎么样？”

“把她的东西都给她啦。对她挺不错。不过你可要提防他，小心点儿。有几个人告诉我，说司捷潘有一回喝醉了，发话说：一到战场上，就给你一枪。”

“噢。”

“他不会放过你的。”

“我知道。”

“我新买了一匹马。”彼特罗改变了话头。

“把牛卖掉啦?”

“把掉毛的两头卖啦。卖了一百八十卢布。买马用了一百五十卢布。马好极啦,是在楚茨坎买的。”

“庄稼怎么样?”

“挺好。这不是,还没有来得及收割,就把我们弄来啦。”

话题转到家务方面,情绪不那么紧张了。格里高力如饥似渴地吞食着家里来的消息。这会儿他一心想着家里的事,又像当年那个任性而单纯的小伙子了。

“好啦,咱们再凉快凉快,就穿衣裳吧。”彼特罗说着,把潮湿的肚子上的沙往下拂,身子哆嗦着。他的背上和胳膊上的皮肤都起了不少水疱。

哥萨克们成群结队地离开池塘。走到面向果园的庄院栅栏跟前,司捷潘、阿司塔霍夫追上了他们。

司捷潘一面走，一面用骨头小梳子梳着耷拉下来的头发，把头发往帽子底下塞；他跟格里高力走齐了。

“伙计，你好啊！”

“你好。”格里高力站了一下，用多少有点发窘的、带有歉疚神情的目光望着他。

“没有忘记我吧？”

“差不多忘啦。”

“我可是记着你。”司捷潘冷笑着说。他没有停，走了过去，抱住了在前面走的一个戴中士肩章的哥萨克的肩膀。

天一黑下来，师部就来了电话，命令开上阵地。全团在一刻钟之内收拾停当；刚刚补充齐的一团人马唱着军歌出发，去堵匈牙利骑兵冲开的一个缺口。

在分手的时候，彼特罗把一张折成四折的纸塞到弟弟的手里。

“这是什么？”格里高力问道。

“给你抄了一张符。你带着……”

“管用吗？”

“你别笑话，格里高力！”

“我不是笑话。”

“好啦，兄弟，再见吧。祝你平安。你不要冲到别人前头，不然的话，死神可是专门找急性子人！以后多多保重吧！”彼特罗喊道。

“不是有护身符吗？”

彼特罗摆了摆手。

一直走到十一点钟，一点都没有注意警戒。后来司务长们才向各连传下命令：脚步要尽可能轻些，不准抽烟。

远方树林上空升起一颗颗信号弹，带着淡紫色的烟团。

十一

一本不大的日记本，封面是精制的山羊皮，颜色很像橡树皮。日记本的角已经磨损，折起，看样子，已经在主人的口袋里待了很久。每一页都写满了疙疙瘩瘩的斜体字……

……这一段时间，我很想动笔写一写。想写一点类似大学生“日记”的东西。首先要写写她：二月里，不记得是哪一天了，她的同乡大学生包亚雷什金介绍我跟她认识了。我是在电影院门口碰到他们的。包亚雷什金在介绍的时候说：“这是我的同乡，维奥申乡的。季莫菲，你要喜欢她，赏识她。丽莎是一个不同寻常的姑娘。”我记得，我当时含含糊糊地说了句什么，就握住了她那柔软的、汗津津的手。我跟伊丽莎白·莫霍娃就这样认识了。我一眼就看出，她是一个堕落的姑娘：这样的女子的眼睛最能说明问题。说实在的，她给我的印象不怎么好，首先是她那热乎乎、汗津津的手，使我很不愉快。我从来还没有见到有谁的手这样出汗；再就是眼睛，实际上那倒是一双很美的眼睛，具有柔和的胡桃颜色，但同时又是一双使人很不舒服的眼睛。

瓦霞，我的好友，我特意把字写得整整齐齐，甚至写得活灵活现，为的是将来有一天，等这本“日记”到了谢米巴拉丁斯克，到了你的手里（有这样一种想法：等到我和伊丽莎白·莫霍娃之间的这段私情一结束，我就把“日记”寄给你。你读到这份记录,也许会十分开心),你对这件事会有一个确切的印象。我要按事情的先后顺序来记。就这样,我跟她认识了,我们三个人一同去看一部哀怨绝伦的片子。包亚雷什金没有说话(他说,他的一个“臼齿”坏啦),我也没有多少话好说。我们原来是同乡,也就是说,我们的乡跟他们的乡是紧挨着的,我们一起回忆了美丽的草原风光以及其他等等,说完这些话,就沉默下来。如果可以这样说的话,我沉默是很自然的,她对于我们翻来覆去地讲空话,丝毫没有感到不舒服。我听她说,她是医学院二年级的学生,出身于商人家庭,很喜欢酽茶和阿司莫罗夫烟厂出的烟草。你看,关于结识这位胡桃色眼睛女郎的资料真是太贫乏了。在分手的时候(我们把她送到电车站),她请我到她那里去玩。我记下她的地址。想在四月二十八日去看她。

四月二十九日

今天我去看她,她端出茶和酥糖招待我。

真是一个好奇的姑娘。说话很俏皮,也相当聪明,只是她身上有一股阿尔齐巴舍夫[1]味道,老远就可以叫人闻出来。我从她那里回来已经很晚了。我填着烟丝,想着一些与她根本不相干的东西,特别是想到钱。我的西服已经破旧得不成样子,可是又没有“资本”。总而言之,很伤脑筋。

五月一日

今天发生的事是特别值得记一记的。我们正无忧无虑地游玩散心的时候,在索柯里尼克区碰到了一件事:一些警察和哥萨克,有二十来个人,正在驱赶五一节工人示威游行的队伍。一个喝醉了的工人用棍子打了哥萨克的马一下子,那个哥萨克就用皮鞭抽起他来。(不知为什么大家都把皮鞭叫作“那盖鞭”,其实,本来的名字已经够好的啦,何必呢? ……)我走过去,去打抱不平。说实在的,我当时真是义愤填膺。我不仅打抱不平,而且说那个哥萨

①阿尔齐巴舍夫(一八七八——一九二七),俄国“颓废派”作家。

克不过是一只蠢鸟，还说了别的一些不客气的话。那个哥萨克举起鞭子，就要朝我打来，但是我十分强硬地说，我就是卡敏乡的哥萨克，我也可以打得他头破血流。幸亏那个哥萨克也是个好心肠的人，还很年轻；看样子，当兵还没有变坏。他说，他是霍派尔河河口乡人，而且会拳术。我们和和气气地走开了。如果他要对我施展起他的身手，那就会大打一场，这对于我的身份，尤其是不体面的。我上前打抱不平，是因为伊丽莎白跟我在一块儿，有她在场，我就产生了一种十分孩子气的“立功”的愿望。只觉得自己变成了一只好斗的公鸡，并且觉得帽子底下竖起了红红的鸡冠……你看，多么荒唐！

五月三日

心里乱糟糟的。一句话归总：没有钱。裤子分叉的地方，也就是后裆下面，破得很厉害，裂了一条大缝，就像顿河岸边熟过了头的西瓜。缝了缝，希望能缝住，结果还是不行。像这样缝,连西瓜都能缝得住的。瓦洛季卡·斯特列日涅夫来过。明天我去上课。

五月七日

收到父亲寄来的钱。他在信里骂了我几句,可是我一点也不觉得羞愧。我爹还不知道,儿子的道德支柱已经腐烂了……我买了一套西服。连马车夫都注意起我的领带。在特维尔大街一家理发店里理了理发。从理发店出来,我就像一个容光焕发的服饰用品商店的伙计了。在胜利花园街拐角上,有一个警士朝我笑了笑。这家伙笑什么?我这样子跟他有点差不多嘛!可是三个月以前呢?不过,往事不值得重提……偶然在电车窗户里看见了伊丽莎白。她摇了摇手套,笑了笑。我的样子怎样?

五月八日

“老老少少都谈情说爱。”[1]我马上想起达吉雅娜[2]的丈夫那张得像炮口一样的嘴。我恨

① 普希金的诗体小说《叶甫盖尼·奥涅金》中的一句。

② 达吉雅娜是《叶甫盖尼·奥涅金》中的女主人公。她的丈夫是一位老将军。

不得从楼座上朝他嘴里吐一口唾沫。可是我脑子里又响起这句话,特别是这句话的后面一部分:“都——谈——情——说——爱……”我的下巴也哆哆嗦嗦地动起来,也要打哈欠,大概这是条件反射。

不过,我是在年轻时候谈恋爱。写到这里,我的头发都竖了起来……我到伊丽莎白那里去过。我文绉绉地、转弯抹角地讲了起来。她装出不懂的样子,想把话引到别的方面。是太早了吧?唉,妈的,都是这套西服坏事!……我对着镜子照了照——挺英俊嘛:我心想,好吧,说出来吧。我的正常推理的习惯,不知为什么往往胜过其他一切。如果现在不求爱,再过两个月就晚啦;裤子一穿旧,在要紧的地方起了毛,不管怎样花言巧语都没有用了。我写着写着,不由得高兴起来:在我身上何等鲜明地融合了当代优秀人物的一切美好感情呀。又有温柔、炽热的恋情,又有“清醒的理性的声音”。除了别的许多好处之外,还能将各种美德融为一体。

我仍然停留在事前的准备阶段。是受到了房东太太的干扰。房东太太把她叫到走廊上,我听到房东太太向她借钱。她没有借,其实她是有钱的。这一点我确实知道,我也想象出她用真诚的声调回绝时的脸,想象出她那显得十分诚挚的胡桃色眼睛。于是我那谈情说爱的热乎劲儿消散了。

五月十三日

我已经完全坠入情网。这是丝毫不容怀疑的。各种条件都已具备。明天我就要去求爱。不过目前我还是没有把握。

五月十四日

不料事情急转直下,没有按照预想的方式进行。天下着雨,是一个和暖、宜人的日子。我们在莫霍夫街上走着,斜风吹在人行道的石板上,发出尖尖的哨音。我说着话儿,可是她一声不响地走着,低着头,好像在想心事。一道一道的雨水从帽子上流到她的腮上,她的样子很美。我现在来记一记我们的谈话:

“伊丽莎白·谢尔盖耶芙娜，我已经把我的心情说给您听啦。该您说话啦。”

“您的感情是不是真实的，我有些怀疑。”

我愣愣地耸了耸肩膀，而且说起了傻话，说要起誓，或者用别的什么方式来表明心迹。

她说：“听我说嘛，您说起话来，用的全是屠格涅夫小说中人物用的字眼儿。您顶好说干脆一点儿。”

“再干脆没有啦。我爱您。”

“还有呢？”

“该您说话了。”

“您是想要我答应吗？”

“希望您回答。”

“您要明白，季莫菲·伊万诺维奇……我能对您说什么呢？我有点儿喜欢您……不过，您的个头儿……”

“我还可以长嘛。”我保证说。

“可是咱们太不熟识啦，是不是合得来呢……”

“咱们在一块儿吃上几十斤盐，彼此就了

解啦。”

她用粉红色的手掌擦了擦腮上的雨水，说道：

“好吧，咱们就一块儿过过吧。咱们过一阵子，试试看，不过您要给我一点时间，我好把过去的情人打发掉。”

“这人是谁？”我问道。

“您不认识他。是一个医生，专治花柳病的。”

“您什么时候能脱身？”

“我看，到星期五就行。”

“咱们住在一块儿吗？就是说，住在一个屋子里吗？”

“是的，这样要方便些。您搬到我这里来吧。”

“为什么？”

“我这屋子住起来很舒服，又干净，房东太太又是个讨人喜欢的人。”

我没有反对。我们在特维尔大街街口分手。我们接起吻来，叫一位太太大大地吃了一惊。

下面的一天,又为我准备着什么呢?

五月二十二日

我过着蜜一般的日子。"蜜一般的"心情今天暗淡下来,因为丽莎对我说,我该换件衬衣啦。的确,我的衬衣已经穿得很不像样子了。可是钱呀,钱呀……我们花的是我的钱,我的钱本来就不多。非得找点工作不可了。

五月二十四日

今天拿定主意给自己买一件衬衣,可是丽莎叫我花了一笔意外的钱。她非要去一家上等饭馆里吃一顿,还要买一双丝袜。饭也吃了,袜子也买了,可是我完了:我的衬衣吹了!

五月二十七日

她使我耗尽了精力。我身子空了,就像一根光光的葵花秆子。这简直不是一个女人,是一团烟雾腾腾的火。

六月二日

今天我们九点钟醒来。喜欢乱动脚趾的坏习惯,闹出了下述的结果:她揭开被子,对着我的脚看了半天。她简单明了地总结了自己观察的结果:

“你这不是脚,是马蹄子。比马蹄子还不如!脚指头上还有这么多毛,呸!”她像打摆子一样厌恶地耸了耸肩膀,盖起被子,转过身去朝着墙。

我非常窘。我蜷起腿,扳了扳她的肩膀。

“丽莎!”

“别碰我!”

“丽莎,这可是太不像话了。我又不能改变我的脚的样子,脚又不是定做的。至于毛吗,毛又不听人的话,到处都生长。你是个学医的,应当懂得大自然发展的规律。”

她转过脸来朝着我。胡桃色的眼睛射出凶光,变成了巧克力颜色。

“请您今天就去买点去汗粉:您的脚有一股死尸气味!”

我跟她讲理说，她的手也是经常出汗的嘛。她一句话也没有说，可是在我的心上，用高雅的文体来说，落上了一片阴影……这问题不在于脚，也不在于脚上长毛……

六月四日

今天我们在莫斯科河上划船。谈起顿河风光。伊丽莎白今天很不像话：她总是拿恶言恶语对待我，有时十分粗暴。我要是用同样的态度对待她，那就是准备决裂，我还不希望这样。不管怎样，我对她越来越迷恋了。她实在是一个娇生惯养的女子。要从根本上改变她的性格，我怕我的影响很不够。她是个可爱、任性的姑娘。同时又是个见过很多世面的姑娘，那样的世面我只是听说过罢了。在回家的路上，她把我拉进一家药房，她笑着买了些滑石粉，还买了一点不知什么鬼玩意儿。

“这可以给你去去汗气。”

我格外殷勤地鞠了一躬，向她道谢。

很可笑，但这也算不了什么。

六月七日

她的才智真是贫乏得可怜。在其他方面她倒是可以教教任何人。

每天临睡时我都要用热水洗脚，要洒花露水，还要撒一种不知是什么的鬼玩意儿。

六月十六日

她越来越使人不能忍受。昨天她发了一次神经病。跟这样的女人很难共同生活下去。

六月十八日

毫无共同之处！我们各想各的。连接我们的唯一的东西是床。这种日子不是人过的日子。

今天早晨，她从我口袋里掏钱去买点心，摸到了这本小日记本。她抽了出来。

“你这是什么？”

我一阵燥热。她要是翻上一两页，那可怎么办？我回答了她，并且自己都没有想到，回答的声调那样自然。

“数学笔记本。”

她毫不在意地把日记本又塞进我的口袋，就走了。要小心点儿。咱们私下里说的一些俏皮话，可不能让旁人看见。

只有我的好朋友瓦霞看到，这才是开心的事。

六月二十一日

伊丽莎白使我感到吃惊。她才二十一岁，怎么就会堕落到如此地步？她的家庭是什么样子，她受的是什么样的教养，是谁给她的影响？这些问题都是我非常感兴趣的。她漂亮得不得了。她为自己的身材和相貌的完美感到非常自豪。除了自我欣赏，别的什么也没有了。有几次我试着跟她严肃地谈了谈……叫她改变思想，比叫一个旧教徒相信上帝不存在还难。

一块儿过下去越来越不可能，越来越没有意思。不过我还不慌着决裂。说实在的，不管怎样，我还是喜欢她的。她已经在我心上生了根。

六月二十四日

原来问题极简单。我们今天说了说心里话，她说，我不能满足她性的要求。还没有正式决裂，大概还要过几天。

六月二十六日

真该到养马场里给她找一匹公马。

只有公马能满足她！

六月二十八日

想到就要跟她分离，我心里很难受。她就像一团水藻，牢牢把我缠住。今天我们坐车到麻雀山去。她靠车窗坐着，阳光透过窗檐的镂花倾泻到她的鬈发上。头发呈现出赤金色。这诗情画意，眼看着全完了！

七月四日

我扔掉了工作。伊丽莎白扔掉了我。今天我跟司特列日涅夫一块儿喝啤酒。昨天我们喝过伏特加。我和伊丽莎白，跟一切文明人一样，很有礼貌地分开了。既没有打架，又没有吵嘴。今天我在德米特洛夫街看到她跟一个穿马靴的年轻人在一起。她十分冷静地向我还礼。这日记该到此结束了——可记的东西已经没有了。

七月三十日

简直是意想不到地又拿起笔来。打仗了。狂热一下子迸发出来。每一颗脑袋都发出爱国主义的气味,就像生了蛆的狗发出臭味那样,一里路以外都能闻得到。同学们都无比愤慨,可是我却高兴起来。想念……“失去的天堂”想得我实在难受。昨夜我在梦中还与伊丽莎白亲亲热热。她留下了使人伤感的痕迹。能散散郁积最好。

八月一日

叫嚣使人腻了。又是老样子,苦闷。就像婴儿噙着奶头一样,我把苦闷噙在嘴里,尝着苦闷的滋味。

八月三日

有办法了！我去打仗。愚蠢吗？很愚蠢。可耻吗？

算了吧，因为我无路可走了啊。我苦闷极啦。两年以前我就没有这种厌世的心情。难道我老了吗？

八月七日

我现在是在车厢里记日记。这会儿才离开沃罗涅日。明天要在卡敏车站下车。我下定决心：为"信仰、沙皇和祖国"而战。

八月十二日

为我举行了盛大的欢送会。村长喝得醉醺醺的，发表了慷慨激昂的演说。他演说完了，我小声对他说："安得列·卡尔波维奇，您是个糊涂虫！"他十分惊愕，气得脸都发了青。他恶狠狠地哑着嗓子低声说："您还受过教育呢。您莫不是我们在一九〇五年用鞭子抽过的那种人？"我回答说，我感到很遗憾，"还不是那种人"。我父亲哭着，过来吻我，还流着鼻涕。可怜的好父亲啊！我是无可奈何呀。我跟他开玩笑，要他跟我一块儿上前线，他怕得叫了起来："你怎么啦，家里事怎么办？"明天我就要上车站了。

八月十三日

有些地方庄稼还没有收割。小土包上的土拨鼠吃得肥嘟嘟的。极像廉价画片上考积玛·克留奇柯夫的长矛上挑着的德国佬。我活到这么大，学过数学和其他一些精密科学，从未想到，我会成为这样一个"沙文主义者"。我到了团里，要跟哥萨克们聊聊。

八月二十二日

在一个车站上，我头一次看到一批俘虏。有一名身材挺拔、姿势像运动员一样的奥地利军官，被押送到车站上。有两个在月台上散步的小姐朝他笑了笑。他一边走，一边十分得体地向她们行礼，并且向她们抛了一个飞吻。

虽然被俘虏了，他的脸还是刮得光光的，十分风流，黄色的皮绑腿光闪闪的。我目送着他：真是一个又漂亮又年轻的小伙子，一张脸又可爱又可亲。遇到这样的人，手连马刀都举不起来。

八月二十四日

难民，难民，难民……各条线路上都挤满了装载难民和士兵的列车。

第一列救护车开了过去。停车的时候，车厢里跑出一个年轻的步兵。他脸上扎着绷带。我们谈了一阵子。他是被霰弹打伤的。他打坏了一只眼睛，大概可以不当兵了，他高兴得不得了。他在笑。

八月二十七日

我来到自己的团里。团长是一个很好的老头儿，是顿河下游的一个哥萨克。这儿已经闻到血腥气味。听说后天就要上战场了。我们这第三连第三排——都是康斯坦丁诺夫乡的哥萨克，都是一些呆头呆脑的小伙子。只有一个小伙子又爱说笑话，又喜欢唱歌。

八月二十八日

我们出发了。今天前方炮声响得特别厉害。使人感觉，好像大雷雨就要来了，远处是滚滚的雷声。我甚至都闻了闻：是不是有雨的气息？但是天空像缎子一样，一片云彩也没有。

我的马昨天在厨车的轮子上碰伤了一条腿，瘸了。一切都很新鲜，很不平常，我不知道该干什么，该写什么才好。

八月三十日

昨天没有工夫记。今天我在马上写。摇摇晃晃，铅笔底下爬出来的字都歪歪扭扭，奇形怪状。我们三个人一块儿带了草绳去割草。

这会儿两位弟兄在捆草，我趴在地上补记昨天的事情。昨天司务长派我们六个人去侦察（他用轻蔑的口吻称呼我“大学生”：“喂，大学生，你的马有一个掌要掉啦，你没有看见吗？”）。我们穿过一个烧掉了一半的小镇。天气酷热。人和马都汗漉漉的。糟糕的是，哥萨克夏天都要穿呢裤子。在镇外沟里我看到一个被打死的人。是一个德国兵。身子仰面躺着,两条小腿都在沟里。一只手压在脊梁下面,另一只手攥着一梭子步枪子弹。旁边并没有步枪。那情景可怕极了。这会儿我回想起我看到的情景,就觉得有一股凉气顺着肩膀爬……他的姿势是这样的:好像耷拉着腿在沟沿上坐了一阵子,后来就躺下休息了。灰制服,钢盔。看得见呈花瓣状的钢盔皮里子,好像是纸烟里加了一层衬纸,不叫烟丝撒出来。我第一次看到这样的情形,吓呆了,所以我都没有看清他的脸。只看到许多黄黄的大蚂蚁在他那发黄的额头上和呆滞的、眯缝着的眼睛上爬。哥萨克们从旁边走过时都画十字。我看了看制服右边的一小片血。子弹是从右肋穿进去的。我走过时,又看到子弹从左边穿出的地方——血迹更大,地上流的血更多,制服也裂成了好几片。

我浑身打着哆嗦,从旁边走了过去。情形竟是这样……

绰号“笑话大王”的一名上士，看到我们情绪消沉，想给我们提一提神，讲了一桩风流趣事，可是他自己的嘴唇都在打哆嗦……

离小镇半俄里的地方，是一座烧毁的工厂的墙，砖墙都被烟熏成了黑色。我们害怕顺着大路一直走，因为大路就从烧毁的工厂旁边经过，我们决定绕着走。我们朝一旁走去，就在这时候，墙里面朝我们开起枪来。说来惭愧，我听到第一声枪响，几乎跌下马来。我紧紧抓住鞍头，不由得弯下身子，扯了扯马缰。我们擦着打死的德国兵躺的那条沟边朝镇上奔去，一直跑过了镇，才回过神来。后来又拨转马头走了回来。下了马。留下两个人看守马匹，我们四个人朝镇边那条沟走去。我们弯下身子，顺着沟往前走。我老远就看见打死的德国兵的两条腿，脚上穿着短筒黄靴子，膝部弯成了直角。我屏住气从他旁边走过，就像是从一个睡着的人身旁走过，怕把他弄醒似的。他身子底下的青草被压得潮乎乎、绿油油的……

我们在沟里卧倒，过了几分钟，从烧毁的

工厂的墙后面一个跟一个地走出九个德国枪骑兵……我是从他们的服装上认出来的。一个军官朝旁边闪了闪,用尖利的喉音喊了两声,他们这一小队人马就朝着我们冲来……弟兄们在喊我呢,叫我去帮他们捆草。我去了。

八月三十日

我想说完,我是怎样第一次朝着人开枪的。那是在德国枪骑兵向我们冲来的时候(这会儿我眼前仿佛又出现了他们那灰绿色的制服,那又像蝎虎又像毒蛇一样的颜色,那闪闪发光的漏斗形圆筒军帽,那晃来晃去、带小旗的长矛)。

枪骑兵骑的都是深褐色的马。不知为什么我把视线转移到沟边土埂上,看到一只不大的翠绿色甲虫。我眼看着甲虫变大了,大到惊人的程度。我的胳膊肘撑在土埂的干土粒儿上,那甲虫摇晃着青草,朝我的胳膊肘爬来,爬上我的绿色军便服的袖子,很快地爬到步枪上,又从步枪上爬到皮带上。我观察过甲虫的旅行，这才听到绰号“笑话大王”的上士的猛喝声：“开枪！您怎么啦？”

我把胳膊肘放稳，眯起左眼，我觉得我的心就要膨胀起来，也要变得像那只翠绿色甲虫那样大。瞄准器切口里的准星在灰绿色制服的背景上不停地抖动着。“笑话大王”就在我旁边放了一枪。我扣了一下扳机，就听见我的枪弹啸叫着飞了出去。看来是我瞄低了，子弹在小土墩上蹦了一下，打起一股灰尘。这是第一次朝着人开枪。我不再瞄准，不看前面的任何东西，打了一梭子。我最后一次扳动枪栓，只听到咔嚓一声，我忘记已经没有子弹了，这时候我才看了看德国人。他们还是那样整齐地朝后跑去。军官殿后。他们还是九个人。我看着军官那深褐色马的屁股和枪骑兵圆筒形军帽顶上的金属片儿。

九月二日

在托尔斯泰的《战争与和平》里，有一处谈到，两个敌对军队之间的界线——好像也就是划分生者与死者的不可知的界线。尼古拉·罗斯托夫所在的骑兵连一开始冲锋，罗斯托夫心里就在推断这条界线在哪里。今天我特别清楚地想起了小说中的这一段，因为今天黎明时我们向德国骠骑兵发起了冲锋……从早晨起，他们的部队就在占优势的炮火支援下，向我们的步兵步步进逼。我看到，我们的步兵——大概是二四一和二七三步兵团——仓皇逃窜。这两个团没有炮火掩护就发起进攻，因而被敌人的火力打退，几乎有三分之一被消灭，进攻一失利，士气全完了。德国骠骑兵紧紧跟在我们的步兵后面追赶。我们的团本来是停在林中小道上作后备的，这一下子也只好出动了。这事儿我记得很清楚。夜里两点多钟我们从梯士维契村出发。黎明前的黑暗越来越浓。可以闻到浓烈的松针气味和燕麦气味。全团分成一个一个的连队前进着。从小道上向左一转，走进了庄稼地。马匹一面走一面打响鼻，马蹄踩得燕麦上圆滚滚的露珠儿直往下掉。

穿着军大衣还觉得有点凉。我们的团在庄稼地里走了很久，过了一个钟头，才从团部里跑来一个军官，向团长传达了一道命令。我们的老团长用很不满意的声调转发了命令，于是我们的团就来了一个直角形的转弯，开进了树林子。我们变成排纵队，一齐拥挤在狭窄的林中小道上。我们的左方正进行着战斗。德国的炮队正在打炮，从声音上判断，他们的大炮很多。炮声震天动地；好像芳香的松针都在我们头顶上燃烧起来了。在太阳出来之前我们只是听着。后来是一阵一阵的“乌拉”声，那喊声有气无力，很不带劲儿，很不响亮，接着是一阵寂静，只能听见机枪清脆的响声。这时候各种想法乱糟糟的；这时候我能想象得特别清楚、特别真切的，就是排成散兵线向前进攻的我们的步兵的各种各样的脸。

我看到，头戴保护色平顶军帽、脚穿粗笨的深筒步兵靴的一个个布袋般的灰色人影，在秋日的田野上移动着，又听到那一心要把这些浑身出汗的活人变成死尸的德国机枪发出的清晰而有点嘶哑的咯咯笑声。两个步兵团被击溃了，扔掉武器就跑。一个德国骠骑兵团紧追不放。我们就在他们的侧翼，相距三百俄丈或者还不到三百俄丈。一声令下，我们立刻摆好阵势。我只听到像勒马时那样沉着、镇定的喊声："前——进！——"我们就飞跑起来。我的马耳朵贴得紧紧的，恐怕用手掰都掰不开。我回头看了看——团长和两名军官就在我后面。这一下来到生死线上了。大疯狂的时刻到了！

德国骠骑兵践踏着自己的溃乱的队伍，向后退去。我眼看着柴尔涅曹夫中尉砍死一个德国骠骑兵。又看到，六连的一个哥萨克追赶一个德国人，追得发了疯，砍起了德国人的马屁股。一片一片的皮肉从飞舞的马刀上往下掉……啊，这真是难以想象！这不知该叫什么！等我们打完仗回来，我看到柴尔涅曹夫的脸色又镇静，又愉快，聚精会神——他坐在那里打纸牌呢，不是坐在马上了，这是在杀了人以后。柴尔涅曹夫中尉肯定前程远大。真有本事！

九月四日

我们在休息。第二军第四师正向前线开拔。我们驻扎在柯北林诺镇上。今天早上，骑兵十一师的队伍和乌拉尔的哥萨克用强行军的速度从镇上通过。西方在进行战斗。炮声不绝。午饭后我到军医院去了一趟。我看到运伤兵的车辆来了。几个看护兵一面扶着伤兵下车，一面笑着。我走过去。一个麻脸的高个子士兵一面叫疼，一面笑着，在看护兵的搀扶下从车上爬了下来。他对我说："瞧吧，哥萨克弟兄，他们往我屁股上撒起豆粒儿来啦。我中了四颗霰弹子儿。"一个看护兵问道："榴霰弹是在后面爆炸的吗？""怎么会在后面，我是拿屁股进攻的。"从房里出来一个护士小姐。我朝她望了望，不由得打了一个寒噤，连忙趴在大车上。她太像伊丽莎白了。也是那样的眼睛、面孔、鼻子、头发，连声音也像。这是不是我的错觉呢？这会儿也许我觉得任何一个女子都跟她相像。

九月五日

拴着马喂了一昼夜，现在又要往那里去了。我身上一点劲儿都没有了。号兵在吹备马号。这会儿我要是朝他开上一枪才开心呢！……

连长派格里高力·麦列霍夫去跟团部联络。格里高力经过不久前发生过战斗的地方时，看见公路边上有一个阵亡的哥萨克。那哥萨克躺在那里，淡黄头发的头紧紧贴在马蹄踏碎的石子路面上。格里高力下了马，捂住鼻子（死人身上发出臭烘烘的死尸气味），搜了搜他的身上。在裤子口袋里搜出了这本小笔记本、一截化学铅笔和一个钱包。他摘下子弹带，朝那张灰白、潮湿、已经开始腐烂的脸匆匆打量了一眼。鬓角和鼻梁都湿漉漉、黑乎乎的，额头上有一道斜斜的皱纹，好像在呆呆地、聚精会神地沉思，皱纹里的尘土也发黑了。

格里高力从死者口袋里掏出一条麻纱手绢，用手绢盖住死者的脸，就朝团部走去，偶尔回头望一望。到了团部，他把日记本交给了几个书记，几个书记就一块儿看起这本日记，一块儿嘲笑别人命短，嘲笑一个人生前的种种俗念。

十二

骑兵第十一师在占领了列士纽甫以后，又攻克了司坦尼斯拉夫契克、拉得基微罗甫、勃罗迪，八月十五日，在卡敏克-司特鲁米罗窝城下摆开了阵势。后面在调动着部队，步兵队伍集结到各个重要的战略地区，各级指挥部和辎重队集中到中心地点。战线像一条催命的绳索，从波罗的海边拉了过来。指挥部里在制订大规模进攻的计划，将军们埋头在研究地图，传令兵们跑来跑去传送作战命令，千千万万的士兵前去拼命……

侦察兵报告，敌人的大股骑兵朝城边开来。在大道旁边的一些小树林里发生过几次冲突，哥萨克的侦察队常常跟敌人的侦察队发生接触。

格里高力·麦列霍夫自从跟哥哥分别以后，在所有行军的日子里，一直想找到精神上的支柱，好恢复原来的平静心情，免得整天十分痛心地苦苦思索，然而他找不到这种精神支柱。从最近开来的后备连里调了一些第三批征集的哥萨克到团里来。其中有一个嘉桑乡的哥萨克阿列克塞·乌留宾编进了格里高力这个排里。乌留宾高个子，背有点驼，下颏伸了出来，胡子像加尔梅克人的头发，他那快活而无所畏惧的眼睛总是在笑；虽然年纪不大，头顶已经光秃秃的，只有那凸凸棱棱的光脑壳的两边还长着几撮稀稀拉拉的红毛儿。他来的第一天，哥萨克们就送给他一个绰号——“秃子”。

在勃罗迪城下进行过一次战役之后，这个团休息了一昼夜。格里高力和“秃子”住在一间房子里。他们聊了起来。

“麦列霍夫，你是个掉了魂的家伙。”

“怎么是掉了魂的？”格里高力皱着眉头问道。

“一点没有精神，像个病人一样。”“秃子”解释说。

他们给马拌好草料，靠在长了青苔的旧栅栏上抽烟。骠骑兵排成四路纵队从街上走过，很多人家的栅栏脚下都躺着没有掩埋的尸体（进攻奥地利军队的时候，在城郊发生了巷战），烧毁的犹太教堂的瓦砾堆里还冒着浓烟。在这充满绚丽色彩的近黄昏时候，城市呈现出残破和一片空虚的景象。

“我好好的。”格里高力对“秃子”望都没望，吐了一口唾沫说。

“你瞎说！我看出来啦。”

“你看出什么来啦？”

“你没见过世面，怕啦，是不是？是怕死吗？”

“你是个糊涂虫。”格里高力轻蔑地说过这话，皱着眉头仔细看了看手指甲。

“告诉我：你杀过人了吗？”“秃子”仔细注视着格里高力的脸色，一个字一个字地问道。

“杀过啦。怎么样？”

“心里难受吗？”

“难——受？”格里高力冷笑了一下。

“秃子”从鞘里抽出马刀。

“要不要我把你的脑袋砍下来？”

“砍下来又怎样？”

“我杀死你，连气都不叹一声——我可没有什么软心肠！”“秃子”的眼睛笑着，但是格里高力听他的声音，又看到他的鼻孔一个劲儿地抖动，就知道他说的是真话。

“你真野，真怪。”格里高力仔细打量着“秃子”的脸，说道。

“你的心太软啦。巴克兰诺夫刀法，你会吗？你瞧着！”

“秃子”选定了长在花圃里的一棵老桦树，伛偻着腰，用眼睛瞄着，对直地朝桦树走去。他那两条青筋嶙嶙、手腕特别粗壮的长胳膊一动不动地耷拉着。

“瞧着！”

他慢慢举起马刀，蹲下身去，猛然使出神力，斜斜地砍了一刀。桦树在离根两尺的地方被砍断，树枝在没有玻璃的窗框上刮了两下，在屋墙上划了许多道印子，一棵树就倒在了地上。

“看见了吗？你好好学一学。以前有一个巴克兰诺夫将军，听说过吗？他有一把马刀，里面灌了水银，抡起来很重，可是一刀劈下去，能把一匹马劈成两截。好厉害！”

格里高力老半天都没有学会这种复杂的刀法。

“你的力气不小，可是使起刀来很笨。应当这样用刀。”“秃子”教起来，他那斜着劈下的马刀碰到什么，什么就变成两截。

“劈起人来就要胆大。人软和得就像面团一样。”“秃子”眉飞色舞地教导他说，“你不要去管怎么回事儿和为什么。你是哥萨克，你只管劈下去，什么都不要问。在打仗的时候杀敌人——这是天经地义的事。每杀一个人，上帝就赦免你一桩罪过，就像杀死一条毒蛇一样。牲口，牛啦，还有别的什么啦，没有必要是不能杀的；可是人，你只管杀好啦。人是坏东西……是妖孽，生在世界上是祸害，就像毒蘑菇一样。”

听了格里高力的反驳，他皱了皱眉头，倔强地闭起了嘴。

格里高力十分吃惊地看出来，所有的马都无缘无故地怕“秃子”。他一朝拴马桩跟前走，许多马都竖起耳朵，挤成一堆，好像走来的不是一个人，而是一只野兽朝着马群走来。那一次在司坦尼斯拉夫契克城下作战，连队来到一处又是树棵子又是泥沼的地方，只好下了马。派几个人把马牵到低洼的地方，掩蔽起来。派“秃子”去看马，但是他斩钉截铁地拒绝了。

“乌留宾，你这狗杂种，你拿什么架子？为什么不去看马？”排里的上士朝他发起火来。

“马都怕我。这是实在话！”“秃子”眼里隐隐露出常有的那种笑意，解释说。

他从来没有干过看守马匹的事。他对自己的马是很心疼的，照料得很周到，但是格里高力常常看到：只要他一朝马跟前走，虽然他的两手习惯地紧紧贴在大腿上，动都不动，但是马背就哆嗦起来，像一阵波浪掠过：马害怕呢。

“你说，老哥，为什么马都怕你？”有一回格里高力向他问道。

“谁知道这些马是怎么回事儿，”“秃子”耸了耸肩膀，“我是很心疼马的。”

“马闻到气味能认出醉汉，马怕醉汉，可是你又不喝酒。”

“我的心是硬的，马能感觉出来。”

“你的心是狼心，也许什么心都没有，是把一块石头当成心放进去了。”

“也许是这样。”“秃子”欣然表示赞同。

在卡敏克-司特鲁米罗窝城下，有一天第三排的哥萨克都跟着排长出去侦察：头一天有一个捷克士兵跑了过来，向司令部报告了奥地利军队的部署情况，并且说出了他的估计，他估计要在哥罗莎—司塔文莰基这段战线上进行反攻；因此需要日夜注视敌军向前推进时可能要走的大路；排长派了四个哥萨克，由排里的上士率领，留在树林边上监视大路，自己就带着其余的人朝士兵那边已经露出瓦屋顶的一个小村走去。

格里高力·麦列霍夫、上士和三名新来的哥萨克——西兰琪叶夫、“秃子”和米沙·柯晒沃依——留在树林边上，旁边就是一座古老的尖顶小教堂，耶稣受难的十字架已经生了锈。

“弟兄们，下马。”上士下令说，“柯晒沃依，你把几匹马牵到那几棵松树后头——嗯，是的，就是那几棵，那几棵密实些。”

哥萨克们躺在一棵干枯的断松树下抽起烟来，上士手持望远镜注视着。离他们十来步，就是像波浪一样一起一伏的没有收割的黑麦，黑麦的粒儿已经掉光了。掉光了粒儿的麦穗一齐弯下头去，凄凉地沙沙响着。哥萨克们懒洋洋地说着话儿，躺了有半个钟头。从城的右方不断传来隆隆的炮声。格里高力爬到黑麦地里，选了几个还有粒儿的麦穗，搓了搓，嚼起了干硬的熟透了的麦粒儿。

“好像奥地利人来啦！”上士小声喊道。

“在哪儿？”西兰琪叶夫身子抖了一下。

“瞧，从树林子里出来啦。向右边看！”

一伙儿骑马的人从远处一片小树林子里走了出来。他们停下来，站在伸得远远的树林的一角上，对着田野观察了一阵子，然后朝着哥萨克这方向走来。

“麦列霍夫！”上士喊道。

格里高力爬到松树跟前。

“让他们走近点儿，咱们一齐开枪。弟兄们，把枪准备好！”上士十分紧张地小声说。

骑马人向右转弯，小步走了过来。格里高力他们四个人一声不响地躺在松树下，屏住呼吸。

“……哎呀，班长！”一阵风吹来，送来一个年轻人的响亮的声音。

格里高力抬头一看：六个匈牙利骠骑兵，都穿着绣了彩绦的漂亮上衣，挤成一堆走了过来。最前面一个，骑着大青马，手里握着马枪，粗声粗气、声音不太高地笑着。

“开枪！”上士小声喊。

咕——咕——咔！……几条枪一齐响了。

咯——咯——咯！……后面发出了回声。

“你们干什么？”柯晒沃依在松树后面惊骇地叫了起来，又吆喝起马来，“吁！该死的东西！你疯啦？哼，妈的！”他的声音特别扎耳朵。

匈牙利骠骑兵散成一条线，在庄稼地里飞跑起来。那个骑着肥壮的铁青马走在最前面的，朝上打了一枪。落在最后面的一个，趴在马脖子上，左手拿着军帽，回头望着。

“秃子”头一个跳起来，端着步枪，两条腿在黑麦地里磕磕绊绊地朝前跑去。在百十丈远的地方，一匹摔倒的马正在尥蹶子，四条腿乱蹬乱踹，马跟前站着一个没戴帽子的匈牙利骠骑兵，正在揉搓摔疼的膝盖。还离得很远他就喊了几声，并且把两手举了起来，一面不住地回头朝远处跑着的同伴看。

这一切来得非常迅速，直到“秃子”把俘虏带到松树底下，格里高力才回过神来。

“解下来，饭桶！”“秃子”很粗暴地把俘虏的大军刀朝怀里一扯，喊叫道。

俘虏慌乱地笑了笑，忙乱起来。他连忙解皮带，但是两只手哆嗦得厉害，怎么都解不开皮带扣。格里高力细心地帮他解了开来，骠骑兵笑着朝他点了点头，表示感谢。这是一个高个子的年轻小伙子，两腮圆圆的，留着短短的小胡子，好像是贴在刮得光光的上嘴唇角上似的。他好像很庆幸他没有死在刀枪之下，一面打量着哥萨克们，一面在口袋里摸了摸，掏出一个皮烟荷包，说了几句叫人听不懂的话，做手势请大家抽烟。

“他请客呢。”上士笑了笑，手已经伸进口袋去摸卷烟纸了。

“抽点外国烟吧。”西兰琪叶夫哈哈笑着说。

哥萨克们卷好烟卷，抽了起来。黑黑的、装烟斗用的烟丝非常厉害，直冲人的脑袋。

“他的枪在哪儿？”上士很带劲儿地抽着烟，问道。

“在这儿。”“秃子”把绗得密密的黄皮带从背后拉过来给大家看了看。

“要把他送到连部去。司令部想必很需要一个‘舌头’。弟兄们，谁送他去？”上士一面打着呛，用呛得流泪的眼睛扫视着大家，问道。

“我送去。”“秃子”应声说。

“好吧，就你去送。”

看样子，俘虏也懂了，他极不自然地笑了笑，是一种可怜的笑；他克制着自己，忙活起来，翻了翻口袋，塞给哥萨克们一把揉得不成样子的、黏糊糊的巧克力糖。

“我是罗西人[①]……罗西人……不是奥地利人！”他说着很不地道的罗西话，打着可笑的手势，一股劲儿地往哥萨克手里塞香喷喷、揉得不成样子的巧克力糖。

“还有什么家伙没有？”上士问道，“你就别唠叨啦，反正我们都听不懂。手枪有没有？叭！叭！——有吗？”上士做了个扣枪机的手势。

俘虏拼命摇晃起脑袋。

---

① 罗西人就是加里西亚的乌克兰人，现在通称西乌克兰人。

“没有！没有！”

他心甘情愿地让人搜了搜身上，他那圆滚滚的腮蛋子不住地哆嗦着。

跌破了膝盖的马裤里不住地往外流血，那粉红色的皮肉上有一处跌伤。他用手绢扎住伤口，皱着眉头，吧嗒着嘴，不住气地说着话……他的帽子还在死去的马旁边，他要求准许他去拿毯子、帽子和一本日记本，因为日记本里还夹着他全家的照片。上士听了半天都没有听懂他的意思，便无可奈何地摆了摆手，说：

“带走吧。”

“秃子”到柯晒沃依那里牵来自己的马，骑上去，理了理步枪的皮带，用手指了指，说：

“走吧，老总，还算当兵的呢，脓包！”

俘虏看见他笑，也笑了笑，跟马并排走着，甚至带着拉近乎的意味用手拍了拍“秃子”那干瘦的小腿。“秃子”不客气地推开他的手，勒了勒缰绳，叫他在前面走。

“走，妈的！你还嬉皮笑脸的？”

俘虏连忙表示认错儿，这才一本正经地朝前走去，一面频频地回头看留在后面的哥萨克。他那淡白色的头发雄赳赳地竖立在头顶上。他留在格里高力脑子里的就是这种样子：斜披着绣着彩绦的骠骑兵上衣，淡白色的头发直撅撅地竖立着，步伐坚定而矫健。

“麦列霍夫，你去把他的马鞍解下来。”上士吩咐过，很惋惜地朝烟头吐了一口唾沫，烟头已经烧到手指头了。

格里高力解下死马身上的鞍子，不知为什么又捡起放在不远处的军帽。他闻了闻帽里子，闻到一股冲鼻子的廉价肥皂和汗臭气味。他扛着马鞍，左手里细心地拿着骠骑兵帽，走了回来。哥萨克们蹲在松树下面，翻了翻鞍袋，仔细看了看这种没有见过的马鞍。

“他的烟丝真不坏，应当再向他要一点卷根烟抽。”西兰琪叶夫惋惜地说。

“是的，这话不假，烟丝真不坏。”

“好香啊，就像香油顺着喉咙眼儿往下流……”上士回味起来，叹了一口气，又咽了一口唾沫。

过了几分钟，从松树后面露出一个马头。“秃子”回来了。

“怎么回事儿？……”上士吓得跳了起来，“你放掉啦？”

“秃子”摇晃着鞭子，骑着马来到跟前，下了马，挺直身子，活动着肩膀。

“你把奥地利人弄到哪儿去啦？”上士一面往他跟前走，一面追问道。

“干吗要盯着问？”“秃子”顶撞说，“他逃跑……想逃跑……”

“你把他放啦？”

“我们走到小路上，他就想跑……我把他劈啦。”

“你胡扯！”格里高力喝道，“你是平白无故把他杀死的！”

“你嚷什么？干你屁事？”“秃子”用咄咄逼人的目光望着格里高力。

“你要——怎——样？”格里高力慢慢欠起身来，用哆哆嗦嗦的两手在周围摸索着。

“用不着你管的事，你少管！懂吗，嗯？少管闲事！”“秃子”又厉声厉色地说了一遍。

格里高力一把抓住步枪皮带，一下子把枪端上了肩。

他的手指头直哆嗦，怎么都伸不进枪机，脸都歪成了怪样子，变成了褐色。

“给我住——手！”上士严厉地大喝了一声，朝格里高力跑来。

上士赶在枪响以前，将枪口向上一推，子弹带着长长的啸声飞了出去，打落了不少松针。

“怎么回事儿？”柯晒沃依惊叫了一声。

西兰琪叶夫张大了嘴坐在那里，吓呆了。

上士当胸推了格里高力一把，夺过他的步枪，只有“秃子”没有改变姿势：他还是那样站着，一条腿向前伸着，左手插在腰带上。

“你再来一枪。”

“我宰了你！……”格里高力朝他冲过去。

“你们这是怎么一回事儿？……这是怎么啦？你们想受审，想挨枪子吗？把枪放下！……”上士吼叫着，把格里高力推开，自己站到他们两个中间，大张开两条胳膊，就像钉在十字架上的耶稣。

“你吹牛，你不敢杀我！”“秃子”十分镇静地笑着，一面抖动着伸到前面的那条腿。

回去的路上，已是黄昏时候，格里高力头一个看见被杀死在小路上的奥地利人的尸体。他跨到别人前头，跑过去，勒住直打响鼻的马，仔细看了看：死者平平地趴在毛茸茸的青苔上，脸扎进青苔里，一条砍掉了的胳膊摔得远远的。那只手在草丛里发着暗黄色，就像一片秋天的树叶。这一刀很厉害，看样子是从后面砍的，从肩膀斜着劈到腰部，一刀就把俘虏劈成了两半。

“他把他断送啦……”上士从旁边走过，惶恐地斜眼看着死者歪着的脑袋上那乱翘着的淡白色头发，声音低沉地说。

哥萨克们一声不响地朝连队驻地走去。暮色越来越浓。微风从西方吹来一片黑黑的卷层云。不知从何处沼地里吹来淡淡的烂泥、淤水和腐烂气味，鹭鸶咕咕叫着。静得令人昏昏欲睡，只能听到叮当的马具声、马刀偶然碰在马镫上的声音、松针在马蹄下发出的沙沙声。小路上，松树丛中，暗红色的落日余晖渐渐淡了。“秃子”不住地抽烟。那微弱的火光一下一下地照着他那粗粗的手指头，手指头紧紧夹着烟卷儿，黑黑的手指甲鼓凸凸的。

黑云飘到树林上空，投射在大地上的暗沉沉、无限凄凉的暮色越来越黑，越来越浓了。

十三

清早就开始攻城。两翼都有骑兵作后备的步兵队伍，本应该在黎明时从树林里发起进攻。因为在一个地方发生了自相混战，两个团的步兵没有及时开到；步兵二一一团是奉命调来左翼的；就在另一个团进行迂回运动的时候，自己的炮兵连却向二一一团开起炮来；造成十分荒唐的局面，毁灭性的自相混战严重影响了计划，眼看着这次进攻的结局即使不是进攻者全军覆没，也是无论如何非失败不可。步兵还没有调动好，炮兵还没有把夜间不知遵照谁的命令开进了泥沼地的大车和大炮拖出来，第十一师就发起了进攻。在树林和沼泽地区向敌人进攻，拉不开阵势，在有些地段我们的骑兵连只好分成排往前冲。第十二团的第四、第五两个连担任了后备，其余各连都已经卷入了进攻的浪潮，一刻钟之后，轰隆声和震天动地的呐喊声就传进了留下来的人的耳朵。

“乌拉——乌——拉——拉！……”

“咱们的部队进攻啦！”

“开始啦！”

“机关枪好密啊。”

“大概是扫咱们的人呢……”

“没有声音啦，怎么回事儿？”

“就是说，攻到跟前啦。”

“咱们马上也要出动啦。”哥萨克们你一句我一句地说着话。

两个连待在林中一片空地上。一棵棵高大的松树遮住了视线。一个步兵连几乎是跑着从旁边开过。一个精神抖擞的司务长放慢脚步，让后面几列往前走，他声嘶力竭地喊道：

“跟上队伍！”

这个连脚步杂沓地走着，军用水壶叮当响着，开了过去，消失在一片赤杨树棵子后面。

从很远处，从一片树木的斜坡那边，又传来微弱的阵阵呐喊声：“乌拉——拉！……乌拉——

拉！……拉——啊！……”那声音越来越远，忽然像被切断了一样，一下子就不响了。一片寂静。

“现在才到跟前啦！”

“面对面干啦……拼起来啦！”

大家都在紧张地倾听着，但是那边静得一点声息都没有。在右翼，奥地利炮兵正在猛轰进攻的部队，机关枪密密地响着，像缝纫机在细针密缝。

麦列霍夫·格里高力打量着自己这排人。哥萨克们精神都很紧张，马也焦躁不安，就好像有马蝇在咬。“秃子”把军帽挂在鞍头上，在擦红中透青的光头顶上的汗；米沙·柯晒沃依站在格里高力旁边，一个劲儿地在抽黄烟。周围的一切人和物都显得十分清楚，而且格外真切——如果一个人一夜没有睡，往往会有这样的感觉。

担任后备的两个连已经站了有三个钟头。枪炮声渐渐稀疏，又重新猛烈地响起来。不知是哪一方的一架飞机在他们头上轧轧地飞过，又打了几个圈子。飞机在打不到的高空盘旋了一阵子，就向东方飞去，越飞越高；飞机下面的蓝空里迸开一个个榴霰弹爆炸的乳白色烟团：高射炮开炮了。

快到中午的时候，后备队才奉命投入战斗。所带的黄烟已经全部抽光，大家已经等得很难受了，传送命令的骠骑兵才飞跑而来。四连连长马上带领全连走上小路，朝旁边不知什么地方开去（格里高力觉得好像是往回走）。在密林里走了二十来分钟，队伍都走零乱了。交战的各种声音离他们越来越近；在不远的地方，有一个炮兵连正用迅猛的火力从后面进行射击；炮弹带着啸声和呜呜声，穿破厚厚的气层，从他们头顶上飞过。在树林里走得七零八落的连队，零零落落地来到开阔地上。在离他们半俄里的树林边上，匈牙利骠骑兵正在砍杀俄国炮队的炮手。

“弟兄们，排好队伍！”

还没有来得及拉开阵势，就听见：

“弟兄们，马刀准备，冲啊！”

刀光闪闪，好似蓝色的闪电。全连人马越跑越快，变成了飞跑。

五六个匈牙利骠骑兵正在尽边上一门炮的炮车周围乱腾腾地忙活着。其中的一个拉住两匹发脾气的马的嚼子；另一个用刀背在打马，其余几个下了马的骠骑兵扳着车轮的辐条在推炮车，想把大炮拉走。旁边有一名军官，骑着咖啡色的短尾巴骒马，来来回回地跑着。他在发号施令。匈牙利骠骑兵看见哥萨克，就撇下大炮，骑上马就跑。

“到啦，到啦，到啦！”格里高力在心里数着马跑的步数。他的一只脚有一会儿工夫离开了马镫，他觉出自己骑得不稳，就心慌意乱地去找马镫；他弯下身，抓住马镫，把脚尖插进去，等他抬起眼睛，就看见一辆六匹马拉的炮车，驭手两条胳膊抱着马脖子，被砍死在车前，穿的军便服上溅满了鲜血和脑浆。马蹄踩在一个炮手的尸体上，发出咯吱声。在翻倒的炮弹箱子旁边还躺着两具尸体，另外还有一具尸体仰面朝天躺在炮架子上。西兰琪叶夫跑着跑着，冲到了格里高力前面。那个骑短尾巴骒马的匈牙利军官几乎是抵着他放了一枪。西兰琪叶夫在马鞍上晃了一下，就跌下马来，张开了两条胳膊，好像是要拥抱蓝色的天空……格里高力扯了扯缰绳，想从顺手的一边绕过去，为的是砍起来方便；那军官发觉他想绕过去，就顺手放了一枪。他朝着格里高力打完一梭子子弹，又抽出大刀。看样子，他刀法娴熟，格里高力劈下的三刀相当厉害，他都毫不费力地架开了。格里高力撇了撇嘴，又向他劈了第四刀。格里高力在马镫上站了起来（他们的马几乎是并排跑着，所以格里高力看见了匈牙利军官那刮得光光的、紧绷绷的、死灰色的脸，还看见了他那制服领子上的番号领章），虚晃一刀，引开了那军官的注意力，然后掉转方向一刀戳去，刀尖戳到了他的身上，又一刀劈在后面脖根上。匈牙利军官将拿刀的手垂了下去，松掉缰绳，挺了挺身子，将胸部一拱，好像被咬了一口似的，就趴在鞍头上了。格里高力感到异常痛快，又照他的头劈了一刀。他看到，这一刀砍进耳朵上面的骨头里，只有刀背露在外面。

格里高力脑后挨了重重的一下，他顿时失去了知觉。他觉得嘴里有一股热辣辣的血的咸味，也明白自己就要倒下去了——到处是麦茬的大地在身旁旋转着，飞速地朝他涌来。

摔倒时猛烈地一撞，撞得他清醒了一小会儿。他睁开眼睛；血流满了眼睛，冲洗着眼睛。耳边有马蹄声和马吃力的喘气声：“呼哧，呼哧，呼哧！”

格里高力最后一次睁了睁眼睛，看到的是鼓得大大的、红红的马鼻孔，还有踩在马镫上的不知是谁的一只靴子。“完啦。”一种如释重负的想法像一条小蛇一样滑了过去。轰的一声，接着是漆黑一片。

十四

八月初，叶甫盖尼·李斯特尼次基中尉决意要从御林军阿塔曼团调到普通哥萨克军队中任何一个团去。他打了一份报告，过了三个星期，就接到了去现役军中一个团的委派令。他办好了调遣手续，在离开彼得格勒以前写了一封短信，把自己下的决心告诉父亲：

爸爸：

我要求从阿塔曼团调到战斗部队里去。今天我接到了委派令，就要去第二军军长麾下听令。您看到我下这样的决心，恐怕会感到惊异，不过这决心我可以说明如下：我所处的环境使我受不了。检阅呀，迎送呀，守卫呀，所有这一切宫廷勤务使我烦腻透啦。所有这一切都使我腻得发呕,我很想干点实在事情……也可以说,想立些功劳。大概我身上沸腾起李斯特尼次基家族的热血,李斯特尼次基家族从卫国战争那时候起,就为俄国军队的光荣史册增添过不少篇章。我要上前方去了。请您为我祝福吧。上个星期,皇上去大本营之前,我见过圣颜。我对当今圣上十分爱戴。当时我担任宫内守卫。圣上和罗坚柯一起从我面前走过,他笑了笑,用眼睛看着我,用英语说:"看,我的御林军是很像样的,到时候我可以调御林军打破威廉的如意算盘。"我就像个女学生一样爱慕圣上。我对您说出这一点,并不觉得害羞,尽管我已经过了二十八岁。宫里有一些流言蜚语,像蛛网一样缠绕着圣上的清名,我听了觉得异常气愤。我不相信,也不可能相信这些流言蜚语。前几天,我几乎把格罗莫夫大尉打死,因为他居然当着我的面,说起对当今皇后大不恭敬的话。真是太可恶啦,所以我对他说,只有天生下贱的人,才会卑鄙到编造肮脏的流言。这件事发生的时候还有几个军官在场。我气得发狂,掏出手枪,想对这个下流货开上一枪,但是大家夺下了我的枪。我待在这种污浊的环境里,越来越觉得受不了。在御林军中,尤其是在军官中间,没有那种真正的爱国热忱,说起来都可怕,甚至不爱戴朝廷。他们不是贵族,是一群败类。这实在就是我离开阿塔曼团的原因。我无法跟我不尊敬的人相处。好啦,大概就这些啦。写得有些凌乱,请多多原谅,因为是匆忙中写的,要捆箱子,还要去见见司令。祝您健康,爸爸。我到了部队里再给您写封详细的信。

您的叶甫盖尼

开往华沙的火车是晚上八点钟开出的。李斯特尼次基坐马车来到火车站。彼得格勒那一片蓝灰色的灯火落在了后面。车站上拥拥挤挤,吵吵嚷嚷。大多数是军人。搬运夫把李斯特尼次基的箱子放好,收了钱,就祝他一路平安。李斯特尼次基解下武装带,脱掉军大衣,解开皮带,将一条高加索式花绸被铺在铺位上。下面靠窗的地方，有一个瘦瘦的神甫，脸上带着一副超世厌俗的神情，将一些家常食品摆在小桌上，在吃着。他一面抖搂乱蓬蓬的胡子上的面包渣儿，一面请坐在对面的一个穿学生装的又黑又瘦的姑娘吃东西。

“吃点儿吧。嗯？”

“谢谢您。”

“用不着客气，像您这样的体质，应该多吃点东西。”

“多谢。”

“来吧，就尝尝奶渣饼子好啦。您这位军官先生，是不是也来尝尝？”

李斯特尼次基探下头来。

“您是跟我说话吗？”

“是的，是的。”神甫用忧郁的眼睛盯着他，只有那又短、又细、稀稀拉拉的胡子底下的两片薄薄的嘴唇微微笑着。

“谢谢。我不想吃。”

“应当吃一点。吃一点，没有坏处。您是不是上作战部队去？”

“是的。”

“上帝保佑您。”

李斯特尼次基睡意蒙眬中，模模糊糊地听到神甫那沉厚的声音仿佛从远处来到耳畔，并且他已经觉得，这不是神甫用不满的腔调在说话，而是格罗莫夫大尉在说话了。

“……要知道，我家境贫寒。所以现在去做随军神甫。俄国人不能没有信仰。要知道，信仰一年比一年牢固。当然，也有一些人越来越不信，但这是一部分知识分子，庄稼人信仰上帝倒是很牢靠的。是啊……是这样啊……”那个声音叹了一声气，又滔滔不绝地说了起来，不过李斯特尼次基已经听不清楚了。

李斯特尼次基渐渐入睡。最后清清楚楚地进入他的感官的，是板条子钉成的车棚顶上的新鲜油漆气味和窗外的喊声：

“行李房收下啦，我没事儿啦！”

“行李房收下什么啦？”脑子里这样动了一下，不知不觉就断了线，已经两夜没睡了，一场酣睡终于来到。李斯特尼次基醒来时，火车已经离开彼得格勒有四十俄里远了。车轮有板有眼地轧轧响着，车厢被火车头拖得一颠一颠的，不住地摇晃着，旁边的一个单间里有人在小声唱歌，路灯投下斜斜的、紫丁香般的阴影。

李斯特尼次基要调去的那个团，在最近几次作战中损失巨大，已经从作战地区撤出来，抓紧调养马匹，补充人力。

团部驻扎在一个叫别列兹尼亚格的大商业村里。李斯特尼次基在一个无名的小站上下了火车。一支医疗队也在这里下了车。李斯特尼次基向一个医生打听了一下医疗队的去向，才知道这医疗队是从西南战线上调到这一地段，现在就要顺着别列兹尼亚格村——伊万诺顿夫镇——克雷绍文村这条路线移动。大块头、紫脸膛的医生很不客气地批评起自己的顶头上司，骂起师部里的参谋人员，他哆嗦着乱蓬蓬的大胡子，在金边夹鼻眼镜底下忽闪着两只气汹汹的眼睛，对着这个萍水相逢的交谈者发了不少牢骚。

“您能不能把我带到别列兹尼亚格？”李斯特尼次基半路上打断了他的话。

“中尉，请上车。一块儿走吧，”医生答应过，又亲热地摩弄着中尉的军大衣的扣子，在拉近乎，一面用沉着的粗嗓门儿大声说，“中尉，您倒想想看：在装牲口的车厢里颠簸了几百里路，来到这里却无事可干，可是在我们医疗队调离的那一地段，已经血战了两天，留下大批的伤号，需要我们去急救。”医生又用恼怒而动情的声调重复了一下：“血战啊！”重音放在“血”字上。

“为什么要这样颠倒？”中尉出于礼貌，问了一问。

“为什么？”医生带着讥讽的神情将眉毛挑到了夹鼻眼镜上面，吼叫起来，“颠三倒四，乱七八糟，上级人员稀里糊涂，这就是原因！这些坏家伙坐在那里，把什么都搞得乱糟糟的。毫无办事的才干，简直没有健全的头脑。您记得魏列萨耶夫的《医生日记》[①]吧？就是那样的！我们有过之而无不及！”

李斯特尼次基行了一个军礼，便朝马车走去，怒气冲冲的医生还在他后面说着丧气话：

---

① 魏列萨耶夫（一八六七—一九四五）：俄国现实主义作家。《医生日记》是他的代表作，里面描写了官场的腐败情形。

“中尉，咱们一定要打败仗！咱们叫日本人打败过，可是还是没有学得聪明些。咱们可以投帽御敌[①]嘛，所以什么都用不着啦……”他跨过一个个泛着霓虹般油光的小水洼，伤心地摇晃着脑袋，顺着铁路走去。

黄昏时候，医疗队才来到别列兹尼亚格村边。风轻轻拨动着黄黄的、像毛刷子一样的麦茬。西方堆起一层一层的云彩。最上面是紫黑色；稍微往下，渐渐失去那怪兽般的颜色，渐渐改变着色调，给天空这块灰暗的画布洒上一片紫丁香般柔和、曚昽的折光；在中间，那形状不定的巨大的云堆，就像流冰壅塞时堆起的冰山，不停地变幻着，一抹橙黄色的夕阳毫不怠慢地从一道云隙里钻了出来。这道阳光像打开的扇子一样扩散开来，迸射着折光，夹带着灰尘，径直射向地面；那道云隙往下，各种各样的色彩交织成绚丽无比的画面。

路旁的沟边，躺着一匹被打死的枣红马。一条后腿直挺挺地向上翘着，上面的马掌已经磨掉了一半。李斯特尼次基一颠一簸地坐在两轮大车上，打

① “投帽御敌”是一句成语。表示人多势大，可以压倒敌人。有一点像中文成语“投鞭断流”。

量着死马。和他一同坐在车上的一个看护兵朝鼓起的马肚子啐了一口，说：

“吃撑死啦……”他看了中尉一眼，改换了一下口气，“吃得太多啦。”他还想再啐一口，但是出于礼貌，把唾沫咽了回去，用上衣袖子擦了擦嘴。“马死啦，埋都用不着埋……德国人可不像咱们这样。”

“你怎么知道？”李斯特尼次基无缘无故恼怒地问道，同时他也无缘无故强烈地憎恨起看护兵那张冷漠的、带有优越和蔑视神气的脸。这是一张灰灰的、毫无生气的脸，就像只剩了庄稼茬子的九月的田野；他从彼得格勒来前方这一路上，迎面碰上和从背后追上成千上万庄稼汉出身的士兵，这张脸跟那些脸毫无不同之处。所有这些脸好像都失去了光泽，不论是灰眼睛、蓝眼睛、淡绿眼睛和其他颜色的眼睛，全都呆呆的，很像老早就铸出来、已经流通了很久的一枚枚铜板。

“战前我在德国待过三年。”看护兵不慌不忙地回答他。他的声调也带有中尉在他的目光中所看到的那种优越感和蔑视意味：“我在克尼斯堡一家烟厂做过工。”看护兵用皮缰绳结赶着劲壮的小马，带着怀念的意味说。

“住嘴吧!”李斯特尼次基板着脸说了一声，又扭过头去，打量起死马的头，只见马头上的鬃毛耷拉到眼睛上，露在外面的上牙床已经在太阳底下被风吹干了。

那条翘着的马腿，膝部弯着，蹄子被马掌钉钉裂了一点儿，但是蹄壳光溜溜的，闪着瓦灰色的亮光，中尉看到这马腿，看到又细又圆的蹄腕骨，就断定这马还很嫩，而且是良种。

两轮大车在坑坑洼洼的小路上颠簸着往前走去。西方天边的霞光渐渐淡下去，风驱赶着云彩。死马的腿黑黑的，从后面看，像一座无顶的小教堂。李斯特尼次基一直在望着这条马腿，忽然有一缕像圆柱一样的光线投射到马身上，只见那条裹着密密实实的红毛的马腿焕发出绚丽的色彩，就像仙境中一根没有叶子的橙红色树枝。

已经来到别列兹尼亚格村口了，医疗队碰上了运伤兵的车辆。

第一辆大车的车主是一个上了年纪的、脸刮得光光的白俄罗斯人，他把缰绳缠在手上，靠着马走着。一个没戴帽子的哥萨克，头上缠着绷带，用胳膊肘支着身子，躺在车上。他无精打采地闭着眼睛，嚼着面包，又把嚼得稀烂的黑乎乎的面团子不住地往外吐。他的身边有一名步兵脸朝下趴着。步兵屁股上那破得不成样子的裤子高高地鼓着，因为上面的血已经凝结了，裤子皱皱巴巴的。他连头也不抬，狂乱地咒骂着。李斯特尼次基仔细听着他的声调，吓了一跳：虔诚的教徒们祈祷起来就是这样发自肺腑的。第二辆大车上并排躺着六个步兵。其中有一个兴高采烈，眯缝着发烧、发炎的眼睛，在说话：

“……好像他们的皇上派使臣来啦，提出要讲和。主要的——他是一个诚实的人；我希望，他不至于骗人。”

“恐怕不见得。”另外一个人摇了摇害过瘰疬疮的圆脑袋，用怀疑的口气说。

“等等看嘛。菲里普，也许真的来了呢。”还有一个背过身坐着的人，用柔和的伏尔加口音说。

第五辆车上露出几个哥萨克制帽的红帽圈。三个哥萨克舒舒服服地躺在宽宽的大车上，一声不响地看着李斯特尼次基，在他们那罩了一层灰尘的、板着的脸上，一点也没有在部队里常见到的那种尊敬上级的表情。

“老乡，你们好！”中尉向他们问候道。

“祝您健康。”靠近车把式的一个银胡子、浓眉毛的漂亮哥萨克很不带劲儿地回答说。

“你们是哪一团的？”李斯特尼次基一面问，一面想看清楚哥萨克那蓝肩章上的番号。

“十二团。”

“你们团现在在哪儿？”

“这可不知道。”

“那你们在哪儿挂的花？”

“就在这村子附近……不远。”

三个哥萨克小声嘀咕了几句，其中的一个就用好胳膊托着那只用粗麻布裹着的受伤的胳膊，跳下车来。

“大人，稍等一下。”他十分小心地托着那条打伤的、已经开始发炎的胳膊，对李斯特尼次基微笑着，摇摇晃晃地迈动着两只光脚，走了过来。

“您是不是维奥申乡的？是不是姓李斯特尼次基？”

“是的，是的。”

“我们真猜对啦。大人，能不能给点烟抽？给我们一点吧，行行好，我们没有烟抽，快要瘾死啦。”

他扶着上了油漆的大车沿，在一旁走着。李斯特尼次基掏出烟盒。

“您最好给我们十来根。我们是三个人呀。”哥萨克笑着恳求说。

李斯特尼次基把所有的纸烟一起倒在他那深棕色的大手上，问道：

“团里伤号很多吗？”

“有二十来个。”

“损失很大吗？”

“打死了很多。大人，跟您借个火。多谢啦。”哥萨克抽着烟，站了下来，在后面喊道，“离您的庄子不远的鞑靼村的哥萨克，今天死了三个。哥萨克打败啦。”

他挥了挥手，就去追赶自己的大车。风吹得他身上那没有系腰带的草绿色军便服扑扑地抖动。

李斯特尼次基中尉奉命调入的这个团的团长，住在别列兹尼亚格村上一个神甫的房子里。中尉在广场上跟热心让他搭乘医疗队大车的那位医生道过别，便朝前走去，边走边撢衣服上的尘土，遇到人就打听团部的驻地。一个火红色大胡子的司务长带着一名士兵去站岗，迎面走来，他对中尉行了一个礼，没有放慢脚步，回答了问题，并且指了指团部驻的那座房子。团部里很安静，远离前方的任何一个指挥部都是这样的。几个书记趴在一张大桌子上，一位苍老的大尉手握军用电话的话筒，正在跟看不见的对话人一起笑着。苍蝇在宽敞的房子的几扇窗户上嗡嗡乱飞，远处的电话铃声像蚊子叫。一名勤务兵把中尉领进了团长的屋子。团长高高的个子，下巴上有一块三角形伤疤，不知为什么心情不佳，他在堂前接待了李斯特尼次基，显得很不热情。

“我就是团长。”他回答过问询，听中尉说过有幸来他麾下当差，就一声不响，打了个手势，请中尉进屋里去。他已经在关身后的门了，这才用疲惫不堪的姿势撩了撩头发，用温和而单调的声音说：

“昨天旅部已经把这事通知我啦。请坐吧。”

他问到李斯特尼次基以前当差的情形，问到京城的新闻和路上的情形；在他们简短交谈的整个过程中，他没有向交谈者抬过一次眼睛，那眼睛显得疲惫无神，想必是劳累过度。

“大概他是在前方劳累的。看他的样子，真是累得够呛。”中尉打量着上校那高高的、显得智慧过人的额头，十分关切地想道。但是上校好像特意要叫他改变想法，用马刀柄在鼻梁上搔了搔痒，说：

“中尉，您去和各位军官见见面吧，您要知道，我已经三夜没睡啦。在这样的穷乡僻壤，除了喝酒打牌，咱们就无事可干。”

李斯特尼次基行了个礼，把十分瞧不起对方的神情隐藏到微微一笑里。他走了出来，很不愉快地回想着这次见面，一想起上校那疲惫的神态和宽下巴上的伤疤居然不由得引起了自己的敬意，就觉得十分好笑。

十五

这个师奉命强渡司颓尔河，并且要在罗维什契附近挺进敌人后方。

李斯特尼次基儿天的工夫就跟团里的军官们混

熟了；战斗环境很快将他卷了进去，长期待在他心中的安逸与和平美梦渐渐被驱散。

强行渡河的战斗，这个师进行得很漂亮。该师对准敌人一个强大兵团的左翼狠狠地一击，就挺进到了敌后。在罗维什契附近，奥地利军队在匈牙利骑兵配合下，试图进行反攻，但是哥萨克的炮兵连用榴霰弹消灭了他们，已经拉开阵势的匈牙利骑兵连也在两翼机关枪火力的夹击下，在哥萨克的追击下，仓皇溃退。

李斯特尼次基跟着自己的团参加了反击战，他们的一个营向退却的敌人猛扑过去。李斯特尼次基率领的第三排有一个哥萨克阵亡，四个哥萨克挂了花。中尉装作十分镇静地从罗肖诺夫身旁走了过去，竭力不去听他那沙哑的、低沉的呼救声。罗肖诺夫是克拉司诺库次克乡的一个年轻的、鹰钩鼻子的哥萨克。他躺在那里，一匹死马压在他身上。他的小胳膊受了伤，一动不动地躺着，咧着嘴向经过他身边的哥萨克们求救：

“弟兄们呀，别把我扔掉啊！救救我吧，好弟兄们……”

低沉、痛苦的呼救声显得非常凄惨，但是经过他身旁的哥萨克们的慌乱的心中却没有产生怜悯，即使出现过的话，理智也要毫不放松地把这种怜悯心按住，压制下去，不允许流露出来。全排小步走了有五分钟，好让跑得气喘吁吁的马喘一口气。离他们半俄里远处是仓皇溃逃的匈牙利骑兵。在骑兵那镶着毛边的漂亮制服中间闪动着步兵的蓝灰色制服。奥军的辎重车队在一道山冈上慢慢爬着。一股股榴霰弹的白烟冒了起来，好像在跟辎重队挥手道别。炮队正用迅猛的火力从左方对辎重队进行轰击。隆隆的炮声在田野上扩散开来，附近树林里发出声势浩大的回声。

率领这个营的萨福罗诺夫中校下令“快跑”，于是三连人马散了开来，拉开阵势，小步跑了起来。马匹在身子底下颠动着，汗沫像红黄色的花朵一样一团一团地往下掉。

这一夜，是在一个小村子里宿营的。

团里的十二名军官挤在一座小茅屋里。大家又累又饿，全都躺下去睡了。半夜里，随军灶车来了。丘鲍夫少尉弄来一锅菜汤，军官们一闻到菜汤的油香味，全都醒了过来，一刻钟以后，睡肿了眼皮的军官们就狼吞虎咽地吃了起来，连话都不说，好好补偿一下这两天战斗中所受的损失。吃过这一顿过时的午饭，睡意也消失了。吃得发胀的军官们都裹着斗篷躺在干草上，抽起烟来。

加尔梅柯夫上尉是一个小个子、圆脸的军官，不仅是他的姓氏，就是他的脸也具有蒙古人的某些特征，他猛烈地打着手势，说：

“这种仗不是我打的。我晚生了四百年。你知道吧，皮特尔，”他对杰尔辛采夫中尉说，因为他把“漂特尔”的“漂”字说得很重，说成了“皮”字，“我活不到这场战争结束的时候啦。”

“不要瞎猜想。”杰尔辛采夫在斗篷底下瓮声瓮气地说。

“一点也不是瞎猜想。这是注定的结局。我喜欢老祖宗那一套，我在这里，真的，一点劲儿都使不上。今天咱们冒着炮火进攻的时候，我气得直打哆嗦。连敌人都看不到，我实在受不了。这种可恶的心情跟害怕是一样的。人家在几俄里以外对你开炮，可是你骑在马上，就像一只野雁在猎人枪口底下晃悠。”

“我在库巴尔卡见过奥地利人的榴弹炮。诸位，你们有谁看见过?”阿塔曼秋柯夫大尉一面舔他那英国式红胡子上的罐头肉末子，一面问道。

“妙极啦！瞄准器和所有的机关都完美无缺。”刚刚把第二锅菜汤喝光的丘鲍夫少尉兴奋地说。

“我看见过，不过我的看法就不多说了。我对大炮一窍不通。照我看嘛，大炮还是大炮，不过嘴大点儿罢咧。”

“我真羡慕当年用土办法打仗的那些人，”加尔梅柯夫又说下去，这会儿已经是对李斯特尼次基说了，“打起仗来规规矩矩，冲到敌人跟前，一刀把敌人劈成两半——这一套我懂，可是现在这他妈的算什么玩意儿!”

“在将来的战争里，骑兵的作用就要等于零啦。”

“不如说，到那时候骑兵本身都不会存在啦。”

“噢，这可不一定!”

“毫无疑问。”

“听我说，杰尔辛采夫，任何机械都代替不了人。这是绝对的。”

“我说的不是人，说的是马。摩托车或者小汽车能够代替马。”

“我看，就要有小汽车连啦。”

“胡扯！”加尔梅柯夫发起火来，“军队还是用得着马。全是荒唐的空想！到两百年、三百年以后怎么样，咱们不知道，可是现在，不管怎么样，骑兵……”

“你这个德米特里·顿斯柯依[1]等到阵地上到处筑起战壕，那时候你怎么办？嗯？喂，回答呀！”

“突破，袭击，深入敌后——这都是骑兵的事。”

“胡说。”

“好吧，诸位，咱们等着瞧吧。”

“请睡觉吧。”

“听我说，你们别再争啦，已经不早啦，别人还想睡觉呢。”

激烈的争论停止了。有人在斗篷底下发出呼噜声、哨声。一直没有开口的李斯特尼次基仰面躺着，闻着铺在地上的黑麦秸的刺鼻气味，加尔梅柯夫画

①德米特里·顿斯柯依，十四世纪战功赫赫的莫斯科大公。因为加尔梅柯夫向往古代战争，所以这样戏称他

着十字，在他身旁躺了下来。

“中尉，您跟志愿兵彭楚克谈谈吧，他就在您那一排里，这个小伙子挺有意思！”

“怎么个有意思法？”李斯特尼次基一面问，一面翻过身去，背对着加尔梅柯夫。

“他是一个俄罗斯化了的哥萨克。在莫斯科住过。是一个普通工人，但是各种各样的问题他都懂得。是一个胆大包天的人，也是一个极好的机枪射手。”

“咱们睡觉吧。”李斯特尼次基说。

“睡就睡吧。”加尔梅柯夫一面想着心思，一面答应说；他动了动脚趾，抱歉地皱了皱眉头，“中尉，请您多多担待，我的脚上有那么一股气味……您要知道，已经有两个多星期没有脱鞋袜啦，袜子已经叫汗泡烂啦……您看，这玩意儿真讨厌。应该找弟兄们要一副包脚布来。”

“您去要吧。”李斯特尼次基一面蒙眬睡去，一面迷迷糊糊地说。

李斯特尼次基已经忘记了加尔梅柯夫说的话，但是第二天他却无意中遇上了志愿兵彭楚克。天麻麻亮，连长就派他出去侦察，如果可能的话，还要跟左翼仍然在进攻的一个步兵团联络联络。李斯特尼次基在曚昽的晨曦中，在睡满哥萨克的院子里来来回回地走着，寻找本排的上士。

“派五名弟兄跟我去侦察。叫人给我备马。快点。”

过了五分钟，一名个头儿不高的哥萨克来到屋门口。

“大人，”他对正往烟盒里装纸烟的中尉说，“上士不派我去侦察，因为轮不到我。您能让我去吗？”

“你想升官吗？犯过什么错误吗？”中尉一面问，一面在灰蒙蒙的晨曦中仔细辨认着哥萨克的脸。

“什么错误都没有犯过。”

“好吧，你就去一趟……”李斯特尼次基答应过，站起身来。

“喂，你来！”他朝着已经走开的哥萨克的背后喊道。“回来一下！”

那个哥萨克又走了过来。

“去告诉上士……”

“我姓彭楚克。”哥萨克插话说。

“是志愿当兵的吗？”

“是的。”

“请您告诉上士，”李斯特尼次基窘了一小会儿，然后控制着自己，改口说，“叫他……噢，算啦，您去吧，我自己告诉他。”

天渐渐亮了。侦察队来到村外，撇开岗哨和警戒部队，朝着地图上标明的一个村子走去。

走了半俄里左右，中尉让马换成了小步。

“志愿兵彭楚克！”

“有。”

“请过来一下。”

彭楚克让自己那匹平平常常的马跟中尉那匹纯种顿河马走齐了。

“您是哪一个乡的？”李斯特尼次基打量着志愿兵的侧影，问道。

“是诺沃契尔卡斯克的。”

“能不能问问，您为什么要当志愿兵？”

“不用客气。”彭楚克拉长声音而且多少带点嘲笑的意味回答说，又用很不柔和的绿眼睛看了看中尉。那眨都不眨的眼睛里的眼神显得很刚强、很坚定，“我对兵法很感兴趣。很想学到手。”

“学兵法，有军事学校嘛。”

“是有军事学校。”

“那又是怎么一回事儿？”

“我想先在实际战争中取得经验。理论问题到时候就能解决。”

“战争以前您是干什么的？”

“当工人。”

“在哪里做工？”

“在彼得堡，在顿河罗斯托夫，在土拉的兵工厂……我想请求把我调到机枪队去。”

“您对机枪很内行吗？”

“绍士、别尔蒂、马得生、马克辛、高契吉司、白尔曼、维凯尔司、路易斯、施瓦尔次洛兹——这些型号的我都懂。”

“好家伙！我跟团长说说看。”

“请您说说吧。”

中尉又把个头儿不高，然而很结实的彭楚克打量了一番。彭楚克就像顿河岸边的一棵榆树：一点也没有什么特别显眼的地方，一切都很平常，只有那方方的下巴和凌厉逼人的目光使他显得与众不同。

他很少笑，笑起来也只是嘴角动一动，眼睛并不因为笑就变柔和些，依然保持着他那种隐隐约约的光彩，令人觉得很难接近。他外表平淡，冷静沉着——是一棵榆树，是在顿河沿岸很不肥沃的灰色沙地上生长起来的一棵像铁一样硬的巍然耸立的树。

他们一言不发地走了一阵子。彭楚克那两只大手放在掉了油漆的绿鞍头上。李斯特尼次基掏出一根纸烟，就着彭楚克手上的火抽烟，闻到他手上有一股像松香一样的、甜甜的马汗气味。手背上生着一层密密的深棕色汗毛，就跟马鬃一样。李斯特尼次基情不自禁地想去摸一摸。他吞咽着辛辣的烟气，随口说道：

“到了前面的树林子，您和另一个弟兄顺着那条小路往左边走。看见吗？”

“是。”

“如果在半俄里以内看不见咱们的步兵，你们就回来。”

“遵命。”

一齐放马跑去。树林边上是单纯的一小片密密丛丛的小白桦树。小白桦树过去，便是很不悦目的一片又矮、又黄、毫无生气的松树，再就是稀稀拉拉、乱蓬蓬的小树林，还有被奥地利辎重车压得乱七八糟的一丛丛的小树棵子。从右边很远的地方传来震天动地的隆隆炮声，但是这小白桦丛中却是说不出的安静。大地尽情地吸收着露水，各种花草都红红的，全都鲜艳夺目，全都染上了浓浓的秋色，呈现出回光返照的颜色。李斯特尼次基在小白桦树边停下来，用望远镜望着树林后面的高地。一只蜜蜂张着翅膀，落在他的马刀的铜头上。

“好糊涂。”彭楚克惋惜地小声说。他批评蜜蜂落错了地方。

“什么？”李斯特尼次基拿开了望远镜。

彭楚克眼睛动了动，叫他看蜜蜂，李斯特尼次基笑了。

“这蜜蜂酿出来的蜜准是苦的，您以为怎样？”

回答他的不是彭楚克。在远处一丛松树后面，机枪像喳喳叫的喜鹊一样高声叫了起来，一下子把宁静搅乱了，一排嗖嗖响的子弹钻进了小白桦树丛。一根被子弹打断的树枝，转转悠悠，摇摇晃晃，倒在中尉的马脖子上。

他们又吆喝又用鞭子抽，赶着马朝村子里跑去。奥地利人的机枪对着他们的后背把一带子弹一口气全部打光。

后来，李斯特尼次基经常见到志愿兵彭楚克，彭楚克那锐利的眼睛里流露出来的意志力，总使他感到吃惊，他还感到奇怪的是，在这个表面看来很简单的人的脸上，总是像悬着的云彩影子一样，挂着一种令人琢磨不透的深沉表情，真猜不透这后面又隐藏着什么。彭楚克说起话来不知为什么也总是欲言又止，只是在刚强的嘴角上露一点笑意，就好像有意避开只有自己清楚的真相，走弯弯曲曲的小路绕过去。不久把他调进了机枪队。又过了十来天，这一天全团大休息，李斯特尼次基在去找连长的路上赶上了彭楚克。彭楚克正从一座烧毁的棚子跟前路过，晃悠着左手玩儿。

“喂，喂，志愿兵！”

彭楚克转过头来，一面行礼，一面让路。

“您上哪儿去？”李斯特尼次基问。

“上队长那儿去？”

“咱们大概是同路吧？”

“大概是的。”

他们在战火毁坏了的村庄的街道上走着，有一阵子没有说话。在一些院子里，在少数幸存的棚子旁边，有许多人忙活着，不时有骑马的人走过，随军灶车冒着腾腾的热气停在街心里，排队等候领饭的哥萨克们就像一条长尾巴；潮漉漉的水汽从上面直往下扑。

“怎么样，您在研究战争吗？”李斯特尼次基斜眼看了看稍微落在后面的彭楚克，问道。

“是的……也可以说是研究。”

“打完仗以后，您想干什么？”李斯特尼次基看着他那毛茸茸的双手，不知为什么这样问道。

“有人要收获自己种的东西，我嘛……到时候看吧。”彭楚克眯起眼睛。

“怎样来理解您的意思呢？”

“中尉（彭楚克的眼睛眯得更细了），有一句俗话：‘种风的人，收的是风暴’，您知道吗？就是这么回事儿。”

“您顶好别打比喻，把话说清楚一点。”

“这就够清楚啦。再见吧，中尉，我要往左边去啦。”

彭楚克把毛茸茸的手指头往哥萨克帽檐上一放，就转身朝左边走去。

中尉耸了耸肩膀，目送了他老半天。

“他是怎么回事，是故弄玄虚呢，还是这人就是有点古怪？”李斯特尼次基气愤地想着，朝连长那整洁的小屋走去。

十六

第三批入伍的也跟第二批入伍的一起开走了。顿河两岸的村镇上行人稀少，好像整个顿河流域的人都去割草和忙着播种去了。

这一年，国境线上也在忙着播种痛苦：死神忙着抓捕男子汉，到处都有披头散发的妇女在哭灵，在呼天抢地地号叫：“哎呀，我的亲人啊！……你把我撇下，叫我依靠谁呀？……”

亲人将头颅抛向四面八方，亲人在洒鲜血，亲人眼睛紧紧闭上，长眠不醒，在炮火哀鸣声中，腐烂在奥地利、波兰、普鲁士……大概东风也不能把爱妻和慈母的哭声送进他们的耳朵了。

哥萨克的花朵抛弃了家园，毁灭在死神怀抱，毁灭在虱子群和恐怖之中。

一个天朗气清的九月天，鞑靼村上空飘着乳白色、又泛着彩虹颜色的蛛丝，细细的，轻柔得像棉纱一样。已经失去威风的太阳扮出一副寡妇般的笑脸，天空湛蓝湛蓝的，又洁净，又高傲，露出一种令人难以接近的意味。顿河对岸开始发黄的树林显出伤心的样子，白杨树失去往日的光泽，橡树不断地掉着稀稀拉拉、带花纹的叶子，只有赤杨一片翠绿，只有赤杨这一片生机吸引着喜鹊的眼睛。

这一天，潘捷莱·普罗柯菲耶维奇·麦列霍夫收到一封来自战斗部队的信。信是杜尼娅从邮政所取回来的。邮政所长在交信的时候，鞠着躬，晃着秃脑袋，卑躬屈膝地摊了摊双手，说道：

“请您千万莫见怪，信我拆啦。请告诉你爹，就说菲尔斯·谢苗诺维奇，如此这般，把信拆开啦。就说他很想知道打仗的事，想知道前方情形怎样……请多多包涵，请您就这样告诉你爹潘捷莱·

普罗柯菲耶维奇好啦。”

他一反常态，显出慌乱的样子，并且走出来送杜尼娅，也不管他的鼻子上还沾着墨水。

“您回到家里，对这事要多多担待，千万千万……我是因为咱们都是熟人啊……”他在杜尼娅后面啰里啰唆地嘟哝着，鞠着躬，她感到这里面有一种警告意味，好像把她猛推了一下。

她回到家时，心情十分慌乱，掏了老半天，都没有把信从怀里掏出来。

“快点，瞧你！……”潘捷莱·普罗柯菲耶维奇摸着哆哆嗦嗦的大胡子，喝叫道。

杜尼娅一面掏信，一面急促地说：

“邮政所长说，他因为想知道前方的事，看过信啦，他说，请爹不要见怪。”

“看过就看过吧！是格里什卡写来的吗？”老头子呼噜呼噜地对着杜尼娅的脸喘着粗气，紧张地问道，“好像是格里高力来的吧？怎么，是彼特罗来的？”

“爹，不是……信上的字是别人写的。”

“你念念吧，别叫人心急啦！”伊莉尼奇娜吆喝着，十分费劲地朝大板凳滚去（她的两条腿肿了，走起路来难得抬一下脚，就好像踩着小轮子在滚）。

娜塔莉亚气喘吁吁地从院子里跑了进来，在炉子跟前站住，两手紧紧按在胸前，歪着因刀伤变得很难看的脖子。一丝笑意像太阳的光点一样在她的嘴唇上一闪一闪地跳动着，她等待着格里什卡对她的问候，即使随便是一下，即使一笔带过，那也可以算是对她的一片深情，对她的忠贞的一点报酬。

“妲丽亚在哪儿?”老奶奶小声问。

“别作声！”潘捷莱·普罗柯菲耶维奇大喝一声（他的样子很凶，眼睛都瞪圆了），又对杜尼娅说，“快念！”

“兹通知阁下……”杜尼娅刚一开口，就哆哆嗦嗦地从大板凳上往下溜，放声叫了起来，“爹！我的爹呀！……哎呀，妈妈呀！咱们的格里沙呀！……哎呀！哎呀！把格里沙……打死啦!”

一只彩条野蜂钻进了萎蔫的天竺葵丛中，朝窗户上乱撞，嗡嗡直叫。一只母鸡心平气和地在院子里咯嗒咯嗒叫着，远处孩子们那银铃一般的笑声从敞着的门里传了进来。

娜塔莉亚的脸已经抽搐起来，但是刚才那一闪一闪的笑意还没有来得及从嘴角上消失。

潘捷莱·普罗柯菲耶维奇一面站起，一面木木地晃着脑袋，带着大惑不解的神情望着趴在地上打哆嗦的杜尼娅。

兹通知阁下：

您的儿子，第十二哥萨克团的哥萨克，格里高力·潘捷莱耶维奇·麦列霍夫，已经在今年九月十五日夜间，在卡敏克–司特鲁米罗窝城下作战时阵亡。您的儿子是英勇牺牲的，这可以算是在不可补偿的损失中对您的一点安慰。遗物将交给他的亲哥哥彼特罗·麦列霍夫。马匹仍留在团里。

第四连连长波尔柯夫尼柯夫上尉·野战军

一九一四年九月十八日

潘捷莱·普罗柯菲耶维奇收到格里高力阵亡的通知以后，一下子就垮了下来。家里人眼看着他一天一天地老下去。他越来越不行了；记忆力衰退了，头脑也糊涂了。他驼着背，脸色像生铁一样黑，在屋子里走来走去；眼睛里有一种像发热病时那样的油光，表现出他精神上的混乱。

他亲自把连长的来信放在神龛下面，一天有好几次跑到门口，招手把杜尼娅叫来。

“你来一下。”

杜尼娅走来。

“把写着格里高力的事的那封信拿来。念一念！”他吩咐说，一面担心地看着正房的门，伊莉尼奇娜就在那扇门里日日夜夜地思念，悲痛万分。“你小声念，就像自己念给自己听那样，”他浑身抽搐着，拿眼睛看着门，挤了挤眼睛示意，“念轻一点，要不然妈妈听到……就糟啦……”

杜尼娅咽着泪水，念完第一句，通常都是蹲在地上的潘捷莱·普罗柯菲耶维奇就竖起一只宽得像马蹄一样的黑手掌。

“别念啦！底下我都知道啦……拿走，放到神龛下头……你轻点儿，要不然你妈妈……”他又极不自然地挤了挤眼睛，一张脸变得歪歪扭扭的，就像火烤过的树皮。

他的头发一片一片地白了，头上很快就出现了许多片耀眼的白发，大胡子里也增添了不少银丝。他不要命地吃东西，吃得很多，而且很讲究。

在举办追悼仪式以后的第九天，把维萨里昂神甫和亲友们都请来参加悼念阵亡的格里高力的追思宴。

潘捷莱·普罗柯菲耶维奇吃得很快，而且狼吞虎咽，一根一根的面条粘在大胡子上。伊莉尼奇娜最近这几天一直带着担心害怕的心情注视着他，这会儿哭了起来：

“老头子，你这是怎么啦？……”

“什么怎么啦？”老头子慌忙问，一面从彩釉碗上抬起他那模糊的眼睛。伊莉尼奇娜把手一甩，就转过脸去，用绣花手绢擦起了眼泪。

“爹，您吃起来，就像三天没吃饭啦！”妲丽亚生气地说，并且忽闪了几下眼睛。

“是说我吃东西吗？哦，是的……是的……是的……我不吃啦……”潘捷莱·普罗柯菲耶维奇发起窘来。他张皇失措地打量了一下坐在桌上的人，咬住嘴唇不作声了。别人问他话，他也不回答，将眉头皱得紧紧的。

“普罗柯菲耶维奇，拿出点丈夫气来。为什么要灰心到这种样子？”追思宴以后，维萨里昂神甫鼓励他说，“他的死是神圣的，老头子，你不要违拗天意。你儿子是为皇上和祖国殉节的，可是你呀……罪过呀，潘捷莱·普罗柯菲耶维奇，你有罪呀……上天是不会饶恕的！”

“我已经，神甫呀……我已经够丈夫气的啦。‘他是英勇牺牲的’嘛，这是连长说的。”

老头子亲了亲神甫的手，就靠在门框上，浑身猛烈地哆嗦着，哭了起来，这是收到儿子阵亡的消息以来第一次哭。

从这一天起，他克制住自己，精神恢复了正常。

每个人都有自己医治创伤的方式。

娜塔莉亚从杜尼娅嘴里听到格里高力的死讯以后，跑到院子里。“上吊！这一下子我什么都完啦！快一点！”这个念头在她心里翻腾着，像有一团火在烧她。娜塔莉亚在妲丽亚的两条胳膊里挣了一阵子，便带着一种轻松愉快的心情渐渐昏迷过去，但愿不再清醒过来，不再清清楚楚地想起发生的事。她昏昏沉沉地过了一个星期，等她完全清醒过来，就变成不言不语、衰弱不堪的另外一个人了……麦列霍夫家里又添了一个形存实亡的死人，活人天天闻着她那种像矢车菊一样的死尸气味。

十七

麦列霍夫家在收到格里高力的死讯以后的第十二天，一下子就收到彼特罗两封信。杜尼娅在邮政所就把两封信都看过了，于是她忽而像旋风吹着的一根小草一样往家里飞跑，忽而摇摇晃晃地在篱笆上靠一靠。她在村里造成不小的惊慌，把无法形容的兴奋带进家里。

“格里沙活着哩！……咱们家的格里沙活着哩！……”还离得很远她就用哭号的声调大叫道，“彼特罗写信来啦！……格里沙挂了花，可是没有死！……活着哩，活着哩！……”

彼特罗在标明九月二十日的一封信中写道：

> 敬爱的父亲母亲，你们好！我告诉你们，咱们的格里什卡差点儿把命送掉，不过，托天

之福，现在他还活着，而且很健壮，我们也希望我主上帝保佑你们这样，愿你们健康和平安。他们那个团曾经在卡敏克—司特鲁米罗窝城下作战，在冲锋的时候，他那一排的哥萨克都看见一个匈牙利骠骑兵砍了他一刀，格里高力落马了，后来的情形我们就一点也不知道了，不管我怎样向他们打听，他们什么都说不上来。后来米沙·柯晒沃依到我团来联络，我才听米沙说，格里高力一直躺到天黑，夜里他苏醒过来，就爬起来。他借星星判断着方向往前爬，碰到了我方一位受伤的军官。这位受伤的军官是龙骑兵团的一名中校，炮弹炸伤了他的肚子和两腿。格里高力背起他，驮着他爬了六俄里。他因此得到了奖赏——乔治十字章，并且升为下士。多有意思！格里什卡的伤不算什么，敌人的刀在他的头上刮了一下，削掉了一块皮；可是他从马上跌下来，跌昏了，米沙说，格里什卡马上就要归队了。请你们原谅，我写得这样潦草。我是在马上写的，摇晃得厉害。

在第二封信里，彼特罗要家里给他寄一点“顿河家乡果园”里的樱桃干去，并要求不要忘记经常写信；他在信上还把格里高力骂了一顿，因为他听别人说，格里高力把马照应得很不好，所以他彼特罗很生气，因为那匹枣红马是他彼特罗的，是他自己的，是他的命根子；他要父亲写信说说格里高力。

“我已经叫别人带话给他，如果他不像照应自己的马一样好好照应那匹马，等我们见了面，我会把他的嘴巴打出血来，别看他现在已经是个挂十字勋章的人了。”彼特罗这样写道，然后是无数的问好，并且透过这封皱皱巴巴、被雨淋湿过的信的字里行间，可以明显地感觉出他的苦闷心情。显然，彼特罗当差也很不称心。

潘捷莱·普罗柯菲耶维奇那种高兴得发了昏的样子，叫人看着觉得实在可怜。他抓过两封信，拿着信在村子里到处跑，见了识字的人就拉住，要他们念——不是念给自己听，老头子是想把迟到的喜讯向全村夸耀一番。

“啊哈！瞧见吗，我的格里什卡怎么样？嗯？”当念信人结结巴巴、一个音节一个音节地念到彼特罗写到格里高力立功的地方，也就是把受伤的中校背了六俄里的地方，老头子就直竖起一只马蹄般的手，这样说。

“这是咱们全村第一颗十字章。”老头子神气地说，然后心疼地把信收回，藏到皱皱巴巴的帽里子里，又朝前走，去找另一个识字的人。

谢尔盖·普拉托诺维奇从商店的小窗户里看见了他，亲自走了出来，还一面脱着帽子。

“请进来吧，普罗柯菲耶维奇。”

他用他那肉嘟嘟的白手握住老头子的手，说：

“好啦，恭喜，恭喜……不简单……有这样的儿子够荣耀的，可是你们还给他举办丧事呢。我在报上看到他立功的消息啦。”

“报上都登出来啦？”潘捷莱·普罗柯菲耶维奇一阵直哆嗦，连气都透不过来了。

“上报啦，我看到啦，看到啦。”

谢尔盖·普拉托诺维奇亲自从货架上拿过三包上等土耳其烟丝，又装了一袋贵重的糖果，称都没称；他把这些东西递给潘捷莱·普罗柯菲耶维奇，说：

“你给格里高力·潘捷莱耶维奇寄东西的时候，请代我问候，这些东西也给他带去。”

“我的天——呀！格里什卡真争气！……全村都在夸他……我可活到了这一天……”老头子从莫霍夫商店的台阶上往下走着，小声嘟哝说。他擤了擤鼻涕，用小褂袖子擦了擦痒酥酥地在脸上流着的泪水，心里想道：“看起来，我老啦。爱流眼泪啦……唉，潘捷莱呀，潘捷莱，这一辈子怎么轻易就过去啦？以前有多么结实，可以扛八普特重的口袋下船，可是现在呢？格里什卡折腾得我够呛……”

他把一袋糖果紧紧抱在胸前，在街上一瘸一拐地走着，他的思想就像麦鸡在沼地上空打圈儿那样，又绕着格里高力打起转转儿，不时地想起彼特罗信上的一些话。这时亲家公柯尔叔诺夫迎面走了过来，他首先喊住潘捷莱·普罗柯菲耶维奇。

“喂，亲家，等一等！”

自从宣战那天起，他们就没有见过面。自从格里高力离家出走那时候起，他们之间的关系即使不是仇敌关系，那也是十分冷淡、十分尴尬的。米伦·格里高力耶维奇很生娜塔莉亚的气，因为她对格里高力低三下四，盼着他开恩。这也使他米伦·格里高力耶维奇感到好像有点低三下四了。

“不要脸的东西，”他当着家里人骂娜塔莉亚说，“住在娘家好啦，偏要到婆家去住，婆家粮食她觉得好吃些。因为她这个糊涂闺女，当老子的都丑死啦，在人面前都觉得抬不起头来。”

米伦·格里高力耶维奇径直走到亲家公面前，伸过一只长满老斑、弯得像小船一样的手。

“你好啊，亲家!”

“托福托福，亲家。”

“你好像是买东西去的吧?”

潘捷莱·普罗柯菲耶维奇举了举那只空着的右手，摇了摇头，表示不是去买东西的。

“这个吗，亲家，是送给咱们的英雄的礼物。大善人谢尔盖·普拉托诺维奇在报上看到了他的英雄事迹，所以送给他一些糖果和上等烟丝。他说：‘请代我问候咱们的英雄，把这些礼物寄给他，让他今后永远这样了不起。’他连眼泪都流下来啦，懂吗，亲家?”潘捷莱·普罗柯菲耶维奇不着边际地吹嘘起来，并且凝神注视着亲家公的脸，想看看他对此事的反应。

在亲家公那灰白色的眼皮底下出现了亮闪闪的影子，那影子使他那朝下望的眼神变成了冷笑。

“是这——样——啊。”柯尔叔诺夫说了一声，就朝街对过篱笆边走去。

潘捷莱·普罗柯菲耶维奇急忙跟在他后面，一面用拼命打哆嗦的手指头打开糖果袋。

“吃块糖吧，这糖很甜！……”他带着挖苦意味对亲家公说，“请吃点儿吧，这是女婿的糖……你的日子过得不甜，这你也许清楚，儿子吗，也许能挣得这份荣耀，也许不能……”

“我的日子怎样，不用你管。自己的日子自己清楚。”

“尝尝吧，赏个脸吧！”潘捷莱·普罗柯菲耶维奇表现出过分殷勤的样子，跑到亲家公面前去鞠了一躬。他那弯弯曲曲的手指剥开一块薄薄的、银白色的包糖纸，一块糖露了出来。

“我们吃不惯甜东西。”米伦·格里高力耶维奇推开亲家公的手，“我们吃不惯，吃了别人的东西，我们的牙会硌碎。亲家，你不该凭着儿子到处去讨施舍。要是有难处，就来找我好啦。女婿嘛，我应该给……娜塔什卡还在吃你们家的饭嘛。我可以救救你的急。”

“我们家还没有谁去讨过施舍，亲家，你别胡说，别乱嚼舌头！你的牛皮吹得真大，亲家！……太大啦！……也许就因为这样，你才发了财，你女儿才到我们家来的吧？”

“等等！”米伦·格里高力耶维奇正色说，“咱们犯不着吵。我不是来跟你吵嘴的，你火气小一点，亲家。咱们去谈谈，有点事。”

“咱们没什么可谈的。”

“当然有可谈的。走吧。”

米伦·格里高力耶维奇扯住亲家公的小褂袖子，拐进一条小胡同。他们走过许多人家，来到田野上。

“谈什么呢？”潘捷莱·普罗柯菲耶维奇火气下去，已经清醒过来，问了一声。

他斜眼看了看柯尔叔诺夫那张白白的麻脸。柯尔叔诺夫老汉撩了撩常礼服那长长的衣襟，坐在沟边土埂上，掏出一个带穗子的旧式烟荷包。

“你看，普罗柯菲耶维奇，也不知道为什么你像只打架的公鸡一样冲着我来了，这可有点儿不大好。好像不大好吧，嗯？我是想问一问，”他改用另一种强硬、粗鲁的声调说起来，“你儿子拿娜塔莉亚不当人看待，是不是要一直这样下去呢？你告诉我！”

“这事儿你问他去。”

“我用不着去问他，你是一家之主嘛，我要和你说话。”

潘捷莱·普罗柯菲耶维奇手里紧紧攥着剥掉了糖纸的糖，黏糊糊的巧克力糖汁从他的指头缝里流了出来。他在土埂边一块黄土坷垃上擦了擦手，一声不响地卷起烟来。他把一片纸卷成喇叭形，从烟包里倒了一撮土耳其烟丝，又把烟包递给亲家公。米伦·格里高力耶维奇毫不犹豫地接过烟包，也用莫霍夫慷慨赠送的礼物卷了一根烟卷儿。他们抽了起来。他们头顶上高悬着一片像白色泡沫、又像软鼓鼓的酥胸似的云彩，一根柔软无比、被风吹得摇摇摆摆的蛛丝，从地上迅速地朝那片云彩、朝不可思议的高处飞去。

已到向晚时候。初秋时候的寂静有如沉沉入睡的婴儿，又安宁，又甜得没法子形容。天空已经失去夏日那鲜明的色泽，发出的蓝色显得十分暗淡。不知从哪里吹来许多苹果树叶子，小沟上面呈现出一片鲜艳的血红色。蜿蜒起伏的山岭后面有一条四通八达的大道，那大道空自招引人们去走，招引人们到一片翠绿的、朦胧得像梦一样的地平线那边去，到未曾到过的广阔天地里去，可是人们却捆在生活上，捆在家常琐事上，辛辛苦苦地干活儿，拼足力气打场。于是大道，不如说，一道阒无人迹、闷闷不乐的印子，就自个儿向前伸去，穿过地平线，钻进看不见的地方。风在大道上漫游，扬起一股股灰尘。

“这烟没有劲，跟草一样。”米伦·格里高力耶维奇一面喷吐烟团，一面说。

“是没有劲，可是……味道挺好。”潘捷莱·普罗柯菲耶维奇应声说。

“你回答我的话，亲家。”米伦·格里高力耶维奇把烟卷熄了，用和缓的语气请求说。

“这事儿格里高力提都没有提。他现在挂花啦。”

“我听说啦……”

“将来怎么样——我不知道。也说不定他真的会阵亡。那又怎么说呢？”

“怎么能这样说话呢，亲家？……”米伦·格里高力耶维奇慌乱而难受地眨巴起眼睛，“她现在姑娘不像姑娘，媳妇不像媳妇，也算不上一个清白的寡妇，这局面太不光彩啦。要是早知道会出这种事，像你们这种亲家，我连门槛都不许踩一踩，不然怎么会弄成这样呢？唉，亲家呀，亲家……每个人都心疼自己的孩子……骨肉嘛，不能不管……”

“我能有什么办法呢？……”潘捷莱·普罗柯菲耶维奇使出有控制的火力开始反攻，“你来给我说说道理。儿子从家里跑掉，难道我会高兴吗？我会得到什么好处吗？这可真是天大的怪事！”

“你给他写封信，”米伦·格里高力耶维奇闷声闷气地要求说，他手底下的黄土，就像黄黄的涓涓细流一样，随着他的说话声沙沙地往沟里流，“叫他给一个痛快答复。”

“他跟那个娘儿们已经有了孩子啦……”

“这个娘儿们也能生孩子！”米伦·格里高力耶维奇红着脸，叫道，“难道能这样糟蹋活人吗？嗯？……她已经寻过一回短见，现在已经是个残废啦……非要把她踩到坟墓里不可吗？嗯？……心呀，心呀……”米伦·格里高力耶维奇一只手直抓自己的胸膛，另一只手扯着亲家公的衣襟，换了喑哑的小声说：“难道他的心是狼心吗？”

潘捷莱·普罗柯菲耶维奇哼哧了两声，脸扭向一边。

“……她想他想得都瘦干啦，除了他，她再没有什么想头。她在你家过的是奴婢一样的日子啊！……”

“我们待她比亲闺女还好！你住嘴吧！”潘捷莱·普罗柯菲耶维奇高声说完，站起身来。

他们也没有道别，各自走开了。

十八

生活冲出正常的轨道，往往就要变成无数的支流。很难预料，生活将顺着哪一条支流继续自己那不肯循规蹈矩的、顽皮的行程。生活有时会像小河过滩，会浅下去，今天浅得能看见河底乱糟糟的沉积物，可是明天又是满槽汹涌的河水在奔流了……

不知为什么娜塔莉亚忽然打定主意要到亚戈德庄去找阿克西妮亚，央告和恳求阿克西妮亚把格里高力还给她。她不知为什么觉得一切都取决于阿克西妮亚，只要她去恳求她，格里高力和当初的幸福就会重新回来。她丝毫没有考虑，这种事能不能实现，阿克西妮亚会怎样对待她这种奇怪的要求。不能自制的感情推动着她，她恨不得让自己突然打定的主意早日付诸实现。月底，麦列霍夫家收到格里高力一封来信。在向父母请安问好以后，他也问候了娜塔莉亚·米伦诺芙娜，并向她表示深深的敬意。不管是什么样微妙的原因使得格里高力这样做，但这对娜塔莉亚是一种推动，一到星期天，她就收拾好，要去亚戈德庄。

“你上哪儿去，娜塔莎？”杜尼娅看到娜塔莉亚对着破镜子仔细而又认真地端详自己的脸，就问道。

“回娘家去看看。”娜塔莉亚说了个谎，并且脸红了，因为这时她才第一次明白了，她这是去接受很大的侮辱，去接受重大的精神折磨。

“娜塔莉亚，你呀，这一辈子哪怕能陪我出去玩一回呢，”妲丽亚一面打扮，一面央求说，“怎么样，晚上去，好吗？”

“我不知道，恐怕不一定能去。”

“唉，你呀，真是个小尼姑！男人不在家，就那么死心眼儿！”妲丽亚挤眉弄眼地说着，她那柔软的身子弯成两折，对着镜子端详起淡蓝色新裙子的绣花底边。

自从彼特罗走后，妲丽亚大大地变了样子：丈夫不在家，在她身上产生了明显的后果。在她的眼睛里，在她的一举一动上，都流露出一种烦恼的神情。每个星期天，她总是打扮得格外漂亮，到游戏场玩到很晚才回家，回到家就恨恨地翻着黑眼珠子对娜塔莉亚诉苦：

“好晦气，真够受！……管用的男子汉都弄走啦，村里剩下的全是小孩子和老头子啦。”

“这跟你有什么关系？”

“怎么没有关系？”妲丽亚诧异地问，“到外面都找不到一个人可以玩玩儿。哪怕能让我一个人上磨坊里去走走也好，要不然就只有天天守着公公啦……”

她曾经厚着脸皮开门见山地问娜塔莉亚：

“小乖乖，没有男人，你怎么能忍这样久啊？”

“够啦，不要脸的！”娜塔莉亚一张脸变得通红。

“你就不想吗？”

“看样子，你想啦？”

“想死啦，小奶奶！”妲丽亚哈哈大笑，脸上泛出桃花色，弯弯的眉毛哆嗦着，“老实对你说吧……这会儿我要是能找到个老头子解解馋也行，真的！你想想吧，彼特罗走了已经有两个月啦。”

“你呀，妲丽亚，要倒霉的……”

“算了吧，你这个正人君子！这种不言不语的人，我可清楚透了。大概你是不会承认的。”

“我没有什么好承认的。”

妲丽亚嬉皮笑脸地斜着眼睛看了看娜塔莉亚，用大尖的细牙咬了咬嘴唇，讲了起来：

“前两天在游戏场上，村长的儿子季莫什卡·马内次柯夫凑到我跟前。他坐在那里，一脸都是汗。我看出，他怕开头呢……后来他把一只手悄悄地伸到我的胳肢窝底下，可是他的手不住地打哆嗦。我耐着性子，没有作声，可是我心里好不懊恼，这要是个小伙子有多好，可这是个……不管用的伢子！

他不过才十六岁呀，瞧，就剩下这号儿的了……我坐着，不作声，他摸呀，摸呀，后来小声说：‘咱们上我家场院去！……’哎呀，真叫我笑死啦！……”

妲丽亚十分开心地大笑起来，两道眉毛在脸上跳动着，眯起来的眼睛迸射着笑的火花。

“我把他一顿好骂！我跳起来就骂：‘嘿，你这个没出息的！黄口小牙狗！你有本钱对我胡说这种话吗？你才有几天不尿床？’我好好把他教训了一顿！”

她跟娜塔莉亚的关系是亲密无间的。妲丽亚起先对弟媳妇的那种敌意已经没有了，她们两个虽然性格不同，虽然各方面都不一样，但她们很处得来，彼此很和睦。

娜塔莉亚穿好衣裳，走出正房。

妲丽亚在过道里撵上了她。

“今天你不能给我开门吗？”

“我恐怕今天要在娘家过夜。”

妲丽亚想了想，用小梳子在鼻梁上搔了搔痒，摇了摇头。

“好，你去吧。这事儿我本来不愿意去求杜尼娅，现在看来，非求她不可了。”

娜塔莉亚对伊莉尼奇娜说过要回娘家去，就来到街上。集已经散了，一辆辆大车离开广场，人们从教堂里往外走。娜塔莉亚走过两个胡同口，就拐弯向右走。她慌慌忙忙朝山坡上爬去。来到山口上，她回头看了看：山脚下的村庄洒满了阳光，一座座石灰粉过的房子雪白雪白的，阳光照在磨坊那坡度平缓的屋顶上，又反射起来，金星点点，白铁皮光闪闪的，好像熔化的钢铁。

十九

亚戈德庄上也有不少人打仗去了。维尼阿民和季杭都走了，他们一走，更显得冷清、安静和枯寂了。阿克西妮亚接替维尼阿民服侍老将军，永远不见瘦的大屁股鲁凯莉亚担起了厨子和饲养家禽的活儿。萨什卡老爹又当马夫，又兼管园子，只有车夫是新来的——是一个名叫尼基吉奇的老成持重的老哥萨克。

这一年，老爷缩减了种植面积，拿出近二十四马去补充军马；只留下一些大走马，再就是家务上离不开的三匹顿河马。老爷常常借打猎来消磨时间，带尼基吉奇去打打野雁，有时也带着猎狗去打猎，在周围闹哄哄地跑上一通。

阿克西妮亚断断续续地收到格里高力的几封短信，信上说他还活着，而且身体很好，当差的事很忙。他是根本不在乎呢，还是不愿意在信上流露出他的脆弱，反正一回也没有说他受不了，没有说苦闷。几封信都显得冷冰冰的，好像是不得已才写的，只有在最后一封信里才露了几句：“……天天在行军打仗，老是打仗，老是把死神背在褡裢里，好像都有些厌了。”在每一封信里他都问到女儿，要求把女儿的情形对他说说：“……来信告诉我，我那丹妮亚长得多高啦，长得好看吗？不久前我梦见她长得很大了，还穿着红连衣裙。”

阿克西妮亚表面上十分坚强地忍受着别离的痛苦。她把对格里高力的一片深情，全部放到了女儿身上，特别是当她相信这孩子确实是格里高力跟她生的以后。小生命本身在提供着无可辩驳的证据：孩子那深褐色的头发渐渐不见了，长起了新的、黑黑的鬈发；眼睛也渐渐变了颜色，越来越黑，眼缝越来越长。孩子跟父亲越来越像得厉害，就连笑也是麦列霍夫家的，像格里高力那样，有点粗犷。这会儿阿克西妮亚可以毫无疑问地从孩子身上看出孩子的父亲是谁，因此把炽热的感情倾注在孩子身上，再也不像以前那样，每当她走到摇篮跟前，在孩子那睡着的小脸上一发现跟司捷潘那可憎的模样儿有某种似是而非的相似之处或者相似的影子，就摇摇晃晃地退了回去。

日子慢悠悠地过去，每过一天，阿克西妮亚心上就增加一层愁苦。为心上人的生命提心吊胆，就像钢钻在钻她的心，白天想，夜里也想，而且一到夜里，那种郁积在心中、一直拼命压制着的东西就冲破堤防：夜里，她整夜翻来翻去地折腾，不出声地叫喊，流泪，咬手，为的是不吵醒孩子，为了不叫出声来，也为了用肉体的痛楚压制精神上的痛楚。她把太多的眼泪哭到孩子的包布上，一面像小孩子一样天真地想着："这是格里什卡的孩子，他的心一定会感觉到我在想他。"

她这样折腾一夜之后，早晨起来，就像挨了一顿好打似的：全身酸疼，两边鬓角上就像有很多小银锤儿一个劲儿不停地敲打，在当初像少女那样丰润、如今已经耷拉下来的嘴角上流露着痛苦焦灼的神情。许多痛苦的夜晚使阿克西妮亚老了……

有一个星期天，她给老爷送过早点，走了出来，来到台阶上，看见有一个女人来到大门口。她觉得白头巾下面闪着的那两只眼睛熟悉得不得了……那女人摘下门鼻，走进了院子。阿克西妮亚一认出是娜塔莉亚，脸一下子白了，慢慢迎了上去。她们在院心里相遇了。娜塔莉亚的靴子上落了一层厚厚的路上的尘土。她无神地耷拉着两只干活儿的大手，呼哧呼哧地喘着粗气，站了下来，伸了伸伤残的脖子，却没有伸直；因此她好像是望着旁边什么地方。

“我来找你的，阿克西妮亚……”她用干干的舌头舔着被风吹裂的嘴唇，说道。

阿克西妮亚匆匆地朝几个窗户扫了一眼，就一声不响地朝下房，朝自己住的屋走去。娜塔莉亚在后面跟着。阿克西妮亚那连衣裙的沙沙声刺得她的耳朵非常难过。

“大概太热啦，所以耳朵里疼。”从乱纷纷的许多想法中钻出这样一个想法。

阿克西妮亚把娜塔莉亚让进屋子，就关上了门。她把门一关，就站在屋子当中，把两只手插进白围裙里。她主持起这场比赛。

“你干什么来啦？”她用笼络的语气，几乎像耳语一样地问道。

“我要喝点水……”娜塔莉亚说着，用痛苦的、直直的目光在屋子里扫了一遍。

阿克西妮亚等候着。娜塔莉亚吃力地提了提声音，说起话来：

“你抢走了我的男人……把格里高力还我吧！……你……把我这一辈子毁啦……你看，我成什么样子啦……”

“把男人还你？”阿克西妮亚咬紧了牙，她说的话就像雨点滴在石头上，当当地响，“把男人还你？你这是向谁要男人？你来干什么？……你想要男人已经晚啦！……晚啦！……”

阿克西妮亚身子摇晃着，对直地走了过去，讥讽地笑了起来。

她盯着对手的脸，眼睛里露出嘲笑的神情。现在这个被遗弃的结发妻子终于低声下气、痛苦不堪地站在她的面前了；就是这个女人，曾经使她阿克西妮亚跟格里高力分开过，使她流尽了眼泪，尝到过揪心的痛苦，而且就在她阿克西妮亚朝思暮想、痛苦万分的时候，正是这个女人在恋着格里高力，而且大概还笑话过她这个失败的、被抛弃的情人呢。

“你是来要我把他扔掉吗？”阿克西妮亚憋得都透不过气来了，“哼，你呀，心好毒！……是你先从我手里把格里什卡抢走的！是你抢我的，不是我抢你的……你早就知道他在跟我过，为什么还要嫁给他？我是收回自己原有的，他本来就是我的。我有我跟他生的孩子，可是你……”

她带着强烈的仇恨望着娜塔莉亚的眼睛，双手乱舞，说出来的一句一句的话，就像熔透的铁渣。

“格里什卡是我的，我谁也不给！……是我的！是我的！……你听见吗？是我的！滚出去，不要脸的母狗，给他做老婆，你还不配！你想把孩子的父亲夺去吗？呸！为什么你早不来呢？嗯，为什么早不来？”

娜塔莉亚侧着身子走到板凳跟前，头朝胳膊上一弯，用手捂住脸，坐了下去。

“你把自己的男人扔了……别这样大呼小叫吧……”

“除了格里什卡，我再没有什么男人，世上再没有谁啦……”

阿克西妮亚觉得心中翻腾着一股说不出的恼恨，看了看从娜塔莉亚头巾里耷拉到手上的一绺直直的黑发。

“他能要你吗？瞧吧，你的脖子都歪啦！你以为他能看得上你吗？你还好好儿的时候，他都不要你啦，你残废了，他倒是能看上吗？你想不到格里什卡啦！这是我说的！滚吧！”

阿克西妮亚为了保卫自己的窝儿，像发了疯一样；过去所受的闷气，现在一股脑儿发泄出来。她看到，娜塔莉亚脖子虽然多少有点歪，但还是像过去那样漂亮——腮蛋子和嘴唇还是丰润的，时光并没有给她添上皱纹——可是她阿克西妮亚，难道不是因为这个娜塔莉亚的缘故，眼睛下面过早地出现了蛛网一般的皱纹吗？

“你以为我指望把他要回去吗？”娜塔莉亚抬起

难受得像喝醉了一样的眼睛。

“那么你是为什么来的?”阿克西妮亚呼哧呼哧地喘着气问道。

“我想他，就来了。”

阿克西妮亚的孩子被说话声惊醒了，在床上哭起来，身子直动，要起来。妈妈把孩子抱起，转身对着窗户坐下。娜塔莉亚浑身打着哆嗦，朝孩子望了望。一阵寒战卡住她的喉咙。格里高力的两只眼睛在孩子的脸上带着很懂事的好奇神情望着她。

她大声哭着，摇摇晃晃地走了出去。阿克西妮亚没有出去送她。

过了一会儿，萨什卡爷爷走了进来。

“这娘儿们是什么人?”他问道。看样子，他觉得很纳闷。

“哦，是我们村上一个娘儿们。”

娜塔莉亚离开亚戈德庄有三俄里，在一丛野李子跟前躺了下来。她躺着，什么都不想，心里有说不出的苦闷……孩子脸上那两只闷闷不乐的、格里高力的黑眼睛在她眼前忽闪着，怎么都不肯隐去。

二十

那一夜，格里高力记得非常清楚，清楚得如在眼前。他在天亮前苏醒过来，用手摸了摸，摸到的是扎手的庄稼茬子，觉得头上到处痒酥酥地疼，他哼叫起来。他使劲抬起一只手，伸到额头上，摸了摸硬扎扎、乱蓬蓬、一片血糊糊的头发。他用手指头挨了挨伤口，就好像把一块火炭往上面放了一下。他用劲咬了咬牙，仰面躺下来。在他的头顶上，早霜打过的树叶清脆而凄凉地沙沙响着。树枝的黑黑的轮廓印在深蓝色的天空画布上，显得非常清楚，星星在树枝中间闪烁着。格里高力睁大了眼睛望着，眼睛眨都不眨；他觉得那不是星星，是一些肥大的蓝黄色仙果挂在枝头。

他明白了自己这是怎么一回事，感到一阵恐怖猛烈地涌了上来，就咬紧牙关，四肢着地地爬了起来。有时候疼得非常厉害，有几次他疼得仰面躺下……他觉得自己已经爬了很久很久；强忍着疼，回头看了看——在五十步以外有一棵黑黑的树，他就是在那棵树下失去知觉的。有一次他用两肘撑在一具死尸那凹下去的硬肚皮上，从死尸身上爬了过去。他因为失血过多，恶心得直想呕吐，像个小孩子一样哭起来，为了不再昏过去，嚼起落满露水的、淡而无味的青草。他在一个翻倒的空子弹箱旁边站了起来，摇摇晃晃地站了半天，然后向前走去。他的劲头来了，走起路来稳当些了，已经能认清是在往东走了：北斗星指示着方向。

在树林边上，一个低沉的警告声将他喝住：

“不要往前走，我开枪啦！”

手枪转轮响了一下。格里高力朝发出响声的地方看去：有一个人半躺在一棵松树旁边。

“你是什么人？”格里高力问了一声，听着自己的声音，觉得好像是别人的声音。

“是俄国人吗？我的天！……过来吧！”松树旁边的那人趴到了地上。

格里高力走了过去。

“你弯下身来。”

“不成。”

“为什么？”

“我要是一倒下去，就站不起来啦，我的头上挨了一刀……”

“你是哪一部分的？”

“顿河第十二团的。”

“救救我吧，哥萨克……”

“我会摔倒的，大人。”格里高力看清了那人军大衣上的军官肩章。

“你用手扶扶我也好。”

格里高力扶着军官站了起来。他们一起往前走。但是越往前走，受伤的军官压在格里高力胳膊上的分量越重。他们从一处洼地往上走的时候，军官紧紧抓住格里高力的军便服袖子，断断续续地磕打着牙齿说：

“把我扔下吧，哥萨克……因为我受的是……穿透伤……在肚子上。”

军官的眼睛在夹鼻眼镜底下忽闪着，越来越没有精神，大张着的嘴巴哼哼哧哧地在吸气。他一下子昏了过去。格里高力背起他往前走，跌倒了又爬起来，爬起来又跌倒。两次把他扔下，又两次走回去，把他背起来，迷迷糊糊地往前走。

上午十一点，一支联络队发现了他们，把他们送到了救护站。

过了一天，格里高力偷偷地离开了救护站。他在路上扯下头上的绷带，轻快地摇晃着浸透片片鲜血的绷带，朝前走去。

“你从哪儿来的？”连长说不出的惊讶。

“我归队啦，大人。”

格里高力从中尉那里走出来，看到了本排的上士。

“我的马……我的枣红马在哪儿？”

“马吗，老弟，好好的呢。我们当时就在打跑奥地利人的地方把马抓住啦。你究竟是怎么一回事儿？我们都给你开过吊，祝你在天堂安息啦。”

“你们太性急啦。”格里高力苦笑了一下。

命令摘抄

顿河第十二哥萨克团哥萨克格里高力·麦列霍夫，因救护龙骑兵第九团团长古司塔夫·葛罗兹别尔格中校有功，特提升为下士，并授予四级乔治十字勋章。

他们连已经在卡敏克-司特鲁米罗窝城里驻扎了两天，夜里就准备出发了。格里高力找到了同排哥萨克们的驻地，就去看自己的马。

鞍袋里有两件衬衣和一条毛巾不见了。

“格里高力，有人当面偷东西。”米沙·柯晒沃依抱歉地说。因为马是由他照应的，“这个院子里来过很多步兵，是他们偷去啦。”

“去他们的吧，叫他们用去吧。顶好把头给我缠一缠，绷带都湿透啦。”

“用我的毛巾吧。”

他们正在棚子里说话的时候，“秃子”走了进来。他朝格里高力伸过手来，好像他们之间什么事都不曾有过。

“啊，麦列霍夫！好小子，你还活着吗？”

“马马虎虎还活着。”

“额头上全是血，擦擦吧。”

“我会擦的，来得及。”

“叫我看看，你伤得怎么样。”

“秃子”使劲把格里高力的头往下一扳，鼻子哼了一声。

“干什么要把头发剪掉？嘿，把你弄成这种怪样子！……医生怎么他妈的给你治的，还是让我来给你治治吧。”

他也不问格里高力是不是同意，便从子弹袋里掏出一粒子弹，拧出弹头，把火药倒在黑黑的手掌上。

“米沙，去弄点蜘蛛网来。”

米沙·柯晒沃依用马刀尖从屋梁上绞下来一团蜘蛛网，递过来。“秃子”就用这马刀尖挖了一把土，把土、火药和蜘蛛网掺和到一起，放在嘴里嚼了半天。他用嚼出来的糊把格里高力头上流血的伤口严严实实地糊住，笑着说：

“三天以后就能长好，管保药到病除。你看，我把你照应得多好，可是你……还要开枪打死我呢。”

“多谢你的照应，不过还是打死你好——好使我心上减少一桩罪过。”

“小伙子，瞧你多么天真。”

“是怎么样，就怎么样。我头上的伤怎么样？”

“砍了有两三分深。这是给你留做纪念的。”

“我不会忘记。”

“你想忘都忘不掉。奥地利人不喜欢磨刀，是用钝刀砍你的，这一下子一条凸凸的伤疤就要在你头上待一辈子啦。”

“算你走运，格里高力，刀滑了过去，不然的话，你就葬身在外国了。”柯晒沃依笑道。

“这军帽我往哪儿放呢?”

格里高力在手里转悠着帽顶已被砍破、染满了血的军帽，不知如何是好。

“扔掉算啦，让狗舔舔去。”

“伙计们，饭来啦，冲啊!”屋子里有人喊起来。

哥萨克都从棚子里走了出来。枣红马翻起眼睛斜看着，跟在格里高力后面叫了起来。

“这马才想你呢，格里高力!”柯晒沃依指了指马，“我起初挺奇怪：连草料都不吃，就这样轻轻地叫。”

“我从那里一路往前爬，就一路呼唤它，”格里高力背过身去，低沉地说，“我心想，它是不会离开我的，别人要逮它也很不容易，这马不服生人管。”

“这话不假，我们费了很大的劲才逮住。是用套马索逮的。”

“这是一匹好马，是我哥哥彼特罗的马。”格里高力又背过身去，藏起动情的眼睛。

他们走进屋子。在堂前的地板上，叶高尔·莎尔柯夫正躺在从床上拖下来的弹簧褥子上打呼噜。难以形容的混乱，无声地在说明：主人是仓促离开家的。破碎的瓷器片、扯碎的纸和书籍、一段段沾了蜂蜜的呢料、儿童玩具、旧皮鞋、撒掉的面粉——这一切都乱糟糟的堆在地板上，呈现出溃灭的气氛。

叶麦里扬·格洛舍夫和普罗霍尔·泽柯夫打扫出一块地方，也在这里吃饭。泽柯夫一看见格里高力，两只和善的牛眼睛瞪得老大。

“格里——什卡！你从哪儿来的？”

“从阴曹里来。”

“你快去给他弄点菜汤来吧。干什么要把眼睛瞪到头顶上？”“秃子”叫道。

“马上就去。灶车就在跟前，在小胡同里。”

普罗霍尔一面嚼着面包，一面朝外跑去。

格里高力就在他坐的地方疲惫无力地坐下来。

“我已经不记得什么时候吃过饭啦。”他抱歉地笑着说。

第三军的队伍正从城里开过。狭窄的街道塞满了步兵，无数的车辆和马队在街上拥拥挤挤，十字路口更是挤得水泄不通，部队开动的轰隆声传进关闭着的屋门。普罗霍尔很快就带着一锅菜汤和一饭袋荞麦粥回来了。

“这粥往哪儿倒呢?”

“这儿有一个带把儿的锅。”格洛舍夫从窗户脚下拉过一个尿罐，不知道这是什么玩意儿。

“你这锅好臊气啊。”普罗霍尔皱了皱眉头说。

“没关系，马虎点吧，这会儿咱们不能太讲究。”

普罗霍尔打开饭袋就倒，稠稠的、香喷喷的荞麦粥冒出腾腾的热气，边上还浮起一层琥珀色的油。大家一面说话，一面吃起来。普罗霍尔吃得油点子往自己那褪了色的裤绦上直滴，一面在讲着:

“就在咱们这院子旁边，驻扎着山民骑兵营的一个炮兵连，他们在歇马。他们一个中士看到报上说，协约国真的把德国人彻底粉碎啦。”

“麦列霍夫，你没有赶上，今天早上来慰问我们啦。”“秃子”咕哝着塞满了饭菜的嘴，唠叨说。

“谁来慰问啦?”

“师长封·狄威德中将检阅了我们，并且慰问了我们，感谢我们杀退了匈牙利骠骑兵，救出了自己的炮队。因为他们差一点把大炮拖走。师长说：‘哥萨克都是好样儿的，皇上和国家决不会忘掉你们。’”

“真不简单!”

大街上清脆地响了一枪，又是一枪，密集的机枪声嗒嗒地响了起来。

“出——来!”大门口有人吆喝起来。

哥萨克们都扔下汤匙，跑到院子里。一架飞机在他们头顶上低低地、平平稳稳地盘旋着。飞机强大的轧轧声惊心动魄。

“在篱笆脚下卧倒！马上要扔炸弹啦，因为隔壁就是炮兵连!”“秃子”喊道。

“把叶高尔叫醒！要不然他就死在弹簧褥子上啦!”

“拿步枪来!”

“秃子”仔细瞄了瞄，就在台阶上开起枪来。

步兵在大街上跑着，不知为什么都弯着腰。旁边的院子里传来马的尖叫声和急促的口令声。格里高力打完一梭子子弹，隔着栅栏看了看，看见许多炮兵正忙着把大炮往棚子底下推。因为天空蓝得刺眼，格里高力眯起眼睛，望着轧轧响着向下飞来的铁鸟；就在这时候，有一个东西飞速地从铁鸟上落了下来，在一片阳光中闪着刺目的亮光。一声震天动地的轰隆声，震得房子和卧倒在台阶上的哥萨克们直抖；旁边的院子里，一匹马发出临死前的惨叫声。一股冲鼻子的焦煳的硫黄气味从栅栏那边飘了过来。

“躲起来！”“秃子”一面从台阶上往下跑，一面吆喝。

格里高力也跟着他跑下来，趴到栅栏脚下。铝制的飞机翅膀亮闪闪的；飞机从容地翘着尾巴，转着弯儿。街上一阵一阵的枪声，有猛烈的齐射，也有杂乱而密集的枪声。格里高力刚刚压上一梭子子弹，一声更加猛烈的爆炸把他抛出有一丈远。一大片土落在他的头上，迷住了他的眼睛，沉甸甸地把他压住……

“秃子”把他扶起来。格里高力觉得左眼睛疼得厉害，睁都睁不开；好不容易睁开右眼，他才看见：半边房子被炸毁了，红红的砖乱七八糟地堆着，上面还冒着粉红色的尘烟。叶高尔·莎尔柯夫从炸得不像样子的台阶上爬下来。他那一张脸就等于一片叫声，带血的眼泪从他那凹进去的眼睛里流出来，顺着腮帮子往下淌。他缩着头爬着，喊叫着，那像死人一样发了黑的嘴唇好像张都张不开了：

“哎——哟——哟！哎——哟——哟！哎——哟——哟！……”

在他身后一块薄布片上挂着些皮肉，烧坏的一条裤腿上横拖着一条从大腿根上炸下来的腿，另一条腿不见了。他慢慢掬换着手爬着，嘴里发出的尖细的叫声几乎像小孩子在叫。他忽然停止了哭叫，侧着身子躺了下去，把脸紧紧贴到湿漉漉、到处是马粪和瓦砾、并不可亲的土地上。谁也没有到他跟前去。

“快把他抬走！”格里高力还用手捂着左眼，吆喝了一声。

一群步兵跑进院子，电话兵的一辆大车停在大门口。

“快走，干什么要停下？”一个军官骑马走过，朝电话兵喝道，“畜生，混账！……”

不知从哪里跑来一个穿着长长的黑色常礼服的老汉和两个女人。一大群人围住了莎尔柯夫。格里高力挤到跟前，看见莎尔柯夫还在猛烈地哆嗦着、扑哧扑哧地喘气。他那像死人一样蜡黄的额头上冒出老大的汗珠子。

“把他抬走！你们是怎么回事儿……你们是人还是鬼？”

“你叫什么？”一个高个子步兵顶撞说，“抬走，抬走，抬到哪儿去？你看，都快断气啦。”

“两条腿都炸掉啦。”

“血淌得太多啦！……”

“救护兵在哪儿？”

“救护兵也没有法子想……”

“可是他还清醒呢。”

“秃子”从后面捅了捅格里高力的肩膀，格里高力回头看了看。

“别动他啦，”“秃子”小声说，“你到这边来看看。”

他紧紧抓住格里高力的军便服袖子，走到另一边去，把跟前的人推开。格里高力看了一眼，就佝偻起身子朝门口走去。莎尔柯夫的肚子下面，流出来的肠子正冒着热气，有粉红色的，也有淡青色的。这嘟嘟噜噜的肠子的一头就落在沙和粪土里，晃来晃去，堆头越来越大。即将死去的莎尔柯夫的一只胳膊斜放着，好像是在划船……

“把他的脸盖起来。”有人说。

莎尔柯夫忽然用手将上身撑起，把头使劲朝后一仰，后脑勺在两个凸起的肩胛骨中间碰了一下，用一种嘶哑的、变了腔的声音喊叫道：

“弟兄们，快叫我死掉吧！弟兄们！……弟兄们！……你们看什——么——呀？……啊哈——哈——哈！……弟兄们……快叫我死掉吧！……”

二十一

车厢轻轻摇晃着，车轮的轧轧声使人昏昏欲睡，车灯亮着，长凳有一半被黄黄的、花花的灯光照着。全身伸得直直的，脱掉靴子，叫两个星期以来一直在靴子里冒汗的脚舒服舒服，再不觉得有什么负担，知道自己的生命没有危险，死神已经离得很远很远——这太惬意啦！听着车轮一下一下的轧轧声，特别快活：因为车轮每转一圈，火车头每拖一步，就会离前方更远一点。格里高力也在躺着，听着，活动着光脚丫的指头，因为今天才换上新衬衣，全身都觉得非常舒服。他觉得好像从身上剥去了一层脏壳子，跨进了一尘不染的另一个天地。

左眼钻心的疼痛有时会破坏宁静、安定的愉快心境。疼痛有时候轻一些，过一阵子忽然又变得厉害，眼睛像火烧一样，眼泪不由得从绷带底下滚出来。在卡敏克-司特鲁米罗窝的随军医院里，一个年纪轻轻的犹太医生检查了格里高力的眼睛，在一小片纸上记了记。

“要把您送到后方去，眼睛伤得很厉害。”

“眼睛会瞎吗?”

“哪里话，不会的，”医生从问话中听出他显然怕了，就亲切地笑着说，“需要治一治，也许还要动手术。我们把您送到后方去，比如说，送到彼得格勒，或者莫斯科。”

“多谢啦。”

“您别害怕，眼睛会好的。”医生拍了拍他的肩膀，把纸片塞到他手里，轻轻地把格里高力推到走廊里。他挽了挽袖子，准备去做手术。

格里高力经过了很多周折，才坐上了救护列车。他躺了几个昼夜，品尝着安宁的滋味。又小又陈旧的火车头使出最大的力气，拖着长长的列车往前走。离莫斯科不远了。

夜间到达莫斯科。重伤号用担架抬着下车；那些不用别人搀扶就能自己走的，登过记以后，就走到站台上。随车医生按照名册把格里高力叫过来，指着他对一个女护士说：

“送到司涅基列夫的眼科医院去！帽子胡同。”

“您的行李都随身带着吗？”护士问道。

“哥萨克有什么行李？一个军用包外加一件军大衣。”

“咱们走吧。”

她一面理着头巾下面的头发，衣裙窸窣响着，朝前走去。格里高力怯生生地迈着步子，跟在她后面。他们上了一辆马车。即将入睡的大城市的喧闹声，电车的铃声，电灯那闪来闪去的蓝光，都使格里高力觉得很不舒服。他坐在车上，仰靠着车背，贪婪地望着夜间依然行人很多的街道，并且感到身边女人身上有一股撩人的热气，觉得非常奇怪。莫斯科已有秋意：街心花园的树上，树叶在灯光下泛着暗黄色，夜里凉气袭人，人行道上的石板潮漉漉、亮闪闪的，在晴朗的天空里，星星又明亮，又带着秋天的寒意。马车从市中心来到一条僻静的胡同里。马蹄在石头路面上嘚嘚响着，车夫在高高的座位上摇晃着；车夫穿着一件蓝呢上衣，那上衣很像神甫的衣服；他用缰绳头抽打着耷拉着耳朵的瘦马。火车头在郊外呜呜叫着。“也许马上有车往顿河上开吧？”格里高力心里想着，只觉思乡的愁绪一阵阵涌了上来，不觉低下了头。

“您不是打盹吧？”女护士问道。

“不是。”

“快到啦。”

“您说什么？”车夫转过身来问道。

“赶你的车吧！”

池塘里的水在铁栅栏里泛着亮光，闪过几座小桥，桥上有栏杆，旁边还停着小船。微风吹来，潮乎乎的。

“连水都给关到铁栏杆里啦，可是顿河……”格里高力迷迷糊糊地想着。树叶在马车的胶皮轮子底下沙沙响了起来。

马车在一座三层楼房跟前停了下来。格里高力一面整理着军大衣，跳下车来。

“扶我一下！”女护士弯下身子。

格里高力握住她那柔软的小手，扶着她下了车。

“您身上有一股当兵的汗臭气，太冲人啦。”打扮得很讲究的女护士轻轻地笑了笑，便走到门口，揿了揿门铃。

“护士小姐，您要是到那儿去一趟，也许您身上的气味更要难闻些。”格里高力用轻微的恼怒语气说。

看门人开了门。他们顺着装了镀金栏杆的豪华楼梯上了二层楼；女护士又揿了揿门铃。一个穿白罩衣的女人把他们让了进去。格里高力在一张小圆桌旁坐了下来，女护士对那个穿白罩衣的女人小声说了几句话，那个女人记了下来。

一条不很宽敞的长走廊，两边是病房，戴着各色眼镜的一些脑袋从病房的门里探出来向外看了看。

“请脱掉军大衣。”穿白罩衣的女人说。

一个工友，也穿着白罩衣，从格里高力手里接过军大衣，领着他进了浴室。

“把衣服全脱掉。”

“干什么？”

“要洗一下澡。”

格里高力还在脱衣服，还在吃惊地打量这间屋子和窗户上的毛玻璃的时候，工友放满了一浴缸水，试了试水温，请他坐进去。

“这盆子跟我真不般配……”格里高力很不好意思地说着，一条黑乎乎、毛茸茸的腿跨了进去。

工友帮着他仔细地洗过了澡，递给他一条被单、一件衬衣、一双拖鞋和一件有带子的灰色睡衣。

“我的衣服呢？”格里高力惊异地问。

“您就穿这衣服啦。您的衣服，等出院的时候再还给您。”

来到穿堂里，从一面挂着的大镜子前面走过的时候，格里高力竟认不出自己了：高个子，黑脸膛，颧骨尖尖的，两个腮尖子通红通红的，穿的是睡衣，绷带像帽子一样缠在黑黑的头发上，跟以前那个格里高力相像的地方实在很少了。上嘴唇已经长出老长的胡子，下巴上也长出弯弯的细毛儿。

“这段时间我不年轻啦。”格里高力苦笑着心里说。

“第六号病房，右边第三个门。”工友指了指。

格里高力一走进雪白的大病房，一位穿睡衣、戴蓝眼镜的神甫欠起身来。

“新邻居吗？非常欢迎，我再也不会这样寂寞啦。我是扎莱斯克来的。”他很殷勤地招呼着，给格里高力推过一把椅子。

过了几分钟，一个肥胖的、生着一张难看的大脸的女医士走了进来。

“麦列霍夫，请您来一下，去看看您的眼睛。”她用低低的胸音说，说完向旁边一闪，让格里高力来到走廊上。

二十二

在西南战线上的舍维利地区，军团司令部决定组织骑兵发动一次大规模的进攻，冲破敌人的防线，并将大批骑兵部队投入敌人后方，让这批部队沿着战线挺进，沿途破坏交通线，发动突然袭击以瓦解敌军部队。对于有效地实现这一计划，指挥部抱着很大的希望；无数的马队集中到指定的地区；李斯特尼次基中尉所属的哥萨克团，也跟其他许多骑兵团一起调到了这个地区。本来应当在八月二十八日发起攻势，但是因为下雨，推迟到二十九日。

从清早起，这个师的人马就在广大的进攻基地上摆好阵势，准备进攻。

在右翼八俄里的地方，步兵正在进行佯攻，吸引着敌人的火力；有一个骑兵师的队伍也佯装向另外的方向移动。

前面，一眼能看见的地方，根本没有敌人。李斯特尼次基看到，离自己的连队一俄里远处是黑乎乎的、被遗弃的战壕，战壕过去是波浪起伏的黑麦和微风吹拂着的灰白色晨雾。

原来情况有变化。不知是敌军司令部探听出了这次进攻计划，还是预测到了这一计划，反正在二十八日夜间，敌军抛弃了战壕，后退了六俄里，只埋伏下许多机枪，就是这些机枪曾经弄得整个地区与他们对峙的我方步兵心惊胆战。

高处，一簇簇白云后面，冉冉上升的太阳放射着明亮的光辉，可是整个川地上还弥漫着乳黄色的雾气。进攻的命令下来了，各团出动了。千千万万的马蹄发出一片低沉的、好像来自地下的轰隆声。李斯特尼次基紧勒着自己的良种马，不叫马大跑，跑了有一俄里半。排得整整齐齐的进攻队伍来到一片庄稼地跟前。没腰深的高高的黑麦，到处都缠绕着牵牛花和杂草，马在里面跑起来异常吃力。前面依然是一片波浪翻滚的浅褐色黑麦，后面的黑麦已经被马蹄踩踏在地上。跑了三俄里多路，马匹开始打趔趄，浑身冒汗，却还是看不见一个敌人。李斯特尼次基回头看了看连长：大尉的脸上隐隐露出失望的表情……

极其困难地跑了六俄里，马一点力气都没有了，有些马就带着人一起倒了下去，那些最有后劲的也都摇摇晃晃，使出最后的力气往前挣。就在这时候，奥地利人的机枪开火了，一阵一阵的齐射交替着响了起来……迅猛的火力打倒了冲在前面的人马。枪骑兵首先支持不住，转过头就朝后跑，一个哥萨克团溃败了；雨点般的机枪子弹，就像从喷雾器里喷出来的，还有大炮射出的炮弹，一齐向仓皇溃逃的哥萨克撒来。一场规模空前的进攻，由于最高指挥部不可饶恕的疏忽，全盘失败了。有些团损失了一半人马；李斯特尼次基所在的团里死伤了近四百名士兵和十六名军官。

李斯特尼次基的马被打死了，他本人受了两处伤；头上一处，腿上一处。司务长柴博塔列夫跳下马，抱起李斯特尼次基放到鞍上，逃离了阵地。

师参谋长、总参谋部的参谋郭罗瓦乔夫上校拍了几张进攻时的快照，后来拿给军官们看。受伤的契尔维亚柯夫中尉首先照他的脸打了一拳，放声大哭起来。几个哥萨克跑过来，把郭罗瓦乔夫撕成了碎片，对着尸首骂了半天，又把他扔到路边沟里的烂泥里。这场丢尽了脸的进攻就这样结束了。

李斯特尼次基从华沙的随军医院里给父亲写了一封信，说他要借养伤的机会，回到亚戈德庄上父亲身边度假。老人家收到信以后，就一个人关在书房里，直到第二天，才愁容满面地从里面走出来。他吩咐尼基吉奇将大走马套到车上，吃过早饭，就到维奥申镇上。他给儿子电汇了四百卢布，还寄了一封短信。

我的好孩子，你受了炮火的洗礼，我自是十分高兴。你的高贵的天职应该是在战场上，不是在宫廷里。你如果心安理得地侍奉朝廷，本来够荣耀的，而且你也有本事邀宠。不过我们家还没有谁有这种秉性。你的祖父就因此失宠，一直住在亚戈德庄上，从不希冀、从不盼望皇上的恩遇。祝你健康，好孩子，希望你早日恢复健康。你记着，你是我在世上唯一的亲人。姑母问候你，她很健康；关于我自己，没有什么好写的；我怎样生活，你是知道的。前方是怎么回事儿呢？难道就没有一个有头脑的人吗？我不相信报上的消息，那都是彻头彻尾的谎言，我根据以往的例子断定是这样。叶甫盖尼，是不是真的咱们打败了呢？

我急切盼望你回家！

关于李斯特尼次基老爷的生活，的确没有什么可写的，他的生活照旧很单调，没有变化，只是人手短缺了，酒也少了起来。老爷喝酒比以前勤了，脾气比以前大了，更喜欢找碴儿了。有一次，他在规定以外的时间把阿克西妮亚叫了来，说道：

“你做事太不用心啦。为什么昨天送来的早饭是凉的？为什么咖啡杯子没有洗干净？如果再有这样的事，我就把你——你听见吗？——我就把你辞掉。我看不惯邋遢人！”老爷使劲甩了甩手，“你听见吗？我看不惯！”

阿克西妮亚紧紧闭着嘴，忽然哭了起来。

“尼古拉·阿列克塞耶维奇！我的孩子病啦。您放我几天假吧……她不能离开人。”

“孩子怎么啦？”

“喉咙憋得喘不上气来……”

“是猩红热吧？糊涂娘儿们，为什么不早说？哎呀，还不着急呢，真该死！快去告诉尼基吉奇，叫他套上车，到镇上去找大夫。快点！”

阿克西妮亚飞跑出去，老头子还在她后面用洪亮、浑厚的声音像打雷一样地喊叫着：

“糊涂娘儿们！糊涂娘儿们！真糊涂！”

第二天早晨，尼基吉奇把大夫请来了。大夫仔细看了看已经昏迷、浑身滚烫的孩子，也不回答阿克西妮亚的问话，就朝老爷房里走去。老爷站在堂前迎住他，没有伸手给他。

“小孩子怎么样？”老爷只马马虎虎地点了点头回答大夫的问候，便问道。

“是猩红热，老大人。”

“能好吗？有希望吗？”

“恐怕不行啦。孩子要死啦……这么小的年龄嘛。”

“混蛋！”老爷的脸红了，“你学的本事呢？给我治去！”

砰的一声，他把吓慌了的大夫关到门外，自己就在大厅里踱了起来。

阿克西妮亚敲了敲门，走了进来。

“大夫要马送他回镇上去。”

老头子猛地用鞋后跟一转，转过身来。

“告诉他，就说他是饭桶！告诉他，他不把小孩子给我治好，别想离开这里！在厢房里给他弄一间屋子，送饭给他吃！”老头子摇晃着瘦骨嶙峋的拳头，叫了起来，“给他喝，给他吃，好好招待他，可是他要走——走……休想！”他猛然顿住，走到窗户跟前，用指头敲了敲窗户，又走到一张放大了的、儿子由奶妈抱着照的相片面前，倒退了两步，眯着眼睛看了半天，好像不认得似的。

孩子病倒的第一天，阿克西妮亚就想起娜塔莉亚的一句很悲痛的话：“你欺负我，早晚会有报应……”她断定这就是上帝在惩罚她，就因为她那时候侮辱了娜塔莉亚。

她为孩子的命担惊害怕，失去了理性，昏昏沉沉地到处跑来跑去，什么事都无心做了。

“上帝真的要把孩子夺走吗？”这个狂乱的念头一直在脑子里跳动，赶都赶不走，可是阿克西妮亚不相信，硬是不相信，她拼命地祈祷，哀求上帝大发慈悲——保全孩子的命。

“主啊，开恩吧！……留下一条命吧！开恩吧，主啊，慈悲慈悲吧！”

小小生命禁不住疾病的折腾。孩子直挺挺地躺着，红肿的喉咙眼儿里吃力地、断断续续地发出细微的咝咝声。镇上的大夫就住在厢房里，一天来看孩子三四次，每天晚上他都在下房的台阶上站很久，抽着烟，望着一簇簇秋夜的寒星。

阿克西妮亚通夜跪在床边。听着孩子吃力的咝咝声，她心里如同刀绞。

“妈——妈……”两片烧破的小嘴唇轻轻翻动着。

“乖孩子，我的宝贝儿！”做妈妈的压低声音唤道，“我的心肝儿，别离开我呀，我的好孩子呀！我的乖宝宝，你睁睁眼睛，看看我。醒醒吧！我的黑眼睛宝宝呀……主啊，这是为什么啊？……”

孩子有时睁一睁火烫的眼皮，充满了坏血的小眼睛里射出摇晃不定、几乎觉察不出的目光。妈妈如饥似渴地捕捉这一目光，这目光忧伤、平静，好像一点点退缩回去。

她死在妈妈的怀里。她抽搭着，最后一次张了张发青的小嘴，就哆哆嗦嗦地挺直了小身子；出了冷汗的小脑袋朝后一仰，就从阿克西妮亚手上滚了下去；有点忧郁的麦列霍夫家的小眼睛眯缝起来，露着已死的小眼珠儿，流露出惊讶的神情。

萨什卡老爹在池塘边一棵枝叶繁茂的老杨树底下掘了一个小小的坟坑，用胳膊把小棺材夹到那里，用一种从来不曾有过的快速度把小棺材埋好，又耐心地等了很久，等着阿克西妮亚从小小的土坟堆上站起来。他没有等到，就啪的一声擤了一下鼻子，朝马棚里走去……他从干草棚里拿来一小瓶花露水和半瓶变了性的酒精，倒在一个大瓶子里掺和起来，他一面摇晃着，欣赏着变出来的颜色，一面说：

“咱们来用酒祭奠祭奠。愿孩子早升天堂。小天使的灵魂早早回宫。”

他喝了一口，呆呆地摇晃着脑袋，吃着压坏的西红柿，动情地看着瓶子说：

“你别忘掉我呀，好孩子，我是不会忘掉你的！”说过就哭了起来。

过了三个星期，叶甫盖尼·李斯特尼次基打来一个电报，说他已经被准了假，并且已经动身回家了。老爷派了一辆三套马车到车站上去接他，仆人们全都忙活起来：杀鸡，宰鹅，萨什卡老爹还剥了一只羊，好像是筹办宾客云集的大宴会似的。

少东家到达的前一天，又派了三匹换班的马到卡敏车站去。少东家是夜里到家的。正下着蒙蒙细雨，车灯把一道道昏暗的光线投射在一个个小水洼上。马铃铛叮当响着，马车在台阶前停了下来。心情激动、面带笑容的叶甫盖尼从轿车上走了下来。他把热乎乎的雨衣扔到萨什卡老爹手里，便十分明显地拐着腿，走上台阶。老爷急急忙忙从客厅里走了出来，椅子都碰倒了好几把。

阿克西妮亚把晚饭摆到饭厅里，就去请老、少东家吃饭。她从钥匙孔里望了望，看到老头子趴在儿子身上，亲儿子的肩膀；他那老得打了松松的皱褶的脖子轻轻哆嗦着。等了几分钟，阿克西妮亚又朝里面望了望，看到少东家穿着草绿色的制服，敞着怀，跪在一张铺在地上的大地图跟前。

老爷从烟斗里向外喷着乱蓬蓬的烟团，用骨瘦如柴的手指头敲着沙发的扶手，十分愤懑地说：

“是阿列克谢耶夫吗？不可能！我不信。”

叶甫盖尼小声说了半天，说明他说的是真话，并且用手指头在地图上比画着，老头子听了他的话，用镇定的语气低声说：

“这样看来，是最高指挥部不对。眼光太狭窄！哦，你等等，叶甫盖尼，我来给你说一个日俄战争中类似的战例。你听着！……听着，听着！”

阿克西妮亚敲了敲门。

“怎么，饭摆好啦？就来。”

老头子走出来，又带劲儿，又愉快，眼睛里焕发着青春的光彩。他们父子两人喝光了一瓶葡萄酒。葡萄酒是昨天刚从地里挖出来的，长了绿毛的封签上还保留着褪了色的文字——一八七九年。

阿克西妮亚服侍他们吃饭，看着他们那高高兴兴的脸，越发觉得自己孤单。心里的苦闷哭不出来，憋在心里特别难受。女儿死后头几天，她很想哭，但是哭不出来。喉咙里的叫声很大，但是没有眼泪，因此痛苦就像石头一样，加倍地沉重。她睡的时间很多（想在昏睡中忘却痛苦），但即使在梦中她仍然能听到孩子那若即若离的呼唤声。她忽而觉得女儿就睡在她身旁，她就向旁边闪一闪，用手在床上摸索一阵；忽而好像听到模模糊糊的低声呼唤："妈妈，喝水。"

"我的心肝肉儿呀……"阿克西妮亚用冰冷的嘴唇小声呼唤着。

甚至在难挨的清醒时候，她有时都觉得好像小孩子就靠在她的膝边，而且觉得自己正伸着手在抚摩那鬈发的小脑袋。

叶甫盖尼回家后的第三天，在萨什卡老爹的马棚里坐到很晚，听他朴实无华地讲述过去在顿河上自由自在生活的情形和古时候的事情。八点多钟他从马棚里出来。外面刮着风，烂泥巴在脚底下吧唧吧唧响着。云彩缝儿里挂着一弯黄黄的新月。叶甫盖尼借着月光看了看表，便朝下房走去。他在台阶前点着烟，站了一会儿，想了想，后来耸了耸肩，就毅然决然地踏上台阶。他轻轻摘下门鼻，门吱嘎一声就开了。他走进阿克西妮亚的屋子，划着了火柴。

"谁呀？"阿克西妮亚裹紧自己的被子，问道。

"是我。"

"我马上穿衣裳。"

“不要紧。我坐一会儿。”

叶甫盖尼脱掉大衣，坐到床沿上。

“你女儿死啦……”

“死啦。”阿克西妮亚像回声一样应声说。

“你瘦了好多。丢一个孩子，当然不是滋味，这我明白。不过我觉得，你不该白白糟蹋自己身子，哭又哭不活孩子，你还相当年轻，还可以生孩子嘛。真不该这样！不要难受啦，随他去吧……孩子死了，到底孩子只是孩子，你呀，还早着哩，好日子全在后面呢！”

叶甫盖尼攥住阿克西妮亚的一只手，用亲热得不容推托的态度抚摩着她，低声细气地说起话来。他换成了耳语，等他听到阿克西妮亚抽抽搭搭地哭得直打哆嗦，抽搭又变成痛哭的时候，他就吻她那哭湿了的两颊，吻她的眼睛……

女人的心最容易为爱怜和甜言蜜语所融化。痛苦绝望的阿克西妮亚失去了理性，如癫似狂，燃起了早已熄去的欲火，把自己的肉体交给了他。可是等到那股空前凶猛、空前强烈的纵情欢乐的浪潮退下去，她清醒过来，尖声叫了起来，就好像疯了一样，只穿着一件小褂，光着下身跑到台阶上。叶甫盖尼急急忙忙，连门都顾不上关，跟着她走了出来。他一面走，一面穿好大衣，慌慌忙忙地走了一会儿，等他气喘吁吁地走上正房的阳台，他就高兴而满意地笑了。他兴致勃勃，非常快活。他已经躺到床上，摩挲着凸凸的、软软和和的胸腔，想道："在一个正经人看来，这是可耻的，不道德的。格里高力……我偷了他的情人，可是我在前方差点儿把命送掉啊。子弹向右偏一点，把我的脑袋穿个洞，不也是可能的吗？如果那样，这会儿我已经腐烂啦，我浑身都生满了蛆……每一分钟都应当好好地过。我什么事都可以干！"他有一会儿觉得自己的想法非常可怕，但是他又想起进攻时那十分可怕的场面，想起他从死马身上爬起来又中了子弹倒下去的那一刹那。他已经沉沉欲睡了，这才自我安慰地在心里决定说："这事明天再说，现在睡吧，睡吧……"

第二天早晨，等饭厅里只剩下他和阿克西妮亚，他抱歉地笑着，走到她跟前，但是她靠在墙上，伸着手，狠狠地用小声责骂他：

"别靠近我，该死的东西！……"

生活总是用自己的不成文的规则支配着人。过了三天，叶甫盖尼夜里又到阿克西妮亚的屋里来了，阿克西妮亚也没有推却。

二十三

司涅基列夫大夫的眼科医院旁边有一个小小的花园。

在莫斯科郊区的一条条小胡同里，这种狭小的、修剪得整整齐齐的小花园有很多，来到这种小花园里，眼睛并不能摆脱城市里那种像石头一样重的沉闷，看着这种小花园，就会想起那辽阔无边的野生森林，这里的一切就更加刺眼，更叫人看着难受。医院的小花园里已经是一片秋色：小径上落满红铜色的树叶，晨霜打蔫了一朵朵的花儿，剪得整整齐齐的草地罩上一层水蒙蒙的青色。晴朗的日子，病人们在小径上散步，听着虔诚的莫斯科的悠扬的教堂钟声。天阴下雨的时候（那一年阴雨天特别多），病人们自言自语厌了，互相说话也厌了，就一声不响地躺在床上，或者在各个病房里窜来窜去。

医院里大多数是普通的病人，有一个病房住的是伤兵；他们一共是五个人：扬·瓦莱伊基司，是一个拉脱维亚人，高个子，红头发，两只浅蓝色的眼睛，络腮胡子剪得短短的；伊万·乌鲁布列福斯基，是一个二十八岁的漂亮龙骑兵，是弗拉基米尔省人；另外就是西伯利亚的神枪手柯塞赫、好动的黄头发步兵布尔金和麦列霍夫·格里高力。九月底，又送来一个伤兵。那天正在喝晚茶的时候，门铃连续不停地响了一阵。格里高力朝走廊里望了望。三个人进了穿堂：一个女护士和一个身穿束腰无领长衣的人，他们搀着另外一个人。想必那个人是刚从车站来的：他那肮脏的、胸前到处是褐色血斑的军便服可以证明这一点。黄昏时就给他做了手术。经过短时间的准备（病房里听见了响声——在煮家什呢）以后，把新来的人送进了手术室。过了几分钟，手术室里传出低低的歌声。医生给伤兵摘除被炮弹片打坏的眼睛的时候，上过麻药的伤兵一直在唱歌和嘟嘟哝哝地咒骂。做过手术以后，把他送进了伤兵住的病房。过了一天一夜，麻药的那股厉害劲儿从脑子里完全消失，他就谈起他自己，说他是在德军前线上的维尔别尔格附近受伤的，他姓贾兰沙，是一个机枪手，是契尔尼戈夫省人。几天的工夫，他就跟格里高力格外要好起来；他们的床是紧挨着的，晚上医生查过病房以后，他们每天都要小声谈上很久。

“喂，哥萨克，你的眼睛咋样？”

“很糟。”

“咋治的？”

“天天去打针。”

“扎过多少次啦？”

“十八次啦。”

“疼不疼？”

“不疼，很舒服。”

“我可以要求要求，把这只眼挖掉算啦。”

“我不愿做独眼龙。”

“是这样啊。”

格里高力这个邻床是个肝火很旺、口齿十分尖刻的人，他对什么都不满意：咒骂政府，咒骂战争，咒骂自己的命运，咒骂医院的伙食、厨子、医生——碰到什么，就骂什么。

“老弟，咱们为啥去打仗？”

“大家为什么，咱们就为什么。”

“你给我说明白些，把话说明白。”

“算了吧！”

“哈！你是个糊涂虫。凡事都得弄个明白。咱们是为资产阶级打仗，明白吗？资产阶级是啥玩意儿？就好比大麻地里的鸟儿。”

他给格里高力解释起一些难懂的字眼儿，他的话里夹杂着许多骂人的、难听的话。

“别唠叨啦！你的南蛮子话我听不懂。”格里高力打断他的话。

“你咋不懂？难道你是莫斯科人，咋能不懂？”

“你说慢一点。”

“小老弟，我说得并不快呀。你也许要说，为沙皇打仗，可沙皇是啥玩意儿？沙皇是个酒鬼，皇后是个骚货，老爷们越打仗越赚钱，可是咱们得到的是……脖子上的套索，明白吗？你瞧吧！工厂老板们喝白干儿，当兵的喂虱子，两方面都很来劲儿……老板赚大钱，工人光屁股，差别就是这么大……你干吧，哥萨克，你干吧！再干下去，还能挣得一副十字架，挺漂亮的硬木十字架……”他说的是乌克兰话，但是有时他激动起来，就说起俄罗斯话，包括许多骂人话在内，说得很地道。

他天天往格里高力脑子里灌输闻所未闻的道理，指明发生战争的真正原因，无情地嘲骂专制制度。格里高力曾经想反驳，但是贾兰沙提了几个简单得要命的问题，就弄得他张口结舌，于是格里高力只好赞成他的说法。

在这方面，最可怕的是，他从心里觉得贾兰沙是正确的，他无法提出反驳，没有理由、也找不到理由来反驳。格里高力惶恐地意识到，这个又聪明又厉害的乌克兰人在一点一点、毫不放松地破坏着他以前关于沙皇、祖国和哥萨克军人天职的一些看法。

贾兰沙来医院后一个月的工夫，格里高力的思想意识所依存的根基都化成了飞灰。这根基原已腐朽，战争的极端荒谬性又像铁锈一样把这种根基侵蚀烂了，只要推一下，就会土崩瓦解。这一下推过了，思想醒来了，醒来的思想搅得格里高力那单纯而朴实的头脑疲惫不堪，搅得他受不了。他想来想去，寻找出路，寻找他无法理解的这种问题的答案，终于在贾兰沙的回答中找到满意的答案。

有一天深夜里，格里高力从床上爬起来，叫醒了贾兰沙。他坐到贾兰沙的床上。九月的月亮的淡绿色光华，透过放下的窗帘，射进窗来。刚刚醒来的贾兰沙的两腮像两个沙坑一样黑黑的，两个黑眼窝潮乎乎的。他打着哈欠，觉得脚冷，又把脚伸进被窝。

“你为啥不睡?”

“睡不着。我一点都不想睡。你还是给我讲讲，为什么战争能使一部分人得到好处，使另一部分人家破人亡……”

“不是这样吗? 啊哈——哈……”贾兰沙打了个哈欠。

“等一等!”格里高力气得红着脸，小声说，“你说，是为了财主们的需要，把咱们赶去送死，那么，全国老百姓又怎样呢? 老百姓都不懂吗? 就没有人能够给大家讲讲吗? 就该有人站出来，说一说：‘弟兄们，你们是在为这个这个流血拼命。’”

“咋能站出来呢? 你怎么，说着玩儿吧? 好吧，我倒要看看，你怎么站出来。咱们在这儿悄悄说话，就像鹅躲在芦苇丛里，只要声音叫大些，一颗子弹就飞过来。老百姓聋得什么都听不见。只有战争能惊醒老百姓。打过焦雷，黑云里才能落下雨来……”

“那又怎么办呢？你说说吧，坏小子！你把我的心都搅乱啦。”

“你心里觉得又该咋办呢？”

“我不清楚。”格里高力坦率地说。

“谁把我往山崖下推，我就推谁。要毫不犹豫地掉转枪口。谁把人往火坑里送，就对准谁开枪。你要知道，”贾兰沙抬起身来，咬了咬牙，两手向前一伸，“大风浪一起来，啥东西都能一扫而光！”

“照你的意思，怎么……一切都得弄个天翻地覆吗？”

“对！要像扔掉烂包脚布一样，把政府推翻。要把老爷们身上的羊皮剥掉，要打烂他们的嘴巴，因为他们打老百姓的嘴巴打够啦。”

“新政府成立后，对战争怎么办？还是照样要打仗，咱们不打，咱们的孩子们也要打。你有什么法子少打仗呢？既然自古以来就有战争，战争怎么能消灭得掉呢?”

“对啦，自古以来就有战争，只要世界上还有混蛋政府，战争就不会消灭。就是这么回事儿！只有等到每一个国家的政府都在工人手里了，那时候就不会打仗了。这是需要斗一斗的。要把他们这些狗娘养的统统送进棺材！……一定会这样的！不管是德国人的政府，不管是法国人的政府——所有国家的政府都要变成工人和农民的政府。到那时候，咱们为啥还要打仗呢？边界没有啦！深仇大恨没有啦！全世界过的是一样美满的日子。嗨!”贾兰沙叹了一口气，咬着胡子尖，忽闪着那只独眼，带着幻想的神情笑了，“格里什卡呀，为了换得这样的日子，我愿意流尽我的血……我的心里就好像有一团火……”

他们一直谈到黎明时候。在灰蒙蒙的晨曦中，格里高力迷迷糊糊地睡去。

早晨，说话声和哭声把他吵醒了。伊万·乌鲁布列福斯基脸朝下趴在床上，抽抽搭搭地哭，不住地擤鼻涕；一位女医生、扬·瓦莱伊基司和柯塞赫都站在他跟前。

“他哭什么?”布尔金从被窝里探出头来，哑着嗓子问道。

“把眼睛打碎啦。他从杯子里往外拿，掉在地上打碎啦。”柯塞赫与其说是带着同情心，不如说是带着幸灾乐祸的心情回答说。

有一个入了俄国籍的德国人，是一个卖人造眼睛的商人，他基于爱国热忱，向士兵们免费赠送人造眼睛。前一天刚给乌鲁布列福斯基挑了一只玻璃眼睛，给他装上去，那是一只做工很细的眼睛，蓝蓝的，十分好看，简直和真的一样。那眼睛做得精巧极了，即使细心观察，也分不出真假。乌鲁布列福斯基十分高兴，跟小孩子一样笑起来。

“等我回到家里，”他用弗拉基米尔省口音说，“随便骗上一个姑娘。等结了婚，我再告诉她，眼睛是假的。”

“他要骗人呢，该打！”布尔金哈哈大笑。他经常哼哼着唱：杜尼娅怎样怎样，蟑螂咬坏了杜尼娅的衣裳。

这真是意想不到的不幸——一个漂亮小伙子，等回到家乡，就成了一个独眼的丑八怪。

“别哭啦，还会再给一只新的。”格里高力安慰他说。

乌鲁布列福斯基抬起他那哭肿了的、带着一只红红的、水汪汪的空眼窝的脸。

“不会给的。一只眼睛要值三百卢布呀。不会再给啦。”

“眼睛实在是一只呱呱叫的眼睛！上面每一根筋都清清楚楚。”柯塞赫赞叹说。

吃过早点，乌鲁布列福斯基跟着女医生到德国人的商店里去了，德国人又给他挑了一只眼睛。

“德国人真比俄国人好！”乌鲁布列福斯基简直高兴疯了，“要是找俄国商人，鸡巴毛都别想要到；可是人家连二话都不说一句。”

九月过去了。时光非常吝啬地打发着日子。呆板、沉闷、无限冗长的日子过得非常慢。每天早上九点钟喝茶。用小碟子给每个病人端来两片薄得透亮的、软不拉唧的法国面包和一块小指头大的奶油。午饭后，病人还是饿着肚子各自散去。晚上也喝茶，为了变变花样儿，要掺着冷水喝。病员时常在变化。“军人病房”（病人都这样称呼伤兵住的这间病房）里首先出院的是西伯利亚人柯塞赫，紧跟着他出院的是拉脱维亚人瓦莱伊基司。十月末，格里高力也出了院。

留着短短的下巴胡、一表人才的院长司涅基列夫大夫测试的结果，认为格里高力的视力是令人满意的。在一间黑屋子里，让格里高力站在一定距离之外，试看了灯光照亮的一些老大的字母和数字。让他出了眼科医院，又把他送到特维尔大街上的后方医院，因为脑袋上已经愈合的伤口又裂开了，而且多少有点化脓了。格里高力在和贾兰沙道别的时候，问道：

“咱们还能见面吗？”

“山跟山是无法相会的，人跟人总有见面的时候……”

“好啦，南蛮子，谢谢你，你使我睁开了眼。现在我的眼睛亮啦，而且……也恨起来啦！”

“等你回到团里，把这方面的道理也给哥萨克们说一说。”

“好的。”

“你要是有机会到契尔尼戈夫省高罗霍夫镇上去的话，就打听铁匠安得利·贾兰沙好啦，我一定欢迎你。再见吧，老弟！”

他们拥抱过，就分别了。在格里高力的脑子里，很久都保留着这个剩了一只严峻的独眼、灰土色的脸上长着一张线条柔和的嘴的乌克兰人的形象。

格里高力在后方医院里住了十来天。他在心里孕育着一些还没有成熟的主张，贾兰沙传给他的愤懑在他身上腾腾欲发。他跟同病房的人很少说话，他的一行一动都带着一种焦躁不安的意味。医院院长在接收格里高力入院的时候，匆匆打量了一下他那张非俄罗斯型的脸，就下了断语：“是个不安分的家伙。”

进来头几天，格里高力发着烧，躺在病床上，听着耳朵里不住地嗡嗡直叫。

这时候，发生了一场风波。

有一位皇亲大人，从沃罗涅日回京路过这里，要光临医院来视察。从早晨起，医院里得到这一消息的全体医务人员，就像着了火的粮仓里的耗子一样，一齐忙活起来。给伤员们换上新睡衣；又把伤员们弄起来，提前换了床单和枕套，一个年轻医生还教伤员怎样回答皇亲大人的问话，跟皇亲说话时应当保持什么样的姿态。这种惶惶不安的情绪也传给了伤员们：有些伤员老早就小声谈了起来。中午时候，小汽车喇叭在门口叫了两声，皇亲大人在众多的侍从陪同下，走进大开了的医院大门。（有一个爱说爱笑的伤兵事后对同伴们说，高贵的客人们来到时，虽然这一天十分晴朗，而且没有风，可是医院的红十字旗突然呼啦啦飘动起来，对面理发店招牌上那个潇洒的鬈发男子也好像在磕头行礼，又好像是屈膝请安。）开始视察病房。皇亲大人提出不少跟他的身份和地位十分相称的荒谬问题；伤员们都按照那位年轻医生的叮嘱，把眼睛瞪得大大的，比在军营里教过的那样子还要大，回答“是这样的，殿下”，或者“的确不是这样”，再加上同样的称号。回答过了，院长再加以解释，并且他的身子不停地扭来摆去，就像一条被叉子叉住的蛇，老远朝他看去，都觉得十分可怜。皇亲大人一张床一张床地走过去，分发着小圣像。身着华贵服装的人群和一股股浓烈的高级香水气味朝格里高力涌了过来。他站在自己床边，瘦瘦的，脸都没有刮，眼睛还发着炎；尖尖的深棕色颧骨轻轻抖动着，说明他十分激动。

“就是他们，就为了他们过得快活，才把我们从家里赶出来，叫我们去送死。哼，全是毒辣的东西！该死的东西！混蛋东西！就是他们，一个个都是虱子，拼命地在我们的脊梁上咬！……不就是为了这个家伙……我们的马才踩坏别人的庄稼，我们才去杀不相干的人吗？我才在庄稼茬子上爬，才哭叫吗？才担惊受怕吗？才离开家，到兵营里受折腾吗？……”这些念头在他脑子里沸腾着，打着转转儿。他恨得嘴唇直打哆嗦。“他们都吃得肥肥的，都要冒油啦。顶好把你们这些该死的东西也送到前方去！叫你们骑骑马，扛扛枪，喂喂虱子，吃吃臭面包和生蛆的肉！……”

格里高力用眼睛扫了扫那些油头粉面的侍从军官，把阴沉的目光停在皇亲大人那肉嘟嘟的脸上。

“他是顿河哥萨克，得过十字勋章。”院长把腰弯了好几下，指着格里高力说，听他那说话的腔调，觉得好像是他本人得到了勋章似的。

“哪个乡的？”皇亲手拿圣像准备着，问道。

“维奥申乡的，殿下。”

“你因为什么得到十字章？”

皇亲的两只空虚无聊的浅色眼睛里隐隐露出烦闷和厌倦的神情。红红的左眼眉机械地向上抬了抬——这就更明显地显示出皇亲脸上的表情。格里高力顿时觉得胸中闪过一阵冷气和一阵刺疼；这种感觉往往出现在冲锋开始的时候。他的嘴唇忍不住撇了撇，抖动起来。

“我要……我要解手……要解手，殿下……要撒尿……”格里高力摇晃起来，好像打伤了腿一样，做了一个大手势，朝床底下指了指。

皇亲的左眉毛竖了起来，拿着圣像的手半路上停了下来。皇亲大惑不解地耷拉下肥厚的嘴唇，转身朝着一位陪伴他的白发将军，说了一句英语。侍从们多少有些慌乱：一个高个子副官，用戴着雪白手套的手擦了擦眼睛；另一个低下了头，第三个带着询问的神情看了看第四个的脸……白发将军恭恭敬敬地笑着，用英语回答了皇亲大人的问话，于是皇亲大人赐恩，把圣像塞到格里高力手里，甚至给予最高的恩典：用手挨了挨他的肩膀。

贵客们一走，格里高力就一下子趴在床上。把头埋到枕头里，肩膀不住地哆嗦着，躺了几分钟；

弄不清他是在哭，还是在笑，反正他爬起来时，眼睛干干的，而且亮了起来。医院院长立即把他叫到了办公室。

“你这个流氓！……”他用手揉搓着颜色像掉了毛的兔子皮一样的下巴胡，开口说。

“我不叫你流氓，叫你畜生！”格里高力一面哆嗦着耷拉着的下巴，朝院长走去，一面说，“你们没上过前方！”然后，他压了压火气，换了镇定的语气说：“送我回家去吧！”

院长向后倒退着，走到写字台后面，语气稍微缓和些说：

“送你走。滚你的吧！”

格里高力走出来，笑得直哆嗦，眼睛里燃烧着怒火。

因为他在皇亲大人面前行为乖张，不可饶恕，医院当局三天不给他饭吃。同病房的伙伴和一个心肠好、害小肠气的厨子都弄饭给他吃。

二十四

十一月三日夜里，格里高力·麦列霍夫来到下亚布洛诺夫村，这是离开车站以后，进入维奥申乡的第一个哥萨克村庄。离亚戈德庄还有几十俄里。格里高力从稀稀拉拉的人家门前走过，一路上惹得狗汪汪直叫；在河边柳树丛后面，有几个清脆的童声在唱歌：

刀枪闪闪出了树林，
哥萨克连队向前挺进。
年轻的军官一马当先，
率领哥萨克冲锋陷阵。

有一洪亮、有力的男高音在领唱：

不要怕，弟兄们，跟我冲！

整齐、和谐的童声十分带劲地接唱下去：

快朝敌人的鹿砦上冲。

谁头一个冲到鹿砦上，
谁不得勋章，立头功?!

格里高力唱过多少遍的哥萨克古歌那熟悉的歌词儿，一阵一阵地传进格里高力的耳朵，他感到说不出的亲切和温暖。一股凉气袭来，眼睛觉得疼，胸膛感到闷。格里高力贪婪地闻着一家家烟囱里冒出来的烧牛粪的苦烟，穿过了村庄——歌声跟着他飞了过来：

我们一齐来到鹿砦上。
子弹纷纷如飞蝗。
顿河哥萨克从不胆怯——
举起大刀长矛往前闯。

“我老早就唱过这支歌，那时候我是一个自由自在的小伙子，可是现在我的嗓子干啦，生活折腾得我唱不出来啦。这会儿我是到别人的老婆那里去度假，没有家，没有业，就像一只野狼……”格里高力想着，从容不迫，疲惫无力地走着，想到自己变化莫测的生活，不禁发出苦笑。出了村庄，他走上一处斜斜的高地，回头看了看：尽头一户人家的窗户里透出黄黄的挂灯灯光，窗边一架纺车跟前，坐着一个上了年纪的哥萨克妇人。

格里高力离了大路，走上落了轻霜、发出轻轻吱咯声的草地。他决定在旗尔河边遇到村庄就停下来过夜，好在第二天天黑以前赶到亚戈德庄。半夜过后他才来到格拉乔夫村，就在村边一户人家过了夜，等淡紫色的晨曦刚刚透进窗来，他就上路了。

夜里他才来到亚戈德庄上。他轻轻地跳过栅栏，从马棚旁边走过，听到萨什卡老爹老大的咳嗽声。格里高力站下来，喊了一声：

“萨什卡老爹，你没有睡吗？”

“等等，这是谁呀？声音很熟……这又是谁呢？”

萨什卡老爹披上褂子，走了出来。

“老天爷呀，是格里什卡！你这鬼东西是从哪儿钻出来的？真是稀客！”

他们拥抱起来。萨什卡从下面看着格里高力的眼睛，说：

“进来，咱们抽袋烟。”

“不啦，明天再聊吧。我走啦。”

“进来一下，有话对你说。”

格里高力很不情愿地跟着走了进去，坐到板床上，萨什卡老爹在咳嗽，他等了一会儿。

“怎么样，老爹，你还好吧？身子还结实吧？”

“还能活一阵子呢。我就像火石枪。老是不见坏。”

“阿克西妮亚怎么样？”

“阿克西妮亚有什么……阿克西妮亚身子好好的。”

老爹很不自然地咳嗽起来。格里高力听出他的咳嗽是装的，是有话不好意思说出口。

“孩子埋在哪儿啦？”

“埋在花园里，白杨树底下。”

“噢，说下去吧。”

“格里沙，咳嗽真把我折腾死啦……”

“噢！”

“大家都过得好好的。就是老爷喝酒上瘾啦……老是喝，这人好糊涂，一点节制都没有。”

“阿克西妮亚怎么样啊？”

“阿克西妮亚吗？她如今在上房里当差呢。”

“我知道。”

“你还想卷根烟抽吧？嗯？卷根烟吧，我有上等烟丝。”

“我不想抽。你还是快说吧，要不然我就走啦，我觉得，”格里高力沉重地转过身去，板床在他身子底下咯吱响了两声，“我觉得，你有话要说，就好像怀里揣着一块石头，还是扔出来吧。”

“我要扔！”

“扔吧。”

“我来扔。我不能不说，格里沙，不说出来我心里难受。”

“说出来吧。”格里高力带着像石头一样的沉重心情亲热地把一只手放到老爹的肩上，要求说。他弯下腰，等着。

“你养了一条蛇！”萨什卡老爹很别扭地挓挲着两条胳膊，突然用尖尖的假嗓子叫道，“你养的是一条毒蛇！她跟叶甫盖尼搞上啦！这算什么呀？”

“你说的可是真的？”

“我亲眼看见的。他每天夜里都去找她。你去吧，大概这会儿他还在她那儿呢。”

“那好啊……”格里高力攥得指头骨咯吧咯吧直响，弯着腰，抚摩着腮上抽搐得歪歪扭扭的肌肉，坐了半天。耳朵里叮咚响着，就像有很多清脆的小铃铛。

“老娘儿们就是猫：谁要是摩弄摩弄她，她就跟谁亲热。你可别相信，不可信赖呀！”萨什卡老爹说。

他给格里高力卷了一根烟卷儿，点着了，塞到他手里。

“抽一口吧。”

格里高力抽了两口，就用手指头把烟卷儿掐灭，一声不响地走了出来。他在下房的窗户跟前站了下来，深深地和急促地喘着气，几次抬起手要敲窗户，但是手耷拉了下来，就像打断了似的。他很镇定地敲了一下，是弯着一个指头敲的，后来，就忍不住了，身子靠在墙上，用拳头朝窗框上疯狂地擂了半天。窗子上的玻璃叮叮当当乱响，窗框直摇晃，青色的夜光在窗户上闪来闪去。

阿克西妮亚那吓得老长的脸闪了一下。她开了房门，一下子叫了起来。格里高力就在门洞里把她抱住，看着她的眼睛。

“你敲得好带劲儿，可是我睡着啦……真没有想到……我的亲人！”

“我冻坏啦。”

阿克西妮亚觉得，格里高力整个魁伟的身躯抖得非常厉害，两只手像火一样热。她表现出过分的忙乱，点着灯，在屋子里跑来跑去，把一条绒毛围巾披到保养得很好的、丰满的肩上，就去生炉子。

“真没想到……你好久没写信啦……我以为你不回来呢……你收到我最近一封信吗？本来想给你寄点东西去，可是后来我想，等等吧，也许会接到你的信呢……”

她偶尔朝格里高力看看。她那红红的嘴唇上一直带着没有笑意的笑容。

格里高力坐在板凳上，也没有脱军大衣。他那胡子拉碴的脸像火烧一样，长耳风帽投下的浓浓的阴影落在低垂的眼睛上。他正要动手解风帽，可是忽然又匆匆忙忙掏出烟荷包，又到口袋里去摸卷烟纸。他带着无比懊恼的心情匆匆打量了一下阿克西妮亚的脸。

在他离开的这段时间里，她倒出奇地漂亮起来了。

在她那好看的头的姿态中，出现了一种新的魅力，只有那毛茸茸的、大大的发卷儿和一双眼睛还和从前一样……她那种勾魂摄魄、使人心醉的美貌不是属于他的了。当然不是，因为她是少爷的情人啦。

“你……不像一个用人，倒像一个女管家啦。”

她用惊骇的眼光瞥了他一下，很不自然地笑了笑。

格里高力带着军用包，朝门口走去。

“你上哪儿去?”

“我出去抽口烟。”

“等会儿抽吧，鸡蛋已经煎好啦。”

“我一下子就回来。”

格里高力来到台阶上，从军用挂包最底下掏出一条用熨过的干净衬衣仔细包着的绣花头巾。这条头巾他是在日托米尔花两个卢布从一个犹太商人手里买来的，一直当宝贝保存着，行军的时候常常掏出来，欣赏欣赏那绚丽夺目的绣花，品味品味他回家以后，将绣花头巾在阿克西妮亚面前展开，她高兴得发狂的那种情景。可怜的礼物呀！讲起礼物，格里高力能跟顿河上游最豪富的地主家的少爷相比吗？格里高力压制住无泪的痛哭，把头巾撕成碎片，塞到台阶的洞眼儿里。把挂包扔到大板凳上，又回到屋里。

“坐下，格里沙，我给你脱掉靴子。”

阿克西妮亚用两只白嫩的、很久没有干活儿的手把沉甸甸的士兵靴从格里高力脚上拉下来，趴到他的膝盖上，不出声地哭了半天。格里高力等她哭过了，问道：

“你哭什么？我回来你不高兴吗？”

他很快就睡着了。

阿克西妮亚不穿外衣，跑到台阶上，在彻骨的寒风里，在北风凄厉的叫声中，抱住湿漉漉的柱子，在台阶上一直站到天亮，连姿势也没有改变。

第二天早晨，格里高力穿上军大衣，朝上房里走去。老爷正站在台阶前，穿着小皮袄，戴着黄黄的羊羔皮帽子。

“嘿，得勋章的英雄来啦！真有你的，老弟，抖起来——啦！”

他对格里高力行了一个军礼，又把手伸过来。

“你要多住些日子吗？”

“住两个星期，老爷。”

“你的女儿丢掉啦。可惜呀，真可惜……”

格里高力没有作声。叶甫盖尼一面戴手套，一面走到台阶上。

“是格里高力呀？你打哪儿来？”

格里高力眼里一阵黑，但是他在笑着。

“打莫斯科来，请假回来看看……”

“原来是这样。你的眼睛受伤了吗？”

“是的。”

“我听说啦。他成了多么了不起的一条好汉子呀，是吗，爸爸？”中尉朝格里高力点了点头，就转过脸去朝着马棚，“尼基吉奇，套车！”

老成持重的尼基吉奇套好了车，不很友好地斜眼瞅着格里高力，拉着灰色的老走马来到台阶跟前。蒙上一层薄冰的地面，在轻便马车的轮子下面沙啦沙啦响着。

“少东家，我是您的老赶车的，能让我再给您赶一趟吗？”格里高力带着讨好的神气笑着，对叶甫盖尼说。

“还一点不知道呢，倒霉蛋。”叶甫盖尼十分得意地笑着想，眼睛还在夹鼻眼镜底下忽闪了两下。

“好吧，那就劳驾啦，咱们走吧。”

“你这是怎么啦，刚刚到家，就把年纪轻轻的老婆扔下？难道你不想她吗？”老爷慈祥地笑着说。

格里高力笑了起来。

“老婆又不是狗熊，不会逃到树林子里去。”

他坐到车夫位子上，把鞭子插到座位下面，理了理缰绳。

“嘿，叶甫盖尼·尼古拉耶维奇，我给您赶起来才快活呢！”

“有本事使出来吧，我给你赏钱。”

“我非常感谢您。光是您养活……我的阿克西妮亚……给她……一碗饭吃……已经够我感激的啦。”

格里高力的声音一下子断了，一种不好的预感在中尉心里动了一下。“难道他知道啦？喂，别瞎想！怎么会知道呢？不可能嘛。”他靠到车座背上，抽起烟来。

“快点儿回来呀！”老爷在他们背后喊。

车轮底下飞起扎脸的冰屑。

格里高力用缰绳扯了扯老走马的嘴，赶着马用最快的速度跑了起来。一刻钟的工夫，他们就翻过了山冈。一到了洼地里，格里高力就从座位上跳下来，并且从座位底下抽出了鞭子。

“你要干什么？……”中尉皱起眉头。

“就干……这个！”

格里高力干脆利落地扬起鞭子，使出猛劲儿朝中尉脸上狠狠地抽了一鞭。他又把鞭子倒过来拿，用鞭把子朝中尉脸上、胳膊上猛打，不叫他回过神来。打碎的眼镜片扎进了他眉毛上头的肉里。血一股一股地往眼睛里流。中尉起初用手遮住脸，但是鞭子像雨点一般落了下来。他怒气冲冲、满脸血糊糊地跳了起来，想要还手，但是格里高力一面向后退着，朝他的手腕子狠狠打了一下，把他的右手打麻了。

“这一下子是为了阿克西妮亚！这一下子是为了我！为了阿克西妮亚！为了阿克西妮亚再给你一下子！为了我再给你一下子！”

鞭子嗖嗖的，打在身上发出噗噗的声音。后来又用拳头把他打倒在硬邦邦的疙疙瘩瘩的土路上，打得他在地上直滚，还用钉着铁后跟的士兵靴子拼命地踢。直到打得没了劲儿，这才坐上马车，大喝一声，赶着马不要命地朝庄上奔去。他把马车扔在大门口，就攥着鞭子，磕磕绊绊地踩着军大衣的大襟，朝下房跑去。

阿克西妮亚听到打雷般的开门声，回头看了看。

“臭娘儿们！……母狗！……”

鞭子嗖的一声，结结实实地打在她的脸上。

格里高力呼哧呼哧地跑了出去；他也不回答萨什卡老爹的问话，就离开了庄园。走了有一俄里半路，阿克西妮亚撵上了他。

她呼哧呼哧地喘着粗气，一声不响地在他旁边走着，手偶尔地碰到格里高力。

来到岔路口上，在一座褐色的野外小教堂旁边，她用疏远、生分的腔调说：

“格里沙，原谅我吧！”

格里高力龇了龇牙，弓着背，把军大衣的领子往上提了提。

阿克西妮亚留在了小教堂后面。格里高力一次也没有回头看，没有看到阿克西妮亚向他伸出的双手。

他在下山坡朝鞑靼村里走的时候，才大惑不解地发现了自己手里的鞭子，把它扔掉，跨着大步走进了小胡同。许多张脸贴到窗户上，对他的来临表示惊讶；迎面走来、认出了他的娘儿们都恭恭敬敬地向他行礼。

来到自己家的大门前，一个瘦瘦的、黑眼睛的漂亮姑娘跑着、叫着扑到他的脖子上，一头扎进他的怀里。格里高力用手捧着她的两腮，扳起她的头来，认出是杜尼娅。

潘捷莱·普罗柯菲耶维奇一瘸一拐地下了台阶，母亲在房里大声哭了起来。格里高力用左手抱住父亲，右手还被杜尼娅拉着在亲昵。

一阵熟悉得不得了的踏板咯吱响过——格里高力上了台阶。老了很多的母亲，像小姑娘一样轻快地跑了过来，用眼泪把军大衣的扣眼儿泡得透透的，她紧紧抱住儿子，不住地嘟囔着，东一句，西一句，表达着言语表达不出来的心情；脸色煞白的娜塔莉亚却难受地笑着，站在门洞里，为了不跌倒，用手扶住门，格里高力那心慌意乱的目光匆匆向她一扫，她跌倒了……

夜里，潘捷莱·普罗柯菲耶维奇捅了捅伊莉尼奇娜的腰，小声说：

“你悄没声儿地去看看，他们是不是睡在一块儿？”

“我给他们铺的床嘛。”

“你去看看嘛，去吧！”

伊莉尼奇娜从门缝儿里朝正房里看了看，就走了回来。

“在一块儿呢。”

“好啊，谢天谢地！谢天谢地！”老头子画了一个十字，用胳膊肘支着身子，抽搭起来。

静静的顿河

卷 五

[苏联] 米哈依尔·肖洛霍夫 / 著　　力 冈 / 译

安徽师范大学出版社
ANHUI NORMAL UNIVERSITY PRESS
·芜湖·

卷　五

一

一九一七年深秋，哥萨克们陆续从前方回家来了。苍老了的贺里散福和跟他一起在五十二团当兵的哥萨克一同回来了。炮兵托米林·伊万和“马掌”亚可夫、依旧是光脸蛋子的安尼凯回来了，他们纯粹是退伍回来的；紧跟着回来的是马尔丁·沙米尔、伊万·阿列克塞耶维奇、查哈尔·柯洛列夫和高得出格的鲍尔晓夫；十二月里，米佳·柯尔叔诺夫突然出现了，又过了一个星期，十二团的哥萨克回来了一大帮，其中有米沙·柯晒沃依、普罗霍尔·泽

柯夫、卡叔林老汉的儿子安得列·卡叔林、叶皮番·马克萨耶夫、叶戈皮·西尼林。

有点像加尔梅克人的菲多特·包多甫斯柯夫行军中掉了队，就骑着一匹从奥地利军官手里夺来的非常漂亮的黄骠马，直接从沃罗涅日回家来了，后来他夸马夸了很久，说是全亏了这匹马跑得快，才从已经闹起革命的沃罗涅日省的一个个村子里跑了过来，才从一支支赤卫队的鼻子底下逃脱了。

在他之后，梅尔库洛夫、彼特罗·麦列霍夫和尼古拉·柯晒沃依也从卡敏车站上回来了，他们是从布尔什维克化了的第二十七团里跑出来的。他们给村子里带回来一个消息，说是目前在第二后备团当差的格里高力·麦列霍夫已经投靠了布尔什维克，留在卡敏镇上了。一向不务正业的偷马贼马克西姆·戈里亚兹诺夫也在那里的二十七团里干起来了，他所以喜欢布尔什维克，是因为对天下大乱感到新鲜，能够无拘无束地过日子，据说他弄到一匹马，那马丑得惊人，可是腿脚也快得惊人；据说他那匹马有一道银白色的毛穿过整个脊背，就像一条天生的背带，那马个头儿不高，但是身子很长，毛简直

跟牛毛一样红。大家都不怎么谈格里高力的事，都不愿意谈他，因为都知道他已经和村里的人分道扬镳，至于今后还能不能重新走到一块儿，那很难说。

许多哥萨克回到家里，是主人，也是久盼的客人，这些人家就欢天喜地。这种欢乐尤其尖利无情地挑动了那些丧失亲人的人已经受惯了的隐痛。有很多哥萨克不在了，他们死在加里西亚、布柯维纳、东普鲁士、罗马尼亚和喀尔巴阡山区的土地上，横尸田野，在大炮的哀悼声中烂掉，如今一座座高大的合葬坟已经长满荒草，任凭雨打，任凭雪花覆盖。不戴头巾的娇妻不管多少次跑到胡同口，手搭凉棚张望，心上人再也回不来啦！肿胀失神的眼睛不管淌多少眼泪，都冲不掉思念亲人的苦！在生日和忌日里不管怎样失声痛哭，东风也无法把她们的哭声送往加里西亚和东普鲁士，无法送到一座座合葬坟塌陷的坟头上！……

青草会淹没坟墓，时间会淹没痛苦。清风已经舔净出征人的脚印，时间也会舔净那些没有回来，而且永远也不会回来的人留下的痕迹，因为人的一生是短促的，我们每个人能践踏的青草都不多……

可是现在，普罗霍夫·沙米尔的老婆眼看着去世的丈夫的二哥马尔丁·沙米尔回到家里，跟自己怀孕的老婆亲亲热热，哄着孩子玩儿，并且给孩子们带回礼物，她就拿头在硬邦邦的地上乱撞，拿牙齿啃黄土地。这娘儿们拿头撞着地，全身抽搐着在地上到处爬，孩子们就像羊群一样在旁边挤成一堆，用吓得瞪圆了的眼睛望着妈妈，大声哭号着。

好娘儿们呀，任凭你把仅有的一件小褂领子扯烂吧！任凭你撕扯因为生活艰难、没有欢乐而变得稀稀拉拉的头发，任凭你咬你那已经咬得出血的嘴唇，任凭你捶折到处是老茧的手臂，任凭你在空房门口的土地上撞头吧！反正你的房子里没有男主人啦，你再也见不到丈夫啦，你的孩子们再也见不到爹啦；你记住，再也没有谁来疼你和你的孩子们啦；你干活儿劳累，生活贫苦，再也没有谁来管啦；夜里你累得倒下来，再也没有谁把你的头搂到怀里，再也没有谁像他以前那样对你说：“别发愁，阿妮西卡！咱们的日子会好起来的！”今后永远不会有人爱你啦，因为干活、贫穷、孩子已经把你榨干，使你变呆啦；你那些光屁股的不懂事的孩子永远不会有

爹啦；你要自己耕地和耙地，自己累得气喘吁吁地把一大抱一大抱的小麦从割麦机上往下卸，又用叉子叉起来往大车上装，就会觉得肚子下面有什么东西直翻腾，于是你就抱住头抽搐起来，血从下面直往外流。

阿列克塞·别士尼亚克的老妈妈一面翻弄儿子的旧衣服，一面哭，滴着痛苦的、已经不多的眼泪，闻着，但只有米沙·柯晒沃依带回来的最后一件衬衣的褶缝里还保留着她儿子的汗味，于是老人家就把头俯到这件衬衣上，摇晃着身子，用哭诉的腔调念叨着，眼泪一滴一滴地落在印着号码的肮脏的棉布衬衣上。

马内次柯夫、阿丰卡·奥捷洛夫、叶甫兰琪·加里宁、李霍维多夫、叶尔玛柯夫和另外一些哥萨克的家里也只剩了孤儿寡妇。

只是司捷潘·阿司塔霍夫没有谁来哭，因为家里已经没有人了。他的房子空空的，门窗钉得死死的，不少地方已经坏了，即使在夏季里，也显得阴森森的。阿克西妮亚住在亚戈德庄上，村子里仍然很少听到她的消息，她也没有到村子里来过，看样

子，她不想念这个村子。

顿河上游各乡的哥萨克，都一个乡一个村的结成伙儿，纷纷回家来了。到十二月里，维奥申乡各村在前方的人，几乎全部回到了家里。

白天和黑夜都有人骑马从鞑靼村里经过，人数从十几个到四十多个不等，成群成伙地朝顿河左岸走去。

“老总们，从哪儿来？”老头子们走出门来，问道。

“从黑河上。”

“从吉莫夫纳亚。”

“从杜布洛夫卡。”

“从列舍托夫斯柯依。”

“我们是杜达廖夫乡的。”

“我们是郭洛霍夫乡的。”

“我们是阿里莫夫乡的。”过路的人纷纷回答。

“怎么，打仗打够啦？”老头子们带着挖苦的语气问道。

有些哥萨克很忠厚、很老实，就笑着回答说：

“够啦，老大爷！我们打仗打够啦。”

“受罪受够啦，现在回家啦。”

那些愣头愣脑、脾气不好的，就张口骂人，说：

“你给我滚，老家伙，把尾巴收起来吧！”

“你问这干什么？你想干什么？”

“你们这些老家伙少管闲事！”

冬天就要结束的时候，诺沃契尔卡斯克附近已经出现了内战的苗头，但是在顿河上游的乡村里，依然十分平静。只是在一些人家里时常发生隐秘的、有时也暴露到外面来的家庭纠纷：老头子们和前方归来的人闹意见。

关于顿河军区首府附近的战事，大家只是听到一些传闻；大家模模糊糊地判断着政治形势，等候着事态发展，听着消息。

在一月以前，鞑靼村里的日子过得很太平。前方回来的哥萨克们，都躺在老婆身边睡大头觉，吃得胖胖的，并没有觉察到新的灾难和困苦已经等候在家门口，这新来的还要超过他们在过去的战争中所遭受到的。

二

格里高力·麦列霍夫因为立了战功，于一九一七年一月升为少尉，担任第二后备团的一个排的排长。

九月里，他害过一场肺炎之后，得到了休假的机会；在家里住了一个半月，身体复原了，经过区医务委员会检查以后，又回到了团里。十月革命以后，他担任了连长的职务。他的思想转变就在这时候，他的转变是受了周围发生的一些事件的影响，特别是由于认识了同团的一位军官——叶菲姆·伊兹瓦林中尉。

格里高力回到团里第一天就认识了伊兹瓦林，后来就常常因公或者在公事以外的场合碰到他，于是不知不觉就受到他的影响。

叶菲姆·伊兹瓦林是宫陀洛夫乡一个富裕哥萨克的儿子，在诺沃契尔卡斯克士官学校受的教育，毕业后就被派到前方第十顿河哥萨克团，在那个团里干了将近一年，如他自己所说的，得到了“挂在

胸前的一颗军官十字章和钻进体面的地方和不体面的地方的十四块手榴弹片”，后来为了服完自己的为期不长的兵役，才来到第二后备团。

伊兹瓦林是一个极有才能的人，无疑他有非凡的天资，他的学识远远超过了一般哥萨克军官所达到的水平，他是一个狂热地主张自治的哥萨克。二月革命使他振奋起来，使他有了施展才能的机会，他联络了不少主张独立自治的哥萨克，进行了十分有力的宣传，呼吁顿河军区完全独立自治，呼吁在顿河上建立沙皇奴役哥萨克以前的原来那种制度。他十分熟悉历史，朝气勃勃，头脑清楚、冷静；他把顿河家乡未来的自由生活描绘得非常美妙动人：到那时候将要由执政团来掌权，到那时候顿河军区内连一个俄罗斯人都不会有，哥萨克要在自己的边境上设置边防哨，跟乌克兰和大俄罗斯平等往来，平等地进行通商贸易，不需要低声下气。伊兹瓦林把头脑简单的哥萨克们和见识甚少的军官们说得晕晕乎乎的。格里高力也受到了他的影响。起初他们也激烈地争论过，但是半文盲的格里高力与自己的论敌相比，就等于手无寸铁，所以伊兹瓦林几句话

就驳得他张口结舌。他们一般都是在军营的某一个角落里进行争论，而旁听的人总是赞同伊兹瓦林的见解。伊兹瓦林绘声绘色地描绘未来独立自由生活的情景，有许多话给哥萨克们的印象非常深刻，特别触动了下游富裕哥萨克们的最隐秘、最要紧的心思。

“咱们除了小麦，什么都没有，如果不要俄罗斯，咱们怎么过日子呢?”格里高力问。

伊兹瓦林就很耐心地解释：

“我不是说，就让一个顿河区单独存在，与外面完全隔绝起来。咱们要用联邦的方式，也就是联合的方式，和库班的哥萨克、捷列克的哥萨克以及高加索的山民共同生活。高加索的矿藏很丰富，咱们到那里什么都能弄得到。”

“煤炭呢?”

“顿涅茨盆地就在咱们眼底下。”

“可是顿涅茨盆地是俄罗斯的呀!”

“这地方属于谁，究竟在谁的领土上——这还是个有争议的问题。不过即使顿涅茨盆地划归俄罗斯的话，咱们的损失也不大。咱们的联邦不是靠工业

立国。就性质来说，咱们是农业地区，既然这样，为解决咱们不多的工业上的用煤问题，咱们可以到俄罗斯去买。而且不光是煤，还有许多别的东西也要到俄罗斯去买，比如木材、钢铁工业产品以及其他等等，咱们可以拿上等的小麦和石油去交换。”

“咱们脱离俄罗斯究竟有什么好处？”

“那是明摆着的。首先可以摆脱政治上的监督，恢复被俄罗斯沙皇废除了的那些制度，把所有的外来户都赶出去。用十年时间，靠国外进口机器，使咱们的经济发展起来，咱们可以富强十倍。这块土地是咱们的，是咱们祖祖辈辈的血泡透了的，是咱们祖祖辈辈的尸骨养肥了的，可是咱们叫俄罗斯征服了以后，四百年来一直在维护俄罗斯的利益，没有想过自己的事。咱们有好几个出海口。咱们可以建立起强大的、能征善战的军队，到那时候，不仅是乌克兰，就连俄罗斯也不敢侵犯我们！”

中等个头儿，体格匀称、肩膀宽阔的伊兹瓦林是一个典型的哥萨克：头发弯弯的、黄黄的，像没有成熟的燕麦；脸色褐中透黄，只是两腮晒黑了，黑印子边儿一直齐到白色的眉毛。他说话用的是一

种很高、很习惯的男高音，说话时爱忽上忽下地动弹左眉毛，而且不知为什么总是很特别地抽动他那不大的鹰钩鼻子；这就使人觉得，他好像总是在闻什么。矫健的步伐，举止中和褐色眼睛那开朗的目光中流露出来的坚定神情，使他显得与团里其余的军官迥然不同。哥萨克们都十分尊敬他，也许比对团长还要尊敬些。

伊兹瓦林和格里高力谈了不少，格里高力觉得，不久以前还很坚硬的土地又在脚下动摇起来，他的心情又和在莫斯科司涅基列夫眼科医院里遇见贾兰沙时差不多。

十月革命以后不久，他和伊兹瓦林谈过下述的一番话。

格里高力心里矛盾重重，小心翼翼地问起布尔什维克的情况：

“叶菲姆·伊兹内奇，你说说，依你看，布尔什维克的主张对呢，还是不对？”

伊兹瓦林的左眉毛弯成了三角形，带着好笑的神情皱了皱鼻子，嘿嘿了两声，说：

“他们的主张吗？嘿嘿……你呀，老弟，就好像

是刚刚生下来的小孩子……布尔什维克有他们自己的纲领、自己的目的和打算。布尔什维克就他们自己的出发点来说，他们的主张是有道理的，可是咱们有咱们的出发点。你可知道，布尔什维克的党叫什么名字吗？不知道吗？唉，你怎么不知道呀？叫俄国社会民主工人党。明白了吗？工人——党啊！现在他们又笼络农民，又笼络哥萨克，可是他们的根本是工人阶级啊。他们要解放工人阶级，要对农民实行新的、也许是更厉害的奴役。人世间就不可能有大家都平等的事情。布尔什维克要是胜利了，工人会过得好，别的人就不会好。要是恢复帝制，地主他们这一类人就会过得好，其余的人就不会好。所以咱们既不要布尔什维克，又不要帝制。咱们搞咱们的，首先要摆脱一切指手画脚管咱们的人——不论是克伦斯基，还是科尔尼洛夫，还是列宁。咱们过咱们的日子，不要这些人能行。天啊，就是朋友够呛；至于敌人，倒是好对付。”

“可是，大多数哥萨克都拥护布尔什维克呀……你知道吗？”

“格里沙老弟，你要明白，这里面有一个主要的

原因：哥萨克、农民和布尔什维克现在是同路的。你知道为什么吗？”

“为什么？”

“因为……”伊兹瓦林张大了鼻孔，扭了扭鼻子，笑道，“因为布尔什维克主张和平，主张立即实现和平，哥萨克对打仗也讨厌透啦！”

他啪地朝自己那紧绷绷的黑脖子上一拍，把惊愕得竖起来的左眉毛渐渐放平，叫道：

“所以哥萨克们都带上了布尔什维克气味，而且和布尔什维克步调一致了。不过，哼，等战争一结束，等布尔什维克来夺哥萨克的土地，哥萨克和布尔什维克就要各走各的啦！这是必然的，在历史进程上是不可避免的。今天的哥萨克生活方式和社会主义——布尔什维克革命的最后目的——之间有一道不可逾越的深沟……”

“我是说……”格里高力低声嘟哝道，“我一点都不明白……这些事我实在弄不清楚……就好像大风雪中在草原上迷了路……”

“你这样是不行的！现实会逼着你去弄清楚，而且不仅逼着你弄清楚，还要逼着你朝某一方面走。”

这次谈话是在十月下旬。可是十一月里格里高力无意中遇到了在顿河革命历史上起过不小作用的另一个哥萨克——格里高力遇到了菲道尔·波得捷尔柯夫，于是经过短短的动摇之后，以前领悟到的道理又在他心里占了上风。

这一天，从中午就下起毛毛细雨。傍晚时候天晴了，于是格里高力决定上同乡、二十八团的准尉德洛兹陀夫的住处去。一刻钟之后，他就在垫子上擦着靴子，敲德洛兹陀夫的房门了。屋子里摆着两盆很不旺盛的橡皮树和一些破旧的家具，屋里除了主人以外，还有一个结实、健壮、戴着御林军炮兵司务长肩章的哥萨克，背朝着窗户，坐在一张军官用的行军床上。他弓着脊背，两条穿着黑呢裤子的腿叉得宽宽的，两只宽宽的、长满红毛的手掌放在同样宽宽的、圆滚滚的膝盖上。军便服在两肋上绷得紧紧的，在胳肢窝里皱了起来，在宽阔的、鼓鼓的胸膛上几乎要绷裂开来。听到推门声，他扭了扭血色红润的短脖子，冷冷地打量了一下格里高力，就把瞳仁射出的冷光藏到微微肿胀的眼皮底下，藏到窄窄的眼窝里。

“你们认识认识吧。格里沙，这位差不多是咱们的邻居，霍派尔河口乡的，波得捷尔柯夫。”

格里高力和波得捷尔柯夫互相握了握手，都没有说话。格里高力一面坐下去，一面对主人笑着说：

“我把地板都踩脏啦，你不骂吧？”

“不骂，没事儿。女房东会擦的……你要喝茶吗？”

主人个头儿小小的，灵活得像泥鳅一样，他用熏得黄黄的手指甲碰了碰火壶，遗憾地说：

“只好喝凉的啦。”

“我不想喝，别麻烦啦。”

格里高力请波得捷尔柯夫抽纸烟。波得捷尔柯夫用又粗又红的手指头抓了半天，想从那紧紧挤成白白的一排里抓出一根；他不好意思地红着脸，懊恼地说：

“怎么都抓不起来……该死的烟卷儿！”

他终于把一根烟卷儿拨到烟盒盖上，这才抬起笑得眯缝起来、因而显得更小的眼睛，看了看格里高力。格里高力很喜欢他的随随便便，就问道：

“您是哪一个村子的？”

“我是克鲁托夫村的。”波得捷尔柯夫很高兴地说起话来，“我是在那儿长大的，可是近几年我住在克里诺夫河口村。克鲁托夫村您知道吗？大概，你听说过吧？这个村子差不多和叶兰乡搭界。你知道普列沙柯夫村吧？哦，这个村子过去就是马特维耶夫村，紧挨着就是我们乡的裘柯夫诺夫村，再过去就是我们的两个村子了，有上克鲁托夫村和下克鲁托夫村，我就是那里人。”

整个谈话的时间里，他对格里高力一会儿称“您”，一会儿称“你”，说话十分随便，有一次甚至毫不见外地用沉甸甸的大手拍了拍格里高力的肩膀。在他那刮得光光的、有几颗麻子的大脸上，用心卷过的小胡子闪闪有光，蘸了水的头发梳得平平的，到了小小的耳朵旁边蓬松起来，左边微微卷起，有点像发卷儿。如果不是一个很大的翘鼻子和那两只眼睛的话，他的样子是很招人喜欢的。乍一看，那眼睛一点也没有什么特别的地方，但是仔细看去，格里高力就觉得那眼睛凌厉逼人。两只像榴霰弹一样的小眼睛，在窄窄的眼缝里放着光，就像是从碉堡枪眼里发射出来似的，沉甸甸、火辣辣地逼视着，

使对面来的目光不敢正视。

格里高力怀着好奇心打量了他一会儿，发现了一个特点：波得捷尔柯夫几乎不眨动眼睛——他在说话的时候，用他那令人不快的目光盯住对方，一面说，一面转悠着眼珠，可是那晒得黄黄的短睫毛一直垂着，动都不动。只是偶尔垂一垂肿胀的眼皮，但是马上就又抬了起来，又拿榴霰弹一样的眼睛瞄着，扫视着周围的一切。

“伙计们，太有意思啦！”格里高力对着主人和波得捷尔柯夫说，“等战争一结束，咱们的情形就大不一样啦。乌克兰要由拉达[①]来掌权，咱们要由军人联合会来掌权。”

“是卡列金将军掌权。”波得捷尔柯夫小声纠正他的说法。

“反正是一样。有什么差别呢？”

“的确没有什么差别。”波得捷尔柯夫说。

“咱们现在对俄罗斯太低声下气啦。”格里高力继续转述伊兹瓦林的话，想试探德洛兹陀夫和这位御林军炮兵出身的壮汉对这个问题的态度，“要有自

①拉达，是一九一七——一九一九年乌克兰反革命组织的中央机关。

己的政府，自己的制度。要把南蛮子从哥萨克的土地上赶出去，咱们要划定边界，不准别人进来！咱们要像古时候咱们的祖先那样过日子。我想，革命对咱们是有利的。德洛兹陀夫，你以为怎样？”

德洛兹陀夫一脸都是笑，身子不住地转悠起来。

“当然，会好一点的！过去庄稼佬把咱们的权全夺去啦，跟着他们就没有好日子过。派来的长官都是他妈的德国佬：什么封·达乌别啦，还有什么封·格拉布别啦，都是这样一些家伙！土地都叫这些军官老爷分掉啦……现在咱们就可以喘口气啦。”

“俄罗斯容许这样吗？”波得捷尔柯夫没有对着谁，小声问道。

“想必会容许的。”格里高力说。

“如果那样，情况还是不会改变……换汤不换药。”

“怎么会这样呢？”

“就是这样。”波得捷尔柯夫更灵活地转悠着霰弹一样的眼睛，用沉甸甸的目光正对着格里高力，“各种各样的长官还是要欺压劳动人民，你还是要在各种各样的老爷面前低声下气，他们还是要打你的

耳刮子。哼……好日子哩……那是给你往脖子上拴块石头，还要把你从山崖上推下去!”

格里高力站了起来。在狭小的屋子里踱来踱去，几次碰到波得捷尔柯夫那大劈开的两个膝盖，后来在他面前站下来，问道：

“那么怎么办呢?”

“要彻底。”

“怎样算彻底?”

“既然已经开了犁，就要犁完最后一垄。既然打倒了沙皇和反革命，就应当继续奋斗，让政权转到人民手里。至于你说的那些——是神话，是哄小孩子的。古时候是沙皇压迫咱们，现在不是沙皇，那也是另外一些人要骑在咱们头上，甚至更要毒辣些！……”

“波得捷尔柯夫，依你看，究竟该怎么办呢?”

他那难得抬起的榴霰弹一般的眼睛又到处张望起来，好像要在斗室里寻找可以驰骋目力的地方。

“咱们要的是人民政权……选举出来的政权。要是躲到将军的手掌底下，那就是又要打仗，我们可是打够啦。要是在全世界到处都建立起人民政权，

没有人压迫人，没有人逼着人上战场去送死，那就好啦！如果不是这样，那又算什么呢?！一条破裤子，你就是把它翻过来，窟窿还是那么多。”波得捷尔柯夫用手叭地在膝盖上一拍，愤恨地冷笑了一下，露出一嘴密密实实的细牙，“咱们决不能搞古代那一套，要不然又要套上枷锁，那枷锁比沙皇的枷锁更要沉重。”

“那么，谁来管咱们呢?”

“自己管自己!”波得捷尔柯夫兴奋起来。“咱们掌好自己的政权——这就是出路。只要稍微松一松咱们身上的绳索，咱们就能把卡列金一伙儿打翻!”

格里高力在蒙着一层水汽的窗前站了下来，对着大街、对着一群正在玩一种动脑筋的游戏的孩子、对着对面房屋的湿漉漉的屋顶、对着花圃里一棵光秃秃的黑杨的灰白色树枝看了老半天，也没有听见德洛兹陀夫和波得捷尔柯夫在争论什么；他苦苦地思索、考虑，想把混乱的思想理出个头绪，得出一个结论。

他站了有十来分钟，一声不响地在窗玻璃上画着自己姓名的头一个字母。窗外，一座小屋屋顶的

上方，是渐渐沉落的无精打采的初冬时候的夕阳。夕阳就好像竖着放在铁锈色的屋脊上，湿漉漉、红彤彤的，眼看着就要从屋顶上滚下来，也许滚到那边去，也许滚到这边来。雨水打湿的树叶从公园那边沙沙地滚了过来，越来越强劲的风从乌克兰，从卢干斯克方向吹来，在镇上发起威来。

三

诺沃契尔卡斯克成了逃避布尔什维克革命的各种亡命徒的集合中心。许多高级将领，已经垮掉的俄国军队原来的主宰者，都纷纷来到顿河下游，希望得到反动的顿河人的支持，妄想依靠这块根据地，对苏维埃俄罗斯发动和展开进攻。

十一月二日，阿列克塞耶夫将军在骑兵上尉沙普龙陪同下来到诺沃契尔卡斯克。他和卡列金交换过意见以后，便着手组织志愿军。从北方逃来的军官、士官生、敢死队员、学生、步兵中的顽固分子、哥萨克中死心塌地的反革命分子，以及不过是寻求惊险刺激和厚禄、能捞到克伦斯基票子也心满意足

的一些人——便是未来的志愿军的骨干。

十一月下旬，邓尼金、鲁科姆斯基、马尔科夫、爱耳迭里等将军都来到了。这时候，阿列克塞耶夫手下已经有一千多条枪了。

十二月六日，科尔尼洛夫来到诺沃契尔卡斯克，他是在路上离开自己的帖金人卫队，化装来到顿河地区的。

这时候，卡列金已经把原来罗马尼亚和奥德前线上几乎全部的哥萨克团都撤到顿河上，布置在诺沃契尔卡斯克—契尔特柯沃—罗斯托夫—齐霍列茨克铁路沿线地区。但是哥萨克们打了三年仗，已经厌倦了，从前方回来，都带有革命情绪，不愿意和布尔什维克打仗。各团剩下的人数差不多只有正常人数的三分之一。现有人数最多的几个团——第二十七团、第四十四团和第二后备团——都驻扎在卡敏镇上。御林军阿塔曼团和御林军哥萨克团以前就从彼得格勒调到了这里。从前方调回来的第五十八、第五十二、第四十三、第二十八、第十二、第二十九、第三十五、第十、第三十九、第三十三、第八和第十四团，以及第六、第三十二、第二十八、第

十二和第十三炮兵连，都驻扎在契尔特柯沃、米列洛沃、里哈亚、格鲁博克和兹维列沃等乡镇以及矿区。由霍派尔河河口乡和大熊河河口乡等地哥萨克编成的几个团开到菲洛诺沃、乌留平斯克和谢布里亚柯沃等几个车站，在那里驻扎了几天，后来就解散了。

哥萨克们都巴不得回到自己的家园，已经没有什么力量能够阻挡这种自发的回家潮流了。顿河的哥萨克团只有第一、第四和第十四团到过彼得格勒，而且这几个团在那里待的时间也不长。

卡列金打算把几个特别靠不住的团加以改编，或者用最坚定的部队加以包围，使这几个团与外界隔绝。

十一月底，卡列金第一次试图调动前线的部队去进攻革命的罗斯托夫，哥萨克们开到阿克萨伊斯克，便拒绝进攻，又开了回来。

广泛搜罗散兵游勇的办法，倒是收到了一定的效果：这时候阿列克塞耶夫已经组成了几个坚强的志愿军营，十一月二十七日，卡列金已经能够利用他的兵力作战了。

十二月二日，志愿军攻占罗斯托夫。志愿军组织的中心于是随着科尔尼洛夫转移到罗斯托夫。卡列金一个人留了下来。他把许多哥萨克部队调往本军区的边境，向察里津和萨拉托夫省的边界推动，但是要执行重大、紧迫任务，却只能使用一些军官游击队；虚弱的、一天天垮下去的军政府只能依靠他们了。

为了镇压顿涅茨的矿工，把新征集的部队派了去。柴尔涅曹夫大尉在马凯耶夫区活动，哥萨克第五十八团的正规部队也驻扎在那里。谢米列托夫和格列科夫支队以及各种各样的义勇队也都匆匆忙忙地在诺沃契尔卡斯克成立起来；在北方的霍派尔地区，还由军官和游击队组成了一支队伍，号称“斯捷潘·拉辛支队”。但是赤卫队的几个纵队已经从三面逼近了顿河军区。在哈尔科夫和沃罗涅日正在集结军队，准备进攻。顿河上空笼罩起乌云，越来越浓，越来越黑。头几场战斗的炮声，已经由乌克兰方面来的风传送过来。

四

一朵朵白中带黄的行云，就像一只只挺胸翘头的木船，从诺沃契尔卡斯克的上空静静地飘过。在白云上面的高空里，就在闪闪发光的教堂圆顶正上方，一动不动地高挂着一片灰色的、像卷毛羊羔皮一般的乌云，乌云有一条波浪式的长尾巴低低地垂着，在克里维扬镇的上空放射着红光。

不太明亮的太阳渐渐升了上来，但是将军府的一面面窗子经阳光一照，反射出刺目的亮光。一座座房子的铁顶闪闪发光，叶尔玛克的铜像上，还保留着昨天的雨的潮湿，铜像的一只手向北伸着，举着西伯利亚王冠。

一排哥萨克步兵，正顺着下斜的克列欣街往上走。他们那步枪上的刺刀被阳光照得亮闪闪的。偶尔有稀疏的行人和轧轧响的马车走过，哥萨克们的清晰而轻微的脚步声也没有搅动早晨的清静。

这一天早晨，伊里亚·彭楚克乘火车从莫斯科来到诺沃契尔卡斯克。他最后一个走出车厢。他时

不时地拉拉旧夹大衣的衣襟，觉得穿上便衣很不得劲儿，很不习惯。

站台上，一名宪兵和两位年轻姑娘走来走去，两位姑娘不知为什么在笑着。彭楚克腋下夹着一个廉价的、破旧的手提箱，朝城里走去。一直走到城边的街头上，几乎都没有遇到人。半个钟头之后，彭楚克便斜穿过城市，在一座快要倒塌的小房子前面停下来。这座很久没有修缮的小房子显得十分寒碜。处处可以看到年久失修的痕迹。就因为年久失修，屋顶塌陷下去，墙也歪斜了，护窗板摇摇晃晃地耷拉着，窗户也像瘫了一样歪斜着。彭楚克推开院子门，朝房子和狭小的院子激动地打量了一眼，便匆匆地朝台阶走去。

狭小的过道里，一个装满各种破烂儿的大柜子占了一半的地方。因为太黑，彭楚克的膝盖碰到柜子角上，也没有觉得疼，就一把推开屋门。低矮的小堂屋里一个人也没有。他走进另一间屋子，也没有看到一个人，就在门口站住了。他一闻到这房子里所特有的那种异常熟悉的气味，心就怦怦跳了起来。他一眼就看清了所有的陈设：挂在正屋堂前的

粗重的圣像框子，一张床，一张小桌，桌子上头挂的一面斑斑驳驳的旧镜子，几张相片，几把破旧的维也纳式椅子，一架缝纫机，炕边还放着一个很久没有用、颜色发了乌的火壶。彭楚克的心忽然猛烈地跳动起来，就像在窒息时那样，用嘴吸着气，转过身去，扔下手提箱，朝厨房里打量了一遍，上过绿漆的大肚子炉子还是显得那样亲切，一只老花猫正从浅蓝色的印花布窗帘后面探出头来张望；猫的眼睛里流露着懂事的、差不多和人一样的好奇神情，可以看出来，来这里的人是很少的。桌子上乱七八糟地放着没有洗的碗碟，旁边的凳子上放着一团毛线，一只未织成的套袜的四个角上还穿着亮闪闪的织针。

八年来，这里什么都没有改变，好像彭楚克昨天才离开这里似的。他跑到台阶上。从院子尽头上的棚子的门里走出来一个老得和劳累得弯腰驼背的老奶奶。“妈妈！……当真是吗？……是她吗？……”彭楚克哆嗦着嘴唇，迎着她跑过去。他扯下头上的帽子，攥在手里。

“您要找谁？您找谁？”老奶奶拿手遮在失去光

泽的眉毛上，一动不动，惊愕地问道。

“妈妈！……”彭楚克低沉地喊道，“你怎么，认不出我啦？……”

他跌跌撞撞地朝她走着，看见母亲听到他的叫声，就好像被撞了一下，身子摇晃了两下，看样子，她是想跑过来，但是没有劲跑，于是她一冲一冲地朝前走来，好像是顶着风走。彭楚克一把抱住就要摔倒的母亲，亲她那皱皱巴巴的瘦脸，亲她那因为惊骇和狂喜而模糊了的眼睛，他的眼睛也不由自主地一个劲儿眨巴起来。

“我的伊里亚！……伊留沙！……乖孩子！我都认不出啦……天啊，你是从哪儿来的呀？……”老人家小声嘟哝着，试着直起身子，用两条发软的腿站住。

他们走进房里。经过几分钟的深深激动之后，彭楚克这才又感觉到穿着别人的大衣十分难受——大衣太瘦，把两边胳肢窝勒得紧紧的，一行一动都感到别扭。他轻松地把大衣脱掉，坐到桌子跟前。

“真没想到还能看到你活着回来！……有多少年没见面啦！我的好孩子呀！我怎么能认出你呀，你

长得这么高，都老啦！”

“哦，你日子过得怎么样，妈妈？”彭楚克笑着问道。

她东一句西一句地说着话儿，忙活起来：生火做饭，往火壶里添炭，一面在泪汪汪的脸上抹着眼泪和炭灰，一遍又一遍地跑到儿子跟前，摸摸他的手，身子哆哆嗦嗦地靠到他的肩上。她烧热了水，亲自给他洗了头，从柜子底下找出旧得发了黄的干净衬衣，又伺候儿子吃饭，后来一直坐到半夜，眼睛就没有离开儿子，问长又问短，唉声叹气地直点头。

彭楚克躺下睡觉的时候，附近的钟楼上已经敲了两点。他很快就睡熟了，而且他在入睡的时候，已经忘记了现实：他觉得他还是职业学校的顽皮小学生，跑累了，就躺下来，美美地睡了起来，他担心妈妈会从厨房里跑来，推开门，很严厉地问他：“伊留沙，功课做好了吗？”他就这样带着紧张而愉快的笑容睡着了。

在天亮以前，妈妈来看过他好几回，给他掖掖被子，垫垫枕头，亲亲他那耷拉着一绺淡褐色头发

的大额头，又轻轻地走开。

过了一天，彭楚克又走了。这天早晨，有一位身穿步兵大衣、头戴新军帽的同志来找他，小声对他说了些什么，彭楚克就忙活起来，匆匆地收拾手提箱，把母亲给他洗过的衬衣放进去，又难受得皱着眉头，把那件大衣穿起来。他匆匆忙忙地和母亲道别，答应过一个月再回来。

“你上哪儿去呀，伊留沙？”

“上罗斯托夫，妈妈，上罗斯托夫。很快就要回来……你……妈妈，你别难过！”他安慰老人家说。

她匆匆忙忙地摘下自己贴身挂的一个小十字架，一面亲着儿子，为他画着十字，一面把十字架挂到他的脖子上。她把十字架的线带往儿子的领子里掖，手指头直哆嗦，彭楚克感觉出她的手冰冷。

“挂上吧，伊留沙。这是圣徒尼古拉·米尔里吉斯基十字架。大慈大悲的圣徒啊，保佑、拯救我的孩子吧，你要给我的孩子除灾除难……我只有这一个孩子呀……”她把红红的眼睛紧紧贴到十字架上，小声嘟哝着。

她一次又一次地紧紧搂抱儿子，十分激动，嘴唇角哆嗦着，痛苦地耷拉了下来。一滴又一滴的热泪，就像春雨一样，滴在彭楚克的毛茸茸的手上。彭楚克把母亲的胳膊从自己的脖子上掰开，便皱着眉头跑到了台阶上。

罗斯托夫车站上熙熙攘攘，非常热闹。地上扔的烟卷头和葵花籽壳能没到踝子骨。当地驻军的士兵在车站广场上出卖公家的制服、烟丝以及偷来的一些东西。这里的人有各种民族的，这在大多数南方滨海城市是常见的。人群慢慢移动着，喧闹着。

“阿司——司——司莫洛夫的烟卷儿，阿司莫洛夫的烟卷儿零卖啦！”卖纸烟的孩子吆喝着。

“贱卖啦，先生……”一个形迹可疑的东方人，很神秘地对着彭楚克的耳朵小声说，并且朝着自己的大衣那鼓鼓的大襟挤了挤眼睛。

“炒葵花籽儿！葵花籽儿！”许多娘儿们和年轻姑娘在车站进口处吱吱哇哇乱叫。

六个黑海水兵在人群里穿过，一面走，一面哈哈笑着，高声说着话儿。他们都穿着水兵制服，戴着水兵帽，纽扣闪着金光，肥大的裤脚扫着尘土。

人们都恭恭敬敬地给他们让路。

彭楚克走着，慢慢地在人群里钻着。

“金的?！见他妈的鬼！你这是做火壶的那种金子……怎么，难道我看不出来吗?”一个瘦弱的电报兵冷笑说。

那个卖东西的人摇晃着一条来路不明的、沉甸甸的金链子，十分气愤地大声对他说。

“你看出什么?……是金子！是赤金，不瞒你说，这是从一个调解法官那里弄来的……哼，不识货，去你的吧！你根本没眼力……这样的东西你都不要?”

“轮船不开啦……简直是胡闹！”旁边有人说。

“为什么不开?”

“这是报上登的……”

“快，弄到这儿来！”

“我们赞成五号①。不然就是不行……”

“玉米粥！香喷喷的玉米粥！请尝吧！”

“兵车司令答应啦，他说明天就开车。”

①“五号”，参加立宪会议选举的布尔什维克候选人名单的号数。——作者注

彭楚克找到了党委会的楼房，顺着楼梯上了二楼。一个手持上了刺刀的日本式步枪的工人赤卫队员拦住他，问道：

“同志，您找谁？”

“我要找阿布拉姆逊同志。他在这里吗？”

“左面第三间屋子。”

一个大鼻子、头发黑中夹白、个头儿不高的人，将左手的手指头插在西服上衣的衣襟里，有板有眼地挥动着右手，正在严肃地对一个上了些年纪的铁路工作人员说话。

“这样不行！这可不是组织！用这样的方式去宣传，你们会得到相反的效果！”

从那个铁路工作人员脸上那窘急而抱愧的表情可以看出来，他很想说几句话，解释解释，但是黑头发的人没有让他开口；他显然非常激动，不愿意听对方的话，也不愿看他的眼睛，只顾喊叫：

“您要立即撤销米特琴柯的工作！对你们这里的情形，我们不能熟视无睹。维尔霍茨基要受革命法庭的制裁！把他逮捕了吗？是吗？……我坚决主张把他枪毙！”他声色俱厉地把话说完了，这才朝着彭

楚克转过气红了的脸；还没有完全平静下来，就生硬地问道，“您有什么事？”

“您是阿布拉姆逊吗？”

“是的。”

彭楚克把证件和彼得格勒一位负责同志写的介绍信递给他，便在一旁的窗台上坐了下来。

阿布拉姆逊仔细地看完了信，皱着眉头笑了笑（他因为自己刚才大声喊叫，觉得很不好意思），很客气地说：

“请稍微等一下，咱们马上来谈谈。”

他把满脸是汗的铁路工作人员打发走以后，自己也走了出去，过了一小会儿，他领进来一位大个子、脸刮得光光的军人，那人的下巴上有一道刀砍的青伤疤，很有正规军军官的风度。

“这是我们革命军事委员会的委员。你们认识认识吧。这位同志……对不起，我忘记您贵姓啦。”

“我姓彭楚克。”

“……彭楚克同志……您好像当过机枪手吧？”

“是的。”

“这正是我们最需要的！”那位军人笑了。

他那整个的一条伤疤，从耳朵边直到下巴，都因为这一笑变成了粉红色。

“您能不能在尽可能短的时间内，从工人赤卫队中挑选一些人，给我们组织一支机枪队？”阿布拉姆逊问道。

“我尽力去做。问题就在于时间。”

“那么，您需要多少时间？一个星期？两个星期？三个星期？”那个军人朝彭楚克探着身子，带着期待的神气很憨厚地笑着，问道。

“只要几天就行。”

“那好极啦。”

阿布拉姆逊擦了擦额头，带着十分激动的语气说：

“城防部队士气太差，实际上已失去战斗力。彭楚克同志，我们这里也和所有的地方一样，就指望工人啦。水兵是好的，可是步兵……所以，您想必明白，我们就希望自己有一支机枪队。”他扯了扯弯成卷儿的青色大胡子，很关心地问道，“您的吃住还没有安排吧？好，我们就来安排。您今天吃饭了没有？哦，当然没有啦！”

“同志，你究竟挨过多少饿，才一眼看出肚子饿不饿来？你吃过多少苦，担过多少惊，才过早地出现了白发？”彭楚克望着阿布拉姆逊那右边有一块耀眼白斑的头发，心里又热和又感动地想道。他跟着领路的人往阿布拉姆逊的住处去的时候，还一直在想着他：“这小伙子真不错，这才像个布尔什维克！他有火气就发，可是同时又保持着一片好心和人情味。他毫不客气地提出对怠工的维尔霍茨基判处死刑，可是同时又很会爱护同志，关心同志。”

他带着阿布拉姆逊给他的和蔼可亲的印象，来到塔干罗格街头上阿布拉姆逊的住处，在堆满了书的小屋子里休息了一会儿，吃过饭，把阿布拉姆逊写的字条给女房东看了，就在床上躺了下来，睡着了，不记得是怎样睡着的。

五

四天以来，彭楚克从早到晚和党委会派来的一些工人在一起，教他们学机枪技术。工人一共有十六个。他们的职业、年龄，甚至民族都不相同。有

两个搬运工人，一个是波尔塔瓦的乌克兰人贺维雷契柯，一个是入了俄罗斯籍的希腊人米哈里季；一个姓司捷潘诺夫的排字工人；八个钢铁工人；一个姓捷林柯夫的巴拉莫诺夫矿的采矿工人；一个姓盖沃尔克扬茨的亚美尼亚人，是个十分瘦弱的面包匠；一个入了俄罗斯籍的德国人姚干尼·列宾得尔，是一个老钳工；两个机车修理厂的工人；而带着第十七封介绍信来的却是一个女的，她穿着一件步兵棉制服，穿着一双很不合脚的大靴子。

彭楚克从她手里接过封着口的信，没有明白她的来意，就问道：

“您回去的时候，可以到司令部去一下吗？”

她笑了笑，很不好意思地理着头巾下披散出来的很大的一绺头发，怯生生地说：

“我是到您这儿来……”她压制着一时的窘急心情，顿了一顿，说，“当机枪手的。”

彭楚克的脸涨得通红。

“他们这是怎么回事，疯了吗？怎么，我这儿是妇女大队？……请您原谅，您干这种事很不合适：这是一种重活儿，需要有男子汉的气力……这怎么行呢？……

您不行，我不能收留您!”

他皱着眉头，拆开信封，把介绍信匆匆看了一遍，只见介绍信上简单地写着，介绍党员安娜·波古德柯同志前来听他的指挥，他又把附在介绍信里的阿布拉姆逊的亲笔信看了几遍。

亲爱的彭楚克同志:

我们把安娜·波古德柯这个好同志派给您。我们答应她的热情、坚决的要求,把她派给您,希望您把她训练成一个能征惯战的机枪手。我很了解这个姑娘。我热诚地把她推荐给您,请您注意一个问题:她是一个很可贵的工作人员,但是性子急躁,有一股狂热劲儿(因为她还年轻呀),您要防止她做冒失的事,要爱护她。

毫无疑问,那八名钢铁工人是您的队伍的骨干,是核心;其中应特别看重包高伏依同志,这是一位十分干练、对革命十分忠诚的同志。您的机枪队,从成员上来说,是国际性的,这很好:一定会有较强的战斗力。

请加快训练吧。有消息说，好像卡列金正准备向我们进攻呢。顺致同志的敬礼！

斯·阿布拉姆逊

彭楚克对着站在面前的姑娘看了看。这是在莫斯科街上一幢楼房的地下室里，就是在这里进行训练的。微弱的光线给她的脸涂上一层阴影，使脸的轮廓显得很模糊。

“好吧，有什么办法呢?”他很不热情地说，“如果您自己愿意……阿布拉姆逊又这样要求……您就留下来吧。”

* * *

大家密密层层地围着张大了嘴的“马克辛”机枪，一齐伸着头，后面的人靠在前面的人的背上，用如饥似渴的好奇目光注视着彭楚克怎样用他的一双巧手得心应手地把机枪拆散开来。彭楚克又用准确、有意放慢的动作把机枪装起来，一面讲解着各种零件的构造和作用，教授使用方法，告诉大家怎样瞄准，讲解在弹道上的射程误差和子弹的最远射

程。讲授作战时怎样安置机枪，才能避免敌人炮火的轰击；他躺在涂了保护色条纹的护板下面，讲解怎样选择好地势，怎样安置子弹箱。

大家学起来都很顺当，就是面包匠盖沃尔克扬茨不行。他怎么都学不会：拆卸的规则彭楚克不管教他多少次，他怎么都记不住，老是弄不清，手忙脚乱，很不好意思地嘟哝着：

“怎么不行啊？唉，我……搞错啦……这玩意儿应该往这儿安。还是不行！……”他失望地叫道，“为什么呀？”

“还要问‘为什么’呢！”黑脸膛的、额头和两腮上有许多火药炸出的青点子的包高伏依学着他的腔调说，“因为你是个糊涂虫，所以才不行。你好好瞧着！”他很有把握地把一个零件安到本来的地方，做个样子给他看。“我从小就喜欢军事工作，”他在一片哄笑声中，用手指头指了指自己脸上的青色伤疤，“我做大炮，大炮炸啦，所以我才倒了霉。不过，我现在就可以露一手啦。”

他的确比大家更顺利、更快地学会了装卸和使用机枪。不行的只有盖沃尔克扬茨一个人。常常可

以听见他那带哭腔的、懊丧的声音：

“又不对！为什么呀？我真不明白！”

“笨驴，笨——驴！这么笨的，一个省只能找到一个！”脾气很坏的希腊人米哈里季生气地说。

“真是一个少有的糊涂蛋！”一向沉静的列宾得尔也附和说。

“这可不像你做面包！”贺维雷契柯鼻子哼哼着说。大家都毫无恶意地笑了。

只有司捷潘诺夫红着脸，生气地说：

“应该教教自己的同志，不应该龇牙咧嘴的！”

又高又大、胳膊粗壮、上了年纪的机车厂工人克鲁托果洛夫支持他的意见，瞪大了眼睛，摇晃着铁锤一般的拳头，粗声粗气地说：

“你们只顾笑，动都不动，对事情毫无益处！彭楚克同志，你叫这些活怪物安静点儿，或者叫他们滚蛋！革命正受着威胁，可是他们只顾笑话人！”

安娜·波古德柯学得十分带劲儿。她老是缠着彭楚克问这问那，扯着他那难看的夹大衣袖子，时时刻刻不离开机枪。

“如果散热筒里的水冻住，那怎么办？如果遇到

大风，误差是不是也大些？那又该怎么办，彭楚克同志？”她问了一个问题，又是一个问题，并且带着期待的神情用两只黑黑的大眼睛看着彭楚克，那眼睛里闪着晃动不定的、暖人的亮光。

她在场的时候，不知为什么他总感到很拘谨；他好像要为这种拘谨对她进行报复，所以对她要求特别严格，样子显得格外冷淡，但是，每天早晨七点整，她瑟瑟缩缩地把两手插在草绿色棉袄的袖筒里，刷刷地拖着两只肥大的步兵靴子，准时走进地下室的时候，他就感到有点激动，有一种很不平常的心情。她的个头儿稍微比他矮一点儿，她的体格也像所有健壮的、一向从事体力劳动的姑娘们那样丰满，背也许稍微有点驼，而且，如果不是那一双有神的大眼睛使她显得光彩照人的话，也许她算不上多么漂亮。

四天的工夫，他都没有看清楚她的面貌。地下室里光线昏暗，而且不好意思，也没有闲工夫仔细去看她的脸。第五天傍晚时候，他们一同走了出来。她在前面走；她走上台阶的最后一级，朝他转过脸来，问一个问题，于是彭楚克借着夕阳的光辉看了

看她的脸，心里不禁哎呀了一声。她用习惯的姿势理着头发，微微仰起头，斜着眼睛朝他看着，等候着回答。但是彭楚克没有听清她问的问题；他带着一种甜得醉心的感觉慢慢往上走着。她的两个被夕阳照成了粉红色的鼻孔，因为使劲儿（她没有解下头巾，所以整理头发很不得劲儿）微微抖动着。嘴的线条显得很刚强，同时却又像小孩子一样柔和。微微翘起的小嘴唇上有一层细细的黑茸毛，使不很光滑的白皮肤显得更白。

彭楚克好像被打了一下似的，低下头去，用感慨和开玩笑的口吻说：

“安娜·波古德柯……第二号机枪手，你很漂亮，不知道谁有福气消受啊！”

“胡说！”她很自信地说，并且笑了笑，“彭楚克同志，你胡说！……我是问：咱们什么时候去打靶？”

她这一笑，显得更单纯、更亲切、更容易接近了。彭楚克挨着她站住；他呆呆地望着大街的尽头，太阳还待在那里，向整个寰宇投射着红红的霞光。他小声回答说：

“打靶吗？明天去。现在你上哪儿去？你住在哪儿？”

她说她住在城郊一条胡同里。他们一同走去。走到十字街口，包高伏依追上了他们。

“喂，彭楚克！明天咱们怎么集合？”

彭楚克一面走，一面告诉他，在清静林外面集合，让克鲁托果洛夫和贺维雷契柯用马车把机枪拉了去，上午八点钟集合。包高伏依同他们一起走了两条街，就分手了。彭楚克和安娜·波古德柯一声不响地走了几分钟。她斜着瞟了他一眼，问道：

“您是哥萨克吗？”

“是的。”

“以前是军官吧？”

“哼，我算什么军官！”

“您是哪儿人？”

“诺沃契尔卡斯克人。”

“到罗斯托夫很久了吗？”

“才来几天。”

“以前在哪儿？”

“在彼得格勒。”

“哪一年入党的?”

“一九一三年。”

“您的家在哪儿?”

“在诺沃契尔卡斯克。”他急急忙忙回答过，就带着请求的神气伸出一只手来，“等一等，让我来问问你吧：你是罗斯托夫人吗?”

“不是的，我是叶卡捷琳诺斯拉夫人，但是这两年住在这儿。”

“现在我再问问……你是乌克兰人吗?”

她踌躇了一下，随后很果断地回答说：

“不是。”

“是犹太人吗?”

“是的。怎么啦?难道从我的口音可以听出来吗?”

“不是的。”

“那你从哪儿看出我是犹太人?”

他一面缩小步子，尽量和她走齐，一面回答说：

“从耳朵，从耳朵的样子和眼睛可以看出来。不过你身上保留的民族特征是很少的……”他想了想，又补充说，“你来到我们这儿，这很好。”

“为什么?”她问道。

“你可知道：大家对犹太人有一种看法，我知道有许多工人就是这样想的，我自己就是工人嘛，”他顺便提了提，“认为犹太人只会支使别人，自己见了危险却不肯上。这种看法是错误的，你现在就是用最好的办法驳斥这种错误的看法。你念过书吗?”

“念过，我是去年中学毕业的。您受过什么教育?我这样问，因为从您的言谈上可以看出，您不是工人出身。”

“我是读过很多书。”

他们慢慢走着。她故意绕着路走，简单地讲了讲自己的身世以后，又向他问起科尔尼洛夫的叛乱、彼得格勒工人的情形和十月革命等问题。

沿河街上传来闷声闷气的步枪声，接着就是断断续续的机枪声打破了寂静。安娜不肯放过机会，问道：

“这是什么型号的?”

“路易斯。”

“子弹带打到哪一部分啦?”

彭楚克没有回答，观赏着停泊在岸边的一艘扫

雷艇上射出的一道橙黄色的、像挂了一层绿霜似的探照灯光，那灯光像一条长长的胳膊，一直伸向落日映红了的傍晚时候的天空。

他们在行人稀少的城市里走了三个多钟头，最后在安娜住的房子的大门口分手。

彭楚克回来的路上，心里暖烘烘的，模模糊糊有一种十分满意的感觉。“真是一个好同志，一个聪明姑娘！我和她谈得很投机，所以心里感到很温暖。这些日子我太不近人情了，人和人友好交往还是必要的，要不然干巴巴、冷冰冰的，就像士兵吃的面包干一样，那样可不好……”他这样想着，欺骗着自己，而且自己也知道自己在欺骗自己。

阿布拉姆逊刚刚开完革命军事委员会会议回来，向他问起训练机枪手的情况，又顺便问到安娜·波古德柯：

“她怎么样？如果她不合适的话，我们可以派她去做别的工作，调换调换。”

“不用，你说的什么话！”彭楚克吓了一跳，“她是一个很能干的姑娘。”

他觉得有一种几乎压抑不住的愿望，很想谈一

谈她，他拿出很大的劲儿压了压，才忍住了。

六

十一月二十五日中午，卡列金的军队从诺沃契尔卡斯克集结到罗斯托夫城下。开始进攻了。阿列克塞耶夫的军官队，排成稀稀拉拉的散兵线，沿着铁路线，贴着路基的两边向前推进。右翼是身穿灰衣的士官生，队伍稍微密集些。左翼是波波夫将军的志愿军部队，正在通过一道红土深沟。远远看去，就好像一些小小的灰球儿往沟里直蹦；又一个个爬了上来，整了整队形，停了一会儿，又往前进。

布置在纳希契凡区边缘上的赤卫队队伍里，显出慌张和忙乱的样子。很多工人都是头一次拿起枪，觉得很害怕，爬来爬去，弄得黑大衣上沾满秋天的泥泞；有些人伸着头，望着远处变小了的一个个白军的身影。

彭楚克跪在阵地上的机枪旁边，用望远镜观察着。昨天他脱掉不合身的夹大衣，换上了军大衣，觉得穿着军大衣又习惯、又舒服。

很多人没有等到下命令就开枪了。都忍受不了紧张的寂静状态。第一枪刚刚响过，彭楚克就站了起来，又骂，又吆喝："别——打！……"

零乱的步枪声吞没了他的喊声，彭楚克再无他法，只好让机枪火力跟上；他在一片枪声中拼命提高嗓门儿，对包高伏依下了命令："开火！"包高伏依把微微含笑然而带有土色的脸贴到枪机上，把手指头放在后座的把手上。熟悉的机枪连射声震动着彭楚克的耳鼓。他朝着敌人卧倒的散兵线凝神望了一会儿，判断机枪的命中率，然后他跳起来，顺着阵地朝其余的几挺机枪跑去。

"开火！"

"来啦！……哈哈哈哈！"贺维雷契柯把又害怕又高兴的脸转过来朝着他，响亮地回答说。

中间过去第三挺机枪旁边是几个不十分稳当的小伙子。彭楚克朝他们跑去。他一面跑，一面弯着身子用望远镜看了看：透过蒙了一层水汽的镜头，看到许多灰色的人影纷纷在晃动。那边打过来一排整齐、一致的齐射。彭楚克卧倒下来，他趴在地上，就看出第三挺机枪的瞄准不对头。

“放低点儿！妈的！……”他拐来拐去地顺着阵地爬着，一面吆喝着。

子弹在他头顶上发出一阵阵催命的啸声。阿列克塞耶夫的部队就像演习时那样，枪打得很准。

在一挺翘得太高的机枪旁边，直挺挺地趴着几个机枪手：瞄准手希腊人米哈里季瞄得高高的，不住气地扫射着，拼命在浪费子弹；吓得脸色发了青的司捷潘诺夫在他旁边咕咕嗒嗒地不知叫什么；他们后面是一个铁路工人，是克鲁托果洛夫的朋友，他把头扎到地里，像乌龟一样拱起脊背，两腿大叉着，笔直地撑在地上。

彭楚克推开米哈里季，眯缝着眼睛瞄了半天，等机枪一张嘴，像抽筋一样在他手底下嗒嗒地响了起来，马上就见效了：一伙跑着往前冲的士官生纷纷从一座土丘上退了回去，光秃秃的黄土坡上还丢下一具尸体。

彭楚克回到自己的机枪跟前。包高伏依脸色煞白，脸上的火药伤斑显得更青了，他侧着身子躺着，骂着娘，绑扎着受伤的腿肚子。

“开枪呀，妈的！”趴在旁边的一个火红头发的

赤卫队员，用四肢撑起身子，叫喊道，“开枪啊！你没看见他们攻上来了吗？”

军官队的散兵线，正顺着路基大模大样地跑了过来。

列宾得尔换下了包高伏依。他不慌不忙、巧妙地扫射着，注意节省子弹。

盖沃尔克扬茨像兔子蹦跳似的从左翼跑来，每有子弹从他头上飞过，他就卧倒一下，他哎呀哎呀地叫着跑到彭楚克面前：

“不行啊！……打不出去啦！……”

彭楚克几乎毫不隐蔽地贴着弯弯曲曲的卧倒的散兵线跑了过去。

还离得很远他就看到：安娜正跪在机枪旁边，撩着一绺披散下来的头发，用手搭个棚，望着敌军的队伍。

“卧倒！……”彭楚克为她担心，脸都吓得发青，血直往上涌，吆喝道，“卧倒，对你说呢！……”

她朝他看了看，依旧那样跪着。骂娘的话冲到彭楚克的嘴边，差点儿就骂出来。他跑到她跟前，

使劲把她按在地上。

克鲁托果洛夫在护板后面哼哧着。

“卡住啦！打不出去啦！”他哆嗦着，小声对彭楚克说，一面拿眼睛寻找盖沃尔克扬茨，一面打着枪叫喊着，“他跑啦，该死的东西！这个活宝贝跑啦……他哼哼得叫人心烦死啦！……简直叫人没法子干！……”

盖沃尔克扬茨像条水蛇一样，曲曲弯弯地爬了过来。他那毛刷子一样的黑胡子上都粘上了干泥巴。克鲁托果洛夫扭过汗漉漉的牛脖子，对着他看了一小会儿，就大叫起来，叫声盖过了隆隆的枪声：

“你把子弹带放到哪儿去啦？……饭桶！……彭楚克！彭楚克！你叫他滚吧，我可不要他！……”

彭楚克连忙过去修理机枪。一颗子弹十分猛烈地打在护板上，他急忙抽回手，就像被烫了一下似的。

彭楚克把机枪修好以后，就亲自扫射起来。直打得大模大样地往前冲的阿列克塞耶夫的部队卧倒下去，而且用眼睛寻找着掩蔽物，向后爬去。

敌人的队伍越来越近了。从望远镜里可以看到，

志愿军的队伍往前冲着，步枪的皮带套在肩上，很少卧倒。他们的火力更加猛烈了。在赤卫队的阵地上，已经有三个人的步枪和子弹被别的同志拿走了——死者不需要武器了……安娜和趴在克鲁托果洛夫的机枪跟前的彭楚克，眼看着阵地上一个年纪轻轻的赤卫队员被一颗子弹打死。他挣扎了半天，哼哼着，拿裹着绑腿的两腿在地上乱蹬，到最后用摊开的两条胳膊撑了一下身子，哼哧了一声，最后吐了一口气，就脸朝下趴倒了。彭楚克从一旁看着安娜。姑娘那睁得老大的大眼睛里闪烁着恐怖的亮光。她直愣愣地望着阵亡的小伙子那两条裹着破旧的步兵绑腿的长腿，没有听见克鲁托果洛夫正对着她喊叫：

“子弹带！……子弹带！……拿来！……姑娘，把子弹带拿来！”

卡列金的队伍用深入的侧翼包抄逼得赤卫队从阵地上败退下来。纳希契凡郊区的街道上到处晃动着败退的赤卫队的黑大衣和军大衣。右面尽边上一挺机枪落到了白军手里。一个士官生用枪口抵着打死了希腊人米哈里季，敌人又像演习时捅稻草人那

样，用刺刀捅死了二号机枪手；这一挺机枪的机枪手只有排字工人司捷潘诺夫保全了性命。

直到扫雷艇上飞来一阵阵的炮弹，退却才停止下来。

“散开！……跟我冲！……”和彭楚克很熟识的一位革命军事委员会的委员冲到前面，呼喊道。

排成散兵线的赤卫队又动了起来，参差不齐地向前冲去。彭楚克和克鲁托果洛夫、安娜、盖沃尔克扬茨紧靠在一起。从他们旁边走过去三个人，几乎是肩膀挨着肩膀往前走。其中有一个抽着烟，第二个一面走一面用枪栓敲着膝盖，第三个在聚精会神地打量他那弄脏了的大衣前襟。这个人的脸上和胡子尖上流露着抱歉的笑容——他好像不是去拼命，而是从朋友家的宴会上回家，正瞧着弄脏了的大衣，猜度他那很厉害的老婆会怎样处治他。

“他们就在那儿！”克鲁托果洛夫指着远处的篱笆和在篱笆外面蠕动着的灰色人影。

“把机枪架起来！”彭楚克像熊一样转悠着机枪扫射起来。

猛烈的机枪声震得安娜捂起耳朵。她蹲下去，

看到篱笆外面的人不动了，但是过了一会儿，那边就很有规律地打来一阵阵的齐射，子弹纷纷从头上飞过，在灰暗的天幕上钻着看不见的窟窿。

一阵又一阵的齐射声就像咚咚的鼓声，像蛇一样的机枪子弹带咔啦咔啦地响着，很快地缩短。单发的步枪声叭叭地响着，又响亮又清脆。黑海水兵们从扫雷艇上打来的炮弹，从人们头上飞过，发出呜呜的吼声，跟子弹的尖啸声混成一片。安娜看到：有一个赤卫队员，大大的个子，戴着羊羔皮帽，留着英国式的小胡子，见每一颗炮弹飞过，都不由自主地鞠躬欢迎和欢送，一面喊叫着：

“打吧，谢苗，加劲儿打吧，谢苗！照他们多打几炮！”

打出的炮弹真的越来越密了。水兵们经过试射以后，展开了联合炮击。好几堆慢慢后退的卡列金的队伍被密集的榴霰弹硝烟遮盖住。一颗杀伤力很大的炮弹在退却的敌人群中爆炸开来。爆炸的褐色烟柱一升起，敌人立刻七零八落，那烟柱在弹坑上方慢慢下降，渐渐消散。安娜扔掉望远镜，哎呀一声，用肮脏的双手捂起吓红了的眼睛——她在望远

镜里十分真切地看到了爆炸的旋风和许多人的死。她的喉咙里酸酸的，哆嗦得气都透不过来。

“怎么啦?”彭楚克探过身子，高声问道。

她咬紧了牙，她那一双大大的眼睛已经模糊了。

“我受不了……”

“勇敢一点！你……安娜，听见吗？听见吗？……这样可不行！……别——这样！……”他的兄长式的呼喊声撞击着她的耳朵。

在右翼，在一片不大的高地的要冲处，敌人的步兵正往一条山沟里集结。彭楚克发现了这一情况，就带着机枪跑到一块更方便的地方，对准高地和山沟扫射起来。

哒哒哒哒哒哒！……哒哒哒哒哒哒！——只听见机枪不很均匀地、断断续续地射着。

在二十来步远处，有人怒冲冲地、声嘶力竭地喊叫着：

“担架！……没有担架吗？……担架！……”

“瞄——准……”一个在前方当过兵的排长拉长声音叫喊道。“十八……全排，开枪！”

快到黄昏时候，雪花纷纷扬扬，飘落到寒冷的

大地上。过了一个钟头，又湿又黏的雪就覆盖了田野和一具具的死尸，那横七竖八的死尸就像许多黑土块，在打仗的队伍进攻和退却时经过的地方到处都有。

快到黄昏时候，卡列金的部队退走了。

在被新雪映照得白茫茫的这个夜晚，彭楚克一直担任机枪哨。克鲁托果洛夫不知从哪里弄来一件阔气的马衣，将马衣蒙在头上，吃着一块水漉漉的瘦肉，一面吐着，小声骂着。盖沃尔克扬茨也在这里，他躲在旁边一户人家的大门洞里，用烟卷烤着冻得抽筋的发青的手指头；彭楚克坐在一个锌制的子弹箱上，把冻得直哆嗦的安娜裹在军大衣里，有时把她的两只紧紧捂着眼睛的手拿开，亲亲这两只手，嘴里非常费劲儿地说着一些很不习惯的温柔话儿。

“哎，怎么能这样呀？……你一向很刚强嘛……安妮亚，你听着，要好好控制自己！……安妮亚！……好妹妹……好朋友！……这种事你会习惯的……你很要强，你要是不离开队伍，那你以后会不同的。对死人可不能这样看……根本不要理睬！

别去胡思乱想，要善于控制。你瞧：虽然你说得很好，可是你还是有女性的弱点。”

安娜没有作声。她的两只手散发着秋天泥土的气息和女人的温暖气息。

纷纷飞舞的雪花像一层不透明的柔和的薄膜，遮住了天空。旁边的院落、附近的田野、隐去的城市，都沉醉在睡乡中。

七

在罗斯托夫城外和城里一共打了六天。

在街道上，在十字路口，都进行过战斗。赤卫队两次从车站退出来，又两次把车站上的敌人赶走。在六天的战斗中，双方都没有留下一个俘虏。

十一月二十六日傍晚时候，彭楚克和安娜从车站旁边经过，看到两个赤卫队员正在枪毙一个被俘虏的军官；彭楚克故意带点强硬语气对转过脸去的安娜说：

“这太好啦！应该枪毙他们，要毫不留情地消灭他们！他们对我们是不会留情的，我们也不用留情，

一点也用不着可怜他们。去他妈的！把这些妖孽们从地球上清除掉！总而言之，既然是关系到革命命运的问题，就不能感情用事。这些工人干得对！”

到第三天，他生病了。他勉强支撑了一天一夜，觉得非常恶心，越来越难受，浑身一点力气都没有，脑袋嗡嗡直响，沉甸甸的，抬都抬不起来。

十二月二日拂晓，零零落落的赤卫队的队伍从城里撤了出来。彭楚克由安娜和克鲁托果洛夫搀扶着，跟在一辆拉着机枪和伤员的大车后面走着。他十分吃力地拖着软弱无力的身子，就像在梦里一样迈动着两条生铁似的不听使唤的腿，不时地碰到安娜那仿佛很远的、带有召唤和惊慌神情的目光，听着她那好像从很远处传来的话。

“上车吧，伊里亚。听见没有？你明白我的话吗，伊留沙？请你上车吧，你是病人呀！”

可是彭楚克没有听明白她的话，也不明白自己害了伤寒病，已经病得很厉害了。说话的声音又陌生，又出奇地熟悉，只在外面什么地方响着，却进不了脑子；安娜那两只焦灼和惊慌的黑眼睛也好像在很远的地方忽闪着；克鲁托果洛夫的大胡子一股

劲儿摇晃着，转着圈圈儿。

彭楚克抱住头，两只宽大的手掌紧紧贴在烧得通红的脸上。他觉得，好像他的眼睛里正在往外渗血，整个没有边际的、飘摇不定的世界就好像被一层看不见的幕和他隔离开来，又好像竖了起来，好像要从脚下跑走。他的迷迷糊糊的头脑幻想出各种各样千奇百怪的形象。他常常站下来，拼命挣上一阵，不让克鲁托果洛夫把他往车上推。

“不行，等一等！你是什么人？……安娜在哪儿？……给我几块土坷垃……你把这些家伙消灭掉，听我的命令，用机枪扫射！直接瞄准！……等一等！好热呀！……”他沙哑地叫着，手拼命从安娜手里往外抽。

他们硬把他推上了大车。有一会儿工夫他还感到有一股各种各样气味掺和起来的刺鼻气味，怀着害怕的心情想使自己的头脑清醒清醒，一再地使自己镇定，但是镇定不下来。觉得头顶上黑沉沉、空洞洞，一点声音都没有。只有在高高的天上，有一小块白中带蓝的东西放射着夺目的亮光，再就是一些弯弯曲曲的东西和一些圈圈儿交错地闪来闪去，

就像是红色的闪电。

八

麦秸染黄了的一条条冰锥从屋檐上纷纷地往下掉，摔在地上发出玻璃的响声。温暖的天气使村子里增添了一个个的水洼和一片片的光地；还没有脱毛的牛在大街上走来走去，拿鼻子到处闻。麻雀像春天里那样叽叽喳叫着，在院子里的柴火堆里找食儿。马尔丁·沙米尔正在广场上追赶从家里跑出来的吃得饱饱的枣红马。那马直挺挺地撅着像一捆麻似的尾巴，迎风摆动着乱蓬蓬的鬃毛，尥着蹶子，把蹄子上的一团团水雪摔得老远，在广场上兜了几个圈子，在教堂的围墙边停下来，闻了闻墙上的砖；等主人走到跟前，它用那淡紫色的眼睛斜着看了看主人手里的笼头，又把身子挺了挺，就狂跑起来。

一月想讨大地的欢喜，送来不少阴霾而温暖的日子。哥萨克们望着顿河，预料今年会过早地发大水。这一天，米伦·格里高力耶维奇在后院里站了很久，望着积雪很厚的草甸子，望着顿河上那青灰

色的冰面，心里想道："瞧吧，今年又要像去年那样发大水啦。瞧那雪，那雪有多厚啊！恐怕土地都叫雪压得吃不消，连气都喘不过来啦！"

米佳只穿着一件绿色军便服，在打扫牛栏。他的后脑勺上怪模怪样地扣着一顶白色皮帽。汗漉漉的、笔直的头发耷拉到额头上。米佳用带有牛粪气味的肮脏的手背撩着头发。牛栏门口有一堆冻结的牛粪块，有一只毛茸茸的山羊正在上面乱踩。有几只绵羊挤在篱笆脚下。一只长得比母羊还高的羊羔想要吃奶，母羊用头抵它，不叫它吃。旁边有一只盘角的黑毛阉羊正在桩子上蹭痒痒。

门上涂了黄泥的一座仓房旁边，躺着一条长嘴巴、黄眉毛的公狗，正在晒太阳。仓房檐下的墙上挂着渔网；格里沙加爷爷拄着拐杖，望着渔网，显然他是在想，春天就要到了，渔网该修补修补了。

米伦·格里高力耶维奇来到场院上，用当家人的眼睛打量着几个干草垛，正要用耙子搂一搂被羊拉乱了的谷草，这时候他却听到外面人的说话声。他便扔下耙子，朝院子里走去。

米佳叉开一条腿，正在卷烟卷，把情人给他绣

的一个很漂亮的烟荷包夹在两个手指头中间。在他旁边的是贺里散福和伊万·阿列克塞耶维奇。贺里散福从浅蓝色的阿塔曼团制帽里面掏出一片油污的卷烟纸。伊万·阿列克塞耶维奇靠在院子的篱笆门上，敞着军大衣，正在自己的军装棉裤口袋里摸索。他那刮得光光的、下巴上有一个黑黑的小深洞的脸上，流露出遗憾的表情，看样子，他忘记什么东西了。

“夜里睡得好啊，米伦·格里高力耶维奇！”贺里散福问候道。

“托福托福，老总们！”

“来一块儿抽抽烟吧。”

“不用啦，我刚才抽过。”

米伦·格里高力耶维奇和两个人握过手，摘下他那红顶的三耳皮帽，把竖立起来的白头发拢平了，笑了笑，说：

“阿塔曼团的弟兄们，到舍下有何贵干？”

贺里散福从头到脚把他打量了一遍，没有马上回答。他先伸着像牛那样粗糙的大舌头，往卷烟纸上抹了老半天的唾沫，等到把烟卷好了，这才瓮声

瓮气地说：

“来找米佳，有点小事儿。”

格里沙加爷爷从旁边走过，他用手提着渔网的圈圈儿。伊万·阿列克塞耶维奇和贺里散福都摘下帽子向他问好。格里沙加爷爷把渔网送到台阶跟前，又走了回来。

“你们怎么啦，老总们，干什么在家里蹲着呀？躲在老娘儿们怀里焐身子吗？”格里沙加爷爷对哥萨克们说。

“要不然又干什么呢？”贺里散福问道。

“贺里斯托什卡[1]，你算了吧！你真不知道吗？”

“老天爷在上，我不知道！”贺里散福起誓说，“天地良心，爷爷，我不知道！”

“前两天从沃罗涅日来了一个人，是个买卖人，是谢尔盖·普拉托诺维奇·莫霍夫的朋友，也许是他的亲戚——我不大清楚。那人说，柴尔特柯沃驻着他们布尔什维克的军队。俄罗斯要和咱们打仗啦，你们就躲在家里吗？还有你，米佳，坏小子，听见吗？你怎么不作声？你们在想什么？”

①贺里斯托什卡是贺里散福的小称。

“我们什么也不想。”伊万·阿列克塞耶维奇笑着说。

“你们什么也不想，那才糟呢！”格里沙加爷爷发急地说，“他们会像逮鹧鸪一样把你们逮起来！庄稼佬把你们都抓起来，把你们活活折腾死……”

米伦·格里高力耶维奇矜持地笑着；贺里散福用手摩弄着脸，弄得很久没刮的硬扎扎的大胡子沙沙地响；伊万·阿列克塞耶维奇抽着烟，看着米佳，米佳那像猫一样竖着的瞳仁亮闪闪的，使人看不出，他的一双绿眼睛是在笑，还是气汹汹地在冒火。

伊万·阿列克塞耶维奇和贺里散福又说了一小会儿话以后，便说要走，把米佳叫到了便门口。

“昨天你为什么不去开会？”伊万·阿列克塞耶维奇正色问道。

“没有工夫。”

“上麦列霍夫家去就有工夫吗？”

米佳头一低，把皮帽子扣到前额上，暗暗地发着狠，说：

“不去就是不去。咱们有什么好谈的？”

“全村上过前方的人都到啦。彼特罗·麦列霍夫

没有到。告诉你……大家决定，村里派代表上卡敏镇去。一月十日那儿要开军人代表大会。大家抽了签，抽签的结果，是咱们三个人去，就是我、贺里散福和你。”

“我不去。”米佳决绝地说。

“为什么？”贺里散福沉下脸，抓住他的军便服扣子，“你不合群吗？不合你的意吗？”

“他跟彼特罗·麦列霍夫走呢……”伊万·阿列克塞耶维奇的脸煞白煞白的，他拉了拉贺里散福的大衣袖子说，“好啦，咱们走吧。看样子，这是咱们没办法的事……你是不去啦，米佳？”

“不去……我说‘不去’，就是不去。”

“再见吧！”贺里散福歪着脑袋说。

“一路平安！”

米佳的眼睛看着一边，把一只滚烫的手伸给他，便朝房里走去。

“坏蛋！”伊万·阿列克塞耶维奇低低地说了一声，并且一连抖动了几下鼻孔。“坏蛋！”他望着越走越远的米佳那宽阔的脊背，又比较响亮地说了一遍。

他们在回家的路上顺便跑了几家，告诉一些弟兄们，说柯尔叔诺夫不肯去参加军人代表大会，明天只有他们两个去了。

一月八日，天蒙蒙亮，贺里散福和伊万·阿列克塞耶维奇便出发了。“马掌”亚可夫自愿赶着爬犁送他们去。一对好马拉着爬犁很快地出了村庄，爬上山冈。因为天气暖和，路上的雪已经化了不少。走到雪已经化尽的地方，滑木就陷进泥里，爬犁一冲一冲地向前进，两匹马使足了劲儿拉，把缰绳拉得像弦一样直。

两个人都跟在爬犁后面走。清晨是寒冷的，“马掌”的脸冻得通红，他的靴子踩得路上的薄冰咯吱咯吱直响。他的一张脸像火一样红，只有那块椭圆形的伤疤发着死尸一般的青色。

贺里散福贴着路边，踏着已经落实的颗粒状的积雪往山上走，他气喘吁吁，呼吸十分吃力，因为一九一六年他在杜布诺附近呼吸过德国人的毒瓦斯。

山冈上的风很大，也冷些。三个人都不说话。伊万·阿列克塞耶维奇用皮袄领子裹住脸。远处的一座小树林子越来越近了。大路穿过树林，向山冈

脊上伸去。风在树林里哗啦哗啦地响着，就像小河里的流水。在一棵棵老橡树的树干上，铁锈色的鱼鳞状树皮闪着黄中带绿的金光。远处有一只喳喳叫的喜鹊。喜鹊歪着尾巴从大路上方飞过。那鸟儿乘着风势，歪斜着身子，忽闪着亮闪闪的翅膀，迅速地飞着。

出了村子就没有说过话的“马掌”，回头朝着伊万·阿列克塞耶维奇，一个字一个字地（大概，这两句话他在脑子里早就想好了）说道：

“你们到会上多出出劲，让大家不要打仗。没有人愿意打仗。”

“那是当然，”贺里散福答应说，一面十分羡慕地看着喜鹊自由自在地在飞，并且在脑子里拿鸟儿的无牵无挂的幸福生活跟人的生活做着比较。

一月十日傍晚时候，他们来到卡敏镇上。一群一群的哥萨克从各条街道上朝这座大镇的中心走去。熙熙攘攘，非常热闹。伊万·阿列克塞耶维奇和贺里散福找到格里高力·麦列霍夫的住处，一问，他却不在家。女房东是一个白眉毛的胖大女人，她说她的这位房客开大会去了。

“大会在哪儿开?”贺里散福问道。

“大概在州公署里，也许是在邮局里。”女房东说着，就冷冷地把门关上，差一点碰着贺里散福的鼻子。

大会开得正热闹。一个有很多窗户的大屋子里挤满了代表。楼梯上，走廊上，旁边的屋子里，都有很多人。

“跟我走。”贺里散福用胳膊肘朝两边推着，朝前走去。

他身后出现一条窄窄的缝儿，伊万·阿列克塞耶维奇迅速地朝缝儿里钻去。快到开会的屋子门口，有一个哥萨克，从口音上来判断，是个顿河下游的人，上前拦住贺里散福。

“你慢点儿钻，泥鳅!”他刻薄地说。

“让我进去!”

“你就在这儿站站吧! 你瞧，没地方啦!”

“让开点儿，你这小蚊子，要不然我捏死你。你试试看!”贺里散福说着，轻轻一提，把那个小个子哥萨克提到一边，又向前走去。

“哎呀呀，好一只大狗熊!”

“阿塔曼团的人个个都是大力士！”

“是一条好汉！能驮一门四英寸口径的大炮！”

“瞧，他提一个人多轻巧！”

像羊群似的拥拥挤挤地站在门口的许多人都笑着，不由得都带着敬意打量着比大家都高一头的贺里散福。

他们在后墙根下找到了格里高力。他正蹲在那里抽烟，和三十五团的一个代表说话。他一看见自己村里来的人，那耷拉着的铁青色小胡子就笑得哆嗦起来。

“嘿……哪一阵风把你们刮来啦？伊万·阿列克塞耶维奇，你好！贺里散福小叔，你可结实！”

“结实倒是结实，就是不怎么会结子。”贺里散福嘻嘻笑着，把格里高力整个手掌都握进他那半俄尺长的大手里。”

“咱们村里怎么样？”

“村里都平安。大家都问候你。你爹叫你回家去看看。”

“彼特罗怎么样？”

“彼特罗嘛……”伊万·阿列克塞耶维奇不自然

地笑了笑，“彼特罗和我们这些人谈不到一块儿。”

“这我知道。噢，娜塔莉亚怎么样？孩子们好吗？你们常看到他们吗？”

“都很结实，都向你问好。就是你爹还在生你的气……”

贺里散福的脑袋转来转去，打量着坐在桌子旁边的主席团。他虽然在后面，看起什么还是比别人都方便。格里高力利用大会短短的休息时间，继续探问村里的情形。伊万·阿列克塞耶维奇讲了村子里的情形、村子里的一些新闻，又简短地讲了上过前方的人开大会、派他和贺里散福到这里来的事。他正要问问卡敏镇这里的情形，这时候有一个坐在桌旁的人宣布说：

“乡亲们，现在由矿工代表发言。请大家注意听，还要保持秩序。”

一个中等身材的人，把淡褐色的头发向上撩了撩，就说起话来。像蜜蜂叫似的嗡嗡的人声，就像被切断了一样，一下子就静了下来。

他一发言，格里高力和其他的人就感到他那些慷慨激昂、充满激情的话很有说服力。他谈到卡列

金煽动哥萨克同俄罗斯的工人阶级和农民去打仗的阴险用心，谈到哥萨克和工人利益的一致，谈到布尔什维克同哥萨克的反革命集团进行斗争的目的。

“我们愿意和哥萨克的劳动人民携起手来，并且希望，在同白卫军匪徒作战中，上过前方的哥萨克会成为我们可靠的盟友。过去为沙皇作战的时候，工人和哥萨克一起流过血，现在和卡列金率领的资产阶级的狗崽子们作战，我们也应该在一起，而且一定能在一起！我们要手挽手地作战，共同来消灭千百年来欺压劳动人民的那些人！”他的洪亮的声音像打雷一样响着。

“他妈的，说得真痛快！……”贺里散福兴高采烈地小声说，并且捏了捏格里高力的胳膊肘，捏得格里高力皱了皱眉头。

伊万·阿列克塞耶维奇微微张着嘴在听，因为听得带劲儿，不住地眨巴眼睛，嘴里嘟囔着：

“对！这话对！”

这个代表发过言以后，又有一个高个子矿工发言，他一面说话，一面摇晃身子，就像风中的白蜡树。他站起来，伸直了身子，好像原来是折叠着的；

打量了一遍瞪着许多只眼睛的人群，等候了半天，一直等到嘈杂声安静下去。这个矿工很像船索：肌肉疙疙瘩瘩，十分结实，又瘦又长，浑身泛着青绿色，好像是青铜铸成的。他脸上的汗毛孔里粘满黑黑的煤灰，就像许许多多洗不掉的小黑点儿；因为长期在黑暗中跟地下煤层打交道而变得疲惫无神、失去光彩的一双眼睛，也像煤炭一样黑乎乎的。他抖了抖短短的头发，扬了扬攥成拳头的一双手，就像一镐砸下去那样，说：

“是谁在前方对士兵施行了死刑？是科尔尼洛夫！是谁跟卡列金在一起折腾我们？也是他！”他加快速度，一连声地叫了起来，“哥萨克们！弟兄们！弟兄们！弟兄们！你们究竟跟着谁呢？卡列金是想让咱们互相残杀！不行！不行！他们休想！咱们要叫他们瞧瞧厉害，把他们统统扫掉！把这些害人虫统统扔进汪洋大海！”

“他妈的！……”贺里散福笑得咧着嘴，高兴得手舞足蹈，忍不住哈哈大笑起来，“说得好——好！……狠狠收拾他们！”

“住嘴！贺里散福，你怎么啦？人家会把你赶出

去的！”伊万·阿列克塞耶维奇害怕地说。

拉古京是布堪诺夫乡的哥萨克，是第二届全俄中央执行委员会哥萨克事务部的第一主席，他说了一些发自肺腑的、不很连贯，但是十分激动人心的话，哥萨克们听了都很感动。担任主席的波得捷尔柯夫也发了言，接着他发言的是留着英国式小胡子的很英俊的沙简科。

“这是什么人？”贺里散福伸出长胳膊指着，向格里高力问道。

“他是沙简科。布尔什维克的一个指挥员。”

“那一个呢？”

“叫曼德尔什坦。”

“打哪儿来的？”

“莫斯科。”

“那几个是什么人？”贺里散福指着沃罗涅日的代表团问道。

“你安静一会儿吧，贺里散福。”

“我的天，实在太有意思啦！……你告诉我：那一个细高个儿，跟波得捷尔柯夫坐在一块儿的，他是什么人？”

“他叫克里沃什雷科夫，是叶兰乡戈尔巴托夫村的。在他后面的两个人是咱们乡的，一个是库金诺夫，一个是顿涅茨柯夫。”

“我还问一个……那一个……不是那个！……是尽边上那一个，头发长长的，是什么人？”

“他叫叶里谢耶夫……我不知道他是哪个乡的。”

贺里散福问过了瘾，就不再问了，他听着一个接一个上去的人讲话，兴趣一直不减退，而且总是首先喊出：“说得好——好！……”他那厚沉的粗嗓门儿盖过几百人的声音。

一个姓司捷欣的哥萨克布尔什维克发过言以后，第四十四团的代表上去发言。他因为说话很费劲儿，说得很不自然，憋了半天；每说出一个字，就像在空中打一个火印，就歇一下子，用鼻子吸一口气；但是哥萨克们都抱着极大的好感在听他讲话，只是偶尔发出赞许的喊声打断他一下。显然，他说的话在哥萨克当中引起了热烈的反响。

“弟兄们！咱们的代表大会应当办好这件大事，让大家伙儿都满意，让一切都平平安安地过去！”他像口吃的人一样，把声音拉得很长。“我说的是，要

叫咱们避免打仗流血。我们已经在战壕里折腾了三年半啦，比如说，如果还要打仗的话，那就要哥萨克的命啦……"

"说得对——对！……"

"一点不错！"

"我们不愿意打仗！……"

"要和布尔什维克、和哥萨克军人联合会谈判！"

"要讲和，别的办法都不要……没有什么好说的！"

波得捷尔柯夫用拳头敲了敲桌子，吼叫声才静了下去。第四十四团的代表这才一面摸着西伯利亚式的大胡子，一面拉长了声音说下去：

"咱们的代表大会应该派代表上诺沃契尔卡斯克去，好言好语地要求志愿军和各种各样的游击队从这儿撤回去。至于布尔什维克，待在我们这儿也没有什么意思。对付劳苦大众的敌人，我们自己能行。目前我们还不需要别人来帮助，如果以后需要的话，我们再请他们来帮助。"

"这话离了谱儿啦！"

"说得对——对！"

“等一等，等一等！怎么‘说得对’？比如说，等敌人的刀架到咱们的脖子上，那时候再去请布尔什维克帮助吗？不行，到那时候就晚啦！”

“应当建立自己的政权。”

“母鸡在窝儿里，可是不知道蛋往哪儿下……天啊！大伙儿真糊涂！”

第四十四团的代表发过言以后，拉古京说了不少号召性的热烈的话。他的说话声不时被叫喊声打断。根据一些人的建议，宣布休息十分钟，但是等到刚刚安静下来，波得捷尔柯夫就对着心情激动的人群喊叫起来：

“哥萨克弟兄们！现在咱们在这儿开会，可是劳苦人民的敌人并没有睡大觉。咱们总是希望，狼也能吃饱，羊也能好好儿的，可是卡列金他却不这么想。他发了一道命令，要逮捕参加这次大会的所有人员，我们截获了这道命令。现在就把这道命令念一念。”

念完卡列金所下的逮捕大会代表的命令以后，人群中掀起一阵骚动。大家一齐闹哄哄地嚷了起来，这种叫嚷声比任何集市上的叫嚷声都响亮百倍。

“说干就干，不要光说空话！”

“安静点儿！……嘘嘘嘘！……”

“用不着什么‘安静点儿’！就是要干！”

“罗博夫！罗博夫！……你对他们说说！……”

“稍微等一等！……”

“卡列金他也不是呆子！”

格里高力一声不响地听着，望着代表们乱摇晃的脑袋和胳膊，后来忍不住了，踮起脚来，大声喊叫道：

“大家别嚷啦，妈的！……你们是来赶集的吗？叫波得捷尔柯夫把话说完呀！……”

伊万·阿列克塞耶维奇正和第八团的一个代表争得不可开交。

贺里散福大声吼叫着，反驳持不同意见的同团的一个哥萨克：

“这么说，还要找人保驾呢！你真是……胡扯什么？……够啦！哼，你呀，伙计，算了吧！咱们自己能对付！”

闹哄哄的喧嚷声小了下去（就像一阵强劲的风刮进麦田里，把麦子都刮倒了），这时候克里沃什雷

科夫那尖细得像姑娘一样的声音像钻子一样钻透了还没有完全静下来的嘈杂声：

“打倒卡列金！哥萨克革命军事委员会万岁！”

人群里又嗡嗡起来。一阵阵赞成的呼喊声连成震耳的、隆隆的一片。克里沃什雷科夫还举着手站在那里。他的手指头就像树叶子，轻轻摆动着。震耳的呼喊声刚刚停止，克里沃什雷科夫就像被狗追着的狼那样，又尖利、高亢、响亮地叫了起来：

“我提议，由哥萨克选举成立一个哥萨克革命军事委员会！由这个委员会同卡列金进行斗争，并组织……”

“啊啊啊啊啊！……”喊叫声像炮弹爆炸一样炸了开来，震得天花板上的石灰片像弹片一样纷纷落了下来。

大家就开始选举革命军事委员会委员。以四十四团发言的代表和另外几个人为首的一小部分哥萨克，仍然主张和平解决同军政府的争端，但是大多数出席大会的代表已经不支持他们了；哥萨克们听了卡列金要逮捕他们的命令以后，都气得鼓鼓的，主张同诺沃契尔卡斯克的政权进行坚决的斗争。

格里高力没有等到选举结束，因为团部有紧急事情要叫他去。他一面往外走，一面对贺里散福和伊万·阿列克塞耶维奇说：

“等散了会，你们到我这里来。我很想知道，哪些人当选了委员。”

夜里，伊万·阿列克塞耶维奇来了。

“波得捷尔柯夫当选为主席，克里沃什雷柯夫当选为书记！”他一进门就说。

“委员呢？”

“委员有拉古京·伊万、郭罗瓦乔夫、米纳耶夫、库金诺夫，还有另外几个人。”

“贺里散福哪儿去啦？”格里高力问道。

“他跟一些哥萨克去逮捕卡敏乡公所的人去啦。他这人性如烈火，往他身上吐口唾沫，都会烤得吱吱响。真够呛！”

贺里散福黎明时候才回来。他哼哧了半天，一面脱靴子，一面小声嘟哝着。格里高力点上灯，看见他的紫涨的脸上有血，额头上方还有一道子弹擦伤。

“你这是谁打的？……要包一包吧？我就来……

等一等，我去找绷带。”格里高力从床上跳下来，去找纱布和绷带。

“没事儿，会长好的。”贺里散福嘴里咕噜咕噜地说，“这是那个军官拿手枪打了我一枪。我们从大门口进去，像客人一样去找他，可是他抵抗起来啦。还打伤了一个哥萨克。我真想把他的心挖出来，看看这个军官的心是用什么做成的，哥萨克们都不叫我这样干，要不然我会狠狠敲他一顿……把他的骨头敲碎！”

九

在卡敏镇召开的哥萨克军人代表大会宣布，政权转入革命军事委员会之手。列宁得知此事之后，就在无线电广播里说：顿河上四十六个哥萨克团宣布成立自己的政府，并且正在同卡列金作战。

哥萨克军人派出自己的代表，到列宁格勒去参加全俄罗斯苏维埃代表大会。列宁在斯莫尔尼宫接见了他们。

“你们要把人民的敌人从地球上清除掉，把卡列

金赶出诺沃契尔卡斯克……”全俄苏维埃代表大会向哥萨克们提出了这样的号召。

卡敏镇召开的军人代表大会结束后，第二天，顿河第十哥萨克团就奉卡列金之命开到卡敏镇上，要逮捕参加大会的全体人员和解除最倾向革命的哥萨克部队的武装。

这时候车站上正在开群众大会。很大的一群哥萨克沸沸扬扬地议论着，听着讲话人讲话表现出各种各样的态度。

在台上的波得捷尔柯夫说：

“各位父老兄弟们，我没有参加任何党派，也不是布尔什维克。我只希望一点：希望有公道，希望有幸福，希望所有的劳苦大众亲密团结，希望没有任何压迫，没有富农、资本家和财主，希望大家都能自由自在地过日子……布尔什维克所追求的就是这个，就是在为这个奋斗。布尔什维克就是工人，就是劳苦的人，就和咱们哥萨克一样。不过加入布尔什维克党的工人比咱们更有觉悟：咱们过去糊里糊涂，他们在城市里，比咱们见识多，看问题更清楚。并且，我也可以说是一个布尔什维克，虽然我

没有参加布尔什维克党。”

第十团下了火车，就来到大会会场。这个团的骨干有一半是特别高大、衣着华丽的原宫陀洛夫团的哥萨克，他们跟别的一些团的哥萨克混杂到一起，情绪马上发生了急剧的转变。他们拒绝执行团长下达的执行卡列金指示的命令。由于拥护布尔什维克的人们热心宣传，他们中间发生了分化。

这时候，卡敏镇上到处呈现出靠近前线的那种忙乱状态：一支支仓促凑起来的哥萨克队伍调去占领和守护被攻克的车站，兵车一辆一辆地朝兹维列沃—里哈亚方向开去。许多部队里在改选指挥人员。有些不愿意打仗的哥萨克悄悄地离开卡敏镇。有一些村镇的代表在会后才赶了来。大街上显得空前热闹。

一月十三日，白军的顿河政府派来谈判的代表团到达卡敏镇。这个代表团的成员是：军人联合会主席阿盖耶夫和联合会的委员斯维托查洛夫、乌兰诺夫、卡辽夫、巴舍洛夫以及库什纳列夫大尉。

密密层层的人群在车站上迎接他们。由御林军阿塔曼团的哥萨克组成的护卫队把他们送到了邮电

局大楼。革命军事委员会的委员和白军政府派来的代表团一起开了一夜的会。

革命军事委员会这方面有十七个人参加了会谈。波得捷尔柯夫首先对阿盖耶夫的发言进行了严厉的驳斥，因为阿盖耶夫指责革命军事委员会背叛顿河哥萨克，同布尔什维克勾结。接着克里沃什雷科夫和拉古京也发了言。库什纳列夫大尉的发言几次被聚集在走廊里的哥萨克的喊声打断。有一个机枪手代表革命的哥萨克要求逮捕代表团。

会议没有得到任何结果。到夜里两点钟，已经很清楚，这次会议不会取得任何协议，于是大家通过了军人联合会委员卡辽夫的建议：由革命军事委员会派代表团赴诺沃契尔卡斯克进行商谈，最后解决政权问题。

白军的顿河政府代表团离开以后，以波得捷尔柯夫为首的革命军事委员会代表团接着就前往诺沃契尔卡斯克。代表团成员是大家一致选出的，有波得捷尔柯夫、库金诺夫、克里沃什雷科夫、拉古京、司卡奇柯夫、郭罗瓦乔夫和米纳耶夫。后来逮捕了一些阿塔曼团的军官，就把他们留在卡敏镇上，作

为人质。

十

车窗外面，风雪狂啸。一个个被风吹得光溜溜的，已经落实了的雪堆，埋没了残缺不全的防雪栅栏。高高低低的雪堆顶上，已经印上了奇形怪状的鸟爪印儿。

一根一根的电线杆子、一个一个的小站和无边无际、一片白茫茫的原野迅速地向北方退去。

波得捷尔柯夫穿着一件新的光皮上衣，坐在车窗前。肩膀窄窄的、身子瘦瘦的、像个少年人的克里沃什雷科夫坐在他的对面，用胳膊肘支着下巴，望着窗外。他那像孩子一样清澈的眼睛里流露着担心和期待的神情。拉古京用小梳子梳着稀稀拉拉的淡褐色下巴胡子。身强力壮的大汉米纳耶夫在暖气管子上烤手，在座位上转来转去。

郭罗瓦乔夫和司卡奇柯夫躺在上面铺位上，小声说着话儿。

车厢里相当冷，有不少烟气。代表团的成员们

都觉得上诺沃契尔卡斯克没有什么把握。谈话没有劲头儿。默默无语，十分沉闷。里哈亚车站过去了。波得捷尔柯夫说出了大家共同的想法：

“不会有结果的。谈不成的。”

“白去一趟。”拉古京赞同他的看法。

又是老半天没有说话。波得捷尔柯夫的一只手有节奏地摆着，好像是梭子在网眼里穿来穿去。他偶尔望望自己的泛着暗淡的亮光的光皮上衣，玩味着。

离诺沃契尔卡斯克不远了。米纳耶夫看了看地图上从诺沃契尔卡斯克旁边伸展开去的顿河，小声说道：

“从前，哥萨克在阿塔曼团服完了兵役，就可以带着全副装备回家。把箱子、个人的东西、马匹都装上火车。火车开着开着，来到沃罗涅日附近，要在这里第一次跨过顿河，开车的司机就要减低速度，减到最低的速度……司机已经知道即将出现的情形。等火车一开到桥上，我的天啊！……你瞧吧！哥萨克们简直就发了疯：‘顿河啊！我们的顿河呀！静静的顿河呀！生我、养我的父亲河呀！乌拉——拉！’

于是把军帽、旧军大衣、旧军裤、枕头套、衬衣和各种各样的零碎东西从车窗里，从铁桥栏杆空隙里往水里抛。服完役回来，要向顿河献礼，以前那时候，你瞧吧，水上到处漂着浅蓝色的阿塔曼团制帽，就好像一只只的天鹅或者一朵朵的花儿……这种风俗是很久以前就传下来的。”

火车慢慢减速，停了下来。大家都站了起来。克里沃什雷科夫一面解军大衣上的皮带，一面似笑非笑地说：

“好啦，现在到家啦！”

“好像对咱们不怎么热情啊！”司卡奇柯夫想开开玩笑。

一个很威武的高个子大尉不敲门就走了进来。他用搜索的目光恶狠狠地把代表团的全体成员打量了一遍，装腔作势地、很粗暴地说：

“我奉命来接你们。布尔什维克先生们，劳驾啦，快点儿下车吧。我不能担保人群里不出问题……不能担保你们的安全。”

他的目光停留在波得捷尔柯夫身上的时间特别长，说得确切一点，是特别注意他那件军官皮上衣；

他带着明显的敌意下命令说：

“你们马上下车，快点儿!”

“这就是他们，坏家伙，哥萨克的叛徒!”一个留着长长的上嘴胡的军官在挤满了人的台上吆喝道。

波得捷尔柯夫的脸色一下子白了，微微带点儿惊慌的神情斜着眼睛看了看克里沃什雷科夫。克里沃什雷科夫跟着他走下车来，一面微笑着，一面小声对他说：

“‘我们不是在一片颂扬声中，而是要在咬牙切齿地痛骂声中听到称赞的声音……’菲道尔，你听见吗?”

波得捷尔柯夫虽然没有听清后面的话，可是他笑了。

一支强大的军官队护送着他们。恨不得对他们下毒手的人群一直把他们送达到州公署，一路上就像发了疯一样。肆意辱骂代表团的不仅有军官和士官生，而且还有一些普通的哥萨克、一些衣着华丽的妇人和学生。

“你们弄得简直不像话!”拉古京十分气愤地对一个护送他们的军官说。

那个军官用敌视的目光打量了他一眼，小声说：

“你能保住一条命，就算不错啦……要是依我的，早把你这该死的下流货……宰啦！”

另一个年轻些的军官用责备的眼光拦住了他。

“这才糟呢！”司卡奇柯夫瞅到一个机会，小声对郭罗瓦乔夫说。

“简直像是押赴刑场。”

拥来的许多人没有进州公署的大厅。前来谈判的代表，按照一个担任招待的中尉的指点，陆续在桌子的一边就座。这时候，白军政府的委员们也走了进来。

脊背微微有点儿驼的卡列金，由包加叶夫斯基陪伴着，用整个的脚掌迈着稳实的狼步走了过来。他拉了拉自己的椅子，坐了下来，从容地把带白帽徽的绿色军官帽放到桌上，撩平了头发，一面用左手扣着制服旁边一个大口袋的扣子，一面微微弯过身去，朝着和他说话的包加叶夫斯基。他一行一动都表现出从容镇定的自信神态和稳健神态；掌过大权的人的举止行动一般都是这样的，他们多年来养成了与别人不同的特殊风度，头的姿势、走路的姿

势都与一般人不同。波得捷尔柯夫的气派倒是能和他旗鼓相当。可是包加叶夫斯基跟仪表堂堂的卡列金坐在一起，就大为逊色了，他显得十分猥琐，面临谈判，显得有些紧张。

包加叶夫斯基的嘴唇在下垂的淡褐色小胡子底下隐隐约约地咕哝着，不知在说什么，他那两只尖尖的斜眼睛在夹鼻眼镜底下不住地忽闪着。他一会儿理理衬衣领子，一会儿轻轻地摸摸摆来摆去的下巴胡，一会儿拧拧那宽宽的眉头上的宽宽的眉毛，这些动作都反映出他的紧张不安的心情。

卡列金坐在中间，军政府的委员们分坐在他的两边。其中有几个人是到过卡敏镇的，如卡辽夫、斯维托查洛夫、乌兰诺夫、阿盖耶夫；另外还有叶拉顿采夫、梅里尼柯夫、博塞、邵什尼科夫和波里亚科夫，他们坐得离中间稍远些。

波得捷尔柯夫听到米特洛方·包加叶夫斯基小声对卡列金说了一句不知什么话。

卡列金眯缝着眼睛对直地朝坐在对面的波得捷尔柯夫看了一眼，说：

“我想，可以开始啦。”

波得捷尔柯夫笑了笑，说明了代表团的来意。克里沃什雷科夫隔着桌子把早已准备好的革命军事委员会的最后通牒递过去，但是卡列金用白皙的手把通牒推过来，很强硬地说：

“政府委员们一个一个地来看，浪费时间，太没有意思啦。劳驾，把你们的通牒念一念吧。念过了，咱们再来讨论。”

“念念吧。”波得捷尔柯夫吩咐说。

他的神态很庄严，但是显然他和代表团其他成员一样，觉得心里没有底。克里沃什雷科夫站了起来。他那像姑娘一样清脆、却又不十分响亮的声音在挤满了人的大厅里回荡起来：

从一九一八年一月十日起，顿河军区指挥军队作战的全部权力，悉归顿河哥萨克革命军事委员会，不再属于军区司令。

一切对抗革命军队的部队均须于本年一月十五日撤离并解除武装，所有志愿国民军、士官学校、尉官学校，均应遵照执行。凡参加此类组织的人员，不属于顿河籍者，一律离开

顿河军区，返回原籍。

【注意事项】武器、装备和军装必须交给革命军事委员会的有关人员。离开诺沃契尔卡斯克的通行证由革命军事委员会的有关人员签发。诺沃契尔卡斯克应由革命军事委员会派出的哥萨克部队驻守。

自一月十五日起，取消军人联合会全体会员的合法身份。

军政府派驻顿河地区的工厂和矿山的警察部队，一律撤出。

为避免流血起见，由军政府向顿河全区，向所有的乡镇和村庄宣布自愿放弃统治权，并宣布立即将政权移交给顿河哥萨克革命军事委员会，直到在本区内成立全体人民的正式的劳动政府。

克里沃什雷科夫的声音一落，卡列金就大声问道：

“你们代表哪些部队？”

波得捷尔柯夫和克里沃什雷科夫对看了一眼，

就像自言自语似的报起部队番号：

“御林军阿塔曼团、御林军哥萨克团、炮兵第六连、第四十四团、炮兵第三十二连、第十四独立连……”他扳着左手的手指头数着；大厅里嘁嘁喳喳起来，有些人在冷笑。于是波得捷尔柯夫皱起眉头，把生满红毛的两只手放在桌子上，提高了声音：“第二十八团、炮兵第二十八连、炮兵第十二连、第十二团……”

“第二十九团。”拉古京小声提示道。

“……第二十团，”波得捷尔柯夫接着报下去，声音更镇定、更响亮了，“炮兵第十三连、卡敏镇地方警备队、第十团、第二十七团、步兵第二营、第二后备团、第八团、第十四团。”

提过一些小问题和简短地交换过一些意见之后，卡列金把胸膛靠到桌子边上，盯着波得捷尔柯夫，问道：

“你们承认人民委员的苏维埃政权吗？”

波得捷尔柯夫喝完一杯水，把玻璃瓶放到盘子上，用袖子擦了擦胡子，非正面地回答说：

“承认不承认，是全体人民的事。”

克里沃什雷科夫怕心直口快的波得捷尔柯夫说走了嘴，就插嘴说：

“哥萨克是不承认那种有‘人民自由党’[①]的代表参加的机关的。我们是哥萨克，我们的政府必须是我们哥萨克的。”

“如果是布尔什维克或者和他们一类的人来掌权，你们又怎样呢？”

“俄罗斯信得过他们，我们就信得过他们！”

“你们要和他们合作吗？”

“是的！”

波得捷尔柯夫带着赞同的神情“嗯”了一声，接话说：

“我们不是看人，是看主张怎样。”

一个军政府的委员直率地问道：

“人民委员苏维埃是为人民办事的吗？”

波得捷尔柯夫用探询的目光朝他看了看。波得捷尔柯夫笑了笑，伸手拿过玻璃瓶，倒了一杯水，大口喝了下去。他觉得十分渴，他好像用清澈的水在浇心中的大火。

---

①反革命的立宪民主党又叫“人民自由党”。——作者注

卡列金用手指头轻轻敲着桌子，寻根究底地问道：

“你们和布尔什维克有什么共同之点呢？”

“我们要在顿河地区建立哥萨克的自治政权。”

“噢，不过你们大概已经知道，二月四日要召开军人联合会，要改选委员。你们赞成互相监督的办法吗？”

“不赞成！”波得捷尔柯夫抬起垂着的眼睛，强硬地回答说，“如果你们是少数的话，我们就要让你们服从我们的主张。”

“你们这是强加于人呀！”

“是的。”

米特洛方·包加叶夫斯基把目光从波得捷尔柯夫身上移到克里沃什雷科夫身上，问道：

“你们承认不承认军人联合会呢？”

“那可不一定……”波得捷尔柯夫耸了耸宽宽的肩膀，“顿河地区革命军事委员会将要召开一次人民代表大会。代表大会要在部队的监督下进行工作。如果代表大会不能使我们满意，我们就不予承认。”

“满意不满意，由谁来判断呢？”卡列金扬了扬

眉毛。

“由人民！”波得捷尔柯夫很自豪地把头向后一仰；他靠到镂花的椅背上，光皮上衣咯吱咯吱地响了两下。

在短暂的休息之后，卡列金发言了。大厅里鸦雀无声，将军那低沉的、像秋天一样阴郁的声音清清楚楚地在一片静寂的大厅里响着：

“政府不能按照顿河革命军事委员会的要求，放弃自己的统治权。现政府是全体顿河人选举出来的，只有全体顿河人可以要求我们放弃统治权，而不是某些部队。你们要求我们把政权交给你们，是受了布尔什维克罪恶宣传的影响，布尔什维克是想在顿河地区推行他们的制度。你们是布尔什维克手里盲目的工具。你们奉行的是德国仆从们的旨意，你们没有认识到你们对全体哥萨克所担负的重大使命。我劝你们及早地醒悟过来，因为你们走上了同政府分裂的道路，政府是代表全体顿河人心意的，你们要给家乡招来空前的灾难。我不想抓住政权不放。军人联合大会就要召开啦，这次大会将要决定顿河地区的命运，但是在大会召开以前，我必须坚守自

己的岗位。我最后一次劝你们及早醒悟。”

他发过言以后，又是哥萨克部队和外来的部队的政府委员发言。社会革命党人博塞的发言很长，他满嘴甜言蜜语，对革命军事委员会的委员们进行了规劝。

拉古京喝住了他的发言：

“我们的要求，就是请你们把政权移交给革命军事委员会！如果军政府想和平解决问题的话，就没有什么好等的……”

包加叶夫斯基笑了笑，问道：

“那么，怎么办？……”

“……就应该公开声明，政权已经移交给革命军事委员会。等你们的联合会开大会等上两个半星期，那不行！人民已经满腔怒火，早就忍不住啦。”

卡辽夫慢吞吞地说了很久，斯维托查洛夫提了好几种无法实现的折中方案。

波得捷尔柯夫十分气愤地听着他们发言。他匆匆地扫视了一下自己人的脸，看到拉古京皱着眉头，脸色煞白，克里沃什雷科夫两眼盯着桌子，郭罗瓦乔夫憋不住要说话。克里沃什雷科夫瞅到个机会，

小声对波得捷尔柯夫说："你说说！"

波得捷尔柯夫好像就等着这句话。他把椅子推开，说了起来，他拼命搜索能够击中要害、具有说服力的字眼儿，因为激动，有时结结巴巴的，说得很费劲儿：

"你们说得不对！如果人民信任军政府的话，我会高高兴兴地撤回自己的要求……可是人民对你们信不过呀！挑起内战的不是我们，是你们！你们为什么容许各种各样亡命的将军在哥萨克的土地上避难？正因为这样，布尔什维克才向我们静静的顿河进军。我不能听你们的！决不容忍！要和你们战斗到底！我们要叫你们看看事实！我不相信军政府能给顿河地区什么好处！你们对不愿服从你们调度的一些部队，采取的是什么措施呢？……噢，噢，就是这话！你们为什么派你们的志愿军去镇压矿工？你们到处作恶！请你们告诉我：谁能担保军政府不发动内战？……你们无法回答。人民和上过前线的哥萨克都站在我们一边。"

大厅里响起一阵笑声，就像风吹落叶；又是一阵愤恨的呼喊声，全是对着波得捷尔柯夫的。波得

捷尔柯夫把气得通红的脸转过去，朝着叫喊发出的那一边，再也憋不住满腔的怒火，高声说：

“这会儿你们笑吧，将来你们会哭的！”他又转脸朝着卡列金，用逼人的目光盯着他，说，“我们要求你们把政权移交给我们这些劳动人民的代表，并且要求赶走所有的资产阶级和志愿军！……你们的政府也必须离开！”

卡列金无精打采地把头垂了下去。

“我不打算离开诺沃契尔卡斯克，也不会离开。”

大家休息了一小会儿之后，又继续开会，梅里尼柯夫首先发言：

“赤卫队正在向顿河进攻，要消灭哥萨克！他们推行极端政策，祸害了俄罗斯，又想来祸害我们顿河！自古以来就不曾有过，一小撮狂妄之徒和流氓会管理好国家，会造福人民。俄罗斯人会清醒过来，会除掉这些穷光蛋的！你们受了那些狂妄之徒的迷惑，想从我们手里夺取政权，为的是给布尔什维克打开大门！办不到！”

“你们把政权交给革命军事委员会，赤卫队就会停止进攻……”波得捷尔柯夫插话说。

得到过四枚乔治十字章的舍因上尉，是由一个普通兵晋升到上尉的，他得到卡列金的允许，从人群里走了出来。他像检阅前那样抻平了军便服的皱褶，马上就慷慨激昂地说了起来：

“乡亲们，别听他们胡说八道！”他把手一挥，就好像砍了一刀，用发命令一样的声音高叫道，“我们不能和布尔什维克走一条路！只有出卖顿河和哥萨克的奸贼才会说把政权交给苏维埃，才会叫哥萨克跟着布尔什维克走！”他转过身来，对直地指着波得捷尔柯夫，对着他喊叫起来：“波得捷尔柯夫，您当真以为，顿河人会跟着您这个一知半解、没有学识的人走吗？如果有人跟着走的话，那也只是一小撮无家无业的穷光蛋！不过，老兄，就连他们也会醒悟过来的，他们也会把你绞死！”

大厅里许许多多的人头晃动起来，就像风吹的向日葵头子；响起一片赞扬声。舍因坐了下去。一个佩戴中校肩章、身穿带褶的小皮袄的高个子军官，很亲热地从后面拍了拍他的肩膀。许多军官拥集到他的周围。一个歇斯底里的女声很激动地、吱吱哇哇地喊道：

“谢谢你，舍因！谢谢！”

“好哇，舍因大尉！好极啦！”一个经常在三等座位上看戏的戏迷用小公鸡一样的嗓门儿大声叫道。他一下子就给舍因上尉升了一级。

军政府里有几个能说会道的人，又对革命军事委员会的代表诱劝了半天。大厅里烟气腾腾，一片灰白色，十分气闷。窗外的太阳即将完成一天的行程。许多挂满霜雪的枞树枝条儿冻结在窗玻璃上。坐在窗台上的人已经听见晚祷的钟声和透过怒吼的风声传过来的火车头的声嘶力竭的叫声。

拉古京再也忍不住了，他打断军政府一个演说家的话，对卡列金说：

“请你们谈正题吧，该结束啦！”

包加叶夫斯基小声挖苦他说：

“拉古京，别激动！这儿有水。激动对于有家眷的人和有可能害心脏病的人是有害的，再说，不管怎样您都不应该打断发言人的话，这儿可不是什么工农兵苏维埃。”

拉古京也回敬了他几句，但是大家的注意力又重新集中到卡列金身上。他仍旧和开头那样，很自

信地玩弄着政治把戏，而波得捷尔柯夫的回答，使他又一次碰在简单而又厚实的铁甲上。

“你们说，如果我们把政权交给你们，布尔什维克就会停止向顿河进攻。不过这是你们的想法。可是等到布尔什维克来到顿河上，他们会怎么样，那还不知道呢。”

“我们相信，布尔什维克会证实我的话的。你们就试试看：把政权交给我们，把志愿军从顿河地区赶出去，你们就会看到：布尔什维克马上就不打了！”

过了不大的一会儿，卡列金欠起身来。他的答复是事先定了的：柴尔涅曹夫已经接到集中军队准备进攻里哈亚车站的命令。但是卡列金为了争取时间，在宣布会议结束时，采取了拖延的手段：

“顿河政府将讨论革命军事委员会的建议，明天上午十点钟以前书面答复。”

十一

第二天上午顿河政府交给革命军事委员会代表团的答复内容如下：

顿河军的军政府在讨论了哥萨克革命军事委员会的代表团代表阿塔曼团、御林军哥萨克团、第四十四、第二十八、第二十九、第十、第二十七、第二十三、第八、后备第二及第四十三各团，第十四独立连、御林军炮兵连，第三十二、第二十八、第十二和第十三炮兵连，步兵第二营和卡敏镇警备队等部提出的要求以后，兹声明：军政府是顿河地区全体哥萨克的代表。由全体哥萨克选定的政府，在新的军人联合会召开大会以前，不能放弃自己的统治权。

顿河军的军政府认为必须解散军人联合会的旧机构，必须改选各乡镇和各部队的代表。由全体哥萨克用平等、秘密的直接投票方式自由（有充分的宣传自由）选举出来的军人

联合会，在新的领导机构领导之下，将于今年旧历二月四日在诺沃契尔卡斯克召开会议，同时召开非哥萨克人代表大会。只有经过革命的、可以代表顿河全体哥萨克的军人联合会，只有这一合法机构，才有权撤销军政府，改选新的军政府。这次会议将同时讨论军队的管理问题和是否需要保留军队和志愿国民军以保卫政权。至于志愿军的编制及其活动，联合政府早已决定由政府进行监督，并且由顿河区军事委员会参与监督。

关于撤出所谓军政府派驻工厂矿山区的警察部队问题，军政府声明，该问题将提交二月四日的军人联合会审议决定。

军政府声明，地方生活的体制问题，应由地方人民决定，因此军政府认为，必须按照军人联合会的意图，尽最大力量，反抗布尔什维克的武装部队入侵，因为布尔什维克企图强制推行其政治制度。自己的生活应由人民自己安排——这是唯一的办法。

军政府不愿意打内战，军政府将尽一切可

能用和平方式解决问题,因此建议革命军事委员会派人参加代表团,同布尔什维克军队进行谈判。

军政府认为,如果本地区以外的军队不侵犯本地区边界,就不会发生内战,因为军政府只保护顿河地区,决不采取任何进攻行动,不想把自己的意志强加于俄罗斯,因此也不希望任何别的人把自己的意志强加于顿河地区。

军政府保证各乡镇和各部队的选举有充分的自由,每一个公民在即将到来的军人联合会的选举中,都可以自由宣传和坚持自己的观点。

为了了解各师的哥萨克的需要,应当立即派出由各部队代表组成的调查委员会。

顿河军的军政府向有代表参加革命军事委员会的一切部队建议,立即恢复保卫顿河地区的正常活动。

军政府决不允许顿河的军队反对顿河的军政府,不允许静静的顿河上发生自相残杀的战争。

革命军事委员会应由选举该委员会的部

队宣布解散，此外，各部队都应派代表参加现有的顿河区军事委员会，该委员会是代表本区所有部队的。

军政府要求立即释放革命军事委员会所逮捕的一切人员，为了恢复本地区的正常秩序，行政机关应恢复履行职责。

革命军事委员会仅仅代表少数哥萨克部队，无权代表所有的部队，更无权代表全体哥萨克提出要求。

军政府认为，革命军事委员会同人民委员苏维埃的妥协以及接受其金钱援助，是令人难以容忍的事，因为这意味着在顿河地区扩大人民委员苏维埃的影响，而哥萨克军人联合会和全地区非哥萨克人代表大会都不承认苏维埃政权，乌克兰、西伯利亚、高加索以及所有的哥萨克部队都是这样。

军政府主席、副司令官米·包加叶夫斯基

顿河军代表：叶拉顿采夫

波里亚科夫

梅里尼科夫

卡敏镇来的革命军事委员会委员拉古京和司卡奇柯夫也参加了顿河军政府派出的代表团，前往塔干罗格同苏维埃政权的代表谈判。波得捷尔柯夫和其余的成员暂时被软禁在诺沃契尔卡斯克，可是就在这时候，柴尔涅曹夫就带领一支好几百人的队伍，配备了一个重炮连和两门小炮，用闪电式的突袭攻占了兹维列沃和里哈亚车站，他留下一个连和两门炮担任守卫，便带领主力去进攻卡敏镇。柴尔涅曹夫的部队在北顿涅茨小站附近打垮了担任守卫的革命的哥萨克部队以后，便在一月十七日占领了卡敏镇。可是过了几个小时就得到消息，说是萨布林的赤卫队收复了兹维列沃，接着又收复了里哈亚，赶走了柴尔涅曹夫的留守部队。柴尔涅曹夫立即率兵前往。迎头一击，打垮了莫斯科第三支队，重创哈尔科夫支队，打得赤卫队十分狼狈地退了回去。

里哈亚方面的情况恢复以后，掌握了主动权的柴尔涅曹夫又回到卡敏镇上。一月十九日，从诺沃契尔卡斯克给他调来了增援部队。第二天，柴尔涅曹夫就决定进攻格鲁博克。

在军事会议上，根据林柯夫中尉的建议，决定

用迂回运动的战术进攻格鲁博克。柴尔涅曹夫不敢顺着铁路线进攻，因为害怕在这个方向会遇到卡敏镇革命军事委员会的部队和由柴尔特柯沃开来增援的赤卫队的顽强抵抗。

夜里就开始了深入的迂回运动。柴尔涅曹夫亲自率领队伍前进。

拂晓时到达格鲁博克。动作整齐地改变了队形，列成散兵线。柴尔涅曹夫准备下命令进攻前，从马上下来，活动着两条坐麻了的腿，用沙哑的声音对一个连长命令道：

“大尉，用不着客气。您明白我的意思吗？”

他用靴子咯吱咯吱地踩着雪地上硬邦邦的冰凌，把灰色的羊皮帽朝一边推了推，用手套擦着红红的耳朵。因为睡眠不足，他那炯炯逼人的眼睛下面出现了两个蓝圈儿，嘴唇冻得皱了起来，剪得短短的小胡子上凝结着白霜。

他暖和过来以后，又跳上马去，把绿色军官小皮袄上的褶儿抻了抻，拿起撩在鞍头上的缰绳，打了一下白头顶的枣红色顿河马，很自信、很坚强地笑了笑，说：

“开始吧！”

十二

在卡敏镇召开哥萨克军人代表大会以前，伊兹瓦林上尉从团里逃跑了。逃跑的前一天他去看过格里高力，拐弯抹角地暗示自己要离开，他说：

“目前环境是这样，很难在团里再干下去。哥萨克们都在两个极端，在布尔什维克和旧君主制度之间摇来摆去。谁也不愿意支持卡列金的政府，尤其是因为他光是天天空喊平等。我们需要的是刚强的、有魄力的人，需要一个能对付外来户的人……不过我认为，目前最好还是支持卡列金，免得全盘输掉。”他停了一会儿，一面吸烟，一面问道，“你……大概信仰红党了吧？”

“差不多。”格里高力答应说。

“你是真心实意呢，还是像郭鲁博夫一样，想笼络人心呢？”

“我用不着笼络人心，自己能找到出路。”

“你找不到出路，只会碰到墙上。”

“咱们就等着瞧吧……”

“格里高力，我怕咱们以后会以仇敌相见。”

“在战场上是不认朋友的，叶菲姆·伊万内奇。”格里高力笑着说。

伊兹瓦林坐了一会儿就走了，第二天早晨他就不见了，就像石头沉进了大海。

开代表大会的那一天，维奥申乡列别亚希村一个阿塔曼团的哥萨克来看格里高力。格里高力正在擦手枪，往手枪上抹油。这个阿塔曼团的哥萨克坐了一会儿，临走的时候，好像是随口一提，又好像是专门为此事来的（他知道，原阿塔曼团的军官李斯特尼次基夺了格里高力的女人，他偶然在车站上看见了李斯特尼次基，所以特地来警告他），说：

“格里高力·潘捷莱耶维奇，我今天在车站上看到你的朋友啦。”

“哪一个？”

“李斯特尼次基。你认识他吗？”

“什么时候看到的？”格里高力急忙问道。

“一个钟头以前。”

格里高力坐了下来。往日的凌辱就像猎狗的爪

子抓住了他的心。他对仇人的憎恨已经不像原来那样强烈，但是他知道，如果现在遇到了，在目前内战已起的条件下，他们之间一定要流血的。他无意中听到李斯特尼次基的消息以后，才知道旧日的创伤并没有随着时间消失：只要三言两语，就会流血。格里高力真想为过去的事痛痛快快地报复一下——就因为这个可恶的家伙插了一脚，他的生活才暗淡无光了，过去的生活十分愉快，充满乐趣，如今只剩下孤寂、苦闷和忧郁。

他沉默了一会儿，觉得脸上的一阵微微的红晕已经渐渐退去，就问道：

“你可知道，他是不是上这儿来的?”

“恐怕不是，大概是上诺沃契尔卡斯克的。”

“噢——噢……”

阿塔曼团的哥萨克又谈了谈代表大会的事和团里的新闻，就走了。他走后一连好几天，格里高力心中痛苦异常，怎么压都压不住。他一天到晚恍恍惚惚的，比往常更多地想起阿克西妮亚，嘴里发苦，心里木木的。他想起娜塔莉亚，想起孩子们，但这种回忆带给他的愉快早已被时间冲淡了，被岁月蚀

薄了。他的心还是在阿克西妮亚身上，仍旧像从前一样深沉而强烈地想念着她。

柴尔涅曹夫的部队攻了上来，只好从卡敏镇仓促撤退。顿河革命军事委员会的一些散乱的队伍，一支支残缺不全的连队，有的纷纷登上火车，有的用行军的方式撤退，把一切累赘的和笨重的东西全都扔下。可以明显看得出缺少组织性，缺少一个坚强有力、能够整顿和指挥这股实际上很可观的兵力的人。

最近一些日子不知从哪里钻出来一个郭鲁博夫中校，他在选举出来的指挥员中显得与众不同。他担任了战斗力特别强的第二十七哥萨克团的指挥，并且马上就雷厉风行地进行了整顿。哥萨克们都毫无二话地服从他，认为他在团里有别人所不及的才能：善于团结指挥人员，善于安排，善于领导。郭鲁博夫是个很粗壮的军官，腮帮子鼓鼓的，两只眼睛显得很凶。这会儿他正摇晃着马刀，在车站上对装车动作缓慢的哥萨克吆喝着：

“你们怎么回事儿？是在捉迷藏吗？！他妈的！……快点儿装啊！……我以革命的名义命令你们

立即服从！什——么？……这是谁在煽动？我枪毙你，坏蛋！……住嘴！对消极怠工的和暗藏的反革命分子我决不客气！”

于是哥萨克们都服帖了。按照旧的传统，很多人甚至还喜欢这一套，大家都还没有摆脱旧传统。在旧时代，越是厉害，就越是大家心目中的好指挥官。关于郭鲁博夫这样的指挥官，有一种说法：“处罚起你来，会揭掉你的皮；心疼起你来，再给你缝上一张。”

顿河革命军事委员会的部队像潮水一样退出后，一齐拥到了格鲁博克镇。所有的部队实际上已经由郭鲁博夫在指挥。他在不到两天的时间里把溃不成军的队伍集结起来，并采取了相应的措施，以巩固格鲁博克的防务。格里高力·麦列霍夫受他的委派，指挥着由后备第二团的两个连和阿塔曼团的一个连组成的一个营。

一月二十日黄昏时候，格里高力走出自己的住所，去检查设立在铁路线外面的阿塔曼团那个连的岗哨，他在大门口碰上了波得捷尔柯夫。波得捷尔柯夫一下子就认出他来。

“你是麦列霍夫吧？”

“是的。”

“你上哪儿去？”

“查岗去。从诺沃契尔卡斯克回来很久了吗？怎么样？”

波得捷尔柯夫皱起了眉头。

“和人民的死敌是不能谈和平的。他们玩的鬼把戏，你还没看见吗？一面谈判……一面放出柴尔涅曹夫来咬人。卡列金这家伙有多坏呀?！好啦，我很忙，要到司令部有急事。”

他匆匆和格里高力道过别，便大踏步朝镇中心走去。

还在当选为革命军事委员会主席以前，他对待格里高力和其他一些熟人的态度就有了明显的变化，他的声音中已经流露出优越和高傲的语调。这个天性纯朴的人，因为掌了权，头脑就发起昏来。

格里高力把军大衣领子往上拉了拉，加快了脚步。看样子夜里会很冷。风从东南方吹来。天渐渐放晴了。地上的雪冻得很结实，走在上面咯吱咯吱直响。月亮就像一个残疾人上楼梯，慢慢地、歪着

身子升了上来。郊外的原野蒙起一片淡紫色的暮霭。正是黑夜渐渐降临的时候，这时候一切景物的轮廓、线条、色彩、距离都在渐渐消失；这时候白昼的亮光还同黑夜交织在一起，进行混战，所以一切都显得不像真的，缥缥缈缈，像童话里的东西；这时候就连气味都失去刺激性，带有一种特别的、淡化的成分。

格里高力查完岗哨，回到住所。房东是个铁路职员，一脸的麻子，长相很像一个流氓，他生起火壶，在桌子旁边坐了下来。

“你们要进攻吗？”

“不知道。”

“还是你们等着他们进攻？”

“看来是这样。”

“这很对。我想，你们没有力量进攻，那么，当然最好就是等待。防守是比较有利的。我在和德国打仗时当过工兵，对于战略战术也略知一二……兵力不足呀。”

“算了吧。”格里高力不想谈这个使他不快的问题。

但是房东一面搔着呢子背心底下他那像石斑鱼一样的瘦肚皮，一面在桌子跟前转悠着，一股劲儿地缠着问：

“炮队多不多？有多少门炮？多少门？”

“你当过兵，可是不懂当兵的规矩！”格里高力带着愤怒的神情冷冷地说，并且把眼睛一翻，吓得房东像发晕一样，朝旁边歪一歪，“你当过兵，可是这么不懂规矩！……你怎么能问我们军队的数目和作战计划？我马上把你送去审问审问……”

“长官……先生……好先……好先……”房东脸色煞白，急得喘不上气来，词尾都说不清了，嘴唇半张着，脸上的麻子都发了青，“我太糊……太糊涂！请多多包涵！……”

在喝茶的时候，格里高力无意中看了他一眼，就看到房东的眼睛就像遇到闪电时那样，猛然眨动了一下，可是等眼睛睁开，却露出另一种神情，那是一种亲热的神情，几乎可以说是一种爱慕的神情。房东的妻子和两个成年的女儿在小声说着话儿。格里高力没有喝完第二杯茶，就回到自己房里。

过了不大一会儿，和格里高力住在一所房子里

的后备第二团第四连的六个哥萨克也从外面回来了。他们闹哄哄地喝起茶来，又说又笑。格里高力已经蒙眬欲睡，只听到他们谈话的片段。有一个人在讲（格里高力从声音上听出是排长巴贺马乔夫，是卢干乡人），其余的人偶尔地插几句话。

“这事儿是我亲眼见到的。郭尔洛夫区第十一号矿有三个矿工跑来说，我们那儿成立了一个组织，需要武器，你们匀给我们一点儿吧。可是革命军事委员会的一个干部说……真的，是我亲自听他说的嘛！”他提高声音，回答不知是谁的插话，“那个干部说：‘同志，你们去找萨布林吧，我们这儿什么也没有。’哪里是什么也没有？我就知道，还有不少多余的步枪呢。不是这么一回事儿……是因为庄稼佬要参加，所以起了小心眼儿。”

“就应该这样！”另外一个人说，“要是给了他们家伙，还不知道他们肯不肯打仗。可是一提起土地，他们就会把手伸得老长。”

“我们可是知道这一套！”还有一个人粗声粗气地说。

巴贺马乔夫若有所思地用茶匙敲起玻璃杯子；

他一面和着自己说话的节拍敲着茶匙，一面一个字一个字地说：

“不行，这样不对头。布尔什维克为了全体人民可以忍让，咱们这些布尔什维克却很糟。只要打垮了卡列金，以后再说别的……”

“哎哟，我的老兄呀！”一个孩子般清脆的声音用开导的语气高声说，“你要明白，咱们没有什么可让的呀！像样的地每个人只能摊到一亩半，剩下的都是沙石地、山沟和草场啦。拿什么来让呀？”

“用不着分你的地，有一些人的土地多得很呢。”

“还有军用土地呢？”

“我的天呀！把自己的土地拿出去，再向大爷大娘乞讨吗？……嘿，你呀，真想得出这样的好主意！”

“军用土地军队还要用呢。”

“那当然啦。”

“真是贪心不足！”

“哪能算什么贪心！”

“也许会把上游的哥萨克迁移过来。我们都知道，他们的土地是一片黄沙。”

“就是这话！”

“咱们什么都捞不到。”

“没有酒真不好办。”

“喂，伙计们！前几天这儿打开一座酒库。有一个人掉到酒里，呛死啦。”

“他是想一下子喝光。喝得肚子鼓鼓的。”

格里高力在蒙眬中听到，哥萨克们铺着地铺，打着哈欠，挠着痒痒，还在继续谈着土地，谈着分地的事。

快到黎明时候，窗外响起枪声。哥萨克们一齐跳了起来。格里高力拉过军便服，两只胳膊却怎么都伸不进袖子。他抓起军大衣，一面跑着一面把鞋穿上。枪声像炒豆子一样在窗外噼噼啪啪响了起来。一辆大车轰隆轰隆地开了过去。有人在门口慌里慌张地高声喊叫：

“带枪集合！带枪集合！……”

柴尔涅曹夫的部队打得哨兵节节后退，渐渐向格鲁博克镇里冲来。骑兵在灰蒙蒙、阴沉沉的夜色中来来回回地奔驰。步兵咚咚地乱跑。十字路口正在架机枪。有三十来个哥萨克像一条链子似的排成横队向前冲去。有一个小队从小胡同里穿过去。枪

栓咔嚓咔嚓地响着，子弹进了枪膛。前面的街上响起高亢而嘹亮的口令声：

“第三连，快！那是谁把队伍搞乱啦？……立正！机枪手，往右翼！准备好了吗？全连注意……”

一个炮兵排轰隆轰隆地开过。马匹大步跑着。炮手们摇晃着鞭子。炮弹箱咔啦咔啦，车轮咕隆咕隆，炮架子咯吱咯吱，同镇边上越来越密集的枪声混成了一片。不远处有几挺机枪一齐吼叫起来。一辆不知往哪里跑的炊事车，跑到附近的街口，撞在小花坛旁边的一根树桩上，一下子就撞翻了。

“瞎鬼！……你没看见吗?！瞎闯什么？”有一个吓得要死的声音十分紧张地吆喝道。

格里高力好不容易集合起一个连，带着这一连人朝镇边上跑去。镇边上已经有许多哥萨克一股一股地败退下来。

“往哪儿去？……”格里高力抓住最前面一个人的步枪，问道。

“松——手！……”那人朝外挣着，“松手，浑蛋！……为什么抓住我？你没看见，都在退吗？……”

“好厉害！……”

“来势好猛……”

“咱们往哪儿去？……上什么地方……上米尔列尔镇，好吗？”好几个人气喘吁吁地说。

格里高力带着一连人来到镇边上一座长长的棚子前，刚要让队伍散开，可是又一股退却的哥萨克跑来把队伍冲乱了。他这个连的哥萨克和退却的人混到了一起，一齐朝后面，朝街道上跑去。

“站住！……不要跑……我开枪啦！……”格里高力气得打着哆嗦吆喝道。

大家都不听他的了。一阵一阵的机枪子弹顺着大街泼来；哥萨克们一堆一堆地在地上趴了一小会儿，朝墙跟前爬了爬，便跑进了几条横街。

“现在控制不住啦，麦列霍夫！”排长巴贺马乔夫从他身边跑过，把脸凑过来看着他的眼睛，高声说。

格里高力咬了咬牙，摇晃着步枪，跟着他向后退去。

部队一片混乱，仓皇地逃出了格鲁博克。差不多把部队的全部物资都扔掉了。到黎明时候，才把

各连集合起来，发起反攻。

郭鲁博夫的脸红红的，一脸都是汗，小皮袄敞着怀，他顺着自己的二十七团前进的散兵线来来回回地跑着，用响亮而紧张的嗓门儿高声喊叫着：

“前进！……不要卧倒！冲啊！……冲啊！……”

炮兵第十四连进入阵地，正把大炮从车上往下卸；炮兵连连长站在炮弹箱上，用望远镜观察着。

五点多钟开始战斗。由哥萨克和沃罗涅日的彼特洛夫支队的赤卫队员混合而成的散兵线密密麻麻地向前拥去，许许多多人影在雪地上移动着，好像白底子上挑了许许多多黑黑的花儿。

东方吹来冷风。风把乌云拨开，下面露出一抹红红的朝霞。

格里高力从阿塔曼团的一个连中拨出一半人去掩护炮兵第十四连，率领其余的人去进攻。

试射的第一发炮弹落在柴尔涅曹夫部队的阵地前面很远的地方。爆炸的烟雾升了起来，像一面乱蓬蓬的蓝黄色的大旗。第二发炮弹又清脆地炸了开来。各门炮都逐个儿试射起来。

“嗖——嗖——嗖！……”炮弹朝远处飞去。

一阵令人紧张的寂静，穿插了几排步枪的齐射声，接着便是远处响亮的炮弹爆炸声。超远射以后，炮弹就接二连三地落到阵地近处了。格里高力被风吹得皱起眉头，怀着满意的心情想道：“试射成功啦！”

右翼是第四十四团的几个连。郭鲁博夫领着自己那个团在中央。格里高力在他的左边。格里高力过去，是赤卫队的几个小队，他们在右翼的尽边上。格里高力的队伍配备了三挺机枪。机枪队长是一个矮矮的赤卫队员，一张脸阴沉沉的，两只大手上生满了黑毛，他扫射起来又准又狠，打得进攻的敌人不敢动弹。他的机枪一直跟着阿塔曼团那半个连前进。他手下有一个穿军大衣的健壮的女赤卫队员。格里高力顺着阵地走过时，愤恨地想道：“色鬼！在战场上打仗，还离不开女人。同这种人在一起，能打什么仗?！再把孩子、鹅毛褥子和各种各样的零碎儿都带来才好哩！……”机枪队长走到格里高力跟前，理了理胸前的手枪带子，问：

“这支队伍是您指挥吗?”

“是的，是我！”

“我要在阿塔曼团这半个连的阵地上进行阻拦射击。您瞧，咱们进展太慢啦。”

“好吧！”格里高力答应过，听到一挺哑了的机枪那边传来喊叫声，连忙转过头去。

一个身强力壮的大胡子机枪手十分暴躁地喊叫着：

“彭楚克！……咱们这样打，机枪都要熔化啦！……怎么能这样啊？”

那个穿军大衣的女子就跪在他身边。她那一双黑黑的眼睛在绒头巾下面忽闪着，格里高力觉得很像阿克西妮亚，这一双眼睛勾起了他的思念，他气也不喘、眼睛眨也不眨地看着她。

晌午时候，郭鲁博夫派传令兵给格里高力送来一张字条。在从行军记事簿上顺手扯下来的一张纸片上歪歪扭扭地写着一些潦草的字：

> 我以顿河革命委员会的名义命令您，率领您手下两个连离开阵地，以急行军包抄敌人的右翼，你们进袭的地区此处可以看得见，就在

风磨稍左一点，顺山沟走……行动要隐蔽（有几个字看不清）……等我们一发动强攻，你们就从侧翼冲过来。

郭鲁博夫

格里高力把两个连撤下来，叫大家上了马，往后开去，尽量不叫敌人判断出他们行军的方向。

他绕着圈子走了有二十俄里。马匹在很深的雪里走得非常吃力。他们走的山沟里积满了雪。有些地方的雪抵到马肚子。格里高力听着一阵一阵的炮声，不时担心地看看表，这表是在罗马尼亚从一个被打死的德国军官手上摘下来的——他很怕误了时间。他还不时地根据指南针校正方向，但还是比指定的方向偏左了一点儿。他们爬上一处宽宽的斜坡，来到开阔的地方。马匹浑身冒着热气，腿窝里水漉漉的。格里高力命令下马，自己第一个跳到高些的地方。马匹留在山沟里，派几个人看守着。哥萨克们都跟着格里高力顺着平缓的斜坡朝前爬去。格里高力回头看了看，看见自己后面有一连多下了马、在积雪的山沟斜坡上散了开来的战士，就觉得自己

有了信心和力量。他也和每个人一样，在打仗时有一种很强烈的群体感。格里高力四面看了看，估量了一下情况，心里明白了，因为对路上的困难估计不足，至少迟到了半个钟头。

郭鲁博夫发动了大胆的战略性进攻，差不多已经切断柴尔涅曹夫的退路，他在两翼配备了掩护，用正面突击朝半面被包围的敌军冲去。一阵阵隆隆的炮声。枪声噼噼啪啪地乱响，好像是铁砂子在铁锅里乱滚；坑坑洼洼的敌军阵地上罩起一片榴霰弹的硝烟，炮弹接连不断地落下来。

“成散兵线！……”

格里高力带着自己的两个连从侧翼冲上去。他们就像在射击演习时那样，也不卧倒，直往前冲，但是柴尔涅曹夫的队伍里有一个很灵活的机枪手，他的“马克辛”机枪非常厉害，哥萨克们损失了三个人后，就老老实实地卧倒了。

下午两点多钟，格里高力中了一颗子弹。包着镍皮的灼热的铅弹钻进大腿肌肉里。格里高力觉得火辣辣地疼，觉得出现了失血时那种熟悉的呕吐感，就紧紧地咬住牙。他从阵地上爬下来，急得跳了起

来，猛烈地摇了摇被子弹擦伤的脑袋。因为子弹没有钻出来，所以腿部越来越疼得厉害。这颗子弹打到格里高力身上的时候，已经没有多大的劲儿了，所以，穿透了军大衣、军裤和皮肤，到了肉里就停住了。因为疼得像火烧，疼得钻心，行动起来很不方便。格里高力趴在地上，想起了第十二团在罗马尼亚的特兰斯瓦尼亚山地打的那一仗，那一次他的胳膊受了伤。他的眼前清清楚楚地出现了那一次进攻的场面："秃子"，米沙·柯晒沃依的怒冲冲的脸，叶麦里扬·格洛舍夫拖着一个受伤的中尉往山下跑。

格里高力的副手是一个叫刘毕什金·巴维尔的军官，他担任了两个连的指挥。他派两个哥萨克把格里高力送到看守马匹的人那里去。两个哥萨克一面扶着格里高力上马，一面很关切地劝他说：

"请您把伤口包扎包扎吧。"

"有绷带吗？"

格里高力已经上了马，但是想了想，又下了马，脱下裤子，只觉一阵冷气透过汗淋淋的脊背、肚子和两腿，他冷得皱着眉头，匆匆地把火辣辣、血糊糊、好像用铅笔刀割的一道伤口包扎起来。

他骑上马，由自己的传令兵陪着，仍旧绕道朝发起反攻的地方走去。他望着雪地上密密麻麻的马蹄印儿，望着几个钟头以前他带领两个连走过的这道山沟。他昏昏欲睡，高地上发生的事情不知为什么已经变得非常遥远和淡漠了。

可是在那边，步枪声依然乱纷纷地、一阵紧似一阵地响着，敌人支援自己人的重炮轰轰隆隆，而且不时地有咆哮的机枪连续射击一阵子，好像是为总结战果，画着尚未可知的虚线。

格里高力在山沟里走了有三俄里。马匹在雪里越陷越深。

“把马赶到平地上去……”格里高力一面打着马往积雪很厚的山沟斜坡上走，一面对传令兵嘟哝说。

远处有一些稀稀拉拉的尸体，黑乎乎的，就像落在田野上的乌鸦。在地平线尽头处，有一匹没有人骑的马在狂跑，从这里看去，那马显得非常小。

格里高力看到，已经溃乱和变稀了的柴尔涅曹夫的基本核心队伍，冲出了战场，转来转去地朝格鲁博克退去。格里高力放开自己的枣红马飞跑起来。远处零零落落地有很多堆哥萨克。格里高力催马跑

到其中一堆哥萨克跟前，看到了郭鲁博夫。郭鲁博夫仰靠在马鞍上。他那两边镶着发了黄的羊羔皮的皮袄敞着怀，皮帽子歪戴着，额头上汗津津的。他捻着司务长式的上翘的小胡子，用沙哑的嗓门儿高叫道：

“麦列霍夫，好样儿的！你好像挂花啦！他妈的！骨头没伤着吧？”他不等回答，就笑着说，“打得痛快！把他们打垮啦！……把军官队打得落花流水。他们夹起尾巴跑啦！”

格里高力要了一根烟，抽了起来。田野上到处都是哥萨克和赤卫队员。一个骑马的哥萨克从前方远处黑压压的一群人那里飞快地跑来。

“俘虏了四十个人，郭鲁博夫！……”他老远就喊起来，“俘虏了四十名军官，还有柴尔涅曹夫本人。”

“你是吹牛吧?!”郭鲁博夫惊骇地在马上转了一下身子，狠狠抽了一下他那匹白腿的高头大马，朝前跑去。

格里高力等了一会儿，也打马跟着他跑去。

密密层层的一群俘虏，由押送队围成一个圈儿

押解着，押送队有三十人，是第四十四团和第二十七团的一个连的哥萨克。柴尔涅曹夫走在最前面。他为了逃避追击，扔掉了皮袄，现在只穿着一件很薄的光皮上衣。左肩上的肩章已经扯掉了。脸上靠近左眼的地方有一道新鲜的擦伤还在流血。他走得很快，脚步一点都不乱。他的皮帽子歪戴着，他显得很不在乎、很神气。他那红红的脸上一点害怕的影子也没有：看样子，他有好几天没刮脸了，两腮上和下巴上的淡褐色胡茬闪着金光。柴尔涅曹夫冷冷地、迅速地打量着朝他跑来的哥萨克们；两道眉毛中间出现了一条伤心和痛恨的皱纹。他一面走，一面划着火柴，用红红的、坚硬的嘴角衔住烟卷，抽起烟来。

大多数军官都很年轻，只有几个人满头白发。一个腿部受伤的军官落在了后头，一个大脑袋、小个子、麻脸的哥萨克用枪托子推着他的脊背。有一个很威武的高个子大尉差不多和柴尔涅曹夫并排走着。有两个人，一个是少尉，一个是中尉，面带笑容，挽着胳膊走；在他们后面是一个宽肩膀、鬈发、没戴帽子的士官生。有一个军官披着一件步兵军大

衣，上面的肩章是缝死了的。还有一个军官也没有戴皮帽，只戴着红绒线长耳军官风帽，风帽一直压到他那像女子一样清秀的黑眼睛上；风将风帽的长耳朵吹到他的两肩上。

郭鲁博夫跟在后面走了一会儿。他慢慢停下来，对哥萨克们喊叫道：

“你们听着！……你们要遵守革命军事时期的纪律，对俘虏的安全要负责！要把他们安全地送到司令部去！”

他叫过一个骑马的哥萨克来，在马上草草地写了一张字条，折叠起来，交给那个哥萨克，说：

“你跑快点儿！把这交给波得捷尔柯夫。”

他转过身来，问格里高力：

“你也跟着去吗，麦列霍夫？”

郭鲁博夫得到肯定的答复以后，走到格里高力跟前，说：

“你告诉波得捷尔柯夫，就说我要把柴尔涅曹夫保出去！明白了吗？……好，就这样告诉他。你去吧。”

格里高力跑到那群俘虏的前面，一直跑到革命

军事委员会的司令部，司令部就设在离一个村子不远的田野上。波得捷尔柯夫正在一辆大车旁边走来走去，车轮子上都结了冰，车上有一挺罩着绿套子的机枪。一些参谋人员、通讯员、传令兵和几位军官也都在这里捯动着脚，弄得鞋后跟叭叭直响。米纳耶夫也和波得捷尔柯夫一样，才从阵地上回来不久。他坐在赶车的位子上吃着上了冻的白面包，嚼得咯吧咯吧直响。

“波得捷尔柯夫！”格里高力骑着马走到一旁，“俘虏马上就要送到啦。你看过郭鲁博夫的条子吗？”

波得捷尔柯夫使劲甩了一下鞭子；他把眼睛垂得低低的，红着脸，叫道：

“我要啐郭鲁博夫一口！……他真是异想天开！对柴尔涅曹夫这样一个强盗和反革命分子，他能担保得了吗？……我不答应！我要全部枪毙，就这样！”

“郭鲁博夫说要保他出去。”

“我不答应！……说不答应，就不答应！就这样，没什么好说的！要由革命法庭对他进行审判，并立即处决。杀一儆百！……你可知道，”他用锐利

的目光望着渐渐走近的俘虏群，用比较镇定的口气说，“你可知道，他杀过多少人？多着呢！……单是矿工，他杀过多少？……”说到这里，他的怒火又冒了上来，气汹汹地转起眼珠子，“决不答应！……”

“这没有什么好嚷的！”格里高力也提高了声音，他的胸膛哆嗦着，好像波得捷尔柯夫的火气也传给了他，“你们在这儿当法官的太多啦！你最好还是到阵地上去走走！”他的鼻孔哆嗦着，用手朝后面指了指，“你们这儿指手画脚的人太多啦！”

波得捷尔柯夫在手里揉搓着鞭子，走了开去。他老远地喊叫道：

“我到阵地上去过！你别以为我是怕死躲在大车上。麦列霍夫，你给我住嘴！明白吗？……你跟谁这样说话？……岂有此理！把你那套军官脾气收起来吧！是革命军事委员会做主，而不是随便什么人……”

格里高力拍马走到他的跟前，忘记了自己的伤，从马上跳下来，只觉一阵钻心的疼，仰面跌倒在地上。伤口里火辣辣地冒起血来。他没等别人搀扶就

自己爬了起来，勉强支撑着一瘸一拐地走到大车跟前，侧着身子倒在后面的车弓子上。

俘虏们来到跟前。押送队中一部分徒步的哥萨克同传令兵和司令部警卫队的一些哥萨克交谈起来。他们打仗时的热乎劲儿还没有冷下来，眼睛里火星直冒，凶气逼人，互相谈论着作战时的一些详情细节和战果。

波得捷尔柯夫迈着沉甸甸的步子，踩得雪地上一个坑一个坑的，走到俘虏们跟前。站在最前面的柴尔涅曹夫轻蔑地眯缝着炯炯有神、毫不畏惧的眼睛看着他；并且像稍息那样伸出左腿，轻轻摇晃着，又用一排白白的上牙咬住紧紧抿着的粉红色嘴唇。波得捷尔柯夫对直地走到他跟前。波得捷尔柯夫全身哆嗦着，两只眨也不眨的眼睛在坑洼不平的雪地上搜索着，等到这双眼睛抬了起来，就和柴尔涅曹夫那毫不惧怕的、轻蔑的目光交叉到一起，并且用仇恨的力量压倒了柴尔涅曹夫的目光。

“你落网啦……坏蛋！”波得捷尔柯夫用愤怒而低沉的声音说，并且向后退了一步；他的脸似笑非笑地皱出一道印子，好像是用马刀砍的。

“哥萨克的叛徒！下流东西！奸贼！”柴尔涅曹夫咬牙切齿地骂道。

波得捷尔柯夫晃了晃脑袋，好像是躲避打来的耳光；他的两颊发了青，张着嘴吃力地吸着气。

后来的事来得快得惊人。柴尔涅曹夫脸色煞白，龇着牙，两个拳头紧紧贴在胸前，身子朝前探着，朝波得捷尔柯夫走来。他那哆哆嗦嗦的嘴里说出来的话很不清楚，还夹杂着一些骂娘的话。至于他说的是什么，只有慢慢向后退的波得捷尔柯夫能听得清。

“你早晚逃不掉……你明白吗？”柴尔涅曹夫猛然提高了声音。

俘虏的军官们、押送队的哥萨克们和司令部的人员都听清了这两句。

“噢噢噢噢……”波得捷尔柯夫就像憋得透不过气来似的，闷声闷气地叫着，一只手抓住了马刀把子。

马上静了下来。米纳耶夫、克里沃什雷科夫和另外几个人连忙咯吱咯吱地踩着积雪朝波得捷尔柯夫跑去。但是波得捷尔柯夫抢在他们前面，身子向

右一扭，向下一蹲，把马刀抽出了鞘，一个箭步冲上前去，使出全身力气照柴尔涅曹夫头上砍去。

格里高力看到，柴尔涅曹夫哆嗦了一下，把左胳膊举到头顶上，护住头；又看到，他的左手被砍断了，砍成了三角形，马刀又无声地落到柴尔涅曹夫那仰着的头上。先是皮帽子掉了下来，然后柴尔涅曹夫就像断秆的麦穗，慢慢地倒了下去，嘴歪成了怪样子，眼睛就像遇到闪电时那样，很难受地眯缝了起来。

波得捷尔柯夫又砍了他一刀，这才迈着沉重、缓慢的步子走了开去，一面走，一面擦着血染红了的扁平的刀面子。

波得捷尔柯夫一下子撞在大车上，他猛地转过身来，朝着押送队的哥萨克们声嘶力竭地喊叫道：

“把他们宰了……他妈的!! 全宰了！……一个不留……斩尽杀光!!”

枪声猛烈地响了起来。军官们你碰我撞地乱跑起来。那个戴红绒线风帽、眼睛像女子那样秀气的陆军中尉，双手捂着头在跑。一颗子弹打来，他像跳高栏一样，高高地往上一跳，便跌倒在地，再也

没有起来。有两个哥萨克在追杀那个很威武的高个子大尉。他拼命去抓马刀的刀刃，砍得血淋淋的手掌上的血往袖子里直流；他像小孩子一样喊叫着，跪了下去，又仰面倒了下去，头在雪地上乱滚；在他的一张脸上只能看得出一双血糊糊的眼睛，再就是一张拼命喊叫的黑洞洞的嘴。上下飞舞的马刀在他的脸上和黑洞洞的嘴上乱砍，可他还是在喊叫，因为害怕，因为疼，那声音特别尖细。一个身穿撕掉了扣带的军大衣的哥萨克，叉开两腿，对着他放了一枪，才结果了他的性命。鬈发的士官生眼看就要冲出包围圈，一个阿塔曼团的哥萨克追上了他，照后脑勺上一刀，就把他砍死了。一个中尉在飞跑，身上的军大衣被风吹得像翅膀一样张了开来，还是那个阿塔曼团的哥萨克朝他打了一枪，子弹打在两个肩胛骨中间。中尉蹲了下去，拼命用手指头挠胸膛，一直到倒地死去。一个白头发的上尉是就地被砍死的；他快要死的时候，还用脚在雪地上蹬出一个很深的坑，如果不是哥萨克们可怜他，又补了几刀，他还要像一匹好马拴到桩上那样，再蹬上好一阵子。

格里高力在一开始屠杀的时候，就立即离开大车，他用充血的眼睛直盯着波得捷尔柯夫，一瘸一拐地快步朝他走去。米纳耶夫从背后把格里高力抓住，扭住他的胳膊，把手枪夺了下来；他用失神的眼睛盯住格里高力的眼睛，喘着粗气问道：

“你想干什么？”

十三

积雪的山冈脊部，被明丽的阳光和万里无云的蓝天映照得白得耀眼，像白砂糖一样亮晶晶的。山冈下面的赤杨疙瘩村，就像用布头拼成的一条大花被。左边是蓝蓝的司维纽哈河，右边是零零落落的许多小村庄和德国人的居住区，就像许多模糊不清的小点儿，河湾过去，那灰蒙蒙的一片便是捷尔诺夫镇。赤杨疙瘩村东面，有一道小一些的山冈曲曲弯弯地向上游伸去，这道山冈坡度平缓，到处是山沟。山冈上有一排像栅栏一样的电线杆子，是通往卡沙尔去的。

这一天格外晴朗，格外寒冷。太阳周围有许多

朦朦胧胧的彩虹般的光带。风从北方吹来。吹得草原上的积雪到处飞舞。但是茫茫的雪原，直到天边，都是明朗的，只有东方，大地尽头处，朦朦胧胧，笼罩着淡紫色的雾气。

潘捷莱·普罗柯菲耶维奇拉着格里高力离开了米列洛沃，决定不在赤杨疙瘩村停留，径直把爬犁赶到卡沙尔，就在那里过夜。他是接到格里高力的电报后从家里出来的，一月二十八日傍晚时候来到米列洛沃。格里高力住在小客店里等着他。第二天一早就出发，大约在十一点就过了赤杨疙瘩村。

格里高力在格鲁博克附近作战受伤以后，在米列洛沃的行军医院里住了一个星期，腿部的伤好一点了，就决定回家。同乡的哥萨克已经把马给他送了来。格里高力是带着既遗憾又高兴的复杂心情上路的。遗憾的是，他在为建立顿河区政权而斗争的关键时刻离开了自己的队伍；可是他一想到就要见到家里人，就要回到自己的村里，他又十分高兴；他自己都不肯承认他是想见见阿克西妮亚，但是他时常想着她。

他跟父亲见了面，有些疏远了。潘捷莱·普罗

柯菲耶维奇（彼特罗已经在背地里对他叨咕了不少）沉着脸一个劲儿地打量着格里高力，在他那直勾勾、滴溜溜的目光中充满了不满和担心。晚上在客店里住下以后，他向格里高力问起顿河地区发生的一些大事，问了很久，儿子的回答显然使他很不满意。他嚼着发了白的大胡子，看着自己那缝了皮底的毡靴，鼻子眼儿哼哼着。他很不情愿地和儿子争论起来，可是一提卡列金，他就替卡列金分辩，劲头儿就来了，在火气上来的时候，他又像从前那样对格里高力训斥起来，甚至还跺起那只跛脚。

“你别跟我来这一套！卡列金秋天到咱们村上来过！在广场上召开过村民大会，他趴到桌子上，跟老头子们聊了半天，他就像《圣经》上说的那样，预言庄稼佬要来啦，要打仗啦，如果咱们摇摆不定的话，他们就把什么东西都抢去，而且就占住顿河地区不走了。他在那时候就知道要打仗啦。你们他妈的怎么样？他还不如你们有见识吗？他是个有学问的将军，带领过千军万马，见识还能不如你们吗？卡敏镇上那一伙人都像你一样，都是一些没有学识的二百五，只会搅得人心不安。你们那波得捷尔柯

夫是什么出身？是个司务长吧？……噢！官衔和我一样嘛。就这么一点儿根底嘛！……赶上这种年头儿……真没办法！”

格里高力和他争论很不带劲儿。他还没有见到父亲的时候，就知道父亲是什么态度了。再说，现在又增添了新的因素：对于砍死柴尔涅曹夫和不经审判就枪杀俘虏的军官，格里高力怎么也不能原谅，怎么也不能忘记。

驾辕的两匹马轻快地拉着像簸箩一样的爬犁前进着。格里高力那匹上了鞍的战马用缰绳拴在爬犁后头，在后头小跑着。一路上经过的都是从小就熟悉的一些村镇：卡沙尔、波波甫卡、卡敏卡、下亚布洛诺夫村、格拉乔夫村、亚辛诺夫卡。直到回到自己的村子，格里高力不知为什么总是毫无头绪地、乱糟糟地想着不久前的事情，他几次要多多少少想一想以后的事，但是一想到回家休息，就再也想不下去了。“等回到家里，休息休息，养养伤，以后……”他想着，并且在心里满不在乎地说，“以后会有办法的。船到桥头自会直……”

他打仗也打厌了。真想远远地离开这个充满了

仇恨和敌视的难以理解的世界。过去的一切都稀里糊涂，矛盾重重，探索一条该走的路是很难的；就好像走在一条遍地泥沼的小路上，脚底下的土不住地摇晃着，走着走着，小路又分成了两条，于是就没有把握了，不知道该走哪一条。他拥护过布尔什维克，自己跟着走，还带领别人跟着走过，可是后来他有了一些想法，心渐渐冷了。“真的让伊兹瓦林说对了吗？究竟该依靠谁呢？”格里高力靠在爬犁后背上，模模糊糊地想着这个问题。但是他想到在家乡的情景，想到怎样修理犁耙和大车准备春耕，怎样用柳条儿编牲口簸箩，等土地解冻和晒干之后，就要到田野上去，用老早就想干活儿的手抓住犁把，跟在犁后面走，感觉着铁犁不住地跳动和前进；他想到他就要呼吸到嫩草的芳香和刚刚犁起来、还带着融雪潮气的黑土的香味——想到这一切，心里就暖洋洋的。真想照料照料牲口，堆堆干草垛，闻一闻苜蓿、冰草萎蔫时的气味和牲口粪的臭味。他希望太平，希望安静，因此，格里高力四下里望着，望着马匹，望着父亲那裹在皮袄里的扁平的脊背，严肃的眼睛里就流露出不好意思的喜悦神情。那皮

袄上的羊臊味，没有洗刷的马匹那种家常样子，还有村子里那只站在地窖上高声啼叫的大公鸡——这一切都使他想起差不多已经忘掉的往日的生活。这时候他觉得这僻静的村庄里的生活就像一枝啤酒花儿，又甜，香味又浓。

第二天傍晚时候来到鞑靼村外。格里高力在山冈上就放眼朝顿河望去：那是老婆沟，沟边的芦苇就像镶上的黑貂皮；那是那棵干杨树，可是渡口已经不在原来的地方了。那是鞑靼村，熟悉的街道、教堂、广场……格里高力一看见自己家的房子，心就猛烈地跳了起来。一件件往事涌上心头。院子里井边的提水吊杆，把它那柳木胳膊举得高高的，好像在招手呢。

“眼睛不发酸吧？”潘捷莱·普罗柯菲耶维奇回头看着，笑着说。格里高力也不装假，坦率地承认说：

“是有些酸……当然要发酸啦！……”

“这就是说，家乡嘛！”潘捷莱·普罗柯菲耶维奇非常满意地叹了一口气。

他把爬犁朝村子中央赶去。几匹马轻快地朝冈

下跑，爬犁摇来摆去地往冈下滑。格里高力猜出父亲的用意，但他还是问道：

“干吗要往村子里面赶？一直进咱们的胡同好啦。”

潘捷莱·普罗柯菲耶维奇转了转身，偷偷地笑着，说：

“我送儿子去打仗的时候，儿子还是一个普通的哥萨克，可是现在当上军官啦。怎么，我就不能把头昂得高高的，拉着儿子在村子里转转？叫大家都看看，眼红眼红。伙计，我的心里舒坦呀！”

在大街上，他很沉着地吆喝着马，身子朝一边歪着，晃悠着打着起了毛的鞭子，几匹马感觉到离家近了，就好像没有跑过一百四十里路似的，精神抖擞地、飞快地跑了起来。迎面遇到的哥萨克都对他们行礼，妇女们都手搭凉棚，从院子里和窗户里往外看；一群群的母鸡惊得在大街上咕哒咕哒地乱跑。一切都顺顺当当，就像小说里写的那样。他们穿过了广场。格里高力的那匹马眼睛一斜，看见不知是谁拴在莫霍夫家棚子边的一匹马，就高高地昂起头，叫了起来。村庄的尽头和阿司塔霍夫家的房

顶已经可以看得见了……但是这时候，爬犁来到十字路口，发生了一件不愉快的事：一头小猪从街上跑过，慢了一步，落到了马蹄底下，压伤的小猪哼了一声就滚到了一边，一个劲儿地尖叫着，那压断的脊梁骨怎么都挺不起来了。

“哼，你他妈的偏要来捣蛋！……”潘捷莱·普罗柯菲耶维奇骂着，照压伤的小猪抽了一鞭。

糟糕的是，这小猪偏偏是阿丰卡·奥捷洛夫的遗孀安纽特卡的。这娘儿们又泼辣，嘴又厉害。她毫不怠慢地跑了出来，一面披头巾，一面破口大骂起来，骂的话十分难听，潘捷莱·普罗柯菲耶维奇只好勒住马，转过身来。

“住嘴，浑蛋娘儿们！你叫什么？赔你的癞猪好啦！……”

“你这妖魔！……老鬼！瘸狗，你才是癞猪呢！……我送你去见村长！……”她挥舞着双手，大声叫喊着，“我要教训教训你，看你还敢压孤儿寡妇的畜生！……”

潘捷莱·普罗柯菲耶维奇被她骂得上了火，红着脸喊叫道：

“骚娘儿们!”

“该死的土耳其佬! ……”安纽特卡立即回骂道。

“母狗!”潘捷莱·普罗柯菲耶维奇提高了他那粗嗓门儿。

但是安纽特卡骂起人来是从来不用打草稿的。

“外来的杂种! 老不死的! 老贼! 偷鸡摸狗! ……搞破鞋! ……”她就像喜鹊那样叽叽喳喳叫了起来。

“我用鞭子抽你,母狗! ……闭上你的狗嘴!”

但是安纽特卡骂的话更难听了,就连潘捷莱·普罗柯菲耶维奇这样一个老于世故的人,都窘得红了脸,并且一下子浑身都冒了汗。

“走吧! ……干吗和她骂起来没个完?”格里高力看见街上的人越来越多,而且都很注意地听着麦列霍夫老汉和清白的寡妇安纽特卡之间偶然发生的口角,就很生气地说:

“哼,那舌头……有缰绳这么长!”潘捷莱·普罗柯菲耶维奇使劲吐了一口唾沫,恶狠狠地赶了一下子马,好像要把安纽特卡压死。

已经走过了一个街口，他才提心吊胆地回头看了看。

“一张死嘴骂起人来好厉害！……哼，你这乱咬人的东西……真该把你他妈的压成两截！”他发狠地说，“把你和你的小猪一起压烂！谁要是遇上这种泼辣货，八辈子都倒霉！”

爬犁从自己家蓝蓝的护窗前驶过。彼特罗帽子也没戴，军便服也没有系腰带，就跑出来开了大门。杜尼娅那白白的头巾和忽闪着两只黑眼睛的、笑盈盈的脸从台阶上飞了下来。

彼特罗亲着弟弟，匆匆地对着他看了一眼。

“还好吗？”

“挂花啦。”

“在哪儿挂花的？”

“在格鲁博克。”

“压根儿就用不着在那儿受罪！早就该回家来。”

他亲亲热热地把格里高力摇晃了几下，就让给杜尼娅去亲。格里高力抱住妹妹的丰满、成熟的肩膀，亲过她的嘴唇和眼睛，一面往后仰着，很惊讶地说：

“是你呀，杜尼娅，真认不出来啦！……出落成这么一个大姑娘啦，可是我一直以为你还是那个傻里傻气的毛丫头呢。”

“瞧你说的，小哥！……”杜尼娅被哥哥抱得好疼，挣了开来，也和格里高力一样，龇着一口白牙笑着，走到一边。

伊莉尼奇娜抱着两个孩子走来；娜塔莉亚是跑的，赶到了婆婆的前头。她一下子变得格外有神采，格外漂亮。她那梳得光光的、在脑后挽成一个大鬏儿的黑油油的头发，使她那高兴得发了红的脸显得格外红。她紧紧贴到格里高力身上，用嘴唇慌乱地在他的脸上、胡子上亲了好几下，便急忙从婆婆手里接过儿子，递给格里高力。

“你瞧，儿子长得多好！”她得意扬扬地高声说。

“快让我看看我的儿子！”伊莉尼奇娜十分激动地把她推开。

母亲把格里高力的头扳得低低的，亲了亲他的额头，用粗糙的手一下一下地抚摩着他的脸，又激动又高兴地哭了起来。

“还有女儿哩，格里沙！……给你，抱一

抱！……”

娜塔莉亚把裹着头巾的女儿放到格里高力的另一只胳膊上，格里高力没有了主意，不知道该看谁才好：他忽而看看娜塔莉亚，忽而看看妈妈，忽而看看孩子们。眼神抑郁、双眉紧锁的儿子完全是麦列霍夫家的模样：有点儿凌厉逼人的黑眼睛也是那样长长的、细细的，两道眉毛也是离得远远的，眼白也是鼓鼓的、蓝蓝的，皮肤也是黑黑的。他把一只肮脏的小手放在嘴里，歪着头，怯生生地、一个劲儿地盯住父亲。格里高力只看见女儿两只凝神的、也是那样黑的小眼睛，她的脸蛋儿裹在头巾里了。

他抱着两个孩子，正想朝台阶走去，但是腿上一阵钻心的疼痛。

“娜塔莎，把他们抱去吧……”格里高力咬着牙歪着嘴笑了笑，歉疚地说，“要不然我连门槛都跨不过去啦……”

妲丽亚理着头发，站在厨房正中。她满面笑容，十分随便地走到格里高力跟前，合上两只笑盈盈的眼睛，把两片热乎乎的、湿润的嘴唇紧紧贴到他的嘴唇上。

“一股子烟臭味！”她笑嘻嘻地挑了挑那两道弯弯的、好像用墨描成的眉毛。

“来，让我再看看你！唉，我的心肝儿，好孩子呀！”

格里高力笑着，靠在母亲的肩上，心里觉得热辣辣的。

潘捷莱·普罗柯菲耶维奇在院子里卸爬犁，一瘸一拐地在爬犁周围转悠着，他那红红的腰带和红红的帽顶闪来闪去。彼特罗已经把格里高力的战马牵进马棚里，这会儿正把马鞍往过道里送，一面走，一面转过身去和杜尼娅说话，杜尼娅正要去拿爬犁上的煤油桶。

格里高力脱掉衣服，把皮袄和军大衣搭到床背上，又梳了梳头发。他在板凳上坐了下来，便招手叫儿子过来：

“米沙特卡，上我这儿来。来，你怎么，不认识我吗？”

米沙特卡嘴里还是咬着小手，侧着身子走过来，在桌子跟前停了下来。妈妈在炕边上用心爱和得意的目光看着他。她又对着女儿的耳朵小声说了两句

话儿，把她从手上放下来，轻轻地推了推她。

“你也去呀！”

格里高力把两个孩子一起搂到怀里，分别放到两个膝盖上，问道：

“两个小东西，你们不认识我吗？波柳什卡，你也不认识爸爸吗？”

“你不是爸爸。”儿子小声说（有妹妹在一起，他的胆子大些了）。

“那我又是什么人呢？”

“你是一个外人。”

“这就热闹啦！……”格里高力哈哈大笑起来，“那你爸爸又在哪儿呢？”

“俺爸爸当兵呢。”女儿歪着头，很有把握地说（她的胆子要大些）。

“孩子们，就别认他！叫他以后记住自己的家。要不然他一年到头在外头跑，叫人都不认识啦！”伊莉尼奇娜故作严厉地插嘴说；她见格里高力在笑，也笑了笑，说，“你老婆差点儿都不要你啦。我们正打算给她招一个女婿呢。”

“你这是怎么回事儿，娜塔莉亚？嗯？”格里高

力用开玩笑的口气向妻子问道。

她的脸一红，克制着在家里人面前不好意思的心情，走到格里高力跟前，坐在他身边，用无限幸福的目光把他浑身上下打量了半天，用热乎乎、硬邦邦的手抚摩着他那干瘦的棕色的手。

“妲丽亚，把饭给他端来！”

“他自己有老婆嘛。”妲丽亚笑着说了一声，就袅袅婷婷，还是迈着那样轻盈的步子，朝灶前走去。

她还是那样苗条，那样爱打扮。那细细的秀腿上穿着紧绷绷的淡紫色毛袜，脚上穿着端端正正的短靴，就好像是雕成的；带褶儿的红裙子紧紧绷在身上，绣花围裙白得耀眼。格里高力又转眼去看妻子，就发现她的穿戴有一些变化。她知道他要回家，也换了换衣裳；一件袖口镶着窄窄的花边的天蓝色仿绸女褂勾勒出健美的腰身，柔软的乳房将上衣支得高高的；绣着花边的蓝裙子下部很肥大，上部紧紧裹在身上。格里高力从旁边打量了一下她那圆滚滚的双腿、紧绷绷的肚子和像肥壮的母马那样的大屁股，心里想：“哥萨克娘儿们和所有的娘儿们都不一样。穿衣服有一定的习惯，就是让所有的地方都显

露出来，看不看由你。庄稼佬他们的娘儿们不一样，前身后身叫人分不清，就像装在一条麻袋里……”

伊莉尼奇娜发现他在打量妻子，就特意用赞赏的口气说：

“你瞧咱们家两位军官太太穿得多漂亮！连城里的太太们都要眼红啦！”

“妈，瞧您说的！”妲丽亚接话说，“我们哪儿能赶得上城里太太？！你瞧，这耳环子都坏啦，再说，这都是便宜货！”最后一句话她说得很伤心。

格里高力把一只手放在妻子那宽宽的、干惯了活儿的脊背上，第一次这样想：“是个漂亮娘儿们，很招人喜欢……我不在家，她是怎么过的呢？恐怕有些男人眼馋过她，也许她也眼馋过什么人。万一她有不三不四的事，那可怎么办呢？”他忽然想到这一点，心突突地跳起来，脑子里乱了。他用探询的目光看了看她那红扑扑、光油油、散发着香粉气味的脸。娜塔莉亚被他这样盯着看，脸一下子全红了，她克制着不好意思的心情，小声问：

“你干吗这样看我？怎么，你想我了吧？”

“当然想啦！”

格里高力驱走一些不应有的念头，但是这时候对妻子产生了一种不自觉的敌对心情。

潘捷莱·普罗柯菲耶维奇哼哧哼哧地走进门来。他对着圣像祷告了一阵子，快活地说：

“哦，再向你们问一次好！”

“托福托福，老头子……冻坏了吧？我们等着你呢；汤是热的，刚从火上端下来。”伊莉尼奇娜忙活起来，叮叮当当地用勺子在舀汤。

潘捷莱·普罗柯菲耶维奇一面解脖子上的大红围巾，一面跺着冻得硬邦邦的、缝了皮底的毡靴。他脱掉皮袄，把胡子上的冰凌捋下来，靠着格里高力坐下来，说：

“真冻坏啦，可是到了村子里就热和起来啦……把安纽特卡的小猪压坏啦……”

“谁家的小猪？”妲丽亚正在切一大块白面包，她停下来，很带劲儿地问道。

“安纽特卡家的。这个该死的娘儿们，她跑出来，大骂一通！又骂我这个，又骂我那个，又是老贼，又是偷鸡摸狗。我偷谁家的鸡，摸谁家的狗来，真是她娘的胡扯！”

潘捷莱·普罗柯菲耶维奇一一数着安纽特卡送给他的那些外号，只有一点他没有说，那就是她骂他老不正经，搞破鞋。格里高力笑了笑，坐到饭桌前。潘捷莱·普罗柯菲耶维奇想对格里高力解释解释，就又气呼呼地说了几句：

“她骂得非常难听，简直叫人说不出口！我当时真想转回去，拿鞭子抽她一顿，可是有格里高力在场，这样做总是有点儿不大合适。”

彼特罗开了门，杜尼娅用腰带牵进来一头白头顶的红牛犊。

“到油饼节，咱们就能吃到奶油烙饼啦！”彼特罗用脚踢着小牛，快活地叫道。

吃过饭以后，格里高力解开大口袋，把带的礼物分给家里人。

“这是给你的，妈妈……”他递给她一条毛披巾。

伊莉尼奇娜像年轻人那样皱着眉头、红着脸，接过礼物。

她把披巾披到肩上，对着镜子转悠起来，肩膀一个劲儿地扭来扭去，把潘捷莱·普罗柯菲耶维奇

都惹火了，他骂道：

“老妖精，也照着镜子臭美起来啦！呸！……”

“爹，这是给你的……”格里高力急忙说，并且当着大家的面，转悠着一顶崭新的哥萨克帽，那帽子的帽顶高高的，还镶着火红的帽箍。

“哦，我的天！我就缺帽子呢。今年铺子里就没卖过帽子……夏天不管怎样都好说……戴一顶旧帽子上教堂简直丑死啦。这顶旧帽子给稻草人戴戴，倒是挺不错，可是我还一直戴着呢……”他用生气的语调说，一面瞅着大家，好像生怕有谁走过来，把儿子送的礼物抢了去。

他本来想到镜子跟前去试帽子，可是伊莉尼奇娜拿眼睛盯住了他。老头子发现了她的目光，来了一个大转身，一瘸一拐地朝火壶走去。他把帽子歪戴在头上，对着火壶照起来。

“你这是干什么，老东西？”伊莉尼奇娜报复说。

但是潘捷莱·普罗柯菲耶维奇涎着脸说：

“哎哟哟！瞧，你真浑！你没看到这是火壶，不是镜子吗？噢，噢，是啰！”

格里高力给妻子的是一段做裙子的呢料；给孩

子们一人一盒蜜饯；给妲丽亚的是一副带宝石的银耳环；给杜尼娅的是一段上衣料；给彼特罗的是一盒子纸烟和一磅烟丝。

在女人们嘁嘁喳喳地研究着礼物的时候，潘捷莱·普罗柯菲耶维奇就像黑桃皇后一样在厨房里来来回回地走着，甚至还挺着胸膛说：

“瞧，御林军哥萨克团的哥萨克！得过奖的！皇帝阅兵时得过头奖！得过马鞍和全部军用品！嘿，你瞧瞧！……”

彼特罗咬着小麦色的胡子，欣赏着父亲的高兴样子，格里高力嘻嘻笑着。三个人抽起烟来，潘捷莱·普罗柯菲耶维奇担心地朝窗外看了看，说：

“趁亲戚和街坊都还没有来……你把那边的事讲给彼特罗听听。”

格里高力把手一甩。

“正打着呢。”

“布尔什维克眼下在哪儿？”彼特罗坐舒服些，问道。

“齐霍列茨克、塔干罗格、沃罗涅日——这三方面都有。”

“哦，你们的革命军事委员会有什么打算？为什么让布尔什维克来咱们这地方？贺里散福和伊万·阿列克塞耶维奇回来啦，乱七八糟的话他们说了不少，不过我不相信他们的话。那儿好像有点儿不大对头……”

“革命军事委员会软弱无力。哥萨克们都往家里跑。”

“就是说，因为这样，革命军事委员会就要依靠苏维埃吗？”

“当然，就是因为这样。”

彼特罗沉默了一会儿；他又抽起烟，对直地看了看弟弟，问道：

“你拥护哪一方面呢？”

“我拥护苏维埃政权。”

“混账！”潘捷莱·普罗柯菲耶维奇像火药一样爆炸了，“彼特罗，你教训教训他！”

彼特罗笑了笑，拍了拍格里高力的肩膀。

“他是咱们家的霹雳火，是一匹没有驯服的烈马。爹，你能教训得了吗？”

“我用不着谁来教训！”格里高力生起气来，“我又

不是瞎子……咱们村子里当过兵的，有些什么看法？”

“这些当兵的，有什么好说的！像贺里散福这样的糊涂虫，你还不知道吗？他能懂得什么？大伙儿全都迷了路，不知道该往哪儿走……糟透啦！”彼特罗咬起小胡子，“眼看春天就要到啦，一切都还乱糟糟的……咱们在前方也当过一阵子布尔什维克啦，现在该学学聪明啦。‘我不犯人，休来犯我。’——哥萨克应该对一切胆敢侵犯我们的人这样说。你们在卡敏镇搞得很糟。你们和布尔什维克勾勾搭搭，布尔什维克就要推行他们那一套。”

“格里什卡，你要好好想一想。你不是一个糊涂小子。你应该明白，哥萨克既然是哥萨克，就永远是哥萨克。不能叫臭庄稼佬来管咱们。你该知道，外来户这会儿在想什么。他们要把所有的土地按人口平分。这怎么行呢？”

“扎了根的外来户，老早就住在顿河地区的，应该分到土地。”

“分给他们鸡巴！叫他们去啃吧！……”潘捷莱·普罗柯菲耶维奇做了一个瞧不起的手势，把指甲老长的大拇指夹在食指和中指之间，在格里高力

的鹰钩鼻子前面摇晃了半天。

台阶上响起咚咚的脚步声。冻上了冰的门槛也嗒嗒地响了一阵。安尼凯、贺里散福和戴着一顶高得出格的兔皮帽的伊凡·托米林走了进来。

“老总，你好！潘捷莱·普罗柯菲耶维奇，拿酒来！”贺里散福用老大的嗓门儿喊道。

已经在热炕旁边打盹儿的小牛，听了他的喊叫声，吓得哞哞叫起来。小牛滑滑跌跌地用它那还在打战的四条腿站了起来，用圆滚滚的眼睛望着进来的人，大概是因为害怕，在地上撒了细细的一道尿。杜尼娅轻轻拍了拍小牛的背，小牛才不撒尿了；她扫了扫那一摊尿，放上一口破铁锅。

“你嗓门儿那么大，把小牛都吓坏啦！”伊莉尼奇娜不高兴地说。

格里高力和他们握过手，请他们坐下来。不久，村子的这一头又来了几个人。大家一面说话，一面抽烟，抽得烟雾腾腾，灯光都暗了，小牛都呛得咳嗽起来。

“你们都滚吧！”伊莉尼奇娜骂道，已经是半夜了，她要撵客人了，“你们都给我出去，到外面冒烟

去，烟鬼！走吧，走吧！我们家的老总赶了一天路还没有歇歇呢。快滚吧。”

十四

第二天早晨，格里高力醒得很晚。是房檐下和窗外那叽叽喳喳、热闹得像春天一样的麻雀叫声把他吵醒的。一道道金色的阳光从护窗的缝隙里射了进来，照得空气中的灰尘光闪闪的。做弥撒的钟声在响着。格里高力想起今天是礼拜日。娜塔莉亚不在身边，但是褥子上还保留着她身体的热气。看样子，她起身还不久。

“娜塔莎！”格里高力唤了一声。

杜尼娅走了进来。

“什么事，小哥？”

“你把小窗子开开，把娜塔莉亚喊来。她干什么去啦？”

“她在帮妈妈做饭呢，一会儿就来。”

娜塔莉亚走了进来，因为屋里还黑，眯起了眼睛。

“你醒啦?”

她手上还带着刚才和面的气味。格里高力躺着把她抱住，想起夜里的事，笑了，问道：

“你睡好啦?”

“啊哈！昨晚……是太迟啦。”她笑了笑，红着脸，把头扎到格里高力那毛烘烘的胸膛上。

她帮着格里高力扎好绷带，从箱子里拿出一条礼服裤子，问道：

“你穿带十字章的礼服上衣吧?”

“算了吧!”格里高力惊恐地摆了摆手。

但是娜塔莉亚硬是要他穿，说：

“穿上吧！爹会很高兴的。你怎么，十字章是白白地挣来垫箱子底的吗?”

格里高力拗不过她，同意了。他起了床，拿来彼特罗的刮脸刀，刮了刮脸，又洗了脸，洗了脖子。

“后脑勺刮了吗?”彼特罗问道。

“哦，妈的，忘啦!”

“来，坐下，我给你刮刮。”

胰子抹在脖子上冷冰冰的。格里高力在镜子里看到，彼特罗像小孩子那样，把舌头顶在腮帮子上，

用刮脸刀刮了起来。

“你的脖子比以前细了一点儿，就像耕完地以后的牛脖子。”彼特罗笑着说。

“吃公家的伙食恐怕是吃不胖的。”

格里高力穿起带少尉肩章和别着一排十字章的制服，到蒙了一层水汽的镜子跟前一照，几乎不认得自己了：在镜子里朝他望着的，是一位高高的、瘦瘦的、像茨冈人一样黑的军官。

“你像一位上校！”彼特罗毫不嫉妒地欣赏着弟弟，兴高采烈地说。

格里高力听了这话，不由得高兴起来。他朝厨房里走去。妲丽亚用赞赏的目光盯着他。杜尼娅惊叫了一声：

“咦，好漂亮！……”

伊莉尼奇娜不由得掉起了眼泪。她用肮脏的围裙擦着眼泪，回答杜尼娅的取笑说：

“鬼丫头，这样的儿子你也生几个看看！至少生两个，还要让个个都有出息！”

娜塔莉亚那含情脉脉、火热的和泪水模糊的眼睛一直不离开丈夫身上。

格里高力披起军大衣，朝院子里走去。他下台阶感到很吃力，受伤的那条腿很不灵便。他扶着栏杆，心里想道："非拄根拐杖不行了。"

在米列洛沃给他取出了子弹，伤口结了一块棕色的痂，这块痂把皮肤拉得紧紧地，腿不能随便打弯儿。

一只猫在墙根下晒太阳。台阶旁太阳地里的雪已经融化，变成了一片水洼。格里高力高高兴兴地、仔细地打量着院子。在台阶旁边竖着一根柱子，柱子顶上安着一个车轮子。格里高力从小就记得有这个车轮子，这是为女人们的方便装置的：她们不必下台阶，就可以把装牛奶的钵子放在车轮上过夜，白天可以在上面晾家什，在上面晒酱。他看到院子里有一些变化：仓房的门上的油漆原来已经剥落，现在抹上了一层黄泥，棚子上新铺的麦秸还没有变成褐色；堆得高高的那一堆木桩子好像少了一些，想必是修栅栏用去了一部分。地窖上堆起一堆灰；一只像乌鸦一样的黑公鸡，哆哆嗦嗦地蜷着一只腿，站在灰堆上，周围有十来只留着传种的花母鸡。因为冬天风雪多，全部农具都放在棚子里面：一辆牛

车的架子竖在里面；一道阳光从棚顶的缝隙里射了进去，照得割麦机上的铁片闪闪放光。马棚边的粪堆上有几只鹅。一只毛茸茸的荷兰鹅很傲慢地斜眼看着从一旁一瘸一拐地走过的格里高力。

格里高力把全部家业都看了一遍，这才回到房里。

厨房里散发着甜甜的炼牛油气味和热烘烘的烤面包气味。杜尼娅在一个花碟子里洗糖渍的苹果。格里高力看了看苹果，很带劲儿地问：

“有腌西瓜吗？”

“娜塔莉亚，你去拿！”伊莉尼奇娜马上吩咐道。

潘捷莱·普罗柯菲耶维奇从教堂回来了。他按照家里的人数，把一个带花纹的小圣饼切成九份，分给大家吃。大家都坐下来吃早饭。彼特罗也穿得齐齐整整，连胡子上都搽了油，靠着格里高力坐下来。妲丽亚坐在他们对面一张小凳子上。一缕阳光照在她那红扑扑的、搽了油膏的脸上。她眯缝着眼睛，很不高兴地垂着她那弯弯的、被阳光照得发亮的黑眉毛。娜塔莉亚在喂孩子们吃烤南瓜，偶尔地笑着看看格里高力。杜尼娅跟父亲坐在一起。伊莉

尼奇娜坐在尽头上，离灶很近。

大家都像过节时那样，放开肚子吃，吃得很多。喝过羊肉汤，又吃面条，然后是清炖羊肉、清炖鸡、羊腿冷盘、炸土豆、牛油小米饭、甜粥、奶油烙饼、腌西瓜。格里高力吃得饱饱的，很费劲儿地站了起来，醉醺醺地画了个十字，哼哧哼哧地躺到床上。潘捷莱·普罗柯菲耶维奇还在吃小米饭：他用调羹把米饭按紧，在中间扒出一个坑，他把这叫作井，把琥珀色的油倒进去，用调羹扒着油泡的米饭，正经八百地吃了起来。非常喜欢孩子的彼特罗在喂米沙特卡吃饭；他高兴起来，拿酸奶油往米沙特卡的脸上和鼻子上乱抹。

“伯伯，别胡闹！”

“怎么啦？”

“你往哪儿抹呀？”

“怎么啦？”

“我要告诉妈妈啦！”

“怎么样？”

米沙特卡那两只带有忧郁神气的麦列霍夫家的小眼睛气得不住地忽闪着，懊恼的泪水在眼睛里哆

嗦着；他用拳头擦着鼻子，觉得好言好语无效，就大叫起来：

“别抹啦！……糊涂虫！……混账！”

彼特罗高兴得哈哈笑着，又喂起小侄子：一调羹塞进嘴里，再一下子抹到鼻子上。

“简直是个小孩子……闹起来没有完。”伊莉尼奇娜嘟哝说。

杜尼娅坐到格里高力跟前，对他说：

“彼特罗坏透啦，总是出坏点子。前几天他带着米沙特卡在院子里玩儿，米沙特卡想拉屎，就问：‘伯伯，在台阶旁边拉，行吗？’彼特罗说：‘不行。要走远点儿。’米沙特卡就跑远点儿，又问：‘这儿行吗？’‘不行，不行。你到仓房那儿去。’他又叫米沙特卡从仓房跟前跑到马棚跟前，从马棚跟前跑到场院上。米沙特卡跑呀，跑呀，一下子就拉到了裤子里……娜塔莉亚大骂了一顿！”

“算啦，我自个儿吃吧！”米沙特卡的叫声像邮车的铃铛。

彼特罗笑哈哈地哆嗦着小胡子，表示不同意：

“不行啊，伙计！还是我喂你吧。”

“我自个儿吃！”

“咱们家的小猪才自个儿吃呢，你没看见吗？娘儿们拿泔水给猪吃。”

格里高力一面笑嘻嘻地听着他们说话，一面卷烟。潘捷莱·普罗柯菲耶维奇走了过来。

“今天我想上镇上去。”

“去干什么？”

潘捷莱·普罗柯菲耶维奇打了一个嗝儿，打出不少甜粥，捋了捋大胡子。

“去找皮匠有事——我交给他两副马套在修。”

“当天能回来吗？”

“怎么不能回来？天不黑就能回来。”

他休息了一会儿，套上一匹今年瞎了一只眼的老骒马，就赶着爬犁出门了。他走的是草甸子。过了两个钟头，他就来到维奥申镇上。先上邮局去了一下，又去取来马套，然后去找住在新教堂旁边的一个老朋友和干兄弟。主人十分殷勤好客，一再留他吃午饭。

“上邮局去过吗？”主人一面问，一面往杯子里斟着不知是什么。

“去过啦。”潘捷莱·普罗柯菲耶维奇一面拉长了声音回答，一面很稀奇地看着他手里的玻璃瓶，闻着气味，就像猎狗在闻野兽的脚印。

“没听到什么新闻吗?”

“新闻？什么也没有听到。怎么样?”

“卡列金，就是阿列克塞·马克西莫维奇，去世啦。”

“你说什么?!”

潘捷莱·普罗柯菲耶维奇的脸一下子全青了，他忘掉了那可疑的玻璃瓶和气味，一下子仰靠在椅子背上。主人阴沉地眨巴着眼睛，说：

“打来的电报说，前两天他在诺沃契尔卡斯克自杀啦。他是顿河上首屈一指的大将军。是英雄，带领过千军万马。这人很了不起！他要是活着，哥萨克就不会受欺负。”

“等一等，大哥！现在怎么办呢?”潘捷莱·普罗柯菲耶维奇推开酒杯，张皇失措地问道。

“谁知道他是怎么一回事儿。局势越来越严重啦。一个人要是日子好过，恐怕是不会自杀的。”

“他怎么能下这样的狠心呢?”

这个老朋友是一个守旧的人，他恶狠狠地挥了一下手，说：

“当兵的都不听他的，把布尔什维克都放了进来，所以将军自杀啦。像这样的将军能找到几个呢？谁又来保护咱们呢？在卡敏镇上还成立了什么革命军事委员会，当过兵的哥萨克都参加啦……咱们这儿也……你大概听说了吧？他们已经发来命令，要打倒所有当官的，要选举这种革命军事委员会。庄稼佬都昂起头来啦！这全是一些木匠、铁匠、各种各样走街串巷的，这些人在维奥申镇上，就像草地上的小虫儿一样多！”

潘捷莱·普罗柯菲耶维奇耷拉着苍白的头，老半天没有说话；等他抬起头来，他的目光又冷峻，又难看。

“你这瓶子里是什么？”

“酒精。我的侄子从高加索带回来的。”

“来，大哥，咱们来祭奠卡列金，祭奠去世的将军！愿他在天堂安息！”

他们喝起来。主人的女儿，一个高高的、满脸雀斑的姑娘，端上菜来。潘捷莱·普罗柯菲耶维奇

开头还不时地看看垂着头站在爬犁旁边的老骒马，但是主人叫他放心，说：

“别记挂马。我叫家里人去饮饮，添点儿草料。”

于是潘捷莱·普罗柯菲耶维奇很起劲地说起话来，喝了起来，很快就忘掉了马，忘掉世上的一切。他东一句西一句地说起格里高力，和已有酒意的干兄弟争论起一件事，争着争着，就忘记争论的是什么了。黄昏时候，他才猛醒过来。尽管主人一再劝他留下来过夜，他还是决意回去。主人的儿子给他把骒马套上，主人亲自把他扶上爬犁，决意送他一程，两个人紧挨着坐在爬犁上，拥抱着。他们的爬犁在大门上撞了一下，以后每到拐角上都要撞一下，直到上了草甸子，才不撞了。这时候干兄弟哭了起来，并且不由自主地从爬犁上跌了下去。他像个虾子一样四肢着地撑了半天，嘴里不住地骂着，可就是站不起来。潘捷莱·普罗柯菲耶维奇赶着爬犁飞跑起来，他没有看见，送了他一程的干兄弟四肢着地在雪地上爬着，鼻子往雪里直拱，快活得哈哈大笑着，并且用沙哑的嗓子恳求着。

“别胳肢我！……别胳肢嘛！”

潘捷莱·普罗柯菲耶维奇的老骒马挨了几鞭子，就快跑起来，但是跑得很不稳当，一个劲儿地瞎跑。马的主人不久酒劲儿就发作，昏昏沉沉，头靠到爬犁背上，一声不响了。幸亏缰绳压在他的身子底下，于是无人鞭打也无人驾驭的老骒马就换成小步朝前走去。一到岔路口，骒马就迷失了方向，走上了通往小格洛姆强诺克村的路，顺着这条路走去。过了几分钟，连这条路也迷失了。骒马在荒地上，在没有路的地方走，隐进了树林边很深的雪里；那马哼哧哼哧地朝一处洼地里走去。爬犁挂在一丛树棵子上，停了下来。爬犁猛地一停，颠得潘捷莱·普罗柯菲耶维奇醒了一下子。他抬起头来，沙哑地吆喝了一声：

“喔，鬼东西！……”马上又睡着了。

老骒马平平安安地过了树林子，很顺利地来到顿河上，迎着送来牛粪块烟味的东风，朝谢苗诺夫村走去。

在顿河左边，离谢苗诺夫村半俄里远处，有一片深水；每年春天春水退落的时候，大水一股劲儿地朝这里涌。附近的沙土岸边还有几股泉水朝上直

冒，因此这一片水整个冬天都不结冰，形成了一个碧绿的半圆形大冰窟窿。所以过顿河就要小心翼翼地绕过这片深水，往旁边绕一个很大的弯子。春天，退落的春水汹涌奔腾着经过这片深水回到顿河里的时候，这地方就形成漩涡，河水怒吼，水流上下翻滚，冲刷着河底；整个夏天，鲤鱼都躲在好几丈深的水底下，朝附近岸上倒下来的一棵树底下乱钻。

麦列霍夫家的骒马稀里糊涂地朝着冰窟窿、朝冰窟窿的左边走去。离冰窟窿有二十丈远的时候，潘捷莱·普罗柯菲耶维奇翻了一下身，略微睁了睁眼睛。他看到黑黑的天上那一颗颗黄绿色的星星就像一树没有成熟的樱桃。“天黑啦……”他迷迷糊糊地想着，狠狠地扯了扯缰绳：

“喔，喔！……我揍死你，老骚货！”

老骒马小步跑了起来。马闻到了不远处水的气味，一下子竖起了耳朵，迟疑不决地朝主人斜了斜那只瞎眼睛。忽然听到波浪拍溅的声音。打了一声尖尖的响鼻，朝旁边一扭，向后退去。底部被水冲得千疮百孔的薄冰，在马蹄下咯吱咯吱地响着，一大块覆盖着白雪的薄冰陷了下去。骒马发出恐怖的、

怕死的嘶叫声。那马使劲用后腿撑住，但是两条前腿已经落进了水里，边上的冰被马的后腿踩得咔嚓咔嚓直响。哗啦一声，又一大块冰碎裂开来。骒马掉进了冰窟窿，那马哆哆嗦嗦地抽了一下后腿，朝辕杆上踢了一下。就在这时候，潘捷莱·普罗柯菲耶维奇觉得不对头，便从爬犁上跳下来，朝后面一滚。他看到，爬犁被下坠的马扯得倒竖了起来，露出了被星光照得熠熠发光的滑铁，爬犁滑进黑绿色的深水里，夹杂着冰块的河水发出轻柔的咝咝声，一股波浪几乎溅到他的身上。潘捷莱·普罗柯菲耶维奇飞快地向后爬了爬，这才站稳了身子，大声喊叫起来：

“救命啊，行行好吧！……要——淹——死——啦！……”

他的醉意好像被一棒子打跑了。他跑到冰窟窿跟前。刚刚碎裂的冰块闪闪发光。风和湍急的流水赶着冰块在黑黑的大冰窟窿里转悠着，一阵阵的波浪沙沙响着，摇来晃去，就像一绺绺绿色的头发。周围死气沉沉的，寂无声息。远处村子里的灯火，给黑沉沉的夜幕增添了一些黄点儿。一颗一颗的星

星，就像新碾出来的谷粒儿，在天鹅绒一般的天上瑟瑟缩缩，发出夺目的亮光。微风吹起地上松松的雪粉，雪粉哒哒响着，像一把一把的面粉，往冰窟窿那黑黑的大嘴里直飞。冰窟窿微微地冒着热气，黑乎乎的，依然是那样亲切，又是那样可怕。

潘捷莱·普罗柯菲耶维奇这才明白了，这会儿叫喊是愚蠢的，是没有用的。他四下里望了望，明白了自己因为醉酒跑到什么地方来了，并且因为恨自己，恨这件意外事，气得浑身哆嗦起来。他手里还拿着鞭子，他是带着鞭子跳下来的。他一面骂娘，一面拿鞭子照自己的脊背抽了半天，但是一点都不觉得疼，因为有皮袄护着呢，而为这件事就脱掉皮袄，似乎又不值得。他把大胡子揪下来一绺，在脑子里算了算骒马、爬犁、马套和买回的一些东西的价钱，便破口大骂起来，又朝冰窟窿跟前走了走。

“瞎鬼！……”他打着哆嗦，唉声叹气地对着已经沉下去的骒马骂道，“骚货！你自个儿淹死，还差点儿把我搭上！谁叫你他妈的瞎闯?！叫鬼把你套上拉车去吧，鬼可是没有东西抽你！……那就把鞭子也给你们吧！……”他泄气地把手一扬，把鞭子扔

到冰窟窿当中。

那鞭子哧的一声，竖着扎进水里，朝水底沉去。

十五

在卡列金的部队打败了革命的哥萨克部队之后，被迫迁移到米列洛沃的顿河革命军事委员会，给正在同卡列金和反革命的乌克兰拉达作战的军队的领导人打了一通电报，内容如下：

哈尔科夫。一九一八年一月十九日。发自卢干斯克，第四四九号，十八时二十分。顿河哥萨克革命军事委员会请您将顿河地区的下述决议转给彼得格勒人民委员苏维埃。

哥萨克革命军事委员会根据在卡敏镇召开的军人代表大会的决议，决定如下：

一、承认俄罗斯苏维埃共和国的国家中央政权，承认哥萨克、农民、士兵和工人苏维埃代表大会的中央执行委员会，以及由中央执行委员会选出的人民委员苏维埃。

二、召开哥萨克、农民和工人苏维埃代表大会,成立顿河地区政权。

[附注]顿河地区的土地问题也将由地区代表大会解决。

赤卫队接到这通电报之后，便前来援助革命军事委员会的部队，因而打垮了柴尔涅曹夫的反革命队伍，恢复了原来的局面。革命军事委员会又掌握了主动权。萨布林和彼特洛夫的赤卫队，在占领兹维列沃和里哈亚以后，便在革命军事委员会的部队配合下，展开了攻势，压迫敌人向诺沃契尔卡斯克退去。

在右翼塔干罗格方面，西维尔司①率领的赤卫队在涅克林诺甫克附近被库捷波夫上校的志愿军打败，损失了一门大炮、二十四挺机枪和一辆装甲车，退到了安甫洛西叶夫卡。但是在塔干罗格，就在西维尔司打了败仗和退却的那一天，波罗的工厂里发动了起义。工人们把士官生从城里赶了出去。西维尔

①西维尔司原为帝俄军队的步兵准尉,布尔什维克,一九一七年担任《战地真理报》主编。是乌克兰和顿河地区对白卫军和外国干涉者进行武装斗争的领导人之一。一九一八年十二月受重伤而死。——作者注

司于是重整队伍，发起进攻，节节前进，逼得志愿军朝塔干罗格退去。

苏维埃方面的部队显然取得了优势。这些部队从三面包围了志愿军和卡列金那些残余的“杂牌”部队。一月二十八日，科尔尼洛夫打电报给卡列金，说志愿军要退出罗斯托夫，退到库班去。

二十九日上午九点钟，在将军府里召开了顿河政府委员的紧急会议。卡列金最后一个从自己的住处来到会议厅。他沉重地坐到桌子旁边，把一些文件挪到自己面前。他因为睡眠不足，两边腮帮子的上部变得黄黄的，那抑郁无神的眼睛下面出现了两块青印子；他那消瘦了的脸，就好像挨到了腐烂的东西，被腐蚀黄了。他慢慢地看过科尔尼洛夫的电报，看过正在诺沃契尔卡斯克北面抵挡赤卫队进攻的各部队指挥官的报告。用一只白白的大手仔细把一沓电报摊平，没有抬他那浮肿的、出现了青印子的眼皮，低沉地说：

“志愿军要撤退啦。保护顿河地区和诺沃契尔卡斯克的，只有一百四十七条枪啦……”

他的左眼皮上的青筋跳了几下，紧闭着的嘴唇

角哆嗦了一阵子，他又提高了声音说：

“咱们的处境没有希望啦。老百姓不仅不支持咱们，而且对咱们有敌对情绪。咱们无能为力啦，反抗也无益。我不主张无谓的牺牲，无谓的流血。我提议，咱们辞职，把政权交给别人。我辞去司令官的职务。”

米特洛方·包加叶夫斯基正对宽大的窗洞看着，他扶了扶眼镜，也没有转过头来，说：

“我也辞去自己的职务。”

“当然，要辞职，整个政府都要辞职，问题是，咱们把政权交给谁呢？”

“交给市议会。”卡列金干巴巴地回答说。

“应该举行一个仪式。”政府委员卡辽夫不很肯定地说。

大家都很伤心、很尴尬地沉默了一会儿。阴沉的一月的早晨的朦胧的亮光，从蒙了一层水汽的窗户里懒洋洋地透了进来。罩着雾气和霜雪的城市寂无声息，好像睡着了一样。听不到平时生活脉搏的跳动。苏林车站附近正在进行战斗，阵阵炮声传来，使一切活动沉寂下来，使整个城市里充满了无声的、

说不出的恐怖。

在窗外飞来飞去的乌鸦，一声声地叫着，叫得非常难听。乌鸦在白色的钟楼顶上打着圈圈儿，就好像发现了死尸。教堂的广场上覆盖着淡青色的新雪，除了稀稀拉拉的行人再就是偶尔有搭客的爬犁驰过，后面留下黑黑的辙印。

包加叶夫斯基打破沉寂，提议起草一份向市议会移交政权的交接书。

“应该和他们一起开个会，商讨一下移交的问题。”

“什么时候开会合适？”

“晚一点吧，下午四点。”

政府委员们似乎因为打破了难发一言的沉寂而高兴起来，讨论起移交政权问题和开会的时间问题。卡列金一言不发，用鼓鼓的手指甲有节奏地轻轻敲着桌子。在他那耷拉着的眉毛底下，两只眼睛模模糊糊，光度微弱，像云母石一样。因为过度的疲惫、厌倦和劳累，他的目光流露出烦躁和沉重的神情。

有一个政府委员不知是在反驳谁的意见，他的发言又臭又长。卡列金微微带着怒色，打断了他

的话：

“诸位，说简单一点儿吧！时间很紧迫。俄罗斯就是因为说空话亡国的。现在休息半个钟头。你们讨论讨论……等会儿要快点儿讨论好。”

他走回自己的住处。政府委员们分成一小堆一小堆的，小声说着话儿。有一个人说，卡列金气色很不好。包加叶夫斯基站在窗前，听见有人小声说：

“对于阿列克塞·马克西莫维奇这样的人，自杀是唯一可行的办法。”

包加叶夫斯基哆嗦了一下，快步朝卡列金的房里走去。过了不大的一会儿，他就陪着卡列金回来了。

决定在四点钟开会，同市议会商讨移交政权和交接书的问题。卡列金站了起来，其余的人也跟着站了起来。卡列金一面同一位政府要员握手道别，一面拿眼睛注视着扬诺夫，扬诺夫正和卡辽夫小声说话儿。

“什么事？”他问道。

扬诺夫走过来，有点儿不好意思。

“一些政府委员，不是哥萨克的，要求发给他们

一些路费。”

卡列金皱起眉头，很生硬地说：

“我没有钱……讨厌！”

大家渐渐散去。包加叶夫斯基听见了这几句对话，把扬诺夫叫到一旁，说：

“请到我房里来一下。您告诉斯维托查洛夫，让他在更衣室里等一等。”

他们跟着佝偻着身子快步往前走的卡列金走了出去。来到包加叶夫斯基的住处，他递给扬诺夫一沓钞票。

“这是一万四千卢布。您交给他们吧。”

在更衣室里等候着扬诺夫的斯维托查洛夫接过钱，道过谢，握过手，就朝门口走去。扬诺夫刚刚从看门人手里接过军大衣，就听见楼梯上咚咚地响，便回头看了看。卡列金的副官莫尔达甫斯基正从楼梯上往下跑。

“找医生！快!!”

扬诺夫扔下军大衣，朝他奔去。一个值日副官和聚集在更衣室里的几个传令兵一齐围住了跑下来的莫尔达甫斯基。

“怎么回事儿?!”扬诺夫脸色煞白地叫道。

“阿列克塞·马克西莫维奇自杀啦!”莫尔达甫斯基趴在楼梯栏杆上，放声大哭起来。

包加叶夫斯基跑了出来；他的嘴唇一个劲儿地打哆嗦，好像是冻坏了，他结结巴巴地问：

“怎么啦？怎么啦?”

很多人拥拥挤挤、争先恐后地顺着楼梯朝楼上跑去。奔跑的脚步声轰轰隆隆、吧吧嗒嗒地响成一片。包加叶夫斯基张大了嘴在吸气，呼哧呼哧地直喘。他头一个砰的一声把门推开，穿过客厅跑进办公室。从办公室进小房间的门大开着。又酸又苦的灰白色轻烟和火药气味从里面往外冒着。

“哎呀！哎呀！哎哟！哎哟！……阿廖沙呀！……我的亲人啊……”从里面传出卡列金的妻子的极其可怕的、憋得透不过气来的哭泣声。

包加叶夫斯基好像快要闷死了，他撕扯着衬衣领子，跑了进去。卡辽夫正佝偻着背，紧紧抓住已经不发亮的镀金窗户把手，站在窗户跟前。他的两个肩胛骨，在背后上衣里面一上一下地抽动着，他哆嗦得厉害，每哆嗦一下都要老半天。包加叶夫斯

基沙哑地、像野兽一样放声号叫起来，差点儿要站不住了。

卡列金双手放在胸前，直挺挺地躺在一张军官行军床上。他的头微微朝墙那面歪着；白色的枕套，使他那发青的潮湿的额头和贴在枕套上的腮帮子格外显眼。眼睛蒙蒙眬眬地半闭着，那冷峻的嘴角朝一边歪着，显得很痛苦。他的妻子跪在他的脚边不要命地号哭着。她那声嘶力竭的哭声撕心裂肺。行军床上放着一把手枪。手枪旁边的衬衣上，有一股细细的深红色鲜血曲曲弯弯地流着。

军服上衣整整齐齐地搭在行军床旁边的椅子背上，小桌子上放着手表。

包加叶夫斯基歪歪倒倒地摇晃了几下，跪了下去，把耳朵贴在还热乎和柔软的胸膛上。他闻到一股像醋一样酸的男人汗味。没有听到卡列金的心跳。包加叶夫斯基的全部精神都凝聚到听觉上，他如饥似渴地倾听着，但是他听到的只是小桌子上的手表清脆的嘀嗒声，已死的将军的夫人那嘶哑的哽咽声，再就是窗外的乌鸦那带有不祥意味的，又带劲儿又响亮的呱呱叫声。

十六

彭楚克一睁开眼睛，就看见安娜的黑眼睛里闪着晶莹的泪珠和笑意。

他昏昏沉沉地过了三个星期。三个星期以来，他一直在恍恍惚惚、梦幻般的世界里漫游。十二月二十四日黄昏时候，他恢复了知觉。他用严肃而迷惘的目光对着安娜看了老半天，希望能回想起和她有关的一切；他只想起一小部分，他的脑子还很迟钝，很不听使唤，还有很多事情隐藏在脑子的深处。

“给我点儿水喝……”他自己的声音仍旧像是从很远的地方传进了他的耳朵，因为他高兴起来。彭楚克笑了。

安娜连忙向他走来，她的脸闪闪有光，露出微微的、压抑着的笑容。

“我端着给你喝吧。”她推开彭楚克伸向茶缸的软弱无力的手。

他哆哆嗦嗦，很费劲儿地抬起头来，喝了一阵子，又疲惫无力地倒在枕头上。他朝旁边看了半天，

想说几句话，但是一点精神都没有，他又睡着了。

又是和头一次一样，他醒来之后，首先看见的是安娜凝视着他的那一双惊惶不安的眼睛，然后是橙黄色的灯光、灯光在没有油漆的天花板上照出的白圈圈儿。

“安娜，上我这儿来。”

她走过来，握住他的手。他也软弱无力地握住她的手。

“你这会儿觉得怎么样？”

“舌头就像是别人的，脑袋也好像是别人的，腿也是这样，我好像有两百岁啦。”每一个字他都说得很仔细。停了一会儿，他问道：“我是害伤寒吗？”

“是害伤寒。”

他拿眼睛在屋子里扫了扫，含含糊糊地说：

“这是哪儿呀？”

她明白他问的是什么，就笑了笑。

“咱们这是在察里津。”

“你呢……是怎么一回事儿？”

“我一个人留下来陪你的，”她好像是想解释，又好像是想引开他没有说出的念头，赶紧又说道，

“不能把你扔在陌生的地方啊。阿布拉姆逊和党委会的几个同志要我照应你……你瞧，真想不到我服侍起你来啦。”

他用眼睛看了看，用手软软地握了握，对她表示感谢。

“克鲁托果洛夫呢?”

“经过沃罗涅日到卢干斯克去啦。”

“盖沃尔克扬茨呢?”

“他……真想不到……他害伤寒病死啦。”

“噢！……”

两个人都沉默了一会儿，好像是在默念死者。

“我原来也很担心你。你前些天很不好。”她小声说。

“还有包高伏依呢?”

“大家都离开啦。有一些人上卡敏镇去啦。噢，你听我说，你老是说话不大好吧？还有，你要不要喝点儿牛奶?”

彭楚克摇了摇头，表示不想喝；他吃力地摆动着舌头，又接着问道：

“阿布拉姆逊呢?”

“一个星期以前上沃罗涅日去啦。”

他很不灵活地翻了一个身，他的头一阵晕，血直往眼睛里冲。他觉得有一只凉丝丝的手按在额头上，就睁开了眼睛。他想起一个问题：昏迷的时候，谁照应他拉屎撒尿呢？难道是她吗？他的脸都有点儿红了；他问道：

“就你一个人服侍我吗？”

“是的，就我一个。”

他把脸转过去朝着墙，小声说：

“他们真好意思……坏透啦！把我丢给你一个人……”

害过伤寒病以后，在听觉上出现了后遗症：彭楚克听觉很差。察里津党委会派来的医生对安娜说，必须等病人完全康复以后，才能治疗耳朵。彭楚克的健康恢复得很慢。他的食欲格外强，但是安娜严格地控制着他的饮食。他们因此常常发生争执。

“再给我一点儿牛奶吧。”彭楚克要求说。

“不能再喝啦。”

“我求你——再给我一点儿！你想让我饿死吗？”

“伊里亚，你该知道，我不能让你超过定量。”

他气得不作声了，转身朝着墙，直叹气，老半天都不说话。她心疼他，压制着自己的脾气。过一阵子，他转过脸来，一副愁眉苦脸的样子，那样子更使她心疼了。他又央求说：

“不能给我一点儿腌白菜吗？哎呀，给我一点儿吧，好安娜！……听听我的嘛……不行吗？……都是医生胡说八道！”

有时候他碰了钉子，就说难听的话来气她：

“你不能这样捉弄我！我自个儿找女房东要！你这个女人毫无心肝，讨人厌！……真的，我都恨你啦。”

“我天天照应你，起早摸黑，你却对我这样！”安娜也忍不住了。

“我又没有求你留下来服侍我！你拿这话责备我，毫无道理。你别自以为了不起。哼，好吧……你就什么也别给我！让我饿死好啦……真会心疼人！”

她的嘴唇哆嗦着，但是她克制着，没有作声；任凭他怎样，她都耐心忍受着。

只有一回，因为她不肯再给他饼吃，高声吵了

几句之后，彭楚克转过脸去，她发现他的眼睛里汪着泪水，她的心揪成一团，喊叫道：

“你简直成了小孩子啦！”

她跑到厨房里，端来满满一碟子馅饼。

“吃吧，吃吧，伊留沙，我的好人！好啦，够啦，别发火啦！给你吃吧，刚烙出来的！”她两手哆哆嗦嗦地把一张饼塞到他手里。

彭楚克心里很不痛快，想不要，但是忍不住；一面擦着眼泪，坐起来，接住饼子。他那生满软软的卷胡子的消瘦的脸上，闪过一丝表示歉意的笑容，他用眼睛请求她原谅，说：

“我连小孩子都不如呢……你瞧，我差点儿都哭起来啦……”

她看着他那细得出奇的脖子，看着他那从敞开的衬衣领子里露出来的干瘪下去的、没有血色的胸膛，看着他那皮包骨头的双手；她心里涌起一股以前不曾有过的深深的爱和心疼的感情，情不自禁地第一次真挚而温柔地吻了吻他那焦黄的额头。

又过了两个星期，他才能不用别人搀扶在屋子里走动。瘦得像干草一样的两条腿一拐一拐地走；

他重新学起走路来了。

“你瞧，安娜，我能走啦！”他很想自个儿走走，走快点儿，但是两条腿撑不住沉甸甸的身子，地板在脚底下直摇晃。

彭楚克一遇到能靠的东西就靠一下，他像个老头子一样大大咧咧地笑着；皮肤紧紧贴在透亮的腮帮子上，到处是皱纹。他像老头子一样呵呵地笑上一阵，笑得没了劲儿，也走累了，就又倒在床上。

他们住的房子离码头不远。在窗前可以看见一片冰雪的伏尔加河河面和河那边的树林，那树林就像半个老大的灰色圆圈儿；可以看见远处田野那模糊的、曲曲弯弯的轮廓。安娜常常在窗前站上很久，想着自己的奇怪的、骤然变了的生活。彭楚克生了一场病，他们格外亲密了。

起初，她走过漫长而艰苦的路，同他一起来到察里津，觉得异常沉重、异常痛苦。她还是第一次这样近和这样真切地窥探和心爱的人相处的内幕。她咬着牙，给他换身上的衬衣，从他那滚烫的头上往下篦虱子，转动他那重得像石头一样的身体；她浑身像抽筋似的，带着厌恶的神情偷偷看着他那赤

裸裸的干瘦的男子身体——那是一张皮壳，宝贵的生命在里面微微跳动着。她的心里乱腾腾的，觉得很厌恶，但是外部的肮脏却没有污染她那深深地、牢牢地埋藏在心底的感情。她曾经在彭楚克严厉的指教之下学会了战胜痛苦和困惑。这一次她也战胜了。到末了只剩了同甘共苦的心情，再就是深深的爱情像泉水一样，腾腾地冲了出来。

有一天彭楚克说：

“这么一来，你讨厌我啦……是吧？”

“这是一种考验。”

“考验什么？是对耐心的考验吗？”

“不，是对感情的考验。”

彭楚克转过脸去，老半天都抑制不住嘴唇的哆嗦。这个问题他们再也没有多说。什么话都是多余的，是相形失色的。

一月中旬，他们离开察里津，前往沃罗涅日。

十七

一月十六日黄昏时候，彭楚克和安娜来到沃罗

涅日。他们在这里住了两天，便动身往米列洛沃去，因为就在出发的这一天得到消息，说是顿河革命军事委员会及其所属的部队在卡列金部队的压迫之下，退出了卡敏镇，撤到了米列洛沃。

米列洛沃熙熙攘攘，到处是人。彭楚克在这里待了几个钟头，就乘下一趟火车前往格鲁博克。第二天他接受了领导机枪队的任务，第三天上午他就参加了反击柴尔涅曹夫的部队的战斗。

打垮柴尔涅曹夫以后，他们却意想不到要分手了。有一天上午，又兴奋又有点儿伤感的安娜从司令部里跑了来。

“你知道吧，阿布拉姆逊在这里。他很想见见你。另外还有一个消息：今天我要走啦。”

“上哪儿去？”彭楚克吃惊地问道。

“阿布拉姆逊和我，还有另外几个同志，要到卢干斯克去做宣传工作。”

“你要离开机枪队啦？”彭楚克冷冷地问道。

她笑起来，把通红的脸贴到他的脸上，说：

“你老实说：你难过的不是我离开机枪队，而是我离开你吧！不过这是暂时的离别。我相信，我担

任这种工作，比在你身边工作更合适。我对宣传工作，比对机枪业务更熟悉……”她顽皮地挤了挤眼睛，“尽管我的机枪业务是在彭楚克这样有经验的指挥员手下学的。”

过了一会儿，阿布拉姆逊来了。他仍旧是那样热情、朝气勃勃、精神抖擞，他那像涂了松脂一样的黑黄色头发当中仍旧夹杂着不少银光闪闪的白发。他见到彭楚克，打心坎里高兴起来。

“你身体完全好啦？好极——极啦！我们要把安娜带走啦。”他带着已经猜到和话有所指的神气眯缝起眼睛，“你不反对吧？不反对吧？是的，是的……是的，是的，好极——极啦！我所以提出这个问题，是因为你们大概在察里津处热和啦。”

“坦白地说，我舍不得离开她。”彭楚克愁眉苦脸地、很勉强地笑了笑。

“舍不得吧？！单是这一点就够啦……安娜，你听见吗？”

阿布拉姆逊在屋子里走了一会儿，他走着走着，从柜子后面捡起一本落满灰尘的《加林-米海洛夫斯基文集》，又忽然想起一件事，就要走。

“安娜，你马上来，好吗？”

“你先走。我一下子就来。”她在屏风后面回答说。

她换好了内衣，从屏风后面走了出来。她身上穿的是草绿色军便服，系了腰带，军便服的两个口袋被乳房顶得微微鼓了起来；仍旧穿上了那条有好几处补丁的黑裙子，但是裙子已经洗得干干净净的。不久前才洗过的浓密的头发蓬蓬松松的，从头巾里露了出来。她穿起军大衣，一面系腰带，一面问道（刚才的兴奋劲儿不见了，她的声调也沉闷无力了，而且还带着恳求的意味）：

“你今天要参加进攻吗？”

“哦，当然喽！我是不能袖手旁观的。”

“我恳求你……听我的，你要多多保重！你为了我，能这样吗？行吗？我再给你留下一双毛袜子。不要冻着，尽量不要让脚受潮。我到了卢干斯克，就给你写信。”

她的眼睛不知为什么一下子就失去了光彩；在告别的时候，她坦率地说：

“你看，我真是舍不得离开你。起初，阿布拉姆

逊要我上卢干斯克，我还高兴呢，可是这会儿我觉得，离开你，到了那儿，我会感到无依无靠。用不着多说，这种感情现在是不必要的，感情会妨碍工作……好啦，反正再会吧！……”

他们分别时很镇定、很冷淡，但是彭楚克该明白的，全明白了：她是害怕失去已经下定的决心。

他出来送她。安娜急急忙忙地摆动着肩膀走了，头也不回。他很想唤她一声，但是临别时他发现她那微微斜视的模糊的眼睛里有一种异常的、潮湿的亮光，就克制着自己的心情，装出很高兴的神气，喊道：

“希望咱们在罗斯托夫见面！安娜，一路保重！”

安娜回头看了看，加快了脚步。

安娜走了以后，彭楚克立刻感到非常孤单。他从街上回到屋子里，可是马上就像被烫了一下似的，又从屋子里跑了出去……屋子里每一样东西都表示她曾经在这儿待过，每一样东西都还保留着她的气味：不论是她忘记带走的手绢，不论是那军用挂包，那铜茶缸，凡是她的手接触过的东西，都是这样。

彭楚克在镇上一直逛荡到黄昏时候，觉得心里

从来不曾这样乱，并且有一种感觉，好像有人从他身上割去了一点什么，他怎么都不能适应新的情况。他失神地凝望着一个个陌生的赤卫队员和哥萨克的脸，他认出来一些，有许多人都认出他来了。

走到一个地方，一个在对德战争中和他一起当过兵的哥萨克叫住了他。他把彭楚克拉到自己的住处，请他一块儿打牌。彼特洛夫支队的几个赤卫队员和刚刚开到的几个水兵正围着桌子打“二十一点”。他们笼罩在黄烟的烟雾当中，噼噼啪啪地摔着纸牌，沙啦沙啦地抓着克伦斯基票子，骂着娘，满不在乎地嚷着。彭楚克很想到外面透透空气，便走了出来。

好在一个钟头以后就要发起进攻了。

十八

卡列金自杀以后，诺沃契尔卡斯克的政权便转入顿河远征军司令纳扎洛夫将军之手。一月二十九日，他被参加军人联合会大会的代表们选为顿河军的委任司令官。参加这次大会的只有很小的一部分

代表，主要来自南部地区下游各乡镇。这一次的军人联合会就叫“小联合会”。纳扎洛夫在小联合会的支持下，宣布征集十八到五十岁的男子入伍，并且采取了种种威胁恫吓手段，又派出武装部队到各乡镇去强行征集，但是哥萨克们都不愿意出来打仗。

在小军人联合会开始执政的那一天，克拉司诺希柯夫将军的顿河哥萨克第六团在塔青中校率领下，经过长途行军，从罗马尼亚前线回到了诺沃契尔卡斯克。这个团从叶卡捷琳诺斯拉夫开始，就且战且进，冲破布尔什维克部队的层层包围。在皮亚吉哈特卡、梅希瓦、马特维耶夫山冈和许多别的地方都受到拦截，尽管这样，这个团到达诺沃契尔卡斯克时几乎全员，军官无一伤亡。

为这个团举行了盛大的欢迎会。在教堂广场上举行过祈祷仪式之后，纳扎洛夫就对哥萨克们表示感谢，感谢他们保持了良好的纪律、良好的秩序，感谢他们回来保卫顿河。

不久这个团就开上前线，开到苏林车站附近，可是过了两天，诺沃契尔卡斯克就接到十分可怕的消息：这个团受到布尔什维克宣传的影响，自动离

开阵地，拒绝保卫军政府。

小联合会的局面打不开。大家都感到同布尔什维克斗争没有什么希望。每次开会，纳扎洛夫这样一个有毅力、有朝气的将军都一手托腮坐在那里，另一只手捂着额头，好像是在苦苦思索什么问题。

最后的希望都化成了灰烬。赤卫队逼近了诺沃契尔卡斯克和罗斯托夫。齐霍列茨克附近已经响起隆隆的炮声。有消息说，红军指挥员阿甫托诺莫夫少尉的部队正从察里津向罗斯托夫推进。

列宁命令南方前线于二月二十三日[①]拿下罗斯托夫。

契尔诺夫大尉的白卫军，受到西维尔司部队的攻击和戈尼洛夫乡哥萨克的背后包抄，于二月二十二日退进了罗斯托夫。

眼看着守不住了。科尔尼洛夫明白，留在罗斯托夫是很危险的，于是下令撤往奥里根镇。捷美尔尼克的工人对火车站，对军官巡逻队射击了一整天。快到黄昏时候，密密麻麻的科尔尼洛夫的队伍出了

①苏维埃政府决定自一九一八年二月十四日起实行新历。本书以后提到的日期都是新历的日期。——作者注

罗斯托夫。一大队人马就像一条老粗的黑蛇，渡过顿河，曲曲弯弯地朝阿列克塞爬去。一支支短小的连队，蹚着松软而潮湿的积雪，吃力地前进着。实业学校学生那带有锃亮的纽扣的草绿色学生大衣闪来闪去，但是大多数还是步兵军官的军大衣。担任排长的是一些上校和大尉。当兵的是士官生和军官，从准尉到上校都有。在数不清的辎重车后面，是一群一群的难民。都是一些上了年纪、很有气派的人，穿着很阔气的大衣和套鞋。许多妇女扶着大车，在老深的雪里很费劲地走着，高跟鞋一扭一扭的。

叶甫盖尼·李斯特尼次基大尉也在科尔尼洛夫团的一个连里。和他并肩走的，一个是挺有精神的作战部队军官司塔洛别里斯基上尉，一个是苏沃洛夫法拿果里精锐团包察里夫中尉，还有一个是罗维乔夫中校——是一个老掉了牙的作战部队的军官，浑身长着一层红毛，就像一只大狐狸。

暮色越来越浓。渐渐冷起来。从顿河河口吹来带咸味的、潮湿的风。李斯特尼次基习惯地、一步一步地踩着已经踩碎的积雪，注视着一些朝连队前面跑的人的脸。科尔尼洛夫团的团长涅申采夫和御

林军普莱奥布拉申斯基团原来的团长库捷波夫从路边走了过去，库捷波夫敞着军大衣，制帽歪戴在平平的后脑勺上。

“团长先生！”罗维乔夫中校熟练地将步枪换了换肩，对涅申采夫叫了一声。

库捷波夫扭了扭宽额头、两只黑眼睛离得远远的、大胡子修成了铲子形的那张牛脸；涅申采夫隔着他的肩膀朝叫他的人看了看。

“请您命令第一连加快步伐！这种走法准得冻死。我们的脚都湿透啦，还要这样慢腾腾地走……”

“岂有此理！”嗓门儿又大又爱吵的司塔洛别里斯基叫了起来。

涅申采夫没有回答，走了过去。他正和库捷波夫争论着什么事。过了不大的一会儿，阿列克塞耶夫将军赶到了他们前头。将军的车夫赶着两匹肥壮的、扎着尾巴的大青马；雪粉一团一团地从马蹄下朝四处乱飞。阿列克塞耶夫的白胡子向上翘着，那上挑的眉毛也已经白了，一张脸被风吹得通红，他把制帽一直扣到耳朵上，身子斜靠在马车的后背上，瑟瑟缩缩地用左手扶着大衣领子。军官们都含笑目

送着他那张大家都熟悉的脸。

被很多只脚踩得稀烂的大路上，渗出不少黄黄的小水洼。走起路来十分费劲，两只脚滑来滑去，雪水往靴子里直钻。李斯特尼次基一面走，一面听前面的人说话。一个声音浑厚、穿着皮上衣、戴着普通哥萨克皮帽的军官说：

“中尉，您看见了吗？那是国家杜马主席罗坚柯，也在步行呢。”

“俄罗斯在往峨尔峨他[1]走呢……”

有人咳嗽着，呼噜呼噜地吐着痰，想说说俏皮话：

“上峨尔峨他……跟这不大一样，上峨尔峨他走的是石子路，现在走的是雪地，而且水漉漉的，再加上冷得要冻死人。”

“诸位，知道在哪儿宿营吗？”

“在叶卡捷琳诺达尔。”

“我们在普鲁士的时候，有一次行军也是这样……”

“库班总会欢迎咱们吧？……什么？……当然，

---

①峨尔峨他：耶路撒冷旁边的一座小山。耶稣就是在这里被钉死的。

那就是另一回事儿啦。”

“您有烟吗？”郭罗瓦乔夫中尉问李斯特尼次基。

他扯下粗布手套，接过纸烟，道过谢，又像个士兵那样擤了擤鼻涕，在大衣襟上擦了擦手指头。

“中尉，您想学学大众化作风吗？”罗维乔夫中校微微笑着问。

“非得学学不可。您怎么……带了一打手绢准备着用吗？”

罗维乔夫没有回答。他那红中夹白的胡子上结起绿莹莹的冰凌。他偶尔地抽抽鼻子，冷风朝军大衣里直钻，冻得他皱起眉头。

“俄罗斯的精华。”李斯特尼次基十分痛心地打量着一列列的人和曲曲弯弯前进的队伍，心里想道。

好几个骑马的人跑了过来，其中骑在一匹高大的顿河马上的是科尔尼洛夫。他那件两侧带有斜兜的浅绿色皮袄和白色的皮帽在队伍里晃悠了半天。军官大队用浑厚、响亮的“乌拉”声在送他。

“这一切倒不算什么，问题是家里……”罗维乔夫老声老气地哼哧着，斜眼看了看李斯特尼次基的眼睛，好像是在寻找同情，“我的家眷还在斯摩棱斯

克呢……”他又说了一遍，“妻子和一个女儿，女儿是个大姑娘啦。圣诞节的时候已经满十七岁啦……这可怎么办啊，大尉？”

“哦——哦……”

“你也有家眷吗？您是诺沃契尔卡斯克人吗？”

“不是，我是顿河区的。我只有父亲。”

“真不知道对她们该怎么办……我不在家，她们的日子又怎么过。”罗维乔夫又说。

司塔洛别里斯基气愤地打断他的话头，说：

“大家都有家眷留在家里。我真不明白，中校，您哼唧什么？真少见！还没有走出罗斯托夫的地界，就……”

“司塔洛别里斯基！彼得·彼得洛维奇！塔干罗格那一仗，您参加了吧？”有人在后面隔着一列人叫喊道。

司塔洛别里斯基转过气愤的脸，阴沉地笑了笑。

“哦……符拉季米尔·盖奥尔吉耶维奇，哪一阵风把您刮到我们排里来啦？调来啦？跟谁闹别扭啦？噢……是的，那是当然……您问塔干罗格那次打仗吗？是的，我参加啦……怎么？一点不错……他阵

亡啦。”

李斯特尼次基漫不经心地听着他们说话，想起自己离开亚戈德庄时的情景，想起了父亲，想起了阿克西妮亚。怀念之情忽然涌上心头，心里憋得发慌。他无精打采地走着，看着一根根上了刺刀的枪筒子在前面晃动，看着戴皮帽、制帽和风帽的许许多多的头随着脚步摆来摆去，心里想道：

“这五千个流亡的人，每个人都和我一样，怀着一股强烈的仇恨和愤怒。下流痞子们，把我们撵出了俄罗斯，又想来这儿称王称霸，等着瞧吧！……总有一天科尔尼洛夫会带我们上莫斯科！”

这时候他想起科尔尼洛夫那一次去莫斯科，于是高高兴兴地回想起那一天的情景。

后面不远处，大概就在他们这个连的尾部，有一个炮兵连。马匹打着响鼻，炮车轰隆轰隆地响着，连马汗气味都扑了过来。李斯特尼次基马上就闻出这种熟悉而亲切的气味，扭过头去；在前面当驭手的一个青年准尉看了看他，笑了一下，就好像见到了熟人似的。

* * *

三月十一日以前，志愿军的部队就已经集中在奥里根乡地区。科尔尼洛夫暂不下令出发，等候顿河远征军司令波波夫将军到奥里根来，波波夫将军已经率领自己的队伍退出诺沃契尔卡斯克，开到顿河对岸的草原上去，他的队伍大约有一千六百条枪、五门大炮和四十挺机枪。

十三日上午，波波夫由他的参谋长西道林上校和警卫队的几名军官陪着，来到奥里根镇上。

他来到科尔尼洛夫住的房子旁边的操场上，勒住马，扶住鞍头，很吃力地跨下马鞍。一个黑头发、黑脸膛、眼睛像麦鸡一样尖的年轻哥萨克勤务兵，连忙跑过来扶住他。波波夫把缰绳扔给他，便很有气派地朝台阶走去。西道林和几个军官也都下了马，跟在他后面。勤务兵们把几匹马牵进院子。一个上了年纪的跛脚勤务兵还在挂马料袋的时候，那个黑头发、眼睛像麦鸡一样的勤务兵已经和房东家的女仆搭讪起来。他对她说了几句酸溜溜的话。那个女仆——一个面色绯红的姑娘，披着一条十分漂亮的

头巾，光光的腿上穿着深筒套靴——就一面笑着，脚下一面打着滑，踩着水洼从他身边跑过，啪嗒啪嗒地朝棚子里跑去。

派头十足、上了年纪的波波夫走进房子。他在堂前把军大衣交给一个动作麻利的勤务兵，把马鞭子挂在衣架上，大声地擤了半天鼻涕。勤务兵把他和边走边拢头发的西道林领进大厅。

应邀前来开会的将军们已经到齐。科尔尼洛夫坐在桌子旁边，两只胳膊肘撑在一张摊开的地图上；他的右手是白发苍苍、瘦骨嶙峋、腰板笔直、刚刚刮过脸的阿列克塞耶夫。邓尼金忽闪着两只精明而厉害的眼睛，正在和罗曼诺夫斯基说话。远看很像邓尼金的鲁科姆斯基，慢慢地在屋子里踱着，捋着大胡子。马尔科夫站在面向院子的一个窗户跟前，看着勤务兵们喂马，和年轻的女仆挤眉弄眼地说笑。

他们两个新来的，同大家打过招呼，就朝桌子跟前走去。阿列克塞耶夫问了几个无关紧要的问题，问了问路上和由诺沃契尔卡斯克撤退的情形。库捷波夫走了进来，跟他一起来的还有科尔尼洛夫邀来开会的几位作战军官。

科尔尼洛夫对直地看着从容镇定地就座的波波夫，问道：

“将军，请您说说，您手下有多少条枪？”

“一千五百条枪，一个炮兵连，四十挺机枪，都配有机枪手。”

“志愿军被迫撤出罗斯托夫，这情况您已经知道啦。昨天我们开了一个会，决定向库班进军，方向是叶卡捷琳诺达尔，一部分志愿军部队正在这座城市附近活动。我们走这条路线……”科尔尼洛夫用没有削的铅笔头在地图上画了一下，说得快些了，“沿路吸收一些库班的哥萨克，粉碎那些小股的、零散的、没有战斗力的、企图拦阻我们前进的红军部队。”他对着波波夫那眯缝起来、转向一边的眼睛看了看，把最后的话说了出来：“我们向您建议，让您的部队和志愿军联合起来，同我们一起向叶卡捷琳诺达尔进发。力量分散——对咱们不利。”

“我不能这样干！”波波夫坚决而严峻地声明说。

阿列克塞耶夫微微朝他偏了偏身子。

“请问，为什么？”

“因为，我不愿意离开顿河区地界到什么库班

去。我们北面有顿河作屏障，可以在越冬地区观望事态的发展。敌人不可能有什么大规模的行动，因为不是今天，就是明天，河面就要开始解冻，不仅炮队不能过河，连马队也不能过河。可是我们在越冬地区，草料和粮食都有充分保证，可以随时随地展开游击战。”

波波夫理直气壮地举出很多理由，驳斥科尔尼洛夫的意见。他缓了一口气，看见科尔尼洛夫要说话，就很执拗地摇了摇头，说：

“请让我把话说完……除此以外，还有一个特别重要的因素，我们这些做将领的，也要加以考虑：就是我们的哥萨克的情绪。”他伸出一只肉嘟嘟的白手，那手上的金戒指嵌进食指的肉里；他一面打量着大家，提高声音继续说下去，“如果我们朝库班开拔，军队就有瓦解的危险。哥萨克们就可能不肯去。不应当忘记这样一种情况，那就是，我的部队最根本、最坚定的部分就是哥萨克，然而就士气来说，他们并不怎么可靠，就像……就连您的部队也是这样。他们简直还没有自觉性，说不去，就是不去。整个部队有可能散掉，我可不能冒这个险。”波波夫

干脆利落地说，他又不让科尔尼洛夫说，接着说下去，“请您原谅，我对您说出了我们的决定，并且斗胆向您说明：我们不可能改变这个决定。当然，分散力量对咱们是不利的，不过，情况既然已经是这样，只有这个办法了。我认为，根据我刚才提到的情况来看，志愿军最好不要上库班去，库班哥萨克的情绪很使我担心，志愿军最好还是跟顿河军一起到顿河对岸的草原上去。在那儿可以利用休息时间整顿一下队伍，在开春以前，就可以用从俄罗斯自动来的新的骨干力量补充起来……”

“不行！”科尔尼洛夫叫道。昨天他还主张开往顿河对岸的草原上，而且还很坚决地驳斥了阿列克塞耶夫的反对意见，“上越冬地区毫无意义。我们差不多有六千人呢……”

“如果说的是给养问题，大人，那我可以斗胆向您保证，越冬地区完全可以充分供应。并且，您还可以从那儿的私人养马场上弄到一些马匹，可以装备一部分马队。以后您就有条件去进行野地运动战。您是很需要马队的，可是志愿军的马并不多。”

科尔尼洛夫今天对阿列克塞耶夫特别客气，这

会儿朝他看了一眼。科尔尼洛夫显然在选择进军方向问题上是动摇不定的，很想得到另外一个有权威的人的支持。大家都十分注意地听完了阿列克塞耶夫的发言。这位老将军解决问题一向干脆、利落、明快，用几句简单明了的话就说清了向叶卡捷琳诺达尔进军的好处。

“走这个方向，我们很容易冲破布尔什维克的包围，同活动在叶卡捷琳诺达尔附近的部队会合。”他最后说。

“米哈依尔·瓦西里耶维奇，这样进军要是失利呢？”鲁科姆斯基很小心地问道。

阿列克塞耶夫咂了咂嘴，用手在地图上画了画。

“退一万步说，如果失利，那我们还可以到高加索山里去，把部队化整为零。”

罗曼诺夫斯基支持他的意见。马尔科夫说了几句热情的话。阿列克塞耶夫的很有分量的理由似乎是无可反驳的了，但是鲁科姆斯基接过话来，把两边的分量拉平了：

“我赞成波波夫将军的意见，”他字斟句酌、不慌不忙地说，“向库班方面进军会遇到很大的困难，

其困难在这里是无法估量的。首先，咱们要过两次铁路线……”

参加会议的人的目光都顺着他的手指所指，转向地图。鲁科姆斯基很坚定地继续说下去：

“布尔什维克会千方百计地截击我们，他们会派铁甲车来。我们的辎重队太累赘，伤号又多；我们又不能扔下不管。这一切都使军队行动起来特别困难，不能很快地前进。还有一点我也很不明白，凭什么可以说，库班哥萨克的心是向着我们的呢？就拿顿河哥萨克来说，本来也说是不满意布尔什维克的政权的嘛，所以我们应该抱着格外小心和最大的怀疑态度来看待这一类的说法。库班人也在害那种布尔什维克式的沙眼病，这种病是从以前俄罗斯军队里传染去的……他们会敌视我们的。最后我要再说一遍，我的意见：往东去，往草原上去，到那里养精蓄锐，威胁布尔什维克。”

科尔尼洛夫在手下大多数将领支持下，决定走维里柯克尼亚什以西的路线，在路上给非战斗人员补充一些马匹，然后从那里拐向库班。他宣布散会以后，和波波夫说了几句话，冷冷地道过别，便朝

自己的房里走去。阿列克塞耶夫跟着他走进房里去了。

顿河军的参谋长西道林上校碰得刺马针叮当叮当响着，来到台阶上，又响亮又得意地朝勤务兵喊道：

“带马！”

一个留着淡黄色小胡子的青年哥萨克中尉，扶着马刀，蹚着水洼，走到台阶跟前。他在最下面一级旁边站下来，小声问道：

“上校大人，怎么样？”

“不坏！”西道林兴高采烈地小声回答说，“咱们拒绝上库班啦。咱们马上就走。你们准备好了吗，伊兹瓦林？”

“好啦，马来啦。”

勤务兵们骑上马，把马带了过来。那个黑头发、眼睛像麦鸡一样的勤务兵，还在一再地问他的同伴。

“怎么样，她漂亮吗？”他哧哧地笑着问道。

那个上了年纪的勤务兵低声笑了笑。

“不怎么样。”

“如果她叫你去，你怎么样？”

“算了吧，呆子！现在是大斋期。”

格里高力·麦列霍夫的旧同事伊兹瓦林，跳上自己那匹白额头、白鼻子、屁股下垂的战马，对勤务兵吩咐说：

“你们先到街上去。”

波波夫和西道林一面同一位将军道别，一面走下台阶。一名勤务兵勒着马，帮助将军的脚踩上马镫。波波夫晃了晃不算讲究的哥萨克式马鞭，赶着马小跑起来，几个哥萨克勤务兵、西道林和几名军官也都欠身站在马镫上，身子微微前倾，跟着他跑起来。

经过两天的行军，志愿军来到梅契庭镇，这时候科尔尼洛夫又得到有关越冬地区的一些新消息。这些消息都是不太好的。科尔尼洛夫把所有作战部队的指挥官都召集了来，宣布了向库班进军的决定。

他又派一个传令官去见波波夫，再一次建议联合起来。传令官在老伊万诺夫地区追上了部队。他带回了波波夫的回信，回信依然是那样：波波夫很客气、很冷淡地拒绝了科尔尼洛夫的建议，并且在信上说，他的决定是不可能变更的，还说他要暂时

在萨尔斯克州驻下来。

十九

郭鲁博夫的队伍绕道去进攻诺沃契尔卡斯克，彭楚克也跟着他的队伍出发了。二月二十三日，他们出了沙合特镇，穿过拉兹道尔乡，夜里就来到美里霍夫镇上。第二天，天麻麻亮，就从镇上开了出来。

郭鲁博夫率领队伍快速前进。矮墩墩的郭鲁博夫走在最前面，他的鞭子不住气地往马屁股上落。夜里穿过了别斯谢尔盖涅夫镇，让战马多少休息了一下，许许多多骑马人又在没有星星的灰蒙蒙的夜幕下晃动起来，黄土大路上的薄冰在马蹄下咯吱咯吱地响了起来。

在克里维扬镇附近走迷了路，可是马上就遇到了自己这方面的部队。天已经开始放亮的时候，他们才来到克里维扬镇上。镇上还没有行人。在井边的空场上，一个哥萨克老汉正在砍水槽里的冰。郭鲁博夫走到他面前，队伍也停了下来。

“您好，老人家。”

老汉把一只戴着无指手套的手慢慢举到帽檐上，很不耐烦地回答说：

“您好。”

“怎么样，老人家，你们镇上的哥萨克都上诺沃契尔卡斯克去了吗？你们这儿征集过了吗？”

老汉急忙拿起斧子，朝家里走去，也不回答。

“前进！”郭鲁博夫一面走，一面骂着，喊了一声。

这一天，小军人联合会正准备撤往康斯坦丁诺夫镇去。新任的顿河远征军司令波波夫将军已经把武装部队拉出了诺沃契尔卡斯克，把武器装备都带走了。这一天早晨得到的消息说，郭鲁博夫的部队正从美里霍夫镇往别斯谢尔盖涅夫镇方向开。小联合会派西沃罗博夫大尉去和郭鲁博夫商谈移交诺沃契尔卡斯克的条件。郭鲁博夫的骑兵一枪未发，就跟着西沃罗博夫进了诺沃契尔卡斯克。郭鲁博夫骑着汗淋淋的马，由一大群哥萨克簇拥着，径奔小联合会的大楼。大门口有几个闲人，还有一个勤务兵，正牵着一匹备好鞍的马在等候纳扎洛夫。

彭楚克跳下马来，端起手提机枪。他跟着郭鲁博夫和别的许多哥萨克跑进小联合会的大楼。在宽敞的大厅里，代表们听到大开着的门响了一声，都转过头来，脸都唰地一下白了。

“站——起——来！”郭鲁博夫就像在检阅时那样，鼓足劲儿发了一声命令，然后就在哥萨克们的簇拥之下，急得磕磕绊绊地朝主席台走去。

小联合会的委员们，听到这一声威严的喊叫，连忙站了起来，座椅发出一片响声，只有纳扎洛夫一个人坐着没动。

“你们怎么敢冲击联合会会场？”他怒冲冲地叫道。

“你们被捕啦！住嘴吧！”郭鲁博夫红着脸，跑到纳扎洛夫跟前，把他的肩章从他那将军服的肩上扯了下来，声嘶力竭地喝道，“站起来，对你说哪！把他带走！……就是你！……听见没有?！金肩章的家伙！……”

彭楚克在门口架好机枪。联合会的委员们像羊群一样挤成了一堆儿，哥萨克们把纳扎洛夫、吓得脸色铁青的小联合会主席伏罗申诺夫和另外几个人

从彭楚克面前拉了出去。

郭鲁博夫也跟着往外走，他的马刀叮当响着，那褐色的脸一片一片地红着。有一个联合会的委员拉住他的袖子，问：

“上校老爷，请问，我们上哪儿去？”

“我们自由啦？”另外一个人朝他肩膀上探了探贼眉鼠眼的头，问道。

“滚你们的蛋吧！”郭鲁博夫把手一摆，喊了一声，等他走到彭楚克身边，又转过身去朝着小联合会的委员们，跺着脚喊道，“你们都滚吧……我没工夫问你们！滚吧！……”

他那好像伤风的嘶哑的声音，老半天都在大厅里回荡着。

彭楚克在母亲身边过了一夜，第二天，西维尔司的部队攻占罗斯托夫的消息一传到诺沃契尔卡斯克，他就向郭鲁博夫请求调动，次日一早就骑马前往罗斯托夫。

西维尔司在主编《战地真理报》的时候，就和他认识了。他来到西维尔司的司令部里工作了两天，也到革命军事委员会去过，既没有见到阿布拉姆逊，

又没有见到安娜。西维尔司的司令部里成立了军事法庭，正在对被俘的白卫军进行严厉的审判和制裁。彭楚克按照革命法庭的指示，参加了几起搜捕，干了一天，到第二天，又跑到革命军事委员会去，已经不抱什么希望了，可是一上楼梯，就听见安娜那十分熟悉的声音。第二间屋子里传出几个人的说话声和安娜的笑声，他放慢步子走了进去，只觉得自己的心扑腾扑腾跳了起来。

这间屋子以前是城防司令的办公室。屋子里烟气腾腾，屋角上有一张妇女用的小桌，桌边有一个人正在写什么。那人身上的军大衣连一个纽扣都没有了，戴着士兵皮帽，帽耳朵挓挲着。有几个战士和穿皮袄或军大衣的工作人员把他团团围住。他们分成一堆一堆的，一面抽烟，一面说话。安娜站在窗边，背对着门，阿布拉姆逊坐在窗台上，手指交叉着抱住弯起的膝盖，有一个高高的、样子很像拉脱维亚人的红军战士歪着头，站在他的身边。红军战士拿开嘴上的纸烟，竖着小手指头，在讲一件事情，看样子，那件事十分可笑：安娜笑得前俯后仰，阿布拉姆逊笑得满脸皱纹，旁边还有几个人都在笑

哈哈地听着；在那个红军战士的大脸上，每一根清楚得像用斧头砍成的线条，都流露着聪明、机灵和有点儿厉害的神气。

彭楚克一只手按在安娜肩上。

“你好，安娜！”

她回头一看，脸上涌起一阵红晕，一直红到脖子根，眼睛里流出了泪水。

“你打哪儿来？阿布拉姆逊，你瞧瞧！他来啦，就像一个当当响的银角子，可是你还替他担心呢。”她像个小孩子一样咿咿呀呀地说着，也不抬眼睛，她控制不住自己的窘急心情，就朝门口退了几步。

彭楚克握了握阿布拉姆逊那热乎乎的手，和他说了几句话，感觉出自己脸上有一种傻傻的、无限幸福的笑，也不回答阿布拉姆逊问他的话（他甚至都没有听清问的是什么），就朝安娜走去。她定了定神，带着怪自己不该发窘的笑容迎住他。

“喂，再问一次好。你怎么样？结实吗？什么时候来的？是从诺沃契尔卡斯克来的吗？你是在郭鲁博夫的队伍里吗？原来这样……哦，怎么样？”

彭楚克一面回答她的问话，一面用直勾勾、火

辣辣的眼睛盯着她。她的目光受不住他的逼视，转向一旁。

“咱们到外面去走走吧。”安娜说。

阿布拉姆逊把他们唤住，说：

“你们很快就回来吧？彭楚克同志，我有事要和你谈。我们想请你干一项工作。”

“过一个钟头我就回来。”

到了大街上，安娜对直地、温柔地看着彭楚克的眼睛，懊恼地挥了一下手。

“伊里亚，伊里亚，我都发起窘来啦，多不好啊……真像个小姑娘！这是因为，第一，你来得意外；第二，咱们的情况不明不白的。说实在的，咱们俩算什么呢？是情歌里的‘情哥哥和情妹妹’吗？你可知道，在卢干斯克，阿布拉姆逊有一回问我：‘你和彭楚克同居过吗？’我没有承认，然而他是一个有眼力的人，凡是落到他眼底下的事，都瞒不过他。他什么都没有说，但是我从他的眼神看出来，他是不相信的。”

“你还是谈谈你自己吧，你怎么样？”

“哦，我们干得才带劲哩！我们拉起了一支队

伍，足足有二百一十条枪。我们干的是组织工作和政治工作……这些事一两句话哪能说得完呢？你来了，我心里乱腾了一阵子，还没有回过神来呢，你在哪儿……在哪儿住？”她停住谈话，问道。

“住在这儿……一个同志家里。”

彭楚克觉得不好直说，就没有说真话：实际上这几夜他都是睡在西维尔司的司令部办公室里。

“你今天就搬到我家去吧。还记得我家住在哪儿吗？你以前还送过我。”

“能找到。不过……恐怕挤得你家很不方便吧？”

“算了吧，一点都不会有什么不方便，而且你根本就不应该说这种话。”

傍晚，彭楚克将所有的衣物装到一只大军用袋里，背到肩上，就朝安娜住的那条郊区小胡同走去。来到一座不大的砖瓦厢房的门口，一位老太太迎住他。她的脸模模糊糊地像安娜：眼睛也是黑中带蓝，鼻子也是有点儿弯，只不过皮肤皱皱巴巴的，而且带黄土色，嘴巴也瘪了进去，显出一副老态。

“您是彭楚克吧？”她问道。

“是的。”

“请您进来吧。您的事，女儿对我说过啦。”

她把彭楚克领进一间小屋里，指点他把东西放下来，她又用害风湿害得直打哆嗦的手指头朝四下里指了指。

“您就住在这儿好啦。这张床您就凑合着睡吧。”

她说话带着很明显的犹太人口音。家里除了她以外，还有一个小姑娘，身子很瘦弱，眼睛也和安娜一样，深凹进去。

过了不大的一会儿，安娜回来了。她一回来，就热闹起来，有了生气。

“没有人上咱们家来吗？彭楚克没来吗？”

母亲用犹太话回答了她两句，安娜就迈着轻盈而矫捷的步子朝门口走去。

“可以进去吗？”

“可以，可以。”

彭楚克连忙站起来迎她。

“嘿，怎么样？你安顿好了吗？”

她用满意的、笑盈盈的目光把他打量了一遍，又问：

“你吃东西了吗？咱们吃去。”

她拉着他的军便服袖子，把他领到另一间屋子里，说：

"妈妈，这是我的同志，"她笑了笑，"您可别委屈了他。"

"哎，瞧你说的，那怎么会呢？……他是咱们的贵客嘛。"

夜里，罗斯托夫城里就像豆荚熟了那样，噼噼啪啪地响了一阵枪声。机枪声也零零落落地响了一阵子，后来什么声音都没有了。于是黑夜，静默的二月之夜，又撒下寂静的幕，笼罩住街道。彭楚克和安娜在他这间收拾得非常整洁的小屋子里坐了很久。

"这屋子是我和小妹妹住的。"安娜说，"你看，我们过得多么简朴，就像修女一样。连一幅廉价的画、一张相片、一样能说明我是个中学生的东西都没有。"

"你们靠什么生活？"彭楚克在谈话中间问道。

安娜流露着自豪的神情回答说：

"以前我在阿司莫罗夫工厂做工，还当家庭教师。"

“那现在呢?”

“妈妈给人家做衣服。她们两个人过日子花不了多少钱。”

彭楚克详细地讲了讲进占诺沃契尔卡斯克的情形，讲了讲兹维列沃和卡敏镇附近的战斗。安娜也讲了在卢干斯克和塔干罗格工作的情形。

十一点钟，妈妈屋里的灯一熄，安娜就走了。

二十

三月里，彭楚克调到顿河革命军事委员会的革命法庭去工作。庭长高高的个子，因为工作劳累和睡眠不足，眼睛无神，身上干瘦干瘦的，他把彭楚克领到自己的办公室的窗户跟前，一面摸着手表(他急着要去开会)，一面说：

“你是哪一年入党的?啊哈，这很好。就这样吧，你就担任我们的执法队长好啦。昨天夜里，我们把原来的执法队长送到‘西天极乐世界’去啦……因为他受贿。他是一个道道地地的残忍家伙，一个胡作非为的家伙，一个败类，我们不能要这样

的人。这是一种肮脏的工作，但是必须在这一工作中时刻记住自己对党所负的责任，你要明白我的话，就是要……”他说这句话，特别加重了语气，“保持人性。我们因为革命的需要，可以消灭反革命分子的肉体，但是不能当作儿戏。你明白我的意思吗？好啦，就这样，你去接手工作吧。”

这一天夜里，彭楚克带着十六个人的一小队红军战士，半夜时候在离城三俄里的地方枪毙了五个被判处死刑的人。其中有两个是格尼罗夫镇的哥萨克，其余的是罗斯托夫的市民。

差不多每天半夜里都要用卡车把被判决的人拉到城外，匆匆忙忙地给他们挖土坑，死刑犯和一部分红军战士一齐动手来挖。彭楚克叫红军战士们排好队，就用生铁一样浑厚的声音喊：

“对准革命的敌人……”他把手枪举了起来，“开枪！……”

一个星期的工夫，他变得又瘦又黑了，脸上好像落了一层灰土。眼睛凹了下去，一个劲儿眨巴的眼皮遮盖不住眼睛里的苦闷神情。安娜只有夜里才能见到他。她在革命军事委员会里工作，每天很晚

才回家，但是回来往往还要等，等着他用那熟悉的、一下一下地敲窗户声报告自己回来。

有一天，彭楚克和往常一样，过了半夜才回来。安娜给他开开门，问道：

“你要吃饭吗？”

彭楚克没有回答。他就像喝醉了一样，歪歪倒倒地走进自己的屋子，军大衣、靴子、帽子都没有脱，就一下子倒在床上。安娜走到他跟前，朝他脸上看了看：他的眼睛闭得紧紧的，龇着的两排结实的牙齿缝里冒着唾沫，害伤寒病掉稀了的头发有一绺耷拉在额头上，湿漉漉的。

她挨着他坐下来。她又心疼，又难过。小声问道：

“你很难受吧，伊里亚？”

他紧紧握了握她的手，咬了咬牙，转身朝着墙。他一句话也没有说，就这样睡着了，但是他在梦里含含糊糊地嘟哝着，好像在诉苦，并且拼命要爬起来。他虽然睡着了，可是半闭着的眼睛向上翻着，鼓鼓的眼白在眼皮底下发着黄黄的火光——她看到了，觉得很害怕，不由得吓得哆嗦起来。

"别在那儿干啦！"第二天早晨她劝他说，"你还是上前方去打仗好啦！你瘦得简直没有人样啦，伊里亚！你会死在这种工作上的。"

"住口吧！……"他眨巴着气白了的眼睛，大声叫道。

"别叫呀。我惹你生气啦？"

彭楚克的火气不知怎的一下子就没有了，好像胸中积压的火气都随着一声喊叫跑出来了。他无精打采地看着自己的双手，说：

"消灭人类的败类是一种脏活儿。你该知道，枪毙人对身体和精神都有害处……真是的……"他第一次当着安娜的面骂了几句粗话，"肯干这种肮脏工作的，要么是傻子和野兽，要么就是狂热之徒，是这样吧？大家都希望在鲜花盛开的花园里走走，可是，都他妈的这样行吗？要栽花和栽树，先得要清除垃圾呀！还要施肥嘛！要把手弄脏嘛！"他提高了声音，尽管安娜已经转过脸去，没有作声，"垃圾要清除，可是有些人却厌恶这种活儿！……"彭楚克已经是用拳头擂着桌子，一股劲儿地眨巴着充血的眼睛，在高声叫喊了。

安娜的母亲朝屋子里看了看，彭楚克才镇静下来，声音小些了：

“我决不丢开这项工作！我看到，我感觉到，我这样干有好处！我要把脏东西扫掉！扫到地里做肥料，让土地肥肥的！多长些庄稼！将来有一天，生活在这块土地上的人会是很幸福的……也许，这里面就有我的还没有出生的儿子……”他呵呵地笑起来，笑得很不开心，“这些坏蛋、狗虱子，我枪毙了不少啦……狗虱子是一种小虫儿，咬起人来才狠呢……单是我这双手就打死十来个啦……”彭楚克伸出两只攥得紧紧的、长满了黑毛、像鹰爪子那样瘦骨嶙峋的手，把手放到膝盖上，小声说：“反正他妈的都要宰掉！就是要杀得干脆利落，不能拖泥带水……可是，真的，我太累啦……再过些时候，我就上前方去……你说得对……”

安娜一声不响地听完他的话，小声说：

“你上前方，或者换个工作吧……走吧，伊里亚，不然的话，你要……发疯啦。”

彭楚克转过身，背对着她，敲了敲窗户。

“不会的，我能撑得住……你不要以为有什么天

生的铁人。咱们大家都是用一种材料制成的……实际上，没有人打起仗来不害怕，杀起人来不感到……不感到揪心。不过，用不着为那些戴肩章的人悲伤。那些人干什么事都是自觉自愿干的，就像我们一样。可是，昨天枪毙的九个人当中，有三个哥萨克……都是干活儿的人……先解开一个人……”彭楚克的声音越来越低沉，越来越含糊不清，就好像他正离开这里，越走越远了，“我摸了摸他的手，那手就像鞋底一样……硬邦邦的……长满了老茧……手掌黑乎乎的，裂得到处是口子……到处疙疙瘩瘩……噢，我要走啦。”他突然不说了。为了不让安娜看见，悄悄地揉了揉喉咙，喉咙猛烈地抽搐着，就好像被一根细细的套马索勒住了。

他穿起靴子，喝了一杯牛奶，就走了。安娜在过道里追上了他。她两手攥住他的一只沉甸甸的大手，攥了老半天，然后又把他的手朝自己的热辣辣的脸上贴了贴，就跑了出来。

* * *

天气渐渐暖和了。春风从亚速海吹到了顿河上。

三月底，乌克兰的红军部队受到乌克兰白军和德国人的压迫，开始往罗斯托夫撤退。罗斯托夫开始出现杀人、抢劫和胡乱征用的事。有的部队已经彻底溃乱，革命军事委员会不得不解除其武装。要解除武装，不能不发生一些冲突和交火事件。诺沃契尔卡斯克附近的哥萨克也蠢动起来。三月里，就像杨树纷纷发芽那样，各乡镇的哥萨克和外来户之间的矛盾纷纷爆发了，有些地方发生了暴动，反革命的阴谋活动嚣张起来。但是罗斯托夫的日子还是过得忙忙碌碌、热热闹闹：一到晚上，一群一群的步兵、水兵和工人，在花园大街上逛来逛去。开大会，嗑葵花籽，往人行道边的流水里乱吐，和妇女们逗乐。人们怀着大大小小的欲望，仍然像以前那样生活、工作，吃、喝、睡觉、病死、出生、谈情说爱、报仇雪恨、呼吸海上吹来的咸咸的风。蕴藏着暴风雨的日子对直地朝着罗斯托夫来了，渐渐逼近了。到处可以闻到春雪融化后的黑土气味，可以闻到即将来临的战争的血腥气味。

这一天，阳光明丽，天气晴和，彭楚克回家比平时都早，他看到安娜也在家里，吃了一惊。

“你都是很晚才回来嘛，今天为什么这样早？”

“我有点儿不舒服。”

她跟着他来到他的屋子里。彭楚克脱掉大衣，兴冲冲地笑着说：

“安娜，从今天起，我不在革命法庭工作啦。”

“你怎么啦？调到哪儿啦？”

“调到革命军事委员会啦。克里沃什雷科夫今天跟我谈过啦，他答应把我调到本区什么地方去。”

他们一起吃过晚饭，彭楚克就躺下睡了。他心情很激动，老半天都睡不着，不停地抽烟，在硬邦邦的床垫子上翻来又翻去，高兴得直呼气。他离开法庭，实在高兴极了，因为他觉得，如果再干上一阵子，他就要支持不住，就要垮了。他在抽第四根烟的时候，就听见门轻轻地吱嘎了一声。他抬起头来，看见了安娜。她光着两条腿，只穿着一件小褂，从门里溜了进来，轻轻地走到他的床边。一道朦胧的、绿莹莹的月光，透过护窗的缝儿，照在她那光光的椭圆形肩头上。她俯下身来，用一只热乎乎的手捂了捂彭楚克的嘴。

“往里靠一靠。别作声……”

她紧挨着躺下来，很不耐烦地撩开耷拉在额头上的一绺沉重得像葡萄嘟噜似的头发，眼睛里闪烁着朦胧的、蓝蓝的火光，有点儿粗鲁地鼓着劲儿小声说：

“不是今天就是明天，又要见不到你啦……咱们好好儿地亲热亲热吧！”她因为自己下了决心，紧张得哆嗦起来，“来吧，快点儿！”

彭楚克吻着她，然而却怀着十分可怕、十分羞惭、羞惭得无地自容的心情感觉到，自己无能为力了。

他的头颤动着，他的脸急得热辣辣的。安娜从他怀里挣了出来，气得一把将他推开，带着厌烦和嫌恶的意味，用瞧不起的口吻气喘吁吁地小声问道：

“你……你没有劲儿啦？还是你……病啦？……噢噢噢，这真窝囊！……放开我吧！”

彭楚克使劲攥住她的手指头，攥得她的手指头轻微地咯吧咯吧响着，自己的眼睛对直地看着她那睁得大大的、黑乎乎的、带着恨意的眼睛，他呆呆地摇晃着脑袋，结结巴巴地问道：

“你凭什么？凭什么责怪我？真的，我的精力已

经消耗光啦！现在连这种事儿都干不了啦……我没有病……你要明白，要明白呀，我身子空啦……啊啊啊啊……”

他低声哼哼着，从床上爬了起来，抽起烟来。他好像被打了一顿似的，佝偻着身子在窗户跟前呆了老半天。

安娜从床上下来，一声不响地抱住他，并且像个妈妈一样，心平气和地亲了亲他的额头。

过了一个星期以后，安娜把自己的火辣辣、红扑扑的脸埋到他的胳膊底下，很坦率地说：

“……我原来以为，你只是操劳过度……却不知道，工作把你的精力吸干啦。”

在这之后，彭楚克在很长的一段时间里，不仅受到自己爱人的温存，而且受到她的亲亲热热、无微不至的慈母般的关怀。

没有把他调到外地去。根据波得捷尔柯夫的意见，他仍然留在罗斯托夫工作。这时候，顿河革命军事委员会的工作正十分紧张，准备召开全地区苏维埃代表大会，准备同顿河对岸重新活跃起来的反革命势力进行搏斗。

二十一

青蛙在河边柳丛里唧唧呱呱地乱叫。太阳已经翻到了山冈背后。傍晚时候的凉气在谢特拉柯夫村里渐渐散了开来。一片片大大的、斜斜的阴影从房屋上投到干干的大路上。牧放的牲口从草原上回来了。妇女们从牧场上回来，一面家长里短地说着话儿，一面用树条子赶着牲口。已经晒黑的、光脚丫儿的孩子们在小胡同里做跳背游戏。老头子们一本正经地坐在墙根下。

全村都已经播种完了。只是有的地方还在种黍子和向日葵。

村边一户人家旁边，有几个人坐在一堆橡木上。这一家的主人是一个麻脸的炮兵，他正在讲对德战争中的一件事。和他坐在一起的，一个是街坊上的老头子，一个是老头子的女婿，女婿是一个年轻、鬈发的小个子哥萨克，他们都一声不响地听着。女主人从台阶上走了下来。这是一个高大、漂亮、丰腴、像阔太太一样的女人。她的粉红色女褂掖在裙

子里，挽着袖子，露出两条黑黑的、圆滚滚的胳膊。她提着一只桶，迈着只有哥萨克女人才会走的那种潇洒的步子，随随便便地大踏步朝牛棚里走去。她那用白底蓝花头巾包着的头发披散开来（她刚刚往锅膛里添过牛粪块，准备明天生火），两只光脚上穿的靴子呱唧呱唧地响着，踩得院子里长得非常茂盛的嫩绿的杂草一弯一弯的。

坐在椽木上的人，听到了一股股的奶水冲击奶桶的哗哗响声。女主人挤完牛奶，朝屋子里走去；她微微弯着腰，左胳膊很从容地弯曲着，挎着满满的一桶牛奶。

"谢玛，你去找找小牛嘛！"她在门口用唱歌一样的声音喊叫道。

"米佳什卡哪儿去啦？"主人应声说。

"鬼才知道他呢，跑出去啦。"

主人不慌不忙地站起身来，朝胡同口走去。老头子和女婿也朝自己家里走去。主人在胡同口喊道：

"快来看，陀罗菲·加甫里洛维奇！到这儿来！"

老头子和女婿走了过去。主人一声不响地朝草原上指了指。一股灰尘像个红红的球儿一样顺着大

道滚了过来，尘土后面是一队一队的步兵、骑兵和辎重队。

“看样子，是军队吧？”老头子惊愕地眯起眼睛，把一只手搭在白了的眉毛上。

“这是怎么回事儿，这是些什么人？”主人慌了。

他的老婆已经披上外衣，从屋里走了出来。她朝草原上看了看，张皇失措地叹了一声气，说：

“这都是些什么人呀？天啊，他们人好多呀！”

“看样子，来的不是好人……”

老头子捯动着脚在原地站了一会儿，就朝自己家里走去，很生气地对女婿喊了一声：

“快回家吧，没什么好看的！”

孩子们和妇女们都朝胡同口跑来，男子汉们也一群一群地走来。草原上，离村庄一俄里远处，大队人马正在大道上走着；隐隐约约的说话声、马嘶声、车轮轰隆声随着一阵一阵的风传了过来。

“这不是哥萨克……不是咱们的人。”那个女人对丈夫说。

丈夫耸了耸肩膀。

“当然啦，不是哥萨克。是不是德国人呀？！不

是的，是俄国人……瞧，他们打的是红旗！……噢哈，原来是这么回事儿……”

一个高大的、阿塔曼团的哥萨克走了过来。看样子，他在打摆子：他一脸土黄色，就像害黄疸病，穿着皮袄和毡靴。他把毛茸茸的皮帽子往上推了推，说：

“瞧，他们的旗子是啥样的？……是布尔什维克。”

“是的。”

有几个骑马的人离开队伍。几匹马放开大步朝村子里跑来。男子汉们你看看我，我看看你，一声不响地散了开去，姑娘们和孩子们四处逃窜。几分钟之后，小胡同里就空无一人了。骑马的人一齐跑进了小胡同，来到刚才三个人坐的那堆橡木跟前。这一家的主人正站在大门口。最前面一个骑马的人，看样子是个领头的，骑着一匹栗色的马，戴着库班式皮帽，穿着草绿色军便服，扎着武装带，缠着很宽的一条红绸子，他驱马走到大门口，说：

“您好，掌柜的！请把门打开。”

老炮兵脸上的麻子一齐白了，他摘下帽子，问：

“你们是什么人？”

“快把门打开！……”戴库班式皮帽的人高声说。

栗色马斜着恶狠狠的眼睛，泡沫直翻的嘴里来来回回地咬着马嚼子，用前腿朝篱笆上狠狠踢了一下。主人开了门，几个骑马的人一个跟一个地进了院子。

那个戴库班式皮帽的人很麻利地跳下马来，两腿一撇一撇地快步朝台阶走去。等到其余的人都下了马，他已经坐到台阶上，掏出烟盒来了。他一面点烟，一面请主人抽烟。主人没有接烟。

“你不抽烟吗？”

“谢谢啦。”

“你们这儿信的不是旧教吧？”

“不是的，信的是正教……你们又是什么人？”主人愁眉苦脸地问道。

“我们吗？是红军，社会主义第二军的。”

其余的人下马后，也都牵着马朝台阶走来，把马拴在台阶栏杆上。有一个细高挑儿，头发披散着，像马鬃一样，他径自朝羊圈走去，两腿被马刀碰得

磕磕绊绊的。他大模大样地开开羊圈的小门，弯着腰，钻到棚子底下，抓住羊角，从里面拖出一只去势的、尾巴沉甸甸的大绵羊。

“彼得里琴科，来帮帮忙！”他用尖嗓门儿喊叫道。

一个穿着短短的奥地利式军大衣的士兵快步朝他跑去。主人摸了摸大胡子，朝四下里望了望，好像这是在别人家里。他什么也没有说，直到绵羊喉咙上挨了一刀，蜷起了四条细细的腿，他才哼了一声，朝台阶走去。

那个戴皮帽的库班人和另外两个战士——一个是中国人，还有一个是俄罗斯人，这人很像堪察加人——跟着主人朝房里走去。

“掌柜的，你不要生气！”戴皮帽的库班人在跨过门槛的时候，笑嘻嘻地叫道，“我们多给你钱！”

他拍了拍自己的裤子口袋，一阵又一阵地哈哈大笑起来，又忽然停住笑声，拿眼睛盯住女主人。女主人正咬住牙，站在灶前，用惊骇的目光望着他。

戴皮帽的库班人转脸朝着那个中国人，很不放心地四处张望着，说：

“你跟他，跟这位大叔去一下子，”他用手朝主人指了指，“你跟他去，让他给马弄点草料……卖点儿给我们吧。明白吗？我们舍得给钱！红军是不会抢东西的。去吧，掌柜的，嗯？”库班人的声音中带着一种尖尖的腔调。

主人由中国人和另一个人陪着，不住地回头望着，从房子里走了出来。他刚刚走下台阶，就听见老婆带哭腔的声音。他跑进过道，把门一推。小小的门钩儿从门鼻里跳了出来。那个库班人正抓住胖大的女主人的光光的胳膊肘，往黑乎乎的内室里拖。女主人挣扎着，猛撞他的胸膛。他正想拦腰把她抱住，抱到内室里去，但就在这时候门开了。主人大步跨了过来，把老婆护住。他的声音低低的，柔中有刚：

“你到我家来，是客人……为什么欺负老娘儿们来啦？你想干什么？……别这样吧！你有枪，我不怕！东西你想要什么就拿什么好啦，可是老娘儿们你别动！除非你杀死我……妞尔卡，你……”他颤动着鼻孔，转过脸去对老婆说，“你出去，上陀罗菲大叔家去。用不着你在这儿！”

库班人一面整理着军便服上的武装带，似笑非笑地说：

“掌柜的，你真爱生气……开开玩笑都不行啦……我在连里是顶喜欢开玩笑的……你不知道吧？……我是闹着玩儿的。我心想，我来逗逗这个娘儿们，谁知她当真起来啦……你给马弄草了吗？没有草吗？别人家有没有？”

他吹着口哨，使劲甩着鞭子，走了出去。过了不大的一会儿，整个队伍都来到村边。这支队伍大约有八百条枪。红军战士们都在村外宿营。看样子，是部队指挥员不愿在村子里宿营，信不过自己手下这些来自不同民族、没受过严格的纪律教育的战士。

乌克兰社会主义第二军吉拉斯波尔支队在同乌克兰白军和进入乌克兰的德国人作战中受到重创，便且战且走，退到顿河上，在舍普杜霍夫车站下了火车，因为再往前去便是德国人了，于是为了开往北面的沃罗涅日省，就用行军的方式通过米古林乡。这支队伍里混进了各种各样的犯罪分子，红军战士们在这些坏分子的影响下，也都不守纪律了，一路上任意胡作非为。四月十六日夜里，队伍在谢特拉

柯夫村外宿营后，他们还是不顾司令部的警告和禁令，成群成群地跑到村子里去，到处去宰羊，在村边上强奸了两个妇女，无缘无故地开枪，打伤了自己一个弟兄。夜里哨兵都喝得烂醉如泥（因为每一辆辎重车上都有酒）。就在这时候，村子里派出去的三个骑马的哥萨克，已经在周围一些村子里鼓动暴乱了。

在黑沉沉的夜幕下，哥萨克们备好马，拿起武器，匆匆忙忙地把上过前方的战士和老头子们编成队伍，由各村的军官或司务长率领着，朝谢特拉柯夫村开来，来到红军队伍的周围，埋伏在山沟里或者山冈后面。从米古林镇上，从柯罗杰兹村、包戈莫洛夫村都开来了有半个连的人。上旗尔河村、那波洛夫村、卡林诺夫村、叶亚村、柯罗杰兹村都来了不少人。

天上的北斗星渐渐隐去。天麻麻亮时，哥萨克排成骑兵散兵线呐喊着从四面八方向红军冲了过来。一挺机枪响了一阵子，就不响了，混乱的、零零落落的枪声响了一阵子，也没有声音了，只能听到不很响的噼噼啪啪的砍杀声。

一个钟头就结束了战斗：红军支队全部被歼灭，砍死和枪杀了两百多人，有五百多人做了俘虏。两个各拥有四门大炮的炮兵连、二十六挺机枪、一千支步枪和大量的弹药都落到了哥萨克手里。

过了一天，在全地区的大道和小路上就到处是打着小红旗骑马飞跑的报信人了。各乡镇和村庄一齐闹腾起来。推翻苏维埃，急急忙忙选举乡长、村长。嘉桑乡和维奥申乡的连队开到米古林乡的时候，已经没有仗可打了。

四月下旬，顿河地区上游各乡宣告独立，成立了自己的州，就叫上顿河州。选定维奥申镇为州中心，因为维奥申镇人口众多，是顿河地区的第二大镇，论面积和所属村庄的数目仅次于米海洛夫镇。又将原来的村庄划出来一些，成立了几个新的乡镇。新成立的乡镇有叔米林、卡耳根、博柯夫。于是上顿河州就拥有十二个哥萨克乡镇和一个乌克兰乡，过起了脱离中央的独立生活。加入上顿河州的有原来属于顿涅茨州范围的一些乡镇：嘉桑、米古林、叔米林、维奥申、叶兰、卡耳根、博柯夫和波诺马辽夫等乡镇；有原来属于大熊河河口州的乡镇：霍

派尔河河口镇、克拉斯诺库特镇；有原来属于霍派尔州的乡镇：布堪诺夫镇、司拉晓夫镇、菲多谢耶夫镇。大家一致选举查哈尔·阿基莫维奇·阿尔菲洛夫为州长。他是叶兰镇的哥萨克，是陆军大学毕业的一位将军。关于阿尔菲洛夫有一种说法，说他从一个默默无闻的哥萨克小军官一跃而为出人头地的人，全亏了他那又好强又聪明的老婆；据说，阿尔菲洛夫考试三次都落榜，她就揪住不成器的丈夫的耳朵，不让他歇息，直到他第四次考试终于及第，进了陆军大学。

但是这些天来，大家即使谈到阿尔菲洛夫，那也谈得很少。大家都在操心别的事呢。

二十二

春水刚刚开始退落。草场上、菜园子篱笆旁边，露出了褐色的淤泥地，许许多多的冲积物就像镶上的花边：干芦苇、枯树枝、杂草、落叶、浪沫。顿河边淹在水里的柳树开始发青，花穗子像帽缨一样，从树枝上垂了下来。白杨树上的芽儿眼看着就要绽

开来了；村子里各家院子旁边，被春水围住的红柳的嫩芽儿已经朝着水面耷拉下来。那黄黄的、毛茸茸的嫩芽儿，就像一只只胎毛未褪的小鸭子，经春风一吹，往波浪里直钻。

黎明时候，大雁、海雁和一群一群的野鸭子都要游到菜园子跟前来找食儿。黎明时候，声音嘹亮的黑鸭子都要在草地上的水洼里嘎嘎地叫。到晌午时候，就可以看到，在春风吹皱了的顿河水面上，波浪追逐和戏弄着一只只白胸脯的小水鸭子。

这一年飞来的候鸟很多。天一亮，葡萄酒一般的霞光染红水面的时候，打鱼人坐着小船去查看渔网，常常看见一些天鹅待在树丛环绕的水面上休息。但是贺里散福和马特维·卡叔林老头子带回来的一件新闻还是使村里的人感到十分稀罕；他们两个因为家里需要两棵小橡树，就到官林里去挑选，在经过小树林的时候，惊起了一只野山羊，那野山羊还带着一只小羔儿。那瘦瘦的、黄褐色的野山羊，从到处是驴蓟和乌荆子的洼地里跑出来，站在小土包上对着两个来砍树的人看了几秒钟，紧张地捯动着瘦瘦的细腿，小羔儿紧紧地贴在妈妈的身上。野山

羊听见贺里散福惊愕的出气声，就在小树林里飞跑起来，两个人就只能看见那亮晶晶的青灰色蹄子壳儿和骆驼色的短尾巴在眼前闪动了。

“这是什么东西？”卡叔林老头子放下斧头，问道。

贺里散福带着不知从哪里来的一股高兴劲儿叫了起来，叫得整个静默无声的树林子里到处发出回声：

“野山羊，肯定是的！是野山羊，一点不错！我们在喀尔巴阡山里看见过！”

“这么看来，这是不是有些地方在打仗，逼得这可怜的畜生跑到咱们草原上来啦？”

贺里散福也只好同意这种说法。

“恐怕是这样。老爹，你瞧瞧那小羔子嘛！多好玩儿……嘿，鬼东西，真招人喜欢！简直像个小孩子！”

回来的一路上他们都在谈着本地从来没有见过的这种野物。马特维老爹最后又怀疑起来：

“说不定，不是野山羊吧？”

“是野山羊。真的，是野山羊，绝没有错儿！”

“也许是吧……不过，如果是野山羊，为什么没有角呢？”

“你问它有角没角干什么？”

“不是我要干什么。我是想问问，如果是野山羊的话……为什么样子一点不像山羊呢？你见过没有角的山羊吗？噢，噢，问题就在这儿。也许是一种野绵羊吧？……”

“马特维老爹，你简直老糊涂啦！”贺里散福生气了，“你到麦列霍夫家去看看。他们家格里高力有一根鞭子，就是用野山羊腿做的。你去认认是不是？”

这一天马特维老爹正好有事到麦列霍夫家去。格里高力的鞭子把儿果然是用野山羊腿上的皮裹的，样子十分精致；而且那小小的蹄子还十分完整地安在鞭把儿的头上，上面还镶了一个精致的铜箍。

在大斋第六个星期的星期三，米沙·柯晒沃依一大早就去查看下在树林子旁边的渔网。天刚刚放亮，他就从家里出来。早晨还很冷，冻得瑟瑟缩缩的土地上蒙起一层薄冰，冻泥巴在脚下咯吱咯吱响着。米沙穿着小棉袄和短靴子，裤腿掖在白袜筒里，

制帽戴在后脑勺上，呼吸着夹带着寒气的空气，闻着河水清淡的潮湿气味，朝前走去。他肩膀上扛着一支很长的桨。他解开小船，站在船上用劲儿把桨一撑，小船就轻快地朝前漂去。

他很快就查完了渔网，捞出最后一张网里的鱼，又把网放下去，理了理网的两翼，便轻轻地把船划开，决定抽一支烟。朝霞刚刚升起。东方青灰色的天空，好像从下面溅上了一片鲜血。那片鲜血渐渐扩散开，在地平线上面流泻开去，发出金光。米沙看着黑鸭子慢慢地在飞，看了一会儿，就抽起烟来。细细的一缕烟气打着圈圈儿朝一旁树棵子里钻去。他看了看捞到的鱼：三条小鲟鱼、一条有八磅重的鲤鱼、一堆小白鱼，心里想道：

“要卖掉一些。斜眼卢凯什卡会要的，找她换点儿梨干；妈妈有时候要做梨羹吃。”

他一面抽烟，一面朝码头划去。在他常常停船的菜园子篱笆旁边坐着一个人。

“这是谁呢？”米沙很灵活地摇着桨，划着小船，心里想道。

原来是“杰克”蹲在篱笆旁边。

“杰克”正在抽一根用报纸卷的老粗的烟卷。

他那像黄鼠狼一样的尖尖的小眼睛无精打采的，两边腮上长满灰黄色的胡子茬儿。

“你干什么？”米沙喊道。

他的叫喊声像个圆球儿一样在水面上滚了开去。

“你划过来。”

“你要去打鱼吗？”

“我打个屁！”

“杰克”喀喀地咳嗽起来，一连吐了几口痰，懒懒地站了起来。他穿着一件很不合身的老大的军大衣，就像瓜田里稻草人穿的衣服。制帽的帽檐耷拉到尖尖的耳朵上。他不久以前才回到村里，他带回来的是他当了红军这样一个“坏”名声。哥萨克们问他复员以后到哪儿去啦，“杰克”回答起来总是躲躲闪闪的，避而不谈有危险的话。他只是坦率地对伊万·阿列克塞耶维奇和米沙·柯晒沃依说，他在乌克兰的红军队伍里干了四个月，被白军俘虏过，逃出来以后，又参加了西维尔司的队伍，跟着西维尔司在罗斯托夫一带转战了一个时期，现在是请假回来养伤的。

“杰克”摘下帽子，摩平了像刺猬毛一样的短头发；一面四下张望着，朝小船走来，沙哑地说：

“事情很糟……很糟……别打鱼了吧！要不然，天天打鱼，打鱼，把什么事都忘啦……”

“你有什么消息，快说吧。”

米沙用自己的带鱼腥气的手握了握他那只剩了一把骨头的手，很亲切地笑了笑。两个老朋友见了面是很亲热的。

“昨天在米古林镇附近，红军叫人家打垮啦。伙计，全完啦……叫人家打得落花流水！……”

“是哪一部分的？是从哪儿来到米古林镇上的？”

“是从米古林镇上路过的，哥萨克把他们收拾得干干净净……光是送到卡耳根去的俘虏就有老大的一群！那儿已经成立了军事法庭。今天咱们这儿就要动员啦。你听，一大早这就敲起钟来啦。”

米沙拴好小船，把鱼装到口袋里，扛起桨，迈着大步朝前走去。“杰克”像一匹小马一样在他旁边跑着碎步，忽闪着大衣襟，甩着两条胳膊，一个劲儿地朝前冲。

“这是伊万·阿列克塞耶维奇告诉我的。他刚刚

换了我的班，磨坊里忙活了整整一夜，来磨粉的人很多。噢，他是听掌柜的说的。谢尔盖·普拉托诺维奇家里来了一个军官，是从维奥申镇上来的。”

“现在怎么办呢?”在米沙那因为打了几年仗而褪掉了孩子气的、成熟了的脸上，掠过一丝惊慌的神情；他斜着眼睛看了看“杰克”，又问了一遍，“现在该怎么办呢?”

“应该离开村子。”

“到哪儿去呢?”

“上卡敏镇去。”

“那儿也有哥萨克呀。”

“再往左边一点儿。”

“上哪儿?”

“上奥布里维去。”

“怎么能过得去呢?”

“你想去，就能过得去！要是不想去，你就留下来，去不去都由你！”“杰克”忽然冒起火来，“你怎么办，上哪儿去，我怎么能知道呢？要是逼得紧的话，你会找到窟窿钻的！拿鼻子拱拱就行啦！”

“你别发急嘛。发急有什么用处呢？伊万是怎么

说的?”

“伊万还需要你去鼓动鼓动呢……”

“你的嗓门儿别那么大……那个娘儿们看着咱们呢。”

他们很担心地朝那个年轻娘儿们看了看，那是“牛皮大王”阿甫杰伊奇的儿媳妇，她正把牛从院子里往外赶。他们一走到十字街口，米沙又转过身往回走。

“你上哪儿去?”“杰克”很诧异地问道。

米沙也没有回头，嘟囔着说：“我去把渔网收回来。”

“干什么?”

“不能让渔网丢掉嘛。”

“这么说，咱们一块儿走啦?”“杰克”高兴起来。

米沙挥了挥手里的桨，在老远处说：

“你上伊万·阿列克塞耶维奇家去，我把网拿回家，马上就去。”

伊万·阿列克塞耶维奇已经通知过一些亲近的哥萨克。他的小儿子又跑到麦列霍夫家去，把格里

高力找了来。贺里散福是自动来的，好像已经感觉出事情不妙了。过了不大的一会儿，米沙也来了，于是开起会来。大家一齐说话，都很着急，觉得马上就要打起来了。

“马上就走！今天就把钓鱼竿收起来！”“杰克”紧张而又着急地说。

“你一定要说个道理出来：咱们为什么要走？”贺里散福问道。

“什么为什么？马上就要动员啦，你以为，你能赖着不去吗？”

“不去就是不去。”

“会拴着你去的！”

“没有那么现成，我又不是他们拴在绳子上的小牛！”

已经把自己的两眼向外斜的老婆支了出去的伊万·阿列克塞耶维奇，很生气地嘟哝说：

“抓是要抓的……‘杰克’说得对。可是上哪儿去呢？难就难在这儿。”

“我刚才就跟他这样说呢。”米沙·柯晒沃依叹了一口气。

“你们这是怎么啦，难道就我最要紧吗？我就一个人走！用不着看风向！三心二意，想过来想过去，拿不定主意……等到把你们抓起来，还要因为赤化坐大牢呢！……这是闹着玩的吗？瞧，这局面不对头啊……咱们干脆他妈的都走吧！……”

格里高力·麦列霍夫心里带着一股很不高兴的劲儿聚精会神地在手里转悠着一根从墙上拔下来的生锈的钉子，冷冷地截住“杰克”的话，说：

“你别一股劲儿催！你当然不同啦：无牵无挂，抬起屁股就可以走。可是我们就得仔细地想一想。我有老婆，还有两个孩子……我闻过的火药味比你多着呢！”他忽闪着两个黑黑的、忽然露出火气的眼睛，恶狠狠地龇着两排密密实实的尖牙齿，大声说，“你完全可以随口胡扯……你原来是‘杰克’，现在反正还是‘杰克’！你除了一件棉袄，反正什么都没有……”

“你放屁！你发起军官脾气来啦？别叫吧！我才不睬你那一套呢！”“杰克”叫了起来。

他那胡子拉碴的脸都气白了，气得眯起来的小眼睛滴溜溜、气汹汹地直转悠，脸上那黄黄的胡子

茬儿好像都跳动起来了。

格里高力听伊万·阿列克塞耶维奇说红军队伍侵入了本州，心里不高兴，十分恼火，就把火气一齐发泄到“杰克”身上。“杰克”这一叫，他更火了。他就像被烫了一下子似的，一跳跳了起来，走到在凳子上转来转去的“杰克”跟前，拼命控制着老是想打人的手，说：

“住嘴吧，狗崽子！叫人恶心的东西！人渣！你发什么号令？你滚吧，谁也没有……拦着你！滚远点儿，省得你把这儿熏臭！够啦，够啦，别说啦，要不然我拿拳头送你走……”

“算啦，格里高力！真不像话！”米沙·柯晒沃依插嘴说，他把格里高力的拳头从“杰克”那皱起的鼻子前面拉了开去。

“这种哥萨克的坏脾气要不得……就不觉得丑吗？……麦列霍夫，丑死啦！真丑啊！”

“杰克”站了起来；很不好意思地咳嗽着，朝门口走去。到了门口，他忍不住了，又转过身来，对着正在冷笑的格里高力发狠说：

“你还当过红军呢……简直像个宪兵！……这种

人要千刀万剐！”

格里高力也忍不住了，一面把“杰克”往过道里推，踩着他那破军靴的后跟，用恶狠狠的声音说：

“滚出去！我把你的腿揪下来！”

“太不像话啦！怎么搞的，你们简直像小孩子！”

伊万·阿列克塞耶维奇很不以为然地摇了摇头，很不高兴地侧眼看了看格里高力。

米沙·柯晒沃依一声不响地咬着嘴唇，显然他是竭力控制着老是想冲口而出的难听话。

“他凭什么管别人的事？他为什么要发脾气？”格里高力有点儿难为情地解释说。贺里散福用赞许的目光看着他。格里高力看到这赞许的目光，就像个孩子一样很天真地笑了笑，说：“差点儿把他揍一顿！……只怕他经不住打……一巴掌，就没命啦。”

“喂，你们的意见怎样？该正经谈谈啦。”

伊万·阿列克塞耶维奇被发问的米沙·柯晒沃依的目光盯着，只好勉强回答说：

“你问怎么样吗，米沙？……格里高力说得有些道理：怎么能抬起屁股就走呢？咱们都有家嘛……你听我把话说完嘛！……”他看见米沙急着要插嘴，

就连忙说，“也许不会有什么事呢……谁又能说得准？一支队伍在谢特拉柯夫被打垮了，别的队伍也许就不会再来啦……咱们先等一等看吧。到时候再看情况。说实在的，我也有老婆孩子，衣服都破破烂烂，面粉也没有啦……怎么能一甩手就走呢？他们在家里怎么过日子呢……”

米沙气愤地扬了扬眉毛，眼睛盯着地面问道：

“你们不想走吗？”

“我想等一等看。要走，什么时候都来得及……你们怎么样，格里高力·潘捷莱耶维奇，还有你，贺里散福……”

“噢，是的……还是先等等看。”

格里高力没想到得到了伊万·阿列克塞耶维奇和贺里散福的支持，劲头儿来了：

“噢，那当然啦，我说的就是这个意思。就为这个我和‘杰克’吵的。这是砍树条子吗？一下，两下，就行了吗？……要好好地想想……我是说，要想想……”

“当——当——当——当！”钟声忽然从钟楼上飞下来，飞向广场，飞向大街小巷；钟声朝着黄褐

色的春水水面，向着没有晒干的石灰石山坡滚去，到了树林子里就碎成小扁豆一样的无数小粒儿，嗡嗡响了一阵，就不响了。接着又响了起来，那声音已经是连续不断并且带有惶惶不安的意味了："当——当——当——当！……"

"听，要集合啦！"贺里散福一个劲儿地眨巴起眼睛，"我马上到小船上去。顺着河这一边，到树林子里去。别想看见我！"

"瞧吧，这可怎么办呢？"米沙像个老头子一样，很费劲儿地站了起来。

"咱们现在不能走。"格里高力替大家回答说。

米沙又扬了扬眉毛，把耷拉下来的一绺沉甸甸的金黄色鬈发从额头上撩了开去，说：

"再见吧……看样子，咱们要各走各的路啦！"

伊万·阿列克塞耶维奇宽厚地笑了笑，说：

"米沙，你年轻，性子太急……你以为咱们就不能走一条路啦？一定会走一条路的！你相信好啦！……"

米沙道过别，走了出来。他出了院子，就朝旁边的场院上走去。"杰克"正缩着身子蹲在水沟旁

边。他好像知道米沙一定要到这儿来似的；他站起来，迎着米沙走来，问道：

“怎么样？”

“都不肯走。”

“我早就料到啦，都是些胆小鬼……你的朋友……格里什卡坏透啦！他一点不讲义气。欺负人，坏蛋！仗着他力气大……我身上没带家伙，要是带着，我早就开枪啦……”他用微弱的嗓音说。

米沙和他并肩走着，看了看他那像刺猬毛一样竖着的胡楂子，心想：“真像一只黄鼠狼，他会开枪的！”

他们走得很快，每一下钟声都像鞭子打在他们的身上。

“咱们上我家去，带上点干粮，就走！咱们步行，不骑马。你什么都不带吗？”

“我的东西全在我身上啦，”“杰克”扮了个鬼脸，“高楼大厦还没有盖起来，万贯家产也还没有挣到手……只是还有半个月的工钱没有领。算了吧，就让我们的大肚皮东家谢尔盖·普拉托诺维奇捞点儿便宜吧。我不去领工钱，他会高兴得打哆嗦的。”

钟声停了。清晨那种昏昏沉沉、还没有摆脱睡意的静寂依然没有被搅动。母鸡在路边灰堆里乱刨，吃嫩草吃肥了的牛犊在篱笆跟前走来走去。米沙回头看了看：哥萨克们正纷纷往广场上去开村民大会呢。有的人从家里往外走，一面走一面扣便衣或制服上的扣子。有一个骑马的人从广场上跑过。学校旁边有很多人，那白白的是妇女们的头巾和裙子，那黑黑的、连成一片的是哥萨克们的脊背。

一个挑水的娘儿们不愿意抢路，站了下来，生气地说：

“你们倒是走呀，要不然我可要走啦。”

米沙和她打了个招呼，她那宽宽的眉毛下面的眼睛笑了笑，问道：

“哥萨克们都去开会啦，你们打哪儿来？为什么不去开会，米沙？”

“家里有事。”

他们来到胡同口。看得见米沙家的屋顶了，也看得见那架在一根干樱桃树枝上，被风吹得摇来摇去的椋鸟巢了。小山包上的风车慢悠悠地晃动着，风车翅上有一块被风吹破的帆布呼啦呼啦地响着，

风车那尖顶上的铁皮也劈劈啪啪直响。

太阳不很明亮，但是已有暖意。清新的微风从顿河上吹来。街口上是阿尔希普·包加推廖夫的院子。包加推廖夫是个又高又大、脑筋很旧的老头子，曾经在御林军里当过炮兵。他家的院子里有几个娘儿们正在泥他们家那圆圆的大房子，用石灰粉刷，准备过复活节。有一个娘儿们正在用牛粪和泥。她把裙子撩得高高的，转圈儿走着，很吃力地捯动着两条白腿，那肥嘟嘟的腿肚子上有两道红红的印子，那是袜带勒出来的。她用手指头尖捏着撩起的裙子，布袜带捋到了膝盖以上，紧紧勒进肉里。

她是个很爱俏的娘儿们，尽管太阳才升起来不久，可是她已经用头巾蒙住了脸。另外两个年轻媳妇，都是阿尔希普的儿媳妇，她们踩着梯子，爬到盖得很漂亮的芦苇房檐下，在刷石灰。她们把袖子挽到胳膊肘以上，用头巾裹着脸，只露着两只眼睛，石灰刷子在她们的手里摆来摆去，雪白的石灰水往头巾上直溅。几个娘儿们非常合拍、非常整齐地唱着歌儿。守寡的大儿媳妇玛丽亚，经常公开地跑来找米沙·柯晒沃依；她是一个满脸雀斑、然而十分

迷人的女子；这会儿她在领唱，她的嗓子在全村是出了名的，声音低沉，浑厚有力，几乎和男子声音一样：

……我的亲人儿在前方……

另外两个女子接着唱下去，于是三个声音十分和谐地唱起这支凄切动人、哀怨真挚的女子的歌儿：

……谁也没有他那样悲伤。
他一面装炮弹呀，
一面把我呀想
……

米沙和“杰克”一面贴着篱笆往前走，一面听她们唱歌，歌声不时地被草场上嘹亮的马嘶声所打断：

……来了一封信，信上还盖着公章，
说我的亲人儿死在战场上，
哎哟，哎哟呀，我的亲人儿呀，
他躺在野树棵子旁……

玛丽亚忽闪着头巾下面那含情脉脉的灰眼睛，回头看着米沙走过，那溅满了白点子的脸亮了起来，她微微笑着，用充满情意的低沉的胸音唱下去：

……他的鬈发呀，那黄黄的鬈发，
叫风吹成了一团乱麻。
他的眼睛呀，那棕色的眼睛，
叫乌鸦啄成了两个坑。

米沙还是像往常对待妇女那样，很亲热地对她笑了笑；又对正在和泥的、招了女婿的皮拉盖雅说：

"你把裙子再撩高点儿，不然隔着篱笆可看不见！"

皮拉盖雅眯着眼睛说：

"你要是想看，就能看见。"

玛丽亚侧歪着身子站在梯子上，四面张望着，慢声问道：

"宝贝儿，上哪儿去了？"

"打鱼去了。"

"别上远处去，咱们到仓房里睡一会儿吧。"

"脸皮真厚，就找你公公好啦！"

玛丽亚吧咂了一下舌头，哈哈大笑起来，将湿漉漉的刷子朝米沙身上一甩。他的衣服和帽子溅上了不少白点子。

“你把‘杰克’借给我们也行，总可以帮我们收拾收拾房子！”小儿媳妇在后面喊着，笑得露出了满嘴白砂糖似的细牙。

玛丽亚不知道小声说了两句什么，另外两个女的一齐大笑起来。

“真是个浪荡货！”“杰克”皱了皱眉头，加快了脚步，但是米沙懒懒地、亲切地笑着，纠正他的话说：

“不是浪荡，是喜欢说笑。我要走啦，心上的人儿就孤单啦。‘心肝肉儿，对不起，再见啦！’”他一面嘟哝着歌子里的话，一面走进自己家的院子。

二十三

米沙走了以后，哥萨克们有一阵子没有说话。村子里到处回荡着钟声，窗户被震得微微地叮叮响着。伊万·阿列克塞耶维奇望着窗外。一片淡淡的、

清晨的阴影从棚子上投到地上。一丛丛的嫩草上沾满了露水珠儿，就像是一缕缕的白发。就是隔着玻璃看，天空也是湛蓝湛蓝的。伊万·阿列克塞耶维奇看了看贺里散福那耷拉着的、毛楂楂的头。

“也许，事情就到此为止了吧？米古林乡的哥萨克把红军打垮啦，就不会再来啦……”

“那可不一定……”格里高力浑身哆嗦了一下，“既然开了头，就不会撒手！喂，怎么样，咱们去不去开会？”

伊万·阿列克塞耶维奇伸手去拿帽子。他为了解开自己的疑问，问道：

“伙计们，是不是咱们真的生了锈呢？米沙虽然是个急性子，可是这小伙子有道理……他责备我们呢。”

谁也没有回答他。大家都一声不响地往外走，朝广场上走去。

伊万·阿列克塞耶维奇若有所思地看着脚底下，朝前走去。他心里很不是滋味，因为昧了良心，因为没有按照自己认识到的去做。“杰克”和米沙是对的；应该走，不应该犹疑。自己在心里为自己找的

那些理由是没有根据的，心里有一个理智的、嘲笑的声音，把那些理由踩得碎碎的，就像马蹄踩在水洼里的冰壳子上。伊万·阿列克塞耶维奇想定的唯一的办法是，一到战场上就跑到布尔什维克那方面去。他在去开会的路上，想好了这个主意，但是他没有把这个主意告诉格里高力，也没有告诉贺里散福，因为他模模糊糊地感觉到，他们另有一番心思，他心里已经暗暗提防起他们来了。他们三个人一齐拒绝了“杰克”的意见，拿家庭为借口，不肯走，其实他们每个人都知道，这样的借口不值一驳，不能算什么理由。现在他们各自想着心思，感到很不好意思，就好像干了一桩很肮脏、很见不得人的事。他们都一声不响地走着。走到莫霍夫家对面，伊万·阿列克塞耶维奇再也忍受不住这种使人气闷的沉默，就斥责自己和另外两个人说：

“用不着说假话，咱们从前方回来的时候，都是布尔什维克，可是现在咱们都在往树棵子里钻！顶好叫别人替咱们去打仗，咱们就搂着老婆睡大觉……”

“我反正打过仗啦，现在让别人去尝尝滋味吧。”

格里高力扭过头来说。

“他们怎么搞的……做起强盗来啦，我们还要跟他们走吗？这算是什么红军？强奸妇女，抢人家的东西。这会儿该仔细看一看啦。如果瞎走的话，一定会碰在墙上的。”

“这事儿你亲眼看见了吗，贺里散福？”伊万·阿列克塞耶维奇厉声问道。

“人家都这样说。”

“噢，噢……是人家说……”

“喂，别说啦！在这地方别愁人家听不见。”

会场上到处闪烁着鲜亮的哥萨克裤绦和制帽，偶尔能看到孤零零的一顶黑黑的毛皮帽。全村的人都来到会场上。没有妇女。全是老头子和到了入伍年龄的、未到入伍年龄的哥萨克。拄着拐杖、站在最前面的是最年长的：陪审员、教会理事、学校董事、教会长老。格里高力用眼睛扫了扫，找到了父亲那白中带黑的大胡子。麦列霍夫老头子和亲家公米伦·格里高力耶维奇站在一起。他们的前面是格里沙加爷爷，他穿着一件灰色制服，挂起了勋章，拄着一根疙疙瘩瘩的拐杖。格里高力的丈人旁边是

脸红得像苹果一样的“牛皮大王”阿甫杰伊奇、马特维·卡叔林、阿尔希普·包加推廖夫、戴起哥萨克制帽的“擦擦”阿杰平；再过去，许许多多熟悉的脸排成一道半圆形的栅栏：大胡子叶戈尔·西尼林、“马掌”亚可夫、安得列·卡叔林、尼古拉·柯晒沃依、瘦大个儿鲍尔晓夫、安尼凯、马尔丁·沙米尔、长腿的磨粉工人戈罗摩夫、亚可夫·柯洛维金、格尔库洛夫、菲多特·包多甫斯柯夫、伊凡·托米林、叶皮番·马克萨耶夫、查哈尔·柯洛列夫、“牛皮大王”阿甫杰伊奇的儿子安琪普——是一个蒜头鼻子的矮小的汉子。格里高力穿过会场，在人群的另一边看见了哥哥彼特罗。彼特罗穿着衬衣，佩戴着黄黑两色的十字章绶带，正在和一条胳膊的阿列克塞·沙米尔斗嘴。彼特罗的左面是绿眼睛的米佳·柯尔叔诺夫。米佳正就着普罗霍尔·泽柯夫的烟卷头儿点烟。普罗霍尔瞪着两只牛眼，噘着嘴唇在吹火，帮他点烟。后面是许许多多年轻的哥萨克；人群的当中，有一张摇摇晃晃的小桌子，桌子的四条腿都陷进松软、潮湿的土地里，桌子旁边坐着村革命军事委员会主席纳萨尔，手扶桌沿儿站在他旁

边的是格里高力不认识的一位中尉，中尉戴着一顶带帽徽的绿色制帽，穿着带肩章的制服上衣和一条窄窄的草绿色马裤。革命军事委员会主席正在很窘急地对中尉说着不知什么事情，中尉微微弯下身子，把老大的招风耳朵凑在主席的大胡子上听着。会场就像蜂窝一样，一片轻微的嗡嗡声。哥萨克们都说着话儿，开着玩笑，但是所有的人的脸色都很紧张。有人等得不耐烦，尖声尖气地叫道：

“开会吧！还等什么？差不多都到齐啦！”

那位中尉从容地直起身子，摘下制帽，就像在家里一样，很随便地说道：

“诸位老人家和上过前方的哥萨克弟兄们！谢特拉柯夫村发生的事情，你们听说了吗？”

“这是什么人？打哪儿来的？”贺里散福用粗嗓门儿小声问道。

“是维奥申镇上的，打黑河来的，好像是姓索尔达托夫……”有一个人回答说。

“有两天，”中尉继续说，“有一支红军开到谢特拉柯夫。德国人占领了乌克兰，又向顿河军区推进，赶得这支红军离开了铁路线。他们就朝米古林镇方

向开来。他们进了谢特拉柯夫村以后，就开始抢夺哥萨克们的财物，强奸妇女，随便乱抓人，这类的事干了不少。这些情形一传到周围一些村庄里，哥萨克们就拿起武器，朝这些强盗扑来。这支队伍有一半被消灭，一半被俘虏。米古林乡人缴获了大量的战利品。米古林乡和嘉桑乡已经推翻了布尔什维克的政权。哥萨克们不分老少都动员起来保卫咱们静静的顿河啦。维奥申镇上的革命军事委员会已经解散，选举了乡长，大多数村庄也都这样干啦。”

中尉说到这里，老头子们嘁嘁喳喳地小声讨论起来。

“到处都在成立队伍。你们上过前方的人，也应该成立一支队伍，来保卫本乡本土，防备成群结伙的野蛮强盗再来侵犯。咱们应该恢复自治！咱们不要红色政权，红色政权只能导致混乱，不能给我们自由！我们决不允许庄稼佬奸污我们的妻子和姐妹，不允许他们嘲弄咱们的正教、糟蹋神圣的寺院。抢夺咱们的财物和家产……不是这样吗，诸位老人家？”

会场上响起一片“对——对呀！”的声音。中尉

开始念一份胶印的告民众书。主席不顾桌上还有一些文件，就离开了桌子。大家都静静地听着，一个字也不放过。上过前方的哥萨克们在后面无精打采地交谈着。

中尉一开始念告民众书，格里高力就从人群里走了出来：他不慌不忙地朝回家的方向，向维萨里昂神甫家房子的拐角处走去。米伦·格里高力耶维奇看见他走开去，就用胳膊肘捣了捣潘捷莱·普罗柯菲耶维奇的肋部，说：

“瞧，你的小儿子走啦！”

潘捷莱·普罗柯菲耶维奇一瘸一拐地从人群中走了出来，用央求加命令的口气唤道：

“格里高力！”

格里高力侧过身子，站了下来，没有回头。

“回来吧，孩子！”

“你为什么要走?！回来！”许多声音乱哄哄地喊了起来，许多张脸朝格里高力扭过来，像一面墙一样。

“还当过军官呢！”

“用不着翘鼻子！”

“他就在他们那里面干过！”

“他也喝过哥萨克的血……”

“是个红肚子！”

吆喝声一齐朝格里高力的耳朵里飞来。他咬紧牙齿听着，显然他心里斗争得很激烈；好像再过一会儿，他就要头也不回地走掉了。

格里高力犹豫了一会儿，又垂着眼睛朝人群里走来，潘捷莱·普罗柯菲耶维奇和彼特罗这才轻松地舒了一口气。

老头子们的劲头儿一下子就上来了。马上就毫不怠慢地选举米伦·格里高力耶维奇·柯尔叔诺夫为村长。米伦·格里高力耶维奇激动得白麻子变成了灰色，走到人群当中，很腼腆地从以前的村长手中接过政权的标志——一根铜头的权杖。以前他从来没有当过什么头儿；现在选上了他，他推说自己担当不起这样的重任，说自己文化太低，推托了一阵，谦让了一阵。但是老头子们一阵一阵地吆喝着，表示欢迎他：

“把权杖接下吧！别推辞啦，格里高力耶维奇！”

“你是咱们村子里头一个好当家的！”

“你不会糟蹋村里的财产！”

“可别像谢苗那样，把村子里的款子全喝掉！”

“噢，噢……他才不会哩！”

“他喝掉了也赔得起！”

“那咱们就像剥羊皮一样，把他的家产搞光！……”

这样快速的选举和临战气氛是极不平常的，所以没有怎么特别敦劝，米伦·格里高力耶维奇就答应了。这次选举和以前不一样。以前选举，乡长要来，要开甲长会议，推举候选人，现在却干脆利落：“谁赞成柯尔叔诺夫，请站到右边去。”于是人群一齐拥到了右边，只有跟柯尔叔诺夫有宿怨的皮匠济诺维一个人站着没动，就像河边滩地上一根烧焦的树桩。

满头冒汗的米伦·格里高力耶维奇的眼睛还没有来得及眨一下，权杖已经塞到他的手里，远处和耳朵边上响起一片吼叫声：

“快摆酒席吧！”

“大家都选你啦！”

“应该庆贺庆贺！”

“把村长抬起来！”

但是那位中尉打断大家的呼喊声，很干练地引导大家来解决实际问题。他提出了选举本村队伍的指挥官问题，他大概在维奥申镇上经常听说格里高力这个人，就奉承格里高力、同时也奉承全村的人说：

“希望能有一位指挥——一位指挥官！有了指挥官，打起仗来，事情就好办，就可以减少损失。不过贵村的英雄好汉实在太多啦。乡亲们，我不能把我的想法强加给你们，可是我愿意向你们推荐麦列霍夫少尉。”

“哪一个麦列霍夫？”

“我们这儿有两个麦列霍夫少尉。”

中尉用眼睛在人群里扫了扫，目光停留在低着头站在后面的格里高力身上。中尉微微笑着，高声说：

“我推荐的是格里高力·麦列霍夫！……你们以为怎样，乡亲们？”

“太好啦！”

“千万别推辞！”

“格里高力·潘捷莱耶维奇！是一条硬汉子！”

“到当中来！过来！”

“老头子们都想看看你哩！”

格里高力被一些人推着，红着脸走到圈子当中，像被逮住的野物似的，朝四面张望了一下。

“你就领导起我们的孩子们吧！”马特维·卡叔林用拐杖敲了敲地面，并且画了一个老大的十字，“你就领着他们，叫他们跟着你，就像很多小鹅跟着一只好公鹅那样，大家结成一伙儿。公鹅要保护小鹅，不准猛兽和人来侵害，你也要这样维护他们！你还能再得四颗十字章，愿上帝保佑你！”

“潘捷莱·普罗柯菲耶维奇，你家儿子有出息！……”

“他的脑袋是金子做的！鬼东西，够机灵的！”

“瘸子鬼，你得请我们喝两杯！”

“哈哈哈哈！……咱们就来——喝……”

“诸位老人家！静一静！咱们是不是不管愿意不愿意，就规定干两年或者三年呢？要是单凭志愿，有些人会去，有些人就不去……”

“就干三年！”

“五年!”

“要招志愿兵!”

“你要去就去嘛,谁拉着你了?”

中尉正在和新任的村长说话,村子上头的四个老头子来到跟前。其中有一个又瘦又小、没有牙齿的小老头儿,外号“瘦猴儿”,一辈子爱打官司出了名。他跑法院跑惯了,所以他家里用的唯一的一匹白骡马也十分熟悉上法院的道路,只要醉醺醺的主人往大车上一倒,用尖尖的嗓门儿喊一声:“上法院去!”——白骡马自己就会顺着大道朝镇上走……“瘦猴儿”攥着帽子,走到中尉面前。其余的三个(其中有一个是大家都很敬重的富户盖拉西姆·包尔德列夫)也都在旁边站了下来。“瘦猴儿”除了别的本事以外,还特别能说会道,他首先捅了捅中尉,说:

“大人!”

“几位老人家,你们有什么事?”中尉很有礼貌地弯下身子,把老大的、肉嘟嘟的耳朵凑过来。

“大人,看样子,您对我们村子里的这个人,就是您选定给我们当指挥官的这个人,恐怕不大了解。

我们这几个老头子对您的决定提出异议，我们有权这样做。我们声明反对他！”

“为什么反对？怎么一回事儿？”

“因为我们对他信不过。他自己就干过红军，在红军里当过指挥官嘛，两个月以前因为挂花才回来的。”

中尉的脸唰地一下子红了。他的两只耳朵也因为充血，好像肿了起来。

“这是不可能的！我没有听说这事儿……谁也没有对我说起嘛……”

“是真的，他干过布尔什维克，”盖拉西姆·包尔德列夫很严肃地说，“我们信不过他！”

“不叫他干！知道年轻哥萨克们都怎么说吗？他们说：‘一打起仗来，他就要把我们都卖掉！’”

“诸位老人家！”中尉踮着脚尖站高些，喊叫道；他故意撇开上过前方的哥萨克，专门对老头子们说，“诸位老人家！咱们选举格里高力·麦列霍夫少尉担任指挥，但这是不是就没有什么问题呢？现在就有人告诉我，他去年冬天就干过红军。你们能不能把自己的儿子和孙子交给他呢？还有你们，上过前方

的弟兄们，跟着这样的指挥官，能不能放心呢？”

哥萨克们都愣愣的，说不出话来。接着一下子都叫了起来；感叹声和呼喊声交织成一片，连一个字都听不清楚。过了一阵子，等叫声一齐停了，静下来了，眉毛成了绺的包加推廖夫老头子走到圈子当中，对大家摘下帽子，朝四下里看了看。

“我这笨脑袋是这样想的，咱们不能让格里高力·潘捷莱耶维奇担任这一职务。他是有这样的罪过，这是我们大家都知道的。让他先赎赎自己的罪过，取得大家的信任，然后咱们再看情况。他是一条好汉，这我们都知道……可是，有云彩遮着，太阳就放不出光来；我们看不见他的功劳——他给布尔什维克干的事，把我们的眼睛遮住了！……”

“叫他当兵好啦！”年轻的安得列·卡叔林气冲冲地叫道。

“选彼特罗·麦列霍夫当指挥官！”

“叫格里高力下队当兵！”

“要是选上他，咱们就倒霉啦！”

“我才不稀罕呢！你们他妈的为什么偏要找我？”格里高力在后面叫道，气得脸都红了；他把手一甩，

又说，“我才不干呢！我他妈的才不稀罕你们哩！”他把手插进很深的裤子口袋；微微弯起腰，跨着仙鹤一样的大步朝家里走去。

背后响起一片叫喊声：

“哼，哼！别自以为了不起！……”

“臭美！钩鼻子翘到天上啦！”

“噢哟哟！……”

“土耳其佬的血又在他身上作怪啦！”

“他恐怕是不会输嘴的！他当兵的时候都跟军官顶嘴嘛。要不然……”

“回来！……”

“哈哈哈哈！……”

“把他绑起来！嗬！呸！追呀！追呀！……”

“你们怎么抬举起他来啦？要好好儿地处治处治他！”

老半天都没有安静下来。有的人争得上了劲儿，把别人推了一下子，有的人的鼻子被打得流出血来，有一个年轻小伙子眼睛底下突然添了一个大包。等到大家都安静下来，就又开始选举指挥官。大家选举了彼特罗·麦列霍夫。他得意起来，脸都红了。

但是接着中尉就像一匹奔腾的快马遇到格外高的高栏一样，遇上了没有预见到的难题：轮到登记志愿兵，竟没有人愿意登记。前方回来的哥萨克们对眼前的一切都不动声色，踌躇不定，不愿意登记，并且互相开玩笑打着岔儿：

“安尼凯，你怎么不登记呀？”

安尼凯就嘟哝着说：

“我还小呢……连胡子还没长出来呢……”

“你别开玩笑啦！你怎么，是在笑话我们吗？”卡叔林老汉对着他的耳朵吼道。

安尼凯就像叫蚊子叮了一口似的，拿手一拂，说：

“叫你们家的安得列去登记吧。”

“他登记过啦！”

“普罗霍尔·泽柯夫！”桌子旁边有人喊道。

“有！”

“你登记吗？”

“我不知道……”

“给你登上啦！”

米佳·柯尔叔诺夫一本正经地走到桌子跟前，

一个字一个字地说：

“给我登记上。”

“喂，还有谁愿意登记？……菲多特·包多甫斯柯夫……你呢？”

“诸位老人家，我有小肠气！……”菲多特很斯文地垂下他那外斜的加尔梅克型眼睛，含含糊糊地说。

前方回来的战士们都开心地哈哈大笑起来，笑得直揉肚子，有些喜欢开玩笑的人就瞎说起来：

“你把老婆带着……要是小肠冒出来，叫她给你治。”

“噢哈哈哈！……”后面的人哄哄地笑着，咳嗽着，牙齿和笑得放光的眼睛亮闪闪的。

又一阵说笑声像山雀一样从会场的另一头飞来。

“我们就叫你当炊事员！你要是把菜汤做坏了，就拿菜汤灌你，一直灌到你的小肠从另一头跑出来。”

“带着这种玩意儿往后退，可跑不快。”

老头子们气了，骂了起来：

“够啦！够啦！有什么好开心的？”

“偏要在这种时候瞎胡闹！”

“伙计们，真丑啊！”有一个老头子训诫说，“上帝啊！噢，噢！上帝要怪罪的。那边在死人，可是你们……你们不怕上帝吗？”

“伊凡·托米林。”中尉扭过身体，回头看了看，喊道。

“我是炮兵。”托米林应声说。

“你登记吗？我们也需要炮兵。”

“登上吧……唉，唉！”

查哈尔·柯洛列夫、安尼凯以及另外几个人跟炮兵托米林开起玩笑：

“我们用柳树来给你凿一门大炮！”

“你就拿南瓜当炮弹，用土豆当榴霰弹好啦！”

在一片哄笑和玩笑声中登记了六十个人。最后一个登记的是贺里散福。他走到桌子跟前，从容不迫地说：

“这么说，就把我登上吧。不过我事先要说清楚，打仗我可不干。”

“那你登记干什么？”中尉很气愤地问道。

“军官先生，我去看看。我想去看看。”

“给他登上吧。”中尉耸了耸肩膀。

散会的时候差不多已经晌午了。决定第二天就上米古林乡去增援。

第二天早晨，六十个登了记的人当中，到广场上来集合的只有四十人。穿起军大衣和高筒靴、打扮得漂漂亮亮的彼特罗把哥萨克们打量了一遍。许多人新缝上了蓝色的肩章，肩章上的番号还是以前所属团队的番号，也有一些人没戴肩章。马鞍被行军驮子垫得高高的，鞍袋和挂包里装着干粮、衬衣、从前方带回来的子弹。不是所有的人都有步枪，多数人带的是马刀。

婆娘们、姑娘们、小孩子和老头子们都来到广场上给出征的人送行。彼特罗神气活现地骑着马跑到大家的前面，让自己这半个连排好队伍。他把各种毛色的马和骑在马上的人打量了一遍，看到有的人穿着军大衣，有的人穿着制服，有的人穿着帆布雨衣，他打量过了，就下令出发。这一小队人马就慢步上了山冈，哥萨克们都愁眉苦脸地回头朝村子里张望，殿后的一列里有人放了一枪。到了冈头上，彼特罗戴上手套，捋了捋小麦色的胡子，勒了勒马

头，那马就一个劲儿地动着腿，侧歪着身子走起来，他用左手按住军帽，微微笑着，喊道：

“全连注意，听我的命令！……放马前进！……”

哥萨克们都站在马镫上，挥动鞭子，放马快跑起来。风飕飕地吹在脸上，吹得马尾和马鬃乱成一团，看样子要下小雨了。大家说着话儿，开起玩笑。贺里散福骑的铁青色标准马打了一个趔趄。贺里散福抽了一鞭子，骂了两声；那马就弓起脖子，大跑起来，跑到队伍前头去了。

哥萨克们一路上高高兴兴地来到卡耳根镇上。他们完全相信，没有什么仗好打，米古林乡的事件不过是布尔什维克对哥萨克土地偶然的一次进犯。

二十四

薄暮时分他们进了卡耳根镇。镇上已经没有上过前方的哥萨克了，都到米古林乡去了。彼特罗叫大家在列沃琪金商店旁边的广场上下了马，自己就朝乡长家走去。迎接他的是一位又高又大、身体强

壮、黑脸膛的军官。那军官穿一件肥大的、长长的衬衣，没戴肩章，腰上系一条高加索皮带，下身穿的是带裤绦的哥萨克裤子，裤腿掖在白毛袜里。那薄薄的嘴唇角上叼着烟斗。那闪闪发光的灰眼睛显得很阴沉、很忧郁。他站在台阶上，抽着烟，看着彼特罗走过来。他那魁伟的身躯，衬衣底下那鼓鼓的、结实得像铁一样的胸部和胳膊上的筋肉，都显示着他有非凡的力气。

“您是乡长吗？”

那军官从耷拉着的小胡子下面吐出几个烟圈儿，瓮声瓮气地说：

“是的，我是乡长。请问，您贵姓？”

彼特罗作了自我介绍。乡长握住他的手，微微低了低头说：

“我是菲道尔·李霍维多夫·德米特里耶维奇。”

菲道尔·李霍维多夫是古森诺–李霍维多夫村的哥萨克，是一个很不平常的人物。他在士官学校上过学，毕业以后，有很长时间不知他的去向。几年以后，他忽然回到村里，得到上级机关的许可，在退伍的哥萨克中招募起志愿兵。他在现在的卡耳根

乡一带招募了一连勇猛剽悍的亡命徒，率领这一连人到波斯去了。他带着队伍在波斯待了一年，担任国王的近卫。在波斯革命的时候，他带着国王逃跑，丢掉了队伍，于是又突然回到了卡耳根乡；他带回来一部分哥萨克，还带回来三匹御马厩里的纯种阿拉伯千里马和大量的财物：贵重的地毯、稀世的装饰品、花色非常美丽的绸缎。他浪荡了一个月，从裤子口袋里掏出不少波斯金币，他骑着一匹雪白的、十分漂亮的马在村子里跑来跑去，那马四条腿细细的，头昂得像天鹅一样；他常常骑着马跨进列沃琪金商店的大门，就在马上买东西，付钱，又骑着马从穿堂的门出来。后来菲道尔·李霍维多夫又像来时那样，突然消失了。跟他一起消失的是他那形影不离的伙伴潘捷柳什卡——是他的随从，是古森诺村的跳舞能手；那几匹马和从波斯带回来的一切东西也都不见了。

半年以后，李霍维多夫又出现在阿尔巴尼亚。他从阿尔巴尼亚的都拉索给朋友们寄来一些明信片，明信片上都印着阿尔巴尼亚蔚蓝色的山景，还盖着奇形怪状的邮戳。后来他又到了意大利，跑遍了巴

尔干半岛，到过罗马尼亚和西欧，差一点就到了西班牙。菲道尔·德米特里耶维奇的名字充满了神秘色彩。关于他的行踪，周围一些村子里有各种各样的说法和推测。大家只知道，他接近皇室，在彼得格勒结交了一些高官显宦，加入了“俄罗斯民族团”[①]，并在其中担任要职，至于他在国外从事什么活动，任何人都一无所知。

菲道尔·李霍维多夫从国外回来以后，在奔萨住了下来，在该省总督手下做事。卡耳根的朋友们看到他的照片，过后都要摇上老半天头，惊愕得直咂嘴巴：“嘿，好家伙！……”“菲道尔·德米特里耶维奇爬得好高呀！”“瞧，跟他在一块儿的都是些什么人呀？”照片上，菲道尔·德米特里耶维奇那塞尔维亚型的钩鼻子脸上带着微笑，正搀扶着总督夫人上马车。总督大人就像对自己家里人一样，对他十分亲切地笑着，一名肩宽背阔的车夫伸着手，轻轻握着缰绳，几匹马咬紧了嚼子，看样子就要拉着

①“俄罗斯民族团”是沙皇俄罗斯时代由黑帮分子组成的一个狂热的保皇团体。该团体进行反犹太人的宣传，残酷地迫害犹太人，杀害持不同政见者，接受政府大量的津贴。——原注

车子走了。菲道尔·德米特里耶维奇的一只手很殷勤地将卷毛皮帽子举着，另一只手扶着总督夫人的胳膊肘，就像端着一个碗似的。

几年之后，已经是一九一七年年底，菲道尔·德米特里耶维奇又回到了卡耳根，在卡耳根安了家，好像是要长期定居下来了。他带回了老婆和一个孩子，老婆不知是乌克兰人，还是波兰人；他住在广场上一所有四间屋子的小房子里，住了一个冬天，在酝酿一些令人不解的计划。整个冬天（这一年冬天特别冷，简直不像顿河的冬天！）他家的窗子都是大开着的，他在锻炼自己和老婆孩子，这都使哥萨克们感到惊讶。

一九一八年春天，谢特拉柯夫村的事件发生以后，他被选为乡长。这一下子菲道尔·李霍维多夫的雄才大略才完全施展开来。他下狠劲儿干了起来，过了一个星期，老头子们就晃着脑袋称赞他了。他对哥萨克们管束得很严，他在乡民大会上讲过话以后（李霍维多夫说得很得体，他不仅力气过人，而且脑袋瓜也特别灵活），老头子们就像一大群公牛似的吼叫起来："就这样干，大人！就请您这样干吧！"

“好极啦！”

新乡长一上任就雷厉风行。卡耳根镇上一听说谢特拉柯夫村在打仗，第二天，上过前方的战士就全部开去增援了。外来户（乡上的居民有三分之一是外来户）起初不愿意去，还有一些上过前方的步兵也不肯去，但是李霍维多夫在大会上坚持自己的意见，提议把一切不肯保卫顿河的“庄稼佬”驱逐出去，老头子们通过了他的建议。到第二天，许多步兵就乘着几十辆大车，拉着手风琴，唱着歌儿，朝那波洛夫乡，朝柴尔涅茨克村而去。外来户中只有几个年轻的步兵，由原来在机枪一团当兵的瓦西里·司托洛仁柯率领着，跑到红军里去了。

乡长看到彼特罗走路的姿势，就看出他是一个出身低微的军官。他没有请彼特罗进屋子，用很随便的和善口气说：

“不必啦，老弟，你们用不着上米古林去啦。你们没去，人家已经把事情办妥啦，昨天晚上我们收到电报啦。你们就回去等候命令吧。您要好好儿地给哥萨克们打打气！这样一个大村庄，怎么只出来四十名当兵的?！您对那些坏家伙别客气！这也是他

们的身家性命问题嘛！请回吧，一路平安！”

他异常轻快地挺着他那健壮的身躯，朝房里走去，脚上穿的家常靴子的靴底唰唰直响。彼特罗便朝广场上，朝哥萨克们走去。大家争先恐后地问他：

“喂，怎么样？”

“那儿情形怎样？”

“咱们还上米古林去吗？”

彼特罗掩饰不住自己的高兴，笑了笑，说：

“回家吧！咱们不用去啦。”

哥萨克们都笑了，拥拥挤挤地朝拴马的栅栏跟前走去。贺里散福甚至长长地出了一口气，就像从肩膀上卸下一座山，他拍了拍托米林的肩膀，说：

“炮手，这么说，咱们要回家啦！”

“因为娘儿们正在家里想咱们呢。”

“咱们这就回去。”

大家商量了一下，决定不在外面过夜，马上就走。大家乱哄哄地、成群成伙地出了卡耳根镇。如果说，往卡耳根镇上来的时候都很勉强，不愿意赶着马快跑，现在从卡耳根镇上往回走，却都在拼命地赶马，赶着马使足了劲儿往家跑。有时候还要飞

跑一阵；因为天旱无雨干得硬邦邦的土地在马蹄下咚咚直响。顿河那边，远处的山冈后面，来来回回地飞驰着蓝蓝的闪电。

半夜时候哥萨克们回到了村里。从山冈上往下走的时候，安尼凯用自己的奥地利步枪放了一枪，接着大家轰轰隆隆地一齐放起枪来，报告自己回家了。回答他们的是村子里响起一片狗叫声；不知是谁的马，感觉出快到家了，哆哆嗦嗦地打着响鼻长嘶起来。进了村子，大家就各自朝家里走去。

马尔丁·沙米尔和彼特罗分手的时候，很轻松地说：

“仗打完啦。这就太好啦！”

彼特罗在黑地里笑了笑，便朝自己家走去。

潘捷莱·普罗柯菲耶维奇出来接过马去。他给马卸了鞍，牵进马棚里。同彼特罗一起朝房里走去。

“不再出去打仗了吧？”

“是的。”

“好，谢天谢地！顶好一辈子没有这种事。”

睡得热乎乎的妲丽亚爬了起来，去给丈夫端来晚饭。格里高力披着衣服从房里走了出来；他搔着

长满黑毛的胸膛，眯缝起眼睛，嘲笑哥哥说：

“打了个大胜仗吧？”

“去晚啦，就跟这一样，只能喝喝剩菜汤啦。”

“哼，就凑合着喝吧。特别是如果有我来帮着喝，菜汤咱们能喝得下……”

* * *

在复活节以前，关于打仗的事，一点消息都没有；但是在耶稣受难周的星期六，从维奥申镇上来了一位军使，他把浑身是汗的马扔在柯尔叔诺夫家大门口，跑上了台阶，跑得马刀碰在门槛上叮当直响。

“有什么消息吧？”米伦·格里高力耶维奇在门口迎住他，问道。

“我要找村长。您是村长吗？”

“我是。”

“请您马上把哥萨克们动员起来。波得捷尔柯夫带着红军要从纳郭林乡经过。这是命令。”他把汗漉漉的帽里子和一封信一起翻了出来。

格里沙加爷爷听到说话声，一面往鼻子上架眼

镜，一面往外走；米佳也从院子里跑了过来。他们一同看起州长的命令。那位军使靠在镂花的栏杆上，用袖子擦着风尘仆仆的脸上那一片一片的灰尘。

复活节的第一天，村子里的哥萨克们开过斋以后，就出发了。阿尔菲洛夫将军的命令十分严厉，对于不去的人要取消哥萨克身份，因此，这次去迎击波得捷尔柯夫的，已经不是第一次的四十个人，而是一百零八人了，其中还有几个很想和红军较量较量的老头子。冻得直淌鼻涕的马特维·卡叔林就跟儿子走在一起。“牛皮大王”阿甫杰伊奇骑着一匹小小的癞皮马，神气活现地走在前排里，一路上讲着他那些不曾有过的离奇经历，逗得哥萨克们哈哈大笑；一起出发的还有马克萨耶夫老汉和另外几个白胡子老头儿……年轻人很不情愿地走着，老头子们却是一副兴高采烈的样子。

格里高力·麦列霍夫把雨衣的兜帽扣在制帽上，走在最后一列里。愁云密布的天上往下洒着雨点儿。穿起了美丽绿装的草原上空黑云滚滚。高处，有一只老鹰贴着黑云在飞翔。那鹰偶尔扇一扇翅膀，把翅膀伸展开来，兜一兜风，然后就顺着空气的流势，

倾斜着身子，闪烁着淡淡的、棕色的亮光，向东方飞去，越飞越远，越来越小。

草原上湿漉漉的，一片碧绿。只是有些地方还能看得见色调不同的去年的艾蒿、红红的黄鼬草，再就是山冈顶上那瓦灰色的瞭望台了。

哥萨克们下山往卡耳根镇上走的时候，遇到一个放牛的少年。那少年摇晃着鞭子，两只光脚丫儿一滑一滑地朝前走着。他看见这许多骑马的人，就站了下来，仔细打量着这些人和溅满了泥水、扎着尾巴的马匹。

“你姓什么？”伊凡·托米林问他。

“姓卡耳根。”那少年在头上蒙着的一件小褂底下笑着，很机灵地回答说。

“你们的哥萨克都走了吗？”

“都走啦，打红军去啦。您没有卷烟卷儿的黄烟吗？叔叔，有吗？”

“你要黄烟吗？”格里高力勒住了马。

少年走到格里高力跟前。他那卷起的裤腿都湿透了，裤绦红得发亮。他大胆地看着正从口袋里往外掏烟荷包的格里高力的脸，用很流利的童音说：

“你们下了山，就能看到死尸啦。昨天我们的哥萨克押着俘虏的红军往维奥申镇上送，到了这儿就把他们都砍啦……叔叔，我在沙岗跟前放牲口来着，在那儿看着他们砍的。哎呀，好怕人呀！哥萨克们一抡起马刀，红军就高声大叫，到处乱跑……过后我走过去看了看……有一个人的肩膀被砍掉啦，还在一个劲儿地喘气，看样子，心还在胸膛里跳呢，可是肝已经乌青乌青的啦……真怕人啊！”他又重复了一句，因为他心里觉得奇怪，哥萨克们听了他的话并不害怕，至少从格里高力、贺里散福和托米林那毫无表情和冷漠的脸上，他可以看出这一点。

他把烟卷儿点着了，摸了摸格里高力的马那湿漉漉的脖子，说了一声“谢谢”，就朝他放的牛跑去。

大路旁边，春水冲出的一条浅浅的沟里，躺着一具具红军的尸体，上面多少撒了一些黄土。有一具尸体的脸变成了深蓝色，好像用锡铸成的，嘴唇上还带着凝结的血，蓝棉裤筒里有一只光光的脚已经发了黑。

“他们连埋都不耐烦……浑蛋！”贺里散福小声

嘟哝说。他忽然朝自己的马猛抽一鞭，跑到格里高力前面，跑下山去。

“瞧吧，在顿河土地上看见血啦。”托米林腮帮子哆嗦着，笑了笑。

二十五

彭楚克手下有一个机枪手，是鞑靼村的哥萨克马克西姆·戈里亚兹诺夫。他在同库捷波夫的部队作战中损失了战马，从此就无节制地喝起酒来，并且沉溺到赌博当中。他骑的那匹毛色像黄牛、脊背上有一道银白色条子的马被打死以后，他就扛起马鞍，一直扛了四俄里，后来他看到白军疯狂地逼上来，自料性命难逃，便扯下很值钱的马胸带，带上马笼头，从战场上开了小差。后来又在罗斯托夫出现，不久，在打“二十一点”的时候，输掉了他从一个被他砍死的大尉身上摘下来的一把银马刀，输掉了他还留着的马具，又输掉了裤子和软羊皮靴，于是光着屁股来到彭楚克的机枪队里。彭楚克给他弄了一身衣服，又批评了他一顿。也许马克西姆要

改正错误了，可是在罗斯托夫的要路口上展开的战斗中，一颗子弹钻进了他的脑袋，马克西姆的一只蓝蓝的眼睛淌到衬衣上，鲜血从脑袋里往外直涌，就像打开了的一听罐头。维奥申乡的哥萨克、从前的偷马贼和不久以前的酒鬼戈里亚兹诺夫就这样完了。

彭楚克看了看，马克西姆的身子抽搐着，眼看就要断气了。他仔细擦了擦机枪筒子上的血，血是从打穿的马克西姆的脑袋里溅出来的。

接着就退了下来。彭楚克拖着机枪。马克西姆就留在被炮火烧得发烫的土地上渐渐冷却，他那黑乎乎的脊背朝着太阳，衬衣顶在头上，因为他临死的时候，头往衬衣里直缩，挣扎过一阵子。

有一排红军，全是从土耳其前线回来的步兵，他们就在第一个十字街口筑起了阵地。一个秃了头顶、戴着破烂的过冬皮帽的步兵帮着彭楚克架好机枪，其余的人就横着街道筑成像街垒一样的阵地。

“来试试看吧！”一个大胡子战士望着山冈后面不远处的半圆形地平线，笑着说：

“现在咱们要给他们点厉害的看看！”

“快拆，萨马拉！”一个很有劲的小伙子在拆板墙上的板子，有人催他说。

“他们来啦！往这儿跑呢！”那个秃顶的战士爬到酒库的房顶上，喊了起来。

安娜在彭楚克的身边卧倒下来。红军战士们密密层层地卧倒在临时工事后面。

这时候，右面有八九名红军战士，就像在田埂上跑的沙鸡那样，顺着旁边的小胡同跑到了拐角处一所房子的墙后面。有一个人喊了两声：

“敌人来啦！开枪吧！”

十字路口一眨眼工夫就寂无声息了，过了有一分钟，一个军帽上系着白带子、肋下夹着卡宾枪的哥萨克骑兵，拖着一团团的灰尘，一下子跑了过来。他使劲勒了勒马，勒得马蹲下了后腿。彭楚克连忙用手枪打了一枪。哥萨克骑兵趴到马脖子上，往后跑去。原来在机枪旁边的战士们都犹豫不决地捯动着脚，有两个已经顺着板墙跑过去，卧倒在一个大门口了。

看样子，这些战士马上就要动摇，就要逃跑了。紧张到极点的沉默、惊慌失措的眼神都不是坚定不

移的征兆……接着发生的事情，彭楚克只是清楚而真切地记住了一个场面。安娜把头巾往脑后一推，披散着头发，脸上激动得没有了血色，完全变了模样，她一下子跳了起来，端着步枪，一面回头看着，一面用手指着哥萨克骑兵藏到后面去的那所房子，用一种完全变了腔调的尖利声音喊道："跟我来！"接着就摇摇晃晃、跌跌撞撞地大步朝前跑去。

彭楚克欠起身来。他的嘴歪扭着，含含糊糊地喊了一声。他从旁边一个士兵手里抓过一支步枪，就跟着安娜跑去，他气喘吁吁，觉得两条腿哆嗦得厉害，没有劲儿喊叫，没办法叫她转回来，心里紧张异常，脸都青了。他听到后面有几个跟上来的人的喘气声，他整个身心都感觉到一种悲惨的结局已经临近，感到十分可怕，感到事情已经无法挽回。这时候他心里已经认为，她的行动并不能带动别人，这种行动是没有意义的，是不理智的，是一定没有什么好结果的。

他在离拐角不远处迎头碰上了飞跑而来的一群哥萨克骑兵。一阵零乱的枪声，子弹啸声。安娜像兔子一样的微弱尖细的叫声。接着她就伸直了手，

两眼直愣愣的，慢慢倒了下去。彭楚克没有看见哥萨克们已经拨转马头往回跑，原来在他的机枪旁边的十八个人中有一些人受到安娜的热情鼓舞，把哥萨克们打跑了。他的眼睛里只有她一个人，只有她在他脚前抽搐着。他用两只麻木的手把她翻了个身，想把她抱起来，抱到什么地方去，却看见她左肋有一处血糊糊的伤口，伤口周围忽闪着蓝褂子的碎布片，——他明白，这是被爆炸性子弹打的，他明白，安娜必定要死了，而且他已经在她那蒙了一层雾气的眼睛里看到死亡的征候。

有人推开了他。把安娜抬到附近的院子里，放在敞棚下的凉阴里。

秃顶的战士往伤口里塞了几个棉花球儿，又掏了出来，棉花球儿被血泡得鼓鼓的，变成了黑色。彭楚克控制住自己，把安娜的褂子领口解开，把自己身上的衬衣撕下一块来，揉成一个团子，堵在伤口上，他看到，伤口里还不住地往外冒气，冒血泡儿，安娜的脸变成了青灰色，她那发了黑的嘴唇疼得直哆嗦。她的嘴在吸气，肺部呼哧呼哧直喘，因为嘴里和伤口都在进气出气。彭楚克把她的衬衣撕

了开来，剥光了她那冒着临死前的汗水的上身。好不容易用棉花球把伤口堵住。过了几分钟，安娜清醒过来。陷下去的眼睛从青黑色的眼圈里朝彭楚克看了看，又哆嗦着眼睫毛，把眼睛闭上了。

“喝水！烧死啦！”她喊道，并且乱动起来，哭了起来，“我要活呀！伊里亚！……亲爱的呀！……啊呀呀！”

彭楚克把肿起的嘴唇贴到她那发烫的腮上，用杯子往她的胸膛上倒水。两边肩窝儿里倒满了水，转眼工夫就干了。安娜正发着死前的高烧。彭楚克不管往她的胸膛上倒多少水，她还是乱动，从他的胳膊里往外挣。

“烧死啦！……像火一样！……”

她挣得没有了劲儿，身子也渐渐凉了一些，口齿清楚地说：

“伊里亚，为什么呀？喂，你瞧，没有什么嘛……你真是怪人！……一点没有什么……伊里亚……亲爱的，你对妈妈可是要……你知道嘛……”她半睁开好像笑得眯缝起来的眼睛，想克制住疼痛和恐惧心情，含含糊糊地说起来，好像被什么东西

卡住了，“起初感觉到……又哆嗦，又发烧……全身都要烧坏啦……觉得我要死啦……”她看到他那不以为然的、难受的手势，就皱起了眉头，“别这样，哎呀，我好闷啊！”

在间歇时刻，她老是说话，说得很多，好像是想把难受的感觉全说出来。彭楚克看到她的脸渐渐放起光来，额角越来越黄，越来越透亮，心里十分害怕。他又把目光移到她那贴着身子一动不动地伸直了的胳膊上，看到她的手指甲变成了紫色，就像熟透了的李子。

“水呀……往胸膛上……烧死啦！”

彭楚克急忙跑到屋子里去舀水。他往回跑的时候，已经听不见安娜在棚子底下的呼哧声了。低矮的太阳照在正作最后抽搐的、歪着的嘴上，照在她按着伤口的一只还热乎的、像蜡制模型一样的手掌上。他慢慢地抱住她的肩膀，把她抱起来，对着她那鼻梁上长了几颗小小的黑雀斑的尖鼻子看了一会儿，看到她那两道英俊的黑眉毛下面，两个瞳仁已经呆住不动了。她那软绵绵地仰着的头越耷拉越低，在她那细细的姑娘脖子上，青青的血管最后微微地

跳动了几下。

彭楚克把嘴唇贴到她那黑黑的、半闭起的眼皮上，唤道：

“朋友！安娜！”他直起身子，陡然转了个身，便朝前走，身子极不自然地挺着，两条胳膊紧紧贴在大腿上，动都不动。

二十六

这些日子，他好像处在伤寒病的昏迷状态中。他照常在走路，做事，吃饭，睡觉，但是这一切都好像是在半睡半醒状态中，昏昏沉沉，迷迷糊糊。他用呆呆的、微微肿起的眼睛迷惘地看着周围的一切，连熟人都认不出来了，他的样子就像一个烂醉的醉汉或者大病初愈的人。从安娜死的那一天起，他的知觉就暂时失去了作用：什么想头也没有，什么也不能考虑了。

“吃饭吧。彭楚克！”同志们叫他吃饭，他就吃饭，懒懒地、吃力地动着下巴，眼睛呆呆地盯着一个地方。

同志们都很关心他，商量着要把他送到医院里去看看。

“你是病了吧？”第二天一个机枪手问他。

“不是。”

“那你是怎么啦？是想她吗？”

“不是。”

“噢，咱们来抽支烟吧。兄弟，现在没法叫她起死回生啦。这种事是没有办法的。”

到了睡觉的时候，同志们对他说：

“睡觉吧。该睡啦。”

他就躺下来睡觉。

他在这种失神的状态中度过了四天。到第五天，克里沃什雷科夫在街上碰到他，抓住他的袖子。

“啊哈，是你呀，我正在找你呢。”克里沃什雷科夫不知道彭楚克遭遇到不幸，很亲热地拍了拍他的肩膀，很担心地笑了笑，“你这是怎么啦？不是喝醉了吧？有一支工作队要上北边几个州去，你听说了吗？已经选定了一个五人小组。由波得捷尔柯夫挂帅。只能指望北边的哥萨克啦。要不然就乱了套啦。真糟！你去吗？我们很需要宣传员。你去

不去？”

“我去。”彭楚克很干脆地回答说。

“这就太好啦。明天咱们就出发。你就去找奥尔洛夫老爹好啦，他是咱们的向导。”

彭楚克仍然是在失魂落魄的状态中准备好了行装，到第二天，五月一日，就随着工作队出发了。

这时候，顿河苏维埃政府面临的局势显然十分严重。德国侵略军从乌克兰方面攻了过来，下游各乡镇和各州已经到处掀起反革命暴乱。

波波夫的部队在过冬地区活动着，对诺沃契尔卡斯克虎视眈眈。四月十日到十三日在罗斯托夫召开的全地区苏维埃代表大会中断了好几次，因为叛乱的契尔卡斯人逼近了罗斯托夫，并且在进攻郊区。只有在北边，在霍派尔州和大熊河河口州还保留着革命的温床，于是波得捷尔柯夫和另外一些对下游哥萨克的支持感到失望的人，都不由自主地希望朝这些有温暖的地方跑。动员工作停止了，不久以前当选为顿河人民委员会主席的波得捷尔柯夫，根据拉古京的倡议，决定上北边去，到那里动员三四个团的上过前方的战士，调他们来抵御德国人和镇压

下游的反革命暴乱。

成立了一个以波得捷尔柯夫为首的紧急动员五人领导小组。四月二十九日，从地方金库里领了一千万金卢布和尼古拉票子，作为动员的经费，匆匆凑集了一支保护钱箱子的队伍，其中大多数是原来卡敏镇地方保安队的哥萨克，又挑选了几个哥萨克宣传员，五月一日，工作队就冒着德国飞机的扫射，朝卡敏镇方向出发了。

线路上塞满了从乌克兰撤退下来的红军的兵车。叛乱的哥萨克到处拆毁桥梁，颠覆列车。德国飞机每天上午都要在诺沃契尔卡斯克至卡敏镇一段线路上空出现，像鹰群一样打圈圈儿，越飞越低，用机枪猛烈地扫射，红军战士们就乱纷纷地从兵车里往外跑；步枪声砰砰啪啪地乱响，车站上，煤渣气味和战争破坏的焦臭气味混到了一起。飞机渐渐升上步枪火力够不到的高空，但是射手们还要打上老半天，谁要是从列车旁边走，靴子踩到空子弹壳里，会没到脚踝骨。沙土地上到处是空子弹壳，就像十一月里山沟里落的金黄色橡树叶子。

到处都可以看到惨遭破坏的景象：一节节黑黑

的、被烧毁和被破坏的车厢歪倒在路堤斜坡上，电线杆子上那雪白的瓷瓶上缠着断了的电线。许多房屋被破坏，铁路两边的防雪栅栏好像都叫暴风卷走了……

工作队往米列洛沃走就走了五天。到第六天早晨，波得捷尔柯夫把五人小组的成员召集到自己的车厢里。

“这样坐火车不行！咱们把所有的东西都扔掉，步行吧。”

“你怎么啦？”拉古京惊愕得叫了起来，“等咱们步行走到大熊河河口，白军早跑到咱们前头去啦。”

“是太远啦。”穆雷恒也犹豫不决地说。

不久前才追上工作队的克里沃什雷科夫没有说话，他裹着一件领章褪了色的军大衣。他正在打摆子，吃奎宁吃得耳朵里嗡嗡直响，头疼得火辣辣的。他没有参加讨论，弯着腰，坐在一个装糖的口袋上。他的眼睛蒙着一层打摆子时的水膜。

“克里沃什雷科夫！”波得捷尔柯夫眼睛注视着地图，唤了他一声。

“什么事？”

“我们在说什么，你没有听见吗？咱们要步行，要不然敌人追上咱们，就完蛋啦。你觉得怎样？你比我们有学问，你就说说看。”

“步行是可以的，”克里沃什雷科夫从容地说道，但是摆子忽然发作起来，他像狼一样咬得牙齿咯吱咯吱直响，轻轻地哆嗦着，“如果行李少一点儿的话，那也可以。”

波得捷尔柯夫在车门口打开顿河地区的地图。穆雷恒捏住地图的两个角。地图被阴沉的西风吹得噗噗地跳动，呼啦呼啦地老想从手里飞跑。

“咱们就这样走，瞧，就这样！”波得捷尔柯夫用一根熏得黄黄的手指头在地图上斜着画了一下，“看见比例尺吗？大约有一百五十俄里，至多也不过两百俄里。就这样！”

“对，就他妈的这样吧！”拉古京同意了。

“米海依尔，你怎么样？”

克里沃什雷科夫无可奈何地耸了耸肩膀。

“我不反对。”

“我这就去告诉哥萨克们，叫他们下车。要抓紧时间。”

穆雷恒看了看大家，等候反应，没有人表示反对，他就从车上跳了下去。

波得捷尔柯夫率领的工作队所乘的火车，在这个阴雨的早晨，就停在离别拉亚卡里特瓦不远的地方。彭楚克用军大衣蒙着头，躺在自己的车厢里。哥萨克们也在车厢里烧茶，哈哈大笑着，互相开着玩笑。

万卡·包尔德列夫是米古林乡的哥萨克，爱说爱笑，又喜欢取笑人，他正在取笑一个机枪手同志：

“伊格敏特，你是哪一省的？”他用抽烟抽哑了的嗓门儿问道。

“唐波夫省的。”很老实的伊格纳特用和善的语气低声回答说。

“你好像是莫尔山村的吧？”

“不是的，是沙茨克村的。”

“噢噢噢……沙茨克村的人都是好汉子：打起架来七个人对付一个人是不怕的。拿黄瓜把牛犊宰了来上供，这是不是你们村子里干的事？”

“算了吧，你算了吧！”

“哦，是的，我忘记啦，这事儿不是你们村子里

干的。你们的教堂好像曾经用饼子包了起来，后来又想把教堂放在豌豆粒儿上推下山去。有没有这回事儿？”

茶壶开了，伊格纳特这才暂时摆脱了包尔德列夫的取笑。但是大家刚刚坐下来吃早饭，包尔德列夫又开起玩笑来：

“伊格纳特，你好像不怎么吃猪肉吧？不喜欢吃吗？”

“不是的，还算喜欢。”

“那就给你这根猪鸡巴。好吃极啦！”

一阵哄堂大笑。有人呛了一下，喀喀地咳嗽了半天。有人走动起来，靴子咚咚地乱响，可是过了一小会儿，伊格纳特气呼呼地说：

“你自己吃吧，他妈的！干什么要拿自己的鸡巴乱塞？”

“不是我的鸡巴，是猪鸡巴。”

“反正他妈的一样，臭东西！”

包尔德列夫用沙哑的嗓门儿毫不在乎地慢声说：

“臭——东——西？你不是疯了吧？复活节还拿来上供呢。你就说你怕破斋好啦……”

包尔德列夫的一个同乡，一个有很漂亮的淡黄色胡子的哥萨克、所有四级十字章全得过的一位勇士，劝道：

“算了吧，万卡！你叫他吃了，就糟啦。吃上了瘾，就非得天天去找公猪不可。在这地方到哪儿找去？”

彭楚克闭上眼睛躺着。别人说话他都没有听见，他想着不久以前的事情，心里依然很痛苦，而且好像痛苦得更厉害了。在他那闭起来的迷惘的眼睛里，草原好像在他面前旋转，草原上到处是雪，还有地平线上远方树林那一片片褐色的侧影；他好像觉得冷风阵阵，看见安娜就在他的身旁，看见她的黑眼睛、她的可爱的嘴上那刚毅而柔和的线条、鼻梁上那小小的雀斑、额头上那若有所思的皱纹……他听不见她嘴里说出来的话：她的话含糊不清，时常被别的什么人的说话声和笑声所打断，但是从她的眼珠子的闪光、从她那弯弯的睫毛的抖动上，他可以猜出她说的是什么……一会儿安娜又换了一个样子；脸色黄中透青，两边腮上带着两道泪痕，鼻子更尖了，嘴角上还有一条痛苦、可怕的皱纹。

他弯下身，去亲她那凹进去的黑乎乎、呆住不动的眼睛……彭楚克哼哼起来，用手捂住自己的嘴，免得哭出声来。安娜一时一刻都不离开他。她的形象一点也没有消失，也没有被时间冲淡。她的脸、身形、走路姿态、手势、表情、眉毛挑动的样子——所有这一切联结到一起，就构成了一个完整的、活生生的安娜。他想起了她的一些充满浪漫主义情调的话，想起他和她共同经历过的一切。由于清清楚楚地想起这一切，他的痛苦增加了十倍。

大家听到下车的命令，就把他叫醒了。他爬了起来，冷漠地收拾好东西，走出车厢，然后又帮着往下卸东西。又带着同样冷漠的表情坐上大车就走。

正飘洒着小雨。道路两旁的小草湿漉漉的。

草原。山冈上，山沟里，狂风阵阵。远远近近的村落。火车头的白烟，红红的方形站房，都已经落在后面。在别拉亚卡里特瓦雇的四十多辆大车，在大路上拉成一长串。马走得很慢。黑黑的黏土被雨水泡透了，实在难走。车轮子上沾满了泥巴，泥巴像黑棉花团一样四处乱飞。前面和后面都是一群一群的别拉亚卡里特瓦地区的矿工。他们是往东边

逃，躲避哥萨克的叛乱。他们携儿带女，还拖着破旧的家具。

在格拉奇小站旁边，被打散了的红军罗曼诺夫斯基支队和沙简科支队追上了他们。战士们面色土黄，因为天天打仗，睡不好，吃不饱，一个个显得十分疲惫。沙简科走到波得捷尔柯夫跟前。他那张留着英国式小胡子、生着直直的细鼻子的很漂亮的脸，已经瘦干了。彭楚克从他们旁边走过，看见沙简科的眉毛皱成了一堆，又听见他愤恨地、丧气地说：

“你说的这是什么话？难道我不了解自己的弟兄们？事情很糟，现在又有德国人，真他妈的该死！怎么能把队伍集合起来呢？”

波得捷尔柯夫跟他谈过话以后，带着一副愁眉苦脸和似乎有些惊慌失措的样子，追上了自己的大车，很激动地和欠起身来的克里沃什雷科夫说起话来。彭楚克注视着他们，只见克里沃什雷科夫用一只胳膊肘支着身子，另一只手在空中砍了一下，一口气说了好几句话，于是波得捷尔柯夫就高兴起来，跳上大车，这个六普特重的老炮兵往车沿上一坐，

大车咯吱咯吱地响了好几下；赶车的照马身上抽了两鞭，烂泥就一片一片地朝四面飞去。

“赶快点儿！”波得捷尔柯夫喊了一声，眯起眼睛，迎风敞开光皮上衣。

二十七

工作队往顿涅茨州腹地里走了好几天，朝克拉司诺库特镇前进。乌克兰人村庄的居民仍然十分亲热地迎接这支队伍，高高兴兴地出卖食物和草料，腾房子给住宿，但是一提到雇马匹上克拉司诺库特去，乌克兰人就为难起来，直搔后脑勺，怎么都不肯干。

“我们出好价钱，你怎么还不干呢？”波得捷尔柯夫向一个乌克兰人问道。

“因为我的命也很值钱啊。”

“我们不要你的命，你只要把马和车雇给我们就行啦。”

“不行，我不干。”

“为什么不行？”

“你们是往哥萨克那儿去吧？”

“是的，那又怎样？”

“难保不出什么祸事。我能不爱惜自己的性命吗？他们要是把马打死了，那我又咋办？不行啦，大叔，别见怪，我不能去！”

越走近克拉司诺库特地区，波得捷尔柯夫和其余的人越是感到提心吊胆。可以感觉出老百姓心意的变化：如果说在起初走过的一些村庄里老百姓都是高高兴兴地热情相待的话，那么在后来走过的一些村庄里就明显地怀着敌意和防范的态度了。他们出卖食物、草料都很勉强，回答起问题躲躲闪闪。村子里的青年男女也不像先前一些村庄里的那样、像一条花腰带似的把工作队的大车团团围住，都是沉着脸很不友好地隔着窗户看一看，就连忙走开。

“你们是正教徒不是？”工作队的哥萨克们气愤地问道，“你们为什么拿夜猫子一样的眼睛看我们？”

在纳郭林乡的一个村子里，万卡·包尔德列夫因为受到冷遇，简直气坏了，他把帽子往地上一摔，怕有领导人走过来，朝四面张望着，放开嗓门儿叫道：

“你们是人还是鬼？你们他妈的为什么不说话？我们替你们流血，你们连正眼都不看我们一下！哪儿有这样的道理？同志们，现在都平等啦，不分什么哥萨克和南蛮子啦，用不着他妈的见外啦。赶快把鸡呀蛋呀拿出来吧，我们有的是尼古拉票子！”

六个乌克兰人听着包尔德列夫在发脾气，都低着头，就像拉犁的马一样。

他们听了他这些气话，还是一句话也不说。

“你们这些该死的东西，本来是南蛮子，现在还是南蛮子！你们他妈的肥得肚子都要胀破啦！大肚子资产阶级，真拿你们没办法！”包尔德列夫又把自己的破帽子往地上一摔，由于憎恶，脸都气红了，“就是在冬天里，向你们要点儿雪都要不出来！”

“别叫吧！”几个乌克兰人只对他这样说了一声，便各自走开了。

也是在这个村子里，一个上了年纪的乌克兰妇人向一个哥萨克红军战士问道：

“听说你们要把什么东西都抢走，把人都杀光，是真的吗？”

哥萨克红军战士连眼睛也不眨，回答说：

“是真的。杀光倒是不一定，我们要把老头子们都杀了。”

“哎呀，我的天呀！你们为什么要杀老头子呀？”

“我们拿老头子来下饭：如今的羊肉都是草羊肉，不香，要是拿老头子下锅，炖出来的肉汤才香哩……”

“您恐怕是说着玩儿的吧？”

“大娘，他是胡说！瞎扯！”穆雷恒插话说。

他当面把开玩笑的战士狠狠地批评了一顿：

“你要开玩笑，先得看看场合和对象！你开这样的玩笑，小心波得捷尔柯夫打你耳刮子！你干吗要制造混乱？她也许会真的说咱们杀老头子呢？”

波得捷尔柯夫一再地缩短休息和宿营的时间。他心里很焦急，急着要往前面赶。在进入克拉司诺库特地区的前一天，他和拉古京谈了很久，谈了自己的想法：

“伊万，咱们不要走得太远。到了霍派尔河河口镇，咱们就动手搞工作吧！咱们宣布招兵，薪饷一百卢布，但要自带马匹和装备，咱们不能挥霍人民的钱。咱们从霍派尔河口一直往上游去：经过你们

的布堪诺夫乡，到司拉晓夫乡、菲多谢耶夫乡、库梅尔仁乡、革拉祖诺夫乡、斯库里申乡。等咱们到了米海洛夫乡，就有一个师啦！咱们能招得起来吗？”

“招是能招得起来的，只要那边还稳定。”

“你以为那边能闹起来吗？”

“这怎么能知道呢？”拉古京摸了摸稀稀拉拉的下巴胡子，又用微微的埋怨腔调说，“咱们来晚啦……菲道尔，我怕咱们完不成任务啦。军官们在那边已经有不小的影响。早点儿抓紧才是。”

“这已经抓得够紧的啦。你不要怕！咱们可不能害怕。”波得捷尔柯夫的目光严峻起来，“咱们是领导人，怎么能害怕呢？能完成任务！能冲过去！两个星期以后，就能去打白军和德国人啦！叫他们滚蛋，把他们从顿河土地上赶出去！”他沉默了一会儿，下劲儿抽完了一根烟，这才说出埋藏在心底的想法：“咱们恐怕是来晚啦！那咱们就完啦，顿河苏维埃政权也完啦。噢嘿，可别晚了啊！万一军官发动的叛乱赶在咱们前面波及到那里，就全完啦！”

第二天薄暮时候，工作队进入克拉斯诺库特乡。

还没有走到阿列克塞耶夫村，跟拉古京和克里沃什雷科夫同坐在前面一辆大车上的波得捷尔柯夫就看见草原上有一群放牧的牲口。

“咱们来问问放牲口的人。”他对拉古京说。

“你们去问问吧。”克里沃什雷科夫表示赞成。

拉古京和波得捷尔柯夫跳下车，朝牲口群走去。洒满阳光的牧场上，褐色的草闪闪发光。草很矮，被牲口踩得乱糟糟的，只有路边的山芥菜开着一小簇一小簇黄黄的花儿，再就是十分茂盛的燕麦草像毛刷子一样沙沙响着。波得捷尔柯夫在手心里揉着一棵老蒿的头儿，闻着老蒿那冲鼻子的苦味儿，走到牧人跟前。

“你好啊，老大爷!”

“托福托福。”

“你在放牲口吗?”

“嗯，放牲口。”

老头子皱着眉头，眼睛从乱蓬蓬的白眉毛底下朝外望着，摇晃着鞭子。

“怎么样，日子过得好吗?”波得捷尔柯夫问了一个很普通的问题。

“还好，靠上天保佑。”

“你们这儿有什么新闻吗？”

“什么新闻也没听到。你们是干什么的？”

“我们是当兵的，现在是回家去。”

“你们是哪儿人？”

“我们是霍派尔河口乡的。”

“那个波得捷尔柯夫不在你们这里面吧？”

“在我们里面。”

老牧人显然害怕起来，脸一下子白了。

“你怎么害怕啦，老大爷？”

“怎么能不怕呢，老乡？听说你们要把正教徒全杀光嘛。”

“胡说！这是谁散布这样的谣言？”

“前天村长在大会上说的。也不知道他是听说的，还是收到了什么公文，说是波得捷尔柯夫率领着加尔梅克人要来了，要把人全都杀光。”

“你们这儿已经有了村长啦？”拉古京瞥了波得捷尔柯夫一眼。

波得捷尔柯夫用黄黄的尖牙使劲咬着一根草棍儿。

“前几天选出的村长。苏维埃关门啦。”

拉古京还想再问问，但是旁边有一头老大的白头顶公牛朝一头母牛身上一跳，压到母牛身上。

“该死的东西，要压坏的！”老牧人吆喝了一声，便朝牛群奔去，那股麻利劲儿简直不像个老头子，一面跑还一面吆喝，“娜斯嘉的母牛啊！……要压坏的！……白头顶，往哪儿爬?！……你往哪儿爬?！……”

波得捷尔柯夫甩开两条胳膊，朝大车走去。细心的拉古京站了下来，很不放心地看着瘦弱的母牛已经被公牛压得趴到地上，这时候不由得想道：“会压坏的，已经压得够呛啦！这该死的鬼东西！”

等他看出母牛的脊梁骨在公牛身子底下依然安然无恙，这才朝大车走去。“我们怎么办呢？当真顿河对岸已经是乡村长当家了吗?”他在心里向自己提出了这个问题。但是他的注意力又有一会儿被站在路旁的一头漂亮的种牛吸引住了。那种牛在闻一头大屁股的黑母牛，不住地摇摆着额头很宽的脑袋。那胸前的垂肉一直耷拉到膝盖，身子长长的，直得像弦一样，又结实，又强壮。四条矮粗的腿就像是

栽在地上的四根柱子。拉古京不觉欣赏起这头良种公牛，用眼睛亲切地打量着那带白斑的一身红毛，从他那乱纷纷的一大堆惶惶不安的想法中钻出一个想法："这样的牛能弄到我们镇上去就太好啦。我们那儿种牛太少啦。"这个想法闪了一闪，一下子就过去了。等他朝大车跟前走，看到哥萨克们那一张张发愁的脸，就考虑起现在该走的路线。

* * *

打摆子打得够呛的克里沃什雷科夫——他又是幻想家和诗人——对波得捷尔柯夫说：

"咱们躲反革命的浪头，一心想跑到这股浪头前头去，可是这浪头已经涌到咱们前头啦。看样子，赶不上啦。跑得太快啦，快得就像往低处涌的浪涛。"

在五人小组的成员当中，好像只有波得捷尔柯夫考虑到目前环境的全部复杂性。他坐在车上，身子向前倾着，一个劲儿地催赶车的：

"赶快点儿！"

后面几辆大车上唱起歌来，接着又不唱了。一阵阵哄笑声和叫闹声从后面传来，盖过了车轮的咯吱声。

老牧人报告的情况得到了证实。工作队在路上遇到一个上过前方的哥萨克，他和妻子一同坐车上司维契尼科夫村去。他戴着肩章和帽徽。波得捷尔柯夫向他打听了一下情况之后，脸色更阴沉了。

过了阿列克塞耶夫村，下起雨来。天空黑沉沉的。只有东边黑云缝隙里露出一小块被斜阳映照得十分明亮的蓝湛湛的天。

工作队正要下一座山冈，往塔甫里亚人住的鲁巴什金村里走，这个村子里就有很多人朝相反的方向跑去，有几辆大车也飞跑起来。

"在逃跑呢。怕咱们呢……"拉古京泄气地说，一面打量着其余的人。

波得捷尔柯夫喊道：

"叫他们回来！大声喊他们嘛，妈的！"

哥萨克们赶着大车朝前奔去，挥舞起帽子。有的哥萨克高声喊了起来：

"喂——咦！……你们往哪儿去？等一

等！……”

工作队的车辆飞快地进了村子。风在宽阔的、空旷无人的街道上打着转转儿。在一家院子里，有一个乌克兰老妇人一面吆喝，一面往大车上扔枕头。她的丈夫光着脚，光着头，拉着马笼头。

来到鲁巴什金村才知道，波得捷尔柯夫派出来打前站的人被哥萨克的侦察队俘虏了去，带到山后面去了。显然，哥萨克的队伍就在不远的地方。大家开了个很短的会议，决定往回走。波得捷尔柯夫起初主张往前进，后来也动摇起来。

克里沃什雷科夫没有说话，他的摆子又发作起来了。

“也许，咱们还可以往前走吧？”波得捷尔柯夫向参加会议的彭楚克问道。

彭楚克带着无所谓的表情耸了耸肩膀。对于他来说，反正都是一样：不论往前走，往后走，只要是走，只要能躲开紧紧跟定了他的苦恼就行。波得捷尔柯夫在大车旁边来回踱着，讲起了往大熊河河口方面去的好处。可是一个哥萨克宣传员猛然打断了他的话：

“你简直疯啦！你领着我们上哪儿去？要把我们领到反革命分子那儿去吗？老兄，你别开玩笑啦！往回走吧！我们不想去送死！那是什么？你看见吗？”他朝山冈上指了指。

大家都回过头去，只见山冈上清清楚楚地出现了三个骑马人的身影。

“是他们的侦察兵！”拉古京叫道。

“瞧，还有哩！”

许多骑马的人在冈头上晃动起来。他们集结成一伙一伙的，又分散开去，消失在冈头那边，一会儿又重新出现。波得捷尔柯夫下令往回走。穿过阿列克塞耶夫村。村里的老百姓显然都受到哥萨克的警告，一看见工作队的车辆来了，就纷纷躲藏和逃跑。

天色渐渐黑了下来。飘洒着连绵不断的、细细的冷雨。大家身上都湿透了，打着哆嗦，都在大车两边走着，端着步枪准备着。这条道路绕过一道长长的山坡，伸进一片洼地，穿过洼地，弯弯曲曲地向山冈上爬去。哥萨克的侦察兵在冈头上时隐时现。他们远远地跟踪着工作队，使大家的已经够紧张的

情绪更加紧张。

在一道横切洼地的山沟旁边，波得捷尔柯夫从大车上跳下来，简短地对其余的人命令说：“做好准备！”他打开自己的骑兵卡宾枪上的保险机，跟着大车向前走去。山沟里有一道小土堤，留住一池蓝蓝的春水。池塘旁边的淤泥地上，到处是前来喝水的牲口的蹄印子。塌了不少豁口的土堤顶上长满荒草和野牵牛花，下面靠近水的地方，有干枯的芦苇，还有尖叶子的小榛树被雨点打得沙沙直响。波得捷尔柯夫预料这地方有哥萨克的埋伏，但是派到前面去的侦察小组连一个人都没有发现。

“菲道尔，你现在用不着提防。”克里沃什雷科夫把波得捷尔柯夫叫到大车跟前，小声说，“现在他们不会来打的。夜里才会来。”

“我也是这样想。”

二十八

西边的黑云越来越浓，天色越来越黑。远处，顿河沿岸一带，闪电曲曲折折地来回飞驰着，橙黄

色的闪光抖来抖去，就像一只受伤的大鸟胡乱扑打翅膀。河那边有一片晚霞，被乌云的边儿一遮，也晦暗下来。草原就像一个盛满了寂静的大碗，一条条山沟里还保留着白昼的暗淡的反光。这天黄昏不知为什么有点儿像秋天。就连那些还没有开过花儿的野花野草，都散发着一种无法形容的腐烂气息。

波得捷尔柯夫一面走，一面闻着被打湿的野草那多种多样、难以分辨的气息。有时候他站下来，刮一刮粘在鞋后跟上的泥巴；然后直起身来，疲惫而吃力地拖着自己的笨重身子往前走，敞着的上衣那湿透了的光皮子咯吱咯吱地响着。

来到波里亚柯沃纳郭林乡的卡拉什尼柯夫村，已经是夜里了。护送队的哥萨克们离开大车，分散到老百姓家去住宿。十分生气的波得捷尔柯夫命令派人放哨，但是哥萨克们来集合都很勉强。有三个人拒绝出去放哨。

“组织同志审判会审判他们！不服从战斗命令，枪毙！”克里沃什雷科夫气愤地说。

提心吊胆的波得捷尔柯夫很难受地摆了摆手，说：

“在路上就垮啦，他们是不会保护咱们的。咱们完啦，米沙！……”

拉古京好不容易集合起几个人，派到村外去放哨。

“弟兄们，不要睡！要是睡着了，人家就把咱们一个个都活捉啦！”波得捷尔柯夫到各家去走走，提醒那些跟他接近的哥萨克说。

他在桌子旁边坐了整整一夜，用手托着脑袋，很费劲儿地、呼哧呼哧地叹着气。快到黎明时候，他把老大的脑袋放到桌子上，刚刚蒙眬入睡，但是罗别尔特·福拉申布鲁德尔从旁边一家院子里走来，马上就把他唤醒了。大家就开始准备出发。天已经亮了。波得捷尔柯夫从屋子里走出来。他在过道里碰到挤完牛奶回来的女房东。

“冈头上有马队来啦。”她很平淡地说。

“在哪儿？”

“瞧，就在村子外面。”

波得捷尔柯夫跑到院子里一看：村子上空和村边柳丛之上，笼罩着一片白茫茫的雾气，透过雾气，可以看见冈头上黑压压的哥萨克队伍。他们放开马

大跑一阵，又小跑一阵，把村子团团围住，包围圈越拉越紧。

过了一小会儿，护送队的哥萨克们纷纷拥进波得捷尔柯夫住的这一家的院子，拥到他的大车跟前。

米古林乡的一个身体结实的长头发哥萨克瓦西里·米洛什尼柯夫来到跟前。他把波得捷尔柯夫叫到一边，垂着眼睛说：

“波得捷尔柯夫同志，是这样……他们刚才来了几个代表，”他朝山冈那边指了指，“他们要我转告你，要咱们马上放下武器，投降。不然的话，他们就发起进攻啦。”

“你！……狗崽子！……你对我说的是什么？”波得捷尔柯夫抓住米洛什尼柯夫的军大衣领子，一把将他推开，便朝大车跟前跑去；抓起步枪，用粗大的嗓门儿对着哥萨克们声嘶力竭地喊叫道：

“投降？……跟反革命分子有什么好说的？咱们和他们拼了！跟我来！成散兵线！”

大家纷纷拥出院子，成群地朝村边跑去。五人小组的成员穆雷恒在村边几户人家门前追上了气喘吁吁的波得捷尔柯夫。

“真丑啊，波得捷尔柯夫！咱们去跟自家的弟兄拼命吗？算了吧！想办法讲和吧！”

波得捷尔柯夫看到护送队的哥萨克只有一小部分跟着他，他清醒地估计到，一打起来，必然惨败，于是一声不响地抽下枪栓，无精打采地挥了一下军帽，说：

“弟兄们，停止！向后转，回村子里去……”

大家都转了回来。全部护送队都集中在三个邻近的院子里。不久，一部分哥萨克就进了村子。山冈上又下来一队有四十多人的骑兵。

波得捷尔柯夫应米留金村几个老头子的邀请，到村外去谈判投降的条件，敌人包围村庄的主力没有离开阵地。彭楚克在胡同口追上了波得捷尔柯夫，拦住他，问：

“咱们要投降吗？”

“咱们力量不行啊……怎么办？你说，有什么办法呢？”

“你想找死吗？”彭楚克全身哆嗦起来。

他也不理会那几个陪着波得捷尔柯夫的老头子，用高亢的、变了音的沙嗓子叫道：

“你告诉他们，我们不能交出武器！……”他猛然转过身，摇晃着握在手里的手枪，就往后走。

他回来，本来想说服哥萨克们往外冲，边打边走，冲到铁路线上去，可是大多数人都一心盼着讲和。有一些人不理睬彭楚克，还有一些人怀着敌意说：

“你这个阿尼卡[1]，你去打吧，我们可是不和亲弟兄打仗！”

“我们就是没有武器，也能信得过他们。”

“圣复活节到啦，我们还要流血吗？”

彭楚克走到停在仓房边的自己的大车跟前，把军大衣摔到大车底下，躺了下来，手里还握着带凸纹的手枪把子。起初他想逃跑，可是他很憎恶偷着走，很憎恶开小差，于是他打消了这个念头，决定等候波得捷尔柯夫回来。

波得捷尔柯夫过了三个多钟头才回来。敌方有一大群哥萨克跟着他进了村子，有的骑着马，有的牵着马，其余的干脆就步行，簇拥着波得捷尔柯夫

①阿尼卡：俄罗斯古代民间诗歌中的英雄，自不量力，向死神挑战，结果自取灭亡。

和司皮里道诺夫上尉。司皮里道诺夫和波得捷尔柯夫在炮兵连同过事，现在是他率领着这支凑集起来的队伍，来逮捕波得捷尔柯夫的工作队。波得捷尔柯夫把头抬得高高的，笔直地、很费劲地朝前走着，好像是一个喝醉了酒的人。司皮里道诺夫阴险地微微笑着，不知对他在说什么。他身后有一个骑马的哥萨克，胸前抱着一根仓促刨成的旗杆，旗杆上挂着一面大白旗。

工作队停放车辆的街道上和院子里，挤满了进村来的哥萨克。一下子就热闹起来。进村来的哥萨克当中有许多人和波得捷尔柯夫的队伍里的哥萨克同过事。到处是高高兴兴的呼唤声和笑声。

“哎呀，老同学，哪一阵风把你刮来啦?”

“噢呀！你好，你好呀，普罗霍尔！”

“托福托福。”

“咱们差一点儿打起仗来。你还记得，咱们在里沃夫打奥地利人那一回吗?”

“好兄弟，丹尼罗！好兄弟！耶稣复活啦！”

“真是复活啦！”传来很响的亲嘴声：两个哥萨克捋着胡子笑着，你看着我，我看着你，互相拍着

肩膀。

旁边是另外一番谈话：

“我们还没有开斋呢……”

“你们是布尔什维克，还有什么开斋不开斋？”

“这不相干，布尔什维克是布尔什维克，可是我们还是信仰上帝。”

“噢！你是扯谎吧？”

“全是实话！”

“你还戴着十字架吗？”

“让你瞧瞧看。”于是一个大脸膛的强壮的哥萨克红军战士翘着嘴巴，解开军便服的领子，把挂在红铜色的毛烘烘的胸膛上的一个发了绿的铜十字架掏了出来。

逮捕“反贼波得捷尔柯夫”的队伍里那些手执叉子和斧头的老头子，都惊愕地你看看我，我看看你，说：

“都说，你们好像不信耶稣教了嘛。”

“好像你们都投靠魔鬼了嘛……”

“听说你们好像还要抢教堂、杀神甫呢。”

“全是胡说！”大脸膛的红军战士理直气壮地驳

斥说，“你们听到的全是谣言。我在离开罗斯托夫以前，还上过教堂，领过圣餐呢！”

“真没想到！”一个手执杆子锯掉了一半的短矛的瘦弱的小老头子高兴得拍起手来。

街道上和院子里一片热热闹闹的说话声。但是过了半个钟头，有几个哥萨克，其中有一个是博柯夫乡的乡长，推开紧紧挤成一堆的人群，顺着街道向前走去。

“凡是波得捷尔柯夫队伍的人，请集合起来点名！”他们喊叫道。

司皮里道诺夫上尉身穿草绿色衬衣，戴着绿色肩章；他摘下钉着雪白锃亮的军官帽徽的制帽，向四面转动着身子，喊叫道：

“凡是波得捷尔柯夫队伍里的人，都到左边篱笆跟前去！其余的人都到右边！我们这些和你们一同上过前线的弟兄们，已经和你们的代表商定，你们要把所有的武器都交给我们，因为老百姓害怕你们带着武器。请你们把步枪和其他的武器都放到你们的大车上，我们要把这些武器一起保存起来。我们把你们的队伍送到克拉司诺库特去，你们到那儿的

苏维埃去领回你们的全部武器。”

哥萨克红军战士当中掀起一阵低声的抗议浪潮。从一个院子里传出几声喊叫。库穆沙特乡的哥萨克柯洛特柯夫喊道：

“我们不能缴枪！”

挤满了人的街道上和院子里又是一阵低低的、疾风骤雨般的嘈杂声。

进村来的哥萨克一齐拥到了右边，于是街心里就剩下了波得捷尔柯夫队伍里的红军战士，一小堆一小堆的，就像被打碎了、拆散了似的。克里沃什雷科夫披着军大衣，惶恐地四面张望着。拉古京撇着嘴。人群中发出一片大惑不解的议论声。

下定决心不缴武器的彭楚克，端着步枪，快步走到波得捷尔柯夫跟前。

“武器不能交！你听见吗?!”

“现在晚啦……”波得捷尔柯夫手里慌乱地揉着一张队伍的名单，小声说。

名单转到了司皮里道诺夫手里。司皮里道诺夫匆匆地把名单看了一遍，问道：

“这名单上是一百二十八人嘛……还有一些人哪

儿去了?”

“在路上掉队啦。”

“噢，原来是这样……那好吧。你下命令，让大家解下武器。”

波得捷尔柯夫带头解下装在枪套里的手枪；他在缴出手枪的时候，含含糊糊地说：

“我的马刀和步枪在大车上。”

开始解除武装了。红军战士们无精打采地解下武器，隔着篱笆把手枪扔到院子里，院子里的人走来走去，找地方隐藏武器。

“凡是不缴武器的，我们都要搜查!”司皮里道诺夫开心地咧大了嘴巴笑着，喊叫道。

彭楚克率领的一部分红军拒绝缴枪；用武力解除了他们的武装。

一名机枪手带着机枪闭锁机从村子里跑了出去，引起一阵慌乱。有几个人利用混乱的机会，躲藏起来。但是司皮里道诺夫马上分拨出一支押送队，把波得捷尔柯夫和他身边留下的人全部包围起来，搜查了一遍，又想点名。被俘的人都不愿意回答，有几个人还喊叫起来：

“点什么名，都在这儿啦！”

“把我们送到克拉司诺库特去好啦！”

“弟兄们！别啰唆啦！”

司皮里道诺夫把钱箱子封起来，派出一支强大的护送队送往卡耳根镇之后，就叫被俘的人排好队，马上改变了口气和态度，命令道：

“成两路纵队！向左——转！左转弯，开步走！不准说话！”

一阵怨恨的嘟哝声在红军行列中滚过。大家很不整齐地、慢慢地朝前走去，过了一会儿队伍就乱了，变成一堆一堆的了。

波得捷尔柯夫终于说服自己的部下缴出武器之后，大概还指望会有什么幸运的结局。但是被俘的人刚刚出了村子，押送他们的哥萨克就用马冲撞尽边上的一些人。彭楚克走在左边尽边上，有一个哥萨克老头子，生着一部火红的大胡子，耳朵上戴着一只旧得发了黑的耳环，无缘无故地抽了他一鞭子。鞭梢在彭楚克的脸上抽出一道血印子。彭楚克握紧拳头，转过身去，但是接着又是更厉害的一鞭，他只得退到人群深处。他受着自卫本能的驱使，不由

自主地这样做了，他由密密层层的同志们的身体簇拥着往前走，并且在安娜死后第一次撇着嘴神经质地笑了笑，因为他觉得每个人的生存欲望都是这样强烈、这样顽强，心中暗暗称奇。

开始殴打被俘的人了。老头子们一看见这些敌人没有了武器，便兽性大发，骑着马朝他们冲来，在马上探着身子，用鞭子抽，用刀背砍。每一个挨打的人都不由自主地想朝人群中间挤；大家拥来挤去，一片喊叫声。

顿河下游的一个高大而威武的红军战士举起双手摇晃着，高声喊道：

“要杀，干脆就杀好啦！……你们干什么要侮辱人？”

“你们为什么不守信用？”克里沃什雷科夫叫道。

老头子们住了手。一个俘虏问：“你们要把我们送到哪儿去？”一个年轻的押送兵，看样子是同情布尔什维克的，小声回答说：

“有命令：把你们送到波诺马廖夫村。弟兄们，你们别害怕！我们一点也不会难为你们。”

来到了波诺马廖夫村。

司皮里道诺夫带着两个哥萨克，站在一家小杂货店门口；他叫俘虏一个一个地往里走，他一个一个地问：

“姓什么？叫什么？哪儿人？”他一一记到一本油污的战地笔记本上。

轮到彭楚克了。

“姓什么？”司皮里道诺夫把铅笔尖放在纸上，朝这个红军战士那阴沉的、额头很宽的脸上扫了一眼，看到这个人的嘴咕咕哝哝要吐痰，便把整个身子朝旁边一闪，喝道，“进去吧，坏蛋！不报姓名也要死！”

唐波夫人伊格纳特也学彭楚克的样儿，没有回答。还有一个人也想做无名死者，一声不响地跨进门去……

司皮里道诺夫亲自上了锁，派了看押的人。

许多人还在小铺旁边分配从工作队大车上缴来的物品和武器，参加逮捕波得捷尔柯夫的村庄的代表就匆匆忙忙地组成了军事法庭，并且在附近一座房子里开起会来。

担任法庭庭长的是博柯夫乡人瓦西里·波波夫，

是一个矮墩墩的、黄眉毛的大尉。他把制帽推到扁平的后脑勺上，两个胳膊肘宽宽地撑在桌子上，坐在一面蒙着手巾的大镜子下面。他那两只温和中带严厉的油亮的眼睛用探询的神情打量着一张张法庭委员们的脸。大家正在讨论惩治的办法。

“诸位老人家，咱们对他们怎样处置呢？”波波夫又把问题重复了一遍。

他歪过身子，小声对坐在他身边的谢宁上尉说了几句话。谢宁上尉连忙点头，表示赞成。波波夫的两个瞳仁缩得细细的，眼角上的快活的光芒消失了，两只变了样子的、闪着严峻的冷光的眼睛被稀稀的睫毛微微遮了起来。

“这些背弃家乡的反贼，他们到处抢劫，杀害哥萨克，咱们怎样处置他们？”

米留金镇上一个信仰旧教的老头子菲甫拉廖夫，好像被弹簧弹起来似的，一下子跳了起来。

“枪毙！全部枪毙！”他像个疯子一样摇晃起脑袋；他用凶狠的斜眼睛四面望着，嘴里冒着唾沫，大叫起来，“对他们这些出卖耶稣的叛贼，不能饶恕！是罪大恶极的犹大，就该杀！……该杀！……

把他们钉到十字架上！……把他们烧死！……”

他那稀稀拉拉的、一根一根的下巴胡哆嗦着，白中带红的头发披散开来。他气喘吁吁地坐下去，脸像砖一样红，嘴上还带着唾沫。

“把他们流放吧。行吗？……”一个法庭委员贾勤科用犹豫不决的口气提了一个建议。

“枪毙！”

“处死刑！”

“我赞成他们的意见！”

“斩首示众！”

“把杂草从田里除掉！”

“把他们处死！”

“当然要枪毙！还有什么好说的？”司皮里道诺夫愤慨地说。

每喊叫一声，波波夫大尉嘴角上的线条就变粗硬一点，渐渐失去他这个保养得很好、对自己和环境十分满意的人刚才那种温和的表情，嘴角耷拉下来，变成两条像石头一样僵硬的曲线。

“枪毙！……记下来！……”他隔着肩膀看着书记官，吩咐道。

“可是，波得捷尔柯夫和克里沃什雷科夫……这样的敌人，也枪毙吗？……太便宜他们啦！”一个很健壮的老哥萨克，坐在窗户跟前，不住地拨着奄奄一息的油灯芯子，气呼呼地叫道。

“把他们这两个罪魁祸首绞死！”波波夫干脆利落地回答说，又对书记官吩咐说，“记上：‘判决书’。我们这些签字人……”

书记官也姓波波夫，是波波夫大尉的一个远房的同族人，他低着梳得光光的、淡黄色头发的头，用钢笔沙沙地写着。

“煤油恐怕不够啦……”有人很遗憾地叹了一口气。

煤油灯眨巴了几下眼睛，灯芯冒起烟来。在一片静寂中，天花板上有一只缠在蜘蛛网上的苍蝇嗡嗡叫着，钢笔在纸上沙沙响着，再就是有一位法庭委员呼噜呼噜地打起鼾来。

判决书

一九一八年四月二十七日（五月十日）由卡耳根、博柯夫和克拉司诺库特乡各村选出的

下列人员

瓦西列夫村	马克萨耶夫·司捷潘
博柯夫村	克鲁日林·尼古拉
佛明村	库莫夫·菲道尔
上亚布洛诺夫村	库霍亭·亚力山大
下杜连村	西涅夫·列夫
伊林村	伏洛茨柯夫·谢苗
康柯夫村	波波夫·米海依尔
上杜连村	罗丁·亚可夫
萨沃斯济扬诺夫村	福罗洛夫·亚力山大
米留金镇	菲甫拉廖夫·马克西姆
尼古拉耶夫村	格洛舍夫·米海依尔
克拉司诺库特镇	叶兰金·伊里亚
波诺马廖夫村	贾勤科·伊万
叶甫兰济耶夫村	克里沃夫·尼古拉
马拉霍夫村	叶麦里扬诺夫·卢加
新捷穆采夫村	柯诺瓦洛夫·马特维
波波夫村	波波夫·米海依尔
阿司塔霍夫村	舍郭里柯夫·瓦西里
奥尔罗夫村	契库诺夫·菲道尔

克里姆—菲道罗夫村　　　　楚加林·菲道尔

在瓦·斯·波波夫主持下

判决如下：

一、下列名单中所有与劳动人民为敌的反贼和蛊惑人心的歹徒，共计八十名，均判处枪决，但其中的二名——波得捷尔柯夫和克里沃什雷科夫，系这一团伙的首要分子——应判处绞刑。

二、对米海洛夫村的哥萨克安东·卡里特文曹夫，因罪证不足，宣告无罪。

三、由波得捷尔柯夫的队伍里逃出而在克拉司诺库特乡就擒的人员：康斯坦丁·梅里尼柯夫、加甫里尔·第里尼柯夫、瓦西里·梅里尼柯夫、阿克肖诺夫和维尔希宁——均依照本判决的第一条判刑（死刑）。

四、死刑定于明日，即四月二十八日（五月十一日），上午六时执行。

五、派谢宁上尉负责看守在押犯人，今晚十一时以前，每村各派两名带枪的哥萨克听候

其调遣；如不执行本条款，由法庭委员负责；对看押人员的处分，由各村决定；每村派五名哥萨克到刑场执行判决。

判决书原本签字：

军事法庭庭长瓦·斯·波波夫

一九一八年旧历四月二十七日由军事法庭判决死刑的波得捷尔柯夫队伍的人员名单如下：

号数	籍贯	姓名	判决
1	霍派尔河河口乡	菲·波得捷尔柯夫	绞首
2	叶兰乡	米·克里沃什雷科夫	绞首
3	嘉桑乡	阿·卡库林	枪决
4	布堪诺夫乡	伊·拉古京	枪决
5	尼日戈罗得市	阿·伊·奥尔诺夫	枪决
6	尼日戈罗得市	叶·米·瓦霍捷里	枪决
7	贝斯特良河河口乡	格·菲济索夫	枪决
8	米古林乡	加·特卡乔夫	枪决
9	米古林乡	巴·阿加丰诺夫	枪决
10	米海洛夫乡	亚·布勃诺夫	枪决

11	卢干乡	加里宁	枪决
12	米古林乡	康·穆雷恒	枪决
13	米古林乡	安·康诺瓦罗夫	枪决
14	波尔塔瓦市	康·基尔斯塔	枪决
15	柯托夫乡	巴·波兹尼亚科夫	枪决
16	米古林乡	伊·包尔德列夫	枪决
17	米古林乡	季·柯雷乔夫	枪决
18	菲立姆–契里亚宾乡	德·伏洛达罗夫	枪决
19	契尔尼舍夫乡	盖·加尔普申	枪决
20	菲立姆–契里亚宾乡	伊·加尔梅柯夫	枪决
21	米古林乡	萨·雷布尼柯夫	枪决
22	米古林乡	波·古罗夫	枪决
23	米古林乡	伊·捷穆里亚科夫	枪决
24	米古林乡	伊·克拉甫曹夫	枪决
25	罗斯托夫市	尼·福罗洛甫斯基	枪决
26	罗斯托夫市	亚·康诺瓦罗夫	枪决
27	米古林乡	彼·魏霍良采夫	枪决
28	科列茨乡	伊·左托夫	枪决
29	米古林乡	叶·巴布肯	枪决
30	米海洛夫乡	彼·斯文曹夫	枪决

31	道布林乡	伊·契洛毕特契科夫	枪决
32	嘉桑乡	克·德罗诺夫	枪决
33	伊罗福林乡	伊·阿维罗夫	枪决
34	嘉桑乡	马·萨克玛托夫	枪决
35	下库尔莫亚尔乡	盖·普布柯夫	枪决
36	捷尔诺夫乡	米·菲甫拉廖夫	枪决
37	赫尔松市	瓦·潘捷莱伊曼诺夫	枪决
38	嘉桑乡	波·留布欣	枪决
39	科列茨乡	德·沙莫夫	枪决
40	菲洛诺夫乡	萨·沙洛诺夫	枪决
41	米古林乡	伊·古巴列夫	枪决
42	米古林乡	菲·阿巴库莫夫	枪决
43	卢干乡	库·戈尔什柯夫	枪决
44	宫陀洛夫乡	伊·伊兹瓦林	枪决
45	宫陀洛夫乡	米·卡里诺甫采夫	枪决
46	米海洛夫乡	伊·法拉丰诺夫	枪决
47	柯托夫乡	谢·戈尔布诺夫	枪决
48	下旗尔乡	彼·阿拉耶夫	枪决
49	米古林乡	普·奥尔洛夫	枪决
50	卢干乡	尼·舍因	枪决

51	РПТК技师镇	亚·雅辛斯基	枪决
52	罗斯托夫市	米·波里亚科夫	枪决
53	拉兹道尔乡	德·罗加乔夫	枪决
54	罗斯托夫市	罗·福拉申布鲁杰尔	枪决
55	罗斯托夫市	伊·西林杰尔	枪决
56	萨马拉市	康·叶菲摩夫	枪决
57	车尔尼雪夫乡	米·奥甫琴尼柯夫	枪决
58	萨马拉市	伊·皮卡洛夫	枪决
59	伊罗福林乡	米·考列茨柯夫	枪决
60	库穆沙特乡	伊·柯洛特柯夫	枪决
61	罗斯托夫市	彼·毕留柯夫	枪决
62	拉兹道尔乡	新区伊·卡巴柯夫	枪决
63	卢柯夫乡	季·莫里特维诺夫	枪决
64	米古林乡	安·什维曹夫	枪决
65	米古林乡	司·阿尼金	枪决
66	克列敏乡	库·德契金	枪决
67	巴克拉诺夫乡	彼·卡巴诺夫	枪决
68	米海洛夫乡	谢·谢里万诺夫	枪决
69	罗斯托夫市	阿·伊万琴柯	枪决
70	米古林乡	尼·柯诺瓦洛夫	枪决

71	米海洛夫乡	德·柯诺瓦洛夫	枪决
72	克拉司诺库特乡	彼·雷西柯夫	枪决
73	米古林乡	瓦·米洛什尼柯夫	枪决
74	米古林乡	伊·沃洛霍夫	枪决
75	米古林乡	亚·戈尔杰耶夫	枪决

另外有三个人不肯供出自己的姓名。

书记官抄完了被告人的名单，在判决书后面点了一个大冒号，把钢笔递给旁边一个人，说：

“请签名！”

新捷穆采夫村的代表柯诺瓦洛夫，穿着灰色德国呢子的礼服上衣，领子上还有一条大红翻领，他不好意思地笑着，俯到纸上。他那生满茧子的粗粗的黑手指头硬僵僵地攥住了到处是牙印子的学生钢笔。

“我可是不大会写字……”他说着，就很费劲儿地写起了开头的“柯”字。

接着签字的是罗丁，也是那样死死地攥住钢笔，急得皱起眉头，浑身冒汗。还有一个人，一拿起钢笔，手就哆嗦起来，他匆匆忙忙地签完了，这才把

签字时吐出来的舌头缩回去。波波夫十分潇洒地签上了自己的姓名，最后一个字母还带出一道花笔，签完了，他一面用手绢擦着脸上的汗，站了起来。

“要把名单附在判决书上。”他打着哈欠说。

“卡列金在阴间里要感谢咱们的。”谢宁看着书记官把墨水未干的签字名单按到石灰墙上，很轻微地笑了笑，说。

他说过这样一句笑话，不知为什么没有人搭腔。大家都一声不响地走出去。

“耶稣保佑吧……”有一个人往外走着，在黑洞洞的过道里叹了一口气。

二十九

这一夜，淡黄色的星星向夜空洒遍了乳白色的亮光，在挤满了人的小杂货铺里，几乎没有人睡觉。简短的谈话声也听不见了。又闷，又提心吊胆，憋得人喘不过气来。

天一黑，就有一个红军战士要求到外面去：

“同志，开一下门！我要解手！……”

他穿的厚棉布衬衣从裤腰里挣了出来，头发乱蓬蓬的，光着脚站着，他把黑乎乎的脸贴到锁眼儿上，又喊道：

“开一下门嘛，同志！”

“狼才是你的同志哩。”终于有一个看押的哥萨克答话了。

“开一下门吧，老哥！”请求外出的人改变了称呼。

那个哥萨克放下步枪，听了听夜里出来打食儿的野鸭子在黑暗中扇动翅膀的声音，把烟卷头儿抽完了，这才把嘴唇凑到锁眼儿上，说：

“就往裤子里撒吧，老弟。反正就是一夜，裤子又泡不坏，等天亮了，就穿着湿裤子上西天好啦……”

“咱们完啦！……”红军战士从门口朝后退了几步，绝望地说。

大家肩靠肩地坐着。波得捷尔柯夫坐在角落里，掏出口袋里的钞票，撕得粉碎，一面小声嘟哝着，骂着娘。撕完了钞票，又脱下鞋袜，推了推躺在旁边的克里沃什雷科夫的肩膀说：

“很清楚，咱们上当啦。受骗啦！他妈的！……可恼呀，米海依尔！我小时候，常常带着我爹的猎枪到顿河对岸去打野物，到树林子里去，树林子就像一顶老大的绿帐篷……往河汊那边去，河汊里落着野鸭子。有时候枪打空了，我就十分懊恼，简直想哭出来。现在我也是十分懊恼，因为我又打空了，失算了：如果早三天从罗斯托夫出来，那就不会在这里送命啦。那咱们可以把所有的反革命分子都打得人仰马翻！”

克里沃什雷科夫很痛苦地龇着牙齿，在黑暗中笑着说：

“去他妈的，就让他们杀好啦！眼下死并不可怕……‘怕只怕，到阴司，咱们互不相识……’咱们到了阴司里，菲道尔，彼此就成了生人啦……可怕呀！”

“算了吧！”波得捷尔柯夫把一双滚热的大手放到克里沃什雷科夫的肩膀上，十分懊恼地、瓮声瓮气地说，“问题不在这里呀……”

拉古京在对别人讲自己村子里的事，还说，因为自己的头很长，爷爷叫他“楔子”，有一次他去偷

人家的瓜，爷爷还用鞭子抽他。

这天夜里的谈话是各种各样的，既没有头绪，又不连贯。

彭楚克坐在门口，用嘴贪婪地吸着从门缝儿里透进来的微风。他回想着过去，有一小会儿想起母亲，他就像叫一根烧红的针扎了一下似的，便赶紧驱赶开想母亲的念头，转而去想安娜，去想不久以前过的日子……这使他感到心平气和，感到十分幸福和轻松。他最不害怕死。他不像过去那样，一想到这条命就要完了，就感到有一股莫名其妙的、使人非常难受的冷气从脊梁骨上通过。他准备死，就像走过了一段艰难困苦的路程之后，非常疲乏，浑身酸痛，再也鼓不起劲儿来，正准备做一次很不快活的休息似的。

在离他不远的地方，有人愉快地、也伤感地谈着女人和爱情，谈着爱情带给每个人的大大小小的欢娱。

有人谈起家庭，谈到家里人，谈到亲戚朋友……还谈到今年的庄稼长得很好：白嘴鸦藏到小麦地里，已经看不见了。抱怨没有酒喝，又抱怨失

去了自由，骂波得捷尔柯夫。但是睡意用黑色的翅膀蒙住了很多人，这些身体和精神上都疲倦不堪的人渐渐蒙眬入睡了，有躺着的，有坐着的，有站着的。

天快亮的时候，有一个人，不知是醒着，还是在睡梦中，放声大哭起来；过了童年便忘记了眼泪咸味的老大的成年男子，哭起来是十分可怕的。睡眠时的寂静一下子就惊破了，有几个人同时喊叫起来：

“别哭啦，该死的！”

“简直成了老娘儿们啦！”

“敲掉你的牙，别——哭——啦！”

“娶了老婆的人，都抹起眼泪啦！……”

“大家都在睡觉，可是他……真不害臊！”

那个哭的人，抽搭着，擤着鼻涕，不哭了。

又完全静了下来。烟卷儿在各个角落里一闪一闪的，但是谁都没有说话。可以闻到男人的汗味、挤成堆的健壮的身体气味、纸烟的烟味和下了一夜的露水的那种淡淡的啤酒气味。

村子里的公鸡报晓了。传来脚步声、铁器的叮

当声。

“是谁？”一个看押的人小声问道。

一个年轻的声音咳嗽了一下，老远就兴冲冲地回答说：

“自己人。给波得捷尔柯夫他们一伙儿挖坟去。”

小杂货铺里一下子全都动了起来。

三十

鞑靼村的哥萨克队伍，由彼特罗·麦列霍夫少尉率领着，在五月十一日拂晓时候到达波诺马廖夫村。

村子里到处是旗尔河边的哥萨克，有的牵着马去饮马，有的成群结队地往村头上走。彼特罗叫队伍在村子中央停下，命令下马。有几个人朝他走来。

“乡亲们，你们是打哪儿来的？”有一个人问道。

“鞑靼村的。”

“你们来晚了一点儿……你们没来就把波得捷尔柯夫逮住呀。”

“他们在哪儿？是不是把他们赶跑啦？”

“就在那儿……”那人挥手指了指小杂货铺的缓缓倾斜的屋顶，哈哈大笑起来，“就像一群母鸡蹲在鸡窝儿里呢。”

贺里散福、格里高力·麦列霍夫和另外几个人也来到跟前。

“那么，把他们送到哪儿去呢？”贺里散福问道。

“送他们上西天。”

“怎么能这样呢？……你胡说什么？”格里高力抓住那人的军大衣的衣襟。

“你才是胡说呢，先生！”那人很不客气地回答说，并且轻轻地从格里高力那抓得紧紧的手指中挣了出来，“瞧，那不是，已经给他们搭好秋千架子啦。”他指了指搭在两棵老柳树中间的绞刑架。

“把马牵到各家院子里去！”彼特罗吩咐说。

乌云遮住了天空。落起了稀稀的小雨。男子汉和妇女们密密麻麻地向村边拥去。波诺马廖夫村的老百姓一听说要在六点钟枪毙人，就都高高兴兴地出来看这难得一见的热闹事。妇女们都打扮了一番，就像过节一样；许多人还带着孩子。人群将村边牧场团团围住，特别拥挤的是绞架旁边和一条长长的、

有两俄尺深的土坑旁边。孩子们在土坑一边堆起的潮湿的土堆上乱踩；男子汉们凑成一堆一堆的，很起劲地议论着这次枪毙人；妇女们都很伤心地喊喊喳喳交谈着。

睡足了觉的波波夫大尉一本正经地走来了。他龇着大牙，叼着纸烟在抽烟；用沙哑的嗓门儿对负责看押的哥萨克命令道：

"把坑边的闲人赶开！告诉司皮里道诺夫，把第一批带来！"他看了看表，便走到一旁，看着人群被看押犯人的哥萨克赶着从刑场上向后退了退，又像半个花花绿绿的圆圈儿似的把刑场围了起来。

司皮里道诺夫带着一队哥萨克快步朝杂货铺走去。在路上他碰上彼特罗·麦列霍夫。

"你们村子里有愿意干的吗？"

"愿意干什么？"

"执行死刑。"

"没有，不会有的！"彼特罗斩钉截铁地回答过，便从拦住去路的司皮里道诺夫身边绕过去。

但是愿意干的人是有的：米佳·柯尔叔诺夫一面用手理着从帽子里露出来的直撅撅的头发，摇摇

摆摆地走到彼特罗跟前，忽闪着眯得细细的绿眼睛，说：

“我去杀……干吗要说‘没有’？我愿意去，”他又垂下眼睛，带着笑容说，“给我一些子弹。我只有一梭子啦。”

自愿要去的有他，有脸色煞白、一脸杀气的安得列·卡叔林，还有相貌有点儿像加尔梅克人的菲多特·包多甫斯柯夫。

当第一批被判决的人在哥萨克们的押解下离开杂货铺的时候，挤得挨肩擦背的广大人群里响起一阵低语声和低低的嗡嗡声。

波得捷尔柯夫走在前面，光着脚，穿一条肥大的黑呢子马裤和一件敞着的光皮上衣。他很坚定地在泥泞中迈动着两只白白的大脚，不住地打着滑，左手微微向前伸着，以保持平衡。脸色煞白的克里沃什雷科夫在他旁边很勉强地向前走着。克里沃什雷科夫的两眼无神，嘴唇痛苦地抽搐着。他裹了裹披在身上的军大衣，两个肩膀直往里缩，好像冷得不得了似的。不知为什么没有剥他们两个的衣服，但是其他的人都被剥得只剩下内衣了。拉古京和脚

步沉重的彭楚克在一块儿小步走着。他们俩都光着脚。拉古京的长衬裤破了，露出了黄黄的、毛茸茸的小腿。他很不好意思地提着破了的裤腿，哆嗦着嘴唇。彭楚克从押着他们的哥萨克的头顶上望着云遮雾障的灰蒙蒙的远方。他的两只清醒的、冷冷的眼睛若有所待地、紧张地眨巴着，一只大手伸进敞开的衬衣领子里，抚摩着长满了密密的毛的胸膛。他好像是在盼着一件难以实现的、可喜的事情……有些人脸上保持着毫不在乎的表情；满头白发的布尔什维克奥尔诺夫就带着寻衅的神情挥舞着双手，朝哥萨克们的脚下直啐唾沫；可是有两三个人眼睛里流露出很深的内心痛苦，歪歪扭扭的脸上带着恐怖得不得了的表情，就连押着他们的哥萨克偶尔看到了，也要掉开眼睛，转过脸去。

他们走得很快。波得捷尔柯夫搀扶着跌了一跤的克里沃什雷科夫。在红蓝色制帽的海洋中闪动着一条条白头巾的人群越来越近了。波得捷尔柯夫皱起眉头望着人群，破口大骂着，忽然发现拉古京在一旁看着他，就问道：

“你看什么？”

“你这些天头发都白啦……头上添了好多白头发……”

“大概是要白的，”波得捷尔柯夫沉重地叹了一口气，一面擦着窄窄的额头上的汗，“遇上这样不开心的事，大概是要白的……就是狼，在不顺心的时候毛也会变白的，何况我是一个人。”

他们再也没有多说。眼看就要来到人群跟前了，可以看到右面有一条准备埋人的长长的黄土坑。司皮里道诺夫命令道：

“站住！”

波得捷尔柯夫马上向前跨了一步，用疲惫无神的眼睛扫了扫前面几排的人群，只见前面几排里多数是白胡子和花白胡子的人。前方下来的哥萨克们都躲在后面，觉得不好意思呢。波得捷尔柯夫微微抖动着下垂的小胡子，低沉地，但是清清楚楚地说：

“诸位老人家！请允许我和克里沃什雷科夫看着我们的同志们就义。你们慢点儿绞死我们，我们现在想看看我们的同志和朋友们，给一些勇气不足的同志鼓鼓气。”

一片寂静，能听得见雨点落在制帽上的声

音……

波波夫大尉站在后面，笑着，露出了被烟熏黄了的牙根；他没有表示反对；老头子们七嘴八舌地喊叫起来：

"可以答应！"

"就让他们两个多活一会儿吧！"

"把他们两个从坑边拉开！"

克里沃什雷科夫和波得捷尔柯夫往人群里走去，人们纷纷朝两边闪开，给他们让出一条路。他们在不远处站了下来，人们从四面密密层层地围住他们，几百双眼睛紧紧盯住他们。他们看着哥萨克们好不容易使红军战士们背着土坑站成一排。波得捷尔柯夫看得很清楚，克里沃什雷科夫却要伸长他那没有刮过的细脖子，踮起脚尖才能看得见。

站在左边尽边上的是彭楚克。他微微佝偻着身子，很吃力地喘着气，眼睛看着地面，抬都不抬。他这边是拉古京，拉古京弯着身子，拉着衬衣的底边去遮盖破裤腿；第三个是唐波夫人伊格纳特；再过来是万卡·包尔德列夫，他的样子至少老了有二十岁，简直叫人认不出来了。波得捷尔柯夫再看第

五个，好不容易才认出那就是嘉桑乡的哥萨克马特维·萨克玛托夫，从在卡敏镇工作那时候起，他和他就同甘苦、共患难了。又有两个人走到坑边，转身背对着坑。彼得·雷西柯夫带着挑衅、逞强的意味笑着，高声骂着娘，对安静下来的人群挥舞着握得紧紧的肮脏的拳头。考列茨科夫一声不响。最后一个人是架过去的。他向后仰着，用死沉沉地耷拉着的两条腿划着地面，用手紧紧抓住拖他的两个哥萨克，摇晃着流满眼泪的脸，挣扎着，声嘶力竭地叫喊着：

“放了我吧，弟兄们！放了我吧，看在我主耶稣面上！弟兄们！好人们！亲弟兄们！……你们这是干什么呀?！我在俄德战争时候得过四颗十字章呢！……我还有孩子呀！……天呀，我没有罪呀！……哎呀，你们为什么呀？……”

一个高大的阿塔曼团的哥萨克用膝盖朝他的胸膛一顶，把他推倒在坑边上。这时候波得捷尔柯夫才认出了这个挣扎的人，不由得吓了一跳：这是一个十分勇敢的红军战士，是一九一〇年宣誓的米古林乡的哥萨克，四个等级的十字章都得过，还是一

个留着很漂亮的淡黄色胡子的小伙子。几个人把他架了起来，但是他又倒了下去；他在哥萨克们的脚底下爬，把干裂的嘴唇贴到他们的靴子上，贴到朝他的脸直踢的靴子上，下气不接上气地、十分恐怖地喊叫着：

"不要杀我呀！可怜可怜我吧！……我有三个孩子呀……有个小女儿呢……我的亲弟兄们呀！……"

他抱住那个阿塔曼团哥萨克的两膝，但是那个哥萨克挣了开来，往后一跳，用钉了铁掌的靴后跟使劲朝他的耳朵踢了一下。一股鲜血从另一只耳朵里涌了出来，流进白色的衣领里。

"让他站好！"司皮里道诺夫怒冲冲地喊道。

几个人好不容易把他架起来，让他站好，几个人才跑了开去。对面的一排刽子手端起枪来做准备。人群里哎呀了几声，就静了下来。有一个娘儿们用难听的声音尖叫起来……

彭楚克很想多看几眼那灰蒙蒙的天空和他漂游了二十九年的愁惨惨的大地。他抬起眼睛，看见在十五步远处站得密密的一排哥萨克：有一个高大的哥萨克，眯缝着绿眼睛，一绺头发从帽子底下耷拉

到窄窄的白额头上，往前倾着身子，紧紧闭着嘴巴，对直地瞄着他彭楚克的胸膛。还没有开枪，彭楚克就听到一声尖叫；他转过头去，就看见一个生着雀斑的年轻媳妇从人群里跑了出来，朝村子里跑去，一只手紧紧抱着小孩子，另一只手捂着孩子的眼睛。

一阵很不整齐的齐射之后，站在坑边的人摇摇晃晃地倒了下去，开枪的人也朝坑边跑去。

米佳·柯尔叔诺夫看见他枪毙的那个红军战士还在跳，用牙在咬自己的肩膀，就又补了一枪，小声对安得列·卡叔林说：

“你瞧这家伙，把自己的肩膀都咬出血来啦，这一下子像个狼崽子一样，一声不响地死掉啦。”

又有十个判决的人，被枪托子推着、捣着，站到了土坑边……

第二阵齐射以后，妇女们一齐尖叫起来，纷纷离开人群，拉着孩子们，跌跌撞撞地朝村子里跑去。男子汉们也开始走散了。可憎的杀人场面、临死的人的喊叫声和哼哼声、那些等待枪毙的人的吼叫声——这整个的场面惊心动魄，可怕极了，很多人受不了，纷纷走掉了。剩下的只有上过前线、见过

很多死亡场面的哥萨克，再就是一些恨得发了狂的老头子。

一批一批的红军战士被押了过来，他们都光着脚，被剥掉了外衣，刽子手也不断地轮换着，一阵一阵的齐射声，噼啪的单发步枪声。对受伤没死的再补上两枪。第一批死尸在间歇的时候已经匆匆地盖上了一层黄土。

波得捷尔柯夫和克里沃什雷科夫走到那些等待枪毙的人跟前，想给他们鼓鼓气，但是言语已经失去了原有的意义，因为这时候占据在这些人心目中的是另外的东西了，再过一会儿他们的生命就要断掉，就像折断的树叶梗子。

格里高力·麦列霍夫从人群里挤出来，朝村子里走去，迎面碰上了波得捷尔柯夫。波得捷尔柯夫一面往后退着，眯缝起眼睛，说：

“你也在这儿吗，麦列霍夫？”

格里高力的脸一下子变成了青灰色，他站了下来。

“在这儿。你看到了嘛……”

“我看到啦……”波得捷尔柯夫撇着嘴笑了笑，

带着一股强烈的仇恨望着格里高力那煞白的脸，“你怎么，来枪毙自己的弟兄们吗？你倒戈啦……原来你是这样的人……”他走到格里高力跟前，小声说，“你又给我们干，又给他们干吗？谁给的好处多些？哼，你这样的！……”

格里高力抓住他的袖子，气呼呼地问道：

“你记得格鲁博克那一仗吗？你该记得，是怎样枪毙那些军官的……是你下命令枪毙的！是吧？现在轮到你啦！好啦，别难过！倒霉的不是你一个人！顿河苏维埃人民委员会主席，你威风够啦！你这个坏家伙，把哥萨克都出卖啦！明白吗？还有什么好说的？”

贺里散福抱住发了狂的格里高力，把他拖到了一边。

“咱们找咱们的马去。回家去！咱们待在这儿没什么意思。天啊，人对人太残忍啦！……”

他们朝前走去，后来听到波得捷尔柯夫说话的声音，又站了下来。波得捷尔柯夫在上过前方的哥萨克和老头子们的层层包围中，慷慨激昂地高声叫道：

"你们太落后……眼睛都瞎啦！你们都是瞎子！军官们骗了你们，叫你们杀起自己的同胞兄弟！你们以为，把我们杀了，事情就这样了结啦？不会的！今天你们枪毙我们，明天就要枪毙你们啦！苏维埃政权一定会在全国建立起来。你们就记住我的话吧！杀人不会白杀的！你们这些人太糊涂啦！"

"到时那些人我们也要这样收拾！"一个老头子跳出来说。

"老人家，你们是不能把所有的人都杀光的，"波得捷尔柯夫笑着说，"也不能把整个俄罗斯都吊到绞架上去。当心自己的脑袋吧！你们以后会后悔的，不过到那时候就晚啦！"

"你别吓唬我们！"

"我不是吓唬你们，我是指路给你们走。"

"波得捷尔柯夫，你自己才是瞎子哩！莫斯科把你的眼睛糊住啦！"

格里高力没有听完就走了，几乎是跑进了拴马的院子，他的马听见枪声，正在闹腾。格里高力和贺里散福紧了紧马肚带，打着马跑出了村子，他们连头也没回，一口气翻过了山冈。

可是在波诺马廖夫村还在冒着步枪射击的硝烟：维奥申乡、卡耳根乡、博柯夫乡、克拉司诺库特乡和米留金乡的哥萨克在枪杀嘉桑乡、米古林乡、拉兹道尔乡、库穆沙特乡和巴克拉诺夫乡的哥萨克……

土坑填得满满的。盖上黄土，用脚踩结实了。两个戴了黑色面罩的军官抓住波得捷尔柯夫和克里沃什雷科夫，把他们拉到绞架跟前。

波得捷尔柯夫英勇无畏地昂然抬起头来，站到一张凳子上，把黑黑的粗脖子上的衬衣领子解开，连一根筋都没有哆嗦，自己把擦了肥皂的绞索套到脖子上。两个军官把克里沃什雷科夫拉过去以后，其中一个军官推着他站到凳子上，他也套上了绞索。

“请允许我在死前最后说几句话。”波得捷尔柯夫请求说。

“说吧！”

“请说！”上过前方的哥萨克们叫道。

波得捷尔柯夫挥手指了指已经变稀了的人群，说：

“你们看看吧，愿意看我们死的人只剩下很少的

几个啦！很多人都还有良心嘛！我们为了劳动人民，为了劳动人民的利益，不顾惜自己的生命，和将军们的狐群狗党作战，现在却要死在你们的手里！但是我们并不痛恨你们！……你们是不幸被欺骗的人！等到革命政权建立起来，你们就会明白，真理在哪一方面。你们埋进这坑里去的都是静静的顿河的优秀儿女……"

忽然人群里的说话声越来越大，波得捷尔柯夫的声音听不清了。一个军官利用这个机会，很麻利地一脚把波得捷尔柯夫脚下的凳子踢开了。波得捷尔柯夫的高大而沉重的身子摇摆了两下，就向下坠去，于是两只脚够到了地面。套在喉咙上的绞索紧紧勒着他，逼得他往上探着身子。他踮起脚，用光脚丫的两个大脚趾踩在潮湿的烂泥地上，张开嘴喘着气，用凸出来的眼珠子扫着安静下来的人群，声音不太高地说：

"你们还没有学会绞人呢……要是我来绞你，司皮里道诺夫，决不会叫你够到地面……"

他的嘴里冒起一团一团的唾沫。戴面罩的两名军官和近处几个哥萨克忙乱了一阵子，好不容易把

他那已经没有力气的沉甸甸的身子重新抬上凳子。

没有让克里沃什雷科夫把话说完，凳子就从他的脚下飞开，碰在不知是谁扔下的一把铁锹上了。干瘦而健壮的克里沃什雷科夫摇晃了老半天，时而身子缩成一团，缩得膝盖碰到下巴，时而哆哆嗦嗦地重新伸直开来……直到波得捷尔柯夫脚下的凳子第二次被踢开，克里沃什雷科夫还活着，还在抽搐，还在转动耷拉到一边的黑舌头。波得捷尔柯夫又一次沉甸甸地坠了下去，光皮上衣肩上的缝儿裂了开来，可是脚指头尖又碰到了地面。哥萨克人群里低沉地哎呀了一声。有些人画着十字，开始走散了。大家一下子全没有了主意，一时间都像中了魔法一样呆住了，惶恐地望着波得捷尔柯夫的铁青的脸。

但是他不能出声了，绞索紧紧勒住了喉咙。他只是转悠着眼睛，眼睛里的泪水像小河一样直往下淌，并且撇着嘴，为了减轻痛苦，身子非常难受、非常可怕地向上伸着。

有一个人醒悟过来，用铁锹刨起土地。他急急忙忙地把波得捷尔柯夫脚下的泥土一团一团地往外刨，每刨一下，波得捷尔柯夫的身子就伸直一点儿，

脖子也越来越长，头发微微拳曲的脑袋往后仰得越厉害。绳子勉勉强强地吊着六普特重的身子；绞架的横梁咯吱咯吱响着，轻轻摇晃起来，波得捷尔柯夫随着横梁那有节奏的晃动摇摆着，向四面转悠着，好像是要让杀人的凶手们看看他那紫黑色的脸和淌满了一道道热泪和唾沫的胸膛。

三十一

米沙·柯晒沃依和“杰克”等到第二天夜里，才从卡耳根镇上走出来。雾气弥漫在草原上，缭绕在山沟里，铺满了洼地，遮盖住断崖陡坡。笼罩着雾气的丘冈亮闪闪的。鹌鹑在嫩草丛中叫着。再就是高高的天上飘游着一轮明月，就像边上长满芦苇和榛丛的池塘中的一朵盛开的睡莲花儿。

他们一直走到黎明时候。北斗星已经看不见了。下起了露水。离下亚布洛诺夫村已经很近了。但是就在离村子三俄里的一个冈头上，六个哥萨克追上了他们。六个哥萨克是骑了马跟着他们的脚印追来的。米沙和“杰克”本来已经躲到了一旁，但是草

又矮，又有月光……他们被逮住了……哥萨克们赶着他们往回走。一声不响地走了有百十丈远。后来开了一枪……“杰克”就像一匹害怕自己的影子的马一样，脚步杂乱地侧歪着身子走起来。而且也不是跌倒的，好像是脸朝着一丛灰色的野蒿很别扭地躺下去的。

米沙走了有五分钟，觉得身子发麻，耳朵里嗡嗡直响，两只脚在干地上就像粘住了似的。后来他问道：

“你们他妈的为什么不打死我？干吗慢慢折腾我？”

“走吧，走吧，少说废话！”一个哥萨克很和善地说，“我们把那个庄稼佬打死，把你留下。俄德战争的时候你是在十二团吧？”

“在十二团。”

“你还可以到十二团当兵。你这小子还年轻。有点儿迷了路，不过这不要紧。我们能把你治好。”

三天以后，卡耳根镇上的军事法庭就来“治”米沙了。那时候，军事法庭只有两种处治办法：枪毙和打屁股。判处枪决的，到夜里就押到沙土冈后

面去执行；认为有希望改造的，就在广场上用树条子当众打屁股。

星期天一大早，刚刚把长板凳放到广场中央，人们就从四面八方来了。广场上挤得满满的，晒台上、棚子旁边堆的木板上、很多屋顶和店铺顶上都站满了人。第一个挨打的是亚历山大洛夫，是格拉乔夫村一个神甫的儿子。他是个很卖力的布尔什维克，论案情，应该枪决，可是他的父亲是大家尊敬的一位好神甫，所以法庭判定对这个神甫的儿子抽打二十下。几个人脱去亚历山大洛夫的裤子，把他按到长板凳上，一个人骑在他的腿上（两条胳膊绑在长板凳底下），两个人手握柳条站在两边。打完了，亚历山大洛夫站起来，抖了抖身上的灰，一面提裤子，一面向四面鞠躬。他因为没有被枪毙，十分高兴，所以又鞠躬，又道谢：

“多谢多谢，诸位老人家！”

“快穿上裤子，请便吧！”有人回答说。

全场响起一阵十分响亮的哄然大笑，就连坐在不远处棚子里的被捕的人也都笑了。

根据判决，也把米沙重重地抽了二十下。但是

最使他受不了的不是疼，而是羞辱。全镇的老老少少都看见他挨打了。米沙提起裤子，几乎是带着哭腔对打他的那个哥萨克说：

“很不对头！”

“怎么不对头？”

“思想好坏是脑袋的事，可是要屁股负责任。这一下子一辈子难见人啦。”

“不要紧，怕丑又不是饿肚子，丑不死的，”那个哥萨克安慰他说，并且想叫挨打的人开开心，又说，“你这小子可真够结实的，有两三下子我打得够狠的，想叫你叫唤叫唤……我一看，没门儿，别想使这人叫一声。前天我打过一个人，那位老弟拉了一裤子屎。真是太禁不起打了。”

第二天，根据法庭判决，把米沙送往前线。

“杰克”是两天以后才埋掉的：亚布洛诺夫村村长派的两个哥萨克，挖了一个不深的坟坑，他们把腿耷拉在坑里，抽着烟，坐了老半天。

“这地方的土真硬。”一个说。

“简直像铁一样！从来没有耕过嘛，日久天长就板结了。”

“噢……这小伙子睡的可是一块好地方，还是在高坡上呢……这儿有风，又干燥，又有太阳……不会很快就烂掉的。”

他们对趴在草地上的“杰克”看了看，站起身来。

“脱掉他的靴子吗？”

“当然要脱掉，他的靴子还好好的呢。”

他们按照耶稣教的规矩把他放进坟坑里；头朝东，脚朝西；用厚厚的黑土埋了起来。

“要踩结实吧？”当他们埋得和地面一样平的时候，一个年轻些的哥萨克问道。

“不用啦，就这样吧，”另一个人叹了一口气，“等天使吹起最后审判的喇叭，反正他会更快地站起来的……”

过了半个月，小小的坟堆上长出了车前草和嫩蒿，野燕麦在上面吐了穗，山芥菜在旁边开起好看的黄花儿，草木樨垂下一条条绒线一样的穗头，还有薄荷、大蓟和珠果的气味。不久，附近的村子里来了一个老头子，在坟前挖了个小坑，栽上了一根新刨的橡木桩子，上面钉着一块供牌。在供牌的三角形水

檐下的阴影里，是圣母悲哀的面容。在下面的檐板上写着两行黑黑的斯拉夫花体字：

弟兄们，在荒乱年月里
不要苛责自己的兄弟。

老头子走了，供牌却留在草原上，那无限凄凉的样子使过路的人看了眼睛发酸，在心中勾起一股莫名的忧伤。

还有，五月里，野鸭子在供牌旁边打架，在瓦灰色的野蒿里做窝儿，把附近快要成熟的冰草压成一片绿毡：那是野鸭子厮打的战场，争的是母鸭子，争的是生存、爱情和生儿育女的权利。过了不久，就在这供牌附近，在一个小土包脚下，在乱蓬蓬的老蒿底下，一只母鸭子生下九个蓝中带黄的花蛋，母鸭子便卧在这些蛋上，用自己身体的温暖来孵化，用灿烂有光的翅膀保护着。